全唐诗

第一卷

[清]彭定求等 编

中州古籍出版社
·郑州·

御制全唐诗序

诗至唐而众体悉备,亦诸法毕该。故称诗者,必视唐人为标准,如射之就彀率,治器之就规矩焉。盖唐当开国之初,即用声律取士;聚天下才智英杰之彦,悉从事于六义之学,以为进身之阶。则习之者,固已专且勤矣。而又堂陛之赓和,友朋之赠处,与夫登临宴赏之即事感怀,劳人迁客之触物寓兴,一举而托之于诗。虽穷达殊途,悲愉异境,而以言乎摅写性情,则其致一也。夫性情所寄,千载同符,安有运会之可区别。而论次唐人之诗者,辄执初、盛、中、晚,岐分疆陌,而抑扬轩轾之过甚,此皆后人强为之名,非通论也。自昔唐人选唐诗,有殷璠、元结、令狐楚、姚合数家,卷帙未为详备。至宋初,撰辑英华,收录唐篇什极盛。然诗以类从,仍多脱漏,未成一代巨观。朕兹发内府所有全唐诗,命诸词臣,合《唐音统签》诸编,参互校勘,搜补缺遗,略去初、盛、中、晚之名,一依时代分置次第。其人有通籍登朝岁月可考者,以岁月先后为断;无可考者,则援据诗中所咏之事,与所同时之人系焉。得诗四万八千九百余首,凡二千二百余人,厘为九百卷。于是唐三百年诗人之菁华,咸采撷荟萃于一编之内,亦可云大备矣。夫诗盈数万,格调各殊,溯其学问本原,虽悉有师承指授,而其精思独悟,不屑为苟同者,皆能殚其才力所至,沿寻风雅,以卓然自成其家。又其甚者,宁为幽僻奇谲,杂出于变风变雅之外,而绝不致有蹈袭剽窃之弊,是则唐人深造极诣之能事也。学者问途于此,探珠于渊海,选才于邓林,博收约守,而不自失其性情之正,则真能善学唐人者矣。岂其漫无持择,泛求优孟之形似者,可以语诗也哉。是用制序卷首,以示刻《全唐诗》嘉与来学之旨。海内诵习者,尚其知朕意焉。

康熙四十六年四月十六日

凡例

一、唐高祖赐秦王诗云："圣德合皇天，五宿连珠见。和风拂世民，上下同欢宴。"见于《册府元龟》。明胡震亨谓唐初无五星联聚之事，疑其伪托，今删去。断自太宗始，且一代文章之盛，有所自开。

一、序次，首诸帝，次后妃，次宗室诸王，次公主宫嫔，略依唐史序例。至南唐吴越闽蜀诸国主，附诸王之后，妃女附宫嫔之后。

一、郊庙乐章及乐府歌诗，分载各集者，仍汇编一集，以存一代乐制。

一、唐人新乐府，虽见郭茂倩《乐府诗集》，但一时纪事所作，非当时公私常奏之曲，既已各载本集，应删。

一、无爵里世次可考者，另编。

一、唐人有正集者，既自成卷，其或诗止数首，不能成卷者，另编。其或虽不成卷，而可以相附者，如崔涤、崔液附崔湜，王勔附王勃之类，并附入集后。

一、释道外国名媛仙鬼诗，各另编。

一、联句分载各集，未免冗复，应另编一集。至于柏梁赓和，分载诸帝集中，不必编入。

一、填词同谣谚酒令蒙求，另编。

一、唐人世次前后，最为冗杂，向来别无善本。《全唐诗》及《唐音统签》，亦多讹谬。应以登第之年为主，其未曾登第，及虽登第而无考者，以入仕之年为主；处士则以其卒岁为主；若更无卒岁可考，则就其赠答唱和之人先后附入。其他或同赋一体，或同应省试，并以类相从，不必仍初盛中晚之旧，割裂年代，前后悬殊。

一、六朝人诗，误收入全唐者，如陈昭及沈氏、卫敬瑜妻、吴兴神女之类，并应刊正。

一、六朝人诗，原集误收，如吴均《妾安所居》、刘孝胜《武陵深行》误作曹邺诗，薛道衡《昔昔盐》误作刘长卿诗之类，并应刊正。

一、唐并无其人，而考其诗乃六朝人作，如杨慎即陈阳慎，沈烟即陈沈炯，概删。

一、唐并无其人，而误认题中字为撰人姓氏者，如上官仪集中《高密公主挽词》作高密诗；亦有其人姓名在诗题中，而误认为撰人者，如王维集中《慕容承携素馔见过》诗，作慕容承诗之类，概删。

一、《唐音统签》，有道家章咒、释氏偈颂二十八卷，《全唐诗》所无，本非歌诗之流，删。

一、诗前小传，但略序其人历官始末，至于生平大节，自有史传，不必冗录。

一、诗集有善本可校者，详加校定。如善本难觅，仍照《全唐统签》旧本，以俟考正。

一、全唐诗集，或分体，或分类，或编年，止缘唐人撰集及宋人校刻，体例不一，当时缮写，悉依所见本集，今仍照全唐写本。其太冗杂者，略为诠次，不必更张。

一、全唐诗集，有一诗而互见数集者，止于题下注一作某诗；若确有考据可以定其为何人之诗，若司空图乐府误入崔橹集之类，则删彼归此，不必互见。

一、全唐诗有一人一诗，而多一二句则入古诗，少一二句便入律诗，如张说《偃松篇》之类；亦有同此诗而增减一二句并换题者，如李白《白云歌》之类，应附注一诗之末，不必重出。

一、集外逸诗，或见于他书，或传之石刻，应旁加搜采，次第补入，以成全书。

一、古词止五七言绝句，故柳枝、竹枝、浪淘沙诸作，花间尊前二集，皆收入词类。但清平调、敛乃曲之类，止于七绝，应兼存以备一体。至于七绝之外，别有长短句调者，应将七绝概删，以省繁复。

一、词家相传，吕岩《梧桐影》，乃当时所作，全唐未收，既应补入。至于他作，乃乩师所录，传授承讹，有不谐调者，亦删去。

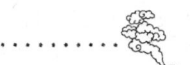

目 录

卷一 …………………………………… 1
　太宗皇帝

卷二 …………………………………… 9
　高宗皇帝 中宗皇帝 睿宗皇帝

卷三 …………………………………… 12
　明皇帝

卷四 …………………………………… 19
　肃宗皇帝 德宗皇帝 文宗皇帝 宣宗皇帝
　昭宗皇帝

卷五 …………………………………… 23
　文德皇后 则天皇后 徐贤妃 上官昭容 杨
　贵妃 江妃

卷六 …………………………………… 29
　章怀太子 韩王元嘉 越王贞 信安王祎

卷七 …………………………………… 31
　宜芬公主 女学士宋氏若华 尚宫宋氏若昭
　尚宫宋氏若宪 鲍氏君徽 萧妃

卷八 …………………………………… 33
　南唐先主李昪 嗣主璟 后主煜 韩王从善

　吉王从谦 蜀高祖王建 后主衍 吴越王钱
　镠 后王钱俶 后蜀嗣主孟昶 闽王王继鹏

卷九 …………………………………… 38
　蜀太后徐氏

卷十 …………………………………… 40
　郊庙歌辞

卷十一 ………………………………… 46
　郊庙歌辞

卷十二 ………………………………… 51
　郊庙歌辞

卷十三 ………………………………… 59
　郊庙歌辞

卷十四 ………………………………… 65
　郊庙歌辞

卷十五 ………………………………… 69
　郊庙歌辞

卷十六 ………………………………… 74
　郊庙歌辞

卷十七 ………………………………… 81

乐府杂曲
卷十八 87
　横吹曲辞
卷十九 95
　相和歌辞
卷二十 109
　相和歌辞
卷二十一 121
　相和歌辞
卷二十二 130
　舞曲歌辞
卷二十三 134
　琴曲歌辞
卷二十四 142
　杂曲歌辞
卷二十五 151
　杂曲歌辞
卷二十六 160
　杂曲歌辞
卷二十七 170
　杂曲歌辞
卷二十八 179
　杂曲歌辞
卷二十九 189
　杂歌谣辞
卷三十 194
　王珪 陈叔达 袁朗 窦威 长孙无忌 颜师古 杜淹
卷三十一 198
　魏徵
卷三十二 202
　褚亮
卷三十三 206
　于志宁 令狐德棻 封行高 杜正伦 岑文本 刘洎 褚遂良 杨续 刘孝孙 陆敬 沈叔安 何仲宣 赵中虚 杨濬
卷三十四 210
　杨师道

卷三十五 213
　许敬宗 李义府
卷三十六 217
　虞世南
卷三十七 221
　王绩
卷三十八 226
　萧德言 郑世翼 崔信明 孔绍安 谢偃 蔡允恭 杜之松 崔善为 朱仲晦 王宏 朱子奢 张文收 毛明素
卷三十九 230
　陈子良 庾抱 马周 来济 张文恭 薛元超 萧翼 欧阳询 阎立本 张文琮
卷四十 234
　上官仪
卷四十一 237
　卢照邻
卷四十二 242
　卢照邻
卷四十三 247
　李百药
卷四十四 250
　刘祎之 李敬玄 张大安 元万顷 郭正一 胡元范 任希古 裴守真 杨思玄 王德真 郑义真 萧楚材 薛克构 徐珩 贺遂亮 韩思彦 魏求己 刘怀一
卷四十五 255
　杜易简 陈元光 许天正 许圉师 赵谦光 郑惟忠 张鷟 李福业 薛眘惑 贺敳
卷四十六 258
　狄仁杰 魏元忠 韦承庆 李怀远 崔日用 宗楚客 苏瑰
卷四十七 262
　张九龄
卷四十八 269
　张九龄
卷四十九 275
　张九龄

卷五十 ………………………… 282	崔融
杨炯	卷六十九 ………………………… 355
卷五十一 ………………………… 286	阎朝隐 韦元旦 邵升 唐远悊
宋之问	卷七十 ………………………… 358
卷五十二 ………………………… 292	李适
宋之问	卷七十一 ………………………… 360
卷五十三 ………………………… 298	刘宪
宋之问	卷七十二 ………………………… 363
卷五十四 ………………………… 304	高正臣 崔知贤 席元明 韩仲宣 周彦昭 高
崔湜 崔液 崔涤	球 弓嗣初 高瑾 王茂时 徐皓 长孙正隐
卷五十五 ………………………… 308	高绍 郎馀令 陈嘉言 周彦晖 高峤 刘友贤
王勃	周思钧
卷五十六 ………………………… 311	卷七十三 ………………………… 367
王勃 王勔	苏颋
卷五十七 ………………………… 316	卷七十四 ………………………… 372
李峤	苏颋
卷五十八 ………………………… 319	卷七十五 ………………………… 377
李峤	姜晞 姜皎 蔡孚 徐晶 张敬忠 史俊
卷五十九 ………………………… 323	卷七十六 ………………………… 379
李峤	徐彦伯
卷六十 …………………………… 328	卷七十七 ………………………… 383
李峤	骆宾王
卷六十一 ………………………… 333	卷七十八 ………………………… 389
李峤	骆宾王
卷六十二 ………………………… 337	卷七十九 ………………………… 394
杜审言	骆宾王
卷六十三 ………………………… 341	卷八十 …………………………… 399
董思恭 刘允济 邵大震 辛常伯	武三思 张易之 张昌宗 薛曜 杨敬述 于季
卷六十四 ………………………… 344	子
姚崇 宋璟	卷八十一 ………………………… 403
卷六十五 ………………………… 346	乔知之 乔侃 乔备
苏味道	卷八十二 ………………………… 406
卷六十六 ………………………… 348	刘希夷
郭震	卷八十三 ………………………… 410
卷六十七 ………………………… 350	陈子昂
田游岩 王无竞 贾曾 李夔 崔玄童 何鸾	卷八十四 ………………………… 417
蒋挺	陈子昂
卷六十八 ………………………… 352	卷八十五 ………………………… 423

3

张说	
卷八十六 …… 426	
张说	
卷八十七 …… 434	
张说	
卷八十八 …… 442	
张说	
卷八十九 …… 449	
张说	
卷九十 …… 453	
张均 张垍	
卷九十一 …… 455	
韦嗣立 魏奉古 崔日知 崔泰之 魏知古	
卷九十二 …… 459	
李乂	
卷九十三 …… 463	
卢藏用 岑羲 薛稷 马怀素	
卷九十四 …… 467	
富嘉谟 吴少微 员半千 王适 闾丘均 齐浣 祝钦明 刘知几 胡雄 张齐贤 郑善玉 丘悦	
卷九十五 …… 471	
沈佺期	
卷九十六 …… 475	
沈佺期	
卷九十七 …… 481	
沈佺期	
卷九十八 …… 487	
赵冬曦 尹懋 王珣 阴行先 王熊 梁知微 李伯鱼 杨重玄 朱使欣	
卷九十九 …… 491	
张循之 王晙 张柬之 袁恕己 刘幽求 章玄同 王易从 卢僎 牛凤及	
卷一百 …… 495	
司马逸客 王绍宗 郑遂初 李崇嗣 东方虬 张楚金 房融 吕太一 张纮 郑蜀宾	
卷一百一 …… 498	
宋务光 李景伯 李行言 郭利贞 元希声 李澄之 李如璧 洪子舆 寇泚 吴兢	
卷一百二 …… 501	
武平一	
卷一百三 …… 503	
赵彦昭	
卷一百四 …… 505	
萧至忠 李迥秀 杨廉 韦安石 窦希玠 陆景初 郑南金 李咸 赵彦伯 于经野 卢怀慎	
卷一百五 …… 508	
辛替否 王景 毕乾泰 鞠瞻 樊忱 孙佺 李从远 周利用 张景源 李恒 张锡 解琬	
卷一百六 …… 510	
郑愔	
卷一百七 …… 513	
源乾曜 徐坚 源光裕	
卷一百八 …… 515	
李元纮 裴漼 刘升 萧嵩 韦抗 李虞 韦述 陆坚 程行谌 褚琇 裴光庭 宇文融 崔沔 崔尚 胡皓	
卷一百九 …… 520	
李适之 房琯 李泌 郭子仪	
卷一百十 …… 522	
张谔 刘庭琦 郑鏦	
卷一百十一 …… 524	
韩休 许景先 王丘 苏晋 崔禹锡 张嘉贞 卢从愿 袁晖 王光庭 徐知仁 席豫 韩思复 刘晃	
卷一百十二 …… 529	
贺知章	
卷一百十三 …… 532	
裴耀卿 宋鼎 崔颂 孙翃 徐仁友 苏绾 康庭芝 张宣明 卢崇道	
卷一百十四 …… 534	
包融 丁仙芝 蔡隐丘 蔡希周 蔡希寂 张潮 张翚 周瑀 谈戭 殷遥 沈如筠 孙处玄 徐延寿 樊晃	
卷一百十五 …… 540	
李憕 李邕 王湾 史青 王泠然	
卷一百十六 …… 544	

张子容	
卷一百十七 …… 546	李颀
张旭 贺朝 万齐融 邢巨 张若虚 薛业	卷一百三十五 …… 631
卷一百十八 …… 549	綦毋潜
孙逖	卷一百三十六 …… 634
卷一百十九 …… 554	储光羲
崔国辅	卷一百三十七 …… 639
卷一百二十 …… 557	储光羲
崔珪 杨浚 刘晏 袁瓘 李昂 厍狄履温 寇坦 李休烈	卷一百三十八 …… 645
	储光羲
卷一百二十一 …… 560	卷一百三十九 …… 651
李林甫 杨炎 元载 陈希烈 张渐 宋昱	储光羲
卷一百二十二 …… 563	卷一百四十 …… 656
卢象	王昌龄
卷一百二十三 …… 566	卷一百四十一 …… 661
卢鸿一	王昌龄
卷一百二十四 …… 568	卷一百四十二 …… 665
徐安贞 崔翘 梁升卿 吴巩 陆海 裴士淹 李元操 顾朝阳 陶岘	王昌龄
	卷一百四十三 …… 667
	王昌龄
卷一百二十五 …… 571	卷一百四十四 …… 672
王维	常建
卷一百二十六 …… 585	卷一百四十五 …… 677
王维	杜颉 李嶷 崔曙 蒋维翰 万楚 范朝 杨颜 王谌 王岳灵 周万
卷一百二十七 …… 592	
王维	卷一百四十六 …… 681
卷一百二十八 …… 597	陶翰
王维	卷一百四十七 …… 684
卷一百二十九 …… 604	刘长卿
王缙 裴迪 崔兴宗 苑咸 丘为 赵骅	卷一百四十八 …… 694
	刘长卿
卷一百三十 …… 609	卷一百四十九 …… 703
崔灏	刘长卿
卷一百三十一 …… 614	卷一百五十 …… 711
祖咏	刘长卿
卷一百三十二 …… 617	卷一百五十一 …… 718
李颀	刘长卿
卷一百三十三 …… 622	卷一百五十二 …… 727
李颀	颜真卿
卷一百三十四 …… 627	

5

卷一百五十三 729	李白
李华	卷一百七十二 817
卷一百五十四 733	李白
萧颖士	卷一百七十三 821
卷一百五十五 737	李白
崔曙	卷一百七十四 824
卷一百五十六 739	李白
王翰	卷一百七十五 829
卷一百五十七 742	李白
孟云卿	卷一百七十六 833
卷一百五十八 745	李白
张巡 张抃 贺兰进明 闾丘晓 庾光先 韦丹 萧昕 李希仲 杨志坚	卷一百七十七 837
	李白
卷一百五十九 748	卷一百七十八 841
孟浩然	李白
卷一百六十 755	卷一百七十九 846
孟浩然	李白
卷一百六十一 769	卷一百八十 851
李白	李白
卷一百六十二 774	卷一百八十一 855
李白	李白
卷一百六十三 779	卷一百八十二 860
李白	李白
卷一百六十四 783	卷一百八十三 864
李白	李白
卷一百六十五 787	卷一百八十四 870
李白	李白
卷一百六十六 791	卷一百八十五 876
李白	李白
卷一百六十七 795	卷一百八十六 879
李白	韦应物
卷一百六十八 799	卷一百八十七 883
李白	韦应物
卷一百六十九 804	卷一百八十八 889
李白	韦应物
卷一百七十 808	卷一百八十九 894
李白	韦应物
卷一百七十一 813	卷一百九十 900

韦应物
卷一百九十一 ················ 906
　韦应物
卷一百九十二 ················ 912
　韦应物
卷一百九十三 ················ 918
　韦应物
卷一百九十四 ················ 924
　韦应物
卷一百九十五 ················ 927
　韦应物
卷一百九十六 ················ 931
　孟彦深 刘湾 孙昌胤 乔琳 柳浑
卷一百九十七 ················ 933
　张谓
卷一百九十八 ················ 937
　岑参
卷一百九十九 ················ 949
　岑参
卷二百 ······················ 955
　岑参
卷二百一 ···················· 966
　岑参
卷二百二 ···················· 972
　沈宇 张鼎 薛奇童 杨谏 张万顷 沈颂 梁锽
卷二百三 ···················· 976
　杜俨 赵良器 黄麟 郭向 郭良 王乔 徐九皋 阎宽 李收 程弥纶 屈同仙 豆卢复 荆冬倩 梁洽 郑绍 朱斌 梁德裕 常非月 张良璞 孙欣 王羡门 芮挺章 楼颖 李康成
卷二百四 ···················· 981
　杨贲 李清 陈季 王邕 庄若讷 魏璀 王颜 窦冀 鲁收 朱逵 许瑶
卷二百五 ···················· 984
　包佶
卷二百六 ···················· 988
　李嘉祐

目录

卷二百七 ···················· 994
　李嘉祐
卷二百八 ···················· 998
　包何
卷二百九 ···················· 1000
　贾邕 刘舟 长孙铸 房白 元晟 刘太冲 姚发 郑愕 殷少野 郧载
卷二百十 ···················· 1002
　皇甫曾
卷二百十一 ··················· 1006
　高适
卷二百十二 ··················· 1012
　高适
卷二百十三 ··················· 1019
　高适
卷二百十四 ··················· 1023
　高适
卷二百十五 ··················· 1031
　李岘 李栖筠 徐浩 薛令之 邹绍先 李穆 冯著 王迥 李晔 敬括
卷二百十六 ··················· 1034
　杜甫
卷二百十七 ··················· 1044
　杜甫
卷二百十八 ··················· 1052
　杜甫
卷二百十九 ··················· 1060
　杜甫
卷二百二十 ··················· 1065
　杜甫
卷二百二十一 ················· 1073
　杜甫
卷二百二十二 ················· 1082
　杜甫
卷二百二十三 ················· 1092
　杜甫
卷二百二十四 ················· 1100
　杜甫

卷二百二十五 杜甫	1108
卷二百二十六 杜甫	1119
卷二百二十七 杜甫	1127
卷二百二十八 杜甫	1136
卷二百二十九 杜甫	1143
卷二百三十 杜甫	1152
卷二百三十一 杜甫	1163
卷二百三十二 杜甫	1170
卷二百三十三 杜甫	1176
卷二百三十四 杜甫	1182
卷二百三十五 贾至	1187
卷二百三十六 钱起	1191
卷二百三十七 钱起	1200
卷二百三十八 钱起	1209
卷二百三十九 钱起	1217
卷二百四十 元结	1227
卷二百四十一 元结	1233
卷二百四十二 张继	1240
卷二百四十三 韩翃	1244
卷二百四十四 韩翃	1249
卷二百四十五 韩翃	1254
卷二百四十六 独孤及	1259
卷二百四十七 独孤及	1264
卷二百四十八 郎士元	1269
卷二百四十九 皇甫冉	1274
卷二百五十 皇甫冉	1282
卷二百五十一 刘方平	1291
卷二百五十二 刘太真 袁傪 崔何 王纬 郭澹 高傪 李岑 苏寓 袁邕 李纾 于邵	1294
卷二百五十三 王之涣 阎防 薛据 姚系 令狐峘 滕珦	1298
卷二百五十四 常衮 褚朝阳	1302
卷二百五十五 苏源明 郑虔 毕耀 韦济 田澄 沈东美 苏涣	1304
卷二百五十六 刘眘虚	1307
卷二百五十七 息夫牧 宋华 邹象先 韦建 殷寅 柳中庸	1309
卷二百五十八 崔惠童 崔敏童 苗晋卿 贾轫 赵居贞 萧华 李岑 元友让 蒋冽 蒋涣 段怀然 张俛 陈孙 李峰	1312
卷二百五十九 沈千运 王季友 于逖 张彪 赵微明 元季川	1316
卷二百六十 秦系	1320

卷二百六十一 …………………… 1323
　任华 魏万 崔宗之 崔成甫 严武 韦迢 郭受
卷二百六十二 …………………… 1327
　韩滉 窦蒙 张濯 王绰 郑锡 古之奇 李阳冰
卷二百六十三 …………………… 1330
　严维
卷二百六十四 …………………… 1335
　顾况
卷二百六十五 …………………… 1341
　顾况
卷二百六十六 …………………… 1346
　顾况
卷二百六十七 …………………… 1350
　顾况
卷二百六十八 …………………… 1356
　耿湋
卷二百六十九 …………………… 1364
　耿湋
卷二百七十 ……………………… 1369
　戎昱
卷二百七十一 …………………… 1378
　窦叔向 窦常 窦牟 窦群 窦庠 窦巩
卷二百七十二 …………………… 1389
　韦元甫 王铤 潘炎 张叔良 吕牧 韦夏卿 綦毋诚 姚伦 于结 郑孺华 张叔卿 房孺复 杨郇伯 陈润 杜诵 郑丹 郑旷 朱长文
卷二百七十三 …………………… 1393
　戴叔伦
卷二百七十四 …………………… 1405
　戴叔伦
卷二百七十五 …………………… 1413
　张建封 于良史 崔膺 冯宿 陆长源 张众甫 王武陵 朱宿
卷二百七十六 …………………… 1416
　卢纶
卷二百七十七 …………………… 1423
　卢纶
卷二百七十八 …………………… 1429
　卢纶
卷二百七十九 …………………… 1435
　卢纶
卷二百八十 ……………………… 1441
　卢纶
卷二百八十一 …………………… 1446
　崔琮 李竦 张惟俭 章八元 张莒 史延 韩濬 郑辕 王濯 独孤绶 仲子陵 张佐 丁泽 阎济美 张少博 周彻 高拯 王表 独孤授 王储 周渭
卷二百八十二 …………………… 1450
　李益
卷二百八十三 …………………… 1456
　李益
卷二百八十四 …………………… 1464
　李端
卷二百八十五 …………………… 1469
　李端
卷二百八十六 …………………… 1479
　李端
卷二百八十七 …………………… 1485
　畅当 畅诸
卷二百八十八 …………………… 1487
　陆贽 张濛 常沂 周存 黎逢 张昔 丁位 元友直 杨系 崔绩 张季略 裴达 裴逵 沈迥
卷二百八十九 …………………… 1490
　杨凭
卷二百九十 ……………………… 1492
　杨凝
卷二百九十一 …………………… 1495
　杨凌
卷二百九十二 …………………… 1497
　司空曙
卷二百九十三 …………………… 1503
　司空曙
卷二百九十四 …………………… 1509

崔峒

卷二百九十五 1513
　　苗发 吉中孚 夏侯审 王烈 卫象 崔季卿
　　何兆 奚贾

卷二百九十六 1515
　　张南史

卷二百九十七 1518
　　王建

卷二百九十八 1524
　　王建

卷二百九十九 1531
　　王建

卷三百 1536
　　王建

卷三百一 1544
　　王建

卷三百二 1552
　　王建

卷三百三 1557
　　刘商

卷三百四 1562
　　刘商

卷三百五 1566
　　陈翊 刘复 冷朝阳 于尹躬 柳郴 李子卿

卷三百六 1570
　　朱湾

卷三百七 1573
　　丘丹 贾弇 沈仲昌 谢良辅 鲍防 杜奕 郑
　　概 陈元初 吕渭 范灯 樊珣 刘蕃

卷三百八 1578
　　张志和 张松龄 陆羽

卷三百九 1580
　　郭郧 韦同则 李夷简 李约

卷三百十 1582
　　于鹄

卷三百十一 1588
　　刘长川 郑常 陈存 王观 崔瓘 郑审 朱彬
　　李彦远 范元凯

卷三百十二 1591
　　刘迥 李幼卿 李深 羊滔 薛戎 谢勮

卷三百十三 1593
　　崔元翰 独孤良器 高崇文 罗珦 皇甫澈 张
　　登 韦执中 邵真 何频瑜 骆浚 罗让

卷三百十四 1597
　　陈京 韦渠牟 窦参 卢群 韦皋 李愿 王智
　　兴 袁高 崔子向 张署 归登

卷三百十五 1601
　　朱放

卷三百十六 1603
　　武元衡

卷三百十七 1609
　　武元衡

卷三百十八 1618
　　李吉甫 郑细 郑余庆 赵宗儒 柳公绰 张正
　　一 徐放 崔备 萧祜 王良士 独孤实 卢士
　　政 于敖 皇甫镛

卷三百十九 1622
　　颜粲 徐敞 张聿 麹信陵 张正元 王履贞
　　彭伉 林藻 李观 李绛 崔枢 陆复礼 李正
　　辞 张嗣初 许康佐 许尧佐 李君房 杜羔
　　车纮

卷三百二十 1627
　　权德舆

卷三百二十一 1631
　　权德舆

卷三百二十二 1635
　　权德舆

卷三百二十三 1640
　　权德舆

卷三百二十四 1644
　　权德舆

卷三百二十五 1648
　　权德舆

卷三百二十六 1652
　　权德舆

卷三百二十七 1655

　　权德舆
卷三百二十八 ·············· 1659
　　权德舆
卷三百二十九 ·············· 1663
　　权德舆
卷三百三十 ··············· 1667
　　张荐 崔邠 杨於陵 许孟容 冯伉 潘孟阳
　　武少仪
卷三百三十一 ·············· 1670
　　段文昌 姚向 温会 李敬伯 姚康
卷三百三十二 ·············· 1672
　　羊士谔
卷三百三十三 ·············· 1680
　　杨巨源
卷三百三十四 ·············· 1692
　　令狐楚
卷三百三十五 ·············· 1697
　　裴度
卷三百三十六 ·············· 1700
　　韩愈
卷三百三十七 ·············· 1707
　　韩愈
卷三百三十八 ·············· 1714
　　韩愈
卷三百三十九 ·············· 1719
　　韩愈
卷三百四十 ··············· 1725
　　韩愈
卷三百四十一 ·············· 1732
　　韩愈
卷三百四十二 ·············· 1736
　　韩愈
卷三百四十三 ·············· 1741
　　韩愈
卷三百四十四 ·············· 1747
　　韩愈
卷三百四十五 ·············· 1753
　　韩愈

卷三百四十六 ·············· 1756
　　王涯
卷三百四十七 ·············· 1760
　　贾棱 刘遵古 李正封 崔立之 郭遵 韦纾
　　樊阳源 许稷 范传正 豆卢荣 邵偃 柳道伦
　　陈九流 夏方庆
卷三百四十八 ·············· 1763
　　陈羽
卷三百四十九 ·············· 1768
　　欧阳詹
卷三百五十 ··············· 1775
　　柳宗元
卷三百五十一 ·············· 1780
　　柳宗元
卷三百五十二 ·············· 1785
　　柳宗元
卷三百五十三 ·············· 1791
　　柳宗元
卷三百五十四 ·············· 1796
　　刘禹锡
卷三百五十五 ·············· 1803
　　刘禹锡
卷三百五十六 ·············· 1811
　　刘禹锡
卷三百五十七 ·············· 1818
　　刘禹锡
卷三百五十八 ·············· 1825
　　刘禹锡
卷三百五十九 ·············· 1831
　　刘禹锡
卷三百六十 ··············· 1838
　　刘禹锡
卷三百六十一 ·············· 1844
　　刘禹锡
卷三百六十二 ·············· 1849
　　刘禹锡
卷三百六十三 ·············· 1854
　　刘禹锡

11

卷三百六十四 ………… 1858	卷三百八十一 ………… 1936
刘禹锡	孟郊
卷三百六十五 ………… 1861	卷三百八十二 ………… 1941
刘禹锡	张籍
卷三百六十六 ………… 1870	卷三百八十三 ………… 1948
张弘靖 韩察 崔恭 陆澧 胡证 张贾 张文规	张籍
	卷三百八十四 ………… 1953
	张籍
卷三百六十七 ………… 1872	卷三百八十五 ………… 1963
张仲素	张籍
卷三百六十八 ………… 1875	卷三百八十六 ………… 1970
庾承宣 郑浣 张汇 陈通方 李应 陈师穆 李季何 李程 高弁 席夔 李行敏 陈讽 崔护	张籍
	卷三百八十七 ………… 1977
	卢仝
卷三百六十九 ………… 1879	卷三百八十八 ………… 1983
李翱 皇甫湜 樊宗师 卢储 皇甫松 马异 ………… 1881	卢仝
	卷三百八十九 ………… 1988
	卢仝
卷三百七十 ………… 1883	卷三百九十 ………… 1991
吕温	李贺
卷三百七十一 ………… 1886	卷三百九十一 ………… 1996
吕温	李贺
卷三百七十二 ………… 1892	卷三百九十二 ………… 2001
孟郊	李贺
卷三百七十三 ………… 1897	卷三百九十三 ………… 2007
孟郊	李贺
卷三百七十四 ………… 1901	卷三百九十四 ………… 2013
孟郊	李贺
卷三百七十五 ………… 1906	卷三百九十五 ………… 2016
孟郊	刘叉
卷三百七十六 ………… 1911	卷三百九十六 ………… 2019
孟郊	元稹
卷三百七十七 ………… 1916	卷三百九十七 ………… 2023
孟郊	元稹
卷三百七十八 ………… 1921	卷三百九十八 ………… 2027
孟郊	元稹
卷三百七十九 ………… 1926	卷三百九十九 ………… 2031
孟郊	元稹
卷三百八十 ………… 1931	
孟郊	

卷四百 .... 2035 　　元稹	卷四百十九 .... 2105 　　元稹
卷四百一 .... 2039 　　元稹	卷四百二十 .... 2110 　　元稹
卷四百二 .... 2043 　　元稹	卷四百二十一 .... 2114 　　元稹
卷四百三 .... 2047 　　元稹	卷四百二十二 .... 2118 　　元稹
卷四百四 .... 2051 　　元稹	卷四百二十三 .... 2123 　　元稹
卷四百五 .... 2055 　　元稹	卷四百二十四 .... 2127 　　白居易
卷四百六 .... 2059 　　元稹	卷四百二十五 .... 2136 　　白居易
卷四百七 .... 2063 　　元稹	卷四百二十六 .... 2144 　　白居易
卷四百八 .... 2067 　　元稹	卷四百二十七 .... 2149 　　白居易
卷四百九 .... 2071 　　元稹	卷四百二十八 .... 2155 　　白居易
卷四百十 .... 2075 　　元稹	卷四百二十九 .... 2161 　　白居易
卷四百十一 .... 2079 　　元稹	卷四百三十 .... 2168 　　白居易
卷四百十二 .... 2082 　　元稹	卷四百三十一 .... 2174 　　白居易
卷四百十三 .... 2086 　　元稹	卷四百三十二 .... 2180 　　白居易
卷四百十四 .... 2089 　　元稹	卷四百三十三 .... 2186 　　白居易
卷四百十五 .... 2092 　　元稹	卷四百三十四 .... 2194 　　白居易
卷四百十六 .... 2095 　　元稹	卷四百三十五 .... 2200 　　白居易
卷四百十七 .... 2098 　　元稹	卷四百三十六 .... 2207 　　白居易
卷四百十八 .... 2101 　　元稹	卷四百三十七 .... 2215 　　白居易

| 卷四百三十八 ……………… 2222
  白居易

| 卷四百三十九 ……………… 2230
  白居易

| 卷四百四十 ………………… 2238
  白居易

| 卷四百四十一 ……………… 2246
  白居易

| 卷四百四十二 ……………… 2253
  白居易

| 卷四百四十三 ……………… 2261
  白居易

| 卷四百四十四 ……………… 2268
  白居易

| 卷四百四十五 ……………… 2275
  白居易

| 卷四百四十六 ……………… 2283
  白居易

| 卷四百四十七 ……………… 2291
  白居易

| 卷四百四十八 ……………… 2299
  白居易

| 卷四百四十九 ……………… 2306
  白居易

| 卷四百五十 ………………… 2314
  白居易

| 卷四百五十一 ……………… 2321
  白居易

| 卷四百五十二 ……………… 2328
  白居易

| 卷四百五十三 ……………… 2335
  白居易

| 卷四百五十四 ……………… 2341
  白居易

| 卷四百五十五 ……………… 2348
  白居易

| 卷四百五十六 ……………… 2354
  白居易

卷四百五十七 ……………… 2362
  白居易

卷四百五十八 ……………… 2369
  白居易

卷四百五十九 ……………… 2376
  白居易

卷四百六十 ………………… 2385
  白居易

卷四百六十一 ……………… 2390
  白居易

卷四百六十二 ……………… 2393
  白居易

卷四百六十三 ……………… 2398
  胡杲 吉皎 刘真 郑据 卢真 张浑 韦式 张彤 周元范 繁知一 严休复 卢拱 李谅 刘猛 万彤云 卢贞

卷四百六十四 ……………… 2401
  王起 王损之 王炎 封孟绅 邵楚苌 郑俞 吴丹 王鉴 陈昌言 杜元颖 胡直钧 俞简 杨嗣复

卷四百六十五 ……………… 2405
  杨衡

卷四百六十六 ……………… 2410
  牛僧孺 叶季良 湛贲 薛存诚 裴次元 李宣远 李君何 周弘亮 陈蕳 曹著 王公亮 张仲方 崔玄亮 徐牧 王播 独孤良弼 沈传师 白行简 裴澄 罗立言 张灿

卷四百六十七 ……………… 2417
  牟融

卷四百六十八 ……………… 2423
  刘言史

卷四百六十九 ……………… 2429
  长孙佐辅 张碧 张瀛

卷四百七十 ………………… 2433
  卢殷 独孤申叔 严公弼 严公贶 庄南杰 李溟 贺兰朋吉 王鲁复 徐希仁

卷四百七十一 ……………… 2436
  雍裕之

卷四百七十二 …… 2439
　段弘古 何元上 宋济 符载 张俨 先汪 李
　赤 薛昇 孙叔向 刘皂 杨厚 裴交泰 李秘
　殷尧 林杰 郑立之 苏郁 浩虚舟 蔡京 张
　顶
卷四百七十三 …… 2443
　李逢吉 于頔 卢景亮 李渤 孟简 王仲舒
　孙革 汪万於 李宗闵 韦表微
卷四百七十四 …… 2448
　徐凝
卷四百七十五 …… 2454
　李德裕
卷四百七十六 …… 2466
　熊孺登
卷四百七十七 …… 2469
　李涉
卷四百七十八 …… 2477
　陆畅
卷四百七十九 …… 2480
　柳公权 吴武陵 韦处厚 杨敬之 李虞仲 张
　又新 封敖 马植 李廓
卷四百八十 …… 2485
　李绅
卷四百八十一 …… 2490
　李绅
卷四百八十二 …… 2496
　李绅
卷四百八十三 …… 2500
　李绅
卷四百八十四 …… 2503
　崔公信 杨虞卿 杨汝士 陈至 赵蕃
卷四百八十五 …… 2505
　鲍溶
卷四百八十六 …… 2512
　鲍溶
卷四百八十七 …… 2519
　鲍溶
卷四百八十八 …… 2523

卷四百八十八 …… 2523
　卢钧 范传质 贾谟 陈彦博 唐扶 陶雍 郭
　周藩 侯冽 王质 高铢
卷四百八十九 …… 2526
　舒元舆
卷四百九十 …… 2528
　卢宗回 周匡物 廖有方 皇甫曙 潘存实 陈
　去疾
卷四百九十一 …… 2531
　张萧远 李播 王季则 纪元皋 吴晃 郑还古
　独孤铉 王初 刘轲 朱昼 滕迈 滕倪
卷四百九十二 …… 2535
　殷尧藩
卷四百九十三 …… 2541
　沈亚之
卷四百九十四 …… 2544
　施肩吾
卷四百九十五 …… 2555
　费冠卿 萧建 刘虚白 张复 张胜之
卷四百九十六 …… 2557
　姚合
卷四百九十七 …… 2564
　姚合
卷四百九十八 …… 2572
　姚合
卷四百九十九 …… 2579
　姚合
卷五百 …… 2583
　姚合
卷五百一 …… 2587
　姚合
卷五百二 …… 2592
　姚合
卷五百三 …… 2597
　周贺
卷五百四 …… 2604
　郑巢
卷五百五 …… 2607
　吕群 崔涯 郭良骥 王睿 焦郁 崔郊 刘鲁

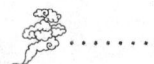

风 柳泌 何希尧 朱冲和 张光朝 梁鋐

卷五百六 …… 2611
　　章孝标

卷五百七 …… 2616
　　蒋防 李虞 裴潾 刘三复 韦瓘 崔郸

卷五百八 …… 2619
　　孔温业 赵存约 窦洵直 陈标 袁不约 李馀
　　白敏中 李敬方 李回 李甘 平曾 景审

卷五百九 …… 2624
　　顾非熊

卷五百十 …… 2630
　　张祜

卷五百十一 …… 2641
　　张祜

卷五百十二 …… 2652
　　杨洵美 长孙翱 卢求 欧阳衮

卷五百十三 …… 2654
　　裴夷直

卷五百十四 …… 2658
　　朱庆馀

卷五百十五 …… 2664
　　朱庆馀

卷五百十六 …… 2670
　　王彦威 庾敬休 许玫 厉玄 魏扶 杨汉公
　　何扶 柴夔 房千里 刘郇伯 李章武 萧仿
　　柳棠 钟辂

卷五百十七 …… 2673
　　杨发 杨收 杨乘 尹璞

卷五百十八 …… 2676
　　雍陶

卷五百十九 …… 2684
　　李远

卷五百二十 …… 2687
　　杜牧

卷五百二十一 …… 2693
　　杜牧

卷五百二十二 …… 2699
　　杜牧

卷五百二十三 …… 2705
　　杜牧

卷五百二十四 …… 2711
　　杜牧

卷五百二十五 …… 2719
　　杜牧

卷五百二十六 …… 2723
　　杜牧

卷五百二十七 …… 2729
　　杜牧

卷五百二十八 …… 2731
　　许浑

卷五百二十九 …… 2735
　　许浑

卷五百三十 …… 2739
　　许浑

卷五百三十一 …… 2743
　　许浑

卷五百三十二 …… 2747
　　许浑

卷五百三十三 …… 2751
　　许浑

卷五百三十四 …… 2755
　　许浑

卷五百三十五 …… 2760
　　许浑

卷五百三十六 …… 2765
　　许浑

卷五百三十七 …… 2772
　　许浑

卷五百三十八 …… 2775
　　许浑

卷五百三十九 …… 2779
　　李商隐

卷五百四十 …… 2794
　　李商隐

卷五百四十一 …… 2809
　　李商隐

卷五百四十二 ………………………… 2825
　纪唐夫　裴思谦　李衢　李损之　李景　张元
　李肱　郑史　许浑　牛丛　陈上美　杨鸿　赵璜
　潘咸　薛莹　崔元略　冯涯

卷五百四十三 ………………………… 2829
　喻凫

卷五百四十四 ………………………… 2834
　刘得仁

卷五百四十五 ………………………… 2841
　刘得仁

卷五百四十六 ………………………… 2845
　权审　邢群　曹汾　严恽　殷潜之　祝元膺　彭
　蟾　王枢　张希复　钱可复　张鹭　刘庄物

卷五百四十七 ………………………… 2848
　朱景玄　薛宜僚　郭圆　崔铉　元晦　路贯　郑
　薰

卷五百四十八 ………………………… 2851
　薛逢

卷五百四十九 ………………………… 2859
　赵嘏

卷五百五十 …………………………… 2869
　赵嘏

卷五百五十一 ………………………… 2876
　卢肇

卷五百五十二 ………………………… 2879
　丁稜　高退之　孟球　刘耕　裴翻　樊骧　崔轩
　蒯希逸　林滋　李宣古　黄颇　张道符　丘上卿
　石贯　李潜　孟守　唐思言　戈牢　金厚载　王
　甚夷

卷五百五十三 ………………………… 2884
　姚鹄

卷五百五十四 ………………………… 2888
　项斯

卷五百五十五 ………………………… 2895
　马戴

卷五百五十六 ………………………… 2901
　马戴

卷五百五十七 ………………………… 2908
　易重　孟迟　王铎　郑畋　谭铢　卢嗣立　朱可
　名　张良器

卷五百五十八 ………………………… 2912
　薛能

卷五百五十九 ………………………… 2918
　薛能

卷五百六十 …………………………… 2923
　薛能

卷五百六十一 ………………………… 2930
　薛能

卷五百六十二 ………………………… 2936
　刘威　李玖　潘唐

卷五百六十三 ………………………… 2940
　裴休　令狐绹　夏侯孜　魏谟　周墀　李景让
　郑颢　刘绮庄　张固　刘皋　李质　南卓　李讷
　崔元范　杨知至　李明远　萧缜　卢顺之　李善
　夷　卢潋　赵牧　裴诚

卷五百六十四 ………………………… 2945
　于兴宗　李朋　杨牢　李续　李汶儒　田章　薛
　蒙　李郢　于瓌　王严　刘瞻　李渥　刘璐　卢栯
　李体仁

卷五百六十五 ………………………… 2948
　韩琮

卷五百六十六 ………………………… 2951
　王传　卢邺　陆肱　崔澹　莫宣卿　封彦卿　李
　节　韦蟾　卢渥　郭夔　柳珪

卷五百六十七 ………………………… 2954
　郑嵎　崔橹

卷五百六十八 ………………………… 2958
　李群玉

卷五百六十九 ………………………… 2965
　李群玉

卷五百七十 …………………………… 2973
　李群玉

卷五百七十一 ………………………… 2978
　贾岛

卷五百七十二 ………………………… 2984
　贾岛

卷五百七十三 ········· 2992 贾岛	卷五百九十二 ········· 3083 曹邺
卷五百七十四 ········· 3001 贾岛	卷五百九十三 ········· 3088 曹邺
卷五百七十五 ········· 3008 温庭筠	卷五百九十四 ········· 3092 储嗣宗
卷五百七十六 ········· 3012 温庭筠	卷五百九十五 ········· 3095 于武陵
卷五百七十七 ········· 3016 温庭筠	卷五百九十六 ········· 3099 司马扎
卷五百七十八 ········· 3020 温庭筠	卷五百九十七 ········· 3103 徐商 高璩 高湘 崔安潜 裴铏 刘损 郑愚 霍总 陈陶 裴虔 李嵘 袁郊 张丛 冯衮 郑綮 温庭皓
卷五百七十九 ········· 3025 温庭筠	卷五百九十八 ········· 3107 高骈
卷五百八十 ········· 3027 温庭筠	卷五百九十九 ········· 3111 于濆
卷五百八十一 ········· 3030 温庭筠	卷六百 ········· 3115 牛徵 伊璠 萧遘 韦承贻 郑洪业 孙纬 欧阳玭 张演 裴澈 翁绶 潘纬 武瓘 袁皓 公乘亿 王季文 卢骈 王镣 李拯 顾封人 司马都
卷五百八十二 ········· 3033 温庭筠	
卷五百八十三 ········· 3037 温庭筠	
卷五百八十四 ········· 3043 段成式	卷六百一 ········· 3120 李昌符
卷五百八十五 ········· 3047 刘驾	卷六百二 ········· 3123 汪遵
卷五百八十六 ········· 3053 刘沧	卷六百三 ········· 3127 许棠
卷五百八十七 ········· 3061 李频	卷六百四 ········· 3133 许棠
卷五百八十八 ········· 3066 李频	卷六百五 ········· 3139 邵谒
卷五百八十九 ········· 3071 李频	卷六百六 ········· 3142 林宽
卷五百九十 ········· 3076 李郢	卷六百七 ········· 3145 刘邺 李骘 孙蜀 欧阳澥 陈黯 张孜 郑仁表 赵鸿 童翰卿
卷五百九十一 ········· 3081 崔珏	

卷六百八 ……… 3148	卷六百二十七 ……… 3236
皮日休	陆龟蒙
卷六百九 ……… 3153	卷六百二十八 ……… 3240
皮日休	陆龟蒙
卷六百十 ……… 3159	卷六百二十九 ……… 3244
皮日休	陆龟蒙
卷六百十一 ……… 3164	卷六百三十 ……… 3249
皮日休	陆龟蒙
卷六百十二 ……… 3169	卷六百三十一 ……… 3252
皮日休	张蕡 崔璐 李毂 崔璞 魏朴 羊昭业 颜萱
卷六百十三 ……… 3173	郑璧
皮日休	卷六百三十二 ……… 3256
卷六百十四 ……… 3179	司空图
皮日休	卷六百三十三 ……… 3263
卷六百十五 ……… 3185	司空图
皮日休	卷六百三十四 ……… 3269
卷六百十六 ……… 3189	司空图
皮日休	卷六百三十五 ……… 3277
卷六百十七 ……… 3192	周繇
陆龟蒙	卷六百三十六 ……… 3279
卷六百十八 ……… 3196	聂夷中
陆龟蒙	卷六百三十七 ……… 3282
卷六百十九 ……… 3201	顾云
陆龟蒙	卷六百三十八 ……… 3284
卷六百二十 ……… 3205	张乔
陆龟蒙	卷六百三十九 ……… 3291
卷六百二十一 ……… 3210	张乔
陆龟蒙	卷六百四十 ……… 3296
卷六百二十二 ……… 3215	曹唐
陆龟蒙	卷六百四十一 ……… 3301
卷六百二十三 ……… 3218	曹唐
陆龟蒙	卷六百四十二 ……… 3305
卷六百二十四 ……… 3222	来鹄
陆龟蒙	卷六百四十三 ……… 3309
卷六百二十五 ……… 3227	李山甫
陆龟蒙	卷六百四十四 ……… 3316
卷六百二十六 ……… 3231	李咸用
陆龟蒙	卷六百四十五 ……… 3321

李咸用	罗隐
卷六百四十六 …………… 3327	卷六百六十五 …………… 3419
李咸用	罗隐补遗
卷六百四十七 …………… 3333	卷六百六十六 …………… 3426
胡曾	罗虬
卷六百四十八 …………… 3342	卷六百六十七 …………… 3430
方干	郑损 张祎 卢携 李廷璧 许三畏 卢嗣业
卷六百四十九 …………… 3346	牛峤 郑合 李搏 李克恭 程贺 卢尚卿 顾
方干	在镕 翁洮 李屿 郑启 韩仪 温宪 姚岩杰
卷六百五十 …………… 3351	卷六百六十八 …………… 3435
方干	高蟾
卷六百五十一 …………… 3356	卷六百六十九 …………… 3438
方干	章碣
卷六百五十二 …………… 3361	卷六百七十 …………… 3441
方干	秦韬玉
卷六百五十三 …………… 3367	卷六百七十一 …………… 3445
罗邺	唐彦谦
卷六百五十四 …………… 3371	卷六百七十二 …………… 3453
罗隐	唐彦谦
卷六百五十五 …………… 3381	卷六百七十三 …………… 3459
罗隐	周朴
卷六百五十六 …………… 3385	卷六百七十四 …………… 3463
罗隐	郑谷
卷六百五十七 …………… 3389	卷六百七十五 …………… 3470
罗隐	郑谷
卷六百五十八 …………… 3393	卷六百七十六 …………… 3477
罗隐	郑谷
卷六百五十九 …………… 3397	卷六百七十七 …………… 3486
罗隐	郑谷
卷六百六十 …………… 3401	卷六百七十八 …………… 3488
罗隐	许彬
卷六百六十一 …………… 3404	卷六百七十九 …………… 3490
罗隐	崔涂
卷六百六十二 …………… 3407	卷六百八十 …………… 3497
罗隐	韩偓
卷六百六十三 …………… 3411	卷六百八十一 …………… 3502
	韩偓
卷六百六十四 …………… 3415	卷六百八十二 …………… 3509

韩偓
卷六百八十三 ………………… 3516
韩偓
卷六百八十四 ………………… 3524
吴融
卷六百八十五 ………………… 3531
吴融
卷六百八十六 ………………… 3537
吴融
卷六百八十七 ………………… 3543
吴融
卷六百八十八 ………………… 3549
孙偓 陆扆 薛昭纬 陆翱 狄归昌 斐廷裕 李沈 裴赞 卢汝弼
卷六百八十九 ………………… 3552
陆希声 李昭象
卷六百九十 …………………… 3555
王驾 王涣 戴司颜 吴仁璧 汪极 张曙 林嵩
卷六百九十一 ………………… 3558
杜荀鹤
卷六百九十二 ………………… 3567
杜荀鹤
卷六百九十三 ………………… 3578
杜荀鹤
卷六百九十四 ………………… 3582
张道古 唐廪 王毂 孙郃 褚载 郑准 陈乘
卷六百九十五 ………………… 3586
韦庄
卷六百九十六 ………………… 3591
韦庄
卷六百九十七 ………………… 3596
韦庄
卷六百九十八 ………………… 3602
韦庄
卷六百九十九 ………………… 3607
韦庄
卷七百 ………………………… 3609

韦庄
卷七百一 ……………………… 3615
王贞白
卷七百二 ……………………… 3620
张蠙
卷七百三 ……………………… 3627
翁承赞
卷七百四 ……………………… 3630
黄滔
卷七百五 ……………………… 3635
黄滔
卷七百六 ……………………… 3642
黄滔
卷七百七 ……………………… 3647
殷文圭
卷七百八 ……………………… 3650
徐夤
卷七百九 ……………………… 3657
徐夤
卷七百十 ……………………… 3663
徐夤
卷七百十一 …………………… 3670
徐夤
卷七百十二 …………………… 3673
钱珝
卷七百十三 …………………… 3678
喻坦之
卷七百十四 …………………… 3680
崔道融
卷七百十五 …………………… 3685
卢延让 裴䃸 王希羽 柯崇 刘象 沈颜 杨凝式 李琪 刘崇龟 刘崇鲁 孙定 许昼 薛准 裴谐
卷七百十六 …………………… 3689
曹松
卷七百十七 …………………… 3694
曹松
卷七百十八 …………………… 3700

目录

苏拯

卷七百十九 …………………… 3703
　　路德延 李旭 崔庸 胡骈 周祚 卢频 刘昚

卷七百二十 …………………… 3705
　　裴说

卷七百二十一 …………………… 3709
　　李洞

卷七百二十二 …………………… 3713
　　李洞

卷七百二十三 …………………… 3718
　　李洞

卷七百二十四 …………………… 3724
　　唐求

卷七百二十五 …………………… 3727
　　于邺

卷七百二十六 …………………… 3730
　　陆贞洞 刘谷 王祝 王涤 韦冰 李昌邺 王
　　硕 李缟 张绮 高蟾 贾驰 赵光远 郑良士
　　萧项

卷七百二十七 …………………… 3733
　　胡令能 严郾 蒋肱 张迥 张友正 伍唐珪
　　孙棨 颜荛 张为 马冉 周镛 刘赞 任翻 荆
　　浩 张直 陈光

卷七百二十八 …………………… 3738
　　周昙

卷七百二十九 …………………… 3745
　　周昙

卷七百三十 …………………… 3750
　　李九龄

卷七百三十一 …………………… 3752
　　胡宿 杜常 滕白 王嵒

卷七百三十二 …………………… 3755
　　高力士 王越宾 王良会 南诏骠信 赵叔达
　　杨奇鲲 布燮 朝衡 长屋 王巨仁 李赞华
　　成辅端 张隐 朱元 陈璠 捧剑仆

卷七百三十三 …………………… 3758
　　李密 孔德绍 郑颋 刘斌 刘辟 黄巢

卷七百三十四 …………………… 3761
　　罗绍威 罗衮 王镕 邓洵美 李京 许鼎 王
　　易简 朱褒 黄损 张衮 赵光逢

卷七百三十五 …………………… 3765
　　和凝

卷七百三十六 …………………… 3770
　　王仁裕

卷七百三十七 …………………… 3773
　　冯道 卢文纪 崔居俭 李涛 卢士衡 熊皦
　　熊皎 赵延寿 高辇 韩昭裔 张仁溥 李瀚
　　杨昭俭 刘坦 韦遵

卷七百三十八 …………………… 3777
　　宋齐丘 冯延巳 韩熙载 李徵古 潘佑 李昉
　　马致恭 张义方

卷七百三十九 …………………… 3780
　　李建勋

卷七百四十 …………………… 3787
　　孟宾于 廖匡图 廖凝 韦鼎 左偃

卷七百四十一 …………………… 3790
　　陈贶 刘洞 江为 高越

卷七百四十二 …………………… 3792
　　张泌

卷七百四十三 …………………… 3794
　　孙鲂 沈彬

卷七百四十四 …………………… 3797
　　伍乔

卷七百四十五 …………………… 3800
　　陈陶

卷七百四十六 …………………… 3806
　　陈陶

卷七百四十七 …………………… 3813
　　李中

卷七百四十八 …………………… 3820
　　李中

卷七百四十九 …………………… 3827
　　李中

卷七百五十 …………………… 3832
　　李中

卷七百五十一 …………………… 3836

徐铉

卷七百五十二 …………… 3839
　　徐铉

卷七百五十三 …………… 3844
　　徐铉

卷七百五十四 …………… 3847
　　徐铉

卷七百五十五 …………… 3851
　　徐铉

卷七百五十六 …………… 3857
　　徐铉

卷七百五十七 …………… 3862
　　徐锴 包颖 钟谟 查文徽 马彧 韩定辞 何昌龄 李羽 梁藻 陈沆 李询 韩垂 朱存 陈彦 许坚 王感化 李家明 汤悦 萧彧 孙岘 谢仲宣 钟蒨 乔舜 王沂 陈元裕

卷七百五十八 …………… 3867
　　孟贯

卷七百五十九 …………… 3870
　　成彦雄

卷七百六十 …………… 3872
　　周庠 张格 王锴 牛希济 冯涓 李浩弼 杨玢 韩昭 杨鼎夫 蒋贻恭 李珣 顾夐 张令问

卷七百六十一 …………… 3875
　　徐光溥 欧阳炯 刘义度 刘义叟 詹敦仁 詹琲 辛寅逊 丁元和 张立

卷七百六十二 …………… 3879
　　刘昭禹 李宏皋 何仲举 徐仲雅 伍彬 杨徽之 王元 廖融 王正己 翁宏 张观 孙光宪 刘章 路洵美 梁震

卷七百六十三 …………… 3885
　　杨夔 杜建徽 沈韬文 王继勋 刘乙 夏鸿 刘山甫 张昭 颜仁郁 王延彬

卷七百六十四 …………… 3888
　　谭用之

卷七百六十五 …………… 3892
　　王周

卷七百六十六 …………… 3897
　　刘兼

卷七百六十七 …………… 3904
　　孙元晏

卷七百六十八 …………… 3909
　　严识玄 何象 张震 丘光庭 武翊黄 李祜 韩屿 李茂复 李曜 吴圓 陆弘休 安锜 油蔚 胡玢 卢注 胡幽贞 狄焕 韩溉 金昌绪 曾麻几

卷七百六十九 …………… 3914
　　郑轨 刘戬 杨齐哲 刘夷道 杨希道 王勔 郭恭 张烜 张修之 梁献 符子珪 李何 郑纵 纪干著 李习 颜舒 朱绛 徐璧 徐安期 裴延 陈述 朱琳 谢陶 何赞 解彦融

卷七百七十 …………… 3918
　　董初 贺朝清 杨衡 唐暄 李韶 韦鹏翼 安鸿渐 李延陵 秦尚运 张仲谋 冯少吉 殷陶 罗炯 韩雄 苗仲方 陈嶰 张起 陈政 李建业 罗维 殷益 李得 王邵 曹脩古 朱子真 严郭 张子明 李谨言 吴烛 张保嗣 潘图 潘佐 李逸 沈麟 安凤 李伦 卢子发 王梦周 孙咸 李澣 钱戬 韦道逊 王揆 王言史

卷七百七十一 …………… 3923
　　宋雍 戴休珽 卢钺 赵抟 张安石 蒋吉 周渍

卷七百七十二 …………… 3926
　　赵起 王瓒 慕容韦 黄文 唐温如 欧阳宾 何敬 杨彝 裴瑶 郑玉 麻温其 韦镒 谢太虚 周岳秀 马逢

卷七百七十三 …………… 3929
　　萧意 徐之才 张陵 蔡瑰 唐怡 潘求仁 阎德隐 刘元叔 常理 冯待征 冷朝光 卫万 李章 王沈 王偓 李暇 李播 辛弘智

卷七百七十四 …………… 3932
　　吉师老 吴商浩 沈祖仙 邵士彦 吴大江 荆叔 萧静 元凛 徐振 张祎 方泽 景池 张鸿 姚揆 王训 张炽 虞羽客 郑遨

卷七百七十五 …………… 3935
　　崔江 李伉 刘望 易思 赵防 刘廓 姚偓 戴衢 李建枢 谢邈 唐备 方棫 范夜 卢群玉

杨行敏 张怀 赵湘 杨持 李聪 徐介 李士元

卷七百七十六 ……………… 3938
冯道之 徐谦 杨达 杨逵 魏兼恕 贾彦璋 欧阳瑾 李叔卿 熊曜 李宾 唐尧臣 郑缙 吴英秀 陈凝 伊梦昌 郑严 柳曾 牛及 卫光一 林璠 颜胄

卷七百七十七 ……………… 3942
邢象玉 张敬徽 徐玄之 郭汭 权彻 豆卢回 张南容 沈徽 林琨 吴象之 郑德玄 张轸 蔡文恭 贾宗 唐尧客 朱晦 石召 林梦卫叶

卷七百七十八 ……………… 3945
李季华 王玄 李归唐 朱光弼 顾甄远 魏奉 柳明献 蔡昆 令狐挺 滕潜 夏侯子云 方愚 潘雍 梁陟 朱延 寇埴 冯渚

卷七百七十九 ……………… 3948
王约 郭求 郑师贞 石殷士 柴宿 陶拱 刘瑰 朱华 戴察 孙顾 孙璧 陈璀 裴杞 陈祐 吴秘 张复元 穆寂 王景中 邓倚 汤洙 殷琮 朱延龄

卷七百八十 ……………… 3952
郑瑝 裴夷 杜周士 乐伸 徐至 纪干 讽朱休 李沛 成崿 夏侯楚 胡权 郭邕 张钦敬 叔孙玄观 王季友 南巨川 丁居晦 辛宏 康翊仁 陈中师 管雄甫 邓陟 吕价 苑咸 罗泰 崔藩 李勋

卷七百八十一 ……………… 3956
赵铎 徐元鼎 严巨川 吕炅 刘公兴 王卓 石倚 叶元良 裴大章 崔宗 郑馥 吴叔达 孟翱 郑昉 袁求贤 孟匡明 李子昂

卷七百八十二 ……………… 3959
员南溟 李胄 郑述诚 宋迪 万俟造 钱众仲 吕敞 郑袤 张公义 张何 濮阳瓘 王若岩 张随 徐仁嗣 卢征 顾伟 沈鹏 薛少殷 张元正

卷七百八十三 ……………… 3962
辛学士 卢尚书 郑仆射 郑中丞 韩常侍 梁补阙 卢尚书 苏广文 任生 吴公 曹生 缪氏子 京兆韦氏子

卷七百八十四 ……………… 3964
景龙文馆学士 神龙从臣 天宝时人 僖宗朝北省官 洪州将军 贞元文士 河北士人 元和举子 懿宗朝举子 白衫举子 唐末朝士 西鄙人 太上隐者 黄山隐 婺州山中人 同谷子 崔公佐客 洛中举子 江陵士子 织锦人 吏部选人 建业卜者 天骄游人 骊山游人 衡州舟子 华山老人 终南山翁 吴越失姓名人

卷七百八十五 ……………… 3968
无名氏

卷七百八十六 ……………… 3972
无名氏

卷七百八十七 ……………… 3975
无名氏

卷七百八十八 ……………… 3979
联句 李白 杜甫 颜真卿

卷七百八十九 ……………… 3983
联句 皇甫曾 严维 李益 耿㧑 李景俭 武元衡

卷七百九十 ……………… 3986
联句 裴度 李绛 刘禹锡 白居易

卷七百九十一 ……………… 3990
联句 韩愈 孟郊 贾岛

卷七百九十二 ……………… 3997
联句 张祜 杜牧 段成式

卷七百九十三 ……………… 4002
联句 皮日休 陆龟蒙 安守范

卷七百九十四 ……………… 4005
联句 清昼 郑遂

卷七百九十五 ……………… 4010
句 李日知 赵仁奖 郭廷谓 韦青 尉迟匡 何涓 杜伟 申堂构 周愿 第五琦 颜允南 季广琛 陈蜕 卫准 杜鸿渐 李挚 韦绶 冯戬 韩泰 卢并 缪岛云 刘敬之 李涛 高元裕 韦澳 王龟 李郁 詹雄 任涛 剧燕 王璘 李蔚 王枳 郑寅 张莹 吴霭 陈咏 蒋密 符蒙 李景遂 李弘茂 李平 胡元龟 蒋钧 史

目录

虚白 夏宝松 赵庆 潘天锡 朱觊 齐镐 黄可 高元矩 陈贶 赵休 庾仁杰 邵拙 毛炳 陈德诚 陈甫 徐融 高若拙 皮光业 屠瑰智 元德昭 林无隐 杨义方 王廷珪 欧阳彬 李尧夫 石文德 戴偃 张迥 钟元章 杨鸾 王俊 薛沆 张颔 张林 卢休 陈峤 李范 卞震 林楚才 孟不疑 庞季子 郭思 卢载 郑翱 郑说 史瑜 贺公 米都知 陈秀才 崔李二生 范氏子 临川小吏 韩熙载客 段义宗

卷七百九十六 …………………… 4018
  句 无名氏

卷七百九十七 …………………… 4021
  名媛 武后宫人 开元宫人 天宝宫人 德宗宫人 宣宗宫人 僖宗宫人 李舜弦 李玉箫 金真德 宝历宫人

卷七百九十八 …………………… 4023
  花蕊夫人徐

卷七百九十九 …………………… 4029
  名媛 杨容华 魏氏 乔氏 七岁女子 林氏 赵氏 郭绍兰 王韫秀 张夫人 王氏 裴淑 赵氏 张氏 薛媼 杨德麟 崔氏 陈玉兰 薛媛 孙氏 张立本女 侯氏 慎氏 薛瑶 王霞卿 窦梁宾 任氏 黄崇嘏 蒋氏 周仲美 张文姬 程长文

卷八百 …………………… 4035
  名媛 柳氏 程洛宾 红绡妓 晁采 崔莺莺 步非烟 崔紫云 姚月华 孟氏 赵氏 李节度姬 崔素娥 鲍家四弦 韩续姬

卷八百一 …………………… 4040
  无考女子 郎大家宋氏 梁琼 刘云 崔萱 崔仲容 崔公远 张琰 裴羽仙 刘媛 葛鸦儿 刘瑶 廉氏 田娥 刘淑柔 薛琼 赵虚舟 张瑛 长孙佐转妻 刘元载妻 刘氏妇 葛氏女 李主簿姬 京兆女子 湘驿女子 若耶溪女子 谁氏女 光 威 裒越溪杨女 曹文姬

卷八百二 …………………… 4046
  妓女 关盼盼 刘采春 太原妓 武昌妓 舞柘枝女 常浩 襄阳妓 王福娘 杨莱儿 楚儿 王苏苏 颜令宾 张窈窕 平康妓 史凤 盛小丛 赵鸾鸾 莲花妓 徐月英 韩襄客

卷八百三 …………………… 4051
  薛涛

卷八百四 …………………… 4056
  鱼玄机

卷八百五 …………………… 4060
  李冶 元淳 海印

卷八百六 …………………… 4063
  僧
  寒山

卷八百七 …………………… 4078
  拾得 丰干

卷八百八 …………………… 4082
  慧宣 法宣 慧侣 慧净 海顺 道恭 辨才 僧凤 利涉 道会 中寤 义净 宝月 景云 理莹 金地藏 怀素

卷八百九 …………………… 4087
  灵一

卷八百十 …………………… 4091
  灵澈 大易 法照 释泚 庞蕴

卷八百十一 …………………… 4094
  护国 法振

卷八百十二 …………………… 4097
  清江

卷八百十三 …………………… 4100
  无可

卷八百十四 …………………… 4104
  无可

卷八百十五 …………………… 4108
  皎然

卷八百十六 …………………… 4115
  皎然

卷八百十七 …………………… 4121
  皎然

卷八百十八 …………………… 4127
  皎然

卷八百十九 …………………… 4133
  皎然

25

卷八百二十	4138	卷八百三十七	4218
皎然		贯休	
卷八百二十一	4144	卷八百三十八	4225
皎然		齐己	
卷八百二十二	4151	卷八百三十九	4231
广宣		齐己	
卷八百二十三	4153	卷八百四十	4237
含曦 善生 韬光 知玄 元孚 栖白 应物 智亮 良乂 常达 僧鸾 神颖 澹交 文秀 怀楚 耽章		齐己	
		卷八百四十一	4243
		齐己	
卷八百二十四	4158	卷八百四十二	4249
子兰		齐己	
卷八百二十五	4160	卷八百四十三	4255
可止 云表 归仁 卿云 隐峦 泠然 大愚 怀濬 恒超 净显 修雅 元寂 若虚 文益 无则 谦光		齐己	
		卷八百四十四	4261
		齐己	
		卷八百四十五	4268
		齐己	
卷八百二十六	4165	卷八百四十六	4275
贯休		齐己	
卷八百二十七	4170	卷八百四十七	4281
贯休		齐己	
卷八百二十八	4176	卷八百四十八	4287
贯休		尚颜 虚中 栖蟾	
卷八百二十九	4182	卷八百四十九	4292
贯休		可朋 昙域 栖一 处默 修睦 无作 清尚 乾康	
卷八百三十	4187		
贯休			
卷八百三十一	4193		
贯休		卷八百五十	4296
卷八百三十二	4198	无考	
贯休		昙翼 隐求 智远 无闷 尚志 玄宝 怀浦 亚栖 惟审 慕幽 释彪 法轮 尚能 常雅 沧浩 若水 文鉴	
卷八百三十三	4203		
贯休			
卷八百三十四	4208	卷八百五十一	4299
贯休		慈恩寺沙门 水心寺僧 无名释 南唐失名僧 吴越僧 唐末僧 神迥 可隆 尔鸟 元础 悟清 契盈 淡然 庭实 知业 云容 元幽 志定 灵准 荆州僧	
卷八百三十五	4210		
贯休			
卷八百三十六	4214		
贯休		卷八百五十二	4302

道士
　　司马承祯　张氲　司马退之　裴儆然　轩辕弥明　陈寡言　李升　范尧佐　徐灵府　吴子来

卷八百五十三 ………… 4304
吴筠

卷八百五十四 ………… 4313
杜光庭

卷八百五十五 ………… 4316
　　郑遨　虞有贤　程紫霄　舒道纪　彭晓　鱼又玄

卷八百五十六 ………… 4319
吕岩

卷八百五十七 ………… 4323
吕岩

卷八百五十八 ………… 4328
吕岩

卷八百五十九 ………… 4334
吕岩

卷八百六十 ………… 4340
仙
　　孙思邈　叶法善　张果　许宣平　成真人　朱子真　申欢　李遐周　赵惠宗　栾清　韩湘　侯道华　裴航　钟离权

卷八百六十一 ………… 4344
　　马湘　张辞　陆禹臣　李真　殷七七　张令问　吴涵虚　李梦符　沈廷瑞　谭峭　伊用昌　许坚　许碏　张白　段毂　赵自然　李浩　徐钓者　蓝采和

卷八百六十二 ………… 4350
仙
　　清远道士　春台仙　酒肆布衣　嵩岳诸仙　芙蓉古丈夫　毛女　希道　隐者　广陵道士　黄冠野夫　蜀中酒阁道人　章江书生　蓼岭书生　成都醉道士　樵夫　李公佐仆　许大　许学士　紫微孙处士　青城丈人　太乙真君　方壶居士　太白山玄士　邻道场人　无名氏　无名氏　刘道昌　李太玄　曲龙山仙　陈复休　郑冠卿　陈蓬　伊梦昌

卷八百六十三 ………… 4356
女仙

　　张云容　崔少玄　戚逍遥　卓英英　眉娘　洛川仙女　南溟夫人　云台峰五女仙　吴清妻　上元夫人　慈恩塔院女仙　蜀宫群仙　织女　嵩山女　青童　观梅女仙　吴彩鸾　王氏女　毛女正美　桃花夫人　王仙仙　杨损妙女

卷八百六十四 ………… 4361
神
　　洞庭龙君　龙护老人　冥吏　滕传胤　水府君　李序　水神　辅国将军　太白山神　漢水神　湘中蛟女　龙女　广利王女　湘妃庙　明月潭龙女　黄陵美人　吴兴神女

卷八百六十五 ………… 4366
鬼
　　慕容垂　释明解　巴峡鬼　河湄鬼　介胄鬼　李叔霁　窦裕　书生　虎丘山石壁鬼　陆凭　韩奂　尉佗　刘溉　郑琼罗　沈青箱　襄阳旅殡举人　河中鬼　萧微　张省躬　商山三丈夫　郑适　甘露寺鬼　邵谒　石恪　富春沙际鬼　赵香

卷八百六十六 ………… 4371
鬼
　　九华山白衣　田达诚借宅鬼　长安中鬼　隔窗鬼　巴陵馆鬼　徐侃　商山客死书生　冢中人　崇圣寺鬼　任彦思家鬼　峡中白衣　张仁宝　崔常侍　李煜　庞德公　朱均　夷陵女郎　孔氏　唐晅妻张氏　韦璜　临淄县主　王氏妇　王丽真　客户里女子　密陀僧　西施　甄后　沙碛女子　陈宫妃嫔　湘中女子　薛涛　孟蜀妃　张太华　安邑坊女　韦检亡姬　苏检妻　宫嫔　金车美人　魏朋妻　刘氏亡妇　故台城妓　无名女鬼　无名鬼　秾华　张守中　无名鬼

卷八百六十七 ………… 4380
怪
　　浑家门客联句　长须国驸马咏妻　原陵老翁吟　严含质诗　李微诗　维扬空庄四怪联句　柳藏经二绝句　太白山魔诳道士诗　金岳魅诗　东阳夜怪诗　田四郎求婚联句　黑驹别卢传素诗　笔精诗　二斑与宁茵赋诗　白田獭魅别村女诗　邢君才旧宅三怪诗　维扬少年与孟氏赠答诗　胡志忠题户　高侍郎诗

27

吕氏宅妖誓师词 袁少年诗 东柯院妖谑杜令 嵩山小儿吟 鱼腹丹书 鱼身字 马作人语 孙长史女与焦封赠答诗 石瓮寺灯魅诗 洛下女郎歌 袁长官女诗 真符女与申屠澄赠和诗 夭桃诗 青衣春条诗 明器婢诗 妙香词 庐山女赠朱朴 青萝帐女赠穆郎 白蘋洲碧衣女子吟 新林驿女吟示欧阳训 击盘歌送欧阳训酒 白衣女子木叶上诗 凤凰台怪和歌四首

卷八百六十八 ………………… 4387
梦
　　肃宗 代宗 刘禹锡 邢凤 石季武 王炎 沈亚之 卢献卿 刘景复 郭仁表 国邵南 卢绛 张生 漳郡守 独孤遐叔妻白氏 张生妻张氏女 病狂人 陈季卿 周延翰 任玠 杜牧 骨偮 曾崇范妻 张孜

卷八百六十九 ………………… 4392
谐谑
　　高祖 睿宗 欧阳询 长孙无忌 裴略 省吏选人 裴玄智 窦昉 梁宝 释元康 李荣 张元一 杜易简 石抱忠 梁载言 刘行敏 陆子 杨廷玉 中宗朝优人 崔日用 吴人 封抱一 曲崇裕 权龙褒 崔泰之 苏颋 张敬忠 韦铿 邵景 李休烈 石惠泰 黄幡绰 祖咏 王昌龄 张怀庆 贺知章 顾况 史思明

卷八百七十 ………………… 4398
谐谑
　　高亭 贺遂涉 赵谦光 孔颙 吕温 张祜 朱冲和 崔涯 李宣古 杜牧 卢肇 韦蟾 严震 章孝标 李绅 杨汝士 柳棠 朱泽 郑光业 郑愚 郑仁表 胡曾 李昌符 孙子多 薛能 皮日休 郑綮 徐彦若 崔立言 韦鹏翼 姚嵓 李日新 柳逢 黎瓘 张保胤 陆岩梦 李都 荆人 冯道幕客 李花开 冯晖 李涛 杨苎萝 冯涓 卢延让 蒋贻恭 李贞白 郫城令 李令太守 刘炎

卷八百七十一 ………………… 4406
谐谑
　　甘洽 阎敬爱 李和风 归氏子 张鲁封 李昼 杨鸾 座客 周颋 张鹫 施肩吾 苏芸 包贺 蔡押衙 温庭筠 顾云 孙光宪 商则 罗颖 陈峤 何承裕 李涛 程紫霄 僧法轨

卷八百七十二 ………………… 4409
谐谑
　　无名氏

卷八百七十三 ………………… 4413
题语 判
　　李兼 杜兼 舒元舆 裴谞 李翱 韩滉 皇甫大夫 罗绍威 萧结 王鲁 伶人 张翱 赵武建 宋元素 张幹

卷八百七十四 ………………… 4416
歌

卷八百七十五 ………………… 4419
谶记

卷八百七十六 ………………… 4427
语

卷八百七十七 ………………… 4434
谚谜

卷八百七十八 ………………… 4437
谣

卷八百七十九 ………………… 4442
酒令

卷八百八十 ………………… 4444
占辞

卷八百八十一 ………………… 4447
李瀚

卷八百八十二 ………………… 4450
补遗
　　褚亮 陈叔达 王绩 崔善为 许敬宗 卢照邻 宋之问 苏颋 薛曜 李怀远 赵彦伯 乔备 孙逖 卢象 刘长卿 萧颖士 王翰 张鼎 李白 杜甫 皇甫冉 张彪

卷八百八十三 ………………… 4454
补遗
　　严维 顾况 耿㵎 窦叔向 王季友 刘商 杨巨源 欧阳詹 白居易 杨衡 丘丹 张碧 陈羽 长孙佐辅 窦巩 姚合 李涉 张祜

卷八百八十四 ………………… 4459

补遗
　　杜牧 厉玄 赵瑕 喻凫 潘咸 刘得仁 薛莹 贾岛 庄南杰 薛能 朱景玄 许浑 李频 李郢 于武陵 崔橹 刘绮庄

卷八百八十五 …………………… 4464
补遗
　　皮日休 司空图 罗隐 唐彦谦 方干 王驾 杜荀鹤 翁承赞 王贞白 张蠙 卢延让

卷八百八十六 …………………… 4468
补遗
　　曹松 李洞 卢士衡 熊皎 孙鲂 刘昭禹 刘乙 姚揆 陈光 杨凝式

卷八百八十七 …………………… 4473
补遗
　　卢言 裴谞 任要 韦洪 马义 张绍 郑露 林披 公孙杲 李夐 畅甫 吴士矩 吴黔 崔融 钱信 胡传美 许宏 文丙 路应 李缜 戴公怀 孟翔 崔耿 宇文鼎 郭密之 扈载 薛光谦 尉迟汾 马令

卷八百八十八 …………………… 4478
补遗
　　灵澈 贯休 齐己 可朋 修睦 清豁 吴筠 李冶

卷八百八十九 …………………… 4481
词
　　明皇帝 昭宗皇帝 后唐庄宗 南唐嗣主李璟 后主煜 蜀主王衍 后蜀主孟昶

卷八百九十 …………………… 4485
词
　　李景伯 沈佺期 裴谈 张说 崔液 李白 元结 张志和 张松龄 韩翃 韦应物 王建 戴叔伦 刘禹锡 白居易 刘长卿 窦弘余 康骈

卷八百九十一 …………………… 4490
词
　　杜牧 崔怀宝 郑符 段成式 张希复 温庭筠 皇甫松 司空图 韩偓 张曙 钟辐

卷八百九十二 …………………… 4496
词
　　韦庄 牛峤

卷八百九十三 …………………… 4501
词
　　毛文锡 和凝 牛希济

卷八百九十四 …………………… 4506
词
　　薛昭蕴 顾敻 鹿虔扆

卷八百九十五 …………………… 4511
词
　　魏承班 尹鹗 毛熙震

卷八百九十六 …………………… 4516
词
　　李珣 欧阳炯 欧阳彬

卷八百九十七 …………………… 4522
词
　　阎选 孙光宪

卷八百九十八 …………………… 4528
词
　　张泌 冯延巳 徐昌图 徐铉

卷八百九十九 …………………… 4535
词
　　庾传素 刘侍读 许岷 林楚翘 无名氏 杨贵妃 闽后陈氏 柳氏 王丽真女郎 耿玉真

卷九百 …………………… 4538
词
　　吕岩 伊用昌

逸卷上 …………………… 4541
　　明皇帝 德宗皇帝 杨师道 上官仪 张谔 丁仙芝 殷遥 王维 李顾 王昌龄 刘长卿 崔曙 李白 张谓 李嘉祐 钱起 顾况 陈润 崔膺 冯宿 于鹄 杨巨源 刘禹锡 周元范 王鲁复 陆畅 鲍溶 张萧远 殷尧藩 施肩吾 章孝标 陈标 杨收 许浑 喻凫 祝元膺 赵嘏 崔澹 贾岛 温庭筠 方干 罗隐 罗虬 杜荀鹤 神颖

逸卷中 …………………… 4548
　　惠文太子 元兢 马总 胡伯崇 高鹤林 朱千乘 清观 陈闰 李堪 崔致远 金立之 金可纪 庄翱 陆翚 何元 斐公行 苏替 路半千 贺兰遑 傅温 曹甗 陈素风 唐枢 温达 卢

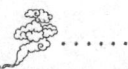

条 崔行检 陈上卿 王幹 樊寔 张殷 衡殷
穆 解叔禄 石严 张野人 卫填 虞搆 崔憕
李淮 金云卿 杨郁伯 李伯良 林逢 长孙镒
戴霋 豆卢岑 沈宁 李许 顾劢 古卢邕 李
潭 郑明 王有初 周存孺 张牙 郑师冉 章
嶰 崔建 朴昂 郢展 韦振 汉皓 道彦 冀金
子泰 绍伯 郁回 季方 李侍御 陆侍御 卢

秀才 真元 真幹 久则 去奢 良人 宋休 清
闲 灵业 大闲 奉蚌

逸卷下 ………………………… 4557
　无名氏 李峤

索引 …………………………… 4563

全唐诗卷一

太宗皇帝

帝姓李氏,讳世民;神尧次子,聪明英武。贞观之治,庶几成康,功德兼隆,由汉以来,未之有也。而锐情经术,初建秦邸,即开文学馆,召名儒十八人为学士。既即位,殿左置弘文馆,悉引内学士,番宿更休。听朝之间,则与讨论典籍,杂以文咏。或日昃夜艾,未尝少息。诗笔草隶,卓越前古。至于天文秀发,沉丽高朗,有唐三百年风雅之盛,帝实有以启之焉。在位二十四年,谥曰文。集四十卷,馆阁书目:诗一卷,六十九首。今编诗一卷。

帝京篇十首并序

予以万几之暇,游息艺文。观列代之皇王,考当时之行事。轩昊舜禹之上,信无间然矣。至于秦皇周穆,汉武魏明,峻宇雕墙,穷侈极丽,征税殚于宇宙,辙迹遍于天下;九州无以称其求,江海不能赡其欲,覆亡颠沛,不亦宜乎?予追踪百王之末,驰心千载之下,慨怀古,想彼哲人。庶以尧舜之风,荡秦汉之弊;用咸英之曲,变烂熳之音;求之人情,不为难矣。故观文教于六经,阅武功于七德。台榭取其避燥湿,金石尚其谐神人,皆节之于中和,不系之于淫放。故沟洫可悦,何必江海之滨乎;麟阁可玩,何必两一作山陵之间乎;忠良可接,何必海上神仙乎;丰镐可游,何必瑶池之上乎?释实求华,以人从欲,乱于大道,君子耻之。故述《帝京篇》以明雅志云尔。

秦川雄帝宅,函谷壮皇居。绮殿千寻起,离宫百雉余。连甍遥接汉,飞观迥凌虚。云日隐层阙,风烟出绮疏。

岩廊罢机务,崇文聊驻辇。玉匣启龙图,金绳披凤一作鸟篆。韦编断仍一作方续,缥帙舒还卷。对此乃淹留一作忘忧,欹案观坟典。

移步出词林,停舆欣武一作载宴。雕弓写明月,骏马疑流电。惊雁落虚弦,啼猿悲急箭。阅赏诚多美,于兹乃忘倦。

鸣笳临乐馆,眺听欢芳节。急管韵朱弦,清一作长歌凝白雪。彩凤肃来仪一作下,玄鹤纷成列。去兹郑卫声，雅音方可悦。

芳辰追—作开逸趣，禁苑信多奇。桥形通汉上，峰势接云危。烟霞交隐映，花鸟自参差。何如肆辙迹，万里赏瑶池。

飞盖去芳园，兰桡游翠渚。萍—作梁间日彩乱，荷处香风举。桂楫满中川，弦歌振长屿。岂必—作独汾河曲，方为欢宴所。

落日双阙昏，回舆九重暮。长烟散—作引初碧，皎月澄轻素。搴幌玩琴书，开轩引云雾。斜—作银汉耿层阁，清风摇玉树。

欢乐难再逢，芳辰良可惜。玉酒泛云罍，兰殽陈绮席。千钟合尧禹，百兽谐金石。得志重寸阴，忘怀轻尺璧。

建章欢赏夕，二八尽妖妍。罗绮昭阳殿，芬芳玳瑁筵。珮移星正动，扇掩月初圆。无劳上悬圃，即此对神仙。

以兹游观极，悠然独长想。披卷—作襟览前踪，抚躬寻既往。望古茅茨约，瞻今兰殿广。人—作入道恶—作怠高危，虚心戒盈荡。奉天竭诚敬，临民思惠养。纳善察忠谏，明科慎刑赏。六五诚难继，四三非易仰。广待淳化敷，方嗣云亭响。

饮马长城窟行

塞外悲风切，交河冰已结。瀚海百重波，阴山千里雪。迥戍危烽火，层峦引高节。悠悠卷旆旌，饮马出长城。寒沙连骑迹，朔吹断边声。胡尘清玉塞，羌笛韵金钲。绝漠干戈戢，车徒振原隰。都尉反龙堆，将军旋马邑。扬麾氛雾静，纪石功名立。荒裔一戎衣，灵—作云台凯歌入。

执契静三边

执契静三边，持衡临万姓。玉彩辉关烛，金华流日镜。无为宇宙清，有美璇玑正。皎佩星连景，飘衣云结庆。戢武—作戈耀七德，升文辉九功。烟波澄旧碧，尘火息前红。霜野韬莲剑，关城罢月弓。钱缀榆天合，新城柳塞空。

花销葱岭雪，縠尽流沙雾。秋驾转兢怀，春冰弥轸虑。书绝龙庭羽，烽休凤穴戍。衣宵寝二难，食旰餐三惧。翦暴兴先废，除凶存昔亡。圆盖归天壤—作坏，方舆入地荒。孔海池京邑，双河沼帝乡。循—作修躬思励己，抚俗愧时康。元首伫盐梅，股肱惟辅弼。羽贤崆岭四，翼圣襄城七。浇俗庶反淳，替文聊就质。已知隆至道，共欢区宇一。

正日临朝

条风开献节，灰律动初阳。百蛮奉遐赆，万国朝未央。虽无舜禹迹，幸欣天地康。车轨同八表，书文混四方。赫奕俨冠盖，纷纶盛服章。羽旄飞驰道，钟鼓震岩—作修廓。组练辉霞色，霜戟耀—作照朝光。晨宵怀至理，终愧抚遐荒。

幸武功庆善宫

乐府诗题作唐功成庆善乐舞辞。一曰九功舞，殿庭朝会所奏文舞也。《新唐书·礼乐志》曰：太宗生于武功之庆善宫。贞观六年，幸之，宴从臣，赏赐闾里，同汉沛宛，帝欢甚。赋诗，吕才被之管弦，名曰《功成庆善乐》。以童儿六十四人，冠进德冠，紫裤褶，长袖漆髻，屣履而舞。《旧书·乐志》曰：庆善乐，太宗所造也，名九功之舞。舞蹈安徐，以像文德洽而天下安乐也。冬正享燕及国有大庆，与七德舞偕奏之庭。

寿丘惟旧迹，鄷邑乃前基。粤予承累圣，悬弧亦在兹。弱龄逢运改，提剑郁匡时。指麾八荒定，怀柔万国夷。梯山咸—作盛入款，驾海亦来思。单于陪武帐，日逐卫文槐。端扆朝四岳，无为任百司。霜节明秋景，轻冰结水湄。芸黄遍原隰，禾颖积京畿—作甸。共乐还乡—作谯宴，欢比大风诗。

重幸武功

代马依朔吹，惊禽愁昔丛。况兹承眷—作睿德，怀旧感深衷。积善忻余庆，畅武悦成—作阅神功。垂衣天下治，端拱车书同。白水巡前迹，丹陵幸旧宫。列筵欢故老，高宴聚新丰。驻跸抚田畯，回舆访牧童。瑞—作王气紫丹阙，祥烟散碧空。孤屿含霜白，遥山带日红。于焉欢击筑,聊以咏南风。

经破薛举战地 义宁元年,击举于扶风,败之。

昔年怀壮气,提戈初仗节。心随朗日高,志与—作比秋霜洁。移锋惊电起,转战长河决。营碎落星沉,阵卷横云裂。一挥氛沴静,再举鲸鲵灭。于兹俯旧原,属目驻华轩。沉沙无故迹,灭灶有残痕。浪霞穿水净,峰雾抱—作拖莲昏。世途亟流易,人事殊今昔。长想眺前踪,抚躬聊自适。

过旧宅二首

新丰停翠辇,谯邑驻鸣笳。园荒一径断,苔古—作台平半阶斜。前池消旧水,昔树发今花。一朝辞此—作北地,四海遂为—作成家。

金舆巡白水,玉辇驻新丰。纽落藤披架,花残菊破丛。叶铺—作铺庭荒草蔓,流竭半池空。纫佩兰凋—作生径,舒圭叶翦桐。昔地一蕃内,今宅九围中。架海波澄镜,韬戈器反农。八表文同轨,无劳歌大风。

还陕述怀

慨然抚长剑,济世岂邀名。星旗纷电举,日羽肃天行。遍野屯万骑,临原驻五营。登山麾武节,背水纵神兵。在昔戎戈动,今来宇宙平。

入潼关

崤函称地险,襟带壮两京。霜峰直临道,冰河曲绕城。古木参差影,寒猿断续声。冠盖往来合,风尘朝夕惊。高谈先马度,伪晓预鸡鸣。弃繻怀远志,封泥负壮情。别—作向有真人气,安知名不名。

于北平作

翠野驻戎轩,卢龙转征旆。遥山丽如绮,长流萦似带。海气百重楼,岩松千丈盖—作三尺大。兹焉可游赏,何必襄城外。

辽城望月

玄兔月初明,澄辉照辽碣。映云光暂隐,

隔树花如缀。魄满桂枝圆,轮亏镜彩缺。临城却影散,带晕重围结。驻跸俯九都,停—作伫观妖氛灭。

春日登陕州城楼,俯眺原野回丹—作回舟,碧缀烟霞,密翠斑红,芳菲花柳,即目川岫,聊以命篇

碧原开雾隰,绮岭峻霞城。烟峰高下翠,日浪浅深明。斑红妆蕊树,圆青压溜荆。迹岩劳傅想,窥野访莘情—作清。巨川何以济,舟楫伫时英。

春日玄武门宴群臣

韶光开令序,淑气动芳年。驻辇华林侧,高宴柏梁前。紫庭文珮—作树满,丹墀衮绂连。九夷簜瑶席,五狄列琼筵。娱宾歌湛露,广乐奏钧天。清—作盈尊浮绿醑,雅曲韵朱弦。粤余君—作临万国,还渐抚—作俯八埏。庶几保贞固,虚己厉求贤。

登三台言志

未央初壮汉,阿房昔侈秦。在危犹骋丽,居奢遂役人。岂如家四海,日宇罄—作整朝伦—作轮。扇天裁户旧,砌地翦基新。引月擎—作擘宵桂,飘云逼曙鳞。露除光炫玉,霜阙映雕银。舞接花梁燕,歌迎鸟路尘。镜池波太液,庄苑丽宜春。作异甘泉日,停非路寝辰。念劳惭逸己,居旷返劳神。所欣成大厦,宏材伫—作宠临停渭滨。

出猎

楚王云梦泽,汉帝长杨宫。岂若因农暇,阅武出辕嵩。三驱陈锐卒,七萃列材雄。寒野霜氛—作气白,平原烧火红。雕戈夏服箭,羽骑绿沉弓。怖兽潜幽壑,惊禽散翠空。长烟晦落景,灌木振—作偃岩风。所为除民瘼,非是悦林丛。

冬狩

烈烈寒风起,惨惨飞云浮。霜浓凝广隰,

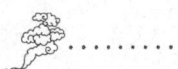

冰厚结清流。金鞍移上苑,玉勒骋平畴。旌旗四望合,罝罗一面求。楚踪争兕—作麀殪,秦亡角—作解鹿愁。兽忙投密树,鸿惊起砾洲。骑敛原尘静,戈回岭日收。心非—作悲洛汭逸,意在渭滨游。禽荒非所乐,抚辔更招忧。

春日望海

披襟眺沧海,凭轼玩春芳。积流横地纪—作轴,疏派引天潢。仙气凝三岭,和风扇—作散八荒。拂潮—作晓云布色,穿浪日舒光。照岸花分彩,迷云雁断行。怀卑运深广,持满守灵长。有形非易测,无源讵可量。洪涛经变野,翠岛屡成桑。之罘思汉帝,碣石想秦皇。霓裳非本意,端拱且图王。

临洛水

春蒐驰—作骋骏骨,总辔俯长河。霞处流紫—作云锦,风前漾卷罗。水花—作光翻照树,堤兰倒插波。岂必汾阴曲,秋云发棹歌。

望终南山

重峦俯渭水,碧嶂插遥天。出红扶岭日,入翠贮岩烟。叠松朝若夜,复岫阙疑全。对此恬千虑,无劳访九仙。

元日

高轩暧春色,邃阁媚朝光。彤庭飞彩斾—作旆,翠幌曜明珰。恭己临四极,垂衣驭八荒。霜戟列丹陛,丝竹韵长廊。穆矣熏风茂,康哉帝道昌。继文遵后轨,循古鉴前王。草秀故春色,梅艳昔年妆。巨川思欲济,终以寄舟航。

初春登楼即目观作述怀

凭轩俯兰阁,眺瞩散灵襟。绮峰含翠雾,照日蕊红林。镂丹霞锦—作铺岫,残素雪斑岑。拂浪堤垂柳,娇花鸟续吟。连甍岂一拱,众干如千寻。明非独材力,终藉栋梁深。弥怀矜乐志,更惧戒盈心。愧制劳居逸,方规十产金。

首春

寒随穷律变,春逐鸟声开。初风飘带柳,晚—作晓雪间花梅。碧林青旧竹,绿沼翠新苔。芝田初雁去,绮树巧—作未莺来。

初晴落景

晚霞聊自怡,初晴弥可喜。日晃—作光百花色,风动千林翠。池鱼跃不同,园鸟声还异。寄言博通者,知予物外志。

初夏

一朝春—作初夏改,隔夜鸟花迁。阴阳深浅叶,晓夕重轻烟。哢莺犹响殿,横丝正网天。珮高兰影接,绶细草纹连。碧鳞惊棹侧,玄燕舞檐前。何必汾阳处,始复有山泉。

度秋

夏律昨留灰,秋箭今移晷。峨嵋岫初出,洞庭波渐起。桂白发幽岩,菊黄开灞涘。运流方可叹,含毫属微理。

仪鸾殿早秋

寒惊蓟门叶,秋发小山枝。松阴背日转,竹影避风移。提壶菊花岸,高兴芙蓉池。欲知凉气早,巢空燕不窥。

秋日即目《英华》作秋日即事

爽气浮丹阙,秋光澹紫宫。衣碎荷疏影,花明菊点丛。袍轻低草露,盖侧舞松风。散岫飘云叶,迷路飞烟鸿。砌冷兰凋佩,闺寒树陨桐。别鹤栖琴里,离猿啼峡中。落野飞星箭,弦虚半月弓。芳菲夕雾起,暮色满房栊。

山阁晚秋

山亭秋色满,岩牖凉风度。疏兰尚染烟,残菊犹承露。古石衣新苔,新巢封古树。历览情无极,咫尺—作只畏轮光暮。

秋暮言志

朝光浮烧野,霜华净碧空。结浪冰初镜,在径菊方丛。约岭烟深翠,分旗霞散红。抽思滋泉侧,飞想傅岩中。已获千箱庆,何以继熏风。

喜雪

碧昏朝合雾,丹卷暝韬霞。结叶繁云色,凝琼遍雪华。光楼皎若粉,映幕集疑沙。泛柳飞飞絮,妆梅片片花。照璧台圆月,飘珠箔穿露。瑶洁短长阶,玉丛高下树。映桐珪累白,萦峰莲抱素。断续气将沉,徘徊岁云暮。怀珍愧隐德,表瑞仁丰年。蕊间飞禁苑,鹤处舞——作舞处忆伊川。倪咏幽兰曲,同欢黄竹篇。

秋日效庾信体 出淳化阁帖

岭衔宵月桂,珠穿晓露丛。蝉啼觉树冷,萤火不温风。花生圆菊蕊,荷尽戏鱼通。晨浦鸣飞雁,夕渚集栖鸿。飒飒高天吹,氛澄下炽空。

赋尚书

崇文时驻步,东观还停辇。辍膳玩三坟,晖本作辉,《初学记》作留灯披五典。一作日昃玩百篇,临灯披五典。寒心睹肉林,飞魄看沉湎。一作夏康既逸豫,商辛亦流湎。纵情昏主多,克己明君鲜。灭身资累恶,成名由积善。既承百王末一作来,战兢随岁转。

咏司马彪续汉志

二仪初创一作构象,三才乃分位。非惟树司牧,固亦垂文字。绵代更膺期,芳图无辍记。炎汉承君道,英谟篡神器。潜龙既可跃,逵一作术,或作林,或作置兔奚难致。前史殚妙词,后昆沉雅思。书言扬盛迹,补阙兴洪志。川谷犹旧途,郡国开新意。梅山未觉朽,谷水谁云异。车服随名表,文物因时置。凤戟翼康衢,銮舆一作衡总柔辔。清浊必能澄,洪纤幸无蔽。观仪不失序,遵礼方由事。政宣竹律和,时平玉条备。文囿雕奇彩,艺门蕴深致。云飞星共流,风扬月兼一作徐至。类禋遵令典,坛墠资良地。五胜竟无违,百司诚有庇。粤予承暇景,谈丛引泉一作众秘。讨论穷义府,看核披经笥。大辨良难仰,小学终先匮。闻道谅知荣,含毫孰忘愧。

咏风

萧条起关塞,摇飏下蓬瀛。拂林花乱彩,响谷鸟分声。披云罗影散,泛水织文生。劳歌大风曲,威加四海清。

咏雨

罩云飘远岫,喷雨泛长河。低飞昏岭腹,斜足洒岩阿。泫丛珠缔叶,起溜镜图一作圆波。濛柳添丝密,含吹织空罗。

咏雪

洁野凝晨曜,装墀带夕晖。集条分树玉,拂浪影泉玑。色洒汝台粉,花飘绮席衣。入扇萦离一作虚匣,点素皎残机。

赋得夏首启节

北阙三春晚,南荣九夏初。黄莺弄渐变,翠林花落余。瀑流还响谷一作石,猿啼自应虚。早荷向心卷,长杨就影舒。此时欢不极,调轸坐相于。

赋得白日半一作傍西山

红轮不暂驻,乌飞岂复停。岑霞渐渐落,溪阴寸寸生。藿叶随光转,葵心逐照倾。晚烟含树色,栖鸟杂流声。

置酒坐飞阁

高轩临碧渚,飞檐迥架空。余花攒镂一作漏槛,残柳散雕栊一作宫。岸菊初含蕊,园梨始带红。莫一作却虑昆山暗,还一作不共尽一作酒杯中。

采芙蓉

结伴戏方一作芳塘,携手上雕航。船移分细浪,风散动浮香。游莺无定曲,惊凫有乱行。莲稀钏声断,水广棹歌长。栖乌还密树,泛流归建章。

赋得樱桃春字韵

华林满芳景,洛阳遍阳一作宜春。朱颜含远日,翠色影长津。乔柯啭娇鸟,低枝映美人。

昔作园中实,今来一作为席上珍。

赋得李

玉衡流桂圃,成蹊正可寻。莺啼密一作绿叶外,蝶戏脆一作晚花心。丽景光朝彩,轻霞一作烟散夕阴。暂顾晖一作奎章侧,还一作远眺灵山林。

赋得浮桥

岸曲非千里,桥斜异七星。暂低逢辇度,还高值一作逗浪惊。水摇文鹢动,缆转锦花萦。远近随轮影,轻重应人行。

谒并州大兴国寺诗

回銮游福地,极目玩芳晨。梵钟交二响,法日转双轮。宝刹遥承露,天花近足春。未佩兰犹小,无丝柳尚新。圆光低月殿,碎影乱风筠。对此留余想,超然离俗尘。

咏兴国寺佛殿前幡

拂霞疑电落,腾虚状写虹。屈伸烟雾里,低举白云中。纷披乍依迥,掣曳或随风。念兹轻薄质,无翅强摇空。

望送魏徵葬

阊阖总金鞍,上林移玉辇。野郊怆新别,河桥非旧饯。惨日映峰沉,愁云随盖转。哀笳时断续,悲旌乍舒卷。望望情何极,浪浪泪空泫。无复昔时人,芳春共谁遣。

伤辽东战亡

凿门初奉律,仗战始临戎。振鳞方跃浪,骋翼正凌风。未展六奇术,先亏一篑功。防身岂乏智,殉命有余忠。

月晦

晦魄移中律,凝暄起丽城。罩云朝盖上,穿露晓珠呈。笑树花分色,啼枝鸟合声。披襟欢一作还眺望,极目畅春情。

秋日一作夜翠微宫

秋日凝翠一作紫岭,凉吹肃离宫。荷疏一盖缺,树冷半帷空。侧阵移鸿影,圆花钉菊丛。摅怀俗尘外,高眺白云中。

初秋夜坐

斜廊连绮阁,初月照宵帏。塞冷鸿飞疾,园秋蝉噪迟。露结林疏叶,寒轻菊吐滋。愁心逢此节,长叹独含悲。

秋日二首

菊散金风起,荷疏玉露圆。将秋数行雁,离夏几林蝉。云凝愁半岭,霞碎缬高天。还似成都望,直见峨一作峨眉前。

爽气澄兰沼,秋风动桂林。露凝千片玉,菊散一丛金。日岫高低影,云空点缀阴。蓬瀛不可望,泉石且娱心。

冬宵各为四韵

雕一作彫宫静龙漏,绮阁宴公侯。珠帘烛焰动,绣柱水光浮。云一作尘起将歌发,风停与管遒。琐除一作池任多士,端扆竟何忧。

冬日临昆明池

石鲸分玉溜,劫烬隐平沙。柳影冰无叶,梅心冻有花。寒野凝朝雾,霜天散夕霞。双情犹未极,落景遽西斜。

望雪

冻云宵遍岭,素雪晓凝华。入牖千重碎,迎风一半斜。不妆空散粉,无树独飘花。萦空惭夕照,破彩谢晨霞。

守岁一作董思恭诗

暮景斜芳殿,年华丽绮宫。寒辞去冬雪,暖带入春风。阶馥舒梅素,盘花卷烛一作卷烛花红。共欢新故岁,迎送一宵中。

除夜一作董思恭诗

岁阴空暮纪,献节启新芳。冬尽今宵促,年开明日长。冰消出镜水,梅散入风香。对此欢终宴,倾壶待曙光。

咏雨

和气一作风吹绿野,梅雨洒芳田。新一作细流添旧涧,宿雾足朝烟。雁湿行无次,花沾色更鲜。对此欣登岁,披襟弄五弦。

赋得含峰云

翠楼含晓雾,莲峰带晚云。玉叶依岩聚,金枝触石分。横天结阵影,逐吹起罗文。非复阳台下,空将惑楚君。

三层阁上置音声

绮筵移暮景,紫阁引宵烟。隔栋歌尘合,分阶舞影连。声流三处管,响乱一作匝一重弦。不似秦楼上,吹箫空学仙。

远山澄碧雾

残云收翠岭,夕雾结长空。带岫凝全碧,障霞隐半红。仿佛分初月,飘飘度晓风。还因三里处,冠盖远相通。

赋得花庭雾

兰气已熏宫,新蕊半妆丛。色含轻重雾,香引去来风。拂树浓舒碧,萦花薄蔽红。还当杂行雨,仿佛隐遥空。

春池柳

年柳变池台,隋堤曲直回。逐浪丝一作分阴去,迎风带影来。疏黄一鸟弄,半翠几眉开。紫雪临春岸,参差间早梅。

芳兰

春晖开紫一作禁苑,淑景媚兰场。映庭含浅色,凝露泫浮光。日丽参差影,风传一作和轻重香。会须君子折,佩里作芬芳。

咏桃一作董思恭诗

禁苑春晖一作光丽,花蹊绮一作几树妆。缀条深浅色,点露参差光。向日分千笑,迎风共一香。如何仙岭侧,独秀隐遥芳。

赋帘

参差垂玉阙,舒卷映兰宫。珠光一作花摇素月,竹影乱清风。彩散银钩上,文斜桂户中。惟当杂罗绮,相与一作为媚房栊。

咏乌代陈师道

凌晨丽城去,薄暮上林栖。辞枝枝暂起,停树树还低。向日终难托,迎风讵肯迷。只待纤纤手,曲里作宵啼。

咏饮马

骏骨饮长泾,奔流洒络缨。细纹连喷聚,乱荇绕蹄萦。水光鞍上侧,马影溜中横。翻似天池里,腾波龙种生。

赋得残菊

阶兰凝曙霜,岸菊照晨光。露浓晞晚一作晓笑,风劲浅一作摇残香。细叶凋轻翠,圆花飞碎黄。还持一作将今岁色,复结后年芳。

赋秋日悬清光赐房玄龄

秋露凝高掌,朝光上翠微。参差丽双阙,照耀满重闱。仙驭随轮转,灵乌带影飞。临一作照波无定彩,入隙有圆一作光晖。还当葵藿志,倾叶自相依。

琵琶《纪事》作董思恭诗

半月无双影,全一作金花有四时。摧藏千里态,掩抑几重悲。促节萦红袖,清音满翠帷。驶弹风响急,缓曲钏声迟。空余关陇恨,因此代相思。

宴中山

驱马出辽阳,万里转旗常。对敌六奇举,临戎八阵张。斩鲸澄碧海,卷雾扫扶桑。昔去兰萦翠,今来桂染芳。云芝浮碎叶,冰镜上朝光。回首长安道,方欢宴柏梁。

饯中书侍郎来济一作宋之问诗,非。

暖暖去尘昏灞岸,飞飞轻盖指河梁。云峰衣结千重叶,雪岫花开几树妆一作芳。深悲黄一作白鹤孤舟远,独叹青山别路长。聊将分袂沾巾泪,还用持添离席觞。

于太原召侍臣赐宴守岁

四时运灰琯,一夕变冬春。送寒余雪尽,迎岁早梅新。

咏烛二首

焰听—作折,或作畏风来动,花开不待春。镇下千行泪,非是为思人。

九龙蟠焰动,四照逐花生。即此流高殿,堪持待—作代月明。

咏弓 《纪事》作董思恭诗

上弦明月半,激箭流星远。落雁带书惊,啼猿映枝转。

赋得早雁出云鸣

初秋玉露清,早雁出—作生空鸣—作出云鸣。隔云时乱影,因风乍含—作合声。

赋得临池柳

岸曲丝阴聚,波移带影疏。还将眉里翠,来就镜中舒。

赋得临池竹

贞条障曲砌,翠叶贯—作负寒霜。拂牖分龙影,临池待凤翔。

赋得弱柳鸣秋蝉

散影玉阶柳,含翠隐鸣蝉。微形藏叶里,乱响出—作生风前。

探得李 —作咏李,《纪事》作董思恭诗

盘根直—作植盈—作瀛渚,交干横倚天。舒华光四海,卷叶荫三川。

咏小山

近谷交紫蕊,遥峰对出莲。径细无全磴,松小未含烟。

赐萧瑀

疾风知劲草,板荡识—作昏日辨诚臣。勇夫安—作宁识义,智者必怀仁。

赐房玄龄

太液仙舟迥,西园隐上才。未晓征车度,鸡鸣关早开。

辽东山夜临秋

烟生遥岸隐,月落半崖阴。连山惊鸟乱,隔岫断猿吟。

赐魏徵诗 魏徵善治酒。有名曰醽醁,曰翠涛,世所未有。太宗赐诗曰:

醽醁胜兰生,翠涛过玉薤。千日醉不醒,十年味不败。兰生,汉武帝百味旨酒;玉薤,隋炀帝酒名也。

两仪殿赋柏梁体 《两京记》:贞观五年,太宗破突厥,宴突利可汗于两仪殿,赋七言诗柏梁体。

绝域降附天下平,帝。八表无事悦圣情。淮安王。云披雾敛天地明。长孙无忌。登封日观禅云亭,房玄龄。太常具礼方告成。萧瑀。

句

雪耻酬百王,除凶报千古。《本纪》云:贞观二十年秋,帝幸灵州,破薛延陀。时铁勒诸部遣使相继入贡。请置吏,北荒悉平。帝为五言诗,勒石于灵州,以序其事。今止存此。

昔乘匹马去,今驱万乘来。题河中府逍遥楼。《江邻几志》。

近日毛虽暖,闻弦心已惊。《咏乌》、《海录碎事》。

《玉海》云:帝赐褚亮诗,有隔阔相思之句,今无考。又《翰府名谈》云:唐庄宗尝引太宗诗句,"待余心肯日,是汝命通时",似又出后人附会,非帝诗也。姑记诸此。

全唐诗卷二

高宗皇帝

帝讳治,文皇第九子,始封晋王。贞观十七年立为皇太子。在位三十四年。谥曰天皇大帝,集八十六卷,今失传。存诗八首。

太子纳妃太平公主出降 咸亨四年,太子弘纳妃裴氏。有司奏赞用白雁,适苑中获之。

龙楼光曙景,鲁馆启朝扉。艳日浓妆影,低星降婺辉。王庭浮瑞色,银榜藻祥徽。云转花萦盖,霞飘叶缀旂。雕轩回翠陌,宝驾归丹殿。鸣珠佩晓—作绕衣,镂璧轮开—作初扇。华冠列绮筵,兰醑申芳宴。环阶凤乐陈,玳席珍羞荐。蝶舞袖香新,歌分落素尘。欢凝欢懿戚,庆叶庆初姻。暑阑炎气息,凉早吹疏频。方期六合泰,共赏万年春。

七夕宴悬圃二首

羽盖飞天汉,凤驾越层峦。俱叹三秋阻,共叙一宵欢。璜亏夜月落,屦碎晓星残。谁能重操杼,纤手濯清澜。

霓裳转云路,凤驾俨—作临天潢。亏星凋夜屦,残月落朝璜。促欢今夕促,长离别后长。轻梭聊驻织,掩泪独悲伤。

过温汤

温渚停仙跸,丰郊驻晓旌。路曲回轮影,岩虚传漏声。暖溜惊湍驶,寒空碧雾轻。林黄疏叶下,野白曙霜明。眺听良无已,烟霞断续生。

九月九日

端居临玉扆,初—作永律启金商。凤阙澄秋色,龙闱引夕凉。野净山气敛,林疏风露长。砌兰亏半影,岩桂发全香。满盖荷凋翠,圆花菊散黄。挥鞭争电烈,飞羽乱星光。柳空穿石碎,弦虚侧月张。怯猿啼落岫,惊雁断分行。斜轮低夕景,归旆拥通庄。

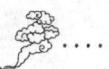

谒慈恩寺题奘法师房 时帝为太子，题诗帖之于户，见奘法师传。旧作太宗诗，误。

停轩观福殿，游目眺皇畿。法轮含日转，花盖接云飞。翠烟香绮阁，丹霞光宝衣。幡虹遥合彩，定水迥分晖。萧然登十地，自得会三归。

谒大慈恩寺

日宫开万—作百仞，月殿耸千寻。花盖飞团影，幡虹曳曲阴。绮霞遥笼帐，丛珠细网林。寥廓烟云表，超然物外心。

守岁 第六句缺一字

今宵冬律尽，来朝丽景新。花余凝地雪，条含暖吹分。缀吐芽犹嫩，冰□已镂津。薄红梅色冷，浅绿柳轻春。送迎交两节，暄寒变一辰。

咸亨殿宴近臣诸亲柏梁体

《玉海》：仪凤三年七月丁巳，宴近臣诸亲于九成宫之咸亨殿。上谓霍王元轨等曰："甘雨频降，夏麦丰熟，秋稼滋荣，思与叔等同为此欢。"因赋七言，效柏梁体。皇太子霍王相王侍臣并和。

屏欲除奢政返淳。帝。霍王以下和句亡。

中宗皇帝

帝讳显，高宗第七子。始封周王。仪凤二年，徙封英王，改名哲。永隆元年，立为皇太子。及即位，太后临朝称制，废帝为庐陵王。神龙元年，复辟。在位六年。谥曰孝和。帝于景龙中，置修文馆学士，盛引词学之臣，从侍游宴。春幸梨园，并渭水祓除，则赐细柳圈辟恶；夏宴蒲萄园，赐朱樱；秋登慈恩浮图，献菊花酒称寿；冬幸新丰，历白鹿观，上骊山，赐浴汤池，给香粉兰泽，从行给翔麟马，品官黄衣各一。帝有所感，即赋诗，学士皆属和焉。集四十卷，失传。今存诗及联句诗七首。

九月九日幸临渭亭登高得秋字 并序

陶潜盈把，既浮九酝之欢；毕卓持螯，须尽一生之兴。人题四韵，同赋五言。其最后成，罚之引满。

九日正乘秋，三杯兴已周。泛桂迎尊满，吹花向酒浮。长房萸早熟，彭泽菊初收。何藉龙沙上，方得恣淹留。《纪事》云：时景龙三年。是宴也，韦安石、苏瑰诗先成。于经野、卢怀慎最后成，罚酒。

登骊山高顶寓目

四郊秦汉国，八水帝王都。阊阖—作间阖雄里闲，城阙壮规模。贯渭称天邑，含岐实奥区。金门披玉馆，因此识皇—作黄图。《纪事》云：帝自题序。末云，人题四韵，后罚三杯。日暮，成者五六人，余皆罚酒。

幸秦始皇陵 景龙三年十二月十八日

眷言君失德，骊邑想秦余。政烦方改篆，愚俗乃焚书。阿房久已灭，阁道遂成墟。欲厌东南气，翻伤掩鲍车。

立春日游苑迎春

神皋福地三秦邑，玉台金阙九仙家。寒光犹恋甘泉树，淑景偏临建始花。彩蝶黄莺未歌—作欲舞，梅香柳色已矜—作堪夸。迎春正启流霞席，暂嘱曦轮勿遽斜。

十月诞辰内殿宴群臣效柏梁体联句

润色鸿业寄贤才，帝。叨居右弼愧盐梅。李峤。运筹帷幄荷时来，宗楚客。职掌图籍滥蓬莱。刘宪。两司谬忝谢钟裴，崔湜。礼乐铨管效涓埃。郑愔。陈师振旅清九垓，赵彦昭。欣承顾问侍天杯。李适。衔恩献寿柏梁台，苏颋。黄缣青简奉康哉。卢藏用。鲰生侍从忝王枚，李乂。右掖司言实不才。马怀素。宗伯秩礼—作祀天地开，薛稷。帝歌难续仰昭回。景龙文馆记作"廖司考能宸纲该"。宋之问。微臣捧日变寒灰，陆景初。远惭班左愧游陪。上官健仔。《纪事》云：帝谓侍臣曰，今天下无事，朝野多欢，欲与卿等词人，时赋诗宴乐，可识朕意。不须惜醉。大学士李峤、宗楚客等跪奏曰：臣等多幸，同遇昌期。谬以不才，策名文馆。思励驽朽，庶禅河岳。既陪天欢，不敢不醉。此后每游别殿，幸离宫，驻跸芳苑，鸣笳仙禁；或咸里宸筵，王门蕡席，无不毕从。

景龙四年正月五日,移仗蓬莱宫,御大明殿,会吐蕃骑马之戏,因重为柏梁体联句

　　大明御宇临万方,帝。顾惭内政翊陶唐。皇后。鸾鸣凤舞向平阳,长宁公主。秦楼鲁馆沐恩光。安乐公主。无心为子辄求郎,太平公主。雄才七步谢陈王。温王重茂。当态让辇愧前芳,上官昭容。再司铨筦恩可忘。吏部侍郎崔湜。文江学海思济航,著作郎郑愔。万邦考绩臣所详。考功员外郎武平一。著作不休出中肠,著作郎阎朝隐。权豪屏迹肃严霜。御史大夫窦从一。铸鼎开岳造明堂,将作大匠宗晋卿。玉醴由来献寿觞。吐蕃舍人明悉猎。《纪事》云,时上疑窦从一、宗晋卿素不属文,未即令续,二人固请,许之。吐蕃舍人明悉猎请令授笔,与之。悉猎云云,上大悦,赐与衣服。

石淙太子时作
　　三阳本是标灵纪,二室由来独擅名。霞衣霞锦千般状,云峰云岫百重生。水炫珠光遇泉客,岩悬石镜厌山精。永愿乾坤符睿算,长居膝下属欢情。

睿宗皇帝

　　帝讳旦,高宗第八子,中宗母弟,封相王。景龙四年,即皇帝位。帝谦恭孝友,好学,工草隶,尤爱文字训诂之书。在位三年。谥曰大圣贞皇帝。诗一首。

石淙相王时作
　　奇峰嶒嶙箕山北,秀崿岩峣嵩镇南。地首地肺何曾拟,天目天台倍觉惭。树影蒙茏鄣叠岫,波深汹涌落悬潭。□愿紫宸居得一,永欣丹扆御通三。第七句缺一字。

明皇帝

帝讳隆基,睿宗第三子。始封楚王,后为临淄郡王。景云元年,进封平王,立为皇太子。英武多能。开元之际,励精政事,海内殷盛。旁求宏硕,讲道艺文。贞观之风,一朝复振。在位四十七年。谥曰明。诗一卷。

过晋阳宫

缅想封唐处,实惟建国初。俯察伊晋野,仰观乃参虚。井邑龙斯跃,城池凤翔余。林塘犹沛泽,台榭宛旧居。运革祚中否,时迁命兹符。顾循承丕构,怵惕多忧虞。尚恐威不逮,复虑化未孚。岂徒劳辙迹,所期训戎车。习俗问黎人,亲巡慰里闾。永言念成功,颂德临康衢。长怀经纶日,叹息履庭隅。艰难安可忘,欲去良踟蹰。

行次成皋,途经先圣擒建德之所,缅思功业,感而赋诗

有隋政昏虐,群雄已交争。先圣按剑起,叱咤风云生。饮马河洛竭,作气嵩华惊。克敌睿图就,擒俘帝道亨。顾惭嗣宝历,恭承天下平。幸过翦鲸地,感慕神且英。

校猎义成,喜逢大雪,率题九韵,以示群官

弧矢威天下,旌旗游近县。一面施鸟罗,三驱教人战。暮云成积雪,晓色开行殿。皓然原隰同,不觉林野变。北风勇士马,东日华组练。触地银獐出,连山缟鹿见。月兔落高矰,星狼下急—作飞箭。既欣盈尺兆,复忆磻溪便。岁丰将遇贤,俱荷皇天眷。

赐诸州刺史以题座右

开元十六年,帝自择廷臣为诸州刺史。许景先虢州,源光裕郑州,寇泚宋州,郑温琦邠州,袁仁恭杭州,崔志廉襄州,李昇期邢州,郑放定州,蒋挺湖州,裴观沧州,崔诚遂州,凡十一人行。诏宰相诸王御史以上祖道洛滨,盛供具,奏太常乐,帛舫水嬉。赐诗令题座

右,且给笔纸,令自赋焉。

眷言思共理,鉴梦—作古想维良。猗欤此推择,声—作评绩著周行。贤能既俟进,黎献实仔康。视人当如子,爱人亦如伤。讲学试诵论,阡陌劝耕桑。虚誉不可饰,清知不可忘。求名迹易见,安贞德自彰。讼狱必以情,教民贵有常。恤惸且存老,抚弱复绥强。勉哉各祗命,知予眷万方。

送忠州太守康《纪事》作唐昭远等

端拱临中枢,缅怀共予理。不有台阁英,孰振循良美。分符侯甸内,拜手明庭里。誓节期饮冰,调人方导水。嘉声驰九牧,惠化光千祀。时雨俾昔贤,芳猷贯前史。仔尔颂中和,吾将令卿士。

送李邕之任滑台

汉家重东郡,宛彼白马津。黎庶既蕃殖,临之劳近臣。远别初首路,今行方及春。课成应第一,良牧尔当仁。

端午三殿宴群臣探得神字并序

律中蕤宾,献酬之象著;火在盛德,文明之义惮。故以式宴陈诗,上和下畅者也。朕宵衣旰食,辑声教于万方;卜战行师,总兵钤于四海。勤劳日给,忧忘心劳。闻蝉声而悟物变,见槿花而惊候改。所赖济济朝廷,视成鸿鹭;桓桓边塞,责办熊罴。喜麦秋之有登,玩梅夏之无事。时雨近霁,西郊霏靡而一色;炎云作峰,南山嵯峨而异势。正当召儒雅,宴高明。广殿肃而清气生,列树深而长风至。厨人尝散热之馔,酒正行逃暑之饮。庖捐恶鸟,俎献肥龟。新筒里练,香芦角黍。恭俭之仪有序,慈惠之意溥洽。讽味黄老,致息心于真妙;抑扬游夏,涤烦想于诗书。超然玄览,自足为乐。何止柏枕桃门,验厌术于经记;彩花命缕,观问遗之风俗。感婆娑于孝女,悯枯槁之忠臣而已哉!叹节气之循环,美君臣之相乐。凡百在会,咸可赋诗。五言纪其日端,七韵成其火数。岂独汉武之殿,盛朝士之连章,魏文之台,壮辞人之并作云尔。

五月符天数,五音调夏钧。旧来传五日,无事不称神。穴枕通灵气,长丝续命人。四时花竞巧,九子粽争新。方殿临华节,圆宫宴雅臣。进对一言重,遒文六义陈。股肱良足

咏,风化可还淳。

温汤对雪

北风吹同云,同云飞白雪。白雪乍回散,同云—作北风何惨烈。未见温泉冰,宁知火井灭。表瑞良在兹,庶几可怡悦。

登蒲州逍遥楼

长榆息烽火,高柳静风尘。卜征巡九洛,展豫出三秦。昔是潜龙地,今为上理辰。时平乘—作承道泰,聊赏遇年春。黄河分地络—作脉,飞观接天津。一览遗芳翰,千载肃如神。

经河上公庙

昔闻有耆叟,河上独遗荣。迹与尘嚣隔,心将道德并。讵以天地累,宁为宠辱惊。矫然翔寥廓,如何屈坚贞。玄玄妙门启,肃肃祠宇清。冥漠无先后,那能纪—作记姓名。

过王濬墓

吴国分牛斗,晋室命龙骧。受任敌已灭,策勋名不彰。居美未尽善,矜功徒自伤。长戟今何在,孤坟此路傍。不观松柏茂,空余荆棘场。叹嗟悬剑陇,谁识梦刀祥。

初入秦川路逢寒食

洛阳—作川芳树映天津,灞岸—作上垂杨窣地新。直为经过行处乐,不知虚度两京春。去年余—作有闰今春早,曙色和风著花草。可怜寒食与清明,光辉并在长安道。自从关路—作内入秦川,争道何人不戏鞭。公子途中妨—作方蹴鞠,佳人马上废—作戏秋千。渭水长桥今欲渡,葱葱渐见新丰树。远看骊岫入云霄,预想汤池起烟雾。烟雾氤氲水殿开,暂拂香轮归去来。今岁清明行已晚,明年寒食更相陪。

春台望

暇景属三春,高台聊四望。目极千里际,山川一何壮。太华见重岩,终南分叠嶂。郊原纷绮错,参差多异状。佳气满通沟,迟步入绮楼。初莺一一鸣红树,归雁双双—作迟迟去绿

洲。太液池中下黄鹤,昆明水上映牵牛。闻道汉家全盛日,别馆离宫趣非一。甘泉逶迤亘明光,五柞连延接未央。周庐徼道纵横转,飞阁回轩左右长。须念作劳居者逸,勿言我—作身后焉能恤。为想雄豪壮柏梁,何如俭陋卑茅室。阳乌黯黯向山沉,夕鸟喧喧入上林。薄暮赏余回步辇,还念中人罢百金。

过大哥宅探得歌字韵

鲁卫情先重,亲贤爱转多。冕旒丰暇日,乘景暂经过。戚里申高宴,平台奏雅歌。复寻为善乐,方验保山河。

同玉真公主过大哥山池

地有招贤处,人传乐善名。鹜池临—作寻九达,龙岫对层—作重城。桂月先秋冷,蘋风向晚清。凤楼遥可见,仿佛玉箫声。

经邹鲁祭孔子而叹之

夫子何为者,栖栖一代中。地犹鄹氏邑,宅即鲁王宫。叹凤嗟身否,伤麟怨道穷。今看两楹奠,当与梦时同。

惟此温泉是称愈疾,岂予独受其福,思与兆人共之。乘暇巡游,乃言其志

桂殿与山连,兰汤涌自然。阴崖含秀色,温谷吐潺湲。绩为蠲邪著,功因养正宣。愿言将亿兆,同此共昌延。

旋师喜捷—作平胡

边服胡尘起,长安汉将飞。龙蛇开阵法,豹虎振军威。诈虏脑涂地,征夫血染衣。今朝书奏入,明日凯歌归。

过老子庙

仙居怀圣德,灵庙肃神心。草合人踪断,尘浓鸟迹深。流沙丹灶没,关路紫烟沉。独伤千载后,空余松柏林。

途次陕州

境出三秦外,途分二陕中。山川入虞虢,风俗限西东。树古棠阴在,耕余让畔空。鸣笳从此去,行见洛阳宫。

野次喜雪

拂曙辟行宫,寒皋野望通。每云低远岫,飞雪舞长空。赋象恒依物,萦回屡逐风。为知勤恤意,先此示年丰。

送贺知章归四明并序

天宝三年,太子宾客贺知章。鉴止足之分,抗归老之疏,解组辞荣,志期入道。朕以其年在迟暮,用循挂冠之事,俾遂赤松之游。正月五日,将归会稽,遂饯东路。乃命六卿庶尹大夫,供帐青门,宠行迈也。岂惟崇德尚齿,抑亦励俗劝人。无令二疏,独光汉册,乃赋诗赠行。

遗荣期入道,辞老竟抽簪。岂不惜贤达,其如高尚心。寰中得秘要,方外散幽襟。独有青门饯,群僚—作英怅别深。

轩游宫十五夜

行迈离秦国,巡方赴洛师。路逢三五夜,春色暗中期。关外长河转,宫中淑气迟。歌钟对明月,不减旧游时。

观拔河俗戏并序

俗传此戏,必致年丰。故命北军,以求岁稔。

壮徒恒贾勇,拔拒抵长河。欲练英雄志,须明胜负多。噪齐山岌嶪,气作水腾波。预期年岁稔,先此乐时和。

同刘晃喜雨

节变寒初尽,时和气已春。繁云先合寸,膏雨自依旬。飒飒飞平野,霏霏静暗尘。悬知花叶意,朝夕望中新。

千秋节赐群臣镜

铸得千秋镜,光生百炼金。分将赐群后,遇象见清心。台上冰华澈,窗中月影临。更衔长绶—作寿带,留意感人深。

赐道士邓紫阳

太乙三门诀,元君六甲符。下传金版术,

上刻玉清书。有美探真士,囊中得秘书。自知_{一作兹}三醮后,翊我灭残胡。

幸蜀西至剑门

剑阁横云峻,銮舆出狩回。翠屏千仞合,丹嶂五丁开。灌木萦旗转,仙云拂马来。乘时方在德,嗟尔勒铭才。_{肃宗至德二年,普安郡守贾深勒石。}

答司马承祯上剑镜

宝照含天地,神剑合阴阳。日月丽光景,星斗裁文章。写鉴表容质,佩服为身防。从兹一赏玩,永德保龄长。

送赵法师还蜀因名山奠简

道家奠灵简,自昔仰神仙。真子今将命,苍生福可传。江山寻故国,城郭信依然。二室遥相望,云回洞里天。《纪事》云:法师观宇在今蜀州新津县也。

送道士薛季昌还山

洞府修真客,衡阳念旧居。将成金阙要,愿奉玉清书。云路三天近,松溪万籁虚。犹期传秘诀,来往候仙舆。

送玄同真人李抱朴谒灊山仙祠

城阙天中近,蓬瀛海上遥。归期千载鹤,春至一来朝。采药逢三秀,餐霞卧九霄。参同如有旨,金鼎待君烧。

春日出苑游瞩_{太子时作,一作张说诗。}

三阳丽景早芳辰,四序佳园物候新。梅花百树_{一作般}障去路,垂柳千条暗回津。鸟飞直为惊风叶,鱼没都由怯岸人。惟愿圣主南山寿,何愁不赏万年春。

春晚_{一作晓}宴两相及礼官丽正殿学士探得风字并序

朕以薄德,祗膺历数。正天柱之将倾,纫地维之已绝。故得承奉宗庙,垂拱岩廊。居海内之尊,处域中之大。然后祖述尧典,宪章禹绩,敦睦九族,会同四海。犹恐蒸黎未乂,徭戍未安;礼乐之政亏,师儒之道丧。乃命使者,衣绣服,行郡县,因人所利,择其可劳,所以便亿兆也;乃命将士,擐介胄,砺矢石,审山川之向背,应岁月之孤虚,所以静边陲也;乃命礼官,考制度,稽典则,序文昭武穆,享天地神祇,所以申严洁也。乃命学者,缮落简,绎遗编,纂鲁壁之文章,缀秦坑之煨烬,所以修文教也。故能使流寓返枌榆之业,戎狄称藩屏之臣,神祇歆其禋祀,庠序阐其经术。既家六合,时巡两京。函秦则委输斯远,鼎邑则朝宗所利。封畿四塞,从来测景之都;城阙千门,自昔交风之地。阴阳代谢,日月相推,岂可使春色虚捐,韶华并歇。乃置旨酒,命英贤,有文苑之高才,有披垣之良佐,举杯称庆,何乐如之。同吟湛露之篇,宜振凌云之藻。于时岁在乙丑,开元十三年三月二十七日。

乾道运无穷,恒将人代工。阴阳调历象,礼乐报玄穹。介胄清荒外,衣冠佐域中。言谈延国辅,词赋引文雄。野霁伊川绿,郊明巩树红。冕旒多暇景,诗酒会春风。

首夏花萼楼观群臣宴,宁王山亭回楼下又申之以赏乐赋诗并序

万物莫不气兆乎上,而形视乎下。铁石异品,云蒸并湿。草木无心,春来咸喜。故圣人弘道,先王法天。酒星主献酬之义,需卦陈饮食之象。近命群官_{一作臣}欣时乐宴。尽九春之丽景,匝三旬之暇日。畅饮桂山,棹歌沁水。醇以养德,味以平心。本将导达阳和,助成长育,亦朝廷多庆,军国余闲者也。前月之晦,细风飘雨。繁弦中止,列席半醉。佳辰易失,绝兴难追,良可惋也。今年带闰,节候全晚。暑气犹清,芳草未歇。申布雅意,复叙初筵。披乐善之邸,坐忘忧之观。东郊跬步,南山在目。足以缔夏首之新赏,补春余之坠欢。朕登览上宫,俯临长陌,畅众心之怡虞,欢归骑之逶迤。鼓之以琴瑟,侑之以筐篚。衢尊意洽,场藿思苗。赋我有嘉宾之诗,奏君臣相悦之乐。踟蹰西日,吟玩乘风,不知衷情之发于翰墨也。

今年通闰月,入夏展春辉。楼下风光_{一作花晚一作媚},城隅宴赏归。九歌扬政要,六舞散朝_{一作征衣}。天喜时相合,人和事不违。礼中推意厚,乐处感心微。别赏阳台乐,前旬暮雨飞。

同二相已下群官乐游园宴_{二相谓张说、宋璟}

撰_{一作巽}日岩廊暇,需云宴乐初。万方朝

玉帛,千品会簪裾。地入南山近,城分北斗余。池一作林塘垂柳密,原隰野一作野杂花疏。帟幕看逾暗,歌钟听自虚。兴阑归骑转,还奏弼违书。

集贤书院成,送张说上集贤学士,赐宴得珍字

广学开书院一作殿,崇儒引席珍。集贤招一作昭衮职,论道命台臣。礼乐沿今古,文章革旧新。献酬尊俎列,宾主位班陈。节变云初夏,时移气尚春。所希光史册,千载仰兹晨。

王屋山送道士司马承祯还天台

紫府求贤士,清溪祖逸人。江湖与城阙,异迹且殊伦。间一作闻有幽栖者,居然厌俗尘。林泉先得性,芝一作松桂欲调神。地道逾稽一作鸡岭,天台接海滨一作濒。音徽从此间,万古一芳春。

早度蒲津关

钟鼓严更曙,山河野望通。鸣銮下蒲坂,飞斾入秦中。地险关逾壮,天平镇尚雄。春来一作深津树合,月落戍楼空。马色分朝景,鸡声逐晓风。所希常道泰,非复候一作侯,又作弃缥缈同。

途经华岳

饬驾去京邑,鸣鸾指洛川。循一作修途经太华,回跸暂周旋。翠崿留斜影,悬岩冒一作凝夕烟。四方皆石壁,五位配金天,仿佛看高掌,依稀听子先。终当铭岁月,从此记灵仙。

喜雪

日观卜先征,时巡顺物情。风行未备礼,云密遽飘霙。委树寒花发,萦空落絮轻。朝如玉已会,庭似月犹明。既睹肤先合,还欣尺有盈。登封何以报,因此谢功成。

幸凤泉汤

西狩观周俗,南山历汉宫。荐鲜知路近,省敛觉年丰。阴谷含神爨,汤泉养圣功。益龄仙井合,愈疾醴源通。不重鸣岐凤,谁矜陈宝雄。愿将无限泽,沾沐众心同。

南出雀鼠谷答张说

《纪事》云:帝登封泰山,南出雀鼠谷,张说献诗,帝答之,仍命群臣应制。

雷出应一作膺乾象,风行顺一作训国人。川途犹在晋,车马渐归秦。背陕一作硖关山险,横汾鼓吹频一作震。草依阳谷变,花待北岩春。闻有鹓鸾客,清词雅调新。求音思欲报,心迹竟难陈。

赐崔日知往潞州

潞国开新府,壶关宠旧林。妙旌一作精循吏德,持一作特悦庶氓心。礼乐中朝贵,神明列郡钦。扬风非赠扇,易俗是张琴。藩镇讴谣满一作洽,行宫雨露深。会书丞相策,先赐颍川金。

为赵法师别造精院过院赋诗并序

秋九月,听政观风,存乎游息。退朝之后,历西上阳,入清虚院,则法师所居之地也。法师得玄元之法,养浩然之气。故法此仙家,特建真宇。紫房对鸶,绿竹罗生。既亲重其人,每经过其地,以怡神洗虑,进德修业,何必斋心累月,远在顺风。因而赋诗,用适其一作真意云尔。

宗师心物外,为道运虚舟。不恋岩泉赏,来从宫禁游。探玄知几岁,习静更宜秋。烟树辨朝色,风湍闻夜流。坐朝繁听览,寻胜在清幽。欲广无为化,因兹庶可求。

端午一作端午武成殿宴群臣

端午临中夏,时清日复长。盐梅已佐鼎,曲蘖且传觞。事古人留迹,年深缕积一作续长。当轩知槿茂,向水觉芦香。亿兆同归寿,群公共保昌。忠贞如不替,贻厥后昆芳。

春中兴庆宫酺宴并序

夫抱器怀才,含仁蓄德,可以坐而论道者,我于是乎辟重门以纳之;作仁四方,折冲万里,可运筹帷幄者,我于是乎悬重禄以待之。是故外无金革之虞,朝有缙绅之盛。所以岩廊多暇,垂拱无为,不言而海外

知归,不教而寰中自肃。元亨之道,其在兹乎?况乎天地交而万物通,阴阳和而四时序,所宝者粟,所贵者贤。故以宵旰为怀,黎元在念。尽力沟洫,不知宫室之已卑;致敬鬼神,不知饮食之斯薄。往以仲冬建子,南至初阳,爰诏司存,式陈郊祀。把夷夏之诚请,答人神之厚眷。烟归太乙,礼备上玄。足以申昭报之情,足以极严礼之道。然心融万类,归雪雨之先春;庆洽百僚,象云天而高宴。岁二月,地三秦,水泛泛而龙池满,日迟迟而凤楼曙。青门左右,轩庭映梅柳之春;紫陌东西,帘幕动烟霞之色。撞钟伐鼓,云起雪飞。歌一声而酒一杯,舞一曲而人一醉。诗以言志,思吟湛露之篇;乐以忘忧,惭临汾之笔。

九达长安道,三阳别馆春。还将听朝暇,回作豫游晨。不战要荒服,无刑礼乐新。合酺罩土宇,欢宴接群臣。玉斝飞千日,琼筵荐八珍。舞衣云曳影,歌扇月开轮。伐鼓鱼龙杂,撞钟角牴陈。曲终酣兴晚,须有醉归人。

千秋节宴并序

令节肇开,情兼感庆。率题八韵,以示群臣。

兰殿千秋节,称名—作君万寿—作岁觞。风传率土庆,日表继天祥。玉宇开花萼,宫—作金县动会昌。衣冠白鹭—作露下,帘幕翠云长。献遗—作寿成新俗,朝仪入旧章。月衔花绶镜,露缀彩丝囊。处处祠田祖,年年宴杖乡。深思一德事,小获万人康。开元十八年,礼部奏请,秋社会并就千秋节,先赛白帝,报田祖,然后坐饮散之,故诗云云。

左丞相说右丞相璟太子少傅乾曜同日上官命宴东—作都堂赐诗

赤帝收三杰,黄轩举二臣。由来丞相重,分掌国之钧—作均。我有握中璧,双飞席上珍。子房推道要,仲子讶风神。复辍台衡老,将为调护人。鹓鸾同拜日,车骑拥行尘。乐聚南宫宴,觞连北斗醇。俾予成百揆,垂—作端拱问彝伦。

早登太行山中言志

清跸度河阳,凝笳上太行。火龙明鸟道,铁骑绕羊肠。白雾埋阴壑,丹霞助晓光。涧泉含宿冻,山木—作草带余霜。野老茅为屋,樵人薜作裳。宣风问耆艾,敦俗劝耕桑。凉德惭先哲,徽猷慕昔皇。不因今展义,何以—作必冒垂堂。

平胡并序

戎羯不虔,窃我荒服。命偏师之俘翦,彼应期而咸殄。一麾克定,告捷相仍。爰作是诗,聊以言志。

杂虏忽猖狂,无何敢乱常。羽书朝继入,烽火夜相望。将出凶门勇,兵因死地强。蒙轮皆突骑,按剑尽鹰扬。鼓角雄山野,龙蛇入战场。流膏润沙漠,溅血染锋铓。雾扫清玄塞,云开静朔方。武功今已立,文德愧前王。

游兴庆宫作并序 一作暇日与兄弟同游兴庆宫作

暇日,与兄弟同游兴庆宫。登勤政务本及华萼相辉之楼。所以观风俗而劝人,崇友于而敦睦。诗以言志,歌以永言。情发于衷,率题此什。

代邸青门右,离宫紫陌陲。庭如过沛日,水若渡江时。绮观连鸡岫,朱楼接雁池。从来敦棣萼,今此茂荆枝。万叶传余庆,千年志不移。凭轩聊属目,轻辇共随。务本方崇训,相辉保羽仪。时康俗易渐,德薄政难施。鼓吹迎飞盖,弦歌送羽卮。所希覆率土,孝弟一同规。

送张说巡边

端拱复垂裳,长怀御远方。股肱申教义,戈剑靖要荒。命将绥边服,雄图出庙堂。三台入武帐,八座起文昌。宝—作瑶胄匡韩主,华宗辅汉王。茂先惭博物,平子谢文章。尽节恢时佐,输诚御寇场。三军临朔野,驷马即戎行。鼓吹威夷狄,旌轩溢洛阳。云台先著美,今日更贻芳。

饯王晙巡边

振武威荒服,扬文肃远墟。金坛申将礼,玉节授军符。免胄三方外,衔刀万里余。昔时吴会静,今日房庭虚。分阃仍推毂,授桴且训车。风扬旌旆远,雨洗甲兵初。坐见台阶谧,行闻袄祲除。檄来虽插羽,箭去亦飞书。舟楫功须著,盐梅望匪疏。不应陈七德,欲使化先敷。

巡省途次上党旧宫赋并序

朕昔在初九,佐贰此州。未遇扶摇之力,空俟海沂之咏。洎大横入兆,出处斯易。一挥宝剑,遽履瑶图。承历数而顺讴谣,著天衣而御区夏。嗟乎！向时沉默,驾四马而朝京师;今日逍遥,乘六龙而问风俗。爰因巡省,途次旧居。山川宛然,人事无间。忽其鼎革,周游馆宇,触目依然,虽迹异汉皇,而地如丰邑。击筑慷慨,酌桂《纪事》作杯留连。空想大风,题兹短什。

三千初击浪,九万欲抟空。天地犹惊否,阴阳始遇蒙。存贞—作身期历试,佐贰仁昭融。多谢时康理,良惭实赖—作宝剑功。长怀问鼎气,夙负拔山雄。不学刘琨舞,先歌汉祖风。英髦既包括,豪杰自牢笼。人事一朝异,讴歌—作谣四海同。如何昔朱邸,今此作离宫。雁沼澄澜翠,猿岩落照红。小山秋—作余桂馥,长坂旧兰丛。即是淹留处,乘欢乐未穷。

潼关口号

河曲回千里,关门限二京。所嗟非恃德,设险到—作致天平。

千秋节赐群臣镜

瑞露垂花绶,寒冰澈宝轮。对兹台上月,聊以庆佳辰。

续薛令之题壁

《本事》诗云,开元中,东宫官僚清淡,薛令之题诗自悼,有"无以谋朝夕,何由保岁寒"句。上幸东宫,览之。索笔题其傍云云。令之遂谢病归。

啄木觜距长,凤凰羽毛短。苦—作若嫌松桂寒,任逐桑榆暖。

送胡真师还西山 真仙通鉴

仙客厌人间,孤云比性闲。话离情未已,烟水万重山。

过大哥山池题石壁

澄潭皎镜石崔巍,万壑千岩暗绿苔。林亭一作台自有幽贞趣,况复秋深爽气来。

题梅妃画真

忆昔娇妃在紫宸,铅华不御得天真。霜绡虽似当时态,争奈娇波不顾人。

鹡鸰颂并序 俯同魏光乘作

朕之兄弟,唯有五人。比为方伯,岁一朝见。虽载崇藩屏,而有睽谈笑。是以辍牧人而各守京职,每听政之后,延入宫掖。申友于之志,咏棠棣之诗。邕邕如,怡怡如,展天伦之爱也。秋九月辛酉,有鹡鸰千数,栖集于麟德殿之庭树。竟旬焉,飞鸣行摇,得在原之趣。昆季相乐,纵目而视者久之。逼之不惧,翔集自若。朕以为常鸟,无所志怀。左清道率府长史魏光乘,才雄白凤,辩壮碧鸡。以其宏达博识,召至轩槛。预观其事,以献其颂。夫颂者,所以揄扬德业,褒赞成功。

顾循虚昧,诚有负矣,美其彬蔚,俯同颂云。

伊我轩宫,奇树青葱,蔼周庐兮。冒霜停雪,以茂以悦,恣卷舒兮。连枝同荣,吐绿含英,曜春初兮。蓐收御节,寒露微结,气清虚兮。桂宫兰殿,唯所息宴,栖雍渠兮。行摇飞鸣,急难有情,情有余兮。顾惟德凉,夙夜兢惶,惭化疏兮。上之所教,下之所效,实在予兮。天伦之性,鲁卫分政,亲贤居兮。爰游爰处,爰笑爰语,巡庭除兮。观此翔禽,以悦我心,良史书兮。

傀儡吟—作梁锽咏木老人诗

刻木牵丝作老翁,鸡皮鹤发与真同。须臾弄罢寂无事,还似人生一梦中。《纪事》云：明皇为李辅国迁于西内,曾咏此诗。

句

昔见漳滨卧,言将人事违。今逢庆诞日,犹谓学仙归。棠棣花重发,鸰原鸟再飞。薛王疾瘳,置酒,更为初生之欢。见《旧唐书》。

德比代云布,心如晋水清。《饯裴宽为太原尹》。王象之舆地碑记,载明皇昭州丹霄驿诗："驿前南面架危桥,久欲登临畏路遥。今日偶然寻得到,直从平地上丹霄。"疑后人妄托,附记。

全唐诗卷四

肃宗皇帝

帝讳亨,明皇第三子。初名嗣升,封陕王。开元十五年,更名浚,徙封忠王。二十三年,又更名玙。明年,立为皇太子。二十八年,又更名绍。天宝三载,乃更名亨。明皇幸蜀,即位于灵武。聪明强记,属词典丽。在位七年。谥曰宣。诗四首。

延英殿玉灵芝诗三章,章八句

上元二年七月甲辰,延英殿御座上生玉灵芝,一茎三花,上亲制诗。

玉殿肃肃,灵芝煌煌。重英发秀,连叶分房。宗庙之福,垂其耿一作景光。此章缺二句。

元气产芝,明神合德。紫微间采,白蕣呈色。载启瑞图,庶符皇极。天心有眷,王道惟直。

幸生芳本一作卉,当我宸一作宸旒。效一作放此灵质,贲其王猷。神惟不爱,道亦无求。端拱思惟,永荷天休。

赐梨李泌与诸王联句

《邺侯外传》云:肃宗尝夜坐,召颖、信、益三王,同就地炉食。以泌多绝粒,帝自烧二梨赐之。颖王固求,不与;请三弟共乞一颗,亦不与;别命他果赐之。王曰:先生恩渥如此。臣等请联句,以为他日故事。颖王名璬,信王名瑝,益王史失传。

先生年几许,颜色似童儿。颖王。夜抱九仙骨,朝披一品衣。信王。不食千钟粟,唯餐两颗梨。益王。天生此间气,助我化无为。帝。

德宗皇帝

帝讳适,代宗长子。初封奉节郡王。乾元元年,进封鲁王;八月,徙封雍王。广德二年,立为皇太子。善属文,尤长于篇什。每与学士言诗于浴堂殿,夜分不寐。三令节,御制诗敕群臣赓和,品第优劣。四方贡艺者,帝多亲试,或有乖谬,浓点笔抹之;称旨,即翘足朗吟。诧宰相,此朕门生,无不服帝之藻鉴焉。在位二十五年,谥曰孝文。集不传,今存诗十五首。

中和节日宴百僚赐诗

<small>帝移晦日为中和节。《邺侯家传》云:夜梦见赐御制中和节诗于金花笺上,第二对首忘一字云。兹中和节,式庆天地春。及中和日,百僚会曲江亭。赐御制诗曰,肇兹中和节云云。其金花笺上花云,皆梦所见者。奉诏同用春字。</small>

韶年启仲序,初吉谐良辰。肇兹中和节,式庆天地春。欢酣朝野同,生德区宇均。云开洒膏露,草疏芳河津。岁华今载阳,东作方肆勤。惭非熏风唱,曷用慰吾人。

中和节赐百官燕集因示所怀

至化恒<small>一作常</small>在宥,保和兹息人。推诚抚诸夏,与物长为春。仲月风景暖,禁城花柳新。芳时协金奏,赐宴同<small>一作锡宴周</small>群臣。丝竹岂云乐,忠贤惟所亲。庶洽朝野意,旷然天地<small>一作下</small>均。

重阳日赐宴曲江亭,赋六韵诗用清字并序

<small>朕在位仅将十载,实赖忠贤左右,克致小康。是以择三令节,锡兹宴赏;俾大夫卿士,得同欢洽也。夫共其咸者同其休,有其初者贵其终。咨尔群僚,顺朕不暇,乐而能节,职思其忧。咸若时则,庶乎理矣。因重阳之会,聊示所怀。</small>

早衣<small>一作依</small>对庭燎,躬化勤意诚。时此万机暇,适与佳节并。曲池洁寒流,芳菊舒金英。乾坤爽气满,台殿秋光<small>一作老</small>清。朝野庆年丰,高会多欢声。永怀无荒戒,良士同斯<small>一作其</small>情。

<small>因诏曰:卿等重阳会宴,朕想欢洽,欣慰良多,情发于中,因制诗序,今赐卿等一本。可中书门下简定文词士三五十人应制,同用清字。明日内于延英门进来。宰臣李泌等虽奉诏简择,难于取舍,由是百僚皆和。上自考其诗,以刘太真及李纾等四人为上等,鲍防、于邵等四人为次等,张蒙、殷亮二十三人为下等。而李晟、马燧、李泌三宰相之诗,不加考第。时贞元四年九月也。</small>

九月十八赐百僚追赏因书所怀

雨霁霜气肃,天高云日明。繁林已坠叶,寒菊仍舒荣。懿此秋节时,更延追赏情。池台列广宴,丝竹传新声。至乐非外奖,浃欢同中诚。庶敦朝野意,永使风化清。

送徐州张建封还镇

<small>贞元十三年,徐州节度使张建封来朝。及命归镇,上御制诗以赐之。</small>

牧守寄所重,才贤生为时。宣风自淮甸,授钺膺藩维。入觐展遐恋,临轩慰来思。忠诚在方寸,感激陈情词。报国尔所向,恤人予是资。欢宴不尽怀,车马当还期。谷雨将应候,行春犹未迟。勿以千里遥,而云无己知。<small>于时藩镇,马燧、浑瑊、刘元佐、李抱真等,勋宠卓越,未有以诗饯,独建封获赐。</small>

麟德殿宴百僚

忧勤承圣绪,开泰喜时康。恭已临群后,垂衣御八荒。务闲春向暮,朝罢日犹长。紫殿初筵列,彤庭广乐张。成功归辅弼,致理赖忠良。共此欢娱事,千秋乐未央。

元日退朝观军仗归营

献岁视元朔,万方咸在庭。端旒揖群后,回辇阅师贞。彩仗宿华殿,退朝归禁营。分行左右出,转旆风云生。历历趋复道,容容映层城。勇余矜捷技,令肃无喧声。眷此戎旅节,载嘉良士诚。顺时倾宴赏,亦以助文经。

中和节赐群臣宴赋七韵

<small>贞元五年初置中和节,帝制诗,写本赐戴叔伦于容州。</small>

东风变梅柳,万汇生春光。中和纪月令,方与天地长。耽乐岂予尚,懿兹时景良。庶遂亭育恩,同致寰海康。君臣永终始,交泰符阴阳。曲沼水新碧,华林桃稍芳。胜赏信多欢,戒之在无荒。

三日书怀因示百僚

<small>贞元六年三月庚子,百僚宴曲江亭,上赋上巳诗一篇赐之。</small>

佳节上元巳,芳时属暮春。流觞想兰亭,捧剑得金人。风轻水初绿,日晴花更新。天文信昭回,皇道颇敷陈。恭已每从俭,清心常保真。戒兹游衍乐,书以示群臣。

重阳日中外同欢,以诗言志,因示群官余字韵

炎节在重九,物化新雨余。清秋黄叶下,菊散金潭初。万实行就稔,百工欣所如。欢心畅遐迩,殊俗同车书。至化自敦睦,佳辰宜宴胥。锵锵间丝竹,济济罗簪裾。此乐匪足耽,此诚期永孚。

重阳日即事

令节晓澄霁,四郊烟霭空。天清白露洁,菊散黄金丛。寡德荷天贶,顺时休百工。岂怀歌钟乐,思为君臣同。至化在亭育,相成资始终。未知康衢咏,所仰惟年丰。

丰年多庆,九日示怀贞元十八年九月癸亥重阳,御制诗赐群臣。

爽气肃时令,早衣闻朔鸿。重阳有佳节,具物欣年丰。皎洁暮潭色,芬敷新菊丛。芳尊满衢室,繁吹凝烟空。惠合信吾道,保和惟尔同。推诚至玄化,天下期为公。

七月十五日题章敬寺贞元七年七月癸酉,幸章敬寺,赋诗九韵。皇太子与群臣毕和,题之寺壁。

招提迩皇邑,复道连重城。法筵会早秋,驾言访禅扃。尝闻大仙教,清净宗无生。七物一作珍匪吾宝,万行先求成。名相既双寂,繁华奚所荣。金风扇微凉,远烟凝翠晶。松院静苔色,竹房深磬声。境幽真虑恬,道胜外物轻。意适本非说,含毫空复情。

中春麟德殿会百僚观新乐诗,一章,章十六句

贞元十四年二月戊午,上制《中春麟德殿会百僚观新乐诗》,令太子书示百官。序曰:朕以中春之首,纪为令节。听政之暇,韵于歌诗。象中和之容,作中和之舞,聊复赋成篇。其诗八韵。中书门下谢赐诗,请颁示天下,编入乐府。

芳岁肇佳节,物华当仲春。乾坤既昭泰,烟景含氤氲。德浅荷玄贶,乐成思治一作恩洽人。前庭列钟鼓,广殿延群臣。八卦随舞意,五音转曲新。顾非咸池奏,庶协南风薰。式宴礼所重,浃欢情必均。同和谅在兹,万国希可亲。

九日绝句

禁苑秋来爽气多,昆明风动起沧波。中流箫鼓诚堪赏,讵假横汾发棹歌。

文宗皇帝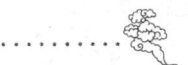

帝讳昂,穆宗第二子。初名涵,封江王。宝历二年,即位。恭俭儒雅,听政之暇,博通群籍。顾谓左右曰:若不甲夜视事,乙夜观书,何以为人君。每试进士,亲裁题目。及所司进所试,披览吟咏,终日忘倦。延学士于内庭,讨论经义。好制五言,古调清峻。常欲置诗博士。李珏言:"今翰林学士皆能文词,且古今篇什,足可怡悦圣情。"乃止。又尝与宰相论诗之工拙。郑覃曰:"诗之工者,无若三百篇,皆国人作之以刺美时政,王者采之以观风俗。后代词人,华而不实,无补于事。"帝甚重其言。在位十三年,谥曰昭献。今存诗七首。

暮春喜雨诗开成元年三月,观内人赛雨赋。

风云喜际会,雷雨遂流滋。荐币虚陈礼,动天实精思。渐侵九夏节,复在三春时。霡霂垂朱阙,飘飘入绿墀。郊坰既沾足,黍稷有丰期。百辟同康乐,万方仃雍熙。

题程修己竹障修己,冀州人,学周昉画,尝画竹障于文思殿。帝赐以诗,朝士皆奉诏继和。

良工运精思,巧极似有神。临窗忽睹繁阴合,再盼真假殊未分。后二句一作"临窗时乍睹,繁阴合再明"。

宫中题太和九年李训、郑注败后,仇士良愈专恣。上登临游幸,未尝为乐。或瞪目独语,左右莫敢进问。因赋此诗。

辇路生春一作秋草,上林花发时一作满枝。凭高何限意,无复侍臣知。

上巳日赐裴度

裴度拜中书令,以疾未任朝谢。上巳曲江赐宴,群臣赋诗,帝遣中使赐度诗,仍赐御札曰:"朕诗集中

要有卿倡和诗,故令示此。卿疾未差,可异日进来。"御札及门而度薨。

注想待元老,识君恨不早。我家柱石衰,忧来学丘祷。

上元日二首

上元高会集群仙,心齐何事欲祈年。丹诚傥彻玉帝座,且共吾人庆大田。

冀生三五叶初齐,上元羽客出桃蹊。不爱仙家登真诀,愿蒙四海福黔黎。

夏日联句 开成三年夏日,与学士联句。时五学士属和,帝独谓柳公权词意足。

人皆苦炎热,我爱夏日长。帝。熏风自南来,殿阁生微凉。柳公权。

宣宗皇帝

帝讳忱,宪宗第十三子。初名怡,封光王。会昌六年,立为皇太叔。恭俭好善,虚襟听纳。大中之政,有贞观风。每曲宴,与学士倡和;公卿出镇,多赋诗饯行。重科第,留心贡举。常微行,采舆论,察知选士之行失。其对朝臣,必问及第与所试诗赋题。主司姓氏,苟有科名对者,必大喜。或佳人物偶不中第,必叹息移时。常于内自题乡贡进士李道龙云。在位十三年,谥曰献文。诗六首。

百丈山《庚溪诗话》:帝为光王时,为武宗所忌,多晦迹为方外游,至百丈山作诗云。

大雄真迹枕危峦,梵宇层楼耸万般。日月每从肩上过,山河长在掌中看。仙峰不间三春秀,灵境何时六月寒。更有上方人罕到,暮钟朝磬碧云端。

吊白居易

缀玉联珠六十年,谁教冥路作诗仙。浮云不系名居易,造化无为字乐天。童子解吟长恨曲,胡儿能唱琵琶篇。文章已满行人耳,一度思卿一怆然。

幸华严寺

云散晴山几万重,烟收春色更冲融。帐殿出空登碧汉,迴川俯望色蓝笼。林光入户低韶景,岭气通宵展霁风。今日追游何所似,莫惭汉武赏汾中。

重阳锡宴群臣 时收复河湟

款塞旋征骑,和戎委庙贤。倾心方倚注,叶力共安边。

题泾县水西寺 一作题嘉兴水西寺

大殿连云接爽—作赏溪,钟声还与鼓声齐。长安若问江南事,说道风光在水西。

瀑布联句《诗史》云:帝游方外,至黄檗,与黄檗禅师同观瀑布联句。《佛祖统纪》云:帝至庐山,与香岩闲禅师咏。时黄檗在海昌,《诗史》误。

千岩万壑不辞劳,远看方知出处高。黄檗。溪涧岂能留得住,终归大海作波涛。帝。

句

海岳宴咸通。《南部新书》云:宣皇制《泰边陲》,有此句。后懿皇以咸通建号,其先兆也。

七载秉钧调四序,一方狱市获来苏。大中九年七月甲午,崔铉由左仆射为淮南节度,帝于太液亭宴饯,赐诗有"七载秉钧"之句,儒者荣之。

昭宗皇帝

帝讳晔,懿宗第七子。初名杰,封寿王。文德元年,立为皇太弟。在位十四年。帝攻书好文,而承广明寇乱之后,唐祚日衰,遗诗只韵,皆其播迁所制也。

咏雷句《纪事》云:天复元年,帝为凤翔兵劫幸岐城。一日大雷雨,牛马震死,街西古槐、殿东鸱吻立碎。帝为诗云。

只解劈牛兼劈树,不能诛恶与诛凶。《纪事》又云:帝在洛,日忧不测。与皇后内人唯沉饮自宽。尝歌云:"纥干山头冻杀雀,何不飞去生处乐。"此古语,帝述之者。附记。

全唐诗卷五

文德皇后

太宗后，长孙氏，河南洛阳人，隋左骁卫将军晟之女。武德九年，立为皇后。喜图传，视古今善恶以自鉴。矜尚礼法，常采古妇人事，作《女则》一篇，今存诗一首。

春游曲

上苑桃—作杏花朝日明，兰闺艳妾动春情。井上新桃偷面色，檐边嫩柳学身轻。花中来去看舞蝶，树上长短听啼莺。林下何须远借问，出众风流旧有名。

则天皇后

高宗后，武氏，并州文水人，荆州都督士彟之女。永徽六年，立为皇后。中宗即位，称皇太后。临朝，寻自称皇帝，改国号曰周，自名曌，在位二十二年。中宗反正，谥则天顺圣皇后。有《垂拱集》百卷，《金轮集》六卷。今存诗四十六篇。

曳鼎歌

万岁通天元年，铸九鼎成，上各写本州山川物产之象。令著作郎贾膺福、殿中丞薛昌容、凤阁主事李元振、司农录事钟绍京等分题，左尚令曹元廓画。令南北卫士十余万人并仗内大牛白象曳之，自玄武门入。后自制蔡州永昌鼎歌，见《唐会要》。

羲农首出，轩昊膺期。唐虞继踵，汤禹乘时。天下光宅，海内雍熙。上玄降鉴，方建隆基。中有隆基字。开元中，姚崇等以启运休兆，请宣付史馆。

唐享昊天乐

第一

太阴凝至化，真耀蕴轩仪。德迈娥台敞，仁高似幄披。扪天遂启极，梦日乃升曦。

第二

瞻紫极，望玄穹。翘至恳，罄深衷。听虽

远,诚必通。垂厚泽,降云宫。

第三

乾仪混成冲邃,天道下济高明,闾阳晨披紫阙,太一晓降黄庭。圜坛敢申昭报,方璧冀展虔情。丹襟式敷衷恳,玄鉴庶察微诚。

第四

巍巍睿业广,赫赫圣基隆。菲德承先顾,祯符萃眇躬。铭开武岩侧,图荐洛川中。微诚讵幽感,景命忽昭融。有怀惭紫极,无以谢玄穹。

第五

朝坛雾卷,曙岭烟沉。爰设筐币,式表诚心。筵辉丽璧,乐畅和音。仰惟灵鉴,俯察翘襟。

第六

昭昭上帝,穆穆下临。礼崇备物,乐奏锵金。兰羞委荐,桂醑盈斟。敢希明德,幸馨庄心。

第七

尊浮九酝,礼备三周。陈诚菲奠,契福神猷。

第八

奠璧郊坛昭大礼,锵金拊石表虔诚。始奏承云娱帝赏,复歌调露畅韶英。

第九

荷恩承顾托,执契恭临抚。庙略静边荒,天兵曜神武。有截资先化,无为遵旧矩。祯符降昊穹,大业光寰宇。

第十

肃肃祀典,邕邕礼秩。三献已周,九成斯毕。爰撤其俎,载迁其实。或升或降,惟诚惟质。

第十一

礼终肆类,乐阕九成。仰惟明德,敢荐非

馨。顾惭菲奠,久驰云軿。瞻荷灵泽,悚恋兼盈。

第十二

式乾路,辟天扉。回日驭,动云衣。登金阙,入紫微。望仙驾,仰恩徽。

唐明堂乐章

外办将出

总章陈昔典,衢室礼惟神。宏规则天地,神用叶陶钧。负扆三春旦,充庭万宇宾。顾已诚虚薄。空惭驭一作亿兆人。

皇帝行

仰膺历数,俯顺讴歌。远安迩肃,俗阜时和。化光玉镜,讼息金科。方兴典礼,永戢干戈。

皇嗣出入升降

至人光俗,大孝通神。谦以表性,恭惟立身。洪规载启,茂典方陈。誉隆三善,祥开万春。

迎送王公

千官肃事,万国朝宗。载延百辟,爰集三宫。君臣德合,鱼水斯同。睿图方永,周历长隆。

登歌

礼崇宗祀,志表严禋。笙镛合奏,文物惟新。敬遵茂典,敢择良辰。絜诚斯著,奠谒方申。

配飨

笙镛间玉宇,文物昭清辉。睟影临芳奠,休光下太微。孝思期有感,明絜庶无违。

宫音

履艮包群望,居中冠百灵。万方资广运,庶品荷财成。神功谅匪测,盛德实难名。藻奠申诚敬,恭祀表惟馨。

角音

出震位,开平秩。扇条风,乘甲乙。龙德盛,鸟星出。荐珪篚,陈诚实。

徵音

赫赫离精御炎陆,滔滔炽景开隆暑。冀延神鉴俯兰尊,式表虔襟陈桂俎。

商音

律中夷则,序应收成。功宣建武,义表惟明。爰申礼奠,庶展翘诚。九秋是式,百谷斯盈。

羽音

葭律肇启隆冬,蘋—作藾藻攸陈飨祭。黄钟既陈玉烛,红粒方殷稔岁。

唐大飨拜洛乐章

《唐书·乐志》曰:则天皇后永昌元年大享拜洛乐。礼设用昭和,次致和,次咸和;乘舆初行,用九和;次拜洛受图,用显和;登歌用昭和;迎俎用敬和;酌献用钦和;送文舞出,迎武舞入,用齐和;武舞用德和;撤俎用禋和;辞神用通和;送神用归和。按《乐志》又有归和一章,亦送神词也。

昭和

九玄眷命,三圣基隆。奉成先旨,明台毕功。宗祀展敬,冀表深衷。永昌帝业,式播淳风。

致和

神功不测兮运阴阳,包藏万宇兮孕八荒。天符既出兮帝业昌,愿临明祀兮降祯祥。

咸和

坎泽祠容备举,坤坛祭典爰申。灵眷遥行秘躅,嘉贶荐委殊珍。肃礼恭禋载展,翘襟邈志逾殷。方期交际悬应。下一句逸。

九和

祇荷坤德,钦若乾灵。惭惕罔置,兴居匪

宁。恭崇礼则,肃奉仪形。惟凭展敬,敢荐非馨。

拜洛

菲躬承睿顾,薄德忝坤仪。乾乾遵后命,翼翼奉先规。抚俗勤虽切,还淳化尚亏。未能弘至道,何以契明祇。

显和

顾德有惭虚菲,明祇屡降祯符。汜水初呈秘象,温洛荐表昌图。玄泽流恩载洽,丹襟荷渥增愉。

昭和

舒云致养,合大资生。德以恒固,功由永贞。升歌荐序,垂币翘诚。虹开玉照,凤引金声。

敬和

兰俎既升,蘋羞可荐。金石载设,咸英已变。林泽斯总,山川是遍。敢用敷诚,实惟忘倦。

齐和

沉潜演贶分三极,广大凝祯总万方。既荐羽旌文化启,还呈干戚武威扬。

德和

夕惕同—作司龙契,晨兢当凤扆。崇儒习旧规,偃伯循先旨。绝壤飞冠盖,遐区丽山水。幸承三圣余,忻属千年始。

禋和

百礼崇容,千官肃事。灵降舞—作无兆,神凝有粹。奠享咸周,威仪毕备。奏夏登列,歌雍撤肆。

通和

皇皇灵眷,穆穆神心。暂动凝质,还归积阴。功玄枢纽,理寂高深。衔恩佩德,耸志翘襟。

归和

言旋云洞兮蹑烟涂,永宁中宇兮安下都。包涵动植兮顺荣枯,长贻宝贶兮赞璇图。

归和

调云阕兮神座兴,骖云驾兮俨将升。胜绛霄兮垂景祜,翘丹恳兮荷休征。

唐武氏享先庙乐章

先德谦劳冠昔,严规节素超今。奉国忠诚每竭,承家至孝纯深。追崇惧乖尊意,显号恐玷徽音。既迫王公屡请,方乃俯遂群心。有限无由展敬,奠酹每阙亲斟。大礼虔申典册,蘋藻敬荐翘襟。

早春夜宴

九春开上节,千门敞夜扉。兰灯吐新焰,桂魄朗圆辉。送酒惟须满,流杯不用稀。务使霞浆兴,方乘泛洛归。

游九龙潭

山窗游玉女,洞户对琼峰。岩顶翔双凤,潭心倒九龙。酒中浮竹叶,杯上写芙蓉。故验家山赏,惟有风入松—作入松风。

赠胡天师 见许旌阳传

高人叶高志,山服往山家。迢迢间风月,去去隔烟霞。碧岫窥玄洞,玉灶炼丹砂。今日星津上,延首望灵槎。

从驾幸少林寺 并序

睹先妃营建之所,倍切茕衿,逾凄远慕。聊题即事,用述悲怀。

陪銮游禁苑,侍赏出兰闱。云偃攒峰盖,霞低插浪旍。日宫疏涧户,月殿启岩扉。金轮转金地,香阁曳香衣。铎吟轻吹发,幡摇薄雾霏。昔遇焚芝火,山红连—作匝野飞。花台无半影,莲塔有全辉。实赖能仁力,攸资善世威。慈缘兴福绪,于此罄—作欲归依。风枝不可静,泣血竟何追。

石淙 即平乐涧

三山十洞光玄箓,压峤金峦镇紫微。均露均霜标胜壤,交风交雨列皇畿。万仞高岩藏日色,千寻幽涧浴云衣。且驻欢筵赏仁智,雕鞍薄晚杂尘飞。

腊日宣诏幸上苑

天授二年腊,卿相欲诈称花发,请幸上苑,有所谋也。许之,寻疑有异图,乃遣使宣诏云云。于是凌晨名花布苑,群臣咸服其异,后托术以移唐祚,此皆妖妄,不足信也。大凡后之诗文,皆元万顷、崔融等为之。

明朝游上苑,火急报春知。花须连夜发,莫待晓风吹。

如意娘 《乐苑》曰:如意娘,商调曲,唐则天皇后所作也。

看朱成碧思纷纷,憔悴支离为忆君。不信比来长下泪,开箱验取石榴裙。

制袍字赐狄仁杰 狄公家传

敷政术,守清勤。升显位,励相臣。

徐贤妃

妃名惠,湖州长城人。生五月能言,四岁通论语诗,八岁自晓属文。辞致赡蔚,又无淹思。太宗召为才人,再迁充容。常上疏论时政,帝善其言,优赐之。永徽元年,赠贤妃,诗五首。

拟小山篇

《唐书·本传》:妃八岁,父孝德使拟《离骚》,为《小山篇》云云。孝德大惊,知不可掩,于是所著遂盛传。太宗知之,召入宫。

仰幽岩而流盼,抚桂枝以凝想。将千龄兮此遇,荃何为兮独往。

长门怨

旧爱柏梁台,新宠昭阳殿。守分辞芳—作方辇,含情泣团扇。一朝歌舞荣,夙昔诗书贱。颓恩诚已矣,覆水难重荐。

秋风函谷应诏

　　秋风起函谷,劲—作朔气动河山。偃松千岭上,杂雨二陵间。低云愁广隰,落日惨重关。此时飘紫气,应验真人还。

赋得北方有佳人

　　由来称独立,本自号倾城。柳叶眉间发,桃花脸上生。腕摇金钏响,步转玉环鸣。纤腰宜宝袜,红衫艳织成。悬知一顾重,别觉舞腰轻。

进太宗《纪事》云:长安崇圣寺有贤妃妆殿,太宗曾召妃,久不至,怒之,因进是诗。

　　朝来临镜台,妆罢暂裴回。千金始一笑,一召讵能来。

上官昭容

　　昭容名婉儿,西台侍郎仪之孙。天后时,配入掖庭。天性韶警,善文章。年十四,后召见。自通天以来,内掌诏命。中宗即位,大被信任,进拜昭容。劝帝侈大书馆,增学士员,引大臣名儒充选。数赐宴,赋诗,君臣赓和。婉儿常代帝及后、长宁、安乐二主,众篇并作,词旨益新。又差第群臣所赋,赐金爵,故朝廷靡然成风。当时属辞者,大抵虽浮艳,然皆有可观,婉儿力也。临淄王兵起,被诛。开元初。褒次其文章,诏张说题篇。集二十卷,今失传。存诗三十二篇。

奉和圣制立春日侍宴内殿出剪彩花应制

　　密叶因裁吐,新花逐翦舒。攀条虽不谬,摘蕊讵知虚。春至由来发,秋还未肯疏。借问桃将李,相乱欲何如。

九月九日上幸慈恩寺,登浮图,群臣上菊花寿酒

　　帝里重阳节,香园万乘来。却邪萸入—作结佩,献寿菊传杯。塔类承天涌,门疑待佛开。睿词悬日月,长得仰昭回。

彩书怨—云彩毫怨

　　叶下洞庭初,思君万里余。露浓香被冷,月落锦屏虚。欲奏江南曲,贪封蓟北书。书中无别意,惟怅久离居。

驾幸三会寺应制景龙二年十月三日

　　释子谈经处,轩臣刻字留。故台遗老识,残简圣皇—作君求。驻跸怀千古,开襟望九州。四山缘塞合,二水夹城流。宸翰陪瞻仰,天杯接献酬。太平词藻盛,长愿纪鸿休。

驾幸新丰温泉宫,献诗三首

　　景龙三年十二月十二日,中宗皇帝驾新丰温泉宫,敕蒲州刺史徐彦伯入仗,同学士例,因与武平等一等献诗。上官昭容亦赋绝句三首以献。

　　三冬季月景龙年,万乘观风出灞川。遥看电跃龙为马,回瞩霜原玉作田。

　　鸾旂掣曳拂空回,羽骑骖驔蹑景来。隐隐骊山云外耸,迢迢御帐日边开。

　　翠幕珠帏敞月营,金罍玉斝泛兰英。岁岁年年常扈跸,长长久久乐升—作承平。

游长宁公主流杯池二十五首

　　长宁公主,韦庶人所生,下嫁杨眘交。皇帝制曰,门下特进行右散骑常侍驸马都尉观国公杨眘交,分荣戚里,藉宠公门。恭肃著于立身,协勤效于从政。凤凰楼上,宛符琴瑟之欢;乌鹊桥边,载协松萝之契。宜覃茅土,式广山河。因造第于东都,府财几竭。又取西京高士廉第,左金吾卫废营,改为宅,作三重楼,筑山浚池。帝及后数临幸,令昭容赋诗,群臣属和。

　　逐仙赏,展幽情。逾昆阆,迈蓬瀛。

　　游鲁馆,陟秦台。污山壁,愧琼瑰。

　　檀栾竹影,飙斾松声。不烦歌吹,自足娱一作怡情。

　　仰循茅宇,俯眄乔枝。烟霞问讯,风月相知。

　　枝条郁郁,文质彬彬。山林作伴,松桂为邻。

清波汹涌,碧树冥蒙。莫怪留步,因攀桂丛。

莫论圆峤,休说方壶。何如鲁馆,即是仙都。

玉环胜远创,金埒荷殊荣。弗玩珠玑饰,仍留仁智情。凿山便作室,凭树即为楹。公输与班尔,从此遂韬声。

登山一长望,正遇九春初。结驷填街术—作衢,阗阎满邑居。斗雪梅先吐,惊风柳未舒。直愁斜日落,不畏酒尊虚。

雾晓气清和,披襟赏薜萝。玳瑁凝春色,琉璃漾水波。跂石聊长啸,攀松乍短歌。除非物外者,谁就此经过。

暂尔游山第,淹留惜未归。霞—作水窗明月满,涧户白云飞。书引藤为架,人将薜作衣。此真攀玩所—作桂府,临眺赏光辉。

放旷出烟云,萧条自不群。漱流清意府,隐几避嚣氛。石画妆苔色,风梭织水文。山室—作空何为贵,唯余兰桂熏。

策杖临霞岫,危步下霜蹊。志逐深山静,途随曲涧迷。渐觉心神逸,俄看云雾低。莫怪人题树,只为赏幽栖。

攀藤招逸客,偃桂协幽情。水中看树影,风里听松声。

携琴侍叔夜,负局访安期。不应题石壁,为记赏山时。

泉石多仙趣,岩壑写奇形。欲知堪悦耳,唯听水泠泠。

岩壑恣登临,莹目复怡心。风篁类长笛,流水当鸣琴。

懒步天台路,惟登地肺山。幽岩仙桂满,今日恣情攀。

暂游仁智所,萧然松桂情。寄言栖遁客,勿复访蓬瀛。

瀑溜晴疑雨,丛篁画似昏。山中真可玩,暂请报王孙。

傍池聊试笔,倚石旋题诗。豫弹山水调,终拟从钟期。

横铺豹皮褥,侧带鹿胎巾。借问何为者,山中有逸人。

沁水田园先自多,齐城楼观更无过。倩语张骞莫辛苦,人今从此识天河。

参差碧岫耸莲花,潦溛绿水莹金沙。何须远访三山路,人今已到九仙家。

凭高瞰险—作迥足怡心,菌阁桃源不暇寻。余雪依林成玉树,残霓点岫即瑶岑。

句

势如连璧友,心似臭兰人。咏后苑双头牡丹,见《龙城录》。

杨贵妃

妃,蒲州永乐人,丐籍女官,号太真。善歌舞,邃晓音律,智算警颖,恩幸无比,官中号娘子。天宝初,进册贵妃,十五载。西幸至马嵬,缢路祠下。有诗一篇。

赠张云容舞 云容,妃侍儿,善为霓裳舞,妃从幸绣岭宫时,赠此诗。

罗袖动香香不已,红蕖袅袅秋烟里。轻云岭上乍摇风,嫩柳池边初拂水。

江妃

妃名采苹,莆田人。开元初,高力士选归,侍明皇,大见宠幸。善属文,自比谢女,所居悉植梅花。帝因其所好,戏名梅妃。有诗一篇。

谢赐珍珠 上在花萼楼,封珍珠一斛,密赐妃,妃不受。

桂叶双眉久不描,残妆和泪污红绡。长门尽日无梳洗,何必珍珠慰寂寥。

全唐诗卷六

章怀太子

太子名贤,字明允,高宗第六子。容止端重。甫数岁,读书一览辄不忘。上元二年,立为皇太子。尝诏集诸儒张大安等注《后汉书》。武后以明崇俨为盗所杀,疑出太子之谋,诬构而废之。后得政,遂遇害。诗一首。

黄台瓜辞 初,武后杀太子弘,立贤为太子。后贤疑隙浸开,不能保全,无由敢言,乃作是辞,命乐工歌之,冀后闻而感悟。

种瓜黄台下,瓜熟子离离。一摘使瓜好,再摘使一作令瓜稀。三摘犹一作尚自可,摘绝抱蔓归。

韩王元嘉

王,高祖第十一子。少好学,聚书至万卷,皆以古文字参定同异。闺门修整,当世称之。中宗废居房陵,王与越王贞父子谋举兵反正,未发而泄,为武后所杀。有诗一首。

奉和同太子监守违恋 高宗为太子也

乾象开层构,离明启少阳。卜征从献吉,守器属元良。逖矣凌周诵,遥哉掩汉庄。好士倾南洛,多才盛北场。地分丹鹫岭,途间白云乡。储诚虔晓夕,宸爱积炎凉。珠璧连霄汉,万物仰重光。

越王贞

王,太宗第八子。善骑射,涉文史,有吏干,为宗室材王。垂拱中,王与韩王元嘉等谋举兵反正,事败,仰药卒。有诗一首。

奉和圣制过温汤

凤辇胜宸驾,骊籞次乾游。坎德疏温液,山隈派暖流。寒氛空外拥,蒸气沼中浮。林凋帷影散,云敛盖阴收。霜郊畅玄览,参差落景遒。

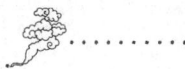

信安王祎

信安王祎,太宗孙,吴王恪次子,特封嗣江王。天元时,徙封信安,历兵部尚书,朔方节度使。坐事,除衢州刺史。天宝初,以太子少师致仕。诗一首。

石桥 在衢之烂柯山,即王质看仙人弈棋处也。诗有贞元二年岩绶石刻记。诗内缺二十一字。

别有经行所,迥跨重峦侧。粤因求瘼余,倏想寻真域。放情恣披拂,杖策聊□□。□□□□□,□□□□色。乱幡雾中见,雁塔云间识。薄烟幂远郊,遥峰没归翼。仙桥危石架,幽洞乘□□。□□□□□,□□□易测。二教无先后,一相平而直。冀兹捐俗心,永怀依妙力。

全唐诗卷七

宜芬公主

公主本豆卢氏女，有才色。天宝四载，奚 酋无主，安禄山请立其质子，而以公主配之。 上遣中使护送，至虚池驿，悲愁作诗一首。

虚池驿题屏风

出嫁辞乡国，由来此别难。圣恩愁远道， 行路泣相看。沙塞容颜尽，边隅粉黛残。妾心 何所断，他日望长安。

女学士宋氏若华

贝州宋廷芬，之问裔孙也。生一男五女， 男独愚，不可教，而五女皆警慧，善属文。曰若 华、若昭、若伦、若宪、若荀。若昭文尤高，且悉 禀性贞素，不愿归人，欲以学名家。贞元中，并 召入宫，帝与侍臣赓和，五人者咸预，高其风 操，不以妾侍命之，呼学士。伦、荀先卒。自贞 元七年，秘禁图籍，诏若华总领。元和末，赠河

内郡君，诗一首。

嘲陆畅 云安公主下降，畅为傧相。才思敏捷，应对如流，六宫大异。畅吴音，以诗嘲焉。一云若昭作。

十二层楼倚翠空，凤鸾相对立梧桐。双成 走报监门卫，莫使吴歈入汉宫。

尚宫宋氏若昭

穆宗拜若昭尚宫，嗣若华秩，历穆敬文三 朝，皆呼先生。进封梁国夫人。诗一首。

奉和御制麟德殿宴百僚应制

垂衣临八极，肃穆四门通—作雍。自是无 为化。非关辅弼—作相功。修文招隐伏，尚武 殄妖凶。德炳—作立韶光炽—作被，恩沾雨露浓。 衣冠陪御宴，礼乐盛朝宗。万寿称觞举—作日， 千年—作官信一同。

尚宫宋氏若宪

宝历初，若昭卒，若宪复代司宫籍。诗

一首。

奉和御制麟德殿宴百官—作若荀诗

端拱承休命,时清荷圣皇。四聪闻受谏,五服远朝王。景媚莺初啭,春残日更长。命—作御筵多济济,盛乐复锵锵。丰镐谁将敌,横汾未可方。愿齐山岳寿,祉福永无疆。

鲍氏君徽

鲍君徽,字文姬,鲍徵君女。善诗,与尚宫五宋齐名。德宗尝召入宫,与侍臣赓和,赏赉甚厚。存诗四首。

奉和麟德殿宴百僚应制—作奉和御制麟德殿燕百僚

睿泽先寰海,功成殿武韶。戈铤清外垒,文物盛中朝。圣祚山河固,宸章日月昭。玉筵鸾鹄集,仙管凤凰调。御柳新低绿,宫莺乍啭娇。愿将亿兆庆,千祀奉神尧。

关山月

高高秋月明,北照辽阳城。塞迥光初满,风多晕更生。征人望乡思,战马闻鼙惊。朔风悲边草,胡沙暗—作昏房营。霜凝匣中剑,风惫原上旌。早晚谒金阙,不闻刁斗声。

惜花吟

枝上花,花下人,可怜颜色俱青春。昨日看花花灼灼,今朝看花花欲落。不如尽此花下欢,莫待春风总吹却。莺歌蝶舞韶光长—作韶景长,又作媚韶光,红炉煮茗松花香。妆成罢吟—作吟罢,又作曲罢恣游后—作乐,独把芳—作花枝归洞房。

东亭茶宴

闲朝向晓—作晓出帘栊,茗宴东亭四望通。远眺城池山色里,俯聆弦管水声中。幽篁引沼新抽翠,芳槿低檐欲吐红。坐久此中无限兴,更怜团扇起清风。

萧妃

萧妃,武陵郡王伯良妃。诗一首。

夜梦

昨日梦君归,贱妾下鸣机。极知意气薄,不著去时衣。故言如梦里,赖得雁书飞。

全唐诗卷八

南唐先主李昪

昪,字正伦,徐州人,杨行密养为子。以乞徐温,初冒姓徐,名知诰。代温秉政,受杨氏禅。僭帝位,谥烈祖,传国三十九年。诗一篇。

咏灯《诗史》云:九岁在温家作。温阅之叹赏,遂不以常儿遇之。

一点分明值万金,开时惟怕冷风侵。主人若也勤挑拨,敢向尊前不尽心。

嗣主璟

璟,字伯玉,烈祖子。风度高秀,善属文。谥元宗。诗二首。

游后湖赏莲花

蓼花蘸水火不灭,水鸟惊鱼银梭投。满目荷花千万顷,红碧相杂敷清流。孙武已斩吴宫女,琉璃池上佳人头。《摭遗》云:识者谓非吉语。

保大五年元日大雪,同太弟景遂汪王景逖齐王景逿进士李建勋中书徐铉勤政殿学士张义方登楼赋

珠帘高卷莫轻遮,往往相逢隔岁华。春气昨宵飘律管,东风今日放梅花。素姿好把芳恣掩,落熊还同舞势斜。坐有宾朋尊有酒,可怜清味属侬家。

句

灵槎思浩荡,老鹤倚崆峒。《古今诗话》:湟割江之后,迁都豫章,每北望忽忽不乐。作诗有此句。

苍苔迷古道,红叶乱朝霞。庐山百花亭刊石。

栖凤枝梢犹软弱,化龙形状已依稀。十岁咏新竹。

后主煜

煜,字重光,南唐元宗子。仁孝,善属文,工书画,妙于音律。置澄心堂于内苑,引文士居其间,尝著杂说百篇,时人以为可继《典论》。开宝中,封陇西公,赠吴王。集十卷,诗一卷,失传。今存诗十八首。

九月十日偶书

晚雨秋阴酒乍醒,感时心绪杳难平。黄花冷落不成艳,红叶飕飀竞鼓声。背世返能厌俗态,偶缘犹未忘多情。自从双鬓斑斑白,不学安仁却自惊。

秋莺

残莺何事不知秋,横过幽林尚独游。老舌百般倾耳听,深黄一点入烟流。栖迟背世同悲鲁,浏亮如笙碎在缑。莫更留连好归去,露华凄冷蓼花愁。

病起题山舍壁

山舍初成病乍轻,杖藜巾褐称闲情。炉开小火深回暖,沟引新流几曲声。暂约彭涓安朽质,终期宗远问无生。谁能役役尘中累,贪合鱼龙构强名。

送邓王二十弟从益牧宣城

后主自为诗序以送之,其略云:秋山滴翠,暮壑澄空。爱公此行,畅乎遐览。

且维轻舸更迟迟,别酒重倾惜解携。浩浪侵愁光荡漾,乱山凝恨色高低。君驰桧楫情何极,我凭阑干日向西。咫尺烟江几多地,不须怀抱重凄凄。

渡中江望石城泣下 《江表志》作吴让皇杨溥诗,题作泰州永宁宫。

江南江北旧家乡,三十年来梦一场。吴苑宫闱今冷落,广陵台殿已荒凉。云笼远岫愁千片,雨打归舟泪万行。兄弟四人三百口,不堪闲坐细思量。

挽辞 宣城公仲宣,后主子,小字瑞保,年四岁卒。母昭惠先病,哀苦增剧,遂至于殂,故后主挽辞,并其母子悼之。

珠碎眼前珍,花凋世外春。未销心里恨,又失掌中身。玉笥犹残药,香奁已染尘。前哀将后感,无泪可沾巾。

艳质同芳树,浮危道略同。正悲春落实,又苦雨伤丛。秾丽今何在,飘零事已空。沉沉无问处,千载谢东风。

悼诗 仲宣卒,后主哀甚。然恐重伤昭惠,常默坐饮泣而已。因为诗以写志。吟咏数四,左右为之泣下。

永念难消释,孤怀痛自嗟。雨深秋寂莫,愁引病增加。咽绝风前思,昏濛眼上花。空王应念我,穷子正迷家。

感怀 后主昭惠后周氏,小字娥皇,年二十九殂。后主哀苦骨立,杖而后起,每于花朝月夕,无不伤怀。

又见桐花发旧枝,一楼烟雨暮凄凄。凭阑惆怅人谁会,不觉潸然泪眼低。

层城无复见娇姿,佳节缠哀不自持。空有当年旧烟月,芙蓉城上哭蛾眉。

梅花 后主尝与周后移植梅花于瑶光殿之西,及花时而后已殂,因成诗见意。

殷勤移植地,曲槛小栏边。共约重芳日,还忧不盛妍。阻风开步障,乘月溅寒泉。谁料花前后,蛾眉却不全。

又

失却烟花主,东君自不知。清香更何用,犹发去年枝。

书灵筵手巾

浮生共憔悴,壮岁失婵娟。汗手遗香渍,痕眉染黛烟。

书琵琶背

周后通书史,善音律,尤工琵琶。元宗赏其艺,取所御琵琶时谓之烧槽者赐焉。烧槽,即蔡邕焦桐之义,或谓焰材而斫之,或谓因爇而存之。后临殂,以琵琶及常臂玉环亲遗后主。

侁自肩如削,难胜数缕绦。天香留凤尾,余暖在檀槽。

病中感怀

憔悴年来甚,萧条益自伤。风威侵病骨,雨气咽愁肠。夜鼎唯煎药,朝髭半染霜。前缘竟何似,谁与问空王。

病中书事

病身坚固道情深,宴坐清香思自任。月照静居唯捣药,门扃幽院只来禽。庸医懒听词何取,小婢将行力未禁。赖问空门知气味,不然烦恼万涂侵。

赐宫人庆奴

《墨庆漫录》云:煜尝书黄罗扇上,至今藏在贵人家。

风情渐老见春羞,到处消魂感旧游。多谢长条似相识,强垂烟态拂人头。

题金楼子后并序

梁元帝谓,王仲宣昔在荆州,著书数十篇,荆州坏,尽焚其书。今在者一篇,知名之士咸重之,见虎一毛,不知其斑。后西魏破江陵,帝亦尽焚其书。曰:文武之道,尽今夜矣,何荆州坏楚书二语?先后一辙也,诗以慨之。

牙签万轴里红绡,王粲书同付火烧。不于祖龙留面目,遗篇那得到今朝。《枫窗小牍》云:此诗同书藏内库,今朝误作金朝,徽庙恶而抹之,后竟如谶入金。

句

迢迢牵牛星,杳在河之阳。粲粲黄姑女,耿耿遥相望。《癸辛杂识》。

莺狂应有恨,蝶舞已无多。落花。《老学庵笔记》云:作此未久,亡国。

揖让月在手,动摇风满怀。咏扇。《石林燕语》:宋太祖尝因曲宴,使煜诵其得意诗,举此,太祖曰:好一个翰林学士。

病态如衰弱,厌厌向五年。以下《律髓注》。

衰颜一病难牵复,晓殿君临颇自羞。

冷笑秦皇经远略,静怜姬满苦时巡。

鬓从今日添新白,菊是去年依旧黄。以下《翰府名谈》。

万古到头归一死,醉乡葬地有高原。煜岁暮乘醉书此于牖,醒而见之,大悔。不久谢世。

人生不满百,刚作千年画。《野客丛谈》。

日映仙云薄,秋高天碧深。《海录碎事》。

乌照始潜辉,龙烛便争秉。以下《孔帖》。

凝珠满露枝。

游飑日已西,肃穆寒初至。

九重开扇鹄,四旒炳灯鱼。

羽觞无算酌。

倾碗更为寿,深卮递酬宾。

韩王从善

从善,字子师,元宗第七子,宋改封楚国公。诗一首。

蔷薇诗一首十八韵,呈东海侍郎徐铉

绿影复幽池,芳菲四月时。管弦朝夕兴,组绣百千枝。盛引墙看遍,高烦架屡移。露轻濡彩笔,蜂误拂吟髭。日照玲珑幔,风摇翡翠帷。早红飘藓地,狂蔓挂蛛丝。嫩刺牵衣细,新条窣草垂。晚香难暂舍,娇自态相窥。深浅分前后,荣华互盛衰。尊前留客久,月下欲归迟。何处繁临砌,谁家密映篱。绛罗房灿烂,碧玉叶参差。分得殷勤种,开来远近知。晶荧歌袖袂,柔弱舞腰支。膏麝谁将比,庭萱自合嗤,匀妆低水鉴,泣泪滴烟霏。画拟凭梁广,名宜亚楚姬。寄君十八韵,思拙愧新奇。

吉王从谦

从谦,元宗第九子,后主母弟也。风采峭整,动有规诲。喜为律诗,宋改封鄂国公。诗一首。

观棋

后主燕闲,尝与侍臣弈,从谦甫数岁,侍侧,后主命赋观棋诗。

竹林二君子,尽日竟沉吟。相对终无语,争先各有心。恃强斯有失,守分固无侵。若算机筹处,沧沧海未深。

蜀高祖王建

建,字光图,许州舞阳人。少无赖,为忠武

军卒,稍迁队将。杨复光讨黄巢,建为都头,僖宗使将神策军宿卫。文德元年,为招讨牙内都指挥使。大顺二年,检校司徒成都尹节度剑南西川招抚云南八国等使。天复三年,封蜀王,遂并有两川山南西道三峡之地。梁既篡唐,偘即帝位,卒号高祖。诗一首。

赠别唐太师道袭

卯岁便将为肘腋,二纪何曾离一日。更深犹尚立案前,敷奏柔和不伤物。今朝荣贵慰我心,双旌引向重城出。褒斜旧地委勋贤,从此生灵永泰息。

后主衍

衍,字化源,建之子。知学问,能为浮艳词。为后唐所灭。诗五首。

幸秦川上梓潼山

乔岩簇冷烟,幽径上寒天。下瞰峨眉岭,上窥华岳巅。驱驰非取乐,按幸为忧边。此去如登陟,歌楼路几千。

题剑门

缓辔逾双剑,行行蹑石棱。作千寻壁垒,为万祀依凭。道德虽无取,江山粗可矜。回看城阙路,云叠树层层。

过白卫岭和韩昭

先朝神武力开边,画断封疆四五千。前望陇山屯剑戟,后凭巫峡锁烽烟。轩皇尚自亲平寇,嬴政徒劳爱学仙。想到隗宫寻胜处,正应莺语暮春天。

宫词

蜀《梼杌》云:嘉王宗寿每谏诤,衍不乐。燕会,衍命宫人李玉箫歌其所撰宫词。送宗寿酒,宗寿惧祸,乃饮。佞臣潘在迎曰:"嘉王闻玉箫歌即饮,请以玉箫赐之。"衍曰:"王必不纳。"其词曰:

辉辉赫赫浮玉云,宣华池上月华新。月华如水浸宫殿,有酒不醉真痴人。

醉妆词

者边走,那边走,只是寻花柳。那边走,者边走,莫厌金杯酒。

句

不缘朝阙去,好此结茅庐。《北梦琐言》云:衍俘入秦,至剑阁,阅山水之美作,时人笑之。

吴越王钱镠

镠,字具美,临安人。唐末,以乡兵讨平刘汉宏董昌,奋有十三州,建国称王。好吟咏,通图纬学,喜作正书。谥武肃。诗二篇。

巡衣锦军制还乡歌

《吴越备史》:镠生临安石镜乡临水里,有大木,镠幼与群儿戏其下,坐大石,指麾为队伍,镠既贵,昭宗改其乡曰广义,里曰勋贵,所居营为衣锦营。俄又升为衣锦军,号大木为衣锦将军。天复元年,镠于其地大会故老宾客,山林树木,皆复以锦幪,表衣锦之荣。开平四年,镠游衣锦军,作还乡歌。

三节还乡兮挂锦衣,碧天朗朗兮爱日晖。功成道上兮列旌旗,父老远来兮相追随。家山乡眷兮会时稀,今朝设宴兮觥散飞。斗牛无孛兮民无欺,吴越一王兮驷马归。《湘山野录》云:时父老不解此歌,王复以吴音歌云:你辈见侬底欢喜,别是一般滋味子,长在我侬心子里。至今狂童游女能效之。

没了期歌

晋公谈录,武肃所言,皆可律下。忽一日,杂役兵士于公署壁题云云。部辖者皆怒,王曰不必怒,续书云云。辛伍见之,怡然力役,不复怨咨。

没了期,没了期,营基才了又仓基。军士题。
没了期,没了期,春衣才了又冬衣。武肃续。

句

须将一片地,付与有心人。题湖州婴兰堂。《备史》:镠命高彦为刺史,故先示意。后彦为州十一载,政果有声。彦,海盐人也。

黄河信有澄清日,后代应难继此才。罗隐寝疾,镠临问,题其壁云云。隐以红纱罩其上。谢诗有"壁间章句动风雷",此也,隐身后无文嗣,镠诗为之谶。

传语龙王并水府,钱塘借与筑钱城。_{镠筑捍海塘。函诗一章置海门,其末句云云。以上并见《备史》。}

后王钱俶

俶,字文德。嗣位三十二年。纳土归宋,赠秦王,谥忠懿。好吟咏,自编其诗为《正本集》,陶谷为序。今存一首。

宫中作_{汝帖}

廊庑周遭翠幕遮,禁林深处绝喧哗。界开日影怜窗纸,穿破苔痕恶笋芽。西第晚宜供露茗,小池寒欲结冰花。谢公未是深沉量,犹把输赢局上夸。

后蜀嗣主孟昶

昶,字保元,蜀主知祥第三子。明德元年,立为太子。在位二十八年,国亡,降宋,封秦国公。卒,赠楚王,谥恭惠。诗一篇。

避暑摩诃池上作

冰肌玉骨清无汗,水殿风来暗香暖_{一作满}。帘开明月独窥人,欹枕钗横云鬓乱。起来琼_{一作庭}户寂无声,时见疏星渡河汉。屈指西风几时来,只恐流年暗中换。

闽王王继鹏

闽王审知之孙。诗一首。

批叶翘谏书纸尾_{榕阴新检}

春色曾看紫陌头,乱红飞尽不禁愁。人情自厌芳华歇,一叶随风落御沟。

全唐诗卷九

蜀太后徐氏

成都徐耕,生二女,皆有国色。能为诗,蜀王建纳之。姊为贤妃,娣为淑妃,王衍即位,册贤妃为顺圣太后,淑妃为翊圣太妃。咸康元年,衍奉太后太妃同祷青城山,凡游历之处,各赋诗刻于石,共十六首。

丈人观

早与元妃慕至化—作玄,同跻灵岳访真仙。当时信有壶中景,今—作此日亲来洞里天。仪仗影空寥廓外,金丝声揭翠微巅。惟惭未致华胥理,徒卜—作祝升平万万年。

玄都观

千寻绿嶂夹流溪,登眺因知海—作众岳低。瀑布迸春青石碎,轮囷横翥翠峰齐。步粘苔藓龙桥滑,日闭烟罗—作峦鸟径迷。莫道穹天无路到,此山便是碧云梯。

丈人观谒先帝御容

圣帝归梧野,躬来谒圣颜。旋登三径路,似陟九嶷山。日照堆岚迥,云横积翠间。期修封禅礼,方俟再跻攀。

题金华宫

再到金华顶,玄都访道回。云披分景象,黛锁—作敛显楼台。雨涤前山净,风吹去路开。翠屏夹流水,何必羡蓬莱。

丹景山至德寺

周回云水游丹景,因与真妃眺上方。晴日晓升金晃曜,寒泉夜落玉丁当。松梢月转琴栖影,柏径风牵麝食香。虔炷六铢宜铸祝,惟祈圣祉保遐昌。

题彭州阳平化

寻真游胜境,巡礼到阳平。水远波澜碧,山高气象清。殿严孙氏貌,碑暗系师名。夜月登坛醮—作夜醮古坛月,松风森磬声。

三学山夜看圣灯
　　虔祷游灵境,元妃夙志同。玉香焚静夜,银烛炫辽空。泉漱云根月,钟敲桧杪风。印金标圣迹,飞石显神功。满望天涯极,平临日角红。猿来斋石上,僧集讲筵中。顿作超三界,浑疑证六通。愿成修偃化,社稷保延洪。

题天回驿
　　周游灵境散幽情,千里江山暂得行。所恨风—作烟光看未足,却驱金翠入龟城。

蜀太妃徐氏

丈人观
　　获陪翠辇喜殊常,同涉仙坛岂厌长。不羡乘鸾入烟雾,此中便是五云乡。

玄都观
　　登寻丹壑到玄都,接日红霞照座隅。即向周回岩下看,似看曾进画图无。

游丈人观谒先帝御容
　　共谒御容仪,还同在禁闱。笙歌—作箪喧宝殿,彩仗耀金徽。清泪沾罗袂,红霞拂绣衣。九疑山水远,无路继湘妃。

题金华宫
　　碧烟—作云红雾漾—作扑人衣,宿雾苍—作沾苔石径危。风巧解吹松上曲,蝶娇频采脸边脂。同寻僻境思携手,暗指遥山学画眉。好把身心清净处—作出,角冠霞帔事希夷。

和题丹景山至德寺
　　丹景山头宿梵宫,玉轮—作轩金辂驻虚空。军持无水注寒碧,兰若有花开晚红。武士尽排青嶂下,内人皆在讲筵中。我家帝子传王业,积善终期四海同。

题彭州阳平化
　　云浮翠辇届阳平,真似骖鸾到上清。风起半崖闻虎啸,雨来当面见龙行。晚寻水涧听松韵,夜上星坛看月明。长恐前身居此境,玉皇教向锦城生。

三学山夜看圣灯
　　圣灯千万炬,旋向碧空生。细雨湿—作沥不暗,好风吹更明。磬敲金地响,僧唱梵天声。若说无心法,此光如有情。

题天回驿
　　翠驿红亭近玉京,梦魂犹是在青城。比来出看江山景,却被江山看出行。

全唐诗卷十

郊庙歌辞

祀圜丘乐章

《唐书·乐志》曰：贞观二年，祖孝孙修定雅乐，取《礼记》大乐与天地同和，故制十二和之乐。祭天神奏豫和之乐，祭地祇奏顺和，祭宗庙奏永和，登歌、奠玉帛奏肃和，皇帝行及临轩奏太和，王公出入、送文舞出、迎武舞入奏舒和，皇帝食举及饮酒奏休和，皇帝受朝奏正和，皇太子轩悬出入奏承和，正至皇帝礼会、登歌奏昭和，郊庙俎入奏雍和，酌献、饮福酒奏寿和。六年冬至，祀昊天于圜丘。乐章，褚亮、虞世南、魏徵等作。大历十四年，改豫和为元和，以避讳也。按唐初作十二和，以法天数。其后增造非一，颇无法度，皆随时制名云。

豫和

上灵眷命膺会昌，盛德殷荐叶辰良。景福降兮圣德远，玄化穆兮天历长。

太和

穆穆我后，道应千龄。登三处大，得一居贞。礼惟崇德，乐以和声。百神仰止，天下文明。

肃和

阊阖播气，甄曜垂明。有赫圜宰，深仁曲成。日丽苍璧，烟开紫营。聿遵乾享，式降鸿祯。

雍和

钦惟大帝，戴仰皇穹。始命田烛，爰启郊宫。云门骇听，雷鼓鸣空。神其介祀，景祚斯融。

寿和

八音斯奏，三献毕陈。宝祚惟永，晖光日新。

舒和

叠璧凝影皇坛路，编珠流彩帝郊前。已奏黄钟歌大吕，还符宝历祚昌年。

凯安

《新唐书·礼乐志》曰：贞观初舞隋文舞曰治康，武舞曰凯安，郊庙朝会同用之。舞者各六十四人，文舞左籥右翟，著委貌，冠黑素，绛领广袖，白裤，革带，乌皮履。武舞左干右戚，服平冕，余同文舞。朝会，则武弁平巾帻，广袖金甲，豹文裤，乌皮靴，执干戚。余同郊庙。凡初献作文舞，亚献终献作武舞，太庙降神以文舞。后改治康舞曰化康，避高宗讳也。《旧书·乐志》曰：凯安舞，贞观中造，凡有六变，一变象龙兴参野，二变象剋靖关中，三变象东夷宾服，四变象江淮宁谧，五变象狁犹詟服，六变复位以崇，象兵还振旅，亦如周之大武。六成乐止，按贞观礼。享郊庙日，文舞奏豫和、顺和、永和等乐。麟德二年十月，文舞改用功成庆善乐，武舞改用神功破阵乐。并改器服，后以庆善乐不可降神，破阵乐不入雅乐，复用治康、凯安如故。

昔在炎运终，中华乱无象。酆郊赤乌见。邙山黑云上。大资下周车，禁暴开殷网。幽明同叶赞，鼎祚齐天壤。

豫和

歌奏毕兮礼献终，六龙驭兮神将升。明德感兮非黍稷，降福简兮祚休征。

郊天旧乐章《唐书·乐志》曰：太乐旧有郊天送神辞一章，不详所起。

豫和

蘋蘩—作登铏礼著，黍稷诚微。音盈凤管，彩驻龙旗。洪歆式就，介福攸归。送乐有阕，灵驭遄飞。

武后大享昊天乐章十二首，并载本集。

大阴凝至化，真耀蕴轩仪。德迈娥台敞，仁高姒幄披。扪天遂启极，梦日乃升曦。

瞻紫极，望玄穹。翘至恳，罄深衷。听虽远，诚必通。垂厚泽，降云宫。

乾仪混成冲邃，天道下济高明。阊阳晨披紫阙，太一晓降黄庭。圆坛敢由昭报，方璧冀展虔情。丹襟式敷衷恳，玄鉴庶察微诚。

巍巍睿业广，赫赫圣基隆。菲德承先顾，祯符萃眇躬。铭开武岩侧，图荐洛川中。微诚讵幽感，景命忽昭融。有怀惭紫极，无以谢玄穹。

朝坛雾卷，曙岭烟沉。爰设筐—作筐币，式表诚心。筵辉丽璧，乐畅和音。仰惟灵鉴，俯察翘襟。

昭昭上帝，穆穆下临。礼崇备物，乐奏锵金。兰羞委荐，桂醑盈斟。敢希灵德，聿罄庄心。

樽浮九酝，礼备三周。陈诚菲奠，契福神猷。

奠璧郊坛昭大礼，锵金拊石表虔诚。始奏承云娱帝赏，复歌调露畅韶英。

荷恩承顾托，执契恭临抚。庙略静边荒，天兵耀神武。有截资先化，无为尊旧矩。祯符降昊穹，大业光寰宇。

肃肃祀曲，邕邕礼秩。三献已周，九成斯毕。爰撤其俎，载迁其实。或升或降，唯诚唯质。

礼终肆类，乐阕九成。仰惟明德，敢荐非馨。顾惭菲奠，久驻云輧。瞻荷灵泽，悚恋兼盈。

式乾路，辟天扉。回日驭，动云衣。登金阙，入紫微。望仙驾，仰恩徽。

中宗祀昊天乐章

《唐书·乐志》曰：景龙三年，亲祀昊天上帝。降神用豫和，皇帝行用太和，登歌用肃和，迎俎用雍和，酌献用福和，送文舞出、迎武舞入用舒和，武舞作用凯安。

豫和

天之历数归睿唐，顾惟菲德钦昊苍。撰吉

日兮表殷荐,冀神鉴兮降阊阳。

太和

恭临宝位,肃奉瑶图。恒思解网,每轸泣辜。

德惭巢燧,化劣唐虞。期我良弼,式赞嘉谟。

告谢

得一流玄泽,通三御紫宸。远叶千龄运,遐销九域尘。绝瑞骈阗集,殊祥络绎臻。登年庆栖亩,稔岁贺盈囷。

肃和

悠哉广覆,大矣曲成。九玄著象,七曜贞(一作甄)明。珪璧是奠,酝酎斯盈。作乐崇德,爰畅咸英。

雍和

郊坛展敬,严配因心。孤竹箫管,空桑瑟琴。肃穆大礼,铿锵八音。恭惟上帝,希降灵歆。

福和

九成爰奏,三献式陈。钦承景福,恭托明禋。

中宫助祭升坛

坤元光至德,柔训阐皇风。芣苢芳声远,螽斯美化隆。睿范超千载,嘉猷备六宫。肃恭陪盛典,钦若荐禋宗。

亚献

三灵降飨,三后配神。虔敷藻奠,敬展郊禋。

舒和

已陈粢盛敷严祀,更奏笙镛协雅声。璇图宝历欣宁谧,宴俗淳风乐太平。

凯安

堂堂圣祖兴,赫赫昌基泰。戎车盟津偃,玉帛涂山会。舜日启祥晖,尧云卷征斾。风猷被有截,声教罩无外。

明皇祀圜丘乐章

《唐书·乐志》曰:开元十一年,祀昊天于圜丘。降神用豫和,六变,辞同。皇帝行用太和,登歌、奠玉帛用肃和,迎俎用雍和,皇帝酌献天神、酌献配座,饮福酒并用寿和,送文舞出、迎武舞入用舒和,武舞用凯安,礼毕送神用豫和,皇帝还大次用太和。

豫和

至矣丕构,烝哉太平。授牺膺箓,复禹继明。草木仁化,凫鹥颂声。祀宗陈德,无愧斯诚。

太和

效坛斋帝,礼乐祀天。丹青寰宇,宫徵山川。神祇毕降,行止重旋。融融穆穆,纳祉洪延。

肃和

止奏潜聆,登仪宿啭。太玉躬奉,参钟首奠。篚篚聿升,牺牲递荐。昭事颙若,存存以倪。

雍和

烂云普洽,律风无外。千品其凝,九宾斯会。禋尊晋烛,纯牺涤汰。玄覆攸广,鸿休汪灭。

寿和

六变爰阅,八阶载虔。祐我皇祚,于万斯年。

寿和

於赫圣祖,龙飞晋阳。底定万国,奄有四方。功格上下,道冠农黄。郊天配享,德合无疆。

寿和

崇崇泰畤,肃肃严禋。粢盛既洁,金石毕陈。上帝来享,介福爰臻。受釐合祉,宝祚维新。

舒和

祝史正辞,人神叶庆。福以德招,享以诚应。六变云备,百礼期浃。祀事孔明,祚流万叶。

凯安

馨香惟后德,明命光天保。肃和崇圣灵,陈信表皇道。玉戚初蹈万,金匏既静好。一本此下有"介福何穰穰,精诚格穹昊"二句。

豫和

大号成命,思文配天。神光肸蚃,龙驾言旋。眇眇闾阖,昭昭上玄。俾昌而大,于斯万年。

太和

六成既阕,三荐云终。神心具醉,圣敬愈崇。受釐皇邸,回跸帷宫。穰穰之福,永永无穷。

封泰山乐章

《唐书·乐志》曰:开元十三年明皇封泰山祀天乐。降神用豫和。六变。迎送皇帝用太和,登歌、奠玉帛用肃和,迎俎用雍和,酌献、饮福并用寿和,送文舞出、迎武舞入用舒和,终献、亚献用凯安,送神用豫和。中书令张说制辞。

豫和

款泰坛,柴泰清。受天命,报天成。竦皇心,荐乐声。志上达,歌下迎。

亿上帝,临下庭。骑日月,陪列星。嘉祝信,大糦馨。澹神心,醉皇灵。

相百辟,贡八荒。九歌叙,万舞翔。肃振振,铿皇皇。帝欣欣,福穰穰。

高在上,道光明。物资始,德难名。承眷命,牧苍生。寰宇谧,太阶平。

天道无亲,至诚与邻。山川遍礼,宫徵维新。玉帛非盛,聪明会真。正斯一德,通乎百神。

飨帝飨亲,维孝维圣。缉熙懿德,敷扬成命。华夷志向,笙镛礼盛。明灵降止。感此诚敬。

太和

孝敬中发,和容外彰。腾华照宇,如升太阳。贞璧就奠,玄灵垂光。礼乐具举,济济洋洋。

肃和

奠祖配天,承天享帝。百灵咸秩,四海来祭。植我苍璧,布我玄制。华日裴回,神烟容裔。

雍和

俎豆有馥,粢盛洁丰,亦有和羹,既戒既平。钟鼓管磬,肃唱和鸣。皇皇后祖,来—作费我思成。

寿和

烝烝我后,享献惟夤。躬酌郁鬯,跪奠明神。孝莫孝乎,配上帝亲。敬莫敬乎,教天下臣。

寿和

皇祖严配,配享皇天。皇皇降嘏,天子万年。

舒和

六钟奏协六变成,八佾俶傡八风生。乐九韶兮人神感,美七德兮天地清。

凯安

烈祖顺三灵,文宗威四海。黄钺诛群盗,朱旗扫多罪。戢兵天下安,约法人心改。大哉干羽意,长见风云在。

豫和

乐已终,禋燎上。怀灵惠,结皇想。归风疾,回风爽。百神来,众神往。

祈谷乐章

《唐书·乐志》曰：贞观中，正月上辛，祈谷于南郊。降神用豫和，皇帝行用太和，登歌、奠玉帛用肃和，迎俎用雍和，送文舞出、迎武舞入用舒和，武舞用凯安，送神用豫和。褚亮作。其豫和、太和、寿和、凯安五章，词同《冬至圜丘》。按贞观礼，祀感生帝同用此词。显庆以后，同用《冬至圜丘》词。

肃和

履艮斯绳，居中体正。龙运垂祉，昭符启圣。式事严禋，聿怀嘉庆。惟帝永锡，时皇休命。

雍和

殷荐乘春，太坛临曙。八簋盈和，六瑚登御。嘉稷匪歆，德馨斯饫。祝嘏无易，灵心有豫。

舒和

玉帛牺牲申敬享，金丝戚羽盛音容。庶俾亿龄禔景福，长欣万宇洽时邕。

明堂乐章

《唐书·乐志》曰：季秋，享上帝于明堂。降神用豫和，皇帝行用太和，登歌、奠玉帛用肃和，迎俎用雍和，酌献、饮福用寿和，送文舞出、迎武舞入用舒和，武舞用凯安，送神用豫和。其豫和、太和、寿和、凯安五章，词同《冬至圜丘》。贞观中褚亮等作。

肃和

象天御宇，乘时布政。严配申虔，宗禋展敬。樽罍盈列，树羽交映。玉币通诚，祚隆皇圣。

雍和

八牖晨披，五精朝奠。雾凝璇笾，风清金县。神涤备全，明粢丰衍。载絜彝俎，陈诚以荐。

舒和

御宸合宫承宝历，席图重馆奉明灵。偃武修文九围泰，沉烽静柝八荒宁。

武后明堂乐章并载本集

外办将出

总章陈昔典，衢室礼惟神。宏规则天地，神用叶陶钧。负扆三春旦，充庭万宇宾。顾己诚虚薄，空惭亿兆人。

皇帝行

仰膺历数，俯顺讴歌。远安迩肃，俗阜时和。化光玉镜，讼息金科。方兴典礼，永戢干戈。

皇嗣出入升降

至人光俗，大孝通神。谦以表性，恭惟立身。洪规载启，茂典方陈。誉隆三善，祥开万春。

迎送王公

千官肃事，万国朝宗，载延百辟，爰集三宫。君臣德合，鱼水斯同。睿图方永，周历长隆。

登歌

礼崇宗祀，志表严禋。笙镛合奏，文物维新。敬遵茂典，敢择良辰。絜诚斯著，奠谒方申。

配飨

笙镛间玉宇一作鸣玉，文物昭清晖。晬影临芳奠，休光下太微。孝思期有感，明絜庶无违。

宫音

履艮包群望，居中冠百灵。万方资广运，庶品荷财成。神功谅匪测，盛德实难名。藻奠申诚敬，恭祀表惟馨。

角音

出震位，开平秩。扇条风，乘甲乙。龙德盛，鸟星出。荐珪篚，陈诚实。

徵音

赫赫离精御炎陆，滔滔炽景开隆暑。冀延

神鉴俯兰樽,式表虔襟陈桂俎。

商音

律中夷则,序应收成。功宣建武,义表惟明。爰申礼奠,庶展翘诚。九秋是式,百谷斯盈。

羽音

葭律肇启隆冬,蘋—作蕴藻修陈飨祭。黄钟既陈玉烛,红粒方殷稔岁。

雩祀乐章

《唐书·乐志》曰:孟夏,雩祀上帝于南郊。降神用豫和,皇帝行用太和,登歌、奠玉帛用肃和,迎俎用雍和,酌献、饮福用寿和,送文舞出、迎武舞入用舒和,武舞用凯安,送神用豫和。其豫和、太和、寿和、凯安五章,词同《冬至圜丘》。贞观中褚亮等作。

肃和

朱鸟开辰,苍龙启映。大帝昭飨,群生展敬。礼备怀柔,功宣舞咏。旬液应序,年祥协庆。

雍和

绀筵分彩,宝图吐绚。风—作凤管晨凝,云歌晓啭。肃事兰羞,虔申桂奠。百谷斯登,万箱攸荐。

舒和

凤曲登歌调令序,龙雩集舞泛祥风。采旄云回昭睿德,朱干电发表神功。

雩祀乐章

《唐书·乐志》曰:大乐旧有雩祀降送神辞二章,不详所起,或云开元中造。

豫和

鸟纬迁序,龙星见辰。纯阳在律,明德崇禋。五方降帝,万宇安人。恭以致享,肃以迎神。

豫和

祀遵经设,享缘成举。献毕于樽,彻临于俎。舞止干戚,乐停枧敔。歌以送神,神还其所。

全唐诗卷十一

郊庙歌辞

五郊乐章

《唐书·乐志》曰：祀五方上帝五郊乐。祀黄帝，降神奏宫音，皇帝行用太和，登歌、奠玉帛用肃和，迎俎用雍和，酌献、饮福用寿和，送文舞出、迎武舞入用舒和，武舞用凯安，送神用豫和。其太和、寿和、凯安、豫和四章，辞同《圜丘》。祀青帝，降神奏角音；祀赤帝，降神奏徵音；祀白帝，降神奏商音；祀黑帝，降神奏羽音，余同黄帝，并贞观中魏徵等作。

黄帝宫音

黄中正位，含章居贞。既长六律，兼和五声。毕陈万舞，乃荐斯牲。神其下降，永祚休平。

肃和

眇眇方舆，苍苍圜盖。至哉枢纽，宅中图大。气调四序，风和万籁。祚我明德，时雍道泰。

雍和

金县夕肆，玉俎朝陈。飨荐黄道，芬流紫宸。乃诚乃敬，载享载禋。崇荐斯在，惟皇是宾。

舒和

御征乘宫出郊甸，安歌率舞递将迎。自有云门符帝赏，犹持雷鼓答天成。

青帝角音

鹤云旦起，鸟星昏集。律候新风，阳开初蛰。至德可飨，行潦斯挹。锡以无疆，蒸人乃粒。

肃和

玄鸟司春，苍龙登岁。节物变柳，光风转蕙。瑶席降神，朱弦飨帝。诚备祝嘏，礼殚珪币。

雍和

　　大乐稀音，至诚简礼。文物棣棣，声明济济。六变有成，三登无体。乃眷丰洁，恩覃恺悌。

舒和

　　笙歌籥舞属年韶，鹭鼓凫钟展时豫。调露初迎绮春节，承云遽践苍霄驭。

赤帝徵音

　　青阳告谢，朱明戒序。延长是祈，敬陈椒醑。博硕斯荐，笙镛备举。庶尽肃恭，非馨稷黍。

肃和

　　离位克明，火中宵见。峰云暮起，景风晨扇。木槿初荣，含桃可荐。芬馥百品，铿锵三变。

雍和

　　昭昭丹陆，奕奕炎方。礼陈牲币，乐备箫簧。琼羞溢俎，玉醑浮觞。恭惟正直，歆此馨香。

舒和

　　千里温风飘绛羽，十枝炎景剩朱干。陈觞荐俎歌二献，拊石扠金会七盘。

白帝商音

　　白藏应节，天高气清。岁功既阜，庶类收成。万方静谧，九土和平。馨香是荐，受祚聪明。

肃和

　　金行在节，素灵居正。气肃霜严，林凋草劲。豺祭隼击，潦收川镜。九谷已登，万箱流咏。

雍和

　　律应西成，乞籧南吕。珪币咸列，笙竽备举。蕤蕤兰羞，芬芬桂醑。式资宴贶，用调霜序。

舒和

　　璿仪气爽惊缇籥，玉吕灰飞含素商。鸣鞞奏管芳羞荐，会舞安歌葆耗扬。

黑帝羽音

　　严冬季月，星回风厉。享祀报功，方祚来岁。

肃和

　　律回一作周玉琯，星周一作回金度。次极阳乌，纪穷阴兔。火林霰雪，阳泉凝沍。八蜡已登，三农息务。

雍和

　　阳月斯纪，应钟在候。载洁牲牷，爱登俎豆。既高既远，无声无臭。静言格思，惟神保佑。

舒和

　　执籥持羽初终曲，朱干玉戚始分行。七德九功咸已畅，明灵降福具穰穰。

五郊乐章《唐书·乐志》曰：大乐旧有五郊迎送神辞十章，不详所起。

黄郊迎神

　　朱明季序，黄郊王辰。厚以载物，甘以养人。毓金为体，禀火成身。宫音式奏，奏以迎神。

送神

　　春末冬暮，徂夏杪秋。土王四月一作季，时季一周。黍稷已享，笾豆宜收。送神有乐，神其赐休。

青郊迎神

　　缇幕移候，青郊启蛰。淑景迟迟，和风习习。璧玉宵备，旌旄曙立。张乐以迎，帝神其入。

送神
　　文物流彩，声明动色。人竭其恭，灵昭其饬。歆荐不已，垂祯无极。送礼有章，惟神还轼。

赤郊迎神
　　青阳节谢，朱明候改。靡草凋华一作花，含桃流彩。虡列钟磬，筵陈脯醢。乐以迎神，神其如在。

送神
　　炎精式降，苍生攸仰。羞列豆笾，酒陈牺象。昭祀有应，冥期一作令仪不爽。送乐张音，惟灵之往。

白郊迎神
　　序移玉律，节应金商。天严杀气，吹警秋方。槱燎既积，稷奠并芳。乐以迎奏，庶降神光。

送神
　　祀遵五礼，时属三秋。人怀肃敬，灵降祯休。奠歆旨酒，荐享珍羞。载张送乐，神其上游。

黑郊迎神
　　玄英戒序，黑郊临候。掌礼陈彝，司筵执豆。寒氛敛色，沍泉凝漏。乐以迎神，八音斯奏。

送神
　　北郊时浏，南陆辉处。奠本虔诚，献弥恭虑。上延祉福，下承欢豫。广乐送神，神其整驭。

朝日乐章
　　《唐书·乐志》曰：贞观中朝日乐，降神用豫和，皇帝行用太和，登歌、奠玉帛用肃和，迎俎用雍和、酌献、饮福用寿和，送文舞出、迎武舞入用舒和，武舞用凯安，送神用豫和。其豫和、太和、寿和、凯安五章，辞同《冬至圜丘》。

肃和
　　惟圣格天，惟明飨日。帝郊肆类，王宫戒吉。珪奠春舒，钟歌晓溢。礼云克备，斯文有秩。

雍和
　　晨仪式荐，明祀惟光。神物爰止，灵晖载扬。玄端肃事，紫幄兴祥。福履攸假，于昭允王。

舒和
　　崇牙树羽延调露，旋宫扣律掩承云。诞敷懿德昭神武，载集丰功表睿文。

朝日乐章《唐书·乐志》曰：太乐旧有朝日迎送神辞二章，不详所起。

迎神
　　太阳朝序，王宫有仪。蟠桃彩驾，细柳光驰。轩祥表合，汉历彰奇。礼和乐备，神其降斯。

送神
　　五齐兼酌，百羞具陈。乐终广奏，礼毕崇禋。明鉴万宇，照临兆人。永流洪庆，式动曦轮。

夕月乐章
　　《唐书·乐志》曰：贞观中夕月乐，降神用豫和，皇帝行用太和，登歌、奠玉帛用肃和，迎俎用雍和、酌献、饮福用寿和，送文舞出、迎武舞入用舒和，武舞用凯安，送神用豫和。其豫和、太和、寿和、凯安五章，辞同《冬至圜丘》。

肃和
　　测妙为神，通微曰圣。坎祀贻则，郊禋展敬。璧荐登光，金歌动映。以载嘉德，以流曾庆。

雍和
　　朏晨争举，天宗礼辟。夜典凉秋，阴明湛

夕。有酏斯旨,有牲斯硕。穆穆其晖,穰穰是积。

舒和

合吹八风金奏动,分容万舞玉鞘惊。词昭茂典光前列,夕曜乘功表盛明。

祀九宫贵神乐章

唐天宝中祀九宫贵神乐。降神用豫和,六变;皇帝行用太和,登歌用肃和,迎俎用雍和,酌献用寿和,饮福酒用福和,退文舞、迎武舞用舒和,亚献、终献用凯安,登歌、撤豆用肃和,送神用豫和。

豫和

於昭上穹,临下有光。羽翼五佐,周流八荒。谁其飨之,时文对扬。虞经夏典,兹礼未遑。

黑帝旋驭,青躔导日。金箓上玄,玉堂初吉。钩陈夕次,銮和先跸。蔼蔼群灵,昭昭咸秩。

帝临中坛,受禧元神。皇灵萃止,羽旄肃陈。摄提运衡,招摇移轮。光光宇宙,电耀雷震。

夜如何其,明星煌煌。天清容卫,露结坛场。树羽幢幢,佩玉锵锵。凝精驻目,瞻望神光。

九位既肃,万灵毕会。天门启扃,日驭飞盖。焕兮棽离,俟兮暗霭。如山之福,惟圣时对。

崇崇泰坛,灵具临兮。铿锽大乐,振动心兮。神之降矣,卿云郁兮。神之至止,清风肃兮。

太和

帝在灵坛,大明登光。天回云粹,穆穆皇皇。金奏九夏,圭陈八芒。旷哉动植,如熙春阳。

肃和

歌工既奏,神位既秩。天符众星,运行太一。声和十管,气应中律。肃肃明廷,介兹元吉。

雍和

俎豆有践,黄流在尊。九宫之祀,三代莫存。乐变六宫,坛开八门。圣皇昭对,祐我黎元。

寿和

时文哲后,肃事严禋。馨我明德,享于一作我贵神。大庖载盈,旨酒斯醇。精意所属,期于利人。

福和

祀既云毕,明灵告旋。礼洽和应,神歆福延一作福至神庭。动植咸若,阴阳不愆。锡兹纯嘏,天子万年。

舒和

羽籥既阕干戚陈,八音克谐六变新。愉贵神兮般以乐,保皇祚兮万斯春。

凯安

盛德陈万舞,威棱畅九垓。风云交律候,日月丽昭回。行庆休祥发,乘和春气来。百神肃临享,荡荡天门开。

肃和

精意严恭,明祠一作祀丰洁。献酬既备,俎豆斯撤。日丽天仪,风和乐节。事光祀典,福覃有截。

豫和

享申百礼,庆洽百灵。上排阊阖,洞入杳冥。奠玉高坛,燔柴广庭。神之降福,万国咸宁。

祀风师乐章包佶撰辞

迎神

太皞御气,句芒肇功。苍龙青旗,爰候祥风。律以和应,神以感通。鼎俎修蚉,时惟礼崇。

奠币登歌
　　旨酒告絜,青蘋应候。礼陈瑶币,乐献金奏。弹弦自昔,解冻惟旧。仰瞻肸蚃,群祥来凑。

迎俎酌献
　　德盛昭临,迎拜巽方。爰候发生,式荐馨香。酌醴具举,工歌载扬。神歆六律,恩降百祥。

亚献终献
　　芀芗备,玉帛陈。风动物,乐感神。三献终,百神臻。草木荣,天下春。

送神
　　微穆敷华能应节,飘扬发彩宜行庆。送迎灵驾神心享,跪拜灵坛礼容盛。气和草木发萌芽,德畅禽鱼遂翔泳。永望翠盖逐流云,自兹率土调春令。

祀雨师乐章 包佶撰辞

迎神
　　陟降左右,诚达幽圜一作玄。作解之功,乐惟有年。云軿戾止,洒雾飘烟。惟馨展礼,爰列豆笾。

奠币登歌
　　岁正朱明,礼布元一作玄制。惟乐能感,与神合契。阴雾离披,灵驭摇裔。膏泽之庆,期于稔岁。

迎俎酌献
　　阳开幽蛰,躬奉郁鬯。礼备节应,震来灵降。动植求声,飞沉允望。时康气茂,惟神之贶。

亚献终献
　　奠既备,献将终。神行令,瑞飞空。迎乾德,祈岁功。乘烟燎,俨从风。

送神
　　整驾升车望寥廓,垂阴荐祉荡昏氛。飨时灵贶俨如在,乐罢余声遥可闻。饮福陈诚礼容备,撤俎终献曙光分。跪拜临坛结空想,年年应节候油云。

全唐诗卷十二

郊庙歌辞

祭方丘乐章

《唐书·乐志》曰：贞观中，夏至祭皇地祇于方丘。迎神用顺和，皇帝行用太和，登歌、奠玉帛用肃和，迎俎用雍和，酌献、饮福用寿和，送文舞出、迎武舞入用舒和，武舞用凯安。其太和、寿和、凯安三章，词同《冬至圜丘》。并褚亮等作。

顺和

万方资以化，交泰属升平。易从业惟简，得一道斯宁。具仪光玉帛，送舞变咸英。黍稷良非贵，明德信惟馨。

肃和

至矣坤德，皇哉地祇。开元统纽，合大承规。九宫肃列，六典相仪。永言配命，长保无亏。

雍和

柔而能方，直而能敬。载厚以德，大亨以正。有涤斯牷—作牲，有馨斯盛。介兹景福，祚我休庆。

舒和

玉币牲牷分荐享，羽旄干戚递成容。一德惟宁两仪泰，三才保合四时邕。

顺和

阴祇协赞，厚载方贞。牲币具举，箫管备成。其礼惟肃，其德惟明。神之听矣，式鉴虔诚。

武后大享拜洛乐章

《唐书·乐志》曰：则天皇后永昌元年大享拜洛乐。礼设用昭和，次致和，次咸和，乘舆初行用九和，次拜洛，受图用显和，登歌用昭和，迎俎用敬和，酌献用钦和，送文舞出、迎武舞入用齐和，武舞用德和，撤俎用禋和，辞神用通和，送神用归和。按《乐志》又有

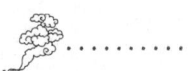

归和一章,亦送神词也,并载本集,逸酌、献二章。

昭和

九玄眷命,三圣基隆。奉承先旨,明台毕功。宗祀展敬,冀表深衷。永昌帝业,式播淳风。

致和

神功不测兮运阴阳,包藏万宇兮孕八荒。天符既出兮帝业昌,愿临明祀兮降祯祥。

咸和

坎泽祠容备举,坤坛祭典爰申。灵眷遥行秘躅,嘉贶荐委殊珍。肃礼恭禋载展,翘襟邈志逾殷。方期交际悬应。下一句逸。

九和

祇荷坤德,钦若乾灵。惭惕罔置,兴居匪宁。恭崇礼则,肃奉仪形。惟凭展敬,敢荐非馨。

显和拜洛

菲躬承睿顾,薄德忝坤仪。乾乾遵后命,翼翼奉先规。抚俗勤虽切,还淳化尚亏。未能弘至道,何以契明祇。

显和受图

顾德有惭虚菲,明祇屡降祯符。汜水初呈秘象,温洛荐表昌图。玄泽流恩载洽,丹襟荷渥增愉。

昭和

舒阴致养,合大资生。德以恒固,功由永贞。升歌荐序,垂币翘诚。虹开玉照,凤引金声。

敬和

兰俎既升,蘋羞可荐。金石载设,咸英已变。林泽斯总,山川是遍。敢用敷诚,实惟忘倦。

齐和

沉潜演贶分三极,广大凝祯总万方。既荐羽旌文化启,还呈干戚武威扬。

德和

夕惕司龙契,晨兢当凤扆。崇儒习旧规,偃伯循先旨。绝壤飞冠盖,遐区丽山水。幸承三圣余,忝属千年始。

禋和

百礼崇容,千官肃事。灵降无兆,神凝有粹。奠享咸周,威仪毕备。奏夏登列,歌雍彻肆。

通和

皇皇灵眷,穆穆神心。暂动凝质,还归积阴。功玄枢纽,理寂高深。衔恩佩德,耸志翘襟。

归和

言旋云洞兮蹑烟途,永宁中宇兮安下都。包涵动植兮顺荣枯,长贻一作徽宝贶兮赞璇图。

又归和

调云阕兮神座兴,骖云驾兮俨将升。腾绛霄兮垂景祐,翘丹恳兮荷休征。

祭方丘乐章

《唐书·乐志》曰:睿宗太极元年,祭皇地祇于方丘。迎神用顺和。八变,加金奏。皇帝行用太和,登歌、奠玉帛用肃和,迎俎及酌献用雍和,送文舞出、迎武舞入用舒和,武舞用凯安,送神用顺和。太和、凯安词同贞观《冬至圜丘》,肃和、雍和词同贞观太庙,舒和词同皇帝朝群臣。

顺和

坤厚载物,德柔垂祉。九域咸雍,四溟为纪。敬因良节,虔修阴祀。广乐式张,灵其降止。

金奏

坤元至德,品物资生。神凝博厚,道协高明。列镇五岳,环流四瀛。于何不载,万宝斯成。

顺和

乐备金石,礼光尊俎。大享爰终,洪休是举。雨零感节,云飞应序。缨绂载辞,皇灵具举。

祭汾阴乐章

《唐书·乐志》曰:明皇开元十一年,祭皇地祇于汾阴。迎神用顺和,八变。皇帝行用太和、登歌、奠玉帛用肃和,迎俎用雍和,酌献、饮福用寿和,送文舞出、迎武舞入用舒和,武舞用凯安,送神用顺和。

顺和 林钟宫　黄门侍郎韩思复作

大乐和畅,殷荐明神。一降通感,八变必臻。有求斯应,无德不亲。降灵醉止,休征万人。

太簇角 中书侍郎卢从愿作

坤元载物,阳乐发生。播殖资始,品汇咸亨。列俎棋布,方坛砥平。神歆禋祀,后德惟明。

姑洗徵 司勋郎中刘晃作

大君出震,有事郊禋。齐戒既肃,馨香毕陈。乐和礼备,候暖风春。恭惟降福,实赖明神。

南吕羽 礼部侍郎韩休作

於穆浚哲,维清缉熙。肃事昭配,永言孝思。涤濯静嘉,馨香在兹。神之听之,用受福釐。

太和 吏部尚书王晙作

於穆圣皇,六叶重光。太原刻颂,后土疏场。宝鼎呈符,歊云孕祥。礼乐备矣,降福穰穰。

肃和 刑部侍郎崔玄童作

聿修严配,展事禋宗。祥符宝鼎,礼备黄琮。祀词以信,明德惟聪。介兹景福,永永无穷。

雍和 徐州刺史贾曾作

蠲我饎饩,洁我牺牲。有豆孔硕,为羞既臧。至诚无味,精意惟芳。神其醉止,欣欣乐康。

寿和 礼部尚书苏颋作

礼物斯具一作备,乐章乃陈。谁其作主,皇考圣真。对越在天,圣明佐神。睿然汾上,厚泽如春。

舒和 太常少卿何鸾作

乐奏云阕,礼章载虔。禋宗于地,昭假于天。惟馨荐矣,既醉歆焉。神之降福,永永万年。

凯安 主爵郎中蒋挺作

维岁之吉,维辰之良。圣君绂冕,肃事坛场。大礼已备,大乐斯章。神其醉止,降福无疆。

顺和 尚书右丞源光裕作

方丘既膳,嘉飨载谥。齐敬毕诚,陶匏贵质。秀毕一作篚丰荐,芳一作芬俎盈实。永永福流,其升如日。

禅社首乐章

《唐书·乐志》曰:明皇开元十三年禅社首山祭地祇乐。迎神用顺和,皇帝行用太和、登歌、奠玉帛用肃和,迎俎入用雍和,初献用寿和,饮福用福和,还宫用太和,送神用灵具醉以代顺和。前七章,太常少卿贺知章撰。后送神一章,侍中源乾曜撰。

顺和

至哉含柔德,万物资以生。常顺称厚载,流谦通变盈。圣心事能察,增广陈厥诚。黄祇傥如在,泰折俟咸亨。

太和

肃我成命,于昭黄祇。裘冕而祀,陟降在斯。五音克备,八音聿施。缉熙肆靖,厥心匪离。

肃和

　　黄祇是祇,我其夙夜。寅畏诚絜,匪遑宁舍。礼以琮玉,荐厥茅藉。念兹降康,胡宁克暇。

雍和

　　夙夜宥密,不敢宁宴。五齐既陈,八音在县。粢盛以洁,房俎斯荐。惟德惟馨,尚兹克遍。

寿和

　　惟以明发,有怀载殷。乐盈而反,礼顺其禋。立清以献,荐欲是亲。于穆不已,裒对斯臻。

福和

　　穆穆天子,告成岱宗。大裘如濡,执珽有颙。乐以平志,礼以和容。上帝临我,云胡肃邕。

太和

　　昭昭有唐,天俾万国。列祖应命,四宗顺则。申锡无疆,宗我同德。曾孙继存,享神配极。

灵具醉

　　灵具醉,杳熙熙。灵将往,眇禗禗。顾明德,吐正辞。烂遗光,流祯祺。

祭神州乐章

　　《唐书·乐志》曰:贞观中,祭神州于北郊。迎神用顺和,皇帝行用太和,登歌、奠玉帛用肃和,迎俎用雍和,酌献、饮福用寿和,送文舞出、迎武舞入用舒和,武舞用凯安,送神用顺和。顺和词同《夏至方丘》,太和、寿和、凯安词同《冬至圜丘》。并褚亮等作。

肃和

　　大矣坤仪,至哉神县。包含日域,牢笼月窆。露絜三清,风调六变。皇祇介祉,式歆恭荐。

雍和

　　泰折严享,阴郊展敬。礼以导神,乐以和性。黝牲在列,黄琮俯映。九土既平,万邦贻（一作遗）庆。

舒和

　　坤道降祥和庶品,灵心载德厚群生。水土既调三极泰,文武毕备九区平。

祭神州乐章　《唐书·乐志》曰:太乐旧有祭神州迎送神词二章,不详所起。

迎神

　　黄舆厚载,赤寰归德。含育九区,保安万国。诚敬无忒,禋祀有则。乐以迎神,其仪不忒。

送神

　　神州阴祀,洪恩广济。草树沾和,飞沉沐惠。礼修鼎俎,奠歆瑶币。送乐有章,灵轩其逝。

祭太社乐章

　　《唐书·乐志》曰:贞观中祭太社乐。迎神用顺和,皇帝行用太和,登歌、奠玉帛用肃和,迎俎用雍和,酌献、饮福用寿和,送文舞出、迎武舞入用舒和,武舞用凯安,送神用顺和。顺和词同《夏至方丘》,太和、寿和、凯安词同《冬至圜丘》。并褚亮等作。

肃和

　　后土凝德,神功协契。九域底平,两仪交际。戊期应序,阴墉展币。灵车少留,俯歆樽桂。

雍和

　　美报崇本,严恭展事。受露疎坛,承风启地。絜粢登俎,醇牺入馈。介福远流,群生毕遂。

舒和

　　神道发生敷九稼,阴极乘仁畅八埏。纬武

经文隆景化,登祥荐祉启丰年。

祭太社乐章 《唐书·乐志》曰:太乐旧有太社迎送神词二章,不详所起。

迎神

烈山有子,后土有臣。播种百谷,济育兆人。春官缉礼,宗伯司禋。戊为吉日,迎享兹辰。

送神

吉祥式就,酬功载毕。亲地尊天,礼文经术。贶征令序,福流初日。神驭爰归,祠官其出。

蜡百神乐章

《唐书·乐志》曰:贞观中蜡百神乐。降神用豫和,皇帝行用太和,登歌、奠玉帛用肃和,迎俎用雍和,酌献、饮福用寿和,送文舞出、迎武舞入用舒和,武舞用凯安,送神用豫和。其豫和、太和、寿和、凯安五章,词同《冬至圜丘》。

肃和

序迫岁阴,日躔星纪。爰稽茂典,聿崇清祀。绮币霞舒,瑞珪虹起。百祀一作礼,一作灵垂裕,万灵荐一作方受祉。

雍和

缇籥劲序,玄英晚候。姬蜡开仪,幽歌入奏。蕙馥雕俎,兰芬玉酎。大享明祇,永绥多祐。

舒和

经纬两仪文化洽,削平方域武功成。瑶弦自乐乾坤泰,玉戚长欢一作歌区宇宁。

蜡百神乐章 《唐书·乐志》曰:太乐旧有蜡百神迎送神词二章,不详所起。

迎神 此词废不行用

八蜡开祭,万物合祀。上极天维,下穷坤纪。鼎俎流芬一作馥,樽彝荐美。有灵有祇,咸希来止。

送神 此词后尚行用

十旬欢洽,一日祠一作祀终。澄彝拂俎,报德酬功。虔虔容肃,礼缛仪丰。神其降祉,整驭随风。

享先农乐章

《唐书·乐志》曰:贞观中享先农乐。迎神用咸和,皇帝行用太和,登歌、奠玉帛用肃和,迎俎用雍和,酌献、饮福用寿和,送文舞出、迎武舞入用舒和,武舞用凯安,送神用咸和。其太和、寿和、凯安词同《冬至圜丘》,并褚亮等作。

咸和

粒食伊始,农之所先。古今攸赖,是曰人天。耕斯帝籍,播厥公田。式崇明祀,神其福焉。

肃和

樽彝既列,瑚簋方荐。歌工载登,币礼斯奠。肃肃享祀,颙颙缨弁。神之听之,福流寰县。

雍和

前夕视牲,质明奉俎。沐芳整弁,其仪式序。盛礼毕陈,嘉乐备举。歆我懿德,非馨稷黍。

舒和

羽籥低昂文缀已,干戚蹈厉武行初。望岁祈农神所听,延祥介福岂云虚。

享先农乐章 《唐书·乐志》曰:太乐旧有享先农送神乐章,不详所起。

咸和

三推礼就,万庾祈凝。䆉稏志远,蘸衮惟兴。降歆肃荐,垂祐祗膺。送神有乐,神其上升。

享先蚕乐章

《唐书·乐志》曰:显庆中,皇后亲蚕,内出享先蚕乐章。迎神用永和,亦曰颂德;皇后升坛用肃和,登歌、奠币用展敬，迎俎用絜诚，饮福、送神用昭庆。

永和

芳春开令序，韶苑畅和风。惟灵申广祐，利物表神功。绮会周天宇，黼黻藻寰中。庶几承庆节，歆奠下帷宫。

肃和

明灵光至德，深功掩百神。祥源应节启，福绪逐年新。万宇承恩覆，七庙伫恭禋。于_{一作}兹申至恳，方期远庆臻。

展敬

霞庄列宝卫，云集动和声。金卮荐绮席，玉币委芳庭。因心馨丹款，先已励苍生。所冀延明福，于兹享至诚。

絜诚

桂筵开玉俎，兰圃荐琼芳。八音调凤历，三献奉鸾觞。絜粢申大享，庭宇冀降祥。神其覃有庆，契福永无疆。

昭庆

仙坛礼既毕，神驾俨将升。伫属深祥起，方期庶绩凝。虔诚资宇内，务本勖黎蒸。灵心昭备享，率土洽休征。

释奠文宣王乐章

《唐书·乐志》曰：皇太子亲释奠。迎神用诚和，亦曰宣和；皇太子行用承和，登歌、奠币用肃和，迎俎用雍和，送文舞出、迎武舞入用舒和，武舞用凯安，词同《冬至圜丘》。送神用诚和，词同迎神。《通典》曰：开元中又造三和乐，一曰祴和，三公升降及行则奏之；二曰丰和，享先农则奏之；三曰宣和，祭孔宣父、齐太公则奏之。

诚和

圣道日用，神几_{一作机}不测。金石以陈，弦歌载陟。爰释其菜，匪馨于稷。来顾来享，是宗是极。

承和

万国以贞光上嗣，三善茂德表重轮。视膳寝门尊要道，高辟崇贤引正人。

肃和

粤惟上圣，有纵自天。傍周万物，俯应千年。旧章允著，嘉贽孔虔。王化兹首，儒风是宣。

雍和

堂献瑶篚，庭敷璆筥。礼备其容，乐和其变。肃肃亲享，雍雍执奠。明德惟馨，蘋繁可荐。

舒和

隼集龟开昭圣烈，龙蹲凤峙肃神仪。尊儒敬业宏图阐，纬武经文盛德施。

享孔子庙乐章

《唐书·乐志》曰：太乐旧有孔子庙迎送神词二章，不详所起。

迎神

通吴表圣，问老探真。三千弟子，五百贤人。亿龄规法，万载嗣禋。洁诚以祭，奏乐迎神。

送神

醴溢牺象，羞陈俎豆。鲁壁类闻，泗川如觏。里校覃福，胄筵承祐。雅乐清音，送神具奏。

释奠武成王乐章

郭茂倩《乐府》云：唐释奠武成王，旧以文宣王乐章用之。德宗贞元中，诏于邰补造。

迎神

卜畋不从，兆发非熊。乃倾荒政，爰佐一戎。盛烈载垂，命祀惟崇。日练上戊，宿严閟宫。迎奏嘉至，感而遂通。

奠币登歌

管磬升，膻芗集。上公进，嘉币执。信以通，俨如及。恢帝功，锡后邑。四维张，百度立。绵亿载，邈难挹。

迎俎酌献

五齐洁,九牢硕。梡橛循,罍斝涤。进具物,扬鸿绩。和奏发,高灵寂。虔告终,繁祉锡。昭秩祀,永无易。

亚献终献

贰觞以献,三变其终。顾此非馨,尚达斯衷。茅缩可致,神歆载融。始神翊周,拯溺除凶。时维降祐,永绝兴戎。

送神

明祀方终,备乐斯阕。黝纁就瘗,豆笾告撤。肸芗尚余,光景云灭。返归虚极,神心则悦。

享龙池乐章

《唐书·乐志》曰:明皇龙潜时,宅隆庆坊。宅南坊人所居,忽变为池,望气者异焉。故中宗季年,泛舟池中。明皇正位,以坊为宫。池水逾大,弥漫数里。因为龙池乐以歌其祥。《新唐书·礼乐志》曰:龙池乐,舞者十二人,冠芙蓉冠,摄履。备用雅乐,唯无钟磬。《唐逸史》曰:明皇在东都,昼寝,梦一女子,容艳异常,梳交心髻,大袖宽衣。帝曰:"汝何人?"曰:"妾凌波池中龙女也,卫宫护驾,妾实有功。今陛下洞晓钧天之乐,愿赐一曲,以光族类。"帝于梦中为鼓胡琴,倚歌为凌波池之曲,龙女拜谢而去。及寤,尽记之,命禁乐自御琵琶,习而翻之。因宴于凌波宫,临池奏新声,忽池波涌起,有神女出于波心,乃梦中之女也。望拜御坐,良久乃没。因置祠池上,每岁祀之。《会要》曰:开元元年,内出祭龙池乐章。十六年,筑坛于兴庆宫,以仲春月祭之。

第一章 紫微令姚崇作

恭闻帝里生灵沼,应报明君鼎业新。既协翠泉光宝命,远符白水出真人。此时舜海潜龙跃,此地尧河带马巡。独有前池一小雁,叨承旧惠入天津。

第二章 左拾遗蔡孚作

帝宅王家大道边,神马龙龟涌圣泉。昔日昔时经此地,看来看去渐成川。歌台舞榭宜正月,柳岸梅洲胜往年。莫言波上春云少,只为从龙直上天。

第三章 太府少卿沈佺期作

龙池跃龙龙已飞,龙德先天天不违。池开天汉分黄道,龙向天门入紫微。邸第楼台多气色,君王凫雁有光辉。为报寰中百川水,来朝此地莫东归。

第四章 黄门侍郎卢怀慎作

代邸东南龙跃泉,清漪碧浪远浮天。楼台影就波中出,日月光疑镜里悬。雁沼回流成舜海,龟书荐祉应尧年。大川既济惭为楫,报德空思奉细涓。

第五章 殿中监姜皎作

龙池初出此龙山,常经此地谒龙颜。日日芙蓉生夏水,年年杨柳变春湾。尧坛宝匣余烟雾,舜海渔舟尚往还。顾似飘飘五云影,从来从去九天间。

第六章 吏部尚书崔日用作

龙兴白水汉兴符,圣主时乘运斗枢。岸上丰茸五花树,波中的砾千金珠。操环昔闻迎夏启,发匣先来瑞有虞。风色云光随隐见,赤云神化象江湖。

第七章 紫微侍郎苏颋作

西京凤邸跃龙泉,佳气休光镇在天。轩后雾图今已得,秦王水剑昔常传。恩鱼不似昆明钓,瑞鹤长如太液仙。愿侍巡游同旧里,更闻箫鼓济楼船。

第八章 黄门侍郎李乂作

星分邑里四人居,水浒源流万顷余。魏国君王称象处,晋家藩邸化龙初。青蒲暂似游梁马,绿藻还疑宴镐鱼。自有神灵滋液地,年年云物史官书。

第九章 工部侍郎姜晞作

灵沼萦回邸第前,浴日涵天一作春写曙天。

始见龙台升凤阙,应如霄汉起神泉。石匮渚傍还启圣,桃李初生更有仙。欲化帝图从此受,正同河变一千年。

第十章 兵部郎中裴璀作

乾坤启圣吐龙泉,泉水年年胜一年。始看鱼跃方成海,即睹龙飞利在天。洲渚遥将银汉接,楼台直与紫微连。休气荣光常不散,悬知此地是神仙。

全唐诗卷十三

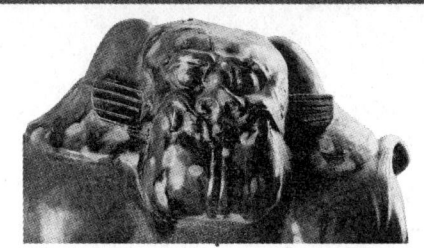

郊庙歌辞

享太庙乐章

《唐书·乐志》曰：贞观中享太庙乐。迎神用永和，九变，词同。皇帝行用太和，登歌、酌鬯用肃和，迎俎用雍和，献皇祖宣简公、皇祖懿王同用长发之舞，景皇帝用大基之舞，元皇帝用大成之舞，高祖用大明之舞，皇帝饮福用寿和，送文舞出、迎武舞入用舒和，武舞用凯安，撤俎用雍和，送神用永和。其太和、凯安词同《冬至圜丘》，并魏徵、褚亮等作。

永和

於穆烈祖，弘此丕基。永言配命，子孙保之。百神既洽，万国在兹。是用孝享，神其格思。

肃和

大哉至德，允兹明圣。格于上下，聿遵诚敬。嘉乐斯登，鸣球以咏。神其降止，式隆景命。

雍和

崇兹享祀，诚敬兼至。乐以感灵，礼以昭事。粢盛咸絜，牲牷孔备。永言孝思，庶几不匮。

长发舞

《唐会要》曰：贞观十四年，诏用颜师古许敬宗议，皇祖宣简公懿王庙并奏长发之舞。取诗云"濬哲惟商，长发其祥"也。

睿哲维唐，长发其祥。帝命斯祐，王业克昌。配天载德，就日重光。本支百代，申锡无疆。

大基舞

猗与祖业，皇矣帝先。翦商德厚，封唐庆延。在姬犹稷，方晋踰宣。基我鼎运，于万斯年。

大成舞

周称王季,晋美帝文。明明盛德,穆穆齐芬。藏用四履,屈道三分。铿锵钟石,载纪鸿勋。

大明舞

《唐会要》曰:贞观十四年,诏用颜师古等议,高祖庙奏大明之舞。取《易》曰"大明终始,六位时成"。诗有大明之篇,称文王有明德也。

五纪更运,三正递升。勋华既没,禹汤勃兴。神武命代,灵眷是膺。望云彰德,察纬告征。上纽天维,下安地轴。征师涿野,万国咸服。偃伯灵台,九官允穆。殊域委贽,怀生介福。大礼既饰,大乐已和。黑章扰囿,赤字浮河。功宣载籍,德被咏歌。克昌厥后,百禄是荷。

寿和

八音斯奏,三献毕陈。宝祚惟永,晖光日新。

舒和

圣敬通神光七庙,灵心荐祚和万方。严禋克配鸿基远,明德惟馨凤历昌。

雍和

於穆清庙,聿修严祀。四县载陈,三献斯止。笾豆彻荐,人祇介祉。神维格思,锡祚不已。

永和

肃肃清祀,烝烝孝思。荐享昭备,虔恭在兹。雍歌彻俎,祝嘏陈辞。用光武志,永固鸿基。

享太庙乐章

《唐书·乐志》曰:高宗永徽已后,续造享太庙乐章。献太宗用崇德之舞,高宗用钧天之舞,中宗用太和之舞,睿宗用景云之舞,皇祖宣皇帝用光大之舞,旧乐章宣元二宫同用长发,其词亦同。开元十年,始别造词,而宣帝更用光大云。

崇德舞

五运改卜,千龄启圣。彤云晓聚,黄星夜映。叶阐珠囊,基开玉镜。下临万宇,上齐七政。雾开三象,尘清九服。海濩星晖,远安迩肃。天地交泰,华夷辑睦。翔泳归仁,中外禔福。绩逾黜夏,勋高翦商。武陈七德,刑设三章。祥禽巢阁,仁兽游梁。卜年惟永,景福无疆。

钧天舞

承天抚籙,纂圣登皇。逖清万宇,仰协三光。功成日用,道济时康。璇图载永,宝历斯昌。日月扬晖,烟云烂色。河岳修贡,神祇效职。舜风攸偃,尧曦先就。睿感通寰,孝思浃宙。奉扬先德,虔遵曩狩。展义天扃,飞英云岫。化逸王表,神凝帝先。乘云厌俗,驭日登玄。

太和舞

广乐既备,嘉荐既新。述先惟德,孝飨惟亲。七献具举,五齐毕陈。锡兹祚福,于万斯春。

景云舞

惟睿作圣,惟圣登皇。精感耀魄,时膺会昌。舜惭大孝,尧推让王。能事斯极,振古谁方。文明履运,车书同轨。巍巍赫赫,尽善尽美。衢室凝旒,大诞端扆。释负之寄,事光复子。脱屣高天,登遐上玄。龙湖超忽,象野芊绵。游衣复道,荐果初年。新庙奕奕,明德配天。

光大舞

大业龙祉,徽音骏尊。潜居皇德,赫嗣天昆。展仪宗祖,重诚孝孙。春秋无极,享奏存存。

享太庙乐章 《唐书·乐志》曰:太乐旧有享太庙、迎神次金奏及送神辞三章,不详所起。

迎神

　　七庙观德,百灵攸仰。俗荷财成,物资含养。道光执契,化笼提象。肃肃雍雍,神其来飨。

金奏

　　肃肃清庙,巍巍盛唐。配天立极,累圣重光。乐和管磬,礼备烝尝。永惟来格,降福无疆。

送神

　　五声备奏,三献终祠。车移凤辇,旆转虹旗。礼周笾豆,诚效虔祗。皇灵徙跸,簪绅拜辞。

武后享清庙乐章十首

第一

　　建清庙,赞玄功。择吉日,展禋宗。乐已变,礼方崇。望神驾,降仙宫。

第二

　　隆周创业,宝命惟新。敬宗茂典,爰表虔禋。声明已备,文物斯陈。肃容如在,恳志方申。

第三登歌

　　肃敷大礼,上谒尊灵。敬申筐币,载表丹诚。

第四迎神

　　敬奠蘋藻,式馨虔襟。洁诚斯展,伫降灵歆。

第五饮福

　　爰陈玉醴,式奠琼浆。灵心有穆,介福无疆。

第六送文舞

　　帝图草创,皇业初开。功高佐命,业赞云雷。

第七迎武舞

　　赫赫玄功被穹壤,皇皇至德洽生灵。开基拨乱妖氛廓,佐命宣威海内清。

第八武舞作

　　荷恩承顾托,执契恭临抚。庙略静边荒,天兵耀神武。

第九彻俎

　　登歌已阕,献礼方周。钦承景福,肃奉鸿休。

第十送神

　　大礼言毕,仙卫将归。莫申丹恳,空瞻紫微。

享太庙乐章

　　《唐书·乐志》曰:中宗神龙元年享太庙乐。迎神用严和,九变,词同。皇帝行用升和,登歌、祼鬯用虔和,迎俎用歆和,光皇帝酌献用长发,景皇帝酌献用大基,元皇帝酌献用大成,高祖酌献用大明,太宗酌献用崇德,五室舞词并同贞观。高宗酌献用钧天舞,词同光宅。孝敬皇帝酌献用承光,皇帝饮福用延和,送文舞出、迎武舞入用同和,武舞用宁和,撤俎用恭和,送神用通和,皇后助享、皇后行用正和,词同贞观中宫朝会。登歌、奠鬯用昭和,皇后酌献,饮福用诚敬,撤俎用肃和,送神用昭感。

严和

　　肃肃清庙,赫赫玄猷。功高万古,化奄十洲。中兴丕业,上荷天休。祗奉先构,礼备怀柔。

升和

　　顾惟菲薄,纂历应期。中外同轨,夷狄来思。乐用崇德,礼以陈词。夕惕若厉,钦奉弘基。

虔和

　　礼标荐鬯,肃事祠庭。敬申如在,敢托非馨。

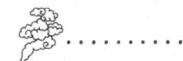

歆和

崇禋已备,粢盛聿修。洁诚斯展,钟石方遒。

承光舞

金相载穆,玉裕重辉。养德清禁,承光紫微。乾宫候色,震象增威。监国方永,宾天不归。孝友自衷,温文性与。龙楼正启,鹤驾斯举。丹扆流念,鸿名式序。中兴考室,永陈彝俎。

延和

巍巍累圣,穆穆重光。奄有区夏,祚启隆唐。百蛮饮泽,万国来王。本枝亿载,鼎祚逾长。

同和

惟圣配天敷盛礼,惟天为大阐洪名。恭禋展敬光先德,蘋藻申虔表志诚。

宁和

炎驭失天一作王网,土德承天命。英猷被寰宇,懿躅隆邦政。七德已绥边,九夷咸底定。景化罩遐迩,深仁洽翔泳。

恭和

礼周三献,乐阕九成。肃承灵福,悚惕兼盈。

通和

祠容既毕,仙座爰兴。停停凤举,霭霭云升。长隆宝运,永锡休征。福覃贻厥,恩被黎蒸。

昭和

道洽二仪交泰,时休四宇和平。环珮肃于庭实,钟石扬乎颂声。

诚敬

顾惟菲质,忝位椒宫。虔奉蘋藻,肃事神宗。敢申诚絜,庶罄深衷。睟容有裕,灵享无穷。

肃和

月礼已周,云和将变。爰献其醑,载迁其奠。明德逾隆,非馨是荐。泽沾动植,仁覃宇县。

昭感

铿锵韶濩,肃穆神容。洪规赫赫,祠典雍雍。已周三献,将乘六龙。虔诚有托,恳志无从。

享太庙乐章

《唐书·乐志》曰:明皇开元七年享太庙乐。迎神用永和,皇帝行用太和,登歌、酌瓒用肃和,迎俎用雍和,皇帝酌醴齐用文舞,献宣皇帝用光大舞,光皇帝用长发舞,景皇帝用大政舞,元皇帝用大成舞,高祖用大明舞,太宗用崇德舞,高宗用钧天舞,中宗用大和舞,睿宗用景云舞,皇帝饮福、受脤用福和,送文舞出、迎武舞入用舒和,亚献、终献、行事、武舞用凯安,撤豆登歌,送神用永和,按景皇帝旧用大基,至是改用大政云。乐章并特进行尚书左丞相燕国公张说撰。

永和三章

肃九室,谐八音。歌皇慕,动神心。礼宿设,乐妙寻。声明备,祼奠临。

律迓气,音入玄。依玉几,御黼筵。聆忾息,俨周旋。九韶遍,百福传。

信工祝,永颂声。来祖考,听和平。相百辟,贡九瀛。神休委,帝孝成。

太和

时文圣后,清庙肃邕。致诚勤荐,在貌思恭。玉节肆夏,金锵五钟。绳绳云步,穆穆天容。

肃和

天子享考,工歌溥将。躬祼郁鬯,乃焚苹芗。臭以达阴,声以求阳。奉时烝尝,永代不忘。

雍和二章

在涤嘉豢,丽碑敬牲。角握之牡,色纯之骍。火传阳燧,水溉阴精。太公胖俎,传说和羹。

俎豆有馥,粢盛絜丰。亦有和羹,既戒既平。鼓钟管磬,肃唱和鸣。皇皇后祖,来我思成。

文舞

圣谟九德,真言五千。庆集昌胄,符开帝先。高文杖钺,克配彼天。三宗握镜,六合涣然。帝其承祀,率礼罔愆。图书雾出,日月清悬。舞形德类,咏谂功传。黄龙蜿蟺,彩云蹁跹。五行气顺,八佾风宣。介此百禄,于皇万年。

光大舞

肃肃艺祖,滔滔浚源。有雄玉剑,作镇金门。玄王贻绪,后稷谋孙。肇禋九庙,四海来尊。

长发舞

具礼崇德,备乐承风。魏推幢主,周赠司空。不行而至,无成有终。神兴王业,天归帝功。

大政舞

於赫元命,权舆帝文。天齐八柱,地半三分。宗庙观德,笙镛乐勋。封唐之兆,成天下君。

大成舞

帝舞一作符季历,龙一作褒圣生昌。后歌有娀,胎炎孕黄。天地合德,日月齐光。肃雍孝享,祚我万方。

大明舞

赤精乱德,四海困穷。黄旗举义,三灵会同。旱望春雨,云披大风。溥天来祭,高祖之功。

崇德舞

皇合一德,朝宗百神。削平天地,大拯生人。上帝配食,单于入臣。戎歌陈舞,晔晔震震。

钧天舞

高皇迈道,端拱无为。化怀獯鬻,兵赋一作戢句骊。礼尊封禅,乐盛来仪。合位娲后,同称伏羲。

大和舞

退居江水,郁起丹陵。礼物还旧,朝章中兴。龙图友及,骏命恭膺。鸣球香瓒,大禧是承。

景云舞

景云霏烂,告我帝符。噫帝冲德,与天为徒。竹镛遥远,俎豆虚无。春秋孝献,回复此都。

福和

备礼用乐,崇亲致尊。诚通慈降,敬彻爱存。献怀称寿,啐感承恩。皇帝孝德,子孙千亿。大包天域,长亘不极。

舒和

六钟翕协六变成,八佾徜徉八风生。乐九韶兮人神感,美七德兮天地清。

凯安四章

瑟彼瑶爵,亚惟上公。室如屏气,门不容躬。礼殷其本,乐执其中。圣皇永慕,天地幽通。

礼匝三献,乐遍九成。降循轩陛,仰歆皇情。福与仁合,德因孝明。百年福畏,四海风行。

总总干戚,填填鼓钟。奋扬争气,坐作为容。离若鸳鸟,合如战龙。万方观德,肃肃雍雍。

烈祖顺三灵,文宗威四海。黄钺诛群盗,朱旗扫多罪。戢兵天下安,约法人心改。大哉干羽意,长见风云在。

登歌

止笙磬,撤豆笾。廊无响,寰入玄。主在室,神在天。情余慕,礼罔愆。喜黍稷,屡丰年。

永和

眇嘉乐,授灵爽。感若来,思如往。休气散,回风上。返寂寞,还惚恍。怀灵驾,结空想。

享太庙乐章

《唐书·乐志》曰:代宗宝应已后,续造享太庙乐章。献明皇用广运之舞,肃宗用惟新之舞,代宗用保大之舞,德宗用文明之舞,顺宗用大顺之舞,宪宗用象德之舞,穆宗用和宁之舞,武宗用大定之舞,昭宗用咸宁之舞。宣宗、懿宗,有舞词而名不传。

广运舞 司徒中书令汾阳王郭子仪撰

於赫皇祖,昭明有融。惟文之德,惟武之功。河海静谧,车书混同。虔恭孝飨,穆穆玄风。

惟新舞 吏部尚书平章事彭城郡公刘晏撰

汉祚惟永,神功中兴。风驱氛祲,天覆黎蒸。三光再朗,庶绩其凝。重熙累洽,景命是膺。

保大舞 尚父郭子仪撰

於穆文考,圣神昭章。肃一作萧勺一作清群慝,含光远方。万物茂遂,九夷宾王。愔愔云韶,德音不忘。

文明舞 尚书左丞平章事郑馀庆撰

开邸除暴,时迈勋尊。三元告命,四极骏奔。金枝翠叶,辉烛瑶琨。象德亿载,贻庆汤孙。

大顺舞 中书侍郎平章事郑絪撰

於穆时文,受天明命。允恭玄默,化成理定。出震嗣德,应乾传圣。猗欤缉熙,千亿流庆。

象德舞 中书侍郎平章事叚文昌撰

肃肃清庙,登显至德。泽周八荒,兵定四极。生物咸遂,群盗灭息。明圣钦承,子孙千亿。

和宁舞 中书侍郎平章事牛僧孺撰

湜湜顒顒,融昭德辉。不纽不舒,贯成九围。武烈文经,敷施当宜。纂尧付启,亿万熙熙。

大定舞 门下侍郎平章事李回撰

受天明命,敷佑下土。化时以俭,卫文以武。氛消夷夏,俗臻往古。亿万斯年,形于律吕。

宣宗室舞 门下侍郎夏侯孜撰

於铄令主,圣祚重昌。兴起教义,申明典章。俗尚素朴,人皆乐康。积德可报,流庆无疆。

懿宗室舞 中书侍郎平章事萧仿撰

圣祚无疆,庆传乐章。金枝繁茂,玉叶延长。海渎常晏,波涛不扬。汪汪美化,垂范今王。

咸宁 一作亨舞 不详作者

於铄丕嗣,惟帝之光。羽籥象德,金石荐祥,圣系无极,景命永昌。神降上哲,维天配长。

全唐诗卷十四

郊庙歌辞

太清宫乐章

《唐书·礼仪志》曰：明皇开元二十年正月，诏两京诸州置玄元庙。天宝二年三月，以西京玄元庙为太清宫。其乐章，降仙圣奏煌煌，登歌、发炉奏冲和，上香毕奏紫极舞，撤馔奏登歌，送仙圣奏真和。《会要》曰：太清宫荐献圣祖玄元皇帝，奏混成紫极之舞。

煌煌

煌煌道宫，肃肃太清。礼光尊祖，乐备充庭。罄竭诚至，希夷降灵。云凝翠盖，风焰红旌。众真以从，九奏初迎。永惟休祐，是锡和平。

冲和

虚无结思，钟磬和音。歌以颂德，香以达心。礼殊祼鬯，义感昭临。灵车至止，庆垂愔愔。

香初上

肃肃我祖，绵绵道宗。至感潜达，灵心暗通。云軿御气，芝盖随风。四时禋祀，万国来同。

再上

仙宗绩一作积道，我李承天。庆深虚极，符光象先。俗登仁寿，化阐蟺涓。五千贻范，亿万斯年。

终上

不宰元功，无为上圣。洪源长发，诞受天命。金奏迎真，璇宫展盛。备礼周乐，垂光储庆。

紫极舞

至道生元气，重圆法混成。无为观大象，冲用体常名。仙乐临丹阙，云车出玉京。灵符百代应，瑞节九贞迎。宝运开皇极，天临映太清。长垂一德庆，永庇万方宁。

序入破第一奏
真宗开妙理,冲教统清虚。化演无为日,言昭有象初。瑶台肃灵瑞,金阙映仙居。一奏三清乐,长回八景舆。

第二奏
虚极仙宗本,希夷象帝先。百灵朝太上,万法祖重圆。善贷惟冲德,功成谓自然。云门达和气,思用合钧天。

第三奏
元符传紫极,宝祚启高真。道德先垂裕,冲和已化淳。人风齐太古,天瑞叶惟新。仙乐清都上,长明交泰辰。

登歌
严禋展事,理洁烝尝。皇矣圣祖,德惟馨香。盛荐既撤,工歌载扬。大来之庆,降福穰穰。

真和
玉磬含香,金炉既馥。风驭泠泠,云坛肃肃。杳归大象,霈流嘉福。俾宁万邦,无思不服。

德明兴圣庙乐章
《唐书·礼仪志》曰:明皇天宝二年三月,追尊皋繇为德明皇帝,凉武昭王为兴圣皇帝。其庙乐,第一迎神,第二登歌、奠币,第三迎俎,第四酌献,第五亚献、终献,第六送神。乐章并吏部侍郎李舒撰。

迎神
元尊九德,佐尧光宅。烈祖太宗,方周作伯。响怀霜露,乐变金石。白云清风,仿佛来格。

登歌奠币
四时有典,百事来祭,尊祖奉宗,严禋大帝。礼先苍璧,奠币黝制。于斯万年,熙成帝系。

迎俎
盛牲实俎,涓选休成。鼎燀阳燧,玉盥阴精。有飶嘉豆,既和大羹。侑以清乐,细齐人情。

德明酌献
清庙奕奕,和乐雍雍。器尊牺象,礼属宗公。白水方裸,黄流在中。谟明之德,万古清风。

兴圣酌献
闷宫静谧,合乐周张。泰尊始献,百末重觞。震澹存诚,庶几迪尝。遥源之祚。天汉灵长。

亚献终献
惟清惟肃,靡闻靡见。举备九成,俯终三献。庆彰曼寿,胙彻喜荐。瘗玉埋牲,礼神斯遍。

送神
元精回复,灵贶繁滋。风洒兰路,云摇桂旗。高丘缅邈,凉部透迟。瞻望靡及,缠绵永思。

仪坤庙乐章
《唐书·乐志》曰:仪坤庙乐。迎神用永和,次金奏;皇帝行用太和,酌献、登歌用肃和,迎俎用雍和,肃明皇后室酌献用昭升,昭成皇后室酌献用坤贞,饮福用寿和,送文舞出、迎武舞入用舒和,武舞用安和,撤俎用雍和,送神用永和。

永和 散骑常侍昭文馆学士徐彦伯作
猗若清庙,肃肃荧荧。国荐严祀,坤兴淑灵。有几在室,有乐在庭。临兹孝享,百禄惟宁。

金奏 不详作者。本无此章。
阴灵曜祉,轩曜降精。祥符淑气,庆集柔明。瑶俎既列,雕桐发声。徽猷永远,比德皇英。

太和_{左谕德昭文馆学士丘说作}

　　孝哉我后,冲乎乃圣。道映重华,德辉文命。慕深视箧,情殷抚镜。万国移风,兆人承庆。

肃和_{太子洗马昭文馆学士张齐贤作}

　　祼圭既濯,郁鬯既陈。画幕云举,黄流玉醇。仪充献酌,礼盛众禋。地察惟孝,愉焉飨亲。

雍和_{大中大夫昭文馆学士郑善玉作}

　　酌郁既灌,芗萧方爇。笾豆静器一作嘉,簠簋芬苾。鱼腊荐美,牲牷表洁。是戬是将,载迎载列。

昭升_{礼部尚书昭文馆学士薛稷作}

　　阳灵配德,阴魄昭升。尧坛凤下,汉室龙兴。倪天作对,前旒是凝。化行南国,道盛西陵。造舟集灌,无德而称。我粢既絜,我醴既澄。阴阴灵庙,光灵若凭。德馨惟享,孝思烝烝。

坤贞_{不详作者}

　　乾道既亨,坤元以贞。肃雍攸在,辅佐斯成。外睦九族,内光一庭。克生睿哲,祚我休明。钦若徽范,悠哉淑灵。建兹清宫,于彼上京。缩茅以献,絜秬惟馨。实受其福,期乎一作斯亿龄。

寿和_{太子詹事崇文馆学士徐坚作}

　　於穆清庙,肃雍严祀。合福受釐,介以繁祉。

舒和_{银青光禄大夫崇文馆学士胡雄作}

　　送文迎武递参差,一始一终光圣仪。四海生人歌有庆,千龄孝享肃无亏。

安和_{秘书少监崇文馆学士刘子玄作}

　　妙算申帷幄,神谋及庙庭。两阶文物备,七德武功成。校猎长杨苑,屯军细柳营。将军献凯入,歌舞溢重城。

雍和_{银青光禄大夫崇文馆学士员半千作}

　　孝享云毕,惟彻有章。云感玄羽,风凄素商。瞻望神座,祗恋匪遑。礼终乐阕,肃雍锵锵。

永和_{金紫光禄大夫崇文馆学士祝钦明作}

　　閟宫实实,清庙微微。降格无象,馨香有依。式昭纂庆,方融嗣徽。明禋是享,神保聿归。

仪坤庙乐章

　　《唐书·乐志》曰:太乐又有仪坤庙乐章,与前略同。而有迎神送神二章,无徐彦伯祝钦明之词。

迎神

　　月灵降德,坤元授光。娥英比秀,任姒均芳。瑶台荐祉,金屋延祥。迎神有乐,歆此嘉芗。

送神

　　太帛仪大,金丝奏广。灵应有孚,冥征不爽。降彼休福,歆兹禋享。送乐有章,神麾其上。

昭德皇后庙乐章

　　《唐书·乐志》曰:昭德皇后庙,迎神用永和,登歌、酌鬯用肃和,迎俎用雍和,酌献用坤元,饮福用寿和,送文舞出、迎武舞入用舒和,武舞用凯安,撤俎用雍和,送神用永和,其词内出。

永和

　　穆清庙,荐严禋。昭礼备,和乐新。望灵光,集元辰。祚无极。享万春。

肃和

　　诚心达,娱乐分。升箫胥,郁氛氲。茅既缩,鬯既薰。后来思,福如云。

雍和

　　我将我享,尽明而诚。载芬黍稷,载涤牺牲。懿矣元良,万邦以贞。心乎爱敬,若睹容声。

坤元

於穆先后，丽圣称崇。母临万宇，道被六宫。昌时协庆，理内成功。殷荐明德，传芳国风。

寿和

工祝致告，徽音不遐。酒醴咸旨，馨香具嘉。受釐献祉，永庆邦家。

舒和

金枝羽部彻清歌，瑶台肃穆笙磬罗。谐音遍响合明意，万类昭融灵应多。

凯安

辰位列四星，帝功参十乱。进贤勤内辅，扈跸清多难。承天厚载均，并耀宵光灿。留徽蔼前躅，万古披图焕。

雍和

公尸既起，享礼载终。称歌进彻，尽敬飨衷。泽流惠下，大小咸同。

永和

昭事终，幽享余。移月御，返仙居。璇庭寂，灵幄虚。顾裴回，感皇储。

全唐诗卷十五

郊庙歌辞

让皇帝庙乐章 吏部侍郎李舒撰

迎神

皇矣天宗,德先王季。因心则友,克让以位。爰命有司,式遵前志。神其降灵,昭飨祀事。

奠币

惟帝时若,去而上仙。祀用商舞,乐备宫悬。白璧加荐,玄纁告虔。子孙拜后,承兹吉蠲。

迎俎

祀盛体荐,礼协粢盛。方周假庙,用鲁纯牲。捧彻祇敬,击拊和鸣。受釐归胙,既戒而平。

酌献

八音具举,三寿既盥。洁兹宗彝,瑟彼圭瓒。兰肴重错,椒醑飘散。降祚维城,永为藩翰。

亚献终献

秩礼有序,和音既同。九仪不忒,三揖将终。孝感藩后,相维辟公。四时之典,永永无穷。

送神

奠献巳事,昏昕载分。风摇雨散,灵卫绵缊。龙驾帝服,上腾五云。泮宫复閟,寂寞无闻。

享隐太子庙乐章

《唐书·乐志》曰:贞观中享隐太子庙乐。迎神用诚和,登歌、奠玉帛用肃和,迎俎用雍和,送文舞出、迎武舞入用舒和,武舞用凯安,送神用诚和,词同迎神。

诚和

道闳鹤关,运缠鸠里。门集大命,俾歆嘉祀。礼亚六瑚,诚殚二簋。有诚颙若,神斯戾止。

肃和

岁肇春宗,乾开震长。瑶山既寂,戾园斯享。玉肃其事,物昭其象。弦诵成风,笙歌合响。

雍和

明典肃陈,神居邃启。春伯联事,秋官相礼。有来雍雍,登歌济济。缅维主鬯,庶歆芳醴。

舒和

三县已判歌钟列,六佾将开羽戚分。尚想燕飞来蔽日,终疑鹤影降凌云。

凯安

天步昔将开,商郊初欲践。抚戎金阵廓,贰极瑶图阐。鸡戟遂崇仪,龙楼期好善。弄兵隳震业,启圣隆嗣典。

隐太子庙乐章

《唐书·乐志》曰：太乐旧有隐太子庙迎送神辞二章,不详所起。

迎神

苍震有位,黄离蔽明。江充祸结,戾据灾成。衔冤昔痛,赠典今荣。享灵有秩,奉乐以迎。

送神

皇情悼往,祀议增设。钟鼓铿锵,羽旄昭晰。掌礼云备,司筵告彻。乐以送神,灵其鉴阅。

享章怀太子庙乐章

《唐书·乐志》曰：神龙初享章怀太子庙乐章,第一迎神,第二登歌、酌鬯,第三迎俎及酌献,第四送文舞出、迎武舞入,第五武舞作,第六送神。词同隐庙。

迎神

副君昭象,道应黄离。铜楼备德,玉裕成规。仙气霭霭,灵从师师。前驱戾止,控鹤来仪。

登歌酌鬯

忠孝本著,羽翼先成。寝门昭德,驰道为程。币帛有典,容卫无声。司存既肃,庙享惟清。

迎俎酌献

通三锡胤,明两承英。太山比赫,伊水闻笙。宗祧是寄,礼乐其亨。嘉辰荐俎,以发声明。

送文舞迎武舞

羽籥崇文礼以毕,干戚奋武事将行。用舍繇来其有致,壮志宣威乐太平。

武舞作

绿林炽炎历,黄虞格有苗。沙尘惊塞外,帷幄命嫖姚。七德干戈止,三边云雾消。宝祚长无极,歌舞盛今朝。

享懿德太子庙乐章

《唐书·乐志》曰：神龙初享懿德太子庙乐章。第一迎神,第二登歌、酌鬯,第三迎俎及酌献,第四送文舞出、迎武舞入,第五武舞作,第六送神。词同隐庙。

迎神

甲观昭祥,画堂升位。礼绝群后,望尊储贰。启诵惭德,庄丕掩粹。伊浦凤翔,缑峰鹤至。

登歌酌鬯

誉阐元储,寄崇明两。玉裕虽晦,铜楼可想。弦诵辍音,笙歌罢响。币帛言设,礼容无爽。

迎俎酌献

雍雍盛典,肃肃灵祠。宾天有圣,对日无

期。飘飘羽服,掔曳云旗。眷言主鬯,心乎怆兹。

送文舞迎武舞

八音协奏陈金石,六佾分行整礼容。沧溟赴海还称少,素月开轮即是重。

武舞作

隋季昔云终,唐年初启圣。纂戎将禁暴,崇儒更敷政。威略静三边,仁恩覃万姓。

享节愍太子庙乐章

《唐书·乐志》曰:景云中享节愍太子庙乐章,第一迎神,第二登歌、酌鬯,第三迎俎及酌献,第四送文舞出、迎武舞入,第五武舞作,第六送神。词同隐庙。

迎神

储后望崇,元良寄切。寝门是仰,驰道不绝。仙袂云会,灵旗电晰。煌煌而来,礼物攸设。

登歌酌鬯

灼灼重明,仰承元首。既贤且哲,惟孝与友。惟孝虽遥,灵规不朽。礼一作祀因诚致,备絜玄酒。

迎俎酌献

嘉荐有典,至诚莫骞。画梁云亘,雕俎星连。乐器周列,礼容备宣。依稀如在,若未宾天。

送文舞出迎武舞入

邕邕阐化凭文德,赫赫宣威藉武功。既执羽旄先拂吹,还持玉戚更挥空。

武舞作

武德谅雍雍,由来扫寇戎。剑光挥作电,旗影列成虹。雾廓三边静,波澄四海同。睿图今已盛,相共舞皇风。

享文敬太子庙乐章

请神 许孟容作

觞牢具品,管磬有节。祝道虔恭,神仪昭晰。桐圭早贵,象辂追设。声达乐成,降歆丰洁。

登歌 陈京作

歌以德发,声以乐贵。乐善名存,追仙礼异。鸾旌拱修,凤鸣合吹。神听皇慈,仲月皆至。

迎俎酌献 冯伉作

撰日瞻景,诚陈乐张。礼容秩秩,羽舞煌煌。肃将涤濯,祗荐芬芳。永锡繁祉,思深飨尝。

送文舞迎武舞 不详作者

干旄羽籥相亏蔽,一进一退殊行缀。昔献三雍盛礼容,今陈六佾崇仪制。

亚献终献 崔邠作

醴齐泛尊彝,轩县动干戚。入室俨如在,升阶虔所历。奋疾合威容,定利舒鷩绎。方崇庙貌礼,永被君恩锡。

送神 张荐作

三献具举,九旗将旋。追劳表德,罢享宾天。风引仙管,堂虚画筵。芳馨常在,瞻望悠然。

享惠昭太子庙乐章

请神 归登作

嘉荐既陈,祀事孔明。闲歌在堂,万舞在庭。外则尽物,内则尽诚。凤笙如闻,歌其洁精。

登歌 杜羔作

因心克孝,位震遗芬。宾天道茂,轸怀气

分。发祇乃祀,咳叹如闻。二歌斯升,以咏德薰。

迎俎酌献 李逢吉作

既洁酒醴,聿陈熟腥。肃将震念,昭格储灵。展矣礼典,薰然德馨。憎憎管磬,亦具是听。

送文舞出迎武舞入 孟简作

喧喧金石容既缺,肃肃羽驾就行列。缑山遗响昔所闻,庙庭进旅今攸设。

亚献终献 裴度作

重轮始发祥,齿胄方兴学。冥然升紫府,铿尔荐清乐。奠斝致馨香,在庭纷羽籥。礼成神既醉,仿佛缑山鹤。

送神 王涯作

威仪毕陈,备乐将阕。苞茅酒缩,芗萧香彻。宫臣展事,肃雍在列。迎精送往,厥鉴昭晰。

武后崇先庙乐章 载本集

先德谦执冠昔,严规节素超今。奉国忠诚每竭,承家至孝纯深。追崇惧乖尊意,显号恐玷徽音。既迫王公屡请,方乃俯遂群心。有限无由展敬,莫酹每阙亲斟。大礼虔申典册,蘋藻敬荐翘襟。

褒德庙乐章

《唐书·乐志》曰:神龙中,中宗为皇后韦氏祖考立庙,曰褒德。其庙乐,迎神用昭德,登歌用进德,俎入、初献用褒德,次武舞作、亚献及送神用彰德,词并内出。

昭德

道赫梧宫,悲盈蒿里。爰赐徽烈,载敷嘉祀。享洽四时,规陈二簋。灵应昭格,神其戾止。

进德

涂山懿戚,妫汭崇姻。祠筵肇启,祭典方申。礼以备物,乐以感神。用隆敦叙,载穆彝伦。

褒德

家著累仁,门昭积善。瑶筐既列,金县式展。

武舞作

昭昭竹殿开,奕奕兰宫启。懿范隆丹掖,殊荣辟朱邸。六佾荐徽容,三簋陈芳醴。万石覃贻厥,分珪崇祖祢。

彰德

名隆五岳,秩映三台。严祠已备,晬影方回。

舞曲歌辞

功成庆善乐舞词

一曰九功舞,殿庭朝会所奏文舞也。《新唐书·礼乐志》曰:太宗生于武功之庆善宫。贞观六年幸之,宴从臣,赏赐闾里,同汉沛宛。帝欢甚,赋诗。吕才被之管弦,名曰《功成庆善乐》。以童儿六十四人,冠进德冠,紫袴褶长袖,漆髻屣履而舞。《旧书·乐志》曰:庆善乐,太宗所造也,名九功之舞,舞蹈安徐,以象文德洽而天下安乐也。冬正享宴,及国有大庆,与七德舞偕奏于庭。

寿丘惟旧迹,酆邑乃前基。粤余承累圣,悬弧亦在兹。弱龄逢运改,提剑郁匡时。指麾八荒定,怀柔万国夷。梯山盛入款,驾海亦来思。单于陪武帐,日逐卫文㮶。端扆朝四岳,无为任百司。霜节明秋景,轻冰结水湄。芸黄遍原隰,禾颖积京坻。共乐还谯宴,欢此大风诗。

中和乐舞词

《唐会要》曰:贞元十四年,德宗以中和节,自制中和舞,舞中成八卦。又叙其曲曰:朕以中春之首纪为令节,象中和之容,作中和之舞。按此曲盖因继天诞圣乐而作也。

芳岁肇佳节,物华当仲春。乾坤既昭泰,烟景含氤氲。德浅荷玄贶,乐成思治人。前庭列钟鼓,广殿延群臣。八卦随舞意,五音转曲新。顾非咸池奏,庶协南风薰。式宴礼所重,浃欢情必均。同和谅在兹,万国希可亲。

凯乐歌辞

《唐书·乐志》曰:唐制,凡命将出征,有大功,献俘馘,其凯乐用铙吹二部,乐器有笛、筚篥、箫、笳、铙、鼓,(歌七种),迭奏破阵乐等四曲。一破阵乐,二应圣期,三贺圣欢,四君臣同庆乐。初,太宗平东都,破宋金刚,其后苏定方执贺鲁,李勣平高丽,皆备军容凯歌以入,而贞观显庆开元礼并无仪注。太常旧有破阵乐应圣期两曲歌词。至太和三年,始具仪注,又补撰二曲为四曲云。

破阵乐

受律辞元首,相将讨叛臣。咸歌破阵乐,共赏太平人。

应圣期

圣德期昌运,雍熙万宇清。乾坤资化育,海岳共休明。辟土欣耕稼,销戈遂偃兵。殊方歌帝泽,执贽贺升平。

贺圣欢

四海皇风被,千年德水清。戎衣更不著,今日告功成。

君臣同庆乐

主圣开昌历,臣忠奉大猷。君看偃革后,便是太平秋。

全唐诗卷十六

郊庙歌辞

梁郊祀乐章

《五代会要》曰：梁开平二年正月，太常奏定郊庙乐曲。南郊降神奏庆和之乐，舞崇德之舞；皇帝行奏庆顺，奠玉币、登歌奏庆平，迎俎奏庆肃，酌献奏庆熙，饮福酒奏庆隆，送文舞、迎武舞奏庆融，亚献、终献奏庆休，送神奏庆和。

庆和 赵光逢撰辞

就阳位，升圆丘。佩双玉，御大裘。膺天命，拥神休。万灵感，百禄遒。

秉黄钺，建朱旗。震八表，清二仪。帝业显，王道夷。受景命，启皇基。

开九门，怀百神。通肸蚃，接氤氲。明粢荐，广乐陈。奠嘉璧，燎芳薪。

膺宝图，执左契。德应天，圣飨帝。荐表衷，荷灵惠。寿万年，祚百世。

惟德动天，有感必通。秉兹一德，禋于六宗。钦膺宝命，恭肃礼容。来雇来享，永穆皇风。

天惟佑德，辟乃奉天。交感斯在，昭事罔愆。岁功已就，王道无偏。於焉报本，是用告虔。

庆顺

圣皇戾止，天步舒迟。乾乾睿相，穆穆望仪。进退必肃，陟降是祇。六变克协，万灵协随。

庆平

天命降鉴，帝德惟馨。享祀不忒，礼容孔明。奠璧布币，荐神献精。神祐以答，敷锡永宁。

庆肃 张衮撰词

笾逗簠簋，黍稷非馨，懿兹彝器，厥德惟

明。金石匏革，以和以平。由此无体—作体，期乎永宁。

庆熙

哲后躬享，旨酒斯陈。王恭无斁，严祀维寅。皇祖以配，大孝以振。宜锡景福，永休下民。

庆隆

恭祀上帝，于国之阳。爵醴是荷，鸿基永昌。

庆融

道和气兮袭氤氲，宣皇规兮彰圣神。服遐裔兮敷质文，格苗扈兮息烟尘。

庆休

大业来四夷，仁风和万国。白日体无私，皇天辅有德。七旬罪已服，六月师方克。伟哉帝道隆，终始常作则。

庆和

烟燎升，礼容彻。诚感达，人神悦。灵贶彰，圣情结。玉座寂，金炉歇。

周郊祀乐章

《五代史·乐志》曰：太祖广顺元年，边蔚议改汉十二成为十二顺之乐。祭天神奏昭顺之乐，祭地祇奏宁顺之乐，祭宗庙奏肃顺之乐，登歌、奠玉帛奏感顺之乐，皇帝行及临轩奏治顺之乐，王公出入、送文舞、迎武舞奏忠顺之乐，皇帝食举奏康顺之乐，皇帝受朝、皇后入宫奏雍顺之乐，皇太子轩悬出入奏温顺之乐，正至皇帝礼会登歌奏礼顺之乐，郊庙俎入奏禋顺之乐，酌献、饮福奏福顺之乐，祭孔宣父、齐太公、降神同用礼顺之乐，三公升降及行同用忠顺之乐，享藉田同用宁顺之乐。

昭顺乐

五兵勿用，万国咸安。告功圆盖，受命云坛。乐鸣凤律，礼备鸡竿。神光欲降，众目遐观。

治顺乐

羽卫离丹阙，金轩赴泰坛。珠旗明月色，玉佩晓霜寒。黼黻龙衣备，琮璜宝器完。百神将受职，宗社保长安。

感顺乐

明君陈大礼，展币祀圆丘。雅乐声齐发，祥云色正浮。

禋顺乐

黄彝将献，特牲预迎。既修昭事，潜达明诚。

福顺乐

相承五运，取法三才。大礼爰展，率土咸来。卿云秘室，甘泉宝台。象樽初酌，受福不回。

福顺乐

昊天成命，邦国盛仪。多士齐列，六龙载驰。坛升泰一，乐奏咸池。高明祚德，永致昌期。

福顺乐

上天垂景贶，哲后举鸾觞。明德今方祚，邦家万世昌。

忠顺乐

木铎敷音文德昌，朱干成列武功彰。雷鼗鹭羽今休用，玉戚相参正发扬。

武舞乐

圭瓒方陈礼，干旄乃象功。成文非羽籥，猛势若罴熊。

昭顺乐

云门孤竹，苍璧黄琮。既祀天地，克配祖宗。虔修盛礼，仰答玄功。神归碧落，福降无穷。

梁太庙乐舞辞

《五代会要》曰，梁开平二年正月，太常奏定享太庙乐。迎神舞开平之舞,迎俎奏庆肃之乐,酌献奏庆熙,饮福酒奏庆隆,送文舞、迎武舞奏庆融,亚献、终献奏庆休。《唐余录》曰:梁宗庙乐,迎神奏开平舞,次皇帝行,次帝盥,次登歌。献肃祖奏大合之舞,恭祖奏象功之舞,宪祖奏来仪之舞,列祖奏昭德之舞,次饮福,次撤豆,次送神。

开平舞

黍稷馨,醴酏清。牲牷洁,金石铿。恭祀事,结皇情。神来格,歌颂声。

皇帝行

莫高者天,攀跻弗克。隮天有方,累仁积德。祖宗隆之,子孙履之。配天明祀,永永孝思。

帝盥

庄肃莅事,周旋礼容。祼鬯严洁,穆穆雍雍。

登歌

於赫我皇,建中立极。动以武功,静以文德。昭事上帝,欢心万国。大报严禋,四海述职。

大合舞

於穆皇祖,浚哲雍熙。美溢中夏,化被南陲。后稷累德,公刘创基。肇兴九庙,乐合来仪。

象功舞

天地合德,睿圣昭彰。累赠太傅,俄登魏王。雄名不朽,奕叶而光。建国之兆,君临万方。

来仪舞

於赫帝命,应天顺人。亭育品汇,宾礼(一作穆)百神。洪基永固,景命惟新。肃恭孝享,祚我生民。

昭德舞

肃肃文考,源浚派长。汉称诞季,周实生昌。奄有四海,超彼百王。笙镛迭奏,礼物荧煌。

饮福

戛玉拟金永颂声,樧丝孤竹和且清。灵歆醉止牺象盈,自天降福千万龄。

撤豆

笙镛洋洋,庭燎煌煌。明星有烂,祝史下堂。笾豆斯撤,礼容有章。克勤克俭,无怠无荒。

送神

其降无从,其往无踪。黍稷非馨,有感必通。赫奕令德,仿佛睟容。再拜慌忽,遐想昊穹。

后唐宗庙乐舞辞

《唐余录》曰:后唐并用唐乐,无所变更,惟别造六室舞辞。懿祖室奏昭德之舞,献祖室奏文明之舞,太祖室奏应天之舞,昭宗室奏永平之舞,庄宗室奏武成之舞,明宗室奏雍熙之舞。

昭德舞

懿彼明德,赫赫煌煌。名高阃域,功著旗常。道符休泰,运叶祺祥。庆传万祀,以播耿光。

文明舞

帝业光扬,皇图翕赫。圣德孔彰,神功不测。信及豚鱼,恩沾动植。懿范鸿名,传之万亿。

应天舞

晋国肇兴,雄图再固。黼黻帝道,金玉王度。皇天无亲,惟德是辅。载诞英明,永光圣祚。

永平舞

庆传瓒祚,位正瑶图。功宣四海,化被八区。静彰帝道,动合乾符。千秋万祀,永荷昭苏。

武成舞_{崔居俭撰词}

艰难王业,返正皇唐。先天再造,却日重光。汉绍世祖,夏资少康。功成德茂,率祀无疆。

雍熙舞_{卢文纪撰词}

仁君御宇,寰海谧清。运符武德,道协文明。九成式叙,百度惟贞。金门积庆,玉叶传荣。

汉宗庙乐舞辞

《五代史·乐志》曰:汉宗庙酌献乐舞。文祖室奏灵长之舞,德祖室奏积善之舞,翼祖室奏显仁之舞,显祖室奏章庆之舞,高祖室奏观德之舞。《唐余录》曰:高祖追尊四祖庙,且远引汉之二祖为六室。张昭因傅会其礼,乃曰太祖高皇帝创业垂统室,奏武德之舞。世祖光武皇帝再造丕基室,奏大武之舞,自如其旧。而大武即用东平王苍词云。

武德舞

明明我祖,天集休明。神母夜哭,彤云昼兴。笾豆有践,管籥斯登。孝孙致告,神其降灵。

灵长舞

天降祥,汉祚昌。火炎上,水灵长。建庙社,洁蒸尝。罗钟石,俨珩璜。陈玉豆,酌金觞。气昭感,德馨香。祗洛汭,瞻晋阳。降吾祖,福穰穰。

积善舞

黍稷斯馨,祖德惟明。蛇告赤帝,龟谋大横。云行雨施,天成地平。造我家邦,幹我璿衡。陶匏在御,醍盎惟精。或戛或击,载炮载烹。饮福受胙,舞降歌迎。滔滔不竭,洪惟水行。

显仁舞

运极金行谢,天资水德隆。礼神廊庙馆,布政未央宫。诘旦备明祀,登歌答茂功。云轩临降久,星俎荐陈丰。霭霭沉檀雾,锵锵环佩风。荧煌升藻藉,肸蚃转珠栊。尊祖咸韶备,贻孙书轨同。京垓长有积,宗社享无穷。

章庆舞

罙恩晓唱鸡人,三牲八簋斯陈。雾集瑶阶琐闼,香生绮席华茵。珠佩貂珰熠爚,羽旄干戚纷纶。酌鬯既终三献,凝旒何止千春。阿阁长栖彩凤,郊宫叠奏祥麟。赤伏英灵未泯,玄圭运祚重新。玉罍牺樽潋滟,龙旗凤辖逡巡。瞻望月游冠冕,犹疑苍野回轮。

观德舞_{张昭撰辞}

高庙明灵再启图,金根玉辂幸神都。巢阿丹凤衔书命,入昴飞星献宝符。正换熏弦娱赤子,忽登仙驾泣苍梧。荐樱鹤馆箎箫咽,酌鬯金楹剑佩趋。星俎云罍兼鲁礼,朱干象箭杂巴渝。氤氲龙麝交青琐,仿佛锡鸾下蕊珠。荐豆奉觞亲玉几,配天合祖耀璿枢。受禧饮酒皇欢洽,仰俟余灵泰九区。

周宗庙乐舞辞

《唐余录》曰:周宗庙乐,降神奏肃顺,皇帝行奏治顺,献信祖室奏肃雍之舞,僖祖室奏观成之舞,太祖室奏明德之舞,世宗室奏定功之舞,酌献、登歌奏感顺,迎俎奏禋顺,饮福奏福顺,送文舞、迎武舞奏忠顺,武舞奏善顺,撤俎奏礼顺,送神奏肃顺。

肃顺

我后至孝,祇谒祖先。仰瞻庙貌,凤设宫悬。朱弦疏越,羽舞回旋。神其来格,明祀惟虔。

治顺

清庙将入,衮服是依。载行载止,令色令仪。永终就养,空极孝思。瞻望如在,顾复长违。

肃雍舞

周道载兴,象日之明。万邦咸庆,百谷用成。於穆圣祖,祇荐鸿名。祀于庙社,陈其牺牲。进旅退旅,皇武之形。一倡三叹,朱弦之声。以妥以侑,既和且平。至诚潜达,介福攸宁。

章德舞

清庙新,展严禋。恭祖德,厚人伦。雅乐荐,礼器陈。严皇尸,列虞宾。神如在,声不闻。享必信,貌惟寅。想龙服,奠牺樽。礼既备,庆来臻。

善庆舞

卜世长,帝祚昌。定中国,服四方。修明祀,从旧章。奏激楚,转清商。罗俎豆,列簠簋。歌累累,容皇皇。望来格,降休祥。祝敢告,寿无疆。

观成舞

穆穆王国一作皇图,奕奕神功。禋祀载展,明德有融。彝樽斯满,簠簋斯丰。纷绤旄一作旌羽,锵洋磬钟。或升或降,克和克同。孔惠之礼,必肃之容。锡以纯嘏,祚其允恭。神保是飨,万世无穷。

明德舞

惟彼岐阳,德大流光。载造周室,泽及遐荒。於铄圣祖,上帝是皇。乃圣乃神,知微知彰。新庙奕奕,丰年穰穰。取彼血胙,以往蒸尝。黍稷惟馨,笾豆大房。工祝致告,受福无疆。

咸顺

万舞咸列,三阶克清。贯珠一倡,击石九成。盈觞虽酌,灵坐无形。永怀我祖,达其孝诚。

禋顺

旨酒既献,嘉淆乃迎。振其鼗鼓,洁以铏羹。肇禋肇祀,或炮或烹。皇尸俨若,保飨是明。

福顺

新庙奕奕,金奏洋洋。享于祖考,循彼典章。清酤特满,嘉玉腾光。神醉既告,帝祉无疆。

忠顺

称文既表温柔德,示武须成蹈厉容。缀兆疾舒皆应节,明明我祖乐无穷。

善胜舞

《五代史·乐志》曰:周广顺元年,改郊庙朝会舞名,乃改汉治安为政和之舞,振德为善胜之舞,观象为崇德之舞,讲功为象成之舞。

圣祖累功,福钟来裔。持羽执干,舞文不废。

禋顺

礼毕祀先,香散几筵。罢舞干戚,收撤豆笾。

肃顺

乐奏四顺,福受万年。神归碧天,庭余瑞烟。

晋朝飨乐章

《五代会要》曰:晋天福四年十二月,太常奏正至王公上寿。皇帝举酒奏玄同之乐,皇帝三饮,皆奏文同之乐;食举奏昭德之舞,次奏成功之舞;皇帝降坐奏大同之乐,其辞并崔棁等造。《唐余录》曰:天福五年十一月冬至,朝群臣。举觞奏玄同,三爵、登歌奏文同,四爵、登歌作,群臣饮,宫县乐作,又奏龟兹及霓裳法曲,以须食毕。於时众闻龟兹法曲,雅郑杂糅,固已非之。明年正旦上寿,登歌发声,悲离烦愿,如虞殡薤露之音,观者以为不祥。

初举酒文同乐

赫矣昌运,明哉圣王。文兴坠典,礼复旧章。鸳鸯济济,鸟兽跄跄。一人有庆,万福无疆。

举酒

大明御宇,至德动天。君臣庆会,礼乐昭宣。剑佩成列,金石在悬。椒觞再献,宝历万年。

再举酒

朝野无事,寰瀛大康。圣人有作,盛礼重光。万国执玉,千官奉觞。南山永固,地久天长。

四举酒

八表欢无事,三秋贺有成。照临同日远,渥泽并云行。河变千年色,山呼万岁声。愿修封岱礼,方以称文明。

群臣酒行歌

剑佩俨如林,齐倾拱北心。渥恩颁美禄,咸濩听和音。一德君臣合,重瞳日月临。歌时兼乐圣,唯待赞泥金。

万国咸归禹,千官共祝尧。拜恩瞻凤扆,倾耳听云韶。运启金行远,时和玉烛调。酒酣齐抃舞,同贺圣明朝。

令节陈高会,群臣侍御筵。玉墀留爱景,金殿霭祥烟。振鹭涵天泽,灵禽下乐悬。圣明无一事,何处让尧年。

周朝飨乐章

《唐余录》曰:周元正冬至明飨乐。公卿入奏忠顺,皇帝坐奏治顺,群臣上寿奏福顺,皇帝举寿酒、登歌奏康顺,群臣降阶、公卿出并奏忠顺。

忠顺

岁迎更始,节及朝元。冕旒仰止,冠剑相连。八音合奏,万物齐宣。常陈盛礼,愿永千年。

忠顺

明君当宁,列辟奉觞。云容表瑞,日影初长。衣冠济济,钟磬洋洋。令仪克盛,嘉会有章。

治顺

庭陈大乐,坐当太微。凝旒负扆,端拱垂衣。鸳鸾成列,簪组相辉。御炉香散,郁郁霏霏。

福顺

圣皇端拱,多士输忠。蛮觞共献,臣心毕同。声齐嵩岳,祝比华封。千龄万祀,常保时雍。

康顺

鸿钧广运,嘉节良辰。列辟在位,万国来宾。干旌屡舞,金石咸陈。礼容既备,帝履长春。

忠顺

礼成三爵,乐毕九成。共离金卮,复列彤庭。

忠顺

明庭展礼,为龙为光。咸韶息韵,鹓鹭归行。

晋昭德成功舞歌

《唐余录》曰:晋天福五年,诏有司复修正至朝会二舞之制,以文舞为昭德之舞,武舞为成功之舞。十一月冬至,遂奏之。于时二舞久废,众喜于复兴,而乐工舞员杂取教坊以满之。声节靡曼,缀兆合节,而无远促迟速之累。及明年正旦再奏,声容蹈厉,进退无列,议者非之。《五代史·乐志》曰:文舞六十四人,左手执籥,右手执翟,冠进贤冠,服黄纱袍、白纱中单,皂领褾,白练褴裆,白布大口袴,革带,乌皮履,白布袜。武舞六十四人,左手执干,右手执戚,服弁平巾帻金支,绯丝布大袖,绯丝布裲裆,甲金饰,白练褴裆,锦腾蛇起梁带,豹文大口布袴,乌皮靴。

昭德舞歌二首

圣代修文德,明庭举旧章。两阶陈羽籥,万舞合宫商。剑佩森鸳鹭,箫韶下凤凰。我朝青史上,千古有辉光。

淮海干戈戢,朝廷礼乐施。白驹皆就絷,丹凤复来仪。德备三苗格,风行万国随。小臣同百兽,率舞贺昌期。

武功舞歌二首

拨乱资英王,开基自晋阳。一戎成大业,

七德焕前王。炎汉提封远,姬周世祚长。朱干将玉戚,全象武功扬。

睿算超前古,神功格上圆。百川留禹迹,万国戴尧天。既已櫜弓矢,诚宜播管弦。跄跄随鸟兽,共乐太平年。

全唐诗卷十七

乐府杂曲

鼓吹曲辞

汉有朱鹭等二十二曲,列于鼓吹,谓之铙歌。魏使缪袭改其十二曲,而十曲并仍旧名。是时吴亦使韦昭改制十二曲,其十曲亦因之。晋傅玄制二十二曲,惟二曲之名不改汉旧。宋齐并用汉曲,又充庭十六曲。梁高祖乃去其四,留其十二。北齐二十曲皆改古名。后周革前代鼓吹制为十五曲。隋制列鼓吹为四部。唐则又增为五部,部各有曲。

朱鹭 张籍

翩翩兮朱鹭,来泛_{集作浴}春塘栖绿树。羽毛如翦色如染,远飞欲下双翅敛。避人引子入深堑,动处水纹开滟艳。谁知豪家网尔躯,不如饮啄江海隅。

艾如张 李贺

锦襜褕,绣裆襦,强强_{集无下强字}饮啄哺尔雏。陇东卧穗满风雨,莫信_{一作逐}龙媒陇西去。齐人_{一作入}织网如素空,张在野春_{集作田}平碧中。网丝漠漠无形影,误尔触之伤首红。艾叶绿花谁翦刻,中藏祸机不可测。

上之回 卢照邻

回中道路险,萧关烽候多。五营屯北地,万乘出西河。单于拜玉玺,天子按雕戈。振旅汾川曲,秋风横大歌。

同前 李白

三十六离宫,楼台与天通。阁道步行月,美人愁烟空。恩疏宠不及,桃李伤春风。淫乐意何极,金舆向回中。万乘出黄道,千旗扬彩虹。前军细柳北,后骑甘泉东。岂问渭川老,宁邀襄野童。秋暮_{一作但慕}瑶池宴,归来乐未穷。

同前 李贺

上之回,大旗喜。悬虹彗_{集作云},挞凤尾。

剑匣破,舞蛟龙。蚩尤死,鼓逢逢。天高庆雷齐坠地,地无惊烟海千里。

战城南 卢照邻
将军出紫塞,冒顿在乌贪。笳喧雁门北,阵翼龙城南。雕弓夜宛转,铁骑晓参潭。应须驻白日,为待战方酣。

同前 李白
去年战桑乾源,今年战葱河道。洗兵条支海上波,放马天山雪中草。万里长征战,三军尽衰老。匈奴以杀戮为耕作,古来唯见白骨黄沙田。秦家筑城备胡处,汉家还有烽火燃。烽火燃不息,征战一作长征无已时。野战格斗死,败马号鸣向天悲。乌鸢啄人肠,衔飞上挂枯树枝一作上枯枝。士卒涂草莽,将军空尔为。乃知兵者是凶器,圣人不得已而用之。

同前 刘驾
城南征战多,城北无饥鸦。白骨马蹄下,谁言皆有家。城前水声苦,倏忽流万古。莫争城外地,城里有闲土。

同前二首 僧贯休
万里桑乾傍,茫茫古蕃壤。将军貌憔悴,抚剑悲年长。胡兵尚陵逼,久住亦非强。邯郸少年辈,个个有伎俩。拖枪半夜去,雪片大如掌。

碛中一作石有阴兵,战马时惊蹶。轻猛李陵心,摧残苏武节。黄金锁子甲,风吹色如铁。十载不封侯,茫茫向谁说。

巫山高 郑世翼
巫山凌太清,岧峣类削成。霏霏暮雨合,霭霭朝云生。危峰入鸟道,深谷泻猿声。别有幽栖客,淹留攀桂情。

同前二首 沈佺期
巫山峰十二,环合集作合杳隐昭回。俯眺琵琶峡,平看云雨台。古槎天外倚,瀑水日边来。何忽啼猿夜,荆王枕席开。

神女向高唐,巫山下夕阳。裴回作行雨,婉娈逐荆王。电影江前落,雷声峡外长。霁云无处所,台馆晓苍苍。

同前 卢照邻
巫山望不极,望望下朝氛集作氲。莫辨啼猿树,徒看神女云。惊涛乱水脉,骤雨暗峰文。沾裳即此地,况复远思君。

同前 张循之
巫山高不极,沓一作合沓状奇新。暗谷疑风雨,幽岩集作崖若鬼神。月明三峡曙集作晓,潮满二集作九江春。为问阳台夕集作客,应知入梦人。

同前 刘方平
楚国巫山秀,清猿日夜啼。万重春树合,十二碧峰齐。峡出朝云下,江来暮雨西。阳台归路直,不畏向家迷。

同前 皇甫冉
巫峡见巴东,迢迢半山空。云藏神女馆,雨到楚王宫。朝暮泉声落,寒暄树色同。清猿不可听,偏在九秋中。

同前 李端
巫山十二峰,皆在碧虚中。回合云藏日集作月,霏微雨带风。猿声寒过水集作涧,树色暮连空。愁向高唐望,清秋见楚宫。

同前 于濆
何山无朝云,彼云亦悠扬。何山无暮雨,彼雨亦苍茫。宋玉恃才者,凭云构高唐。自重集作垂文赋名,荒淫归楚襄。峨峨十二峰,永作妖鬼乡。

同前二首 孟郊
巴山上峡重复重,阳台碧峭十二峰。荆王猎时逢暮雨,夜卧高丘梦神女。轻红流烟湿艳姿,行云飞去明星稀。目极魂断望不见,猿啼三声泪沾衣。

见尽数万里,不闻三声猿。但飞萧萧雨,中有亭亭魂。千载楚襄一作王恨,遗文宋玉言。至今青冥里集作晴明天,云结深闺门。

同前 李贺

碧丛丛,高一作齐插天,大江翻澜神曳烟。楚魂寻梦风飕一作飚然,晓风飞雨生苔钱。瑶姬一去一千年,丁香筇竹啼老猿。古祠近月蟾桂寒,椒花坠红湿云间一作端。

同前 僧齐己

巫山高,巫女妖,雨为暮兮云为朝,楚王憔悴魂欲销。秋猿嗥嗥日将夕,红霞紫烟凝老壁。千岩万壑花皆坼,但恐芳菲无正色。不知今古行人行,几人经此无秋情。云深庙远不可觅,十二峰头插天碧。

将进酒 李白

君不见黄河之水天上来,奔流到海不复回。君不见高堂明镜悲白发,朝如青丝暮成雪。人生得意须尽欢,莫使金尊空对月。天生我材必有用,千金散尽还复来。烹羊宰牛且为乐,会须一饮三百杯。岑夫子,丹丘生,将进酒,杯一作君莫停。与君歌一曲,请君为我侧耳听。钟鼓馔玉不足贵,但愿长醉不复醒。古来圣贤一作贤达皆寂寞,惟有饮者留其名。陈王昔时宴平乐,斗酒十千恣欢谑。主人何为言少钱,径须酤取一作酒对君酌。五花马,千金裘,呼儿将出换美酒,与尔同销万古愁。

同前 元稹

将进酒,将进酒,酒中有毒鸩主父,言之主父伤主母。母为妾地父妾天,仰天俯地不忍言。佯为僵踣主父前,主父不知加妾鞭。旁人知妾为主说,主将泪洗鞭头血。推摧集作摧主母牵下堂,扶妾遣升堂上床。将进酒,酒中无毒令主寿,愿主回思一作恩归主母,遣妾如此事一作由主父。妾为此事人偶知,自惭不密方自悲。主今颠倒安置妾,贪天僭地谁不为。

同前 李贺

琉璃钟,琥珀浓,小槽酒滴真珠红。烹龙炮凤玉脂泣,罗屏绣幕围香风。吹龙笛,击鼍鼓,皓齿歌,细腰舞。况是青春日将暮,桃花乱落如红雨。劝君终日酩酊醉,酒不到刘伶坟上土。

君马黄 李白

君马黄,我马白,马色虽不同,人心本无隔。共作游冶盘,双行洛阳陌。长剑既照曜,高冠何赩赫。各有千金裘,俱为五侯客。猛虎落陷阱,壮夫时屈厄。相知在急难,独好亦一作知何益。

芳树 沈佺期

何地早芳菲,宛在长门殿。夭桃色若绶,秾李光如练。啼鸟弄花疏,游蜂饮香遍。叹息春风起,飘零君不见。

同前 卢照邻

芳树本多奇,年华复在斯。结翠成新幄,开红满旧集作故枝。风归花历乱,日度影参差。容色朝朝落,思君君不知。

同前 徐彦伯

玉花珍簟上,金缕画屏开。晓月怜筝柱,春风忆镜台。筝柱春风吹晓月,芳树落花朝螟歇。藁砧刀头未有时,攀条拭泪坐相思。

同前 韦应物

迢迢芳园树,列映清池曲。对此伤人心,还如故时绿。风条洒余霭,露叶承新旭。佳人不再攀,下有往来躅。

同前 元稹

芳树已寥落,孤英万可嘉。可怜团团叶,盖覆深深花。游蜂竞攒刺,斗雀亦粉拏。天生细碎物,不爱好光华。非无奸殄法,念尔有生涯。春雷一声发,惊燕亦惊蛇。清池养神蔡,已复长虾蟆。雨露贵平施,吾其春草芽。

同前 罗隐

细蕊_{集作萼}慢逐风,暖香闲破鼻。青帝固有心,时时动人_{集作漏天}意。去年高枝犹压地,今年低枝已憔悴。吾所以见造化之权,变通之理,春夏作头,秋冬为尾。循环反复无穷已,今_{集作人}生长短同一轨。若使威可以制,力可以止,秦皇不肯敛手下沙丘,孟贲不合低头入蒿里。伊人强猛犹如此,顾我劳生何足恃。但愿开素袍,倾绿蚁,陶陶兀兀大醉于青冥_{集作宵}白昼间。任他上是天,下是地。

有所思 沈佺期

君子事行役,再空芳岁期。美人旷延伫,万里浮云思。园槿绽红艳,郊桑柔绿滋。坐看长夏晚,秋月生_{集作照}罗帏。

同前 李白

我思仙_{一作佳}人,乃在碧海之东隅。海寒多天风,白波连山_{一作天}倒蓬壶。长鲸喷涌不可涉,抚心茫茫泪如珠。西来青鸟东飞去,愿寄一书谢麻姑。

同前 孟郊

桔槔烽火昼不灭,客路迢迢信难越。古镇刀攒万片霜,寒江浪起千堆雪。此时西去定如何,空使南心远凄切。

同前 卢仝

当时我醉美人家,美人颜色娇如花。今日美人弃我去,青楼珠箔天之涯。天涯娟娟常娥月,三五二八盈又缺。翠眉蝉鬓生别离,一望不见心断绝。心断绝,几千里,梦中醉卧巫山云,觉来泪滴湘江水。湘江两岸花木深,美人不见愁人心。含愁更奏绿绮琴,调高弦绝无知音。美人兮美人,不知为暮雨兮为朝云,相思一夜梅花发,忽到窗前疑是君。

同前 韦应物

借问江_{集作堤}上柳,青青为谁春。空游昨日地,不见昨日人。缭绕万家井,往来车马尘。莫道无相识,要非心所亲。

同前 刘氏云

朝亦有所思,暮亦有所思。登楼望君处,蔼蔼浮云飞_{集作霭霭萧关道}。浮云遮却阳关道,向晚谁知妾怀抱_{集作掩泪向浮云,谁知妾怀抱}。玉井苍苔春_{集作青}院深,桐花落地_{集作尽}无人扫。

雉子班 李白

辟邪伎作鼓吹惊,雉子班之奏曲成,喔咿振迅欲飞鸣。扇锦翼,雄风生,双雌同饮啄,趫悍谁能争。乍向草中耿介死,不求黄金笼下生。天地至广大,何惜遂物情。善卷让天子,务光亦逃名。所贵旷士怀,朗然合太清。

临高台 褚亮

高台暂俯临,飞翼耸轻音。浮光随日度,漾影逐波深。回瞰周平野,开怀畅远襟。独此三休上,还伤千岁心。

同前 王勃

临高台,高台迢递绝浮埃,瑶轩绮构何崔嵬,鸾歌凤吹清且哀。俯瞰长安道,萋萋御沟草,斜对甘泉路,苍苍茂陵树。高台四望同,帝乡佳气郁葱葱。紫阁丹楼纷照曜,壁房锦殿相玲珑。东弥长乐观,西指未央宫。赤城映朝日,绿树摇春风。旗亭百队开新市,甲第千甍分戚里。朱输翠盖不胜春,叠树层_{一作重}楹相对起。复有青楼大道中,绣户文窗雕绮栊。锦衣昼_{集作衾}夜不襞,罗帏夕_{集作书}未空。歌屏朝掩翠,妆镜晚窥红。为吾_{集作君}安宝髻,蛾眉罢花丛。狭路尘间黯将暮,云间月色明如素。鸳鸯池上两两飞,凤凰楼下双双度。物色正如此,佳期那不顾。银鞍绣毂盛繁华,可怜今夜宿倡家。倡家少妇不须矉,东园桃李片时春。君看旧日高台处,柏梁铜雀生黄尘。

同前 僧贯休

凉风吹远念,使我升高台。宁知数片云,不是旧山来。故人天一涯,久客殊未回。雁来不得书,空寄声哀哀。

黄雀行 庄南杰

穿屋穿墙不知止,争树争巢入营死。林间公子挟弹弓,一丸致毙花丛里。小雏黄口未有知,青天不解高高飞。虞人设网当要路,白日啾嘲祸万机。

钓竿篇 沈佺期

朝日敛红烟,垂竿向绿川。人疑天上坐,鱼似镜中悬。避楫时惊透,猜钩每误牵。湍危不理辖,潭静欲留船。钓玉君徒尚,征金我未贤。为看芳一作方饵下,贪得会无全集作筌。

凯歌六首 岑参 天宝中,回纥寇边,封常清出师征之。及破播仙,奏捷献凯,乃作凯歌。

汉将承恩西破戎,捷书先奏未央宫。天子预开麟阁待,只今谁数贰师功。

官军西出过楼兰,营幕傍临月窟寒。薄海晓霜凝剑集作马尾,葱山夜雪扑旌竿。

鸣笳擂集作叠鼓拥回军,破国平蕃昔未闻。大夫鹊印摇边月,天集作大将龙旗掣海云。

月落辕门鼓角鸣,千群面缚出山蕃城。洗兵鱼海云迎阵,秣马龙堆月照营。

蕃军遥见汉家营,满谷连山遍哭声。万箭千刀一夜杀,平明流血浸空城。

幕雨旌旗湿未干,胡尘集作烟白草日光寒。昨夜将军连晓战,蕃军只见马空鞍。

鼓吹铙歌 柳宗元 按此十二曲史书不载,疑宗元私作而未尝奏,或虽奏而未尝用,故不被于歌。

晋阳武

晋阳武,言随乱既极,唐师起晋阳,平奸豪,为生人义主,以仁兴武也。第一。

晋阳武,奋义威。炀之渝,德焉归。氓毕屠,绥者谁。皇烈烈,专天机。号以仁,扬其旗。日之升,九土晞。斥田圻,流洪辉。有其二,翼余隋。斫枭鷟,连熊螭。枯以肉,勍者羸。后土荡,玄穹弥。合之育,莽然施。惟德

辅,庆无期。

晋阳武,二十六句,句三字。

兽之穷

兽之穷,言李密自邙山之败,其下皆贰。霸王之业,知天授在唐,遂归于有道,享我爵命也。第二。

兽之穷,奔大麓。天厚黄德,狙犷服。甲之櫜弓,弭矢箙。皇旅靖,敌逾蹙。自亡其徒,匪予戮。屈赟猛,虔慄慄。縻以尺组,啖以秩。黎之阳,土茫茫。富兵戎,盈仓箱。乏者德,莫能享。驱豺兕,授我疆。

兽之穷,二十二句,其十八句句三字,四句句四字。

战武牢

战武牢,言太宗师讨王世充,窦建德助逆,师奋击武牢下,擒之,遂降充也。第三。

战武牢,动河朔。逆之助,图掎角。怒毂交,抗乔岳。翘萌牙,傲霜雹。王谋内定,申掌握。铺施芟夷,二主缚。惮华戎,廓封略。命之瞢,卑以斲。归有德,唯先觉。

战武牢,十八句,其十六句句三字,二句句四字。

泾水黄

泾水黄,言薛举据泾以死,其子仁杲尤勇以暴,师平之也。第四。

泾水黄,陇野茫。负太白,腾天狼。有鸟鸷立,羽翼张。钩喙决前,钜一作距趯傍;怒飞饥啸,翾不可当。老雄死,子复良。巢岐饮渭,肆翱翔。顿地纮,提天纲。列缺掉帜,招摇耀铓。鬼神来助,梦嘉祥。脑涂原野,魂飞扬。星辰复,恢一方。

泾水黄,二十四句,其十五句句三字,九句句四字。

奔鲸沛

奔鲸沛,言辅氏凭江淮,竟东海,命将平之也。第五。

奔鲸沛,荡海垠。吐霓翳日,腥浮云。帝怒下顾,哀垫昏。授以神柄,推元臣。手援天矛,截修鳞。披攘蒙霿,开海门。地平水静,浮天垠集作根。羲和显耀,乘清氛。赫炎溥畅,融大钧。

奔鲸沛,十八句,其十句句三字,八句句四字。

苞桥

苞桥,言梁之余,保荆衡巴巫,穷南越,良将取之,不以师也。第六。

苞桥默矣,惟根之蟠。弥巴蔽荆,负南极以安。曰我旧梁氏,辑绥艰难。江汉之阻,都邑固以完。圣人作,神武用,有臣勇智,奋不以众。投迹死地,谋猷纵。化敌为家,虑则中。浩浩海裔,不威而同。系缧降王,定厥功。澶漫万里,宣唐风。蛮夷九译,咸来从。凯旋金奏,象形容。震赫万国,罔不龚。

苞桥,二十八句,其十六句句四字,三句句五字,九句句三字。

河右平

河右平,言李轨保河右,师临之不克变,或执以降也。第七。

河右澶漫,顽为之魁。王师如雷震,昆仑以颓。上聋下聪,驽不可回。助仇抗有德,惟人之灾。乃溃及奋,执缚归厥命。万室蒙其仁,一夫则病。濡以鸿泽,皇之圣。威畏德怀,功以定。顺之于理,物咸遂厥性。

河右平,十八句,其十一句句四字,五句句五字,二句句三字。

铁山碎

铁山碎,言突厥之大,古夷狄莫强焉,师大破之,降其国,告于庙也。第八。

铁山碎,大漠舒。二虏劲,连穹庐。背北海,专坤隅。岁来侵边,或传于都。天子命元帅,奋其雄图。破定襄,降魁渠,穷竟窟宅,斥余吾,百蛮破胆,边氓苏。威武辉耀,明鬼区。利泽弥万祀,功不可逾。官臣拜手,惟帝之谟。

铁山碎,二十二句,其十一句句三字,九句句四字,二句句五字。

靖本邦

靖本邦,言刘武周败裴寂,咸有晋地,太宗灭之也。第九。

本邦伊晋,惟时不靖。根柢之摇,枝叶攸病。守臣不任,勚于神圣。惟钺之兴,翦焉则定。洪惟我理,式和以敬。群顽既夷,庶绩咸正。皇谟载大,惟人之庆。

靖本邦,十四句,句四字。

吐谷浑

吐谷浑,言李靖灭吐谷浑于西海上也。第十。

吐谷浑盛强,背西海以夸。岁侵扰我疆,退匿险且遐。帝谓神武师,往征靖皇家。烈烈斾其旗,熊虎杂龙蛇。王旅千万人,衔枚默无哗。束刃逾山徼,张翼纵漠沙。一举刈膻腥,尸骸积如麻。除恶务本根,况敢遗萌芽。洋洋西海水,威命穷天涯。系房来王都,犒乐穷休嘉。登高望还师,竟野如春华。行者靡不归,亲戚嚾要遮。凯旋献清庙,万国思无邪。

吐谷浑,二十六句,句五字。

高昌

高昌,言李靖灭高昌也。第十一。

麹氏雄西北,别绝臣外区。既恃远且险,纵傲不我虞。烈烈王者师,熊螭以为徒。龙旗翻海浪,驲骑驰坤隅。贲育搏婴儿,一扫不复余。平沙际天极,但见黄云驱。臣靖执长缨,智勇伏囚拘。文皇南面坐,夷狄千群趋。咸称天子神,往古不得俱。献号天可汗,以复我国都。兵戎不交害,各保性与躯。

高昌,二十二句,句五字。

东蛮

东蛮,言既克东蛮,群臣请图蛮夷状,如周书王会也。第十二。

东蛮有谢氏,冠带理海中。已言我异世,虽圣莫能通。王卒如飞翰,鹏骞骇群龙。轰然自天坠,乃信神武功。击虏君臣人,累累来自东。无思不服从,唐业如山崇。百辟拜稽首,咸愿图形容。如周王会书,永永传无穷。睢盱万状乖,咿嗢九译重。广输抚四海,浩浩知皇风。歌诗铙鼓间,以壮我元戎。

东蛮,二十二句,句五字。

全唐诗卷十八

横吹曲辞

横吹曲,其始亦谓之鼓吹,马上奏之,盖军中之乐也。其后分为二部,有箫笳者为鼓吹,用之朝会道路,亦以给赐;有鼓角者为横吹,用之军中。自隋以后,始以横吹与鼓吹列为四部,以供大驾及皇太子王公等。唐制,太常鼓吹令掌鼓吹施用调习之节,以备卤簿之仪,而分五部。一曰鼓吹部,其乐器有棡鼓、金钲、大鼓、小鼓、长鸣角、次鸣角六种。棡鼓一曲十叠,大鼓十五曲,严用三曲,警用十二曲。金钲无曲,以为鼓节。小鼓九曲,上马用一曲,严警用八曲。长鸣一曲三声,上马严警用之。中鸣一曲三声,用与长鸣同。二曰羽葆部,其乐器有歌、鼓、箫、笳、铎于五种,凡十八曲。三曰铙吹部,其乐器与羽葆部同,凡七曲。四曰大横吹部,其乐器有角、节、鼓笛、箫、筚篥、笳、桃皮筚篥七种,凡二十四曲。五曰小横吹部,其乐器有角、笛、箫、筚篥、笳、桃皮筚篥六种,其曲不见,疑同用大横吹曲也。凡大驾行幸,则夜警晨严。大驾夜警十二曲,中警七曲,晨严三通。皇太子夜警九曲,公卿以下夜警七曲,晨严并三通,夜警众一曲,转次而振也。

陇头 张籍 一曰陇头水

陇头已集作路断人不行,胡骑夜入凉州城。汉家处处格斗死,一朝尽没陇西地。驱我边人胡中去,散放牛羊食禾黍。去年中国养子孙,今著毡裘学胡语。谁能更使李轻车,收取凉州属集作入汉家。

陇头吟 王维

长安少年游侠客,夜上戍楼看太白。陇头明月迥临关,陇上行人夜吹笛。关西老将不胜愁,驻马听之双泪流。身经大小百余战,麾下偏裨万户侯。苏武才为典属国,节旄空集作落尽海西头。

同前 翁绶

陇水潺湲陇树黄,征人陇上尽思乡。马嘶斜日朔风急,雁过寒云边思长。残月出林明剑戟,平沙隔水见牛羊。横行俱足一作是封侯者,谁斩楼兰献未央。

陇头水 杨师道

陇头秋月明,陇水带关城。笳添离别曲,风送断肠声。映雪峰犹暗,乘冰马屡惊。雾中寒雁至,沙上转蓬轻。天山传羽檄,汉地急征兵。阵开都护道,剑聚伏波营。于兹觉无度,方共濯胡缨。

同前 卢照邻

陇坂高无极,征人一望乡。关河别去水,沙塞断归肠。马击千年树,旌悬九月霜。从来共呜咽,皆是为勤王。

同前 王建

陇水何年陇头别,不在山中亦呜咽一作呜亦咽。征人塞耳马不行,未到陇头闻水声。谓是西流入蒲海,还闻北海一作去绕龙城。陇东陇西多屈曲,野麋饮水长簌簌。胡兵夜回水傍住,忆著来时磨剑处。向前无井复无泉,放马回看陇头树。

同前 于濆

借问陇头水,终年恨何事。深疑呜咽声,中有征人泪。昨日上山下,达曙不能寐。何处接长波,东流入清渭。集本前四句与罗隐诗全同。

同前 僧皎然

陇头心欲绝,陇水不堪闻。碎影摇枪垒,寒声咽帐军。素从盐海积,绿带柳城分。日落天边望,逶迤入寒云。

秦陇逼氐羌,征人去未央。如何幽咽水,并欲断君肠。西注悲穷漠,东分忆故乡。旅魂声搅乱,无梦到辽阳。

同前 鲍溶

陇头水,千古不堪闻。生归苏属国,死别李将军。细响风凋草,清哀雁落云。

同前 罗隐

借问陇头水,年年恨何事。全疑呜咽声,中有征人泪。自古无长策,况我非深智。何计

谢潺湲,一宵空不寐。

出关 魏徵

中原还集作初逐鹿,投笔事戎轩。纵横计不就,慷慨志犹存。策杖谒天子,驱马出关门。请缨羁集作击南越,凭轼下东藩。郁纡陟高岫,出没望平原。古木吟寒鸟,空山啼夜猿。既伤千里目,还惊九折魂。岂不惮艰险,深怀国士恩。季布无二诺,侯嬴重一言。人生感意气,功名谁复论。

入关 贾驰

河上微风来,关头树初湿。今朝关城吏,又见孤客入。上国谁与期,西来徒自急。

同前 张祜

都城连百二集作三百里,雄险北一作此回环。地势遥尊岳,河流侧让关。秦皇曾虎视,汉祖亦集作昔龙颜。何事枭凶辈,干戈自不闲。

出塞 窦威

匈奴屡不平,汉将欲纵横。看云方结阵,却月始连营。潜军渡马邑,扬旆掩龙城。会勒燕然石,方传车骑名。

同前 陈子昂

忽闻天上将,关塞重横行。始返楼兰国,还向朔方城。黄金装战马,白羽集神兵。星月开天阵,山川列地营。晚风吹画角,春色耀飞旌。宁知班定远,独集作犹是一书生。

同前 张易之

侠客重恩光,骢集作骏马饰金装。瞥闻传羽檄,驰突救边荒。转战磨笄地,横行戴斗乡。将军占太白,小妇怨流黄。骁袅青丝骑,娉婷红粉妆。一春莺度曲,八月雁成行。谁堪坐秋思,罗袖拂空床。

同前 沈佺期

十年通大漠,万里出长平。寒日生戈剑,阴云摇旆旌。饥乌啼旧垒,疲马恋空城。辛苦

皋兰北，胡霜损汉兵。

同前 王维

居延城外猎天骄，白草连天野火烧。暮云空碛时驱马，秋日平原好射雕。护羌校尉朝乘障，破虏将军夜渡辽。玉靶角弓珠勒马，汉家将赐霍嫖姚。

同前 王昌龄

秦时明月汉时关，万里长征人未还。但使龙城飞将在，不教胡马度阴山。

白花垣上望京师，黄河水流无尽时。穷秋旷野行人绝，马首东来知是谁。

同前 马戴

金带连环束战袍，马头冲雪度临洮。卷旗夜劫单于帐，乱斫胡兵集作儿缺宝刀。

前出塞九首 杜甫

戚戚去故里，悠悠赴交河。公家有程期，亡命婴祸罗。君已富土境，开边一何多。弃绝父母恩，吞声行负戈。

出门日已远，不受徒旅欺。骨肉恩岂断，男儿死无时。走马脱辔头，手中挑青丝。捷下万仞冈，俯身试搴旗。

磨刀呜咽水，水赤刃伤手。欲轻肠断声，心绪乱已久。丈夫誓许国，愤惋复何有。功名图麒麟，战骨当速朽。

送徒既有长，远戍亦有身。生死向前去，不劳吏怒嗔。路逢相识人，附书与六亲。哀哉两决绝，不复同苦辛。

迢迢万余里，领我赴三军。军中异苦乐，主将宁尽闻。隔河见胡骑，倏忽数百群。我始为奴仆，几时树功勋。

挽弓当挽强，用箭当用长。射人先射马，擒贼先擒王。杀人亦有限，列国自有疆。苟能制侵陵，岂在多杀伤。

驱马天雨雪，军行入高山。径危抱寒石，指落曾冰间。已去汉月远，何时筑城还。浮云暮南征，可望不可攀。

单于寇我垒，百里风尘昏。雄剑四五动，彼军为我奔。虏其名王归，系颈授辕门。潜身备行列，一胜何足论。

从军十年余，能无分寸功。众人贵苟得，欲语羞雷同。中原有斗争，况在狄与戎。丈夫四方志，安可辞固穷。

后出塞五首 杜甫

男儿生世间，及壮当封侯。战伐有功业，焉能守旧丘。召募赴蓟门，军动不可留。千金买马鞭一作鞍，百金装刀头。闾里送我行，亲戚拥道周。班白居上列，酒酣进庶羞。少年别有赠，含笑看吴钩。

朝进东门营，暮上河阳桥。落日照大旗，马鸣风萧萧。平沙列万幕，部伍各见招。中天悬明月，令严夜寂寥。悲笳数声动，壮士惨不骄。借问大将谁，恐是霍嫖姚。

古人重守边，今人重高勋。岂知英雄主，出师亘长云。六合已一家，四夷且孤军。遂使貔虎士，奋身勇所闻。拔剑击大荒，日牧一作收胡马群。誓开玄冥北，持以奉吾君。

献凯日继踵，两蕃静无虞。渔阳豪侠地，击鼓吹笙竽。云帆转辽海，粳稻来东吴。越罗与楚练，照耀舆台躯。主将位益崇，气骄陵上都。边人不敢议，议者死路衢。

我本良家子，出师亦多门。将骄益愁思，身贵不足论。跃马二十年，恐辜明主恩。坐见幽州骑，长驱河洛昏。中夜间道归，故里但空村。恶名幸脱免，穷老无儿孙。

出塞 皇甫冉

吹角出塞门，前瞻即胡地。三军尽回首，皆洒望乡泪。转念关山长，行看风景异。由来征戍客，各负集作得轻生义。

同前 王之涣

黄砂直集作河远上白云间，一片孤城万仞

山。羌笛何须怨杨柳,春光不度玉门关。

同前 耿㳫

汉家边事重,窦宪出临戎。绝漠秋山在,阳关旧路通。列营依茂草,吹角向高风。更就燕然石,看铭破虏功。集作行看奏虏功。

同前 张籍

秋塞雪初下,将军远出师。分营长记火,放马不收旗。月冷边帐湿,沙昏夜探迟。征人皆白首,谁见灭胡时。

同前 刘驾

胡风不开花,四气多作雪。北人尚冻死,况我本南越。古来犬羊地,巡狩无遗辙。九土耕不尽,武皇犹征伐。中天有高阁,图画何时歇。坐恐塞上山,低于砂中骨。

出塞曲 刘济

将军在重围,音信绝不通。羽书如流星,飞入甘泉宫。倚是并州儿,少年心胆雄。一朝随召募,百战争王公。去年桑乾北,今年桑乾东。死是征人死,功是将军功。汗马牧秋月,疲兵卧霜风。仍闻左贤王,更欲图云中。

同前 于鹄

微雪将军集作军将出,吹箛天未明。观兵登古戍,斩将对双旌。分阵瞻山势,潜军集作兵制马鸣。如今新集作青史上,已有灭胡名。

单于骄爱猎,放火到军城。待集作乘月调新弩集作马,防秋置远营。空山朱戟影,塞碛铁衣声。逢著降集作度水逢胡说,阴山有伏兵。

同前 僧贯休

扫尽狂胡迹,回戈集作头望故关。相逢唯死斗,岂易得生还。纵宴参胡乐,收兵过雪山。不封十万户,此事亦应闲。

玉帐将军意,殷勤把酒论。功高宁在我,阵没与招魂。塞色干戈束,军容喜气屯。男儿今始是,敢出玉关门。

回首陇山头,连天草木秋。圣君应入梦,半路遭封侯。水不担阴雪,柴令倒戍楼。归来麟阁上,春色满皇州。

入塞 刘希夷

将军陷虏围,边务息戎机。霜雪交河尽,旌旗入塞飞。晓光随马度,春色伴人归。课绩朝明主,临轩拜武威。

入塞曲 耿㳫

将军带十围,重锦制戎衣。猿臂销弓力,虬髯长剑威。首登平乐宴,新破大宛归。楼上姝姬笑,门前问客稀。暮烽玄菟急,秋草紫骝肥。未奉君王诏,高槐昼掩扉。

同前 僧贯休

单于烽火动,都护去天涯。别赐黄金甲,亲临白玉墀。塞垣须静谧,师旅审安危。定远条支宠,如今胜古时。

方见将军贵,分明对冕旒。圣恩如远被,狂虏不难收。臣节唯期死,功勋敢望侯。终辞修里第,从此出皇州。

百里精兵动,参差便渡辽。如何好白日,亦照此天骄。远树深疑贼,惊蓬迥似雕。凯歌何日唱,碛路共天遥。

同前 沈彬

欲为皇王服远戎,万人金甲鼓鼙中。阵云暗塞三边黑,兵血愁天一片红。半夜翻营旗搅月,深秋防戍剑磨风。谤书未及明君燕,卧骨将军已殁功。

苦战沙间卧箭痕,戍楼闲上望星文。生希国泽分偏将,死夺河源答圣君。鸢䴇败兵眠白草,马惊边鬼哭阴云。功多地远无人纪,汉阁笙歌日又曛。

折杨柳 卢照邻

《唐书·乐志》曰:梁乐府有胡吹歌,即鼓角横吹曲折杨柳是也。按古乐府又有小折杨柳,相和大曲有折杨柳行,清商四曲有月节折杨柳歌十三曲,与此不同。

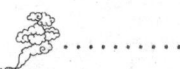

倡楼启曙扉，园集作杨柳正依依。鸟鸣知岁隔，条变识春归。露叶疑啼脸集作愁黛，风花乱舞衣。攀折聊将寄，军中书集作音信稀。

同前 沈佺期

玉窗朝日映，罗帐春风吹。拭泪攀杨柳，长条宛地垂。白花飞历乱，黄鸟思参差。妾自肝肠断，旁人那得知。

同前 乔知之

可怜濯濯春杨柳，攀折将来就纤手。妾容与此同盛衰，何必君恩独能久。

同前 刘宪

沙塞三河道，金闺二月春。碧烟杨柳色，红粉绮罗人。露叶怜啼脸，风花思舞巾。攀持君不见，为听曲中新。

同前 崔湜

二月风光半，三边戍不还。年华妾自惜，杨柳为君攀。落絮缘集作紫衫袖，垂条拂髻鬟。那堪音信断，流涕望阳关。

同前 韦承庆

万里边城地，三春杨柳节。叶似镜中眉，花如关外雪。征人远乡思，倡妇高楼别。不忍掷年华，合情寄攀折。

同前 欧阳瑾

垂柳拂妆台，葳蕤叶半开。年华枝上见，边思曲中来。嫩色宜新雨，轻花伴落梅。朝朝倦攀折，征戍几时回。

同前 张祜

红粉青楼曙，垂杨仲月春。怀君重攀折，非妾妒腰身。舞带萦丝断，娇娥向叶颦。横吹凡几曲，独自最愁人。

同前 张九龄

纤纤折杨柳，持此寄情人。一枝何足贵，怜是故园春。迟景那能久，流芳不及新。更愁征戍客，鬓老边城尘。

同前 余延寿

大道连国门，东西种杨柳。葳蕤君不见，袅娜垂来久。缘枝栖暝禽，雄去雌独吟。余花怨春尽，微月起秋阴。坐望窗中蝶，起攀枝上叶。好风吹长条，婀娜何如妾。妾见柳园新，高楼四五春。莫吹胡塞一作茄曲，愁杀陇头人。

同前 李白

垂杨拂绿水，摇艳一作艳裔东风年。花明玉关雪，叶暖金窗烟。美人结长恨集作想，想对集作对此心凄然。攀条折春色，远寄龙庭前一作龙沙边。

同前 孟郊

杨柳多短枝，短枝多别离。赠远累集作屡攀折，柔条安得垂。青春有定节，离别无定时。但恐人别促，不怨来迟迟。莫言短枝条，中有长相思。朱颜与绿杨，并在别离期。

楼上春风过，风前杨柳歌。枝疏缘别苦，曲怨为年多。花惊燕地雪，叶映楚池波。谁堪别离此，征戍在交河。

同前 李端

东城攀柳叶，柳叶低著草。少壮莫轻年，轻年有人集作衰老。柳发遍川岗，登高堪断肠。雨烟轻漠漠，何树近君乡。赠君折杨柳，颜色岂能久。上客莫沾巾，佳人正回首。新柳送君行，古柳伤君情。突兀临荒渡，婆娑出旧营。随家两岸尽，陶宅五株平集作荣。日暮偏愁望，春山有鸟声。

同前 翁绶

紫陌金堤映绮罗，游人处处动离歌。阴移古戍迷荒草，花带残阳落远波。台上少年吹白雪，楼中思妇敛青蛾。殷勤攀折赠行客，此去关山雨雪多。

望行人 王建

自从江树秋，日日上一作望江楼。梦见离珠浦，书来在桂州。不一作愿同鱼比目，终恨水分流。久不开明镜，多应是白头。

同前 张籍

秋风窗下起,旅雁向南飞。日日出门望,家家行客归。无因见边使,空待寄寒衣。独闭_{集作倚}青楼暮,烟深鸟雀稀。

关山月 卢照邻 按相和曲有度关山,亦类此也。

塞垣通碣石,虏障抵祁连。相思在万里,明月正孤悬。影移金岫北,光断玉门前。寄书_{集作言}谢中妇,时看鸿雁天。

同前 沈佺期

汉月生辽海,瞳昽出半晖。合昏玄兔_{一作冤}郡,中夜白登围。晕落关山迥,光含霜霰微。将军听晓角,战马欲南归。

同前 李白

明月出天山,苍茫云海间。长风几万里,吹度玉门关。汉下白登道,胡窥青海湾。由来征战地,不见有人还。戍客望边色_{一作邑},思归多苦颜。高楼当此夜,叹息未应闲。

同前 长孙佐辅

凄凄还切切,戍客多离别。何处最伤心,关山见秋月。关月竟如何,由来远近过。始经玄兔_{一作冤}塞,终绕白狼河。忽忆秦楼妇,流光应共有。已得并蛾眉,还知揽纤手。去岁照同行,比翼复连形。今宵照独立,顾影自茕茕。余晖渐西落,夜夜看如昨。借问映旌旗,何如鉴帷幕。拂晓朔风悲,蓬惊雁不飞。几时征戍罢,还向月中归。

同前 耿湋

月明边徼静,戍客望乡时。塞古柳衰尽,关寒榆发迟。苍苍万里道,戚戚十年悲。今夜青楼上,还应照_{一作有}所思。

同前二首 戴叔伦

月出照关山,秋风人未还。清光无远近,乡泪半书间。

一雁过连营,繁霜复古城。胡笳在何处,半夜起边声。

同前 崔融

月生西海上,气逐边风壮。万里度关山,苍茫非一状。汉兵开郡国,胡马窥亭障。夜夜闻悲笳,征人起南望。

同前 李端

露湿月苍苍,关头榆叶黄。回轮照海远,分彩上楼长。水冻频移幕,兵疲数望乡。只应城影外,万里共如_{集作胡}霜。

同前 王建

关山月,营开道白前军发。冻轮当碛光悠悠,照见三堆两堆骨。边风割面天欲明,金莎_{一作沙}岭西看看没。

同前 张籍

秋月朗朗关山上,山中行人马蹄响。关山秋来雨雪多,行人见月唱边歌。海边漠漠天气白,胡儿夜度黄龙碛。军中探骑暮出城,伏兵暗处低旌戟。溪水连地_{集作天}霜草平,野驼寻水碛中鸣。陇头风急雁不下,沙场苦战多流星。可怜万国关山道,年年战骨多秋草。

同前 翁绶

裴回汉月满边州,照尽天涯到陇头。影转银河寰海静,光分玉塞古今愁。笳吹远戍孤烽灭,雁下平沙万里秋。况是故园摇落夜,那堪少妇独登楼。

同前 鲍氏君徽

高高秋月明,北照辽阳城。塞迥光初满,风多晕更生。征人望乡思,战马闻鞞惊_{一作声}。朔风悲边草,胡沙昏_{一作暗}房营。霜凝匣中剑,风惫原上旌。早晚谒金阙,不闻刁斗声_{一作鸣}。

洛阳道 于武陵

浮世若浮云,千回故复新。旋添青草冢,更有白头人。岁暮客将老,雪晴山欲春。行行车与马,不尽洛阳尘。

同前 郑遥

客亭门外路东西,多少喧腾事不齐。杨柳惹鞭公子醉,纻麻掩泪鲁人迷。通宵尘土飞山月,是处经营夹御堤。顷刻知音几存殁,半回依约认轮蹄。

洛阳陌 李白

白玉谁家郎,回车渡天津。看花东上陌一作陌上,惊动洛阳人。

长安道 崔颢

长安甲第高入云,谁家居住霍将军。日晚朝回拥宾从,路傍拜揖集作揖拜何纷纷。莫言炙手手可热,须臾火尽灰亦灭。莫言贫贱即可欺,人生富贵自有时。一朝天子赐颜色,世上悠悠应始知。

同前 孟郊

胡风激秦树,贱子风中泣。家家朱门开,得见不可入。长安十二衢,投树鸟亦急。高阁何人家,笙簧正喧吸。

同前 顾况

长安道,人无衣,马无草,何不归来山中老。

同前 聂夷中

此地无驻马,夜中犹走轮。所以路旁草,少于衣上尘。

同前 韦应物

汉家宫殿含云烟,两宫十里相连延。晨霞出没弄丹阙,春雨依微自甘泉。春雨依微春尚早,长安贵游爱芳草。宝马横来下建章,香车却转避驰道。贵游谁最贵,卫霍世难比。何能蒙主恩,幸遇边尘起。归来甲第拱皇居,朱门峨峨临九衢,中有流苏合欢之宝帐,一百二十凤凰罗列含明珠。下有锦铺翠被之粲烂,博山吐香五云散。丽人绮阁情飘飖,头上鸳钗双翠

翘,低鬟曳袖回春雪,聚黛一声愁碧霄。山珍海错弃藩篱,烹犊炰羔如折葵。既请列侯封部曲,还将金印授庐儿。欢荣若此何所苦,但苦白日西南驰。

同前 白居易

花枝缺处青楼开,艳歌一曲酒一杯。美人劝我急行乐,自古朱颜不再来。君不见外州客,长安道,一回来,一回老。

同前 薛能

汲汲复营营,东西连两京。关缠古若在,山岳累应成。各自有身事,不相知姓名。交驰喧集作兼众类,分散入重城。此路集作去无尽,万方人始集作旋生。空余片言苦,来往觅刘桢。

同前 僧贯休

憧憧合合,八表一辙。黄尘雾合,车马火热。名汤风雨,利辗霜雪。千车万驸,半宿关月。上有尧禹,下有夔契。紫气银轮兮常覆金阙,仙掌捧日兮浊河澄澈。愚将草木兮有言,与华封人兮不别。

同前 沈佺期

秦地平如掌,层城出集作入云汉。楼阁九衢春,车马千门旦。绿柳开复合,红尘聚还散。日晚斗鸡回,经过狭斜看。

梅花落 卢照邻 梅花落,本笛中曲也。按唐大角曲亦有大梅花、小梅花等曲。

梅岭花初发,天山雪未开。雪处疑花满,花边似雪回。因风入舞袖,杂粉向妆台。匈奴几万里,春至不知来。

同前 沈佺期

铁骑几时回,金闺怨早梅。雪中一作寒花已落,风暖叶应开。夕逐新春管,香迎小岁杯。感集作盛时何足贵,书里报轮台。

同前 刘方平

新岁芳梅树,繁苞集作花四面同。春风吹

渐落,一夜几枝空。小集作少妇今如此,长城恨不穷。莫将辽海雪,来比后庭中。

紫骝马 卢照邻

骝马照金鞍,转战入皋兰。塞门风稍急,长城水正寒。雪暗鸣珂重,山长喷玉难。不辞横绝漠,流血几时干。

同前 李白

紫骝行且嘶,双翻碧玉蹄。临流不肯渡,似惜锦障泥。白雪关山一作城远,黄云海树一作戍迷。挥鞭万里去,安得念一作变春闺。

同前 李益

争场看斗鸡,白鼻紫骝一作骝嘶。漳水春归晚,丛台日向低。歇鞍珠作汗,试剑玉如泥。为谢红梁燕,年年妾独栖。

同前 秦韬玉

渥洼奇骨本难求,况是豪家重紫骝。缥大宜悬银压胯一作胯,力浑欺却集作著玉衔头。生狞弄影风随起集作步,蹀躞冲尘汗满沟。若遇丈夫皆调御集作能控驭,任从骑一作驱取觅封侯。

骢马 李群玉 一曰骢马驱

浮云何权奇,绝足势一作世未知。长嘶青集作清海风,蹀躞振云丝。由来渥洼种,本是苍龙儿。穆满不再活,无人昆阆骑。君集作若识跃骄怯,宁劳耀金羁。青刍与白水,空笑驽骀肥。伯乐倪一见,应惊耳长垂。当思八荒外,逐日向瑶池。

骢马曲 纪唐夫

连钱出塞蹋沙蓬,岂比当时御史骢。逐北自谙深碛路,连嘶谁念静边功。登山每与青云合,弄影应一作因知碧草同。今日房平将换妾,不如一作知罗袖舞春风。

雨雪曲 李端

天山一丈雪,杂雨夜霏霏。湿马胡歌乱,经烽汉火微。丁零苏武别,疏勒范羌归。若著集作看关头过集作下,长榆叶定稀。

同前 翁绶

边声四合殷河流,雨雪飞来遍陇头。铁岭探人迷鸟道,阴山飞将湿貂裘。斜飘旌斾过戎帐,半杂风沙入戍楼。一自塞垣无李蔡,何人为解北门忧。

刘生 卢照邻

刘生气不平,抱剑欲专征。报恩为豪侠,死难在横行。翠羽装剑鞘,黄金饰马缨。但令一顾重,不吝百身轻。

雍台歌 温庭筠

太子池南楼百尺,八一作入窗新树疏帘隔。黄金铺首画钩陈,羽葆亭童集作停幢拂交戟。盘纡阑楯临高台,帐殿临流鸾扇开。早雁声鸣细波起,映花卤簿龙飞回。

捉搦歌 张祜

门上关,墙上棘,窗中女子声唧唧,洛阳大道徒自直。女子心在婆舍侧,呜呜笼鸟触四隅。养男男娶妇,养女女嫁夫。阿婆六十翁七十,不知女子长日泣,从他嫁去无悒悒。

幽州胡马客歌 李白

幽州胡马客,绿眼虎皮冠。笑拂两只箭,万人不可干。弯弓若转月,白雁落云端。双双掉鞭行,游猎向楼兰。出门不顾后,报国死何难。天骄五单于,狼戾好凶残。牛马散北海,割鲜若虎餐。虽居燕支山,不道朔雪寒。妇女马上笑,颜如赪玉盘。翻入集作飞射鸟兽,花月醉雕鞍。旄头四光芒,争战若蜂攒。白刃洒赤血,流沙为之丹。名将古谁是,疲兵良可叹。何时天狼灭,父子得闲安一作安闲。

白鼻騧 李白

银鞍白鼻騧,绿地障泥锦。细雨春风花落时一作春风细雨落花时,挥鞭且一作直就胡姬饮。

同前 张祜

为底胡姬酒,长来白鼻騧。摘莲抛水上,郎意在浮花。

全唐诗卷十九

相和歌辞

相和旧曲,丝竹更相和,执节者歌。本一部,魏明帝分为二,晋谓之清商三调。《唐书·乐志》曰:平调、清调、瑟调,皆周房中曲之遗声。又有楚调、侧调。楚调者,汉房中乐也;侧调者,生于楚调,与前三调总谓之相和。凡相和,其器有笙、笛、节歌、琴、瑟、琵琶、筝七种。

箜篌引 李贺

相和有四引:一曰箜篌引,二曰商引,三曰徵引,四曰羽引。古有六引,其宫引、角引二曲阙。宋唯箜篌引有辞。梁具五引,有歌有辞。

公乎公乎,提壶将焉如。屈平沉湘不足慕,徐衍入海诚为愚。公乎公乎,床有菅席盘有鱼,北里有贤兄,东邻有小姑,陇亩油油黍与葫,瓦瓨浊醪蚁浮浮一作瓦瓶浊酒醪蚁浮。黍可食,醪可饮,公乎公乎其奈居,被发奔流竟何如?贤兄小姑哭呜呜。

公无渡河 李白 一曰箜篌引

黄河西来决昆仑,咆吼集作哮万里触龙门。波滔天,尧咨嗟,大禹理百川,儿啼不窥家。杀湍湮洪水,九州始蚕麻。其害乃去。茫然风沙,被发之叟狂而痴。清晨径集作临流欲奚为,旁人不惜妻止之,公无渡河苦渡之。虎可搏,河难凭,公果溺死流海湄,有长鲸白齿若雪山。公乎公乎,挂骨于其间,箜篌所悲竟不还。

同前 王建

渡头恶天两岸远,波涛塞川如叠坂。幸无白刃驱向前,何用将身自弃捐。蛟龙啮尸集作骨鱼食血,黄泥直下无青天。男儿纵轻妇人语,惜君性命还须取。妇人无力挽断衣,舟沉身死悔难追。公无渡河公集有须字自为。

同前 温庭筠

黄河怒浪连天来,大响硙硙如殷雷。龙伯驱风不敢上,百川喷雪高崔嵬。二十五集作三弦何太哀,请公勿渡立裴回。下有狂蛟锯为尾,裂帆截棹磨霜齿。神锥凿石塞神潭,白马趁趋赤尘起。公乎跃马扬玉鞭,灭没高蹄日千里。

同前 王睿

浊波洋洋兮凝晓雾,公无渡河兮公苦集作竞渡。风号水激兮呼不闻,提壶看入兮中流去。浪摆衣裳兮随步没,沉尸深入兮蛟螭窟。蛟螭尽醉兮君血干,推出黄沙兮泛君骨。当时君死妾何适,遂就波澜合魂魄。愿持精卫衔石心,穷取河源塞泉脉。

江南曲 宋之问

妾住越城南,离居不自堪。采花惊曙鸟,摘叶喂春蚕。懒结茱萸带,愁安玳瑁簪。侍臣集作待君消瘦尽,日暮碧江潭。

同前 刘眘虚

美人何荡漾,湖上风月集作日长。玉手欲有赠,裴回双鸣集作明珰。歌声随渌水,怨色起朝集作青阳。日暮还家望,云波横洞房。

同前 丁仙芝

长干斜路北,近浦是儿家。有意来相访,明朝出浣纱。发向横塘口,船开值急流。知郎旧时意,且请拢船头。昨暝逗南陵,风声波浪阻。入浦不逢人,归家谁信汝。未晓已成妆,乘潮去茫茫。因从京口渡,使报邵陵王。始下芙蓉楼,言发琅邪岸,急为打船开,恶许傍人见。集作截句五首。

同前八首 刘希夷

暮宿南洲草,晨行北岸林。日悬沧海阔,水隔洞庭深。烟景无留意,风波有异浔。岁游难极目,春戏易为心。朝夕无荣遇,芳菲已满襟。

艳唱潮初落,江花露未晞。春洲惊翡翠,朱服弄芳菲。画舫烟中浅,青阳日际微。锦帆冲浪湿,罗袖拂行衣。含情罢所采,相叹惜流晖。

君为陇西客,妾遇江南春。朝游含灵果,夕采弄风蘋。果气时不歇,蘋花日自新。以此江南物,持赠陇西人。空盈万里怀,欲赠竟无因。

皓如楚江月,霭若吴岫云。波中自皎镜,山上亦氛一作氲氲。明月留照妾,轻云持赠君。山川各离散,光气乃殊分。天涯一为别,江北自集作不相闻。

舣舟乘潮去,风帆振草凉。潮平见楚甸,天际望维扬。泂溯经千里,烟波接两乡。云明江屿出,日照海流长。此中逢岁晏,浦树落花芳。

暮春三月晴,维扬吴楚城。城临大江汜,回映洞浦清。晴云曲金阁,珠楼碧烟里。月明芳树群鸟飞,风过长林杂花起。可怜离别谁家子,于此一至情何已。

北堂红草盛丰茸,南湖碧水照芙蓉。朝游暮起金花尽,渐觉罗裳珠露浓。自惜妍华三五岁,已叹关山千万重。人情一去无还日,欲赠怀芳怨不逢。

忆昔江南年盛时,平生怨在长洲曲。冠盖星繁湘一作江水上,冲风摽落洞庭渌。落花舞袖红纷纷,朝霞高阁洗晴云。谁言此处婵娟子,珠玉为心以奉君。

同前 于鹄

偶向江边采白蘋,还随女伴赛江神。众中不敢分明语,暗掷金钱卜远人。

同前 李益

嫁得瞿塘贾,朝朝误妾期。早知潮有信,嫁与弄潮儿。

同前 李贺

汀洲白蘋草,柳恽乘马归。江头楂树香,岸上蝴蝶飞。酒杯若叶露,玉轸蜀桐虚。朱楼通水陌,沙暖一双鱼。

同前 李商隐

郎船安两桨,侬舸动双桡。扫黛开宫额,裁裙约楚腰。乖期方积思,临醉欲拚娇。莫以采菱唱,欲羡秦台箫。

同前 韩翃

长乐花枝雨点消,江城日暮好相邀。春楼不闭葳蕤锁,绿水回通宛转桥。

同前 温庭筠

妾家白蘋浦,日上芙蓉楫。轧轧摇桨声,移舟入菱叶。溪长菱叶深,作底难相寻。避郎郎不见,鸂鶒自浮沉。拾萍萍无根,采莲莲有子。不作浮萍生,宁作集作为藕花死。岸傍骑马郎,乌帽紫游缰。含愁复含笑,回首问横塘。妾住金陵步集作浦,门前朱雀航。流苏持作帐,芙蓉持作梁。出入金狭辘,兄弟侍中郎。前年学歌舞,定得郎相许。连娟眉绕山,依约腰如杵。凤管悲若咽,鸾弦娇欲语。扇薄露红铅,罗轻压金缕。明月西南楼,珠帘玳瑁钩。横波巧能笑,弯蛾不识愁。花开子留树,草长根依土。早闻金沟远,底事归郎许。不学杨白花,朝朝泪如雨。

同前 张籍

江南人家多橘树,吴姬舟上织白纻。土地卑湿饶虫蛇,连木为牌入江住。江村亥日长为市,落帆渡桥来浦里。青莎覆城竹为屋,无井家家饮潮水。长江午日酤春酒,高高酒旗悬江口。倡楼两岸悬水栅,夜唱竹枝留北客。江南风土欢乐多,悠悠处处尽经过。

同前 罗隐

江烟湿雨鲛绡软,漠漠远山眉黛浅。水国多愁又有情,夜槽压酒银船满。绷丝采怨集作细柳摇烟凝晓空,吴王台榭春梦中。鸳鸯鸂鶒唤不起,平铺渌水眠东风。西陵路边月悄悄,油壁轻车嫁苏小。集作香车苏小小。

同前 陆龟蒙

为爱江南春,涉江聊采蘋。水深烟浩浩,空对双车轮。车轮明月团,车盖浮云盘。云月徒自好,水中行路难。遥遥洛阳道,夹岸生春草。寄语棹船郎,莫夸风浪好。

同前 陆龟蒙

广古辞为五解

鱼戏莲叶间,参差隐叶扇。鸂鶒鹦鹉窥,潋滟无因见。

鱼戏莲叶东,初霞射红尾。傍临谢山侧,恰值清风起。

鱼戏莲叶西,盘盘舞波急。潜依曲岸凉,正对斜光入。

鱼戏莲叶南,欹危午烟叠。光摇越鸟巢,影乱吴娃楫。

鱼戏莲叶北,澄阳动微涟。回看帝子渚,稍背鄂君船。

度关山 李端

雁塞日初晴,胡集作狐关雪复平。危竿集作楼缘广漠,古窦傍长城。拔集作拂剑金星出,弯弧玉羽鸣。谁知系虏者,贾谊是书生。

关山曲 马戴

金锁集作甲耀兜鍪,黄云集作金拂紫骝。叛羌旗下戮,陷壁夜中收。霜霰戎衣故,关河碛气秋。箭创殊未合,更遣击兰州。

火发龙山北,中宵易左贤。勒兵临汉水,惊雁散胡天。木落防河急,军孤受敌偏。犹闻汉皇怒,按剑待开边。

登高丘而望远 李白

登高丘而集无而字望远海,六鳌骨已霜,三山流安在?扶桑半摧折,白日沉光彩。银台金阙如梦中,秦皇汉武空相待。精卫费木石,鼋鼍无所凭。君不见骊山茂陵尽灰灭,牧羊之子来攀登。盗贼劫宝玉,精灵竟何能。穷兵黩武今如此,鼎湖飞龙安可乘?

嵩里 僧贯休

兔不迟,乌更急,但恐穆王八骏,著鞭不

及。所以蒿里,坟出戢戢。气凌云天,龙腾凤集。尽为风消土吃,狐掇蚁拾。黄金不啼玉不泣,白杨骚屑。乱风愁月,折碑石人,莽秽榛没,牛羊窸窣。时见牧童儿,弄枯骨。

挽歌 赵徵明

寒日蒿上明,凄凄郭东路。素车谁家子,丹旐引将去。原下荆棘丛,丛边有新墓。人间痛伤别,此是长别处。旷野何萧条,青松白杨树。

同前二首 于鹄

阴风吹黄蒿,挽歌渡秋水。车马却归城,孤坟月明里。

双辙出郭门,绵绵东西道。送死多于生,几人得终老。见人切肺肝,不如归山好。不闻哀哭声,默默安怀抱。时尽从物化,又免生忧扰。世间寿者稀,尽为悲伤恼。

同前 孟云卿

草草门巷喧,涂车俨成位。冥寞何所须,尽我生人意。北邙路非一作不远,此别终天地。临穴频抚棺,至哀反无泪。尔形未衰老,尔息犹集作才童稚。骨肉不一作安可离,皇天若容易。房帷即虚张集作灵帐,庭宇为哀次。薤露歌若斯,人生尽如寄。

同前 白居易

丹旐何飞扬,素骖亦悲鸣。晨光照闾巷,輀车俨欲行。萧条九月天,哀挽出重城。借问送者谁,妻子与弟兄。苍苍上古原,峨峨开新茔。含酸一恸哭,异口同哀声。旧垄转芜绝,新坟日罗列。春风草绿北邙山,此地年年生死别。

对酒 崔国辅

行行日将夕,荒村古冢无人迹。朦胧集作蒙笼荆棘一鸟飞,屡唱提壶酤酒吃。古人不达酒不足,遗恨精灵传此曲。寄言当代诸少年,平生且尽杯中渌。

同前二首 李白

松子栖金华,安期入蓬海。此人古之仙,羽化竟何在。浮生速流电,倏忽变光彩。天地无凋换,容颜有迁改。对酒不肯饮,含情欲谁待。

劝君莫拒杯,春风笑人来。桃李如旧识,倾花向我开。流莺啼碧树,明月窥金罍。昨来集作日朱颜子,今日白发催。棘生石虎殿,鹿走姑苏台。自古帝王宅,城阙闭黄埃。君若不饮酒,昔人安在哉。

陌上桑 李白

美女渭桥东一作细绮衣,春还事蚕作。五马如飞龙一作飞如花,青丝结金络。不知谁家子,调笑来相谑。妾本秦罗敷,玉颜艳名都。绿条映素手,采桑向城隅。使君且不顾,况复论秋胡。寒螀爱碧草,鸣凤栖青梧。托心自有处,但怪傍人愚。徒令白日暮,高驾空踟蹰。

同前 常建

翳翳陌上桑,南枝交北堂。美人金梯出,素手自提筐。非但畏蚕饥,盈盈娇路傍。

同前 陆龟蒙

皓齿还如贝色一作光含,长眉亦似烟花贴一作帖。邻娃尽著绣裆襦,独自提筐采蚕叶。

采桑 郎大家宋氏

春来南雁归,日去西蚕远。妾思纷何极,客游殊未返。

同前 刘希夷

杨柳送行人,青青西入秦。秦集作谁家采桑女,楼上不胜春。盈盈灞水曲,步步春芳绿。红脸耀明珠,绛唇含白玉。回首渭桥东,遥怜树一作春色同。青丝娇落日,缃绮弄春风。携笼长叹息,逶迤恋春色。看花若有情,倚树疑无力。薄暮思悠悠,使君南陌头。相逢不相识,归去梦青楼。

同前 李彦昉

采桑畏日高，不待春眠足。攀条有余愁，那矜貌如玉。千金岂不赠，五马空踯躅。何以变真性，幽篁雪中绿。

同前 王建

鸟鸣桑叶间，叶绿条复柔集作绿条复柔柔。攀看去手近，放下长长钩。黄花盖野田，白马少年游。所念岂回顾，良人在高楼。

日出行 李白

日出东方隈，似从地底来。历天又入海，六龙所舍安在哉？其始与终古不息一作其行终古不休息。人非元气安能与之久裴回。草不谢荣于春风，木不怨落于秋天，谁挥鞭策驱四运，万物兴歇皆自然。羲和羲和，汝奚汨没于荒淫之波。鲁阳何德，驻景挥戈，逆道违天，矫诬实多。吾将囊括大块，浩然与溟涬同科。

同前 李贺

白日下昆仑，发光如舒丝。徒照葵藿心，不照游子悲。折折黄河曲，日从中央转。旸谷耳曾闻，若木眼不一作不可见。奈何集作尔铄石，胡为销人。羿弯弓属矢那不中，足令久不得奔，讵教晨光夕昏。

王昭君 崔国辅　此本中朝旧曲，唐为吴声，盖吴人传授讹变使然也。　此后并吟叹曲。

汉使南还尽，胡中妾独存。紫台绵望绝，秋草不堪论。

同前 崔国辅

一回望月一回悲，望月月移人不移。何时得见汉朝使，为妾传书斩画师。

同前 卢照邻

合殿恩中绝，交河使渐稀。肝肠辞玉辇，形影向金微。汉宫草应绿，胡庭沙正飞。愿逐三秋雁，年年一度归。

同前 骆宾王

敛容辞豹尾，缄怨度龙鳞。金钿明汉月，玉箸染胡尘。妆镜菱花暗，愁眉柳叶颦。惟有清笳曲，时闻芳树春。

同前 沈佺期

非君惜鸾殿，非妾妒蛾眉。薄命由骄虏，无情是画师。嫁来胡地恶集作日，不并汉宫时。心苦无聊赖，何堪上马辞。

同前 梁献

图画失天真，容华坐误人。君恩不可再，妾命在和亲。泪点关山月，衣销边塞尘。一闻阳鸟至，思绝汉宫春。

同前 上官仪

玉关春色晚，金河路几千。琴悲桂条上，笛怨柳花前。雾掩临妆月，风惊入鬓蝉。缄书待还使，泪尽白云天。

同前 董思恭

琵琶马上弹，行路曲中难。汉月正南远，燕山直北寒。髻鬟风拂散一作乱，眉黛雪沾残。斟酌红颜尽集作改，何劳镜里看。

同前 顾朝阳

莫将铅粉匣，不用镜花光。一去边城路，何情更画妆。影销胡地月，衣尽汉宫香。妾死非关命，只一作都缘怨断肠。

同前三首 东方虬

汉道初全盛，朝廷足武臣。何须薄命妾，辛苦远集作事和亲。

掩涕集作泪辞丹凤，衔悲向白龙。单于浪惊喜，无复旧时容。

胡地无花草，春来不似春。自然衣带缓，非是为腰身。

同前三首 郭元振

自嫁单于国，长衔汉掖悲。容颜日憔悴，有甚画图时。

厌践冰霜域，嗟为边塞人。思从汉集作汉

南猎,一见汉家尘。

闻有南河信,传闻杀画师。始知君惠集作念重,更遣画集作肯惜蛾眉。

同前 刘长卿

自矜娇艳色,不顾丹青人。那知粉缋能相负,却使容华翻误身。上马辞君嫁骄虏,玉颜对人啼不语。北风雁急浮清一作云秋,万里独见黄河流。纤腰不复汉宫宠,双蛾长向胡天愁。琵琶弦中苦调多,萧萧羌笛声相和。可怜一曲传乐府,能使千秋伤绮罗。

同前二首 李白

汉家秦地月,流影照一作送明妃。一上玉关道,天涯去不归。汉月还从东海出,明妃西嫁无来日。燕支长寒雪作花,蛾眉憔悴没胡沙。生乏黄金枉图画,死留青冢使人嗟。

昭君拂玉鞍,上马啼红颊。今日汉宫人,明朝胡地妾。

同前 储光羲

日暮惊沙乱雪飞,傍人相劝易罗衣。强来前帐集作殿看歌舞,共等单于夜猎归。

同前 僧皎然

自倚婵娟望主恩,谁知美恶忽相翻。黄金不买汉宫貌,青冢空埋胡地魂。

同前二首 白居易

满面胡沙满鬓风,眉销残黛脸销红。愁苦辛勤憔悴尽,如今却似画图中。

汉使却回凭寄语,黄金何日赎蛾眉。君王若问妾颜色,莫道不如宫里时。

同前 令狐楚

锦车天外去,毳幕云中开。魏阙苍龙远,萧关赤雁哀。

同前 张仲素

仙娥今下嫁,骄子自同和。剑戟归田尽,牛羊绕塞多。

同前 李商隐

毛延寿画欲通神,忍为黄金不为集作顾人。马上琵琶行万里,汉宫长有隔生春。

明妃曲 王偃

北望单于日半斜,明君马上泣胡沙。一双泪滴黄河水,应得东流入汉家。

昭君词 张文琮

戎途飞万里,回首望三秦。忽见天山雪,还疑上苑春。玉痕垂泪粉一作粉泪,罗袂拂胡尘。为得胡中曲,还悲远嫁人。

同前 陈昭

跨鞍今永诀,垂泪别亲宾。汉地行将远,胡关逐望新。交河拥塞路,陇首暗沙尘。唯有孤明月,犹能远送人。

同前 戴叔伦

汉宫若远近,路在沙塞集作寒沙上。到死不得归,何人共南望。

同前 李端

李陵初送子卿回,汉月明明照帐集作惆怅来。忆著长安旧游处,千门万户玉楼台。

楚妃叹 张籍

湘云初起江沉沉,君王遥在云梦林。江南雨多旌旗暗,台下朝朝春水深。章华殿前朝万国,君心独自终无集作无终极。楚兵满地能逐禽,谁用一身继集作骋筋力。西江若翻云梦中,麋鹿死尽应还宫。

楚妃怨 张籍

梧桐叶下黄金井,横架辘轳牵素绠。美人初起天未明,手拂银瓶秋水冷。

王子乔 宋之问

王子乔,爱神仙,七月七日上宾天。白虎摇瑟凤吹笙,乘骑云气吸日精。吸日精,长不归,遗庙今在而人非。空望山头草,草露湿君_{集作人}衣。

蜀国弦 李贺 四弦,古有四曲,其张女四弦、李延年四弦、严卯四弦三曲阙,止传蜀国四弦一曲。

枫香晚华静,锦水南山影。惊石坠猿哀,竹云愁半岭。凉月生秋浦,玉沙鳞鳞_{集作鄰鄰}光。谁家红泪客,不忍过瞿塘。

长歌行 李白 此后并平调曲,其器有笙、笛、筑、瑟、琴、筝、琵琶七种,歌弦六部。

桃李得_{集作待}日开,荣华照当年。东风动百物,草木尽欲言。枯枝无丑叶,涸水吐清泉。大力运天地,羲和无停鞭。功名不早著,竹帛将何宣。桃李务青春,谁能贯白日。富贵与神仙,蹉跎成两失。金石犹销铄,风霜无久质。畏落日月后,强欢歌与酒。秋霜不惜人,倐忽侵蒲柳。

同前 王昌龄

旷野饶悲风,飕飕黄_{一作多}蒿草。系马停白杨,谁知我怀抱。所是同袍者,相逢尽衰_{一作衰老}。况登汉家陵,南望长安道。下有枯树根,上有鼯_{一作䶆}鼠窠。高皇子孙尽,千古无人过。宝玉频发掘,精灵其奈何。人生须达命,有酒且长歌。

短歌行 聂夷中 长歌、短歌,其歌声有长短。

八月木荫_{集作阴}薄,十叶三坠枝。人生过五十,亦已同此时。朝出东郭门,嘉树郁参差。暮出西郭门,原草已离披。南邻好台榭,北邻善歌吹。荣华忽消歇,四顾令人悲。生死与荣辱,四者乃常期。古人耻其名,没世无人知。无言鬓似霜,忽谓发_{集作事如丝}。耆年无一善,何殊食乳儿。

同前 李白

白日何短短,百年苦易满。苍穹浩茫茫,万劫太极长。麻姑垂两鬓,一半已成霜。天公见玉女,大笑亿千场。吾欲揽六龙,回车挂扶桑。北斗酌美酒,劝龙各一觞。富贵非所愿,

为_{一作与}人驻颓_{一作流},_{集作颜}光。

同前六首 顾况 《英华》作三首。

城边路,今人犁田昔人墓。岸上沙,昔时_{集作日}江水今人家。今人昔人共长叹,四气相催节回换。明月皎皎入华池,白云离离度清_{集作霄}汉。

我欲升天天隔霄,我思渡水水无桥,我欲上山山路险,我欲汲井井泉遥。越人翠被今何夕,独立沙边江草碧。紫燕西飞欲寄书,白云何处逢来客。以上二首,《英华》合作一首。

新系青丝百尺绳,心在君家辘轳上。我心皎洁君不知,辘轳一转一惆怅。

何处春风吹晓幕,江南绿水通朱阁。美人二八面如花,泣向东_{集作春}风畏落。

临春风,听春鸟。别时多,见时少。愁人夜永_{一作一夜}不得眠,瑶井玉绳相向晓。以上三首,《英华》合为一首。

轩辕皇帝初得仙,鼎湖一去三千年。周流三十六洞天,洞中日月星辰连。骑龙驾景游八极,轩辕弓剑无人识,东海青童寄消息。

同前 王建

人初生,日初出,上山迟,下山疾。百年三万六千朝,夜里分将强半日。有歌有舞间_{集作须}早为,昨日健于今日时。人家见生男女好,不知男女催人老。短歌行,无乐声。

同前 张籍

青天荡荡高且虚,上有白日无根株。流光暂出还入地,催我少年不须臾。与君相逢不寂寞,衰老不复如今乐。玉卮盛酒置君前,再拜愿君千万年。

同前二首 白居易

曈曈太阳如火色,上行千里下一刻。出为白昼入为夜,圜转如珠住不得。住不得,可奈何,为君举酒歌短歌。歌声苦,词亦苦,四座少年君听取,今夕未竟明夕催,秋风才往春风回。

人无根蒂时不驻,朱颜白日相隳颓。劝君且强笑一面,劝君复_{集作}且强饮一杯。人生不得长欢乐,年少须臾老到来。

世人求富贵,多为身_{集作奉}嗜欲。盛衰不自由,得失常相逐。问君少年日,苦学将干禄。负笈尘中游,抱书雪前宿。布衾不周体,藜茹_{集作茹}才充腹。三十登宦_{集作仕}途,五十被朝服。奴温已_{集作新}挟纩,马肥初食粟。未敢议欢游,尚为名检束。耳目聋暗后,堂上调丝竹。牙齿缺落时,盘中堆酒肉。彼来此已去,外余中不足。少壮与荣华,相避如寒燠。青云去地远,白日终_{集作经}天速。从古无奈何,短歌听一曲。

同前 _{陆龟蒙}

爪牙在身上,陷阱犹可制。爪牙在胸中,剑戟无所畏。人言畏猛虎,谁是撩头毙。只见古来心,奸雄暗相噬。

同前 _{僧皎然}

古人若不死,吾亦何所悲。萧萧烟雨九原上,白杨青松葬者谁。贵贱同一尘,死生同一指。人生在世共如此,何异浮云与流水。短歌行,短歌无穷日已倾。邺宫梁苑徒有名,春草秋风伤我情。何为不学金仙侣,一悟空王无死生。

铜雀台 _{王无竞}

北登铜雀上,西望青松郭。穗帐空苍苍,陵田纷漠漠。平生事已变,歌吹宛犹昨。长袖拂玉尘,遗情结罗幕。妾怨在朝露,君恩岂中薄。高台奏曲终,曲终泪横落。

同前 _{郑愔}

日斜漳浦望,风起邺台寒。玉座平生晚,金尊妓吹阑。舞余依帐泣,歌罢向陵看。萧索松风幕,愁烟入井阑。

同前 _{刘长卿}

娇爱更何日,高台空数层。含啼映双袖,不忍看西陵。漳河东流无复来,百花辇路为苍苔。青楼月夜长寂寞,碧云日暮空裴回。君不见邺中万事非昔时,古人何_{集作不}在今人悲。春风不逐君王去,草色年年旧宫路。宫中歌舞已浮云,空指行人往来处。

同前 _{贾至}

日暮铜雀静,西陵鸟雀归。抚弦心断绝,听管泪霏霏。灵几临朝奠,空床卷夜衣。苍苍川上月,应照妾魂飞。

同前 _{罗隐}

强歌强舞竟难胜,花落花开泪满缯。只合当年伴君死,免教憔悴望西陵。

同前 _{薛能}

魏帝当时铜雀台,黄花深映棘丛开。人生富贵须回首,此地岂无歌舞来。

同前 _{张氏琰}

君王冥寞不可见,铜雀歌舞空裴回。西陵喷喷悲宿鸟,空_{集作}高殿沉沉闭青苔。青苔无人迹,红粉空相_{集作}自哀。

同前 _{梁氏琼}

歌扇向陵开,齐行奠玉杯。舞时飞燕列,梦里片云来。月色空余恨,松声暮更哀。谁怜未死妾,掩袂下铜台。

铜雀妓 _{王勃}

妾本深宫妓,曾城闭九重。君王欢爱尽,歌舞为谁容。锦衾不复襞,罗衣谁再缝。高台西北望,流涕向青松。

金凤邻铜雀,漳河望邺城。君王无处所,台榭若平生。舞筵纷可_{集作何}就,歌梁俨未倾。西陵松槚冷,谁见绮罗情。

同前 _{沈佺期}

昔年分鼎地,今日望陵台。一旦雄图尽,千秋遗令开。绮罗君不见,歌舞妾空来。恩共漳河水,东流无重回。

同前 乔知之

金阁惜分香，铅华不重妆。空余歌舞地，犹是为君王。哀弦调已绝，艳曲不须长。共看西陵暮，秋烟生集作起白杨。

同前 王适

日暮铜雀回，幽声一作深玉座清。萧森松柏望，委郁绮罗情。君恩不再重一作得，妾舞为谁轻。

同前 欧阳詹

萧条登古台，回首黄金屋。落叶不归林，高陵永为谷。妆容徒自丽，舞态阅谁目。惆怅缅帷前集作空，歌声苦于哭。

同前 袁晖

君爱本相饶，从来事一作似舞腰。那堪攀玉座，肠断望陵朝。怨著情无主，哀凝曲不调。况临松日暮，悲吹坐萧萧。

同前 刘商

魏主矜峨眉，美人美于玉。高台无昼夜，歌舞竟未足。盛色如转圜，夕阳落深一作空谷。仍令身殁后，尚足集作纵平生欲。红粉横泪痕集作泪纵横，调弦空向集作向空屋。举头君不在，唯见西陵木。玉辇岂再来，娇鬟为谁绿。那堪秋风里，更舞阳春曲。曲终一作罢情不胜，阑干向西哭。台边生野草，来去冒罗縠。况复陵寝间，双双见麋鹿。

同前 李贺

佳人一壶酒，秋容满千里。石马卧新烟，忧来何所似。歌声且潜弄，陵树风自起。长裾压高台，泪眼看花机。

同前 吴烛

秋色西陵满绿芜，繁弦一作红急管强欢娱。长舒罗袖不成舞，却向风前承泪珠。

同前 朱光弼

魏王铜雀妓，日暮管弦清。一见西陵树，悲心舞不成。

同前 朱放

恨唱歌声咽，愁翻舞袖迟。西陵日欲暮，是妾断肠时。

同前 僧皎然

强开尊酒向陵看，忆得君王旧日欢。不觉余歌悲自断，非关艳曲转声难。

雀台怨 马戴

魏宫歌舞地，蝶戏鸟还鸣。玉座人难到，铜台雨滴平。西陵树不见，漳浦草空生。万恨尽埋此，徒悬千载名。

同前 程氏长文

君王去后行人绝，箫筝集作筝不响歌喉咽。雄剑无威光彩沉，宝琴零落金星灭。玉阶寂寂坠秋露，月照当时歌舞处。当时歌舞人不回，化为今日西陵灰。

置酒行 李益

置酒命所欢，凭觞遂为戚。日往不再来，兹辰坐成昔。百龄非长久，五十将半百。胡为劳我形，已须还复白。西山鸾鹤顾集作群，矫矫烟雾翻。明霞发金丹，阴洞潜水碧。安得凌风羽，崦嵫驻灵魄。兀集作无然坐衰老，惭叹东陵柏。

同前 陆龟蒙

落尘花片排香痕，阑珊醉露栖愁魂。洞庭波色惜不得，东风领入黄金尊。千筠掷毫春谱大，碧舞红啼相唱和。安知寂寞西海头，青簑未垂孤凤饿。

长歌续短歌 李贺

长歌破衣襟，短歌断白发。秦王不可见，旦夕成内热。渴饮壶中酒，饥拔陇头粟。凄凄四月兰，千里一时绿。夜峰何离离，月明落石底。裴回沿石寻，照出高峰外。不得与之游，歌成鬓先改。

猛虎行 储光羲

寒亦不忧雪,饥亦不食人。人血集作肉岂不甘,所恶伤明神。太室为我宅,孟门为我邻。百兽为我膳,五龙为我宾。蒙马一何威,浮江亦集作一以仁。彩章耀朝日,牙爪雄武臣。高云逐气浮,厚地随声振集作震。君能贾余勇,日夕长相亲。

同前 李白

朝作猛虎行,暮作猛虎吟。肠断非关陇头水,泪下不为雍门琴。旌旗一作旒旌缤纷两河道,战鼓惊山欲倾集作颠倒。秦人半作燕地囚,胡马翻衔洛阳草。一输一失关下兵,朝降夕叛幽蓟城。巨鳌未斩海水动,鱼龙奔走安得宁。颇似楚汉时,翻覆无定止。朝过博浪沙,暮入淮阴市。张良未遇韩信贫,刘项存亡在两臣。暂到下邳受兵略,来投漂母作主人。贤哲栖栖古如此,今时亦弃青云士。有策不敢犯龙鳞,窜身南国避胡尘。宝书长一作玉剑挂高阁,金鞍骏马散故人。昨日方为宣城客,掣铃交通二千石。有时六博快壮一作寸心,绕床三匝呼一掷。楚人每道张旭奇,心藏风云世莫知。三吴邦伯多一作皆顾盼,四海雄侠皆相推一作两追随。萧曹曾作沛中吏,攀龙附凤当有时。溧阳酒楼三月春,杨花漠漠一作茫茫愁杀人。胡人集作雏绿眼吹玉笛,吴歌白纻飞梁尘。丈夫相见一作到处且为乐,槌牛挝鼓会众宾。我从此去钓东海,得鱼笑寄情相亲。

同前 韩愈

猛虎虽云恶,亦各有匹俦。群行深谷间,百兽望风低。身食黄熊父,子食赤豹麛。择肉于熊罴集作豹,肯视兔与狸。正昼当谷眠,眼有百步威。自矜无当对,气性纵以乖。朝怒杀其子,暮还殁一作食其妃。匹俦四散走,猛虎还孤栖。狐鸣门四旁,乌鹊从噪之。出逐猴一作雍入居,虎不知所归。谁云猛虎恶,中路正悲啼。豹来衔其尾,熊来攫其颐。猛虎死不辞,但惭前所为。虎坐无助死,况如汝细微。故当结以

信,亲当结以私。亲故且不保,人谁信汝为。

同前 张籍

南山北山树冥冥,猛虎白日绕林行。向晚一身当道食,山中麋鹿尽无声。年年养子在深谷,雌雄上山不相逐。谷中近窟有山村,长向村家取黄犊。五陵年少不敢射,空来林下看行迹。

同前 李贺

长戈莫舂,强集作长弩莫烹集作抨。乳孙哺子,教得生狞。举头为城,掉尾为旌。东海黄公,愁见夜行。道逢驺虞,牛哀不平。生何用尺刀,壁上雷鸣。泰山之下,妇人哭声。官家有程,吏不敢听。

同前 僧齐己

磨尔牙,错尔爪,狐莫威,兔莫狡。饮来吞噬取肠饱,横行不怕日月明。皇天产尔为生狞,前村半夜闻吼声,何人按剑灯荧荧。

君子行 僧齐己

圣人不生,麟龙何瑞;梧桐不高,凤凰何止。吾闻古之有君子,行藏以时,进退求己;荣必为天下荣,耻必为天下耻。苟进不如此,集有退不如此四字。亦何必用虚伪之文章,取荣名而自美。

燕歌行 高适

汉家烟尘在东北,汉将辞家破残贼。男儿本自重横行,天子非常赐颜色。摐金伐鼓下榆关,旌旗逶迤碣石间。校尉羽书飞瀚海,单于猎火照狼山。山川萧条极边土,胡骑凭凌杂风雨。战士军前半死生,美人帐下犹歌舞。大漠穷秋塞草衰集作腓,孤城落日斗兵稀。身当恩遇常集作恒轻敌,力尽关山未解围。铁衣远戍辛勤久,玉箸应啼别离后。少妇城南欲断肠,征人蓟北空回首。边风飘飘集作飙那可度,绝域苍茫更何一作无所有。杀气三日集作时作阵云,寒声一夜传刁斗。相看白刃血纷纷,死节从来岂顾勋。君不见沙场征战苦,至今犹忆李

将军。

同前 贾至

国之重镇惟幽都,东威九夷制北集作北制胡。五军精卒三十万,百战百胜擒单于。前临滹沱后沮集作易水,崇山沃野亘千里。昔时燕王重贤士,黄金筑台从隗始。倏忽兴王定蓟丘,汉家又以封王侯。萧条魏晋为横流,鲜卑窃据朝五州。我唐区夏余十纪,军容武备赫万祀。彤弓黄钺授元帅,垦耕大漠为内地。季秋胶折边草腓,治兵羽猎因出师。千营万队连旌旗,望之如火忽雷一作电驰。匈奴慴窜穷发北,大荒万里无尘飞。此下集有君不见三字。隋家昔为天下宰,穷兵黩武征辽海。南风不竞多死声,鼓卧旗折黄云横。六军将士皆死尽,战马空鞍归故营。时迁集作移道革天下平,白环入贡沧海清。自有农夫已高枕,无劳校尉重横行。

同前 陶翰

请君留楚调,听我吟燕歌。家在辽水头,边风意气多。出自为汉将,正值戎未和。雪中凌天山,冰上渡交河。大小百余战,封侯竟蹉跎。归来霸陵下,故旧无相过。雄剑委尘匣,空门唯集作垂雀罗。玉簪还赵女,宝瑟付齐娥。昔日不为乐,时哉今奈何。

从军行二首 虞世南

涂山烽候惊,弭节度龙城。冀马楼兰将,燕犀上谷兵。剑寒花不落,弓晓月逾明。凛凛严霜节,冰壮黄河绝。蔽日卷征蓬,浮天散飞雪。全兵值月满,精骑乘胶折。结发早驱驰,辛苦事旌麾。马冻重关冷,轮摧九折危。独有西山将,年年属数奇。

爟一作烽火发金微,连营出武威。孤城寒云起,绝阵虏尘飞。侠客吸龙剑,恶少缦胡衣。朝摩骨都垒,夜解谷蠡围。萧关远无极,蒲海广难依。沙磴离旌断,晴川候马归。交梁已毕,燕山旆欲飞集作挥。方知万里相,侯服有光辉。

同前 骆宾王

平生一顾念一作重,意气溢三军。野日分戈影,天星合剑文。弓弦抱汉月,马足践胡尘。不求生入塞,唯当死报君。

同前 刘希夷

秋来集作天风瑟瑟集作飒飒,群马胡集作胡马行疾。严城昼不开,伏兵暗相失。天子庙堂拜,将军玉集作凶门出。纷纷伊洛间集作道,戎马数千集作几万匹。军门压黄河,兵气冲白日。平生怀伏集作仗剑,忼慨既集作即投笔。南登汉月孤,北走燕集作代云密。近取韩彭计,早知孙吴术。丈夫清万里,谁能扫一室。

同前 乔知之

南庭结白露,北风扫黄叶。此时鸿雁来,惊鸣催思妾。曲房理针线,平砧捣文练。鸳绮裁易成,龙乡信难见。窈窕九重闺,寂寞十年啼。纱窗白云宿,罗幌月光栖。云月晓集作晓微微,愁思集作夜上流黄机。玉霜冻珠履,金吹薄罗衣。汉家已得地,君去将何事。宛转结蚕书,寂寞无雁使。生平荷恩信,本为容华进。况复落红颜,蝉声催绿鬓。

同前 李颀

白日登山望烽火,昏黄集作黄昏饮马傍交河。行人刁斗风砂暗,公主琵琶幽怨多。野营集作云万里无城郭,雨雪纷纷连大漠。胡雁哀鸣夜夜飞,胡儿眼泪双双落。闻道玉门犹被遮,应将性命逐轻车。年年战骨埋荒外,空见蒲萄入汉家。

同前三首 李约

看图闲教阵,画地静论边。乌垒天西戍,鹰姿塞上川。路长须集作唯算日集作月,书远每题年。无复生还望,翻思未别前。

栅高集作壕三面斗,箭尽举烽频。营柳和烟暮,关榆带雪春。边城多老将,碛路少归人。点集作杀尽三集作金河卒,年年添塞尘。

候火起雕城，尘砂拥战声。游军藏汉帜，降骑说蕃情。霜降滩池集作落潇沱浅，秋深太白明。嫖姚方虎视，不觉请集作说添兵。

同前 戎昱

昔从李都尉，双鞭照马蹄。擒生黑山北，杀敌黄云西。太白沉房地，边草复萋萋。归来邯郸市，百尺青楼梯。感激然诺重，平生胆力齐。芳筵暮歌发，艳粉轻鬟低。半醉集作酣秋风起，铁骑门前嘶。远戍报烽火，孤城严鼓鼙。挥鞭望尘去，少妇莫含啼。

同前 厉玄

边草早集作早不春，剑花增泞集作野尘。广集作战场收骥尾，清瀚怯龙鳞。帆色已归越，松声厌避秦。几时逢范蠡，处处是通津。

同前二首 李白

从军玉门道，逐虏金微山。笛奏梅花曲，刀开明月环。鼓声鸣海上，兵气拥云间。愿斩单于首，长驱静铁关。

百战沙场碎铁衣，城南已合数重围。突营射杀呼延将，独领残兵千骑归。

同前 王维

吹角动行人，喧喧行人起。笳鸣集作悲马嘶乱，争渡金河水。日暮沙漠垂，战声烟尘里。尽系名王颈，归来报集作献天子。

同前 王昌龄

向夕临大荒，朔风轸归虑。平沙万里余，飞鸟宿何处。虏骑猎长原，翩翩傍河去。边声摇白草，海气生黄雾。百战苦风尘，十年履霜露。虽投定远笔，未坐将军树。早知行路难，悔不理章句。

烽火城西百尺楼，黄昏独上海风秋。更吹横集作羌笛关山月，谁解集作无那金闺万里愁。

琵琶起舞换新声，总是关山旧别情。撩乱边愁弹集作听不尽，高高秋月下长城。

青海长云暗雪山，孤城遥望雁一作玉门关。黄沙百战穿金甲，不破楼兰终不还。

同前 卢纶

二十在边城，军中得勇名。卷旗收败马，断集作占碛拥残兵。覆阵乌鸢起，烧山草木明一作鸣。塞闲思远猎，师老厌分营。雪岭无人迹，冰河足一作有雁声。李陵甘此没，惆怅汉公卿。

同前六首 刘长卿

回看虏骑合，城下汉兵稀。白刃两相向，黄云愁不飞。手中无尺铁，徒欲突重围。

落日更萧条，北方集作风动枯草。将军追虏骑，夜失阴山道。战败仍树勋，韩彭但空老。

草枯秋塞上，望见渔阳郭。胡马嘶一声，汉兵泪双落。谁为呎痛集作疮者，此事令人薄。

目极雁门道，青青边草春。一身事征战，匹马同辛勤集作苦辛。末路成白首，功归天下人。

倚剑白日暮，望乡登戍楼。北风吹羌笛，此夜关山愁。回首不无意，滹河空自流。

黄沙一万里，白首无人怜。报国剑已折，归乡身幸全。单于古台下，边色寒苍然。

同前 杜颜

秋草马蹄轻，角弓持弦急。去为龙城候，正值胡兵袭。军气横大荒，战酣日将入。长风金鼓动，白雾集作露铁衣湿。四起愁边声，南辕时伫立。断蓬孤自转，寒雁飞相及。万里云沙涨，路平集作平川冰霰涩集作溢。夜闻汉使归，独向刀环泣。

同前 僧皎然

候骑出纷纷，元戎霍冠军。汉鞭秋聒地，羌火昼烧云。万里戍城合，三边羽檄分。乌孙驱未尽，肯顾辽阳勋。

汉旆拂丹霄，汉军新破辽。红尘驱卤簿，白羽拥嫖姚。战苦军犹乐，功高将不骄。至今

丁令塞，朔吹空萧萧。

百万逐呼韩，频年不解鞍。兵屯绝汉暗，马饮浊河干。破虏功未录，劳师力已殚。须防肘腋下，飞祸出无端。

飞将下天来，奇谋阃外裁。水心龙剑动，地肺雁山开。望气燕师锐，当锋虏阵摧。从今射雕骑，不敢过云堆。

黄纸君王诏，青泥校尉书。誓师张虎落，选将攒犀渠。雾暗津浦<small>集作蒲</small>失，天寒塞柳疏。横行十万骑，欲扫虏尘余。

同前 王建

汉军逐单于，日没处河曲。浮云道傍起，行子车下宿。枪城围鼓角，毡帐依山谷。马上悬壶浆，刀头分顿<small>集作顿</small>肉。来时高堂上，父母亲结束。回首<small>一作面</small>不见家，风吹破衣服。金创生<small>集作在</small>肢节，相与拔<small>一作取</small>箭镞。闻道西凉州，家家妇人<small>集作女</small>哭。

同前 张祜

少年金紫就光辉，直指边城虎翼飞。一卷旌<small>一作旅</small>收千骑虏，万全身出百重围。黄云断塞寻鹰去，白草连天射雁归。白首汉廷刀笔吏，丈夫功业本相依。

同前五首 令狐楚

荒鸡隔水啼，汗马逐风嘶。终日随旌旆，何时罢鼓鼙。

孤心眠夜雪，满眼是秋沙。万里犹防塞，三年不见家。

却望冰河阔，前登雪岭高。征人几多在，又拟战临洮。

胡风千里惊，汉月五更明。纵有还家梦，犹闻出塞声。

暮雪连青海，阴云覆白山。可怜班定远，出入玉门关。

同前三首 王涯

旌<small>集作戈</small>甲从军久，风云识阵难。今朝韩信计，日下斩成安。

燕颔多奇相，狼头敢犯边。寄言班定远，正是立功年。

麾头夜落捷书飞，来奏金门著赐衣。白马将军频破敌，黄龙戍卒几时归。

从军有苦乐行 李益　<small>魏王粲《从军行》曰："从军有苦乐，但问所从谁。"因以为题也。</small>

劳者且勿<small>集作莫</small>歌，我欲送君觞。从军有苦乐，此曲乐未央。仆本居<small>一作起，集作居在</small>陇上，陇水断人肠。东过秦宫路，宫路入咸阳。时逢汉帝出，谏猎至长杨。讵驰游侠窟，非结少年场。一旦承嘉惠，轻命<small>集作身</small>重恩光。秉笔参帷帟，从军至朔方。边地多阴风，草木自凄凉。断绝海云去，出没胡沙长。参差引雁翼，隐辚腾军装。剑文夜如水，马汗冻成霜。侠气五都少，矜功六郡良。山河起目前，睢盱死路傍。北逐驱獯虏，西临复旧疆。昔还赋余资，今出乃赢粮。一矢弢夏服，我弓不再张。寄言<small>集作语</small>丈夫雄，苦乐身自当。

苦哉远征人 鲍溶
<small>晋陆机《从军行》曰："苦哉远征人，飘飘穷四遐。"宋颜延年《从军行》曰："苦哉远征人，毕力干时艰。"因以为题。又有苦哉行、远征人，皆出于从军行也。</small>

征人歌古曲，携手上河梁。李陵死别处，杳<small>集作窅</small>杳玄冥乡。忆昔从此路，连年征鬼方。久行迷汉历，三洗<small>集作死</small>毡衣裳。百战身且在，微功信难忘。远承云台议，非势孰敢当。落日吊李广，白身<small>集作首</small>过河阳。闲弓失月影，劳剑无龙光。去日始束发，今来发成霜。虚名乃闲事，生见父母乡。掩抑大风歌，裹回少年场。诚哉古人言，鸟尽良弓藏。

苦哉行五首 戎昱

彼鼠侵我厨，纵狸授梁肉。鼠虽为君却，狸食自须足。冀雪大国耻，翻是大国辱。膻腥逼绮罗，砖瓦杂珠玉。登楼非骋望，目笑是心哭。何意天乐中，至今奏胡曲。

官军收洛阳,家住洛阳里。夫婿与兄弟,目前见伤死。吞声不许哭,还遭衣罗绮。上马随匈奴,数秋黄尘里。生为名家女,死作塞垣鬼。乡国无还期,天津哭流水。

登楼望天衢,目极泪盈睫。强笑无笑容,须妆旧花靥。昔年买奴仆,奴仆来碎叶。岂意未死间,自为匈奴妾。一生忽至此,万事痛苦业。得出塞垣飞,水如彼蜂蝶。

妾家青河边,七叶承貂蝉。身为最小女,偏得浑家怜。亲戚不相识,幽闺十五年。有时最远出,只到中门前。前年狂胡来,惧死翻生全。今秋官军至,岂意遭戈铤。匈奴为先锋,长鼻黄发拳。弯弓猎生人,百步牛羊膻。脱身落虎口,不及归黄泉。苦哉难重陈,暗哭苍天。

可汗奉亲诏,今月归燕山。忽如乱刀剑,搅妾心肠间。出户望北荒,迢迢玉门关。生人为死别,有去无时还。汉月割妾心,胡风凋妾颜。去去断绝魂,叫天天不闻。

鞠歌行 李白

玉不自言如桃李,鱼目笑之卞和耻。楚国青蝇何太多,连城白璧遭谗毁。荆山长号泣血人,忠臣死为刖足鬼。听曲知宁戚,夷吾因小妻。秦穆五羊皮,买死百里奚。洗拂青云上,当时贱如泥。朝歌鼓刀叟,虎变蟠溪中。一举钓六合,遂荒营丘东。平生渭水曲,谁识—作数此老翁。奈何今之人,双目送征—作老鸿。

全唐诗卷二十

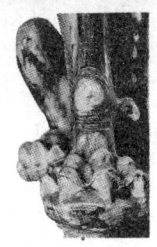

相和歌辞

前苦寒行二首 杜甫　以后并清调曲。其器有笙、笛下声弄、高弄、游弄、麓、节、琴、瑟、筝、琵琶八种。歌弦四弦。

汉时长安雪一丈,牛马毛寒缩如猬。楚江巫峡冰入怀,虎豹哀号又堪记。秦城老翁荆扬客,惯习炎蒸岁绨绤。玄冥祝融气或交,手持白羽未敢释。

去年白帝雪在山,今年白帝雪在地。冻埋蛟龙南浦缩,塞刮肌肤北风利。楚人四时皆麻衣,楚天万里无晶辉。三足之乌足恐断,羲和送将安_{集作何}所归。

后苦寒行二首 杜甫

南纪巫庐瘴不绝,太古已来无尺雪。蛮夷长老怨苦寒,昆仑天关冻应折。玄猿口噤不能啸,白鹄翅垂眼流血,安得春泥补地裂。

晚来江门失大木,猛风中夜吹白屋。天兵断斩_{集作斩断}青海戎,杀气南行动坤轴,不尔苦寒何太酷。巴东之峡生凌澌,彼苍回轩人得知。

苦寒行 刘驾

严寒动八荒,莉莉_{集作刺刺}无休时。阳乌不自暖,雪压扶桑枝。岁暮寒益壮,青春安得归。朔雁到南海,越禽何处飞。谁言贫士叹,不为身无衣。

同前 僧贯休

北风北风,职何严毒,摧壮士心,缩金乌足。冻云嚣嚣碍雪,一片下不得。声绕枯桑,根在沙塞。黄河彻底,顽直到海。一气搏束,万物无态。唯有吾庭前杉松树枝,枝枝健在。

同前 僧齐己

冰峰撑空寒矗矗,云凝水冻埋海陆。杀物之性,伤人之欲,既不能断绝蒺藜荆棘之根株,又不能展凤凰麒麟之拳跼。如此则何如为和煦,为膏雨,自然天下之荣枯,融融于万户。

北上行 李白

北上何所苦,北上缘太行。磴道盘且峻,巉岩凌穹苍。马足蹶侧石,车轮摧高冈。沙尘接幽州,烽火连朔方。杀气毒剑戟,严风裂衣裳。奔鲸夹黄河,凿齿屯洛阳。前行无归日,返顾思旧乡。惨戚冰雪里,悲号绝中肠。尺布不掩体,皮肤剧枯桑。汲水涧谷阻,采薪陇坂长。猛虎又掉尾,磨牙皓秋霜。草木不可餐,饥饮零露浆。叹此北上苦,停骖为之伤。何日王道平,开颜睹天光。

豫章行 李白

胡风吹代马一作燕人攒赤月,北拥鲁阳关。吴兵照海雪,西讨何时还。半渡上辽津,黄云惨无颜。老母与子别,呼天野草间。白马一作百鸟绕旌旗,悲鸣相追攀。白杨秋月苦,早落豫章山。本为休明人,斩虏素不闲。岂惜战斗死,为君扫凶顽。精感石没羽,岂忘集作云悍险艰。楼船若鲸飞,波荡落星湾。此曲不可奏,三军鬓成斑。

董逃行 元稹

董逃董逃董卓逃,揩铿戈甲声劳嘈。剜剜深脐脂焰焰,人皆数叹曰,尔独不忆年年取我身上膏。膏销骨尽烟火死,长安城中贼毛起。城门四走公卿士,走劝刘虞作天子。刘虞不敢作天子,曹瞒篡乱从此始。董逃董逃人莫喜,胜负翻一作相环相枕倚。缝缀难成裁破易,何况曲针不能伸巧指,欲学裁缝须准拟。

同前 张籍

洛阳城头火瞳瞳,乱兵烧我天子宫。宫城南面有深山,尽将老幼藏其间。重岩为屋橡为食,丁男夜行候消息。闻道官军犹掠人,旧里如今归未得。董逃行,汉家几时重太平。

相逢行 崔颢

妾年初二八,家住洛桥头。玉户临驰道,朱门近御沟。使君何假问,夫婿大长秋。女弟新承宠,诸兄近拜侯。春生百子殿,花发五城楼。出入千门里,年年乐未休。

同前二首 李白

朝骑五花马,谒帝出银台。秀色谁家子,云车一作中珠箔开。金鞭遥指点,玉勒近迟回。夹毂相借问,疑一作知从天上来。怜肠愁欲断,斜日复相催。下车何轻盈,飘然似落梅。集无此四句。邀集作魔人青绮门一作娇羞初解佩,当歌一作语笑共衔杯。衔杯映歌扇,似月云中见。相见不相亲,不如不相见。相见情已深,未语可知心。胡为守空闺,孤眠愁锦衾。锦衾与罗帏,缠绵会有时。春风正澹荡一作纠结,暮雨一作青鸟来何迟。愿因三青鸟,更报长相思。光景不待人,须臾发成丝。当年失行乐,老去徒伤悲。持此道密意,无令旷佳期。

相逢红尘内,高揖黄金鞭。万户垂杨里,君家阿那边。

同前 韦应物

二十登汉朝,英声迈今古。适从东方来,又欲谒明主。犹酣新丰酒,尚带霸陵雨。邂逅两相逢,别来间集作问寒暑。宁知白日晚,暂向花间语。忽闻长乐钟,走马东西去。

三妇艳诗 董思恭

大妇裁纨素,中妇弄明珰。小妇多姿态,登楼红粉妆。丈人且安坐,初日渐流光。

中妇织流黄 虞世南

寒闺织素锦,含怨敛双蛾。综新交缕涩,经脆断丝多。衣香逐举袖,钏动应鸣梭。还恐裁缝罢,无信达交河。

难忘曲 李贺

夹道开洞门,弱杨低画戟。帘影竹叶集作华起,箫声吹日色。蜂语绕妆镜,拂蛾学春碧。乱系丁香梢,满阑花向夕。

塘上行 李贺

藕花凉露湿，花缺藕根涩。飞下雌鸳鸯，塘水声溢溢 集作溘溘。

苦辛行 戎昱

且莫奏短歌，听余苦辛词：如今刀笔士，不及屠酤儿。少年无事学诗赋，岂意文章复相误。东西南北少知音，终年竟岁悲行路。仰面诉天天不闻，低头告地地不言。天地生我尚如此，陌上他人何足论。谁谓西江深，涉之固无忧；谁谓南山高，可以登之游。险巇惟有世间路，一向令人堪白头。贵人立意不可测，等闲桃李成荆棘。风尘之士深可亲，心如鸡犬能依人。悲来却忆汉天子，不弃相如家旧贫。此下集有劝君且三字。饮酒酒能散羁愁，谁家有酒判一醉，万事从他江水流。

秋胡行 高适

妾本邯郸未嫁时，容华倚翠人未知。一朝结发从君子，将妾迢迢东路陲。时逢大道无难阻，君方游宦从陈汝。蕙楼独卧频度春，彩落集作阕辞君几徂暑。三月垂杨蚕未眠，携笼结侣南陌边。道逢行子不相识，赠妾黄金买少年。妾家夫婿轻离久，寸心誓与长相守。愿言行路莫多情，送集作道妾贞心在人口。日暮蚕饥相命归，携笼端饰来庭闱。劳心苦力终无恨，所冀君恩那集作即可依。闻说行人已归止，乃是向来赠金子。相看颜色不复言，相顾怀惭有何已。从来自隐无疑背，直为君情也相会。如何咫尺仍有情，况复迢迢千里外。此时集作誓将顾恩不顾身，念君此日赴河津。莫道向来不得意，故欲留规诫后人。

善哉行 僧贯休 以后并瑟调曲，其器有笙、笛、节、琴、瑟、筝、琵琶七种，歌弦六部。

有美一人兮婉如清扬，识曲别音兮令姿煌煌。绣袂捧琴兮登君子堂，如彼萱草兮使我忧忘。欲赠之以紫玉尺，白银珰，久不见之兮湘水茫茫。

同前 僧齐己

大鹏刷翮谢溟渤，青云万层高突出。下视秋涛空渺弥，旧处鱼龙皆细物。人生在世何容易，眼浊心昏信生死。愿除嗜欲待身轻，携手同寻列仙事。

来日大难 李白

来日一身，携粮负薪。道长食尽，苦口焦唇。今日醉饱，乐过千春。仙人相存，诱我远学。海陵三山，陆憩五岳。乘龙上三集无此二字天，飞目瞻两角。授以神集作仙药，金丹满握。蟪蛄蒙恩，深愧短促。思填东海，强衔一木。道重天地，轩师广成。蝉翼九五，以求长生。下士大笑，如苍蝇声。

当来日大难 元稹

当来日大难行，前有坂，后有坑，大梁侧，小梁倾。两轴相绞，两轮相撑。大牛竖，小牛横。鸟啄牛背，足跌力狞。当来日大难行，太行虽险，险可使平。轮轴自挠，牵制不停。泥潦渐久，荆棘旋生。行必不得，不如不行。

陇西行 王维

十里一走马，五里一扬鞭。都护军书至，匈奴围酒泉。关山正飞雪，烽戍断无烟。

同前 耿湋

雪下阳关路，人稀陇戍头。封狐犹未翦，边将岂无羞。白草三冬色，黄云万里愁。因思李都尉，毕竟不封侯。

同前 长孙佐辅

阴云凝朔气，陇上正飞雪。四月草不生，北风劲如切。朝来羽书急，夜救长城窟。道隘行水前，相呼抱鞍歇。人寒指欲堕，马冻蹄亦裂。射雁旋充饥，斧冰还止渴。宁辞解围斗，但恐乘波没。早晚一作望边候空，归来养羸卒。

东门行 柳宗元

汉家三十六将军，东方雷动横阵云。鸡鸣

函谷客如雾,貌同心异不可数。赤丸夜语飞电光,徼巡司隶眠如羊。当街一叱百吏走,冯敬胸中函匕首。凶徒侧耳潜慑心,悍臣破胆皆杜口。魏王卧内藏兵符,子西掩袂真无辜。羌胡毂下一朝起,敌国舟中非所拟。安陵谁辨削砺功,韩国讵明深井里。绝咽断骨那下补,万金宠赠不如土。

饮马长城窟行 太宗皇帝

塞外悲风切,交河冰已结。瀚海百重波,阴山千里雪。迥戍危烽火,层峦引高节。悠悠卷旆旌,饮马出长城。寒沙连骑迹,朔吹断边声。胡尘清玉塞,羌笛韵金钲。绝漠干戈戢,车徒振原隰。都尉反龙堆,将军旋马邑。扬麾氛雾静,纪石功名立。荒裔一戎衣,云<small>集作灵</small>台凯歌入。

同前 虞世南

驰马渡河干,流深马渡难。前逢锦车使,都护在楼兰。轻骑犹衔勒,疑兵尚解鞍。温池下绝涧,栈道接危峦。拓地勋未赏,亡城律讵<small>集作邑</small>宽。有月关犹暗,经春陇尚寒。云昏无复影,冰合不闻湍。怀君不可遇,聊持报一餐。

同前 袁朗

朔风动秋草,清跸长安道。长城连不穷,所以隔华戎。规模惟圣作,荷负<small>集作负荷</small>晓成功。鸟庭已向内,龙荒更凿空。玉关尘卷静,金微路已通。汤征随北怨,舜咏起南风。画野<small>集作地</small>功初立,绥边事云集。朝服践狼居,凯歌旋马邑。山响传凤吹,霜华藻琼钑。属国拥节归,单于款关入。日落寒云<small>集作风</small>起,惊沙<small>集作蓬</small>被原隰。零落叶已寒,河流清且急。四时徭役尽,千载干戈戢。太平今若斯,汗马竟无施。惟当事笔研,归去草封禅。

同前 王翰

长安少年无远图,一生惟羡执金吾。骐骥前殿拜天子,走马为君西击<small>集作西击长城</small>胡。胡沙猎猎吹人面,汉虏相逢不相见。遥闻鼙鼓动地来,传道单于夜犹战。此时顾恩宁顾身,为君一行摧万人。壮士挥戈回白日,单于溅血染朱轮。回<small>集作归</small>来饮马长城窟,长安道傍多白骨。问之耆老何代人,云是秦王筑城卒。黄昏塞北无人烟,鬼哭啾啾声沸天。无罪见诛功不赏,孤魂流落此城边。当昔秦王按剑起,诸侯膝行不敢视。富国强兵二十年,筑怨兴徭九千里。秦王筑城何太愚,天宝亡秦非北胡。一朝祸起萧墙内,渭水咸阳不复都。

同前 王建

长城窟,长城窟边多马骨。古来此地无井泉,赖得秦家筑城卒。征人饮马愁不回,长城变作望乡堆。蹄迹<small>集作踪</small>未干人去近,续后马来泥污尽。枕弓睡著待水生,不见阴山在前阵。马蹄足脱装马头,健儿战死谁封侯。

同前 僧子兰

游客长城下,饮马长城窟。马嘶闻水腥,为浸征人骨。岂不是流泉,终不成潺湲。洗尽骨上土,不洗骨中冤。骨若比流水,四海有还魂。空流呜咽声,声中疑是言。

上留田 李白

行至上留田,孤坟何峥嵘。积此万古恨,春草不复生。悲风四边来,肠断白杨声。借问谁家地,埋没蒿里茔。古老向余言,言是上留田,蓬科马鬣今已平。昔之弟死兄不葬,他人于此举铭旌。一鸟死,百鸟鸣;一兽死,百兽惊。桓山之禽别离苦,欲去回翔不能征。田氏仓卒骨肉分,青天白日摧紫荆。交柯之木本同形,东枝憔悴西枝荣。无心之物尚如此,参商胡乃寻天兵。孤竹延陵,让国扬名;高风缅邈,颓波激清。尺布之谣,塞耳不能听。

同前 僧贯休

父不父,兄不兄,上留田,蝥贼生。徒陟冈,泪峥嵘。我欲使诸凡鸟雀,尽变为鹡鸰;我欲使诸凡草木,尽变为田荆。邻人歌,邻人歌,古风清,清风生。

安乐宫 李贺

深一作溱井桐乌起,尚复牵清水。未盟邵陵王集作爪,瓶中弄长翠。新城安乐宫,宫如凤凰翅。歌回蜡版鸣,大绾集作左悟提壶使一作伎。绿繁悲水曲,茱萸别秋子。

放歌行 王昌龄

南渡洛阳津,西望十二楼。明堂坐天子,月朔朝诸侯。清乐动千门,皇风被九州。庆云从东来,泱漭抱日流。升平贵论道,文墨将何求。有诏征草泽,微臣献谋猷集作将献谋。冠冕如星罗,拜揖曹与周。望尘非吾事,入赋且迟留。幸蒙国士识,因脱负薪裘。今者放歌行,以慰梁父愁。但营数斗禄,奉养毋集作每丰羞。若得金膏遂,飞云亦可俦。

野田黄雀行 李白

游莫逐炎洲翠,栖莫近吴宫燕。吴宫火起焚尔集作巢窠,炎洲逐翠遭网罗。萧条两翅蓬蒿下,纵有鹰鹯奈若何。

同前 储光羲

嘖嘖野田雀,不知躯体微。间穿深蒿里,争食复争飞。穷老一颓舍,枣多桑树稀。无枣犹可食,无桑何以衣。萧条空仓暮,相引时来归。邪路岂不捷,渚田岂不肥。水长路且坏,恻恻与心违。

同前 僧贯休

高树风多,吹尔巢落。深蒿叶暖,宜尔依薄。莫近鸦类,珠集作珠网亦恶。饮野田之清水,食野田之黄粟。深花中睡,埒土里浴。如此即全胜啄太仓之谷,而更穿人集有之字屋。

同前 僧齐己

双双野田雀,上下同饮啄。暖去栖蓬蒿,寒归傍篱落。殷勤避罗网,乍可遇雕鹗。雕鹗虽不仁,分明在寥廓。

雁门太守行 李贺

黑云压城城欲摧,甲光向月一作日金鳞开。角声满天秋色里,塞上燕支凝夜紫。半卷红旗临易水,霜重鼓寒声一作声寒不起。报君黄金台上意,提携玉龙为君死。

同前 张祜

城头月没霜如水,趑趄蹋沙人似鬼。灯前拭泪试香裘,长引一声残漏子。驼囊泻酒酒一杯,前头啑集作滴血心不回。寄语年少妻莫哀,鱼金虎竹天上来。雁门山边骨成灰。

同前 庄南杰

旌旗闪闪摇天末,长笛横吹房尘阔。跨下嘶风白练狞,腰间切玉青蛇活。击革拟金燧牛尾,犬羊兵败如山死。九泉寂寞葬秋虫,湿云荒草啼秋思。

飞来双白鹤 虞世南

飞来双白鹤,奋翼远凌烟。双栖集紫盖,一举背青田。飐影过伊洛,流声入管弦。鸣群倒景外,刷羽阆风前。映海疑浮雪,拂涧泻飞泉。燕雀宁知去,蜉蝣不识还。何言别俦侣,从此间山川。顾步已相失,裴回反集作各自怜。危心犹警露,哀响讵闻天。无因振六翮,轻举复随仙。

门有车马客行 虞世南

财雄集作陈遵重交结,戚里擅豪华。曲台临上路,高门集作轩抵狭斜。赭汗千金马,绣毂五香车。白鹤随飞盖,朱鹭入鸣笳。夏莲开剑水,春桃发露集作绶花。轻裾染回雪,浮蚁泛流霞。集无此二句。高谈辨飞兔,摛藻握灵蛇。逢恩借羽翼集作出毛羽,失路委泥沙。暖暖风烟晚,路长归骑远。日斜青琐第,尘飞金谷苑。危弦促柱奏巴渝,遗簪堕珥解罗襦。如何守直道,翻使谷名愚。

同前 李白

门有车马客,金鞍曜朱轮。谓从丹一作云霄落,乃是故乡亲。呼儿扫中堂,坐客论悲辛。对酒两不饮,停觞泪盈巾。叹我万里游,飘飘集作飘三十春。空谈霸集作帝王略,紫绶不挂身。

雄剑藏玉匣，阴符生素尘。廓落无所合，流离湘水滨。借问宗党间，多为泉下人。生苦百战役，死托万鬼邻。北风扬胡沙，埋翳周与秦。大运且如此，苍穹宁匪仁。侧怆竟何道，存亡任大钧。

蜀道难 张文琮

梁山镇地险，积石阻云端。深谷下寥廓，层岩上郁盘。飞梁架绝岭，栈道接危峦。揽辔独长息，方知斯路难。

同前 李白

噫吁嚱，危乎高哉！蜀道之难，难于上青天。蚕丛及鱼凫，开国何茫然。尔来四万八千岁，乃一作不与秦塞通人烟。西当太白有鸟道，可以横绝峨眉巅。地崩山摧壮士死，然后天梯石栈方一作相钩连。上有六龙回日之高标一作横河断海之浮云，下有冲波逆折之回川。黄鹤之飞尚不得一作过，猿猱欲度愁攀缘。青泥何盘盘，百步九折萦岩峦。扪参历井仰胁息，以手抚膺坐长叹。问君西游何时还，畏途巉岩不可攀。但见悲鸟一作鸣号枯一作古木，雄飞呼雌一作雌从绕林间。又闻子规啼夜月，愁空山。蜀道之难，难于上青天，使人听此凋朱颜。连峰去天不盈尺一作入烟几千尺，枯松倒挂倚绝壁。飞湍瀑流相喧豗，砯崖转石万壑雷。其险也若此，嗟尔远道之人胡为乎来哉！剑阁峥嵘而崔嵬，一夫当关，万夫莫开。所守或匪亲一作人，化为狼与豺。朝避猛虎，夕避长蛇，磨牙吮血，杀人如麻。锦城虽云乐，不如早还家。蜀道之难，难于上青天，侧身西望长咨一作令人嗟。

棹歌行 骆宾王

写月图集作涂黄罢，凌波拾翠通。镜花摇芰日，衣麝入荷风。叶密舟难荡，莲疏浦易空。凤媒羞自托，鸳翼恨难穷。秋帐灯花翠，倡楼粉色红。相思无别曲，并在棹歌中。

同前 徐坚

棹女饰银钩，新妆下翠楼。霜丝青桂楫，兰枻紫霞舟。水落金陵曙，风起洞庭秋。扣船过曲浦，飞帆越回流。影入桃花浪，香飘杜若洲。洲长殊未返，萧散云霞晚。日下大江平，烟生归岸远。岸远闻潮波，争途游戏多。因声赵津女，来听采菱歌。

胡无人行 徐彦伯

十月繁霜下，征人远凿空。云摇锦更集作画节，海照角端弓。暗碛埋砂树，冲飙卷塞蓬。方随膜拜入，歌舞玉门中。

同前 聂夷中

男儿徇大义，立节不沽名。腰间悬陆离，大歌胡无行。不读战国书，不览黄石经。醉卧咸阳楼，梦入受降城。更愿生羽翼，飞身入青冥。请携天子剑，斫下旄头星。自然胡无人，虽有无战争。悠哉典属国，驱羊老一生。

同前 李白

严风吹霜海草凋，筋干精坚胡马骄。汉家战士三十万，将军兼领一作谁者霍嫖姚。流星白羽腰间插，剑花秋莲光出匣。天兵照雪下玉关，房箭如沙射金甲。云龙风虎尽交回，太白入月敌可摧。敌可摧，旄头灭，履胡之肠涉胡血。悬胡青天上，埋胡紫塞旁。胡无人，汉道昌，陛下之寿三千霜。但歌大风云飞扬，安得猛士兮守四方。胡无人，汉道昌。一本无此六字。集无陛下之寿五句。

同前 僧贯休

霍嫖姚，赵充国，天子将之平朔漠。肉胡之肉，烬胡帐幄，千里万里，惟留胡之空壳。边风萧萧，榆叶初落，杀气昼赤，枯骨夜哭。将军既立殊勋，遂有胡无人曲，我闻之。天子富有四海，德被无垠。但令一物得所，八表来宾，亦何必令彼胡无人。

白头吟 刘希夷　楚调曲，其器有笙、笛弄、节、琴、筝、琵琶、瑟七种。

洛阳城东桃李花，飞来飞去落谁家。洛阳女儿惜颜色，行逢集作坐见落花长叹息。今年花落颜色改，明年花开复谁在。已见松柏摧为薪，更闻桑田变成海。古人无复洛城东，今人还对落花风。年年岁岁花相似，岁岁年年人不同。寄言全盛红颜子，须集作应怜半死白头翁。此翁白头真可怜，伊昔红颜美少年。公子王孙芳树下，清歌妙舞落花前。光禄池台文集作开锦绣，将军楼阁画神仙。一朝卧病无人识，三春行乐在谁边。宛转蛾眉能几时，须臾白集作鹤发乱如丝。但看旧集作古来歌舞地，惟有黄昏鸟雀悲。

同前二首 李白

锦水东北流，波荡双鸳鸯。雄巢汉宫树，雌弄秦草芳。宁同万死碎绮翼，不忍云间两分张。此时阿娇正娇妒，独坐长门愁日暮。但愿君恩顾妾深，岂惜黄金将买赋一作买词赋。相如作赋得黄金，丈夫好新多异心。一朝将聘茂陵女，文君因赠一作赋白头吟。东流不作西归水，落花辞条归故林。兔丝固无情，随风任颠倒。谁使女萝枝，而来强萦抱。两草犹一心，人心不如草。莫卷龙须席，从他生网丝。且留琥珀枕，或有梦来时。覆水再收岂满杯，弃妾已去难重回。古时得意不相负，只今惟见青陵台。

锦水东流碧，波荡双鸳鸯。雄巢汉宫树，雌弄秦草芳。相如去蜀谒武帝，赤车驷马生辉光。一朝再觉大人作，万乘忽欲凌云翔。闻道阿娇失恩宠，千金买赋要君王。相如不忆贫贱日，官高金多聘私室。茂陵姝子皆见求，文君欢爱从此毕。泪如双泉水，行堕紫罗襟。五起鸡三唱，清晨白头吟。长吁不整绿云鬟，仰诉青天哀怨深。城崩杞梁妻，谁道土无心。东流不作西归水，落花辞枝羞故林。头上玉燕钗，是妾嫁时物，赠君表相思，罗袖幸时拂。莫卷龙须席，从他生网丝，且留琥珀枕，还有梦来时。鹔鹴裘在锦屏上，自君一挂无由披。妾有秦楼镜，照心胜照井。愿持照新人，双对可怜影。覆水却收不满杯，相如还谢文君回。古来得意不相负，只今惟有青陵台。

同前 张籍

请君膝上琴，弹我白头吟。忆昔君前娇笑语，两情宛转如紫素。宫中为我起高楼，更开华池种芳树。春天百草秋始衰，弃我不待白头时。罗襦玉珥色未暗，今朝已道不相宜。扬州青铜作明镜，暗中持照不见影。人心回互自无穷，眼前好恶那能定。君恩已去若再返，菖蒲花生集作开月长满。

反白头吟 白居易 鲍照作《白头吟》，居易反其致，为《反白头吟》。

炎炎者烈火，营营者小蝇。火不热真玉，蝇不点清冰。此苟无所受，彼莫能相仍。乃知物性中，各有能不能。古称怨报集作恨死，则人有所惩。惩淫或应可，在道未为弘。譬如蜩鹦徒，啾啾啅龙鹏。宜当委之去，寥廓高飞腾。岂能泥尘下，区区酬怨憎。胡为坐自苦，吞悲仍抚膺。

决绝词三首 元稹

乍可为天上牵牛织女星，不愿为庭前红槿枝。七月七日一相见，故心终不移。那能朝开暮飞去，一任东西南北吹。分不两相守，恨不两相思。对面且如此，背面当何知。春风撩乱伯劳语，此下集有况是二字。此时抛去时。握手苦相问，竟不言后期。君情既决绝，妾意已参差。借如死生别，安得长苦悲。

噫春冰之将泮，何余怀之独结。有美一人，於焉旷绝。一日不见，比一日于三年，况三年之旷别。水得风兮小而已波，笋在苞兮高不见节。矧桃李之当春，竞众人之集作而攀折。我自顾悠悠而若云，又安能保君皓皓集作皑皑之如雪。感破镜之分明，睹泪痕之余血。幸他人之既不我先，又安能使他人之终不我夺。已焉哉，织女别黄姑，一年一度暂相见，彼此隔河何事无。

夜夜相抱眠，幽怀尚沉结。那堪一年事，长遣一宵说。但感久相思，何暇暂相悦。虹桥薄夜成，龙驾侵晨列。生憎野鹊往集作鹤性迟回，死恨天鸡识时节。曙色渐瞳昽集作瞳，华星次集作欲明灭。一去又一年，一年何时一作可彻。有此迢递期，不如生死集作死生别。天公隔是妒相怜，何不便教相决绝。

梁甫吟 李白

长啸梁甫吟，何时见阳春？君不见朝歌屠叟辞棘津，八十西来钓渭滨。宁羞白发照渌集作清水，逢时吐一作壮气思经纶。广张三千六百钓，风雅暗与文王亲。大贤虎变愚不测，当年颇似寻常人。君不见高阳酒徒起草中，长揖山东隆准公。入门不拜一作开说骋雄辨，两女辍洗来趋风。东下齐城七十二，指麾楚汉如旋蓬。狂生落拓尚如此，何况壮士当群雄！我欲攀龙见明主，雷公砰訇震天鼓，帝旁投壶多玉女。三时大笑开电光，倏烁晦冥起风雨。阊阖九门不可通，以额叩关阍者怒。白日不照吾精诚，杞国无事忧天倾。猰貐磨牙竞人肉，驺虞不折生草茎。手接飞猱搏雕虎，侧足焦原未言苦。智者可卷愚者豪，世人见我轻鸿毛。力排南山三壮士，齐相杀之费二桃。吴楚弄兵无剧孟，亚夫咍尔为徒劳。梁父吟，梁父吟，声正悲。张公两龙剑，神物合有时。风云感会起屠钓，大人㞞屼当安之。

东武吟 李白

好古笑流俗，素闻贤达风。方希佐明主，长揖辞成功。白日在高天，回光烛微躬。恭承凤凰诏，焰起云罗中。清切紫霄迥，优游丹禁通。君王赐颜色，声价凌烟虹。乘舆拥翠盖，扈从金城东。宝马丽绝景，锦衣入新丰。倚岩望松雪，对酒鸣丝桐。因学扬子云，献赋甘泉宫。天书美片善，清芬播无穷。归来入咸阳，谈笑皆王公。一朝去金马，飘落成飞蓬。宾友集作客日疏散，玉尊亦已空。才力犹可倚一作待，不惭世上雄。闲作东武吟，曲尽情未终。书此谢知己，吾寻黄绮翁一作扁舟寻钓翁。

怨诗二首 薛奇童

日晚梧桐落，微寒入禁垣。月悬三雀观，霜度万秋门。艳舞矜新宠，愁容泣旧恩。不堪深殿里，帘外欲黄昏。

禁苑春风起，流莺绕合欢。玉窗通日气，珠箔卷轻寒。杨叶垂金一作阴砌，梨花入井阑。君王好长袖，新作舞衣宽。

同前 张汯

去年离别雁初归，今夜裁缝萤已飞。征客去集作近来音信断，不知何处寄寒衣。

同前 刘元济

玉关芳信断，兰闺锦字新。愁来好自抑，念切已含颦。虚牖风惊梦，空床月厌人。归期傥可促，勿度柳园春。

同前三首 李暇

罗敷初总髻，蕙芳正娇小。月落始归船，春眠恒著晓。

何处期郎游，小苑花台间。相忆不可见，且复乘月还。

别来花照路，别后露垂叶。歌舞须及时，如何坐悲妾。

同前二首 崔国辅

楼前桃李疏，池上芙蓉落。织锦犹未成，虫声入罗幕。

妾有罗衣裳，秦王在时作。为舞春风多，秋来不堪著。

同前 孟郊

试妾与君泪，两处滴池水。看取芙蓉花，今年为谁死。

同前 刘义

君莫嫌丑妇，丑妇死守贞。山头一怪石，长作望夫名。鸟有并翼飞，兽有比肩行。丈夫不立义，岂如鸟兽情。

同前 鲍溶

女萝寄松柏集作青松，绿蔓花绵绵。三五定

君婚,结发早移天。肃肃羊雁礼,泠泠琴瑟篇。恭承采蘩祀,敢效同居集作车贤。皎日不留景,良时集作辰如逝川。秋集作愁心还遗集作忽移爱,春貌无归妍。翠袖洗朱集作皓朱粉,碧阶对绮集作绿钱。新人易如玉,废瑟难为弦。寄羡集作谢莽华木,荣名香阁前。岂无摇落苦,贵与根蒂连。希君旧光景,照妾薄暮年。

同前 白居易

夺宠心那惯,寻思倚殿门。不知移旧爱,何处作新恩。

同前二首 姚氏月华

春水悠悠春草绿,对此思君泪相续。羞将离恨向东风,理尽秦筝不成曲。

与君形影分胡越,玉枕终年对离别。登台北望烟雨深,回身泣向寥天月。

怨歌行 虞世南

紫殿秋风冷,雕甍白集作落日沉。裁纨凄断曲,纤素别离心。掖庭羞改画,长门不惜金。宠移恩稍薄,情疏恨转深。香销翠羽帐,弦断凤凰琴。镜前红粉歇,阶上绿苔侵。谁言掩歌扇,翻作白头吟。

同前 李白

十五入汉宫,花颜笑春红。君王选玉色,侍寝金一作锦屏中。荐枕娇夕月,卷衣恋春一作香风。宁知赵飞燕,夺宠恨无穷。沉忧能伤人,绿鬓成霜蓬。一朝不得意,世事徒为空。鹔鹴换美酒,舞衣罢雕笼。寒苦不忍言,为君奏丝桐。肠断弦亦绝,悲心夜忡忡。

同前 吴少微 此诗中有逸句。

城南有怨妇,含怨倚兰集作傍芳丛。自谓二八时,歌舞入汉宫,皇恩弄幸玉堂中。集作皇恩数流盼,承幸玉堂中。绿陌集作柏黄花催夜酒,锦衣罗袂逐春风。建章西宫焕若神,燕赵美女二集作三千人。君王厌德不忘新,况群艳冶纷来陈。是时别君不再见,三十三春长信殿。长信重门

昼掩关,清房晓帐幽且闲。绮窗虫网氛尘色,文轩莺对桃李颜。天王贵宫不贮老,浩然泪陨集作含泪今来还。自怜集有春色二字转晚暮,试逐佳游芳草路。小腰丽女夺人奇,金鞍少年曾不顾。归来谁为夫,请谢西家妇,莫辞先醉解罗襦。

明月照高楼 雍陶

朗月何高高,楼中帘影寒。一妇独含叹,四坐谁成欢。时节屡已移,游旅杳不还。沧溟倘未涸,妾泪终不干。君若无定云,妾若不动山。云行出山易,山逐云去难。愿为边塞尘,因风委君颜。君颜良洗多,荡妾浊水间。

长门怨 徐贤妃

旧爱柏梁台,新宠昭阳殿。守分辞方集作芳辇,含情泣团扇。一朝歌舞荣,夙昔诗书贱。颓恩诚已矣,覆水难重荐。

同前 沈佺期

月皎风泠泠,长门次掖庭。玉阶闻坠叶,罗幌见飞萤。清露凝珠缀,流尘下翠屏。妾心君未察,愁叹剧繁星。

同前 吴少微

月出映曾城,孤圆上太清。君王春集作春爱歇,枕席凉风生。怨咽不能寝,踟蹰步前楹。空阶白露色,百草塞虫鸣。念昔金房里,犹嫌玉座轻。如何娇所误,长夜泣恩情。

同前 张修之

长门落景尽,洞房秋月明。玉阶草露积,金屋网尘生。妾妒今应改,君恩昔未平。寄语临邛客,何时作赋成。

同前 裴交泰

自闭长门经几秋,罗衣湿尽泪还流。一种蛾眉明月夜,南宫歌管北宫愁。

同前 刘阜

宫殿沉沉月欲分,昭阳更漏不堪闻。珊瑚

枕上千行泪,不是思君是恨君。

同前 袁晖

早知君爱歇,本自无紫炉。谁使恩情深,今来反相误。愁眠罗帐晓,泣坐金闺暮。独有梦中魂,犹言意如故。

同前 刘言史

独坐炉边结夜愁,暂时恩_{集作思}去亦难留_{一作收}。手持金箸垂红泪,乱拨寒灰不举头。

同前二首 李白

天回北斗挂西楼,金屋无人萤火流。月光欲到长门殿,别作深宫一段愁。

桂殿长愁不记春,黄金四屋起秋尘。夜悬明镜青天上,独照长门宫里人。

同前 李华

弱体鸳鸯荐,啼妆翡翠衾。鸦鸣秋殿晓,人静禁门深。每忆椒房宠,那堪永巷阴。日惊罗带缓,非复旧来心。

同前 岑参

君王嫌妾妒,闭妾在长门。舞袖垂新宠,愁眉结旧恩。绿钱生履迹,红粉湿啼痕。羞被桃花笑,看春独不言。

同前 齐澣

茕茕孤思逼,寂寂长门夕。妾妒亦非深,君恩那不惜。携琴就玉阶,调悲声未谐。将心托明月,流影入君怀。

同前 刘长卿

何事长门闭,珠帘只自垂。月移深殿早,春向后宫迟。蕙草生闲地,梨花发旧枝。芳菲自恩幸,看却_{集作著}被风吹。

同前 僧皎然

春风日日闭长门,摇荡春心自_{集作似}梦魂。若遣花开只笑妾,不如桃李正无言。

同前 卢纶

空宫_{集作空古}廊殿,寒月照斜晖。卧听未央曲,满箱歌舞衣。

同前 戴叔伦

自忆专房宠,曾居第一流。移恩向何_{集作他}处,暂妒不容收。夜久丝管_{集作静管}弦绝,月明宫殿秋。空将旧时意,长望凤凰楼。

同前 刘驾

御泉长绕凤凰楼,只是恩波别处流。闲揲舞衣归未得,夜来砧杵六宫秋。

同前二首 高蟾

天上何劳万古春,君前谁是百年人。魂销尚愧金炉烬,思起犹惭玉辇尘。烟翠薄情攀不得,星芒浮艳采无因。可怜明镜来相向,何似恩光朝夕新。

天上凤凰休寄梦,人间鹦鹉旧堪悲。平生心绪无人识,一只金梭万丈丝。

同前 张祜

日映宫墙柳色寒,笙歌遥指碧云端。珠铅滴尽无心语,强把花枝冷笑看。

同前二首 郑谷

闲把罗衣泣凤凰,先朝曾教舞霓裳。春来却羡庭花落,得逐晴风出禁墙。

流水君恩共不回,杏花争忍扫成堆。残春未必多烟雨,泪滴闲阶长绿苔。

同前二首 刘氏媛

雨滴梧桐秋夜长,愁心和雨到昭阳。泪痕不学君恩断,拭却千行更万行。

学画蛾眉独出群,当时人道便承恩。经年不见君王面,花落黄昏空掩门。

阿娇怨 刘禹锡

望见葳蕤举翠华,试开金屋扫庭花。须臾宫女传来信,云_{一作言}幸平阳公主家。

班婕妤 徐彦伯
　　君恩忽断绝,妾思终未央。巾栉不可见,枕席空余香。窗暗网罗白,阶秋苔藓黄。应门寂已闭,流涕向昭阳。

同前 严识玄
　　贱妾如桃李,君王若岁时。秋风一已劲,摇落不胜悲。寂寂苍苔满,沉沉绿草滋。荣一作繁华非此日,指辇竟何辞。

同前三首 王维
　　玉窗萤影度,金殿人声绝。秋夜守罗帏,孤灯耿不灭。
　　宫殿生秋草,君王恩幸疏。那堪闻凤吹,门外度金舆。
　　怪来妆阁闭,朝下不相迎。总向春园里,花间语笑声。

婕妤怨 崔湜
　　不分君恩断,新妆视镜中。容华尚春日,娇爱已秋风。枕席临窗晓,帏屏向月空。年年后庭树,荣落在深宫。

同前 崔国辅
　　长信宫中草,年年愁处生。故侵珠履迹,不使玉阶行。

同前 张烜
　　贱妾裁纨扇,初摇明月姿。君王看舞席,坐起秋风时。玉树清御路,金陈翳垂丝。昭阳无分理,愁寂任前期。

同前 刘方平
　　夕殿别君王,宫深月似霜。人愁集作幽在长信,萤出向昭阳。露裛红兰死集作湿,秋凋碧树伤。惟当合欢扇,从此箧中藏。

同前 王沈
　　长信梨花暗欲栖,应门上籥草萋萋。春风吹花乱扑户,班健集作班绝车声不至啼。

同前 皇甫冉
　　由来咏团扇,今与值秋风。事逐时皆往,恩无日再中。早鸿闻上苑,寒露下深宫。颜色年年谢,相如赋岂工。

同前 陆龟蒙
　　妾貌非倾国,君王忽然宠。南山掌上来,不及新恩重。后宫多窈窕,日日学新声。一落君王耳,南山又须轻。

同前 翁绶
　　谗谤潜来起百忧,朝承恩宠暮仇雠。火烧白玉非因玷,霜翦红兰不待秋。花落昭阳谁共辇,月明长信独登楼。繁华事逐东流水,团扇悲歌万古愁。

同前 刘氏云
　　君恩不可见,妾岂如秋扇。秋扇尚有时,妾身永微贱。莫言朝花不复落,娇容几夺昭阳殿。

长信怨 王諲
　　飞燕倚身轻,争人巧笑名。生君弃妾意,增妾怨君情。日落昭阳殿,秋来长信城。寥寥金殿里,歌吹夜无声。

同前 王昌龄
　　金井梧桐秋叶黄,珠帘不卷夜来霜。金炉集作熏笼玉枕无颜色,卧听南宫一作宫中清漏长。
　　奉帚平明金殿开,暂集作且将团扇共集作暂裴回。玉颜不及寒鸦色,犹带昭阳日影来。

同前 李白
　　月皎昭阳殿,霜清长信宫。天行乘玉辇,飞燕与君同。更有留情处,承恩乐未穷。谁怜团扇妾,独坐怨秋风。

蛾眉怨 王翰
　　君不见宜春苑中九华殿,飞阁连连直如发。白日全含朱鸟窗,流云半入苍龙阙。宫中彩女夜无事,学凤吹箫弄清越。珠帘北卷待凉风,绣户南开向明月。忽闻天子忆蛾眉,宝凤衔花搩两螭。传声走马开金屋,夹路鸣环上玉墀。长乐彤庭宴华寝,三千美人曳光集作花锦。灯前含笑更罗衣,帐里承恩荐瑶枕。不意君心半路回,求仙别作望仙台。仓集作琳琅禁閟遥相忆,紫翠岩房昼不开。欲向人间种桃实,先从海底觅蓬莱。蓬莱可求不可上,孤舟缥缈知何往。黄金作盘铜作茎,晴集作青天白露掌中擎。王母嫣然感君意,云车雨斾欲相迎。飞廉观前空怨慕,少君何事须相误。一朝埋没茂陵田,贱妾蛾眉不重顾。宫车晚出向南山,仙卫逶迤去不还。朝晡泣对麒麟树,树下苍苔日渐斑。人生百年夜将半,对酒长歌莫长叹。剩集作情知白日不可思,一死一生何足算。

玉阶怨 李白

玉阶生白露,夜久侵罗袜。却下水精帘,玲珑望秋月。

宫怨 长孙佐辅

窗前好树名玫瑰,去年花落今年开。无情春色尚识返,君心忽断何时来。忆昔妆成候仙仗,宫琐玲珑日新上。拊心却笑西子颦,掩鼻谁忧郑姬谤。草染文章衣下履,花粘甲乙床前帐。三千玉貌休自夸,十二金钗独相向。盛衰倾夺欲何如,娇爱翻悲逐伎谀。重远岂能惭沼鹄,弃前方见泣船鱼。看笼不记熏龙脑,咏扇空曾秃鼠须。始意一作喜类萝新托柏,终伤如荠隙甘荼。深院集作院深独开还独闭,鹦鹉惊飞苔覆地。满箱旧赐前日衣,渍枕新垂夜来泪。痕多开镜照还悲,绿鬓青蛾尚未衰。莫道新缣长绝比,犹逢故剑曾相追。

同前 李益

露湿晴花宫集作春殿香,月明歌吹在昭阳。似将海水添宫漏,共滴长门一夜长。

同前 于濆

妾家望江口,少年家财厚。临江起珠楼,不卖文君酒。当年乐贞独,巢燕时为友。父兄未许人,畏妾事姑舅。西墙邻宋玉,窥见妾眉宇。一旦及天聪,恩光生户牖。谓言入汉宫,富贵可长久。君王纵有情,不奈陈皇后。谁怜颊似桃,孰知腰胜柳。今日在长门,从来不如丑。

同前 柯崇

尘满金炉不炷香,黄昏独自立重廊。笙歌何处承恩宠,一一随风入上阳。

长门槐柳半萧疏,玉辇沉思恨有余。红泪旋销倾国态,黄金谁为达相如。

杂怨三首 聂夷中

生在绮罗下,岂识渔阳道。良人自戍来,夜夜梦中到。渔阳万里远,近于中门限。中门逾有时,渔阳常在眼。

良人昨日去,明日又不还一作明月又不圆。别时各有泪,零落青楼前。

君泪濡罗巾,妾泪滴路尘。罗巾今在手,日得随妾身。路尘如因飞,得上君车轮。

同前三首 孟郊

夭桃花清晨,游女红粉新。夭桃花薄暮,游女红粉故。树有百年一作度花,人无一定颜。花送人老尽,人悲花自闲。

贫女镜不明,寒花日少容。暗蚕有虚织,短线无长缝。浪水不可照,狂夫不可从。浪水多散影,狂夫多异踪。持此一生薄,空成百集作万恨浓。

忆人莫至悲,至悲空自衰。寄人莫翦衣,翦衣未必归。朝为双一作同蒂花,暮为四散飞。花落却绕树,游子不顾期。

全唐诗卷二十一

相和歌辞

子夜春歌 王翰

以后并清商曲。其器有钟、磬、琴、瑟、击琴、琵琶、箜篌、筑、筝、节鼓、笙、笛、箫、篪、埙等十五种,为一部。唐又增吹叶而无埙。长安以后,工伎浸缺,与吴音转远。开元中,刘贶以为宜取吴人,使之传习,以问歌工李郎子。郎子北人,学于江都俞才生。后郎子亡去,清乐之歌遂阙。

春气满林香,春游不可忘。落花吹欲尽,垂柳折还长。桑女淮南曲,金鞍塞北装。行行小垂手,日暮渭川阳。

子夜冬歌 崔国辅

寂寥抱冬心,裁罗又絅絅。夜久频挑灯,霜寒剪刀冷。

同前 薛光耀

朔风扣群木,严霜凋百草。借问月中人,安得长不老。

子夜四时歌六首 郭元振

春歌二首

青楼含日光,绿池起风色。赠子同心花,殷勤此何极。

陌头杨柳枝,已被春风吹。妾心正断绝,君怀那得知。

秋歌二首

邀欢空伫立,望美频回顾。何时复采菱,江中密相遇。

辟恶茱萸囊,延年菊花酒。与子结绸缪,丹心此何有。

冬歌二首

北极严气升,南至温风谢。调丝竞短歌,拂枕怜长夜。

帷横双翡翠,被卷两鸳鸯。婉态不自得,宛转君王床。

子夜四时歌四首 李白

春歌
秦地罗敷女,采桑绿水边。素手青条上,红妆白日鲜。蚕饥妾欲去,五马莫留连。

夏歌
镜湖三百里,菡萏发荷花。五月西施采,人看隘若邪。回舟不待月,归去越王家。

秋歌
长安一片月,万户捣衣声。秋风吹不尽,总是玉关情。何日平胡虏,良人罢远征。

冬歌
明朝驿使发,一夜絮征袍。素手抽针冷,那堪把剪刀。裁缝寄远道,几日到临洮。

子夜四时歌四首 陆龟蒙

春歌
山连翠羽屏,草接烟华席。望尽南飞燕,佳人断信—作消息。

夏歌
兰眼抬露斜,莺唇映花老。金龙倾漏尽,玉井敲冰早。

秋歌
凉汉清泬寥,衰林怨风雨。愁听络纬唱,似与羁魂语。

冬歌
南光走冷圭,北籁号空木。年年任霜霰,不减贺筜绿。

大子夜歌二首 陆龟蒙次首本古曲辞

歌谣数百种,子夜最可怜。慷慨吐清音,明转出天然。

丝竹发歌响,假器扬清音。不知歌谣妙,声势出口心。

子夜警歌二首 陆龟蒙次首本古曲辞

镂碗传绿酒,雕炉熏紫烟。谁知苦寒调,共作白雪弦。

恃爱如欲进,含羞出不前。朱口发艳歌,玉指弄娇弦。

丁督护歌 李白

云阳上征去,两岸饶商贾。吴牛喘月时,拖船一何苦。水浊不可饮,壶浆半成土。一唱都集作督护歌,心摧泪如雨。万人凿盘石,无由达江浒。君看石芒砀,掩泪悲千古。

团扇郎 张祜

白团扇,今来此去捐。愿得入郎手,团圆郎眼前。

同前 刘禹锡

团扇复团扇,奉君清暑殿。秋风入庭树,从此不相见。上有乘鸾女,苍苍虫网遍。明年入怀袖,别是—作有机中练。

碧玉歌 李暇

碧玉上宫妓,出入千花林。珠被玳瑁床,感郎情意深。

懊恼曲 温庭筠

藕丝作线难胜针,蕊粉染黄那得深。玉白兰芳不相顾,倡—作青楼一笑轻千金。莫言自古皆如此,健剑刜钟铅绕指。三秋庭绿尽迎霜,惟有荷花守红死。西—作庐江小吏朱斑轮,柳缕吐芽香玉春。两股金钗已相许,不令独作空城集作成尘。悠悠楚水流如马,恨紫愁红满平野。野土千年怨不平,至今烧作鸳鸯瓦。

读曲歌五首 张祜

窗中独自起,帘外独自行。愁见蜘蛛织,寻思直到明。

碓上米不舂,窗中丝罢络。看渠驾去车,定是无四角。

不见心相许,徒云脚漫勤。摘荷空摘叶,是底采莲人。

窗外山魈立,知渠脚不多。三更机底下,摸著是谁梭。

郎去摘黄瓜,郎来收赤枣。郎耕种麻地,今除西舍道。

春江花月夜二首 张子容

　　林花发岸口，气色动江新。此夜江中月，流光花上春。分明石潭里，宜照浣纱人。

　　交甫怜瑶佩，仙妃难重期。沉沉绿江晚，惆怅碧云姿。初逢花上月，言是弄珠时。

同前 张若虚

　　春江潮水连海平，海上明月共潮生。滟滟随波千万里，何处春江无月明。江流宛转绕芳甸，月照花林皆似霰。空里流霜不觉飞，汀上白沙看不见。江天一色无纤尘，皎皎空中孤月轮。江畔何人初见月，江月何年初照人。人生代代无穷已，江月年年望 集作只 相似。不知江月待何人，但见长江送流水。白云一片去悠悠，青枫浦上不胜愁。谁家今夜扁舟子，何处相思明月楼。可怜楼上月徘回，应照离人妆镜台。玉户帘中卷不去，捣衣砧上拂还来。此时相望不相闻，愿逐月华流照君。鸿雁长飞光不度，鱼龙潜跃水成文。昨夜闲潭梦落花，可怜春半不还家。江水流春去欲尽，江潭落月复西斜。斜月沉沉藏海雾，碣石潇湘无限路。不知乘月几人归，落月摇情满江树。

同前 温庭筠

　　玉树歌阑海云黑，花庭忽作青芜国。秦淮有水水无情，还向金陵漾春色。杨家二世安九重，不御华芝嫌六龙。百幅锦帆风力满，连天展尽金芙蓉。珠翠丁星复明灭，龙头劈浪哀笳发。千里涵空照水魂，万枝破鼻团香雪。漏转霞高沧海西，颇黎枕上闻天鸡。蛮弦代雁曲如语，一醉昏昏天下迷。四方倾动烟尘起，犹在浓香梦魂里。后主荒宫有晓莺，飞来只隔西江水。

玉树后庭花 张祜

　　轻车何草草，独唱后庭花。玉座谁为主，徒悲张丽华。

堂堂 温庭筠

　　钱塘岸上春如织，森森寒潮带晴色。淮南游客马连嘶，碧草迷人归不得。风飘客意如吹烟，纤指殷勤伤雁弦。一曲堂堂红烛筵，金 集作长 鲸泻酒如飞泉。

三阁词四首 刘禹锡

　　贵人三阁上，日晏未梳头。不应有恨事，娇甚却成 集作生 愁。

　　珠箔曲琼钩，子细见扬州。北兵那得度，浪语 集作话 判悠悠。

　　沉香帖阁柱，金缕画门 集作阁 楣。回首降幡下，已见黍离离。

　　三人出眢井，一身登槛车。朱门漫临水，不可见鲈鱼。

神弦曲 李贺

　　西山日没东山昏，旋风吹马马踏云。画弦素管声浅繁，花裙綷縩步秋尘。桂叶刷风桂坠子，青狸哭血寒狐死。古壁彩虹金贴尾，雨工骑入秋 一作公夜骑入潭水。百年老鸮成木魅，笑声碧火巢中起。

神弦别曲 李贺

　　巫山 一作阳 小女隔云别，松花春风 一作春风松花 山上发。绿盖独穿香径归，白马花竿前孑孑。蜀江风澹水如罗，堕兰谁泛相经过。南山桂树为君死，云衫残 集作浅 污红脂花。

祠渔山神女歌 王维

　　迎神

　　坎坎击鼓，渔山之下。吹洞箫，望极浦。女巫进，纷屡舞。陈瑶席，湛清酤。风凄凄，又 集作兮 夜雨。不知神之来兮不来，使我心兮苦复苦。

　　送神

　　纷进舞兮堂前，目眷眷兮琼筵。来不言兮意不传，作暮雨兮愁空山。悲急管兮思繁弦，神之驾兮俨欲旋。倏云收兮雨歇，山青青兮水潺潺。

祠神歌 王睿
　　迎神
　　薴草头花椰叶裙,蒲葵树下舞蛮云。引领望江遥滴酒,白蘋风起水生文。
　　送神
　　枨枨山响答琵琶,酒湿青莎肉饲鸦。树叶无声神去后,纸钱灰出木绵花。

乌夜啼 杨巨源　以后并西曲歌,本出于荆郢樊邓之间,故其声节送和与吴歌亦异。
　　可怜杨叶复杨花,雪净烟深碧玉家。乌栖不定枝条弱,城头夜半声哑哑。浮萍摇集作流荡门前水,任罥芙蓉莫堕沙。

同前 李白
　　黄云城边乌欲栖,归飞哑哑枝上啼。机中织锦秦川女一作闺中织妇秦家女,碧纱如烟隔窗语。停梭怅然忆远人,独宿孤房泪如雨。一作停梭向人问故夫,欲说辽西泪如雨。

同前二首 顾况
　　玉房掣锁声翻叶,银箭添泉绕霜堞。毕逋发刺月衔城,八九雏飞其母惊。此是天上老鸦鸣,人间老鸦无此声。摇集有风字杂佩,耿华烛,良夜羽人弹此曲,东方瞳瞳赤日旭。
　　月出江林西,江林寂寂城鸦啼。昔人何处为此曲,今人何处听不足。城寒月晓驰思深,江上青草为谁绿。

同前 李群玉
　　曾波隔梦渚,一望青枫林。有乌在其间,达晓自悲吟。是时月黑天,四野烟雨深。如闻生离哭,其声痛人心。
　　悄悄夜正长,空山响哀音。远客不可听,坐愁华发侵。既非蜀帝魂,恐是恒山禽。四子各分散,母声犹至今。

同前 聂夷中
　　众鸟各归枝,乌乌尔不栖。还应知妾恨,故向绿窗啼。

同前 白居易
　　城上归时晚,庭前宿处危。月明无叶树,霜滑有风枝。啼涩饥喉咽,飞低冻翅垂。画堂鹦鹉鸟,冷暖不相知。

同前 王建
　　庭树乌,尔何不向别处栖?夜夜夜半当户啼。家人把烛出洞户,惊栖失群飞落树。一飞直欲飞上天,回回不离旧栖处。未明重绕主人屋,欲下空中黑相触。风飘雨湿亦不移,君家树头多好枝。

同前 张祜
　　忽忽南飞返,危弦共怨凄。暗霜移树宿,残夜绕枝啼。咽绝声重叙,憎淫思乍迷。不妨还报喜,误使玉颜低。

乌栖曲 李白
　　姑苏台上乌栖时,吴王宫里醉西施。吴歌楚舞欢未毕,青山犹集作欲衔半边日。银箭金壶一作金壶丁丁漏水多,起看秋月坠江波,东方渐高奈乐一作尔何。

同前 李端
　　白马逐牛集作朱车,黄昏入狭斜。柳树乌争宿,急枝集作宿未得飞上屋。东房少妇婿从军,每听乌啼知夜分。

同前 王建
　　章华宫人夜上楼,君王望月西山头。夜深宫殿门不锁,白露满山山叶堕。

同前 张籍
　　西山作宫潮满池,宫乌晓鸣茱萸枝。吴姬自唱采莲一作采莲自唱曲,君王昨夜舟中宿。

栖乌曲二首 刘方平
　　蛾眉曼脸倾城国,鸣环动佩新相识。银汉斜临白玉堂,芙蓉行障掩灯光。
　　画舸双艚锦为缆,芙蓉花发莲叶暗。门前

月色映横塘,感郎中夜渡潇湘。

莫愁乐 张祜

依居石城下,郎到石城游。自郎石城出,长在石城头。

莫愁曲 李贺

草生陇坂下,鸦噪城堞头。何人此城里,城角栽石榴。青丝系五马,黄金络双牛。白鱼驾莲船,夜作十里游。归来无人识,暗上沉香楼。罗床倚瑶瑟,残月倾帘钩。今日槿花落,明朝梧集作桐树秋。若负平生意,何名作集作何莫愁。

估客乐 李白

海客乘天风,将船远行役。譬如云中鸟,一去无踪迹。

同前 元稹

估客无住著,有利身即集作则行。出门求火伴,入户辞父兄。父兄相教示,求利莫求名。求名有所避,求利无不营。火伴相勒缚,卖假莫卖诚。交关少集作但交假,交假本生轻集作本生得失轻。自兹相将去,誓死意不更。一集作亦解市头语,便无乡里情。输石打臂钏,糯米炊项璎。归来村中卖,敲作金玉声。村中田舍娘,贵贱不敢争。所费百钱本,已得十倍赢。颜色转光净,饮食亦甘馨。子本频蕃息,货赇集作贩日兼并。求珠驾沧海,采玉上荆衡。北买党项马,西擒叶蕃鹦。炎洲布火浣,蜀地锦织成。越婢脂肉滑,奚僮眉眼明。通算衣食费,不计远近程。经营集作游天下遍,却到长安城。城中东西市,闻客次第迎。迎各兼说客,多财为势倾。客心本明黠,闻语心已惊。先问十常侍,次求百公卿。侯家与主第,点缀无不精。归来始安坐,富与王家集作者勋。市卒酒肉臭,县胥家舍成。岂惟绝言语,奔走极使令。大儿贩材木,巧识梁栋形。小儿贩盐卤,不入州县征。一身偃市利,突若截海鲸。钩距不敢下,下则牙齿横。生为估客乐,判尔乐一生。

尔又生两子,钱刀何岁平。

贾客乐 张籍

金陵向西贾客多,船中生长乐风波。欲发移船近江口,船头祭神各浇酒。停杯共说远行期,入蜀经蛮远集作谁别离。金多众中为上客,夜夜算缗眠独迟。秋江初月猩猩语,孤帆夜发满集作潇湘渚。水工持楫防暗滩,直过山边及前侣。年年逐利西复东,姓名不在县籍中。农夫税多长辛苦,弃业长为贩卖一作宝翁。

贾客词 刘禹锡

贾客无定游,所游惟利并。眩俗杂良苦,乘时知重轻。心计析秋毫,摇钩侔悬衡。锥刀既无弃,转化日已盈。邀福祷波神,施财游化城。妻约雕金钏,女垂贯珠缨。高赀比封君,奇货通幸卿。趋时鹜鸟思,藏镪盘龙形。大艑浮通川,高楼次旗亭。行止皆有乐,关梁似一作自无征。农夫何为者,辛苦事寒耕。

同前 刘驾

贾客灯下起,犹言发已迟。高山有疾路,暗行终不疑。寇盗伏其路,猛兽来相追。金玉四散去,空囊委路岐。扬州有大宅,白骨无地归。少妇当此日,对镜弄花枝。

襄阳乐 张祜

大堤花月夜,长江春水流。东风正上信,春夜特来一作待郎游。

襄阳曲二首 崔国辅

蕙草娇红萼,时光舞碧鸡。城中美年少,相见白铜鞮。

少年襄阳地,来往襄阳城。城中轻薄子,知妾解秦筝。

同前 施肩吾

大堤女儿郎莫寻,三三五五结同心。清晨对镜冶集作理容色,意欲取郎千万金。

同前 李端

襄阳堤路长,草碧杨柳集作柳枝黄。谁家女

儿临夜妆,红罗帐里有灯光。雀钗翠羽动明钅丁,欲出不出脂粉香。同居女伴正衣裳,中庭寒月白如霜。贾生十八称才子,空得门前一断肠。

大堤曲 张柬之

南国多佳人,莫若大堤女。玉床翠羽帐,宝袜莲花炬。魂处自—作在目成,色授开心许。迢迢不可见,日暮空愁予。

同前 杨巨源

二八婵娟大堤女,开垆相对依江渚。待客登楼向水看,邀郎卷幔临花语。细雨濛濛湿芰荷,巴东商侣挂帆多。自传芳酒浣红袖,谁调妍妆回翠蛾。珍簟华灯夕阳后,当垆理瑟矜纤手。月落星微五鼓声,春风摇荡窗前柳。岁岁逢迎沙岸间,北人多识绿云鬟。无端嫁与五陵少,离别烟波伤玉颜。

同前 李白

汉水临—作横襄阳,花开大堤暖。佳期大堤下,泪向南云满。春风复无集作无复情,吹我梦魂散。不见眼中人,天长音信断。

同前 李贺

妾家住横塘,红纱满桂香。青云教绾头上髻,明月与作耳边珰。莲风起,江畔春。大堤上,留北人。郎食鲤鱼尾,妾食猩猩唇。莫指襄阳道,绿浦归帆少。今日菖蒲花,明朝枫树老。

大堤行 孟浩然

大堤行乐处,车马相驰突。岁岁春草生,踏青二三月。王孙挟珠弹,游女矜罗袜。携手今莫同,江花为谁发。

三洲歌 温庭筠

团圆莫作波中月,洁白莫为枝上雪。月随波动碎潾潾,雪似梅花不堪折。李娘十六青丝发,画带双花为君结。门前有路轻离别—作别离,惟恐归来旧香灭。

拔蒲歌 张祜 拔蒲,倚歌也,凡倚歌悉用铃鼓,无弦有吹。

拔蒲来,领郎镜湖边。郎心在何处,莫趁新莲去。拔得无心蒲,问郎看好无。

杨叛儿 李白

君歌杨叛儿,妾劝新丰酒。何许最关人,乌啼白门柳。乌啼隐杨花,君醉留妾家。博山炉中沉香火,双咽集作烟一气凌紫霞。

常林欢 温庭筠

宜城酒熟花覆桥,沙晴绿鸭鸣咬咬。秾桑绕舍麦如尾,幽轧鸣机双燕巢。马声特特荆门道,蛮水扬光色如草。锦荐金炉梦正长,东家呝集作咿喔鸡鸣早。

江南弄 王勃

江南弄,巫山连楚梦,行雨行云几相送。瑶轩金谷上春时,玉童仙女无见期。紫露香烟眇难托,清风明月遥相思。遥相思,草徒绿,为听双飞凤凰曲。

同前 李贺

江中绿雾起凉波,天上叠巘红嵯峨。水风浦云生老竹,渚暝蒲帆如一幅。鲈鱼千头酒百斛,酒中倒卧南山绿。吴歈越吟未终曲,江上团团帖寒玉。

采莲曲 崔国辅

玉溆花红集作争发,金塘水碧集作乱流。相逢畏相失,并著采莲舟。

同前 徐彦伯

妾家越水边,摇艇入江烟。既觅同心侣,复采同心莲。折藕丝能脆,开花叶正圆。春歌弄明月,归棹落花前。

同前 李白

若耶溪边采莲女,笑隔荷花共人语。日照新妆水底明,风飘香袖集作袂空中举。岸上谁家游冶郎,三三五五映垂杨。紫骝嘶入落花去,见此踟蹰空断肠。

同前 贺知章

　　稽山罢雾郁嵯峨，镜水无风也自波。莫言春度芳菲尽，别有中流采芰荷。

同前三首 王昌龄

　　吴姬越艳楚王妃，争弄莲舟水湿衣。来时浦口花迎入，采罢江头月送归。

　　荷叶罗裙一色裁，芙蓉向脸两边开。乱入池中看不见，闻歌始觉有人来。

　　越女作桂舟，还将桂为楫。湖上水渺漫，清江初集作不可涉。摘取芙蓉花，莫摘芙蓉叶。将归问夫婿，颜色何如妾。

同前二首 戎昱

　　虽听采莲曲，讵识采莲心。漾楫爱花远，回船愁浪深。烟生极浦色，日落半江阴。同侣怜波静，看妆堕玉簪。

　　浔阳女儿花满头，毵毵同泛木兰舟。春集作秋风日暮南湖里，争唱菱歌不肯休。

同前 储光羲

　　浅渚荷集作荇花繁，深塘集作潭菱叶疏。独往方自得，耻邀淇上姝。广江无术阡，大泽一作罗绝方隅。浪中海童语，流下鲛人居。春雁时隐舟，新荷集作萍复满湖。采采乘日暮，不思贤与愚。

同前二首 鲍溶

　　弄舟朅来南塘水，荷叶映身摘莲子。暑衣清一作鲜净鸳鸯喜，作浪舞花惊不起。殷勤护惜纤纤指，水菱初熟多新刺。

　　采莲朅来水无风，莲潭如镜集作鉴松如龙。夏衫短袖交斜红，艳歌笑斗新芙蓉，戏鱼住集作往听莲花东。

同前 张籍

　　秋江岸边莲子多，采莲女儿凭船歌。青房圆实齐戢戢，争前竞折荡漾集作漾微波。试牵绿茎下寻藕，断处丝多刺伤手。白练束腰袖半卷，不插玉钗妆梳浅。船中未满度前洲，借问谁家集作阿谁家住远。归时共待暮潮上，自弄芙蓉还荡桨。

同前 白居易

　　菱叶萦波荷飐风，荷花深处小船通。逢郎欲语低头笑，碧玉搔头落水中。

同前 僧齐己

　　越江女，越江莲，齐菡萏，双婵娟。嬉游向何处，采摘且同船。浩唱发容与，清波生漪涟。时逢岛屿泊，几共鸳鸯眠。襟袖既盈溢，馨香亦相传。薄暮归去来，苎罗生碧烟。

采莲归 王勃

　　采莲归，绿水芙蓉衣，秋风起浪凫雁飞。桂棹兰桡下长浦，罗裙玉腕摇轻橹。叶屿花潭极望平，江讴越吹相思苦。相思苦，佳期不可驻。塞外征夫犹未还，江南采莲今已暮。今已暮，摘集作采莲花。今渠集作渠今那必尽倡家。官道城南把桑叶，何如江上采莲花。莲花复莲花，花叶何重集作稠叠。叶翠本羞眉，花红强如颊。佳人不兹期集作在兹，怅望别离时。牵花怜共蒂，折藕爱连丝。故情何集作无处所，新物徒集作从华滋。不惜南集作西津交佩解，还羞北海雁书迟。采莲歌有节，采莲夜未歇。正逢浩荡江上风，又值徘徊江上月集有徘徊二字。莲浦夜相逢，吴姬越女何丰茸。共问寒江千里外，征客关山更集作路几重。

采莲女 阎朝隐

　　采莲女，采莲舟，春日春江碧水流。莲衣承玉钏，莲刺胃银钩。薄暮敛容歌一曲，氤氲香气满汀洲。

湖边采莲妇 李白

　　小姑织白纻，未解将人语。大嫂采芙蓉，溪湖千万重。长兄行不在，莫使外人逢。愿学秋胡妇，真心比古松。

张静婉采莲曲 温庭筠

　　兰膏坠发红玉春，燕钗拖颈抛盘云。城西

一作边杨柳向娇晚,门前沟水波潾潾。麒麟公子朝天客,佩集作珂马珧珧度春陌。掌中无力舞衣轻,翦断鲛绡破春碧。抱月飘烟一尺腰,麝脐龙髓怜娇饶。秋罗拂衣集作水碎光动,露重花多香不销,鸂鶒胶胶集作交交塘水满,绿萍如一作芒金粟莲茎短。一夜西风送雨来,粉痕零落愁红浅。船头折藕丝暗牵,藕根莲子相留连。郎心似月月易一作未缺,十五十六清光圆。

凤笙曲 沈佺期

忆昔王子晋,凤笙游云空。挥手弄白日,安能恋青宫。岂无婵娟子,结念罗帐集作帏中。怜寿不贵色,身世两无穷。

凤吹笙曲 李白

仙人十五爱吹笙,学得昆丘彩凤鸣。始闻炼气餐金液,复道朝天赴玉京。玉京迢迢几千里,凤笙去去无边集作穷已。欲叹离声发绛唇,更嗟别调流纤指。此时惜别讵堪闻,此地相看未忍分。重吟真曲和清吹,却奏仙歌响绿云。绿云紫气向函关,访道应寻缑氏山。莫学吹笙王子晋,一遇浮丘断不还。

采菱曲 储光羲

浊水菱叶肥,清水菱叶鲜。义不游浊水,志士多苦言。潮没具区薮,潦深云梦田。朝随北风去,暮逐南风还。浦口多渔家,相与邀我船。饭稻以终日,羹莼将永年。方冬水物穷,又欲休山樊。尽室相随从,所贵无忧患。

采菱行 刘禹锡

白马湖平秋日光,紫菱如锦彩鸾一作鸳翔。荡舟游女满中央,采菱不顾马上郎。争多逐胜纷相向,时转兰桡破轻浪。长鬟弱袂动集作披参差,钗影钏文浮荡漾。笑语哇咬顾晚晖,蓼花绿集作缘崖扣舷归。归来共到市桥步,野蔓系船萍满衣。家家竹楼临广陌,下有连樯多估客。携觞荐芰夜经过,醉踏大堤相应歌。屈平祠下沅江水,月照寒波白烟起。一曲南音此地闻,长安北望三千里。

阳春歌 李白

长安白日照春空,绿杨结烟桑集作垂袅风。披香殿前花始红,流芳发色绣户中。绣户中,相经过,飞燕皇后轻身舞,紫宫夫人绝世歌。圣君三万六千日,岁岁年年奈乐何。

阳春曲 温庭筠

云母空窗晓烟薄,香昏龙气凝辉阁。霏霏雾雨杏花天,帘外春威著罗幕。曲栏伏槛金麒麟,沙苑芳郊连翠茵。厩马何能啮芳草,路人不敢随流尘。

同前 庄南杰

紫锦红囊香满风,金鸾玉轼摇丁冬。沙鸥白羽翦晴碧,野桃红艳烧春空。芳草绵延锁平地,垅蝶双双舞幽翠。凤叫龙吟白日长,落花声底仙娥醉。

同前 僧贯休

为口莫学阮嗣宗,不言是非非至公。为手须似朱云辈,折槛英风至今在。男儿结发事君亲,须教前学贤多慷慨。历数雍熙房与杜,魏公姚公宋开府。尽向天上仙宫闲处坐,何不却辞上帝下下土,忍见苍生苦苦苦。

朝云引 郎大家宋氏

巴西巫峡指巴东,朝云触石上朝空。巫山巫峡高何已,行雨行云一时起。一时起,三春暮,若言来,且就阳台路。

上云乐 李白

金天之西,白日所没。康老胡雏,生彼月窟。巉岩仪容,戍削风骨。碧玉炅炅双目瞳,黄金拳拳两鬓红。华盖垂下睫,嵩岳临上唇。不睹谲诡貌,岂知造化神。大道是文康之严父,元气乃文康之老亲。抚顶弄盘古,推车转天轮。云见日月初生时,铸冶火精与水银。阳乌未出谷,顾兔半藏身。女娲戏黄土,团作愚下人。散在六合间,濛濛若沙尘。生死了不尽,谁明此胡是仙真。西海栽若木,东溟植扶桑,别来几多时,枝叶万里长。中国有七圣,半路颓鸿荒。陛下应运起,龙飞入咸阳。赤眉立盆子,白水兴汉光。叱咤四海动,洪涛为簸扬。举足蹋紫微,天关自开张。老胡感至德,东来进仙倡。五色师子,九苞凤凰。是老胡鸡犬,鸣舞飞帝乡。淋漓飒沓,进退成行。能胡歌,献汉酒,跪双膝,并_{集作立}两肘,散花指天举素手。拜龙颜,献圣寿,北斗戾,南山摧。天子九九八十一岁,长倾万岁一作年杯。

同前 李贺

飞香走红满天春,花龙盘盘上紫云。三千宫女列金屋,五十弦瑟海上闻。大江_{集作天河}碎碎银沙路,嬴女机中断烟素。断烟素,缝舞衣_{集作衣缕},八月一日君前舞。

凤台曲 王无竞

凤台何逶迤,嬴女管参差。一旦彩云至,身去无还期。遗曲此台上,世人多学吹。一吹一落泪,至今怜玉姿。

同前 李白

尝闻秦帝女,传得凤凰声。是日逢仙子,当时别有情。人吹彩箫去,天借绿云迎。曲在身不返,空余弄玉名。

凤凰曲 李白

嬴女吹玉箫,吟弄天上春。青鸾不独去,更有携手人。影灭彩云断,遗声落西秦。

君道曲 李白 _{白自云:梁之雅歌有五篇,今作一章。按梁雅歌无《君道曲》,疑应王受图曲是也。}

大君若天覆,广运无不至。轩后爪牙常先太山稽,如心之使臂。小白鸿翼于夷吾,刘葛鱼水本无二。土扶_{集作枝}可成墙,积德为厚地。

全唐诗卷二十二

舞曲歌辞

自汉以后,乐舞浸盛。有雅舞,有杂舞。雅舞用之郊庙朝飨,杂舞用之宴会。前世乐饮酒酣,必自起舞。汉武帝乐饮,长沙定王起舞是也。自是已后,尤重以舞相属。相属者,代起舞,犹世饮酒以杯相属也。灌夫起舞以属田蚡,晋谢安舞以属桓嗣是也。

吴俞儿舞歌 陆龟蒙

此后并杂舞歌辞。杂舞者,公莫、巴渝、槃舞、鞞舞、铎舞、拂舞、白纻之类是也。始皆出自方俗,后浸陈于殿庭。虽非正乐,亦皆前代旧声。太宗贞观中,始造燕乐,其后又分为立坐二部。堂下立奏,谓之立部伎;堂上坐奏,谓之坐部伎。武后、中宗之世,大增造立坐部伎诸舞,随亦寝废。开元中,又有凉州、绿腰、苏合香、屈柘枝、团乱旋、回波乐、兰陵王、春莺啭、半社渠、借席、乌夜啼之属,谓之软舞。大祁阿连、剑器、胡旋、胡腾、阿辽、柘枝、黄麞、拂菻、大渭州、达摩支之属,谓之健舞。文宗时,教坊又进霓裳羽衣舞,女三百人,凡此皆杂舞也。

剑俞

枝月喉,棹霜脊,北斗离离在寒碧。龙魂清,虎尾白,秋照海心同一色。蠹影吒沙干影侧。神豪发直,四睨之人股佶栗,欲定不定定不得。春膑残,儿且止,狄胡有胆大如山,怖亦死。

矛俞

手盘风,头背分,电光战扇,欲刺敲心留半线。缠肩绕胫,褾合眩旋,卓植赴列,夺避中节。前冲函礼穴,上指字彗灭,与君一用来有截。

弩俞

牛来开弦,人为置镞。捩机关,迸山谷。鹿骇涩,隼击迟。析毫中睫,洞腋分龟。达坚垒,残雄师,可以冠猛乐壮曲。抑扬蹈厉,有裂犀兕之气者非公与。

东海有勇妇李白　魏辇舞五曲,李白作此篇,以代关中有贤女。

梁山感杞妻,恸哭为之倾。金石忽暂开,都由激深情。东海有勇妇,何惭苏子卿。学剑越处子,超腾集然若流星。捐躯报夫仇,万死不顾生。白刃耀素雪,苍天感精诚。十步两躩跃,三呼一交兵。斩首掉国门,蹴踏五藏行。割此伉俪愤,粲然大义明。北海李使君,飞章奏天庭。舍罪警风俗,流芳播沧瀛。志集作名在列女籍,行帛已光荣。淳于免诏狱,汉主为缇萦。津妾一棹歌,脱父于严刑。十子若不肖,不如一女英。豫让斩空衣,有心竟无成。要离杀庆忌,壮夫素所集作所素轻。妻子亦何辜,焚之买虚名。岂如东海妇,事立独扬名。

章和二年中李贺　辇舞曲

云萧索,风拂拂一作正云萧索,田风拂拂,麦芒如慧黍如粟。关中父老百领襦,关东吏人乏诟租。健犊春耕土膏黑,菖蒲丛丛沿水脉。殷勤为我下田钽,百钱携赏集作偿丝桐客。游春漫光坞花白,野林散香神降席。拜神得寿献天子,七星贯断姮娥死。

公莫舞歌李贺　巾舞曲

方花古一作石础排九楹,刺豹淋血盛银罂。华一作军筵鼓吹无桐竹,长刀直立割鸣筝。横楣粗锦生红纬,日炙锦嫣王未醉。腰下三看宝玦光,项庄掉箭拦前起。材官小臣公莫舞,座上真人赤龙子。芒砀云瑞抱天回,咸阳王气清如水。铁枢铁楗重束关,大旗五丈撞双环。汉王今日须秦印,绝膑刳肠臣不论。

拂舞辞李贺

吴娥声绝天,空云闲裴回。门外满车马,亦须生绿苔。尊有乌程酒,劝君千万寿。全胜汉武锦楼上,晓望晴寒饮花露。东方日不破,天光无老时。丹成作蛇乘白雾,千年重化玉井龟。从蛇作龟二千载一作玉井龟二千载。吴堤绿草年年在。背有八卦称神仙,邪鳞顽甲滑腥涎。

白鸠辞李白　鞞铎巾拂四舞,梁并夷则格。钟磐鸠拂和,故曰拟之,为夷则格上白鸠拂舞辞。

铿鸣钟,考朗鼓。歌白鸠,引拂舞。白鸠之白谁与邻,霜衣雪襟诚可珍。含哺七子能平均。食不咽,性安驯。首农政,鸣阳春。天子刻玉杖,镂形赐耆人。白鹭亦集作之白非纯真,外洁其色心匪仁。阙五德,无司晨,胡为啄我葭下之紫鳞。鹰鹯雕鹗,贪而好杀。凤凰虽大圣,不愿以为臣。

独漉篇李白　拂舞曲

独漉水中泥,水浊不见月。不见月尚可,水深行人没。越鸟从南来,胡鹰亦北度。我欲弯弓向天射,惜其中道失归路。落叶别树,飘零随风。客无所托,悲与此同。罗帷舒卷,似有人开,明月直入,无心可猜。雄剑挂壁,时时龙鸣。不断犀象,绣涩苔生。国耻未雪,何由成名。神鹰梦泽,不顾鸱鸢。为君一击,抟鹏集作鹏抟九天。

独漉歌王建

独独漉漉,鼠食猫肉。乌日中,鹤露宿,黄河水直人心曲。

白纻辞二首崔国辅　白纻,吴舞也。

洛阳梨花落如霰,河阳桃叶生复齐。坐恐集作惜玉楼春欲尽,红绵一作锦粉絮裛妆啼。

董贤女弟在椒风,窈窈繁华贵后宫。壁带金钉皆翡翠,一朝零落变成空。

同前二首杨衡

玉缨翠珮杂轻罗,香汗微渍朱颜酡。为君起唱白纻歌,清声袅云思繁集作思多,凝箫哀琴一作瑟时相和。金壶半倾芳夜促,梁尘霏霏暗红烛。令君安坐听终曲,坠叶飘花难再复。

蹑珠履,步琼筵。轻身起舞红烛前,芳姿艳态妖且妍,回眸转袖暗催弦。凉风萧萧流集作漏水急,月华泛艳红莲湿,牵裙揽带翻成泣。

同前李白

扬清歌一作音,发皓齿,北方佳人东邻子。

且吟白纻停渌水,长袖拂面为君起。寒云夜卷霜海空,胡风吹天飘塞鸿。玉颜满堂乐未终,馆娃日落歌吹濛。

月寒江清夜沉沉,美人一笑千黄金,垂罗舞縠扬哀音。郢中白雪且莫吟,子夜吴歌动君心。动君心,冀君赏,愿作天池双鸳鸯,一朝飞去青云上。

吴刀翦彩一作绮缝舞衣,明妆丽服夺春辉,扬眉转袖若雪飞。倾城独立世所稀,激楚结风醉忘归。高堂月落烛已微,玉钗挂缨君莫违。

白纻歌二首 王建

天河漫漫北斗粲,宫中乌啼知夜半。新缝白纻舞衣成,来迟邀得吴王迎。低鬟转面掩双袖,玉钗浮动秋风生。酒多夜长夜未晓,月明灯光两相照,后庭歌声更窈窕。

馆娃宫中春日暮,荔枝木瓜花满树。城头乌栖休击鼓,青娥弹瑟白纻舞。夜天憧憧不见星,宫中火照西江明。美人醉起无次第。堕钗遗佩满中庭。此时但愿可君意,回昼为宵亦不寐,年年奉君君莫弃。

同前 张籍

皎皎白纻白且鲜,将作春衫集作衣称少年。裁缝长短不能定,自持刀尺向姑前。复恐兰膏污纤指,常遣傍人收堕珥。衣裳著时寒食下,还把玉鞭鞭白马。

同前 柳宗元

翠帷双卷出倾城,龙剑破匣霜月明。朱唇掩抑悄无声,金簧玉磬宫中生。下沉秋水激太清,天高地迥凝日晶,羽觞荡漾何事倾。

冬白纻歌 元稹 四时白纻舞曲。

吴宫夜长宫漏款,帘幕四垂灯焰暖。西施自舞王自管,雪纻翻翻鹤翎散,促节牵繁舞腰懒。舞腰懒,王罢饮,盖覆西施凤花锦,身作匡床臂为枕。朝佩拟拟集作玉王晏寝,酒集作寝醒阊报门无事。子胥死后言为讳,近王之臣谕王意。共笑越王穷惴惴,夜夜抱冰寒不睡。

霓裳辞十首 王建

一曰霓裳羽衣曲。罗公远多秘术,尝与明皇至月宫。仙女数百,皆素练霓衣,舞于广庭。问其曲,曰霓裳羽衣。帝晓音律,因默记其音调。及归,但记其半。会西凉府节度杨敬述进婆罗门曲,声调相符,遂以月中所闻为散序,敬述所进为曲,而名霓裳羽衣。按王建辞云:弟子部中留一色,听风听水作霓裳。刘禹锡诗云:"三乡陌上望仙山,归作霓裳羽衣曲。"然则非月中所闻矣。

弟子部中留一色,听风听水作霓裳。散声未足重来授,直到床前见上皇。

中管五弦初半曲,遥教合上隔帘听。一声声向天头落,效得仙人夜唱经。

自直梨园得出稀,更番上曲不教归。一时跪拜霓裳彻,立地阶前赐紫衣。

旋翻新谱声初足,除却梨园未教人。宣与书家分手写,中官走马赐功臣。

伴教霓裳有贵妃,从初直到曲成时。日长耳里闻声熟,拍数分毫错总知。

弦索拟拟隔彩云,五更初发一山一作满宫闻。武皇自送西王母,新换霓裳月色裙。

敕赐宫人澡浴回,遥看美女院门开。一山星月霓裳动,好字先从殿里来。

传呼法部按霓裳,新得承恩别作行。应是一作日晚贵妃楼上看,内人舁下彩罗箱。

朝元阁上山风一作风初起,夜听霓裳玉露寒。宫女月中更替立,黄金梯滑并行难。

知向一作在华清年月满,山头山底种长生。去时留下霓裳曲,总一作半是离宫别馆声。

柘枝词 失撰人名

健舞曲有羽调柘枝,软舞曲有商调屈柘枝,此因曲为名。用二女童,帽施金铃,抃转有声。其来也,于二莲花中藏,花坼而后见,对舞相占,实舞中雅妙者也。

将军奉命即须行,塞外领强兵。闻道烽烟

动,腰间宝剑匣中鸣。

同前三首 薛能

同营三十万,震鼓伐西羌。战血粘秋草,征尘搅夕阳。归来人不识,帝里独戎装。

悬军征拓羯,内地隔萧关。日色昆仑上,风声朔漠间。何当千万骑,飒飒贰师还。

意气成功日,春风起絮天。楼台新邸第,歌舞小婵娟。急破催摇曳,罗衫半脱肩。

屈柘词 温庭筠

杨柳萦桥绿,玫瑰拂地红。绣衫金骢衭,花髻玉珑璁。宿雨香潜润,春流水暗通。画楼初梦断,晴一作晓日照湘风。

全唐诗卷二十三

琴曲歌辞

古琴曲有五曲、九引、十二操。自是已后,作者相继。

白雪歌 僧贯休 《唐书·乐志》曰:白雪,周曲也。

列鼎佩金章,泪眼看风枝。却思食藜藿,身作屠沽儿。负米无远近,所希升斗归。为人无贵贱,莫学鸡狗肥。斯言如不忘,别更无光辉。斯言如或忘,即安用人为。

湘妃 刘长卿

帝子不可见,秋风来暮思。婵娟湘江月,千载空蛾眉。

同前 李贺

筠竹千年老不死,长伴秦一作神娥盖湘水。蛮娘吟弄满寒空,九山静绿泪花红。离鸾别凤烟梧中,巫云蜀雨遥相通。幽愁秋气上青枫,凉夜波间吟古龙。

湘妃怨 孟郊

南巡竟不返,帝子一作二妃怨逾积。万里丧蛾眉,潇湘水空碧。冥冥荒山下,古庙收贞魄。乔木深青春,清光满瑶席。塞芳徒有荐,灵意殊脉脉。玉佩不可亲,裴回烟波夕。

同前 陈羽

二妃怨处云沉沉,二妃哭处湘水深。商人酒滴庙前草,萧飒集作索风生斑竹林。

湘妃列女操 鲍溶

有虞夫人哭虞后,淑女何事又伤离。竹上泪迹生不尽,寄哀云和五十丝。云和经奏钧天曲,乍听宝琴遥嗣续。三湘测测流急绿,秋夜露寒蜀帝飞。枫林月斜楚臣宿,更疑川宫日黄昏。暗携女手殷勤言,环佩玲珑有无间。终疑既远双悄悄,苍梧旧云岂难召,老猿心寒不可啸。目眕眕兮意蹉跎,魂腾腾兮惊秋波。曲一尽兮忆再奏，众弦不声且如何。

湘夫人 邹绍先
枫叶下秋渚，二妃愁渡湘。疑山空杳霭，何处望君王。日落水云里，油油_{集作悠悠}心自伤。

同前 李颀
九嶷日已暮，三湘云复愁。窅霭罗袂色，潺湲江水流。佳期来北渚，捐玦_{集作佩}在芳洲。

同前 郎士元
娥眉对湘水，遥哭苍梧间_{集作山}。万乘既已殁，孤舟谁忍还。至今楚山上，犹有泪痕斑。南有浔阳路，渺渺多新愁。昔神降回_{集作桂酒神降时}，风波_{集作回风}江上秋。彩云忽无处，碧水空安流。_{南有浔阳路以下，集另作一首。}

霹雳引 沈佺期
岁七月，火伏而金生。客有鼓瑟于门者，奏霹雳之商声。始戛羽以骇君，终扣宫而砰铃。电耀耀兮龙跃，雷阗阗兮雨冥。气呜唫以会雅，态欸斖以横生。有如驱千旗，制五兵，截荒虺，斩长鲸。孰与广陵比，意别鹤侪精而已。俾我雄子魄动，毅夫发立，怀恩不浅，武义双辑。视胡若芥，剪羯如拾。岂徒慨慷中筵，备群娱之禽习哉。

拘幽操 韩愈 _{一曰文王哀羑里。文王拘于羑里而作。}
目掩掩_{集作窈窈}兮其凝其盲，耳肃肃兮听不闻声。朝不日出兮夜不见月与星，有知无知兮为死为生。呜呼！臣罪当诛兮天王圣明。

越裳操 韩愈 _{越裳献白雉。周公作。}
雨之施，物以挚。我何意于彼为？自周之先，其艰其勤。以有疆宇，私我后人。我祖在上，四方在下。厥临孔威，敢戏以悔。孰荒于门，孰治于田。四海既均，越裳是臣。

岐山操 韩愈 _{序云，周公为太王作。}
我家于豳，自我先公。伊我承绪_{集作序}，敢有不同。今狄之人，将土我疆。民为我战，谁使死伤。彼岐有岨，我往独处。人莫_{一作莫尔}余追，无思我悲。

履霜操 韩愈 _{序云，尹吉甫子伯奇无罪，为后母谮而见逐，自伤作。}
父兮儿寒，母兮儿饥。儿罪当笞，逐儿何为。儿在中野，以宿以处。四无人声，谁与儿语。儿寒何衣，儿饥何食。儿行于野，履霜以足。母生众儿，有母怜之。独无母怜，儿宁不悲。

雉朝飞操 李白 _{雉朝飞者，犊沐子七十无妻，出薪于野，见雉雄雌相随而飞，感之而作。}
麦陇青青三月时，白雉朝飞挟两雌。锦衣绮翼何离褷，犊牧采薪感之悲。春天和，白日暖，啄食饮泉勇气满，争雄斗死绣颈断。雉子班奏急管弦，心倾美酒_{集作倾心酒美}尽玉碗。枯杨枯杨尔生荑_{集作稊}，我独七十而孤栖。弹弦写恨意不尽，瞑目归黄泥。

同前 韩愈
雉之飞，于朝日。群雌孤雄，意气横出。当东而西，当啄而飞。随飞随啄，群雌粥粥。嗟我虽人，曾不如彼雄鸡。生身七十年，无一妾与妃。

同前 张祜
朝阳陇东泛暖景，双啄双飞双顾影。朱冠锦襦聊日整，漠漠雾中如衣绢。伤心卢女弦，七十老翁长独眠。雄飞在草雌在田，衷肠结愤气呵天。圣人在心不偏，翁得女妻甚可怜。

思归引 张祜 _{一曰离拘操，卫女于深宫思归不得而作。}
重重作闺清旦镝，两耳深声长不彻。深宫坐愁百年身，一片玉中生愤血。焦桐罢弹_{集作弹罢}丝自绝，漠漠暗魂愁夜月。故乡不归谁共穴，石上作蒲蒲九节。

猗兰操 韩愈 _{一曰幽兰操。孔子伤不逢时作。}
兰之猗猗，扬扬其香。不采而佩，于兰何

伤。今天之旋,其曷为然。我行四方,以日以年。雪霜贸贸,荞麦之茂。子如不伤,我不尔觏。荞麦之茂,荞麦之有。君子之伤,君子之守。

幽兰 崔途

幽植众能集作春风知,贞芳只暗持。自无君子佩,未是国香衰。白露沾长早,青春集作春风每到迟。不如当路草,芳馥欲何为。

将归操 韩愈 一日聊操,孔子之赵,闻杀鸣犊作。

秋之水兮其色幽幽,我将济兮不得其由。涉其浅兮石啮我足,乘其深兮龙入我舟。我济而悔兮将安归尤。归乎归乎,无与石斗兮无应龙求。

龟山操 韩愈 序云,孔子以季桓子受齐女乐,谏不从,望龟山而作。

龟之气兮不能云一作为雨,龟之枒兮不中梁柱,龟之大兮只以奄鲁。知将窴兮哀莫余伍,周公有鬼兮嗟余归辅。

残形操 韩愈 序云,曾子梦见一狸不见其首作。

有兽维狸兮我梦得之,其身孔明兮而头不知。吉凶何为兮觉坐而思,巫咸上天兮识者其谁。

双燕离 李白 河间新歌

双燕复双燕,双飞令人羡。玉楼珠阁不独栖,金窗绣户长相见。柏梁失火去,因入吴王宫。吴宫又焚荡,雏尽巢亦空。憔悴一身在,孀雌忆故雄。双飞难再得,伤我寸心中。

列女操 孟郊 列女引,楚樊姬作。

梧桐相待老,鸳鸯会双死。贞归贵殉夫,舍生亦如此。波澜誓不起,妾心井中水。

别鹄操 韩愈 一日别鹄操。商陵穆子娶妻五年无子,父母欲其改娶。其妻闻之,中夜悲啸,穆子感之而作。

雄鹄衔枝来,雌鹄啄泥归。巢成不生子,大义当乖离。江汉水之大,鹄身鸟之微。更无相逢日,安集作且可集有绕树二字相随飞。

别鹤 杨巨源

海鹤一为别,高程方杳然。影摇江海集作汉路,思结潇湘天。皎然仰白日,真姿栖紫烟。含情九霄际,顾侣五云前。退心属清都,凄响激朱弦。超摇间云雨,迢递各山川。东南信多水,会合当有年。雄集作雌飞庌冥寞,此意何由传。

同前 王建

主人一去池水绝,池鹤散飞不相别。青天漫漫碧海集作水重,知向何山风雪中。万里虽然音影在,向心终是死生同。池边巢破松树死,树头年年乌生子。

同前 张籍

双鹤出云谿,分飞各自迷。空巢在松杪集作顶,折羽落江泥。寻水终不饮,逢林亦未栖。别离应易老,万里两集作雨凄凄。

同前 杜牧

分飞共所从,六翮势摧集作催风。声断碧云外,影孤明月中。青田归路远,月集作丹桂旧巢空。矫翼知何处,天涯不可穷。

走马引 李贺 一曰天马引,樗里牧恭为父报怨杀人,逃于沂泽中作。

我有辞乡剑,玉锋堪截云。襄阳一作长安走马客,意气自生春。朝嫌剑光集作花静,暮嫌剑花集作光冷。能持剑向人,不解持照身一作解照身影。

昭君怨 白居易

明妃风貌最娉婷,合在椒房应四星。只得当年备宫掖,何曾专夜奉帏屏。见疏从道迷图画,知屈那教配房庭。自是君恩薄如纸,不须一向恨丹青。

同前二首 张祜

万里边城远,千山行路难。举头惟见月集作日,何处是长安。

汉庭无大议,戎虏几先和。莫羡倾城色,昭君恨最多。

同前 梁氏琼

自古无_{集作有}和亲,贻灾到妾身。胡_{集作朔}风嘶去马,汉月吊_{集作出}行轮。衣薄狼山雪,妆成虏塞春。回看父母国,生死毕胡尘。

明妃怨 杨凌

汉国明妃去不还,马驼弦管向阴山。匣中纵有菱花镜,羞对单于照旧颜。

蔡氏五弄 五弄,游春、渌水、幽居、坐愁、秋思。并宫调,蔡邕所作也。

游春曲二首 王涯

万树江边杏,新开一夜风。满园深浅色,照在绿波中。

上苑何穷树,花开次第新。香车与丝骑,风静亦生尘。

游春辞二首 王涯

曲江丝柳变烟条,寒骨_{集作谷}冰随暖气销。才见春光生绮陌,已闻清乐动云韶。

经过柳陌与桃蹊,寻逐风光着处迷。鸟度时时冲絮起,花繁衮衮压枝低。

同前三首 令狐楚

晚游临碧殿,日上望春亭。芳树罗仙仗,晴山展翠屏。

一夜好风吹,新花一万枝。风前调玉管,花下簇金羁。

闻阊春风起,蓬莱雪水消。相将折杨柳,争取最长条。

渌水曲 李白

渌水明秋月,南湖采白蘋。荷花娇欲语,愁杀荡舟人。

渌水辞 李贺

今宵好风月,阿侯在何处。为有倾城色一作入,翻成足愁苦。东湖采莲叶,南湖拔蒲根一作折蒲茸。未持寄小姑,且持感愁魂一作秋风。

幽居弄 顾况

苔衣生,花露滴,月入西林荡东壁。扣商占角两三声,洞户溪窗一冥寂。独去沧洲无四邻,身婴世网此何身。关情命曲寄惆怅,久别江_{集作山}南山里人。

秋思二首 李白

春阳如昨日,碧树鸣黄鹂。芜然蕙草暮,飒尔凉风吹。天秋木叶下,月冷莎鸡悲。坐愁群芳歇,白露凋华滋。

阏氏_{集作燕支}黄叶落,妾望白_{集作自}登台。月出一作海上碧云断,蝉声一作单于秋色来。胡兵沙塞合,汉一作望使玉关回。征客无归日,空悲蕙草摧。

同前二首 鲍溶

胡风吹雁翼,远别无人乡。君近雁来处,几回断君肠。昔奉千日书,抚心怨星霜。无书又千日,世路重茫茫。燕国有佳丽,蛾眉富春光。自然君归晚,花落君空堂。君其若不然,岁晚双鸳鸯。顾兔蚀残月,幽光不如星。女儿晚事夫,颜色同秋萤。秋日边马思,武夫不遑宁。燕歌易水怨,剑舞蛟龙腥。风折连枝树,水翻无蒂萍。立身多户门,何必燕山铭。生世不如鸟,双双比翼翎。顾兔蚀残月以下,集另作一首。

季秋天地闲一作闹,万物生意足。我忧长于生,安得及草木。试从古人愿,致酒歌秉烛。燕赵皆世人,讵能长似玉。俯怜老期近,仰视日车速。萧飒御风君,魂梦愿相逐。百年夜销半,端为垂缨束。

同前 司空曙

静与懒相偶,年将衰共催。前途欢不集,往事恨空来。昼景委红叶,月华铺绿苔。沉思更何有,结坐_{集作坐结}玉琴哀。

同前 司空图

身病时亦危,逢秋多恸哭。风波一摇荡,

天地几翻覆。孤萤出荒池,落叶穿破屋。势利长草草,何人访幽独。

同前二首 王涯

网轩凉吹动轻衣,夜听更长玉漏稀。月渡天河光转湿,鹊惊秋树叶频飞。

宫连太液见苍波,暑气微清<small>集作消</small>秋意多。一夜轻风蘋末起,露珠翻尽满池荷。

胡笳十八拍 刘商 <small>大胡笳十八拍、小胡笳十九拍,并蔡琰作。</small>

第一拍

汉室将衰兮四夷不宾,动干戈兮征战频。哀哀父母生育我,见离乱兮当此辰。纱窗对镜未经事,将谓珠帘能蔽身。一朝虏骑入中国,苍黄处处逢胡人。忽将薄命委锋镝,可惜红颜随虏尘。

第二拍

马上将余向绝域,厌生求死死不得。戎羯腥膻岂是人,豺狼喜怒难姑息。行尽天山足霜霰,风土萧条近胡国。万里重阴鸟不飞,寒沙莽莽无南北。

第三拍

如羁囚兮在缧绁,忧虑万端无处说。使余力<small>集作刀</small>兮翦余发,食余肉兮饮余血。诚知杀身愿如此,以余为妻不如死。早被蛾眉累此身,空悲弱质柔如水。

第四拍

山川路长谁记得,何处天涯是乡国。自从惊怖少精神,不觉风霜损颜色。夜中归梦来又去,朦胧岂解传消息。漫漫胡天叫不闻,明明汉月应相识。

第五拍

水头宿兮草头坐,风吹汉地衣裳破。羊脂沐发长不梳,羔子皮裘领仍左。狐襟貉袖腥复膻,昼披行兮夜披卧。毡帐时移无定居,日月长兮不可过。

第六拍

怪得春光不来久,胡中风土无花柳。天翻地覆谁得知,如今正南看北斗。姓名音信两不通,终日经年常闭口。是非取与在指挥,言语传情不如手。

第七拍

男儿妇人带弓箭,塞马蕃羊卧霜霰。寸步东西岂自由,偷生乞死非情愿。龟兹筚篥愁中听,碎叶琵琶夜深怨。竟夕无云月上天,故乡应得重相见。

第八拍

忆昔私家恣娇小,远取珍禽学驯扰。如今沦弃念故乡,悔不当初放林表。朔风萧萧寒日暮,星河寥落胡天晓。旦夕思归不得归,愁心想似笼中鸟。

第九拍

当日苏武单于问,道是宾鸿解传信。学他刺血写得书,书上千重万重恨。髯胡少年能走马,弯弓射飞无远近。遂令边雁转怕人,绝域何由达方寸。

第十拍

恨凌辱兮恶腥膻,憎胡地兮怨胡天。生得胡儿欲弃捐,及生母子情宛然。貌殊语异憎还爱,心中不觉常相牵。朝朝暮暮在眼前,腹生手养宁不怜。

第十一拍

日来月往相推迁,迢迢星岁欲周天。无冬无夏卧霜霰,水冻草枯为一年。汉家甲子有正朔,绝域三光空自悬。几回鸿雁来又去,肠断蟾蜍亏复圆。

第十二拍

破瓶落井空永沉,故乡望断无归心。宁知远使问姓名,汉语泠泠传好音。梦魂几度到乡国,觉后翻成哀怨深。如今果是梦中事,喜过悲来情不任。

第十三拍

童稚牵衣双在侧,将来不可留又忆。还乡惜别两难分,宁弃胡儿归旧国。山川万里复边戍,背面无由得消息。泪痕满面对残阳,终日衣依向南北。

第十四拍

莫以胡儿可羞耻,恩情亦各言其子。手中十指有长短,截之痛惜皆相似。还乡岂不见亲族,念此飘零隔生死。南风万里吹我心,心亦随风渡辽水。

第十五拍

叹息襟怀无定分,当时怨来归又恨。不知愁怨意若何,似有锋铓扰方寸。悲欢并行情未快,心意相尤自相问。不缘生得天属亲,岂向仇雠结恩信。

第十六拍

去时只觉天苍苍,归日始知胡地长。重阴白日落何处,秋雁所向应南方。平沙四顾自迷惑,远近悠悠随雁行。征途未尽马蹄尽,不见行人边草黄。

第十七拍

行尽胡天千万里,惟见黄沙白云起。马饥跑雪衔草根,人渴敲冰饮流水。燕山仿佛辨烽戍,鼙鼓如闻汉家垒。努力前程是帝乡,生前免向胡中死。

第十八拍

归来故乡见亲族,田园半芜春草绿。明烛重然煨烬灰,寒泉更洗沉泥玉。载持巾栉礼仪_{集作义}好,一弄丝桐生死足。出入关山十二年,哀情尽在胡笳曲。

飞龙引二首 李白

黄帝铸鼎于荆山,炼丹砂,丹砂成黄金。骑龙飞上太清家,云愁海思令人嗟。宫中彩女颜如花,飘然挥手凌紫霞。从风纵体登鸾车。登鸾车,侍轩辕,遨游青天中,其乐不可言。

鼎湖流水清且闲,轩辕去时有弓剑。古人传道留其间,后宫婵娟多花颜。乘鸾飞烟亦不还,骑龙攀天造天关。造天关,闻天语,长云河车载玉女。载玉女,过紫皇,紫皇乃赐白兔所捣之药,_{集有方字}后天而老凋三光。下视瑶池见王母,蛾眉萧飒如秋霜。

乌夜啼引 张籍 _{何晏系狱,有二乌止于舍上。其女曰:乌有喜声,父必免。遂作此操。}

秦乌啼哑哑,夜啼长安人家。吏人得罪因在狱,倾家卖产将自赎。少妇起听夜啼乌,知是官家有赦书。下床心喜不重寐,未明上堂贺舅姑。少妇语啼乌,汝啼慎勿虚。借汝庭树作高巢,年年不令伤尔雏。

宛转歌 郎大家宋氏 _{晋王敬伯遇女郎刘妙容,命小婢弹箜篌,作宛转歌。凡八曲,敬伯惟忆二曲。}

风已清,月郎琴复鸣。掩抑非千态,殷勤是一声。歌宛转,宛转和且长。愿为双鸿鹄,比翼共翱翔。

日已暮,长檐鸟应度。此时望君君不来,此时思君君不顾。歌宛转,宛转那能异栖宿。愿为形与影,出入恒相逐。

同前二首 刘方平

星参差_{集有明字},月二八,灯五枝。黄鹤瑶琴将别去,芙蓉羽帐惜空垂。歌宛转,宛转恨无穷。愿为波与浪,俱起碧流中。

晓将近,黄姑织女银河尽。九华锦衾无复情,千金宝镜谁能引。歌宛转,宛转伤别离,愿作杨与柳,同向玉窗垂。

宛转行 张籍

华屋重翠幄,绮席雕象床。远漏微更疏,薄衾中夜凉。炉氲_{集作气}暗装回,寒灯背斜光。妍姿结宵态,寝臂幽梦长。宛转复宛转,忆忆集作君更未央。

王敬伯歌 李端

妾本舟中客集作女,闻君江上琴。君初感妾叹集作意,妾亦感君心。遂出合欢被,同为交颈禽。传杯惟畏浅,接膝犹嫌远。侍婢奏箜篌,女郎歌宛转。宛转怨如何,中庭霜渐多。霜多叶可惜,昨日非今夕。徒结万里集作重欢,终成一宵客。王敬伯,渌水青山从此隔。

三峡流泉歌 李季兰 三峡流泉,晋阮咸作。

妾家本住巫山云,巫山流水常自闻。玉琴弹出转寥复,直似当时梦中听。三峡流泉几千里,一时流入深闺里。巨石奔崖指下生,飞波走浪弦中起。初疑喷涌含雷风,又似呜咽流不通。回湍曲濑势将尽,时复滴沥平沙中。忆昔阮公为此曲,能使仲容听不足。一弹既罢复一弹,愿似流泉镇相续。

风入松歌 僧皎然 风入松,晋嵇康作。

西岭松声落日秋,千枝万叶风飕飗。美人援琴弄成曲,写得松间声断续。声断续,清我魂,流波坏陵安足论。美人夜坐月明里,含少商兮照集作点清徵。风何凄兮飘飕集作飘,搅寒松兮又夜起。夜未央,曲何长,金徽更促声泱泱。何人此时不得意,意苦弦悲闻客堂。

秋风引 刘禹锡

何处秋风至,萧萧送雁群。朝来入庭树,孤客最先闻。

明月引 卢照邻

洞庭波起兮鸿雁翔,风瑟瑟兮野苍苍。浮云卷霭,明月流光。荆南兮赵北,碣石兮潇湘。澄清规于万里,照离思于千行。横桂枝于西第,绕菱花于北堂。高楼思妇,飞盖君王。文姬绝域,侍子他乡。见胡鞍之似练,知汉剑之如霜。试登高而极目集作骋,莫不变而回肠。

明月歌 阎朝隐

梅花雪白柳叶黄,云雾四起月苍苍,箭水

泠泠刻漏长。挥玉指,拂罗裳,为君一奏楚明光。

绿竹引 宋之问

青溪绿潭潭水侧,修竹婵娟同一色。徒生仙实凤不游,老死空山人讵识。妙年秉愿逃俗纷,归卧嵩丘弄白云。含情傲集有晚字慰心目,何可一日无此君。

山人劝酒 李白

苍苍云松,落落绮皓。春风尔来为阿谁,胡蝶忽然满芳草。秀眉霜雪颜桃花一作雪霜桃花貌,骨青髓绿一作青髓绿发长美好。称是秦时避世人,劝酒相欢不知老。各守兔集作麋鹿志,耻随龙虎争。欻起佐太子,汉王一作皇乃复惊。顾谓戚夫人,彼翁羽翼成。归来南一作商山下,泛若云无情。举觞酹巢由,洗耳何独一作太清。浩歌望嵩岳,意气还一作遥相倾。

幽涧泉 李白

拂彼白石,弹吾素琴。幽涧愀兮流泉深,善手明徽高张清。心寂历似千古,松飕飗兮万寻。中见愁猿吊影而危处兮,叫秋木而长吟。客有哀时失志而听者,泪淋浪以沾襟。乃缉商缀羽,潺湲成音,吾但写声发情于妙指,殊不知此曲之古今。幽涧泉,鸣深林。

龙宫操 顾况 大历壬子癸丑大水时在滁作。

龙宫月明光参差,精卫衔石东飞时,鲛人织绡采藕丝。翻江倒海倾吴蜀,汉女江妃杳相续,龙王宫中水不足。

飞鸢操 刘禹锡

鸢飞杳杳青云里,鸢鸣萧萧风四起。旗尾飘扬势渐高,箭头砉划声相似。长空悠悠霁日悬,六翮不动凝飞集作风烟。游鹍翔雁出其下,庆云清景相回旋。忽闻饥乌一噪聚,瞥下云中争腐鼠。腾音砺吻相喧呼,仰天大吓疑鸳雏。畏人避犬投高处,俯啄无声犹屡顾。青鸟自爱玉山禾,仙禽徒贵华集作山亭露。朴樕集作棘危巢向暮时,苞稆饱腹蹲枯枝。游童挟弹一麾肘,臆碎羽分人不悲。天生众禽各有类,威凤文章在仁义。鹰隼仪形蝼蚁心,虽能戾天何足贵。

升仙操 李群玉

嬴女去秦宫,琼萧生<small>集作飞</small>碧空。凤台闭烟雾,鸾吹飘天风。复闻周太子,亦遇浮丘公。丛簧发仙弄,轻举紫霞中。浊世不久住,清都路何穷。一去霄汉上,世人那得逢。

司马相如琴歌 张祜

凤兮凤兮非无凰,山重水阔水可量。梧桐结阴在朝阳,濯羽弱水鸣高翔。

霍将军 崔颢

长安甲第高入云,谁家居住霍将军。日晚朝回拥宾从,路傍揖拜何纷纷。莫言炙手手可热,须臾火尽灰亦灭。莫言贫贱即可欺,人生富贵自有时。一朝天子赐颜色,世上悠悠应<small>一作始</small>自知。

琴歌 顾况

琴调秋些,胡风绕雪。峡泉声咽,佳人愁些。

全唐诗卷二十四

杂曲歌辞

诗之流有八名,曰行,曰引,曰歌,曰谣,曰吟,曰咏,曰怨,曰叹,皆六义之余也。至其协声律,播金石,总谓之曲。

秦女休行 李白

西门秦氏女,秀色如琼花。手挥白杨刀,清昼杀仇家。罗袖洒赤血,英声<small>集作气</small>凌紫霞。直上西山去,关吏相邀遮。婿为燕国王,身被诏狱加。犯刑若履虎,不畏落爪牙。素颈未及断,摧眉伏泥沙。金鸡忽放赦,大辟得宽赊。何惭聂政姊,万古共惊嗟。

出门行二首 孟郊

长河悠悠去无极,百龄同此可叹息。秋风白露沾人衣,壮心凋落夺颜色。少年出门将诉谁,川无梁兮路无岐。一闻陌上苦寒奏,使我伫立惊且悲。君今得意厌粱肉,岂复念我贫贱时。

海风萧萧天雨霜,穷愁独坐夜何长。驱车旧忆太行险,始知游子悲故乡。美人相思隔天阙,长望云端不可越。手持琅玕欲有赠,爱而不见心断绝。南山峨峨白石烂,碧海之波浩漫漫。参辰出没不相待,我欲横天无羽翰。

同前 元稹

兄弟同出门,同行不同志。凄凄分岐路,各各营所为。兄上荆山巅,翻石辨虹气。弟沉沧海底,偷珠待龙睡。出门不数年,同归亦同遂。俱用私所珍,升沉自兹异。献珠龙王宫,值龙觅珠次。但喜复得珠,不求珠所自。酬客双龙女,授客六龙辔。遣充行雨神,雨泽随客意。雩夏钟鼓繁,崇秋玉帛积。彩色画廊庙,奴僮被珠翠。骥骡千万双,鸳鸯七十二。言者禾稼枯<small>集作未摇舌</small>,无人敢轻议。其兄因献璞,再刖不履地。门户亲戚疏,匡床妻妾弃。铭心有所待,视足无所愧。持璞自枕头,泪痕双血溃。一朝龙醒寤,本问偷珠事。因知行雨偏,妻子五刑备。仁兄捧尸哭,势友掉头讳。丧车黔首葬,吊客青蝇至。楚有望气人,王前忽长跪。贺王得贵宝,不远王所莅。求之果如言,剖则集作出浮云集作筠腻。白珩无颜色,垂棘有瑕累。在楚列地封,入赵连城贵。秦遣李斯书,书为传国瑞。秦亡汉魏传,传者得神器。卞和名永永,与宝不相坠。劝尔出门行,行难莫行易。易得还易失,难同亦难离。善贾识贪廉,良田无稊稚。磨剑莫磨锥,磨锥成小利。

出自蓟北门行 李白

房阵横北荒,胡星曜精芒。羽书速惊电,烽火昼连光。虎竹救边急,戎车森已行。明主不安席,按剑心飞扬。推毂出猛将,连旗登战场。兵威冲绝漠,杀气凌穹苍。列卒一作阵赤山下,开营紫塞傍。途集作穷冬沙风集作风沙紧,旌旗飒凋伤。画角悲海月,征衣卷天霜。挥刃斩楼兰,弯弓射贤王。单于一平荡,种落自奔亡。收功报天子,行歌一作歌舞归咸阳。

蓟门行五首 高适

边城十一月,雨雪乱霏霏。元戎号令严,人马亦轻肥。羌胡无尽日,征战几人归。

幽州多骑射,结发重横行。一朝事将军,出入有声名。纷纷猎秋草,相向角弓鸣。

蓟门逢古老,独立思氛氲。一身既零丁,头鬓白纷纷。勋庸今已矣,不识霍将军。

茫茫集作黯黯长城外,日没更烟尘。胡骑虽凭陵,汉兵不顾身。古树满空塞,黄云愁杀人。

汉家能用武,开拓穷异域。戍卒厌糠核,降胡饱衣食。关亭试一望,吾欲涕集作泪沾臆。

同前 李希仲

旄头有精芒,胡骑猎秋草。羽檄南渡河,边庭用兵早。汉家爱征战,宿将今已老。辛苦羽林儿,从戎榆关道。一身救边速,烽火连集作通蓟门。前军鸟飞集作飞鸟断,格斗尘沙昏。寒日鼓声急,单于夜火集作将奔。当须徇忠义,身

死报国恩。一身救边速以下,集另作一首。

君子有所思行 李白

紫阁连终南,青冥天倪色。凭崖望咸阳,宫阙罗北极。万井惊画出,九衢如弦直。渭水清银河集作银河清,横天流不息。朝野盛文物,衣冠何翕赩。厩马散连山,军容威绝域。伊皋运元化,卫霍输筋力。歌钟乐未休,荣去老还逼。圆光过满缺,太阳移中昃。不散东海金,何争西辉集作飞匿。无作牛山悲,恻怆泪沾臆。

同前 僧贯休

我爱正考甫,思贤作商颂。我爱扬子云,理乱皆如凤。振衣中夜起,露花香旖旎。扑碎骊龙明月珠,敲出凤凰五色髓。陋巷萧萧风浙浙,缅想斯人胜珪璧。寂寥千载不相逢,无限区区尽虚掷。君不见沉约道,佳人不在兹,春光为谁惜。

安得龙猛笔,点石为黄金。散问一作向酷吏家,使无贪残心。甘棠密叶成翠幄,颍风不来天地塞。所以集有倾国二字倾城人,如今集有如今二字不可得。

伤歌行 张籍　侧调曲

黄门诏下促收捕,京兆君一作尹系御史府。出门无复部曲随,亲戚相逢不容语。辞成谪尉南海州,受命不得须臾留。身著青衫骑恶马,东门之东集作外无送者。邮夫防吏急喧驱,往往惊坠马蹄下。长安里中荒大宅,朱门已除十二戟。高堂舞榭锁管弦,美人遥望西南天。

同前 孟郊

众毒蔓贞松,一枝难久荣。岂知黄庭客,仙骨生不成。春色舍芳蕙,秋风绕枯茎。弹琴不成曲,始觉知音倾。馆月改旧照,吊宾写馀情。还舟空江上,波浪送铭旌。

同前 庄南杰

兔走乌飞不相见,人事依稀速如电。王母夭桃一度开,玉楼红粉千回变。车驰马走咸阳

道，石家旧宅空荒草。秋雨无情不惜花，芙蓉一一惊香倒。劝君莫漫栽荆棘，秦皇虚费一作负驱山力。英风一去更无言，白骨沉埋暮山碧。

悲歌 李白

悲来乎，悲来乎，主人有酒且莫斟，听我一曲悲来吟。悲来不吟还不笑，天下无人知我心。君有数斗酒，我有三尺琴。琴鸣酒乐两相得，一杯不啻千钧金。悲来乎，悲来乎，天虽长，地虽久，金玉满堂应不守。富贵百年能几何，死生一度人皆有。孤猿坐啼坟上月，且须一尽杯中酒。悲来乎，悲来乎，凤鸟不至河无图，微子去之箕子奴。汉帝不忆李将军，楚王放却屈大夫。悲来乎，悲来乎，秦家李斯早追悔，虚名拨向身之外。范子何曾爱五湖，功成名遂身自退。剑是一夫用，书能知姓名。惠施不肯千万乘，卜式未必穷一经。还须黑头取方伯，莫漫白首为儒生。

悲哉行 孟云卿

孤儿去慈亲，远客丧主人。莫吟苦辛曲，谁忍闻可闻集作此曲谁忍闻。可闻不可说，去去无期别。行人念前程，不待参辰没。朝亦常苦饥，暮亦常苦饥。飘飘万余里，贫贱多是非。少年莫远游，远游多不归。

同前 白居易

悲哉为儒者，力学不能集作知疲。读书眼欲暗，秉笔手生胝。十上方一第，成名常苦迟。纵有宦达者，两鬓已成丝。可怜少壮日，适在穷贱时。丈夫老且病，焉用富贵为。沉沉朱门宅，中有乳臭儿。状貌如妇人，光明膏粱肌。手不把书卷，身不抔戎衣。二十袭封爵，门承勋戚资。春来日日出，服御何轻肥。朝从博徒饮，暮有倡楼期。评集作平封还酒债，堆金选蛾眉。声色狗马外，其余一无知。山苗与涧松，地势随高卑。古来无奈何，非君独伤悲。

同前 鲍溶

促促晨复昏，死生同一源。贵年不惧老，贱老伤久存。朗朗哭前歌，绛旐引幽魂。来为千金子，去卧百草根。黄土塞生路，悲风送回辕。金鞍旧良马，四顾不出集作入门。生结千岁念，荣及百代孙集作荣华及百孙。黄金买性命，白刃仇集作酬一言。宁知北山上，松柏侵田园。

妾薄命 崔国辅

虽入秦帝宫，不上秦帝床。夜夜玉窗里，与他卷罗集作衣裳。

同前 武平一

有女妖且丽，裴回湘水湄。水湄兰杜芳，采之将寄谁。瓠犀发皓齿，双蛾颦翠眉。红脸如开莲，素肤若凝脂。绰约多逸态，轻盈不自持。常矜绝代色，复恃倾城姿。子夫前入侍，飞燕复当时。正悦掌中舞，宁哀团扇诗。洛川昔云遇，高唐今尚违。幽阁禽雀噪，闲阶草露滋。流景一何速，年华不可追。解佩安所赠，怨咽空自悲。

同前 李百药

团扇秋风起，长门夜月明。羞闻拊背入，恨说舞腰轻。太常应集作先已醉，刘君恒带醒。横陈每虚设，吉梦竟何成。

同前 杜审言

草绿长门闭集作掩，苔青永巷幽。宠移新爱夺，泣下故情留。啼鸟惊残梦，飞花搅独愁。自怜春色罢，团扇复迎秋。

同前 刘元淑

自从离别守空闺，遥闻征战起集作赴云梯。夜夜愁集作思君辽海外集作北，年年弃妾渭桥西。阳春白日照空暖，紫燕衔花向庭满。彩鸾琴里怨声多，飞鹊镜前妆梳断。谁家夫婿不从征，应是渔阳别有情。莫道红颜燕地少，家家还似洛阳城。且集作旦逐新人殊未归，还令秋至夜霜飞。北斗星前横度集作旅雁，南楼月下捣寒衣。夜深闻雁肠欲绝，独坐缝衣灯又灭。暗啼罗帐空自怜，梦度阳关向谁说。每怜容貌宛如神，如何薄命不胜人。愿君朝夕燕山至，好作明年杨柳春。

同前 李白

汉帝重一作宠阿娇,贮之黄金屋。咳唾落九天,随风生珠玉。宠极爱还歇,妒深情却疏。长门一步地,不肯暂回车。雨落不上天,水覆难再一作重难收。君情与妾意,各自东西流。昔日芙蓉花,今成断根草。以色事他人,能得几时好。

同前 孟郊

不惜十指弦,为君千万弹。常恐新声至一作发,坐使一作使我故声一作曲残。弃置今日悲,即是昨日欢。将新变故易,持故为新难。青山有蘼芜,泪叶长不干。空令后代人,采掇幽思攒一作思幽兰。

同前 张籍

薄命妇,良家子,无事从军去万里。汉家天子平四夷,护羌都尉裹尸归。念君此行为死别,对君裁缝泉下衣。与君一日为夫妇,千年万岁亦相守。君爱龙城征战功,妾愿青楼欢乐同。人生各各有所欲,讵得将心入君腹。

同前三首 李端

忆妾初嫁君,花鬟如绿云。回灯入绮帐,对一作转面脱罗裙。折步教人学,偷香与客熏。容颜南国重,名字北方闻。一从失恩意,转觉身憔悴。对镜不梳头,倚窗空落泪。新人莫恃新,秋至会无春。从来闭在长门者,必是宫中第一人。

玉垒城边争走马,铜蹄集作驼市里共乘舟。鸣环动佩思无尽,掩袖低巾泪不流。畴昔将歌邀客醉,如今欲舞对君羞。忍怀贱妾平生曲,独上襄阳旧酒楼。

自从君弃妾,憔悴不羞人。惟余坏粉泪,未免映衫匀。

同前 卢纶

妾年初二八,两度嫁狂夫。薄命今犹在,坚贞扫地无。

同前 卢弼

君恩已断尽成空,追想娇欢恨莫穷。长为蕣华光晓日,谁知团扇送秋风。黄金买赋心徒切,清路飞尘信莫通。闲凭玉栏思旧事,几回春暮泣残红。

同前 胡曾

阿娇初失汉皇恩,旧赐罗衣亦罢熏。欹枕夜悲金屋雨,卷帘朝泣玉楼云。宫前叶落鸳鸯瓦,架上尘生翡翠裙。龙骑不巡时渐久,长门长集作空掩绿苔文。

同前 王贞白

薄命头欲白,频年嫁不成。秦娥未十五,昨夜事公卿。岂有机杼力,空传歌舞名。妾专修妇德,媒氏却相轻。

羽林行 王建

长安恶少出名字,楼下劫商楼上醉。天明下直明光宫,散入五陵松柏中。百回杀人身合死,赦书尚有收城功。九衢一日消息定,乡吏籍中重改姓。出来依旧属羽林,立在殿前射飞禽。

同前 孟郊

朔雪寒断指,朔风劲裂冰。胡中射雕者,此日犹不能。翩翩羽林儿,锦臂飞苍鹰。挥鞭决集作快白马,走出黄河凌。

同前 鲍溶

朝出羽林宫,入参云台议。独请万里行,不奏和亲事。君王重年少,深纳开边利。宝马雕玉鞍,一朝从万骑。煌煌都门外,祖帐光七贵。歌钟乐行军,云物惨别地。箫笳整部曲,幢盖动郊次。临风亲戚怀,满袖儿女泪。行行复何赠,长剑报恩字。

白马篇 李白

龙马花雪毛,金鞍五陵豪。秋霜切玉剑,

落日明珠袍。斗鸡事万乘,轩盖一何高。弓摧宜<small>集作南</small>山虎,手接泰山猱。酒后竞风彩,三杯弄宝刀。杀人如翦草,剧孟同游遨。发愤去函谷,从军向临洮。叱咤万战场<small>一作经百战</small>,匈奴尽波涛<small>集作奔逃</small>。归来使酒气,未肯拜萧曹。羞入原宪室,荒径<small>集作淫</small>隐蓬蒿。

升天行 僧齐己

身不沉,骨不重。驱青鸾,驾白凤。幢盖飘飘入冷空,天风瑟瑟星河动。瑶阙参差阿母家,楼台戏闭凝彤霞。五三仙子<small>集作三五</small>乘龙车,堂前碾烂蟠桃花。回头却顾蓬山<small>集作莱</small>顶,一点浓岚在深井。

神仙曲 李贺

碧峰海面藏灵书,上帝拣作神仙居。晴时<small>集作清明</small>笑语闻空虚,斗乘巨浪骑鲸鱼。春罗翦字邀王母,共宴红楼最深处。鹤羽冲风过海迟,不如却使青龙去。犹疑王母不相许,垂露娃鬟更传语。

北风行 李白

烛龙栖寒门,光曜犹旦开。日月照之何不及此,惟有北风怒号天上来。燕山雪花大如席,片片吹落轩辕台。幽州思妇十二月,停歌罢笑双蛾摧。倚门望行人,念君长城苦寒良可哀。别时提剑救边去,遗此虎文金鞞靫<small>集作鞯</small>。中有一双白羽箭,蜘蛛结网生尘埃。箭空在,人今战死不复回。不忍见此物,焚之已成灰。黄河捧土尚可塞,北风雨雪恨难裁<small>一作裁</small>。

苦热行 王维

赤日满天地,火云成山岳。草木尽焦卷,川泽皆竭涸。轻纨觉衣重,密树苦阴薄。莞簟不可近,絺绤再三濯。思出宇宙外,旷然在寥廓。长风万里来,江海荡烦浊。却顾身为患,始知心未觉。忽入甘露门,宛然清凉乐。

同前 王毂

祝融南来鞭火龙,火旗焰焰烧天红。日轮当午凝不去,万国如在洪炉中。五岳翠乾云彩灭,阳侯海底愁波竭。何当一夕金风发,为我扫却天下热。

同前 僧皎然

六月金数伏,兹辰日在庚。炎曦曝<small>集作烁</small>肌肤,毒雾昏檐楹<small>集作性情</small>。安得奋翅<small>集作轻翮</small>,超遥出云征。不知天地心,如何匠生成。火德烧百卉,瑶草不及荣。省客当此时,忽贻怀中琼。捧玩烦袂涤,啸歌美风生。迟君佐元气,调使四序平。中令霜不袄,火余气常贞。江南诗骚客,休吟苦热行。

同前 僧齐己

离宫划开赤帝怒,喝起六龙奔日驭。下土熬熬若煎煮,苍生惶惶无处处。火云峥嵘焚汍寥,东皋老农肠欲焦。何当一雨苏我苗,为君击壤歌帝尧。

太行苦热行 刘长卿

迢迢太行路,自古称险恶。千骑俨欲前,群峰望如削。火云从中起<small>集作出</small>,仰视飞鸟落。汗马卧高原,危旌倚长薄。清风何不至,赤日方煎烁。石露<small>集作枯</small>山木焦,鳞穷水泉涸。九重今旰食,万里传明略。诸将候轩车,元凶愁鼎镬。何劳短兵接,自有长缨缚。通越事岂难,渡泸功未博。朝辞羊肠坂,夕望贝丘郭。漳水斜绕营,常山遥入幕。永怀姑苏下,因<small>集作遥</small>寄建安作。白雪和诚难,沧波意空托。陈琳书记好,王粲从军乐。早晚归汉庭,随君<small>集作公</small>上麟阁。

同前 独孤及

驱马上太行,修途亘辽碣。王程无留驾,日昃未遑歇。请问此何时,恢台朱明月。长蛇稽天讨,上将方北伐。明主命使臣,皇华得时杰。已忘羊肠险,岂惮温<small>集作湿</small>风入<small>集作热</small>。摇策汗滂沱<small>集作沧</small>,登崖<small>集作岸</small>思纡结。炎云如烟火,溪谷将恐竭。昼景艳可畏,凉飙何由发。山长飞鸟堕,目极行车绝。赵魏方俶扰,安危俟明哲。归路岂不怀,饮冰有苦节。会同传檄至，疑议立谈决。况有阮元瑜，翩翩秉书札。起予歌赤坂，永好逾白雪。谁念剖竹人，无因执鞿绁。

春日行 李白

深宫高楼入紫清，金作蛟龙盘绣一作绣作楹。佳人当窗弄白日，弦将手语弹鸣筝。春风吹落君王耳，此曲乃是升天行。因出天池泛蓬瀛，楼船蹙沓波浪惊。三千双蛾献歌笑，挝钟考鼓宫殿倾，万姓聚舞歌太平。我无为，人自宁。三十六帝欲相迎，仙人飘翩下云骈。帝不去，留镐京。安能为轩辕，独往入窅冥。小臣拜献南山寿，陛下万古垂鸿名。

同前 张籍

春日融融池上暖，竹牙出土兰心短。草堂晨起酒半醒，家童报我园花满。头上皮冠未曾整，直入花间不寻径。树树殷勤尽绕行，举集作攀枝未遍春日暝。不用积金著青天，不用服药求神仙。但愿园里花长好，一生饮酒花前老。

朗月行 李白

小时不识月，呼作白玉盘。又疑瑶台镜，飞在青集作白云端。仙人垂两足，桂树作团团。白兔捣药成，问言与谁餐。蟾蜍蚀圜影，天明夜已残。羿昔落九乌，天人清且安。阴精此沦惑，去去不足观。忧来其如何，恻集作凄怆摧心肝。

前有一尊酒行二首 李白

春风东来忽相过，金尊绿酒生微波。落花纷纷稍觉多，美人欲醉朱颜酡。青轩桃李能几何，流光欺人忽蹉跎。君起舞，日西夕，当年意气不肯倾集作平，白发如丝叹何益。

琴奏龙门之绿桐，玉壶美酒清若空。催弦拂柱与君饮，看朱成碧颜始红。胡姬貌如花，当垆笑春风。笑春风，舞罗衣，君今不醉欲集作将安归。

缓歌行 李颀

小来托身攀贵游，倾财破产无所忧。暮拟经过石渠署，朝将出入铜龙楼。结交杜陵轻薄子，谓言可生复可死。一沉一浮会有时，弃我翻然如脱屣。男儿立身须自强，十五闭户颍水阳。业就功成见明主，击钟鼎食坐华堂。二八蛾眉梳堕马，美酒清歌曲房下。文昌宫中赐锦衣，长安陌上退朝归。五侯集作陵宾从莫敢视，三省宫僚揖者稀。早知今日读书是，悔作从来集作前任侠非。

结客少年场行 虞世南

韩魏多奇节，倜傥遗名集作声利。共矜然诺心，各负纵横志。结友集作交一言重，相思集作期千里至。绿沉明月弦，金络浮云辔。吹箫入吴市，击筑游燕肆。寻源博望侯，结客远相求。少年重集作怀一顾，长驱背陇头。焰焰霜戈集作戈霜动，耿耿剑虹浮。天山冬夏雪，交河南北流。云起龙沙暗，木落雁行集作门秋。轻生殉知己，非是为身谋。

同前 虞羽客

幽并侠少年，金络控连钱。窃符方救赵，击筑正怀燕。轻生辞凤阙，挥袂上祁连。陆离横宝剑，出没惊集作鸷徂旃。蒙轮恒顾敌，超乘忽争先。摧枯逾百战，拓地远三千。骨都魂已散，楼兰首复传。龙城含晓雾，瀚海隔集作接遥天。歌吹金微返，振旅玉门旋。烽火今已息，非复照甘泉。

同前 卢照邻

长安重游侠，洛阳富才雄。玉剑浮云骑，金鞍集作鞭明月弓。斗鸡过渭北，走马向关东。孙宾遥见待，郭解暗相通。不受千金爵，谁论万里功。将军下天上，房骑入云中。烽火夜似月，兵气晓成虹。横行殉知己，负羽远从戎。龙旌昏朔雾，鸟阵卷寒风。追奔瀚海咽，战罢阴山空。归来谢天子，何如马上翁。

同前 李白

紫燕黄金瞳，啾啾一作棱棱摇绿鬃。平明相驰逐，结客洛门东。少年学剑术，凌轹白猿公。

珠袍曳锦带,匕首插吴鸿。由来万夫勇,挟此生雄风。托交从剧孟,买醉入新丰。笑尽一杯酒,杀人都市中。羞道易水寒,从令日贯虹。燕丹事不立,虚没秦帝宫。舞阳死灰人,安可与成功。

同前 沈彬

重义轻生一剑知,白虹贯日报仇归。片心惆怅清平世,酒市无人问布衣。

少年子 李百药

少年飞翠盖,上路动集作勒金镳。始酌文君酒,新吹弄玉箫。少年不欢乐,何以尽芳朝。千金笑里面,一搦抱集作掌中腰。挂冠集作缨岂惮宿,迎拜一作落珥不胜娇。寄语少年子,无辞归路遥。

同前 李白

青云少年子,挟弹章台左。鞍马四边开,突如流星过。金丸落飞鸟,夜入琼楼卧。夷齐是何人,独守西山饿。

少年乐 李贺

芳草落花如锦地,二千长游醉乡里。红缨不重集作动白马骄,垂柳金丝香拂水。吴娥未笑花不开,绿鬟耸堕兰云起。陆郎倚醉牵罗袂,夺得宝钗金翡翠。

同前 张祜

二十便封侯,名居第一流。绿鬓深小院,清管下高楼。醉把金船掷,闲敲玉镫游。带盘红鼹鼠,袍砑紫犀牛。锦袋归调箭,罗鞋起拨球。眼前长贵盛,那信世间愁。

少年行三首 李白

击筑饮美酒,剑歌易水湄。经过燕太子,结托并州儿。少年负壮气,奋烈自有时。因声集作击鲁句践,争情一作博勿相欺。

五陵年少金市东,银鞍白马度春风。落花踏尽游何处,笑入胡姬酒肆中。

君不见淮南少年游侠客,白日毬猎夜拥掷。呼卢百万终不惜,报仇千里如咫尺。少年游侠好经过,浑身装束皆绮罗。兰蕙相随喧妓女,风光去处满笙歌。骄矜自言不可有,侠士堂中养来久。好鞍好马乞与人,十千五千旋沽酒。赤心用尽为知己,黄金不惜栽桃李。桃李栽来几度春,一回花落一回新。府县尽为门下客,王侯皆是平交人。男儿百年且乐命,何须殉书受贫病。男儿百年且荣身,何须徇节甘风尘。衣冠半是征战士,穷儒浪作林泉民。遮莫枝根长百丈。不如当代多还往。遮莫姻亲连帝城,不如当身自簪缨。看取富贵眼前者,何用悠悠身后名。

同前四首 王维

新丰美酒斗十千,咸阳游侠多少年。相逢意气为君饮,系马高楼垂柳边。

汉家君臣欢宴终,高议云台论战功。天子临轩赐侯印,将军佩出明光宫。

出身仕汉羽林郎,初随骠骑战渔阳。孰知不向边庭苦,纵死犹闻侠骨香。

一身能擘集作擎两雕弧,虏骑千群集重只似无。偏坐金鞍调白羽,纷纷射杀五单于。

同前二首 王昌龄

西陵侠年少,送客过长亭。青槐夹两路集作道,白马如流星。闻道羽书急,单于寇井陉。气高轻赴难,谁顾燕山铭。

走马还集作远相寻,西楼下夕阴。结交期一剑,留意赠千金。高阁歌声远,重关柳色深。夜闲须尽醉,莫负百年心。

同前 张籍

少年从出猎集作猎出长杨,禁中新拜羽林郎。独到辇前射双虎,君王手赐黄金铛集作珰。日日斗鸡都市里,赢得宝刀重刻字。百里报仇夜出城,平明还在倡楼醉。遥闻房到平陵下,不待诏书行上马。斩得名王献桂宫,封侯起第一日中。不为六郡良家子,百战始取边城功。

同前三首 李巖

十八羽林郎，戎衣事_{集作侍}汉王。臂鹰金殿侧，挟弹玉舆旁。驰道春风起，陪游出建章。

侍猎长杨下，承恩更射飞。尘生马影灭，箭落雁行稀。薄暮归随_{集作随天}仗，联翩入琐闱。

玉剑膝边横，金杯马上倾。朝游茂陵道，暮宿凤凰城。豪吏多猜忌，无劳问姓名。

同前 刘长卿

射飞夸侍猎，行乐爱联镳。荐枕青娥艳，鸣鞭白马骄。曲房珠翠合，深巷管弦调。日晚春风里，衣香满路飘。

同前四首 令狐楚

少小边州惯放狂，骣骑蕃马射黄羊。如今年事无筋力，犹倚营门数雁行。

家本清河住五城，须凭弓箭得功名。等闲飞鞚秋原上，独向寒云试射声。

弓背霞明剑照霜，秋风走马出咸阳。未收天子河湟地，不拟回头望故乡。

霜满中庭月过_{集作满}楼，金尊玉柱对清秋。当年称意须为乐，不到天明未肯休。

同前二首 杜牧

官为骏马监，职帅羽林儿。两绶藏不见，落花何处期。猎敲白玉镫，怒袖紫金锤。田窦长留醉，苏辛曲护_{集作让}岐。豪持出塞节，笑别远山眉。捷报云台贺，公卿拜寿卮。

连环羁玉声光碎，绿锦蔽泥虹卷高。春风细雨走马去，珠落璀璀白罽袍。

同前三首 杜甫

莫笑田家老瓦盆，自从盛酒长儿孙。倾银注瓦惊人眼，共醉终同卧竹根。

巢燕养雏浑去尽，红花结子已无多。黄衫年少来宜数，不见堂前东逝波。

马上谁家白面_{一作薄媚}郎，临阶下马坐人床。不通姓字粗豪甚，指点银瓶索酒尝。

同前 张祜

少年足_{集作年少好}风情，垂鞭卖眼_{集作眦睚}行。带金师子小，裘锦骐骥狞。选_{集作拣}匠装金_{集作银}镫，推_{集作堆}钱买细筝。李陵虽效死，时论得虚名。

同前 韩翃

千点斓斒喷玉_{集作玉勒}骢，青丝结尾绣缠骢。鸣鞭晚_{集作晓}出章台路，叶叶春依_{集作衣}杨柳风。

同前 施肩吾

醉骑白马走空衢，恶少皆称电不如。五凤街头闲勒辔，半垂衫袖揖金吾。

同前三首 僧贯休

锦衣鲜华手擎鹘，闲行气貌多轻忽。稼穑艰难总不知，五帝三皇是何物。

自拳五色球，迸入他人宅。却捉苍头奴，玉鞭打一百。

面白如削玉，猖狂曲江曲。马上黄金鞍，适来新赌得。

同前 韦庄

五陵豪客多，买酒黄金贱。醉下酒家楼，美人双翠幰。挥剑邯郸市，走马梁王苑。乐事殊未央，年华已云晚。

汉宫少年行 李益

君不见上宫警夜营八屯，冬冬街鼓朝朱轩。玉阶霜仗拥未合，少年排入铜龙门。暗闻弦管九天上，宫漏沉沉清吹繁。才明走马绝驰道，呼鹰挟弹通缭垣。玉笼金琐养黄口，探雏取卵伴王孙。分曹六博快一掷，迎欢先意笑语喧。巧为柔媚学优孟，儒衣嬉戏冠沐猿。晚来香街经柳市，行过倡市宿桃根。相逢杯酒一言失，回朱点白闻至尊。金张许史伺颜色，王侯将相莫敢论。岂知人事无定势,朝欢暮戚如掌翻。椒房宠移子爱夺,一夕秋风生戾园。徒用黄金将买赋,宁知白玉暗成痕。持杯收水水已覆,徒薪避火火更燔。欲求四老张丞相,南山如天不可上。

长乐少年行 崔国辅

遗却珊瑚鞭,白马骄不行。章台折杨柳,春草_{集作日}路旁情。

长安少年行十首 李廓

金紫少年郎,绕街鞍马光。身从左中尉,官属右春坊。划戴扬州帽,重熏异国香。垂鞭踏青草,来去杏园芳。

追逐轻薄伴,闲游不著绯。长拢出猎马,数换打球衣。晓日寻花去,春风带酒归。青楼无昼夜,歌舞歇时稀。

日高春睡足,帖马赏年华。倒插银鱼袋,行随金犊车。还携新市酒,远醉曲江花。几度归侵黑,金吾送到家。

好胜耽长行,天明烛满楼。留人看独脚,赌马换偏头。乐奏曾无歇,杯巡不暂休。时时遥冷笑,怪客有春愁。

遨游携艳妓,装束似男儿。杯酒逢花住,笙歌簇马吹。莺声催曲急,春色讶_{集作送}归迟。不以闻街鼓,华筵待月移。

赏春惟逐胜,大宅可曾归。不乐还逃席,多狂惯袒衣。歌人踏月起,语燕卷帘飞。好妇_{集作妇好}惟相妒,倡楼不醉稀。

戟门连日闭,苦饮惜残春。开琐通新客,教姬屈醉人。请_{集作倩}歌牵白马,自舞踏红茵。时辈皆相许,平生不负身。

新年高殿上,始见有光辉。玉雁排方带,金鹅立仗衣。酒深和碗赐,马疾打珂飞。朝下人争看,香街意气归。

游市慵骑马,随姬入坐车。楼边听歌吹,帘外市钗_{集作见莺}花。乐眼从人闹,归心畏日斜。苍头来去报,饮伴到倡家。

小妇教鹦鹉,头边唤醉醒。犬娇眠玉簟,鹰掣撼金铃。碧地攒花障,红泥待客亭。虽然长按曲,不饮不曾听。

同前 僧皎然

翠楼春酒虾蟆陵,长安少年皆共矜。纷纷半醉绿槐道,蹀躞花骢骄不胜。

渭城少年行 崔颢

洛阳二_{集作三}月梨花飞,秦地行人春忆归。扬鞭走马城南陌,朝逢驿使秦川客。驿使前日发章台,传道长安春早来。棠梨宫中燕初至,葡萄馆里花正开。念此使人归更早,三月便达长安道。长安道上春可怜,摇风荡日曲河边。万户楼台临渭水,五陵花柳满秦川。秦川寒食盛繁华,游子春来喜见花_{集作不见}。斗鸡下杜尘初合,走马章台日半斜。章台帝城称贵里,青楼日晚歌钟起。贵里豪家白马骄,五陵年少不相饶。双双挟弹来金市,两两鸣鞭上渭桥。渭城桥头酒新熟,金鞍白马谁家宿。可怜锦瑟筝琵琶,玉台清酒就君_{集作倡}家。小妇春来不解羞,娇歌一曲杨柳花。

邯郸少年行 高适

邯郸城南游侠子,自矜生长邯郸里。千场纵博家仍富,几度报仇身不死。宅中歌笑日纷纷,门外车马如云屯_{集作常如云}。未知肝胆向谁是,令人却忆平原君。君不见今人交态薄,黄金用尽还疏索。以兹感激—作叹辞旧游,更于时事无所求。且与少年饮美酒,往来射猎西山头。

同前 郑锡

霞鞍金口骝,豹袖紫貂裘。家住丛台下_{集作近},门前漳水流。唤人呈楚舞,借客试吴钩。见说秦兵至,甘心赴国仇。

全唐诗卷二十五

杂曲歌辞

轻薄篇 李益

豪不必驰千骑,雄不在垂双鞭。天生俊气自相逐,出与雕鹗同飞翻。朝行九衢不得意,下鞭走马城西原。忽闻燕雁一声去,回鞭挟弹平陵园。归来青楼曲未半,美人玉色当金尊。淮阴少年不相下,酒酣半笑倚市门。安知我有不平色,白日欲顾集作落红尘昏。死生容易如反掌,得意失意由一言。少年但饮莫相问,此中报仇亦报恩。

同前二首 僧贯休

绣林锦野,春态相压。谁家少年,马蹄踏踏。斗鸡走狗夜不归,一掷赌却如花妾。惟集作谁云不颠不狂,其名不彰,悲夫!

木落萧萧,蛩鸣唧唧。不觉朱蕣脸红,霜劫鬓漆。世途多事,泣向秋日。方吟少壮不努力,老大徒伤悲,如何?

轻薄行 僧齐己

玉鞭金镫骅骝蹄,横眉吐气如虹霓。五陵春暖芳草齐,笙歌到处花成泥。日沉月上且斗鸡,醉来莫问天高低。伯阳道德何涕唾,仲尼礼乐徒卑栖。

灞上轻薄行 孟郊

长安无缓步,况值天景暮。相逢灞浐间,亲戚不相顾。自叹方拙身,忽随轻薄伦。常恐失所避,化为车辙尘。此中生白发,疾走亦未歇。

游侠篇 崔颢

少年负胆气,好勇复知机。伏剑出门去,孤城逢合围。杀人辽水上,走马渔阳归。错落金锁甲,蒙茸貂鼠衣。还家行且猎,弓矢速如飞。地迥鹰犬疾,草深狐兔肥。腰间悬集作带两绶,转眄生光辉。顾谓今日战,何如随建威。

游侠行 孟郊

壮士性刚决,火中见石裂。杀人不回头,轻生如暂别。岂知眼有泪,肯白头上发。平生无恩酬,剑闲一百月。

侠客行 李白

赵客缦胡缨,吴钩霜雪明。银鞍照白马,飒沓如流星。十步杀一人,千里不留行。事了拂衣去,深藏身与名。闲过信陵饮,脱剑膝前横。将炙啖朱亥,持觞劝侯嬴。三杯吐然诺,五岳倒为轻。眼花耳热后,意气素霓生。救赵挥金槌,邯郸先震惊。千秋二壮士,烜赫大梁城。纵死侠骨香,不惭世上英。谁能书阁下,白首太玄经。

同前 元稹

侠客不怕死,怕在事不成。事成不肯藏姓名,我非窃贼谁夜行。白日堂堂杀袁盎,九衢草草人面青。此客此心师海鲸,海鲸露背横沧溟。海滨分作两处生,海鲸分海减海力。侠客有谋人不测,三尺铁蛇延二国。

同前 温庭筠

欲出鸿都门,阴云蔽城阙。宝剑黯如水,微红湿余血。白马夜频嘶一作惊,三更霸陵雪。

行行游且猎篇 李白

边城儿,生年不读一字书,但知游猎夸轻趫。胡马秋肥宜白草,骑来蹙影何矜骄一作可怜。金鞭拂云挥鸣鞘,半酣呼鹰出远郊。弓弯满月不虚发,双鸧迸落连飞髇。海边观者皆辟易,猛气英风振沙碛。儒生不及游侠人,白首下帷复何益。

游子吟 孟郊

慈母手中线,游子身上衣。临行密密缝,意恐迟迟归。谁言寸草心,报得三春晖。

同前 顾况

故枥思疲马,故巢思迷禽。浮云蔽我乡,踯躅游子吟。游子悲久滞,浮云郁东岑。客堂无丝桐,落叶如秋霖。艰哉远游子,所以悲滞淫。一为浮云词,愤塞谁能禁。驰晖集作归百年内,惟顾展所钦。胡为不归欤,坐使年病侵。未老霜绕鬓,非狂火烧心。太行何艰哉,北斗不可斟。夜晴星河出,耿耿辰与参。佳人复青天,尺素重于金。沈寥群动异,眇默诸境森。苔衣上闲阶,蜻蛚集作蟋蟀催寒砧。立身计几误,道险无容针。三年不还家,万里遗锦衾。梦魂无重阻,虽忧因集作周古今。胡为不归欤,孤负丘中琴。腰下是何物,牵缠旷登寻。朝与名山期,夕宿楚水阴。楚水殊演漾,名山杳岖嵚。客从洞庭来,婉娈潇湘深。橘柚在南国,鸿雁遗秋音。下有碧草洲,上有青橘林。引烛窥洞穴,凌波睥天琛。蒲荷影参差,凫鹤雏淋涔。浩歌惜芳杜,散发轻华簪。胡为不归欤,泪下沾衣襟。鸢飞戾霄汉,蝼蚁制鳣鳕。赫赫大圣朝,日月光照临。圣主虽启迪,奇人分堙沉。层城发集作登云韶,玉集作王府锵球琳。鹿鸣志丰草,况复虞人箴。

同前 李益

女羞夫婿荡,客耻主人贱。遭遇同众流,低回愧相见。君非青铜镜,何事空照面。莫以衣上尘,不谓心如练。人生当荣盛,待士勿言倦。君看白日驰,何异弦上箭。

壮士吟 贾岛

壮士不曾悲,悲即无回期。如何易水上,未歌先泪垂。

壮士行 刘禹锡

阴风振寒郊,猛虎正咆哮。徐行出烧地,连吼入黄茆。壮士走马去,镫前弯玉䩱。叱之使人立,一发如铍交。悍睛忽星坠,飞血溅林梢。彪炳为我席,膻腥充我庖。里中欣害除,贺酒纷号咷集作咷号。明日长桥上,倾城看斩蛟。

同前 鲍溶

西方太白高,壮士羞病死。心知报恩处,

对酒歌易水。砂鸿嘹天末,横剑别妻子。苏武执节归,班超束书起。山河不足重,重在遇知己。

同前 施肩吾

一斗之胆撑脏腑,如礧之筋碍臂骨。有时误入千人丛,自觉一身横突兀。当今四海无烟尘,胸襟被压不得伸。冻枭残虱我不取,污我匣里青蛇鳞。

浩歌 李贺

南风吹山作平地,帝遣天吴移海水。王母桃花千遍红,彭祖巫咸几回死。青毛骢马参差钱,娇春杨柳含细一作细烟。筝人劝我金屈卮,神血未凝身谁同。不须浪饮一作乱舞丁督护,世上英雄本无主。买丝绣作平原君,有酒惟浇赵州土。漏催水咽玉蟾蜍,卫娘发薄不胜梳。看一作羞见秋眉换深集作新绿,二十男儿那刺促。

浩歌行 白居易

天长地久无终毕,昨夜今朝又明日。鬓发苍浪牙齿疏,不觉身年四十七。前去五十有几年,把镜照面心茫然。既无长绳系白日,又无大药驻朱颜。朱颜日渐不如故,青史功名在何处。欲留年少待富贵,富贵不来年少去。去复去兮如长河,东流赴海无回波。贤愚贵贱同归尽,北邙冢墓高嵯峨。古来一作今如此非独我,未死有酒且酣歌。颜回短命伯夷饿,我今所得亦已多。功名富贵须待命,命若不来知一作争奈何。

归去来引 张炽

归去来,归期不可违。相见故明月,浮云共我归。

丽人曲 崔国辅

红颜称绝代,欲并真无侣。独有镜中人,由来自相许。

丽人行 杜甫

三月三日天气新,长安水边多丽人。态浓意远淑且真,肌理细腻骨肉匀。绣一作画罗衣裳照暮春,蹙金孔雀银麒麟。头上何所有,翠微一作为蜀一作匀叶垂鬓唇。背后何所见,珠压腰衱稳称身。就中云幕椒房亲,赐名大国虢与秦。紫驼之峰一作珍出翠釜,水晶之盘行素鳞。犀箸厌饫久未下,鸾刀缕切空纷纶。黄门飞鞚不动尘,御厨丝络一作骆驿送八珍。箫鼓一作管哀吟感鬼神,宾从杂遝实要津。后来鞍马何逡巡,当轩一作道下马入锦茵。杨花雪落覆白蘋,青鸟飞去衔红巾。炙手可热势一作世绝伦,慎莫近一作向前丞相嗔。

东飞伯劳歌 张柬之

青田白鹤丹山凤,婺女姮娥两相送。谁家绝世绮帐前,艳粉芳脂映宝钿。窈窕玉堂褰翠幕,参差绣户悬珠箔。绝世三五爱红妆,冶袖长裾兰麝香。春去花枝俄易改,可叹年光不相待。

同前 李峤

传书青鸟迎箫凤,巫岭荆台数通梦。谁家窈窕住园楼,五马千金照陌头。罗裙一作裾玉佩当轩出,点翠施红竞春日。佳人二八盛舞歌,羞将百万呈双娥。庭前芳树朝夕改,空驻妍华欲谁待。

同前 李暇

秦王龙剑燕后琴,珊瑚宝匣镂双心。谁家女儿抱香枕,开衾灭烛愿侍寝。琼窗半上金缕帏,轻罗隐集作掩面不障集作遮羞。青绮帏中坐相忆,红罗镜里见愁色。檐花照月莺对栖,空将可怜暗中啼。

鸣雁行 李白

胡雁鸣,辞燕山,昨发委羽朝度关。一一衔芦枝,南飞散落天地间,连行接翼往复还。客居烟波寄湘吴,凌霜触雪毛体枯,畏逢赠缴惊相呼。闻弦虚坠良可吁,君更弹射何为乎。

同前 韩愈

嗷嗷鸣雁鸣且飞,穷秋南去春北归。去寒

就暖识所处—作依,天长地阔栖息稀。风霜酸苦稻粱微,羽毛摧落身不肥。徘徊反顾群侣违,哀鸣欲下洲—作渊渚非。江南水阔朝—作朔云多,草长沙软无网罗,闲飞静集鸣相和。违忧怀息—作患性匪他,凌风一举君谓何。

同前 鲍溶

七月朔方雁心苦,联影翻空落南土。八月江南阴复晴,浮云绕天难夜行。羽翼劳痛心虚惊,一声相呼百处鸣。楚童夜宿烟波侧,沙上布罗连草色。月暗风悲欲下天,不知何处容栖息。楚童胡为伤我神,尔不曾作远行人。江南羽族本不少,宁得网罗此客鸟。

同前 陆龟蒙

朔风动地来,吹起沙上声。闺中有边思,玉箸此时横。莫怕儿女恨,主人烹不鸣。

空城雀 李白

嗷嗷空城雀,身计何戚促。本与鹪鹩群,不随凤凰族。提携四黄口,饮乳未尝足。食君糠秕余,常恐乌鸢逐。耻涉太行险,羞营覆车粟。天命有定端,守分绝所欲。

同前 王建

空城雀,何不飞来人家住,空城无人种禾黍。土间生子草间长,满地蓬蒿幸无主。近村虽有高树枝,雨中无食长苦饥。八月小儿挟弓箭,家家畏我集作向田头飞。但能不出空城里,秋时百草皆有子。黄口集作报言黄口莫啾啾,长尔得成无横死。

同前 聂夷中

一雀入官仓,所食能损几。所虑往损频,官仓乃害尔。鱼网不在天,鸟网不在水。饮啄要自然,何必空城里。

同前 刘驾

饥啄空城土,莫近太仓粟。一粒未充肠,却入公子腹。且吊城上骨,几曾害尔族。不联庄辛语,今日寒芜绿。

车遥遥 孟郊

路喜到江尽,江上又通舟。舟车两无阻,何处不得游。丈夫四方志,女子安可留。郎自别日言,无令生远愁。旅雁忽叫月,断猿寒啼秋。此夕梦君梦,君在百城楼。寄泪无因波,寄恨无因輈。愿为驭者手,与郎回马头。

同前 张籍

征人遥遥出古城,双轮齐动驷马鸣。山川无处无集作不归路,念君长作万里行。野田人稀秋草绿,日暮放马车中宿。惊麇游兔在我傍,独唱乡歌对童仆。君家大宅凤城隅,年年道上随行车。愿为玉銮系华轼,终日有声在君侧。门前旧辙久已平,无由复得君消息。

同前 张祜

东方晓晓车轧轧,地色不分新去辙。闺门半掩床集作窗半空,斑斑枕花残泪红。君心若车千万转,妾身如辙遗渐远。碧川迢迢山宛宛,马蹄在耳轮在眼。桑间女儿情不浅,莫道野蚕能作茧。

同前 胡曾

自从车马出门朝,便入空房守寂寥。玉枕夜残鱼信绝,金钿秋尽雁书遥。脸边楚雨临风落,头上春云向日销。芳草又衰还不至,碧天霜冷转无憀。

自君之出矣 辛弘智

自君之出矣,梁尘静不飞。思君如满月,夜夜减容晖。

同前 李康成

自君之出矣,弦吹绝无声。思君如百草,撩乱逐春生。

同前 卢仝

自君之出矣,壁上蜘蛛织。近取见妾心,夜夜无休息。妾有双玉环,寄君表相忆。环是妾之心,玉是君之德。驰情增悴容,蓄思损精力。玉簟寒凄凄,延想心恻恻。风含霜月明,水泛碧天色。此水有尽时,此情无终极。

同前 雍裕之

自君之出矣,宝镜为谁明。思君如陇水,长闻呜咽声。

同前 张祜

自君之出矣,万物看成古。千寻葶苈枝,争奈长长苦。

长相思 郎大家宋氏

长相思,久离别。关山阻,风烟绝。台上镜文销,袖中书字灭。不见君形影,何曾有欢悦。

同前 苏颋

君不见天津桥下东流水,东望龙门北朝市。杨柳青青宛地垂,桃红李白花参差。花参差,柳堪结,此时忆君心断绝。

同前三首 李白

长相思,在长安。络纬秋啼金井栏,微霜凄凄簟色寒。孤灯不明思欲绝,卷帷望月空长叹,美人如花一作佳期迢迢隔云端。上有青冥之长天,下有绿水之波澜。天长路远魂飞苦,梦魂不到关山难。长相思,摧心肝。

日色已尽花含烟,月明欲素愁不眠。赵瑟初停凤凰柱,蜀琴欲奏鸳鸯弦。此曲有意无人传,愿随春风寄燕然。忆君迢迢隔青天,昔日横波目,今成流泪泉。不信妾肠断,蹄来看取明镜前。

美人在时花满堂,美人去后花余床。床中绣被卷不寝,至今三载犹闻香。香亦竟不灭,人亦竟不来。相思黄叶落,白露点青苔。

同前 张继

辽阳望河县,白首无由一作人见。海上珊瑚枝,年年寄春燕。

同前二首 令狐楚

君行登陇上,妾梦在闺中。玉箸千行落,银床一半空。

绮席春眠觉,纱窗晓望迷。朦胧残梦里,犹自在辽西。

同前 白居易

九月西风兴,月冷霜一作露华凝。思君秋夜长,一夜魂九升。二月东风来,草坼花心开。思君春日迟,一日肠九回。妾住洛桥北,君住洛桥南。十五即相识,今年二十三。有如女萝草,生在松之侧。蔓短枝苦高,萦回上不得。人言人有愿,愿至天必成。愿作远方兽,步步比肩行。愿作深山木,枝枝连理生。

千里思 李白

李陵没胡沙,苏武还汉家。迢迢五原关,朔雪乱边集作愁见雪如花。一去隔绝域集作国,思归但长嗟。鸿雁向西北,飞一作因书报天涯。

同前 李端

凉州风月美,遥望居延路。泛泛下天云,青青缘塞树。燕山苏武上,海鸟田横住。更是草生时,行人出门去。

行路难 卢照邻

君不见长安城北渭桥边,枯木横槎卧古田。昔日含红复含紫,常时留雾亦留烟。春景春风花似雪,香车玉舆恒阗咽。若个游人不竞攀,若个倡家不来折。倡家宝袜昀龙帔,公子银鞍千万骑。黄莺一向花娇春集作一一向花娇,两两三三集作青鸟双双将子戏。千尺长条百尺枝,丹集作月桂青集作星榆相蔽亏。珊瑚叶上鸳鸯鸟,凤凰巢里雏鸲儿。巢倾枝折凤归去,条枯叶落狂集作任风吹。一朝零落无人问,万古摧残君讵知。人生贵贱无终始,倏忽须臾难久恃。谁家能驻西山日,谁家能堰东流水。汉家陵树满秦川,行来行去尽哀怜。自昔公卿二千石,咸拟荣华一万年。不见朱唇将白貌,惟闻素棘与黄泉。金貂有时须换酒,玉尘但摇莫计钱。寄言坐客神仙署,一生一死交情处。苍龙阙下君不来,白鹤山前我应去。云间海上邈难期,赤心会合在何时。但愿尧年一百万,长作一作与巢由也不辞。

同前 张纮

君不见温家玉镜台,提携抱握九重来。君不见相如绿绮琴,一抚一拍凤凰音。人生意气须及早,莫负当年行乐心。荆王奏曲楚妃叹,曲尽欢终夜将半。朱楼银阁正平生,碧草青苔坐芜漫。当春对酒不须疑,视目相看能几时。春风吹尽燕初至,此时自谓称君意。秋露菱草鸿始归,此时衰暮与君违。人生翻覆何常足,谁保容颜无是非。

同前五首 贺兰进明

君不见岩下井,百尺不及泉。君不见山上蒿集作苗,数寸凌云烟。人生相作赋命亦如此,何苦太息自忧煎。但愿亲友长含笑,相逢莫吝集作不乏杖头钱。寒夜邀欢须秉烛,岂得空集作常思花柳年。

君不见门前柳,荣曜暂时萧索久。君不见陌上花,狂风吹去落谁家。谁集作邻家思妇见之叹,蓬首不梳心历乱。盛年夫婿长别离,岁莫相逢色凋集作已换。

君不见荒集作芳树枝,春花落尽蜂不窥。君不见梁上泥,秋风始高燕不栖。荡子从军事征战,蛾眉婵娟空守闺。独宿自然堪下泪,况复时闻乌夜啼。

君不见云间一作中月,暂盈还复缺。君不见林下风,声远意难穷。亲故平生欲聚散,欢娱未尽尊酒空。自叹青青陵上柏,岁寒能与几人同。

君不见东流水,一去无穷已。君不见西郊云,日夕空氤氲。群雁裵回不能去,一雁悲鸣复失群。人生结交在终始,莫为集作以升沉中路分。

同前 崔颢

君不见建章宫中金明枝,万万长条拂地垂。二月三月花如霰,九重幽深君不见。艳彩朝含四宝宫,香风吹集作旦入朝云殿。汉家宫女春未阑,爱此芳香朝幕看。看去看来心不忘,攀折将安镜台上。双双素手剪不成,两两红妆笑相向。建章昨夜起春风,一花飞落长信宫。长信丽人见花泣,忆此珍树何嗟及。我昔初在昭阳时,朝折集作攀暮折登玉墀。只言岁岁长相对,不啻今朝遥相思。

同前三首 李白

金尊清酒斗十千,玉盘珍羞直万钱。停杯投箸不能食,拔剑四顾心茫然。欲渡黄河冰塞川,将登太行雪暗天集作满山。闲来垂钓坐集作碧溪上,忽复乘舟梦日边。行路难,行路难,多岐路,今安在。长风破浪会有时,直挂云帆济沧海。

大道如青天,我独不得出。羞逐长安社中儿,赤鸡白狗一作雉赌梨栗。弹剑作歌奏苦声,曳裾王门不称情。淮阴市井笑韩信,汉朝公卿一作侯忌贾生。君不见昔时燕家重郭隗,拥慧折腰一作节无嫌猜。剧辛乐毅感恩分,输肝剖一作割胆效英才。昭王白骨萦蔓集作烂草,谁人更扫黄金台。行路难,归去来。

有耳莫洗颍川水,有口莫食首阳蕨。含光混世贵无名,何用孤高比云月。吾观自古贤达人,功成不退皆殒身。子胥既弃吴江上,屈原终投湘水滨。陆机才多集作雄才岂自保,李斯税驾苦不早。华亭鹤唳讵可闻,上蔡苍鹰何足道。君不见吴中张翰称一作真达士集作生,秋风忽忆江东行。且乐生前一杯酒,何须身后千载名。

同前三首 顾况

君不见古来集作人烧水银,变作北邙山上尘。藕丝挂身在虚空集作在虚空中,欲落不落愁杀人。睢水英雄多血刃,建章宫阙成灰集作煨烬。淮王身死桂枝集作树折,徐氏集作福一去音书绝。行路难,行路难,生死皆由天。秦皇汉武遭下集作不脱,汝独何人学神仙。

君不见担雪塞井徒集作空用力,炊砂作饭岂堪吃集作食。一生肝胆向人尽,相识不如不相识。冬青树上挂凌霄,岁晏花凋树不凋。凡物各自有根本,种禾终不生豆苗。行路难,行路难,何处是平道。中心无事当富贵,今日觉集作看君颜色好。

君不见少年头上如云发,少壮如云老如雪。岂知灌顶有醍醐,能使清凉头不热。吕梁之水挂飞流,鼍鼋蛟螭不敢游。少年恃险若平地,独倚长剑凌清秋。行路难,行路难,昔少年,今已老。前朝竹帛事皆空,日暮牛羊古城草。

同前 李颀

汉家名臣杨德祖,四代五公享茅土。父兄子弟集作父子兄弟绾银黄,跃马鸣珂朝建章。火浣单衣绣方领,茱萸锦带玉盘囊。宾客填街复满坐,片言出口生辉光。世人逐势争奔走,沥胆鐻肝惟恐后。当时一顾生青云,自谓生死长随君。一朝谢病还乡里,穷巷苍茫绝知己。秋风落叶闭重门,昨日论交竟谁是。薄俗嗟嗟难重陈,深山麋鹿下为邻。鲁连所以蹈沧海,古往今来称达人。

同前二首 高适

君不见富家翁,昔时贫贱谁比数。一朝金多结豪贵,万事胜人健如虎。子孙成长集作行满眼前,妻能一作解管弦妾能舞。自矜一朝集作身忽如此,却笑傍人独悲一作愁苦。东邻少年安所如,席门穷巷出无车。有才不肯学干谒,何用年年空读书。

长安少年不少钱,能骑骏马鸣金鞭。五侯相逢大道边,美人弦管争留连。黄金如斗不敢惜,片言如山莫弃捐。安知憔悴读书者,暮宿虚集作灵台私自怜。

同前 张籍

湘东行人长叹息,十年离家归未得。弊裘羸马苦难行,童仆饥寒少筋力。君不见床头黄金尽,壮士无颜色。龙蟠泥中未有云,不能生彼升天翼。

同前 聂夷中

莫言行路难,夷狄如中国。谓言骨肉亲,中门如异域。出处全在人,路亦无通塞。门前两条辙,何处去不得。

同前 韦应物

荆山之白玉分,良工雕琢双环连,月蚀中央镜心穿。故人赠妾初相结,恩在环中寻不绝。人情厚薄苦须臾,昔似连环今似玦。连环可碎不可离,如何物在人自移。上客勿遽欢,听妾歌路难。傍人见环环可怜,不知中有长恨端。

同前三首 柳宗元

君不见夸父逐日窥虞渊,跳踉北海超昆仑。披霄决汉出沆漭,瞥裂左右遗星辰。须臾力尽道渴死,狐鼠蜂蚁争噬吞。北方竫人长九寸,开口抵掌更笑喧。啾啾饮食滴与粒,生死亦足终天年。睢盱大志少成遂,坐使儿女相悲怜。

虞衡斤斧罗千山,工命采斫枞与橡。深林土蛮十取一,百牛连鞅摧双辕。万围千寻妨道路,东西蹶倒山火焚。遣余豪末不见保,躏跞䃲磳何当存。群材未成质已朽,突兀峥豁空岩峦。柏梁天灾武库火,匠石狼顾相愁冤。君不见南山栋梁益稀少,爱材养育谁复论。

飞雪断道冰成梁,侯家炽炭雕玉房。蟠龙吐耀虎喙张,熊蹲豹掷争低昂。攒峦业嶪射朱光,丹霞翠雾飘奇香。美人四向回明珰,雪山冰谷晞太阳。星躔奔走不得止,奄忽双燕栖虹梁。风台露榭生光饰,死灰弃置参与商。盛时一去贵反贱,桃笙葵扇安可常集作当。

同前 鲍溶

玉堂向夕如无人,丝竹俨然宫商死。细人何言入君耳,尘金尊酒如水。君今不念岁蹉跎,雁天明明凉露多。华灯青凝久照夜,彩童窈窕虚垂罗。入宫见妒君不察,莫入此地出风波。此时不乐早休息,女颜易老君如何。

同前五首 僧贯休

不会当时一作初作天地,刚有多般愚与智。到头还用真宰心,何如上下皆清气。大道冥冥不知处,那堪顿得义和誉。义不义兮仁不仁,拟学长生更容易。负心为炉复为火,缘木求鱼应且止。君不见烧金炼石古帝王,鬼火荧荧白杨里。

君不见道傍废井生古木,本是骄奢贵人屋。几度美人照影来,素绠银瓶濯纤玉。云飞雨散今如此,绣闼雕甍作荒谷。沸渭笙歌君莫夸,不应长是西家哭。休说遗编行者几,至竟终须合天理。败他成此亦何功,苏张终作多言鬼。行路难,行路难,不在羊肠里。

九有茫茫共尧日,浪死虚生亦非一。清净玄音竟不闻,花眼酒肠暗如漆。或偶因片言只字登第光二亲,又不能献可替不航要津。口谈羲轩与周孔,履行不及屠沽人。行路难,行路难,日暮途远空悲叹。

君不见道傍树有寄生枝,青青郁郁同荣衰。无情之物尚如此,为人不及还堪悲。父归坟兮未朝夕,已分黄金争田宅。高堂老母头似霜,心作数支泪常滴。我闻忽如负芒刺,不独为君空叹息。古人尺布犹可缝,浔阳义犬令人忆。寄言世上为人子,孝义团圆莫如此。若如此,不遄死兮更何俟。

君不见山高海深人不测,古往今来转青碧。浅近轻浮莫与交,池一作地卑只解生荆棘。谁道黄金如粪土,张耳陈余断消息。行路难,行路难,君自看。

同前二首 僧齐己

行路难,君好看,惊波不在黤黮间,小人心里藏奔湍。七盘九折寒嶙峋,翻车倒盖犹堪出。未似是非唇舌危,暗中潜毁平人骨。君不见楚灵均,千古沉冤湘水滨。又不见李太白,一朝却作江南客。

下浸与高盘,不为行路难。是非真险恶,翻覆作峰峦。漆愧同时黑,朱惭巧处丹。令人畏相识,欲画白云看。

同前 翁绶

行路艰难不复歌,故人荣达我蹉跎。双轮晚上铜梁一作台雪,一叶春浮瘴海波。自古要津皆若此,方今失路欲如何。君看西汉翟丞相,凤沼朝辞暮雀罗。

同前 薛能

何处力堪殚,人心险万端。藏山难测度,暗水自波澜。对面如千里,回肠似七盘。已经吴坂困,欲向雁门难。南北诚须泣,高深不可干。无因善行止,车辙得平安。

从军中行路难二首 骆宾王

君不见封狐雄虺自成群,冯深负固结妖氛。玉玺分兵征恶少,金坛受律动将军。将军拥旄宣庙略,战士横行静夷落。长驱一息背铜梁,直指三巴逾剑阁。阁道苍峣上集作起戍楼,剑门遥裔俯灵丘。邛关九折无平路,江水双源有急流。征役无期返,他乡岁华晚。杳杳丘陵出,苍苍林薄远。途危紫盖峰,路涩青泥坂。去去指哀牢,行行入不毛。绝壁千里险,连山四望高。中外分区宇,夷夏殊风土。交趾枕南荒,昆弥临北户。川源饶毒雾,溪谷多淫雨。行潦四时流,崩查千岁古。漂梗飞蓬不自安,扪藤引葛度危峦。昔时闻道从军乐,今日方知行路难。苍江绿水东流驶,炎洲丹徼南中地。南中南斗映星河,秦川秦塞阻烟波。三春边地风光少,五月泸中瘴疠多。朝驱疲斥候,夕息倦谁何。向月弯繁弱,连星转太阿。重义轻生怀一顾,东伐西征凡几度。夜夜朝朝班鬓新,年年岁岁戎衣故。灞城隅,滇池水,天涯望转积,地际行无已。徒觉炎凉节物非,不知关山千万里。弃置勿重陈,重陈集作征行多苦辛。且悦清笳杨柳曲,讵忆芳园桃李人。绛节朱旗分白羽,丹心白刃酬明主。但令一技集作被君王识,谁惮三边征战苦。行路难,行路难,岐路集无此二字几千端。无复归云凭短翰,望日想长安。

　　君不见玉关尘色暗边亭,铜鞮杂虏寇长城。天子按剑征余勇,将军受脤事横行。七德龙韬开玉帐,千里鼍鼓叠金钲。阴山苦雾埋高垒,交河孤月照连营。连营去去无穷极,拥旆遥遥过绝国。阵云朝结晦天山,寒沙夕涨迷疏勒。龙鳞水上开鱼贯,马首山前振鹏翼。长驱万里詟祁连,分麾三命武功宣。百发乌号遥碎柳,七尺龙文迥照莲。春来秋去移灰琯,兰闺柳市芳尘断。雁门迢递尺书稀,鸳被相思双带缓。行路难,集重行路难三字。誓令氛祲静皋兰。但使封侯龙额贵,讵随中妇凤楼寒。

变行路难 王昌龄

　　向晚横吹悲,风动马嘶合。前驱引旗节,千重阵云匝。单于下阴山,砂砾空飒飒。封侯取一战,岂复念闺阁。

全唐诗卷二十六

杂曲歌辞

古别离 沈佺期

白水东悠悠,中有西行舟。舟行有返棹,水去无还流。奈何生别者,戚戚怀远游。远游谁当惜,所悲会难收。自君间_{集作阔}芳躅,青阳四五遒。皓月掩兰室,光风虚蕙楼。相思无明晦,长叹累冬秋。离居分迟暮,驾高何淹留。

同前 孟云卿

朝日上高台,离人怨秋草。但见万里天,不见万里道。君行本遥_{集作迢远},苦乐良难保。宿昔梦同衾,忧心梦颠_{集作常倾}倒。含酸欲谁诉,转转伤怀抱。结发年已迟,征行去何早。寒暄有时谢,憔悴难再好。人皆算年寿,死者何曾老。少壮无见期,水深风浩浩。

同前 李益

双剑欲别风_{一作心}凄然,雌沉水底雄上天。江回汉转两不见,云交雨合知何年。古来万事皆由命,何用临岐苦涕涟。

同前二首 于濆

入室少情意,出门多路岐。黄鹤有归日,荡子无还时。人谁无分命,妾身何太奇。君为东南风,妾作西北枝。青楼邻里妇,终年画长眉。自倚对良匹,笑妾空罗帏。

郎本东家儿,妾本西家女。对门中道间,终谓无离阻。岂知中道间,遗作空闺主。自是爱封侯,非关备胡虏。知子去从军,何处无良人。

同前二首 李端

水国叶黄时,洞庭霜落夜。行舟闻商估,宿在枫林下。此地送君还,茫茫似梦间。后期知几日,前路转多山。巫峡通湘浦,迢迢隔云雨。天晴见海樯,月落闻津鼓。人老自多愁,水深难急流。清宵歌一曲,白首对汀洲。

与君桂阳别,令君岳阳待。后事忽差池,前期日空在。木落雁嗷嗷,洞庭波浪高。远山云似盖,极浦树如毫。朝发能几里,暮来风又起。如何两处愁,皆在孤舟里。昨夜天月明,长川寒且清。菊花开欲尽,荠菜拍一作泊来生。下江帆势速,五两遥相逐。欲问去时人,知投何处宿。空令猿啸时,泣对湘潭集作篁竹。

同前 王缙

下阶欲离别,相对映兰丛。含辞未及吐,泪落兰丛中。高堂静秋日,罗衣飘暮风。谁能待明月,回首见床空。

同前 僧皎然

太湖三山口,吴王在时道。寂寞千载心,无人见春草。谁堪集作识缄怨者,持此伤怀抱。孤舟畏狂风,一点宿烟岛。望所思兮若何,月荡漾兮空波。云离离兮北断,雁集作鸿眇眇兮南多。身去兮天畔,心折兮湖岸。春山胡为兮塞路,使我归梦兮撩乱。

同前 聂夷中

欲别牵郎衣,问郎游何处。不恨归日迟,莫向临邛去。

同前二首 施肩吾

古人谩歌西飞燕,十年不见狂夫面。三更风作切梦刀,万转愁成系肠线。所嗟不及牛女星,一年一度得相见。

老母别爱子,少妻送征郎。血流既四面,乃亦断二肠。不愁寒无衣,不怕饥无粮。惟恐征战不还乡,母化为鬼妻为孀。

同前 吴融

紫燕集作鸾黄鹄虽别离,一举千里何难追。犹闻啼风与叫月,流连断续令人悲。赋情更有深缱绻,碧甃千寻尚为浅。蟾蜍正向清夜流,蛱蝶须教堕丝罥。莫道断丝不可续,丹穴凤凰胶不远。草草通流水不回集作莫道流水不回波,海上两潮长不返。

古离别 王适

昔岁惊杨柳,高楼悲独守。今年芳树枝,孤栖怨别离。珠帘昼不卷,罗幔晓长垂。苦调琴先觉,愁容镜独知。频来雁度无消息,罢去集作却鸳文何用织。夜还罗帐空有情,春著裙腰自无力。青轩桃李落纷纷,紫庭兰蕙日氛氲。已能憔悴今如此,更复含情一待君。

同前 常理

君御狐白裘,妾居缃绮帱。粟钿金夹膝,花错玉搔头。离别生庭草,征行断戍楼。蟏蛸网清曙,菡萏落红秋。小胆空房怯,长眉满镜愁。为传儿女意,不用远封侯。

同前 姚系

凉风已袅袅,露重木兰枝。独上高楼望,行人远不知。轻寒入洞户,明月满秋池。燕去鸿方至,年年是别离。

同前 张彪

离别无远近,事欢情亦悲。不闻车轮声,后会将何时。去日忘寄书,来日乖前期。纵知明当还,一夕千万思。

同前 赵微明

违集作为别未几日,一日如三秋。犹疑望可见,日日上高楼。惟见分手处,白蘋满芳洲。寸心宁死别,不忍生离愁。

同前二首 孟郊

松山云缭绕,萍路水分离。云去有归日,水分无合时。春芳役双眼,春色柔四支。杨柳织别愁,千条万条丝。

山川古今路,纵横无断绝。来往天地间,人皆有离别。行衣未束带,中肠已先结。不用看镜中,自知生白发。欲陈去留意,声向言前咽。愁结填心胸,茫茫若为说。荒郊烟莽苍,旷野风凄切。处处得相随,人那不如月。

同前 顾况

西江上,风动麻姑嫁时浪。西山为水水为尘,不是人间离别人。

同前 僧贯休

离恨如旨酒,古今饮皆醉。只恐长江水,尽是儿女泪。伊余非此辈,送人空把臂。他日再相逢,清风动天地。

同前 韦庄

晴烟漠漠柳毵毵,不那离情酒半酣。更把马鞭云外指,断肠春色在江南。

生别离 孟云卿

结发生别离,相思复相保。何知_{集作如何}日已久,五变庭中草。眇眇天海途,悠悠吴江岛。但恐不出门,出门无远道。远道行既难,家贫衣服单。严风吹积雪,晨起鼻何酸。人生各有恋_{一作志},岂不怀所安。分明天上日,生死誓_{集作愿}同欢。

同前 白居易

食蘗不易食梅难,蘗能苦兮梅能酸。未如生别之为难,苦在心兮酸在肝。晨鸡载鸣残月没,征马_{一作连}嘶行人出。回看骨肉哭一声,梅酸蘗苦甘如蜜。黄河水白黄云秋,行人河边相对愁。天寒野旷何处宿,棠梨叶战风飕飕。生离别,生离别,忧从中来无断绝。忧积_{一作极}心劳血气衰,未年三十生白发。

远别离 李白

远别离,古有皇英之二女,乃在洞庭之南,潇湘之浦。海水直下万里深,谁人不言此离苦。日惨惨兮云冥冥,猩猩啼烟兮鬼啸雨。我纵言之将何补?皇穹窃恐不照余之忠诚,雷凭凭兮欲吼怒。尧舜当之亦禅禹。君失臣兮龙为鱼,权归臣兮鼠变虎。或云_{集作言}尧幽囚,舜野死,九疑联绵皆相似,重瞳孤坟竟何是。帝子泣兮绿云间,随风波兮去无还。恸哭兮远望,见苍梧之深山。苍梧山崩湘水绝,竹上之泪乃可灭。

同前 张籍

莲叶团团杏花拆,长江鲤鱼鳍鬣赤。念君少年弃亲戚,千里万里独为客。谁言远别心不易,天星坠地能为石。几时断得城南陌,勿使居人有行役。

同前二首 令狐楚

杨柳黄金穗,梧桐碧玉枝。春来消息断,早晚是归时_{集作期}。

玳织鸳鸯履,金装翡翠簪。畏人相问著_{集作借问},不拟到城南。

久别离 李白

别来几春未还家,玉窗五见樱桃花。况有锦字书,开缄使人嗟。至此肠断彼心绝,云鬟绿_{一作雾}鬓罢揽_{一作梳}结,愁如回飙乱白雪。去年寄书报阳台,今年寄书重相催。胡为东风_{集作东风兮东风}为我吹行云,使西来;待来竟不来,落花寂寂_{一作宴}委青苔。

新别离 戴叔伦

手把杏花枝,未曾经别离。黄昏掩闺后,寂寞自心_{集作心自}知。

今别离 崔国辅

送别未能旋,相望连水口。船行欲映洲,几度急摇手。

暗别离 刘氏瑶

槐花结子桐叶焦,单飞越鸟啼青霄。翠轩辗云轻遥遥,燕脂泪迸红线条。瑶草歇芳心耿耿,玉佩无声画屏冷。朱弦暗断不见人,风动花枝月中影。青鸾脉脉西飞去,海阔天高不知处。

潜别离 白居易

不得哭,潜别离。不得语,暗相思。两心之外无人知。深笼夜锁独栖鸟,利剑春断连理枝。河水虽浊有清日,乌头虽黑有白时。惟有潜离与暗别,彼此甘心无后期。

别离曲 张籍

行人结束出门去,马蹄几时踏门路集作几时更踏门前路。忆昔君初纳彩时,不言身属辽阳戍。早知今日当别离,成君家计良为谁。男儿生身自有役,那得误我少年时。不如逐君征战死,谁能独老空闺里。

同前 陆龟蒙

丈夫非无泪,不洒离别间。仗剑对尊酒,耻为游子颜。蝮蛇一螫手,壮士疾集作即解腕。所思在功名,离别何足叹。

西洲曲 温庭筠 一作西州词

悠悠复悠悠,昨日下西洲。西洲风色好,遥见武昌楼。武昌何郁郁,侬家定无匹。小妇被流黄,登楼抚瑶瑟。朱弦繁复轻,素手直凄清。一弹三四解,掩抑似含情。南楼登且望,西江广复平。艇子摇两桨,催过石头城。门前乌臼树,惨澹天将曙。鸱鹈一作鹧鸪飞复还,郎随早帆去。回头语同伴,定复负情侬。去帆不安幅,作抵使西风。他日相寻索,莫作西洲客。西洲人不归,春草年年碧。

荆州乐 李白

白帝城边足风波,瞿塘五月谁敢过。荆州麦熟茧成蛾,缲丝忆君头绪多。拨谷飞鸣奈妾何。

同前二首 刘禹锡

渚宫杨柳暗,麦城朝雉飞。可怜踏青伴,乘暖著轻衣。

今日好南风,商旅相催发。沙头樯竿上,始见春江阔。

荆州泊 李端

南楼西下时,月里闻来棹。桂水触舻回,荆州津济闹。移帷望星汉,引带思容貌。今夜一江人,惟应妾身觉。

纪南歌 刘禹锡

风烟纪南城,尘土荆门路。天寒猎兽者一作多猎骑,走上樊姬墓。

宜城歌 刘禹锡

野水绕空城,行尘起孤驿。花集作荒台侧生树集作柏,石碣阳镌额。靡靡度行人,温风吹宿麦。

长干曲四首 崔颢

君家定何处集作何处住,妾住在横塘。停舟暂借问,或恐是同乡。

家临九江水,去来九江侧。同是长干人,生小不相识。

下渚多风浪,莲舟渐觉稀。那能不相待,独自逆潮归。

三江潮水急,五湖风浪涌。由来花性轻,莫畏莲舟重。

长干行二首 李白

妾发初覆额,折花门前剧。郎骑竹马来,绕床弄青梅。同居长干里,两小无嫌猜。十四为君妇,羞颜尚不一作未尝开。低头向暗壁,千唤不一回。十五始展眉,愿同尘与灰。常存抱柱信,岂一作耻上望夫台。十六君远行,瞿塘滟滪堆。五月不可触,猿鸣一作声天上哀。门前迟一作旧行迹,一一生绿苔。苔深不能扫,落叶秋风早。八月蝴蝶来,双飞西园草。感此伤妾心,坐愁红颜老。早晚下三巴,预将书报家。相迎不道远,直至长风沙。

忆妾一作昔深闺里,烟尘不曾识。嫁与长干人,沙头候风色。五月南风兴,思君在一作下巴陵。八月西风起,想君发扬子。去来悲如何,见少别离多。湘潭几日到,妾梦越风波。昨夜狂风度,吹折江头树。森森暗无边,行人在何处。北客真王公,朱衣满江中。日暮来投宿,数朝不肯东。集无此四句。好乘浮云骢,佳期兰渚东。鸳鸯绿浦上,翡翠锦屏中。自怜十五余,颜色桃李红。那作商人妇,愁水复愁风。

同前 张潮

婿贫如珠玉,婿富如埃尘。贫时不忘旧,富贵集作日多宠新。妾本富家女,与君为偶匹。惠好一何深,中门不曾出。妾有绣衣裳,葳蕤金缕光。念君贫且贱,易此从远方。远方三千里,发去悔不已集作思君心未已。日暮情更来,空望去时水。孟夏麦始秀,江上多南风。商贾归欲尽,君今尚巴东。巴东有巫山,窈窕神女颜。常恐游此山集作方,果然不知还。

小长干曲 崔国辅

月暗送湖集作潮风,相寻路不通。菱歌唱不辍,知在此塘中。

杞梁妻 僧贯休

秦之无道兮四海枯,筑长城兮遮北胡。筑人筑土一万里,杞梁贞妇啼呜呜。上无父兮中无夫,下无子兮孤复孤。一号城崩塞色苦,再号杞梁骨出土。疲魂饥魄相逐归,陌上少年莫相非。

卢女曲 崔颢

二月春来半,宫中日渐长。柳垂金屋暖,花覆集作发玉楼香。拂匣先临镜,调筝更炙簧。还将卢女曲集作歌舞态,夜夜集作只拟奉君王。

卢姬篇 崔颢

卢姬小集作少小魏王家,绿鬓红唇桃李花。魏王绮楼十二重,水精帘箔绣芙蓉。白玉兰干金作柱,楼上朝朝学歌舞。前堂后堂罗袖人,南窗北窗花发春。翠幌珠帘斗弦集作丝管,一奏一弹云欲断。君王日晚下朝归,鸣环佩玉生光辉。人生今日得骄集作娇贵,谁道卢姬身细微。

邯郸才人嫁为厮养卒妇 李白

妾本丝台女,扬蛾入丹阙。自倚颜如花,宁知有凋歇。一辞玉阶下,去若朝云没。每忆邯郸城,深宫梦秋月。君王不可见,惆怅至明发。

杨白花 柳宗元

杨白花,风吹度江水。坐令宫树无颜色,摇荡春光千万里。茫茫晓日下长秋,哀歌未断城鸦起。

茱萸女 万楚

山阴柳家女,九日采茱萸。复得东邻伴,双为陌上姝。插花向高髻,结子置长裾。作性恒集作常迟缓,非关诧丈夫。平明折林树集作樾,日入反城隅。侠客邀罗袖,行人挑短书。蛾眉自有主,年少莫踟蹰。

于阗采花 李白

于阗采花人,自言花相似。明妃一朝西入胡,胡中美女多羞死。乃知汉地多名姝,胡中无花可方比。丹青能令丑者妍,无盐翻在深宫里。自古妒娥眉,胡沙埋皓齿。

秦女卷衣 李白

天子居未央,妾侍一作来卷衣裳。顾无紫宫宠,敢拂黄金床。水至亦不去,熊来尚可当。微身奉日月,飘若萤火集作之光。愿君采葑菲,无以下体妨。

爱妾换马 张祜

一面妖桃千里蹄,娇姿骏骨价应齐。乍牵玉勒辞金栈,催整花钿出绣闺。去日岂无沾袂泣,归时还有顿衔嘶。婵娟蹩躠春风里,挥手摇鞭杨柳堤。

绮阁香销华厩空,忍将行雨换追风。休怜柳叶双眉翠,却爱桃花两耳红。侍宴永辞春色里,趁朝休立漏声中。恩劳未尽情先尽,暗泣嘶风两意同。

枯鱼过河泣 李白

白龙改常服,偶被豫且制。谁使尔为鱼,徒劳诉天帝。作书报鲸鲵,勿恃风涛势。涛落归泥沙,翻遭蝼蚁噬。万乘慎出入,柏人以为诫一作识。

饮酒乐 聂夷中商调曲也

日月似有事,一夜行一周。草木犹须老,人生得无愁。一饮解百结,再饮破百忧。白发欺贫贱,不入醉人头。我愿东海水,尽向杯中流。安得阮步兵,同入醉乡游。

王孙游 崔国辅

自与王孙别,频看黄鸟飞。应由春草误,著处不成归。

发白马 李白

将军发白马,旌节渡黄河。箫鼓聒川岳,沧溟涌洪—作涛波。武安有振瓦,易水无寒歌。铁骑若雪山,饮流涸滹沱。扬兵猎月窟,转战略朝那。倚剑登燕然,边峰列嵯峨。萧条万里外,耕作五原多。一扫清大漠,包虎戢金戈。

结袜子 李白

燕南壮士吴门豪,筑中置铅鱼隐刀。感君恩重许君命,泰山一掷轻鸿毛。

沐浴子 李白

沐芳莫弹冠,浴兰莫振衣。处世忌太洁,志—作至人贵藏辉。沧浪有钓叟,吾与尔同归。

三台二首 韦应物 天宝中羽调曲

一年一年老去,明日后日花开。未报长安平定,万国岂得衔杯。

冰泮寒塘始绿,雨余百草皆生。朝来门阁无事,晚下高斋有情。

上皇三台 韦应物

不寐倦长更,披衣出户行。月寒秋竹冷,风切夜窗声。

突厥三台

雁门山上雁初飞,马邑阑中马正肥。日旰山西逢驿使,殷勤南北送征衣。

宫中三台二首 王建

鱼藻池边射鸭,芙蓉园里看花。日色柘袍相似,不著红鸾扇遮。

池北池南草绿,殿前殿后花红。天子千年万岁,未央明月清风。

江南三台四首 王建

扬州桥边小集作少妇,长干市里商人。三集作二年不得消息,各自拜鬼求神。

青草湖边草色,飞猿岭上猿声。万里三湘集作湘江客到,有风有雨人行。

树头花落花开,道上人去人来。朝愁暮愁即老,百年几度三台。

闻身强—作康健且—作早为,头白齿落难追。准拟百年千岁,能得几许多时。

筑城曲 张籍 筑城曲,以小鼓为节,筑者下杵以和之,谓为睢阳曲。《唐书·乐志》曰:睢阳操用春牒,是也。

筑城去集作处,千人万人齐抱集作把杵。重重土坚试行锥,军吏执鞭催作迟。来时一年深碛里,著尽短衣渴无水。力尽不得抛—作休杵声,杵声未定集作尽人皆死。家家养男当门户,今日作君城下土。

同前五解 元稹

年年塞下丁,长作出塞兵。自从冒顿强,官筑遮虏城。一解。筑城须努力,城高遮得贼。但恐贼路多,有城遮不得。二解。丁口传父口,莫问城坚不。平城被虏围,汉斩城墙走。三解。因兹虏请—作请休和,虏往骑来多集作过。半疑兼半信,筑城犹嵯峨。四解。筑城安敢烦,愿听丁一言。请筑鸿胪寺,兼愁虏出关。五解。

同前 陆龟蒙

城上一抔土,手中千万杵。筑城畏不坚,坚城在何处。莫叹筑城劳集作将军逼,将军要却敌。城高功亦高,尔命何处—作足,集作劳惜。集作二首。

湖阴曲 温庭筠 序曰:晋王敦举兵至湖阴,明帝微行,视其营伍,由是乐府有湖阴曲。后其词亡,因作而附之。

祖龙黄须珊瑚鞭,铁骢金面青连钱。虎髯

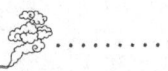

拔剑欲成梦,日压贼营如血鲜。海旗风急惊眠起,甲重光摇照湖水。苍黄追骑尘外归,森索妖星阵前死。五陵愁碧春萋萋,灞川玉马空中嘶。羽书如电入青琐,雪腕如捣催画鞞。白虹天子金煌铩,高临帝座回龙章。吴波不动楚山晚,花压阑干春昼长。

无愁果有愁曲 李商隐 无愁曲,北齐歌也。天宝十三载,改无愁为长欢。

东有青龙西白虎,中含福皇包世度。玉壶渭水笑清潭,凿天不到牵牛处。骐骥踏云天马狞,牛山撼碎珊瑚声。秋娥点滴不成泪,十二玉楼无故钉。推烟唾月抛千里,十番红桐一行死。白杨别屋鬼迷人,空留暗记如蚕纸。日暮向风牵短丝,血凝血散今谁是。

起夜来 施肩吾

香销连理带,尘覆合欢杯。懒卧相思枕,愁吟起夜来。

起夜半 聂夷中

念远心如烧,不觉中夜起。桃花带露泛,立在月明里。

独不见 沈佺期

卢家小集作少妇郁金堂,海燕双栖玳瑁梁。九月寒砧催下叶,十年征戍忆辽阳。白狼河北音书断,丹凤城南秋夜长。谁知集作谓含愁独不见,使妾集作更教明月照流黄。

同前 王训

日晚宜春暮,风软上林朝。对酒近初节,开楼荡夜娇集作谣。石桥通小涧,竹路上青霄。持底谁见许,长愁成细腰。

同前 杨巨源

东风艳阳色,柳绿花如霰。竞理同心鬟,争持合欢扇。香传贾娘手,粉离何郎面。最恨卷帘时,含情独不见。

同前 李白

白马谁家子,黄龙边塞儿。天山三丈雪,岂是远行时。春蕙忽秋草,莎鸡鸣曲集作西池。风催寒棕响,月入霜闺悲。忆与君别年,种桃齐蛾眉。桃今百余尺,花落成枯枝。终然独不见,流泪空自知。

同前 戴叔伦

前宫路非远,旧苑春将遍。玉户看早梅,雕梁数归集作飞燕。身轻逐舞袖,香暖传歌扇。自和秋风词,长侍昭阳殿。谁信后庭人,年年独不见。

同前 胡曾

玉关一自有氛埃,年少从军竟未回。门外尘凝张乐榭,水边香灭按歌台。窗残夜月人何处,帘卷春风燕复来。万里寂寥音信绝,寸心争忍不成灰。

携手曲 田娥

携手共惜芳菲节,莺啼锦花满城阙。行乐逶迤念容色,色衰只恐君恩歇。凤笙龙管白日阴,盈亏自感青天月。

大垂手 聂夷中 言舞而垂其手也

金刀翦轻云,盘用黄金缕。装束赵飞燕,教来掌上舞。舞罢飞燕死,片片随风去。

夜夜曲

愁人夜独伤,灭烛卧兰房。只恐多情月,旋来照妾床。

同前 王偓

北斗星移银汉低,班姬愁思凤城西。青槐陌上人行绝,明月楼前乌夜啼。

同前 僧贯休

蟋蟀切切风骚骚,芙蓉喷香蟾蜍高。孤灯耿耿征妇劳,更深扑落金错刀。

秋夜长 王勃

秋夜长,殊未央,月明白露澄清光,层城绮阁遥相望。遥相望,川无梁,北风受节雁南集作南雁翔,崇兰委质时菊芳。鸣环曳履出长廊,为君秋夜捣衣裳。纤罗对凤凰，丹绮双鸳鸯。调砧乱杵思自伤。思自伤，征夫万里戍他乡。鹤关音信断，龙门道路长。所集作君在天一方，寒衣徒自香。

同前 张籍

秋天如水夜未央，天汉东西月色光。愁人不寐畏枕席，暗虫唧唧绕我傍。荒城为村无更声，起看北斗天未明。白露满田风袅袅，千声万声鹡鸰鸣。

秋夜曲二首 王建

天清漏长霜泊泊，兰绿收荣桂膏涸。高楼云鬟弄婵娟，古瑟暗断秋风弦。玉关遥隔万里道，金刀不剪双泪泉。香囊火死香气少，向帷合眼一作谁眠阁何等晓。城乌作营啼野月，秦川少妇生离别。

秋灯向壁掩洞房，良人此夜直明光。天河悠悠漏水长，南楼北斗两相当。

同前 张仲素

丁丁漏水夜何长，漫漫轻云露月光。秋壁暗虫通夕响，寒衣未寄莫飞霜。

同前 王涯

桂魄初生秋露微，轻罗已薄未更衣。银筝夜久殷勤弄，心怯空房不忍归。

夜坐吟 李白

冬夜夜寒觉夜长，沉吟久坐坐北堂。冰合井泉月入闺，青缸凝明一作金缸青凝照悲啼，青一作金缸灭，啼转多。掩妾泪，听君歌。歌有声，妾有情。情声合，两无违。一语不入意，从君万曲梁尘飞。

同前 李白

踏踏马头一作啼谁见过，眼看北斗直天河。西风罗幕生翠波，铅华笑妾颦青蛾。为君起唱一作舞长相思。帘外严霜皆倒飞，明星烂烂东方陲。红霞稍出东南涯，陆郎去矣乘斑骓。

夜寒吟 鲍溶

九衢金吾夜行行，上宫玉漏遥分明。霜飙乘阴扫地起，旅鸿迷雪绕枕声，远人归梦既不成。留家惜夜欢心发，罗幕画常深皎洁。兰烟对酒客几人，兽火扬光二三月。细腰楚姬丝竹间，白纻长袖歌闲闲，岂识苦寒损朱颜。

定情篇 乔知之

共君结新婚，岁寒心未卜。相与游春园，各随情所逐。君念菖蒲花，妾感苦寒竹。菖花多艳姿，寒竹有贞叶。此时妾比君，君心不如妾。簪玉步河堤，妖韶援绿篪集作荑。凫雁将子游，莺燕从双栖。君念春光好，妾向春光啼。君时不得意，妾弃集作弃妾还金闺。结言本同心，悲欢何未齐。怨咽前致辞，原得中所悲。人间丈夫易，世路妇难为。始经天月照集作始如经天月，终若流星驰。此下集有天月相终始，流星无定期二句。长信佳丽人，失意非蛾眉。庐江小吏妇，非关织作迟。本愿长相对，今已长相思。复有游宦子，结援从梁陈。燕居崇三朝，去来历九春。誓心接终始，蚕桑奉所亲。归愿未克从，黄金赠路人。洁妇怀明义，从泛河之津。于今千万年，谁当问水滨。更忆倡家楼，夫婿事封侯。去时思集作恩灼灼，去罢心悠悠。不怜妾岁晏，千载陇西头。以兹常惕惕，百虑恒盈积。由来共结缡，几人同匪石。故岁雕梁燕，双去今来只。今日玉庭梅，朝红暮成碧。碧荣始芬敷，黄叶已浙沥。何用念芳春，芳春有流易。何用重欢娱，欢娱俄戚戚。家本巫山阳，归去路何长。叙言情未尽，采菉已盈筐。桑榆日映物集作及景，草集作物色盈高冈。下有碧流水，上有丹桂香。桂枝不须折，碧流清且洁。赠君比芳菲，受惠常不灭集作歇。赠君泪潺湲，相思无断绝。妾有秦家镜，宝匣装珠玑。鉴来年二八，不记易阴晖。妆无光寂寂，委照影依依。今日持为赠，相识莫相违。

定情乐 施肩吾

敢嗟君不怜，自是命不谐。著破三条裙集

作裙,却还双股钗。

春江曲 郭元振　春江,巴女曲也。
江水春沉沉,上有双竹林。竹叶坏水色,郎亦坏人心。

同前 张籍
春江无云潮水平,蒲心出水凫雏鸣。长干夫婿爱远行,自染春衣缝已成。妾身生长金陵侧,去年随夫住江北。春来未到父母家,舟小风多渡不得。欲辞舅姑先问人,私向江头祭水神。

同前 王涯
摇漾越江春,相将看(集作采)白蘋。归时不觉夜,出浦月随人。

同前二首 张仲素
家寄征江(集作河)岸,征人几岁游。不知潮水信,每日到沙头。

乘晓南湖去,参差叠浪横。前洲在何处,雾(集作霜)里雁嘤嘤。

江上曲 李嘉祐
江上澹澹芙蓉花,江口蛾眉独浣纱。可怜应是阳台女,坐对鸳鸯娇不语。掩面羞看北地人,回首(集作身)忽作空山雨(集作语)。苍梧秋色不堪论,千载依依帝子魂。君看峰上斑斑竹,尽是湘妃泣泪痕。

桃花曲 顾况
魏帝宫人舞凤楼,隋家天子泛龙舟。君王夜醉春眠晏,不觉桃花逐水流。

树中草 李白
鸟衔野田草,误入枯桑里。客土植危根,逢春犹不死。草木虽无情,因依尚可生。如何同枝叶,各自有枯荣。

同前 张祜
青青树中草,托根非不危。草生树却死,荣枯君可知。

春游吟 李章
初春遍芳甸,千里霭盈瞩。美人摘新英,步步玩春绿。所思杳何处,宛在吴江曲。可怜不得共芳菲,日暮归来泪满衣。

春游乐 施肩吾
一年三百六十日,赏心那似春中物。草迷曲坞花满园,东家少年西家出。

同前二首 李端
游童苏合带(集作弹),倡女蒲葵扇。初日映城时,相思忽相见。褰裳踏露草,理鬓回花面。薄暮不同归,留情此芳甸。

柘弹连钱马,银钩妥堕鬟。采(集作摘)桑春陌上,踏草夕阳间。意合辞先露,心诚貌却闲。明朝若相忆,云雨出巫山。

春游曲三首 张仲素
烟柳飞轻絮,风榆落小钱。濛濛百花里,罗绮竞秋千。

骋望登香阁,争高下砌台。林间踏青去,席上意钱(集作寄笺)来。

行乐三春节,林花百和香。当年重意气,先占斗鸡场。

乐府二首 刘言史
花颔红骢一向(集作何)偏,绿槐香陌欲朝天。仍嫌众里娇行疾,傍镫深藏白玉鞭。

喷珠(集作沫)团香小桂条,玉鞭兼赐霍嫖姚。弄影便从天禁出,碧蹄声碎五门桥。

同前 顾况
暖谷春光至,宸游近甸荣。云随天仗转,风入御帘轻。翠盖浮佳气,朱楼倚太清。朝臣冠剑退,宫女管弦迎。细草承雕辇,繁花入幰城。文房开圣藻,武卫宿天营。玉醴随觞至,铜壶逐漏行。五星含土德,万姓彻中声。亲祀先崇典,躬推示劝耕。国风新正乐,农器近消兵。道德关河固,刑章日月明。野人同鸟兽,率舞感升平。

同前 权德舆

光风澹荡百花吐,楼上朝朝学歌舞。身年二八婿侍中,幼妹承恩兄尚主。绿窗珠箔绣鸳鸯,侍婢先焚百和香。莺啼日出不知曙,寂寂罗帏春梦长。

同前三首 孟郊

莲子不可得,荷花生水中。犹胜道傍柳,无事荡春风。

渌萍与荷叶,同此一水中。风吹荷叶在,渌萍西夏东。

莲花未开时,苦心终日卷。春水一作风徒荡漾,荷花未开展。

同前 陆长源

芙蓉初出水,菡萏露中花。风吹著枯木,无奈值空槎。

杂曲 王勃

智琼神女,来访文君。蛾眉始约,罗袖初薰。歌齐曲韵,舞乱行分集作纷。若向阳台荐枕,何啻得胜朝云。

古曲五首 施肩吾

可怜江北女,惯唱江南曲。摇荡木兰舟,双凫不成浴。

郎为七上香,妾为集作作笼上灰。归时虽集作即暖热,去罢生尘埃。

衣裁鸳鸯绮,朝织蒲桃绫。欲试一寸心,待缝三尺冰。

怜时鱼得水,怨罢商与参。不如山支子,却解集作能结同心。

红颜感暮花,白日同流水。思君如集作若孤灯,一夜一心死。

高句丽 李白 唐亦有高丽曲,李勣破高丽所进,后改夷宾引者是也。

金花折风帽,白马小迟回。翩翩舞广袖,似鸟海东来。

摩多楼子 李贺

玉塞去金人,二万四千里。风吹沙作云,一时渡辽水。天白水如练,甲丝双串断。行行莫苦辛,城月犹残半。晓气朔烟上,趦趄胡马蹄。行人听水别,隔陇长东西。

全唐诗卷二十七

杂曲歌辞

隋自开皇初,置七部乐。一曰西凉伎,二曰清商伎,三曰高丽伎,四曰天竺伎,五曰安国伎,六曰龟兹伎,七曰文康伎。至大业中,乃立清乐、西凉、龟兹、天竺、康国、疏勒、安国、高丽、礼毕,以为九部。唐武德初,因隋旧制,用九部乐。太宗增高昌乐,又造燕乐,而去礼毕。其著令者十部。一曰燕乐,二曰清商,三曰西凉,四曰天竺,五曰高丽,六曰龟兹,七曰安国,八曰疏勒,九曰高昌,十曰康国,而总谓之燕乐。凡燕乐诸曲,始于武德、贞观,盛于开元、天宝。其著录者十四调、二百二十二曲。又有梨园别教院法歌乐十一曲,云韶乐二十曲。肃代以降,亦有因造。

辽东行 王建

辽东万里辽水曲,古戍无城复无屋。黄云盖地雪作山,不惜黄金买衣服。战回各自收弓箭,正西回面家乡远。年年郡县送征人,将与辽东作丘坂。宁为草木乡中生,有身不向辽东行。

渡辽水 王建

渡辽水,此去咸阳五千里。来时父母知隔生,重著衣裳如送死。亦有白骨归咸阳,营家各与题本乡。身在应无回渡一作渡辽日,驻马相看辽水傍。

昔昔盐 赵嘏 隋薛衡有昔昔盐,嘏广之为二十章,羽调曲,唐亦为舞曲,昔一作析。

垂柳覆金堤

新年垂柳色,袅袅对空闺。不畏芳菲好,自缘离别啼。因风飘玉户,向日映金堤。驿使何时度,还将赠陇西。

蘼芜叶复齐

提筐红叶下,度日采蘼芜。掬翠香盈袖,看花忆故夫。叶齐谁复见,风暖恨偏孤。一被春光累,容颜与昔殊。

水溢芙蓉沼

渌沼春光后,青青草色浓。绮罗惊翡翠,暗粉妒芙蓉。去遍窗前见,荷翻镜里逢。将心托流水,终日渺无从。

花飞桃李蹊

远期难可托,桃李自依依。花径无容迹,戎裘未下机。随风开又落,度日扫还飞。欲折枝枝赠,那知归不归。

采桑秦氏女

南陌采桑出,谁知妾姓秦。独怜倾国貌,不负早莺春。珠履荡花湿,龙钩折桂新。使君那驻马,自有侍中人。

织锦窦家妻

当年谁不羡,分作窦家妻。锦字行行苦,罗帷日日啼。岂知登陇远,只恨下机迷。直候阳关使,殷勤寄海西。

关山别荡子

那堪闻荡子,迢递涉关山。肠为马嘶断,衣从泪滴斑。愁看塞上路,讵惜镜中颜。傥见征西雁,应传一字还。

风月守空闺

良人犹远戍,耿耿夜闺空。绣户流宵月,罗帷坐晓集作晚风。魂飞沙帐北,肠断玉关中。尚自无消息,锦衾那得同。

恒敛千金笑

玉颜恒自敛,羞出镜台前。早感阳城客,今悲华锦筵。从军人更远,投喜鹊空传。夫婿交河北,迢迢路几千。

长垂双玉啼

双双红泪堕,度日暗中啼。雁出居延北,人犹辽海西。向灯垂玉枕,对月洒金闺。不惜罗衣湿,惟愁归意迷。

蟠龙随镜隐

鸾镜无由照,蛾眉岂忍看。不知愁发换,空见隐龙蟠。那慊红颜改,偏伤白日残。今朝窥玉匣,双泪落阑干。

彩凤逐帷低

巧绣双飞凤,朝朝伴下帷。春花那见照,暮色已频欺。欲卷思君处,将啼裛泪时。何年征戍客,传语报佳期。

惊魂同夜鹊

万里无人见,众情难与论。思君常入梦,同鹊屡惊魂。孤寝红罗帐,双啼玉箸痕。妾心某自保,岂复暂忘恩。

倦寝听晨鸡

去去边城骑,愁眠掩夜闺。披衣窥落月,拭泪待鸣鸡。不愤连年别,那堪长夜啼。功成应自恨,早晚发辽西。

暗牖悬蛛网

暗中蛛网织,历乱绮窗前。万里终无信,一条徒自悬。分从珠露滴,愁见隙风牵。妾意何聊赖,看看剧断弦。

空梁落燕泥

春至今朝燕,花时伴独啼。飞斜珠箔隔,语近画梁低。帷卷闲窥户,床空暗落泥。谁能长对此,双去复双栖。

前年过代北

代北几千里,前年又复经。燕山云自合,胡塞草应青。铁马喧鼙鼓,蛾眉怨锦屏。不知羌笛曲,掩泪若为听。

今岁往辽西

万里飞书至,闻君已渡辽。只谙新别苦,忘却旧时娇。烽戍年将老,红颜日向雕。胡沙兼汉苑,相望几迢迢。

一去无还意

良人征绝域,一去不言还。百战攻胡虏,三冬阻玉关。萧萧边马思,猎猎戍旗闲。独把千重恨,连年未解颜。

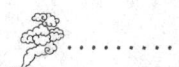

那能惜马蹄

　　云中路杳杳,江畔草萋萋。妾久垂珠泪,君何惜马蹄。边风悲晓角,营月怨春鼙。未道休征战,愁眉又复低。

水调歌第一 水调,商调曲也,唐曲凡十一叠,前五叠为歌,后六叠为入破。又有新水调,亦商调曲。

　　平沙落日大荒西,陇上明星高复低。孤山几处看烽火,壮一作战士连营候鼓鼙。

第二

　　猛将关西意气多,能骑骏马弄琱戈。金鞍宝铰精神出,笛倚新翻水调歌。

第三

　　王孙别上绿珠轮,不羡名公乐此身。户外碧潭春洗马,楼前红烛夜迎人。

第四

　　陇头一段气长秋,举目萧条总是愁。只为征人多下泪,年年添作断肠流。

第五

　　双带仍分影,同心巧结香。不应须换彩,意欲媚浓妆。

入破第一

　　细草河边一雁飞,黄龙关里挂戎衣。为受明王恩宠甚,从事经年不复归。

第二

　　锦城丝管日纷纷,半入江风半入云。此曲只应天上去,人间能得几回闻。

第三

　　昨夜遥欢出建章,今朝缀赏度昭阳。传声莫闭黄金屋,为报先开白玉堂。

第四

　　日晚笳声咽戍楼,陇云漫漫水东流。行人万里向西去,满目关山空一作无恨一作自愁。

第五

　　千年一遇圣明朝,愿对君王舞细腰。乍可当熊任生死,谁能伴凤上一作入云霄。

第六彻

　　闺烛无人影,罗屏有梦魂。近来音耗绝,终日望君门。

水调 吴融

　　凿河千里走黄沙,浮集作沙殿西来动日华。可道新声是亡国,且贪惆怅后庭花。

堂堂 李义府　堂堂,角调曲,本陈后主所作,唐为法曲。

　　镂月成歌扇,裁云作舞衣。自怜回雪影,好取洛川归。

　　懒正鸳鸯被,羞褰玳瑁床。春风别有意,密处也寻香。

同前 李贺

　　堂堂复堂堂,红脱梅灰集作花香一作红熟海梅香。十年粉蠹生画梁,饥虫不食推碎黄。蕙花已老桃叶长,禁院悬帘隔御光。华清源中礜石汤,裴回百一作白凤随君王。

凉州歌第一

　　凉州,宫调曲。开元中,西凉府都督郭运进,本在正宫调中,有大遍、小遍。至贞元初,康昆仑翻入琵琶玉宸宫调,初进曲在玉宸殿,故有此名。合诸乐,即黄钟宫调也。段和尚善琵琶,自制西凉州,后传康昆仑,即道调凉州,亦谓之新凉州。

　　汉家宫里柳如丝,上苑桃花连碧池。圣寿已传千岁酒,天文更赏百僚诗。

第二

　　朔风吹叶雁门秋,万里烟尘昏戍楼。征马长思青海北,胡笳夜听陇山头。

第三

　　开箧泪沾襦,见君前日书。夜台空寂寞,犹见一作是紫云车。

排遍第一

　　三秋陌上早霜飞,羽猎平田浅草齐。锦背苍鹰初出按,五花骢马馁来肥。

第二

　　鸳鸯殿里笙歌起,翡翠楼前出舞人。唤上紫微三五夕,圣明方寿一千春。

凉州词_{耿纬}

　　国使翩翩_{集作翻翻}随旆旌,陇西岐路足荒城。毡裘牧马胡雏小,日暮蕃歌三两声。

同前_{张籍}

　　边城暮雨雁飞低,芦笋初生渐欲齐。无数铃声遥过碛,应驮白练到安西。

　　古镇城门白碛开,胡兵往往傍沙堆。巡边使客行应早,每待_{集作问}平安火到_{集作无使}来。

　　凤林关里水东流,白草黄榆六十秋。边将皆承主恩泽,无人解道取凉州。

同前_{薛逢}

　　昨夜蕃兵报国仇,沙州都护破凉州。黄河九曲今归汉,塞外纵横战血流。

太和第一_{太和,羽调曲也。}

　　国门卿相旧山庄,圣主移来宴绿芳。帘外辗为车马路,花间踏出舞人场。

第二

　　国鸟尚含天乐转,寒风犹带御衣香。为报碧潭明月夜,会须留赏待君王。

第三

　　庭前鹊绕相思树,井上莺歌争刺桐。含情少妇悲春草,多是良人学转蓬。

第四

　　塞北江南共一家,何须泪落怨黄沙。春酒半酣千日醉,庭前_{一作边庭}还有落梅花。

第五彻

　　我皇膺运太平年,四海朝宗会百川。自古几多明圣主,不如今帝胜尧天。

伊州歌第一_{伊州,商调曲,西凉节度盖嘉运所进。}

　　秋风明月独离居,荡子从戎十载余。征人去日殷勤属,归雁来时数寄书。

第二

　　彤闱晓辟万鞍回,玉辂春游薄晚开。渭北清光摇草树,州南嘉景入楼台。

第三

　　闻道黄花戍,频年不解兵。可怜闺里月,偏照汉家营。

第四

　　千里东归客,无心忆旧游。挂帆游白水,高枕到青州。

第五

　　桂殿江乌对,彤屏海燕重。只应多酿酒,醉罢乐高钟。

入破第一

　　千门今夜晓初晴,万里天河彻帝京。璨璨繁星驾秋色,棱棱霜气韵钟声。

第二

　　长安二月柳依依,西出流沙路渐微。阏氏山上春光少,相府庭边驿使稀。

第三

　　三秋大漠冷溪山,八月严霜变草颜。卷旆风行宵渡碛,衔枚电扫晓应还。

第四

　　行乐三阳早,芳菲二月春。闺中红粉态,陌上看花人。

第五

　　君住孤山下,烟深夜径长。辕门渡绿水,

游苑绕垂杨。

陆州歌第一
　　分野中峰变,阴晴众壑殊。欲投人处宿,隔浦问樵夫。

第二
　　共得烟霞径,东归山水游。萧萧望林夜,寂寂坐中秋。

第三
　　香气传空满,妆花映薄红。歌声天仗外,舞态御楼中。

排遍第一
　　树发花如锦,莺啼柳若丝。更逢欢宴地,愁见别离时。

第二
　　明月照秋叶,西风响夜砧。强言徒自乱,往事不堪寻。

第三
　　坐对银釭晓,停留玉箸痕。君门常不见,无处谢前恩。

第四
　　曙月当窗满,征人出塞遥。画楼终日闭,清一作丝管为谁调。

簇拍陆州
　　西去轮台万里余,故乡音耗日应疏。陇山鹦鹉能言语,为报闺人数寄书。

石州 商调曲也。又有舞石州。
　　自从君去远巡边,终日罗帏独自眠。看花情转切,揽镜泪如泉。一自离君后,啼多双脸穿。何时狂虏灭,免得更留连。

盖罗缝
　　秦时明月汉时关,万里征人尚未还。但愿龙庭神一作飞将在,不教胡马渡阴山。

音书杜绝白狼西,桃李无颜黄鸟啼。寒鸟春深归去尽,出门肠断草萋萋。

双带子
　　私言切语谁人会,海燕双飞绕画梁。君学秋胡不相识,妾亦无心去采桑。

昆仑子
　　扬子谭经去,淮王载酒过。醉来啼鸟唤一作换,坐久落花多。

祓禊曲 汉宫三月上巳,张乐于流水,晋宋已后皆因之,至唐传以为曲。
　　昨见春条绿,那知秋叶黄。蝉声犹未断,寒一作塞雁已成行。

　　金谷园中柳,春来已一作自,一作学舞腰。那堪好风景,独上洛阳桥。

　　何处堪愁思,花间长乐宫。君王不重客,泣泪向春一作东风。

上巳乐 张祜
　　猩猩血彩系头标,天上齐声举画桡。却是内人争意切,六宫罗集作红袖一时招。

穆护砂 穆护砂曲,犯角。
　　玉管朝朝弄,清歌日日新。折花当驿路,寄与陇头人。

思归乐 商调曲也,后一曲犯角。
　　晚日催弦管,春风入绮罗。杏花如有意,偏落舞衫多。

　　万里春应尽,三江雁亦稀。连天汉水广,孤客未言归。

金殿乐
　　入夜秋砧动,千门起四邻。不缘楼上月,应为陇头人。

胡渭州 商调曲
　　亭亭孤月照行舟,寂寂长江万里流。乡国不知何处是,云山漫漫使人愁。

杨柳千寻色,桃花一苑芳。风吹入帘里,惟有惹衣香。

戎浑
　　风劲角弓鸣,将军猎渭城。草枯鹰眼疾,雪尽马蹄轻。

墙头花
　　蟋蟀鸣洞房,梧桐落金井。为君裁舞衣,天寒剪刀冷。

　　妾有罗衣裳,秦王在时作。为舞春风多,秋来不堪著。

采桑 羽调曲,一云本清商西曲。又有杨下采桑。
　　自古多征战,由来尚甲兵。长驱千里去,一举两蕃平。按剑从沙漠,歌谣满帝京。寄言天下将,须立武功名。

杨下采桑
　　飞丝惹绿尘,软叶对孤轮。今朝入园去,物色强看人。

破阵乐 本商调舞曲,太宗所造。明皇作小破阵乐,亦舞曲也。第一曲失撰人名,后二曲张说作。
　　秋来四面足风沙,塞外征人暂别家。千里不辞行路远,时光早晚到天涯。

　　汉兵出顿金微,照日明光集作光明铁衣。百里火幡焰焰,千行云骑骓骓集作霏霏。蹙踏辽河自竭,鼓噪燕山可飞。正属四方朝贺,端知万舞皇威。

　　少年胆气凌云,共许骁雄出群。匹马城南集作西挑战,单刀蓟北从军。一鼓鲜卑送款,五饵单于解纷。誓欲成名报国,羞将开口集作阁论勋。

战胜乐
　　百战得功名,天兵意气生。三边永不战,此是我皇英。

剑南臣
　　不分君恩断,观妆视镜中。容华尚春日,娇爱已秋风。枕席临窗晓,屏帷对月空。年年后庭树,芳悴在深宫。

征步郎
　　塞外庞尘飞,频年度碛西。死生随玉剑,辛苦向金微。

叹疆场 宫调曲
　　闻道行人至,妆梳对镜台。泪痕犹尚在,笑靥自然开。

塞姑
　　昨日卢梅塞口,整见诸人镇守。都护三年不归,折尽江边杨柳。

水鼓子
　　雕弓白羽猎初回,薄夜牛羊复下来。梦水河边秋草合,黑山峰外阵云开。

婆罗门 商调曲,开元中西凉府节度使杨敬述进。天宝十三年,改为霓裳羽衣。
　　回乐峰前沙似雪,受降城外月如霜。不知何处吹芦管,一夜征人尽望乡。

浣沙女
　　南陌春风早,东邻去日斜。千花开瑞锦,香扑美人车。

　　长乐青门外,宜春小苑东。楼开万户上,人向百花中。

镇西
　　天边物色更无春,只有羊群与马群。谁家营里吹羌笛,哀怨教人不忍闻。

　　岁去年来拜圣朝,更无山阙对溪桥。九门杨柳浑无半,犹自千条与万条。

回纥 商调曲
　　曾闻瀚海使难通,幽闺少妇罢裁缝。缅想边庭征战苦,谁能对镜治愁容。久成人将老,须臾变作白头翁。

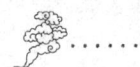

长命女 羽调曲
云送关西雨,风传渭北秋。孤灯然客梦,寒杵捣乡愁。

醉公子
昨日春园饮,今朝倒接䍦。谁人扶上马,不省下楼时。

一片子
柳色青山映,梨花雪鸟藏。绿窗桃李下,闲坐叹春芳。

甘州 羽调曲
欲使传消息,空书意不任。寄君明月镜,偏照故人心。

濮阳女 羽调曲
雁来书不至,月照独眠房。贱妾多愁思,不堪秋夜长。

相府莲
王俭为相,所辟皆才名之士,时号莲幕。其后语讹为想夫怜,羽调曲,又有簇拍相府莲。

夜闻邻妇泣,切切有余哀。即问缘何事,征人战未一作骨回。

簇拍相府莲
莫以今时宠,宁无旧日恩。看花满眼泪,不共楚王言。闺烛无人影,罗屏有梦魂。近来音耗绝,终日望应门。

离别难
武后朝,有士人陷冤狱,其妻配入掖庭。善吹觱篥,撰此曲以寄情。初名大郎神,盖取良人第行也。既畏人知,遂三易其名。曰悲切子。终号怨回鹘。

此别难重陈,花深复变人。来时梅覆雪,去日柳含春。物候催行客,归途淑气新。剡川今已远,魂梦暗相亲。

同前 白居易
绿杨陌上送行人,马去车回一望尘。不觉别时红泪尽,归来无泪可沾巾。

山鹧鸪 羽调曲
玉关征戍久,空闺人独愁。寒露湿青苔,别来蓬鬓秋。

人坐青楼晚,莺语百花时。愁人多自老,肠断君不知。

鹧鸪词 李益
湘江斑竹枝,锦翼鹧鸪飞。处处湘阴合,郎从何处归。

同前 李涉
湘江烟水深,沙岸隔枫林。何处鹧鸪飞,日斜斑竹阴。二女虚集作空垂泪,三闾柱自沉。惟有鹧鸪鸟,独伤行客心。

越冈连越井,越鸟更南飞。何处鹧鸪啼,夕烟东岭归。岭头集作外行人少,天涯北客稀。鹧鸪啼别处,相对泪沾衣。

乐世 白居易
一曰绿腰,即录要也。贞元中乐工进曲,德宗令录出要者,因以为名。后语讹为绿腰,软舞曲也。康昆仑尝于琵琶弹一曲,即新翻羽调绿腰。又有急乐世。

管急丝 集作弦
繁拍渐稠,绿腰宛转曲终头。诚知乐世声声乐,老病人听未免愁。

急乐世 白居易
正抽碧绿绣红罗,忽听黄莺敛翠蛾。秋思冬愁春恨集作怅望,大都不得意时多。

何满子 白居易
开元中沧州歌者,临刑进此曲以赎死,竟不得免。亦舞曲也。

世传满子是人名,临就刑时曲始成。一曲四词集作调歌八叠,从头便是断肠声。

同前 薛逢
系马宫槐老,持怀店菊黄。故交今不见,流恨满川光。

清平调 李白

《唐·礼乐志》曰:清调、平调,房中乐遗声。开元中,禁中重木芍药,会花方繁开。帝乘照夜白,太真妃以步辇从。李龟年以歌擅一时之名。帝曰:"赏名花,对妃子,焉用旧乐辞为。"遂命白作清平调词三章,令梨园弟子略抚丝竹以促歌,帝自调玉笛以倚曲。

云想衣裳花想容,春风拂槛露华浓。若非群玉山头见,会向瑶台月下逢。

一枝红集作秾艳露凝香,云雨巫山枉断肠。借问汉宫谁得似,可怜飞燕倚新妆。

名花倾国两相欢,长得君王带笑看。解释春风无限恨,沉香亭北倚阑干。

回波乐 李景伯

商调曲,盖出于曲水引流泛觞。中宗宴侍臣,令各为回波乐,众皆为谄佞之辞,及自要荣位。次至谏议大夫李景伯,乃歌此辞,后亦为舞曲。

回波尔时酒卮,微臣职在箴规。侍宴既过三爵,喧哗窃恐非仪。

圣明乐 张仲素

开元中,太常乐工马顺儿造,又有大圣明乐,并商调曲。

玉帛殊方至,歌钟比屋闻。华夷今一贯,同贺圣明君。

九陌祥烟合,千春瑞月明。宫花将苑柳,先发凤凰城。

同前 令狐楚

海浪恬丹徼,边尘靖黑山。从今万里外,不复镇萧关。

大酺乐 商调曲

泪滴珠难尽,容残玉易销。倪随明月去,莫道梦魂遥。

同前 杜审言

圣后乘乾日,皇明御历辰。紫宫初启坐,苍璧正临春。雷雨垂膏泽,金钱赐下人。诏酺欢赏遍,交泰睹惟新。

毗陵震泽九州通,士女欢娱万国同。伐鼓撞钟惊海上,新妆袨服照江东。梅花落处疑残雪,柳叶开时任好风。大集作火德不集作云官逢道泰,天长地久属年丰。

同前 张祜

车驾东来值太平,大酺三日洛阳城。小儿一伎竿头绝,天下传呼万岁声。

紫陌酺归日欲斜,红尘开路薛王家。双鬟前集作笑说楼前鼓,两伎争轮好结花。

千秋乐 张祜

开元十七年八月癸亥明皇诞日,宴百僚于花萼楼下,百僚表请以每年八月五日为千秋节。

八月平时花萼楼,万方同乐奏千秋。倾城人看长竿出,一伎初成赵解愁。

火凤辞 李百药

羽调曲,又有真火凤。

歌声扇里集作后出,妆影扇集作镜中轻。未能令掩笑,何处欲鄣声。知音自不惑,得念是分明。莫见双蛾敛,疑人含笑情。

佳人靓晚妆,清唱动兰房。影入集作出含风扇,声飞照日梁。娇蛾眉际敛,逸韵口中香。自有横陈分集作会,应怜秋夜长。

热戏乐 张祜

凡戏辄分两朋以竞勇,谓之热戏。

热戏争心剧火烧,铜槌暗执不相饶。上皇失喜宁王笑,百尺幢竿果动摇。

春莺啭 张祜

大春莺啭,又有小春莺啭,并商调曲。

兴庆池南柳未开,太真先把一枝梅。内人已唱春莺啭,花下傞傞软舞来。

达摩支 温庭筠

天宝十三载,改达摩支为泛兰丛。羽调曲,一曰健舞曲也。

捣麝成尘香不灭,拗莲作寸丝难绝。红泪文姬洛水春,白头苏武天山雪。君不见无愁高纬花漫漫,漳浦宴余清露寒。一旦臣僚共囚房,欲吹羌管先汍澜。旧臣头鬓霜华一作雪早,可惜雄心醉中老。万古春归梦不归,邺城风雨连天草。

如意娘商调曲,则天皇后作

　　看朱成碧思纷纷,憔悴支离为忆君。不信比来长下泪,开箱验取石榴裙。

雨霖铃张祜

　　明皇幸蜀,南入斜谷。属霖雨弥旬,于栈道中闻铃声与山相应,因采其声为雨霖铃曲。时独梨园善觱栗工张徽从至蜀,以其曲授之,后入法部。

　　雨霖铃夜却归秦,犹是集作见张徽一曲新。长说上皇垂泪教,月明南内更无人。

桂花曲

　　可怜天上桂花孤,试问姮娥更要无。月宫幸有闲田地,何不中央种两株。

渭城曲王维　　渭城一曰阳关,本送人使安西诗,后遂被于歌。

　　渭城朝雨浥轻尘,客舍青青柳色集作杨柳春。劝君更尽一杯酒,西出阳关无故人。

全唐诗卷二十八

杂曲歌辞

竹枝 顾况

竹枝本出于巴渝。唐贞元中,刘禹锡在沅湘,以俚歌鄙陋,乃依骚人九歌,作竹枝新辞九章,教里中儿歌之,由是盛于贞元、元和之间。其音协黄钟羽,末如吴声。含思宛转,有淇濮之艳。

帝子苍梧不复归,洞庭叶下荆云飞。巴人夜唱竹枝后,肠断晓猿声渐稀。

同前 刘禹锡

白帝城头春草生,白盐山下蜀江清。南人上来歌一曲,北人莫上动乡情。

山桃红花满上头,蜀江春水拍江 一作山 流。花红易衰似郎意,水流无限似侬愁。

江上朱楼新雨晴,瀼西春水縠文生。桥东桥西好杨柳,人来人去唱歌行。

日出三竿春雾消,江头蜀客驻兰桡。凭寄狂夫书一纸,住在成都万里桥。

两岸山花似雪开,家家春酒满银杯。昭君坊中多女伴,永安宫外踏青来。

瞿塘嘈嘈十二滩,此中 集作人 言道路古来难。长恨人心不如水,等闲平地起波澜。

巫峡苍苍烟雨时,清猿啼在最高枝。个里愁人肠自断,由来不是此声悲。

城西门前滟滪堆,年年波浪不能摧 集作推。懊恼 集作恨 人心不如石,少时东去复西来。

山上层层桃李花,云间烟火是人家。银钏金钗来负水,长刀短笠去烧畬。

同前 刘禹锡

杨柳青青江水平,闻郎江上唱歌声。东边日出西边雨,道是无情 一作晴 还 集作却 有情 一作晴。

楚水巴山江雨多,巴人能唱本乡歌。今朝

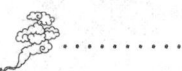

北客思归去,回入纥那披绿罗。

同前 白居易

瞿塘峡口冷_{集作水}烟低,白帝城头月向西。唱到竹枝声咽处,寒猿晴_{集作暗}鸟一时啼。

竹枝苦怨怨何人,夜静山空歇又闻。蛮儿巴女齐声唱,愁杀江楼病使君。

巴东船舫上巴西,波面风生雨脚齐。水蓼冷花红蔟蔟,江蓠湿叶碧萋萋_{集作凄凄}。

江畔谁人唱竹枝,前声断咽后声迟。怪来调苦缘词苦,多是通州司马诗。

同前 李涉

荆门滩急水潺潺,两岸猿啼烟满山。渡头年少_{一作少年}应官去,月落西陵望不还。

巫峡云开神女祠,绿潭红树影参差。下牢戍口初相问,无义滩头剩别离。

石壁千生树万重,白云斜掩碧芙蓉。昭君溪上年年月,独自_{集作偏}照婵娟色最浓。

十二峰头月欲低,空濛_{集作聆}江上子规啼。孤舟一夜东归客,泣向春_{集作东}风忆建溪。

同前 孙光宪

门前春水白蘋花,岸上无人小艇斜。商女经过江欲暮,散抛残食饲神鸦。

乱绳千结绊人深,越罗万丈表长寻。杨柳在身垂意绪,藕花落尽见莲心。

杨柳枝 白居易

杨柳枝者,古题所谓折杨柳,本白居易洛中所制。宣宗朝,国乐唱是辞,帝问永丰在何处,因取两株植于禁中。居易又作辞一章。

一树春风万万枝,嫩于金色软于丝。永丰西角荒园里,尽日无人属阿谁。

一树衰残委泥土,双枝荣耀植天庭。定知玄象今春后,柳宿光中添两星。

同前 白居易

六幺水调家家唱,白雪梅花处处吹。古歌旧曲君休听,听取新翻杨柳枝。

陶令门前四五树,亚夫营里百千条。何似东都正二月,黄金枝映洛阳桥。

依依袅袅复青青,句引清_{集作春}风无限情。白雪花繁空扑地,绿丝条弱不胜莺。

红板江桥青酒旗,馆娃宫暖日斜时。可怜雨歇东风定,万树千条各自垂。

苏州杨柳任君夸,更有钱塘胜馆娃。若解多情寻小小,绿杨深处是苏家。

苏家小女旧知名,杨柳风前别有情。剥条盘作银环样,卷叶吹为玉笛声。

叶含浓露如啼眼,枝袅轻风似舞腰。小树不禁攀折苦,乞君留取两三条。

人言柳叶似愁眉,更有愁肠似柳丝。柳丝挽断肠牵断,彼此应无续得期。

同前 卢贞

一树依依在永丰,两枝飞去杳无踪。玉皇曾采人间曲,应逐歌声入九重。

同前 刘禹锡

塞北梅花羌笛吹,淮南桂树小山词。请君莫奏前朝曲,听唱新翻杨柳枝。

南陌东城春早时,相逢何处不依依。桃红李白皆夸好,须得垂杨相发辉。

凤阙轻遮翡翠帏,龙墀遥望曲尘丝。御沟春水柳_{集作相}晖映,狂杀长安年少儿。

金谷园中莺乱飞,铜驼陌上好风吹。城东_{集作中}桃李须臾尽,争似垂杨无限时。

花萼楼前初种时,美人楼上斗腰支。如今抛掷_{一作长}街里,露叶如啼欲恨谁。

炀帝行宫汴水滨,数株残_{集作枝}杨柳不胜春。昨来风起_{集作晚}花如雪,飞入宫墙不见人。

御陌青门拂地垂,千条金缕万条丝。如今绾作同心结,将赠行人知不知。

城外春风满集作吹酒旗,行人挥袂日西时。长安陌上无穷树,唯有垂杨管别离。
　　轻盈袅娜占春华,舞榭妆楼处处遮。春尽絮飞集作花留不得,随风好去落谁家。

同前 刘禹锡
　　扬子江头烟景迷,隋家宫树拂金堤。嵯峨犹有集作是当时色,半蘸波中水鸟栖。
　　迎得春光先到来,浅黄轻绿映楼台。只缘袅娜多情思,便被春风长请授集作倩猜。
　　巫峡巫山杨柳多,朝云暮雨远相和。因想阳台无限事,为君回唱竹集作柳枝歌。

同前 李商隐
　　暂凭樽酒送无憀,莫损愁眉与细腰。人世死前唯有别,春风争拟惜长条。
　　含烟惹雾每依依,万绪千条拂落晖。为报行人休尽折,半留相送半迎归。

同前 韩琮
　　梁苑隋堤事已空,万条犹舞旧春风。那堪更想千年后,谁见杨花入汉宫。

同前 施肩吾
　　伤见路傍集作边杨柳春,一枝折尽一重新。今年还折去年处,不送去年离别人。

同前 温庭筠
　　宜春苑外最长条,闲袅春风伴舞腰。正是玉人肠断处,一渠春天赤栏桥。
　　南内墙东御路傍,预知春色柳丝黄。杏花未肯无情思,何事情人最断肠。
　　苏小门前柳万条,毵毵金线拂平桥。黄莺不语东风起,深闭朱门伴细腰。
　　金缕毵毵碧瓦沟,六宫眉黛惹春愁。晚来更带龙池雨,半拂栏干半入楼。
　　馆娃宫外邺城西,远映征帆近拂堤。系得王孙归意切,不关春草绿萋萋。

　　两两黄鹂色似金,袅枝啼露动芳音。春来幸自长如线,可惜牵缠荡子心。
　　御柳如丝映九重,凤凰窗柱绣芙蓉。景阳楼伴千条露,一面新妆待晓钟。
　　织锦机边莺语频,停梭垂泪忆征人。塞门三月犹萧索,纵有垂杨未觉春。

同前 皇甫松
　　春入行宫映翠微,玄宗侍女舞烟丝。如今柳向空城绿,玉笛何人更把吹。
　　烂熳春归水国时,吴王宫殿柳垂丝。黄莺长叫空闺畔,西子无因更得知。

同前 僧齐己
　　凤楼高映绿阴阴,凝碧多含雨露深。莫谓一枝柔软力,几曾牵破别离心。
　　馆娃宫畔响廊前,依托吴王养翠烟。剑去国亡台榭集作殿毁,却随红树噪秋蝉。
　　秾低似中陶潜酒,软极如伤宋玉风。多谢将军绕营种,翠中闲卓战旗红。
　　高僧爱惜遮江寺,游子伤残露野桥。争似著行垂上苑,碧桃红杏对摇摇。

同前 张祜
　　莫折宫前杨柳枝,玄宗曾向笛中吹。伤心日暮烟霞起,无限春愁生翠眉。
　　凝碧池边敛翠眉,景阳台下绾青丝。那胜妃子朝元阁,玉手和烟弄一枝。

同前 孙鲂
　　灵和风暖太昌春,舞线摇丝向昔人。何似晓来江雨后,一行如画隔遥津。
　　彭泽初栽五树时,只应闲看一枝枝。不知天意风流处,要与佳人学画眉。
　　暖傍离亭静拂桥,入流穿槛绿摇摇。不知落日谁相送,魂断千条与万条。
　　春来绿树遍天涯,未见垂杨未可夸。晴日

万株烟一阵,闲坊兼是莫愁家。

十首当年有旧词,唱青歌翠几无遗。未曾得向行人道,不为离情莫折伊。

同前 薛能 乾符五年,能为许州刺史,令部伎作杨柳枝健舞,复赋其辞为新声。

华清高树出离宫,南陌柔条带暖风。谁见轻阴是良夜,瀑泉声畔月明中。

洛桥晴影覆江船,羌笛秋声湿塞烟。闲想习池公宴罢,水蒲风絮夕阳天。

嫩绿轻悬似缀旒,路人遥见隔宫楼。谁能更近丹墀种,解播皇风入九州。

暖风晴日断浮埃,废路新条发钓台。处处轻轻集作阴可惆怅,后人攀处古人栽。

潭上江边袅袅垂,日高风静絮相随。青楼一树无人见,正是女郎眠觉时。

汴水高悬百万条,风清两岸一时摇。隋家力尽虚栽得,无限春风属圣朝。

和花烟树九重城,夹路春阴十万营。唯向边头不堪望,一株憔悴少人行。

窗外齐垂旭日初,楼边轻好暖集作暖好风徐。游人莫道栽无益,桃李清阴却不如。

众木犹寒独早青,御沟桥畔曲江亭。陶家旧日应如此,一院春条绿绕厅。

帐偃缨垂细复繁,令人心想石家园。风条月影皆堪重,何事侯门爱树萱。

同前 薛能

数首新词集作诗带恨成,柳丝牵我我伤情。柔娥幸有腰支稳,试踏吹声作唱声。

高出军营远映桥,赋兵曾斫火曾烧。风流性在终难改,依旧春来万万条。

县依陶令想嫌迁,营伴将军即大粗。此日与君除万恨,数篇风调更应无。

狂似纤腰软胜绵,自多情态更谁怜。游人不折还堪恨,抛向桥边与路边。

朝阳晴照绿杨烟,一别通波十七年。应有旧枝无处觅,万株风里卓旌旃。

晴垂芳态吐牙新,雨摆轻条湿面春。别有出墙高数尺,不知摇动是何人。

暖梳簪朵事登楼,因挂垂杨立地愁。牵断绿丝攀不得,半空悬著玉搔头。

西园高树后庭根,处处寻芳有折痕。终忆旧游桃叶舍,一株斜映竹篱门。

刘白苏台总近时,当初章句是谁推。纤腰舞尽春杨柳,未有侬家一首诗。

同前 牛峤

解冻风来末上青,解垂罗袖拜卿卿。无端袅娜临官路,舞送行人过一生。

吴王宫里色偏深,一簇纤条万缕金。不愤钱塘苏小小,引郎枝集作松下结同心。

桥北桥南千万条,恨伊张绪不相饶。金羁白马临风望,认得羊家一作娘静婉腰。

狂雪随风扑马飞,惹烟无力被风欹。莫交移入灵和殿,宫女三千又妒伊。

袅翠笼烟拂暖波,舞裙新染曲尘罗。章华台畔隋堤上,倚得春风尔许多。

同前 和凝

软碧摇烟似送人,映花时把翠眉颦。青青自是风流主,漫飑金丝待洛神。

瑟瑟罗裙金缕腰,黛眉偎破未重描。醉来咬损新花子,拽住仙郎尽放娇。

鹊桥初就咽银河,今夜仙郎自性和。不是昔年攀桂树,岂能月里索姮娥。

同前 孙光宪

间集作闲门风暖落花干,飞遍江南雪不寒。独有晚来临水驿,闲人多凭赤阑干。

有池有榭即濛濛,浸润翻成长养功。恰似

有人长点检,著行排立向春风。

　　根柢虽然傍浊河,无妨终日近笙歌。骎骎<small>集作骏骏</small>金带谁堪比,还笑黄莺不较多。

　　万株枯槁怨亡隋,似吊吴台各自垂。好是淮阴明月里,酒楼横笛不胜吹。

浪淘沙 刘禹锡

　　九曲黄河万里沙,浪淘风簸自天涯。如今直上银河去,同到牵牛织女家。

　　洛水桥边春日斜,碧流轻<small>集作清</small>浅见琼沙。无端陌上狂风急,惊起鸳鸯出浪花。

　　汴水东流虎眼文,清淮晓色鸭头春。君看渡口淘沙处,渡却人间多少人。

　　鹦鹉洲头浪飐沙,青楼春望日将斜。衔泥燕子争归舍,独自狂夫不忆家。

　　濯锦江边两岸花,春风吹浪正淘沙。女郎剪下鸳鸯锦,将向中流匹晚霞。

　　日照澄洲江雾开,淘金<small>集作沙</small>女伴满江隈。美人首饰侯王印,尽是沙中浪底来。

　　八月涛声吼地来,头高数丈触山回。须臾却入海门去,卷起沙堆似雪堆。

　　莫道谗言如浪深,莫言迁客似沙沉。千淘万漉虽辛苦,吹尽狂沙始到金。

　　流水淘沙不暂停,前波未灭后波生。令人忽忆潇湘渚,回唱迎神三两声。

同前 白居易

　　一泊沙来一泊去,一重浪灭一重生。相搅相淘无歇日,会交山海一时平。

　　白浪茫茫与海连,平沙浩浩四无边。暮去朝来淘不住,遂令东海变桑田。

　　青草湖中万里程,黄梅雨里一人行。愁见滩头夜泊处,风翻暗浪打船声。

　　借问江湖与海水,何似君情与妾心。相恨不如潮有信,相思始觉海非深。

　　海底飞尘终有日,山头化石岂无时。谁道小郎抛小妇,船头一去没回期。

　　随波逐浪到天涯,迁客生还有几家。却到帝乡重富贵,请君莫忘浪淘沙。

同前 皇甫松

　　滩头细草接疏林,浪恶罾船半欲沉。宿鹭眠洲非旧浦,去年沙觜是江心。

　　蛮歌豆蔻北人愁,松雨蒲风夜艇秋。浪起鵁鶄眠不得,寒沙细细入江流。

纥那曲 刘禹锡

　　杨柳郁青青,竹枝无限情。同郎一回顾,听唱纥那声。

　　踏曲兴无穷,调同词不同。愿郎千万寿,长作主人翁。

潇湘神二曲 刘禹锡

　　湘水流,湘水流,九疑云物至今愁。君问二妃何处所,零陵香草露中秋。

　　斑竹枝,斑竹枝,泪痕点点寄相思。楚客欲听瑶瑟怨,潇湘深夜月明时。

抛球乐 刘禹锡

　　五彩绣团团,登君玳瑁筵。最宜红烛下,偏称落花前。上客如先起,应须赠一船。

　　春早见花枝,朝朝恨发迟。及看花落后,却忆未开时。幸有抛球乐,一杯君莫辞。

太平乐 白居易 <small>商调曲也</small>

　　岁丰仍节俭,时泰更销兵。圣念长如此,何忧不太平。

　　湛露浮尧酒,薰风起舜歌。愿同尧舜意,所乐在人和。

同前 王涯

　　风俗今和厚,君王在穆清。行看采花曲,尽是太阶平。

同前 张仲素

圣德超千古，皇威静四方。苍生今息战，无事觉时长集作良。

升平乐 薛能　商调曲也

正集作瑞气绕宫楼，皇居信上游。远冈延集作连圣祚，平地载神州。会合皆重译，潺湲近八流。中兴岂假问，据此自千秋。

寥泬敞延英，朝班立位横。宣传无草动，拜舞有衣声。鸳瓦云消湿，虫丝日照明。辛勤自不到，遥见似前生集作程。

处处足欢声集作心，时康岁已深。不同三尺剑，应似五弦琴。寿笑山犹尽，明嫌日有阴。何当怜一物，亦遣断愁吟。

曙质绝埃氛，彤庭列禁军。圣颜初对日，龙尾竞缘云。珮响交成韵，帘阴暖带纹。逍遥岂有事，于此咏南薰。

一物周天至一作至周天，洪纤尽晏然。车书无异俗，甲子并丰年。奇技皆归朴，征夫亦服田。君王故不有，台鼎合韦弦一作贤。

日日听歌谣，区中尽祝尧。虫蝗初不害，夷狄近全销。史笔唯书瑞，天台绝见袄。因令匹夫志，转欲事清朝。

品物尽昭苏，神功复帝谟。他时应有寿，当代且无虞。赐历通遐俗，移关入半胡。鹡鸰一何幸，于此寄微躯。

无战复无私，尧时即此时。焚香临极早，待月卷帘迟。端拱乾坤内，何言黈纩垂。君看圣明验，只此是神龟。

旭日上清穹，明堂坐圣聪。衣裳承瑞气，冠冕盖重瞳。花木经宵露，旌旗立集作入仗风。何期于此地，见说似仙集作是神宫。

五帝三皇主，萧曹魏邴臣。文章惟反朴，戈甲尽生尘。谏纸应无用，朝纲自有伦。升平不可纪，所见是闲人。

金缕衣

劝君莫惜金缕衣，劝君惜取少年时。花开堪折直须折，莫待无花空折枝。

凤归云 滕潜

金井栏边见羽仪，梧桐树上宿寒枝。五陵公子怜文彩，画与佳人刺绣衣。

饮啄蓬山最上头，和烟飞下禁城秋。曾将弄玉归云去，金翮斜开十二楼。

拜新月 李端

开帘见新月，便即下阶拜。细语人不闻，北风吹裙带。

同前 吉中孚妻张氏

拜新月，拜月出堂前，暗魄深集作初笼桂，虚弓未引弦。拜新月，拜月妆楼上，鸾镜未集作始安台，蛾眉已相向。拜新月，拜月不胜情，庭前集作花风露清，月临人自老，望月更集作人望月长生。东家阿母亦拜月，一拜一悲声断绝。昔年拜月逞容仪集作辉，如今拜月双泪垂。回看众女拜新月，却忆红闺年少时。

忆江南 白居易　一曰望江南，本名谢秋娘。李德裕镇浙西，为妾谢秋娘制。

江南好，风景旧曾谙。日出江花红胜火，春来江水绿如蓝。能不忆江南。

江南忆，最忆是杭州。山寺月中寻桂子，郡亭枕上看潮头。何日更重游。

江南忆，其次忆吴宫。吴酒一杯春竹叶，吴娃双舞醉芙蓉。早晚复相逢。

同前 刘禹锡

春过也，共惜艳阳年。犹有桃花流水上，无辞竹叶醉樽前，惟待见青天。

春去也，多谢洛城人，弱柳从风疑举袂，丛兰裛露似沾巾，独笑亦含颦。

宫中调笑 王建　亦谓之转应调，商调曲也。

团扇，团扇，美人病来遮面。玉颜憔悴三

年,谁复商量管弦。弦管,弦管,春草昭阳路断。

胡蝶,胡蝶,飞上金花枝叶。君前对舞春风,百叶桃花树红。红树,红树,燕语莺啼日暮。

罗袖,罗袖,暗舞春风依旧。遥看歌舞玉楼,好日新妆坐愁。愁坐,愁坐,一世虚生虚过。

杨柳,杨柳,日暮白沙渡口。船头江水茫茫,商人少妇断肠。肠断,肠断,鹧鸪夜飞失伴。

同前 韦应物

胡马,胡马,远放燕支山下。咆沙咆雪独嘶,东望西望路迷。迷路,迷路,边草无穷日暮。

河汉,河汉,晓挂秋城漫漫。愁人起望相思,江南塞北别离。离别,离别,河汉虽同路绝。

转应词 戴叔伦

边草,边草,边草尽来兵老。山南山北雪晴,千里万里月明。明月,明月,胡笳一声愁绝。

宫中行乐词 李白

小小生金屋,盈盈在紫微。山花插宝髻,石竹绣罗衣。每出深宫裹,常随步辇归。只愁歌舞散—作罢,化作彩云飞。

柳色黄金嫩,梨花白雪香。玉楼巢—作关翡翠,金—作珠殿锁鸳鸯。选妓随雕—作朝辇,徵歌出洞房。宫中谁第一,飞燕在昭阳。

卢橘为秦树,蒲萄出—作是汉宫。烟花宜落日,丝管醉春风。笛奏龙鸣水,箫吟凤下空。君王多乐事,何必向回中。集作还与万方同。

玉树—作殿春归日—作好,金宫乐事多。后庭朝未入,轻辇夜相过。笑出花间语,娇来烛集作竹下歌。莫教明月去,留著醉姮娥。

绣户香风暖,纱窗曙色新。宫花争笑日,池草暗生春。绿树闻歌鸟,青楼见舞人。昭阳桃李月,罗绮自—作坐相亲。

今日明光里,还须结伴游。春风开紫殿,天乐下珠楼。艳舞全知巧,娇歌半欲羞。更怜花月夜,宫女笑藏钩。

寒雪梅中尽,春风柳上归。宫莺娇欲醉,檐燕语还飞。迟日明歌席,新花艳舞衣。晚来移彩仗,行乐泥光辉。

水绿南薰殿,花红北阙楼。莺歌闻太液,凤吹绕瀛洲。素女鸣珠佩,天人弄彩球。今朝风日好,宜入未央游。

宫中乐 令狐楚

楚塞金陵静,巴山玉垒空。万方无一事,端拱大明宫。

霜霁长杨苑,冰开太液池。宫中行乐日,天下盛明时。

柳色烟相似,梨花雪不如。春风真有意,一一丽皇居。

月上宫花静,烟含苑树深。银台门已闭,仙漏夜沉沉。

九重青锁闼,百尺碧云楼。明月秋风起,珠帘上玉钩。

同前 张仲素

网户交如绮,纱窗薄似烟。乐吹天上曲,人是月中仙。

翠匣开寒镜,珠钗挂步摇。妆成只畏晓,更漏促春宵。

江集作红果瑶池实,金盘露井冰。甘泉将避暑,台殿晓光凝。

月彩浮鸾殿,砧声隔凤楼。笙歌临水槛,红烛乍迎秋。

奇树留寒翠,神池结夕波。黄山一夜雪,渭水雁集作泻声多。

踏歌词 崔液

彩女迎金屋，仙姬出画堂。鸳鸯裁锦袖，翡翠帖花黄。歌响舞分行，艳色动流光。

庭际花微落，楼前汉已横。金壶催夜尽，罗袖拂寒轻。乐笑畅欢情，未半著天明。

同前 谢偃

春景娇春台，新露泣新梅。春叶参差叶，新花重叠开。花影飞莺去，歌声度鸟来。倩看飘飘雪，何如舞袖回。

逶迤度香阁，顾步出兰闺。欲绕鸳鸯殿，先过桃李蹊。风带舒还卷，簪花举复低。欲问今宵乐，但听歌声齐。

夜久星沉没，更深月影斜。裙轻才动佩，鬓薄不胜花。细风吹宝袜，轻露湿红纱。相看乐未已，兰灯照九华。

同前 张说

花萼楼前雨露新，长安城里太平人。龙衔火树千灯集作重艳，鸡踏一作上莲花万岁春。

帝宫三五戏春台，行雨流风莫妒来。西域灯轮千影合，东华金阙万重开。

踏歌行 刘禹锡

春江月出大堤平，堤上女郎连袂行。唱尽新词看一作欢不见，红霞影集作映树鹧鸪鸣。

桃蹊柳陌好经过，灯下妆成月下歌。为是襄王故宫地，至今犹自细腰多。

新词宛转递相传，振袖倾鬟风露前。月落乌啼云雨散，游童陌上拾花钿。

日暮江头集作南闻竹枝，南人行乐北人悲。自从雪里唱新曲，直至三春花尽时。

天长地久词 卢纶 其和云，天长久，万年昌。

玉砌红花树，香风不敢吹。春光解天意，偏发殿南枝。

虹桥千步廊，半在水中央。天子方清暑，宫人重暮集作娃起夜妆。

辞辇复当熊，倾心奉上集作六宫。君王若看貌，甘在众妃中。

云日呈祥礼物殊，北庭生献五单于。塞天集作垣万里无飞鸟，可在集作是边城用郅都。

台殿云凉风日集作深秋色微，君王初赐六宫衣。楼船罢泛集作泛罢归犹早，行道集作道才人斗射飞。

欸乃曲 元结 欸乃，棹船声也。

偏集作偶存名迹在人间，顺俗与时未安闲。来谒大官兼问政，篇舟却入九疑山。

湘江二月春水平，满月和风宜夜行。唱桡欲过平阳戍，守吏相呼问姓名。

千里枫林烟雨深，无朝无暮有猿吟。停桡静听曲中意，好是云山韶濩音。

零陵郡北湘水东，浯溪形胜满湘中。溪口石颠堪自逸，谁能相伴作渔翁。

下泷船似入深渊，上泷船似欲升天。泷南始到九疑郡，应绝高人乘兴船。

十二月乐辞 李贺

正月

上楼迎春新春归一作正月上楼迎春归，暗黄著柳宫漏迟。薄薄淡霭弄野姿，寒绿幽泥集作风生短丝。锦床晓卧玉肌冷，露脸未开对朝暝。官街柳带不堪折，早晚菖蒲胜绾结。

二月

二月饮酒采桑津，宜男草生兰笑人。蒲如交剑一作绞刀风如薰，劳劳胡燕怨酣春。薇帐逗烟生绿尘一作香绿昏，金翅峨髻愁暮云，沓飒起舞真珠裙。津头送别唱流水，酒客背寒南山死。

三月

东方风来满眼春，花城柳暗一作禁愁几一作

杀人。复宫深殿竹风起,新翠舞襟静集作净如水。光风转蕙百余里,暖雾驱云扑天地。军装宫妓扫蛾浅,摇摇锦旗夹城暖。曲水飘香去不归,梨花落尽成秋一作悉苑。

四月

晓凉暮凉树如盖,千山浓绿生云外。依微香雨青氛氲一作过清氛,腻叶蟠花照曲门。金塘闲水摇碧漪,老景沉重一作帖无惊飞,堕红残萼暗参差。

五月

雕玉押帘上一作雕玉帘押上,轻縠笼虚门。井汲铅华水,扇织鸳鸯文。回雪舞凉殿,甘露洗空绿。罗袖从徊翔一作罗绶从风翔,香汗沾宝粟。

六月

裁生罗,伐湘竹,帔一本无帔字拂疏霜簟秋玉。炎炎红镜东方开,晕如车轮上徘徊,啾啾赤帝骑龙来。

七月

星依云渚冷,露滴盘中圆。好花生木末,衰蕙愁空一作故园。夜天如玉砌,池叶极青钱。仅厌舞衫薄,稍知花簟寒。晓风何拂拂,北斗光阑干。

八月

孀一作宫妾怨长夜集作夜长,独客梦归家。傍檐虫缉一作织丝,向壁灯垂花。檐外月光吐,帘中集作内树影斜。悠悠飞露姿,点缀池中荷。

九月

离宫散萤天似水,竹黄池冷芙蓉死。月缀金铺光脉脉,凉苑虚庭空澹白。霜花飞飞风草草,翠锦斓斑满层道。鸡人罢唱晓珑璁,鸦啼金井下疏桐。

十月

玉壶银箭稍难倾,钉花夜笑凝幽明。碎霜斜舞上罗幕,烛笼两行照飞阁。珠帷怨卧不成眠,金凤刺衣著体寒,长眉对月斗弯环。

十一月

宫城团回凛严光,白天碎碎堕琼芳。挝钟高饮千日酒,却天凝寒作君寿。御沟泉一作冰合如环素,火井温水在何处。

十二月

日脚淡光红洒洒,薄霜不销桂枝下。依稀和气解冬严,已就长日辞长夜。

闰月

帝重光,年重时,七十二候回环推。天官玉琯灰剩飞,今岁何长来岁迟。王母移桃献天子,羲氏和氏迁龙辔。

桃花行

张仁亶自朔方入朝,帝宴之西苑之桃花园,命李峤等各赋绝句。明日宴承庆殿,令宫中善讴者唱之,乐府号桃花行。

岁去无言忽憔悴,时来含笑吐氛氲。不能拥路迷仙客,故欲开蹊侍圣君。李峤。

绮萼成蹊遍簌芳,红英扑地满筵香。莫将秋宴传王母,来比春华寿集作奉圣皇。李乂。

源水丛花无数开,丹跗红萼间青梅。从今结子三千岁,预喜仙游复摘来。徐彦伯。

桃花灼灼有光辉,无数成蹊点更飞。为见芳林含笑待,遂同温树不言归。苏颋。

红萼竞妍集作然春苑曙,粉苒新向集作吐御筵开。长年愿奉西王宴集作母,近侍惭无东朔才。赵彦昭。

苏摩遮张说 波寒胡戏所歌,其和声云亿岁乐。

摩遮本出海西胡,琉璃宝服紫髯胡。闻道皇恩遍宇宙,来时歌舞助欢娱。

绣装帕额宝花冠,夷歌骑舞借人看。自能激水成阴气,不虑今年寒不寒。

腊月凝阴积帝台,豪歌击鼓送寒来。油囊

取得天河水，将添上寿万年杯。

　　寒气宜人最可怜，故将寒水散庭前。惟愿圣君无限寿，长取新年续旧年。

　　昭成皇后帝家亲，荣乐诸人不比伦。往日霜前花委地，今年雪后树逢春。

舞马词 张说　其和声，前二曲云圣代升平乐，后四曲云四海和平乐。

　　万玉朝宗凤扆，千金率领龙媒。眄鼓凝骄蹵蹀，听歌弄影徘徊。

　　天禄遥征卫叔，日龙上借羲和。将共两骖争舞，来随八骏齐歌。

　　彩旄八佾成行，时龙五色因方。屈膝衔杯赴节，倾心献寿无疆。

　　帝皂龙驹沛艾，星兰骥子权奇。腾倚骧洋应节，繁骄接迹不移。

　　二圣先天合德，群灵率土可封。击石骖驔紫燕，拟金顾步苍龙。

　　圣君出震应箓，神马浮河献图。足踏天庭鼓舞，心将帝乐踟蹰。

舞马千秋万岁乐府词 张说

　　金天诞圣千秋节，玉醴还分万寿觞。试听紫骝歌乐府，何如骐骥舞华冈。连骞势出鱼龙变，蹀躞骄生鸟兽行。岁岁相传指树日，翩翩来伴庆云翔。

　　圣王集作皇至德与天齐，天马来仪自海西。腕足齐行拜两膝，繁骄不进蹈千蹄。髵鬃奋鬣时蹲踏，鼓怒骧身忽上跻。更有衔杯终宴曲，垂头掉尾醉如泥。

　　远听明君爱逸才，玉鞭金翅引龙媒。不因兹白人间有，定是飞黄天上来。影弄日华相照耀，喷含云色且徘徊。莫言阙下桃花舞，别有河中兰叶开。

小曲新词 白居易　小曲及闺怨，并元和中奉勅撰。

　　霁色鲜宫殿，秋声脆管弦。圣明千岁乐，岁岁似今年。

　　红裙集作裾明月夜，碧殿集作篆早秋时。好向昭阳宿，天凉玉漏迟。

闺怨词 白居易

　　朝憎莺百啭，夜妒燕双栖。不惯经春别，谁知到晓啼。

　　珠箔笼寒月，纱窗背晓灯。夜来巾上泪，一半是春冰。

　　关山征戍远，闺阁别离难。若战应憔悴，寒衣不要宽。

皇帝感词 卢纶

　　提剑云集作风雷动，垂衣日月明。禁花呈瑞色，国老见星精。发棹鱼先跃，窥巢鸟不惊。山呼一万岁，直入九重城。

　　天衣集作香五凤彩，御马六龙文。雨露清驰道，凤雷翊上军。高骖花外转，行漏乐前闻。时见金鞭举，空中指瑞云。

　　妙算干戈止，神谋宇宙清。两阶文物盛，七德武功成。校猎长杨苑，屯军细柳营。归来献明主，歌舞隘集作溢春城。

　　天乐下天中，云軿俨在空。铅黄艳河汉，语笑合笙镛。已见长随凤，仍闻不避熊。君王亲试舞，阊阖静无风。

杂歌谣辞

声比于琴瑟曰歌,徒歌曰谣。

渔父歌 张志和

西塞山边集作前白鹭飞,桃花流水鳜鱼肥。青箬笠,绿蓑衣,春江一作斜风细雨不须归。

钓台渔父褐为裘,两两三三舴艋舟。能纵棹,惯乘流,长江白浪不曾忧。

霅溪湾里钓渔翁,舴艋为家西复东。江上雪,浦边风,笑著荷衣不叹穷。

松江蟹舍主人欢,菰饭莼羹亦共餐。枫叶落,荻花干,醉宿渔舟不觉寒。

青草湖中月正圆,巴陵渔父棹歌连。钓车子,橛头船,乐在风波不用仙。

同前 和凝

白芷汀寒立鹭鸶,蘋风轻翦浪花时。烟幂幂,日迟迟,香引芙蓉惹钓丝。

同前 欧阳炯

风浩寒溪照胆明,小君山上玉蟾生。荷露坠,翠烟轻,拨剌游鱼几处惊。

同前 李珣

水接衡门十里余,信船归去卧看书。轻爵禄,慕玄虚,莫道渔人只为鱼。

避世垂纶不记年,官高争得似君闲。倾白酒,对青山,笑指柴门待月还。

棹警鸥飞水溅袍,影侵潭面柳垂条。终日醉,绝尘劳,曾见钱塘八月涛。

鸡鸣曲 王建

鸡初鸣,明星照东屋。鸡再鸣,红霞生海腹。百官待漏双阙前,圣人亦挂山龙服。宝钗命妇灯下起,环珮玲珑晓光里。直内初烧玉按香,司更尚滴铜壶水。金吾卫里直一作更郎妻,到明不睡听晨鸡。天头日月相送迎,夜栖旦鸣人不迷。

同前 李廓

星稀月没上集作入五更,胶胶角角鸡初鸣。征人牵马出门立,辞妾欲向安西行。再鸣引颈檐头下,月集作楼中角声催上马。才分地色第三鸣,旌旗一作旆红尘已出城。妇人上城乱招手,夫婿不闻遥哭声。长恨鸡鸣别时苦,不遣鸡栖近窗户。

吴楚歌 张籍 一曰燕美人歌

庭前春鸟啄林声,红夹罗襦缝未成。今朝社日停针线,起向朱樱树下行。

李夫人歌 李商隐

一带不结心,两股方安髻。惭愧白茅人,月没教星替。

剩结茱萸枝,多擘秋莲的。独自有波光,彩囊盛不得。

蛮丝系条脱,妍眼和香屑。寿宫不惜铸南人,柔肠早被秋波集作眸割。清澄有馀幽素香,鳏鱼渴凤真珠房。不知瘦骨类冰井,更许夜帘通晓霜。土花漠碧集作漠云茫茫,黄河欲尽天苍黄集作苍。

同前 李贺

紫皇宫殿重重开,夫人飞入琼瑶台。绿香绣帐何时歇,青云无光宫水咽。翩联桂花坠秋月,孤鸾惊啼商丝发。红壁集作壁阑珊悬佩珰,歌台小妓遥相望。玉蟾滴水鸡人唱,露华兰叶参差光。

同前 鲍溶

璚闺羽帐华烛陈,方士夜降夫人神。葳蕤半露芙蓉色,窈窕将期环珮身。丽如三五月,可望难亲近。颦黛含犀竟不言,春思秋怨谁能问。欲求巧笑如生时,歌尘在空瑟衔丝。神来未及梦相见,帝比初亡心更悲。爱之欲其生又死,东流万代无回水。宫漏丁丁夜向晨,烟销雾散愁方士。

同前 张祜

延年不语望三星,莫说夫人上涕零。争奈世间惆怅在,甘泉宫夜看图形。

中山孺子妾歌 李白

中山孺子妾,特以色见珍。虽不如延年妹,亦是当时绝世人。桃李出深井,花艳惊上春。一贵复一贱,关天岂由身。芙蓉老秋霜,团扇羞网尘。戚姬髡翦集作发入春市,万古共悲辛。

临江王节士歌 李白

洞庭白波木叶稀,燕鸿始入吴云飞。吴云寒,燕鸿苦,风号沙宿潇湘浦,节士感秋泪如雨。白日当天心,照之可以事明主。壮士愤,雄风生,安得倚天剑,跨海斩长鲸。

司马将军歌 李白代陇上健儿陈安

狂风吹古月,窃弄章华台。北落明星动光彩,南征猛将如云雷。手中电曳集作击倚天剑,直斩长鲸海水开。我见楼船壮心目,颇似龙骧下三蜀。扬兵习战张虎旗,江中白浪如银屋。身居玉帐临河魁,紫髯若戟冠崔嵬。细柳开营揖天子,始知灞上为婴孩。羌笛横吹阿亸回,向月楼中吹落梅。将军自起舞长剑,壮士呼声动九垓。功成献凯见明主,丹青画像麒麟台。

郑樱桃歌 李颀

石季龙,僭天禄,擅雄豪,美人姓郑名樱桃。樱桃美颜香且泽,娥娥侍寝专宫掖。后庭卷衣三万人,翠眉清镜不得亲。官集作宫军一作库女骑一千匹,繁花照耀漳河春。织成花映红纶巾,红旗掣曳卤簿新。鸣鞞走马接飞鸟,铜驼琴瑟随去尘。凤阳重门如意馆,百尺金梯倚银汉。自言富贵不可量,女为公主男为王。赤花双簟珊瑚床,盘龙斗帐琥珀光。淫昏伪位神所恶,灭石者陵终不误。邺城苍苍白露微,世事翻覆黄云飞。

襄阳歌 李白

落日欲没岘山西,倒著接䍦花下迷。襄阳

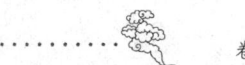

小儿齐拍手,拦街争唱白铜鞮。傍人借问笑何事,笑杀山公醉似泥。鸬鹚杓,鹦鹉杯,百年三万六千日,一日须倾三百杯。遥看汉水鸭头绿,恰似蒲萄初酦醅。此江若变作春酒,垒曲便筑糟丘台。千金骏马换少集作小妾,醉集作笑坐雕鞍歌落梅。车傍侧挂一壶酒,凤笙龙管行相催。咸阳市上叹黄犬,何如月下倾金罍。君不见晋朝羊公一片石一作一片古碑材,龟龙集作头剥落生莓苔。泪亦不能为之堕,心亦不能为之哀。谁能忧彼身后事,金凫银鸭葬死灰。集无此二句。清风朗月不用一钱买,玉山自倒非人推。舒州杓,力士铛,李白与尔同死生。襄王云雨今安在,江水东流猿夜声。

襄阳曲 李白

襄阳行乐处,歌舞白铜鞮。江城回渌水,花月使人迷。

山公醉酒时,酩酊襄集作高阳下。头上白接䍦,倒著还骑马。

岘山临汉江,水渌沙如雪一作水色如霜雪。上有堕泪碑,青苔久磨灭。

且醉习家池,莫看堕泪碑。山公欲上马,笑杀襄阳儿。

苏小小歌 李贺

幽兰露,如啼眼。无物结同心,烟花不堪剪。草如茵,松如盖,风为裳,水为佩。油壁车,久集作夕相待。冷翠烛,劳光彩。西陵下,风吹雨。

同前 温庭筠

买莲莫破券,买酒莫解金。酒里春容抱离恨,水中莲子怀芳心。吴公女儿腰似束,家在钱塘小江曲。一自檀郎逐便风,门前春水年年绿。

同前 张祜

车轮不可遮,马足不可绊。长怨十字街,使郎心四散。

新人千里去,故人千里来。翦刀横眼底,方觉泪难裁。

登山不愁峻,涉海不愁深。中擘庭前枣,教郎见赤心。

挟瑟歌 陆龟蒙

挟瑟为君抚,君嫌声太古。寥寥倚浪丝,嘹嘹沉湘语。赖有秋风知,清泠吹玉柱。

敕勒歌

敕勒金隤温庭筠集作帻壁,阴山无岁华。帐外风飘雪,营前月照沙。羌儿吹玉管,胡姬踏锦花。却笑江南客,梅落不归家。

黄獐歌

《唐书·五行志》曰:如意初,里中歌黄獐,后契丹李尽忠、孙万荣叛,陷营州。则天令总管曹仁师、王孝杰等将兵百万讨之,大败于硖石黄獐谷而死。朝廷嘉其忠,为造此曲,后亦为舞曲。

黄獐黄獐草里藏,弯弓射尔伤。

得体歌

天宝初,韦坚为陕郡太守水陆转运使,于长安城东浐水傍穿广运潭,以通吴会数十郡舟楫。先是民间戏唱得体歌,及新潭成,陕县尉崔成甫乃翻此调为得宝歌,集两县官伎女唱之。

得体纥那也,纥囊得体那。潭里船车闹,扬州铜器多。三郎当殿坐,听唱得体歌。

得宝歌

得宝弘农野,弘农得宝那。潭里船车闹,扬州铜器多。三郎当殿坐,听唱得宝歌。

黄台瓜辞 章怀太子

武后杀太子弘,立雍王贤为太子。贤日夜忧惧,乃作此辞。命乐工歌之,冀后感悟。

种瓜黄台下,瓜熟子离离。一摘使瓜好,再摘令瓜稀。三摘尚集作犹自可,摘绝抱蔓归。

古歌 沈佺期

落叶流风向玉台,夜寒秋思洞房开。水精帘外金波下,云母窗前银河回。玉阶阴阴苔藓

色,君王履綦难再得。璇闺窈窕秋夜长,绣户徘徊秋集作明月光。燕姬彩帐芙蓉色,秦子集作女金炉兰麝香。北斗七星横夜半,清歌一曲断君肠。

同前 薛维翰

美人怨何深,含情倚金阁。不嚬复不语,红泪双双落。

美人闭红烛,独坐裁新锦。频放剪刀声,夜寒知未寝。

黄昙子歌 温庭筠

参差绿蒲短,摇艳云一作春塘满。红激荡融融,莺翁鸂鶒暖。萋芊小城集作成路,马上脩蛾懒。罗衫袅向风,点粉金鹂卵。

邯郸郭公辞 温庭筠

金箓悲故曲,玉座积深尘。言是邯郸伎,不易邺城人。青苔竟埋骨,红粉自伤神。唯有漳河柳,还向旧营春。

笺箓谣 李白

攀天莫登龙,走山莫骑虎。贵贱结交心不移,唯有严陵及光武。周公称大圣,管蔡宁相容。汉谣一斗粟,不与淮南春。兄弟尚路人,吾心安所从。它人方寸间,山海几千重。轻言托朋友,对面九疑峰。多集作开花必早落,桃李不如松。管鲍久已死,何人继其踪。

邺城童子谣 李贺

邺城中,暮尘起。将黑丸,斫文吏。棘为鞭,虎为马。团团走,邺城下。切玉剑,射日弓。献何人,奉相公。扶毂来,关右儿。香扫涂,相公归。

大麦行 杜甫

大麦干枯小麦黄,妇人行泣夫走藏。东至集壁西梁洋,问谁腰镰胡与羌。岂无蜀兵三千人,部领辛苦江山长。安得如鸟有羽翅,托身白云还故乡。

白鼍鸣 张籍

天欲雨,有东风,南溪白鼍鸣窟中。六月人家井无水,夜闻白鼍集作鼍声人尽起。

步虚词 陈羽

汉武清斋读鼎书,内官扶上画云车。坛上月明宫殿闭,仰看星斗礼空虚。

同前 顾况

回步游三洞,清心礼七真。飞符超羽翼,禁集作焚火醮星辰。残药沾鸡犬,灵香出凤麟。壶中无窄处,愿得一容身。

同前 刘禹锡

阿母种桃云海际,花落子成二集作三千岁。海风吹折最繁枝,跪捧琼集作金盘献天帝。

华表千年鹤一集作一鹤归,凝丹为顶雪为衣。星星仙语人听尽,却向五云翻翅飞。

同前 韦渠牟

玉简真人降,金书道箓通。烟霞方蔽日,云雨已生风。四极威仪异,三天使命同。那将人世恋,不去上清宫。

羽驾正翩翩,云鸿最自然。霞冠将月晓,珠佩与星连。镂玉留新诀,雕金集作龙得旧编。不知飞鸟学,更有几人仙。

上帝求仙使,真符取玉郎。三才闲布象,二景郁生光。骑吏排龙虎,笙歌走凤凰。天高人不见,暗入白云乡。

鸾鹤共徘徊,仙官使者催。香花三洞启,风雨百神来。凤篆文初定,龙泥印已开。何须生羽翼,始得上瑶台。

羽节忽排烟,苏君已得仙。命风驱日月,缩地走山川。几处留丹灶,何时种玉田。一朝骑白虎,直上紫微天。

静发降灵香,思神意智长。虎存时促步,龙想更成章。扣齿风雷响,挑灯日月光。仙云在何处,仿佛满空堂。

几度游三洞,何方召百神。风云皆守一,龙虎亦全真。执节仙童小,烧香玉女春。应须绝岩内,委曲问皇人。

　　上法杳无营,玄修似有情。道宫琼作想,真帝玉为名。召岳驱旌节,驰雷发吏兵。云车降何处,斋室有仙卿。

　　羽卫一何鲜,香云起暮烟。方朝太素帝,更向玉清天。凤曲凝犹吹,龙骖俨欲前。真文几时降,知在永和年。

　　大道何年学,真符此日催。还持金作印,未要玉为台。羽节分明授,霞衣整顿裁。应缘五云使,教上列仙来。

　　独自授金书,萧条咏紫虚。龙行还当马,云起自成车。九转风烟合,千年井灶余。参差从太一,寿等混元初。

　　道学已通神,香花会女真。霞床珠斗帐,金荐玉舆轮。一室心偏静,三天夜正春。灵官竟谁降,仙相有夫人。

　　上界有黄房,仙家道路长。神来知位次,乐变协宫商。竞把琉璃碗,谁倾白玉浆。霞衣最芬馥,苏合是灵香。

　　珠佩紫霞缨,夫人会八灵。太霄犹有观,绝宅岂无形。暮雨徘徊降,仙歌宛转听。谁逢玉妃辇,应检九真经。

　　西海辞金母,东方拜木公。云行疑带雨,星步欲凌风。羽袖挥丹凤,霞巾曳彩虹。飘飘九霄外,下视望仙宫。

　　玉树杂金花,天河织女家。月邀丹凤舄,风送紫鸾车。雾縠笼绡带,云屏列锦霞。瑶台千万里,不觉往来赊。

　　舞凤凌天出,歌麟入夜听。云容衣眇眇,风韵曲泠泠。扣齿端金简,焚香检玉经。仙宫知不远,只近太微星。

　　紫府与玄洲,谁来物外游。无烦骑白鹿,不用驾青牛。金化颜应驻,云飞鬓不秋。仍闻碧海上,更用玉为楼。

　　辔鹤复骖鸾,全家去不难。鸡声随羽化,犬影入云看。酿玉当成酒,烧金且转丹。何妨五色绶,次第给仙官。

同前 僧皎然

　　予因览真诀,遂感西域集作城君。玉笙下青冥,人间未曾闻。日华炼魂魄,皎皎无垢氛。谓我有仙骨,且令饵氤氲。俯仰愧灵颜,愿随鸾鹤群。俄然动风驭,缥眇归青云。

同前 高骈

　　青溪道士人不识,上天下天鹤一只。洞门深锁碧窗寒,滴露研朱写周易。

步虚引 陈陶

　　小隐山人十洲客,莓苔为衣双耳白。青编为我忽降书,暮雨虹蜺一千尺。赤城门闭六丁直,晓日已烧东海色。朝天半夜闻玉鸡,星斗离离碍龙翼。

全唐诗卷三十

王珪

王珪,字叔玠,太原祁人。初为太子舍人,太宗知其才,召拜谏议大夫。推诚纳忠,多所献替。迁黄门侍郎,进侍中。与房玄龄、李靖、温彦博、戴胄、魏徵同知国政。尝于上前品藻诸子,多所逊谢;至激浊扬清,嫉恶好善,自谓于数子有一日之长。帝深然之,时人亦服其确论。卒,赠吏部尚书。诗二首。

咏汉高祖

汉祖起丰沛,乘运以跃鳞。手奋三尺剑,西灭无道秦。十月五星聚,七年四海宾。高抗威宇宙,贵有天下人。忆昔与项王,契阔时未伸。鸿门既薄蚀,荥阳亦蒙尘。虮虱生介胄,将卒多苦辛。爪牙驱信越,腹心谋张陈。赫赫西楚国,化为丘与榛。

咏淮阴侯

秦王日凶慝,豪杰争共亡。信亦胡为者,剑歌从项梁。项羽不能用,脱身归汉王。道契君臣合,时来名位彰。北讨燕承命,东驱楚绝粮。斩龙堰滩水,擒豹憺夏阳。功成享天禄,建旗还南昌。千金—作金千答漂母,百钱—作钱百酬下乡。吉凶成纠缠,倚伏难预详。弓藏狡兔尽,慷慨念心伤。

陈叔达

陈叔达,字子聪,陈宣帝第十六子也。善容止,有才学,在陈封义阳王。十余岁侍宴,赋诗十韵,援笔便就,仆射徐陵甚奇之。入隋,为绛郡通守。归款于唐,授丞相府主簿,与记室温大雅同掌机密。军书敕令及禅代文诰,多叔达所为。进黄门侍郎,兼纳言侍中,封江国公。贞观中,拜礼部尚书。集十五卷,今存诗九首。

早春桂林殿应诏

金铺照春色,玉律动年华。朱楼云似盖,丹桂雪如花。水岸衔阶转,风条出柳斜。轻舆临太液,湛一作仙露酌流霞。

后渚置酒

大渚初惊夜,中流沸鼓鼙。寒沙满曲浦,夕雾上邪溪。岸广凫飞急,云深雁度低。严关犹未遂一作达,此夕待晨鸡。

听邻人琵琶

本是龙门桐,因妍入汉宫。香缘罗袖里,声逐朱弦中。虽有相思韵,翻将入塞同。关山临却月,花蕊散回风。为将金谷引,添令曲未终。

州城西园入斋祠社

升坛预洁祀,诘早肃分司。达气风霜积,登光日色迟。农教先八政,阳和秩四时。祈年服垂冕,告币动褰帷。瘗地尊余奠,人天庶有资。椒兰卒清酌,簋篚彻香萁。折俎分归胙,充庭降受釐。方凭知礼节,况奉化雍熙。

春首

雪花联玉树,冰彩散瑶池。翔禽遥出没,积翠远参差。

初年

和风起天路一作表,一作雾,严气消冰井。索索枝未柔,厌厌漏犹永。

咏菊

霜间开紫蒂,露下发金英。但令逢采摘,宁辞独晚荣。

自君之出矣 一作贾冯吉诗

自君之出矣,红颜转憔悴。思君如明烛,煎心且衔泪。

自君之出矣,明镜罢红妆。思君如夜烛,煎泪几千行。

袁朗

袁朗,雍州长安人。勤学,好属文。在陈释褐秘书郎,甚为江总所重。尝制千字诗,当时以为盛作。后主召入禁中,使为月赋,染翰立成。迁太子洗马。仕隋,为仪曹郎。入唐,授齐王文学,转给事中。贞观初卒。太宗称其谨厚,悼惜之。集十四卷,今存诗四首。

赋饮马长城窟

朔风动秋草,清跸长安道。长城连一作道不穷,所以隔华戎。规模惟圣作,负荷晓成功。鸟庭已向内,龙荒更凿空。玉关尘卷静,金微一作徼路已通。汤征随北怨,舜咏起南风。画地功初立,绥边事云集。朝服践狼居,凯歌旋马邑。山响传凤吹,霜华藻琼钑。属国拥节归,单于款关入。日落寒风起,惊蓬一作沙被原隰。零落叶已寒,河流清且急。四时徭役尽一作静,千载干戈戢。太平今若斯,汗马竟无施。唯当事笔砚,归去草封禅。

和洗掾登城南坂望京邑

二华连陌塞,九陇统金方。奥区称富贵,重险擅雄强。龙飞灞水上,凤集岐山阳。神皋多瑞迹,列代有兴王。我后膺灵命,爰求宅兹土。宸居法太微,建国资天府。玄风叶一作融黎庶,德泽浸区宇。醒醉各相扶,讴歌从圣主。南登少陵岸,还望帝城中。帝城何郁郁,佳气乃葱葱。金凤凌绮观,璇题敞兰宫。复道东西合,交衢南北通。万国朝前殿,群公议宣室。鸣珮含早风,华蝉曜朝日。柏梁宴初罢,千钟欢未毕。端拱肃岩廊,思贤听琴瑟。逶迤万雉列,隐轸千闾布。飞甍夹御沟,曲台临上路。处处歌钟鸣,喧阗车马度。日落长楸间,含情两相顾。是月冬之季,阴寒昼不开。惊风四面集,飞雪千里回。狐白登廊庙,牛衣出一作弃草莱。讵知韩长孺,无复重然灰。

秋日应诏

玉树凉风举,金塘细草萎。叶落商飙观,

鸿归明月池。迎寒桂酒熟,含露一作雾菊花垂。一奉章台宴,千秋长愿斯。

秋夜独坐一作刑邵诗

危弦断客心,虚弹落惊禽。新秋百虑净一作尽,独夜九愁深。枯蓬唯逐吹,坠叶不归林。如何悲此曲,坐作白头吟。

窦威

窦威,字文蔚,扶风平陵人,太穆皇后从父兄也。初为高祖丞相府司录参军,博物多识,朝章国典,皆其所定。终内史令。集十卷,今存诗一首。

出塞曲

匈奴屡不平,汉将欲纵横。看云方结阵,却月始连营。潜军度马邑,扬斾掩龙城。会勒燕然石,方传车骑名。

长孙无忌

长孙无忌,字机辅,河南洛阳人,文德皇后之兄。好学,有筹略,佐太宗定天下,以功第一,封齐国公。历尚书仆射、司空。诫惧盈满,固辞不许,复拜司徒。贞观十七年,图功臣二十四人于凌烟阁,无忌为之冠。高宗即位,进册太尉,知门下省。后为许敬宗诬构,贬死黔州。诗三首。

新曲二首

阿侬一本无此二字家住朝歌下,早传名。结伴来游淇水上,旧长情。玉珮金钿随步远一作动,云罗雾縠逐风轻。转目机心悬自许,何须更待听琴声。

回雪凌波游洛浦,遇陈王。婉约娉婷工语笑,侍兰房。芙蓉绮帐还开掩,翡翠珠被烂齐光。长愿今宵奉颜色,不爱吹一作闻箫逐凤凰。

灞桥待李将军

飒飒风叶下,遥遥烟景曛。霸陵无醉尉,谁滞李将军。

颜师古

颜师古,字籀,《旧唐书》云:颜籀,字师古。雍州万年人,齐黄门侍郎之推之孙。博览群书,尤精训诂。隋末为安养尉,高祖入关,谒见长春宫,授朝散大夫。累迁中书舍人,专掌机密。太宗初,擢中书侍郎。考定五经,多所厘正,颁其书令天下学习。所注班固《汉书》、《急就章》,大行于世。终秘书监、弘文馆学士。集六十卷,今存诗一首。

奉和正日临朝

七府璿衡始,三元宝历新。负扆延百辟,垂旒御九宾。肃肃皆鹓鹭,济济盛簪一作缨绅。天涯致重译,日域献奇珍。

杜淹

杜淹,字执礼。隋时隐太山,文帝恶之,谪戍江表。秦王引为天策府曹参军,文学馆学士。侍宴,赋诗尤工,赐金钟。坐事流巂州。太宗召拜御史大夫,检校吏部尚书,参预朝政。诗三首。

召拜御史大夫赠袁天纲

《纪事》云:淹始见袁天纲于洛。天纲谓曰:"兰台成就,学堂宽广。"又语曰:"二十年外,终恐责黜,暂去即还。"武德六年,以善隐太子,配流巂州。至九年六月召入。天纲曰:"公至京,即得三品要职。"果拜御史大夫,乃赠诗云。

伊吕深可慕,松乔定是虚。系风终不得,脱屣欲安如。且珍纨素美,当与薜萝疏。既逢杨得意,非复久闲居。

咏寒食斗鸡应秦王教

《唐新语》云:太宗戡内难,以淹为御史大夫,因咏鸡以致意焉。

寒食东郊道一作上,扬鞲竞出笼。花冠初一作偏照日,芥羽正生风。顾敌知心勇,先鸣觉气雄。长翘频扫阵,利爪一作距屡通中。飞毛遍绿野,洒血渍芳丛。虽然一作言百战一作斗胜,会自不论功。

寄赠齐公

冠盖游梁日,诗书问志年。佩兰长坂上,攀桂小山前。结交澹若水,履道直如弦。此欢终未极,于兹独播迁。赭衣登蜀道,白首别秦川。泪随沟水逝,心逐晓旌悬。去去逾千里,悠悠隔九天。郊野间长薄,城阙隐凝烟。关门共月对,山路与云连。此时寸心里,难用尺书传。

全唐诗卷三十一

魏徵

魏徵，字玄成，魏州曲城人。少孤，落魄有大志。初为太子洗马，太宗即位，拜谏议大夫、秘书监，寻晋检校侍中，封郑国公。以疾辞职，拜特进，仍知门下省事。徵性谅直，知无不言。太宗或引至卧内，访天下事。尝以古名臣称之。校辑秘省群书，及撰齐、梁、陈、周、隋诸史，序论多出其手。卒谥文贞。集二十卷，今编诗一卷。

五郊乐章

《唐书·乐志》曰：祀五方上帝五郊乐，祀黄帝降神奏宫音。皇帝行用太和，登歌、奠玉帛用肃和，迎俎用雍和，酌献、饮福用寿和，送文舞出、迎武舞入用舒和，武舞用凯安，送神用豫和。其太和、寿和、凯安、豫和四章，辞同圜丘。祀青帝降神奏角音，祀赤帝降神奏徵音，祀白帝降神奏商音，祀黑帝降神奏羽音。余同黄帝。

黄帝宫音

黄中正位，含章居贞。既长六律，兼和五声。毕陈万舞，乃荐斯牲。神其下降，永祚休平。

肃和

眇眇方舆，苍苍圜盖。至哉枢纽，宅中图大。气调四序，风和万籁。祚我明德，明雍道泰。

雍和

金悬夕肆，玉俎朝陈。飨荐黄道，芬流紫辰。乃诚乃敬，载享载禋。崇荐斯在，惟皇是宾。

舒和

御征乘宫出郊甸，安歌率舞递将迎。自有云门符帝赏，犹持雷鼓答天成。

青帝角音
　　鹤云旦起,鸟星昏集。律候新风,阳开初蛰。至德可飨,行潦斯挹。锡以无疆,烝人乃粒。

肃和
　　玄鸟司春,苍龙登岁。节物变柳,光风转蕙。瑶席降神,朱弦飨帝。诚备祝嘏,礼殚珪币。

雍和
　　大乐稀音,至诚简礼。文物棣棣,声名济济。六变有成,三登无体。乃眷丰絜,恩覃恺悌。

舒和
　　笙歌龠舞属年韶,鹭鼓凫钟展时豫。调露初迎绮春节,承云遽践苍霄驭。

赤帝徵音
　　青阳告谢,朱明戒序。咸长是祈,敬陈椒醑。博硕斯荐,笙镛备举。庶尽肃恭,非馨稷黍。

肃和
　　离位克明,火中宵见。峰云暮起,景风晨扇。木槿初荣,含桃可荐。芬馥百品,铿锵三变。

雍和
　　昭昭丹陆,帝帝炎方。礼陈牲币,乐备筦簧。琼羞溢俎,玉醑浮觞。恭惟正直,歆此馨香。

舒和
　　千里温风飘降羽,十枝炎景朓朱干。陈觞荐俎歌三献,拊石抈金会七盘。

白帝商音
　　白藏应节,天高气清。岁功既阜,庶类收成。万方静谧,九土和平。馨香是荐,受祚聪明。

肃和
　　金行在节,素灵居正。气肃霜严,林凋草劲。豺祭隼击,潦收川镜。九谷已登,万箱流咏。

雍和
　　律应西成,气躔南吕。珪币咸列,笙竽备举。苾苾兰羞,芬芬桂醑。式资宴贶,用调霜序。

舒和
　　璿仪气爽惊缇籥,玉吕灰飞含素商。鸣鞞奏管芳羞荐,会舞安歌葆胏扬。

黑帝羽音
　　严冬季月,星回风厉。享祀报功,方祚来岁。

肃和
　　律周一作回玉琯,星回一作周金度。次极阳乌,纪穷阴兔。火林散雪,阳泉凝冱。八蜡已登,三农息务。

雍和
　　阳月斯纪,应钟在候。载絜牲牷,爰登俎豆。既高既远,无声无臭。静言格思,惟神保祐。

舒和
　　执籥持羽初终曲,朱干玉戚始分行。七德九功咸已畅,明灵降福具穰穰。

享太庙乐章
　　《唐书·乐志》曰:贞观中享太庙乐。迎神用永和,九变,辞同。皇帝行用太和,登歌、酌鬯用肃和,迎俎用雍和,献皇祖宣简公、皇祖懿王同用长发之舞,景皇帝用大基之舞,元皇帝用大成之舞,高祖用大明之舞,皇帝饮福用寿和,送文舞出、迎武舞入用舒和,武舞用凯安。彻俎用雍和,送神用永和。其太和、凯安,辞同《冬至圜丘》。

永和
於穆烈祖,弘此丕基。永言配命,子孙保之。百神既洽,万国在兹。是用孝享,神其格思。

肃和
大哉至德,允兹明圣。格于上下,聿遵诚敬。嘉乐斯登,鸣球以咏。神其降止,式隆景命。

雍和
崇兹享祀,诚敬兼至。乐以感灵,礼以昭事。粢盛咸絜,牲牷孔备。永言孝思,庶几不匮。

长发舞
《唐会要》曰:贞观十四年,诏用颜师古、许敬宗议,皇祖宣简公、懿王庙并奏长发之舞,取诗云:"濬哲惟商,长发其祥"也。

濬哲惟唐,长发其祥。帝命斯祐,王业克昌。配天载德,就日重光。本枝百代,申锡无疆。

大基舞
猗与祖业,皇矣帝先。剪商德厚,封唐庆延。在姬犹稷,方晋逾宣。基我鼎运,于斯万年。

大成舞
周穆王季,晋美帝文。明明盛德,穆穆齐芬。藏用四履,屈道参分。铿锵钟石,载纪鸿勋。

大明舞
《唐会要》曰:贞观十四年,诏用颜师古等议。高祖庙奏大明之舞,取易曰大明终始,六位时成。诗有大明之篇,称文王有明德也。

五纪更运,三正递升。勋华既没,禹汤勃兴。神武命代,灵眷是膺。望云彰德,察纬告征。上纽天维,下安地轴。征师涿野,万国咸服。偃伯灵台,九官允穆。殊域委赆,怀生介

福。大礼既饰,大乐已和。黑章扰囿,赤字浮河。功宣载籍,德被咏歌。克昌厥后,百禄是荷。

寿和
八音斯奏,三献毕陈。宝祚惟永,晖光日新。

舒和
圣敬通神光七庙,灵心荐祚和万方。严禋克配鸿基远,明德惟馨凤历昌。

雍和
於穆清庙,聿修严祀。四县载陈,三献斯止。笾豆撤荐,人祇介祉。神惟格思,锡祚不已。

永和
肃肃清祀,烝烝孝思。荐享昭备,虔恭在兹。雍歌撤俎,祝嘏陈辞。用光武志,永固鸿基。

赋西汉
《本传》云:太宗幸洛阳,燕群臣积翠池。酒酣,命各赋一事。徵赋西汉,卒云:"终藉叔孙礼,方知皇帝尊。"帝曰:"徵言未尝不约我以礼。"

受降临轵道,争长趣鸿门。驱传渭桥上,观兵细柳屯。夜宴经柏谷,朝游出杜原。终藉叔孙礼,方知皇帝尊。

暮秋言怀
首夏别京辅,杪秋滞三河。沉沉蓬莱阁,日夕乡思多。霜剪凉阶蕙,风捎幽渚荷。岁芳坐沦歇,感此式微歌。

述怀—作出关
中原初—作还逐鹿,投笔事戎轩。纵横计不就,慷慨志犹存。杖策谒天子,驱马出关门。请缨系南粤,凭轼下东藩。郁纡陟高岫,出没望平原。古木鸣寒鸟—作雁,空山啼夜猿。既伤千里目,还惊九折—作逝魂。岂不惮艰险,深怀国士恩。季布无二诺,侯嬴重一言。人生感

意气,功名谁复论。

奉和正日临朝应诏

百灵侍轩后,万国会涂山。岂如今睿哲,迈古独光前。声教溢四海,朝宗引百川。锵洋鸣玉珮,灼烁耀金蝉。淑景辉雕辇,高旌扬翠烟。庭实超王会,广乐盛钧天。既欣东日户_{一作既倾东户日},复咏南风篇。愿奉光华庆,从斯亿万年。

全唐诗卷三十二

褚亮

褚亮,字希明,杭州钱塘人。博览,工属文。太宗为秦王时,以亮为王府文学。每从征伐,尝预秘谋。贞观中,累迁散骑常侍,封阳翟县侯。卒谥曰康。诗一卷。

祈谷乐章

《唐书·乐志》曰:贞观中,正月上辛,祈谷于南郊。降神用豫和,皇帝行用太和,登歌、奠玉帛用肃和,迎俎用雍和,酌献、饮福用寿和,送文舞出、迎武舞入用舒和,武舞用凯安,送神用豫和。其豫和、太和、寿和、凯安五章,词同《冬至圜丘》。

肃和

履艮斯绳,居中体正。龙运垂祉,昭符启圣。式事严禋,聿怀嘉庆。惟帝永锡,时皇休命。

雍和

殷荐乘春,太坛临曙。八簋盈和,六瑚登御。嘉稷匪歆,德馨斯饫。祝嘏无易,灵心有豫。

舒和

玉帛牺牲申敬享,金丝戚羽盛音容。庶俾亿龄禔景福,长欣万宇洽时邕。

明堂乐章

《唐书·乐志》曰:季秋享上帝于明堂。降神用豫和,皇帝行用太和,登歌、奠玉帛用肃和,迎俎用雍和,酌献、饮福用寿和,送文舞出、迎武舞入用舒和,武舞用凯安,送神用豫和。其豫和、太和、寿和、凯安五章,词同《冬至圜丘》。

肃和

象天御宇,乘时布政。严配申虔,宗祧展敬。樽罍盈列,树羽交映。玉币通诚,祚隆皇圣。

雍和

八牖晨披,五精朝奠。雾凝璇筵,风清金悬。神涤备全,明粢丰衍。载絜彝俎,陈诚以荐。

舒和

御宸合宫承宝历，席图重馆奉明灵。偃武修文九围泰，沉烽静柝八荒宁。

雩祀乐章

《唐书·乐志》曰：孟夏雩祀上帝于南郊。降神用豫和，皇帝行用太和，登歌、奠玉帛用肃和，迎俎用雍和，酌献、饮福用寿和，送文舞出、迎武舞入用舒和，武舞用凯安，送神用豫和。其豫和、太和、寿和、凯安五章，词同《冬至圜丘》。

肃和

朱鸟开辰，苍龙启映。大帝昭飨，群生展敬。礼备怀柔，功宣舞咏。旬液应序，年祥叶庆。

雍和

绀筵分彩，宝图吐绚。风—作风管晨凝，云歌晓啭。肃事蘋藻—作兰羞，虔申桂奠。百谷斯登，万箱攸荐。

舒和

凤曲登歌调令序，龙雩集舞泛祥风。彩旟云回昭睿德，朱干电发表神功。

享先农乐章

《唐书·乐志》曰：贞观中享先农乐。迎神用诚和，皇帝行用太和，登歌、奠玉帛用肃和，迎俎用雍和，酌献、饮福用寿和，送文舞出、迎武舞入用舒和，武舞用凯安，送神用诚和。其太和、寿和、凯安，词同《冬至圜丘》。

诚和

粒食伊始，农之所先。古今攸赖，是曰人天。耕斯帝籍，播厥公田。式崇明祀，神其福焉。

肃和

樽彝既列，瑚簋方荐。歌工载登，币礼斯奠。肃肃享祀，颙颙缨弁。神之听之，福流寰县。

雍和

前夕视牲，质明奉俎。沐芳整弁，其仪式序。盛礼毕陈，嘉乐备举。歆我懿德，非馨稷黍。

舒和

羽籥低昂文缀已，干戚蹈厉武行初。望岁祈农神所听，延祥介福岂云虚。

祭神州乐章

《唐书·乐志》曰：贞观中，祭神州于北郊。迎神用顺和，皇帝行用太和，登歌、奠玉帛用肃和，迎俎用雍和，酌献、饮福用寿和，送文舞出、迎武舞入用舒和，武舞用凯安，送神用顺和。顺和词同《夏至方丘》，太和、寿和、凯安词同《冬至圜丘》。并亮等作。

肃和

大矣坤仪，至哉神县。包含日域，牢笼月窦。露絜三清，风调六变。皇祇届止，式歆恭荐。

雍和

泰圻严享，阴郊展敬。礼以导神，乐以和性。黝牲在列，黄琮俯映。九土既平，万邦—作拜贻庆。

舒和

坤道降祥和庶品，灵心载德厚群生。水土既调三极泰，文武毕备九区平。

祭方丘乐章

《唐书·乐志》曰：贞观中，夏至祭皇地祇于方丘。迎神用顺和，皇帝行用太和，登歌、奠玉帛用肃和，迎俎用雍和，酌献、饮福用寿和，送文舞出、迎武舞入用舒和，武舞用凯安。其太和、寿和、凯安三章，词同《冬至圜丘》。

顺和

万物资以化，交泰属升平。易从业惟简，得一道斯宁。具仪光玉帛，送舞变咸英。黍稷良非贵，明德信惟馨。

肃和

至矣坤德,皇哉地祇。开元统纽,合大承规。九宫肃列,六典相仪。永言配命,长保无亏。

雍和

柔而能方,直而能敬。厚载以德,大亨以正。有涤斯牷—作牲,有馨斯盛。介兹景福,祚我休庆。

舒和

玉币牲牷分荐享,羽旄干戚递成容。一德惟宁两仪泰,三材保合四时邕。

顺和

阴祇协赞,厚载方贞。牲币具举,箫管备成。其礼惟肃,其德惟明。神之听矣,式鉴虔诚。

临高—作江台

高台暂俯临,飞翼耸轻音。浮光随日度,漾影逐波深。回眺周平野,开怀畅远襟。独此三休上,还伤千岁—作里心。

赋得蜀都

列宿光参—作舆井,分芒—作土跨梁岷。沉犀对江浦,驷马入城闉。英图多霸迹,历选有名臣。连骑簪缨满,含章词赋新。得上仙槎路,无待访严遵。

奉和咏日午

曦车日亭午,浮箭未移晖。日光无落照,树影正中围。草萎看稍靡,叶燥望疑稀。昼寝惭经笥,暂解入朝衣。

奉和望月应魏王教

层轩登皎月,流照满中天。色共梁珠远,光随赵璧圆。落影临秋扇,虚轮入夜弦。所欣东馆里,预奉西园篇。

咏花烛—作烛花

兰径香风满,梅梁暖日斜。言是东方骑,来寻南陌车。靥星临夜烛,眉月隐轻纱。莫言春稍晚,自有镇开花。

在陇头哭潘学—作博士

陇底嗟长别,流襟一恸君。何言幽咽所,更作死生分。转蓬飞不息,悲松断更闻。谁能驻征马,回首望孤坟。

奉和禁苑饯别应令

大藩初锡瑞,出牧迓皇京。暂以绿车重,言承朱传—作邸荣,舒桃临远骑,垂柳映京营。惠化宣千里,威风动百城。禁籞芳嘉—作春节,神襟饯送情。金筋催别景,玉琯—作管切离声。野花开更—作且落,山鸟哢还惊。微臣厕多幸,薄宦奉储明。钓台惭作赋,伊水滥闻笙。怀德良知久,酬恩识命轻。

和御史韦大夫喜霁之作

晴天度旅雁,斜影照残虹。野净余烟尽,山明—作开远色同。沙平寒水落,叶脆晚枝空。白简光朝橐,彤骖出禁中。息驾游兰坂,雕文折桂丛。无因轻羽扇,徒自仰仁风。

晚别乐记室彦

穷途属岁晚,临水忽分悲。抱影同为客,伤情共—作去此时。雾色侵虚牖,霜氛冷薄帷。举袂惨将别,停怀怅不怡。风严征雁远,雪暗去篷迟。他乡有岐路,游子欲何之。

伤始平李少府正己

劳息本相循,悲欢理自均。谁能免玄夜,惜尔正青春。迈德惟家宝,生才谅国珍。高文缀翡翠,茂学掩麒麟。述作纷无已,言谈妙入神。断肠虽累月,分手未盈旬。辅嗣俄长往,颜生即短辰。声华满昭代,形影委穷尘。禅草回中使,生刍引吊宾。同游秘府日,方驾直城闉。并拜黄图右,分曹清渭滨。风期嵇吕好,存殁范张亲。虚座怜—作怀王述,遗篇恸景纯。精灵与毫翰,千祀寿何人。

秋雁—作虞世南诗

日暮霜风急,羽翮转难任。为有传书意,

翩翩入上林。

句

　　神羊既不触,夕鸟欲依人。赠杜侍御。见《诗式》。

全唐诗卷三十三

于志宁

于志宁,字仲谧,高陵人。隋末有名。高祖入关,礼遇之。为太宗天策府从事中郎,侍从征伐,兼文学馆学士。太宗宴贵臣内殿,志宁以非三品,不至。上怪之,特令预宴,即加散骑常侍,为太子詹事。数有规谏。高宗朝,拜尚书左仆射,兼太子少师。集四十卷,今存诗一首。

冬日宴群公于宅各赋一字得杯

陋巷朱轩拥,衡门缇骑来。俱裁七步咏,同倾三雅杯。色动迎春柳,花发犯寒梅。宾筵未半一作半未醉,骊歌不用催。

令狐德棻

令狐德棻,宜州华原人。博涉文史,早知名。高祖入关,引直记室,转起居舍人,迁秘书丞。与侍中陈叔达等奉诏撰《艺文类聚》。奏请修历代史书,德棻修周史,仍总知类会梁、陈、齐、隋诸史。贞观中,累官礼部侍郎国子祭酒,兼崇贤馆学士。国家凡有修撰,无不参预。集三十卷,今存诗一首。

冬日宴于庶子宅各赋一字得趣

高门聊命赏,群英于此遇。放旷山水情,留连文酒趣。夕烟起林兰,霜枝殒庭树。落景虽已倾,归轩幸能驻。

封行高

封行高,观州蓨人,伦之兄子。以文学知名。贞观中,官至礼部郎中。诗一首。

冬日宴于庶子宅各赋一字得色

夫君敬爱重,欢言情不极。雅引发清音,丽藻穷雕饰。水结曲池冰,日暖平亭色。引满既杯倾,终之以弁侧。

杜正伦

杜正伦,相州洹水人。隋世重举秀才,天下不十人,而正伦与弟正玄、正藏俱擢弟,一门三秀才,为当时称美。太宗召直秦府文学馆。贞观元年,以魏徵荐,擢兵部员外郎,累迁中书侍郎,兼太子左庶子,参典机密。显庆中,拜中书令,贬横州刺史。集十卷,今存诗二首。

冬日宴于庶子宅各赋一字得节

李门余妄进,徐榻君恒设。清论畅玄言,雅琴飞白雪。寒云暖落景,朔风凄暮节。方欣投辖情,且驻当归别。

玄武门侍宴一作侍宴北门

大君端扆暇,睿赏狎林泉,开轩临禁籞,藉野列芳筵。参差歌管飐,容裔羽旗悬。玉池流若醴,云阁聚非烟。湛露晞尧日,熏风入舜弦。大德俟玄造,微物荷陶甄。谬陪瑶水宴,仍厕柏梁篇。阙名徒上月,邹辩讵谈天。既喜光华旦,还伤迟暮年。犹冀升中日,簪裾奉肃然。

岑文本

岑文本,字景仁,邓州人。沉敏有姿仪,博综经史,美谈论,善属文。贞观初,除秘书郎。上籍田、三元二颂,辞甚工。擢中书舍人,所草诏诰或繁凑,即命书童六七人,随口并写,须臾悉成。时中书侍郎颜师古以谴罢,太宗曰:"朕自举一人。"乃以授文本。先与令狐德棻撰周史,史论多出文本。及中成,封江陵县子,后拜中书令。集六十卷,今存诗四首。

奉和正一作元日临朝

时雍表昌运,日正叶灵符。德兼三代礼,功包四海图,逾沙纷在列,执玉俨相趋。清跸喧辇道,张乐骇天衢。拂蜺九旗映,仪凤八音殊。佳气浮仙掌,熏风绕帝梧。天文光七政,皇恩被九区。方陪瘗玉礼,珥笔岱山隅。

奉述飞白书势

六文开玉篆,八体曜银书。飞毫列锦绣,拂素起龙鱼。凤举崩云绝,鸾惊游雾疏。别有临池草,恩沾垂露余。

冬日宴于庶子宅各赋一字得平

金兰笃惠好,尊酒畅生平。既欣投辖赏,暂缓望乡情。爱景含霜晦,落照带风轻。于兹欢宴洽,宠辱讵相惊。

安德山池宴集 杨师道封安德公

甲第多清赏,芳辰命羽厄。书帷通行径,琴台枕槿篱。池疑夜壑徙,山似郁洲移。雕楹网萝薜,激濑合塪篪。鸟戏翻新叶,鱼跃动清漪。自得淹留趣一作起,宁劳攀桂枝。

刘洎

刘洎,字思道,荆州江陵人。初授都督府长史。贞观中,拜给事中,转治书侍御史。性疏峻,敢言。累官散骑常侍。太宗尝宴群臣,赐飞白字,或乘酒争取于帝手,洎登御座,引手得之。帝笑曰:"昔闻婕妤辞辇,今见常侍登床。"后迁侍中,被谮赐死。集十卷,今存诗一首。

安德山池宴集

平阳擅歌舞,金谷盛招携。何如兼往烈,会赏叶幽栖。已均朝野致,还欣物我齐。春晚花方落,兰深径渐迷。蒲新节尚短,荷小盖犹低。无劳拂长袖,直待夜乌啼。

褚遂良

褚遂良,字登善,亮之子。博涉文史,尤工隶书。贞观中起居郎,召令侍书,迁谏议大夫,累官黄门侍郎,参综朝政。谏奏多所采纳,晋中书令。永徽初,出为同州刺史,征拜吏部尚书,进尚书右仆射。以谏立武昭仪贬卒。集二十卷,今存诗一首。

安德山池宴集

伏栎丹霞外,遮园焕景舒。行云泛层阜,蔽月下清渠。亭中奏赵瑟,席上舞燕裾。花落春莺晚,风光夏叶初。良朋比兰蕙,雕藻迈琼琚。独有狂歌客,来承欢宴余。

杨续

杨续,师道之兄。有辞学。贞观中,为郢州刺史。诗一首。

安德山池宴集

狭斜通凤阙,上路抵青楼。簪绂启宾馆,轩盖临御沟。西城多妙舞,主第出名讴。列峰疑宿雾,疏壑拟藏舟。花蝶辞风影,蘋藻含春流,酒阑高宴毕,自反山之幽。

刘孝孙

刘孝孙,荆州人。弱冠知名。与虞世南、蔡君和、孙德绍、庾抱、庾自直、刘斌等登临山水,结为文会。武德初,历虞州录事参军,补文学馆学士。贞观中,迁太子洗马。撰《古今诗苑》四十卷,集三十卷,今存诗七首。

游清都观寻沈道士得仙字

纷吾因暇豫,行乐极留连。寻真谒紫府,披雾觐青天。缅怀金阙外,遐想玉京前。飞轩俯松柏,抗殿接云烟。滔滔清夏景,嘒嘒早秋蝉。横琴对危石,酌醴临寒泉。聊祛尘俗累,宁希龟鹤年。无劳生羽翼,自可狎神仙。

早发成皋望河

清晨发岩邑,车马走辚辕。回瞰黄河上,惝恍屡飞魂。鸿流遵—作导积石,惊浪下龙门。仙槎不辨处,沉璧想犹存。远近洲渚出,飒沓凫雁喧。怀古空延伫,叹逝将何言。

游灵山寺

吾王游胜地,骖驾历祇园。临风画角愤,耀日采旗翻。永怀筌了义,寂念启玄门。深溪穷地脉,高嶂接云根。信美谐心赏,幽邃—作桂且攀援。曳裾欣扈从,方悟屏尘喧。

冬日宴于庶子宅各赋一字得鲜

解襟游胜地,披云促宴筵。清文振笔妙,高论写言泉。冻柳含风落,寒梅照日鲜。骊歌虽欲奏,归驾且留连。

送刘散员同赋陈思王诗游人久不归—作贺朝诗,又作贺朝清

乡关渺天末,引领怅怀归。羁旅久淹滞,物色屡芳菲。稍觉私意尽,行看蓬鬓衰。如何千里外,伫立沾裳衣。

咏笛

凉秋夜笛鸣,流风韵—作咏九成。调高时慷慨,曲变或凄清。征客怀离绪,怜人思旧情。幸以知音顾—作故,千载有奇—作高声。

赋得春莺送友人

流莺拂绣羽,二月上林期。待雪消金禁,衔花向玉墀。翅掩飞燕舞,啼恼婕妤悲。料取金闺意,因君问所思。—本下四句倒在上,又作贺朝诗,分作二首。

陆敬—作凌敬

陆敬,仕窦建德为祭酒。秦王军武牢,敬说建德自太行上党进,乘唐之虚以取山北,建德不从,以及于败,后归唐。集十四卷,今存诗四首。

巫山高

巫岫郁岧峣,高高入紫霄。白云抱—作间危—作抱石,玄猿挂迥—作迥挂条。悬崖激巨浪,脆叶陨惊飙。别有阳台处,风雨共飘飖。

游隋故都

洛城聊顾步,长想遂留连。水斗宫初毁,风变鼎将迁。皋陶德不建,汾隅祀忽焉。宗祊旷无象,声朔缅谁传。枌榆何冷落,禾黍郁芊绵。悲歌尽商颂,太息悯周篇。来苏仁圣德,濡足乃乘乾。正始淳风被,人劳用息肩。舞象文思泽,偃伯武功宣。则百昌厥后,于万永斯年。兹辰素商节,灰管变星躔。平原悴秋草,乔木敛寒烟。翻黄坠疏叶,凝翠积高天。参差海曲雁,寂寞柳门蝉。兴悼今如此,悲愁复在

斾。彷徨不忍去,杖策屡回邅。

游清都观寻沈道士得都字

聊排灵琐闼,徐步入清都。青溪冥寂士,思玄徇道枢。十芒生药笥,七焰发丹炉。缥帙桐君录,朱书王母符。宫槐散绿穗,日槿落青柎。矫翰雷门鹤,飞来叶县凫。凌风自可御,安事追中区。方追羽化侣,从此得玄珠。

七夕赋咏成篇

凤驾鸣鸾启闺闱,霓裳遥裔俨天津。五明霜纨开羽扇,百和香车动画轮。婉娈夜分能几许,靓妆冶服为谁新。片时欢娱自有极,已复长望隔年人。

沈叔安

沈叔安,官刑部尚书。武德七年,遣使高丽。后为潭州都督,图形凌烟阁。集二十卷,今存诗一首。

七夕赋咏成篇

皎皎宵月丽秋光,耿耿天津横复长。停梭且复留残纬,拂镜及早更新妆。彩凤齐驾初成辇,雕鹊填河已作梁。虽喜得同今夜枕,还愁重空明日床。

何仲宣宣一作谊

何仲宣,武德、贞观间人。诗一首。

七夕赋咏成篇

日日思归勤理鬓,朝朝伫望懒调梭。凌风宝扇遥临月,映水仙车远渡河。历历珠星疑拖珮,冉冉云衣似曳罗。通宵道意终无尽,向晓离愁已复多。

赵中虚

赵中虚,贞观中人。诗一首。

游清都观寻沈道士得芳字

青溪阻千仞,姑射藐汾阳。未若游兹境,探玄众妙场。鹤来疑羽客,云泛似霓裳。寓目虽灵宇,游神乃帝乡。道存真理得,心灰俗累忘。烟霞凝抗殿,松桂肃长廊。早蝉清暮响,崇兰散晚芳。即此翔寥廓,非复控榆枋。

杨濬

杨濬,贞观时人。诗一首。

送刘散员赋得陈思王诗明月照高楼

高楼一何绮,素月复流明。重轩望不极,余晖揽讵盈。镜华当牖照,钩影隔帘生。逆愁异尊酒,对此难为情。

全唐诗卷三十四

杨师道

杨师道,字景猷,华阴人,隋宗室也。清警有才思。入唐,尚桂阳公主,封安德郡公。贞观中,拜侍中,参豫朝政,迁中书令,罢为吏部尚书。师道善草隶,工诗,每与有名士燕集,歌咏自适。帝每见其诗,必吟讽嗟赏。后赐宴,帝曰:"闻公每酣赏,捉笔赋诗,如宿构者,试为朕为之。"师道再拜,少选辄成,无所窜定,一座嗟伏。卒谥曰懿。集十卷,今编诗一卷。

陇头水

陇头秋月明,陇水带关城。笳添离别曲,风送断肠声。映雪峰犹暗,乘冰马屡惊。雾中寒雁至,沙上转蓬轻。天山传羽檄,汉地急征兵。阵开都护道,剑聚伏波营。于兹觉无渡_{一作度},方共濯胡缨。

中书寓直咏雨简褚起居上官学士

云暗苍龙阙,沉沉殊未开。窗临凤凰沼,飒飒雨声来。_{洪迈以此四句为绝句}电影入飞阁,风威凌吹台。长檐响奔溜,清簟肃浮埃。早荷叶稍没,新篁枝半摧。兹晨怅多绪,怀友自难裁。况复重城内,日暮独装回。玉阶良史笔,金马掞天才。高甍通散骑,复道驾蓬莱。思君赠桃李,于此冀琼环。

阙题_{见玉台后集}

汉家伊洛九重城,御路浮桥万里平。桂户雕梁连绮翼,虹梁绣柱映丹楹。朝光欲动千门曙,丽日初照百花明。燕赵蛾眉旧倾国,楚宫腰细本传名。二月桑津期结伴,三春淇水逐关情。兰丛有意飞双蝶,柳叶无趣隐啼莺。扇里细妆将夜并,风前独舞共花荣。两鬓百万谁论价,一笑千金判是轻。不为披图来侍寝,非因主第奉身迎。羊车讵畏青门闭,兔月今宵照后庭。

初秋夜坐应诏
　　玉琯凉初应，金壶夜渐阑。沧池流稍洁，仙掌露方漙。雁声风处断，树影月中寒。爽气长空净，高吟觉思宽。

赋终南山用风字韵应诏
　　眷—作睿言怀隐逸，辍驾践幽丛。白云飞夏雨，碧岭横—作冠春虹。草绿长杨路，花疏五柞宫。登临日将晚，兰桂起香风。

咏饮马应诏
　　清晨控龙马，弄影出花林。躞蹀依春涧，联翩度碧浔。苔流染丝络，水洁写雕簪—作调音。一御瑶池驾，讵忆长城阴。

初宵看婚
　　洛城花烛动，戚里画新蛾。隐扇羞应惯，含情愁已多。轻啼湿红粉，微睇转横波。更笑巫山曲，空传暮雨过。

侍宴赋得起坐弹鸣琴二首—作杨希道诗
　　北林鹊夜飞，南轩月初进。调弦发清徵，荡心祛褊吝。变作离鸿声，还入思归引。长叹未终极，秋风飘素鬓。

　　丝传园客意，曲奏楚妃情。罕有知音者，空劳流水声。

咏琴—作杨希道诗
　　久擅龙门质，孤辣峄阳名。齐蛾初发弄，赵女正调声。嘉客勿遽反，繁弦曲未成。

咏笙—作杨希道诗
　　短长插凤翼，洪细摹鸾音。能令楚妃叹，复使荆王吟。切切孤竹管，来应云和琴。

应诏咏巢乌
　　桂树春晖满，巢乌刷羽仪。朝飞丽城上，夜宿碧林陲。背风藏密叶，向日逐疏枝。仰德还能哺，依仁遂可窥。惊鸣雕辇侧，王吉自相知。

奉和夏日晚景应诏
　　辇路夹垂杨，离宫通建章。日落横峰影，云归起夕凉。雕轩动流吹，羽盖息回塘。薙草生还绿，残花落—作疏尚香。青岩类姑射，碧涧似汾阳。幸属无为日，观娱尚—作方未央。

奉和圣制春日望海
　　春山临渤海，征旅辍晨装，回瞰卢龙塞，斜瞻肃慎乡。洪波回地轴，孤屿映云光。落日惊涛上，浮天骇浪长。仙台隐螭驾，水府泛鼋梁。碣石朝烟灭，之罘归雁翔。北巡非汉后，东幸异秦皇。骞旗—作旌羽林客，跋距少年场。龙—作电击驱辽水，鹏飞出带方。将举青丘缴，安访白霓裳。

春朝闲步
　　休—作偃沐乘闲豫，清晨步北林。池塘藉芳草，兰芷袭幽衿。雾中分晓日，花里弄春禽。野径香恒满，山阶笋屡侵。何须命轻盖，桃李自成阴。

还山宅
　　暮春还旧岭，徒倚玩年华。芳草无行径，空山正落花。垂藤扫幽石，卧柳碍浮槎。鸟散茅檐静，云披涧户斜。依然此泉路，犹是昔烟霞。

咏马
　　宝马权奇出未央，雕鞍照曜紫金装。春草初生驰上苑，秋风欲动戏—作醉长杨。鸣珂屡度章台侧，细蹀经—作径向灌龙傍。徒令汉将连年去，宛城今已献—作臧名—作明王。

奉和咏弓
　　霜重麟胶劲，风高月影圆。乌飞随帝辇，雁落逐鸣弦。

咏砚
　　圆池类璧水，轻翰染烟华。将军欲定远，见弃不应赊。

奉和正日临朝应诏

皇猷被寰宇,端扆属元辰。九重丽天邑,千门临上春。

咏舞—作杨希道诗

二八如回雪,三春类早花。分行向烛转,一种逐风斜。

全唐诗卷三十五

许敬宗

许敬宗,字延族。杭州新城人,善心子也。隋时官直谒者台奏通事舍人事。入唐,为著作郎,兼修国史。寻贬洪州司马,累转给事中。复修史,迁太子右庶子。高宗即位,擢礼部尚书。历侍中、中书令、右相,卒谥曰缪。集八十卷,今编诗二十七首。

奉和执契静三边应诏

玄塞隔阴戎,朱光分昧谷。地游穷北际,云崖尽西陆。星次绝轩台,风徽乖禹服。寰区无所外,天覆今咸育。窜苗犹有孽,戮负自贻辜。疏网娇鲵漏,盘数怪禽逭。鷮飞尚假息,乳视暂稽诛。乾灵振玉弩,神略运璇枢。日羽廓游气,天阵清华野。升晅光西夜,驰恩溢东泻。挥袂静昆炎,开关纳流赭。锦轺凌右地,华缨鞲大夏。清台映罗叶,玄沚控瑶池。驼—作駛鹿输珍赆,树羽飨来仪。辍饷观化宇—作雨,栖簴萃条支。熏风交阆阙,就日泛蒙汜。充庭延饮至,绚简敷春藻。迎姜已创图,命力方论道。昔托游河乘,再备商山皓。欣逢德化流,思效登封草。

奉和行经破薛举战地应制

混元分大象,长策挫修鲸。于斯建宸极,由此创鸿名。一戎乾宇泰,千祀德流—作化清。垂衣凝庶绩,端拱铸群生。复整瑶池驾,还临官渡营。周游寻曩迹,旷望动天情。帷宫面丹浦,帐殿瞩宛城。房场栖九穗,前歌被六英。战地甘泉涌,阵处景云生。普天沾凯泽,相携欣颂平。

奉和入潼关

曦驭循黄道,星陈引翠旗。济潼纡万乘,临河耀六师。前旌弥陆海,后骑发通伊。势逾回地轴,威盛转天机。是节岁穷纪,关树荡凉飔。仙露含灵掌,瑞鼎照川湄。冲襟赏临眺,高咏入京畿。

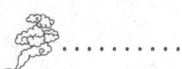

奉和春日望海

韩夷愈奉贶,凭险乱天常。乃神弘庙略,横海剪吞航。电—作雷野清玄菟,腾笳振白狼。连云飞巨舰,编石架浮梁。周游临大壑,降望极遐荒。桃门通山抃,蓬渚降霓裳。惊涛含蜃阙,骇流掩晨光。青丘绚春组,丹谷耀华桑。长驱七萃卒,成功百战场。俄且旋戎路,饮至肃岩廊。

奉和元日应制

天正开初节,日观上重轮。百灵滋景祚,万玉—作土庆惟新。待旦敷玄造,韬旒御紫宸。武帐临光宅,文卫象钩陈。广庭扬九奏,大帛丽三辰。发生同化育,播物体陶钧。霜空澄晓气,霞景莹—作荣芳春。德辉贾率上,相贺奉还淳。

奉和初春登楼即目应诏

旭日临重壁,天眷极中京。春晖发芳甸,佳气满层城。去鸟随看没,来云逐望生。歌里非—作霏烟飏,琴上凯风清。文波浮镂槛,摛景焕雕楹。璇玑体宽政,隆栋象端衡。创—作文规虽有作,凝拱遂无营。沐恩空改鬓,将何谢夏—作厦成。

奉和秋日—作月即目应制

玉露交珠网,金风度绮钱。昆明秋景淡,岐岫落霞然。辞燕归寒海,来鸿出远天。叶动罗帷飐,花映绣裳鲜。规空升暗魄,笼野散轻烟。鹄度林光起,凫没水文圆。天机络秋纬,如管奏寒蝉。乃眷情何极,宸襟豫有旃。

奉和秋暮言志应制

秋深桂初发,寒窗菊余菲。波拥群凫至,秋飘朔雁归。月荚生还落,云枝似复非。凝宸阅栖亩,观文仁少微。圣敬韬前哲,先天谅不违。

奉和喜雪应制

嵚州表奇贶—作观,闵竹应遐巡。何如御京洛,流霰下天津。忽若琼林曙,俄同李径春。姑峰映仙质,郢路杂歌尘。伏槛观花瑞,称觞庆冬积。飘河共泻银,委树还重璧。连山分掩翠,绵霄远韬碧。千里遍浮空,五韧咸沦迹。机前辉裂素,池上伴—作伴凌波。腾华承玉宇,凝照混金蛾。是日松筠性,欣奉—作奏柏梁歌。

奉和登陕州城楼应楼

抱河澄绿宇,御沟映朱宫。辰旂翻丽景,星盖—作罕曳雕虹。学噸齐柳嫩,妍笑发春丛。锦鳞文碧浪,绣羽绚青空。眷念三阶静,遥想二南风。

游清都观寻沈道士得清字

幽人蹈箕颍,方士访蓬瀛。岂若逢真气,齐契体无名。既诠众妙理,聊畅远游情。纵心驰贝阙,怡神想玉京。或命余杭酒,时听洛滨笙。风徊通阆苑,星使下层城。蕙帐晨飙动,芝房夕露清。方叶栖迟趣,于此听钟声。

奉和七夕宴悬圃应制二首

牛闺临浅汉,鸾驷涉秋河。两怀萦别绪,一宿庆停梭。星模铅里靥,月写黛中蛾。奈许今宵度,长婴离恨多。

婺闺期今夕,蛾轮泛浅潢。迎秋伴暮雨,待暝合神光。荐寝低云鬓,呈态解霓裳。喜中愁漏促,别后怨天长。

奉和仪鸾殿早秋应制

睿想追嘉豫,临轩御早秋。斜晖丽粉壁,清吹肃朱楼。高殿凝阴满,雕窗艳曲流。小臣参广宴,大造谅难酬。

奉和咏雨应诏

舞商初赴节,湘燕远迎秋。飘丝交殿网,乱滴起池沤。激溜分龙阙,斜飞洒凤楼。崇朝方浃宇,宸盼俯凝旒。

奉和过慈恩寺应制

凤阙邻金地,龙旂拂宝台。云楣将叶并,风牖送花来。月宫清晚桂,虹梁绚早梅。梵境留宸瞩,掞发丽天才。

冬日宴于庶子宅各赋一字得归

倦游嗟落拓,短翮慕追飞。周醑忽同醉,牙弦乃共挥。油云澹寒色,落景霭霜霏。累日方投分,兹夕谅无归。

送刘散员同赋得陈思王诗山树郁苍苍

乔木托危岫,积翠绕连冈。叶疏犹漏影,花少未流芳。风来闻肃肃,雾罢见苍苍。此中饯行迈,不异上河梁。

侍宴莎册宫应制得情字

三星希曙景,万骑翊天行。葆羽翻风队,腾吹掩山楹。暖日晨光浅,飞烟旦彩轻。塞寒桃变色,冰断箭流声。渐奏长安道,神皋动睿情。

奉和过旧宅应制

飞云临紫极,出震表青光。自尔家寰海,今兹返帝乡。情深感代国,乐甚宴谯方。白水浮佳气,黄星聚太常。岐凤鸣层阁,酆雀贺雕梁。桂山犹总翠,蘅薄尚流芳。攀鳞有遗皓,沐德抃称觞。

奉和宴中山应制

飞云旋碧海,解网宥青丘。养贤一作更停八骏,观风驻五牛。张乐临尧野,扬麾历舜州。中山献仙酤,赵媛发清讴。塞门朱雁入,郊薮紫麟游。一举氛霓静,千龄德化流。

奉和圣制登三台言志应制

中天表云树,载极耸昆楼。圣作规玄造,轩阿复聿修。高门符令节,形胜总神州。企翼抟禽萃,飞甍燕雀游。缀星罗百拱,绿汉转三休。旦云生玉舃,初月上银钩。妙管含秦凤,仙姿丽斗牛。形言防处逸,粹藻发嘉猷。荷生无以谢,尽瘁竟何酬。

安德山池宴集

戚里欢娱地,园林瞩望新。山庭带芳杜,

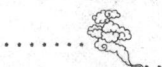

歌吹叶阳春。台榭疑巫峡,荷藁似洛滨。风花萦少女,虹梁聚美人。宴游穷至乐,谈笑毕良辰。独叹高阳晚,归路不知津。

奉和圣制送来济应制

万乘腾镳警岐路,百壶供帐饯离宫。御沟分水声难绝,广宴当歌曲易终。兴言共伤千里道,俯迹聊示五情同。良哉既深留帝念,沃化方有赞天聪。

七夕赋咏成篇

一年抱怨嗟长别,七夕含态始言归。飘飘罗袜光天步,灼灼新妆鉴月辉。情催巧笑开星靥,不惜呈露解云衣。所叹却随更漏尽,掩泣还弄昨宵机。

拟江令于长安归扬州九日赋

本逐征鸿一作蓬去,还随落叶来。菊花应未满,请一作许待诗人开。

同前拟

游人倦蓬转,乡思逐雁来。偏想临潭菊,芳蕊对谁开。

李义府

李义府,瀛州饶阳人。对策擢第,补门下省典仪,寻除监察御史、太子舍人。与司议郎来济俱以文翰见知,时称来李。尝献承华箴,预撰《晋书》。高宗嗣位,迁中书舍人,以赞立武昭仪,擢中书侍郎,晋中书令。怙宠稔恶,长流嶲州。存诗八首。

和边城秋气早

金微凝素节,玉律应清葭。边马秋声急,征鸿晓阵斜。关树凋凉叶,塞草落寒花。雾暗长川景,云昏大漠沙。溪深路难越,川平望超忽。极望断烟飘,遥落惊蓬没。霜结龙城吹,水照龟林月。日色夏犹冷,霜华春未歇。睿作高紫宸,分明映玄阙。

招谕有怀赠同行人一作李义诗

远游冒艰阻,深入劳存谕。春去辞国门,

秋还在边戍。轩车行未返,节序催难驻。陌上悲转蓬,园中想芳树。蜀山自纷纠,岷水恒奔注。临泛多苦怀,登攀寡欢趣。永夕飞淫雨,崇朝蒸毒雾。不求绥岭桃,宁美邛乡蒟。白狼行欲静,骢马何常驱。 唐韵,区遇切。或改为驻,误。愿接轺輧尘,联翩东北骛。

宣正殿芝草

明王郭孝感,宝殿秀灵芝。色带朝阳净,光涵雨露滋。且标宣德重,更引国恩施。圣祚今无限,微臣乐未移。

咏鹦鹉

牵弋辞重海,触网去层峦。戢翼雕笼际,延思彩霞端。慕侣朝声切,离群夜影寒。能言殊可贵,相助忆长安。

在巂州遥叙封禅

天齐标巨镇,日观启崇期。岩峣临渤澥,隐嶙控河沂一作湄。眺迥分吴乘,凌高属汉祠。《纪事》无眺迥二句。建岳诚为长,升功谅在兹。帝猷符广运,玄范畅文思。飞声总地络,腾一作载,一作载化抚乾维。瑞策开珍凤,祯图荐宝龟。创封超昔夏,修禅掩前姬。《纪事》无创封二句。东后方肆觐,西都导六师。肃一作返驾移星苑,扬罕驭风司。沸鼓喧平陆,凝跸静通逵。汶阳驰月羽,蒙阴警一作惊电麾一作辀。岩花飘曙苹,峰叶荡春旗。石间环藻卫,金坛映黼帷。仙阶溢秘柜,灵检耀祥芝。张乐分韶濩,观礼纵华夷。佳气浮丹谷,荣光泛绿坻。《纪事》无张乐以下四句。三始贻遐贶,万岁受重釐。菲一作非质陶恩奖,趋迹奉轩墀。触网沦幽裔,乘徼限明时。周南昔已叹,邛西今复悲。

堂堂词二首 万首绝句题作题美人

镂月成一作为歌扇,裁云作舞衣。自怜回雪影,好取洛川归。

懒整鸳鸯被,羞褰玳瑁床。春风别有意,密处也寻香。

咏乌

日里飏朝彩,琴中伴夜啼。上林如许一作多少树,不借一枝栖。《纪事》云:义府初遇,以李大亮、刘洎之荐,太宗召令咏乌云云。帝曰:"与卿全树,何止一枝。"

全唐诗卷三十六

虞世南

虞世南,字伯施,余姚人。沉静寡欲,精思读书,至累旬不盥栉。文章婉缛,见称于仆射徐陵,由是有名。在隋,官秘书郎,十年不徙。入唐,为秦府记室参军,迁太子中舍人。太宗践祚,历弘文馆学士、秘书监。卒谥文懿。太宗称其德行、忠直、博学、文词、书翰为五绝。手诏魏王泰曰:"世南当代名臣,人伦准的,今其云亡,石渠、东观中无复人矣。"集三十卷,今编诗一卷。

从军行二首一作拟古

涂山烽候惊一作警,弭节度龙城。冀马楼兰将,燕犀上谷兵。剑寒花不落,弓晓月逾明。凛凛严霜节,冰壮黄河绝。蔽日卷征蓬,浮天散飞雪。全兵值月满,精骑乘胶折。结发早驱驰,辛苦事旌麾。马冻重关冷,轮摧九折危。独有西山将,年年属数奇。

烽一作燧火发金微一作徽,连营出武威。孤城塞云起,绝阵虏尘飞。侠客吸龙剑,恶少缦胡衣。朝摩骨都垒,夜解谷蠡围。萧关远无极,蒲海广难依。沙磴离旌断,晴川候马归。交河梁已毕,燕山旆欲挥一作正飞。方知万里相,侯服见一作有光辉。

拟饮马长城窟

驰马渡河干,流深马渡难。前逢锦车使,都护在楼兰。轻骑犹衔勒,疑兵尚解鞍。温池下绝涧,栈道接危峦。拓地勋未一作方赏,亡城律岂宽。有月关犹暗,经春陇尚寒。云昏无复影,冰合不闻湍。怀君不可遇,聊持报一餐。

出塞

上将三略远,元戎九命尊。缅怀古人节,思酬明主恩。山西多勇气,塞北有游魂。扬桴一作鞭上陇坂,勒骑下平原。誓将绝沙漠,悠然去玉门。轻赍不遑舍,惊策骛戎轩。凛凛边风急,萧萧征马烦。雪暗天山道,冰塞交河源。

雾锋黯无色，霜旗冻不翻。耿介倚长剑，日落风尘昏。

结客少年场行

韩魏多奇节，倜傥遗声利。共矜然诺心—作情，各负纵横志—作意。结交一言重，相期千里至。绿沉明月弦，金络浮云辔。吹箫入吴市，击筑游燕肆。寻源博望侯，结客远相求。少年怀—作垂一顾，长驱背陇头。焰焰戈霜动，耿耿剑虹浮。天山冬夏雪，交河南北流，云—作风起龙沙暗，木落雁门秋。轻生殉知己，非是为身谋。

怨歌行

紫殿秋风冷，雕甍落—作白日沉。裁纨凄断曲，织素别—作引离心。掖庭羞—作若改画，长门不惜金。宠移恩稍薄，情疏恨转深。香销翠羽帐，弦断凤凰琴。镜前红粉歇，阶上绿苔侵。谁言掩歌扇，翻作白头吟。

中妇织流黄

寒闺织素锦，含怨敛双蛾。综新交缕涩，经脆断丝多。衣香逐举袖，钏动应鸣梭。还恐裁缝罢，无信达交河。

门有车马客

陈遵—作财雄重交结，田蚡—作咸里擅豪华。曲台临上路，高轩—作门抵挟斜。赭汗千金马，绣轴—作毂五香车。白鹤随飞盖，朱鹭入鸣笳。夏莲开剑水，春桃发绶—作露花。高谈辩飞兔—作轻裾染回雪，摘藻握灵蛇—作浮蚁泛流霞。逢恩出毛羽—作借羽翼，失路委泥沙。暖暖风烟晚，路长归骑远。日斜青琐第，尘飞金谷苑。危弦促柱奏巴渝，遗簪堕珥解罗襦。如何守直道，翻使谷名愚。

飞来双白鹤

飞来双白鹤，奋翼远凌烟。俱栖集紫盖，一举背青田。扬影过伊洛，流声入管弦。鸣群—作俦倒景外，刷羽阆风前。映海疑浮雪，拂涧泻飞泉。燕雀宁知去，蜉蝣不识还。何言别俦侣，从此间山川。顾步已相失，裴回各—作反自怜。危心犹警露，哀响讵闻天。无因振六翮，轻举复随仙。

奉和幽山雨后应令

肃城邻上苑，黄山迩桂宫。雨歇连峰翠，烟开竟野通。排虚翔戏鸟，跨水落长虹。日下林全暗，云收岭半空。山泉鸣石涧，地籁响岩风。

赋得吴都

画野通淮泗，星躔应斗牛。玉牒宏图表，黄旗美气浮。三分开霸业，万里宅神州。高台临茂苑，飞阁跨澄流。江涛如素盖，海气似朱楼。吴趋自有乐，还似镜中游。

赋得慎罚

帝图光往册，上德表鸿名。道冠二仪始，风高三代英。乐和知化洽，讼息表刑清。罚轻犹在念，勿喜尚留情。明慎全无枉，哀矜在好生。五疵过亦察，二辟理弥精。纆巾示廉耻，嘉石务详平。每削繁苛性，常深恻隐诚。政宽思济猛，疑罪必从轻。于张惩不滥，陈郭宪无倾。刑措谅斯在，欢然仰颂声。

奉和咏日午

高天净秋色，长汉转曦车。玉树阴初正，桐圭影未斜。翠盖飞圆彩，明镜发轻花。再中良表瑞，共仰璧晖赊。

发营逢雨应诏

豫游欣胜地，皇泽乃先—作光天。油云阴御道，膏雨润公田。陇麦沾逾翠，山花湿更然。稼穑良所重，方复悦丰年。

赋得临池竹应制

葱翠梢云质，垂彩映清池。波泛含风影，流摇防露枝。龙鳞漾岿谷，凤翅拂涟漪。欲识凌冬性，唯有岁寒知。

侍宴应诏赋韵得前字

芬芳禁林晚，容与桂舟前。横空一鸟度，

照水百花然。绿野明斜日,青山澹晚烟。滥陪终宴赏,握管类窥天。

侍宴归雁堂

歌堂面渌水,舞馆接金塘。竹开霜后翠,梅动雪前香。凫归初命侣,雁起欲分行。刷羽同栖集,怀恩愧稻粱。

凌晨早朝

万瓦宵光曙,重檐夕雾收。玉花停夜烛,金壶送晓筹。日晖青琐殿,霞生结绮楼。重门应启路,通籍引王侯。

奉和咏风应魏王教

逐舞飘轻袖,传歌共绕梁。动枝生乱影,吹花送远香。

初晴应教

初日明燕馆,新溜满梁池。归云半入岭,残滴尚悬枝。

春夜

春苑月裴回,竹堂侵夜开。惊鸟排林度,风花隔—作入水来。

咏舞

繁弦奏渌水,长袖转回鸾。一双俱应节,还似镜中看。

咏萤

的历流光小,飘飖弱翅轻。恐畏无人识,独自暗中明。

蝉

垂緌饮清露,流响出疏桐。居高声自远,非是藉秋风。

秋雁—作褚亮诗

日暮霜风急,羽翮转难任。为有传书意,联翩入上林。

奉和月夜观星应令

此以下诗皆在隋时所作。

早秋炎景暮,初弦月彩新。清风涤暑气,零露净嚣尘。薄雾销轻縠,鲜云卷夕鳞。休光灼前曜,瑞彩接重轮。缘情摛圣藻,并作命徐陈。宿草诚渝滥,吹嘘偶搢绅。天文岂易述,徒知仰北辰。

和銮舆顿戏下—作追从銮舆夕顿戏下应令

重轮侬紫极,前耀奉丹霄。天经恋宸扆,帝命扈仙镳。乘星开鹤禁,带月下虹桥。银书含晓色,金辂转晨飙。雾澈轩营近,尘暗苑城遥。莲花分秀萼,竹箭下惊潮。抚己惭龙干,承恩集凤条。瑶山盛风乐,抽简荐徒谣。

奉和至寿春应令—作奉和长春宫应令

瑶山盛风乐,南巡务逸游。如何事巡抚,民瘼谅斯求。文鹤扬轻盖,苍龙饰桂舟。泛沫萦沙屿,寒渐拥急流。路指八仙馆,途经百尺楼。眷言昔游践,回驾且淹留。后车喧凤吹,前旌映彩旒。龙骖驻六马,飞阁上三休。调谐金石奏,欢洽羽觞浮。天文徒可仰,何以厕琳球。

奉和幸江都应诏

南国行周化,稽山秘夏图。百王岂殊轨,千载协前谟。肆觐遵时豫,顺动悦来苏。安流进玉轴—作画舸,戒道翼金吾。龙旌焕辰象,凤吹溢川涂。封唐昔敷锡,分陕被荆吴。沐道咸知让,慕义久成都。冬律初飞管,阳鸟正衔芦。严飙肃林薄,暖景澹江湖。鸿私浃幽远,厚泽润涸枯。虞琴起歌咏,汉筑动巴歈。多幸沾行苇,无庸类散樗。

奉和献岁宴宫臣

愿端初起节,长苑命高筵。肆夏喧金奏,重润响朱弦。春光催柳色,日彩泛槐烟。微臣同滥吹,谬得仰钧天。

奉和出颍至淮应令

良晨喜利涉,解缆入淮浔。寒流泛鹢首,霜吹响哀吟。潜鳞波里跃,水鸟浪前沉。邗沟非复远,怅望悦宸襟。

应诏嘲司花女

《隋遗录》曰:炀帝幸江都,洛阳人献合蒂迎辇花,帝令御车女袁宝儿持之,号司花女。时诏世南草勒于帝侧,宝儿注视久之。帝曰:"昔飞燕可掌上舞,今得宝儿,方昭前事,然多憨态,今注目于卿,卿可便嘲之。"世南为绝句。

学画鸦黄半未成,垂肩軃袖太憨生。缘憨却得君王惜,长把花枝傍辇行。

全唐诗卷三十七

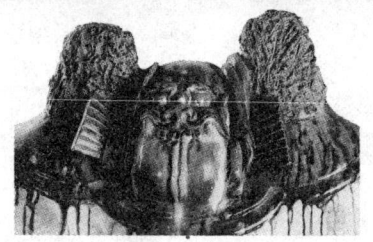

王绩

王绩,字无功,绛州龙门人,文中子之弟。隋末,授秘书省正字,不乐在朝,求为六合丞,嗜酒不任事,寻还乡里。唐高祖武德初,以前官待诏门下省。时太乐署史焦革家善酿,绩求为丞;革死,弃官归东皋著书,号东皋子。集五卷,今编诗一卷。

古意六首

幽人在何所,紫岩有仙躅。月下横宝琴,此外将安欲。材抽峄山干,徽点昆丘玉。漆抱蛟龙唇,丝缠凤凰足。前弹广陵罢,后以明光_{一作光明}续。百金买一声,千金传一曲。世无钟子期,谁知心所属。

竹生大夏溪,苍苍富奇质。绿叶吟风劲,翠茎犯霄密。霜霰封其柯,鹓鸾食其实。宁知轩辕后,更有伶伦出。刀斧俄见寻,根株坐相失。裁为十二管,吹作雄雌律。有用虽自伤,无心复招疾。不如山上草,离离保终吉。

宝龟尺二寸,由来宅深水。浮游五湖内,宛转三江里。何不深复深,轻然至溱洧。溱洧源流狭,春秋不濡轨。渔人递往还,网罟相萦藟。一朝失运会,剖肠血流死。丰骨输庙堂,鲜腴藉笾簋。弃置谁怨尤,自我招此否。余灵寄明卜,复来钦所履。

松生北岩下,由来人径绝。布叶捎云烟,插根拥岩穴。自言生得地,独负凌云洁。何时畏斤斧,几度经霜雪。风惊西北枝,雹陨东南节。不知岁月久,稍觉枝干折。藤萝上下碎,枝干纵横裂。行当糜烂尽,坐共灰尘灭。宁关匠石顾,岂为王孙折。盛衰自有时,圣贤未尝屑。寄言悠悠者,无为嗟大耋。

桂树何苍苍,秋来花更芳。自言岁寒性,不知露与霜。幽人重其德,徙植临前堂。连拳_{一作蜷}八九树,偃蹇二三行。枝枝自相纠,叶叶还相当。去来双鸿鹄,栖息两鸳鸯。荣荫诚不厚,斤斧亦勿伤。赤心许君时,此意那可忘。

彩凤欲将归,提罗出郊访。罗张大泽已,凤入重云飏。朝栖昆阆木,夕饮蓬壶涨。问凤那远飞,贤君坐相望。凤言荷深德,微禽安足尚。但使雏卵全,无令矰缴放。皇臣力牧举,帝乐箫韶畅。自有来巢时,明年阿阁上。

石竹咏

萋萋结绿枝,晔晔垂朱英。常恐零露降,不得全其生。叹息聊自思,此生岂我情。昔我未生时,谁者令我萌。弃置勿重陈,委化何足惊。

田—作山家三首—作王勣诗

阮籍生涯—作年,—作平懒,嵇康意气疏。相逢一醉饱,独坐数行书。小池聊养鹤,闲田且牧猪。草生元亮径,花暗子云居。倚床看妇织,登垄课儿锄。回头寻仙事,并是一空虚。

家住箕山下,门枕颍川滨。不知今有汉,唯言昔避秦。琴伴前庭月,酒劝后园春。自得中林士,何忝上皇人。

平生唯酒乐,作性不能无。朝朝访乡里,夜夜遣人酤。家贫留客久,不暇道精粗。抽帘持益炬,拔篲更燃炉。恒闻饮不足,何见有残壶。

赠李徵君大寿

孔淳辞散骑,陆昶谢中郎。幅巾朝帝罢,杖策去官忙。附车还赵郡,乘船向武昌。九徵书未已,十辟誉弥彰。副君迎绮季,天子送严光。灞陵幽径近,磻溪隐路长。编蓬还作室,绩草更为裳。会稽置樵处,兰陵卖药行。看书惟道德,开教止农桑。别有幽怀侣,由来高让王。前年辞厚币,今岁返寒乡。有书横石架,无毡坐土床。兰英犹足酿,竹实本无粮。涧松寒转直,山菊秋自香。管宁存祭礼,王霸重朝章。去去相随去,披裘骄盛唐。

山中叙志—本题上有未婚二字

物外知何事,山中无所有。风鸣静夜琴,月照芳春酒。直置百年内,谁论千载后。张奉—作凤娉贤妻,老莱藉嘉偶。孟光傥未嫁,梁鸿正须妇。

赠梁公

我欲图世乐,斯乐难可常。位大招讥嫌,禄极生祸殃。圣莫若周公,忠岂逾霍光。成王已兴谤,宣帝如负芒。范蠡何智哉,单舟戒轻装。疏广岂不怀,策杖还故乡。朱门虽足悦,赤族亦可伤。履霜成坚冰,知足胜不祥。我今穷家子,自言此见长。功成皆能退,在昔—作古谁灭亡。

薛记室收过庄见寻率题古意以赠

伊昔逢丧乱,历数闰当馀。豺狼塞衢路,桑梓成丘墟。余—作吾及尔皆亡,东西各异居。尔为背—作培风鸟,我为涸辙鱼。逮承云雷后,欣逢天地初。东川聊下钓,南亩试挥锄。资税幸不及,伏腊常有储。散诞时须酒,萧条懒向书。朽木不可雕,短翮将焉摅。故人有深契,过我蓬蒿庐。曳裾出门迎,握手登前除。相看非旧颜,忽若—作对接形骸疏。追道宿昔事,切切心相于。忆我少年时,携手游东渠。梅李夹两岸,花枝何扶疏。同志亦不多,西庄有姚徐。尝爱陶渊明,酌醴焚枯鱼。尝学公孙弘,策杖牧群猪。追念甫如昨,奄忽成空虚。人生讵能几,岁岁—作麋迫常不舒。赖有北山僧,教我以真如。使我视听遗,自觉尘累袪。何事须筌蹄,今已得兔鱼。旧游傥多暇,同此释纷拏。

晚年叙志示翟处士正师

弱龄慕奇调,无事不兼修。望气登重阁,占星上小楼。明经思待诏,学剑觅封侯。弃繻频北上,怀刺几西游。中年逢丧乱,非复昔追求。失路青门隐,藏名白社游。风云私所爱,屠博暗为俦。解纷曾霸越,释难颇存周。晚岁聊长想,生涯太若浮。归来南亩上,更坐北溪头。古岩多磐石,春泉足细流。东隅诚已谢,西景俱难收。无谓退耕近,伏念已经秋。庚桑逢处跪,陶潜见人—作吏羞。三晨宁举火,五月镇披裘。自有居常乐,谁知身世忧。

春日—作初春

前旦出园游,林华都未有。今朝下堂来—作望,池冰开已久。雪被—作避南轩梅,风催北庭柳。遥呼灶前妾,却报机中妇。年光恰恰来,满瓮营春酒。

采药

野情贪药饵,郊居倦蓬荜。青龙护道符,白犬游仙术。腰镰戊己月,负锸庚辛日。时时断嶂遮—作横,往往孤峰出。行披葛仙经,坐检神农—作农皇帙。龟蛇采二苓,赤白寻双术。地冻根难尽,丛枯苗易失。从容肉作名,薯蓣膏成质。家丰松叶酒,器贮参花蜜。且复归去来,刀圭辅衰疾。

在京思故园见乡人问

旅泊多年岁,老去不知回。忽逢门前客,道发故乡来。敛眉俱握手,破涕共衔杯。殷勤访朋旧,屈曲问童孩。衰宗多弟侄,若个赏池台。旧园今在否,新树也应栽。柳行疏密布,茅斋宽窄裁。经移何处竹,别种几株梅。渠当无绝水,石计总生苔。院果谁先熟,林花那后开。羁心只欲问,为报不须猜。行当驱下泽,去剪故园莱。

春桂问答二首

问春桂,桃李正芬—作芳华。年光随处满,何事独无花。

春桂答,春华讵能久。风霜摇落时,独秀君知不。

北山

旧知山里绝氛埃,登高日暮心悠哉。子平一去何时返,仲叔长游遂不来。幽兰独夜清琴曲,桂树凌云浊酒杯。槁项同枯木,丹心等死灰。

野望

东皋薄暮望,徙倚欲何依。树树皆秋—作春色,山山唯落晖。牧人驱犊返,猎马带禽归。相顾无相识,长歌怀采薇。

赠程处士

百年长扰扰,万事悉悠悠。日光随意落,河水任情流。礼乐囚姬旦,诗书缚孔丘。不如高枕枕—作上,时取醉消愁。

九月九日赠崔使君善为—本无下六字

野人迷节候,端坐隔尘埃。忽见黄花吐,方知素节回。映岩千段发,临浦万株开。香气徒盈把,无人送酒来。

独坐

问君樽酒外,独坐更何须。有客谈名理,无人索地租。三男婚令族,五女嫁贤夫。百年随分了,未羡陟方壶。

游仙四首

暂出东陂路,过访北岩前。蔡经新学道,王烈旧成仙。驾鹤来无日,乘龙去几年。三山银作地,八洞玉为天。金精飞欲尽,石髓溜应坚。自悲生世促,无暇待桑田。

上月芝兰径,中岩紫翠房。金壶新练乳,玉釜始煎香。六局黄公术,三门赤帝方。吹沙聊作鸟,动石试为羊。猴氏还程促,瀛洲会日长。谁知北岩—作阜下,延首咏霓裳。

结衣寻野路,负杖入山门。道士言无宅,仙人更有村。斜溪横桂渚,小径入桃源。玉床尘稍冷,金炉火尚温,心疑游北极,望似陟西昆。逆愁归旧里,萧条访子孙。

真经知那是,仙骨定何为。许迈心长切,嵇康命似奇。桑疏金阙迥,苔重石梁危。照水然犀角,游山费虎皮。鸭桃闻已种,龙竹未经骑。为向天仙道,栖遑君讵知。

策杖寻隐士

策杖寻隐士,行行路渐赊。石梁横涧断,土室映山斜。孝然纵一作疑有舍,威辇遂无家。置酒烧枯叶,披书坐落花。新垂滋水钓,旧结茂陵罝。岁岁长如此,方知轻世华。

赠学仙者

采药层城远,寻师海路赊。玉壶横日月,金阙断烟霞。仙人何处在,道士未还家。谁知彭泽意,更觅一作道步兵那一作邪。春酿煎松叶,秋杯浸菊花。相逢宁可醉,定不学丹砂。

黄颊山

别有青溪道,斜亘碧岩隈。崩榛横古蔓,荒石拥寒苔。野心长寂寞,山径本幽回。步步攀藤上,朝朝负药来。几看松叶秀,频值菊花开。无人堪作伴,岁晚独悠哉。

建德破后入长安咏秋蓬示辛学士一本无建德破后四字

遇坎聊知止,逢风或未归。孤根何处断,轻叶强能飞。

过酒家五首一作题酒店壁

洛阳无大宅,长安乏主人。黄金销未尽,只为酒家贫。

此日长昏饮,非关养性灵。眼看人尽醉,何忍独为醒。

竹叶连糟翠,蒲萄带曲红。相逢不令尽,别后为谁空。

对酒但知饮,逢人莫强牵。倚炉便得睡,横瓮足堪眠。

有客须教饮,无钱可别沽。来时长道贳,惭愧酒家胡一作壶。

夜还东溪

石苔应可践,丛枝幸易攀。青溪归路直,乘月夜歌还。

山中别李处士

为向东溪道,人来路渐赊。山中春酒熟,何处得停家。

初春

春来日渐长,醉客喜年光。稍觉池亭好,偏宜酒瓮香。

醉后

阮籍醒时少,陶潜醉日多。百年何足度,乘兴且长歌。

题酒店壁

昨夜瓶始尽,今朝瓮即开。梦中占梦罢,还向酒家来。

戏题卜铺壁

旦逐刘伶去,宵随毕卓眠。不应长卖卜,须得杖头钱。

尝春酒

野觞浮郑酌,山酒漉陶巾。但令千日醉,何惜两三春。

独酌

浮一作在生知几日,无状逐空名。不如多酿酒,时向竹林倾。

秋夜喜遇王处士

北场芸藿罢,东皋刈黍归。相逢秋月满,更值夜萤飞。

山夜调琴

促轸乘明月,抽弦对白云。从来山水韵,不使俗人闻。

看酿酒

六月调神曲,正朝汲美泉。从来作春酒,未省不经年。

食后

田家无所有,晚食遂为常。菜剪三秋绿,

飧炊百日黄。胡麻山䅺样,楚豆野穈方。始暴松皮脯,新添杜若浆。葛花消酒毒,蒬蒂发羹香。鼓腹聊乘兴,宁知逢世昌。

过汉故城

大汉昔未定,强秦犹擅场。中原逐鹿罢,高祖郁龙骧。经始谋帝坐,兹焉壮未央。规模穷栋宇,表里浚城隍。群后崇长乐,中朝增建章。钩陈被兰锜,乐府奏芝房。翡翠明珠帐,鸳鸯白玉堂。清晨宝鼎食,闲夜郁金香。天马来东道,佳人倾北方。何其赫隆盛,自谓保灵长。历数有时尽,哀平嗟不昌。冰坚成巨猾,火德遂颓纲。奥位匪虚校,贪天竟速亡。魂神吁社稷,豺虎斗岩廊。金狄移灞岸,铜盘向洛阳。君王无处所,年代几荒凉。宫阙谁家域,蓁芜冒我裳。井田唯有草,海水变为桑。在昔高门内,于今岐路傍。馀基不可识,古墓列成行。狐兔惊魍魉,鸱鸮吓獝狂。空城寒日晚,平野暮云黄。烈烈焚青棘,萧萧吹白杨。千秋并万岁,空使咏歌伤。

益州城西张超亭观妓——作卢照邻诗,一作王勃诗

落日明歌席,行云逐舞人。江南飞暮雨,梁上下轻尘。冶服看疑画,妆台望似春。高车勿遽返,长袖欲相亲。

咏妓——作王勃诗

娇姬饰靓妆,窈窕出兰房。日照当轩影,风吹满路香。早时歌扇薄,今日舞衫长。不应令曲误,持此试周郎。

辛司法宅观妓——作王勃诗

南国佳人至,北堂罗荐开。长裙随风管,促柱送鸾杯。云光身后荡,雪态掌中回。到愁金谷晚,不怪玉山颓。

咏巫山

电影江前落,雷声峡外长。霁云无处所,台馆晓苍苍。

咏怀

故乡行云是,虚室坐间同。日落西山暮,方知天下空。

句

琴曲唯留古,书多半是经。见《周氏涉笔》。

横裁桑节杖,直剪竹皮巾。鹤警琴亭夜,莺啼酒瓮春。颜回唯乐道,原宪岂伤贫。《被召谢病》。见《西清诗话》。

寄身千载下,聊游万物初。欲令无作有,翻觉实成虚。《独坐》。

双关防易断,只眼畏难全。鱼鳞张九拒,鹤翅拥三边。《围棋长篇》。见《韵语阳秋》。

全唐诗卷三十八

萧德言

萧德言,字文行,雍州长安人。贞观中著作郎,兼弘文馆学士。博涉经史,晚尤笃志于学。自昼达夜,略无休倦。每开五经,必束带盥濯,危坐对之。为春宫侍读,拜秘书少监。高宗以师傅恩,加银青光禄大夫。集三十卷,今存诗一首。

咏舞

低身锵玉珮,举袖拂罗衣。对檐疑燕起,映雪似花飞。

郑世翼—作郑翼

郑世翼,荥阳人。弱冠有盛名。武德中,历万年丞、扬州录事参军,数以言辞忤物。贞观中,坐怨谤,流巂州卒。集多遗失,今存诗五首。

过严君平古井

严平本高尚,远蹈古人风。卖卜成都市,流名大汉中。旧井改人世,寒泉久不通。年多既罢汲—作渫,无禽乃遂空。如何属秋气,唯见落双桐。

登北邙还望—作至京洛

步登北邙坂,踟蹰聊写望。宛洛盛皇居,规模穷大壮。三河分设险,两崤资巨防。飞观紫烟中,层台碧云上。青槐灰驰道,迢迢修且旷。左右多第宅,参差居将相。清晨谒帝返,车马相追访。胥徒各异流,文物纷殊状。嚣尘暗天起,箫管从风飏。伊余孤—作忠且直,生平独沦丧。山幽有桂丛,何为坐惆怅。

巫山高

巫山凌太清,岧峣类削成。霏霏暮雨合,霭霭朝云生。危峰入鸟道,深谷写猿声。别有幽栖客,淹留攀桂情。

看新婚

初笄梦桃李，新妆应标梅。疑逐朝云去，翻随暮雨来。杂珮含风响，丛花隔扇开。姮娥对此夕，何用久裴回。

见佳人负钱出路

独负千金价，应从买笑来。只持难发口，经为几人开。

崔信明

崔信明，青州益都人。博闻强记，下笔成章。大业中，令尧城，窦建德招之，不屈，去隐太行山。贞观中，应诏举。终秦川令。诗一首。

送金竟陵入蜀

金门去蜀道，玉垒望长安。岂言千里远，方寻九折难。西上君飞盖，东归我挂冠。猿声出峡断，月彩落江寒。从今与君别，花月几新残。

句

枫落吴江冷。《新唐书》云：信明褊傲自伐，尝谓过李百药，议者不许。郑世翼亦傲倨，数佻轻忤物，过信明江中，谓之曰："闻公有枫落吴江冷，愿见其余。"信明欣然，多出众篇。世翼览未终，曰："所见不逮所闻。"投诸水，引身去。

孔绍安

孔绍安，越州山阴人，陈尚书奂之子。少诵古文集数十万言，外兄虞世南叹异之。与词人孙万寿笃忘年好，时人称为孙孔。隋末，为监察御史。归唐，拜内史舍人。恩礼甚厚，尝诏撰梁史，未成而卒。有文集五十卷，今存诗七首。

侍宴咏石榴

《本传》云：大业末，高祖讨贼河东，绍安以监察御史为监军，深见接遇。及受禅，间行来奔。拜内史舍人。时夏侯端亦尝监高祖军，先绍安归朝，授秘书监。绍安因侍宴，咏石榴诗，时人称之。

可惜庭中树，移根逐汉臣。只为来时晚，花开不及春。

咏夭桃

结叶还临影，飞香欲遍空。不意余花落，翻沉露井中。

赠蔡君

畴昔同幽谷，伊尔迁乔木。赫奕盛青紫，讨论穷简牍。

结客少年场行

结客佩吴钩，横行度陇头。雁在弓前落，云从阵后浮。吴师惊燧象，燕将警奔牛。转蓬飞不息，冰河结未流。若使三边定，当封万户一作里侯。

伤顾学士

迢递双崤道，超忽三川湄。此中俱失路，思君不可思。游人行变橘，逝者遽焚芝。忆昔江湖上，同咏子衿诗。何言陵谷徙，翻惊邻笛悲。陈根非席卉，缌帐异书帷。与善成空说，歼良信在兹。今日严夫子，哀命不哀时。

别徐永元秀才

金汤既失险，玉石乃同焚。堕叶还相覆，落羽更为群。岂谓三秋节，重伤一作阳千里分。远离弦易转，幽咽水难闻。欲识相思处，山川间白云。

落叶一作孔德绍诗

早秋惊落叶，飘零似客心。翻飞未肯下，犹言惜故林。

谢偃

谢偃，卫县人，本姓直勒氏。仕隋为散从正员外。贞观初，应诏对策及第。驾幸东都，诏求直谏，偃极言得失，太宗称美，引为弘文馆直学士。为尘、影二赋甚工，尝奉诏撰述圣赋，又献惟皇诚德赋以申讽，时李百药工五言诗，偃善作赋，时人称为李诗、谢赋。出为湘潭令。

集十卷,今存诗四首。

踏歌词三首

春景娇春台,新露泣新梅。春叶参差吐,新花重叠开。花影飞莺去,歌声度鸟来。倩看飘烃雪,何如舞袖回。

逶迤度香阁,顾步出兰闺。欲绕鸳鸯殿,先过桃李蹊。风带舒还卷,簪花举复低。欲问今宵乐,但听歌声齐。

夜久星沉没,更深月影斜。裙轻才动珮,鬟薄不胜花。细风吹宝袂,轻露湿红纱。相看乐未已,兰灯照九华。

乐府新歌应教
郭茂倩《乐府》作新曲

青楼绮阁已含春,凝妆艳粉复如神。细细轻裙一作裾全漏影,离离薄扇讵障尘。樽中酒色恒宜满,曲里歌声不厌新。紫燕欲飞先绕栋,黄莺始啭即娇人。撩乱垂丝昏柳陌,参差浓叶暗桑津。上客莫畏斜光晚,自有西园明月轮。

蔡允恭

蔡允恭,荆州江陵人。有风采,善缀文。仕隋,历著作佐郎、起居舍人。炀帝属词赋,多令讽诵之。入唐,为文学馆学士。贞观初,除太子洗马。集二十卷,今存诗一首。

奉和出颍至淮应令在隋时作

久倦川涂曲,忽此望淮圻。波长泛淼淼,眺迥情依依。稍觉金乌转,渐见锦帆稀。欲知仁化洽,讴歌满路归。

杜之松

杜之松,博陵曲阿人。隋起居舍人。贞观中,为河中刺史。尝答王绩书云:康成道重,不许太守称官;老莱家居,羞与诸侯为伍。仆岂不能正平公之坐,敬养玄唐;屈文侯之膝,恭师子夏。其雅尚可知矣。诗一首。

和卫尉寺柳

汉将本屯营,辽河有戍城。大夫曾取姓,先生亦一作曾得名。高枝拂远雁,疏影度遥星。不辞攀折苦,为入管弦声。

崔善为

崔善为,贝州武城人。善历数。仕隋,为文林郎。尝领丁匠五百人,营仁寿宫。杨素为总监,来按实,善为持簿暗唱,五百人无一差失,素大惊。稍迁楼烦司户书佐,密劝高祖举义旗。兵起,署为大将军府司户参军,转尚书左丞。贞观中,历大理、司农二卿,出为秦州刺史。诗二首。

答王无功冬夜载酒乡馆

颁条忝贵郡,悬榻久相望。处士同杨郑,邦君谢李疆。讵知方拥篲,逢子敬惟桑。明朝蓬户侧,会自谒任棠。

答王无功九日

秋来菊花气,深山客重寻。露叶疑涵玉,风花似散金。摘来还泛酒,独坐即徐斟。王弘贪自醉,无复觅杨林。

朱仲晦

朱仲晦,王绩乡人。诗一首。

答王无功问故园

我从铜州来,见子上京客。问我故乡事,慰子羁旅色。子问我所知,我对子应识。朋游总强健,童稚各长成。华宗盛文史,连墙富池亭。独子园最古,旧林间新坰。柳行随堤势,茅斋看地形。竹从去年移,梅是今年荣。渠水经夏响,石苔终岁青。院果早晚熟,林花先后明。语罢相叹息,浩然起深情。归哉且五斗,饷子东皋耕。

王宏

王宏,济南人。与太宗幼日同学问,为八

体书。及帝即位，因访乡人，竟传隐去。诗一首。

从军行

儿生三日掌上珠，燕颔猿肱秾李肤。十五学剑北击胡，羌歌燕筑送城隅。城隅路接伊川驿，河阳渡头邯郸陌。可怜年少把手时，黄鸟双飞梨花白。秦王筑城三千里，西自临洮东辽水。山边叠叠黑云飞，海畔莓莓青草死。从来战斗不求勋，杀身为君君不闻。凤凰楼上吹急管，落日裴回肠先断。

朱子奢

朱子奢，苏州人。善文辞，通《春秋》。贞观时，累官谏议大夫、弘文馆学士。为人乐易，能剧谈，以经义缘饰。每侍宴，帝令与群臣论难，皆莫能及。诗一首。

文德皇后挽歌

神京背紫陌，缟驷结行辀。北去横桥道，西分清渭流。寒光向垄没，霜气入松楸。今日泉台路，非是濯龙游。

张文收

张文收，贝州人。善音律。贞观初，授协律郎。咸宁中，迁太子率更令。撰《新乐书》十二卷，存诗一首。

大酺乐

泪滴珠难尽，容残玉易销。倘随明月去，莫道梦魂遥。

毛明素

毛明素，贞观中人。诗一首。

与琳法师 贞观十一年，法师幽系，故致诗焉。

冶长倦缧绁，韩安叹死灰。始验山中木，方知贵不材。

全唐诗卷三十九

陈子良

陈子良，吴人。在隋时为杨素记室。入唐，官右卫率府长史，与萧德言、庾抱同为隐太子学士。贞观六年卒。集十卷，今存诗十三首。

上之回

承平重游乐，诏跸上之回。属车响流水，清笳转落梅。岭云盖道转，岩花映绶开。下辇便高宴，何如在瑶台。

新成安乐宫—作新宫词

春色照兰宫，秦女坐窗中。柳叶来眉上，桃花落脸红。拂尘开扇匣，卷帐却薰笼。衫薄偏憎日，裙轻更畏风。

夏晚寻于政世置酒赋韵

聊从嘉遁所，酌醴共抽簪。以兹山水地，留连风月心。长榆落照尽，高柳暮蝉吟。一返桃源路，别后难追寻。

入蜀秋夜宿江渚

我行逢日暮，弭棹独维舟。水雾一边起，风林两岸秋。山阴黑断碛，月影素寒流。故乡千里外，何以慰羁愁。

赋得妓

金谷多欢宴，佳丽正芳菲。流霞席上满，回雪掌中飞。明月临歌扇，行云接舞衣。何必桃将李，别有待—作代春晖。

酬萧侍中春园听妓—作李元操诗

微雨散芳菲，中园照落晖。红树摇—作遮歌扇，绿珠飘舞衣。繁弦调对酒，杂引动思归。愁人当此夕，羞见落花飞。

游侠篇—作侠客行

洛阳丽春色，游侠骋轻肥。水逐车轮转，尘随马足飞。云影遥临盖，花气近薰衣。东郊斗鸡罢,南皮射雉归。日暮河桥上,扬鞭惜晚晖。

春晚看群公朝还人为八韵

游子惜春暮,策杖出蒿莱。正直康庄晚,群公谒帝回。履度南宫至,车从北阙来。珂影傍明月,笳声动落梅。迎风采旄转,照日绶花开。红尘掩鹤盖,翠柳拂龙媒。绮云临舞阁,丹霞薄吹台。轻肥宁所羡,未若反山隈。

赞德上越国公杨素

君侯称上宰,命世挺才英。本超骐骥足,复蕴风云情。摅藻揿锦绮,育德润瑶琼。已踵四知举,非无三杰名。济世同舟楫,匡政本阿衡。雍容入青琐,肃穆侍丹楹。桂宫擅鸣珮,槐路独飞缨。高门罗虎戟,绮阁丽雕甍。金樽酌湛湛,歌扇掩盈盈。匈奴轶燕蓟,烽火照幽并。天子命簿伐,受脤事专征。七德播雄略,十万骋行兵。雁行蔽房甸,鱼贯出长城。交河方饮马,瀚海盛扬旌。拔剑倚天外,蒙犀辉日精。弯弧穿伏石,挥戈斩大鲸。鼓鼙朝作气,刁斗夜偏鸣。六郡多壮士,三边岂足平。岭云朝合阵,山月夜临营。胡尘暗马色,芳树动笳声。关云未尽散,塞雾常自生。川长蔓草绿,峰迥杂花明。小人愧王氏,雕文惭马卿。滥此叨书记,何以谢过荣。高山徒仰止,终是恨才轻。

于塞北春日思归

我家吴会青山远,他乡关塞白云深。为许羁愁长下泪,那堪春色更伤心。惊鸟屡飞恒失侣,落花一去不归林。如何此日嗟迟暮,悲来还作白头吟。

送别

落叶聚还散,征禽去不归。以我穷途泣,沾君出塞衣。

七夕看新妇隔巷停车 以下二首,一作陈伯材诗。

隔巷遥停幰,非复为来迟。只言更尚浅,未是渡河时。

咏春雪

光映妆楼月,花承歌扇风。欲妒梅将柳,故落早春中。

庾抱

庾抱,润州江宁人。有学术,隋元德太子学士。高祖初起,隐太子引为陇西公府记室,文檄皆出其手。转太子舍人。集十卷,今存诗五首。

骢马

枥上浮云骢,本出吴门中。发迹来东道,长鸣起北风。回鞍拂桂白,赪汗类尘红。灭没徒留影,无因图汉宫。

别蔡参军

人世多飘忽,沟水易西东。今日欢娱尽,何年风月同。悲生万里外,恨起一杯中。性灵如未失,南北有征鸿。

赋得胥台露

胥台既落构,荆棘稍侵扉。栋拆连云影,梁摧照日晖。翔鹓逐不及,巢燕及无归。唯有团阶露,承晓共沾衣。

卧疴喜霁,开扉望月,简宫内知友

秋雨移弦望,疲疴倦苦辛。忽对荆山璧,委照越吟人。高高侵地镜,皎皎彻天津。色丽班姬箧,光润洛川神。轮辉池上动,桂影隙中新。怀贤虽不见,忽似暂参辰。

和乐记室忆江水

遥想观涛处,犹意采莲歌。无因关塞叶,共下洞庭波。

马周

马周,字宾王,清河茌平人。孤贫好学,尤精诗传。初入关,舍中郎将常何家。贞观中,代为草疏。何武人,上怪其能,对以臣家客马周为之,召见大悦,授监察御史。数言事,无不嘉纳,累迁中书令。太宗尝赐以飞白书曰:鸾凤凌云,必资羽翼。股肱之寄,诚在忠良。集十卷,今存诗一首。

凌朝浮江旅思—作韦承庆诗

太清—作天晴上初日,春水送孤舟。山远疑无树,潮平似不流。岸花开且落,江鸟没还浮。羁望伤千里,长歌遣四—作客愁。

句

何惜邓林树,不借一枝栖。出《册府元龟》,与李义府句相似。

来济

来济,江都人,隋大将军护儿之子也。宇文化及之难,护儿阖门遇害,济流离艰险。笃志好学,举进士。贞观中,初置太子司议郎,妙选人望,遂以济为之。迁中书舍人,与令狐德棻等同撰《晋书》。永徽中,拜中书令,出为庭州刺史。与突厥战,阵没。集三十卷,今存诗一首。

出玉关

敛辔遵龙汉,衔凄渡玉关。今日流沙外,垂涕念生还。

张文恭

张文恭,贞观时人。与房玄龄、李怀俨、赵弘智、刘祎之、阳仁卿、上官仪、李淳风等同修《晋书》。诗二首。

七夕

凤律惊秋气,龙梭静夜机。星桥百枝动,云路七香飞。映月回雕扇,凌霞—作云曳绮衣。含情向华幄—作帐,流态入重闱。欢余夕漏尽,怨结晓骖归。谁念分河汉,还忆两心违。

佳人照镜

倦采蘼芜叶,贪怜照胆明。两边俱拭泪,一处有啼声。

薛元超

薛元超,收之子。九岁袭父爵,及长,好学。善属文,太宗重之。令尚和静县主,累授太子舍人,与修《晋书》。高宗时,累擢中书舍人,所荐士若任希古、郭正一、崔融等皆以才自名。上元初,同中书门下三品,政出武氏,因阳喑乞骸骨卒。集四十卷,今存诗一首。

奉和同太子监守违恋

高宗在东宫时,元超为舍人。太宗征高丽,元超、韩王元嘉同太子监守,赋违恋诗。一本作薛收诗,误。

储禁铜扉启,宸行玉辂—作辂遥。空怀寿街吏,尚隔寝门朝。北首瞻龙戟,尘外想鸾镳。飞文映仙榜—作语,沥思—作济惠叶神飙。帝念纡苍璧—作陛,乾文焕紫霄。归—作云塘横笔海,平圃振词条。欲应重轮曲,锵洋韵九韶。

萧翼

萧翼,本名世翼。太宗时,命为监察御史。充使取羲之《兰亭序》真迹于越僧辨才。翼初作北人南游,一见款密留宿,设酒酣乐,探韵赋诗。既而以术取其书以归。诗一首。

答辨才探得招字

邂逅款良宵,殷勤荷胜招。弥天俄若旧,初地岂成遥。酒蚁倾还泛,心猿躁似调。谁怜失群雁,长苦业风飘。

欧阳询

欧阳询,字信本,潭州临湘人。博贯经史,工书。仕隋为太常博士。高祖微时,引为宾客。及即位,累迁给事中。武德七年,诏与裴矩、陈叔达撰《艺文类聚》一百卷。贞观初,官至太子率更令。诗一首。

道失

已惑孔贵嫔,又被辞人侮。花笺一何荣,七字谁曾许。不下结绮阁,空迷江令语。雕戈动地来,误杀陈后主。《统签》云:此首见戏鸿堂帖。

阎立本

阎立本，雍州万年人。太宗时为主爵郎，显庆中，累官将作大匠，代兄立德为工部尚书。总章初，迁右相，后改中书令。立本有应务才，尤善图画，工于写真。秦府十八学士图及贞观中凌烟阁功臣图，并其迹也。诗一首。

巫山高 一作阎复本诗

君不见巫山高高半天起，绝壁千寻尽一作画相似。君不见巫山磕匝翠屏开，湘江碧水绕山来。绿树春娇明月峡，红花朝覆白云台。台上朝云无定所，此中窈窕神仙女。仙女盈盈仙骨飞，清容出没有光辉。欲暮高唐行雨送，今宵定入荆王梦。荆王梦里爱秾华，枕席初开红帐遮。可怜欲晓啼猿处，说道巫山是妾家。

张文琮

张文琮，贝州人，高宗相文瓘之弟。好自写书，笔不释手。贞观中，为侍书御史，三迁亳州刺史，为政清简。永徽中，拜户部侍郎，出为建州刺史。集二十卷，今存诗六首。

同潘屯田冬日早朝

假寐怀古人，夙兴瞻晓月。通晨禁门启，冠盖趋朝谒。霜霭清九衢，霞光照双阙。纷纶文物纪，焕烂声明发。腰剑动陆离，鸣玉和清越。

蜀道难

梁山镇地险，积石阻云端。深谷下寥廓，层岩上郁盘。飞梁架绝岭，栈道接一作绕危峦。揽辔独长息，方知斯路难。

昭君怨

戒途飞万里，回首望三秦。忽见天山雪，还疑上苑春。玉痕垂粉泪，罗袂拂胡尘。为得胡中曲，还悲远嫁人。

咏水

标名资上善，流派表灵长。地图罗四渎，天文载五潢。方流涵玉润，圆折动珠光。独有蒙圆吏，栖偃玩濠梁。

赋桥

造舟浮渭日，鞭石表秦初。星文遥写汉，虹势尚凌虚。已授文成履，空题武骑书。别有临壕上，栖偃独观鱼。

和杨舍人咏中书省花树

花一作初萼映芳丛，参差间早红。因风时落砌，杂雨乍浮空。影照凤池水，香飘鸡树风。岂不爱攀折，希君怀袖中。

全唐诗卷四十

上官仪

上官仪,字游韶,陕州陕人。贞观初,擢进士第,召授弘文馆直学士,迁秘书郎。太宗每属文,遣仪视稿,私宴未尝不预。高宗即位,为秘书少监,进西台侍郎,同东西台三品。麟德元年,坐梁王忠事下狱死。仪工诗,其词绮错婉媚,人多效之,谓为上官体。集三十卷,今编诗一卷。

奉和过旧宅应制

石关清晚夏,璇舆御早秋。神麾飐珠雨,仙吹响飞流。沛水祥云泛,宛郊瑞气浮。大风迎—作凝汉筑,丛烟入舜球。翠梧临凤邸,滋兰带鹤舟。偃伯歌玄化,扈跸颂王游。遗簪谬昭—作诏奖,珥笔荷恩休。

早春桂林殿应诏

步辇出披香,清歌临太液。晓树流莺满,春堤芳草积。风光—作色翻露文,雪华上空碧。花蝶来未已,山光暖将夕。

安德山池宴集

上路抵平津,后堂罗荐陈。缔交开狎赏,丽席展芳辰。密树风烟积,回塘荷芰新。雨霁虹桥晚,花落凤台春。翠钗低舞席,文杏散歌尘。方惜流觞满,夕鸟已城闉。

酬薛舍人万年宫晚景寓直怀友

奕奕九成台,窈窕绝尘埃。苍苍万年树,玲珑下冥雾。池色摇晚空,岩花—作光敛余煦。清切丹禁静,浩荡文河注。留连穷胜托,夙—作风期暧善谑。东望安仁省,西临子云阁。长啸披烟霞,高步寻兰若。金狄掩通门,雕鞍归骑喧。燕姝对明月,荆艳促芳尊。别有青山路,策杖访王孙。

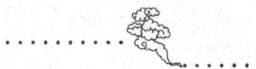

奉和颍川公秋夜

沈寥空色远,芸黄凄序变。涸浦落遵鸿,长飙送巢燕。千秋流夕景,万籁含宵唤—作转。峻雉聆金柝,层台切银箭。

谢都督挽歌

漠漠佳城幽,苍苍松槚暮。鲁幕飘欲卷,宛骊悲还顾。楚挽—作桡绕卢山,胡笳临武库。怅然郊原静,烟生归鸟度。

八咏应制二首

启重帷,重帷照文杏。翡翠藻轻花,流苏媚浮影。瑶笙燕始归,金堂露初晞。风随少女至,虹共美人归。罗荐已擘鸳鸯被,绮衣复有蒲萄带。残红艳粉映帘中,戏蝶流莺聚窗外。洛滨春雪回,巫峡暮云来。雪花飘玉辇,云光上璧台。共待新妆出,清歌送落梅。

入丛台,丛台裹春露。滴沥间深红,参差散轻素。妆—作粉蝶惊复聚,黄鹂飞且顾。攀折殊未已,复值惊飞起。送影舞衫前,飘香歌扇里。望望惜春晖,行行犹未归。暂得佳游趣,更愁花鸟稀。且学鸟声调凤管,方移花影入鸳机。

和太尉戏赠高阳公

薰炉御出神仙,云鞍羽盖下芝田。红尘正起浮桥路,青楼遥敞御沟前。倾城比态芳菲节,绝世相娇是六年。惯是洛滨要解珮,本是河间好数钱。翠钗照耀衔云发,玉步逶迤动罗袜。石榴绞带轻花转,桃枝绿扇微风发。无情拂袂欲留宾,讵恨深潭不可越。天津一别九秋长,岂若随闻三日香。南国自然胜掌上,东家复是忆王昌。

王昭君

玉关春色晚,金河路几千。琴悲桂条上,笛怨柳花前。雾掩临妆月—作凤,风惊人鬓蝉。缄—作裁书待还使,泪尽白云—作南天。

咏雪应诏

禁园凝朔气,瑞雪掩晨曦。花明栖凤阁,珠散影娥池。飘素迎歌上,翻光—作花向舞移。幸因千里映,还绕万年枝。

奉和山夜临秋

殿帐清炎气,辇道含秋阴。凄风移汉筑,流水入虞琴。云飞送断雁,月上净疏林。滴沥露枝响,空濛烟壑深。

江王太妃挽歌

黄鹤悲歌绝,椒花清颂余。埃凝写邻镜,网结和扉鱼。银消风烛尽,珠灭夜轮虚。别有南陵路,幽丛临叶疏。

故北平公挽歌

木落园林旷,庭虚风露寒。北里清音绝,南陔芳草残。远气犹标剑,浮云尚写冠。寂寂琴台晚,秋阴入井干。

高密长公主挽歌

湘渚韬灵迹,娥台静瑞音。凤逐清箫远,鸾随幽镜沉。霜处华芙—作英落,风前银烛侵。寂寞平阳宅—作馆,月冷洞房深。

咏画障

芳晨丽日桃花浦,珠帘翠帐凤凰楼。蔡女菱歌移锦缆,燕姬春望上琼钩。新妆漏影浮轻扇,冶袖飘香入浅流。未减行雨—作云荆台下,自比凌波洛浦游。

奉和秋日即目应制

上苑通平乐,神池迩建章。楼台相掩映,城阙互相望。缇油泛行幔,箫吹转浮梁。晚云含朔气,斜照—作阳荡秋光。落叶飘蝉影,平流写雁行。槿散凌风缛,荷销裛露香。仙歌临枌诣,玄豫历长杨。归路乘明月,千门开未央。

入朝洛堤步月

脉脉广川流,驱马历长洲。鹊飞山月曙,蝉噪野风秋。

春日—作元万顷诗

　　花轻蕊乱仙人杏,叶密莺啼—作喧帝女桑。飞云阁上春应至,明月楼中夜未央。

从驾闾山咏马

　　桂香尘处减,练影月前空。定惑由—作乏函关吏,徒嗟塞上翁。

全唐诗卷四十一

卢照邻

卢照邻,字升之,范阳人。十岁,从曹宪、王义方授苍雅,调邓王府典签。王有书十二年,照邻总披览,略能记忆。王爱重,比之相如。调新都尉,染风疾。去官,居太白山,以服饵为事。又客东龙门山,疾甚,足挛,一手又废。乃去阳翟具茨山下,买园数十亩,疏颍水周舍,复豫为墓。偃卧其中,后不堪其苦,与亲属诀,自投颍水死,年四十。尝著《五悲文》以自明。有集二十卷,又《幽忧子》三卷,今编诗二卷。

中和乐九章
歌登封第一
炎图丧宝,黄历开璿。祖武类帝,宗文配天。玉銮垂日,翠华陵烟。东云干吕,南风入弦。山称万岁,河庆千年。金绳永结,璧丽

长悬。

歌明堂第二
穆穆圣皇,雍雍明堂。左平右城,上圆下方。调均风雨,制度阴阳。四窗八达,五室九房。南通夏火,西瞰秋霜。天子临御,万玉锵锵。

歌东军第三
遏哉庙略,赫矣台臣。横戈碣石,倚剑浮津。风丘佛篡,日域清尘。岛夷复祀,龙伯来宾。休宾宇县,献馘天闉。旆海凯入,耀辉震震。

歌南郊第四
虔郊上帝,肃事圆丘。龙驾四牡,鸾旗九斿。钟歌晚引,紫炀高浮。日丽苍璧,云飞鸣球。皇之庆矣,万寿千秋。

歌中宫第五
祥游沙麓,庆洽瑶衣。黄云昼聚,白气宵

飞。居中履正,禀和体微。仪刑赤县,演教椒闱。陶钧万国,丹青四妃。河洲在咏,风化攸归。

歌储宫第六

波澄少海,景丽前星。高谋诞圣,甲观升灵。承规翠所,问寝瑶庭。宗儒侧席,问道横经。山宾皎皎,国胄青青。黄裳元吉,邦家以宁。

歌诸王第七

星陈帝子,岳列天孙。义光带砺,象著乾坤。我有明德,利建攸存。苴以茅社,锡以牺尊。藩屏王室,翼亮尧门。八才两献,夫何足论。

歌公卿第八

蹇蹇三事,师师百僚。群龙在职,振鹭盈朝。丰金辉首,珮玉鸣腰。青蒲翼翼,丹地翘翘。歌云佐汉,捧日匡尧。天工人代,邈邈昭昭。

总歌第九

明明天子兮圣德扬,穆穆皇后兮阴化康。登若木兮坐明堂,池濛汜兮家扶桑。武化偃兮文化昌,礼乐昭兮股肱良。君臣已定兮君永无疆,颜子更生兮徒皇皇。若有人兮天一方,忠为衣兮信为裳。餐白玉兮饮琼芳,心思荃兮路阻长。

关山月

塞坦通碣石,虏障—作阵抵祁连。相思在万里,明月正孤悬。影移金岫北,光断玉门前。寄言闺中妇,时看鸿雁天。

上之回

回中道路险,萧关烽候多。五营屯北—作右地,万乘出西河。单于拜玉玺,天子按雕戈。振旅汾川曲,秋风横大歌。

紫骝马

骝马照金鞍,转战入皋兰。塞门风稍急,长城水正寒。雪暗鸣珂重,山长喷玉难。不辞横绝漠,流血几时干。

战城南

将军出紫塞,冒顿在乌贪。笳喧雁门北,阵翼龙城南。雕弓夜宛转,铁骑晓参驔—作潭。应须驻白日,为待战方酣。

梅花落

梅岭花初发,天山雪未开。雪处疑花满,花边似雪回。因风入舞袖,杂粉向妆台。匈奴几万里,春至不知来。

结客少年场行

长安重游侠,洛阳富财雄。玉剑浮云骑,金鞭—作鞯明月弓。斗鸡过渭北,走马向关东。孙宾遥见待,郭解暗相通。不受千金爵,谁论万里功。将军下天上,虏骑入云中。烽火夜似月,兵气晓成虹。横行徇知己,负羽远从戎。龙旌昏朔雾,鸟阵卷胡风。追奔瀚海咽,战罢阴山空。归来谢天子,何如马上翁。

咏史四首

季生昔未达,身辱功不成。髡钳为台隶,灌园变姓名。幸逢滕将军,兼遇曹丘生。汉祖广招纳,一朝拜公卿。百金孰云重,一诺良匪轻。廷议斩樊哙,群公寂无声。处身孤且直,遭时坦而平。丈夫当如此,唯唯何足荣。

大汉昔云季,小人道遂振。玉帛委奄—作阉尹,斧锧婴缙绅。邈哉郭先生,卷舒得其真。雍容谢朝廷,谈笑奖人伦。在晦不绝俗,处乱□为亲。诸侯不得友,天子不得臣。冲情甄负甋,重价折角巾。悠悠天下士,相送洛桥津。谁知仙舟上,寂寂无四邻。

公业负奇志,交结尽才雄。良田四百顷,所食常不充。一为侍御史,慷慨说何公。何公何为败,吾谋适不同。仲颖恣残忍,废兴良在躬。死人如乱麻,天子如转蓬。干戈及黄屋,荆棘生紫宫。郑生运其谋,将以清国戎。时来命不遂,脱身归山东。凛凛千载下,穆然—作如怀清风。

昔有平陵男，姓朱名阿游。直发上冲冠，壮气横三秋。愿得一作请斩马剑，先断佞臣头。天子玉槛折，将军丹血流。捐生不肯拜，视死其若休。归来教乡里，童蒙远相求。弟子数百人，散在十二州。三公不敢吏，五鹿何能酬。名与日月悬，义与天壤俦。何必疲执戟，区区在封侯。伟哉旷达士，知命固不忧。

赠李荣道士

锦节衔天使，琼仙驾羽君。投金翠山曲，奠璧清江濆。圆洞开丹鼎，方坛聚绛云。宝一作资觌幽难识，空歌迥易分。风摇十洲影，日乱九江文。敷诚归上帝，应诏在明君。独有南冠客，耿耿泣离群。遥看八会所，真气晓氤氲。

早度分水岭

丁一作千年游蜀道，班鬓一作万里向长安。徒费周王粟，空弹汉吏冠。马蹄穿欲尽，貂裘敝一作敌转寒。层冰横九折，积石凌七盘。重溪既下漱，峻峰亦上干。陇头闻戍鼓，岭一作云外咽飞湍。瑟瑟松风急，苍苍山月圆。传语后来者，斯路诚独难。

三月曲水宴得尊字

风烟彭泽里，山水仲长园。由来弃铜墨，本自重琴尊。高情邈不嗣，雅道今复存。有美光时彦，养德坐山樊。门开芳杜径，室距一作拒桃花源。公子黄金勒，仙人紫气轩。长怀去城市，高咏狎兰荪。连沙飞白鹭，孤屿啸玄猿。日影岩前落，云花江上翻。兴阑车马散，林塘夕鸟喧。

奉使益州至长安发钟阳驿

跻一作逾险方未夷，乘春聊骋望。落花赴丹谷，奔流下青嶂一作障。葳蕤晓一作杂树滋，混漾春江涨。平川看钓侣，狭径闻樵唱。蝶戏绿苔前，莺歌白云上。耳目多异赏，风烟有奇状。峻阻将长城，高标吞巨舫一作防。联翩事羁鞅，辛苦劳疲恙。夕济几潺湲，晨登每惆怅。谁念

复刍狗，山河独偏丧。

和王奭秋夜有所思

寂寂南轩夜，悠然怀所知。长河落雁苑，明月下鲸池。凤台有清曲，此曲何人吹。丹唇间玉齿，妙响入云涯。穷巷秋风叶，空庭寒露枝。劳歌欲有和，星鬓已将垂。

望宅中树有所思

我家有庭树，秋叶正离离。上舞双栖鸟，中秀合欢枝。劳思复劳望，相见不相知。何当共攀折，歌笑此一作北堂垂。

宿晋安亭

闻有弦歌地，穿凿本多奇。游人试一览，临玩果忘疲。窗横暮卷一作落叶，檐卧古生枝。旧石开红藓，新河覆绿池。孤猿稍断绝，宿一作百鸟复参差。泛艳月华晓，裴回星鬓垂。今日删书客，凄惶君讵知。

于时春也，慨然有江湖之思，寄赠柳九陇

提琴一万里，负书三十年。晨攀偃蹇树，暮宿清泠泉。翔禽鸣我侧，旅兽过我前。无人且无事，独酌还独眠。遥闻彭泽宰，高弄武城弦。形骸寄文墨，意气托神仙。我有壶中要，题为物外篇。将以贻好道，道远莫致旃。相思劳日夜，相望阻风烟。坐惜春华晚，徒令客思悬。水去东南地，气凝西北天。关山悲蜀道，花鸟忆秦川。天子何时问，公卿本亦一作不怜。自哀还自乐，归薮复归田。海屋银为栋，云车电作鞭。倘遇鸾将鹤，谁论貂与蝉。莱洲频度浅，桃实几成圆。寄言飞凫舄，岁晏同一作共联翩。

至望喜瞩目言怀贻剑外知己

圣图夷九折，神化掩三分。缄愁赴蜀道，题拙奉虞薰。隐磷度深谷，遥褭上高云。碧流递紫注，青山互纠纷。涧松咽风绪，岩花濯露文。思北常依驭，图南第丧群。一本无涧松四句。无由召宣室，何以答吾君。

赤谷安禅师塔

独坐岩之曲,悠然无俗纷。酌酒呈丹桂,思诗赠白云。烟霞朝晚聚,猿鸟岁—作四时闻。水华竞—作镜秋色,山翠含夕曛。高谈十二部,细核五千文。如如数冥昧,生生理氛—作氤氲。古人有糟粕,轮扁情未份。且当事芝术,从吾所好云。

赠益府裴录事

忽忽岁云暮,相望限风烟。长歌欲对酒,危坐遂停弦。停弦变霜露,对酒怀朋故。朝看桂蟾晚,夜闻鸿雁度。鸿度何时还,桂晚不同攀。浮云映丹壑,明月满青山。青山云路深,丹壑月华临。耿耿离忧积,空令星鬓—作发侵。

赠益府群官

一鸟自北燕,飞来向西蜀。单栖剑门上,独舞岷山足。昂藏多古貌,哀怨有新曲。群凤从之游,问之何所欲。答言寒乡子,飘飘万余里。不息恶木枝,不饮盗泉水。常思稻粱遇,愿栖梧桐树。智者不我邀,愚夫余不顾。所以成独立,耿耿岁云暮。日夕苦风霜,思归赴洛阳。羽翮毛衣短,关山道路长。明月流客思,白云迷故乡。谁能借风便,一举凌苍苍。

送梓州高参军还京

京洛风尘远,褒斜烟露—作雾深。北游君似智,南飞我异禽。别路琴声断,秋山猿鸟吟。一乖青岩酌,空伫白云心。

大剑送别刘右史

金碧禺山远,关梁蜀道难。相逢属晚岁,相送动征鞍。地咽绵川冷,云凝剑阁寒。倘遇忠孝所,为道忆长安。

同临津纪明府孤雁

三秋违北地—作雁,万里向南翔。河洲花稍白,关塞叶初黄。避缴风霜劲,怀书道路长。水流疑箭动,月照似弓伤。横天无有阵,度海不成行。会刷能鸣羽,还赴上林乡。

失群雁并序

温县明府以雁诗垂示,余以为古之郎官,出宰百里,今之墨绶,入应千官。事止雁行,未宜伤叹。至如羸卧空岩者,乃可为失群恸耳。聊因伏枕多暇,以斯文应之。

三秋北地雪皑皑,万里南翔渡海来。欲随石燕沉湘水,试逐铜乌绕帝台。帝台银阙距金塘,中间鹓鹭已成行。先过上苑传书信,暂下中州戏稻梁。虞人负缴来相及,齐客虚弓忽见伤。毛翎频顿—作憔悴飞无力,羽融摧颓君不识。唯有庄周解爱鸣,复道郊哥—作歌重奇色。惆怅惊思悲未已,裴回自怜中罔极。传闻有鸟集朝阳,讵胜仙凫迹帝乡。云间海上应鸣舞,远得鹍弦犹独抚。金龟全写中牟印,玉鹄当变莱芜釜。愿君弄影凤凰池,时忆笼中摧折羽。

行路难

君不见长安城北渭桥边,枯木横槎卧古田。昔日含红复含紫,常时留雾亦留烟。春景春风花似雪,香车玉舆恒阗咽。若个游人—作童不竞攀,若个娼家不来折。娼家宝袜蛟龙帔,公子银鞍千万骑。黄莺一一向花娇,青鸟双双将子戏。千尺长条百尺枝,月—作丹桂星—作青榆相蔽亏。珊瑚叶上鸳鸯鸟,凤凰巢里雏鹓儿。巢倾枝折凤归去—作巢倾折,凤归去,条枯叶落任—作狂风吹。一朝零落无人问,万古摧残君讵知。人生贵贱无终始,倏忽须臾难久恃。谁家能驻西山日,谁家能堰东流水。汉家陵树满秦川,行来行去尽哀怜。自昔公卿二千石,咸拟荣华一万年。不见朱唇将白—作玉貌,唯闻素—作青棘与黄泉。金貂有时换美—作便换酒,玉尘但—作恒摇莫计钱。寄言坐客神仙署,一生一死交情处。苍龙阙下君不来,白鹤山前我应去。云间海上邈难期,赤心会合在何时。但愿尧年一百万,长作巢由也不辞。

长安古意

长安大道连狭斜,青牛白马七香车。玉辇纵横过主第,金鞭络绎向侯家。龙衔宝盖承朝日,凤吐流苏带晚霞。百丈游丝争绕树,一群娇鸟共啼花。啼花戏蝶千门侧,碧树银台万种色。复道交窗作合欢,双阙连甍垂凤翼。梁家画阁天中起,汉帝金茎云外直。楼前相望不相知,陌上相逢讵相识。借问吹箫向紫烟,曾经学舞度芳年。得成比目何辞死,愿作鸳鸯不羡仙。比目鸳鸯真可羡,双去双来君不见。生憎帐额绣孤鸾,好取门帘帖双燕。双燕双飞绕画梁,罗帏翠被郁金香。片片行云著蝉鬓,纤纤初月上鸦黄。鸦黄粉白车中出,含娇含态情非一。妖童宝马铁连钱,娼妇盘龙金屈膝。御史府中乌夜啼,廷尉门前雀欲栖。隐隐朱城临玉道,遥遥翠幰没金堤。挟弹飞鹰杜陵北,探丸借客渭桥西。俱邀侠客芙蓉剑,共宿娼家桃李蹊。娼家日暮紫罗裙,清歌一啭口氛氲。北堂夜夜人如月,南陌朝朝骑似云。南陌北堂连北里,五剧三条控三市。弱柳青槐拂地垂,佳气红尘暗天起。汉代金吾千骑来,翡翠屠苏鹦鹉杯。罗襦宝带为君解,燕歌赵舞为君开。别有豪华称将相,转日回天不相让。意气由来排灌夫,专权判不容萧相。专权意气本豪雄,青虬紫燕坐春—作生风。自言歌舞长千载,自谓骄奢凌五公。节物风光不相待,桑田碧海须臾改。昔时金阶白玉堂,即今唯见青松在。寂寂寥寥扬子居,年年岁岁一床书。独有南山桂花发,飞来飞去袭人裾。

明月引

洞庭波起兮鸿雁翔,风瑟瑟兮野苍苍。浮云卷霭,明月流光。荆南兮赵北,碣石兮潇湘。澄清规于万里,照离思于千行。横桂枝于西第,绕菱花于北堂。高楼思妇,飞盖君王。文姬绝域,侍子他乡。见胡鞍之似练,知汉剑之如霜。试登高而骋—作极目,莫不变而回肠。

狱中学骚体

夫何秋夜之无情兮,皎皛悠悠而太长。圜户杳其幽邃兮,愁人披此严霜。见河汉之西落,闻鸿雁之南翔。山有桂兮桂有芳,心思君兮君不将。忧与忧兮相积,欢与欢兮两忘。风裊裊兮木纷纷,凋绿叶兮吹白云。寸步千里兮不相闻,思公子兮日将曛。林已暮兮鸟群飞,重门掩兮人径稀。万族皆有所托兮,塞独淹留而不归。

怀仙引

若有人兮山之曲,驾青虬兮乘白鹿。往从之游愿心足。披涧户,访岩轩,石濑潺湲横石径,松萝幂䍦掩松门。下空蒙而无鸟,上巉岩而有猿。怀飞阁,度飞梁。休余马于幽谷,挂余冠于夕阳。曲复曲兮烟庄邃,行复行兮天路长。修途杳其未半,飞雨忽以茫茫。山坱圠,磴—作嶝连骞。攀旧壁而无据,溯泥溪而不前。向无情之白日,窃有恨于皇天。回行遵故道,通川遍流潦。回首望群峰,白云正溶溶。珠为阙兮玉为楼,青云盖兮紫霜裘。天长地久时相忆,千龄万代一来游。

七日登乐游故墓

四序周缇籥,三正纪璇耀。绿野变初黄,旸山开晓眺。中天擢露掌,匝地分星徼。汉寝眷遗灵,秦江想余吊。蚁泛青田酌,莺歌紫芝调。柳色摇岁华,冰文荡春照。远迹谢群动,高情符众妙。兰游澹未归,倾光下岩窃。

释疾文三歌

岁将暮兮欢不再,时已晚兮忧来多。东郊绝此麒麟笔,西山秘此凤凰柯。死去死去今如此,生兮生兮奈汝何。

岁去忧来兮东流水,地久天长兮人共死。明镜羞窥兮向十年,骏马停驱兮几千里。麟兮凤兮,自古吞恨无已。

茨山有薇兮颍水有漪,夷为柏兮秋有实。叔为柳兮春向—作雨飞。倏尔而笑,泛沧浪兮不归。

全唐诗卷四十二

卢照邻

酬杨比部员外暮宿琴堂朝跻书阁率尔见赠之作—作王维诗

闲拂檐尘看,鸣琴候月弹。桃源迷汉姓,松径—作树有秦官。空谷归人少,青山背日寒。羡君栖隐处,遥望在—作白云端。

刘生

刘生气不平,抱剑欲专征。报恩为豪侠,死难在横行。翠羽装刀鞘,黄金饰—作缕马铃—作缨。但令一顾重,不吝百身轻。

陇头水

陇阪高无极,征人一望—作望故乡。关河别去水,沙塞断归肠。马系千年树,旌悬九月霜。从来共鸣咽,皆是为勤王。

巫山高

巫山望不极,望望下朝氛—作雾。莫辨啼猿树,徒看神女云。惊涛乱水脉,骤雨暗峰文。沾裳—作衣即此地,况复远思君。

芳树

芳树本多奇,年华复在斯。结翠成新幄,开江满故—作旧枝。风归花—作声历乱,日度影参差。容色朝朝落,思君君不知。

雨雪曲

虏骑三秋入,关云万里平。雪似胡沙暗,冰如汉月明。高阙银为阙,长城玉作城。节旄零落尽,天子不知名。

昭君怨

合殿恩中绝,交河使渐稀。肝肠辞玉辇,形影向金微—作徽。汉地草应绿,胡庭沙正飞。愿逐三秋雁,年年一度归。

折杨柳

倡楼启曙扉,杨—作园柳正依依。莺啼知岁隔,条变识春归。露叶凝愁黛—作啼脸,风花乱—作落舞衣。攀折聊将—作将安寄,军中音—作书信稀。

十五夜观灯

锦里开芳宴,兰缸艳早年。缛彩遥分地,繁光远缀天。接汉疑星落,依楼似月悬。别有千金笑,来映九枝前。

入秦川界

陇阪长无极,苍山望不穷。石径萦疑断,回流映似空。花开绿野雾,莺啭紫岩风。春芳勿遽尽,留赏故人同。

文翁讲堂

锦里淹中馆,岷山稷下亭。空梁无燕雀,古壁有丹青。槐落犹疑市,苔深不辨铭。良哉二千石,江汉表遗灵。

相如琴台

闻有雍容地,千年无四邻。园院风烟古,池台松槚春。云疑作赋客,月似—作花影听琴人。寂寂啼莺—作鸟处,空伤游子神。

石镜寺

古墓芙蓉塔,神铭—作明神松柏烟。鸾沉仙镜底,花没梵轮前。铢衣千古佛,宝月两重圆。隐隐香台夜,钟声彻九天。

辛法司—作司法宅观妓

南国佳人至,北堂罗荐开。长裙随风管,促柱送鸾杯。云光身后落,雪态掌中回。到愁金谷晚,不怪玉山颓。

春晚山庄率题二首

顾步三春晚,田园四望通。游丝横惹树,戏蝶乱依丛。竹懒偏宜水,花狂不待风。唯余诗酒意,当了一生中。

田家无四邻,独坐一园春。莺啼非选树,鱼戏不惊纶。山水弹琴尽,风花酌酒频。年华已可乐,高兴复留人。

江中望月

江水向涔阳,澄澄写月光。镜圆珠溜彻,弦满箭波长。沉钩摇兔影,浮桂动丹芳。延照相思夕,千里共沾裳。

元日述怀—作明月引

筮仕无中秩,归耕有外臣。人歌小岁酒,花舞大唐春。草色迷三径,风光动四邻。愿得长如此,年年物候新。

益州城西张超亭观妓

落日明歌席,行云逐舞人。江前飞暮雨,梁上下轻尘。冶服看疑画,妆楼望似春。高车勿遽返,长袖欲相亲。

还京赠别

风月清江夜,山水白云朝。万里同为客,三秋契不凋。戏凫分断岸,归骑别高标。一去仙桥道,还望锦城遥。

至陈仓晓晴望京邑

拂曙驱飞传,初晴带晓凉。雾敛长安树,云归仙帝乡。涧流漂素沫,岩景霭朱光。今朝好风色,延眺极天庄。

晚渡滹沱敬赠魏大

津谷朝行远,冰川夕望曛。霞明深浅浪,风卷去来云。澄波泛月影,激浪聚沙文。谁忍仙舟上,携手独思君。

和吴侍御被使燕然

春归龙塞北,骑指雁门垂。胡笳折杨柳,汉使采燕—作条支。戍城聊一望,花雪几参差。关山有新曲,应向笛中吹。

七夕泛舟二首

汀—作河葭萧徂暑,江树起初凉。水疑通织室,舟似泛仙潢。连桡渡急响,鸣棹下浮光。

日晚菱歌唱,风烟满夕阳。

凤杼秋期至,凫舟野望开。微吟翠塘侧,延想白云隈。石似支机罢,槎疑犯宿来。天潢殊漫漫,日暮独悠哉。

西使兼送孟学士南游

地道巴陵北,天山弱水东。相看万余里,共倚—作以—征蓬。零雨悲王粲,清尊别孔融。裴回闻夜鹤,怅望待秋鸿。骨肉胡秦外,风尘关塞中。唯余剑锋在,耿耿气成虹。

送郑司仓入蜀

离人丹水北,游客锦城东。别意还—作客恨良无已,离忧自不穷。陇云朝结阵,江月夜临空。关塞疲征马,霜氛落早鸿。潘年三十外,蜀道五千中。送君秋水曲,酌酒对清风。

绵州官池赠别同赋湾字

辎轩遵上国,仙佩下灵—作云关。尊酒方无地,联绻喜暂攀。离言欲赠策,高辨正连环。野径浮云断,荒池春草斑。残花落古树,度鸟入澄湾。欲叙他乡别,幽谷有绵蛮。

还赴蜀中贻示京邑游好

籞宿花初满,章台柳向—作尚飞。如何正此日,还望—作喜昔多违。怅别风期阻,将乖云会稀。敛袵辞丹阙,悬旌—作津陟翠微。野禽喧戍鼓,春草变征衣。回顾长安道,关山起夕霏。

初—作和夏日幽庄

闻有高踪客,耿介坐幽庄。林壑人事少,风烟鸟路长。瀑水含秋气,垂藤引夏凉。苗深金覆陇,荷上半侵塘。钓渚青凫没,村田白鹭翔。知君振奇藻,不嗣海隅芳。

山庄休沐—作和夏日山庄

兰署乘闲日,蓬扉狎遁栖。龙柯疏玉井,凤叶下金堤。川光摇水箭,山气上云梯。亭幽闻唳鹤,窗晓听鸣鸡。玉轸临风奏,琼浆映月携。田家自有乐,谁肯谢青溪。

山林休日田家

归休乘暇日,馌稼返秋场。径草疏王篲,岩枝落帝桑。耕田虞讼寝,凿井汉机忘。戎葵朝委露,齐枣—作荞草夜含霜。南涧泉初冽,东篱菊正芳。还思北窗下,高卧偃羲皇。

宴梓州南亭得池字

二条开胜迹,大隐叶冲规。亭—作斋阁分危岫,楼台绕曲池。长薄秋烟起,飞梁古蔓垂。水鸟翻荷叶,山虫咬—作交桂枝。游人惜将晚,公子爱忘疲。愿得回三舍,琴尊长若斯。

山行寄刘李二参军

万里烟尘客,三春桃李时。事去纷无限,愁来不自持。狂歌欲叹—作道凤,失路反占龟。草碍人行缓,花繁鸟度迟。彼美参卿事,留连求友诗。安知倦游子,两鬓渐如丝。

首春贻京邑文士

寂寂罢将迎,门无车马声。横琴答山水,披卷阅公卿。忽闻岁云晏,倚仗出檐楹。寒辞杨柳陌,春满—作别凤凰城。梅花扶院吐,兰叶绕阶生。览镜改容色,藏书留姓名。时来不假问,生死任交情。

赠许左丞从驾万年宫

闻道上之回,诏跸下蓬莱。中枢移北斗,左辖去南台。黄山闻凤笛—作吹,清跸侍龙媒。曳日朱旗卷,参云金障开。朝参五城柳,夕宴柏梁杯。汉畤光如月,秦祠听似雷。寂寂芸香阁,离思独悠哉。

晚渡渭桥寄示京邑游好

我行背城阙,驱马独悠悠。寥落百年事,裴回万里忧。途遥日向夕,时晚鬓将秋。滔滔俯东逝,耿耿泣西浮。长虹掩钓浦,落雁下星洲。草变黄山曲,花飞清渭流。进水惊愁鹭,腾沙起狎鸥。一赴清泥道,空思玄灞游。

羁卧山中

卧壑迷时代,行歌任死生。红颜意气尽,

白璧故交轻。洞户无人迹,山窗听鸟声。春色缘岩上,寒光入溜平。雪尽松帷暗,云开石路明。夜伴饥鼯宿,朝随驯雉行。度溪犹忆处,寻洞不知名。紫书常日阅,丹药几年成。扣一作撞钟鸣天鼓,烧香厌地精。倘遇一作过浮丘鹤,飘飘凌太清。

酬张少府柬之

昔余与夫子,相遇汉川阴。珠浦龙犹卧,檀溪马正沉。价重瑶山曲,词惊丹凤林。十年睽赏慰,万里隔招寻。毫翰风期阻,荆衡云路深。鹏飞俱望昔,蠖屈共悲今。谁谓青衣道,还叹白头吟。地接神仙涧,江连云雨岑。飞泉如散玉,落日似悬金。重以瑶华赠,空怀舞咏心。

过东山谷口

不知名利险,辛苦滞皇州。始觉飞尘倦,归来事绿畴。桃源迷处所,桂树可淹留。迹异人间俗,禽同海上鸥。古苔依井被,新乳傍崖流。野老堪成鹤,山神或化鸠。泉鸣碧涧底,花落紫岩幽。日暮餐龟壳,天寒御鹿裘。不辨秦将汉,宁知春与秋。多谢青溪客,去去赤松游。

送幽州陈参军赴任寄呈乡曲父一作故老

蓟北三千里,关西二十年。冯唐犹在汉,乐毅不归燕。人同黄鹤远,乡共白云连。郭隗池台处,昭王尊酒前。故人当已老,旧壑几成田。江颜如昨日,衰鬓似秋天。西蜀桥应毁,东周石尚全。灞池水犹绿,榆关月早圆。塞云初上雁,庭树欲锁蝉。送君之旧国,挥泪独潸然。

哭金部韦郎中

金曹初受拜,玉地始含香。翻同五日尹,遽见一星亡。贺客犹扶路,哀人遂上堂。歌筵长寂寂,哭位自一作日苍苍。岁时宾径断,朝暮雀罗张。书留魏主阙,魂掩汉家床。徒令永平帝,千载罢撞郎。

哭明堂裴主簿

缔欢三十载,通家数百年。潘杨称代穆,秦晋忝姻连。风云洛阳道,花月茂陵田。相悲共一作复相乐,交骑复一作共交筵。始谓调金鼎,如何掩玉泉。黄公酒炉处,青眼竹林前。故琴无复雪,新树但生烟。遽痛兰襟断,徒今宝剑悬。客散同秋叶,人亡似夜川。送君一长恸,松台路几千。

同崔录事哭郑员外

文学秋天远,郎官星位尊。伊人表时彦,飞誉满司存。楚席光文雅,瑶山侍讨论。凤词凌汉阁,龟辩罩周园。已陪东岳驾,将逝北溟鲲。如何万化尽,空叹九飞魂。白马西京驿,青松北海门。夜台无晓箭,朝奠有虚尊。一代儒风没,千年陇雾昏。梁山送夫子,湘水吊王孙。仆本多悲泪,沾裳不待猿。闻君绝弦曲,吞恨更无言。

登玉清

绝顶横临日,孤峰半倚天。裴回拜真老,万里见风烟。

曲池荷

浮香绕曲岸,圆影覆华池。常恐秋风早,飘零君不知。

浴浪鸟

独舞依磐石,群飞动轻浪。奋迅碧沙前,长怀白云上。

临阶竹

封霜连锦砌,防露拂瑶阶。聊将仪凤质,暂与俗人谐。

含风蝉

高情临爽月,急响送秋风。独有危冠意,还将衰鬓同。

葭川独泛

倚棹春江上,横舟石岸前。山暝行人断,

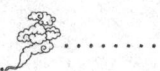

迢迢独泛仙。

送二兄入蜀

关山客子路,花柳帝王城。此中一分手,相顾怜无声。

宿玄武二首

方池开晓色,圆月下秋阴。已乘千里兴,还抚一弦琴。

庭摇北风柳,院绕南溟禽。累宿恩方重,穷秋叹不深。

九陇津集

落落树阴紫,澄澄水华碧。复有翻飞禽,裴回疑曳舄。

游昌化山精舍

宝地乘峰出,香台接汉高。稍觉真途近,方知人事劳。

登封大酺歌四首

明君封禅日重光,天子垂衣历数长。九州四海常无事,万岁千秋乐未央。

日观仙云随凤辇,天门瑞雪照龙衣。繁弦绮席方终夜,妙舞清歌欢未归。

翠凤逶迤登介丘,仙鹤裴回天上游。借问乾封何所乐,人皆寿命得千秋。

千年圣主应昌期,万国淳风王化基。请比上古无为代,何如今日太平时。

九月九日登玄武山

九月九日眺山川,归心归望积风烟。他乡共酌金花酒,万里同悲鸿雁天。

句

城狐尾独束,山鬼面参覃。《诗式》。

全唐诗卷四十三

李百药

李百药,字重规,定州安平人。七岁能属文。隋时,袭父德林爵,为太子通事舍人兼学士。炀帝衔之,夺爵还乡里。唐太宗重其名,拜中书舍人,授太子右庶子。卒,谥曰康。百药藻思沉郁,尤长五言。虽樵童牧子,亦皆吟讽,及悬车告老,穿池筑山,文酒谭咏,以尽平生之志。诗一卷。

少年行—作词

少年飞翠盖,上路勒一作动金镳。《纪事》、《文粹》无此二句。始酌文君酒,新吹弄玉箫。少年不欢乐,何以尽芳朝。此二句,一作少年子,欢乐尽今朝。千金笑里面,一搦掌一作抱中腰。挂缨一作冠岂惮宿,落珥一作迎拜不胜骄。寄语一本无此二字少年子,无辞归路遥。

渡汉江

东流既弥弥,南纪信滔滔。水激沉碑岸,波骇弄珠皋。含星映浅石,浮盖下奔涛。溜阔霞光近,川长晓气高。樯乌转轻翼,戏鸟落风毛。客心既多绪,长歌且代劳。

秋晚登古城

日落征途远,怅然临古城。颓墉寒雀集,荒堞晚乌惊。萧森灌木上,迢递孤烟生。霞景焕余照,露气澄晚清。秋风转摇落,此志安可平。

途中述怀

伯喈迁塞北,亭伯之辽东。伊余何为客,独守云台中,途遥已日暮,时泰道斯穷。拔心悲岸草,半死落岩桐。目送衡阳雁,情伤江上枫,福兮良所伏,今也信难通。丈夫自有志,宁伤官不公。

郢城怀古

客心悲暮序,登墉瞰平陆。林泽窅芊绵,山川郁重复。王公一作霸功资设险。名都拒江隩。方城次北门,溟海穷南服。长策挫吴豕,雄图竞周鹿,万乘重沮漳,九鼎轻伊谷。《纪事》无此二句。大搜云梦掩一作崦,壮观章华筑。人世更盛衰,吉凶良倚伏。邈见邻交断,仍睹贤臣逐。南风忽不竞,西师日侵蹙。运圮属驰驱,时屯恣敲扑。莫救夷陵火,无复秦庭哭。鄢郢遂丘墟,风尘俄惨黩。狐兔时游践,霜露日沾沐。钓渚故一作曲池平,神台层宇覆。阵云埋夏首,穷阴惨荒谷。怅矣舟壑迁,悲哉年祀倏。虽异三春望,终伤千里目。

晚渡江津

寂寂江山晚,苍苍原野暮。秋气怀易悲,长波渺难溯。索索风叶下,离离早鸿度。丘壑列夕阴,葭菼凝寒雾。日落亭皋远,独此怀旧慕一作暮。

王师渡汉水经襄阳

导漾疏源远,归海会流长。延波接荆梦,通望迩沮漳。高岸沉碑影,曲溆丽珠光。云昏翠岛没,水广素涛扬。阅川已多叹,遐睇几增伤。临溪犹驻马,望岘欲沾裳。乔木下寒叶,亭林落晓霜。山公不可遇,谁与访高阳。

谒汉高庙

纂尧灵命启,灭楚余闰一作闰余终。飞名膺帝箓,沉一作泛迹韫神功。瑞气朝浮砀,祥符夜告丰。抑扬驾人杰,叱咤掩时雄。缔构三灵改,经纶五纬同。干戈革宇内,声教尽寰中。运谢年逾远,魂归道未穷。树碑留故邑,抗殿表祠宫。沐兰祈泗上一作上祀,谒帝动深衷。英威肃如在,文物杳成空。竹皮聚寒径,粉社落霜丛。萧索阴云晚,长川起大风。

登叶县故城谒沈诸梁庙

总辔临秋原,登城望寒日。烟暧共掩映,林野俱萧瑟。楚塞郁不穷,吴山高渐出。客行殊未已,沐澡期终吉。椒桂奠芳樽,风云下虚室。馆宇肃而静,神心康且逸。伊我非真龙,勿惊疲朽质。

安德山池宴集 安德,杨师道封号。

朝宰论思暇,高宴临方塘。云飞凤台管,风动令君香。细草开金埒,流霞泛羽觞。虹桥分水态,镜石引菱光。上才同振藻,小技谬连章。怀音自兰室,徐步返山庄。

和许侍郎游昆明池 一本无许字

神池望不一作北极,沧波接远天。仪星似河汉,落景类虞泉。年深平馆宇,道泰偃戈船。差池下凫雁,掩映生云烟。浪花开已合,风文直且连。税马金堤外,横舟石岸前。羽觞倾绿蚁,飞日落红鲜。积水浮深智,明珠曜雅篇。大鲸方远击,沉灰独未然。知君啸俦侣,短翮徒联翩。

赋得魏都

炎运精华歇,清都宝命开。帝里三方盛,王庭万国来。玄武疏遥磴,金凤上层台。乍进仙童药,时倾避暑杯。南馆招奇士,西园引上才。还惜刘公干,疲病清漳隈。

赋礼记

玉帛资王会,郊丘叶圣情。重广一作典开环堵,至道轶金籯。盘薄依厚地,遥裔腾太清。方悦升中礼,足以慰余生。

奉和正日临朝应诏

化历昭唐典,承天顺夏正。百灵警朝禁一作轩籞,三辰扬旆旌。充庭富礼乐,高宴齿簪缨。献寿符万岁,移风韵九成。

妾薄命

团扇秋风起,长门夜月明。羞闻拊背入,恨说舞腰轻。太常先一作应已醉,刘君恒带醒。横陈每虚设,吉梦竟何成。

火凤词二首

歌声扇后一作里出,妆影镜一作扇中轻。未

能令掩笑,何处欲障声。知音自不惑,得念是分明。莫见双嚬敛,疑人含笑情。

佳人靓晚妆,清唱动兰房。影出—作入含风扇,声飞照日梁。娇鬟眉际敛,逸韵口中香。自有横陈会—作分,应怜秋夜长。

奉和初春出游应令
鸣笳出望苑,飞盖下芝田。水光浮落照,霞彩淡轻烟。柳色迎三月,梅花隔二年。日斜归骑动,余兴满山川。

寄杨公
公子盛西京,光华早著名。分庭接游士,虚馆待时英。高阁浮香出,长廊宝钏鸣。面花无隔笑,歌扇不障声。

戏赠潘徐城门迎两新妇
秦晋称旧匹,潘徐有世亲。三星宿已会,四德婉而嫔。云光鬓里薄,月影扇中新。年花与妆面,共作一芳春。

送别
眷言一杯酒,凄怆起离忧。夜花飘露气,暗水急还流。雁行遥上月,虫声迥映—作应秋。明日—作月河梁上,谁与论仙舟。

雨后
晚来风景丽,晴初物色华。薄云向空尽,轻虹逐望斜。后窗临岸竹,前阶枕浦沙。寂寥无与晤,尊酒论—作对风花。

文德皇后挽歌
裴回两仪殿,怅望九成台。玉辇终辞宴,瑶筐遂不开。野旷阴风积,川长思鸟来。寒山寂已暮,虞殡有余哀。

咏蝉
清心自饮露,哀响乍吟风。未上华冠侧,先惊翳叶中。

咏萤火示情人
窗里怜灯暗,阶前畏月明。不辞逢露湿,只为重宵行。

春眺
疲疴荷拙患,沦踬合幽襟。栖息在何处,丘中鸣素琴。

句
今日持团扇,非是为秋风。《赋得班去赵姬升》。见《诗式》。

全唐诗卷四十四

刘祎之

刘祎之,字希美,常州晋陵人。少以文藻知名。上元中,为左史,弘文馆直学士,与元万顷等皆召入禁中,论次新书。又密令参决时政,以分宰相权,时谓北门学士。则天时,拜中书侍郎,同中书门下三品。及官名改易,为凤阁侍郎,同凤阁鸾台三品。垂拱中,赐死。集七十卷,今存诗五首。

奉和太子纳妃太平公主出降 时咸亨四年

梦梓光青陛,秾桃蔼紫宫。德优宸念远,礼备国姻崇。万户声明发,三条骑吹通。香轮送重景,彩斾引仙虹。

奉和别越王

周屏辞金殿,梁骖整玉珂。管声依折柳,琴韵动流波。鹤盖分阴促,龙轩别念多。延襟小山路,还起大风歌。

酬郑沁州

麒阁一代良,熊轩千里躅。缉图昭国典,按部留宸瞩。匪厌承明庐,伫兼司隶局。芸书暂辍载,竹使方临俗。节变风绪高,秋深露华溽。寒山敛轻霭,霁野澄初旭。已切一作觉长年悲,谁堪岐路促。遥林征马迅,别馆嘶骖躅。雅赠响拟金,索居睽倚玉。凄断离鸿引,劳歌思足曲。

孝敬皇帝挽歌 上元二年,追谥太子弘孝敬皇帝

戒奢虚扆辂,锡号纪鸿名。地叶苍梧野,途经紫聚城。重照掩寒色,晨飙断曙声。一随仙骥远,霜雪愁阴生。

九成宫秋初应诏

帝一作悬圃疏金阙,仙台驻玉銮。野分鸣鹫岫,路接宝鸡坛。林树千霜积,山宫四序寒。蝉急知秋早,莺疏觉夏阑。怡神紫气外,凝睇白云端。舜海词波发,空惊游圣难。

李敬玄

李敬玄,亳州谯人。博览群书,特善五礼。贞观末,高宗在东宫,以马周荐,召入崇贤馆侍读。历西台侍郎,检校司列常伯。典铨有序,选者岁万余人,每于街衢见之,无不知其姓名,时人服其强记。仪凤中,为中书令,刘仁轨奏镇河西,敬玄自知非边将才,上强遣之,败于湟州,坐贬。集三十卷,今存诗二首。

奉和别鲁王高祖子灵夔,历五州刺史。

绿车旋楚服,丹跸伫秦川。珠皋转归骑,金岸引行旃。一朝限原隰,千里间风烟。莺喧上林谷一作右,凫响御沟泉一作前。断云移鲁盖,离歌动舜弦。别念凝神扆,崇恩洽玳筵。顾惟惭叩寂,徒自仰钧天。

奉和别越王太宗子贞,则天时为豫州刺史。

飞盖回兰枻,宸襟伫柏梁。别馆分泾渭,归路指衡漳。关山通曙色,林籁遍春光。帝念纡千里,词波照五潢。

张大安

张大安,魏州繁水人,公谨之子。上元中,历太子庶子,同中书门下三品。时章怀太子令与刘讷言等同注范晔《后汉书》。后贬普州刺史,终横州司马。诗一首。

奉和别越王

盛藩资右戚,连萼重皇情。离襟怆睢苑,分途指邺城。丽日开芳甸,佳气积神京。何时骖驾入,还见谒承明。

元万顷

元万顷,洛阳人,后魏景穆皇帝之裔,起家通事舍人。乾封中,从英国公李勣征高丽,令作檄文。万顷讥其不知守鸭绿之险。莫离支报曰:"谨闻命矣。"遂移兵守鸭绿,兵不得入。坐流岭外,遇赦还,为北门学士。则天时,迁凤阁侍郎,坐与徐敬业兄弟友善,贬死。诗四首。

奉和太子纳妃太平公主出降

象辂初乘雁,璇宫早结褵。离元应春夕,帝子降秋期。鸣瑜合清一作响,冠一作比玉丽秋姿。和声跻凤掖,交影步鸾墀。

奉和春日池台

日影飞花殿,风文积草池。凤楼通夜敞,虬辇望春移。

奉和春日二首

花轻蕊乱仙人杏,叶密莺喧帝女桑。飞云阁上春应至,明月楼中夜未央。此首一作上官仪诗。

凤辇迎风乘紫阁,鸾车避日转彤闱。中堂促管淹春望,后殿清歌开夜扉。

郭正一

郭正一,定州彭城人。贞观中,举进士,累转中书舍人,弘文馆学士。永隆二年,迁秘书少监,检校中书侍郎,与魏玄同、郭侍举并同中书门下平章事。宰相以平章事为名,自正一等始也。则天时,出为晋州刺史,后为酷吏所陷,窜死岭南。诗一首。

奉和太子纳妃太平公主出降

桂宫初服冕,兰掖早升笄。礼盛亲迎晋,声芬出降齐。金龟开瑞钮,宝翟上仙栧一作梯。转扇承宵月,扬旌照夕蜺。

胡元范

胡元范,申州义阳人。介廉有才,则天时,为凤阁侍郎,坐救裴炎,流死巂州。诗三首。

奉和太子纳妃太平公主出降三首别本作一首

帝子威仪绝,储妃礼度优。叠鼓陪仙观,凝笳翼画辀。郁郁神香满,奕奕彩云浮。排空列锦罽,腾欢溢皇州。

金闺未息火,玉树钟天爱。月路饰还装,星津动归佩。紫极流宸渥,清规伫慈诲。恩波

卷四十四

洽九流,光辉轶千载。

　　列席诏亲贤,式宴坐神仙。圣文飞圣笔,天乐奏钧天。曲池涵瑞景,文字孕祥烟。小臣同百兽,率舞悦尧年。

任希古 一作知古,一作奉古。

　　任希古,字敬臣,棣州人。五岁丧母,刻志从学。年十六,刺史崔枢欲举秀才,自以学未广,遁去。后举孝廉,虞世南器之。永徽初,与郭正一、崔融等同为薛元超所荐。终太子舍人。诗六首。

奉和太子纳妃太平公主出降

　　帝子升青陛,王姬降紫宸。星光移杂佩,月彩荐重轮。龙旍翻地杪,凤管飑天滨。槐阴浮浅濑,葆吹翼轻尘。

和东观群贤七夕临泛昆明池

　　秋风始摇落,秋水正澄鲜。飞眺牵牛渚,激赏镂鲸川。岸珠沦晓魄,池灰敛曙烟。泛查分写一作冯汉,仪星别构一作架天。云光波处动,日影浪中悬。惊鸿结蒲弋,游鲤入庄筌。萍叶疑江上,菱花似镜前。长林代轻幄,细草即芳筵。文峰开翠潋,笔海控清涟。不把兰樽圣,空仰桂舟仙。

和左仆射燕公春日端居述怀

　　丰野光三杰,妫庭赞五臣。绨缃歌美誉,丝竹咏芳尘。圣历开环象,昌年降甫申。高门非舍筑,华构岂垂纶。凤邸抟宵翰,龙池跃海鳞。玉鼎升黄阁,金章谒紫宸。礼闱通政本,文昌总国均。调风振薄俗,清教叙彝伦。星回应缇管,日御警寅宾。叶上曾槐变,花发小堂春。思挂五一作东都冕,言访北山巾。赫赫容台上,千祀耀平津。

和长孙秘监伏日苦热

　　玉署三时晓,金羁五日归。北林开逸径,东阁敞闲扉。池镜分天色,云峰减日辉。游鳞映荷聚,惊翰绕林飞。披襟扬子宅,舒啸仰

重闱。

和李公七夕 谢惠连体

　　落日照高牖,凉风起庭树。悠悠天宇平,昭昭月华度。开轩卷绡幕,延首晞云路。层汉有灵妃,仙居无与晤。履化悲流易,临川怨迟暮。昔从九春徂,方此三秋遇。瑶驾越星河,羽盖凝珠露。便妍耀井色,窈窕凌波步。始阅故人新,俄见新人故。掩泪收机石,衔啼襞纨素。惆怅何伤已,裴回劳永慕。无由西北归,空自东南顾。

和长孙秘监七夕

　　二秋叶神媛,七夕望仙妃。影照河阳妓,色丽平津闱。鹊桥波里出,龙车霄外飞。露泫低珠佩,云移荐锦衣,更深黄月落,夜久靥星稀。空接灵台下,方恶辨支机。

裴守真

　　裴守真,绛州人。高宗时,为太常博士。天授中,官司宪府丞令。推究诏狱,多平恕。不称旨,出刺成州,徙宁州卒。诗三首。

奉和太子纳妃太平公主
出降三首 别本作一首

　　瑜珮升青殿,秾华降紫微。还如桃李发,更似凤凰飞。金屋真离象,瑶台起婓微。彩缦纷碧坐,缋羽泛褕衣。

　　云路移彤辇,天津转明镜。仙珠照乘归,宝月重轮映。望园嘉宴洽,主第欢娱盛。丝竹扬帝熏,簪裾奉宸庆。

　　丛云霭晓光,湛露晞朝阳。天文天景丽,睿藻睿词芳。玉庭散秋色,银宫生夕凉。太平超邃古,万寿乐无疆。

杨思玄

　　杨思玄,师道兄子。高宗时,为吏部侍郎,国子祭酒。诗二首。

奉和圣制过温汤

丰城观汉迹，温谷幸秦余。地接幽王垒，涂分郑国渠。风威肃文卫，日彩镜雕舆。远岫凝氛重，寒丛对影疏。回瞻汉章阙，佳气满宸居。

奉和别鲁王

元王诗传博，文后宠灵优。鹤盖动宸眷，龙章送远游。函关疏别道，灞岸引行舟。北林分苑树，东流溢御沟。鸟声含羽碎，骑影曳花浮。圣泽九垓普，天文七曜周。方图献雅乐，簪带奉鸣球。

王德真 一作贞

王德贞，武后时，为纳言，又为侍中。后以罪流象州。诗一首。

奉和圣制过温汤

握图开万字，属圣启千年。骊阜疏缇骑，惊鸿映彩斿。玉霜鸣凤野，金阵藻龙川。祥烟聚危岫，德水溢飞泉。停舆兴睿览，还举大风篇。

郑义真

郑义真，高宗时人。诗一首。

奉和圣制过温汤

洛川方驻跸，丰野暂停銮。汤泉恒独涌，温谷岂知寒。漏鼓依岩畔，相风出树端。岭烟遥聚草，山月迥临鞍。日用诚多幸，天文遂仰观。

萧楚材

萧楚材，高宗时，为太常博士。诗一首。

奉和展礼岱宗途经濮济

拂汉星旗转，分霄日羽明。将追会阜迹，更勒岱宗铭。林戈咽济岸，兽鼓震河庭。叶箭凌寒矫，乌弓望晓惊。已降汾水作，仍送迎渭情。

薛克 一作尧构

薛克构，天授中，官至麟台监。诗一首。

奉和展礼岱宗途经濮济

龙图冠胥陆，凤驾指云亭。非烟泛济浦，绿字启河汀。画裳晨应月，文戟曙分星。四田巡揖礼，三驱道契经。行欣奉万岁，窃抃偶千龄。

徐珩

徐珩，高宗时人。诗一首。

日暮望泾水

导源径陇阪，属汭贯嬴都。下濑波常急，回圻溜亦纡。毒流秦卒毙，泥粪汉田腴。独有迷津客，怀归轸暮途。

贺遂亮

贺遂亮，官御史。诗一首。

赠韩思彦 《唐新语》云：遂亮与思彦同在宪台，钦思彦之风韵，赠诗。

意气百年内，平生一寸心。欲交天下士，未面已虚襟。君子重名义，直道冠衣簪。风云行可托，怀抱自然深。落霞静霜景，坠叶下风林。若上南登岸，希访北山岑。

韩思彦

韩思彦，与贺遂亮同官御史，高宗时，待诏弘文馆。上元中卒。诗一首。

酬贺遂亮

古人一言重，尝谓百年轻。今投欢会面，顾盼尽平生。簪裾非所托，琴酒冀相并。累日同游处，通宵欸素诚。霜飘知柳脆，雪冒觉松贞。愿言何所道，幸得岁寒名。

魏求己

魏求己，官御史，谪山阳丞。诗一首。

自御史左授山阳丞

朝升照日槛,夕次下乌台。风竿一眇邈,月树几裴回。翼向高标敛,声随下调哀。怀燕首自白,非是为年催。

刘怀一

刘怀一,瀛州司法,拜右台殿中侍御史。诗一首。

赠右台监察邓茂迁左台殿中

惟昔参多士,无双仰异才。鹰鹯同效逐,鹓鹭忝游陪。入仕光三命,迁荣历二台。隔墙钦素躅,对问限清埃。紫署春光早,兰阁曙色催。谁言夕鸟至,空想邓林隈。

全唐诗卷四十五

杜易简

杜易简,襄州襄阳人。九岁能属文,及长,博学有高名。姨兄岑文本推重之,登进士第,累转殿中侍御史。咸亨中,为考功员外郎,坐党裴行俭。左迁开州司马。集二十卷。存诗二首。

湘川新曲二首

昭潭深无底,橘洲浅而浮。本欲凌波去,翻为目成一作挑留。愿君稍弭楫,无令贱妾羞。

二八相招携,采菱渡前溪。弱腕随桡起,纤腰向舸低。自解看花笑,憎闻染竹啼。

陈元光

陈元光,字廷炬,光州人。高宗朝,以左郎将戍闽,进岭南行军总管,奏开漳州为郡。世守刺史。诗三首。

落成会咏一首

泉潮天万里,一镇屹天中。筮宅龙钟地,承恩燕翼宫。环堂魏岳秀,带砺大江雄。轮奂云霄望,晶华日月通。凌烟乔木茂,献宝介圭崇。昆俊歌常棣,民和教即戎。盘庚迁美土,陶侃效兼庸。设醴延张老,开轩礼吕蒙。无孤南国仰,庶补圣皇功。

示珦元光子也

恩衔枫陛渥,策向桂渊弘。载笔沿儒习,持弓缵祖风。祛灾剿猛虎,溥德翊飞龙。日阅书开士,星言驾劝农。勤劳思命重,戏谑逐时空。百粤雾纷满,诸戎泽普通。愿言加壮努,勿坐鬓霜蓬。

太母魏氏半径题石

乔岳标仙迹,玄扃妥寿姬。乌号非岭海,鹤仰向京师。系牒化侯裔,悬弧将相儿。清贞蜚简籍,规范肃门楣。万里提兵路,三年报母

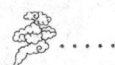

慈。剑埋龙守壤,石卧虎司碑。忧阕情犹结,祥回禫届期。竹符忠介凛,桐杖孝思凄。许史岣嶙篆,曹侯感旧诗。鸿蒙山暝启,骏彩德昭垂。华表瑶池冥,清漳玉树枝。昭题盟岳浈,展墓庆重熙。

许天正

许天正,汝南人,为陈元光副使。博学能文,历宣威将军。诗一首。

和陈元光平潮寇诗

元光赠诗云:"参军许天正,是用纪邦勋。"天正和之。

抱磴从天上,驱车返岭东。气昂无丑虏,策妙诎群雄。飞絮随风散,余氛向日镕。长戈收百甲,聚骑破千重。落剑惟戎首,游绳系胁从。四野无坚壁,群生未化融。龙湖膏泽下,早晚遍枯穷。

许圉师

许圉师,安陆人。有器干,博涉艺文,举进士。显庆中,累迁黄门侍郎,同中书门下三品,四迁为左相。坐事,贬刺史。吏有犯赃,圉师赐《清白诗》以激之,遂改节为廉士,其宽厚如此。诗一首。

咏牛应制

逸足还同骥,奇毛自偶麟。欲知花迹远,云影入天津。

赵谦光

赵谦光,咸亨中,登进士第,自彭州司马入为大理正,迁户部郎中。诗一首。

答户部员外贺遂涉戏赠

唐时,郎中不自员外拜者,谓之土山头。故遂涉戏谦光曰:"员外由来美,郎中望亦优。宁知粉署里,翻作土山头。"谦光答之。

锦帐随情设,金炉任意熏。惟愁员外署,不应列星文。

郑惟忠

郑惟忠,宋州人。仪凤中,举进士。则天召见,称旨,授胄曹参军,再迁凤阁舍人。中宗即位,拜黄门侍郎,守大理卿。推断大狱,多所全活。开元初,为礼部尚书,太子宾客。诗一首。

送苏尚书赴益州

离忧将岁尽,归望逐春来。庭花如有意,留艳待人一作君开。

张鹥

张鹥,字文成,深州深泽人。儿时梦紫色大鸟,五彩成文,降于家庭。其祖谓之曰:"五色赤文,凤也;紫文,鸑鷟也,为凤之佐。吾当以文章瑞于明廷。"因以为名字。调露中,登进士第,八中制科,四参选判。员半千谓人曰:"张子之文,如青钱万简选中,未闻退时。"因号青钱学士。开元中,历司门员外郎。其文远播外夷,撰《朝野佥载》及龙筋凤髓判百道。诗一首。

咏燕

变石身犹重,衔泥力尚微。从来赴甲第,两起一双飞。按《唐新语》:此是末章,非全篇也。

李福业

李福业,调露二年进士,登第后为侍御史。五王诛二张,亦与谋。及败,放于番禺,匿志州参军敬元礼家,吏获之,就刑。诗一首。

岭外守岁一作李德裕诗

冬去更筹尽,春随斗柄回。寒暄一夜隔,客鬓两年催。

薛眘惑

薛眘惑,善投壶,背后投之,龙跃隼飞,百发百中。时推为绝艺。诗一首。

奉和进船洛水应制 一作孙逖诗

禁园纡睿览,仙棹叶宸一作时游。洛北风花树,江南彩画舟。荣一作芳生兰蕙草,春入凤凰楼。兴尽离宫暮,烟光起夕流。

贺敳

贺敳,山阴人。历官率更令,崇文馆学士。诗一首。

奉和九月九日应制

商飙凝素籥,玄览贲黄图。晓霜惊断雁,晨吹结栖一作相乌。寒花低岸菊,凉叶下庭梧。泽宫申旧典,相圃叶前模。玉砌分雕戟,金沟转镂衢。带星飞夏箭,映月上轩弧。庆展簪裾洽,恩融雨露濡。天文发丹篆,宝思掩玄珠。承欢徒抃舞,负弛窃忘躯。

全唐诗卷四十六

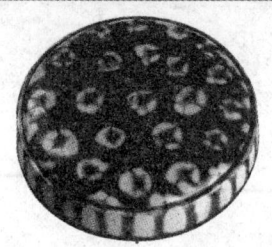

狄仁杰

狄仁杰,字怀英,并州太原人。举明经,授汴州判佐。仪凤中,为大理丞,断滞狱万余人。迁侍御史,历冬官侍郎,充江南巡抚使。奏毁淫祠。天授初,转地官侍郎判尚书,同凤阁鸾台平章事。后为河北道元帅,还授内史。卒,赠文昌右相。仁杰急于举贤,所引拔桓彦范、姚崇等至公卿者数十人。又尝荐献张柬之于武后,以为有宰相才,卒用为相。果能迎归中宗,兴复唐室,仁杰之功也。睿宗时,追封梁国公。诗一首。

奉和圣制夏日游石淙山

石淙山,在今河南登封县东南三十里,有天后及群臣侍宴诗并序刻北崖上。其序云:石淙者,即平乐涧。其诗天后自制七言一首,侍游应制皇太子显、右奉裕率兼检校安北大都护相王旦、太子宾客上柱国梁王三思、内史狄仁杰、奉宸令张易之、麟台监中山县开国男张昌宗、鸾台侍郎李峤、凤阁侍郎苏味道、夏官侍郎姚元崇、给事中阎朝隐、凤阁舍人崔融、奉宸大夫汾阴县开国男薛曜、守给事中徐彦伯、右玉钤卫郎将左奉宸内供奉杨敬述、司封员外于季子、通事舍人沈佺期各七言一首,薛曜奉敕正书刻石,时久视元年五月十九日也,按此事新旧唐书俱未之载,世所传诗,亦缺而不全,今从碑刻补入各集中。

宸晖降望金舆转,仙路峥嵘碧涧幽。羽仗遥临鸾鹤驾,帷宫直坐凤麟洲。飞泉洒液恒疑雨,密树含凉镇似秋。老臣预陪悬圃宴,余年方共赤松游。

魏元忠

魏元忠,宋州人。初为太学生,累举不调。时有左史周至人江融撰九州设险图,备载古今用兵成败之事,元忠就传其术。仪凤中,上封事驳吐蕃,授秘书正字,则天时,以平徐敬业功擢司刑,后拜凤阁侍郎,同平章事,独不附二张。中宗朝,迁中书令。以预节愍太子诛武三思谋,贬渠州司马。诗二首。

修书院学士奉勅宴梁王宅赋得门字

大君敦宴赏,万乘下梁园。酒助闲平乐,人沾雨露恩。荣光开帐殿,佳气满旌门。愿陪南岳寺,长奉北宸樽。

银潢—作汉宫侍宴应制得枝字

别殿秋云上,离宫夏景移。寒风生玉树,凉气下瑶池。蜃花仍吐叶,岩木—作菌尚抽枝。愿奉南山寿,千秋长若斯。

韦承庆

韦承庆,字延休,郑州阳武人。事继母以孝闻,举进士,官太子司议,屡有谏纳。长寿中,累迁凤阁侍郎,三掌天官选事,铨授平允,寻知政事。神龙初,坐附张易之,流岭表。起为秘书少监,授黄门侍郎,未拜卒。集六十卷,今存诗七首。

折杨柳

万里边城地,三春杨柳节。叶似镜中眉,花如关外雪。征人远乡思,倡妇高楼别。不忍掷年华,含情寄攀折。

寒食应制

凤城春色晚—作满,龙禁早晖通。旧火收槐燧,余寒入桂宫。莺啼正隐叶,鸡斗始开笼。蔼蔼瑶山满,仙歌始乐风。

凌朝浮江旅思—作马周诗

天晴上初日,春水送孤舟。山远疑无树,潮平似不流。岸花开且落,江鸟没还浮。羁望伤千里,长歌遣四—作客愁。

直中书省

清切凤凰池,扶疏鸡树枝。唯应集鸳鹭,何为宿鸱雌。大造乾坤辟,深恩雨露垂。昆蚑皆含养,驽骀亦驱驰。木偶翻为用,芝泥忽滥窥。九思空自勉,五字本无施。徒喜逢千载,何阶答二仪。萤光向日尽,蚊力负山疲。禁宇庭除阔,宵闲钟箭移。暗花临户发,残月下帘

欹。白发随年改,舟心为主披。命将时共泰,言与行俱危。寄谢巢由客,尧年正—作复在斯。

南行别弟

澹澹长江水,悠悠远客情。落花相与恨,到地一无声。

南中吟雁诗—作于季子诗,题作南行别弟

万里人南去,三春—作秋雁北飞。不知何岁月,得与尔—作汝同归。

江楼

独酌芳春酒,登楼已半醺。谁惊一行雁,冲断过江云。

李怀远

李怀远,邢州柏仁人。擢四科第,累除司礼少卿。则天时,为鸾台侍郎。神龙初,兵部尚书同中书门下三品。集八卷,今存诗一首。

凝碧池侍宴看竞渡应制

上苑清銮路,高居重豫游。前对芙蓉沼,傍临杜若洲。地如玄扈望,波似洞庭秋。列筵飞翠幨,分曹戏鹢舟。湍高棹影没,岸近榜歌遒。舞曲依鸾殿,箫声下凤楼。忽闻天上乐,疑逐海查流。

崔日用

崔日用,滑州灵昌人。举进士。大足元年,为宗楚客称荐,擢新丰尉。神龙中,附楚客、三思,骤迁兵部侍郎,兼修文馆学士。复预讨韦庶人谋,授黄门侍郎,参知机务。开元中,拜吏部尚书,终并州大都督长史。诗九首。

奉和九月九日登慈恩寺浮图应制

紫宸欢每洽,绀殿法初隆。菊泛延龄酒,兰吹解愠风。咸英调正乐,香梵遍秋空。临幸浮天瑞,重阳日再中。

奉和圣制送张说巡边

轩相推风后,周官重夏卿。庙谋能允迪,

韬略又纵横。吉日四黄马,宣王六月兵。拟清鸡尘塞,先指朔方城。列将怀威抚,匈奴畏盛名。去当推毂送,来伫出郊迎。绝漠蓬将断,华筵槿正荣。壮心看舞剑,别绪应悬旌。睿锡承优旨,乾文复龙行。暂劳期永逸,赫矣振天声。

奉和立春游苑迎春应制

乘时迎气正璇衡,灞浐烟氛向晚一作晓清。剪绮裁红妙春色,宫梅殿柳识天情。瑶筐彩燕先呈瑞,金缕晨鸡未学一作欲鸣。圣泽阳和宜宴乐,年年捧日向东城。

奉和圣制春日幸望春宫应制

东郊风一作草物正熏馨,素浐鸥鹭戏绿汀。凤阁斜通平一作长乐观,龙旂直逼望春亭。光风摇动一作遥艳兰英紫,淑气一作景依迟柳色青。渭浦明晨修禊事,群公倾贺水心铭。

奉和人日重宴大明宫恩赐彩缕人胜应制一作正月七日宴大明殿

新年宴乐坐一作正东朝,钟鼓铿锽大乐调。金屋瑶筐开宝胜,花笺彩笔颂春椒。曲池一作江苔色冰前液,上苑梅香雪里矫一作飘。宸极此时飞圣藻,微臣窃抃预闻韶。

奉和圣制龙池篇

龙兴白水汉兴符,圣主时乘运斗枢。岸上苽茸五花树,波中砾千金珠。操环昔闻迎夏启,发匣先来瑞有虞。风色云光随隐见,赤云神化象江湖。

夜宴安乐公主宅

银烛金屏坐碧堂,只言河汉动神光。主家盛时一作明欢不极,才子能歌夜未央。

饯唐永昌

洛阳桴鼓今不鸣,朝野咸推重太平。冬至冰霜俱怨别,春来花鸟若为情。

奉和送金城公主适西蕃

圣后经纶远,谋臣计画多。受降追汉策,筑馆计戎和。俗化乌孙垒,春生积石河。六龙今出饯,双鹤愿为歌。

句

彼名流兮左氏癖,意玄远兮冠今夕。《赠武平一》。

宗楚客

宗楚客,字子教,蒲州河东人,则天从父姊之子也。累迁夏官侍郎,同凤阁鸾台平章事。神龙中,武三思引为兵部尚书,同知政事,拜中书令,与侍中纪处讷共为朋党,后伏诛。诗六首。

奉和人日清晖阁宴群臣遇雪应制景龙三年

窈窕神仙阁,参差云汉间。九重中叶一作禁启,七日早春还。太液天为水,蓬莱雪作山。今朝上林树,无处不堪攀。

安乐公主移入新宅侍宴应制景龙三年十一月一日

星桥他日创,仙榜此时开。马向铺钱埒,箫闻弄玉台。人同一作疑卫叔美,客似一作是一作有长卿才。借问游天汉,谁能取一作带石回。

正月晦日侍宴浐水应制赋得长字景龙四年

御辇出明光,乘流一作舟泛羽觞。珠胎随月减,玉漏与年长。寒尽梅犹白,风迟柳未黄。日斜旌骑转,休气满一作展林塘。

奉和幸上阳宫侍宴应制

紫庭金凤阙,丹禁玉鸡川。似立蓬瀛上,疑游昆阆前。鸟将歌合转,花共锦争鲜。湛露飞尧酒,熏风入舜弦。水光摇落日,树色带晴烟。向夕回雕辇,佳气满岩泉。

奉和幸安乐公主山庄一作西园应制

玉楼银榜枕严城,翠盖红旂列禁营。日映层岩图画色,风摇杂树管弦声。水边重阁含飞动,云里孤峰类一作似削成。幸睹八龙游阆苑,一作幸陪七圣游昆阆。无劳万里访蓬瀛。

奉和圣制喜雪应制

飘飘瑞雪下山川,散漫轻飞集九埏。似絮还飞垂柳陌,如花更绕落梅前。影随明月团纨扇,声将流水杂鸣弦。共荷神功万庾积,终朝圣寿百千年。

句

竹町罗千卫,兰茝降两宫以下并应制。《海录碎事》。

七萃銮舆动,千年瑞检开。

彩旗临凤阙,翠幕绕龟津。

苏瑰

苏瑰,字昌容,京兆武功人。弱冠举进士,初授豫王府录事参军。为王德真、刘祎之所器重。长安中,累迁扬州大都督长史。神龙初,入为尚书右丞,再迁户部尚书,寻加侍中,充西京留守,拜尚书右仆射,同中书门下三品,进封许国公。睿宗立,转左仆射,以正立朝,独申谠论。开元中,诏与刘幽求配享睿宗庙庭。集十卷,今存诗二首。

奉和九日幸临渭亭登高应制得晖字

重阳早露晞,睿赏瞰秋矶。菊气先熏酒,萸香更袭衣。清切丝桐会,纵横文雅飞,恩深答效浅,留醉奉宸晖。

兴庆池侍宴应制

金阙平明宿雾收,瑶池式宴俯清流。瑞凤飞来随帝辇,祥鱼出戏跃王舟。帷齐绿树当筵密,盖转缃荷接岸浮。如临窃比微臣惧,若济叨陪圣主游。

全唐诗卷四十七

张九龄

张九龄,字子寿,韶州曲江人。七岁知属文。擢进士,始调校书郎,以道侔伊吕科为左拾遗,进中书舍人,出为冀州刺史。以母不肯去乡里,表换洪州都督。徙桂州兼岭南按察选补使。以张说荐,为集贤院学士,俄拜中书侍郎,同平章事,迁中书令。为李林甫所忮,改尚书右丞相,罢政事,贬荆州长史,请归还展墓。卒,谥文献。九龄风度醖藉,在相位,有謇谔匪躬之诚,以直道黜,不咸咸婴望,惟文史自娱。尝识安禄山必反,请诛,不许。后明皇在蜀思其言,遣使致祭,恤其家。集二十卷。今编诗三卷。

奉和圣制烛龙斋祭

上帝临下,鉴亦有光。孰云阴骘,惟圣克彰。六月徂暑,四郊愆阳。我后其勤,告于坛场。精意允溢,群灵鼓舞。蔚兮朝云,沛然时雨。雨我原田,亦既有年。烛龙煌煌,明宗报祀。于以助之,天人帝子。闻诗有训,国风兹始。

奉和圣制喜雨

艰我稼穑,载育载亭。随物应之,曷圣与灵。谓我何凭,惟德之馨。谁云天远,以诚必至。太清无云,羲和顿辔。于斯烝人,瞻彼非觊。阴冥倏忽,沛泽咸洎。何以致之,我后之感。无皋无隰,黍稷黯黯。无卉无木,敷芬黜黮。黄龙勿来,鸣鸟不思。人和年丰,皇心则怡。岂与周宣,云汉徒诗。

南郊文武出入舒和之乐

祝史辞正,人神庆叶。福以德昭,享以诚接。六变云备,百礼斯浃。祀事孔明,祚流万叶。

奉和圣制幸晋阳宫

隋季失天策,万方罹凶残。皇祖称义旗,

三灵皆获安。圣期将一作朝特申锡,王业成艰难,盗移未改命,历在终履端。彼汾惟帝乡,雄都信郁盘。一月朔巡狩,群后陪清銮。霸迹在沛庭,旧仪睹汉官,唐风思何深,舜典敷更宽。户蒙枌榆复,邑争牛酒欢。缅惟蓟商后,岂独微禹叹。三后既在天,万年斯不刊,尊祖实我皇,天文皆仰观。

奉和圣制次成皋先圣擒建德之所

天命诚有集,王业初惟艰。蓟商自文祖,夷项在兹山。地识斩蛇处,河临饮马间。威加昔运往,泽流今圣还。尊祖颂先烈,赓歌安用攀。绍成即我后,封岱出天关。

奉和圣制赐诸州刺史以题座右

圣人合天德,洪覆在元元。每劳苍生念,不以黄屋尊。兴化俟群辟,择贤守列蕃。得人此为盛,咨岳今复存。降鉴引君道,殷勤启政门。容光无不照,有象必为言。成宪知所奉,致理归其根。肃肃禀玄猷,煌煌戒朱轩。岂徒任遇重,兼尔宴锡繁。载闻励臣节,持答明主恩。

奉和圣制送十道采访使及朝集使

三年一上计,万国趋河洛。课最力已陈,赏延恩复博。垂衣深共理,改瑟其咸若。首路回竹符,分镳扬木铎。戒程有攸往,诏饯无淹泊。昭晰动天文,殷勤在人瘼。持久望兹念,克终期所托。行矣当自强。春耕庶秋获。

奉和圣制谒玄元皇帝庙斋

兴运昔有感,建祠北山巅。云雷初缔构,日月今悠然。紫气尚葐蒀,玄元知在焉。追兹事追远,轮奂复增鲜。洞府香林处,斋坛清汉边。吾君乃尊祖,凤驾此留连。乐动人神会,钟成律度圆。笙歌下鸾鹤,芝术萃灵仙。曾是福黎庶,岂唯味虚玄。赓歌徒有作,微薄谢昭宣。

巫山高

巫山与天近,烟景长青荧。此中楚王梦,梦得神女灵,神女去已久,云雨空冥冥。唯有巴猿啸,哀音不可听。

和黄门卢监望秦始皇陵

秦帝始求仙,骊山何遽卜。中年既无效,兹地所宜复。徒役如雷奔,珍怪亦云蓄。黔首无寄命,赭衣相追逐。人怨神亦怒,身死宗遂覆。土崩失天下,龙斗入函谷。国为项藉屠,君同华元戮。始掘既由楚,终焚乃因牧。上宰议扬贤,中阿感桓速。一闻过秦论,载怀空杼轴。

酬周判官巡至始兴,会改秘书少监见贻之作,兼呈耿广州

惟昔迁乐土,迨今已重世。阴庆荷先德,素风惭后裔。唯益梓桑恭,岂禀山川丽。于时初自勉,揆己无兼济。瘠上资劳力,良书启蒙蔽。一探石室文,再擢金门第。既起南宫草,复掌西掖制。过举及小人,便蕃在中岁。亚司河海秩,转牧江湖滋。勿谓符竹轻,但觉涓尘细。一麾尚云忝,十驾宜求税。心息已如灰,迹牵且为赘。忽捧天书委,将革海隅弊。朝闻循诚节,夕饮蒙瘴疠。义疾耻无勇,盗憎攻亦锐。葵藿是倾心,豺狼何反噬。履险甘所受,荣贤恧相曳。揽辔但荒服,循陔便私第。嘉庆始获申,恩华复相继。无庸我先举,同事君犹滞。当推奉使绩,且结拜亲契。更延怀安旨,曾是虑危际。善谋虽若兹,至理焉可替。所仗有神道,况承明主惠。

和吏部李侍郎见示秋夜望月忆诸侍郎之什,其卒章有前后行之戏,因命仆继作

清秋发高兴,凉月复闲宵。光逐露华满,情因水镜摇。同时亦所见,异路无相招。美景向空尽,欢言随事销。忽听金华作,诚如玉律调。南宫尚为后,东观何其辽。名数虽云隔,风期幸未遥。今来重余论,怀此更终朝。

登南岳事毕谒司马道士

将命祈灵岳,回策诣真士。绝迹寻一径,

异香闻数里。分庭八桂树,肃容两童子。入室希把袖,登床愿启齿。诱我弃智诀,追兹长生理。吸精反自然,炼药求不死。期言眇霄汉,顾余婴纷滓。相去九牛毛,惭欢知何已。

九月九日登龙山

郡庭常窘束,凉野求昭旷。楚客凛秋时,桓公旧台上。清明风日好,历落江山望。极远何萧条,中留坐惆怅。东弥夏首阔,西拒荆门壮。夷险虽异时,古今岂殊状。先贤杳不接,故老犹可访。投吊伤昔人,挥斤感前匠。自为本疏散,未始忘幽尚。际会非有欲,往来是无妄。为邦复多幸,去国殊迁放。且泛篱下菊,还聆郢中唱。灌园亦何为,于陵乃逃相。

登郡城南楼

闭阁幸无事,登楼聊永日。云霞千里开,洲渚万形出。澹澹澄江漫,飞飞度鸟疾。邑人半舻舰,津树多枫橘。感别时已屡,凭眺情非一。远怀不我同,孤兴与谁悉。平生本单绪,邂逅承优秩。谬忝为邦寄,多惭理人术。驽铅虽自勉,仓廪素非实。陈力倘无效,谢病从芝术。

岁初巡属县,登高安南楼言怀

山城本孤峻,凭高结层轩。江气偏宜早,林英粲已繁。余滋含宿霁,众妍在朝暾。拂衣释簿领,伏槛遗纷喧。深俯东溪澳,远延南山樊。归云纳前岭,去鸟投遥村,目尽有余意,心恻不可谖。揭来彭蠡泽,载经敷浅原。春及但生思。时哉无与言。不才叨过举。唯力酬明恩。美化犹寂蔑,迅节徒飞奔。虽无成立效,庶以去思论。行复徇孤迹,亦云吾道存。

秋晚登楼望南江入始兴郡路

潦收沙衍出,霜降天宇晶。伏槛一长眺,津途多远情。思来江山外,望尽烟云生。滔滔不自辨,役役且何成。我来飒衰鬓,孰云飘华缨。枥马苦踯躅,笼禽念遐征。岁阴向晼晚,日夕空屏营。物生贵得性,身累由近名。内顾

觉今是,追叹何时平。

登古阳云台

庭树日衰飒,风霜未云已。驾言遣忧思,乘兴求相似。楚国兹故都,兰台有余址。传闻襄王世,仍立巫山祀。方此全盛时,岂无婵娟子。色荒神女至,魂荡宫观启。蔓草今如积,朝云为谁起。

与生公寻幽居处

同方久厌俗,相与事遐讨。及此云山去,窅然岩径好。疑入武陵源,如逢汉阴老。清谐欣有得,幽闲欻盈抱。我本玉阶侍,偶访金仙道。兹焉求卜筑,所过皆神造。岁晚林始敷,日晏崖方杲。不种缘岭竹,岂植临潭草。即途可淹留,随日成黼藻。期为静者说,曾是终焉保。今为简书畏,只令归思浩。

与生公游石窟山

探秘孰云远,忘怀复尔同。日寻高深意,宛是神仙中。跻险构灵室,诡制非人功。潜洞黝无底,殊庭忽似梦。岂如武安凿,自若茅山通。造物良有寄,嬉游乃惬衷。犹希咽玉液,从此升云空。呦呦共携手,泠然且驭风。

郡舍南有园畦杂树聊以永日

为郡久无补,越乡空复深。苟能秉素节,安用叨华簪。却步园畦里,追吾野逸心。形骸拘俗吏,光景赖闲林。内讼诚知止,外言犹匪忱。成蹊谢李径,卫足感葵阴。荣达岂不伟,孤生非所任。江城何寂历,秋树亦萧森。下有北流水,上有南飞禽。我愿从归翼,无然坐自沉。

临泛东湖 时任洪州

郡庭日休暇,湖曲邀胜践。乐职在中和,灵一作虚心把上善。乘流坐清旷,举目眺悠缅。林与西山重,云因北风卷。晶明画不逮,阴影镜无辨。晚秀复芬敷,秋光更遥衍。万族纷可佳,一游岂能展。羁孤忝邦牧,顾己非时选。梁一作长公世不容,长孺心亦褊。永念出笼絷,

常思退疲羸。岁徂风露严，日恐兰苕一作若剪。佳辰不可得，良会何其鲜。罢兴还江城，闭关聊自遣。

始兴南山下有林泉，尝卜居焉，荆州卧病有怀此地

出处各有在，何者为陆沉。幸无迫贱事，聊可祛迷襟。世路少夷坦，孟门未崟嶔。多惭入火术，常惕履冰心。一跌不自保，万全焉可寻。行行念归路，眇眇惜光阴。浮生如过隙，先达已吾箴。敢忘丘山施，亦云年病侵。力衰在所养，时谢良不任。但忆旧栖息，愿言遂窥临。云间日孤秀，山下面清深。萝茑自为幄，风泉何必琴。归此老吾老，还当日千金。

晨坐斋中偶而成咏

寒露洁秋空，遥山纷在瞩。孤顶乍修耸，微云复相续。人兹赏地偏，鸟亦爱林旭。结念凭幽远，抚躬曷羁束。仰宵谢逸翰，临路嗟疲足。徂岁方晼攜，归心亟踯躅。休闲倘有素，岂负南山曲。

咏史

大德始无颇，中智是所是。居然已不一，况乃务相诡。小道致泥难，巧言因蒌毁。穰侯或见迟，苏生得阴揣。轻既长沙傅，重亦边郡徙。势倾不幸然，迹在胡宁尔。沧溟所为大，江汉日来委。沣一作澄水虽复清，鱼鳖岂游此。贤哉有小白，仇中有管氏。若人不世生，悠悠多如彼。

龙门旬宴得月字韵

恩华逐芳岁，形胜兼韶月。中席傍鱼潭，前山倚龙阙。花迎妙妓至，鸟避仙舟发。宴赏一作衍良在兹，再来情不歇。

骊山下逍遥公旧居游集

君子体清尚，归处有兼资。虽然经济日，无忘幽栖时。卜居旧何所，休浣尝来兹。岑寂罕人至，幽一作高深获我思。松涧聆遗风，兰林

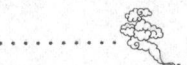

览余滋。往事诚已矣，道存犹可追。遗子后黄金，作歌先紫芝。明德有自来，奕世皆秉彝。岂与磻溪老，崛起周太师。我心希硕人，逮此问元龟。怊怅既怀远，沉吟亦省私。已云宠禄过，况在华发衰。轩盖有迷复，丘壑无磷缁。感物重所怀，何但止足斯。

杂诗五首

孤桐亦胡为，百尺傍无枝。疏阴不自覆，修干欲何施。高冈地复迥，弱植风屡吹。凡鸟已相噪，凤凰安得知。

萝茑必有托，风霜不能落。酷在兰将蕙，甘从葵与藿。运命虽为宰，寒暑自回薄。悠悠天地间，委顺无不乐。

良辰不可遇，心赏更蹉跎。终日块然坐，有时劳者歌。庭前揽芳蕙，江上托微波。路远无能达，忧情空复多。

湘水吊灵妃，斑竹为情绪。汉水访游女，解佩欲谁与。同心不可见，异路空延伫。浦上青枫林，津傍白沙渚。行吟至落日，坐望只愁予。神物亦岂孤，佳期竟何许。

木直几自寇，石坚亦他攻。何言为用薄，而与火膏同。物类一作累有固然，谁能取径通。纤纤良田草，靡靡唯从风。日夜沐甘泽，春秋等芳丛。生性苟不夭，香臭谁为中。道家贵至柔，儒生何固穷。终始行一意，无乃过愚公。

感遇十二首

兰叶一作蕊春葳蕤，桂华秋皎洁。欣欣此生意，自尔为佳节。谁知林栖者，闻风坐相一作见悦，草木有本一作本无心，何求美人折。

幽林归独卧，滞虑洗孤清。持此谢高鸟，因之传远情。日夕怀空意，人谁感至精。飞沉理自隔，何所慰吾诚。

鱼游乐深池，鸟栖欲高枝。嗟尔蜉蝣羽，薨薨亦何为。有生岂不化，所感奚若斯。神理日微灭，吾心安得知。浩叹杨朱子，徒然泣路岐。

孤鸿海上来,池潢不敢顾。侧见双翠鸟,巢在三珠树。矫矫珍木巅,得无金丸惧。美服患人指,高明逼神恶。今我游冥冥,弋者何所慕。

吴越数千里,梦寐今夕见。形骸非我亲,衾枕即乡县。化蝶犹不识,川鱼安可羡。海上有仙山,归期觉神变。

西日下山隐,北风乘夕流。燕雀感昏旦,檐楹呼匹俦。鸿鹄虽自远,哀音非所求。贵人弃疵贱,下土尝殷忧。众情累外物,恕已忘内修。感叹长如此,使我心悠悠。

江南有丹橘,经冬犹绿林。岂伊地气暖,自有岁寒心。可以荐嘉客,奈何阻重深。运命唯所遇,循环不可寻。徒言树桃李,此木岂无阴。

永日徒离忧,临风怀蹇修。美人何处所,孤客空悠悠。青鸟跂不至,朱鳖谁云浮。夜分起踯躅,时逝曷淹留。

抱影吟中夜,谁闻此叹息。美人适异方,庭树含幽色。白云愁不见,沧海飞无翼。凤凰一朝来,竹花斯可食。

汉上有游女,求思安可得。袖中一札书,欲寄双飞翼。冥冥愁不见,耿耿徒缄忆。紫兰秀空蹊,皓露夺幽色。馨香岁欲晚,感叹情何极。白云在南山,日暮长太息。

我有异乡忆,宛在云溶溶。凭此目不觌,要之心所钟。但欲附高鸟,安敢攀飞龙。至精无感遇,悲惋填心胸。归来扣寂寞,人愿天岂从。

闭门迹群化,凭林结所思。啸叹此寒木,畴昔乃芳蕤。朝阳凤安在,日暮蝉独悲。浩思极中夜,深嗟欲待谁。所怀诚已矣,既往不可追。鼎食非吾事,云仙尝我期。胡越方杳杳,车马何迟迟。天壤一何异,幽嘿卧帘帷。

江上遇疾风

疾风江上起,鼓怒扬烟埃。白昼晦如夕,洪涛声若雷。投林鸟铩羽,入浦鱼曝鳃。瓦飞屋且发,帆快樯已摧。不知天地气,何为此喧豗。

南阳道中作

登郢属岁阴,及宛憩所适。复闻东汉主,遗此南都迹。佳气蔼厥初,霸图纷在昔。兹邦称贵近,与世尝薰赫。遭遇感风云,变衰空草泽。不识邓公树,犹传阴后石。驱马历阛阓,荆榛翳阡陌。事去物无象,感来心不怿。怀古对穷秋,兴言伤远客。眇默遵岐路,辛勤弊行役。云雁号相呼,林麕走自索。顾忆徇书剑,未尝安枕席。岂暇墨突黔,空持辽豕白。迷复期非远,归欤赏农隙。

湘中作

湘流绕南岳,绝目转青青。怀禄未能已,瞻途屡所经。烟屿宜春望,林猿莫夜听。永路日多绪,孤舟天复冥。浮没从此去,嗟嗟劳我形。

彭蠡湖上

沿涉经大湖,湖流多行泆。决晨趋北渚,逗浦已西日。所适虽淹旷,中流且闲逸。瑰诡良复多,感见乃非一。庐山直阳浒,孤石当阴术。一水云际飞,数峰湖心出。象类何交纠,形言岂深悉。且知皆自然,高下无相恤。

入庐山仰望瀑布水

绝顶有悬泉,喧喧出烟杪,不知几时岁,但见无昏晓。闪闪青崖落,鲜鲜白日皎。洒流湿行云,溅沫惊飞鸟。雷吼何喷薄,箭驰入窈窕。昔闻山下蒙,今乃林峦表。物情有诡激,坤元曷纷矫。默然置此去,变化谁能了。

出为豫章郡途次庐山东岩下

兹山镇何所,及在澄湖阴。下有蛟螭伏,上与虹蜺寻。灵仙未始旷,窟宅何其深。双阙出云峙,三宫入烟沉。攀崖犹昔境,种杏非旧林。想像终古迹,惆怅独往心。纷吾婴世网,数载忝朝簪。孤根自靡托,量力况不任。多谢周身防，常恐横议侵。岂匪鹓鸿列，惕如泉壑偘。迨兹刺江郡。来此涤尘襟。有趣逢樵客，忘怀狎野禽。栖闲义未果，用拙欢在今，愿言咨休命，归事丘中琴。

巡属县道中作

春令凤所奉，驾言遵此行。途中却郡掾，林下招村氓。至邑无纷剧，来人但欢迎。岂伊念邦政，尔实在时清。短才滥符竹，弱岁起柴荆。再入江村道，永怀山薮情。矧逢阳节献，默听时禽鸣。迹与素心别，感从幽思盈。流芳日不待，夙志蹇无成。知命且何欲，所图唯退耕。华簪极身泰，衰鬓惭木荣。苟得不可遂，吾其谢世婴。

夏日奉使南海在道中作

缅然万里路，赫曦三伏时。飞走逃深林，流烁恐生疵，行李岂无苦，而我方自怡。肃事诚在公，拜庆遂及私。展力惭浅效，衔恩感深慈。且欲汤火蹈，况元鬼神欺。朝发高山阿，夕济长江湄。秋瘴宁我毒，夏水胡不夷。信知道存者，但问心所之。品梁有出人，乃觉非虚词。

巡按自漓水南行

理棹虽云远，饮冰宁有惜。况乃佳山川，怡然傲潭石。奇峰岌前转，茂树隈中积。猿鸟声自呼，风泉气相激。目因诡容逆，心与清晖涤。纷吾谬执简，行郡将移檄。即事聊独欢，素怀岂兼适。悠悠咏靡监，庶以穷日夕。

使还都湘东作

仓庚昨归候，阳鸟今去时。感物遽如此，劳生安可思。养真无上格，图进岂前期。清节往来苦，壮容离别衰。盛明非不遇，弱操自云私。孤楫清川泊，征衣寒露滋。风朝津树落，日夕岭猿悲。牵役而无悔，坐愁只自怡。当须报恩已，终尔谢尘缁。

冬中至玉泉山寺，属穷阴冰闭崖谷无色，及仲春行县复往焉，故有此作

灵境信幽绝，芳时重暄妍。再来及兹胜，一遇非无缘。万木柔可结，千花敷欲然。松间鸣好鸟，竹下流清泉。石壁开精舍，金光照法筵。真空本自寂，假有聊相宣。复此灰心者，仍追巢顶禅。简书虽有畏，身世亦相—作俱捐。

郢城西北有大古冢数十，观其封域多是楚时诸王，而年代久远不复可识，唯直西有樊妃冢，因后人为植松柏，故行路尽知之

蘋藻生南涧，蕙兰秀中林。嘉名有所在，芳气无幽深。楚子初逞志，樊妃尝献箴，能令更择士，非直罢从禽。旧国皆湮灭，先王亦莫寻。唯传贤媛陇，犹结后人心。牢落山川意，萧疏松柏阴。破墙时直上，荒径或斜侵。惠问终不绝，风流独至今。千春忠窈窕，黄鸟复哀音。

荆州作二首

先达志其大，求息不约文。士伸在知己，已况仕于君。微诚凤所尚，细故不足云。时来忽易失，事往良难分。顾念凡近姿，焉欲殊常勋。亦以行则是，岂必素有闻。千虑且犹失，万绪何其纷。进士苟非党，免相安得群。众口金可铄，孤心丝共棼。意忠仗朋信，语勇同败军。古剑徒有气，幽兰只自薰。高秩向所忝，于义如浮云。

千载一遭遇，往贤所至难。问余奚为者，无阶忽上抟。明圣不世出，翼亮非苟安。崇高自有配，孤陋何足干。遇恩一时来，窃位三岁寒。谁谓诚不尽，知穷力亦殚。虽至负乘寇，初无挟术钻，浩荡出江湖，翻覆如波澜。心伤不材树，自念独飞翰。徇义在匹夫，报恩犹一餐。况乃山海泽，效无毫发端。内讼已惭沮，积毁今摧残。胡为复惕息，伤鸟畏虚弹。

在郡秋怀二首

秋风入前林，萧瑟鸣高—作寒枝。寂寞游子思，寤叹何人知。宦成名不立，志存岁已驰。五十而无闻，古人深所疵。平生去外饰，直道

如不羁。未得操割效，忽复寒暑移。物情自古然，身退毁亦随。悠悠沧江渚，望望白云涯。露下霜且降，泽中草离披。兰艾若不分，安用馨香为。

庭芜生白露，岁候感遒心。策骞惭远途，巢枝思故林。小人恐致寇，终日如临深。鱼鸟好自逸，池笼安所钦。挂冠东都门，采厥南山岑。议道诚愧昔，览分还惬今。怃然忧成老，空尔白头吟。

悉官二十年尽在内职，及为郡尝积恋，因赋诗焉

江流去朝宗，昼夜兹不舍。仲尼在川上，子牟存阙下。圣达有由然，孰是无心者。一郡苟能化，百城岂云寡。爱礼谁为羊，恋主吾犹马。感初时不载，思奋翼无假。闲宇常自闭，沉心何用写。揽衣步前庭，登陴临旷野。白水生迢递，清风寄潇洒。愿言采芳泽，终朝不盈把。

二弟宰邑南海，见群雁南飞，因成咏以寄

鸿雁自北来，嗷嗷度烟景。常怀稻粱惠，岂惮江山永。小大每相从，羽毛当自整。双凫侣晨泛，独鹤参宵警。为我更南飞，因书至梅岭。

将发还乡示诸弟

岁阳亦颓止，林意日萧摵。云胡当此时，缅迈复为客。至爱孰能舍，名义来相迫。负德良不赀，输诚靡所惜。一木逢厦构，纤尘愿山益。无力主君恩，宁利客卿璧。去去荣归养，怃然叹行役。

叙怀二首

弱岁读群史，抗迹追古人。被褐有怀玉，佩印从负薪。志合岂兄弟，道行无贱贫。孤根亦何赖，感激此为邻。

晚节从卑秩，岐路良非一。既闻持两端，复见挟三术。木瓜诚有报，玉楮论无实。已矣直躬者，平生壮图失。去去勿重陈，归来茹芝术。

题画山水障

心累犹不尽，果为物外牵。偶因耳目好，复假丹青妍。尝抱野间意，而迫区中缘。尘事固已矣，秉意终不迁。良工适我愿，妙墨挥岩泉。变化合群有，高深俟自然。置陈北堂上，仿像南山前。静无户庭出，行已兹地偏。萱草忧可树，合欢忿益蠲。所因本微物，况乃凭幽筌。言象会自泯，意色聊自宣。对玩有佳趣，使我心渺绵。

奉和圣制瑞雪篇

万年春，三朝日，上御明台旅庭实。初瑞雪兮霏微，俄同云兮蒙密。此时骚切阴风生，先过金殿有余清。信宿婵娟飞雪度，能使玉人俱掩嫮。皓皓楼前月初白，纷纷陌上尘皆素。

昨讶骄阳积数旬，始知和气待迎新。匪惟在人利，曾是扶—作占天意。天意岂云遥，雪委不崇朝。皇情玩无致，雪委方盈尺。草树纷早荣，京坻宛先积。君恩诚谓何，岁稔复人和。预数斯箱庆，应如此雪多。朝冕旒兮载悦，相簦笠兮农节。倚瑶琴兮或歌，续薰风兮瑞雪。福浸昌，应尤盛，瑞雪年年常感圣。愿以柏梁作，长为柳花咏。

奉和圣制温泉歌

有时神物待圣人，去后汤还冷，来时树亦春。今兹十月自东归，羽斾逶迤上翠微。温谷葱葱佳气色，离宫奕奕叶光辉。临渭川，近天邑，浴日温泉复在兹，群仙洞府那相及。吾君利物心，玄泽浸苍黔。渐渍神汤无疾苦，薰歌一曲感人深。

南邻太尉酌献武舞作凯安之乐

馨香惟后德，明命光天保。肃祀崇圣灵，陈信表黄道。玉戚初蹈厉，金匏既静好。介福何穰穰，精诚格穹昊。

全唐诗卷四十八

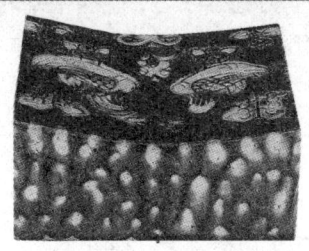

张九龄

奉和圣制经孔子旧宅

孔门犹太山下,不见登封时。徒有先王法,今为明主思。恩加万乘幸,礼致一牢祠。旧宅千年外,光华空在兹。

奉和圣制次琼岳韵

山祗亦望幸,云雨见灵心。岳馆逢朝霁,关门解宿阴。咸京天上近,清渭日边临。我武因冬狩,何言是即禽。

奉和圣制送李尚书入蜀

眷言感忠义,何有间山川。徇节今如此,离情空复然。皇心在勤恤,德泽委昭宣。周月成功后,明年或劳还。

奉和圣制初出洛城

东土淹龙驾,两人望翠华。山川祗询物,宫观岂为家。十月回星斗,千官捧日车。洛阳无怨思,巡幸更非赊。

奉和圣制途次陕州作

驰道当河陕,陈诗问国风。川原三晋别,襟带两京同。后殿函关尽,前旌阙塞通。行看洛阳陌,光景丽天中。

敕赐宁王池宴

贤王有池馆,明主赐春游。淑气林间发,恩光水上浮。徒惭一作参和鼎地,终谢巨一作济川舟。皇泽空如此,轻生莫可酬。

天津桥东旬宴得歌字韵

清洛象天河,东流形胜多。朝来逢宴喜,春尽却妍和。泉鲔欢时跃,林莺醉里歌。赐恩频若此,为乐奈人何。

上阳水窗旬宴得移字韵

河汉非应到,汀洲忽在斯。仍逢帝乐下,如逐海槎窥。春赏时将换,皇恩岁不移。今朝

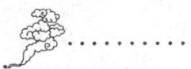

游宴所,莫比天泉池。

折杨柳

纤纤折杨柳,持此寄情人。一枝何足贵,怜是故园春。迟景那能久,芳菲不及新。更愁征戍客,容鬓老边尘。

剪彩

姹女矜容色,为花不让春。既争芳意早,谁待物华真。叶作参差发,枝从点缀新。自然无限态,长在艳阳晨。

和崔黄门寓直夜听蝉之作

蝉嘶玉树枝,向夕惠风吹。幸入连宵听,应缘饮露知。思深秋欲近,声静夜相宜。不是黄金饰,清香徒尔为。

和姚令公从幸温汤喜雪

万乘飞黄马,千金狐白裘。正逢银霰积,如向玉京游。瑞色铺驰道,花文拂彩斿。还闻吉甫颂,不共郢歌俦。

立春日晨起对积雪

忽对林亭雪,瑶华处处开。今年迎气始,昨夜伴春回。玉润窗前竹,花繁院里梅。东郊斋祭所,应见五神来。

三月三日申王园亭宴集

稽亭追往事,睢苑胜前闻。飞阁凌芳树,华池落彩云。藉草人留酌,衔花鸟赴群。向来同赏处,惟恨碧林曛。

三月三日登龙山

伊川与灞津,今日祓除人。岂似龙山上,还同湘水滨。衰颜忧更老,淑景望非春。禊饮岂吾事,聊将偶俗尘。

和王司马折梅寄京邑昆弟

离别念同嬉,芬荣欲共持。独攀南国树,遥寄北风时。林惜迎春早,花愁去日迟。还闻折梅处,更有棣华诗。

晚霁登王六东阁

试上江楼望,初逢山雨晴。连空青嶂合,向晚白云生。彼美要殊观,萧条见远情。情来不可极,日暮水流清。

苏侍郎紫薇庭各赋一物得芍药

仙禁生红药,微芳不自持。幸因清切地,还遇艳阳时。名见桐君箓,香闻郑国诗。孤根若可用,非直爱华滋。

和黄门卢侍御咏竹

清切紫庭垂,葳蕤防露枝,色无玄月变,声有惠风吹。高节人相重。虚心世所知。凤凰佳可食,一去一来仪。

和韦尚书答梓州兄南亭宴集

棠棣闻余兴,乌衣有旧游。门前杜城陌,池上曲江流。暇日尝繁会。清风咏阴修。始知西峙岳,同气此相求。陆平原赠弟,有"子为东峙岳"之句。

答陈拾遗赠竹簪

与君尝此志,因物复知心。遗我龙钟节,非无玳瑁簪。幽素宜相重,雕华岂所任。为君安首饰,怀此代兼金。

赠澧阳韦明府

君有百炼刃,堪断七重犀。谁开太阿匣,持割武城鸡。竟与尚书佩,遥应天子提,何时遇操宰,当使玉如泥。

在洪州答綦毋学士

旬雨不愆期,由来自若时。尔无言郡政,吾岂欲天欺。常念涓尘益,惟欢草树滋。课成非所拟,人望在东菑。

酬王六霁后书怀见示

云雨俱行罢,江天已洞开。炎氛霁后灭,边绪望中来。作骥君垂耳,为鱼我曝鳃。更怜湘水赋,还是洛阳才。

酬王六寒朝见诒

贾生流寓日，扬子寂寥时。在物多想背，唯君独见思。渔为江上曲，雪作郢中词。忽枉兼金讯，长怀伐木诗。

林亭咏

穿筑非求丽，幽闲欲寄情。偶怀因壤石，真意在蓬瀛。苔益山文古，池添竹气清。从兹果萧散，无事亦无营。

晨出郡舍林下

晨兴步北林，萧散一开襟。复见林上月，娟娟犹未沉。片云自孤远，丛筱亦清深。无事由来贵，方知物外心。

园中时蔬尽皆锄理，唯秋兰数本委而不顾。彼虽一物，有足悲者，遂赋二章

场藿已成岁，园葵亦向阳。兰时独不偶，露节渐无芳。旨异菁为蓄，甘非蔗有浆。人多利一饱，谁复惜馨香。

幸得不锄去，孤苗守旧根。无心羡旨蓄，岂欲近名园。遇赏宁充佩，为生莫碍门。幽林芳意在，非是为人论。

林亭寓言

林居逢岁晏，遇物使情多。蘅茞不时与，芬荣奈汝何。更怜篱下菊，无如松上萝。因依自有命，非是隔阳和。

送使广州

家在湘源住，君今海峤行。经过正中道，相送倍为情。心逐书邮去，形随世网婴。因声谢远别，缘义不缘名。

送姚评事入蜀各赋一物得卜肆

蜀严化已久，沉冥空所思。尝闻卖卜处，犹忆下帘时。驱传应经此，怀贤倘问之。归来说往事，历历偶心期。

送窦校书见饯得云中辨江树

江水天连色，无涯净野氛。微明岸傍树，凌乱渚前云。举棹形徐—作随转，登舻意渐分。渺茫从此去，空复惜离群。

钱王司马入计同用洲字

元僚行上计，举饯出林丘。忽望题舆远，空思解榻游。别筵铺柳岸，征棹倚芦洲。独叹湘江水，朝宗向北流。

东湖临泛饯王司马

南土秋虽半，东湖草未黄。聊乘风日好，来泛芰荷香。兰棹无劳速，菱歌不厌长。忽怀京洛去，难与共清光。

钱济阴梁明府各探一物得荷叶

荷叶生幽渚，芳华信在兹。朝朝空此地，采采欲因谁。但恐星霜改，还将蒲稗衰。怀君美人别，聊以赠心期。

钱陈学士还江南同用征字

荷蓧旋江澳，衔杯饯霸陵。别前林鸟息，归处海烟凝。风土乡情接，云山客念凭。圣朝岩穴选，应待鹤书征。

通化门外送别

屡别容华改，长愁意绪微。义将私爱隔，情与故人归。薄宦无时赏，劳生有事机。离魂今夕梦，先绕旧林飞。

送杨道士往天台

鬼谷还成道，天台去学仙。行应松子化，留与世人传。此地烟波远，何时羽驾旋。当须一把袂，城郭共依然。

送杨府李功曹

平生属良友，结绶望光辉。何知人事拙，相与宦情非。别路穿林尽，征帆际海归。居然已多意，况复两乡违。

送宛句赵少府

解巾行作吏，尊酒谢离居。修竹含清景，华池澹碧虚。地将幽兴惬，人与旧游疏。林下纷相送，多逢长者车。

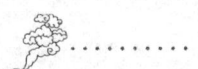

送韦城李少府

送客南昌尉,离亭西候春。野花看欲尽,林鸟听犹新。别酒青门路,归轩白马津。相知无远近,万里尚为邻。

送苏主簿赴偃师

我与文雄别,胡然邑吏—作使归。贤人安下位,鸷鸟欲卑飞。激节轻华冕,移官殉彩衣。羡君行乐处,从此拜庭闱。

送广州周判官

海郡雄蛮落,津亭壮越台。城隅百雉映,水曲万家开。里树桃榔出,时禽翡翠来。观风犹未尽,早晚使车回。

郡江南上别孙侍御

云嶂天涯尽,川途海县穷。何言此地僻,忽与故人同。身负邦君弩,情纡御史骢。王程不我驻,离思逐秋风。

道逢北使题赠京邑亲知

征骖稍靡靡,去国方迟迟。路绕南登岸,情摇北上旗。故人怜别日,旅雁逐归时。岁晏无芳草,将何寄所思。

江上使风呈裴宣州耀卿

江路与天连,风帆何森然。遥林浪出没,孤舫鸟联翩。常爱千钧重,深思万事捐。报恩非殉禄,还逐贾人船。

溪行寄王震

山气朝来爽,溪流日向清。远心何处惬,闲棹此中行。—作转逢空阔处,聊洗滞留情。丛桂林间待,群鸥水上迎。徒然适我愿,幽独为谁情。

自豫章南还江上作

归去南江水,磷磷见底清。转逢空阔处,聊洗滞留情。浦树遥如待,江鸥近若迎。津途别有趣,况乃濯吾缨。

将至岳阳有怀赵二

湘岸—作浦多深林,青冥昼结阴。独无谢客赏,况复贾生心。草色虽云发,天光或未临。江潭非所遇,为尔白头吟。

使还湘水

归舟宛何处,正值楚江平。夕逗烟村宿,朝缘浦树行。于役已弥岁,言旋今惬情。乡郊尚千里,流目夏云生。

初发道中寄远

日夜乡山远,秋风复此时。旧闻胡马思,今听楚猿悲。念别朝昏苦,怀归岁月迟。壮图空不息,常恐发如丝。

自湘水南行

落日催行舫,逶迤洲渚间。虽云有物役,乘此更休闲。暝色生前浦,清晖发近山。中流澹容与,唯爱鸟飞还。

初入湘中有喜

征鞍穷郢路,归棹入湘流。望鸟唯贪疾,闻猿亦罢愁。两边枫作岸,数处橘为洲。却记从来意,翻疑梦里游。

耒阳溪夜行

乘夕棹归舟,缘源路转幽。月明看岭树,风静听溪流。岚气船间入,霜华衣上浮。猿声虽此夜,不是别家愁。

江上

长林何缭绕,远水复悠悠。尽日余无见,为心那不愁。忆将亲爱别,行为主恩酬。感激空如此,芳时屡已遒。

自彭蠡湖初入江

江岫殊空阔,云烟处处浮。上来群噪鸟,中去独行舟。牢落谁相顾,逶迤日自愁。更将心问影,于役复何求。

赴使泷峡

溪路日幽深,寒空入两嵚。霜清百丈水,风落万重林。夕鸟联归翼,秋猿断去心。别离多远思,况乃岁方阴。

湖口望庐山瀑布泉

万丈洪—作红泉落,迢迢半紫氛。奔飞流—作下杂树,洒落出重云。日照虹蜺似,天清风雨闻。灵山多秀色,空水共氤氲。

浈阳峡

行舟傍越岑,窈窕越溪深。水暗先秋冷,山晴当昼阴。重林间五色,对壁耸千寻。惜此生遐远,谁知造化心。

使至广州

昔年尝不调,兹地亦邅回。本谓双凫少,何知驷马来。人非汉使橐,郡是越王台。去去虽殊事,山川长在哉。

春江晚景

江林多—作皆秀发,云日复相鲜。征路那逢此,春—作乡心益渺然。兴来祇自得,佳气莫能传。薄暮津亭下,余花满客船。

与王六履震广州津亭晓望

明发临前渚,寒—作潮来净远空。水纹天上碧,日气海边红。景物纷为异,人情赖此同。乘槎—作桴自有适。非欲破长风。

初发曲江溪中

溪流清且深,松石复阴临。正尔可嘉处,胡为无赏心。我由不忍别,物亦有缘侵。自匪常行迈,谁能知此音。

旅宿淮阳亭口号—作宋之问诗

日暮荒亭上,悠悠旅思多。故乡临桂水,今夜渺星河。暗草霜华发,空亭雁影过。兴来谁与晤,劳者自为歌。

望月怀远

海上生明月,天涯共此时。情人怨遥夜,竟夕起相思。灭烛怜光满,披衣觉露滋。不堪盈手赠,还寝梦佳期。

秋夕望月

清迥江城月,流光万里同。所思如梦里,相天在庭中。皎洁青苔露,萧条黄叶风。含情不得语,频使桂华同。

咏燕

海燕何微眇,乘春亦暂来。岂知泥滓贱,祇见玉堂开。绣户时双入,华轩日几回。无心与物竞,鹰隼莫相猜。

故刑部李尚书荆谷山集会

尝闻继老聃,身退道弥耽。结宇倚青壁,疏泉喷碧潭。苔石随人古,烟花寄酒酣。山光纷向夕,归兴杜城南。

戏题春意

一作江南守,江林三四春。相鸣不及鸟,相乐喜关人。日守朱丝直,年催华发新,淮阳祇有卧,持此度芳辰。

庭梅咏

芳意何能早,孤荣亦自危。更怜花蒂弱,不受岁寒移。朝雪那相妒,阴风已屡吹。馨香虽尚尔,飘荡复谁知。

听筝

端居正无绪,那复发秦筝。纤指传新意,繁弦起怨情。悠扬思欲绝,掩抑态还生。岂是声能感,人心自不平。

初秋忆金均两弟

江渚秋风至,他乡离别心。孤云愁自远,一叶感何深。忧喜尝同域,飞鸣忽异林。青山西北望,堪作白头吟。

秋怀

感惜芳时换,谁知客思悬。忆随鸿向暖,愁学马思边。留滞机还息,纷拏网自牵。东南起归望,何处是江天。

故刑部李尚书挽词三首

仙宗出赵北,相业起山东。明德尝为林,嘉谋屡作忠。论经白虎殿,献赋甘泉宫。与善今何在,苍生望已空。

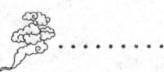

宿昔三台践,荣华驷马归。印从青琐拜,翰入紫宸挥。题剑恩方重,藏舟事已非。龙门不可望,感激涕沾衣。

永叹常山宝,沉埋京兆阡。同盟会五月,华表记千年。渺漫野中草,微茫空里烟。共悲人事绝,唯对杜陵田。

故徐州刺史赠吏部侍郎苏公挽歌词三首

韦玄方继相,荀爽复齐名。在贵兼天爵,能贤出世卿。学闻金马诏,神见玉人清。藏壑今如此,为山遂不成。

相如只谢病,子敬忽云亡。岂悟瑶台雪,分雕玉树行。清规留草议,故事在封章。本谓山公启,而今歾始扬。

返葬长安陌,秋风箫鼓悲。奈何相送者,不是平生时。寒影催年急,哀歌助晚迟。宁知建旐罢,丹旒向京师。

故荥阳君苏氏挽歌词三首

门绪公侯列,嫔风诗礼行。松萝方有寄,桃李忽无成。剑去双龙别,雏哀九凤鸣。何言峄山树,还似半心生。

永叹芳魂断,行看草露滋。二宗荣盛日,千古别离时。竟罢生刍一作香赠,空留画扇悲。容车候晓发,何岁是归期。

缟服纷相送,玄扃翳不开。更悲泉火灭,徒见柳车回。旧室容衣奠,新茔拱树栽。唯应月照簟,潘岳此时哀。

眉州康司马挽歌词

家受专门学,人称入室贤。刘桢徒有气,管辂独无年。谪去长沙国,魂归京兆阡。从兹匣中剑,埋没罢冲天。

奉和圣制早发三乡山行

羽卫森林西向秦,山川历历在清晨。晴云稍卷寒岩树,宿雨能一作微销御路尘。圣德由来合天道,灵符即此应时巡。遣贤一一皆羁致,犹欲高深访隐沦。

奉和圣制龙池篇

天启神龙生碧泉,泉水灵源浸迤延。飞龙已向珠潭出,积水仍将银汉连。岸傍花柳看胜画,浦上楼台问是仙。我后元符从此得,方为万岁寿图川。

全唐诗卷四十九

张九龄

奉和圣制南郊礼毕酺宴

配天昭圣业,率土庆辉光。春发三条路,酺开百戏场。流恩均庶品,纵观聚康庄。妙舞来平乐,新声出建章。分曹日抱戟,赴节凤归昌。幸奏承云乐,同晞湛露阳。气和皆有感,泽厚自无疆。饱德君臣醉,连歌奉柏梁。

奉和圣制早渡蒲津关

魏武中流处,轩皇问道回。长堤春树发,高掌曙云开。龙负王舟渡,人占仙气来,河津会日月,天仗役风雷。东顾重关尽,西驰万国陪。还闻股肱郡,元首咏康哉。

奉和圣制同二相南出雀鼠谷

设险诸侯地,承平圣主巡。东君朝二月,南旆拥三辰。寒出重关尽,年随行漏新。瑞云丛捧日,芳树曲迎春。舞咏先驰道,恩华及从臣。汾川花鸟意,并奉属车尘。

奉和圣制经河上公庙

昔者河边叟,谁知隐与仙。姓名终不识,章句此空传。迹为坐忘晦,言犹强著诠。精灵竟何所,祠宇独依然。道在纡睿眷,风行动睿篇。从兹化天下,清净复何先。

奉和圣制送尚书燕国公赴朔方

宗臣事有征,庙算在休兵。天与三台座,人当万里城。朔南方偃革,河右一作北暂扬旌。宠锡从仙禁,光华出汉京。山川勤远略,原隰轸皇情。为奏薰琴唱,仍题宝剑名。闻风六郡伏,计日五戎平。山甫归应疾,留侯功复成,歌钟旋可望,衽席岂难行。四牡何时入,吾君忆履声。

奉和圣制途经华山

万乘华山下,千岩云汉中。灵居虽窅密,

睿览忽玄同。日月临高掌,神仙仰大风。攒峰势岌岌,翊辇气雄雄。揆物知幽赞,铭勋表圣衷。会应陪玉检,来此告成功。

奉和圣制早登太行山率尔言志

孟月摄提贞,乘时我后征。晨严九折度,暮戒六军行。日御驰中道,风师卷太清。戈铤林表出,组练雪间明。动植希皇豫,高深奉睿情。陪游七圣列,望幸百神迎。气色烟犹喜,恩光草尚荣。之罘称万岁,今此复同声。

奉和圣制登封礼毕洛城酺宴

大君毕能事,端扆乐成功。运与千龄合,欢将万国同。汉酺歌圣酒,韶乐舞薰风,河洛荣光遍,云烟喜气通。春华顿觉早,天泽倍知崇。草木皆沾被,犹言不在躬。

恩赐乐游园宴应制

宝筵延厚一作锡命,供帐序群公。形胜宜春接,威仪建礼同。晞阳人似露,解愠物从风。朝庆千龄始,年华二月中。辉光遍草木,和气发丝桐。岁岁无为化。宁知乐九功。

奉和圣制过王濬墓

汉王思巨鹿,晋将在弘农。入蜀举长算,平吴成大功。与浑虽不协,归皓实为雄。孤绩沦千载,流名感圣衷。万乘度荒陇,一顾凛生风。古节犹不弃。今人争效忠。

奉和吏部崔尚书雨后大明朝堂望南山

迢递终南顶,朝朝闾阖前。竭来青绮外,高在翠微先。双凤骞为阙,群龙俨若仙。还知到玄圃,更是谒甘泉。夜雨尘初灭,秋空月正悬。诡容纷入望,霁色宛成妍。东极华阴践,西弥嶓冢连。奔峰出岭外,瀑水落云边。汉帝宫将苑,商君陌与阡。林华铺近甸,烟霭绕晴川。既庶仁斯及,分忧政已宣。山公启事罢,吉甫颂声传。济济金门步,洋洋玉树篇。徒歌虽有属,清越岂同年。

和崔尚书喜雨

积阳虽有晦,经月未为灾。上念人天重,

先祈云汉回。仁心及草木,号令起风雷。照烂阴霞止,交纷瑞雨来。池溜因忝满。林芳为洒开。听中声滴沥,望处影徘徊。惠泽成丰岁,昌言发上才。无论验石鼓。不是御云台。直颂皇恩浃,崇朝遍九垓。

和许给事中直夜简诸公

未央钟漏晚,仙宇蔼沉沉。武卫千庐合,严扃万户深。左掖知天近,南窗见月临。树摇金掌露,庭徙玉楼阴。他日闻更直,中宵属所钦。声华大国宝,夙夜近臣心。逸兴乘高阁,雄飞在禁林。宁思窃抃者,情发为知音。

和苏侍郎小园夕霁寄诸弟

清风闻阖至,轩盖承明归。云月爱秋景,林堂开夜扉。何言兼济日,尚与宴私违。兴逐兼葭变,文因棠棣飞。人伦用忠孝,帝德已光辉。赠弟今为贵,方知陆氏微。

酬宋使君见赠之作

时来不自意,宿昔谬枢衡。翊圣负明主,妨贤愧友生。罢归犹右职,待罪尚南荆。政有留棠旧,风因继组成一作清。高轩一作轩车问疾苦,烝一作黎庶荷仁明。衰废时所薄,只言僚故一作旧情。

酬宋使君见诒

陟邻初禀训,献策幸逢时。朝列且云忝,君恩复若兹。庭闱际海曲,轺传荷天慈。顾已欢乌鸟,闻君泣素丝。才明应主召,福善岂神欺。但愿白心在,终然涅不淄。

酬通事舍人寓直见示篇中兼起居陆舍人景献

轩掖殊清秘,才华固在斯,兴因膏泽洒,情与惠风吹。所美应人誉,何私亦我仪。同声感乔木,比翼谢长离。价以陆生减,贤惭鲍叔知。薄游尝独愧,芳讯乃兼施。此夜金闺籍,伊人琼树枝。飞鸣复何远,相顾幸媞媞。

与袁补阙寻蔡拾遗，会此公出行，后蔡有五韵诗见赠，以此篇答焉

辙迹陈家巷，诗书孟子邻。偶来乘兴者，不值草玄人。契是忘年合，情非累日申。闻君还薄暮，见眷及兹辰。赠我如琼玖，将何报所亲。

酬赵二侍御使西军赠两省旧僚之作

石室先鸣者，金门待制同。操刀尝愿割，持斧竟称雄。应敌兵初起，缘边虏欲空。使车经陇月，征旆绕河风。忽枉兼金讯，非徒秣马功。气清一作凌蒲海曲，声满柏台中。顾已尘华省，欣君震远戎。明时独匪报，尝欲退微躬。

武司功初有幽庭春暄见贻夏首获见以诗报焉

芳月尽离居，幽怀重起予。虽言春事晚，尚想物华初。迟日瞰方照，高斋澹复虚。笋成林向密，花落树应疏。赠鲤情无间，求莺思有余。喧妍不相待，含叹欲焉如。

酬王履震游园林见贻

宅生惟海县，素业守郊园。中览霸王说，上徽明主恩。一行罢兰径，数载历金门。既负潘生拙，俄从周任言。逶迤恋轩陛，萧散反丘樊。旧径稀人迹，前池耗水痕。并看芳树老，唯觉敝庐存。自我栖幽谷，逢君翳覆盆。孟轲应有命，贾谊得无冤。江上行伤远，林间偶避喧。地偏人事绝，时霁鸟声繁。独善心俱闭，穷居道共尊。乐因南涧藻，忧岂北堂萱。幽意加投漆，新诗重赠轩。平生徇知己，穷达与君论。

饯王尚书出边

汉相推人杰，殷宗伐鬼方。还闻出将重，坐见即戎良。上策应为豫，中权且用光。令申兵气倍，威憺一作慴虏魂亡。树比公孙大，城如道济长。夏云登陇首，秋露泫辽阳。武德舒宸眷，文思饯乐章。感恩身既许，激节胆犹尝。祖帐倾朝列，军麾驻道傍。诗人何所咏，尚父欲鹰扬。

送赵都护赴安西

将相有更践，简心良独难。远图尝画地，超拜乃登坛，戎即昆山序，车同渤海单。义无中国费，情必远人安。他日文兼武，而今栗且宽。自然来月窟，何用刺楼兰。南至三冬晚，西驰万里寒。封侯自有处，征马去啴啴。

奉使自蓝田玉山南行

征骖入云壑，始忆步金门。通籍微躯幸，归途明主恩。匪唯徇行役，兼得慰晨昏。是节暑云炽，纷吾心所尊。海县且悠缅，山邮日骏奔。徒知恶嚣事，未暇息阴论。峣武经陈迹，衡湘指故园。水闻南涧险，烟望北林繁。远霭千岩合，幽声百籁喧。阴泉夏犹冻，阳景昼方暾。懿此高深极，徒令梦想存。盛明期有报，长往复奚言。

贺给事尝诣蔡起居郊馆有诗因命同作

记言闻直史，筑室面层阿。岂不承明入，终云幽意多。沉冥高士致，休浣故人过。前岭游氛灭，中林芳气和。兹辰阻佳趣，望美独如何。

南山下旧居闲放

祗役已云久，乘闲返服初。块然屏尘事，幽独坐林间。清旷前山远，纷喧此地疏。乔木凌青霭，修篁媚绿渠。耳和绣翼鸟，目畅锦鳞鱼。寂寞心还间一作闲，飘飘体自虚。兴来命旨酒，临罢阅仙书。但乐多幽意，宁知有毁誉。尚想争名者，谁云要路居。都忘下流叹，倾夺竟何如。

高斋闲望言怀

高斋复晴景，延眺属清秋。风物动归思，烟林生远愁。纷吾穷海，薄宦此中州。取路无高足，随波适下流。岁华空冉冉，心曲且悠悠。坐惜芳时歇，胡然久滞留。

别乡人南还

橘柚南中暖，桑榆北地阴。何言荣落异，

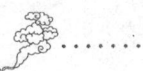

因见别离心。吾亦江乡子,思归梦寐深。闻君去水宿,结思渺云林。牵缀从浮事,迟回谢所钦。东南行舫远,秋浦念猿吟。

初发江陵有怀

极望涔阳浦,江天渺不分。扁舟从此去,鸥鸟自为群。他日怀真赏,中年负俗纷。适来果微尚,倏尔会斯文。复想金闺籍,何如梦渚云。我行多胜寄,浩思独氤氲。

同綦毋学士月夜闻雁

栖宿岂无意,飞飞更远寻。长途未及半,中夜有遗音。月思关山笛,风号流水琴。空声两相应,幽感一何深。避缴归南浦,离群叫北林。联翩俱不定,怜尔越乡心。

登总持寺阁

香阁起崔嵬,高高沙版开。攀跻千仞上,纷诡万形来。草间商君陌,云重汉后台。山从函谷断,川向斗城回。林里春容变,天边客思催。登临信为美,怀远独悠哉。

晚憩王少府东阁

披轩肆流览,去壅见深重。空水秋弥净,林烟晚更浓。坐隅分洞府,檐际列群峰。窈窕生幽意,参差多异容。还惭大隐迹,空想列仙踪。赖此升攀处,萧条得所从。

登城楼望西山作

城楼枕南浦,日夕顾西山。宛宛鸾鹤处,高高烟雾间。仙井今犹在,洪厓久不还。金编莫我授,羽驾亦难攀。檐际千峰出,云中一鸟闲。纵观穷水国,游思遍人寰。勿复尘埃事,归来且闭关。

祠紫盖山经玉泉山寺

指途跻楚望,策马傍荆岑。稍稍松篁入,泠泠涧谷深。观奇逐幽映,历险忘岖嵚。上界投佛影,中天扬梵音。焚香忏在昔,礼足誓来今。灵异若有对,神仙真可寻。高僧闻逝者,远一作绝俗是初心。薜驳经行处,猿啼燕坐林。归真已寂灭,留迹岂湮沉。法地自兹广,何云千万金。

洪州西山祈雨,是日辄应,因赋诗言事

兹山蕴灵异,走望良有归。丘祷虽已久,氓心难重违。迟明申藻荐,先夕旅岩扉。独宿云峰下,萧条人吏稀。我来不外适,幽抱自中微。静入风泉奏,凉生松栝围。穷年滞远想,寸晷阅清晖。虚美怅无属,素情缄所依。诡随嫌弱操,羁束谢贞肥。义济亦吾道,诚存为物祈。灵心倏已应,甘液幸而飞。闭阁且无责,随车安敢希。多惭德不感,知复是耶非。

经江宁览旧迹至玄武湖

南国更数世,北湖方十洲。天清华林苑,日晏景阳楼。果下回仙骑,津傍驻彩斿一作疏。凫鹥喧凤管,荷芰斗一作暗龙舟。七子陪诗赋,千人和棹讴。应言在镐乐,不让横汾秋。风俗因纾慢,江山成易由。驹王信不武,孙叔是无谋。佳气日将歇,霸功谁与修。桑田东海变,麋鹿姑苏游。否运争三国,康时劣九州。山虽暮府在,馆岂豫章留。水淀还相阅,菱歌亦故遒。雄图不足问,唯想事风流。

登襄阳岘山一作岘山上有恨字

昔年亟攀践,征马复来过。信若山川旧,谁如岁月何。蜀相吟安在,羊公碣已磨。令图犹寂寞,嘉会亦蹉跎。宛宛樊城岸,悠悠汉水波。逶迤春日远,感寄客情多。地本原林秀,朝来烟景和。同心不同赏,留叹此岩阿。

登荆州城楼

天宇何其旷,江城坐自拘。层楼百余尺,迢递在西隅。暇日时登眺,荒郊临故都。累累见陈迹,寂寂想雄图。古往山川在,今来郡邑殊。北疆虽入郑,东距岂防吴。几代传荆国,当时敌陕郛。上流空有处,中土复何虞。枕席夷三峡,关梁豁五湖。承平无异境,守隘莫论夫。自罢金门籍,来参竹使符。端居向林薮,微尚在桑榆。直似王陵憨,非如甯武愚。今兹

对南浦,乘雁与双凫。

登乐游原春望书怀

城隅有乐游,表里见皇州。策马既长远,云山亦悠悠。万甃清光满,千门喜气浮。花间直城路,草际曲江流。凭眺兹为美,离居方独愁。已惊玄发换,空度绿荑柔。奋翼笼中鸟,归心海上鸥。既伤日月逝,且欲桑榆收。豹变焉能及,莺鸣非可求,愿言从所好,初服返林丘。

候使登石头驿楼作

山槛凭南一作高望,川途眇北流。远林天翠合,前浦日华浮。万井缘津渚,千艘咽渡头。渔商多末事,耕稼少良畴。自守陈蕃榻,尝登王粲楼。徒然骋目处,岂是获心游。向迹虽愚谷,求名异盗丘。息阴芳木所,空复越乡忧。

登临沮楼

高深不可厌,巡属复来过。本与众山绝,况兹韶景和。危楼入水倒,飞槛向空摩。杂树缘青壁,椗枝挂绿萝。潭清能彻底,鱼乐好跳波。有象言虽一作难具,无端思转多。同怀不在此,孤赏欲如何。

陪王司马登薛公逍遥台

尝闻薛公泪,非直雍门琴。窜逐留遗迹,悲凉见此心。府中因暇豫,江上幸招寻。人事已成古,风流独至今。闲情多感叹,清景暂登临。无复甘棠在,空余蔓草深。晴光送远目,胜气入幽襟。水去朝沧海,春来换碧林。赋怀湘浦吊,碑想汉川沉,曾是陪游日,徒为梁父吟。

尝与大理丞袁公、太府丞田公偶诣一所,林沼尤胜,因并坐其次相得甚欢,遂赋诗焉,以咏其事

方驾与吾友,同怀不异寻。偶逢池竹处,便会江湖心。夏近林方密,春余水更深。清华两辉映,闲步亦窥临。蘋藻复佳色,凫鹥亦好音。韶芳媚洲渚,蕙气袭衣襟。萧散皆为乐,裴回从所钦。谓予成夙志,岁晚共抽簪。

与弟游家园

定省荣君赐,来归是昼游。林鸟飞旧里,园果让新秋。枝长南庭树,池临一作连北涧流。星霜屡尔别,兰麝为谁幽。善积家方庆,恩深国未酬。栖栖将义动。安得久情留。

郡内闲斋

郡阁昼常掩,庭芜日复滋。檐风落鸟毳,窗叶挂虫丝。拙病宜情少,羁闲秋气悲。理人无异绩,为郡但经时。唯有江湖意,沉冥空在兹。

城南隅山池,春是田袁二公盛称其美,夏首获赏果,会凤言故有此咏

忆昨闻佳境,驾言寻昔蹊。非惟初物变,亦与旧游睽。幽渚为君说,清晨即我携。途深独睥睨,历险共攀跻。林笋苞青箨,津杨委绿荑。荷香初出浦,草色复缘堤。乐处将鸥狎,谭端用马齐。且言临海郡,兼话武陵溪。异壤风烟绝,空山岩径迷。如何际朝野,从此待金闺。

西江夜行

遥夜人何在,澄潭月里行。悠悠天宇旷,切切故乡情。外物寂无扰,中流澹自清。念归林叶一作春服换,愁坐露华生。犹有汀洲鹤,宵分乍一鸣。

南还湘水言怀

拙宦今何有,劳歌念不成。十年乖夙志,一别悔前行。归去田园老,倘来轩冕轻。江间稻正熟,林里桂初荣,鱼意思在藻,鹿心怀食苹。时哉苟不达,取乐遂吾情。

商洛山行怀古

园绮值秦末,嘉遁此山阿。陈迹向千古,荒途始一过。硕人久沦谢,乔木自森罗。故事昔尝览,遗风今岂讹。泌泉空活活,樵叟独皤

幡。是处清晖满，从中幽兴多。长怀赤松意，复忆紫芝歌。避世辞轩冕，逢时解薜萝。盛明今在运，吾道竟如何。

南还以诗代书赠京师旧僚

薄宦晨昏阙，尊一作遵义取斯。穷愁年貌改，寂历尔胡为。不诣词多忤，无容礼益卑。微生尚何有，远迹固其宜，思扰梁山曲，情遥越鸟枝，故园从海上，良友邈天涯。云雨叹一别，川原劳载驰。上惭伯乐顾，中负叔牙知。去国诚寥落，经途弊险巇，岁逢霜雪苦，林属蕙兰萎。欲赠幽芳歇，行悲旧赏移。一从关作限，两见月成规。苒苒穷年箧，行行尽路岐。征鞍税北渚，归帆指南垂。树晚犹葱倩，江寒尚渺弥。土风从楚别，山水入湘奇。石濑相奔触，烟林更蔽亏。层崖夹洞浦，轻舸泛澄漪。松筱行皆傍，禽鱼动辄随。惜哉边地隔，不与故人窥。畴昔陪鹓鹭，朝阳振羽仪。来音虽寂寞，接景每逶迤。朝罢冥尘事，宾来话酒卮。邀欢逐芳草，结兴选华池。及此风成叹，何时雾可披。自怜无用者，惟念有情离。望美音容阔，怀贤梦想疲，因声达霄汉，持拙守东陂。

初发道中赠王司马兼寄诸公

昔岁尝陈力，中年退屏居。承颜方弄鸟，放性或观鱼。曾是安疵拙，诚非议卷舒。林园事益简，烟月赏恒余。不意栖愚谷，无阶奉诏书。湛恩均大造，弱植愧空虚。肃命趋仙阙，侨装抚传车。念行开祖帐，怜别降题舆。谁谓风期许，叨延礼数殊。义沾投分末，情及解携初。追饯扶江介，光辉烛里闾。子云应寂寞，公叔一作绪为吹嘘。景物春来异，音容日向疏。川原行稍稳，钟鼓听犹徐。林隔王公举，云迷班氏庐。恋亲唯委咽，思德更踌躇。徇义当由此，怀安乃阙如。愿酬明主惠，行矣岂徒欤。

自始兴溪夜上赴岭

尝蓄名山意，兹为世网牵。征途屡及此，初服已非然。日落青岩际，溪行绿筱边。去舟乘月后，归鸟息人前。数曲迷幽嶂，连坼触暗泉。深林风绪结，遥夜客情悬。非梗胡为泛，无膏亦自煎。不知于役者，相乐在何年。

当涂界寄裴宣州

故人宣城守，亦在江南偏。如何分虎竹，相与间山川。章绶胡为者，形骸非自然。含情津渡阔，倚望胝空延。远近闻佳政，平生仰大贤。推心徒有属，会面良无缘。日夕遵前渚，江村投暮烟。念行祗意默，怀远岂言宣。委曲风波事，难为尺素传。

郡中每晨兴辄见群鹤东飞，至暮又行列而返，哢唳云路甚和乐焉。予愧独处江城，常目送此，意有所美，遂赋以诗

云间有数鹤，抚翼意无违。晓日东田去，烟霄北渚归。欢呼良自适，罗列好相依。远集长江静，高翔众鸟稀。岂烦仙子驭，何畏野人机。却念乘轩者，拘留不得飞。

和裴侍中承恩拜扫旋辔途中有怀，寄州县官僚乡国亲故后缺

嵩岳神惟降，汾川鼎气雄。生才作霖雨，继代有清通。天下称贤相，朝端挹至公。自家来佐国，移孝入为忠。霜露多前感，丘园想旧风。扈巡过晋北，问俗到河东。便道恩华降，还乡礼教崇。野尊延故老，朝服见儿童。

和姚令公哭李尚书乂

贵贱虽殊等，平生窃下风。云泥势已绝，山海纳还通。忽叹登龙者，翻将吊鹤同。琴诗犹可托，剑履独成空。畴昔尝论礼，兴言每匪躬。人思崔琰议，朝掩祭遵公。作善神何酷，依仁命不融。天文虚北斗，人事罢南宫。上宰既伤旧，下流弥感衷。无恩报国士，徒欲问玄穹。

奉和圣制经函谷关作

函谷虽云险，黄河已复清。圣心无所隔，空此置关城。

奉和圣制度潼关口号

嶙嶙故城垒，荒凉空戍楼。在德不在险，

方知王道休。

答太常靳博士见赠一绝

上苑春先入,中园花尽开。唯余幽径草,尚待日光催。

登荆州城望江二首《统签》作一首

滔滔大江水,天地相终始。经阅几世人,复叹谁家子。

东望何悠悠,西来书夜流。岁月既如此,为心那不愁。

赋得自君之出矣

自君之出矣,不复理残机。思君如满月,夜夜减清辉。

答陆澧

松叶堪为酒,春来酿几多。不辞山路远,踏雪也相过。

全唐诗卷五十

杨炯

　　杨炯,华阴人。幼聪敏博学,善属文。年十一,举神童,授校书郎,为崇文馆学士,迁詹事司直。恃才简倨,人不容之。武后时,左转梓州司法参军。秩满,迁婺州盈川令。卒于官。中宗即位,以旧僚赠著作郎。炯闻时人以四杰称,乃自言曰:"吾愧在卢前,耻居王后。"张说曰:"杨盈川文思如悬河注水,酌之不竭,既优于卢,亦不减王也。"有《盈川集》三十卷,今存诗一卷。

奉和上元酺宴应诏

　　甲乙遇灾年,周隋送上弦。妖—作祅星六丈出,沴气七重悬。赤县空无主,苍生欲问天。龟龙开宝命,云火昭灵庆。万物睹真人,千秋逢圣政。祖宗玄泽远,文武休光盛。大号域中平,皇威天下惊。参辰昭文物,宇宙浃声名。汉后三章令,周王五伐兵。匈奴穷地角,本自远正朔。骄子起天街,由来亏礼乐。一衣扫风雨,再战夷屯剥。清明日月旦,萧索烟云涣。寒暑既平分,阴阳复贞观。惟神谐妙物,乃圣符幽赞。下武发祯祥,平阶属会昌。金泥封日观,璧水匝明堂。业盛勋华德,兴—作舆包天地皇。孝思义罔极,易礼光前式。天焕三辰辉,灵书五云色。敬时穷发敛,卜代盈千亿。五纬聚华轩,重光入望园。公卿论至道,天子拜昌言。雷解初开出,星空即便元。瑶台凉景荐,银阙秋阴遍。百戏骋鱼龙,千门壮宫殿。深仁洽蛮徼—作貊,恺乐周寰县。宣室召群臣,明庭礼百神。仰德还符日,沾恩更似春。襄城非牧竖,楚国有巴人。

广溪峡

　　广溪三峡首,旷望兼川陆。山路绕羊肠,江城镇鱼腹。乔林百丈偃,飞水千寻瀑。惊浪回高天,盘涡转深谷。汉氏昔云季,中原争逐鹿。天下有英雄,襄阳有龙伏。常山集军旅,永安兴版筑。池台忽已倾,邦家遽沦覆。庸才若刘禅,忠佐为心腹。设险犹可存,当无贾生哭。

巫峡
三峡七百里,唯言巫峡长。重岩窅不极,叠嶂凌苍苍。绝壁横天险,莓苔烂锦章。入夜分明见,无风波浪狂。忠信吾所蹈,泛舟亦何伤。可以涉砥柱,可以浮吕梁。美人今何在,灵芝徒有—作自芳。山空夜猿啸,征客泪沾裳。

西陵峡
绝壁耸万仞,长波射千里。盘薄荆之门,滔滔南国纪。楚都昔全盛,高丘烜望祀。秦兵一旦侵,夷陵火潜起。四维不复设,关塞良难恃。洞庭且忽焉—作然,孟门终已矣。自古天地辟,流为峡中水。行旅相赠言,风涛无极已。及余践斯地,环奇信为美。江山若有灵,千载伸知己。

从军行
烽火照西京,心中自不平。牙璋辞凤阙,铁骑绕龙城。雪暗凋旗画,风多杂鼓声。宁为百夫长,胜作一书生。

刘生
卿—作乡家本六郡,年长入三秦。白璧酬知己,黄金谢主人。剑锋生赤电,马足起红尘。日暮歌钟发,喧喧动四邻。

骢马
骢马铁连钱,长安侠少年。帝畿平若水,官路直如弦。夜玉妆车轴,秋金—作风铸马鞭。风霜但自保,穷达任皇天。

出塞
塞外欲纷纭—作纷,雌雄犹未分。明堂占气色,华盖辨星文。二月河魁将,三千太乙军。丈夫皆有志,会见—作是立功勋。

有所思
贱妾留南楚,征夫向北燕。三秋方一日,少别比千年。不掩嚬红缕,无论—作能数绿钱。相思明月夜,迢递白云天。

梅花落
窗外一株梅,寒花五出开。影随朝日远,香逐便风来。泣对铜钩障,愁看玉镜台。行人断消息,春恨几裴回。

折杨柳
边地遥—作迷无极,征人去不还。秋容凋翠羽,别泪损红颜。望断流星驿,心驰明月关。藁砧何处在,杨柳自堪攀。

紫骝马
侠客重周游,金鞭控紫骝。蛇弓白羽箭,鹤辔赤茸秋。发迹来南海,长鸣向北州。匈奴今未灭,画地取封侯。

战城南
塞北途辽远,城南战苦辛。幡—作幢旗如鸟翼,甲胄似鱼鳞。冻水寒伤马,悲风愁杀人。寸心明白日,千里暗黄尘。

送临津房少府
岐路三秋别,江津万里长。烟霞驻征盖,弦奏促飞觞。阶树含斜日,池风泛早凉。赠言未终竟,流涕忽沾裳。

送丰城王少府
愁结乱如麻,长天照落霞。离亭隐乔树,沟水浸平沙。左尉才何屈,东关望渐赊。行看转牛斗,持此报张华。

送郑州周司功—作司功
汉国临清渭,京城枕浊河。居人下珠泪—作泣,宾御促骊歌。望极关山远,秋深烟雾多。唯余三五夕,明月暂经过。

送梓州周司功
御沟一相送,征马屡盘桓。言笑方无日,离忧独未宽。举杯聊劝酒,破涕暂为欢。别后风清夜,思君蜀路难。

送杨处士反初卜居曲江

雁门归去远,垂老脱袈裟。萧寺休为客—作相,曹溪便寄家。绿琪千岁树,黄槿四时花。别怨应无限,门前桂水斜。

途中

悠悠辞鼎邑,去去指—作拒金墉。途路盈千里。山川旦百重。风行常有地—作队,云出本多峰。郁郁园中柳,亭亭山上松。客心殊不—作未乐,乡泪独无从。

送刘校书从军

天将下三宫,星门召—作启五戎。坐谋资庙略,飞檄仁文雄。赤土流星剑,乌号明月弓。秋阴生蜀道,杀气绕湟中。风雨何年别,琴尊此日同。离亭不可望,沟水自西东。

游废观

青嶂倚丹田,荒凉数百年。犹知小山桂,尚识大罗天。药败金炉火,苔昏玉女泉。岁时无壁画,朝夕有阶烟。花柳三春节,江山四望悬。悠然出尘网,从此狎神仙。

和石坐侍御山庄

烟霞非俗宇—作排俗累,岩壑只幽居。水浸何曾畎,荒郊不复锄。影浓山树密,香浅泽花疏。阔堑防斜径,平堤夹小渠。莲房若个实,竹节几重—作竿虚。萧然隔城市,酌醴焚枯鱼。

送李庶子致仕还洛

此地倾城日,由来供帐华。亭逢李广骑,门接邵平瓜。原野烟氛匝,关河游望赊。白云断岩岫,绿草覆江沙。诏赐扶阳宅,人荣御史车。灞池一相送,流涕向烟霞。

早行

敞朗东方彻,阑干北斗斜。地气俄成雾,天云渐作霞。河流才辨马,岩路不容车。阡陌经三岁,闾阎对五家。露文沾细草,风影转高花。日月从来惜,关山犹自赊。

和崔司空伤姬人

昔时南浦别,鹤怨宝琴弦。今日东方至,鸾销珠镜前。水流衔砌咽,月影向窗悬。妆—作粉匣凄余粉—作泪,熏炉灭—作减旧烟。晚庭摧玉树,寒帐委金莲。佳人不再得,云—作白日几千年。

和骞右丞省中暮望

故事间台阁,仙门阆已深。旧章窥复道,云幌肃重阴。玄律葭灰变,青阳斗柄临。年光摇树色,春气绕兰心。风响高窗度,流痕曲岸侵。天门—作民总枢辖,人镜辨衣簪。日暮南宫静,瑶华振雅音。

和酬虢州李司法

唇齿标形胜,关河壮邑居。寒山抵方伯,秋水面鸿胪。君子从游宦,忘情任卷舒。风霜下刀笔,轩盖拥门闾。平野芸黄遍,长洲鸿雁初。菊花宜泛酒,蒲叶好裁书。昔我芝兰契,悠然云雨疏。非君重千里,谁肯惠双鱼。

和郑雠校内省眺瞩思乡怀友

铜门初下辟,石馆始沉研。游雾千金字,飞云五色笺。楼台横紫极—作气,城阙俯青田。喧入瑶房里,春回—作过玉宇前。霞文埋落照,风物—作色澹归烟。翰墨三余隙,关山四望悬。颓峰—作风暧酌羽,流水旷鸣弦。虽欣承白雪,终恨隔青天。

和旻上人伤果禅师

净业初中日,浮生大小年。无人本无我,非后亦非前。箫鼓旁喧地,龙蛇直映—作真天。法门摧栋宇,觉海破舟船。书镇秦王饷,经文宋国传。声华周百亿,风烈被—作破三千。芜没青园寺,荒凉紫陌田。德音殊未远,拱木已生烟。

和刘侍郎入隆唐观

福地阴阳合,仙都日月开。山川临四险,城树隐三台。伏槛排云出,飞轩绕涧回。参差凌倒影，潇洒轶浮埃。百果珠为宝，群峰锦作苔。悬萝暗疑—作凝雾，瀑布响成雷。方士烧丹液，真人泛玉杯。还如问桃水，更似得蓬莱。汉帝求仙日，相如作赋才。自然金石奏，何必上天台。

和辅先入昊天观星瞻—作占

遁甲爰皇里，星占太乙宫。天门开奕奕，佳气郁葱葱。碧落三乾外，黄图四海中。邑居环若水，城阙抵新丰。玉槛昆仑侧，金枢地轴东。上真朝北斗，元始咏南风。汉君祠五帝，淮王礼八公。道书编—作藏竹简，灵液—作药港灌梧桐。草茂—作蔓琼阶绿，花繁宝树红。石楼纷似画，地镜淼如空。桑海年—作应积，桃源路不穷。黄轩若有问，三月住—作往崆峒。

和刘长史答十九兄

帝尧平百姓，高祖宅三秦。子弟分河岳，衣冠动缙绅。盛名恒不陨，历代几相因。街巷涂山曲，门闾洛水滨。五龙金作友，一子玉为人。宝剑丰城气，明珠魏国珍。风标自落落，文质且彬彬。共许刁元—作陶玄亮，同推周伯仁。石城俯天阙，钟阜对江津。骥足方遐骋—作驶，狼心独未驯。鼓鼙鸣九域，风火集重闉。城势余三板—作版，兵威乏四邻。居然混玉石，直置保松筠。耿介酬天子，危言数贼臣。钟仪琴未奏，苏武节犹新。受禄宁辞死，扬名不顾身。精诚动天地，忠义感明神。怪鸟俄—作来垂翼，修蛇竟暴鳞。来朝拜—作报休命，述职下梁—作良岷。善政驰金马，嘉声绕玉轮。三荆忽有赠，四海更相亲。宫徵谐鸣石，光辉掩烛银。山川遥满目，零露坐沾巾。友爱光天下，恩波浃后尘。懦夫仰高节，下里继阳春。

夜送赵纵

赵氏连城璧，由来天下传。送君还旧府，明月满—作照前川。

全唐诗卷五十一

宋之问

宋之问,一名少连。字延清,虢州弘农人。弱冠知名。初征,令与杨炯分直内教。俄授雒州参军,累转尚方监丞,预修三教珠英。后坐附张易之,左迁泷州参军。武三思用事,起为鸿胪丞。景龙中,再转考功员外郎。时中宗增置修文馆学士,之问与薛稷、杜审言首膺其选,转越州长史。睿宗即位,徙钦州,寻赐死。集十卷,今编诗三卷。

息夫人

可怜楚破息,肠断息夫人。仍为泉下骨,不作楚王嫔。楚王宠莫盛,息君情更亲。情亲怨生别,一朝俱杀身。

初到陆浑山庄

授衣感穷节,策马凌伊关。归齐逸人趣,日觉秋琴闲。寒露衰北阜,夕阳破东山。浩歌步一作岑榛樾,栖鸟随我还。

夜饮东亭

春泉一作水鸣大壑,皓月吐层岑。岑壑景色佳,慰我远游心。暗芳足幽气,惊栖一作嘶多众音。高兴南山一作女曲,长谣横素琴。

芳树一作沈佺期诗

何地早芳菲,宛在长门殿。夭桃色若缓,秾李光如练。啼鸟弄花疏,游蜂饮香遍。叹息春风起,飘零君不见。

送赵六贞固

目断南浦云,心醉东郊柳。怨别此何时,春一作青芳来已久。与君共时物,尽此盈樽酒。始愿今不从,春风恋携手。

题张老松树

岁晚东岩下,周顾何凄恻。日落西山阴,众草起寒色。中有乔松树,使我长叹息。百尺无寸枝,一生自孤直。

别之望后独宿蓝田山庄

鹡鸰有旧曲,调苦不成歌。自叹兄弟少,常嗟离别多。尔寻北京路,予卧南山阿。泉晚更幽咽,云秋尚嵯峨。药栏听蝉噪,书幌见禽过。愁至愿甘寝,其如乡梦何。

浣纱篇赠陆上人

越女颜如花,越王闻浣纱。国微不自宠,献作吴宫娃。山数半潜匿,苎萝更蒙遮。一行霸勾践,再笑—作顾倾夫差。艳色夺人目—作常人,欸嗫亦相夸。一朝还旧都,靓妆寻若耶。鸟惊入松网—作林鸟惊入松,鱼畏沉荷花—作网全畏沉花。始觉冶容妄,方悟群—作君心邪—作斜。钦子秉幽意,世人共称嗟。愿言托君怀,倘类蓬生麻。家住雷门曲,高阁凌飞霞。淋漓翠羽帐,旖旎采—作绿云车。春风艳楚舞,秋月缠—作绵胡笳。自昔专娇爱,袭玩唯矜奢。达本知空寂,弃彼犹泥沙。永割偏执性,自长薰修芽。携妾不障道,来—作愿止妾西家。

雨从箕山来

雨从箕山来,倏与飘风度。晴明西峰日,绿缛南溪树。此时客精庐,幸蒙真僧顾。深入清净理,妙断往来趣。意得两契如,言尽共忘喻。观花寂不动,闻鸟悬可悟。向夕闻天香,淹留不能去。

初至崖口

崖口众山断,钦崟耸天壁。气冲落日红,影入春潭碧。锦缋织苔藓,丹青画松石。水禽泛容与,岩花飞的皪。微路从此深,我来限于役。惆怅情未已,群峰暗将夕。

自湘源至潭州衡山县

浮湘沿迅湍,逗浦凝远盼。渐见江势阔,行嗟水流漫。赤岸杂云霞,绿竹缘溪涧。向背群山转,应接良景晏。沓嶂连夜猿,平沙覆阳雁。纷吾望阙客—作客,归桡速已惯。中道方溯洄,迟念自兹撰。赖欣衡阳美,持以蠲忧患。

入崖口五渡寄李适

抱琴登绝巘,伐木溯清川。路极意谓尽,势回趣转绵。人远草木秀,山深云景鲜。余负海峤情,自昔微尚然。弥旷十余载,今来宛仍前—作全。未窥仙源极,独进野人船。时攀乳窦憩,屡薄天窗眠。夜弦响松月,朝楫弄苔泉。因冥象外理,永谢区中缘。碧潭可遗老,丹砂堪学仙。莫使驰光暮,空令归鹤怜。

洞庭湖

地尽天水合,朝及洞庭湖。初日当中涌,莫辨东西隅。晶耀目何在,潆荧心欲无。灵光晏海若,游气耿天吴—作枢。张乐轩皇至,征苗夏禹徂。楚臣悲落叶,尧女泣苍梧。野积九江润,山通五岳图。风恬鱼自跃,云夕雁相呼。独此临泛漾,浩将人代殊。永言洗氛浊,卒岁为清娱。要使功成退,徒劳越大夫。

景龙四年春祠海

肃事祠春溟,宵斋洗蒙虑。鸡鸣见日出,鹭下惊涛鹜。地阔八荒近,天回百川澍。筵端接空曲,目外唯雾雾。暖气物象来,周游晦明互。致牲匪玄享,裸涤期灵煦。的的波际禽,沄沄岛间树。安期今何在,方丈葰寻路。仙事与世隔,冥搜徒已屡。四明背群山,遗老莫辨处。抚中—作内抚良自慨,弱龄忝恩遇。三入文史林,两拜神仙署。虽叹出关远,始知临海趣。赏来空自多,理胜孰能喻。留楫竟何待,徙倚忽云暮。

温泉庄卧病寄杨七炯

移疾—作多病卧兹岭,寥寥倦幽独。赖有嵩丘山,高枕长在目。兹山栖灵异,朝夜翳云族。是日濛雨晴,返景入岩谷。幂幂涧畔草,青青山下木。此意方无穷,环顾怅林麓。伊洛何悠漫,川原信重复。夏余鸟兽蕃,秋末禾黍熟。秉愿守樊圃,归闲欣艺牧。惜无载酒人,徒把凉泉—作潭掬。

答田徵君 一作敬答田徵君游岩

家临清溪水,溪水绕盘石。绿萝四面垂,袅袅百余尺。风泉度丝管,苔藓铺茵席。传闻颍阳人,霞外漱灵液。忽柱严中翰,吟望 一作卧 朝复夕。何当遂远游,物色候逋客。

自衡阳至韶州谒能禅师

谪居窜炎壑,孤帆森不系。别家万里余,流目三春际。猿啼山馆晓,虹饮江皋霁。湘岸竹泉幽,衡峰石囷闭。岭嶂穷攀越,风涛极沿济。吾师在韶 一作衡 阳,欣此得躬诣。洗虑宾空寂,焚香结精誓。愿以有漏躯,聿 一作幸 薰无生慧。物用益 一作冲 旷,心源日闲细。伊我获此途,游道回 一作悔 晚计。宗师信舍法,摈落文史艺。坐禅罗浮中,寻异穷 一作南 海裔。何辞御魑魅,自可乘炎疠。回首望旧 一作故 乡,云林浩亏蔽。不作离别苦,归期多年岁。

见南山夕阳召监师不至

夕阳黯晴碧,山翠互明灭。此中意无限,要与开士说。徒郁仲举思,讵回道林辙。孤兴欲待谁,待此湖上月。

游法华寺

薄游京都日,遥羡稽山名。分刺江海郡,揭来征素情。松露洗心眷,象筵敷念诚。薄云界青嶂,皎日骞朱甍。苔涧深不测,竹房闲且清。感真六象见,垂兆二鹠 一作鸟 鸣。古今信灵迹,中州莫与京。林巘永栖业,岂伊佐 一作在 一生。浮悟虽已久,事试去来成。观念幸相续,庶几最后明。

宿云门寺

云门若邪里,泛鹢路才通。贪缘绿筱岸,遂得青莲宫。天香众壑满,夜梵前山空。漾漾潭际月,飕飕 一作飘飘 杉上风。兹焉多嘉遁,数子今莫同。凤归慨处士,鹿化闻仙公。樵路郑州北,举 一作学 井阿岩东。永夜岂云寐,曙华忽葱茏。谷鸟嗺尚涩,源桃惊未红。再来期春暮,当造林端穷。庶几踪谢客,开山投刹中。

春湖古意

院梅发向尺,园鸟复成曲。落日游南湖,果掷颜如玉。含情不得语,转盼知所属。惆怅未可归,宁关须采 一作林 箓。

游陆浑南山自歇马岭到枫香林,以诗代书答李舍人适

晨登歇马岭,遥望伏牛山。孤出群峰首,熊熊元气间。太和亦崔嵬,石扇 一作屏 横闪倏。细岑互攒倚,浮巘竞奔蹙。白云遥入怀,青霭 一作云近可掬。徒寻灵异迹 一作我从寻灵异,周顾惬心目。晨拂鸟路行,暮投人烟宿。粳稻远弥秀,栗芋秋新熟。石髓非一岩,药苗乃万族。间关踏云雨,缭绕绿水木。西见商山芝,南到楚乡竹。楚竹幽且深,半杂枫香林。浩歌清潭曲,寄尔桃源心。

早发大庾岭

晨跻大庾险,驿鞍驰复息。雾露昼未开,浩途不可测。嶪起华夷界,信为造化力。歇鞍问徒旅,乡关在西北。出门怨别家,登岭恨辞国。自惟勖 一作最忠孝,斯罪懵所得。皇明颇照 一作昭 洗,廷议日纷惑。兄弟远沦居,妻子成异域。羽翮伤已毁,童幼怜未识。踌蹰恋北顾,亭午晞雾色。春暖阴梅花,瘴回阳鸟翼。含沙缘涧聚,吻草依林植。适蛮悲疾首,怀巩泪沾臆。感谢鹓鹭朝,勤修魑魅职。生还倘非远,誓拟酬恩德。

自洪府舟行直书其事

仲春辞国门,畏途横万里。越淮乘楚嶂,造江泛吴汜。严程无休隙,日夜涉风水。昔闻垂堂言,将诫千金子。问余何奇剥,迁窜极炎鄙。揆己道德余,幼闻虚白旨。贵身贱外物,抗迹远尘轨。朝游伊水湄,夕卧箕山趾。妙年拙自晦,皎洁弄文史。谬辱紫泥书,挥翰青云里。事往每增伤,宠来常誓止。铭骨怀报称 一作林丘,逆鳞让金紫。安位衅潜构,退耕祸犹起。栖岩实吾策,触蕃诚内耻。济济同时人,

台庭鸣剑履。愚一作思以卑自卫，兀坐去沉滓。迨兹理已极，窃位申知己。群议负宿心，获戾光华始。黄金忽销铄，素业坐沦毁。浩叹诬平生，何独恋枌梓。浦树浮郁郁，皋兰覆靡靡。百越去魂断，九疑望心死。未尽匡阜游，远欣罗浮美。周旋本师训，佩服无生一作心理。异国多灵仙，幽探忘年纪一作祀。敝庐嵩山下，空谷茂兰芷。悠悠南溟远，采掇长已矣。

下桂江县黎壁

放溜亲前溆，连山分一作纷上干。江回云壁转，天小雾峰攒。吼沫跳急浪，合流环峻滩。欹离一作杂出漩划，缭绕避涡盘。舟子怯桂水，最言斯路难。吾生抱忠信，吟啸自安闲。旦别已千岁，夜愁劳万端。企予见夜月，委曲破林峦。潭旷竹烟尽，洲香橘露团。岂傲凤所好，对之与俱欢。思君罢琴酌，泣此夜漫漫。

奉使嵩山途经缑岭

侵星发洛城，城中歌吹声。毕景至缑岭，岭上烟霞生。草树饶野意，山川多古情。大隐德所薄，归来可退耕。

伤王七秘书监寄呈扬州陆长史通简府僚广陵以广好事一本无以广好事四字

王氏贵先宗，衡门栖道风。传一作得心晤有物，秉化游无空。学奥九流异，机玄三语同。书乃墨场绝，文称词伯雄。白屋藩魏主，苍生期谢公。一祗贤良诏，遂谒承明宫。补衮望冀塞，尊儒位未充。罢官七门里，归老一丘中。尝忝长者辙，微言私谓通。我行会稽郡，路出广陵东。物在人已矣，都疑淮海空。

使至嵩山寻杜四不遇，慨然复伤田洗马韩观主，因以题壁赠杜侯杜四

洛桥瞻太室，期子在云烟。归来不相见，孤赏弄寒泉。与君阔松石，于兹二十年。田公谢昭世，韩子秘幽蜒。忆昔同携手，山栖接二贤。笙歌入玄地，诗酒坐寥天。旧友悉零落，罢琴私自怜。逝一作游者非药误，餐霞意可全。

为余理还策，相与事灵仙。

玩郡斋海榴

泽国韶气早，开帘延霁天。野禽宵未晬，山蜇昼仍眠。目兹海榴发，列映岩楹前。熠爚御风静，葳蕤含景鲜。清晨绿堪佩，亭午丹欲然。昔忝金闺籍，尝见玉池莲。未若宗族地，更逢荣耀全。南金虽自贵，贺一作贸，又作质赏讵能迁。抚躬万里绝，岂染一朝妍。徒缘一作从禄滞遐郡，常是惜流年。越俗鄙章甫，扪心空自怜。

长安路一作沈佺期诗

秦地平如掌，层城出云汉。楼阁九衢春，车马千门旦。绿柳开复合，红尘聚还散。日晚斗鸡场，经过狭斜看。

折杨柳一作沈佺期诗

玉树朝日映，罗帐春风吹。拭泪攀杨柳，长条宛地垂。白花飞历乱，黄鸟思参差。妾自肝肠断，旁人那得知。

有所思一作沈佺期诗

君子事行役，再空芳岁期。美人旷遥伫，万里浮云思。园桃一作樱绽红艳，郊叶一作桑柔绿滋。坐看长夏晚，秋月生一作照罗帷。

军中人日登高赠房明府

幽郊昨夜阴风断，顿觉朝来阳吹暖。泾水桥南柳欲黄，杜陵城北花应满。长安昨夜寄春衣，短翮登兹一望归。闻道凯旋乘骑入，看君走马见芳菲。

寒食还陆浑别业

洛阳城里花如雪，陆浑山中今始发。旦别河桥杨柳风，夕卧伊川桃李月，伊川桃李正芳新，寒食山中酒复春。野老不知尧舜力，酣歌一曲太平人。

寒食江州满一作蒲塘驿

去年上巳洛桥边，今年寒食庐山曲。遥怜

巩树花应满，复见吴洲草新绿。吴洲春草兰杜芳，感物思归怀故乡。驿骑明朝宿何处，猿声今夜断君肠。

至端州驿，见杜五审言沈三佺期阎五朝隐王二无竞题壁，慨然成咏

逐臣北地承严谴，谓到南中每相见。岂意南中岐路多，千山万水一作千里万里分乡县。云摇雨散各翻飞，海阔天长音信稀。处处山川同瘴疠，自怜能得几人归。

绿竹引

青溪绿潭潭水侧，修竹婵娟同一色。徒生仙实凤不游，老死空山人讵识。妙年秉愿逃俗纷，归卧嵩丘弄白云。含情傲睨乐府诗无睨字慰心目，何可一日无此君。

明河篇

《纪事》云：武后时，之问求为北门学士，不许，乃作此篇以见意。后见之，谓崔融曰："非不知之问有奇才，但恨有口过耳。"之问终身耻之。

八月凉风天气晶一作清，万里无云河汉明。昏见南楼清且浅，晓落西山纵复横。洛阳城阙天中起，长河夜夜千门里。复道连甍共蔽亏，画堂琼户特相宜。云母帐前初泛滥，水精帘外转逶迤。倬彼昭回如练白，复出东城接南陌。南陌征人去不归，谁家今夜捣寒衣。鸳鸯机上疏萤度，乌鹊桥边一雁飞。雁飞萤度愁难歇，坐见明河渐微没。已能舒卷任浮云，不惜光辉让流月。明河可望不可亲，愿得乘槎一问津。更将织女支机石，还访成都卖卜人。

龙门应制

宿雨霁氛埃，流云度城阙。河堤柳新翠，苑树花先发。洛阳花柳此时浓，山水楼台映几重。群公拂雾朝翔凤，天子乘春幸凿龙。凿龙近出王城外，羽从琳琅拥轩盖。云罕才临御水桥，天衣已入香山会。山壁崭岩断复连，清流澄澈俯伊川。雁塔遥遥绿波上，星龛奕奕翠微边。层峦旧长千寻木，远壑初飞百丈泉。彩仗

蜺一作虹旌绕香阁，下辇登高望河洛。东城宫阙拟昭回，南陌沟塍殊绮错。林下天香七宝台，山中春酒万年杯。微风一起祥花落，仙乐初鸣瑞鸟来。鸟来花落纷无已，称觞献寿烟一作香霞里。歌舞淹留景欲斜，石关一作间犹驻五云车。鸟旗翼翼留芳草，龙骑骎骎映晚花。千乘万骑銮舆出，水静山空严警跸。郊外喧喧引看人，倾都南望属车尘。嚣声引飚闻黄道，佳气周回一作旋入紫宸。先王定鼎山河固，宝命乘周万物新。吾皇不事瑶池乐，时雨来观农扈春。《纪事》云：武后游龙门，命群官赋诗，先成者赐以锦袍。左史东方虬诗成，拜赐，坐未安，之问诗成，文理兼美，左右称善，乃就夺锦袍衣之。

初宿淮口

孤舟汴河水，去国情无已。晚泊投楚乡，明月清淮里。汴河东泻路穷兹，洛阳西顾日增悲。夜闻楚歌思欲断，况值淮南木落时。

王子乔

王子乔，爱神仙，七月七日上宾天。白虎摇瑟凤吹笙，乘骑云气吸日精。吸日精，长不归，遗庙今在而人非。空望山头草，草露湿人衣。

放白鹇篇

故人赠我绿绮琴，兼致白鹇鸟。琴是峄山桐，鸟出吴溪中。我心松石清霞里，弄此幽弦不能已。我心河海白云垂，怜此珍禽空自知。著书晚下麒麟阁，幼稚骄痴候门乐。乃言物性不可违，白鹇愁慕刷毛衣。玉徽闭匣留为念，六翮开笼任尔飞。

桂州三月三日一作桂阳三日述怀

代业京华里，远投魑魅乡。登高望不极，云海四茫茫。伊昔承休盼，曾为人所羡。两朝赐颜色，二纪陪欢宴。昆明御宿侍龙媒，伊阙天泉复几回。西夏黄河水心剑，东周清洛羽觞杯。苑中落花扫还合，河畔垂杨拨不开。千春万寿多行乐，柏梁和歌攀睿作。赐金分帛奉恩辉，风举云摇入紫微。晨趋北阙鸣珂至，夜出

南宫把烛归。载笔儒林多岁月,櫜被文昌佐吴越。越中山海高且深,兴来无处不登临。永和九年刺海郡,暮春三月醉山阴。愚谓嬉游长似昔,不言流寓欻成今。始安繁华旧风俗,帐饮倾城沸江曲。主人丝管清且悲,客子肝肠断还续。荔浦蘅皋万里余,洛阳音信绝能疏。故园今日应愁思,曲水何能更祓除。逐伴谁怜合浦叶,思归岂食桂江鱼。不求汉使金囊赠,愿得佳人锦字书。

下山歌

下嵩山兮多所思,携佳人兮步迟迟。松间明月长如此,君再游兮复何时。

冬宵引赠司马承祯

河有冰兮山有雪,北户墐兮行人绝。独坐山中兮对松月,怀美人兮屡盈缺。明月的的寒潭中,青松幽幽吟劲风。此情不向俗人说,爱而不见恨无穷。

高山引

攀云窈窕兮上跻悬峰,长路浩浩兮此去何从。水一曲兮肠一曲,山一重兮悲一作愁一重。松櫺邈已远,友于何日逢。况满室兮童稚,攒众虑于心胸。天高难诉兮远负明德,却望咸京兮挥涕龙钟。

嵩山天门歌

登天门兮坐盘石之磷硱,前淙淙兮未半,下漠漠兮无垠。纷窈窕兮岩倚披以鹏翅,洞胶葛兮峰棱层以龙鳞。松移岫转,左变而右易。风生云起,出鬼而入神。吾亦不知其灵怪如此,愿游杳冥兮见羽人。重曰天门兮穹崇,回合兮攒丛,松万接兮柱日,石千寻兮倚空。晚阴兮足风,夕阳兮赪红。试一望兮夺魄,况众妙之无穷。

有所思一作刘希夷诗,题云代悲白头翁

洛阳城东桃李花,飞来飞去落谁家。幽闺女儿惜颜色,坐见落花长叹息。今年花落颜色改,明年花开复谁在。已见松柏摧为薪,更闻桑田变成海。古人无复洛城东,今人还对落花风。年年岁岁花相似,岁岁年年人不同。寄言全盛红颜子,须怜半死白头翁。此翁白头真可怜,伊昔红颜美少年。公子王孙芳树下,清歌妙舞落花前。光禄池台交锦绣,将军楼阁画神仙。一朝卧病无相识,三春行乐在谁边。婉转蛾眉能几时,须臾鹤发乱如丝。但看古来歌舞地,唯有黄昏鸟雀飞。

全唐诗卷五十二

宋之问

奉和立春日侍宴内出剪彩花应制
金阁妆新—作仙杏，琼筵弄绮梅。人间都未识，天上忽先开。蝶绕香丝住，蜂怜艳粉—作彩艳回。今年春色早，应为剪刀催。

春日芙蓉园侍宴应制
芙蓉秦地沼，卢橘汉家园。谷转斜盘径，川回曲抱原。风来花自舞，春入鸟能言。侍宴瑶池夕，归途箫—作骑吹繁。

夏日仙萼亭应制
高岭逼星河，乘舆此日过。野含时雨润，山杂夏云多。睿藻光岩穴，宸襟洽薜萝。悠然小天下，归路满笙歌。

奉和九月九日登慈恩寺浮屠应制
凤刹侵云半，虹旌倚日边。散花多宝塔，张乐布金田。时菊芳仙酝，秋兰动睿篇。香街稍欲晚，清跸扈归天。

奉和九日幸临渭亭登高应制得欢字
令节三秋晚，重阳九日欢。仙杯还泛菊，宝馔且调兰。御气云霄近，乘高宇宙宽。今朝万寿引，宜向曲中弹。

奉和圣制闰九月九日登庄严总持二寺阁
闰月再重阳，仙舆历宝坊。帝歌云稍白，御酒菊犹黄。风铎喧行漏，天花拂舞行。豫游多景福，梵宇日生光。

麟趾殿侍宴应制
北阙层城峻，西宫复道悬。乘舆历万户，置酒望三川。花柳含丹日，山河入绮筵。欲知陪赏处，空外有飞烟。

上阳宫侍宴应制得林字—本题上有九月晦日四字
广乐张前殿，重裘感圣心。砌蓂霜月尽，庭树雪云深。旧渥骖宸御，慈恩忝翰林。微臣一何幸,再得听瑶琴。

幸少林寺应制
绀宇横天室,回銮指帝休。曙阴迎日尽,春气抱岩流。空乐繁行漏,香烟薄采斿。玉膏从此泛,仙驭接浮丘。

幸岳寺应制
暂幸珠筵地,俱怜石濑清。泛流张翠幕,拂迥挂红旌。雅曲龙调管,芳樽蚁泛觥。陪欢玉座晚,复得听金—作钟声。

扈从登封途中作
帐殿郁崔嵬,仙游实壮哉。晓云连幕卷,夜火杂星回。谷暗千旗出,山鸣万乘来。扈从良可赋,终乏揽天才。

扈从登封告成颂
复道开行殿,钩陈列禁兵。和风吹彭角,佳气动旗旌。后骑回天苑,前山入御营。万方俱下拜,相与乐升平。

松山岭应制
翼翼高旌转,锵锵凤辇飞。尘销清跸路,云湿从臣衣。白羽摇丹壑,天营—作宫逼翠微。芳声耀今古,四海警宸威。

缑山庙
王子宾仙去,飘飘笙鹤飞。徒闻沧海变,不见白云归。天路何其远,人间此会稀。空歌日云暮,霜月渐微微。

奉和梁王宴龙泓应教得微字
水府沦幽壑,星轺下紫微。鸟惊司仆驭,花落侍臣衣。芳树摇春晚,晴云绕座飞。淮王正留客,不醉莫言归。

寿阳王花烛图—作沈佺期诗
仙媛乘龙日—作夕,天孙捧雁来。可怜桃李树—作径,更绕凤凰台。烛照香车入,花临宝扇开。莫令银箭—作漏晓,为尽合欢杯。

江南曲
妾住越城南,离居不自堪。采花惊曙鸟,摘叶喂春蚕。懒结茱萸带,愁安玳瑁簪。待君消瘦尽,日暮碧江潭。

牛女—作沈佺期诗
粉席秋期缓,针楼别怨多。奔龙争渡月,飞鹊乱填河。失喜先临镜,含羞未解罗。谁能留夜色,来夕倍还梭。

冬夜寓直麟阁—作王维诗
直事披三省,重关闭七门。广庭怜雪净,深屋喜炉温。月幌花虚馥,风窗竹暗喧。东山白云意,兹夕寄琴尊。

登禅定寺阁—作登总持寺阁
梵宇出三天,登临望八川。开襟坐霄汉,挥手拂—作拍云烟。函谷青—作春山外,昆池落日边。东京杨柳陌,少别已—作几经年。

陆浑山庄
归来物外情,负杖阅岩耕。源水看花入,幽林采药行。野人相问姓,山鸟自呼名。去去独吾乐,无然—作能愧此生。

蓝田山庄
宦游非吏隐,心事好幽偏。考室先依地,为农且用天。辋川朝伐木,蓝水暮浇田。独与秦山老,相欢春酒前。

春日山家—作春泉洗药
今日游何处,春泉洗药归。悠然紫芝曲,昼掩白云扉。鱼乐偏寻藻,人闲屡采薇。丘中无俗事,身世两相违。

春日宴宋主簿山亭得寒字
公子正邀欢,林亭春未兰。攀岩践苔易,迷路出花难。窗覆垂杨暖,阶侵瀑水寒。帝城归路直,留兴接鹓鸾。

江亭晚望
浩渺浸云根,烟岚出远村。鸟归沙有迹,

帆过浪无痕。望水知柔性,看山欲断魂。纵情犹未已,回马欲黄昏。

秋晚游普耀寺

薄暮曲江头,仁祠暂可留。山形无隐霁,野色遍呈秋。荷覆香泉密,藤缘宝树幽。平生厌尘事,过—作遇此忽悠悠。

答李司户夔

远方来下客,辀轩摄—作摛使臣。弄琴宜在夜,倾酒贵逢春。驷马留孤馆,双鱼赠故人。明朝散云—作行雨,遥仰德为邻。

寄天台司马道士

卧来生白发,览镜忽成丝。远愧餐霞子,童颜且自持。旧游惜疏旷,微尚日磷缁。不寄西山药,何由东海期。

使往天平军马约与陈子昂新乡为期,及还而不相遇

入卫期之子,吁嗟不少留。情人去何处,淇水日悠悠。恒碣青云断,衡漳白露秋。知君心许国,不是爱封侯。

过函谷关

二百四十载,海内何纷纷。六国兵同合,七雄势未分。从成拒秦帝,策决问苏君。鸡鸣将狗盗,论德不论勋。

送朔方何侍郎—作御

闻道云中使,乘骢往复还。河兵守阳月,塞虏失阴山。拜职尝随骠,方回云:汉有随骠,今骑候。铭功不让班。旋闻受降日,歌舞入萧关。

送田道士使蜀投龙

风驭忽泠然,云台路几千。蜀门峰势断,巴字水形连。人隔壶中地,龙游洞里天。赠言回驭日,图画彼山川。

送许州宋司马赴任

颍郡水东流,荀陈兄弟游。偏伤兹日远,独向聚星州。河润在明德,人康非外求。当闻力为政,遥慰我心愁。

送赵司马赴蜀州

饯子西南望,烟绵剑道微。桥寒金雁落—作并,林曙碧鸡飞。职拜舆方远,仙成履会归。定知和氏璧,遥掩玉轮辉。

送永昌萧赞府

柳变曲江头,送君函谷游。弄琴宽别意,酌醴醉春愁。恋本亦何极,赠言微所求。莫令金谷水,不入故园流。

送李侍御

行李恋庭闱,乘轺振彩衣。南登指吴服,北走出秦畿。去国夏云断,还乡秋雁飞。旋闻郡计入,更有使臣归。

饯湖州薛司马

别驾促严程,离筵多故情。交深季作友,义重伯为兄。镇静移吴俗,风流在汉京。会看—作逢陈仲举,从此拜公卿。

送杜审言

卧病人事绝,嗟君万里行。河桥不相送,江树远含情。别路追孙楚,维舟吊屈平。可惜龙泉剑,流落在丰城。

送武进郑明府

弦歌试宰日,城阙赏心违。北谢苍龙去,南随黄鹄飞。夏云海中出,吴山江上微。氓谣—作歌岂云远,从此庆缁衣。

送姚侍御出使江东

帝忧河朔郡,南发海陵仓。坐叹青春别,逶迤碧水长。饮水朝受命,衣锦昼还乡。为问东山桂,无人何自芳。

留别之望舍弟

同气有三人,分飞在此晨。西驰巴岭徼,东去洛—作汶阳滨。强饮离前酒,终伤别后神。谁—作虽怜散花萼,独赴日南春。

汉江宴别

　　汉广不分天,舟移杳若仙。秋—作林虹映晚日,江鹤弄晴烟。积水浮冠盖,遥风逐管弦。嬉游不可极,留恨此山川。

初发荆府赠长史首联缺

　　□□□,□□□。仍随五马谪,载与两禽奔。明主无由见,群公莫与言。幸君逢圣日,何惜理虞翻。

晚泊湘江

　　五岭恓惶客,三湘憔悴颜。况复秋雨霁,表里见衡山。路逐鹏—作江南转,心依雁北还。唯余望乡泪,更染竹成斑。

过蛮洞

　　越岭千重合,蛮溪十里斜。竹迷樵子径,萍匝钓人家。林暗交枫叶,园香覆橘花。谁怜在荒外,孤赏足云霞。

经梧州

　　南国无霜霰,连年见物华。青林暗换叶,红蕊续开花。春去闻山鸟,秋来见海槎。流芳虽可悦,会自泣长沙。

渡吴江别王长史

　　倚棹望兹川,销魂独黯然。乡连江北树,云断日南天。剑别龙初没,书成雁不传。离舟意无限,催渡复催年。

泛镜湖南溪

　　乘兴入幽栖,舟行日向低。岩花候冬发,谷鸟作春啼。沓嶂开天小,丛篁夹路迷。犹闻可怜处,更在若邪溪。

途中寒食题黄梅临江驿寄崔融—作初到黄梅临江驿

　　马上逢寒食,愁中属暮春。可怜江浦望,不见洛阳人。北极怀明主,南溟作逐臣。故园肠断处,日夜柳条新。

游韶州广界—作果寺

　　影殿临丹壑,香台隐翠霞。巢飞衔象鸟,砌蹋雨空花。宝铎摇初霁,金池映晚沙。莫愁归路远,门外有三车。

宿清远峡山寺

　　香岫悬金刹,飞泉届—作界石门。空山唯习静,中夜寂无喧。说法初闻鸟,看心欲定猿。寥寥隔尘市—作事,何异武陵源。

题大庾岭北驿

　　阳月南飞雁,传闻至此回。我行殊未已,何日复归来。江静潮初落,林昏瘴不开。明朝望乡处,应见陇头梅。

度大庾岭

　　度岭方辞国,停轺一望家。魂随南翥鸟,泪尽北枝花。山雨初含霁,江云欲变霞。但令归有日,不敢恨长沙。

端州别袁侍郎

　　合浦途未极,端溪行暂临。泪来空泣脸,愁至不知心。客醉山月静,猿啼江树深。明朝共分手,之子爱千金。

过史正议宅

　　旧交此零落,雨泣访遗尘。剑几传好事,池台伤故人。国香兰已歇,里树橘犹新。不见吴中隐,空余江海滨。

梁宣王挽词三首

　　贵藩尧母族,外戚汉家亲。业重兴王际,功高复辟辰。爱贤唯报国,乐善不防身。今日衣冠送,空伤置醴人。

　　金精何日闭,玉匣此时开。东望连吾子,南瞻近帝台。地形龟食报,坟土燕衔来。可叹虞歌夕,纷纷骑吹回。

　　像设千年在,平生万事违。彩旄翻葆吹,圭翣奠灵衣。垄日寒无影,郊云冻不飞。君王留此地,驷马欲何归。

鲁忠王挽词三首

同盟会五月,归葬出三条。日惨咸阳树,天寒渭水桥。稍看朱鹭转,尚识紫骝骄。寂寂泉台恨,从兹罢玉箫。

邦家锡宠光,存没贵忠良。遂裂山河地,追尊父子王。人悲槐里月,马踏槿原霜。别向天京北,悠悠此路长。

树羽迎朝日,撞钟望早霞。故人悲宿草,中使惨晨笳。气有冲天剑,星无犯斗槎。唯余孔公宅,长接鲁王家。

范阳王挽词二首

贤相称邦杰,清流举代推。公才掩诸夏,文体变当时。宾吊翻成鹤,人亡惜喻龟。洛阳今纸贵,犹写太冲词。

赠秩—作衰徽章洽,求书秘草成。客随朝露尽,人逐夜舟惊。蒿里衣冠送,松门印绶迎。谁知杨伯起,今日重哀荣。

故赵王属赠黄门侍郎上官公挽词二首

韦门旌旧德,班氏业前书。谪去因丞相,归来为婕妤。周原乌相冢,越岭雁随车。冥漠辞昭代,空怜赋子虚。

绿车随帝子,青琐翊宸机。昔枉朝歌骑,今虚夕拜闱。柳河凄挽曲,薤露湿灵衣。一厝穷泉闭,双鸾遂不飞。

药

有卉秘神仙,君臣有礼焉。忻当苦口喻,不畏入肠偏。扁鹊功成日,神农定品年。丹成如可待,鸡犬自闻天。

奉和九日登慈恩寺浮图应制

瑞塔千寻起,仙舆九日来。黄房陈宝席,菊蕊散花台。御气鹏霄近,升高凤野开。天歌将梵乐,空里共裴回。

送沙门泓景道俊玄奘还荆州应制

三乘归净域,万骑饯通庄。就日离亭近,弥天别路长。荆南旋杖钵,渭北限津梁。何日纡真果,还来入帝乡。

春日芙蓉园侍宴应制

年光竹里遍,春色杏间遥。烟气笼青阁,流文荡画桥。飞花随蝶舞,艳曲伴莺娇。今日陪欢豫,还疑陟紫霄。

咏笛

羌笛写龙声,长吟入夜清。关山孤月下,来向陇头鸣。逐吹梅花落,含春柳色惊。行观向子赋,坐忆旧邻情。

咏钟

既接南邻磬,还随北里笙。平陵通曙响,长乐警宵声。秋至含霜动,春归应律鸣。岂惟恒待扣,金虡有余清。

花落—作沈佺期诗。题云梅花落。

铁骑几时回,金闺怨早梅。雪寒花已落,风暖叶还开。夕逐新春管,香迎小岁杯。盛时何足贵,书里报轮台。

旅宿淮阳亭口号

日暮风亭上,悠悠旅思多。故乡临桂水,今夜渺星河。暗草霜华发,空亭雁影过。兴来谁与语,劳者自为歌。

内题赋得巫山雨—作沈佺期诗。题云巫山高。

神女向高唐,巫山下夕阳。裴回作行雨,婉恋逐荆王。电影江前落,雷声峡外长。霁云无处所,台馆晓苍苍。

王昭君—作沈佺期诗

非君惜鸾殿,非妾妒娥眉。薄命由骄虏,无情是画师。嫁来胡地日,不并汉宫时。辛苦无聊赖,何堪上马辞。

铜雀台—作沈佺期诗

昔年分鼎地,今日望陵台。一旦雄图尽,千秋遗令开。绮罗君不见,歌舞妾空来。恩共漳河水,东流无重回。

巫山高 一作沈佺期诗

　　巫山峰十二,环合象一作合沓隐昭回。俯听一作眺琵琶峡,平看云雨台。古槎天外落一作倚,瀑水日边来。何忍猿啼夜,荆王枕席开。

望月有怀 一作康庭芝诗,一作沈佺期诗

　　天使下西楼,含光万里秋。台前似挂镜,帘外如悬钩。张尹将眉学,班姬取扇俦。佳期应借问,为报大刀头。

驾出长安 一作王昌龄诗

　　圣德超千古,皇风扇九围。天回万象出,驾动六龙飞。淑气来黄道,祥云覆紫微。太平多扈从,文物有光辉。

饯中书侍郎来济 一作太宗诗

　　暧暧去尘昏灞岸,飞飞轻盖指河梁。云峰衣结千重叶,雪岫花开几树妆。深悲黄鹤孤舟远,独对青山别路长。欲将分手沾襟泪,还用持添离席觞。

奉和春初幸太平公主南庄应制

　　青门路接凤凰台,素浐宸游龙骑来。涧草自迎香辇合,岩花应待御筵开。文移北斗成天象,酒递一作近南山作寿杯。此日侍臣将石去,共欢明主赐金回。

三阳宫侍宴应制得幽字

　　离宫秘苑胜瀛洲,别有仙人洞壑幽。岩边树色含风冷,石上泉声带雨秋。鸟向歌筵来度曲,云依帐殿结为楼。微臣昔忝方明御,今日还陪八骏游。

全唐诗卷五十三

宋之问

奉和晦日幸昆明池应制

春豫灵池会,沧波帐殿开。舟凌石鲸度,槎拂斗牛回。节晦蓂全落,春迟柳暗催。象溟看浴景,烧劫辨沉灰。镐饮周文乐,汾歌汉武才。不愁明月尽,自有夜珠来。《纪事》云:中宗正月晦日,幸昆明池赋诗。群臣应制百余篇,帐殿前结彩楼,命上官昭容选一首为新翻御制曲,从臣悉集其下。须臾,纸落如飞,唯沈宋二诗不下。又移时,一纸飞坠,乃沈诗也。及闻其评曰:二诗工力悉敌,沈诗落句云:微臣雕朽质,羞睹豫章材。盖词气已竭。宋诗云:不愁明月尽,自有夜珠来。犹陡健骞举。沈乃伏,不敢复争。

奉和幸大荐福寺寺即中宗旧宅

香刹中天起,宸游满路辉。乘龙太子去,驾象法王归。殿饰金人影,窗摇玉女扉。稍迷新草木,遍识旧庭闱。水入禅心定,云从宝思飞。欲知皇劫远,初拂六铢衣。

奉和幸三会寺应制传是仓颉造书台

六飞回玉辇,双树谒金仙。瑞鸟呈书字,神龙吐浴泉。净心遥证果,睿想独超禅。塔涌香花地,山围日月天。梵音迎漏一作雨彻,空乐倚云悬。今日登仁寿,长看法镜圆。

奉和荐福寺应制

梵筵光圣邸,游豫览宏规。不改灵光殿,因开功德池。莲生新步叶,桂长昔攀枝。涌塔庭一作花中见,飞楼海上移。闻韶三月幸,观象七星危。欲识龙归处,朝朝一作来云气随。

奉和幸神皋亭应制

清跸喧黄道,乘舆降紫宸。霜戈凝晓日,云管发阳春。台古全疑汉,林余半识秦。宴酣诗布泽,节改令行仁。昔恃山河险,今依道德淳。多惭献嘉颂,空累属车尘。

奉和幸长安故城未央宫应制

汉王未息战,萧相乃营宫。壮丽一朝尽,

威灵千载空。皇明怅前迹,置酒宴群公。寒轻彩仗外,春发幔城中。乐思回斜日,歌词继大风。今朝天子贵,不假叔孙通。

奉和幸韦嗣立山庄侍宴应制—作李义诗

枢掖调梅暇,林园艺槿初。入朝荣剑履,退食偶—作乐琴书。地隐东岩室,天回北斗车。旌门临窅窱,辇道属扶疏。云罕明丹壑,霜笳彻紫虚。水疑投石处,溪似钓璜余。帝泽颁卮酒,人欢颂里闾。一承黄竹咏,长奉白茅居。

扈从登封告成颂应制

御路回中岳,天营接下都。百灵无后至,万国竞前驱。文卫严清跸,幽仙读宝符。贝花明汉果,芝草入尧厨。济济衣冠会,喧喧夷夏俱。宗祧仰神理,刊木望川途。抚己惭非病,时来本不愚。愿陪丹凤辇,率舞白云衢—作凯乐望仙途。

宴安乐公主宅得空字

英藩筑外馆,爱主出王宫。宾至星槎落,仙来月宇空。玳梁翻贺燕,金埒倚晴虹。箫奏秦台里,书开鲁壁中。短歌能驻日,艳舞欲娇风。闻有淹留处,山阿满桂丛。

春日郑协律山亭陪宴饯郑卿同用楼字

潘园枕郊郭,爱客坐相求。尊酒东城外,骖騑南陌头。池平分洛水,林缺见嵩丘。暗竹侵山径,垂杨拂妓楼。彩云歌处断,迟日舞前留。此地何年别,兰芳空自幽。

和姚给事寓直之作

清论满朝阳,高才拜夕郎。还从避马路,来接珥貂行。宠就黄扉日,威回白简霜。柏台迁鸟茂,兰署得人芳。禁静钟初彻,更疏漏渐长。晓河低武库,流火度文昌。寓直恩徽—作光辉重,乘秋藻翰扬。暗投空欲报,下调不成章。

和库部李员外秋夜寓直之作

相庭贻庆远,才子拜郎初。起草溪—作仪仙阁,焚香卧直庐。更深河欲断,节劲柳偏疏。气耿凌云笔,心摇待漏车。叨荣厕侍侣,省己愧空虚。徒斐阳春和,难参丽曲余。

酬李丹徒见赠之作

镇吴称奥里,试剧仰通才。近挹人披雾,遥闻境震雷。一朝逢解榻,累日共衔杯。连辔登山尽,浮舟望海回。以予惭拙宦,期子遇良媒。赠曲南凫断,征途北雁催。更怜江上月,还入镜中开。

使过襄阳登凤林寺阁

香阁临清汉,丹梯隐翠微。林篁天际密,人世谷中违。苔石衔仙洞,连舟泊钓矶。山云浮栋起,江雨入庭飞。信美虽南国,严程限北归。幽寻不可再,留步惜芳菲。

宋公宅送宁谏议

宋公爱创宅,庾氏更诛茅。间出人三秀,平临楚四郊。汉臣来绛节,荆牧动金铙。尊溢宜城酒,笙裁曲沃匏。露荷秋变节,风柳夕鸣梢。一散阳台雨,方随越鸟巢。

送合宫苏明府颋

铉府诞英规,公才天下知。谓乘羔雁族,继入凤凰池。赤县求人隐,青门起路岐。翟回车少别,凫化鸟遥驰。神哭周南境,童歌渭北垂。贤哉荀奉倩,衮职伫来仪。

送杨六望赴金水

借问梁山道,崟岑几万重。遥州刀作字,绝壁剑为峰。惜别路穷此,留欢意不从。忧来生白发,时晚爱青松。勿以西南远,夷歌寝盛容。台阶有高位,宁复久临邛。

下桂江龙目滩

停午出滩险,轻舟容易前。峰攒入云树,崖喷落江泉。巨石潜山怪,深篁隐洞仙。鸟游溪寂寂,猿啸岭娟娟。挥袂日凡几,我行途已千。暝投苍梧郡,愁枕白云眠。

入泷州江

孤舟泛盈盈,江流日纵横。夜杂蛟螭寝,晨披瘴疠行。潭蒸水沫起,山热火云生。猿躩时能啸,鸢飞莫敢鸣。海穷南徼尽,乡远北魂惊。泣向文身国,悲看凿齿氓。地偏多育蛊,风恶好相鲸。余本岩栖客,悠哉慕玉京。厚恩尝愿答,薄宦不祈成。违隐乖求志,披荒为近名。镜愁玄发改,心负紫芝荣。运启中兴历,时逢外域清。祗应保忠信,延促付神明。

始安秋日

桂林风景异,秋似洛阳春。晚霁江天好,分明愁杀人。卷云山巉巉,碎石水磷磷。世业事黄老,妙年孤隐沦。归欤卧沧海,何物贵吾身。

桂州黄潭舜祠

虞世巡百越,相传葬九疑。精灵游此地,祠树日光辉。禋祭忽群望,丹青图二妃。神来兽率舞,仙去凤还飞。日暝山气落,江空潭霭微。帝乡三万里,乘彼白云归。

登粤王台

江上粤王台,登高望几回。南溟天外合,北户日边开。地湿烟尝起,山晴雨半来。冬花采卢橘,夏果摘杨梅。迹类虞翻枉,人非贾谊才。归心不可见—作度,白发重相催。

早发始兴江口至虚氏—作灵长村作

候晓逾闽峤—作嶂,乘春望越台。宿云鹏际落,残月蚌中开。薜荔摇青气,桄榔翳碧苔。桂香多露裛,石响细泉回。抱叶玄猿啸,衔花翡翠来。南中虽可悦,北思日悠哉。鬒发俄成素,丹心已作灰。何当首归路,行剪故园莱。

发藤州

朝夕苦巡征,孤魂长自惊。泛舟依雁渚—作宿,投馆听猿鸣。石发缘溪蔓,林衣扫—作拂地轻。云峰刻不似,苔藓—作壁画难成。露裛千花气,泉和万籁声。攀幽红处歇,跻险绿中行。恋切芝兰砌,悲缠松柏茔。丹心江北死,白发岭南生。魑魅天边国,穷愁海上城。劳歌意无限,今日为谁明。

游称心寺

释事怀三隐,清襟谒四禅。江鸣潮未落,林晓日初悬。宝叶交香雨,金沙吐细泉。望谐舟客趣,思发海人烟。顾枥仍留马,乘杯久弃船。未忧龟负岳,且识鸟耘田。理契都无象,心冥不寄筌。安期庶可揖,天地得齐年。

游法华寺

高岫拟耆阇,真乘引妙车。空中结楼殿,意表出云霞。后果缠三足—作尺,前因感—作取六牙。宴林薰宝树,水溜滴金沙。寒谷梅犹浅,温庭橘未华。台香红药乱,塔影绿篁遮。果渐轮王族,缘超梵帝家。晨行踏忍草,夜诵得灵花。江郡将何匹,天都亦未加。朝来沿泛所,应是逐仙槎。

夜渡吴松江怀古

宿帆震泽口,晓渡松江渍。棹发鱼龙气,舟冲鸿雁群。寒潮顿觉满,暗浦稍将分。气出—作赤海生日,光清湖起云。水乡尽天卫,叹息为吴君。谋士伏剑死,至今悲所闻。

谒禹庙

夏王乘四载,兹地发金符。峻命终不易,报功畴敢渝。先驱总昌会,后至伏灵诛。玉帛空天下,衣冠照海隅。旋闻厌黄屋,更道出苍梧。林表祠转茂,山阿井讵枯。舟迁龙负壑,田变鸟耘芜。旧物森如在,天威肃未殊。玄夷届瑶席,玉女侍清都。奕奕扃闱—作闱闼邃,轩轩仗卫趋。气青连曙海,云白洗春湖。猿啸有时答,禽言常自呼。灵歆异蒸糈,至乐匪笙竽。茅殿今文袭,梅梁古制无。运遥日崇丽,业盛答昭苏。伊昔力云尽,而今功尚敷。揆材非己箭,精享愧生刍。郡职昧为理,邦空宁自诬。下车霰已积,摄事露行濡。人隐冀多祐,曷唯沾薄躯。

游禹穴回出若邪

禹穴今朝到,邪溪此路通。著书闻太史,炼药有仙翁。鹤往笼犹挂,龙飞剑已空。石帆摇海上,天镜落湖中。水低寒云白,山边坠叶红。归舟何虑晚,日暮使樵风。

灵隐寺

《纪事》云:之问贬黜放还,至江南,游灵隐寺。夜月极明,长廊行吟曰:"鹫岭郁岧峣,龙宫锁寂寥。"久不能续。有老僧点长明灯,问曰:"少年夜久不寐,何耶?"之问曰:"偶欲题此寺,而兴思不属。"即曰:"何不云'楼观沧海日,门对浙江潮'?"之问愕然,讶其道丽。迟明更访之,则不复见。寺僧有知者曰:"此骆宾王也。"

鹫岭郁岧峣,龙宫锁寂寥。楼观沧海日,门对浙江潮。桂子月中落,天香云外飘。扪萝登塔远,刳木取泉遥。霜薄花更发,冰轻叶未凋。夙龄尚遐异,搜对涤烦嚣。待入天台路,看余度石桥。

游云门寺

维舟探静域,作礼事尊经。投迹一萧散,为心自杳冥。龛依大禹穴,楼倚少微星。沓嶂围兰若,回溪抱竹庭。觉花涂砌白,甘露洗山青。雁塔骞金地,虹桥转翠屏。人天宵现景,神鬼昼潜形。理胜常虚寂,缘空自感灵。入禅从鸽绕,说法有龙听。劫累终期灭,尘躬且未宁。摇摇不安寐,待月咏岩扃。

早发韶州

炎徼行应尽,回瞻乡路遥。珠厓天外郡,铜柱海南标。日夜清明少,春冬雾雨饶。身经大火—作火山热,颜入瘴江消。触影含沙怒,逢人女—作毒草摇。露浓看菌湿,风飔—作漾觉船飘。直御魑将魅,宁论鸥与鹩。虞翻思报国,许靖愿归朝。绿树秦京道,青云洛水桥。故园长在目,魂去不须招。

早入清远峡—作下桂江龙目滩

传闻峡山好,旭日棹前沂。雨色摇丹嶂,泉声聒翠微。两岩天作带,万壑树披衣。秋菊迎霜序,春藤碍日辉。翳潭花似织,缘岭竹成围。寂历环沙浦,葱茏转石圻。露余江未热,风落瘴初稀。猿饮排虚上,禽惊掠水飞。榜童夷唱合,樵女越吟归。良候斯为美,边愁自有违。谁言望乡国,流涕失芳菲。

发端州初入西江

问我将何去,清晨溯越溪。翠微悬宿雨,丹壑饮晴霓。树影捎云密,藤阴覆水低。潮回出浦驶,洲转望乡迷。人意长怀北,江行日向西。破颜看鹊喜,拭泪听猿啼。骨肉初分爱,亲朋忽解携。路遥魂欲断,身辱理能齐。畴日三山意,于兹万绪睽。金陵有仙馆,即事寻丹梯。

渡汉江

岭外音书断,经冬复历春。近乡情更怯,不敢问来人。

嵩山夜还

家住—作在嵩山下,好采旧山薇。自省游泉石,何曾不夜归。

湖中别鉴上人

愿与道林近,在意逍遥篇。自有灵佳寺,何用沃洲禅。

题鉴上人房二首

落花双树积,芳草一庭春。玩之堪兴异—作尽,何必见幽人。

晚入应真理,经行尚未回。房中无俗物,林下有青苔。

答田徵君

出游杳何处,迟回伊洛间。归寝忽成梦,宛在嵩丘山。

伤曹娘二首

凤飞楼伎绝,鸾死镜台空。独怜脂粉气,犹著舞衣中。

河伯怜娇态，冯夷要姝妓。寄言游戏人，莫弄黄河水。

河阳一作伤曹娘

昔日河阳县，氤氲香气多。曹娘娇态尽，春树不堪过。

燕巢军幕

非关怜翠幕，不是厌朱楼。故来呈燕颔，报道欲封侯。

苑中遇雪应制

紫禁仙舆诘旦来，青旂遥倚望春台。不知庭霰今朝落，疑是林花昨夜开。

送司马道士游天台

羽客笙歌此地违，离筵数处白云飞。蓬莱阙下长相忆，桐柏山头去不归。

登逍遥楼

逍遥楼上望乡关，绿水泓澄云雾间。北去衡阳二千里，无因雁足系书还。

奉和春日玩雪应制

北阙彤云掩曙霞，东风吹雪舞山家。琼章定少千人和，银树长芳六出花。

伤曹娘二首

可怜冥漠去何之，独立丰茸无见期。君看水上芙蓉色，恰似生前歌舞时。

前溪妙舞今应尽，子夜新歌遂不传。无复绮罗娇白日，直将珠玉闭黄泉。

郡宅中斋以下集不载

郡宅枕层岭，春湖绕芳甸。云甍出万家，卧览皆已遍。渔商汗成雨，廛邑明若练。越俗镜中行，夏祠云表见。兹都信盘郁，英远常栖盻。王子事黄老，独乐恣游衍。谢公念苍生，同忧感推荐。灵越多秀士，运阔无由面。神理翳青山，风流满黄卷。揆予谬承奖，自昔从缨弁。瑶水执仙羁，金闺负时选。晨趋博望苑，夜直明光殿。一朝罢台阁，万里违乡县。风土足慰心，况悦年芳变。淮禀仁滋一作兹实，沂歌非所羡。讼寝归四明，龄颓亲九转。微尚本江海，少留岂交战。唯余后凋色，窃比东南箭。

称心寺

步陟招提宫，北极山海观。千岩递萦绕，万壑殊悠漫。乔木转夕阳，文轩划清涣。泄云多表里，惊潮每昏旦。问予金门客，何事沧洲畔。谬以三署资，来刺百城半。人隐尚未弭，岁华岂兼玩。东山桂枝芳，明发坐盈叹。

新年作

乡心新岁切，天畔独潸然。老至居人下，春归在客先。岭猿同旦暮，江柳共风烟。已似长沙傅，从今又几年。

剪彩

驻想持金错，居然作管灰。绮罗纤手制，桃李向春开。拾藻蜂初泊，衔花鸟未回。不言将巧笑，翻逐美人来。

七夕

传道仙星媛，年年会水隅。停梭借蟋蟀，留巧付蜘蛛。去昼从云请，归轮仗日输。莫言相见阔，天上日应殊。

桂州陪王都督晦日宴逍遥楼

晦节高楼望，山川一半春。意随蓂叶尽，愁共柳条新。投刺登龙日，开怀纳鸟晨。兀然心似醉，不觉有吾身。

和赵员外桂阳桥遇佳人

江雨朝飞溷细尘，阳桥花柳不胜春。金鞍白马来从赵，玉面红妆本姓秦。妒女犹怜镜中发，侍儿堪感路傍人。荡舟为乐非吾事，自叹空闺梦寐频。

函谷关首句缺二字

至人□□识仙风，瑞霭丹光远郁葱。灵迹才辞周柱下，祥氛已入函关中。不从紫气台端候,何得青华观里逢。欲访乘牛求宝箓,愿随鹤驾遍瑶空。

咏省壁画鹤

粉壁图仙鹤,昂藏真气多。骞飞竟不去,当是恋恩波。

广州朱长史座观妓

歌舞须连夜,神仙莫放归。参差随暮雨,前路湿人衣。

谒二妃庙

还以金屋贵,留兹宝席尊。江凫啸风雨,山鬼泣朝昏。

赠严侍御

受脤清边服,乘骢历塞尘。当闻汉雪耻,羞共虏和亲。

在荆州重赴岭南

梦泽三秋日,苍梧一片云。还将鹓鹭羽,重入鹧鸪群。

则天皇后挽歌

象物行周礼,衣冠集汉都。谁怜事虞舜,下里泣苍梧。

邓国太夫人挽歌

鸾死铅妆歇,人亡锦字空。悲端若能灭,渭水亦应穷。

杨将军挽歌

亭寒照苦月,陇暗积愁云。今日山门树,何处有将军。

全唐诗卷五十四

崔湜

崔湜,字澄澜,定州人。擢进士第,累转左补阙。预修三教珠英,附武三思、上官昭容,由考功员外郎骤迁中书舍人,兵部侍郎。俄拜中书侍郎,检校吏部侍郎,同中书门下平章事。为御史劾奏,贬江州司马。安乐公主从中申护,改襄州刺史。韦氏称制,复同中书门下三品。睿宗立,出为华州刺史,除太子詹事。景云中,太平公主引为中书令。明皇立,流岭外。以常预逆谋,追及荆州,赐死。湜执政时,年三十八。常暮出端门,缓辔赋诗。张说见之,叹曰:"文与位固可致,其年不可及也。"诗三十八首。

塞垣行—作崔融诗

疾风卷溟海,万里扬砂砾。仰望不见天,昏昏竟朝夕。是时军两进,东拒复西敌—作摘。蔽山张旗鼓,间道潜锋镝。精骑突晓围,奇兵袭暗壁。十月边塞寒,四山沍阴积。雨雪雁南飞,风尘景西迫。昔我事讨论,未尝息经籍。一朝弃笔砚,十年操矛戟。岂要黄河誓,须勒燕然石。可嗟牧羊臣,海上久为客。

送梁卿王郎中使东蕃吊册

梁侯上卿秀,王子中台杰。赠册绥九夷,旌旄下双阙。西堂礼乐送,南陌轩车别。征路入海云,行舟溯江月。兹邦久钦化,历载归朝谒。皇心谅所嘉,寄尔宣风烈。

饯唐州高使君赴任

芳春桃李时,京都—作东物华好。为岳岂不贵,所悲涉远道。远道不可思,宿昔梦见之。赠君双佩刀,日夕视来期—作有亲期。

冀北春望—作崔液诗

回首览燕赵,春生两河间。旷然万里余,际海不见山。雨歇青林润,烟空绿野闲。问乡何处所,目送白云还。

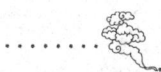

景龙二年,余自门下平章事削阶授江州员外司马,寻拜襄州刺史。春日赴襄阳途中言志

余本燕赵人,秉心愚且直。群籍备所见,孤贞每自饬。徇禄期代耕,受任亦量力。幸逢休明时,朝野两荐推。一朝趋金门,十载奉瑶墀。入掌迁固笔,出参枚马词。吏部既三践,中书亦五期。进无负鼎说,退惭补衮诗。常恐婴悔吝,不得少酬私。嗷嗷路傍子,纳谤纷无已。上动明主疑,下贻大臣耻。毫发顾无累,冰壶邈自持。天道何期平,幽冤终见明。始佐庐陵郡,寻牧襄阳城。彤帏荷新宠,朱黻蒙旧荣。力薄惭任重,恩深知命轻。饬徒留前路,行子悲且慕。犹闻长乐钟,尚辨青门树。慈亲不忍诀,昆弟默相顾。去去勿重陈,川长日云暮。

大漠行一作胡皓诗

　　单于犯蓟壖,骠骑略萧边。南山木叶飞下地,北海蓬根乱上天。科斗连营太原道,鱼丽合阵武威川。三军遥倚仗,万里相驰逐。旌旆悠悠静瀚源,鼙鼓喧喧动卢谷。穷徼上幽陵,呀嗟倦寝兴。马蹄冻溜石,胡毳暖生冰。云沙泱漭天光闭,河塞阴沉海色凝。崆峒异国谁能托,萧索边心常不乐。近见行人畏白龙,遥闻公主愁黄鹤。阳春半,岐路间,瑶台苑,玉门关。百花芳树红将歇,二月兰皋绿未还。阵云不散鱼龙水,雨雪犹飞鸿雁山。山嶂连绵不可极,路远辛勤梦颜色。北堂萱草不寄来,东园桃李长相忆。汉将纷纭攻战盈,胡寇萧条幽朔清。韩君拜节偏知远,郑吉驱旌坐见迎。火绝烟沉右西极,谷静山空左北平。但使将军能百战,不须天子筑长城。

奉和登骊山高顶寓目应制

　　名山何壮哉,玄览一徘徊。御路穿林转,旌门倚石开。烟霞肘后发,河塞掌中来。不学蓬壶远,经年犹未回。

侍宴长宁公主东庄应制

　　沁园东郭外,鸾驾一游盘。水树宜时陟,山楼向晚看。席临天女贵,杯接近臣欢。圣藻悬宸象,微臣窃仰观。

奉和送金城公主适西蕃应制

　　怀戎前策备,降女旧因修。箫鼓辞家怨,旌旃出塞愁。尚孩中念切,方远御慈留一作流。顾乏谋臣用,仍劳圣主忧。

幸白鹿观应制一作郑愔诗

　　御旗探紫箓,仙仗辟丹丘。捧药芝童下,焚香桂女留。鸾歌无岁月,鹤语记春秋。臣朔真何幸,常陪汉武游。

幸梨园亭观打球应制一作梨园亭子侍宴应制

　　年光陌上发,香辇禁中游。草绿鸳鸯殿,花明翡翠楼。宝一作天杯承露酌,仙管杂风流。今日陪欢豫,皇恩不可酬。

慈恩寺九日应制

　　帝里重阳节,香园万乘来。却邪萸结佩,献寿菊传杯。塔类承天涌,门疑待佛开。睿词悬日月,长得仰昭回。

折杨柳

　　二月风光半,三边戍不还。年华妾自惜,杨柳为君攀。落絮萦一作缘衫袖,垂条拂髻鬟。那堪音信断,流涕望阳关。

边愁

　　九月蓬根断,三边草叶腓。风尘马变色,霜雪剑生衣。客思愁阴晚,边书驿骑归。殷勤凤楼上,还袂及春晖。

婕妤怨

　　不分君恩断,新妆视镜中。容华尚一作向春日,娇爱已一作似秋风。枕席临窗一作灯晓,帷屏一作屏帷,又作屏帐向月空。年年后庭树,荣落在深宫。

酬杜麟台春思

　　春还上林苑,花满洛阳城。鸳衾夜凝思,龙镜晓含情。忆梦残灯落,离魂暗马惊。可怜朝与暮,楼上独盈盈。

寄天台司马先生

闻有三元客,祈仙九转成。人间白云返,天上赤龙迎。尚惜金芝晚,仍攀琪树荣。何年嵚岭上,一谢洛阳城。

唐都尉山池

曲渚扬轻舟,前溪钓晚流。雁翻蒲叶起,鱼拨荇花游。金子悬湘柚,珠房折海榴。幽寻惜未已,清月半西楼。

江楼夕望

试陟江楼望,悠悠去国情。楚山霞外断,汉水月中平。公子留遗邑,夫人有旧城。苍苍烟雾里,何处是咸京。

襄城即事—作江楼有怀

子牟怀魏阙,元凯滞襄城。冠盖仍为里,池台尚识名。山光晴后绿,江色晚来清。为问东流水,何时到玉京。

秦州薛都督挽词

十里绛山幽,千年汾水流。碑传门客见,剑是故人留。陇树烟含夕,山门月照秋。古来钟鼎盛,共尽一蒿丘。

奉和春日幸望春宫—作立春内出彩花应制

潋荡春光满晓空,逍遥御辇入离宫。山河眺望云天外,台榭参差烟雾中。庭际花飞锦绣合,枝间鸟啭—作语管弦同。即此欢娱齐镐宴,唯应率舞—作土乐薰风。

奉和幸韦嗣立山庄侍宴应制

丞相登前府,尚书启旧林。式闾明主睿—作意,荣族圣嫔心。川狭旌门抵,岩高蔽帐临。闲窗凭柳暗,小径入松深。云卷千峰色,泉和万籁吟。兰迎天女佩,竹碍侍臣簪。宸翰三光烛,朝荣四海钦。还嗟绝机叟,白首汉川阴。

同李员外春闺—作闱

落日啼连夜,孤灯坐彻明。卷帘双燕入,披幌百花惊。陇上寒应晚,闺中织未成。管弦愁不意—作记,梳洗懒无情。去岁闻西伐,今年送北征。容颜离别尽,流恨满长城。

襄阳早秋寄岑侍郎

江城秋气早,旭旦坐南闱。落叶惊衰鬓,清霜换旅衣。时来矜早达,事往觉前非。体道徒推理,防身终昧微。故人金华省,肃穆秉天机。谁念江汉广,蹉跎心事违。

赠苏少府赴任江南,余时还京

丈夫不叹别,达士自安卑。揽泣固无趣,衔杯空尔为。流云春窈窕,去水暮逶迤。行舟忽东泛,归骑亦西驰。秦地多芳草,江潭有桂枝。谁言阻迢阔,所贵在相知。

登总持寺阁

宿雨清龙界,晨晖满凤城。升攀重阁迥,凭览四郊明。井邑周秦地,山河今古情。纡余一水合,寥落五陵平。处处风烟起,欣欣草木荣。故人不可见,冠盖满东京。

早春边城怀归

大漠羽书飞,长城未解围。山川凌玉嶂,旌节下金微。路向南庭远,书因北雁稀。乡关摇别思,风雪散戎衣。岁尽仍为客,春还尚未归。明年征骑返,歌舞及芳菲。

至桃林塞作

去国未千里,离家已再旬。丹心恒恋阙,白首更辞亲。怀璧常贻训,捐金讵得邻。抱冤非忤物,罹谤岂由人。不滥辞终辨,无瑕理竟伸。黻还中省旧,符与外台新。塞上同迁客,江潭异逐臣。泪垂非属岘,肠断固由秦。岁月行遒尽,山川难重陈。始知亭伯去,还是拙谋身。

襄阳作

庙堂初解印,郡邸忽腰章。按节巡河右,鸣驺入汉阳。城临南岘出,树绕北津长。好学风犹扇,夸才俗未忘。江山跨七泽,烟雨接三湘。蛟浦菱荷净,渔舟橘柚香。醉中求习氏,梦里忆襄王。宅坏仍思凤,碑存更忆羊。下车惭政美,闭阁幸时康。多谢南征术,于今尚不亡。

喜入长安

云日能催晓,风光不惜年。赖逢征客—作路尽,归在落花前。

奉和幸韦嗣立山庄应制

竹径桃源本出尘,松轩茅栋别惊新。御跸何须林下驻,山公不是俗中人。

崔液

崔液,字润甫,湜之弟。工五言诗,擢进士第一人。湜常呼其小字曰:"海子,我家龟龙也。"官至殿中侍御史。友人裴耀卿纂其遗文为集十卷。今存诗十二首

踏歌词二首

彩女迎金屋,仙姬出画堂。鸳鸯裁锦袖,翡翠贴花黄。歌响舞分行,艳色动流光。

庭际花微落,楼前汉已横。金台催夜尽,罗袖拂—作舞寒轻。乐笑畅欢情,未半著天明。

代春闺

江南日暖鸿始来,柳条初碧叶半开。玉关遥遥戍未回,金闺日夕生绿苔。寂寂春花烟色暮,檐燕双双落花度。青楼明镜昼无光,红帐罗衣徒自香。妾恨十年长独守,君情—作怜万里在渔阳。

上元夜六首—作夜游诗

玉漏银—作铜壶且莫催,铁关金锁彻明开。谁家见月能闲坐,何处闻—作逢灯不看来。

神灯佛火百轮张,刻像图形七宝装。影里如闻—作开金口说,空中似散—作放玉毫光。

今年春色胜常年,此夜风光最可怜。鸤鹊楼前新月满,凤凰台上宝灯燃。

金勒银鞍控紫骝,玉轮珠幰驾青牛。骖驔始散东城曲,倏忽还来南陌头。

公子王孙意气骄,不论相识也相邀。最怜长袖风前弱,更赏新弦暗里调。

星移汉转月将微,露洒烟飘灯渐稀。犹惜路—作道傍歌舞处,踟蹰相顾不能归。

冀北春望—作崔湜诗

回首览燕赵,春生两河间。旷然余万里,际海不见山。雨歇青林润,烟空绿野闲。问乡无处所,目送白云关。

拟古神女宛转歌二首—作郎大家诗

风已清,月朗琴复明。掩抑悲千态,殷勤是一声。歌宛转,宛转和更—作且长。愿为双鸿鹄,比翼共翱翔。

日已暮,长檐鸟应度。此时望君君不来,此时思君君不顾。歌宛转,宛转那能异栖宿。愿为形与影,出入恒相逐。

崔涤

崔涤,液之弟。多辩智,善谐谑。明皇素与款密,用为秘书监,出入禁中。后赐名澄,从东封,加金紫光禄大夫。存诗一首

望韩公堆

韩公堆上望秦川,渺渺关山西接连。孤客一身千里外,未知归日是何年。

全唐诗卷五十五

王勃

王勃,字子安,绛州龙门人,文中子通之孙。六岁善文辞,未冠,应举及第。授朝散郎,数献颂阙下。沛王闻其名,召署府修撰。是时诸王斗鸡,勃戏为文,檄英王鸡,高宗斥之。勃既废,客剑南。久之,补虢州参军。坐事,复除名。勃父福畤,坐勃故,左迁交趾令。勃往交趾省父。渡海溺水,悸而卒,年二十八。勃好读书,属文初不精思,先磨墨数升,引被覆面而卧,忽起书之,不易一字,时人谓之腹稿。与杨炯、卢照邻、骆宾王皆以文章齐名,天下称王杨卢骆,号四杰。勃有集三十卷,今编诗二卷。

倬彼我系

倬彼我系,舍弟虢州参军勃所作也。伤迫乎家贫,道未成而受禄,不得如古之君子四十强而仕也。故本其性情,原其事业,因陈先人之迹,以议出处,致天爵之艰难也。勃兄励序。

倬彼我系,出自有周。分疆锡社,派别支流。居卫仕宋,臣一作匡嬴相刘。乃武乃文,或公或侯。

晋历崩坼,衣冠扰弊。粤自太原,播徂江澨。礼丧贤隐,时屯道闭。王室如毁,生人多殣。伊我有器,思逢其主。自东徂一作旋西,择木开宇。田彼河曲,家乎汾浦。天未厌乱,吾将谁辅。

伊我祖德,思济九埏。不常厥所,于兹五迁。欲及时也,夫岂愿焉。其位虽屈,其言则传。

爰述帝制,大搜王道。曰天曰人,是祖是考。礼乐咸若,诗书具草。贻厥孙谋,永为家宝。

伊余小子,信惭明哲。彼网有条,彼车有辙。思屏人事,克终前烈。于嗟代网,卒余来绁。

来绁伊何,谓余曰仕。我瞻先达,三十方起。夫岂不怀,高山仰止。愿言毓德,啜菽饮水。

有鸟反哺,其声嗷嗷。言念旧德,忧心忉忉。今我不养,岁月其滔。黾勉从役,岂敢告劳。

从役伊何,薄求卑位。告劳伊何,来参卿事。名存实爽,负信愆义。静言遐思,中心是愧。

上巳浮江宴韵得址字

披观玉京路,驻赏金台址。逸兴怀九仙,良辰倾四美。松吟白云际,桂馥青溪里。别有江海—作汉心,日暮情何已。

春日宴乐游园赋韵得接字

帝里寒光尽,神皋春望浃。梅郊落晚英,柳甸惊初叶。流水抽奇弄,崩云洒芳牒。清尊湛不空,暂喜平生接。

山亭夜宴

桂宇幽襟积,山亭—作松台凉夜永。森沉野径寒,肃穆岩扉静。竹晦南汀—作阿色,荷翻北潭影。清兴殊未阑,林端照初景。

咏风

肃肃凉景—作风生,加我林壑清。驱烟寻—作入涧户,卷雾—作露出山楹。去来固无迹—作际,动息如有情。日落山水静,为君起松声。

怀仙并序

客有自幽山来者,起予以林壑之事,而烟霞在焉。思解缨绂,永咏山水—作林。神与道超,迹为形滞。故书其事焉。

鹤岑有奇径,麟洲富仙家。紫泉漱珠液,玄岩列丹葩。常希—作若披尘网,眇然登云车。鸾情极霄汉,凤想疲烟霞。道存蓬瀛近,意惬朝市赊。无为坐惆怅,虚此江上华。

忽梦游仙

仆本江上客,牵迹在方内。寤寐霄汉间,居然有灵对。翕尔登霞首,依然蹑云背。电策驱龙光,烟途俨鸾态。乘月披金帔,连星解琼佩。浮识俄易归,真游邈难—作魂莫再。寥廓沉遐想,周遑奉遗诲。流俗非我乡,何当释尘昧。

杂曲

智琼神女,来访文君。蛾眉始约,罗袖初薰。歌齐曲韵,舞乱行纷。若向阳台荐枕,何啻得胜朝云。

秋夜长

秋夜长,殊未央,月明白露澄清光,层城绮阁遥相望。遥相望,川无梁,北风受节南雁翔,崇兰委质时菊芳。鸣环曳履—作佩出长廊,为君秋夜捣衣裳。纤罗对凤凰,丹绮双鸳鸯,调砧乱杵思自伤。思自伤,征夫万里戍他乡。鹤关音信断,龙门道路长。君—作所在天一方,寒衣徒自香。

采莲曲 乐府作采莲归

采莲归,绿水芙蓉衣。秋风起浪凫雁飞。桂棹兰桡下长浦,罗裙玉腕轻摇橹。叶屿花潭极望平,江讴越吹相思苦。相思苦,佳期不可驻。塞外征夫犹未还,江南采莲今已暮。今已暮,采乐府诗作摘莲花。渠今—作今渠那必尽娼家。官道城南把桑叶,何如江上采莲花。莲花复莲花,花叶何稠—作重叠。叶翠本羞眉,花红强如颊。佳人不在兹—作兹期,怅望别离时。牵花怜共蒂,折藕爱连丝。故情无—作何处所,新物从—作徒华滋。不惜西—作南津交佩解,还羞北海雁书迟。采莲歌有节,采莲夜未歇。正逢浩荡江上风,又值裴回乐府诗集无裴回二字江上月。裴回莲浦夜相逢,吴姬越女何丰茸。共问寒江—作光千里外,征客关山路—作更几重。

临高台

临高台,高台迢递绝浮埃。瑶轩绮构何崔嵬,鸾歌凤吹清且哀。俯瞰长安道,萋萋御沟草。斜对甘泉路,苍苍茂陵树。高台四望同,帝乡—本无此二字佳气郁葱葱。紫阁丹楼纷照耀,璧房锦殿相玲珑。东弥长乐观,西指未央宫。赤城映朝日,绿树摇春风。旗亭百隧开新市，甲第千甍分戚里。朱轮翠盖不胜春，叠榭层楹相对起。复有青楼大道中，绣户文窗雕绮栊。锦衾夜—作昼不襞，罗帷昼—作夕未空。歌屏朝掩翠，妆镜晚窥红。为君—作吾安宝髻，蛾眉罢花丛。尘间狭路—作狭路尘间黯将暮，云间—作开月色明如素。鸳鸯池上两两飞，凤凰楼下双双度。物色正如此，佳期那不顾。银鞍绣毂盛繁华，可怜今夜宿娼家。娼家少妇不须颦，东园桃李片时春。君看旧日高台处，柏梁铜雀生—作尚黄尘。

滕王阁

滕王高阁临江渚，佩玉鸣鸾罢歌舞。画栋朝飞南浦云，珠帘暮卷西山雨。闲云潭影日悠悠，物换星移几度秋。阁中帝子今何在，槛外长江空自流。

江南弄

江南弄，巫山连楚梦，行雨行云几相送。瑶轩金谷上春时，玉童仙女无见期。紫露—作雾香烟渺难托，清风明月遥相思。遥相思，草徒绿，为听双飞凤凰曲。

全唐诗卷五十六

王勃

圣泉宴

披襟乘石磴,列籍—作席俯春泉。兰气熏山酌,松声韵野弦。影飘垂叶外,香度落花前。兴洽林塘晚,重岩起夕烟。

寻道观 其观即昌利观,张天师居也。

芝—作枝廛光分野,蓬阙盛规模。碧坛清桂阈—作影,丹洞肃松枢。玉笈三山记,金箱五岳图。苍虬不可得—作见,空望白云衢。

散关晨度

关山凌旦开,石路无尘埃。白马高谭去,青牛真气来。重门临巨壑,连栋起崇隈。即今扬策度,非是弃繻回。

别薛华 《英华》作秋日别薛升华

送送多穷路,遑遑独问津。悲凉千里道,凄断百年身。心事同漂泊,生涯共苦辛。无论去与住,俱是梦中人。

重别薛华—作重别薛升华

明月沉珠浦,风飘濯锦川。楼台临绝岸,洲渚亘长天。旅—作飘泊成千里,栖遑—作迟共百年。穷途唯有泪,远望独潸然。

游梵宇三觉寺

杏—作香阁披青磴,雕台控紫岑。叶齐山路狭—作径密,花积野坛深。萝幌栖禅影,松门听—作引梵音。遽忻陪妙躅,延赏—作想涤烦襟。

麻平晚行

百年怀土望,千里倦游情。高低寻戍道,远近听泉声。涧叶才分色,山花不辨名。羁心何处尽,风急暮猿清。

送卢主簿

穷途非所恨,虚室自相依。城阙居年满,琴尊俗事稀。开襟方未已,分袂忽多违。东岩富松竹,岁暮幸同归。

饯韦兵曹

征骖临野次,别袂惨江垂。川霁浮烟敛,山明落照移。鹰风凋晚叶,蝉露泣—作法秋枝。亭皋分远望,延想间云涯。

白下驿饯唐少府

下驿穷交日,昌亭旅食年。相知何用早,怀抱即依然。浦楼低晚照,乡路隔风烟。去去如何道,长安在日边。

杜少府之任蜀州—作川

城阙辅三—作俯西秦,风烟望五津。与君离别意,同—作俱是宦游人。海内存知己,天涯若比邻。无为在岐路,儿女共沾巾。

仲春郊外

东园垂柳径,西堰落花津。物色连三月,风光绝—作绕四邻。鸟飞村觉曙,鱼戏水知春。初晴山院里,何处染嚣尘。

郊兴

空园歌独酌,春日赋闲居。泽兰侵小径,河柳覆长渠。雨去花光湿,风归叶影疏。山人不惜醉,唯畏绿尊虚。

郊园即事

烟霞春旦—作早赏,松竹故年心。断山疑画障,悬溜泻鸣琴。草遍南亭合,花开—作浓北院深。闲居饶酒赋,随兴欲抽簪。

观佛迹寺

莲座神容俨—作促,松崖圣趾—作迹余。年长金迹浅,地久石文—作芝疏。颓华临曲磴,倾影赴前除。共嗟—作悲陵谷远,俄视化城—作成虚。

山居晚眺赠王道士

金坛疏俗宇,玉洞侣仙群。花枝栖晚露—作雾,峰叶度晴云。斜—作落照移山影,回沙拥

籍—作溜文。琴尊方待兴,竹树已迎曛。

八仙径寺南又有昌利观,去寺可数里,岩径窈窕,杖而后进。

奈园欣八正,松岩访九仙。援萝窥雾术,攀林—作桂俯云烟—作阡。代—作岱北鸾骖至,辽西鹤骑旋。终希脱尘网,连翼下芝田。

春日还郊

闲情兼嘿语—作嘿,携杖赴岩泉。草绿萦新带,榆青缀古钱。鱼床侵岸水,鸟路入山烟。还题平子赋,花树满春田。

对酒春园作

投簪下山阁,携酒对河梁。狭水牵长镜,高花送断香。繁莺歌似曲,疏蝶舞成行。自然催一醉,非但阅年光。

观内怀仙

玉架残书隐,金坛旧迹—作路迷。牵花寻紫涧—作洞,步叶下清溪。琼浆犹类乳,石髓尚如泥。自能成羽翼,何必仰—作俟云梯。

秋日别王长史

别路余—作长千里,深恩重百年。正悲西候日,更动北梁—作京篇。野色笼寒雾,山光敛暮烟。终知难再奉,怀德自潸然。

上巳浮江宴韵得遥字

上巳年光促,中川兴绪遥。绿齐山叶满,红泄片花—作岸芝销。泉声喧后涧,虹影照前桥。遽悲春望远,江路积波潮。

长柳

晨征犯烟磴,夕憩在云关。晚风清近壑,新月照澄湾。郊童樵唱返,津叟钓歌还。客行无与晤—作旧识,赖此释愁颜。

铜雀妓二首

金凤邻铜雀,漳河望邺城。君王无处所,台榭若平生。舞席—作筵纷何—作可就,歌梁俨未倾。西陵松槚冷,谁见绮罗情。

妾本深宫妓,层城闭九重。君王欢爱尽,歌舞为谁容。锦衾不复襞,罗衣谁再缝。高台西北望,流涕向青松。

羁游饯别

客心悬陇路,游子倦一作惓江干。槿丰一作浓朝砌静,篆密夜窗寒。琴声销别恨,风景驻离欢。宁觉山川远,悠悠旅思难。

易阳早发

饬装侵晓月,奔策候残星。危阁寻丹障,回梁属翠屏。云间迷树影,雾里失峰形。复此凉一作高飙至,空山飞夜萤。

焦岸早行和陆四

侵星违旅馆,乘月戒征俦。复嶂迷晴色,虚岩辨暗一作岸流。猿吟山漏晓,萤散野风秋。故人渺何际,乡关云雾浮。

深湾夜宿 主人依山带江

津涂临巨壑,村宇架危岑。堰绝滩声隐,风交树影深。江童暮理楫,山女夜调砧。此时故乡远,宁知游子心。

伤裴录事丧子

兰阶霜候早,松露一作夜台深。魄散珠胎没,芳销玉树沉。露文晞宿草,烟照惨平林。芝焚一作焚芝空叹息,流恨满籯金。

泥溪

弭棹凌奔壑,低鞭蹑峻岐。江涛出岸险,峰磴入云危。溜急船文乱,岩斜骑影移。水烟笼翠渚,山照落丹崖。风生蘋浦叶,露泣一作法竹潭枝。泛水虽云美,劳歌谁复知。

三月曲水宴得烟字

彭泽官初去,河阳赋始传。田园归旧国,诗酒间长筵。列室窥丹洞,分楼瞰紫烟。萦回亘津渡,出没控郊廛。凤琴调上客,龙辔俨群仙。松石偏宜古,藤萝不记年。重檐交密树,复磴拥危泉。抗石晞南岭,乘沙眇北川。傅岩

来筑处,磻溪人钓前。日斜真趣远,幽思梦凉蝉。

秋日仙游观赠道士 一作骆宾王诗,无首四句

石图分帝宇,银牒洞灵宫。回丹紫岫室,复翠上岩栊。雾浓金灶静,云暗玉坛空。野花常捧露,山叶自吟风。林泉明月在,诗酒故人同。待余逢石髓,从尔命飞鸿。

晚留 一作届凤州

宝鸡辞旧役,仙凤历遗墟。去此近城阙,青山明月初。

羁春

客心千里倦,春事一朝归。还伤北园里,重见落花飞。

林塘怀友

芳屏画春草,仙杼织朝霞。何如山水路,对面即飞花。

山扉夜坐

抱琴开野室,携酒对情人。林塘花月下一作夜,别似一作是一家春。

春庄

山中兰叶径,城外李桃园。岂知人事静,不觉鸟声喧。

春游

客念纷无极,春泪倍成行。今朝花树下,不觉恋年光。

春园

山泉两处晚,花柳一园春。还持千日醉,共作百年人。

林泉独饮

丘壑经涂赏,花柳遇时春。相逢今一作令不醉,物色自轻人。

登城春望

物外山川近,晴初景霭新。芳郊花柳遍,

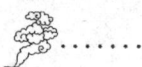

何处不宜春。

他乡叙兴

缀叶归烟晚,乘花落照春。边城琴酒处,俱是越乡人。

夜兴

野烟含夕渚,山月照秋林。还将中散兴,来偶步兵琴。

临江二首

泛泛东流水,飞飞北上尘。归骖将别棹,俱是倦游人。

去骖嘶别路,归棹隐寒洲。江皋木叶下,应想故城秋。

江亭夜月送别二首

江送巴南水,山横塞北云。津亭秋月夜,谁见泣离群。

乱烟笼碧砌,飞月向南端。寂寂离亭掩,江山此夜寒。

别人四首

久客逢馀闰,他乡别故人。自然堪下泪,谁忍望征尘。

江上风烟积,山幽云雾多。送君南浦外,还望将如何。

桂轺虽不驻,兰筵幸未开。林塘风月赏,还待故人来。

霜华净天末,雾色笼江际。客子常畏人,何为久留滞。

赠李十四四首

野客思茅宇,山人爱竹林。琴尊唯待处,风月自相寻。

小径偏宜草,空庭不厌花。平生诗与酒,自得会仙家。

乱竹开三径,飞花满四邻。从来扬子宅,别有尚玄人。

风筵调桂轸,月径引藤杯。直当花院里,书斋望晓开。

早春野望

江旷春潮白,山长晓岫青。他乡临睨—作眺极,花柳映边亭。

山中

长江悲已滞,万里念将归。况属高风晚,山山黄叶飞。

冬郊行望

桂密岩花白,梨疏林叶红。江皋寒望尽,归念断征篷。

寒夜思友三首

久别侵怀抱,他乡变容色。月下调鸣琴,相思此何极。

云间征思断,月下归愁切。鸿雁西南飞,如何故人别。

朝朝翠山下,夜夜苍江曲。复此遥相思,清尊湛芳绿。

始平晚—作晓息

观阙长安近,江山蜀路—作道赊。客行朝复夕,无处是乡家。

扶风昼届离京浸远

帝里金茎去,扶风石柱来。山川殊未已,行路方悠哉。

普安建阴题壁

江汉深无极,梁岷不可攀。山川云雾里,游子几时还。

九日

九日重阳节,开门有菊花。不知来送酒,若个是陶家。

秋江送别二首

早是他乡值早秋,江亭明月带江流。已觉

逝川伤别念,复看津树隐离舟。

归舟归骑俨成行,江南江北互相望。谁谓波澜才一水,已觉山川是两乡。

蜀中九日《纪事》作和邵大震,一作蜀中九日登玄武山旅眺。

九月九日望乡台,他席他乡送客杯。人情一作今已厌南中苦,鸿一作鸣雁那从北地来。

寒夜怀友杂体二首

北山烟雾始茫茫,南津霜月正苍苍。秋深客思纷无已,复值征鸿中夜起。

复阁重楼向浦开,秋风明月度江来。故人故情怀故宴,相望相思不相见。

落花落 以下诗集不载

落花落,落花纷漠漠。绿叶青跗映丹萼,与君裴回上金阁。影拂妆阶玳瑁筵,香飘舞馆茱萸幕。落花飞,撩乱入中帷。落花春正满,春人归不归。落花度,氛氲绕高树。落花春已繁,春人春不顾。绮阁青台静且闲,罗袂红巾复往还。盛年不再得,高枝难重攀。试复旦游落花里,暮宿落花间。与君落花院,台上起双鬟一作环。

九日怀封元寂

九日郊原望,平野遍霜威。兰气添新酌,花香染别衣。九秋良会少,千里故人稀。今日龙山外,当忆雁书归。

出境游山二首 一本作题玄武山道君庙

源水终无路,山阿若有人。驱羊先动石,走兔欲投巾。洞晚秋泉冷,岩朝古树新。峰斜连鸟翅,磴叠上鱼鳞。化鹤千龄早,元龟六代春。浮云今可驾,沧海自成尘。

振翮凌霜吹,正月一作企日仴天浔。回镳凌翠壑,飞轸控青岑。岩深灵灶没,涧毁石渠沉。宫阙云间近,江山物外临。玉坛栖暮夜,珠洞结秋阴。萧萧离俗影,扰扰望乡心。谁意山游好,屡伤人事侵。

河阳桥代窦郎中佳人答杨中舍

披风听鸟长河路,临津织女遥相妒。判知秋夕带啼还,那及春朝携手度。

王勔

王勔,勃之兄也。累官泾州刺史。诗一首。

晦日宴高氏林亭同用华字

上序披林馆,中京视物华。竹窗低露叶,梅径起风花。景落春台雾,池侵旧渚沙。绮筵歌吹晚,暮雨泛香车。

全唐诗卷五十七

李峤

李峤，字巨山，赵州赞皇人，儿时梦人遗双笔，由是有文辞。弱冠擢进士第，始调安定尉，举制策甲科。武后时，官凤阁舍人。每有大手笔，皆特命峤为之。累迁鸾台侍郎，知政事，封赵国公。景龙中，以特进守兵部尚书同中书门下三品。睿宗立，出刺怀州。明皇贬为滁州别驾，改卢州。峤富于才思，初与王杨接踵，中与崔苏齐名，晚诸人没，独为文章宿老，一时学者取法焉。集五十卷，今编诗五卷。

奉教追赴九成宫途中口号

委质承仙翰，祗命遄遥策。事偶从梁游，人非背淮客。长驱历川阜，迥眺穷原泽。郁郁桑柘繁，油油禾黍积。雨余林气静，日下山光夕。未攀丛桂岩，犹倦飘蓬陌。行当奉麾盖，慰此劳行役。

秋山望月酬李骑曹

愁客坐山隈，怀抱自悠哉。况复高秋夕，明月正裴回。亭亭出迥岫，皎皎映层台。色带银河满，光含玉露开。淡云笼影度，虚晕抱轮回。谷邃凉阴静，山空夜响哀。寒催数雁过，风送一萤来。独轸离居恨，遥想故人杯。

和同府李祭酒休沐田居

列位簪缨序，隐居林野躅。徇物爽全真，栖真昧均俗。若人兼吏隐，率性夷荣辱。地藉朱邸基，家在青山足。暂弭西园盖，言事东皋粟。筑室俯涧滨，开扉面岩曲。庭幽引夕雾，檐迥通晨旭。迎秋谷黍黄，含露园葵绿。胜情狎兰杜，雅韵锵金玉。伊我怀丘园，愿心从所欲。

扈从还洛呈侍从群官

四海帝王家，两都周—作姬汉室。观风昔来幸，御气今旋跸。雷奋六合开，天行万乘出。

玄冥奉时驾,白拒参戎律。后队咽笳箫,前驱严罕毕。辉光射东井,禁令横西秋。帐殿别阳秋,旌门临甲乙。将交洛城雨,稍远长安日。邙巩云外来,咸秦雾中失。孟冬霜霰下,是月农功毕。天道向归余,皇情美阴骘。行存名岳礼,递问高年疾。祝鸟既开罗,调人更张瑟。登原采讴诵,俯谷求才术。邑罕悬磬贫,山无挂瓢逸。施一作垂恩浃寰宇,展义该文质。德泽盛轩游,哀矜深禹恤。申歌地庐骇,献寿衢尊溢。瑞色抱氤氲,寒光变萧飋。宗枝旦奭辅,侍从王刘匹。并辑蛟龙书,同簪凤凰笔。陶甄荷吹万,颂叹归明一。欢与道路长,顾随谈笑密。叨承廊庙选一作举,谬齿夔龙弼。喜构大厦成,惭非栋隆吉。

奉使筑朔方六州城率尔而作

奉诏受边服,总徒筑朔方。驱彼犬羊族,正此戎夏疆。子来多悦豫,王事宁怠遑。三旬无愆期,百雉郁相望。雄视沙漠垂,有截北海阳。二庭已顿颡,五岭尽来王。驱车登崇墉,顾盻凌大荒。千里何萧条,草木自悲凉。凭轼讯古今,慨焉感兴亡。汉障缘河远,秦城入海长。顾无庙堂策,贻此中夏殃。道隐前业衰,运开今化昌。制为百王式,举合千载防。马牛被路隅,锋镝销战场。岂不怀贤劳,所图在永康。王事何为者,称代陈颂章。

早发苦竹馆

合沓岩嶂深,朦胧烟雾晓。荒阡下樵客,野猿惊山鸟。开门听潺湲,入径寻窈窕。栖鼯抱寒木,流萤飞暗篠。早霞稍霏霏,残月犹皎皎。行看远星稀,渐觉游氛少。我行抚韶传,兼得傍林沼。贪玩水石奇,不知川路渺。徒怜一作惭野心旷,讵恻浮年小。方解宠辱情,永托累尘表。

安辑岭表事平罢归

云端想京县,帝乡如可见。天涯望越台,海路几悠哉。六月飞鹏去,三年瑞雉来。境遥铜柱出,山险石门开。自我违瀍洛,瞻途屡挥霍。朝朝寒露多,夜夜征衣薄。白简承朝宪,朱方抚夷落。既弘天覆广,且谕皇恩博。皇恩溢外区,憬俗咏来苏。声朔臣天子,坛场拜老夫。绛宫韬将略,黄石寝兵符。返旆收龙虎,空营集鸟乌。日落澄氛霭,凭高视襟带。东瓯抗于越,南斗临吴会。春色绕边陲,飞花出荒外。卉服纷如积,长川思游客。风生丹桂晚,云起苍梧夕。去舣清江,归轩趋紫陌。衣裳会百蛮,琛赆委重关。不学金刀使,空持宝剑还。

鹧鸪一作韦应物诗

可怜鹧鸪飞,飞向树南枝。南枝日照暖,北枝霜露滋。露滋不堪栖,使我常夜啼。愿逢云中鹤,衔我向寥廓。愿作城上乌,一年生九雏。何不旧巢住,枝弱不得去。何意道苦辛,客子常畏人。

清明日龙门游泛

晴晓国门通,都门蔼将发。纷纷洛阳道,南望伊川阙。衍漾乘和风,清明送芬月。林窥二山动,水见千凫越。罗袂冒杨丝,香桡犯苔发。群心行乐未,唯恐流芳歇。

云

大梁白云起,氤氲殊未歇。锦文触石来,盖影凌天发。烟煴万年树,掩映三秋月。会入大风歌,从龙赴圆一作员阙。

拟古东飞伯劳西飞燕一本题作东飞伯劳歌

传书青鸟迎箫凤,巫岭荆台数通梦。谁家窈窕住园楼,五马千金照陌头。罗裙一作裾玉佩当轩出,点翠施红竞春日。佳人二八盛舞歌,羞将百万呈双蛾。庭前芳树朝夕改,空驻妍一作年华欲谁待。

宝剑篇

吴山开,越溪涸,三金合冶成宝锷。淬绿水,鉴红云,五彩焰起光氤氲。背上铭为万年字,胸前点作七星文。龟甲参差白虹一作蛇色,辘轳宛转黄金饰。骇一作文犀中断宁方利,骏马群骓一作驱未拟直。风霜凛凛匣上清,精气遥遥斗间明。避灾朝穿晋帝屋,逃乱夜入楚王城。一朝运偶逢大仙,虎吼龙鸣腾上天。东皇提升紫微座,西皇一作王佩上赤城田。承平久息干戈事,侥幸得充文武备。除灾避患宜君王,益寿延龄后天地。

汾阴行

君不见昔日西京全盛时,汾阴后土亲祭祠。斋宫宿寝设储供,撞钟鸣鼓树羽旂。汉家五叶一作四世才且雄,宾延万灵朝九戎。柏梁赋诗高宴罢,诏书法驾幸河东。河东太守亲扫除,奉迎至尊导銮舆。五营夹道列容卫,三河纵观空里闾。回旌驻跸降灵场,焚香奠醑邀百祥。金鼎发色正焜煌,灵祇炜烨摅景光。埋玉陈牲礼神毕,举麾上马乘舆出。彼汾之曲嘉可游,木兰为楫桂为舟。棹歌微吟彩鹢浮,箫鼓哀鸣白云秋。欢娱宴洽赐群后,家家复除户牛酒。声明动天乐无有,千秋万岁南山寿。自从天子向秦关,玉辇金车不复还。珠帘羽扇一作帐,一作盖长寂寞,鼎湖龙髯安可一作何处攀。千龄人事一朝空,四海为家此路穷。豪雄意气今何在,坛场宫馆一作观尽蒿蓬。路逢故一作古老长叹息,世事回环一作还不可测。昔时青楼对歌舞,今日黄埃聚荆棘。山川满目泪沾衣,富贵荣华能几时。不见只一作即今汾水上,唯有年年秋雁飞。《明皇传信记》云:上将幸蜀,登花萼楼,使楼前善水调者登而歌,至山川满目云云。上顾侍者曰:"谁为此?"曰:"宰相李峤词也。"因凄然涕下,遽起曰:"峤真才子也。"不待曲终而去。

全唐诗卷五十八

李峤

中宗降诞日长宁公主满月侍宴应制

神龙见像日，仙凤养雏年。大火乘—作宝来天正，明珠对月圆。作新—作祚延金篚里，歌奏玉筐—作箱前。今日宜孙庆，还参祝寿—作圣篇。

奉和送金城公主适西蕃应制

汉帝抚戎臣，丝言命锦轮。还将弄机女，远嫁织皮人。曲怨关山月，妆消道路尘。所嗟秾李树，空对小榆春。

侍宴长宁公主东庄应制

《纪事》云：长宁公主，韦庶人所生。降杨慎交，造第东都，府财几竭。又取西京高士廉第、左金吾卫废营，合为宅，作三重楼，筑山浚池。帝及后数临幸，置酒赋诗，峤等属和，即东庄也。

别业临青甸，鸣銮降紫霄。长筵鹓鹭集，仙管凤凰调。树接南山近，烟含北渚遥。承恩咸已醉，恋赏未还镳。

立春日侍宴内殿出剪彩花应制

早—作幸闻年欲至，剪彩学芳辰。缀绿—作绮奇能似，裁红巧逼—作过真。花从篚里发，叶向手中春。不与时—作韶光竞，何名天上人。

奉和人日清晖阁宴群臣遇雪应制

三阳偏胜节，七日最灵辰。行庆传芳蚁，升高缀彩人。阶前蓂候月，楼上雪惊春。今日衔天造，还疑上汉津。

奉和春日游苑喜雨应制

仙跸九成—作重台，香筵万寿杯。一旬初降雨，二月早闻雷。叶向朝隮密，花含宿润开。幸承天泽豫，无使日光催。

春日侍宴幸芙蓉园应制

年光竹里遍，春色杏间遥。烟气笼青阁，流文荡画桥。飞花随蝶舞，艳曲伴莺娇。今日陪欢豫，不疑陟紫霄。

甘露一作泉殿侍宴应制

月宇临丹地,云窗网碧纱。御筵陈桂醑,天酒酌榴花。水向浮桥直,城连禁苑斜。承恩恣欢赏,归路满烟霞。

奉和七夕两仪殿会宴应制

灵匹三秋会,仙期七夕过。查来人泛海,桥渡鹊填河。帝缕升银阁,天机罢玉梭。谁言七襄咏,重一作流入五弦歌。

奉和九月九日登慈恩寺浮图应制

瑞塔千寻起,仙舆九日来。萸房陈宝席,菊蕊散花台。御气鹏霄近,升高凤野开。天歌将梵乐,空里共裴回。

闰九月九日幸总持寺登浮图应制

闰节开重九,真游下大千。花寒仍荐菊,座晚更披莲。刹凤回雕辇,帆虹间彩斿。还将西梵曲,助入南薰弦。

奉和骊山高顶寓目应制

步辇陟山巅,山高入紫烟。忠臣还捧日,圣后欲扪天。迥识平陵树,低看华岳莲。帝乡应不远,空见白云悬。

游禁苑陪幸临渭亭遇雪应制

同云接野烟,飞雪暗长天。拂树添梅色,过楼助粉妍。光含班女扇,韵入楚王弦。六出迎仙藻,千箱答瑞年。

幸白鹿观应制

驻跸三天路,回斾万仞谿。真庭群帝飨,洞府百灵栖。玉酒仙垆酿,金方暗壁题。伫看青鸟入,还陟紫云梯。

送沙门弘景道俊玄奘还荆州应制一作宋之问诗

三乘归净域,万骑饯通庄。就日离亭近,弥天别路长。荆南旋杖钵,渭北限津梁。何日纡真果,还来入帝乡。

酬一作和杜五弟晴朝独坐见赠

平明坐虚馆,旷望几悠哉。宿雾分空尽,朝光度隙来。影低藤架密,香动药阑开。未展山阳会,空留池上杯。

同赋山居七夕

明月青山夜,高天白露秋。花庭开粉席,云岫敞针楼。石类支机影,池似泛槎流。暂惊河女鹊,终狎野人鸥。

送崔主簿赴沧州

紫陌追随日,青门相见时。宦游从此去,离别几年期。芳桂尊中酒,幽兰下调词。他乡有明月,千里照相思。

寒食清明日早赴王门率成

游客趋梁邸,朝光入楚台。槐烟乘晓散,榆火应春开。日带晴虹上,花随早蝶来。雄风乘令节,馀吹拂轻灰。

和周记室从驾晓发合璧宫

濯龙春苑曙,翠凤晓旗舒。野色开烟后,山光澹月余。风长笳响咽,川迥骑行疏。珠履陪仙驾,金声振属车。

和杜侍御太清台宿直旦有怀

貂冠朝彩振,乌署晓光分。欲啸迁乔侣,先飞掷地文。庭虚麦雨润,林静蕙风薰。稽驾终难仰,梁凫且自群。

和杜学士江南初霁羁怀

大江开宿雨,征棹下春流。雾卷晴山出,风恬晚浪一作涨收。岸花明水树,川鸟乱沙洲。羁眺伤千里,劳歌动四愁。此篇与马周浮江旅思诗后四句同而少异。

晚景怅然简二三子

楚客秋悲动,梁台夕望赊。梧桐稍下叶,山桂欲开花。气引迎寒一作风露,光收向晚霞。长歌白水曲,空对绿池华。

送李邕一作送李安邑

落日荒郊外,风景正凄凄。离人席上起,征马路傍嘶。别酒倾壶赠,行书掩泪题。殷勤御沟水,从此各东西。

又送别

岐路方为客,芳尊暂解颜。人随转蓬去,春伴落梅还。白云度汾水,黄河绕晋关。离心不可问,宿昔鬓成斑。

饯骆四二首

平生何以乐,斗酒夜相逢。曲中惊别绪,醉里失愁容。星月悬秋汉,风霜入曙钟。明日临沟水,青山几万重。

甲第驱车入,良宵秉烛游。人追竹林会,酒献菊花秋。霜吹飘无已,星河漫不流。重嗟欢赏地,翻召别离忧。

春日游苑喜雨应诏

园楼春正归,入苑弄芳菲。密雨迎仙步,低云拂御衣。危花沾易落,度鸟湿难飞。膏泽登千庾,欢情遍九围。

九日应制得欢字

令节三秋晚,重阳九日欢。仙杯还泛菊,宝馔且调兰。御气云霄近,乘高宇宙宽。今朝万寿引,宜向曲中弹。

二月奉教作

柳陌莺初啭,梅梁燕始归。和风泛紫若,柔露濯青薇。日艳临花影,霞翻入浪晖。乘春重游豫,淹赏玩芳菲。

三月奉教作

银井桐花发,金堂草色齐。韶光爱日宇,淑气满风蹊。蝶影将花乱,虹文向水低。芳春随意晚,佳赏日无暌。

四月奉教作

喧噰三春谢,炎钟九夏初。润浮梅雨夕,凉散麦风余。叶暗庭帏满,花残院锦疏。胜情多赏托,尊酒狎林墅。

五月奉教作

绿树炎氛满,朱楼夏景长。池含冻雨气,山映火云光。果院新樱熟,花庭曙槿芳。欲逃三伏暑,还泛十旬觞。

六月奉教作 第四句缺三字,第七句缺一字,第八句缺三字。

养日暂裴回,畏景尚悠哉。避暑移琴席,追凉□□□。竹风依扇动,桂酒溢壶开。劳饵□飞雪,自可□□□。

八月奉教作

黄叶秋风起,苍葭晓露团。鹤鸣初警候,雁上欲凌寒。月镜如开匣,云缨似缀冠。清尊对旻序,高宴有余欢。

九月奉教作

曲池朝下雁,幽砌夕吟蛩。叶径兰芳尽,花潭菊气浓。寒催四序律,霜度九秋钟。还当明月夜,飞盖远相从。

十月奉教作

白藏初送节,玄律始迎冬。林枯黄叶尽,水耗绿池空。霜待临庭月,寒随入牖风。别有欢娱地,歌舞应丝桐。

十一月奉教作

凝阴结暮序,严气肃长飙。霜犯狐裘夕,寒侵兽火朝。冰深遥架浦,雪冻近封条。平原已从猎,日暮整还镳。

十二月奉教作

玉烛年行尽,铜史漏犹长。池冷凝宵冻,庭寒积曙霜。兰心未动色,梅馆欲含芳。裴回临岁晚,顾步惜春光。

和曲典设扈从东郊忆弟使往安西,冬至日恨不得同申拜庆 第五句缺一字

玉关方叱驭,桂苑正陪舆。桓岭嗟分翼,姜川限馈鱼。雪花含□晚,云叶带荆舒。重此西流咏,弥伤南至初。

马武骑挽歌二首

五日皆休沐,三泉独不归。池台金阙是,

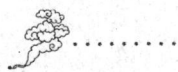

尊酒玳筵非。巷静游禽入,门闲过客稀。唯余昔年凤,尚绕故楼飞。

昔下天津馆,尝过帝子家。夜倾金屋酒,春舞玉台花。试马依红堋,吹箫弄紫霞。谁言东郭路,翻柱<small>一作作北门</small>车。

武三思挽歌

玉匣金为缕,银钩石作铭。短歌伤薤曲,长暮泣松扃。事往昏朝雾,人亡折夜星。忠贤良可惜,图画入丹青。

天官崔侍郎夫人吴氏挽歌

宠服当年盛,芳魂此地穷。剑飞龙匣在,人去鹊巢空。簟怆孤生竹,琴哀半死桐。唯当青史上,千载仰嫔风。

全唐诗卷五十九

李峤

日

旦出扶桑路,遥升若木枝。云间五色满,霞际九光披。东陆苍龙驾,南郊赤羽驰。倾心比葵藿,朝夕奉光—作尧曦。

月

桂满三五夕,蓂开二八时。清辉飞鹊鉴,新影学—作入蛾眉。皎洁临疏牖,玲珑鉴薄帷。愿言从爱客,清夜幸同嬉—作愿陪北堂宴,长赋西园诗。

星

蜀郡灵槎转,丰城宝剑—作气新。将军临北塞,天子入西秦。未作三台辅,宁为五老臣。今宵颍川曲,谁识聚贤人。

风

落日生蘋末,摇扬遍远林。带花疑—作迎凤舞,向竹似龙吟。月动临秋扇,松清入夜琴。若至兰台下—作兰台宫殿峻,还拂楚王襟。

云

英英大梁国,郁郁秘书台。碧落从龙起,青山触石来。官名光邃古,盖影耿轻埃。飞感高歌发,威加四海回。

烟

瑞气凌青阁,空濛上翠微。迥浮双阙路,遥拂九仙衣。桑柘迎寒色,松篁暗晚晖。还当紫霄上,时接彩鸾飞。

露

滴沥明花苑,葳蕤泫竹丛。玉垂丹棘上,珠湛绿荷中。夜警千年鹤,朝零七月风。愿凝仙掌内,长奉未央宫。

雾

　　曹公迷楚泽，汉帝出平城。涿鹿妖氛静，丹山霁色明。类烟飞稍重，方雨散还轻。倘入非熊兆，宁思玄豹情。

雨

　　西北云肤起，东南雨足来。灵童出海见，神女向台一作山回。斜影风前合，圆文水上开。十旬无破块，九土信康哉。

雪

　　瑞雪惊千里，同云暗一作从风下九霄。地疑明月夜，山似白云朝一作龙沙飞正远，玉马地还销。逐舞花光动，临歌扇影飘。大周天阙路，今日海神朝。

山

　　地镇标神秀一作山岭郁氤氲，峨峨上翠氛。泉飞一道带，峰出半天云。古壁丹青色，新花绮一作锦绣纹。已开封禅所，希谒圣明君。

石

　　宗子维城固，将军饮羽威。岩花鉴里发，云叶锦中飞。入宋星初陨，过湘燕早归。倘因持补极，宁复想一作美支机。

原第五句缺二字

　　王粲销忧日，江淹起恨年。带川遥绮错，分隰迥阡眠。□□横周甸，莓苔阙晋田。方知急难响，长在脊令篇。

野

　　凤出秦郊迥，鹢飞楚塞空。苍梧云影去，涿鹿雾光通。草暗少原绿，花明入蜀红。谁言版筑士，犹处傅岩中。

田

　　贡禹怀书日，张衡作赋辰。杏花开凤轸，菖叶布龙鳞。瑞麦两岐秀，嘉禾同颖新。宁知帝王力，击壤自安贫。

道

　　铜驼分巩洛，剑阁抵临邛。紫微三千里，青楼十二重。玉关尘似雪，金穴马如龙。今日中衢上，尧尊更可逢。

海

　　习坎疏丹壑，朝宗合紫微。三山巨鳌涌，万里一作九万大鹏飞。楼写春云色，珠含明月辉。会因添雾露，方逐众川归。

江

　　日夕三江望，灵潮万里回。霞津锦浪动，月浦练花开。湍似黄牛去，涛从白马来。英灵已杰出，谁识卿云才。

河 第八句缺

　　源出昆仑中，长波接汉空。桃花来马颊，竹箭入龙宫。德水千年变，荣光五色通。若披兰叶检，□□□□□。

洛

　　九洛韶光媚，三川物候新。花明丹凤浦，日映玉鸡津。元礼期仙客，陈王睹丽人。神龟方锡瑞，绿字重来臻。

城

　　四塞称天府，三河建洛都。飞云霭层阙，白日丽南隅。独下仙人凤，群惊御史乌。何辞一万里，边徼捍匈奴。

门

　　奕奕彤闱下，煌煌紫禁隈。阿房万户列，闾阖九重开。疏广遗荣去，于公待驷来。讵知金马侧，方朔有奇才。

市

　　阛阓开三市，旗亭起百寻。渐离初击筑，司马正弹琴。细柳龙鳞映，长槐兔月阴。徒知观卫玉，讵肯挂秦巾。

井

　　玉甃谈仙客，铜台赏魏君。蜀都宵映火，

杞国旦生云。向日莲花净,含风李树薰。已开千里国,还聚五星文。

宅

寂寞逢蒿径,喧喧湫隘庐。屡逢长者辙,时引故人车。孟母迁邻罢,将军辞第初。谁怜草玄处,独对一床书。

池

彩棹浮太液,清觞醉习家。诗情对明月,云曲拂流霞。烟散龙形净,波含凤影斜。安仁动秋兴,鱼鸟思空赊。

楼

百尺重城际,千寻大道隈。汉宫井干起,吴国落星开。笛怨绿珠去,箫随弄玉来。销忧聊暇日,谁识仲宣才。

桥

乌鹊填应满,黄公去不归。势疑虹始见,形似雁初飞。妙应七星制,高分半月辉。秦王空构石,仙岛远难依。

经

汉室鸿儒盛,邹堂大义明。五千道德阐,三百礼仪成。青紫方拾芥,黄金徒满籝。谁知怀逸辩,重席冠群英。

史

马记天官设,班图地里新。善谈方亹亹,青简见彬彬。方朔初闻汉,荆轲昔向秦。正辞堪载笔,终冀作良臣。

诗

都尉仙凫远,梁王驷马来。扇中纨素制,机上锦纹回。天子三章传,陈王七步才。缁衣久擅美,祖德信悠哉。

赋

布义孙卿子,登高楚屈平。铜台初下笔,乐观正飞缨。乍有凌云势,时闻掷地声。造端长体物,无复大夫名。

书

削简龙文见,临池鸟迹舒。河图八卦出,洛范一作字九畴初。垂露春光满,崩云骨气余。请君看入木,一寸乃非虚。

檄第二句缺一字

羽檄本宣明,由来□木声。联翩至汉国,迢递入燕营。毛义持书去,张仪韫璧行。曹风虽觉愈,陈草始知名。

纸

妙迹蔡侯施,芳名左伯驰。云飞锦绮落,花发缥红披。舒卷随幽显,廉方合轨仪。莫惊反掌一作覆字,当取葛洪规。

笔

握管门庭侧,含毫山水隈。霜辉简上发,锦字梦中开。鹦鹉摘文至,麒麟绝句来。何当遇良史,左右振奇才。

砚

左思裁赋日,王充作论年。光随锦文发,形带石岩圆。积润循毫里,开池小学前。君苗徒见爇,谁咏士衡篇。

墨

长安分石炭,上党结松心。绕画蝇初落,含滋绶更深。悲丝光易染,叠素彩还沉。别有张芝学,书池幸见临。

剑

我有昆吾剑,求趋夫子庭。白虹时切玉,紫气夜干星。锷上芙蓉动,匣中霜雪明。倚天持报国,画地取雄名。

刀

列辟鸣鸾至,惟良佩觿旋。带环疑写月,引鉴似含泉。入梦华梁上,含锋彩笔前。莫惊开百炼,特拟定三边。

箭

汉甸初收羽,燕城忽解围。影随流水急,

光带落星飞。夏列三成范,尧沉九日辉。断蛟云梦泽,希为识忘归。

弹

侠客持苏合,佳游满帝乡。避丸深可诮,求炙遂难忘。金铤疑星落,珠沉—作似月光。谁知少孺子,将此见—作谏吴王。

弩

挺质本轩皇—作黄,申威振远方。机张惊雉雊,玉彩耀星芒。高鸟行应尽,清猿坐见伤。苏秦六百步,持此说韩王。

旗

桂影承宵月,虹辉接曙云。纵横齐八阵,舒卷引三军。日薄蛟龙影,风翻鸟隼文。谁知怀勇志,蟠地几缤纷。

旌

告善康庄侧,求贤市肆中。拥麾分彩雉,持节曳丹虹。影丽天山雪,光摇朔塞风。方知美周政,抗旆赋车攻。

戈 第八句缺一字

富父春喉日,殷辛漂杵年。晓霜含白刃,落影驻雕铤。夕摈金门侧,朝提玉塞前。愿随龙影度,横□阵云边。

鼓

舜日谐鼖响,尧年韵土声。向楼疑吹击,震谷似雷惊。仙鹤排门起,灵鼍带水鸣。乐云行已奏,礼曰冀相成。

弓

桃文称辟恶,桑质表初生。宛转雕韣际,依稀半月明。遥弯落雁影,虚引怯猿声。徒切乌号思,攀龙遂不成。

琴

名士竹林隈,鸣琴宝匣开。风前中散至,月下步兵来—作风前绿绮弄,月下白云来。淮海多为室,梁岷旧作台。子期如可听,山水响余哀。

瑟

伏羲初制法,素女昔传名。流水嘉鱼跃,丛台舞凤惊。嘉宾饮未极,君子娱俱并。倘入丘之户,应知由也情。

琵琶

朱丝闻岱谷,铄质本多端。半月分弦出,丛花拂面安。将军曾制曲,司马屡陪观。本是胡中乐,希君马上弹。

筝

蒙恬芳轨设,游楚妙弹开。新曲帐中发,清音指下来。钿装模六律,柱列配三才。莫听西秦奏,筝筝有剩哀。筝筝,《释名》曰:筝施弦高,筝筝然。

钟 一作宋之问诗

既接南邻磬,还随—作同北里笙。平陵通曙响,长乐警—作彻宵声。秋至含霜动,春归应律鸣。欲知常待扣,金虡有余清。

箫 下四句缺

虞舜调清管,王褒赋雅音。参差横凤翼,搜索动人心。□□□□□,□□□□□。□□□□□,□□□□□。

笛

羌笛写龙—作余声,长吟入夜清。关山孤月下,来向陇头鸣。逐吹梅花落,含春柳色惊。行观向子赋,坐忆旧邻情。

笙

悬匏曲沃上,孤篆汶阳隈。形写歌鸾翼,声随舞凤哀。欢娱分北里,纯孝即南陔。今日虞音奏,跄跄鸟兽来。

歌

汉帝临汾水,周仙去洛滨。郢中吟白雪,梁上绕飞尘。响发行云驻,声随—作娇子夜新。愿君听扣角,当自识贤臣。

舞

妙伎游金谷,佳人满石城。霞衣席上转,花岫—作袖雪前明。仪凤谐清曲,回鸾应雅声。非君一愿重,谁赏素腰轻。

全唐诗卷六十

李峤

珠

灿烂金舆侧,玲珑玉殿隈。昆池明月满,合浦夜光回。彩逐灵蛇转,形随舞凤来。甘泉宫起罢,花媚望风台。

玉

映石先过魏,连城欲向秦。洛阳陪胜友,燕赵类佳人。方水晴虹媚,常山瑞马新。徒为卞和识,不遇楚王珍。

金

南楚标前贡,西秦识旧城。祭天封汉岭,掷地警孙声。向日披沙净,含风振铎鸣。方同杨伯起,独有四知名。

银

思妇屏辉掩,游人烛影长。玉壶初下箭,桐井共安床。色带长河色,光浮满月光。灵山有珍瓮,仙阙荐君王。

钱

汉日五铢建,姬年九府流。天龙带泉宝,地马列金沟。赵壹囊初乏,何曾箸欲收。金门应入论,玉井冀来求。

锦

汉使巾车远,河阳步障陈。云浮仙石日,霞满蜀江春。机迥回文巧,绅兼束发新。若逢楚王贵,不作夜行人。

罗

妙舞随裙动,行歌入扇清。莲花依帐发,秋月鉴帷明。云薄衣初卷,蝉飞翼转轻。若珍三代服,同擅绮纨名。

绫

金缕通秦国,为裘指魏君。落花遥写雾,飞鹤近图云。马眼冰凌影,竹根雪霰文。何当

画秦女,烟际坐氤氲。

素首句缺四字,第三句缺二字

　　□□□□女,纤腰洛浦妃。□□远方望,雁足上林飞。妙夺鲛绡色,光腾月扇辉。非君下路去,谁赏故人机。

布

　　御绩创羲黄,缁冠表素王。瀑飞临碧海,火浣擅炎方。孙被登三相,刘衣阐四方。伫因舂斗粟,来晓棣华芳。

舟

　　征棹三江暮,连樯万里回。相乌风际转,画鹢浪前开。羽客乘霞至,仙人弄月来。何当司传说,特展巨川材。

车

　　天子驭金根,蒲轮辟四门。五神趋雪至,双毂似雷奔。丹凤栖金辖,非熊载宝轩。无阶忝虚左,珠乘奉王言。

床

　　传闻有象床,畴昔献君王。玳瑁千金起,珊瑚七宝妆。桂筵含柏馥,兰席拂沉香。愿奉罗帷夜,长乘秋月光。

席

　　辟席承宣父,重筵揖戴公。桂香浮半月,兰气袭回风。舞拂丹霞上,歌清白雪中。伫将文绮色,舒卷帝王宫。

帷

　　久闭先生户,高褰太守车。罗将翡翠合,锦逐凤凰舒。明月弹琴夜,清风入幌初。方知决胜策,黄石受兵书。

帘

　　清风时入燕,紫殿几含秋。暖暖笼铃阁,纤纤上玉钩。窗中翡翠动,户外水精浮。巧作盘龙势,长迎飞燕游。

屏

　　洞彻琉璃蔽,威纡屈膝回。锦中云母列,霞上织成开。山水含春动,神仙倒景来。修身兼竭节,谁识作铭才。

被

　　桂友寻东阁,兰交聚北堂。象筵分锦绣,罗荐合鸳鸯。光逸偷眠稳,王章泣恨长。孔怀欣共寝,棣萼几含芳。

鉴

　　明鉴掩尘埃,含情照魏台。日中乌鹊至,花里凤凰来。玉彩疑冰彻,金辉似月开。方知乐彦辅,自有鉴人才。

扇

　　翟羽旧传名,蒲葵价不轻。花芳不满面,罗薄讵障声。御热含风细,临秋带月明。同心如可赠,持表合欢情。

烛

　　兔月清光隐,龙盘画烛新。三星花入夜,四序玉调晨。浮炷依罗幌,吹香匝绮茵。若逢燕国相,持用举贤人。

酒

　　孔坐洽良俦,陈筵几献酬。临风竹叶满,湛月桂香浮。每接高阳宴,长陪河朔游。会从玄石饮,云雨出圆丘。

兰

　　虚室重招寻,忘言契断金。英浮汉家酒,雪俪楚王琴。广殿轻香发,高台远吹吟。河汾应擢秀,谁肯访山阴。

菊

　　玉律三秋暮,金精九日开。荣舒洛媛浦,香泛野人杯。霾靡寒潭侧,丰茸晓岸隈。黄花今日晚,无复白衣来。

竹

　　高篠楚江渍,婵娟一作萧条合曙一作翠氛。

白花摇凤影,青节动龙文。叶扫东南日,枝捎西北云。谁知湘水上,流泪独思君。

藤

吐叶依松磴,舒苗长石台。神农尝药罢,质子寄书来。色映蒲萄架,花分竹叶杯。金堤不见识,玉润几重开。

萱

屟—作履步寻芳草—作日,忘忧自结丛。黄英开养性,绿叶正依笼—作叶舒春夏绿,花吐浅深红。色湛仙人露,香传少女风。还依—作含贝北堂下,曹植动文雄。

茅

楚甸供王日,衡阳入贡年。靡包青野外,鸥—作鸥啸绮楹前。尧帝成茨罢,殷汤祭雨旋。方期大君锡,不惧小巫捐。

荷

新溜满澄陂,圆荷影若规。风来香气远,日落盖阴移。鱼戏排缃叶,龟浮见绿池。魏朝难接采,楚服但同披。

萍

二月虹初见,三春蚁正浮。青蘋含吹转,紫帝带波流。屡逐明神荐,常随旅客游。既能甜似蜜,还—作复绕楚王舟。

菱

钜野韶光暮,东平春溜通。影摇江浦月,香引棹歌风。日色翻池上,潭花发镜中。五湖多赏乐,千里望难穷。

瓜

欲识东陵味,青门五色瓜。龙蹄远珠履,女臂动金花。六子方呈瑞,三仙实可嘉。终朝奉绨绤,谒帝伫非赊。

松

郁郁高岩表,森森幽涧陲。鹤栖君子树,风拂大夫枝。百尺条阴合,千年盖影披。岁寒终—作知不改—作及,劲—作多节幸君知。

桂

未殖银—作蟾宫里,宁移玉殿幽。枝生无限月,花满自然秋。侠客条为马,仙人叶作舟。愿君期道术,攀折可淹留。

槐

暮律移寒火,春宫长旧栽。叶生驰道侧,花落凤庭隈。烈士怀忠触,鸿儒访业来。何当赤墀下,疏干拟三台。

柳

杨柳郁氤氲,金堤总翠氛。庭前花类雪,楼际叶如云。列宿分龙影,芳池写凤文。短策何以奏,攀折为思君。

桐

孤秀峰阳岑,亭亭出众林。春光杂凤影,秋月弄圭阴。高映龙门迥,双依玉井深—作忽被夜风激,遂逢霜云侵。不因将入爨,谁谓作鸣琴。

桃

独有成蹊处,秾华发井傍。山风凝笑脸,朝露泫啼妆。隐士颜应改,仙人路渐长。还欣上林苑,千岁奉君王。

李

潘岳闲居日—作暇,王戎戏陌辰。蝶游芳径馥,莺啭弱枝新。叶暗青房晚,花明玉井春。方知有灵干,特—作持用表真人。

梨

擅美玄光侧,传芳瀚海中。凤文疏象郡,花影丽新丰。色对瑶池紫,甘依大谷红。若令逢汉主,还冀识张公。

梅

大庾敛寒光,南枝独早芳。雪含朝暝—作紫花色,风引去来香。妆面回青镜,歌尘起画梁。若能遥止渴,何暇泛琼浆。

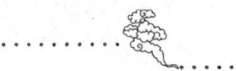

乔

万里盘根植,千秋布叶繁。既荣潘子赋,方重陆生言。玉花含霜动,金衣逐吹翻。愿辞相水曲,长茂上林园。

凤

有鸟居丹穴,其名曰凤凰。九苞应灵瑞,五色成文章。屡向秦楼侧,频过洛水阳。鸣岐今日见—作已,阿阁伫来翔。

鹤

黄鹤远联翩,从鸾下紫烟。翱翔一万里,来去几千年。已憩青田侧,时游丹禁前。莫言空警露,犹冀一闻天。

乌

日路朝飞急,霜台夕影寒。联翩依月树,迢递绕风竿。白首何年改,青琴此夜弹。灵台如可托,千里向长安。

鹊

不分荆山抵,甘从石印飞。危巢畏风急,绕树觉星稀。喜逐行人至,愁随织女归。倘游明镜里,朝夕动光辉。

雁

春晖满朔方,归雁发衡阳。望月惊弦影,排云结阵行。往还倦南北,朝夕苦风霜。寄语能鸣侣—作伴,相随入帝乡。

凫

飒沓睢阳汶,浮游汉水隈。钱飞出—作入井见,鹤引入琴哀。李陵赋—作降将贻诗罢,王乔曳舄来。何当归太液,翱—作翔集动成雷。

莺

芳树杂花红,群莺乱晓空。声分折杨吹—作柳,娇韵落梅风。写啭清弦里,迁乔暗木中。友生若可冀,幽谷响还通—作眈眈度花红,关关乱晓空。乍高幽谷日,先啭上林风。翔集春台侧,低昂锦帐中。声诗辨抟黍,此兴思无穷。

雉

白雉振朝声,飞来表太平。楚郊疑凤出,陈宝若鸡鸣。童子怀仁至,中郎作赋成。冀君看饮啄,耿介独含情。

燕

天女伺辰至,玄衣澹碧空。差池沐时雨,颉颃舞春风。相贺雕阑侧,双飞翠幕中。勿—作急惊留爪去,犹冀识吴宫。《吴地记》:吴宫中剪燕爪留之,以记更来。

雀

大厦初成日,嘉宾集杏梁。衔书表周瑞,入幕应王祥。暮宿江城里,朝游涟水傍。愿齐鸿鹄至,希逐凤凰翔。

龙

衔烛耀—作辉幽都,含章拟凤雏。西秦饮渭水,东洛荐河图。带火移星陆,升云出鼎湖。希逢圣人步,庭阙正晨趋。

麟

汉祀应祥开,鲁郊西狩回。奇音中钟吕,成角喻英才。画像临仙阁,藏书入帝台。若惊能吐哺,为待—作睹凤凰来。

象

郁林开郡毕,维扬作贡初。万推方演楚,惠子正焚书。执燧奔吴战,量舟入魏墟。六牙行致远,千叶奉高居。

马

天马本来东,嘶惊御史骢。苍龙遥逐日,紫燕迥追风。明月来鞍上,浮云落盖中。得随穆天子,何假唐成公。

牛

齐歌初入相,燕阵早横功。欲向桃林下,先过梓树中。在吴频喘月,奔梦屡惊风。不用五丁士,如何九折通。

豹

车法肇宗周,鳠文阐大猷。还将君子变,来蕴太公筹—作谋。委质超羊鞹,飞名列虎侯。若令逢雨露,长隐南山幽。

熊

导洛宜阳右,乘春别馆前。昭仪忠汉日,太傅翊周年。列射三侯满,兴师七步旋。莫言舒紫褥,犹异饮清泉。

鹿

涿鹿闻中冀,秦原辟帝畿。柰花开旧苑,萍叶蔼前诗。道士乘仙日,先生折角时。方怀丈夫志,抗首别心期。

羊

绝饮惩浇俗,行驱梦逸材。仙人拥石去,童子驭车来。夜玉含星动,晨毡映雪开。莫言鸿渐力,长牧上林隈。

兔

上蔡应初击,平冈远不稀。目随槐叶长,形逐桂条飞。汉月澄秋色,梁园映雪辉。唯当感纯孝,郛郭引兵威。

全唐诗卷六十一

李峤

人日侍宴大明宫恩赐彩缕人胜应制

凤城景色已含韶,人日风光倍觉饶。桂吐半轮迎此夜,荚开七叶应今朝。鱼猜水冻行犹涩,莺喜春熙弄欲娇。愧奉登高摇彩—作紫翰,欣逢御气上丹霄。

奉和初春幸太平公主南庄应制景龙三年二月十一日

主家山第接云开,天子春游动地来。羽骑参差花外转,霓旌摇曳—作飐日边回。还将石溜调琴曲,更取峰霞入酒杯。鸾辂已辞乌鹊渚,箫声犹绕凤凰台。

太平公主山亭侍宴应制景龙三年八月十三日

黄金瑞榜绛河隈,白玉仙舆紫禁来。碧树青岑云外耸,朱楼画阁—作壁水中开。龙舟下瞰鲛人室,羽节高临凤女台。遽惜欢娱歌吹晚,挥戈更却—作却使曜灵回。

奉和拜洛应制拜洛一作受图温洛

七萃銮舆动,千年瑞检开。文如龟负出,图似凤衔来。殷荐三神享,明禋万国陪。周旗黄鸟集,汉幄紫云回。日暮钩陈转,清歌上帝台。

奉和幸大荐福寺应制寺即中宗旧宅

雁沼开香域,鹦林降彩旃。还窥图凤宇,更坐跃龙川。桂舆朝群辟,兰宫列四禅。半空银阁断,分砌宝绳连。甘雨苏燋—作申譙泽,慈云动沛篇。独惭贤作砺,空喜福成田。

奉和幸长安故城未央宫应制

旧宫贤相筑,新苑圣君来。运改城隍变,年深栋宇摧。后池无复水,前殿久成灰。莫辨祈风观,空传承露杯。宸心千载合,睿律九韵开。今日联章处,犹疑上柏台。

奉和幸望春宫送朔方总管张仁亶

玉塞征骄子,金符命老臣。三军张武一作成旆,万乘饯行轮。猛气凌玄朔,崇恩降紫宸。投醪还结一作得士,辞第本一作在忘身。露下鹰初击,风高雁欲宾。方销塞北祲,还靖漠南尘。

奉和幸三会寺应制寺传苍颉造书台

故台苍颉里,新邑紫泉居。岁在开金寺,时来降玉舆。龙形虽近刹,鸟迹尚留书。竹是蒸青外,池仍点墨余。天文光圣草,宝思合真如。谬奉千龄日,欣陪十地初。

奉和天枢成宴夷夏群僚应制

《唐新语》云:长寿中,则天征天下铜铁,于定鼎门内铸八棱铜柱,高九十尺,径一丈二尺。题曰大周万国述德天枢,纪革命之功,贬唐家之德。天枢下置铁山,铁龙负载,狮子麒麟围绕,上有云盖,盖上施盘龙以托火珠,高一丈,围三尺,金彩荧煌,光侔日月。武三思为文,朝士献诗者不可胜纪,惟峤诗冠绝当时。

辙迹光西崦,勋庸纪北燕。何如万方一作国会,颂一作讽德九门前。灼灼一作的的临黄道,迢迢入紫烟。仙盘正下露,高柱欲承天。山类丛云起,珠疑大火悬。声流尘作劫,业固海成田。帝一作圣泽倾尧酒,宸歌掩一作薰风入舜弦。欣逢下生日,还睹一作隅上皇年。

皇帝上一作丘礼抚事述怀

配极辉光远,承天顾托隆。负图济多难,脱履归成功。圣道昭永锡,邕言让在躬。还推万方重,咸仰四门聪。恭己忘自逸,因人体至公。垂旒沧海晏,解网法星空。云散天五色,春还一作来日再中。称觥合缨弁,率舞应丝桐。凯乐深居镐,传歌盛饮丰。小臣滥簪笔,无以颂唐风。

奉和幸韦嗣立山庄侍宴应制

南洛师臣契,东岩王佐居。幽情遗绂冕,宸眷属樵渔。制下峒山跸,恩回灞水舆。松门驻旌盖,薜幄引簪裾。石磴平黄陆,烟楼半紫虚。云霞仙路近,琴酒俗尘疏。乔木千龄外,悬泉百丈一作尺余。崖深经炼药,穴古旧藏书。树宿抟风鸟,池潜一作游纵壑鱼。宁知天子贵,尚忆武侯庐。

倡妇行

十年倡家妇,三秋边地人。红妆楼上歇,白发陇头新。夜夜风霜苦,年年征戍频。山西长落日,塞北久无春。团扇辞恩宠,回文赠苦辛。胡兵屡攻战,汉使绝和亲。消息如瓶井,沉浮似路尘。空余千里月,照妾两眉嚬。

饯薛大夫护边

荒隅时未通,副相下临戎。授律星芒动,分兵月晕空。犀皮拥青橐,象齿饰雕弓。决胜三河勇,长驱六郡雄。登山窥代北,屈指计辽东。伫见燕然上,抽毫颂武功。

和杜学士旅次淮口阻风

夕吹生寒浦,清淮上暝潮。迎风欲举棹,触浪反停桡。淼漫烟波阔,参差林岸遥。日沉丹气敛,天敞白云销。水雁衔芦叶,沙鸥隐荻苗。客行殊未已,川路几迢迢。

送光禄刘主簿之洛

函谷双崤右,伊川二陕东。仙舟窅将隔,芳骋暂云同。朋席余欢尽,文房旧侣空。他乡千里月,岐路九秋风。背枥嘶班马,分洲叫断鸿。别后青山外,相望白云中。

送骆奉礼从军

玉塞边烽举,金坛庙略申。羽书资锐笔,戎幕引英宾。剑动三军气,衣飘万里尘。琴尊留别赏,风景惜离晨。笛梅含晚吹,营柳带余春。希君勒石返,歌舞入城闉。

王屋山第之侧杂构小亭,暇日与群公同游

桂亭依绝巘,兰榭俯回溪。绮栋鱼鳞出,雕甍凤羽栖。引泉聊涨沼,凿磴且通蹊。席上山花落,帘前野树低。弋林开曙景,钓渚发晴霓。狎水惊梁雁,临风听楚鸡。复看题柳叶,弥喜荫桐圭。

奉和杜员外庀从教阅

杪冬岩杀气，穷纪送颓光。薄狩三农隙，大阅五戎场。菜田初起烧，兰野正开防。夹岸虹旗转，分朋兽罟张。燕弧带晓月，吴剑动秋霜。原启前禽路，山萦后骑行。云区坠日羽，星苑毙天狼。礼振军容肃，威宣武节扬。神心体殷祝，灵兆叶姬祥。幸陪仙驾末，欣采翰林芳。

军师凯旋自邕州顺流舟中

鸣鞭入嶂口，泛舸历川湄。尚想江陵阵，犹疑下濑师。岸回帆影疾，风逆鼓声迟。萍叶沾兰桨，林花拂桂旗。弓鸣苍隼落，剑动白猿悲。芳树吟羌管，幽篁入楚词。全军多胜策，无战在明时。寄谢山东妙，长缨徒自欺—作期。

夏晚九成宫呈同僚

碣馆分襄野，平台架射峰。英藩信炜烨，胜地本从容。林引梧庭凤，泉归竹沼龙。小轩恒共处，长坂属相从。野席兰琴奏，山台桂酒酸。一枰移昼景，六著尽宵钟。枚藻清词律，邹谈耀辩锋。结欢良有裕，联采愧无庸。暂悦丘中赏，还希物外踪。风烟远近至，鱼鸟去来逢。月涧横千丈，云崖列万重。树红山果熟，崖绿水苔浓。愿以西园柳，长间北岩松。

田假限疾不获还庄，载想田园兼思亲友，率成短韵用写长怀赠杜—作林幽素

游宦劳牵网，风尘久化衣。迹驰东苑路，望阻北岩扉。及此承休告，聊将狎遁肥。十旬俄委疾，三径且殊归。茂陵窅难即，灵台暂可依。疲疴旅城寺，延想属郊畿。夕梦园林是，晨瞻邑里非。绿畴良已秽，清濠旷不追。野花何处落，山月几秋辉。彼美符商政，优游绝汉机。高情物累遣，逸气烟霞飞。乐道方无闷，怀贤独有违。尊虚旧园酒，琴静故人徽。夏沼莲初发，秋田麦稍稀。何当携手去，岁暮采芳菲。

刘侍读见和山邸十篇重申此赠

神岳瑶池圃，仙宫玉树林。乘时警天御，清暑涤宸襟。梁驾陪玄赏，淄庭掩翠岑。对岩龙岫出，分壑雁—作凤池深。檐迥松萝映，窗高石镜临。落泉奔涧响，惊吹助猿吟。野气迷凉燠，山花杂古今。英藩盛宾侣，胜景—作境想招寻。践径披兰叶，攀崖引桂阴。穆生时泛醴，邹子或调琴。雉翳分场合，鱼钩向浦沉。朝游极斜景，夕宴待横参。顾已惭铅锷，叨名齿玳簪。暂依朱邸馆，还畅白云心。丘壑信多美，烟霞得所钦。寓言摅宿志，窃吹简知音。奖价逾珍石，酬文重振金。方从仁智所，携手濯清浔。

晚秋喜雨并序

咸亨元年，自四月不雨至于九月。王畿之内，嘉谷不滋。君子小人，惶惶如也。天子虑深求瘼，念在责躬。避寝损膳，录冤弛役。牲币之礼，遍于神祇。钟瘐之贷，周于穷乏。至诚斯感，灵眷有融。爰降甘泽，大拯灾冗。朝廷公卿，相趋动色。里闬町庶，讴吟成响。年和俗阜，於焉可致。抚事形言，孰云能已。乃诗曰：

积阳躔首夏，隆旱届徂秋。炎威振皇服，歊景暴神州。气涤朝川朗，光澄夕照浮。草木委林甸，禾黍悴原畴。国惧流金昔，人深悬罄忧。紫宸竞履薄，丹宸念推沟。望肃坛场祀，冤申囹圄囚。御车迁玉殿，荐菲撤琼羞。济窘邦储发，蠲穷井赋优。服闲云骥屏，冗术土龙修。睿感通三极，天诚贯六幽。夏祈良未拟，商祷讵为俦。穴蚁祯符应，山蛇毒影收。腾云八际满，飞雨四溟周。聚霭笼仙阙，连霏绕画楼。旱陂仍积水，涸沼更通流。晚穗萎还结，寒苗瘁复抽。九农欢岁阜，万宇庆时休。野洽如坻咏，途喧击壤讴。幸闻东李道，欣奉北场游。

中秋月二首

盈缺青冥外，东风万古吹。何人种丹桂，不长出轮枝。

圆魄上寒空,皆言四海同。安知千里外,不有雨兼风。

侍宴桃花园咏桃花应制

《纪事》云:张仁亶自朔方入朝,中宗于西苑迎之,从臣宴于桃花园,峤等各赋绝句。明日宴承庆殿,上令宫中善讴者唱之,词既婉媚,歌仍妙绝。乐府号桃花行。

岁去无言忽憔悴,时来含笑吐氛氲。不能拥路─作樟迷仙客,故欲开蹊待圣君。

奉和圣制幸韦嗣立山庄应制

万骑千官拥帝车,八龙三马访仙家。凤凰原上开─作窥青壁,鹦鹉杯中弄紫霞。

游苑遇雪应制

散漫祥云逐圣回,飘飘瑞雪绕天来。不能落后争飞絮,故欲迎前赛早梅。

送司马先生

蓬阁桃源两处分,人间海上不相闻。一朝琴里悲黄鹤,何日山头望白云。

风

解落三秋叶,能开二月花。过江千尺浪,入竹万竿斜。

上清晖阁遇雪

千钟圣酒御筵披,六出祥英乱绕枝。即此神仙对琼圃,何须辙迹向瑶池。

石淙

羽盖龙旗下绝冥,兰除薜幄坐云扃。鸟和百籁疑调管,花发千岩似画屏。金灶浮烟朝漠漠,石床寒水夜泠泠。自然碧洞窥仙境,何必丹丘是福庭。

全唐诗卷六十二

杜审言

杜审言,字必简,襄阳人。善五言诗,工书翰。少与李峤、崔融、苏味道为文章四友。擢进士第,为隰城尉。性矜诞,尝语人曰:"吾文章合得屈宋作衙官,吾之书迹合得王羲之北面。"累转洛阳丞。坐事贬吉州司户参军,寻免归。武后召见,令赋欢喜诗,甚见嘉赏,授著作佐郎。迁膳部员外郎。神龙中,坐交张易之兄弟,流峰州。寻入为国子监主簿、修文馆直学士卒。有文集十卷,今编诗一卷。

南海乱石山作

涨海积稽天,群山高並地。相传称乱石,图典失其事。悬危悉可惊,大小都不类。乍将云岛极,还与星河次。上耸忽如飞,下临仍欲坠。朝曈艳丹紫,夜—作交魄炯—作烟青翠。穹崇雾雨蓄,幽隐灵仙閟。万寻挂鹤巢,千丈垂猿臂。昔去景风涉,今来姑洗至。观此得咏歌,长时想精异。

送和西蕃使

使出凤凰池,京师阳春晚。圣朝尚边策,诏谕兵戈偃。拜手明光殿,摇心上林苑。种落逾青羌,关山度赤坂。疆场及无事,雅歌而餐饭。宁独锡和戎,便当封定远。

蓬莱三殿侍宴奉敕咏终南山应制

北斗挂城边,南山倚殿前。云标金阙迥,树杪玉堂悬。半岭通佳气,中峰绕瑞烟。小臣持献寿,长此戴尧天。

望春亭侍游应诏

帝出明光殿,天临太液池。尧樽随步辇,舜乐绕行麾。万寿祯祥献,三春景物滋。小臣同酌海,歌颂答无为。

宿羽亭侍宴应制

步辇千门出,离宫二月开。风光新柳报,宴赏落花催。碧水摇空—作云阁,青山绕吹台。

圣情留晚兴,歌管送余杯。

岁夜安乐公主满月侍宴应制

戚里生昌胤,天杯宴重臣。画楼初满月,香殿早迎春。睿作尧君宝,孙谋梁国珍。明朝元会日,万寿乐章陈。

奉和七夕侍宴两仪殿应制

一年衔别怨,七夕始言归。敛泪开星靥,微步动云衣。天回兔欲落,河旷鹊停飞。那堪尽此夜,复往弄残机。

大酺永昌元年

圣后乘乾日,皇明御历辰。紫宫初启坐,苍壁正临春。雷雨垂膏泽,金钱赠下人。诏酺欢赏遍,交泰睹惟新。

赋得妾薄命

草绿长门掩—作闱,苔青永巷幽。宠移新爱夺,泪落故情留。啼鸟惊残梦,飞花搅独愁。自怜春色罢,团扇复迎秋。

和韦承庆过义阳公主山池五首

野兴城中发,朝英物外求。情悬朱绂望,契动赤泉—作松游。海燕巢书阁,山鸡舞画楼。雨余清晚夏,共坐北岩幽。

径转危峰逼,桥回缺岸妨。玉泉移酒味,石髓换粳香。绾雾青丝—作条弱,牵风紫蔓长。犹言宴乐少,别向后池塘。

携琴绕碧沙,摇笔弄青霞。杜若幽庭草,芙蓉曲沼花。宴游成野客,形胜得仙—作山家。往往留仙步,登攀日易斜。

攒石当轩倚,悬泉度牖飞。鹿麛冲妓席,鹤子曳童衣。园果尝难遍,池莲摘未稀。卷帘唯待月,应在醉中归。

赏玩期他日,高深爱此时。池分—作为八水背,峰作九山疑。地静鱼偏逸,人闲鸟欲欺。青溪留别兴,更与白云期。

和晋陵陆丞早春游望一作韦应物诗

独有宦游人,偏惊物候新。云霞出海曙,梅柳渡江春。淑气催黄鸟,晴光转绿蘋。忽闻歌古调,归思欲沾巾。

秋夜宴临津郑明府宅

行止皆无地,招寻独有君。酒中堪累月,身外即浮云。露—作白宵钟彻,风清晓漏闻。坐携余兴往,还似未离群。

和康五庭芝望月有怀

明月高秋迥,愁人独夜看。暂将弓并曲,翻与扇俱团。雾—作露濯清辉苦,风飘素影寒。罗衣一此鉴,顿使别离难。

登襄阳城

旅客三秋至,层城四望开。楚山横地出,汉水接天回。冠盖非新里,章华即旧台。习池风景异,归路满尘埃。

旅寓安南

交趾殊风候,寒迟暖复催。仲冬山果熟,正月野花开。积雨生昏雾,轻霜下震雷。故乡逾万里,客思倍从来。

春日怀归

心是伤归望,春归异往年。河山鉴魏阙,桑梓忆秦川。花杂芳园鸟,风和绿野烟。更怀欢赏地,车马洛桥边。

代张侍御伤美人

二八泉扉掩,惟屏宠爱空。泪痕消夜烛,愁绪乱春风。巧笑人疑在,新妆曲未终。应怜脂粉气,留著舞衣中。

送高郎中北使

北狄愿和亲,东京发使臣。马衔边地雪,衣染异方尘。岁月催行旅,恩荣变苦辛。歌钟期重锡,拜手落花春。

都尉山亭

紫藤萦葛藟,绿刺胃蔷薇。下钓看鱼跃,

探巢畏鸟飞。叶疏荷已晚,枝亚果新肥。胜迹都无限,只应伴月归。

夏日过郑七山斋

共有樽中好,言寻谷口来。薜萝山径入,荷芰水亭开。日气含残雨,云阴送晚雷。洛阳钟鼓至,车马系迟回。

送崔融

君王行出将,书记远从征。祖帐连河阙,军麾动洛城。旍旗—作旗朝朔气,笳吹夜边声。坐觉烟尘扫,秋风古北平。

经行岚州

北地春光晚,边城气候寒。往来花不发,新旧雪仍残。水作琴中听,山疑画里看。自惊牵远役,艰难促征鞍。

重九日宴江阴

蟋蟀期归晚,茱萸节候新。降霜青女月,送酒白衣人。高兴要长寿,卑栖隔近臣。龙沙即此地,旧俗坐为邻。

除夜有怀

故节当歌守,新年把烛迎。冬氛恋虬箭,春色候鸡鸣。兴尽闻壶覆,宵阑见斗横。还将万亿寿,更谒九重城。

晦日宴游

日晦随觞荚,春情著杏花。解绅宜就水,张幕会连沙。歌管风轻度,池台日半斜。更看金谷骑,争向石崇家。

七夕

白露含明月,青霞断绛河。天街七襄转,阁—作关道二神过。袨服锵环佩,香筵拂绮罗。年年今夜尽,机杼别情多。

守岁侍宴应制

季冬除夜接新年,帝子王孙捧御筵。宫阙星河低拂树,殿廷灯烛上薰天。弹弦奏节梅风入,对局探钩柏酒传。欲向正元歌万寿,暂留欢赏寄春前。

大酺

昆陵震泽九州通,士女欢娱万国同。伐鼓撞钟惊海上,新妆袨服照江东。梅花落处疑残雪,柳叶开时任好风。火德云官逢道泰,天长地久属年丰。

春日京中有怀

今年游寓独游秦,愁思看春不当春。上林苑里花徒发,细柳营前叶漫新。公子南桥应尽兴,将军西第几留宾。寄语洛城风日道,明年春色倍还人。

扈从出长安应制

分野都畿列,时乘六御均。京师旧西幸,洛道此东巡。文物驱三统,声名—作明走百神。龙旗萦漏夕,凤辇拂—作出钩陈。抚迹地灵古,游情皇鉴新。山追散马日,水忆钓鱼人。禹食传中使,尧樽遍下臣。省方称国阜,问道识风淳。岁晚天行吉,年丰景从亲。欢娱包历代,宇宙忽疑春。

春日江津游望

旅客摇边思,春江弄晚晴。烟销垂柳弱,雾卷落花轻。飞棹乘空下,回流向日平。鸟啼移几处,蝶舞乱相迎。忽欢人皆浊,堤防水至清。谷王常不让,深可戒中盈。

泛舟送郑卿入京

帝坐蓬莱殿,恩追社稷臣。长安遥向日,宗伯正乘春。相宅开基地,倾都送别人。行舟萦渌水,列戟满红尘。酒助欢娱洽,风催景气新。此时光乃命,谁为惜无津。

度石门山

石门千仞断,迸水落遥空。道束悬崖半,桥欹绝涧中。仰攀人屡息,直下骑才通。泥拥奔蛇径,云埋伏兽丛。星躔牛斗北,地脉象牙东。开塞随行变,高深触望同。江声连骤雨,日气抱残虹。未改朱明律,先含白露风。坚贞深不惮,险涩谅难穷。有异登临赏,徒为造化功。

赠崔融二十韵

十年俱薄宦,万里各他方。云天断书札,风土异炎凉。太息幽兰紫,劳歌奇树黄。日疑怀叔度,夜似忆真长。北使从江表一作左,东归在洛阳。相逢慰畴昔,相对叙存亡。草深穷巷毁,竹尽故园荒。雅节君弥固,衰颜余自伤。人事盈虚改,交游宠辱妨。雀罗争去翟,鹤氅竞一作更寻王。思极欢娱至,朋情讵可忘。琴樽横宴席,岩谷一作沼卧词场。连骑追佳赏,城中及路傍。三川宿雨霁,四月晚花芳。复此开悬榻,宁唯入后堂。兴酣鸲鹆舞,言洽凤凰翔。高选俄迁职,严程已饬装。抚躬衔道义,携手恋辉光。玉振先推美,金铭旧所防。忽嗟离别易,行役共时康。

赠苏味道

北地寒应苦,南庭戍未归。边声乱羌笛,朔气卷戎衣。雨雪关山暗,风霜草木稀。胡兵战欲尽,虏骑猎犹肥一作汉卒尚重围。雁塞何时入,龙城几度围一作云净妖星落,秋深塞马肥。据鞍雄剑动,插一作摇笔羽书飞。舆驾还京邑,朋游满帝畿。方期来献凯,歌舞共春辉。

和李大夫嗣真奉使存抚河东

六位乾坤动,三微历数迁。讴歌移火德,图谶在金天。子月开阶统,房星受命年。祯符龙马出,宝箓凤凰传。地即交风雨,都仍卜涧瀍。明堂唯御极,清庙乃尊先。不宰神功运,无为一作私大象悬。八荒平一作凭物土,四海接人烟。已属群生泰,犹言至道偏。玺书傍问俗,旌节近推贤。秩比司空位,官临御史员。雄词执刀笔,直谏罢楼船。国有大臣器,朝加小会筵。将行备礼乐,送别仰神仙。城阙周京转,关河陕服连。稍观汾水曲,俄指绛台前。姑射聊长望,平阳遂宛然。舜耕余草木,禹凿旧山川。昔出诸侯上一作静,无何霸业全。中军归战敌,外府绝兵权。隐隐帝乡远,瞻瞻肃命虔。西河偃风俗,东壁挂星躔。井邑枌榆社,陵园松柏田。荣光晴一作朝掩代,佳气晓一作晚侵燕。雨霈一作濡鸿私涤,风行睿旨宣。茕嫠访疾苦,屠钓采贞坚。人乐逢刑措,时康洽赏延。赐逾秦氏级,恩倍汉家钱。拥传咸翘首,称觞竞比肩。拜迎弥道路,舞咏溢郊廛。杀气西衡一作冲白,穷阴北暝一作土玄,飞霜遥渡海,残月迥临边。缅邈朝廷问,周流朔塞旋。兴来探马策,俊发抱龙泉。学总八千卷,文倾三百篇。澄清得使者,作颂有人焉。莫以崇班阁,而云胜托捐。伟材何磊落,陋质几翩翾。江海宁为让,巴渝转自牵。一闻歌圣道,助曲荷陶甄。

赠苏绾书记

知君书记本翩翩,为许从戎赴朔边。红粉楼中应计日,燕支山下莫经年。

渡湘江

迟日园林悲昔游,今春花鸟作边愁。独怜京国人南窜,不似湘江水北流。

戏赠赵使君美人

红粉青娥映楚云,桃花马上石榴裙。罗敷独向东方去,谩学他家作使君。

全唐诗卷六十三

董思恭

董思恭,苏州吴人。高宗时官中书舍人,初为右史,后知考功举,坐事流死岭表。所著篇咏,为时所重。今存诗十九首。

三妇艳

大妇裁纨素,中妇弄明珰。小妇多姿态,登楼红粉妆。丈人且安坐,初日渐流光。

感怀

野郊怆新别,河桥非旧饯。惨日映峰沉,愁云随盖转。哀笳时断续,悲旌乍舒卷。望望情何极,浪浪泪空泫。无复昔时人,芳春共谁遣。

守岁二首

暮景斜芳殿,年华丽绮宫。寒辞去冬雪,暖带入春风。阶馥舒梅素,盘花卷烛红。共欢新故岁,迎送一宵中。*此首一作太宗诗。*

岁阴穷暮纪,献节启新芳。冬尽今宵促,年开明日长。冰销出镜水,梅散入风香。对此欢终宴,倾壶待曙光。*此诗一作太宗诗,题作《除夜》。*

昭君怨二首

新年犹尚小,那堪远聘秦。裾衫沾马汗,眉黛染胡尘。举眼无相识,路逢皆异人。唯有梅将李,犹带故乡春。*此首一作董初诗。*

琵琶马上弹,行路曲中难。汉月正南远,燕山直—作极北寒。髻鬟风拂乱—作散,眉黛雪沾残。斟酌红颜改—作尽,徒劳握镜看—作何劳镜里看。

咏日

沧海十枝晖,悬圃重轮庆。藻华发晨楹,菱彩翻朝镜。忽遇惊风飘,自有浮云映。更也人皆仰,无待挥戈正。

咏月

北堂未安寝,西园聊骋望。玉户照罗帷,珠轩明绮障。别客长安道,思妇高楼上。所愿君莫违—作遗,清风时可访。

咏星

历历东井舍,昭昭右掖垣。云际龙文出,池中鸟色翻。流辉下月路—作露,坠影入河源。方知颍川集,别有太丘门。

咏风

萧萧度闾阖,习习下庭闱。花蝶自飘舞,兰蕙生光辉。相乌正举翼,退鹢已惊飞。方从列子御,更逐浮云归。

咏云

帝乡白云起,飞盖上天衢。带月绮罗映,从风枝叶敷。参差过层阁,倏忽下苍梧。因风望既远,安得久踟蹰。

咏雪

天山飞雪度,言是落花朝。惜哉不我与,萧索从风飘。鲜洁凌纨素,纷糅下枝条。良时竟何在,坐见容华销。

咏露

夜色凝仙掌,晨甘下帝庭。不觉九秋至,远向三危零。芦渚花初白,葵园叶尚清。睎阳一洒惠,方愿益沧溟。

咏雾

苍山寂已暮,翠观黯将沉。终南晨豹隐,巫峡夜猿吟。天寒气不歇,景晦色方深。待访公超市,将予赴华阴。

咏虹—作虹蜺

春暮萍生早,日落雨飞余。横彩分长汉,倒色媚清渠。梁前朝影出,桥上晚光舒。愿逐旌旗转,飘飘侍直庐。

咏桃—作太宗诗

禁苑春光丽,花蹊几树装。缀条深浅色,点露参差光。向日分千笑,迎风共一香。如何仙岭侧,独秀隐遥芳。

咏李—作太宗诗

盘根植瀛渚,交干横倚天。舒华光四海,卷叶荫山川。

咏弓—作太宗诗

上弦明月半,激箭流星远。落雁带书惊,啼猿映—作应枝转。

咏琵琶—作太宗诗

半月无双影,金花有四时。摧藏千里态,掩抑几重悲。促节萦红袖,清音满翠帷。驶弹风响急,缓曲铡声迟。空余关陇恨,因此代相思。

刘允济

刘允济《纪事》作元济,字允济,洛州巩人。少与绛州王勃齐名,举本州进士,累除著作佐郎。尝采摭鲁哀公以后至战国为《鲁后春秋》。表上之,迁左史,兼直弘文馆。垂拱中,献《明堂赋》,拜著作郎,擢凤阁舍人。中兴初,坐二张昵狎贬官,后为修文馆学士卒。集十卷,今存诗四首。

经庐岳回望江州想洛川有作

龟山帝始营,龙门禹初凿。出入经变化,俯仰凭寥廓。未若兹山功,连延并巫霍。东北疏—作流艮象,西南距坤络。宏阜自郁盘,高标复回薄。势入柴桑渚,阴开彭蠡壑。九江杳无际,七泽纷相错。云雨散吴会,风波腾郑都—作鄢鄂。迹随造化久,利与乾坤博。肸蚃精气通,纷纶潜怪作。石渠忽见践,金房安可托。地入天子都,岩有仙人药。二门几迢递,三宫何倏儵。咫尺穷杳冥,跬步皆恬漠。仙才惊羽翰,幽居静龙蠖。明牧振雄词,棣华殊灼灼。盛叶匡西夏,深谋赞禹亳。黄云覆鼎飞,绛气横川跃。佐历符贤运,人期—作其茂天爵。礼乐富垂髫,诗书成舞勺。清辉靖岩电,利器腾霜锷。游圣挹衢尊,邻畿恭木铎。岩—作墙仞包武侯,波澜控文若。旋闻刘薪楚,邃睹升葵藿。稷契序揆一作郛郭图,良平公辅略。重地一作臣资出守,英藩谅求瘼。豫章观伟材,江州访灵崿。阳岫晓氛氲,阴崖暮萧索。潜伏屡鲸奔,雄飞更鸷搏。惊獢透烟霞,腾猿乱枝格。故园有归梦,他山飞赏一作非行乐。帝乡徒可游,湟涧终旅泊。景一作阳物观淮海,云霄望河洛。城阙紫微星,图书玄扈一作青溪阁。神功一作为多粉缋,元气犹斟酌。丞相下南宫,将军趋北落。横簪并附蝉,列鼎俱调鹤。四郊时迷路,五月先投龠。池树宣琼管,风花乱珠箔。旧游劳梦寐,新知无悦乐。天寒欲赠言,岁暮期交约。夜琴清玉柱,秋灰变缇幕。风云动翰林,宫徵调文龠。言泉激为浪,思绪飞成缴。千里辉珠玑,五采含丹臒。钟鼓旋惊鷽,瑾瑜俄抵鹊。窃价惭庸息,叩声逾寂寞。长望限南溟,居然翳东郭。

咏琴

昔在龙门侧,谁想凤鸣时。雕琢今为器,宫商不自持。巴人缓疏节,楚客弄繁丝。欲作高张引,翻成下调悲。

怨情

玉关芳信断,兰闺锦字新。愁来好一作不自抑,念切已含嚬。虚牖风惊梦,空床月厌人。归期倘可促,勿度柳园春。

见道边死人 一本别作刘元济诗,《统签》并入允济诗内

凄凉徒见日,冥寞讵知年。魂兮不可问,应为直如弦。

邵大震

邵大震,字令远,安阳人。与王勃同时。诗一首。

九日登玄武山旅眺

玄武山在今东蜀。高宗时,王勃以檄鸡文斥出沛王府,既废。客剑南,有游玄武山赋诗。卢照邻为新都尉,亦有和作。

九月九日望遥空,秋水秋天生夕风。寒雁一向南去一作飞远,游人几度菊花丛。

辛常伯

辛常伯,骆宾王同时人。诗一首。

军中行路难 与骆宾王同作

君不见封狐雄虺自成群,凭深负固结妖氛。玉玺分兵征恶少,金坛授律动将军。将军拥麾宣庙略,战士横戈静夷落。长驱一息背铜梁,直指三危登剑阁。阁道岩峣起戍楼,剑门遥裔俯灵丘。邛关九折无平路,江水双源有急流。征役无期返,他乡岁华晚。杳杳丘陵出,苍苍林薄远。途危紫盖峰,路涩青泥坂。去去指哀牢,行行入不毛。绝壁千里险,连山四望高。中外分区宇,夷夏殊风土。交阯枕南荒,昆弥临北户。川原饶毒雾,豀谷多霆雨。行潦四时流,崩查千岁古。漂梗飞蓬不暂安,扪萝引葛陟危峦。昔时闻道从军乐,今日方知行路难。沧江绿水东流驶,炎州丹徼南中地。南中南斗映星河,秦关秦塞阻烟波。三春边地风光少,五月泸川瘴疠多。朝驱疲斥候,夕息倦樵歌。向月弯繁弱,连星转太阿。重义轻生怀一顾,东伐西征凡几度。夜夜朝朝斑鬓新,年年岁岁戎衣故。灞城隅,滇池水,天涯望转积,地际行无已。徒觉炎凉节物非,不知关山千万里。弃置勿重陈,重陈多苦辛。且悦清笳梅柳曲,讵忆芳园桃李人。绛节红旗分日羽,丹心白刃酬明主。但令一被君王知,谁惮三边征战苦。行路难,歧路几千端。无复归云凭短翰,空余望日想长安。

全唐诗卷六十四

姚崇

姚崇,初名元崇,又名元之,陕州人。贞观中,应下笔成章举,授濮州司仓,五迁夏官郎中。时契丹扰河北,军机填委,元崇剖析若流,则天奇之,超迁夏官侍郎,寻同凤阁鸾台平章事。中宗朝,出为刺史。睿宗立,拜兵部尚书,同中书门下。进中书令,后复贬刺史。先天中,还为尚书。知政事,迁紫微令。开元中,与卢怀慎、源乾曜同居宰执。崇独当重任,明于庶务,断割不滞,号称名相。寻荐宋璟自代,以开府仪同三司罢政,仍五日一参,入阁供奉。集十卷,今存诗六首。

奉和圣制夏日游石淙山

二室三涂光地险,均霜揆日处天中。石泉石镜恒留月,山鸟山花竞逐风。周王久谢瑶池赏,汉主悬惭玉树宫。别有祥烟伴佳气,能随轻辇共葱葱。

故洛阳城侍宴应制

游豫停仙跸,登临对晚晴。川凫连倒影,岩鸟应虚声。野奏风成曲,山居云作缨。今朝丘壑上,高兴小蓬瀛。

春日洛阳城侍宴

南山开宝历,北渚对芳蹊。的历风梅度,参差露草低。尧樽临上席,舜乐下前溪。任重由来醉,乘酣志转迷。

秋夜望月

明月有余鉴,羁人殊未安。桂含秋树晚,波入夜池寒。灼灼云枝净,光光草露团。所思迷所在,长望独长叹。

夜渡江—作柳中庸诗

夜渚带浮烟,苍茫晦远天。舟轻不觉动,缆急始知牵。听草遥寻岸,闻香暗识莲。唯看孤帆影,常似客心悬。

奉和圣制龙池篇

《纪事》云：龙池，兴庆宫也，明皇潜龙之地。《会要》云：开元元年，内出祭龙池乐章。十六年，筑坛于兴庆宫，以仲春月祭之。

恭闻帝里生灵沼—作祉，应报明君鼎业新。既协翠泉光宝命，还符白水出真人。此时舜海潜龙跃，此地—作日尧河带马巡。独有前池一小雁，叨承旧惠入天津。

句

扇掩将雏曲，钗承堕马鬟。见《海录碎事》。又见后张昌宗太平公主山亭侍宴诗。

宋璟

宋璟，邢州南和人。登进士第，调上党尉，为监察御史，迁凤阁舍人。则天高其才。神龙初，拜黄门侍郎。睿宗朝，以吏部尚书同中书门下三品。开元初，进御史大夫，出为睦州刺史。徙广州都督。还，拜尚书兼侍中，封广平郡公。后以右丞相致仕。璟耿介有大节，立朝屡忤权嬖，被贬黜，卒不改其操。集十卷，今存诗六首。

奉和御制璟与张说源乾曜同日上官命宴都堂赐诗应制

《本传》云：开元十七年，璟为尚书右丞相，张说为左丞相，源乾曜为太子少傅。同日拜，有诏太官设馔。太常奏乐，会百官尚书省东堂。帝赋三杰诗，自写以赐。

丞相邦之重，非贤谅不居。老臣慵—作庸且惫，何德以当诸。厚秩先为忝，崇班复此除。太常陈礼乐，中掖降簪裾。圣酒山河润，仙文象纬舒。冒恩怀宠锡，陈力省空虚。郭隗惭无骏，冯谖愧有鱼。不知周勃者，荣幸定何如。

奉和圣制同二相已下群官乐游园宴

侍饮终酺会，承恩续胜游。戴天惟庆幸，选地即殊尤。北向祗双阙，南临赏一丘。曲江新溜暖，上苑杂花稠。亹亹韶弦屡，戋戋赍帛周。醉归填畛陌，荣耀接轩裘。

奉和圣制送张说巡边

帝道薄—作溥存兵，王师尚有征。是关—作开司马法，爰命总戎行。画阃崇威信，分麾盛宠荣。聚观方结辙，出祖遂倾城。圣酒江河润，天词象纬明。德风边草偃，胜气朔云平。宰国推良器，为军挹壮—作美声。至和常得体，不战即亡精。以智泉宁竭，其徐海自清。迟还庙堂坐，赠别故人情。

奉和圣制答张说扈从南出雀鼠谷

秦地雄西夏，并州近北胡。禹行山启路，舜在邑为都。忽视—作见寒暄隔，深思险易殊。四时宗伯叙，六义宰臣铺。征作宫常应，星环日每纡。盛哉逢—作隆道合，良以致亨衢。

蒲津迎驾

回銮下蒲坂，飞斾指秦京。洛上黄云送，关中紫气迎。霞朝看马色，月晓听鸡鸣。防拒连山险，长桥压水平。省方知化洽，察俗觉时清。天下长无事，空余襟带名。

送苏尚书赴益州

我望风烟接，君行霰雪飞。园亭若有送，杨柳最依依。

全唐诗卷六十五

苏味道

苏味道,赵州栾城人。与里人李峤俱以文翰显。时人谓之苏李。弱冠擢进士第,累转咸阳尉。裴行俭引管书记,延载中,历凤阁舍人、检校侍郎。证圣元年,出为集州刺史,俄召拜天官侍郎。圣历初,迁凤阁侍郎同凤阁鸾台三品,前后居相位数载,多识台阁故事。神龙时,坐张易之党贬眉州刺史,还为益州长史卒。集十五卷,今编诗一卷。

初春行宫侍—作曲宴应制得天字

温液吐涓涓,跳波急应弦。簪裾承睿赏,花柳发韶年。圣酒千钟洽,宸章七曜悬。微臣从此醉,还似梦钧天。

单于川对雨二首

崇朝邁行雨,薄晚屯密云。缘阶起素沫,竟水聚圆文。河柳低未举,山花落已芬。清尊久不荐,淹留遂待君。

飞雨欲迎旬,浮云已送春。还从濯枝后,来应洗兵辰。气合龙祠外,声过鲸海滨。伐邢知有属,已见静边尘。

正月十五夜—作上元

火树银花合,星桥铁锁开。暗尘随马去,明月逐人来。游伎—作骑皆秾李,行歌尽落梅。金吾不禁夜,玉漏莫相—作频催。

咏雾

氤氲起洞壑,遥裔匝平畴。乍似含龙剑,还疑映蜃楼。拂林随雨密,度径带烟浮。方谢公超步,终从彦辅游。

咏虹

纡余带星渚,窈窕架天浔。空因壮士见,还共美人沉。逸照—作远势含良玉,神花藻瑞金。独留长剑彩,终—作空负昔贤—作时心。

咏霜

　　金祇暮律尽,玉女暝氛—作气归。孕冷随钟彻,飘华逐剑飞。带日浮寒影,乘风进晚—作尽晓威。自有贞筠质,宁将庶—作众草腓。

咏井

　　玲珑映玉槛,澄澈泻银床。流声集孔雀,带影出羚羊。桐落秋蛙散,桃舒春锦芳。帝力终何有,机心庶此忘。

咏石

　　济北甄神贶,河西濯—作瑞锦文。声应天池雨,影触岱宗—作山云。燕归犹—作可候,羊起自成群。何当握灵髓,高枕绝嚣氛。

奉和受图温洛应制

　　绿绮膺河检,清坛俯洛滨。天旋俄制跸,孝享属严禋。陟配光三祖,怀柔洎百神。雾开中道日,雪敛属车尘。预奉咸英奏,长歌亿万春。

使岭南—作在广州闻崔马二御史并拜台郎

　　振鹭齐—作才飞日,迁莺远听闻。明光共待漏,清鉴—作览各披云。喜得廊庙举,嗟为台阁分。故林怀柏悦—作梓,新崿—作握阻兰薰。冠去神羊影,车迎—作连瑞雉群。远从—作独怜南斗外,遥—作空仰列星文。

赠封御史入台

　　故事推三独,兹辰对两闱。夕鸦共鸣舞,屈草接芳菲。盛府持清—作提青橐,殊章动绣衣。风连台阁起,霜就简书飞。凛凛当朝色,行行满路威。惟当击隼去,复睹落雕归。

始背洛城秋郊瞩目奉怀台中诸侍御

　　薄游忝霜署,直指戒冰心。荔浦方南纪,蘅皋暂北临。山晴关塞断,川暮广城阴。场圃通圭甸,沟塍碍石林。野童来捃拾,田叟去讴吟。蟋蟀秋风起,蒹葭晚露深。帝城犹郁郁,征传几骎骎。迥忆披书地,劳歌谢所钦。

九江口南济北接蕲春南与浔阳岸

　　江路一悠哉,滔滔九派来。远潭昏似雾,前浦沸成雷。鳞介多潜育,渔商几溯洄。风摇蜀柿—作叶下,日照楚萍开。近漱溢城曲,斜吹蠡泽隈。锡龟犹入贡,浮兽罢为灾。津吏挥桡疾,邮童整传催。归心讵可问,为视落潮回。

和武三思于天中寺寻复礼上人之作

　　藩戚三雍暇,禅居二室隈。忽闻从桂苑,移步践花台。敏学推多艺,高谈属辩才。是非宁滞著,空有掠嫌猜。五行—作衍幽机畅,三蕃妙键开。味同甘露洒,香似逆风来。砌古留方石,池清辨烧灰。人寻鹤洲返,月逐虎溪回。企躅瞻飞盖,攀游想渡杯。愿陪为善乐,从此去尘埃。

嵩山石淙侍宴应制

　　雕盘藻卫拥千官,仙洞灵溪访九丹。隐暧源花迷近路,参差岭竹扫危坛。重崖对耸霞文驳,瀑水交飞雨气寒。天洛宸襟有余兴,裴回周眄驻归銮。

全唐诗卷六十六

郭震

郭震,字元振,魏州贵乡人。以字显,少有大志,十八举进士,为通泉尉。任侠使气,拨去小节,尝盗铸及掠卖部中口千余,以饷遗宾客。武后召欲诘,既与语,奇之,索所为文章,上《宝剑篇》。后览嘉叹。授右武卫铠曹参军,进奉宸监丞。久之,拜凉州都督。中宗神龙中,迁左骁卫将军、安西大都护。睿宗立,召为太仆卿。景云二年,进同中书门下三品。先天元年,为朔方军大总管。明年,以兵部尚书复同中书门下三品,封代国公。明皇讲武骊山,以军容不整,流新州。开元元年,起为饶州司马,道病卒。集二十卷,今编诗一卷。

古剑篇—作宝剑篇

君不见昆吾铁冶飞炎烟,红光紫气俱赫然。良工锻炼凡—作经几年,铸得宝剑名龙泉。龙泉颜色如霜雪,良工咨嗟叹奇绝。琉璃玉匣吐莲花,错镂金环映—作生明月。正逢天下无风尘,幸得周—作用防君子身。精光黯黯青蛇色,文章片片绿龟鳞。非直结交游侠子,亦曾—作常亲近英雄人。何言中路遭弃捐,零落漂—作飘沦古狱边。虽复尘埋无所用,犹能夜夜气冲天。

塞上

塞外虏尘飞,频年出武威。死生随玉剑,辛苦向金微。久戍人将—作老,长征马不肥。仍闻酒泉郡,已合数重围。

寄刘校书

俗吏三年何足论,每将荣辱在朝昏。才微易向风尘老,身贱难酬知己恩。御苑残莺啼落日,黄山细雨湿归轩。回首—作望汉家丞相府,昨来谁得扫重门。

同徐员外除太子舍人寓直之作

太子擅元良,宫臣命伟长。除荣辞会府,

直宿总书坊。露湿幽岩桂,风吹便坐桑。阁连云一色,池带月重光。叶死兰无气,荷枯水不香。遥闻秋兴作,言是晋中郎。

春江曲

　　江水春沉沉,上有双竹林。竹叶坏水色,郎亦坏人心。

王昭君三首

　　自嫁单于国,长衔汉掖悲。容颜日憔悴,有甚画图时。

　　压践冰霜域,嗟为边塞人。思从漠—作汉南猎,一见汉家尘。

　　闻有南河信—作闻道河南使,传言杀画师。始知君念—作恚重,更肯惜—作遣画蛾眉。

子夜四时歌六首

春歌

　　陌头杨柳枝,已被春风吹。妾心正断绝,君怀那得知。

　　青楼含日光,绿池起风色。赠子同心花,殷勤此何极。

秋歌

　　邀欢空伫立,望美频回顾。何时复采菱,江中密相遇。

　　辟恶茱萸囊,延年菊花酒。与子结绸缪,丹心此何有。

冬歌

　　北极严气升,南至温风谢。调丝竞短歌,拂枕怜长夜。

　　帷横双翡翠,被卷两鸳鸯。婉—作娇态不自得,宛转君王床。

二月乐游诗

　　二月芳游始,开轩望晓池。绿兰日吐叶,红蕊向盈枝。柳色行将改,君心幸莫移。阳春遽多意,唯愿两人知。

十月乐游诗

　　十月严阴盛,霜气下玉台。罗衣羞自解,绮帐待君开。银箭更筹缓,金炉香气来。愁仍夜未几,已使炭成灰。

萤

　　秋风凛凛月依依,飞过高梧影里时。暗处若教同众类,世间争得有人知。

蛩

　　愁杀离家未达人,一声声到枕前闻。苦吟莫向朱门里,满耳笙歌不听君。

云

　　聚散虚空去复还,野人闲处倚筇看。不知身是—作外无根物,蔽月遮星作万端。

野井

　　纵无汲引味清澄,冷浸寒空月一轮。凿处若教当要路,为君常济往来人。

米囊花

　　开花空道胜于草,结实何曾济得民。却笑野田禾与黍,不闻弦管过青春。

惜花

　　艳拂衣襟蕊拂杯,绕枝闲共蝶徘徊。春风满目还惆怅,半欲离披半未开。

莲花

　　脸腻香薰似有情,世间何物比轻盈。湘妃雨后来池看,碧玉盘中弄水晶。

全唐诗卷六十七

田游岩

田游岩,京兆三原人。初补太学生,罢归,遍游山水。后入箕山,筑室许由庙东,自号许由东邻。调露中,高宗游嵩山,亲至其门,游岩山衣田冠出拜,帝令左右扶止之。谓曰:"先生养道山中,比得佳否?"对曰:"臣泉石膏肓,烟霞痼疾,既逢圣代,幸得逍遥。"敕乘传赴都,授崇文馆学士,进太子洗马。垂拱中,坐与裴炎善放还山。蚕衣耕食,不交当世,惟与韩法昭、宋之问为方外友。诗一首。

弘农清岩曲有磐石可坐,宋十一每拂拭待余,寄诗赠之

信彼称灵石,居然狎遁栖。萦回承翠巘,斌驳带深溪。夕阴起层岫,清景半虹霓。风来应啸阮,波动可琴嵇。仆也颍阳客,望彼空思齐。傥见山人至,簪蒿且杖藜。

王无竞

王无竞,字仲烈。东莱人。气豪纵,举下笔成章科。初授县尉,累迁殿中御史,预修三教珠英。神龙初,出为苏州司马,后坐交张易之等,再贬岭南。诗五首。

和宋之问下一作嵩山歌

日云暮兮下嵩山,路连绵兮树一作松石间。出谷口兮见明月,心裴回兮不能还。

北使长城

秦世筑长城,长城无极已。暴兵四十万,兴工九千里。死人如乱麻,白骨相撑委。殚弊未云悟,穷毒岂知止。胡尘未北灭,楚兵遽东起。六国复嚣嚣,两龙斗觺觺。卯金竟握谶,反璧俄沦祀。仁义寝邦国,狙暴行终始。一旦咸阳宫,翻为汉朝市。

凤台曲

　　凤台何逶迤,嬴女管参差。一旦彩云至,身去无还期。遗曲此台上,世人多学吹。一吹一落泪,至今怜玉姿。

铜雀台

　　北登铜雀上,西望青松郭。缥帐空苍苍,陵田纷漠漠。平生事已变,歌吹宛犹昨。长袖拂玉尘,遗情结罗幕。妾怨在朝露,君恩岂中薄。高台奏曲终,曲终泪横落。

巫山一作宋之问诗

　　神女向高唐,巫山下夕阳。裴回行作雨,婉娈逐荆王。电影江前落,雷声峡外长。朝一作霁云无处所,台馆晓苍苍。

贾曾

　　贾曾,河南洛阳人,以孝闻。景云中吏部员外郎,明皇在东宫,盛择宫僚,以曾为太子舍人。直言启谏,特授中书舍人。以父名忠,固辞,拜谏议大夫。开元中,复拜中书,议者以为曹司嫌名,乃就职。与苏晋同掌制诰,时号苏贾。诗五首。

和宋之问下山歌

　　良游畹晚兮月呈光一作成红,锦路逶迤兮山路长。王孙不留兮岁将晏,嵩岩仙草兮为谁芳。

孝和皇帝挽歌

　　新命千龄启,鸿图累圣余。天行应潜跃一作曜,帝出受图书。礼若传尧旧,功疑复夏初。梦游长不返,何国是华胥。

奉和春日出苑瞩目应令时为太子舍人,使在东都作。

　　铜龙一作彤闱晓辟问安回,金辂春游博望开。渭北一作水晴光摇草树,终南佳气入楼台。招贤已得一作从商山老,托乘还征邓下才。臣在东周独留滞,忻逢一作叨承睿藻日边来。

有所思

　　洛阳城东桃李花,飞来飞去落谁家。幽闺女儿爱颜色,坐见落花长叹息。今岁花开君不待,明年花开复谁在。故人不共洛阳东,今来空对落花风。年年岁岁花相似,岁岁年年人不同。

祭汾阴乐章

　　蠲我涤饎,洁我牲牷。有豆孔硕,为羞既臧。至诚无昧,精意惟芳。神其醉止,欣欣乐康。

李夔

　　李夔,武后时为汾州司户。诗一首。

使至汾州喜逢宋之问一无使至二字

　　阮籍蓬池上,孤韵竹林才。巨源从吏道,正拥使车来。相逢且交臂,相命且衔杯。醉后长歌毕,余声绕吹台。

崔玄童

　　崔玄童,景云时人。诗一首。

祭汾阴乐章

　　聿修严配,展事禋宗。祥符宝鼎,礼备黄琮。祝词以信,明德惟聪。介兹景福,永永无穷。

何鸾

　　何鸾,景云时人。诗一首。

祭汾阴乐章

　　乐奏云阕,礼章载虔。禋宗于地,昭假于天。惟馨荐矣,既醉歆焉。神之降福,永永万年。

蒋挺

　　蒋挺,景云时人。诗一首。

祭汾阴乐章

　　维岁之吉,维辰之良。圣君绂冕,肃事坛场。大礼已备,大乐斯张。神其醉止,降福无疆。

全唐诗卷六十八

崔融

崔融，字安成，齐州全节人。擢八科高第，补宫门丞，迁崇文馆学士。中宗为太子时，融为侍读，典东朝章疏。长安中，授著作佐郎，迁右史，进凤阁舍人。坐附张易之兄弟贬袁州刺史，寻召拜国子司业。融为文华婉典丽，朝廷诸大手笔多手敕委之。卒，谥曰文。集六十卷，今编诗一卷。

关山月

月生西海上，气逐边风壮。万里度—作照关山，苍茫非一状。汉兵开郡国，胡马窥亭障。夜夜闻悲笳，征人起南望。

拟古

饮马临浊河，浊河深不测。河水日东注，河源乃西极。思君正如此，谁为生羽翼。日夕大川阴，云霞千里色。所思在何处，宛在机中织。离梦当有魂，愁容定无力。凤龄负奇志，中夜三—作多叹息。拔剑斩长榆，弯弓射小棘。班张固非拟，卫霍行可即。寄谢闺中人，努力加飧食。

西征军行遇风

北风卷尘沙，左右不相识。飒飒吹万里，昏昏同一色。马烦莫敢进，人急—作急未遑食。草木春更悲，天景昼相匿。凤龄慕忠义—作勇，雅尚存孤直。览史怀浸骄，读诗叹孔棘。及兹戎旅地，忝从书记职。兵气腾北荒，军声振—作重西极。坐觉威灵远，行看氛浸息。愚臣何以报，倚马申微力。

塞垣行—作崔湜诗

疾风卷溟海，万里扬沙砾。仰望不见天，昏昏竟朝夕。是时军两进，东拒复西敌。蔽山张旗鼓，间道潜锋镝。精骑突晓围，奇兵袭暗壁。十月边塞寒，四山沍阴积。雨雪雁南飞，风尘景西迫。昔我事讨论，未尝怠经籍。一朝弃笔砚,十年操矛戟。岂要黄河誓,须勒燕山石。可嗟牧羊臣,海外久为客。

登东阳沈隐侯八咏楼 第三句缺一字

旦登西北楼,楼峻石墉厚。宛生长定□,俯压三江口。排阶衔鸟衡,交疏过牛斗。左右会稽镇,出入具区薮。越岩森其前,浙江漫其后。此地实东阳,由来山水乡。隐侯有遗咏,落简尚余芳。具物昔未改,斯人今已亡。粤余忝藩左,束发事文场。怅不见夫子,神期遥相望。

从军行

穹庐杂种乱金方,武将神兵下玉堂。天子旌旗过细柳,匈奴运数尽枯杨。关头落月横西岭,塞下凝云断北荒。漠漠边尘飞众鸟,昏昏朝气聚群羊。依稀蜀杖迷新竹,仿佛胡床识故桑。临海旧来闻骠骑,寻河本自有中郎。坐看战壁为平土,近待军营作破羌。

和宋之问寒食题黄梅临江驿

春分自淮北,寒食渡江南。忽见浔阳水,疑是宋家潭。明主闻难叫,孤臣逐未堪。遥思故园陌,桃李正酣酣。

留别杜审言并呈洛中旧游

斑鬓今为别,红颜昨共游。年年春不待,处处酒相留。驻马西桥上,回车南陌头。故人从此隔,风月坐悠悠。

咏宝剑

宝剑出昆吾,龟龙夹采珠。五精初献术,千户竞沦一作论都。匣气冲牛斗,山形转辘轳。欲知天下贵,持此问一作谢风胡。

吴中好风景

洛渚问吴潮,吴门想洛桥。夕烟杨柳岸,春水木兰桡。城邑高楼近,星辰北斗遥。无因生羽翼,轻举托还飙。

则天皇后挽歌二首

宵陈虚禁夜,夕临空山阴。日月昏尺景,天地惨何心。紫殿金铺涩,黄陵玉座深。镜奁长不启,圣主泪沾巾。

前殿临朝罢,长陵合葬归。山川不可望,文物尽成非。阴月霾中道,轩星落太微。空余天子孝,松上景云飞。

户部尚书崔公挽歌

八座图书委,三台章奏盈。举杯常有劝,曳履忽无声。市若荆州罢,池如薛县平。空余济南一作南斗剑,天子署高名。

韦长史挽词

日落桑榆下,寒生松柏中。冥冥多苦雾,切切有悲风。京兆新阡辟一作闱,一作合,扶阳甲第空。郭门从此去,荆棘渐蒙茏。

和梁王众传张光禄是王子晋后身

闻有冲天客,披去下帝畿。三年上宾去,千载忽来归,昔偶一作遇浮丘伯,今同丁令威。中郎才貌是,柱一作藏史姓名非。祗召趋龙阙,承恩拜虎闱。丹成金鼎献,酒至玉杯挥。天仗分旄节,朝容间羽衣。旧坛一作宫何处所,新庙坐光辉。汉主存仙要,淮南爱道机。朝朝缑氏鹤,长向洛城飞。

哭蒋詹事俨

江上有长离,从容盛羽仪。一鸣百兽舞,一举群一作众鸟随。应我圣明代,巢君阿阁垂。钩陈侍帷扆,环卫奉旌麾。雅量沧海纳,完才庙廊施。养亲光孝道,事主竭忠规。贞节既已固,殊荣良不訾。朝游云汉省,夕宴芙蓉池。汲黯言当直,陈平智本奇。功成喜身退,时往惜年驰。镇国山基毁,中天柱石颓。将军空有颂,刺史独留碑。羌漫藏书壁,荒凉悬剑枝。昔余参下位,数载忝牵羁。置榻恩逾重,迎门礼自卑。竹林常接兴,黍谷每逢吹。逸翰金相发,清谈玉柄挥。不轻文举少,深叹子云疲。遗爱犹如在,残编尚可窥。即今流水曲,何处俗人知。

嵩山石淙侍宴应制

洞口仙岩类削成,泉香石冷昼含清。龙旗画月中天下,凤管披云此地迎。树作帷屏阳景翳,芝如宫阙夏凉生。今朝出豫临悬圃,明日陪游向赤城。

塞上—作北寄内

旅魂惊塞北,归望断河西。春风若可寄,暂为绕兰闺。

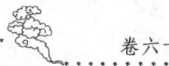

全唐诗卷六十九

阎朝隐

阎朝隐，字友倩，赵州栾城人。连中进士、孝弟廉让科。性滑稽，属辞奇诡，为武后所赏。累迁给事中，预修三教珠英。圣历中，转麟台少监，坐附张易之徙岭外。景龙时，还为著作郎。先天中，除秘书少监，后贬通州别驾。诗十三首。

侍从途中口号应制

疵贱出山东，忠贞任土风。因敷河朔藻，得奉洛阳宫。一顾侍御史，再顾给事中。常愿粉肌骨，特答造化功。

奉和圣制夏日游石淙山

金台隐隐陵黄道，玉辇亭亭下绛雾。千种冈峦千种树，一重岩壑一重云。花落风吹红的历，藤垂日晃绿荙苓。五百里内贤人聚，顾陪闾阖侍天文。

鹦鹉猫儿篇并序

鹦鹉，慧鸟也；猫，不仁兽也。飞翔其背焉，喈啄其颐焉。攀之缘之，蹈之藉之，弄之藉之，跄跄然此为自得。彼亦以为自得，畏者无所起其畏，忍者无所行其忍，抑血属旧故之不若。臣叨践太子舍人，朝暮侍从，预见其事。圣上方以礼乐文章为功业，朝野欢娱。强梁充斥之辈，愿为臣妾，稽颡阙下者日万计。寻而天下一统，实以为惠可以伏不惠，仁可以伏不仁，亦太平非常之明证。事恐久远。风雅所缺，再拜稽首为之篇。

霹雳引，丰隆鸣，猛兽噫气蛇吼声。鹦鹉鸟，同资造化兮殊粹精。鹎鹛毛，翡翠翼。鸐雏延颈，鹍鸡弄色。鹦鹉鸟，同禀阴阳兮异埏埴。彼何为兮，隐隐振振；此何为兮，绿衣翠襟。彼何为兮，寋寋蠢蠢；此何为兮，好貌好音。仿仿兮佯佯，似妖姬蹁步兮动罗裳；趋趋兮跄跄，若处子回眸兮登玉堂。爰有兽也，安其忍，猜其胁，距其胸。与之放旷浪浪兮，从从容容。钩爪锯牙也，宵行昼伏无以当。遇之兮忘味,抟击腾掷也,朝飞暮噪无以拒,逢之兮屏气。由是言之,贪残薄则智慧作,贪残临之兮不复攫;由是言之,智慧周则贪残囚,智慧犯之兮不复忧。菲形陋质虽贱微,皇王顾遇长光辉。离宫别馆临朝市,妙舞繁弦杂宫徵。嘉喜堂前景福内,合一作和欢殿上明光里。云母屏风文彩合,流苏斗帐香烟起,承恩宴盼接宴喜。高视七头金骆驼,平怀五尺铜狮子。国有君兮国有臣,君为主兮臣为宾。朝有贤兮朝有德,贤为君兮德为饰,千年万岁兮心转忆。

三日曲水侍宴应制

三月重三日,千春续万春。圣泽如东海,天文似北辰。荷叶珠盘净,莲花宝盖新。陛下制万国,臣作水心人。

奉和九日幸临渭亭,登高应制得筵字

九九侍神仙,高高坐半天。文章二曜动,气色五星连。簪绂趋皇极,笙歌接御筵。愿因茱菊酒,相守百千年。

奉和送金城公主适西蕃应制

甥舅重亲地,君臣厚义乡。还将贵公主,嫁与褥檀一作褥毡王。卤簿山河一作川暗一作阔,琵琶一作胡琴道路长。回瞻父母国,日出在东方。

奉和立春游苑迎春应制

管龠周移寰极里,乘舆望幸斗城闉。草根未结青丝缕,萝茑犹垂绿帔巾。鹊入巢中言改岁,燕衔书上道宜新。愿得长绳系取日,光临天子万年春。

奉和圣制春日幸望春宫应制

句芒人面乘两一作两乘龙,道是春神卫九重。彩胜年年逢七日,酴醾岁岁满千钟。宫梅间雪祥光遍,城柳含烟淑一作瑞气浓。醉倒君前情未尽,原因歌舞自为容。

夜宴安乐公主新宅

凤凰鸣舞乐昌年,蜡炬开花夜管弦。半醉徐击珊瑚树,已闻钟漏晓声传。

饯唐永昌

洛阳难理若棼丝,椎破连环定不疑。鹦鹉休言秦地乐一作鸟道长安乐,回头一作道一顾一相思。

明月歌

梅花雪白柳叶黄,云雾四起月苍苍。箭水泠泠刻漏长。挥玉指,拂罗裳。为君一奏楚明光。

采莲女

采莲女,采莲舟,春日春江碧水流。莲衣承玉钏,莲刺罥银钩。薄暮敛容歌一曲,氤氲香气满汀洲。

奉和登骊山应制

龙行踏绛气,天半语相闻。混沌疑初判,洪荒若始分。

韦元旦

韦元旦,京兆万年人。擢进士第,补东阿尉,迁左台监察御史。与张易之为姻属。易之败,贬感义尉。后复进用,终中书舍人。诗十首。

奉和九日幸临渭亭,登高应制得月字

云物开千里,天行乘九月。丝言丹凤池,旆转苍龙阙。灞水欢娱地,秦京游侠窟。欣承解愠词,圣酒黄花发。

奉和送金城公主适西蕃应制

柔远安夷俗,和亲重汉年。军容旌节送,国命锦车传。琴曲悲千里,箫声恋九天。唯应西海月,来就掌珠圆。

饯唐州高使君赴任

桐柏膺新命,芝兰惜旧游。鸣皋夜鹤在,迁木早莺求。传拥淮源路,尊空灞水流,落花粉送远,春色引离忧。

早朝

震维芳月季,宸极众星尊。佩玉朝三陛,鸣珂度—作过九门。挈壶分早漏,伏槛耀初暾。北倚苍龙阙,西临紫凤垣。词庭草欲奏—作虽视,温室树无言。鳞翰空为忝,长怀圣主恩。

奉和立春游苑迎春应制

灞涘长安恒—作常近日,殿正腊月早迎新。池鱼戏叶仍含冻,宫女裁花已作春。向苑云疑承翠幄,入林风若起青蘋。年年斗柄东无限,愿把琼觞寿北辰。

奉和圣制春日幸望春宫应制

九重楼阁半山霞—作斜,四望韶阳春未赊。侍跸妍歌临灞涘,留觞艳舞出京华。危竿—作萃竞捧中街日,戏马—作鸟争衔上苑花。景色欢娱长若此,承恩不醉不还家。

奉和人日宴大明宫恩赐彩缕人胜应制

鸾凤旌旗拂晓—作晓夕陈,鱼龙角觝大明辰—作晨。青韶既肇人为日,绮胜初成日作人。圣藻凌云裁柏赋,仙歌促宴摘梅春。垂旒一庆宜年酒,朝野俱欢荐寿新。

奉和幸安乐公主山庄应制

银河南渚帝城隅,帝辇平明出九衢。刻凤蟠螭凌桂邸,穿池叠—作构石写蓬壶。琼箫暂下钧天乐,绮缀长悬明月珠。仙榜承恩争既醉,方知朝野更欢娱。

兴庆池侍宴应制

沧池漭沆帝城边,殊胜昆明凿汉年。夹岸旌旗疏辇—作远道,中流箫鼓振楼船。云峰四起迎宸幄,水—作宝树千重入御筵。宴乐已深鱼藻咏,承恩更欲奏甘泉。

夜宴安乐公主宅

主第新成银作榜,宾筵广宴玉为楼。壶觞既卜仙人夜,歌舞宜停织女秋。

邵升

邵升,中宗时人。诗一首

奉和初春幸—下有临字太平公主南庄应制

沁园佳丽夺蓬瀛,翠壁红泉绕上京。二圣忽从鸾殿幸,双仙正下凤楼迎。花含步辇空间出,树杂帷宫画里行。无路乘槎窥汉渚,徒知访卜就君平。

唐远悊

唐远悊,中宗时人。诗一首。

奉和送金城公主适西蕃应制

皇恩眷下人,割爱远和亲。少女风游兑,姮娥月去秦。龙笛迎金榜,骊歌送锦轮。那堪桃李色,移向虏庭春。

全唐诗卷七十

李适

李适,字子至,京兆万年人。擢进士第,调猗氏尉。武后时,预修三教珠英,迁户部员外郎,兼修书学士。景龙初,擢修文馆学士。睿宗朝,终工部侍郎。诗一卷。

汾阴后土祠作

昔予读旧史,遍睹汉世君。武皇实稽古,建兹百代勋。号令垂懿典,旧经备阙文。西巡历九嶷,舳舻被江滨。勒兵十八万,旌旗何纷纷。竭来茂陵下,英声不复闻。我行岁方晏,极望山河分。神光终冥漠,鼎气独氤氲。揽涕步脽上,登高见彼汾。雄图今安在,飞飞有白云。

答宋十一崖口五渡见赠

闻君访远山,跻险造幽绝。眇然青云境,观奇弥年月。登岭亦溯溪,孤舟事沿越。崿嶂传彩翠,崖磴互欹缺。石林上攒丛,金涧下明灭。扪壁窥丹井,梯苔瞰乳穴。忽枉岩中赠,封玩未尝辍。殷勤独往事,委曲炼药说。邀余名山期,从尔泛海澨。岁晏秉宿心,斯言非徒设。

饯许州宋司马赴任

昔吾游箕山,竭来涉颍水。复有许由庙,迢迢白云里。闻君佐繁昌,临风怅怀此。傥到平舆泉,寄谢千将里。

奉和圣制九日侍宴应制得高字

禁苑秋光入,宸游霁色高。英房颁彩筒,菊蕊荐香醪。后骑紫堤柳,前旌拂御桃。王枚俱得从,浅浅愧飞毫。

游禁苑幸临渭亭遇雪应制

长乐喜春归,披香瑞—作爱雪霏。花从银阁度,絮绕玉窗飞。写曜衔天藻,呈祥拂御衣。上林纷可望,无处不光辉。

奉和九日登慈恩寺浮图应制

凤辇乘朝霁,鹦林对晚秋。天文贝叶写,圣泽菊花浮。塔似神功造,龛疑佛影留。幸陪清汉跸,欣奉净居游。

侍宴长宁公主东庄应制

凤楼纡睿幸,龙舸畅宸襟。歌舞平阳第,园亭沁水林。山花添圣酒,涧竹绕熏琴。愿奉瑶池驾,千春侍德音。

奉和送金城公主适西蕃应制

绛河从远聘,青海赴和亲。月作临边晓,花为度陇春。主歌悲顾鹤,帝策重安人。独有琼箫去一作处,悠悠思锦轮。

安乐公主移入新宅

星桥他日创,仙榜此时开。马向铺钱埒,箫闻奏玉台。人疑卫叔美,客似长卿才。借问游天使,谁能取石回。

奉和幸望春宫送朔方军大总管张仁亶

地限骄南牧,天临饯北征。解衣延宠命,横剑总威名。豹略恭宸旨,雄文动睿情。坐观膜拜入,朝夕受降城。

人日宴大明宫恩赐彩缕人胜应制

朱城待凤韶年一作华至,碧殿疏一作蟠,又作乘龙淑气来。宝帐金屏人已帖,图花学鸟胜初裁。林香近接宜春苑,山翠遥添献寿杯。向夕凭高风景一作日丽,天文垂耀象昭回。

奉和春日幸望春宫应制

玉辇金舆天上来,花园四望锦屏开。轻丝半拂朱门一作城柳,细缆全披画阁梅。舞蝶飞一作分行飘御席,歌莺度曲绕仙杯。圣词今日光辉满,汉主秋风莫道才。

奉和立春游苑迎春

金舆翠辇迎嘉节,御苑仙宫待献春。淑气初衔梅色浅,条风半拂柳墙新。天杯庆寿齐南岳,圣藻光辉动北辰。稍觉披香歌吹近,龙骖日暮下城闉。

帝幸兴庆池戏竞渡应制

拂露金舆丹旆转,凌里翯帐碧池开。南山倒影从云落,北涧摇光写溜一作浪回。急桨一作舸争标排荇度,轻帆截浦触荷来。横汾宴镐欢无极,歌舞年年圣寿杯。

侍宴安乐公主庄应制

平阳金榜凤凰楼,沁水银河鹦鹉洲。彩仗遥临丹壑里,仙舆暂幸绿亭幽。前池锦石一作慢莲花艳,后岭香炉桂蕊秋。贵主称觞万年寿,还轻汉武济汾游。

侍宴安乐公主新宅应制

银河半倚凤凰台,玉酒相传鹦鹉杯。若见君平须借问,仙槎一去几时来。

钱唐永昌赴任东郡自尚书郎为令

闻道飞凫向洛阳,翩翩矫翮度文昌。因声寄意三花树,少室岩前几过香。有田在少室,不见十年矣。

全唐诗卷七十一

刘宪

刘宪,字元度,宋州宁陵人。弱冠擢进士第,累迁左台监察御史,贬溧水令。召为凤阁舍人。神龙初,自吏部侍郎出刺渝州。寻入为修文馆学士,历太子詹事卒。武后时,敕吏部糊名考判求高才,惟宪与王适、司马锽、梁载言入第二等。集三十卷,今编诗一卷。

奉和圣制立春日侍宴内殿出剪彩花应制

上林宫馆好—作里,春光—作心独早知。剪花疑始发,刻燕似新窥。色浓轻雪点,香浅嫩风吹。此日叨陪侍,恩荣得数枝。

奉和人日清晖阁宴群臣遇雪应制

舆辇乘人日,登临上凤京。风寻歌曲飏,雪向舞行萦。千官随兴合,万福与时—作春并。承恩长若此,微贱幸升平。

奉和七夕宴两仪殿应制

秋吹过双阙,星仙动二灵。更深移月镜,河浅度云軿。殿上呼—作征方朔,人间失—作识武丁。天文兹夜里,光映紫微庭。

奉和九月九日圣制登慈恩寺浮图应制

飞—作香塔云—作层霄半,清晨羽旆游。—作仙镳净境游。登临凭季月,寥廓见中州。御酒新寒退,天文瑞景留—作宝气浮。辟—作却邪将兽寿,兹日奉千秋。

闰九月九日幸总持寺登浮图应制

重阳登闰序,上界叶时巡。驻辇天花落,开筵妓乐陈。城端刹柱见,云表露盘新。临眺光辉满,飞文动睿神。

侍宴长宁公主东庄

公主林亭地,清晨降玉舆。画桥飞渡水,仙阁涌临—作凌虚。晴新看蛱蝶,夏早摘芙蕖。文酒娱游盛,忻叨侍从余。

奉和送金城公主入西蕃应制

外馆逾河右,行营指路岐。和新悲远嫁,忍爱泣将离。旌旆羌风引,轩车汉月随。那堪马上曲,时向管中吹。

奉和圣制登骊山高顶寓目应制

骊阜镇皇都,銮游眺八区。原隰旌门里,风云宸座隅。直城如斗柄,官树似星榆。从臣词赋末,滥得上天衢。

奉和幸白鹿观应制

玄游乘落晖,仙宇蔼霏微。石梁萦涧转,珠斾扫坛飞。芝童荐膏液,松鹤舞骖騑。还似瑶池上,歌成周驭归。

折杨柳

沙塞三河道,金闺二月春。碧烟杨柳色,红粉绮罗人。露叶怜啼脸,风花思舞巾。攀持君不见,为听曲中新。

奉和立春日内出彩花树应制一作人日大明宫应制

禁苑韶年一作华,又作光此日归,东郊道上转青旂。柳色梅芳何处所,风前雪里觅芳菲。开冰池内鱼新一作初跃,剪彩花间燕始飞。欲识王游布阳气,为观天藻竞春晖。

奉和春日幸望春宫应制

暮春春色最便妍,苑里花开列御筵。商一作南山积翠临城起,浐水浮光共幕连。莺藏嫩叶歌相唤,蝶碍芳丛舞不前。欢娱节物今如此,愿奉宸游亿万年。

奉和幸安乐公主山庄应制

主家别墅帝城隈,无劳海上觅蓬莱。沓石一作嶂悬流平地起,危楼曲阁半天开。庭莎作荐舞行出,浦树相将一作障歌棹回。此日风光与形胜,祇言作伴圣词来。

兴庆池侍宴应制

苍龙阙下天泉池,轩驾来游箫管吹。缘堤夏篆萦不散,冒水新荷卷复披。帐殿疑从画里出,楼船直在镜中移。自然东海神仙处,何用西昆辙迹疲。

奉和幸大荐福寺应制

地灵传景福,天驾俨钩陈。佳哉藩邸旧,赫矣梵宫新。香塔鱼山下,禅堂雁水滨。珠幡映白日,镜殿写青春。甚欢延故吏,大觉拯生人。幸承歌颂末,长奉属车尘。

奉和幸三会寺应制

岧嶤仓史台,敞朗绀园开。戒旦壶人集一作警,翻霜羽骑来。下辇登三袭,褰旒望九垓。林披馆陶榜,水浸昆明灰。网户飞花缀,幡竿度鸟回。豫游仙唱动,潇洒出尘埃。

奉和幸长安故城未央宫应制

汉宫千祀外,轩驾一来游。夷荡长如此,威灵不复留。凭高睿赏发,怀古圣情周。寒向南山敛,春过北渭浮。土功昔云盛,人英今所求。幸听熏风曲,方知霸道羞。

奉和幸礼部尚书窦希玠宅应制一作陪幸五王宅

北斗枢机任,西京肺腑亲。畴昔王门下,今兹御一作制幸辰。恩光山水被,圣作管弦新。绕坐熏红药,当轩暗绿筠。摘荷才早夏,听鸟尚余春。行漏今徒晚,风烟起观津。

奉和圣制幸望春宫送朔方大总管张仁亶

命将择耆年,图功胜必全。光辉万乘饯,威武二庭宣。中衢横鼓角,旷野蔽旌旃。推食天厨至,投醪御酒传。凉风过雁苑,杀气下鸡田。分阃恩何极,临岐动睿篇。

奉和幸韦嗣立山庄侍宴应制

东山有谢安,枉道降鸣銮。缇骑分初日,霓旌度晓寒。云蹊岩间下,虹桥涧底盘。幽栖俄以届,圣瞩宛余欢一作观。崖悬飞溜直,岸转缘潭宽。桂华尧酒泛,松响舜琴弹。明主恩斯极,贤臣节更殚。不才叨侍从,咏德以濡翰。

人日玩雪应制

胜日登临云叶起,芳风摇荡雪花飞。呈一

作星晖幸得承金镜,飏彩—作影还将—作持奉玉衣。

上巳日祓禊渭滨应制
桃花欲落柳条长,沙头水上足风光。此时御跸来游处,愿奉年年祓禊觞。

苑中遇雪应制
龙骖晓入望春宫,正逢春雪舞东—作香风。花光并洒—作在天文上,寒气行—作都消御酒中。

夜宴安乐公主新宅
层轩洞户且新披,度曲飞觞夜不疲。绮缀玲珑河色晓—作绕,珠帘隐映月华窥。

奉和圣制幸韦嗣立山庄
非吏非隐晋尚书,一丘一壑降乘舆。天藻缘情两曜合,山卮献寿万年余。

饯唐永昌
始见郎官拜洛阳,旋闻近侍发雕章。绪言已勖期年政,绮字当—作先生满路光。

全唐诗卷七十二

高正臣

高正臣,广平人,襄州刺史、卫尉卿。习右军书法,睿宗最爱其笔。诗二首。

晦日置酒林亭是宴凡二十一人,皆以华字为韵,陈子昂为之序。

正月符嘉节,三春玩物华。忘怀寄尊酒,陶性狎山家。柳翠含烟叶,梅芳带雪花。光阴不相借一作惜,迟迟落景斜。

晦日重宴是宴九人,皆以池字为韵,周彦晖为之序。

芳辰重游衍,乘景共追随。班荆陪旧识,倾盖得新知。水叶分莲沼,风花落柳枝。自符河朔趣,宁羡高阳池。

崔知贤

崔知贤,高宗时人。诗三首。

晦日宴高氏林亭

上月河阳地,芳辰景物一作望华。绵蛮变时鸟,照曜起春霞。柳摇风处色,梅散日前花。淹留洛城晚,歌吹石崇家。

上元夜效小庾体上元之游,凡六人,皆以春字为韵,长孙正隐为之序。

今夜启城闉,结伴戏芳春。鼓声撩乱动,风光触处新。月下多游骑,灯前饶看人。欢乐无穷已,歌舞达明晨。

三月三日宴王明府山亭得鱼字 同赋六人,孙慎行为之序。

调露二年,暮春三日,同集于王令公之林亭,申交契也。夫尚平远迹,寻五药于西山;仲连高蹈,让千金于东海。遣形却立,终希独善之资;排患解纷,未洽随时之义。岂若天地交泰,朝野欢娱,元已迨辰,季阳司月。列芳林而荐赏,控清洛以开筵。追李郭之佳游,嗣裴王之故事。远近送春日,表里壮皇居。曾干霞骞,烛城阴于翠鹬;浮梁雾绝,写川态于文虹。树密如鳞,花繁似霞。鱼纵相忘之乐,莺迁求友之声。景物载华,心神已至。于是恺佳宴,涤烦襟。沿杯曲水,折巾幽径。流波度曲,自谐中散之弦;舞蝶成行,无忝季伦之伎。而岁不我与,人生若浮。挥鲁阳之戈,奔曦可驻;骋山公之骑,余兴方遒。度志陈诗,式纪良会。仍探一字,六韵成章。

京洛皇居,芳禊春余。影媚元巳,和风上除。云开翠幄,水鹜鲜居。林渚紫映,烟霞卷舒。花飘粉蝶,藻跃文鱼。沿波式宴,其乐只且。

席元明

席元明,高宗时人。诗一首。

三月三日宴王明府山亭得郊字

日惟上巳,时亨有巢。中尊引桂,芳筵藉茅。书童橐笔,膳夫行炰。烟霏万雉,花明四郊。沼蘋白带,山花紫苞。同人聚饮,千载神交。

韩仲宣

韩仲宣,高宗时人。诗四首。

晦日宴高氏林亭

欲知行有乐,芳尊对物华。地接安仁县,园是季伦家。柳处云疑—作凝叶,梅间雪似花。日落归途远,留兴—作与伴烟霞。

晦日重宴

凤苑先—作光吹晚—作晓,龙楼夕照披。陈遵已投辖,山公正坐—作出池。落日催金奏,飞霞送玉卮。此时陪绮席,不醉欲何为。

上元夜效小庾体

他乡月夜—作下人,相伴看灯轮。光随九华出,影共百枝新。歌钟盛北里,车马沸南邻。今宵何处好,惟有洛城春。

三月三日宴王明府山亭得花字

河滨上巳,洛汭春华。碧池涵日,翠罕澄霞。沟垂细柳,岸拥平沙。歌莺响树,舞蝶惊花。云浮宝马,水韵香车。熟记行乐,淹留景斜。

周彦昭

周彦昭,高宗时人。诗一首。

晦日宴高氏林亭

胜地临鸡浦,高会偶龙沙。御柳惊春色,仙筇掩月华。门邀千里驾,杯泛九光霞。日落山亭晚,雷送七香车。

高球

高球,高宗时人。诗二首。

晦日宴高氏林亭

温洛年光早,皇州景望华。连镳寻上路,乘兴入山家。轻苔网危石,春水架平沙。赏极林塘暮,处处起烟霞。

三月三日宴王明府山亭得烟字

洛城春禊,元巳芳年。季伦园里,逸少亭前。曲中举白,谈际生玄。陆离轩盖,凄清管弦。萍疏波荡,柳弱风牵。未淹欢趣,林溪夕烟。

弓嗣初

弓嗣初,登咸亨二年进士第一人。诗二首。

晦日宴高氏林亭

上序春晖丽,中园物候华。高才盛文雅,逸兴满烟霞。参差金谷树—作榭,皎镜碧塘沙。萧散林亭晚,倒载欲还家。

晦日重宴

年华蔼芳隰,春溜满新池。促赏依三友,延欢寄一卮。鸟声随管变,花—作柳影逐风移。行乐方无极,淹留惜晚曦。

高瑾

高瑾,渤海人,士廉之孙。登咸亨元年进

士第。诗四首。

三月三日宴王明府山亭得裁字

暮春元巳,春服初裁。童冠八九,于洛之隈。河堤草变,巩树花开。逸人谈发,仙御舟来。间关黄鸟,瀺灂丹腮。乐饮命席,优哉悠哉。

晦日宴高氏林亭

试入山亭望,言是石崇家。二月风光起,三春桃李华。莺吟上乔木,雁往息平沙。相看会取醉,宁知还路赊。

晦日重宴

忽闻莺响谷,于此命相知。正开彭泽酒,来向高阳池。柳叶风前弱,梅花影处危。赏洽林亭晚,落照下参差。

上元夜效小庾体

初年三五夜,相知一两人。连镳出巷口,飞毂下池漘。灯光恰似月,人面并如春。遨游终未已,相欢待日轮。

王茂时

王茂时,高宗时人。诗一首。

晦日宴高氏林亭

践胜一作胜践寻良会,乘春玩物华。还随张放友,来向石崇家。止水分岩镜,闲一作开庭枕浦沙。未极林泉赏,参差落照斜。

徐皓

徐皓,高宗时人。诗一首。

晦日宴高氏林亭

绮筵乘暇景,琼醑对年华。门多金埒骑,路引璧人车。蘋早犹藏叶,梅残正落花。蔼蔼林亭晚,余兴促一作泛流霞。

长孙正隐

长孙正隐,高宗时人。诗二首。

晦日宴高氏林亭

晦晚属烟霞,遨游重岁华。歌钟虽戚里,林薮是山一作仙家。细雨犹开日,深池不涨沙。淹留迷处所,岩岫几重花。

上元夜效小庾体同用春字并序

夫执烛夜游,古人之意,岂不重光阴而好娱乐哉。且星度如环,昏才周而已袭;月华独镜,晚裁生而遽圆。忽兮遇春,俄兮临望。重城之扉四辟,车马轰阗;五剧之灯九华,绮罗纷错。兹为何夕,而遨游之多趣乎。且九谷帝畿,三川奥域。交风均露,上分朱鸟之躔;溯洛背河,下镇苍龙之阙。多近臣之第宅,即瞰铜街;有贵戚之楼台,自连金穴。美人竞出,锦障如霞。公子交驰,雕鞍似月。同游洛浦,疑寻税马之津;争渡河桥,似向牵牛之渚。实昌年之乐事,令节之佳游者焉。而戒晓严钟,俄喧绮陌。分空落宿,已半朱城。盖陈良夜之欢,共发乘春之藻。仍为庾体,四韵成章。同以春为韵。

薄晚啸游人,车马乱驱尘。月光三五夜,灯焰一重春。烟云迷北阙。箫管识南邻。洛城终不闭,更出小平津。

高绍

高绍,考功郎中。诗一首。

晦日宴高氏林亭

啸侣入山家,临春玩物华。葛弦调绿水,桂醑酌丹霞。岸柳开新叶,庭梅落早花。兴洽林亭晚,方还倒载车。

郎馀令

郎馀令,定州新乐人。博学知名,兼善画。擢进士第,授霍王元轨府参军。改著作佐郎。诗一首。

晦日宴高氏林亭

三春休晦节,九谷泛年华。半晴余细雨,全晚澹残霞。尊开疏竹叶,管应落梅花。兴阑相顾起,流水送香车。

陈嘉言

陈嘉言,武后时酷吏。诗三首。

晦日重宴高氏林亭

公子申敬爱,携朋玩物华。人是平阳客,地即石崇家。水文生旧浦,风色满新花。日暮连归骑,长川照晚霞。

晦日重宴

高门引—作临冠盖,下客抱支离。绮席珍羞满,文场翰藻摛。冀华雕上月—作叶,柳色蔼春池。日斜归戚里,连骑勒金羁。

上元夜效小庾体

今夜可怜春,河桥多丽人。宝马金为络,香车玉作轮。连手窥—作萦潘掾,分头看洛神。重城自不掩,出向小平津。

周彦晖

周彦晖,登咸亨五年进士第。诗二首。

晦日宴高氏林亭

砌蕊收晦魄,津柳竞年华。既狎忘筌友,方淹投辖车。绮筵回舞雪,琼醑泛流霞。云低上天晚,丝雨—作竹带风斜。

晦日重宴

春华归柳树,俯景落蕤枝。置驿铜街右,开筵玉浦陲。林烟含障密,竹雨带珠危。兴阑巾倒戴,山公下习池。

高峤

高峤,司门郎中。诗二首。

晦日宴高氏林亭

飞观写春望,开宴坐汀沙。积溜—作水含苔色,晴空荡日华。歌入平阳第,舞对石崇家。莫虑能骑马,投辖自停车。

晦日重宴

驾言寻凤侣,乘欢俯雁池。班荆逢旧识,斟桂喜深知。紫兰方出径,黄莺未啭枝。别有陶春日,青天云雾披。

刘友贤

刘友贤,高宗时人。诗一首。

晦日宴高氏林亭

春来日渐赊,琴酒逐年华。欲向文通径,先游武子家。池碧新流—作泉满,岩红落照斜。兴阑情未尽—作极,步步惜风花。

周思钧

周思钧,贝州漳南人,与兄北门学士思茂俱早知名。武后时,为太子文学,贬扬州司仓参军,终中书舍人。诗二首。

晦日宴高氏林亭

早春惊柳毵,初晦掩蕤华。骑出平阳里,筵开卫尉家。竹影含云密,池纹带雨斜。重惜林亭晚,上路满烟霞。

晦日重宴

绮筵乘晦景,高宴下阳池。濯雨梅香散,含风柳色移。轻尘依扇落,流水入弦危。勿顾林亭晚,方欢云雾披。

全唐诗卷七十三

苏颋

苏颋,字廷硕,瓌之子。幼敏悟,一览至千言,辄覆诵。擢进士第,调乌程尉,举贤良方正,历监察御史。神龙中,迁给事中、修文馆学士、中书舍人。明皇爱其文,由工部侍郎进紫微侍郎,知政事,与李乂对掌书命。帝曰:"前世李峤、苏味道,文擅当时,号苏李。今朕得颋及父,何愧前人。"袭父封爵,号小许公。后罢为益州长史,复入知吏部选事。卒,谥文宪。颋以文章显,与燕国公张说称望略等,世称燕许。集三十卷,今编诗二卷。

祭汾阴乐章 春和

礼物斯具,乐章乃陈。谁其作主,皇考圣真。对越在天,圣明佐神。宵然汾上,厚泽如春。

奉和圣制行次成皋,途经先圣擒建德之所,感而成诗应制

汉东不执象,河朔方斗龙。夏灭渐宁乱,唐兴终奋庸。皇威正赫赫,兵气何匈匈。用武三川震,归淳六代醲。成皋睹王业,天下致人雍。即此巡于岱,曾孙受命封。

奉和圣制登蒲州逍遥楼应制

在昔尧舜禹,遣尘成内谟。圣皇东巡狩,况乃经此都。楼观纷迤逦,河山几萦纡。缅怀祖宗业,相继文武图。尚一作特德既无险,观风谅有孚。岂如汾水上,箫鼓事游娱。

奉和圣制过晋阳宫应制

隋运与天绝,生灵厌氛昏。圣期在宁乱,士马兴太原。立极万邦推,登庸四海尊。庆膺神武帝,业付皇曾孙。缅慕封唐道,追惟归沛魂。诏一作昭书感先义,典礼巡旧藩。高殿彩云合,春旗祥风翻。率西见汾水,奔北空一作窥塞垣。款曲童儿佐,依迟故老言。里颁慈惠赏,家受复除恩。下辇崇三教一作都,又作观,建

碑当九门。孝思敦—作昭至美,亿载奉开元。

奉和姚令公温汤旧馆永怀故人庐公之作

树德岂孤迈,降神良并出。伟兹廊庙桢—作中,调彼盐梅实。正悦虞垂举,翻悲郑侨卒。同心不可忘,交臂何为失。清路荷前幸,明时称右弼。曾联野外游—作逃,尚记帷中密。新恸情莫遣,旧游词更述。空令还辱和,长叹—作感知音日。

和杜主簿春日有所思

朝上高楼上,俯见洛阳陌。摇荡吹花风,落英纷已积。美人不共此,芳好空所惜。揽镜尘网滋,当窗苔藓碧。缅怀在云汉,良愿暌枕席。翻似无见时,如何久为客。

饯郢州李使君

楚有章华台,遥遥云梦泽。复闻拥符传,及是收图籍。佳政在离人,能声寄侯伯。离怀朔风起,试望秋阴积。中路凄以寒,群山霭将夕。伤心聊把袂,怊怅—作怅望麒麟客。

饯唐州高使君赴任

永日奏文—作对时,东风摇荡夕。浩然思乐事,翻复饯征客。淮水春流清,楚山暮云白。勿言行路远,所贵专城伯。

晓济胶川南入密界

饮马胶川上,傍胶南趣密。林遥飞鸟迟,云去晴山出。落晖隐桑柘,秋原—作深秋被花实。惨然游子寒,风露将萧瑟。

夜发三泉即事

暗发三泉山,穷秋听骚屑。北林夜鸣雨,南望晓成雪。只咏北风凉,讵知南土热。沙溪忽沸渭,石道乍明灭。宛若银碛横,复如瑶台结。指程赋—作则所恋,遇虞不遑歇。重纩濡莫解,悬旌冻犹揭。下奔泥栈楮,上觏云梯设。搏颊羸马顿,回眸惴人跌。憧憧往复还,心注思逾切。冉冉年将病,力困衰急竭。天彭信方隅,地势诚斗绝。忝曳尚书履,叨兼使臣节。京坻有岁饶,亭障无边孽。归奏丹墀左,骞能俟来哲。

小园纳凉即事

烦暑避蒸郁,居闲习高明。长风自远来,层阁有馀清。散洒纳凉气,萧务遗世情。奈何夸大隐,终日系尘缨。

昆明池晏坐答王兵部珣三韵见示

画舸疾如飞,遥遥泛夕晖。石鲸吹浪隐,玉女步尘归。独有衔恩处,明珠在钓矶。

奉和圣制春台望应制

壮丽天之府,神明王者宅。大君乘飞龙,登彼复怀昔。圆阙朱光焰,横山翠微积。河汧流作表,县聚开成陌。即旧在皇家,维新具物华。云连所上居恒属,日更时中望不斜。三月沧池摇积水,万年青树缀新—作点惊花。暴嬴国此尝图霸,霸业后仁先以诈。东破诸侯西入秦,咸阳北阪南渭津。诗书焚爇散学士,高阁奢逾娇美人。事往覆辀经远喻,春还按跸凭高赋。戎观爱力深惟省,越厌陈方何足务。清吹遥遥发帝台,宸文耿耿照天回。伯夷位事愚臣忝,喜奏声成凤鸟来。

长相思

君不见天津桥下东流水,南望龙门北朝市。杨柳青青宛地垂,桃红李白花参差。花参差,柳堪结,此时忆君心断绝。

蜀城哭台州乐安少府

远游跻剑阁,长想属天台。万里隔三载,此邦余重来。音容旷不睹,梦寐殊悠哉。边郡饶藉藉,晚庭正回回。喜传上都封,因促傍吏开。向悟海盐客,已而梁木摧。变衣寝门外,挥涕少城隈。却记分明得,犹持委曲猜。师儒昔训奖,仲季时童孩。服义题—作陈书箧,邀欢泛酒杯。暂令风雨散,仍迫岁时回。其道惟正直,其人信美偲。白头还作尉,黄绶固非才。可叹悬蛇疾,先贻问鹏灾。故乡闭穷壤,宿草生寒荄。零落九原去,蹉跎四序催。曩期冬赠橘，今哭夏成梅。执礼谁为赗，居常不徇财。北登岷嶘坂，东望姑苏台。天路本悬绝，江波复—作空溯洄。念孤心易断，追往恨艰裁。不遂卿将伯，孰云陈与雷。吾衰亦如此，夫子复何哀。

立春日侍宴内出剪彩花应制

晓入宜春苑，秾芳叶禁中。剪刀因裂素，妆粉为开红。彩异惊流雪，香饶点便风。裁成识天意，万物与花同。

春日芙蓉园侍宴应制

御道红—作虹旗出，芳园翠辇游。绕花开水殿，架竹起山楼。荷芰轻薰幄，鱼龙出负舟。宁知穆天子，空赋白云秋。

奉和圣制人日清晖阁宴群臣遇雪应制

楼观空烟里，初年瑞雪过。苑花齐玉树，池水作银河。七日祥图启，千春御赏多。轻飞传彩胜，天上奉薰歌。

奉和七夕宴两仪殿应制

灵媛乘秋发，仙装警夜催。月光窥欲渡，河色辨应来。机石天文写，针楼御赏开。窃观栖鸟至，疑向鹊桥回。

奉和九日幸临渭亭登高应制得时字

嘉会宜长日，高筵顺动时。晓光云外洗，晴色雨余滋。降鹤因韶德，吹花入御词。愿陪阳数节，亿万九秋期。《纪事》作：并数登高日，延龄命赏时。宸游天上转，秋物雨来滋。降鹤承仙驭，吹花入睿词。微臣复何幸，长得奉恩私。语多不同，今并载之。

游禁苑幸临渭亭遇雪应制

平明敞帝居，霰雪下凌虚。写月含珠缀，从风薄绮疏。年惊花絮早，春夜管弦初。已属云天外，欣承霈泽余。

奉和送金城公主适西蕃应制

帝女出天津，和戎转蕙—作绮轮。川经断肠望，地与析支邻。奏曲风嘶马，衔悲月伴人。旋知偃兵革，长是汉家亲。

奉和圣制登骊山高顶寓目应制

仙跸御层氛，高高积翠分。岩声中谷应，天语半空闻。丰树连黄叶，函关入紫云。圣图恢宇县，歌赋小—作少横汾。

幸白鹿观应制

碧虚清吹下，蔼蔼入仙宫。松磴攀云绝，花源接涧空。受符邀羽使，传诀注香童。讵似闲居日，徒闻有顺风。

题寿安王主簿池馆

洛邑通驰道，韩郊在属城。馆将花雨映，潭与竹声清。贤俊鸾栖棘，宾游马佩蘅。愿言随狎鸟，从此濯吾缨。

扈从温泉奉和姚令公喜雪

清道丰人望，乘时汉主游。恩晖随霭下，庆泽与云浮。泉暖惊银礏，花寒爱—作映玉楼。鼎臣今有问，河伯且应留。

秋社日崇让园宴得新字

鸣爵三农稔，句龙百代神。运昌叨辅弼，时泰喜黎民。树缺池光近，云开日影新。生全应有地，长愿乐交亲。

奉和魏仆射秋日还乡有怀之作

南宫凤拜罢，东道昼游初。饮饯倾冠盖，传呼问里闾。树悲悬剑所，溪想钓璜余。明发辉光至，增荣—作喧闻驷马车。

武担山寺

武檐独苍然，坟山下玉泉。鳖灵—作龟趺时共尽，龙女事同迁。松柏衔哀处，幡花种福田。讵知留镜石，长与法轮圆。

饯潞州陆长史再守汾州

河尹政成期，为汾昔所推。不荣三入地，还美再临时。拥传云初合，闻莺日正迟。道傍—作傍人多出饯，别有吏民思。

饯荆州崔司马

茂礼雕龙昔，香名展骥初。水连南海涨，

星拱北辰居。稍发仙人履,将题别驾舆。明年征拜入,荆玉不藏诸。

送吏部李侍郎东归得归字

陌上有光辉,披云向洛畿。赏来荣扈从,别至惜分飞。泉溜含风急,山烟带日微。茂曹今去矣,人物喜东归。

送光禄姚卿还都

汉室有英台,荀家宠俊—作多宠才。九卿朝已入,三子暮同来。不授纶为草,还司鼎用梅。两京王者宅,驷马日应回。

春晚送瑕丘田少府还任,因寄洛中镜上人

闻道还沂上,因声寄洛滨。别时花欲尽,归处酒应春。聚散同行客,悲欢属故人。少年追乐地,遥赠一沾巾。

送贾起居奉使入洛取图书因便拜觐

旧国才因地,当朝史命官。遗文征阙简,还思采芳兰。传发关门候,觞称邑里欢。早持京副入,旋仁洛书刊。

送常侍舒公归觐

朝闻讲艺余,晨省拜恩初。训胄尊庠序,荣亲耀里闾。朱丹华毂送,斑白绮筵舒。江上春流满,还应荐跃鱼。

兴州出行

危途晓未分,驱马傍江濆。滴滴泣花露,微微出岫云。松梢半吐月,萝罥渐移曛。旅客肠应断,吟猿更使闻。

边秋薄暮—作出塞

海外秋鹰击,霜前旅雁归。边风思鞞鼓,落日惨旌麾。浦暗渔舟入,川长猎骑稀。客悲逢薄暮,况乃事戎机。

晓发方骞驿

传置远山蹊,龙钟蹴涧泥。片阴常作雨,微照已生霓。鬓发愁氛换,心情险路迷。方知向蜀者,偏识子规啼。

经三泉路作

三月松作花,春行日渐赊。竹障—作坊山鸟路,藤蔓—作没野人家。透石飞梁下,寻云绝磴斜。此中谁与乐,挥涕语年华。

故高安大长公主挽词

彤管承师训,青圭备礼容。孟孙家代宠,元女国朝封。柔轨题贞顺,闲规赋肃雍。宁知落照尽,霜吹入悲松。

赠司徒豆卢府君挽词

宠赠追胡广,亲临比贺循。几闻投剑客,多会服绅人。草闭坟将古,松阴—作深地不春。二陵犹可望,存殁有忠臣。

故右散骑常侍舒国公褚公挽词

阳翟疏丰构,临平演庆源。学筵尊授几,儒服宠乘轩。审谕留中密,开陈与上言。徂晖一不借,空有赐东园。

奉和初春幸太平公主南庄应制

主第山门起灞川,宸游风景入初年。凤凰楼下交天仗,乌鹊桥头—作边敞御筵。往往花间逢彩石,时时竹里见红泉。今朝扈跸平阳馆,不羡乘槎云汉边。

奉和春日幸望春宫应制

东望望春春可怜,更逢晴日柳含烟。宫中下见南山尽,城上平临北斗悬。细草遍承回辇处,轻花微落奉觞前—作飞花故落舞筵前。宸游对此欢无极,鸟哢声声入管弦—作鸟哢歌声杂管弦。

人日重宴大明宫恩赐彩缕人胜应制

疏龙磴道切昭回,建凤旗门绕帝台。七叶仙蓂依—作承月叶,千株御柳拂烟开。初年竞贴宜春胜,长命先浮—作添献寿杯。是日皇—作最灵知窃幸,群心就—作捧大明来。

侍宴安乐公主山庄应制

骎骎羽骑历城池,帝女楼台向晚披。雾洒旌旗云外出,风回岩岫雨中移。当轩半落天河

水，绕径全低月树枝。箫鼓宸游陪宴日，和鸣双凤喜来仪。

兴庆池侍宴应制

降鹤池前回步辇，栖鸾树杪出行宫。山光积翠遥疑逼，水态含青近若空。以上二句，初云：山光逼屿疑无地，水态迎帆若有风。时为赵郡李乂、范阳卢从愿所赏，但末句又押风字，故易之。直视天河垂象外，俯窥京室画图中。皇欢未使恩波极，日暮楼船更起风。

广达楼下夜侍酺宴应制

东岳封回宴洛京，西墉通晚会公卿。楼台绝胜宜春苑，灯火还同不夜城。正睹人间朝市乐，忽闻天上管弦声。酺来万舞群臣醉，喜戴千年圣主明。

龙池乐章 唐享龙池乐章第七章

西京凤邸跃龙泉，佳气休光镇在天。轩后雾图今已得，秦王水剑昔常传。恩鱼不入一作似昆明钓，瑞鹤长如太液仙。愿侍巡游同旧里，更闻箫鼓济楼船。

扈从鄠杜间奉呈刑部尚书舅崔黄门马常侍

翠辇红旗出帝京，长杨鄠杜昔知名。云山一一看皆美一作异，竹树萧萧一作丛丛画不成。羽骑将过持袂拂，香车欲度卷帘行。汉家曾草巡游赋，何似今来应圣明。

景龙观送裴士曹

昔日尝闻公主一作相第，今时变作列仙家。

池傍坐客穿丛箨，树下游人扫落花。雨雪一作云雨长疑向函谷，山泉直似到流沙。君还洛邑分明记，此处同来阅岁华。

春晚紫微省直寄内

直省清华接建章，向来无事日犹长。花间燕子栖鸲鹆，竹下鹓雏绕一作宿凤凰。内史通宵承紫诰，中人落晚爱红妆。别离不惯无穷忆，莫误卿卿学太常。

赠彭州权别驾

双流脉脉锦城开，追饯年年往复回。只道歌谣迎半刺，徒闻礼数揖中台。黄莺急啭春风尽，斑马长嘶落景催。莫怆分飞岐路别，还当奏最掖垣来。

寒食宴于中舍别驾兄弟宅

子推山上歌龙罢，定国门前结驷来。始睹元昆锵玉至，旋闻季子佩刀回。晴花处处因风起，御柳条条向日开。自有长筵欢不极，还将一作持彩服咏南陔。

九月九日望蜀台

蜀王望蜀旧台前，九日分明见一川。北料乡关方自此，南辞城郭复依然。青松系马攒岩畔，黄菊留人籍道边。自昔登临湮灭尽，独闻忠孝两能传。

全唐诗卷七十四

苏颋

奉和晦日幸昆明池应制

炎历事边陲,昆明始凿池。豫游光后圣,征战罢前规。霁色清珍宇,年芳入锦陂。御杯兰荐叶,仙仗柳交枝。二石分河泻,双珠代月移。微臣比翔泳,恩广自无涯。

奉和圣制幸礼部尚书窦希玠宅应制

尚书列侯第,外戚近臣家。飞栋临青绮,回舆转翠华。日交当户树,泉漾满池花。圆顶图嵩石,方流拥魏沙。豫游今听履,侍从昔鸣笳。自有天文降,无劳访海槎。

奉和幸韦嗣立山庄应制

拟金寒野雾,步玉晓山幽。帝幄期松子,臣庐访葛侯。百工征往梦,七圣扈来游。斗柄乘时转,台阶捧日留。树重岩籁合,泉迸水光浮。石径喧朝履,璜溪拥钓舟。恩如犯星夜,欢拟济河秋。不学尧年隐,空令傲许由。

春和圣制送张说上集贤学士赐宴得兹字

肃肃金殿里,招贤固在兹。锵锵石渠内,序拜亦同时。宴锡欢—作勤谈道,文成贵说诗。用儒今作相,敦学旧为师。下际天光近,中来帝渥滋。国朝良史载,能事日论思。

奉和圣制途经华岳应制

朝望莲华岳,神心就日来。晴观五千仞,仙掌拓山开。受命金符叶,过祥玉瑞陪。雾披乘鹿见,云起驭龙回。偃树枝封雪,残碑石冒苔。圣皇惟道契,文字勒岩隈。

奉和圣制经河上公庙应制

河流无日夜,河上有神仙。辇路曾经此,坛场即宛然。下疑成洞穴,高若在空烟。善物遗方外,和光绕道边。事因周史得,言与—作向汉王传。喜属膺期圣,邦家业又玄。

奉和圣制答张说出雀鼠谷

雨施巡方罢,云从训俗回。密途汾水卫,清跸晋郊陪。寒著山边尽—作静,春当日下来。御祠玄鸟应,仙仗绿杨开。作颂音传雅,观文色动台。更知西向乐,宸藻协—作赞盐梅。

奉和恩赐乐游园宴应制

乐游光地选,醋饮庆天从。座密千官盛,场开百戏容。绿塍际山尽,缇—作翠幕倚云重。下上花齐发,周回柳遍浓。夺晴纷剑履,喧听杂歌钟。日晚衔恩散,尧人并可封。

恩制尚书省僚宴昆明池同用尧字

露渥洒云霄,天官次斗杓。昆明四十里,空水极晴朝。雁似衔红叶,鲸疑喷海潮。翠山来彻底,白日去回标。泳广渔权溢,浮深妓舫摇。饱恩皆醉止,合舞共歌尧。

奉和圣制幸望春宫送朔方大总管张仁亶

北风吹早雁,日夕渡河飞。气冷胶—作胶应折,霜明草正腓。老臣帷幄算,元宰庙堂机。饯饮回仙跸,临戎解御衣。军装乘晓发,师律候春归。方伫勋庸盛,天词降紫微。

奉和圣制登太行山中言志应制

北山东入海,驰道上连天。顺动三光注,登临万象悬。俯观河内邑,平指洛阳川。按跸夷关险,张旗亘井泉。晓岩中警柝,春事下搜田。德重周王问,歌轻汉—作魏后传。宸游铺令典,睿思起芳年。愿以封书奏,回銮禅肃然。

奉和圣制漕桥东送新除岳牧

宝贤不遗俊,台阁尽鹓鸾。未若调—作安人切,其如简帝难。上才膺出典,中旨念分官。特以专城贵,深惟列郡安。政行思务本,风靡属胜残。有令田知急,无分狱在宽。至言题睿札,殊渥洒仙翰。诏饯三台降,朝荣万国欢。举杯临水发,张乐拥桥观。式仵东封会,锵锵检玉坛。

奉和圣制途次旧居应制

潞国临淄邸,天王别驾舆。出潜离隐际,小往大来初。东陆行春典,南阳即旧居。约川星罕驻,扶道日旂舒。云覆连行在,风回助扫除。木行城邑望,皋落土田疏。昔试邦兴后,今过俗溪予。示威宁校猎,崇让不陈鱼。府吏趋宸扆,乡耆捧帝车。帐倾三饮处,闲整六飞余。盛业铭汾鼎,昌期应洛书。愿陪歌赋末,留比蜀相如。

奉和圣制至长春宫登楼望稼穑之作

帝迹奚其远,皇符之所崇。敬时尧务作,尽力禹称功。赫赫惟元后,经营自左冯。变芜粳稻实,流恶水泉通。国阜犹前豹,人疲讵昔熊。黄图巡沃野,清吹入离宫。是阅京坻富,仍观都邑雄。凭轩一何绮,积溜写晴空。礼节家安外,和平俗在中。见龙垂渭北,辞雁指河东。睿思方居镐,宸游若饮丰。宁夸子云从,只为猎扶风。

利州北佛龛前重于去岁题处作

重岩载看—作戴清美,分塔起层标。蜀守经涂处,巴人作礼朝。地疑三界出,空是六尘销。卧石铺苍藓,行塍覆绿条。岁年书有记,非为学题桥。

闲园即事寄韦侍郎—作御

结庐东城下,直望江南山。青霭远相接,白云来复还。拂筵红薜上,开幔绿条间。物应春偏好,情忘趣转闲。宪臣饶美度—作政,联事惜徂颜。有酒空盈酌,高车不可攀。

扈从温泉同紫微黄门群公泛渭川得齐字

虹旗映绿蕚,春仗汉丰西。侍跸浮清渭,扬舲降紫泥。近临钓石地,遥指钓璜溪。岸转帆飞疾,川平棹举齐。傅舟来是用,轩驭往应迷。兴阅—作发菱歌动,沙洲乱夕鹥。

饯赵尚书摄御史大夫赴朔方军

劲虏欲南窥—作飞,扬兵护朔陲。赵尧宁

易印,邓禹即分麾。野饯回三杰,军谋用—作出六奇。云边愁—作看出塞,日下怆临岐。拔剑行人舞,挥戈战马驰。明年麟阁上,充国画—作拜于斯。

晓发兴州入陈平路

旌节指巴岷,年年行且巡。暮来青嶂宿,朝去绿江春。鱼贯梁缘马,猿奔树息人。邑祠犹是汉,溪道即名陈。旧史饶迁谪,恒情厌苦辛。宁知报恩者,天子一忠臣。

同饯阳将军兼源州都督御史中丞

右地接龟沙,中朝任虎牙。然明方改俗,去病不为家。将礼登坛盛,军容出塞华。朔风摇汉鼓,边马思胡笳。旗合无邀正—作整,冠危有触邪。当看劳—作荣还日,及此御沟花。

扈从凤泉和崔黄门喜恩旨解严罢围之作

辇路岐山曲,储胥渭水湄。教成提将鼓,礼备植虞旗。不取从畋乐,先流去杀慈。舜韶同舞日,汤祝尽飞时。物应阳和施,人知雨露私。何如穆天子,七萃几劳师。

秋夜寓直中书呈黄门舅

帘栊上夜钩,清切听更筹。忽共鸡枝老,还如骑省秋。循庭喜三人,对渚忆双游。紫绂名初拜,黄缣迹尚留。月舒当北幌,云赋直东楼。恩渥迷天施,童蒙慰我求。迟君台鼎节,闻义一承流。

先是新昌小园期京兆尹一访,兼郎官数子,自顷沉疴,年复一年兹愿不果,率然成章

独好中林隐,先期上月春。闲花傍户落,喧鸟逼檐驯。寂寞东坡叟,传呼北里人。在山琴易调,开瓮酒归醇。伫望应三接,弥留忽几旬。不疑丹火变,空负绿条新。斗蚁闻常日,歌龙值此辰。其如众君子,嘉会阻清尘。

奉和马常侍寺中之作《英华》作奉和魏仆射春日还乡有怀之作

怨暑时云谢,愆阳泽暂偏。鼎陈从祀日,钥动问刑年。绛服龙雯寝,玄冠马使旋。作霖期传说,为旱听周宣。河岳阴符启,星辰暗檄传。浮凉吹景气,飞动洒空烟。飒飒将秋近,沉沉与暝连。分湍泾水石,合颖雍州田。德施超三五,文雄赋十千。及斯—作私何以乐。明主敬人天。

慈恩寺二月半寓言

二月韶春半,三空霁景初。献来应有受,灭尽竟无余。化迹传官寺,归诚谒梵居。殿堂花覆席,观阁柳垂疏。共命枝间鸟,长生水上鱼。问津窥彼岸—作注镜,迷路得真车。行密幽关静,谈精俗态祛。稻麻欣所遇,蓬箨怆焉如。不驻秦京陌,还题蜀郡舆。爱离方自此,回望独踌躇。

饯泽州卢使君赴任

闻道降纶书,为邦建彩斿。政凭循吏往,才以贵卿除。词赋良无敌,声华蔼有余。荣承四岳后,请绝五天初。关路通秦壁,城池接晋墟。撰期行子赋,分典列侯居。别望喧追饯,离言系惨舒。平芜寒螀乱,乔木夜蝉疏。寥沴秋先起,推移月向诸。旧交何以赠,客至待烹鱼。

陈仓别陇州司户李维深

京国自携手,同途欣解颐。情言正的的,春物宛迟迟。忽背雕戎—作戈役,旋瞻获宝祠。蜀城余出守,吴岳尔归思。欢惬更伤此,眷殷殊念兹。扬麾北林径,跂石南涧湄。中作壶觞饯,回添道路悲。数花临磴日,百草覆田时。有美同人意,无为行子辞。酣歌拔剑起,毋是答恩私。

奉和崔尚书赠大理陆卿鸿胪刘卿见示之作

戏藻嘉鱼乐,栖梧见凤飞。类从皆有召,声应乃无违。美价逢时出,奇才选众稀。避堂贻后政,扫第—作地发前几。出曳仙人履,还熏侍女衣。省中何赫奕,庭际满芳菲。吏部端清鉴,丞郎肃紫机。会心歌咏是,回迹宴言非。

北寺邻玄阙，南城写翠微。参差交隐见，仿佛接光辉。宾序尝柔德，刑孚已霁威。巨源林下契，不速自同归。

敬和崔尚书大明朝堂雨后望终南山见示之作

奕奕轻车至，清晨朝未央。未央在霄极，中路视咸阳。委曲汉京近，周回秦塞长。日华动泾渭，天翠合岐梁。五丈旌旗色，百层枌橑光。东连归马地，南指斗鸡场。晴甃照金瓲，秋云含璧珰。由余窥霸国，萧相奉兴王。功役隐不见，颂声存复扬。权宜珍构绝，圣作_{一作祚}宝图昌。在德期巢燧，居安法禹汤。冢卿才顺美，多士赋成章。价重三台俊，名超百郡良。焉知掖垣下，陈力自迷方。

夜闻故梓州韦使君明当引绋感而成章

恻矣南邻问，冥然东岱幽。里闱宁相杵，朝叹忽迁舟。君心惟伯仲，吾人复款游。对连时亦早，交喜岁才周。序发扶阳赠，文因司寇酬。讵期危露尽，相续逝川流。卧疾无三吊，居闲有百忧。振风吟_{一作吹}鼓夕，明月照帷秋。薛驳题诗馆，杨疏奏伎楼。共将歌笑叹，转为弟兄留。感物存如梦，观生去若浮。余非忘情者，雪涕报林丘。

御箭连中双兔

宸游经上苑，羽猎向闲田。狡兔初迷窟，纤骊讵著鞭。三驱仍百步，一发遂双连。影射含霜草，魂消向月弦。欢声动寒木，喜气满晴天。那似陈王意，空随乐府篇。

奉和圣制过潼津关

在德何夷险，观风复往还。自能同善闭，中路可无关。

山鹧鸪词二首

玉关征戍久，空闺人独愁。寒露湿青苔，别来蓬鬓秋。

人坐青楼晚，莺语百花时。愁多人易老，断肠君不知。

汾上惊秋

北风吹白云，万里渡河汾。心绪逢摇落，秋声不可闻。

山驿闲卧即事

息燕归檐静，飞花落院闲。不愁愁自著，谁道忆乡关。

将赴益州题小园壁

岁穷惟益老，春至却辞家。可惜东园树，无人也作花。

咏礼部尚书厅后鹊_{时将重入蜀}

怀印喜将归，窥巢恋且依。自知栖不定，还欲向南飞。

咏死兔

_{《纪事》云：瓌初未知颋，有客诣瓌，候于客次。颋拥彗庭庑间，客异其咏昆仑奴诗，请加礼收举，瓌稍亲之。有人献兔，悬于廊庑。瓌召令咏之云云。瓌览诗异之。}

兔子死兰弹，持来挂竹竿。试将明镜照，何异月中看。

夜宴安乐公主新宅

车如流水马如龙，仙史高台十二重。天上初移衡汉匹，可怜歌舞夜相从_{一作逢}。

侍宴桃花园咏桃花应制

桃花灼灼有光辉，无数成蹊点更飞。为见芳林含笑待，遂同温树不言归。

奉和圣制幸韦嗣立庄应制

树色参差隐翠微，泉流百尺向空飞。传闻此处投竿住，遂使兹辰扈跸归。

重送舒公

散骑金貂服彩衣，松花水上逐春归。悬知邑里遥相望，事主荣亲_{一作乐事生荣}代所稀。

句

飞埃结红雾,游盖飘青云。《纪事》云:长安盛游春,颋制诗云云。明皇嘉赏,以御花亲插其巾。指如十挺墨,耳似两张匙。咏昆仑奴

丑虽有足,甲不全身。见君无口,知伊少人。颋幼年,有京兆尹过,父瑰命咏尹字云云。

全唐诗卷七十五

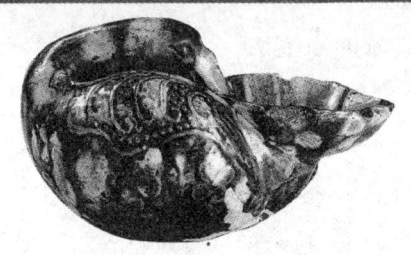

姜晞

姜晞,上邽人。登永隆元年进士第,官工部侍郎、散骑常侍,封金城郡公。诗一首。

龙池篇

灵沼萦回邸第前,浴日涵春—作天写曙天。始见龙台升凤阙,应如霄汉起神泉。石匮渚傍还启圣,桃李初生更有仙。欲化帝图从此受,正同河变一千年。

姜皎

姜皎,晞从兄弟。长安中,为尚衣奉御。明皇以藩邸有旧,拜殿中监,封楚国公,恩宠莫比。迁太常卿。后坐贬死。诗一首。

龙池篇

龙池初出此龙山,常经此地谒龙颜。日日芙蓉生夏水,年年杨柳变春湾。尧坛宝匣余烟雾,舜海渔舟尚往还。愿似飘飘五云影,从来从去九天关—作间。

蔡孚

蔡孚,开元中为起居郎,诗二首。

奉和圣制龙池篇

帝宅王家大道边,神马潜龙—作神龟涌圣泉。昔日昔时经此地,看来看去渐成川。歌台舞榭宜正月,柳岸梅洲胜往年。莫疑—作言波上春云少,只为从龙直上天。

打球篇并序

臣谨按打球者,往之蹴鞠古戏也。黄帝所作兵势,以练武士。知有材也,窃美其事,谨奏打球篇一章,凡七言九韵。

德阳宫北苑东头,云作高台月作楼。金锤玉莹—作莹千金地,宝杖雕文七宝球。窦融一家三尚主,梁冀频封万户侯。容色由来荷恩顾,意气平生事侠游。共道用兵如断蔗,俱能

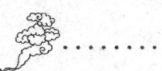

走马入长楸。红鬣锦鬃风骆骥,黄络青丝电紫骝。奔星乱下花场里,初月飞来画杖头。自有长鸣须决胜,能驰迅走—作足满先筹。薄暮汉宫愉乐罢,还归尧室晓垂旒。

徐晶

徐晶,与胡皓、蔡孚同时,官鲁郡录事。诗五首。

阮公体

秦王按剑怒,发卒戍龙沙。雄图尚未毕,海内已纷拏。黄尘暗天起,白日剑精华。唯见长城外,僵尸如乱麻。

同蔡孚五亭咏

章奏中京—作丹墀罢,云泉别业归。拂琴铺野席,牵柳挂朝衣。翡翠巢书幌,鸳鸯立钓矶。幽栖可怜处,春事满林扉。

蔡起居山亭

文史归休日,栖闲卧草亭。蔷薇一架紫,石竹数重青。垂露和仙药,烧香诵道经。莫将山水弄,持与世人听。

送友人尉蜀中

故友汉中尉,请为西蜀吟。人家多种橘,风土爱弹琴。水向昆明阔,山连—作通大夏深。理闲无别事,时寄一登临。

赠温驸马汝阳王

畴昔承余论,文章幸滥推。夜陪银汉赏,朝奉桂山词。梁邸调歌日,秦楼按舞时。登高频作赋,体物屡为诗。连骑长楸下,浮觞曲水湄。北堂留上客,南陌送佳期。忆昨陪临泛,于今阻宴私。再看冬雪满,三见夏花滋。都尉朝青阁,淮王侍紫墀。宁知倦游者,华发老京师。

张敬忠

张敬忠,官监察御史,以文吏著称。张仁亶在朔方,奏判军事。开元中,为平卢节度使。诗二首。

边词

五原春色旧来迟,二月垂杨未挂丝。即今河畔冰开日,正是长安花落时。

戏咏

先天中,王主敬为侍御史,自以才望华妙,当入省望前行,忽除膳部员外,微有怅惋,故敬忠戏之。

有意嫌兵部,专心望考功。谁知脚蹭蹬,几落省墙东。膳部在省最东北隅也。

史俊

史俊,官监察御史,曾刺巴州。诗一首。

题巴州光福寺楠木

近郭城南山寺深,亭亭奇树出禅林。结根幽壑不知岁,耸干摩天凡几寻。翠色晚将岚气合,月光时有夜猿吟。经行绿叶望成盖,宴坐黄花长满襟。此木尝闻生豫章,今朝独秀在巴乡。凌霜不肯让松柏,作宇由来称栋梁。会待良工时一眄—作顾,应归法水作慈航。

全唐诗卷七十六

徐彦伯

徐彦伯,名洪,以字行,兖州瑕丘人。七岁能为文,对策高第。调永寿尉,蒲州司兵参军。时司户韦暠善判,司士李亘工书,而彦伯属辞,称河东三绝。屡迁给事中,预修三教珠英。由宗正卿出为齐州刺史,移蒲州,擢修文馆学士、工部侍郎,历太子宾客卒。彦伯文章典缛,晚年好为强涩之体,颇为后进所效。集二十卷,今编诗一卷。

仪坤庙乐章

《唐书·乐志》曰:仪坤庙乐。迎神用永和,次金奏。皇帝行用太和,酌献、登歌用肃和,迎俎用雍和,肃明皇后室酌献用昭升,昭成皇后室酌献用坤贞,饮福用寿和,送文舞出、迎武舞入用舒和,武舞用安和,撤俎用雍和,送神用永和。

永和

猗若清庙,肃肃荧荧。国荐严祀,坤兴淑灵。有几在室,有乐在庭。临兹孝享,百禄惟宁。

金奏

阴灵效祉,轩曜降精。祥符淑气,庆集柔明。瑶俎既列,雕桐发声。徽猷永远,比德皇英。

拟古三首

遥裔烟屿鸿,双影旦夕同。交翰倚沙月,和鸣弄江风。蒪若茂芳序,君子从远戎。云生阴海没,花落春潭空。红泪掩促柱,锦衾罗薰笼。自伤琼草绿,讵惜铅粉红。裂帛附双燕,为予向辽东。

读书三十载,驰骛周六经。儒衣干时主,忠策献阙廷。一朝奉休盼,从容厕群英。束身趋建礼,秉笔坐承明。廊署相填噎,僚吏纷纵横。五日休浣时,屠苏绕玉屏。橘花覆北沼,桂树交西荣。树栖两鸳鸯,含春向我鸣。皎洁绮罗艳,便娟丝管清。扰扰天地间,出处各有情。何必岩石下,枯槁闲此生。

颓光天淹曀,逝水有迅流。绿苔纷易歇,红颜不再求。歌笑当及春,无令壮志秋。弱年仕关辅,筮门豁御沟—作门豁王御沟。敷愉东城际,婉娈南陌头。荷花娇绿水,杨叶暖青楼。中有绮罗人,可怜名莫愁。画屏绕金縢,珠帘悬玉钩。纤指调宝琴,泠泠哀且柔。赠君鸳鸯带,因以鶺鴒裘。窗—作向晓吟日坐,闺夕秉烛游。无作北门客,咄咄怀百忧。

赠刘舍人古意

女床闷灵鸟,文章世所希。巢君碧梧树,舞君青琐闱。或言凤池乐,抚翼更西飞。凤池环禁林,仙阁霭沉沉。璇题激流日—作目,珠缀绵清阴。郁穆丝言重,荧煌台座深。风张丹旆翻,月弄紫庭—作素琴音。众—作双彩结不散,孤英跂莫寻。浩歌在西省,经传恣潜心。—作浩歌在兰渚,婉娈故佺心。

和李适答宋十一入崖口五渡见赠

闻有独往客,拂衣捐世心。结欣薄枉渚,撰念萦旧林。经亘去崖合,冥绵归壑深。琪树环碧彩,金潭生翠阴。沿洄弄沙榜,诡—作危仄眺明岑。夕闻桂里猿,晓玩松上禽。杂佩蕴孤袖,琼敷缀双襟。我怀沧洲想,懿尔白云吟。秉愿理方协,存期迹易寻。兹言庶不负,为报岩中琴。

雪

雪暗穷海云,洒空纷似露。朔风吹故里,宛转玉阶树。孤妾调玉瑟,早寒生锦袴。况君张罗幕,愁坐北庭阴。

比干墓

大位天下宝,维贤国之镇。殷道微而在,受辛篡颓胤。山鸣鬼又哭,地裂川亦震。嗫嚜皆佞谀,虔刘尽英隽。孤卿帝叔父,特进贞而顺。玉床逾皜洁,铜柱方欹撼。奉国历三朝,观窍明一瞬。季代猖狂主,蓄怒提白刃。之子弥忠说,愤然更勇进。抚膺誓陨越,知死故不吝。已矣竟剖心,哲妇亦同殉。骊龙暴双骨,太岳摧孤仞。周发次高郊,冤骸悲莫殣。锋剑剿遗孽,报复一何迅。驻罕歌淑灵,命徒封旅楄。自尔衔幽酷,于嗟流景骏。丘坟被宿莽,坛陛缘飞磷。贞观戒北征,维皇念忠信。荒坟护草木,刻桷吹煨烬。代远恩更崇,身颓名益振。帝词书乐石,国馔罗芳荐。伟哉烈士图,奇英千古徇。

题东山子李适碑阴二首并序

噫嘻李公,生自号东山子。死葬东山,岂其谶哉。神交者歌薤露以送子归东山,为诗镌于碑阴云。

陇嶂紫紫气,金光赫氛氲。美人含遥霭,桃李芳自薰。图高黄鹤羽,宝夺骊龙群。忽惊薤露曲,掩噎东山云。

回也实夭折,贾生亦脆促。今复哀若人,危光迅风烛—作危迅风前烛。夜台沦清镜,穷尘埋—作掩结绿。何以赠下泉,生刍唯一束。

淮亭吟

贞寂虑兮淮山幽,怜芳若兮揽中洲。崩湍委咽日夜流,孤客危坐心自愁。矧鹤唳兮凤晓,复猿鸣兮霜秋。熠耀飞兮蟋蟀吟,倚清瑟兮横凉琴。撷瑶芳兮吊楚水,弄琪树兮歌越岑。山碕矶兮隩曲,水涓涟兮洞汨。金光延起兮骤兴没,青苔竟兮绿蘋歇。绿蘋歇兮凋朱颜,美人寂历兮何时闲。君不见可怜桐柏上,丰茸桂树花满山。

芳树

玉花珍簟上,金缕—作镂画屏开。晓月怜筝柱,春风忆镜台。筝柱春风吹晓月,芳树落花朝暝歇。嵩砧刀头未有期—作时,攀条拭泪坐相思。

游禁苑幸临渭亭遇雪应制

玉律藏冰候,彤阶飞雪时。日寒消不尽,风定舞还迟。琼树留宸瞩,璇花入睿词。悬知穆天子,黄竹漫言诗。

奉和送金城公主适西蕃应制

凤宸怜箫曲,鸾闺念掌珍。羌庭遥筑馆,庙策重和亲。星转—作去银河夕,花移玉树春。圣心凄送远,留跸望征尘。

幸白鹿观应制

凤舆乘八景,龟篆向三仙。日月移平地,云霞缀小天。金童擎紫药,玉女献青莲。花洞留宸赏,还旗绕夕烟。

胡无人行

十月繁霜下,征人远凿空。云摇锦车节,海照角端弓。暗碛—作雪埋沙树,冲飙卷塞蓬。方随膜拜入,歌舞玉门中。

倢伃

君恩忽断绝,妾思终未央。巾栉不可见,枕席空余香。窗暗网罗白,阶秋苔藓黄。应门寂已闭,流涕向昭阳。

采莲曲

妾家越水边,摇艇入江烟。既觅同心侣,复采同心莲。折藕丝能脆,开花叶正圆。春歌弄明月,归棹落花前。

孤烛叹—作闺怨

切切夜闺冷,微微孤烛然。玉盘红泪滴,金烬彩光圆。暖手缝轻素,嚬蛾续断弦。相思咽不语,回向锦屏眠。

闺怨

征客戍金微,愁闺独掩扉。尘埃生半榻,花絮落残机。褪暖蚕初卧,巢昏燕欲归。春风日向尽,衔涕作征衣。

饯唐州高使君赴任

香荨媚红滋,垂条紫绿丝。情人拂瑶袂,共惜此芳时。骐骥已踯躅,鸟隼方葳蕤。跂予望太守,流润及京师。

奉和幸新丰温泉宫应制

姬典歌时迈,虞篇记省方。何如黑帝月,玄览—作运白云乡。翠仗紫船岸,明旆—作旂应蘋音贲阳。风摇花眊彩,雪艳宝戈芒。御陌开函—作油次,离宫夹树行。桂枝笼骠裹,松叶覆—作荫堂皇。仙石—作女含珠液,温池孕璧房。涌疑神澒溢,澄—作泛若帝台浆。独沸流常热,潜蒸气转香。青坛—作坻环玉甓,红础—作淀铄金光。藻曜凝芳洁,葳蕤献淑祥。五龙归宝算,九扈叶时康。同预华封老,中衢祝圣皇。

同韦舍人元旦早朝

夕转清壶漏,晨惊长乐钟。逶迤纶禁客,假寐守铜龙。予亦趋三殿,肩随谒九重。繁珂接曙响,华剑比春容。相问韶光歇,弥怜芳意浓。愿言乘日旰,携手即云峰。

侍宴韦嗣立山庄应制

鼎臣休浣隙,方外结遥—作遐心。别业青霞境,孤潭碧树林。每驰东墅策,遥弄北溪琴。帝眷纡—作幸行时豫,台园赏岁阴。移銮明月沼,张组—作乐白云岑。御酒瑶觞落,仙坛竹径深。三光—作章悬圣藻,五等冠朝簪。自昔皇恩感—作自愧承恩盛,咸言独自—作在今。

送特进李峤入都祔庙

特进三公下,台臣百揆先。孝图开寝石,祠主卜牲筵。恩级青纶赐,徂装紫橐悬。绸缪金鼎席,宴饯玉潢川。北斗分征路,东山起赠篇。乐池歌绿藻,梁苑藉红荃。骑转商岩日,旌摇关塞烟。庙堂须鲠议,锦节伫来旋。

春闺

戍客戍清波,幽闺幽思多。暗梁闻语燕,夜烛见飞蛾。宝鸭—作匣藏脂粉,金屏缀绮罗。裁衣卷纹素,织锦度鸣梭。有使通西极,缄书寄北河。年光只恐尽,征战莫蹉跎。

奉和兴庆池戏竞渡应制

夹道传呼翊翠虬,天回日—作地转御芳洲。青潭晓霭笼仙跸,红屿晴花隔彩斿。香溢金杯环广坐,声传—作摇妓舸匝中流。群臣相庆嘉鱼乐,共哂横汾歌吹秋。

苑中遇雪应制

千钟圣酒御筵披,六出祥英乱绕枝。即此神仙对琼圃,何烦辙迹向瑶池。

上巳日祓禊渭滨应制

晴风丽日满芳洲,柳色—作御幕春筵祓锦流。皆言侍跸—作曲侍横汾—作璜溪宴,暂似乘槎—作轻飞天汉游。

夜宴安乐公主新宅应制

凤楼开阁引明光,花酎—作醑连添醉益香。欲知帝女薰天贵,金柯—作珂玉柱夜成行。

饯唐永昌

金溪碧水玉潭沙,凫鹥翩翩弄日华。斗鸡香陌行春倦,为摘东园桃李花。

侍宴桃花园

源水丛花无数开,丹跗红萼间青梅。从今结子三千岁,预喜仙游复摘来。

石淙

碧淀红涔崿嶂间,淙嵌浤岨浡成湾。琪树璇娟花未落,银芝窑咤露初还。八风行殿开仙榜,七景飞舆下石关。张茑席云平圃宴,焜煌金记蕴名山。

全唐诗卷七十七

骆宾王

骆宾王,义乌人。七岁能属文,尤妙于五言诗,尝作《帝京篇》,当时以为绝唱。初为道王府属,历武功主簿,又调长安主簿。武后时,左迁临海丞,怏怏失志,弃官去。徐敬业举义,署为府属,为敬业草檄,斥武后罪状。后读之,矍然叹曰:"宰相安得失此人?"敬业事败,宾王亡命,不知所终。中宗时,诏求其文,得数百篇,集成十卷。今编诗为三卷。

夏日游德州赠高四并序

夫在心为志,发言为诗。诗有不得尽言,言有不得尽意。仆少负不羁,长逾虚诞。读书颇存涉猎,学剑不待穷工。进不能骄翰龙云,退不能栖神豹雾。抚循诸己,深觉劳生。而太夫人在堂,义须捧檄。因仰长安而就日,赴帝乡以望云。虽文阙三冬,而书劳十上。嗟乎!入门自媚,谁相谓言。致使君门隔于九重,中堂远于千里。既而交非得兔,路是亡羊。敬止弊庐,竭来初服。遂得载披玉叶,款洽金兰。倾意气于一言,缔风期于千祀。虽交因气合,资得意以敦交。道契言忘,少寄言而筌道。是以轻投木李,以代疏麻。章句繁芜,心神愧恧。庶瞻雅韵,贮辱报章。则紫耀运星,开龙文于剑匣;素辉亏月,领骊颔于珠胎云尔。

日观邻全赵,星临俯旧吴。鬲津开巨浸,稽阜镇名都。紫云浮剑匣,青山孕宝符。封疆恢霸道,问鼎竞雄图。神光包四大,皇威震八区。风烟通地轴,星象正天枢。天枢阴南北,地轴殊乡国。辟门通舜宾,比屋封尧德。言谢垂钩隐,来参负鼎职。天子不见知,群公讵相识。未展从东骏,空戢图南翼。时命欲何言,抚膺长叹息。叹息将如何,游人意气多。白雪梁山曲,寒风易水歌。泣魏伤吴起,思赵切廉颇。凄断韩王剑,生死翟公罗。罗悲翟公意,剑负韩王气。骄饵去易论,忌途良可畏。夙昔怀江海,平生混泾渭。千载契风云,一言忘贱贵。去去访林泉,空谷有遗贤。言投爵里刺,来泛野人船。缔交君赠缟,投分我忘筌。成风郢匠斫,流水伯牙弦。牙弦忘道术,漳滨恣闲逸。聊安张蔚庐,讵扫陈蕃室。虚室狎招寻,敬爱混浮沉。一诺黄金信,三复白珪心。霜松贞雅节,月桂朗冲襟。灵台万顷浚,学府九流深。谈玄明毁璧,拾紫陋籝金。鹭涛开碧海,凤彩缀词林。林虚星花映,水澈霞光净。霞水两分红,川源四望通。雾卷天山静,烟销太史空。鸟声流向一作迴薄,蝶影乱芳丛。柳阴低箨一作堑水,荷气上薰风。风月芳菲节,物华纷可悦。将欢促席赏,遽尔又归别。积水带吴门,通波连禹穴。赠言虽欲尽,机心庶应绝。潘岳本自闲,梁鸿不因热。一瓢欣狎道一作遁,三月聊栖拙。栖拙隐金华,狎道访仙槎。放旷愚公谷,消散野人家。一顷南山豆,五色东陵瓜。野衣裁薜叶,山酒酌藤花。白云离望远,青溪隐路赊。倪忆幽岩桂,犹冀折疏麻。

在江南赠宋五之问

井络双源浚,浔阳九派长。沧一作轮波通地穴,输委下归塘。别岛笼朝蜃,连洲拥夕涨一作阳。韫珠澄一作成积润,让璧动浮光。浮光凝折水,积润疏圆泐。玉轮涵地开,剑阁一作匪,又作匪连星起。风烟标迥秀,英灵信多美。怀德践遗芳,端操惭谋己。谋已谬观光,牵迹强凄惶。揆拙迷三省,劳生昧一作暗两忘。弹随一作冠空被笑,献楚自多伤。一朝殊默语,千里易一作异炎凉。炎凉几迁贸,川一作水陆疲臻凑。积水架吴涛,连山横楚岫。风月虽殊昔,星河犹是旧。姑苏望南浦,邯郸通北走。北走平生亲,南浦别离津。潇湘一超忽,洞庭多苦辛。秋江无绿芷,寒汀有白蘋。采之一作采采将何遗,故人漳水滨。漳滨已辽远,江潭未旋返。为听短歌行,当想一作忆长洲苑。露金熏菊岸,风佩摇兰坂。蝉鸣稻叶秋,雁起芦花晚。晚秋一作秋天云日明,亭皋风雾一作露清。独负平生气,重一作空牵摇落情。占星非聚德,梦月讵悬名。寂寥伤楚奏,凄断泣秦声。秦声怀旧里,楚奏悲无已。郢路少知音,丛台富奇士。温辉凌爱日,壮气惊寒水。一顾重风云,三冬足文史。文史盛纷纶,京洛多风尘。犹轻一作由来五

车富,未重一囊贫。李仙非一作悲易托,苏鬼尚一作曲难因。不惜劳歌尽,谁为听阳春。

晚憩田家

转蓬劳远役,披薜下田家。山形类九折,水势急三巴。悬梁接断岸,涩路拥崩查。雾岩沦晓魄,风溆涨寒沙。心迹一朝舛,关山万里赊。龙章徒表越,闽俗本殊华。旅行悲一作劳泛梗,离赠折疏麻。唯有寒潭菊,独似故园花。

出石门

层岩远接天,绝岭上栖烟。松低轻盖偃,藤细弱丝一作钩悬。石明如挂镜,苔分似列钱。暂策为龙杖,何处得神仙。

至分陕

陕西开胜壤,召南分沃畴。列树巢维鹊,平渚下雎鸠。憩棠疑勿剪,曳葛似攀樛。至今王化美,非独在隆周。

寓居洛滨对雪忆谢二一作洛滨对雪忆谢二兄弟

旅思眇难裁,冲飙恨易哀。旷望洛川晚,飘飖瑞雪来。积彩明书幌,流韵绕一作响琴台。色夺迎仙羽,花避犯霜梅。谢庭赏方逸,袁扉掩未开。高人倪有访,兴尽讵须回。

北眺舂陵

揽辔疲宵迈,驱马倦晨兴。既出封泥谷,还过避雨陵。山行明照上,谿宿密云蒸。登高徒欲赋,词殚独抚膺。

夏日游目聊作

暂屏嚣尘累,言寻物外情。致逸心逾默,神幽体自轻。浦夏荷香满,田秋麦气清。讵假沧浪上,将濯楚臣缨。

同崔驸马晓初登楼思京

丽谯通四望,繁忧起万端。绮疏低晚魄,镂槛肃初寒。白云乡思远,黄图归路难。唯余西向笑,暂似当长安。

月夜有怀简诸同病

闲庭落景尽,疏帘夜月通。山灵响似应,水净望如空。栖枝犹绕鹊,遵渚未来鸿。可叹高楼妇,悲思杳难终。

叙寄员半千

薄宦三河道,自负十余年。不应惊若厉,只为直如弦。坐历山川险,吁嗟陵谷迁。长吟空抱膝,短翮讵冲天。魂归沧海上,望断白云前。钓名劳拾紫,隐迹自谈玄。不学多能圣,徒思鸿宝仙。斯志良难已,此道岂徒然。嗟为刀笔吏,耻从绳墨牵。岐路情虽狎,人伦地本偏。长揖谢时事,独往访林泉。寄言二三子,生死不来旋。

咏怀古意上裴侍郎

三十二余罢,鬓是潘安仁。四十九仍入,年非朱买臣。纵黄愁系越,坎壈倦游秦。出笼穷短翮,委辙涸枯鳞。穷经—作磨铅不沾用,弹铗欲谁申。天子未驱策,岁月几沉沦。轻生长慷慨,效死独殷勤。徒歌易水客,空老渭川人。一得视边塞,万里何苦辛。剑匣胡霜影,弓开汉月轮。金刀动秋色,铁骑想风尘。为国坚诚款,捐躯忘贱贫。勒功思比宪,决略暗欺陈。若不犯霜雪,虚掷玉京春。

春夜韦明府宅宴得春字

酌桂陶芳夜,披薜啸幽人。雅琴驯鲁—作野雉,清歌落范—作梁尘。宿云低迥盖,残月上虚轮。幸此承恩洽,聊当故乡春。

过张平子墓

西鄂该通理,南阳擅德音。玉卮浮藻丽,铜浑积思深。忽怀今日昔,非复昔时今。日落丰碑暗,风来古木吟。惟叹穷泉下,终郁羡鱼心。

从军中行路难二首—作行军军中行路难,一作军中行路难

君不见封狐雄虺自成群,冯深负固结妖氛。玉玺分兵征恶少,金坛受律动—作劝将军。将军拥旄宣庙略,战士横行—作戈静夷落。长驱一息背铜梁,直指三巴登剑阁。阁道岩峣起戍楼,剑门遥裔俯灵丘。邛关九折无平路,江水双源有急流。征役无期返,他乡岁华晚。杳杳丘陵出,苍苍林薄远。途危紫盖峰,路涩青泥坂。去去指哀牢,行行入不毛。绝壁千里—作重险,连山四望高。中外分区宇,夷夏殊风土。交趾枕南荒,昆弥临北户。川原绕—作饶毒雾,溪谷多淫雨。行潦四时流,崩查千岁古。漂梗飞蓬不自安,扪藤引葛度危峦。昔时闻道从军乐,今日方知行路难。沧江绿水东流驶,炎洲丹徼南中地。南中南斗映星河,秦川秦塞阴烟波。三春边地风光少,五月泸中瘴疠多。朝驱疲斥候,夕息倦樵歌。向月弯繁弱,连星转太阿。重义轻生怀一顾,东伐西征凡几度。夜夜朝朝斑鬓新,年年岁岁戎衣故。灞城隅,滇池水,天涯望转积,地际行无已。徒觉炎凉节物非,不知关山千万里。弃置勿重陈,征行多苦辛。且悦清笳杨柳曲,讵忆芳园桃李人。绛节朱旗分白羽,丹心白刃酬明主。但令一被君王知,谁惮三边征战苦。行路难,—本下有行路难岐路字。几千端,无复归云凭短翰,空余望日想长安。—本无空余二字,此篇一本作辛常伯诗。

君不见玉关尘色暗边庭,铜鞮杂虏寇长城。天子按剑征余勇,将军受脤事横行。七德龙韬开玉帐,千里鼍鼓叠—作千重龟叠动金钲。阴山苦雾埋高垒,交河孤月照连营。连营去去无穷极,拥旆遥遥过绝国。阵云朝结晦天山,寒沙夕涨迷疏勒。龙鳞水上开鱼贯,马首山前振雕翼。长驱万里詟祁连,分麾三命武功宣。百发乌号遥碎柳,七尺龙文迥照莲。春来秋去移灰琯,兰闺柳市芳尘断。雁门迢递尺书稀,鸳被相思双带缓。行路难,行路难,誓令氛祲静皋兰。但使封侯龙额贵,讵—作顾随中妇凤楼寒。同辛常伯作。

帝京篇

山河千里国,城阙九重门。不睹皇居壮,

安知天子尊。皇居帝里崤函谷,鹑野龙山侯甸服。五纬连影集星躔,八水分流横地轴。秦塞重关一百二,汉家离宫三十六。桂殿嶔—作阴岑—作崟对玉楼,椒房窈窕连金屋。三条九陌丽—作凤城隈,万户千门平旦开。复道斜通鸤鹊观,交衢直指凤凰台。剑履南宫入,簪缨北阙来。声名冠寰宇,文物象昭回。钩陈肃兰戺,璧沼浮槐市。铜羽—作雀应风回,金茎承露起。校文天禄阁,习战昆明水。朱邸抗—作接平台,黄扉通戚里。平台戚里带崇墉,炊—作灼金馔玉待鸣钟。小堂绮帐三千户,大道青楼十二重。宝盖雕鞍金络马,兰窗绣柱玉盘龙。绣—作绮柱璇题粉—作彩壁映,锵金鸣玉王侯盛。王侯贵人多近臣,朝游北里暮南邻。陆贾分金将宴喜,陈尊投辖正—作尚留宾。赵李经过密,萧朱交结亲。丹凤朱城白日暮,青牛—作巾绀幰红尘度。侠客珠弹垂杨道,倡妇银钩采桑路。倡家桃李自芳—作芬菲,京华游侠盛—作事轻肥。延年女弟双凤—作飞入,罗敷使君千骑归。同心结缕带,连理织成衣。春朝桂尊尊百味,秋夜兰灯灯九微。翠幌珠帘不独映,清歌宝瑟自相依。且论三万六千—作二八千金是,宁知四十九年非。古来荣—作名利若浮云,人生倚伏信难分。始见田窦相移夺—作倾代,俄闻卫霍有功勋。未厌金陵气,先开石椁文。朱门无复张公子,灞亭谁畏李将军。相顾百龄皆有待,居然万化咸应改。桂枝芳气已销亡,柏梁高宴今何在。春去春来苦自驰,争名争利徒尔为。久留郎署终难遇,空扫相门谁见知。《纪事》无春去四句。当时—作莫矜—旦擅豪华,自言千载长骄奢。倏忽抟风生羽翼,须臾失浪委泥沙。黄雀—作鹞徒巢桂—作柱,青门遂种瓜。黄金销铄素丝变,一贵一贱交情见。红颜宿昔白头新,脱粟布衣轻故人。故人有湮沦,新知无意气。灰死韩安国,罗伤翟廷尉。已矣哉,归去来。马卿辞蜀多文藻,扬雄仕汉乏良媒。三冬自矜诚足用,十年不调几遭回。汲黯薪逾积,孙弘阁未开。谁惜长沙傅—作赋,独负洛阳才。

畴昔篇

少年重英侠,弱岁贱衣冠。既托囊中赏,方承膝下欢。遨游漼水—作陵曲,风月洛城端。且知无玉馔,谁肯逐金丸。金丸玉馔盛繁华,自言轻侮季伦家。五霸争驰千里马,三条竞骛七香车。掩映飞轩乘落—作夜照,参差步障引—作列朝霞。池中旧水如悬镜—作涵明月,屋里新妆不让花。意气风云倏如昨,岁月春秋—作岁去年来屡回薄。上苑频经柳絮飞,中园几见—作番梅花落。当时门客今何在,畴昔交朋—作游已疏索。莫—作不教憔悴损容仪,会得—作在高秋云雾廓。淹留坐帝乡,无事积—作度炎凉。一朝披短褐,六载奉长廊—作赋长杨。赋文惭昔马,执戟叹—作慕前扬。挥戈出武帐,荷笔入文昌。文昌隐隐皇城里,由来奕奕多才子。潘陆词锋骆—作络驿飞,张曹翰—作曹张文苑纵横起。卿相未曾识,王侯宁见拟。垂钓甘成白首翁—作徒劳倦,负薪何处逢知己。判—作谁将运命赋穷通,从来奇—作命舛任西东。不应—作岂教永弃同刍狗,且复飘飘类转蓬。容—作客鬓年年异,春华岁岁同。荣亲未尽礼,徇主欲申功。脂车秣马辞乡—作京国,纡—作策辔西南使邛僰。玉垒铜梁不易攀,地角天涯眇难测。莺啼蝉吟—作鸣有悲望,鸿来雁度无音息。阳关积雾万里昏,剑阁连山千种色。蜀路何悠悠,岷峰阻且修。回肠随九折,迸泪连—作下双流。寒光—作云千里暮,露气二江秋。长途看束—作策马,平水且沉牛。华阳旧地标神制,石镜蛾眉真—作偏秀丽。诸葛才雄已号龙,公孙跃马轻称帝。五丁卓荦多奇力,四士英灵富—作用文艺。云气横开八阵形,桥形遥分七星势。川平烟雾开,游戏锦城隈。墉—作墙高龟望出—作步转,水净雁文回。寻姝入酒肆,访客上琴台。不识金貂重,偏惜玉山颓。他乡冉冉消年月,帝里沈沈限—作悠悠恨城阙。不见猿声助客啼,唯闻旅思将花发。我家迢递关山里,关山迢递不可越。故园梅柳尚余春—作有余,来时—作春来勿使芳菲歇。解鞅—作袂欲言归,执袂怆多违。

北梁俱握手，南浦共沾衣。别情伤去盖，离念惜徂—作光辉。知音何所托，木落雁南飞。回来望—作卧平陆，春来酒应熟。相将菌阁卧—作望青溪—作沂，且用藤杯泛黄菊。十年不调—作达为贫贱，百日屡迁随倚伏。只为须求负郭田，使我再干州县—作郭禄。百年郁郁少腾迁，万里遥遥—作迢迢入镜川。浃—作吴江拂潮冲白日—作浪，淮海长波接远天。丛竹凝朝露，孤山起暝烟。赖有边城月，常伴—作来傍客旌悬。东南美箭称吴会，名都隐轸三江外。涂山执玉应昌期—作朝，曲水开襟重文会。仙镝流音鸣鹤岭，宝剑分辉落蛟濑。未看白马对芦刍，且觉浮云似车盖。江南节序多，文酒屡经过。共—作莫踏春江曲，俱—作但唱采菱歌。舟移疑入镜，棹举若乘波。风光无限极—作敷，归楫碍池荷。眺听烟霞正流昕，即从王事归舻转。芝田花月—作发屡裴回，金谷佳期重游衍。登高北望—作南适喧梁叟，凭轼西征想潘掾。峰开华岳耸疑莲，水激龙门急如箭。人事谢光阴，俄遭霜露侵。偷存七尺影，分没九泉深。穷途行泣玉，愤路未藏金。茹荼空—作徒有叹，怀橘独伤心。年来岁去成销铄，怀抱心期渐寥落。挂冠裂冕已辞荣，南亩东皋事耕凿。宾阶客院常疏散，蓬径柴扉终寂寞。自有林泉堪隐栖，何必山中事丘壑。我住青门外，家临素浐滨。遥瞻丹凤阙，斜望黑龙津。荒衢通猎骑，穷巷抵樵轮。时有桃源客，来访竹林人。昨夜琴声奏悲调，旭旦含毫不成—作笑。果乘骢马发嚣书，复道郎官禀纶诰—作诏。冶长非罪曾缧绁，长孺然灰也经溺。高—作于门有阋不图封，峻笔无闻敛敷妙。适离京兆谤，还从御史—作府弹。炎威资—作分夏景，平曲况秋翰。画地终难入，书空自不安。吹毛未—作犹可待，摇尾且求餐。丈夫坎壈多愁疾，契阔沌邅尽今日。慎罚宁凭两造辞，严科直挂三章律。邹衍衔悲系燕狱，李斯抱怨拘秦桎—作梏。不应白发顿成丝，直为黄沙暗如漆。紫禁终难叫，朱门不易—作可排。惊魂闻叶落，危魄逐轮埋。霜威遥有厉，雪杜遂—作枉更无阶。含冤欲谁道，饮气独居

怀。忽闻驿使发关东，传道天波万里通。涸鳞去辙还游—作先游海，幽禽释网便—作更翔空。舜泽尧曦方有极，逸言巧佞偿无穷。谁能跼迹—作蹲依三辅，会就商山访四翁。

艳情代郭氏答卢照邻

迢迢芊—作芋路望芝田，眇眇函关恨—作限蜀川。归云已落涪江外，还雁应过洛水瀍。洛水傍连帝城侧，帝宅层甍垂凤翼。铜驼路上柳千条，金谷园中花几色。柳叶园花处处新，洛阳桃李应芳春。妾向双流窥石镜，君住三川守玉人。此时离别那堪道，此日空床对芳沼。芳沼徒游比目鱼，幽径还生拔心草。流风回雪傥便娟，骥子鱼文实可怜。掷果河阳君有分，货—作卖酒成都妾亦然。莫言贫贱无人重，莫言富贵应须种。绿珠犹得石崇怜，飞燕曾经汉皇宠。良人何处醉纵横，直如循默守空名。倒提新缣成慊慊，翻将故剑作平平。离前吉梦成兰兆，别后啼痕上竹生。别日分明相约束，已取宜家成诫勖。当时拟弄掌中珠，岂谓先摧庭际玉。悲鸣五里无人问，肠断三声谁为续。思君欲上望夫台，端居懒听将雏曲。沉沉落日向山低，檐前归燕并头栖。抱膝当窗看夕兔，侧耳空房听晓鸡。舞蝶临阶只自舞，啼鸟逢人亦助啼。独坐伤孤枕，春来悲更甚。峨眉山上月如眉，濯锦江中霞似锦。锦字回文欲赠君，剑壁层峰自纠纷。平江森森分清浦，长路悠悠间白云。也知京洛多佳丽，也知山岫遥亏蔽。无那短封即疏索，不在长情守期契。传闻织女对牵牛，相望重河隔浅流。谁分迢迢经两岁，谁能脉脉待三秋。情知唾井终无理，情知覆水也难收。不复下山能借问，更向卢家字莫愁。

代女道士王灵妃赠道士李荣

玄都五府风尘绝，碧海三山波浪深。桃实千年非易待，桑田一变已难寻。别有仙居对三市，金阙银宫相向起。台前镜影伴仙娥，楼上箫声随凤史。凤楼迢递绝尘埃，莺时物色正裴回。灵芝紫检参差长，仙桂丹花重叠开。双童绰约时游陟，三鸟联翩报消息。尽言真侣出遨

游,传道风光无限极。轻花委砌惹裾香,残月窥窗觇幌色。个时无数并妖妍,个里无穷总可怜。别有众中称黜帝,天上人间少流例。洛滨仙驾启遥源,淮浦灵津符远箓。自言少小慕幽玄,只言容易得神仙。佩中邀勒经时序,箫里寻思复几年。寻思许事真情变,二人容华识少选。漫道烧丹止七飞,空传化石曾三转。寄语天上弄机人,寄语河边值查客。乍可匆匆共百年,谁使遥遥期七夕。想知人意自相寻,果得深心共一心。一心一意无穷已,投漆投胶非足拟。只将羞涩当风流,持此相怜保终始。相怜想念倍相亲,一生一代一双人。不把丹心比玄石,惟将浊水况清尘。只言柱下留期信,好欲将心学松薜。不能京兆画蛾眉,翻向成都骋骀引。青牛紫气度灵关,尽素艳鳞去不还。连苔上砌无穷绿,修竹临坛几处斑。此时空床难独守,此日别离那可久。梅花如雪柳如丝,年去年来不自持。初言别在寒偏在,何悟春来春更思。春时物色无端绪,双枕孤眠谁分许。分念娇莺一种啼,生憎燕子千般语。朝云旭日照青楼,迟晖丽色满皇州。落花泛泛浮灵沼,垂柳长长拂御沟。御沟大道多奇赏,侠客妖容递来往。宝骑连花铁作钱,香轮鸯水珠为网。香轮宝骑竞繁华,可怜今夜宿倡家。鹦鹉杯中浮竹叶,凤凰琴里落梅花。许辈多情偏送款,为问春花几时满。千回鸟信说众诸,百过莺啼说长短。长短众诸判不寻,千回百过浪关心。何曾举意西邻玉,未肯留情南陌金。南陌西邻咸自保,还嗒归期须及早。为想三春狭斜路,莫辞九折邛关道。假令白里似长安,须使青牛学剑端。蘋风入驭来应易,竹杖成龙去不难。龙飙去去无消息,鸾镜朝朝减容色。君心不记下山人,妾欲空期上林翼。上林三月鸿欲稀,华表千年鹤未归。不分淹留桑路待,只应直取桂轮飞。

全唐诗卷七十八

骆宾王

从军行

平生一顾重—作念,意气溢三军。野日分戈影,天星合剑文。弓弦抱汉月,马足践胡尘。不求生入塞,唯当死报君。

王昭君—作昭君怨

敛容辞豹尾,缄恨度龙鳞。金钿明汉月,玉箸染胡尘。古—作妆镜菱花暗,愁眉柳叶颦。唯有清笳曲,时闻芳树春。

于紫云观赠道士并序

余乡国一辞,江山万里。昔年离别,还同塞北之兔;今日归来,即似辽东之鹤。先生情均得兔,忘筌之契已深;路是亡羊,分岐之恨逾切。不题短什,何汰衷襟。

碧落澄秋景,玄门启曙关。人疑列御至,客似令威还。羽盖徒欣仰,云车未可攀。只应倾玉醴,时许寄颓颜。

渡瓜步江

捧檄辞幽径,鸣榔下贵—作遣洲。惊涛疑跃马,积气似连牛。月迥寒沙净,风急夜江秋。不学浮云影,他乡空—作客滞留。

途中有怀

眷然怀楚奏,怅矣背秦关。涸鳞惊照—作煦辙,坠羽怯虚弯。素服三川化,乌裘十上还。莫言无皓齿,时俗薄朱颜。

至分水戍

行役忽离忧,复此怆分流。溅石回湍咽,萦丛曲涧幽。阴岩常结晦,宿莽竞含秋。况乃霜晨早,寒风入戍楼。

望乡夕泛

归怀剩不安,促榜犯风澜。落宿含楼近,浮月带江寒。喜逐行前至,忧从望里宽。今夜南枝鹊,应无绕树难。

久客临海有怀

天涯非日观,地纪望星楼。练光摇乱马,剑气上连牛。草湿姑苏夕,叶下洞庭秋。欲知凄断意,江上涉安流。

游茺部逢孔君自卫来,欣然相遇若旧

游人自卫返,背客隔淮来。倾盖金兰合,忘筌玉叶开。繁花明日柳,疏蕊落风梅。将期重交态,时慰不然灰。

西京守岁

闲居寡言宴,独坐惨风尘。忽见严冬尽,方知列宿春。夜将寒色去,年共晓光新。耿耿他乡夕,无由展旧亲。

同辛簿简仰酬思玄上人林泉四首

闻君招隐地,仿佛武陵春。缉芰知还楚,披榛似避秦。崩查年祀积,幽草岁时新。一谢沧浪水,安知有逸人。

芳晨临上月,幽赏狎中园。有蝶堪成梦,无羊可触藩。忘怀南涧藻,蠲思北堂萱。坐叹华滋歇,思君谁为言。

林泉恣探历,风景暂裴徊。客有迁莺处,人无结驷来。聚花如薄雪,沸水若轻雷。今日徒招隐,终知异凿坏。

俗远风尘隔,春还初服迟。林疑中散地,人似上皇时。芳杜湘君曲,幽兰楚客词。山中有春草,长似寄相思。

秋日饯陆道士陈文林并序

陆道士将游西辅,通庄指浮气之关;陈文林言返东吴,修途走落星之浦。于是维舟锦水,藉兰若以开筵;继骑金堤,泛榴花于祖道。于时赤烟沉节,青女司晨。霜雁衔芦,举宾行而候气;寒蝉噪柳,带凉序以含情。加以山接太行,笔羊肠而飞盖;河通少海,疏马颊以开澜。登高切送归之情,临水感逝川之叹。既而嗟别路之难驻,惜离尊之易倾。虽漆园筌蹄,已忘然一作言于道术。而陟阳风雨,尚抒情于咏歌。各赋一言,同为四韵。庶几别后,有畅离忧云尔。

青牛游华岳,赤马一作鸟走吴宫。玉柱离鸿怨,金罍浮蚁空。日霁崤陵雨,尘起洛阳风。唯当玄度月,千里与君同。

送郑少府入辽,共赋侠客远从戎

边烽警榆塞,侠客度桑乾。柳叶开银镝,桃花照玉鞍。满月临弓影,连星入剑端。不学燕丹客,空歌易水寒。

送费六还蜀

星楼望蜀道,月峡指吴门。万行流别泪,九折切惊魂。雪影含花落,云阴带叶昏。还愁三径晚,独对一清尊。

秋日送侯四得弹字

我留安豹隐,君去学鹏抟。岐路分襟易,风云促膝难。夕涨流波急,秋山落日寒。惟有思归引,凄断为君弹。

秋日送尹大赴京并序

尹大官三冬道畅,指兰台而拾青;薛六郎四海情深,飞桂尊而举白。于时兔苑东上,龙火西流。剑彩沉波,碎楚莲于秋水;金辉照岸,秀陶菊于寒堤。既切送归之情,弥轸穷途之感。重以清江带地,闻吴会于星津。白云在天,望长安于日路。人之情也,能不悲乎?虽道术相望,叶神交于灵府。而风烟悬隔,贵申心于翰林。请振词锋,用开笔海。人为四韵,用慰九秋。

挂瓢余隐舜,负鼎尔干汤。竹叶离樽满,桃花别路长。低河耿秋色,落月抱寒光。素书如可嗣,幽谷伫宾行。

秋夜送阎五还润州并序

阎五官言返维桑,修途指金陵之地;李六郎交深投漆,开筵浮白玉之尊。于时壁彩澄虚,漏轻光于云叶;珪阴散迥,摇碎影于风梧。虽桂醑兰缸,暂淹留于一夕。而青山黄鹤,将惆怅于九秋。请勒四言,俱伸五际。

通庄抵旧里,沟水泣新知。断云飘易滞,连露积难披。素风啼一作翻迥堞,惊月绕疏枝。无力励短翰,轻举送长离。

送王明府参选赋得鹤
　　振衣游紫府，飞盖背青田。虚心恒警露，孤影尚凌烟。离歌凄妙曲，别操绕繁弦。在阴如可和，清响会闻天。

秋日送别
　　寂寥心事晚，摇落岁时秋。共此伤年发，相看惜去留。当歌应破涕，哀命返穷愁。别后能相忆，东陵有故侯。

别李峤得胜字
　　芳尊徒自满，别恨转难胜。客似游江岸，人疑上灞陵。寒更承夜永，凉景向秋澄。离心何以赠，自有玉壶冰。

在兖州饯宋五之问
　　淮沂泗水地，梁甫汶阳东。别路青骊远，离尊绿蚁空。柳寒凋密翠，棠晚落疏红。别后相思曲，凄断入琴风。

游灵公观
　　灵峰一作岑标胜境一作地，神府枕通川。玉殿斜连汉，金堂迥架烟。断风疏晚竹，流水切危弦。别有青门外，空怀玄圃仙。

夏日游山家同夏少府
　　返照下层岑，物外狎招寻。兰径熏幽佩，槐庭落暗金。谷静风声彻，山空月色深。一遣樊笼累，唯余松桂心。

初秋登王司马楼宴得同字并序
　　司马公千里腾光，翼外台而展足。九日多暇，敞丽谯以开筵。于时葭散秋灰，檀移夏火。鸿飞渐陆，流断吹以来寒。鹤鸣在阴，振中天而警露。于是肴开玉馔，交杂佩而薰兰；酒泛金翘，映清尊而湛菊。虽傍临广派，有异章渠之游。而俯瞰崇墉，雅叶城隅之会。物色相召，江山助人。请振翰林，用濡笔海云尔。
　　展骥端居暇，登龙喜一作嘉宴同。缔赏三清满，承欢六义通。野晦寒阴积，潭虚夕照空。顾惭非梦鸟，滥此厕雕虫。

初秋于窦六郎宅宴并序
　　六郎道合采葵，啸悬鹑而契赏。诸君情谐伐木，仰登龙以缔欢。于时一叶惊寒，下陈柯而卷翠；百花凝照，澹虚牖以披红。既而俱欣得兔之情，共掩亡羊之泪。物我双致，匪石席以言兰；心口两齐，混污隆而酌桂。虽忘签戴笠，兴交态于灵台。而搦管操觚，叶神心于胜气。盍陈六义，诗赋一言。即事凝毫，成者先唱云尔。
　　千里风云契，一朝心赏同。意尽深交合一作通家冷，神灵俗累空。草带一作砌销寒翠，花枝发一作缸敛夜红。唯将澹若水，长揖古人风。

冬日宴
　　二三物外友，一百杖头钱。赏洽袁公地，情披乐令天。促席鸾觞满，当炉兽炭然。何须攀桂树，逢此自留连。

镂鸡子
　　幸遇清明节，欣逢旧练人。刻花争脸态，写月竞眉新。晕罢空余月，诗成并道春。谁知怀玉者，含响未吟晨。

咏美人在天津桥
　　美女出东邻，容与上天津。整衣香满路，移步袜生尘。水下看妆影，眉头画月新。寄言曹子建，个是洛川神。

送宋五之问得凉字
　　愿言游泗水，支离去二漳。道术君所笃，筌蹄余自忘。雪威侵竹冷，秋爽带池凉。欲验离襟切，岐路在他乡。

宪台出絷寒夜有怀
　　独坐怀明发，长谣苦未安。自应迷北叟，谁肯问南冠。生死交情异，殷忧岁序阑。空余朝夕鸟，相伴夜啼寒。

送郭少府探得忧字
　　开筵枕德水，辍棹舣仙舟。贝阙桃花浪，龙门竹箭流。当歌凄别曲，对酒泣离忧。还望青门外，空见白云浮。

冬日过故人任处士书斋

神交尚投漆,虚室罢游兰。网积窗文乱,苔深履迹残。雪明书帐冷,水静墨池寒。独此琴台夜—作上,流水为谁弹。

送刘少府游越州

一丘余枕石,三越尔怀铅。离亭分鹤盖,别岸指龙川。露下—作背夏蝉声断,寒来—作来寒雁影连。如何沟水上,凄断听离弦。

赋得白云抱幽石—无赋得二字

重岩抱危石,幽涧曳轻云。绕镇仙衣动,飘蓬羽盖分。锦色连花静,苔光带叶熏。讵知吴会影,长抱谷城文。

赋得春云处处生—无赋得二字

千里年光静,四望春云生。椉—作暂日祥光举,疏云瑞叶轻。盖阴笼迥树,阵影抱危城。非将吴会远,飘荡帝乡情。

在狱咏蝉并序

余禁所禁垣西,是法厅事也,有古槐数株焉。虽生意可知,同殷仲文之古树,而听讼斯在,即周召伯之甘棠。每至夕照低阴,秋蝉疏引,发声幽息,有切尝闻。岂人心异于曩时,将虫响悲于前听。嗟乎!声以动容,德以象贤。故洁其身也,禀君子达人之高行;蜕其皮也,有仙都羽化之灵姿。候时而来,顺阴阳之数,应节为变,审藏用之机。有目斯开,不以道昏而昧其视;有翼自薄,不以俗厚而易其真。吟乔树之微风,韵资天纵;饮高秋之坠露,清畏人知。仆失路艰虞,遭时微缧。不哀伤而自怨,未摇落而先衰。闻蟪蛄之流声,悟平反之已奏;见螳螂之抱影,怯危机之未安。感而缀诗,贻诸知己。庶情沿物应,哀弱羽之飘零;道寄人知,悯余声之寂寞。非谓文墨,取代幽忧云尔。

西陆蝉声唱,南冠客思侵。那堪玄鬓影,来对白头吟。露重飞难进,风多响易沉。无人信高洁,谁为表予心。

咏水

列名通地纪,疏派合天津。波随月色净,态逐桃花春。照霞如隐石,映柳似沉鳞。终当挹上善,属意澹交人。

同张二咏雁

嗟藻沧江远,衔芦紫塞长。雾深迷晓景,风急断秋行。阵照通宵月,书封几夜霜。无复能鸣分,空知愧稻粱。

咏雪

龙云玉叶上,鹤雪瑞花新。影乱铜乌吹,光销玉马津。含辉明—作朗素篆,隐迹表—作奉祥轮。幽兰不可俪,徒自绕阳春。

咏云酒

朔空曾纪历,带地旧疏泉。色泛临砀瑞,香流赴蜀仙。款交欣散玉,洽友悦沉钱。无复中山赏,空吟吴会篇。

尘灰

洛川流雅韵,秦道擅苛威。听歌梁上动,应律管中飞。光飘神女袜,影落羽人衣。愿言心未翳,终冀效轻微。

秋晨同淄川毛司马秋九咏

秋风

紫陌炎氛—作气歇,青蘋晚吹浮。乱竹摇疏影,萦池织细流。飘香曳舞袖,带粉泛妆楼。不分君恩绝,纨扇曲中秋。

秋云

南陆铜浑改,西效玉叶轻。泛斗瑶光动—作暗,临阳瑞色明。盖阴连凤阙,阵影翼龙城。讵知时不遇,空伤流滞情。

秋蝉

九秋行已暮,一枝聊暂安。隐榆非谏楚,噪柳异悲潘。分形妆薄鬓,镂影饰危冠。自怜疏影断,寒林夕吹寒。

秋露

玉关寒气早,金塘秋色—作气归。泛掌光逾净,添荷—作河滴尚微。变霜凝晓液,承月委圆辉。别有吴台上,应湿楚臣衣。

秋月

云披玉绳净,月—作桂满镜轮—作光圆。裹露珠晖—作朱花冷,凌霜桂影—作纨扇寒。漏彩含疏薄,浮光漾急澜。西园徒自赏,南飞终未安。

秋水

贝—作金阙寒流彻,玉轮秋浪清。图云锦色净,写月练花明。泛曲鹍弦动,随轩凤辖惊。唯当御沟上,凄断送归情。

秋萤

玉虹分静夜,金萤照晚凉。含辉疑泛月,带火怯凌霜。散彩萦虚牖,飘花绕洞房。下帷如不倦,当解惜余光。

秋菊

擢秀三秋晚,开芳十步中。分黄俱笑日,含翠共摇风。碎影涵流动,浮香隔岸通。金翘徒可泛,玉斝竟谁同。

秋雁

联翩辞海曲,遥曳指江干。阵去金河冷,书归玉塞寒。带月凌空易,迷烟逗浦难。何当同顾影,刷羽泛清澜。

乐大夫挽词五首

可叹浮生促,吁嗟此路难。丘陵一起恨,言笑几时欢。萧索郊埏晚,荒凉井径寒。谁当门下客,独见有任安。

蒿里谁家地,松门何代丘。百年三万日,一别几千秋。返照寒无影,穷泉冻不流。居然同物化,何处欲藏舟。

昔去梅笳发,今来薤露晞。彤驺朝帝阙,丹旐背王畿。城郭犹疑是,原陵稍觉非。九原如可作,千载与谁归。

一旦先朝菌,千秋掩夜台。青乌新兆去,白马故人来。草露当春泣,松风向暮哀。宁知荒垄外,吊鹤自裴徊。

忽见泉台路,犹疑水镜悬。何如开白日,非复睹青天。华表迎千岁,幽扃送百年。独嗟流水引,长掩伯牙弦。

丹阳刺史挽词三首

百龄嗟倏忽,一旦向—作附山阿。丹桂销已—作亡尽,青松哀更—作思多。薰风虚听曲,薤露反成歌。自有藏舟处,谁怜隙驷过。

恻怆恒山羽,留连棣萼篇。佳城非旧日,京兆即新阡。城郭三千岁,丘陵几万年。唯余松柏垄,朝夕起寒烟。

短歌三献曲,长夜九泉台。此室玄扃掩,何年白日开。荒郊疏古木,寒隧积陈荄。独此伤心地,松声薄暮来。

称心寺

征帆恣远寻,逶迤过称心。凝滞蘅葰岸,沿洄楂柚林。穿漱不厌曲,舣潭惟爱深。为乐凡几许,听取舟中琴。

陪润州薛司空丹徒桂明府游招隐寺

共寻招隐寺,初识戴颙家。还依旧泉壑,应改昔云霞。绿竹寒天笋,红蕉腊月花。金绳倘留客,为系日光斜。

全唐诗卷七十九

骆宾王

棹歌行

写月涂黄罢,凌波拾翠通。镜花摇荇日,衣麝入荷风。叶密舟难荡,莲疏浦易空。凤媒羞自托,鸳翼恨难穷。秋—作愁帐灯华—作光翠,倡楼粉色红。相思无别曲,并在棹歌中。

海曲书情

薄游倦千里,劳生负百年。未能槎上汉,讵肯剑游燕。白云照春海,青山横曙天。江涛让双璧,渭水掷三钱。坐惜风光晚,长歌独块然。

蓬莱镇

旅客春心断,边城夜望高。野楼疑海气,白鹭似江涛。结绶疲三入,承冠泣二毛。将飞怜弱羽,欲济乏轻舠。赖有阳春曲,穷愁且代劳。

和李明府

传闻叶县履,飞向洛阳城。驰道临层掖,津门对小平。霞残疑制锦,云度似飘缨。藻掞潘江澈,尘虚范甑清。讵怜冲斗气,犹向匣中鸣。

春晚从李长史游开道林故山

幽寻极幽壑,春望陟春台。云光栖断树,灵影入仙杯。古藤依格上,野径约山隈。落蕊翻风去,流莺满树来。兴阑荀御动,归路起浮埃。

冬日野望

故人无与晤,安步陟山椒。野静连云卷,川明断雾销。灵岩闻晓籁,洞浦涨秋潮。三江归望断,千里故乡遥。劳歌徒自奏,客魂谁为招。

晚渡黄河

千里寻归路，一苇乱平源。通波连马颊，迸水急龙门。照日荣光净，惊风瑞浪翻。棹唱临风断，樵讴入听喧。岸迥秋霞落，潭深夕雾繁。谁堪逝川上，日暮不归魂。

宿山庄

金陵一超忽，玉烛几还周。露积吴台草，风入郢门楸。林虚宿断雾，磴险挂悬流。拾青非汉策，化缁类秦裘。牵迹犹多蹇，劳生未寡尤。独此他乡梦，空山明月秋。

晚度天山有怀京邑

忽上天山路，依然想物华。云疑上苑叶，雪似御沟花。行叹戎麾远，坐怜衣带赊。交河浮绝塞，弱水浸流沙。旅思徒漂梗，归期未及瓜。宁知心断绝，夜夜泣胡笳。

久次蒲类津 一作晚泊蒲类

二庭归望断，万里客心愁。山路犹南属，河源自北流。晚风连朔气，新月照边秋。灶火通军壁，烽烟上戍楼。龙庭但苦战，燕颔会封侯。莫作兰山下，空令汉国羞。

远使海曲春夜多怀

长啸三春晚，端居百虑盈。未安胡蝶梦，遽切鲁禽情。别岛连寰海，离魂断戍城。流星疑伴使，低月似依营。怀禄宁期达，牵时匪徇名。艰虞行已远，时一作昧迹自相惊。

早发诸暨

征夫怀远路，凤驾上危峦。薄烟横绝岘，轻冻涩回湍。野雾连空暗，山风入曙寒。帝城临灞涘，禹穴枕江干。橘性行应化，蓬心去不安。独掩穷途泪，长歌行路难。

望月有所思

九秋凉风一作气肃，千里月华开。圆光随露湛，碎影逐波来。似霜明玉砌，如镜写珠胎。晚色依关近，边声杂吹哀。离居分照耀，怨绪共裴徊。自绕南飞羽，空忝北堂才。

送吴七游蜀

日观分齐壤，星桥接蜀门。桃花嘶别路，竹叶泻离樽。夏老一作尽兰犹茂，秋深一作新柳尚繁。雾销山望迥，风高野听喧。劳歌徒欲奏，赠别竟无言。唯有当秋月，空照野人园。

西行别东台详正学士

意气坐相亲，关河别故人。客似一作自秦川上，歌疑一作从易水滨。塞荒行辨玉，台远尚名轮。泄井怀边将，寻源重汉臣。上苑梅花早，御沟杨柳新。只应持此曲，别作边城春。

和王记室从赵王春日游陀山寺

鸟旟陪访道，鹫岭狎栖真。四禅明静业，三空广胜因。祥河疏叠涧，慧日皎重轮。叶暗龙宫密，花明鹿苑春。雕谈筌奥旨，妙辩漱玄津。雅曲终难和，徒自奏巴人。

夏日夜忆张二

伏枕忧思深，拥膝独长吟。烹鲤无尺素，筌鱼劳寸心。疏麻空有折，芳桂湛无斟。广庭含夕气，闲宇澹虚阴。织虫垂夜砌，惊鸟栖暝林。欢娱百年促，羁病一生侵。讵堪孤月夜，流水入鸣琴。

寒夜独坐游子多怀简知己

故乡眇千里，离忧积万端。鹑服长悲碎，蜗庐未卜安。富钩徒有想，贫铗为谁弹。柳秋风叶脆，荷晓露文团。晚金丛岸菊，余佩下幽兰。伐木伤心易，维桑归去难。独有孤明月，时照客庭寒。

在军中赠先还知己

蓬转俱行役，瓜时独未还。魂迷金阙路，望断玉门关。献凯多惭霍，论封一作功几谢班。风尘催白首，岁月损红颜。落雁低秋塞，惊凫起暝湾。胡霜如剑锷，汉月似刀环。别后边庭树，相思几度攀。

秋日山行简梁大官

乘马陟层阜,回首睇山川。攒峰衔宿雾,叠巘架寒烟。百重含翠色,一道落飞泉。香吹分岩桂,鲜云抱石莲。地偏心易远,致默体逾玄。得性虚游刃,忘言已弃筌。弹冠劳巧拙,结绶倦牵缠。不如从四皓,丘中鸣一弦。

晚泊江镇

四运移阴律,三翼泛阳侯。荷香销晚夏,菊气入新秋。夜乌喧粉堞,宿雁下芦洲。海雾笼边徼,江风绕戍楼。转蓬惊别渚,徙橘怆离忧。魂飞灞陵岸,泪尽洞庭流。振影希鸿陆,逃名谢蚁丘。还嗟帝乡远,空望白云浮。

浮槎并序

游目川上,观一浮槎。泛泛然若木偶之乘流,迷不知其所适也。观其根柢盘屈,枝干扶疏。大则有栋梁舟楫之材,小则有轮辕桡楠之用。非夫禀乾坤之秀气,含宇宙之淳精,孰能负凌云概日之姿,抱积雪封霜之骨。向使怀材幽薮,藏颖重岩。绝望于岩廊之荣,遗形于斤斧之患。固可垂荫万方,悬映九霄,与建木较其短长,将大椿齐其年寿者。而委根险岸,托质畏途。上为疾风冲飙所摧残,下为奔浪迅波所激射。基由壤括,势以地危。岂盛衰之理系乎时,封植之道存乎我。一坠泉谷,万里飘沦。与波浮沉,随时逝止。虽殷仲文叹生意已尽,孔宣父知朽质难雕。然而遇良工,逢仙客,牛矶可托,玉璜之路非遥;匠石先谈,万乘之器何远。故材用与不用,时也。悲夫!然知万物之相应感者,亦奚必同声同气而已哉。感而赋诗,贻诸同疾云尔。

昔负千寻质,高临九仞峰。真心凌晚桂,劲节掩寒松。忽值风飙折,坐为波浪冲。摧残空有恨,拥肿遂无庸。渤海三千里,泥沙几万重。似舟飘不定,如梗泛何从。仙客终难托,良工岂易逢。徒怀万乘器,谁为一先容。

晚泊河曲

三秋倦行役,千里泛归潮。通波竹箭水,轻舸木兰桡。金堤连曲岸,贝阙影浮桥。水净千年近,星飞五老遥。叠花开宿浪,浮叶下凉飙。浦荷疏晚的,津柳渍寒条。栖惶劳梗泛,凄断倦蓬飘。仙槎不可托,河上独长谣。

早发淮口望盱眙

养蒙分四渎,习坎奠三荆。徙帝留余地,封王表旧城。岸昏涵蜃气,潮满应鸡声。洲迥连沙静,川虚积溜明。一朝从捧檄,千里倦悬旌。背流桐柏远,逗浦木兰轻。小山迷隐路,大块切劳生。唯有贞心在,独映寒潭清。

边城落日

紫塞流沙北,黄图灞水东。一朝辞俎豆,万里逐沙蓬。候月恒持满,寻源屡凿空。野昏边气合,烽迥戍烟通。膂力风尘倦,疆场岁月穷。河流控积石,山路远崆峒。壮志凌苍兕,精诚贯白虹。君恩如可报,龙剑有雌雄。

宿温城望军营

虏地寒胶折,边城夜柝闻。兵符关帝阙,天策动将军。塞一作戍静胡笳彻,沙明楚练分。风旗翻翼影,霜剑转龙文。白羽摇如月,青山断若云。烟疏疑卷幔,尘灭似销氛。投笔怀班业,临戎想顾勋。还应雪汉耻,持此报明君。

过故宋

旧国千年尽,荒城四望通。云浮非隐帝,日举类游童。绮琴朝化洽,祥石夜论空。马去遥奔郑,蛇分近带丰。池文敛束水,竹影漏寒丛。园兔承行月,川禽避断风。故宋诚难定,从梁事未工。唯当过周客,独愧吴台空。

边夜有怀

汉地行逾远,燕山去不穷。城荒犹筑怨,碣毁尚铭功。古戍烟尘满,边庭人事空。夜关明陇月,秋寒急胡风。倚伏良难定,荣枯岂易通。旅魂劳泛梗,离恨断征蓬。苏武封犹薄,崔骃宦不工。惟余北叟意,欲寄南飞鸿。

伤祝阿王明府并序

夫心之悲矣,非关春秋之气;声之哀也,岂移金石之音。何则?事感则万绪兴端,情应则百忧交轸。是以宣尼旧馆,流襟动激楚之悲;孟尝高台,承睫下闻琴之泪。祝阿王明府,毓德丹穴,袭吉黄裳。灵基峙金阙之峰,层源濑玉轮之坂。既而鸿飞渐陆,将骋平舆之龙;鹤鸣在阴,爰绊朝歌之骥。乃当名悬阙月,德贯陈星。岂徒遽切梦琼,掩沉连石。嗟乎! 轮销桂魄,骊珠毁贝阙之前;斗散紫氛,龙剑没延平之水。某昔承嘉惠,曲荷恩光。留连啸歌,从容风月。抚心陈迹,泣血涟洏。然而始终者万物之大归,生死者百年之常分。虽则知理之可有,而未晓情之可无。聊缀悲歌,敢贻同好。诸君或缔交三益,列宰一司。或协契筌蹄,投心胶漆。如比肩于千里,遽伤魂于九原。既切芝焚,弥深蕙叹。盍言四始,同赋七哀。庶兰室流薰,袭遗芳而化德。故蓬心申拙,效庸音于起予。触目多怀,周增流恸。

洛川真气上,重泉惠政融。含章光后烈,继武嗣前雄。与善良难验,生涯忽易穷。翔凫犹化履,狎雉尚驯童。钱满荒阶绿,尘浮虚帐红。夏余将宿草,秋近未惊蓬。烟晦泉门闭,日尽—作远夜台空。谁堪孤陇外,独听白杨风。

四月八日题七级

化城分鸟堞,香阁俯龙川。复栋侵黄道,重檐架紫烟。铭书非晋代,壁画是梁年。霸略今何在,王宫尚岿然。二帝曾游圣,三卿是偶贤。因—作昔兹游胜侣,超彼托良缘。我出有为界,君登非想天。悠悠青旷里,荡荡白云前。今日经行处,曲音—本缺此字号盖烟。

和孙长史秋日卧病

霍第疏天府,潘园近帝台。调弦三妇至,置驿五侯来。尚想欢娱洽,吁嗟岁月催。金坛分上将,玉帐引环材。决胜鲸波静,腾谋鸟谷开。白云淮水外,紫陌灞陵隈。节变惊衰柳,筅繁思落梅。调神和玉烛,掞藻握珠胎。怅矣欣怀土,居然欲死灰。还因承雅曲,暂喜跃沈鳃。

饯郑安阳入蜀

彭山—作门折坂外,井络少城隈。地是三巴俗,人非百里材。畏—作长途君怅望,岐—作别路我裴徊。心赏风烟隔,容华岁月催。遥遥分凤野,去去转龙媒。遗锦非前邑,鸣琴即旧台。

剑门千仞起,石路五丁开。海客乘槎渡,仙童驭竹回。魂将离鹤远,思逐断猿哀。唯有双凫舄,飞去复飞来。

咏怀

少年识事浅,不知交道难。一言芬若桂,四海臭如兰。宝剑思存楚,金槌许报韩。虚心徒有托,循迹谅无端。太息关山险,吁嗟岁月阑。忘机殊会俗,守拙异怀安。阮籍空长啸,刘琨独未欢。十步庭芳敛,三秋陇月团。槐疏非尽意,松晚夜凌寒。悲调弦中急,穷愁醉里宽。莫将流水引,空向俗人弹。

春日离长安客中言怀—作春霁早行

年华开早律,霁色荡芳晨。城阙千门晓,山河四望春。御沟通太液,戚里对平津。宝瑟调中妇,金罍引上宾。剧谈推曼倩,惊坐揖陈遵。意气一言合,风期万里亲。自惟安直道,守拙忌因人。谈器非先木—作先蟠木,图荣异后薪。揶揄惭路鬼,憔悴切波臣。玄草终疲汉,乌裘几滞秦。生涯无岁月,岐路有风尘。还嗟太行道,处处白头新。

夕次旧吴

维舟背楚服,振策下吴畿。盛德弘三让,雄图枕—作抗九围。黄池通霸迹,赤壁畅戎威。文物俄迁谢,英灵有盛衰。行叹鸱夷没,遽惜湛卢飞。地古烟尘暗,年深馆宇稀。山川四望是,人事一朝非。悬剑空留信,亡珠尚识机。郑风遥可托,关月眇—作耿难依。西北云逾滞,东南气转微。徒怀伯通隐,多谢买臣归。唯有荒台露,薄暮湿征衣。

早秋出塞寄东台详正学士

促驾逾三水,长驱望五原。天阶分斗极,地理接楼烦。溪月明关陇,戎—作胡云聚塞垣。山川殊物候,风壤异凉暄。戍古秋尘合—作冷,沙寒宿雾繁。昔余迷学步,投迹忝词源。兰渚浮延阁,蓬山款禁园。彤缨陪绂冕,载笔偶珪璠。汲冢宁详蠹,秦牢讵辨冤。一朝从筐服,千里驾轻轩。乡梦随魂断,边声入听喧。南图终铩翮,北上遽催辕。吊影惭连茹,浮生倦触藩。数奇何以托,桃李自无言。

幽絷书情通简知己

昔岁逢杨意一作阳历,观光贵一作贵楚材。穴疑丹凤起,场似白驹来。一命沦骄饵,三缄慎祸胎。不言劳倚伏,忽此遘邅回。骢马刑章峻,苍鹰狱吏猜。绝缣非易辨,疑璧果难裁。揆画一作撘抽惭周道,端忧滞夏台。生涯一灭裂,岐路几裴徊。青陆春芳动,黄沙旅思催。圆扉长寂寂,疏网尚恢恢。入阱先一作方摇尾,迷津正曝腮。覆盆徒望日,蛰户未经雷。霜歇兰犹败,风多木屡摧。地幽蚕室闭,门静雀罗开。自悯秦冤痛,谁怜楚奏哀。汉阳穷鸟客,梁甫卧龙才。有气还冲斗,无时会凿坏。莫言韩长孺,长作不然灰。

久戍边城有怀京邑

扰扰风尘地,遑遑名利途。盈虚一易舛,心迹两难俱。弱龄小山志,宁期大丈夫。九微光贲玉,千仞忽弹珠。棘寺游三礼,蓬山簉八儒。怀铅惭后进,投笔愿前驱。北走非通赵,西之似化胡。锦车朝促候,刁斗夜传呼。战士青丝络,将军黄石符。连星入宝剑,半月上雕弧。拜井开疏勒,鸣桴动密须。戎机习短蔗,袄袯静长榆。季月炎初尽,边亭草早枯。层阴笼古木,穷色变寒芜。海鹤声嘹唳,城乌尾毕逋。葭繁秋色引,桂满夕轮虚。行役风霜久,乡园梦想孤。灞池遥夏国,秦海望阳纡。沙塞三千里,京城十二衢。杨沟连凤阙,槐路拟鸿都。璧殿规宸象,金堤法斗枢。云浮西北盖,月照东南隅。宝帐垂连理,银床转辘轳。广筵留上客,丰馔引中厨。漏缓金徒箭,娇繁玉女壶。秋涛飞喻马,春水泛仙舻。意气风云合,言忘道术趋。共矜名已泰,讵肯沫相濡。有志惭雕朽,无庸类散樗。关山暂超忽,形影叹艰虞。结网空知羡,图荣岂自诬。忘情同塞马,比德类宛驹。陇阪肝肠绝,阳关亭堠迂。迷魂惊落雁,离恨断飞凫。春去荣华尽,年来岁月芜。边愁伤鄢调,乡思绕吴歈。河气通中国,山途限外区。相思若可寄,冰泮有衔芦。

在军登城楼

城上风威冷,江中水气寒。戎衣何日定,歌舞入长安。

于易水送人

此地别燕丹,壮士发一作壮发上冲冠。昔时人已没,今日水犹寒。

咏镜

写月无芳桂,照日有花菱。不持光谢水,翻将影学冰。

挑灯杖

禀质非贪热,焦心岂惮熬。终知不自润,何处用脂膏。

咏尘

凌波起罗袜,含风染素衣。别有知音调,闻歌应自飞。

玩初月一作沈佺期诗

忌满光先一作恒缺,乘昏影暂流。既一作自能明似镜,何用曲如钩。

送别

寒更承夜永,凉夕向秋澄。离心何以赠,自有玉壶冰。

忆蜀地佳人

东西吴蜀关山远,鱼来雁去两难闻。莫怪常有千行泪,只为阳台一片云。

咏鹅七岁时作

鹅鹅鹅,曲项向天歌。白毛浮绿水,红掌拨清波。

全唐诗卷八十

武三思

武三思,则天兄子。累官右卫将军。则天临朝,擢夏官尚书。及革命,封梁王,寻拜天官尚书。圣历初,检校内史,进太子宾客。长安中,其子崇训尚安乐公主。时三思用事于朝,欲宠异其礼,乃自重光门内行亲迎礼,归于天津桥南私第。又令宰臣李峤、苏味道,词人沈佺期、宋之问等赋花烛行以美之。中宗复位,拜司空,同中书门下三品。猜嫉正士,干黩时政,为节愍太子所诛。诗八首。

奉和圣制夏日游石淙山 第二句缺一字

此地岩壑数千重,吾君驾鹤□乘龙。掩映叶光含翡翠,参差石影带芙蓉。白日将移冲叠嶂,玄云欲度碍高峰。对酒鸣琴追野趣,时闻清吹入长松。

仙鹤篇

白鹤乘空何处飞,青田紫盖本相依。猴山七月虽长去,辽水千年会忆归。猴山杳杳翔寥廓,辽水累累叹城郭。经随羽客步丹丘,曾逐仙人游碧落。迢迢碧落断氛埃,霞堂云阁几重开。欲寻东海黄金灶,仍向西山白玉台。九泉独唳方清切,五里惊群俄断绝。月下分行似度云,风前飐影疑回雪。风前月下路漫漫,水宿云翔去几般。宛转能倾吴国市,裴回巧拂汉皇坛。琴中作曲从来易,鼓里传声有甚难。夜夜恒飞银汉曲,朝朝常饮玉池澜。别有闻箫出紫烟,还如化履上青天。霜毛忽控三神下,玉羽俄看二客旋。燕雀终迷横海志,蜉蝣岂识在阴年。莫言一举轻千里,为与三山送九仙。

宴龙泓

登临开胜托,眺瞩尽良游。岩崿紫纡上,澄潭屈曲流。泛兰清兴洽,折桂野文遒。别后相思处,崎岖碧涧幽。

凝碧池侍宴应制得出水槎

彼木生何代，为槎复几年。欲乘银汉曲，先泛玉池边。拥溜根横岸，沉波影倒悬。无劳问蜀客，此处即高天。

奉和宴小山池赋得溪字应制

年光开碧沼，云色敛青溪。冻解鱼方戏，风暄鸟欲啼。岩泉飞野鹤，石镜舞山鸡。柳发龙鳞出，松新尘尾齐。九韶从此验，三月定应迷。

奉和过梁王宅即目应制

岩居多水石，野宅满风烟。本谓开三径，俄欣降九天。穿林移步辇，拂岸转行旃。风竹初垂箨，龟河未吐莲。愿持山作寿，恒用劫为年。

奉和春日游龙门应制

凤驾临香地，龙舆上翠微。星宫含雨气，月殿抱春辉。碧涧长虹下，雕梁早燕归。云疑浮宝盖，石似拂天衣。露草侵阶长，风花绕席飞。日斜宸赏洽，清吹入重闱。

秋日于天中寺寻复礼上人

妙域三时殿，香岩七宝宫。金绳先界道，玉柄即谈空。喻筏知何极，传灯竟不穷。弥天高义远，初地胜因通。理诣归一处，心行不二中。有无双感遣，真俗两缘同。摘叶疑焚翠，投花若散红。网珠遥映日，檐铎近吟风。定沼寒光素，禅枝暝色葱。愿随方便力，长冀释尘笼。

句

云螭非易匹，月驷本难俦。《咏马》。○见《海录碎事》。

张易之

张易之，定州人。以门荫累迁尚乘奉御。则天临朝，与弟昌宗俱入侍禁中，俄为司卫少卿。圣历二年，置控鹤府，以易之为控鹤监内供奉。久视初，改控鹤府为奉宸府，遂为奉宸令。引词人阎朝隐、薛稷、员半千并为奉宸供奉。易之、昌宗皆粗能属文，如应诏和诗，则宋之问、阎朝隐为之代作。诗四首。

奉和圣制夏日游石淙山

六龙骧首晓骎骎，七圣陪轩集颍阴。千丈松萝交翠幕，一丘山水当鸣琴。青鸟白云王母使，垂藤断葛野人心。山中日暮幽岩下，泠然香吹落花深。

侍从过公主南宅侍宴探得风字应制

逐赏平阳第，鸣箛上苑东。鸟吟千户竹，蝶舞百花丛。时攀小山桂，共挹大王风。坐客无劳起，秦箫曲未终。

出塞

侠客重恩光，骏马饰金装。瞥闻传羽檄，驰突救边荒。转战磨笄地，横行戴斗乡。将军占太白，小妇怨流黄。骒騄青丝骑，娉婷红粉妆。一一作三春莺度曲，八月雁成行。谁堪坐秋思，罗袖拂空床。

泛舟侍宴应制

平明出御沟，解缆坐回舟。绿水澄明月，红罗结绮楼。弦歌争浦入，冠盖逐川流。白鱼臣作伴，相对舞王舟。

张昌宗

张昌宗，易之弟。初为云麾将军，行左千牛中郎将，加银青光禄大夫。佞者奏昌宗是王子晋后身，词人皆赋诗以美之，崔融作为绝唱。则天诏昌宗撰三教珠英，引文学之士李峤、张说、宋之问、徐彦伯、富嘉谟等二十六人，分门撰集。书成，加昌宗司仆卿，改春官侍郎。时易之兄弟颛权乱政，后为张柬之等起羽林兵诛之。诗三首。

奉和圣制夏日游石淙山

云车遥裔三珠树，帐殿交阴八桂丛。涧险泉声疑度雨，川平桥势若晴虹。叔夜弹琴歌白雪,孙登长啸韵清风。即此陪欢游阆苑,无劳辛苦向崆峒。

少年行

少年不识事,落魄游韩魏。珠轩流水车,玉勒浮云骑。纵横意不一,然诺心无二。白璧赠穰苴,黄金奉毛遂。妙舞飘龙管,清歌吟凤吹。三春小苑游,千日中山醉。直言身可沉,谁论名与利。依倚孟尝君,自知能市义。

太平公主山亭侍宴

淮南有小山,嬴女隐其间。折桂芙蓉浦,吹箫明月湾。扇掩将雏曲,钗承堕马鬟。欢情本无限,莫掩洛城一作阳关。

薛曜

薛曜,元超子,以文学知名。尚城阳公主,子绍尚太平公主。绍兄颎惧太盛,以问从兄克。克曰:"帝甥尚主,由来故事。但以恭慎行之,何惧也?"圣历中,与修三教珠英,官正谏大夫。集二十卷,今存诗五首。

奉和圣制夏日游石淙山

玉洞幽寻更是天,朱霞绿景镇韶年。飞花藉藉迷行路,啭鸟遥遥作管弦。雾隐长林成翠幄,风吹细雨即虹泉。此中碧酒恒参圣,浪道昆山别有仙。

子夜冬歌

朔风扣群木,岩霜凋百草。借问月中人,安得长不老。

舞马篇

星精龙种竞腾骧,双眼黄金紫艳光。一朝逢遇升平代,伏皂衔图事帝王。我皇盛德苞六宇,俗泰时和虞石拊。昔闻九代有余名,《山海经》:夏后启舞九代马。今日百兽先来舞。钩陈周卫俨旌旄,钟镈陶匏声殷地。承云嘈嘈骇日灵,调露铿锽动天駟。奔尘飞箭若麟螭,蹑景追风忽见知。咀衔拉铁并权奇,被服雕章何陆离。紫玉鸣珂临宝镫,青丝彩络带金羁。随歌鼓而电惊,逐丸剑而飙驰。态聚踣还急,骄凝骤不移。光敌白日下,气拥绿烟垂。婉转盘跚殊未已,悬空步骤红尘起。惊凫翔鹭不堪侪,矫凤回鸾那足拟。蕤垂桂袅香氤氲,长鸣汗血尽浮云。不辞辛苦来东道,只为箫韶朝夕闻。闾阖间,玉台侧,承恩煦兮生光色。鸾锵锵,车翼翼,备国容兮为戎饰。充云翘兮天子庭,荷日用兮情无极。吉良乘兮一千岁,神是得兮天地期。大易占云南山寿,趁趄共乐圣明时。《品汇》本删闾阖间下一段。

正夜侍宴应诏《英华》作正月望夜上阳宫侍宴应制

重关钟漏通,夕敞凤皇宫。双阙祥烟里,千门明月中。酒杯一作筵浮湛露,歌曲唱流风。侍臣咸醉止,恒一作常惭恩遇崇一作造丰。

送道士入天台

洛阳陌上多离别,蓬莱山下足波潮。碧海桑田何处在,笙歌一听一遥遥。

杨敬述

杨敬述,则天时右玉铃卫郎将,左奉宸内供奉。诗一首。

奉和圣制夏日游石淙山

山中别有神仙地,屈曲幽深碧涧垂。岩前暂驻黄金辇,席上还飞白玉卮。远近风泉俱合杂,高低云石共参差。林壑偏能留睿赏,长天莫遽下丹曦。

于季子

于季子,咸亨中登进士第,则天时司封员外。诗七首。

奉和圣制夏日游石淙山

九旗云布临嵩室,万骑星陈集颍川。瑞液含滋登禹膳,飞流荐响入虞弦。山扉野径朝花积,帐殿帷宫夏叶连。微臣献寿迎千寿,愿奉尧年倚万年。

咏云

瑞云千里映,祥辉四望新。随风乱鸟翅,

泛水结鱼鳞。布叶疑临夏,开花讵待春。愿得承嘉景,无令掩桂轮。

咏萤

卉草诚幽贱,枯朽绝因依。忽逢借羽翼,不觉生光辉。直念恩华重,长嗟报效微。方思助日月,为许愿曾飞。

早春洛阳答杜审言——本早春下有代字

梓泽年光往复来,杜霸游人去不回。若非载笔登麟阁,定是吹箫伴凤台。路傍桃李花犹嫩,波上芙蕖叶未开。分明寄语长安道,莫教留滞洛阳才。

咏项羽

北伐虽全赵,东归不王秦。空歌拔山力,羞作渡江人。

咏汉高祖

百战方夷项,三章且代秦。功归萧相国,气尽戚夫人。

南行别弟——一作杨师道诗,《英华》作韦承庆南中咏雁。

万里人南去,三春雁北飞。不知何岁月,得与尔同归。

全唐诗卷八十一

乔知之

乔知之,同州冯翊人,与弟侃、备并以文词知名,知之尤称俊才。则天时,累除右补阙,迁左司郎中,为武承嗣所害。诗一卷。

长信宫中树

婀娜当轩树,莘茸倚兰殿。叶—作色艳九春华—作时,香摇五明扇。余花—作香鸟弄尽,新叶虫书—作蠹遍。零落心—作亲,—作客自知,芳菲君不见。

下山逢故夫

妾身本薄命,轻弃城南隅。庭前厌芍药,山上采蘼芜。春风胃纨袖,零—作灵露湿罗襦。羞将憔悴日,提笼逢故夫。

巫山高

巫山十二峰,参差互隐见。浔阳几千里,周览忽已遍。想像神女姿,摘芳共珍荐。楚云何逶迤,红树日葱倩。楚云没湘源,红树断荆门。郢路不可见,况复夜闻猿。

弃妾篇

妾本丛台右,君在雁门陲。悠悠淇水曲,彩燕入桑枝。不因媒结好,本以容相知。容谢君应去,情移会有离。还君结缕带,归妾织成诗。此物虽轻贱,不用使人嗤。

苦寒行

胡天夜清迥,孤云独飘飏。遥裔—作曳出雁关,逶迤含晶光。阴陵久裴回,幽都无多—作夕阳。初—作祁寒冻巨海,杀气流大荒。朔马饮寒冰,行子履胡霜。路有从役倦,卧死黄沙场。羁旅因相依,恸之泪沾裳。由来从军行,赏存不赏亡。亡者—作谢诚已矣,徒令存者伤。

从军行—作秋闺

南庭结白露,北风扫黄叶。此时鸿雁来,

惊鸣催思妾。曲房理针线,平砧捣文练。鸳绮裁易成,龙乡信难见。窈窕九重闺,寂寞十年啼。纱窗白云宿,罗幌月光栖。云月隐—作晓微微,夜上—作愁思流黄机。玉霜冻珠—作朱履,金吹薄罗衣。汉家已得地,君去将何事。宛转结蚕书,寂寥无雁使。生平荷恩信,本为荣华进。况复落红颜,蝉声催绿鬓。

拟古赠陈子昂

悍悍孤形影,悄悄独游心。以此从王事,常与子同衾。别离三河间,征战二庭深。胡天夜雨霜,胡雁晨南翔。节物感离居—作别,同衾违—作还故乡。南归日将远,北方尚蓬飘。孟秋七月时,相送出外郊。海风吹凉木,边声响—作暗梢梢。勤役千万里,将临五十年。心事为谁道,抽琴歌坐筵。一弹再三叹,宾御泪潺湲。送君竟此曲,从兹长绝弦。

定情篇

共君结新婚,岁寒心未卜。相与游春园,各随情所逐。君爱菖蒲花,妾感苦寒竹。菖花多艳姿,寒竹有贞叶。此时妾比君,君心不如妾。簪玉步河堤,妖韶援绿黄。凫雁将子游,莺燕从双栖。君念—作向春光好,妾向—作对春光啼。君时不得意,弃妾还金闺。结言本同心,悲欢何未齐。怨咽前致辞,愿得申所悲。人间丈夫易,世路妇难为。始如经天月,终若流星驰。天月相终始,流星无定期。《乐府诗集》无此二句。长信佳丽人,失意非蛾眉。庐江小吏妇,非关织作迟。本愿长相对,今已长相思。复有游宦子,结援从梁陈。燕居崇三朝,去来历九春。誓心妾终始,蚕桑奉所亲。归愿未克从,黄金赠路人。洁妇怀明义,从泛河之津。于今千万年,谁当问水滨。更忆娼家楼,夫婿事封侯。去时恩灼灼,去罢心悠悠。不怜妾岁晏,十载陇西头。以兹常惕惕,百虑恒盈积。由来共结褵,几人同匪石。故岁雕梁燕,双去今来只。今日玉庭梅,朝红暮成碧。碧荣始芬敷,黄叶已渐沥。何用念芳春,芳春有流易。何用重欢娱,欢娱俄戚戚—作寂寂。家本巫山

阳,归去路何长。叙言情未尽,采菉已盈筐。桑榆日及景,物色盈高冈。下有碧流水,上有丹桂香。桂花不须折,碧流清且洁。赠君此芳菲,爱惠常不歇—作灭。赠君比澋溰,相思无断绝。妾有秦家镜,宝匣装珠玑。鉴来年二八,不记易阴晖。妾无光寂寂,委照—作妾至影依依。今日持为赠,相识莫相违。

绿珠篇《万首绝句》分此诗为三首

知之有婢曰窈娘,美丽善歌舞,为武承嗣所夺。知之怨惜,作此篇以寄情,密送与婢。婢结诗衣带,投井而死。承嗣大恨,讽酷吏罗织杀之。

石家金谷重新声,明珠十斛买娉婷。此日可怜君自许,此时可喜—作爱得人情。君家闺阁不—作未曾难—作关,常将歌舞借人看。意气雄豪非分理,骄矜—作奢势力横相干。辞君去君终不忍—作辞君去去终未忍,徒劳掩袂伤铅粉。百年离别在高楼,一旦—作代红颜为君尽。

和李侍郎古意—作古意和李侍郎峤

妾家巫山隔汉川,君度南庭向胡苑。高楼迢递想金天,河汉昭回更怆—作凄然。夜如何其夜未央,闲花照月愁洞房。自矜夫婿胜王昌,三十曾作侍中郎。一从流落戍渔阳,怀哉万恨结中肠。南山幂幂兔丝花,北陵青青女萝树。由来花叶同一根,今日枝条分两处。三星差池光照灼,北斗西指秋云薄。茎枯花谢枝憔悴,香销色尽花零落。美人长叹艳容萎,含情收取摧折枝。调丝独弹声未移,感君行坐星岁迟。闺中宛转今若斯,谁能为报征人知。

倡女行

石榴酒,葡萄浆。兰桂芳,茱萸香。愿君驻金鞍,暂此共年芳。愿君解罗襦,一醉同匡床。文君正新寡,结念在歌倡。昨宵绮帐迎韩寿,今朝罗袖引潘郎。莫吹羌笛惊邻里,不用琵琶喧洞房。且歌新夜曲,莫弄楚明光。此曲怨且艳,哀音断人肠。

嬴骏篇

喷玉长鸣西北来,自言当代是龙媒。万里

铁关行入贡,九重金阙—作门为君开。蹀躞朝驰过上苑,趁趋暝走发章台。玉勒金鞍荷装饰,路傍观者无穷极。小山桂树比权奇,上林桃花况颜色。忽闻天将出龙沙,汉主持将驾鼓车。去去山川劳日夜,遥遥关塞断烟霞。山川关塞十年征,汗血流离赴月—作行营。肌肤销远道,膂力尽长城。长城日夕苦风霜,中有连年百战场。摇珂啮勒金羁尽,争锋足顿铁菱伤。垂耳罢轻赍,弃置在寒溪。大宛蒲海北,滇壑隽—作旧崖西。沙平留缓步,路远暗频嘶。从来力尽君须弃,何必寻途我已迷。岁岁年年奔远道,朝朝暮暮催疲老。扣冰晨饮黄河源,拂雪夜食天山草。楚水澶溪征战事,吴塞乌江辛苦地。持来报主不辞劳,宿昔立功非重利。丹心素节本无求,长鸣向君君不留。只应澶—作漫漫归田里,万里低昂任生死。君王倘若不见遗,白骨黄金犹可市。

铜雀妓

金阁惜分香,铅华不重妆。空余歌舞地,犹是为君王。哀弦调已绝,艳曲不须—作赤何长。共看西陵暮,秋烟起—作生白杨。

侍宴应制得分字

紫禁肃晴氛,朱楼落晓云。豫游龙驾转,天乐凤箫闻。竹外仙亭出,花间辇路分。微臣一何幸,词赋奉明君。

梨园亭子侍宴

年光陌上发,香辇禁中游。草绿鸳鸯殿,花红翡翠楼。天杯承露酌,仙管杂风流。今日陪欢豫,皇恩不可酬。

和苏员外寓直

自昔重为郎,伊人练国章。三旬登建礼,五夜直明光。墨草尚书奏,衣飘侍御香。开轩竹气静,拂簟蕙风凉。晓漏离闾阖,鸣钟出未央。从来宿台上,天子贵文强。

哭故人

生死久离居,凄凉历旧庐。叹兹三径断,不践十年余。古木巢禽合,荒庭爱客疏。匣留弹罢剑,床积读残书。玉没终无像,兰言强问虚。平生不得意,泉路复何如。

折杨柳

可怜濯濯春杨柳,攀折将来就纤手。妾容与此同盛衰,何必君恩能独久。

乔侃

乔侃,知之弟也。开元中,为兖州都督。诗一首。

人日登高

仆本多悲者,年来不悟春。登高一游目,始觉柳条新。杜陵犹识汉,桃源不辨秦。暂若升云雾,还似出嚣尘。赖得烟霞气,淹留攀桂人。

乔备

乔备,亦知之弟。则天时,预修《三教珠英》。终襄阳令。集六卷,今存诗二首。

出塞

沙场三万里,猛将五千兵。旌断冰溪戍,笳吹铁关城。阴云暮下雪,寒日昼无晶。直为怀恩苦,谁知边塞情。

长门怨

秋入长门殿,木落洞房虚。妾思宵徒静,君恩日更疏。坠露清金阁,流萤点玉除。还将闺里恨,遥问马相如。

全唐诗卷八十二

刘希夷

刘希夷,一名庭芝,汝州人。少有文华,落魄不拘常格,后为人所害。希夷善为从军闺情诗,词旨悲苦,未为人重。后孙昱撰《正声集》,以希夷诗为集中之最,由是大为时所称赏。集十卷,今编诗一卷。

将军行

将军辟辕门,耿介当风立。诸将欲言事,逡巡不敢入。剑气射云天,鼓声振原隰。黄尘塞路起,走马追兵急。弯弓从此去,飞箭如雨集。截围一百重,斩首五千级。代马流血死,胡人抱鞍泣。古来养甲兵,有事常讨袭。乘我庙堂运,坐使干戈戢。献凯归京师—作都,又作还帝京,军容何翕习。

从军行

秋天风飒飒—作秋风来瑟瑟,群胡马行疾。严城昼不开,伏后暗相失。天子庙堂拜,将军凶门出。纷纷伊洛—作晋阳道,戎马几万匹。军门压黄河,兵气冲白日。平生怀仗剑,慷慨即投笔。南登汉月孤,北走代云密。近取韩彭计,早知孙吴术。丈夫清万里,谁能扫一室。

春女行

春女颜如玉,怨歌阳春曲。巫山春树红,沅湘—作江春草绿。自怜妖艳姿,妆成独见时。愁心伴杨柳,春尽乱如丝。目极千余里,悠悠春江水。频想玉关人,愁卧金闺里。尚言春花落,不知秋风起。娇爱犹未终,悲凉从此始。忆昔楚王宫,玉楼妆粉红。纤腰弄明月,长袖舞—作拂春风。容华委西山,光阴不可—作再还。桑林变—作没东海,富贵今何在。寄言桃李容,胡为闺阁重。但看楚王墓,唯有数株松。

孤松篇

蚕月桑叶青,莺时柳花白。澹艳烟雨姿,敷芬阳春陌。如何秋风起,零落从此始。独有南涧松,不叹东流水。玄阴天地冥,皓雪朝夜零。岂不罹寒暑,为君留青青。青青好颜色,落落任孤直。群树遥相望,众草不敢逼。灵龟卜真隐,仙鸟宜栖息。耻受秦帝封,愿言唐侯食。寒山夜月明,山冷气清清。凄兮归风一作风集,吹之作琴声。松子卧仙岑,寂听疑野心。清泠有真曲,樵采无知音。美人何时来,幽径委绿苔。吁嗟深涧底,弃捐广厦材。

嵩岳闻笙

月出嵩山东,月明山益空。山人爱清景,散发卧秋风。风止夜何清,独夜草虫鸣。仙人不可见,乘月近吹笙。绛唇吸灵气,玉指调真声。真声是何曲,三山鸾鹤情。昔去落尘俗,愿言闻此曲。今来卧嵩岑,何幸承幽音。神仙乐吾事,笙歌铭夙心。

秋日题汝一作南阳潭壁

独坐秋阴生,悲来从所适。行见汝阳潭,飞萝蒙水石。悬瓢木叶上,风吹何历历。幽人不耐烦,振衣一作袂步闲寂。回流清见底,金沙覆银砾。错落非一文,空胧几千尺。鱼鳞可怜紫,鸭毛自然碧。吟咏秋水篇,渺然忘损益。秋水随形影,清浊混心迹。岁暮归去来,东山余宿昔。

采桑

杨柳送行人,青青西入秦。谁家采桑女,楼上不胜春。盈盈灞水曲,步步春芳绿。红脸耀明珠,绛唇含白玉。回首渭桥东,遥怜春一作树色同。青丝娇落日,缃绮弄春风。携笼长叹息,逶迟一作迤恋春色。看花若有情,倚树疑无力。薄暮思悠悠,使君南陌头。相逢不相识,归去梦青楼。

谒汉世祖庙

舂陵气初发,渐台首未传。列营百万众,持国十八年。运开朱旗后,道合赤符先。宛城剑鸣匣,昆阳镝应弦。犷兽血涂地,巨人声沸天。长驱过北赵,短兵出南燕。太守迎门外,王郎死道边。升坛九城一作陌,端拱千秋年。朝廷方雀跃,剑佩几联翩。至德刑四海,神仪翳九泉。宗子行旧邑,恭闻清庙篇。君容穆而圣,臣像俨犹贤。攒木承危柱,疏萝挂朽椽。祠庭巢鸟啄,祭器网虫缘。怀古江山在,惟新历数迁。空余今夜月,长似旧时悬。

巫山怀古

巫山幽阴地,神女艳阳年。襄王伺容色,落日望悠然。归来高唐夜,金釭焰青烟。颓想卧瑶席,梦魂何翩翩。摇落殊未已,荣华倏徂迁。愁思潇湘浦,悲凉云梦田。猿啼秋风夜,雁飞明月天。巴歌不可听,听此益潺湲。

归山

归去嵩山道,烟花覆青草。草绿山无尘,山青杨柳春。日暮松声合,空歌思杀人。

代闺人春日

珠帘的晓光,玉颜艳春彩。林间鸟鸣唤,户外花相待。花鸟惜芳菲,鸟鸣花乱飞。人今伴花鸟,日暮不能归。池月怜歌扇,山云爱舞衣。佳期杨柳陌,携手莫相违。

蜀城怀古

蜀土一作山绕水竹,吴天积风霜。穷览通表里,气色何苍苍。旧国有年代,青楼思艳妆。古人无岁月,白骨冥丘荒。寂历弹琴地,幽流一作留读书堂。玄龟埋卜室,彩凤灭词场。阵图一一在,柏树双双行。鬼神清汉庙,鸟雀参秦仓。叹世已多感一作叹逝日已多,怀心益自伤一作感怀心自伤。赖蒙灵丘境,时当一作钧明月光。

洛川怀古 第二十七句缺四字,第二十八句缺

萋萋春草绿,悲歌牧征马。行见白头翁,坐泣青竹下。感叹前问之,赠予辛苦词。岁月移今古,山河更盛衰。晋家都洛滨,朝廷多近臣。词赋归潘岳,繁华称季伦。梓一作紫泽春草菲,河阳乱华飞。绿珠不可夺,白首同所归。高楼倏冥灭,茂林久摧折。昔时歌舞台,今成

狐兔穴。人事互消亡,世路多悲伤。北邙是吾宅,东岳为吾乡。君看北邙道,髑髅紫蔓草。芳□□□□,□□□□□。碑茔或半存,荆棘敛幽魂。挥涕弃之去,不忍闻此言。

春日行歌

山树落梅花,飞落野人家。野人何所有,满瓮阳春酒。携酒上<small>一作向</small>春台,行歌伴落梅。醉罢卧明月,乘梦游天台。

江南曲八首

暮宿南洲草,晨行北岸林。日悬沧海阔,水隔洞庭深。烟景无留意,风波有异浔。岁游难极目,春戏易为心。朝夕无荣遇,芳菲已满襟。

艳唱潮初落,江花露未晞。春洲惊翡翠,朱服弄芳菲。画舫烟中浅,青阳日际微。锦帆冲浪湿,罗袖拂行衣。含情罢所采,相叹惜流晖。

君为陇西客,妾遇江南春。朝游含灵果,夕采弄风蘋。果气时不歇,蘋花日自新。以此江南物,持赠陇西人。空盈万里怀,欲赠竟无因。

皓如楚江月,霭若吴岫云。波中自皎镜,山上亦氤氲。明月留照妾,轻云持赠君。山川各离散,光气乃殊分。天涯一为别,并北<small>一作自</small>不相闻。

舣舟乘潮去,风帆振早凉。潮平见楚甸,天际望维扬。洄溯经千里,烟波接两乡。云明江屿出,日照海流长。此中逢岁晏,浦树落花芳。

暮春三月晴,维扬吴楚城。城临大江汜,回映洞浦清。晴云曲金阁,珠楼碧烟里。月明芳树群鸟飞,风过长林杂花起。可怜离别谁家子,于此一至情何已。

北堂红草盛芊茸,南湖碧水照芙蓉。朝游暮起金花尽,渐觉罗裳珠露浓。自惜妍华三五岁,已叹关山千万重。人情一去无还日,欲赠怀芳怨不逢。

忆昔江南年盛时,平生怨在长洲曲。冠盖星繁江水上,冲风摽落洞庭渌。落花两袖红纷纷,朝霞高阁洗晴云。谁言此处婵娟子,珠玉为心以奉君。

捣衣篇

秋天瑟瑟夜漫漫,夜白风清玉露漙。燕山游子衣裳薄,秦地佳人闺阁寒。欲向楼中索楚练,还来机上裂齐纨。揽红袖兮愁徙倚,盼青砧兮怅盘桓。盘桓徙倚夜已久,萤火双飞入帷牖。西北风来吹细腰,东南月上浮纤手。此时秋月可怜明,此时秋风别有情。君看月下参差影,为听莎间断续声。绛河转兮青云晓,飞鸟鸣兮行人少。攒眉缉缕思纷纷,对影穿针魂悄悄。闻道还家未有期,谁怜登陇不胜悲。梦见形容亦旧日,为许裁缝改昔时。缄书远寄交河曲,须及明年春草绿。莫言衣上有斑斑,只为思君泪相续。

公子行

天津桥下阳春水,天津桥上繁华子。马声回合青云外,人影动摇绿波里。绿波荡漾玉为砂,青云离披锦作霞。可怜杨柳伤心树,可怜桃李断肠花。此日邀游邀美女,此时歌舞入娼家。娼家美女郁金香,飞来飞去公子傍。的的珠帘白日映,娥娥玉颜红粉妆。花际裴回双蛱蝶,池边顾步两鸳鸯。倾国倾城汉武帝,为云为雨楚襄王。古来容光人所羡,况复今日遥相见。愿作轻罗著细腰,愿为明镜分娇面。与君相向转相亲,与君双栖共一身。愿作贞松千岁古,谁论芳槿一朝新。百年同谢西山日,千秋万古北邙尘。

代悲白头翁<small>一作白头吟</small>

洛阳城东桃李花,飞来飞去落谁家。洛阳女儿好颜色,坐见<small>一作行逢</small>落花长叹息。今年花落颜色改,明年花开复谁在。已见松柏摧为薪,更闻桑田变成海。古人无复洛城东,今人还对落花风。年年岁岁花相似,岁岁年年人不同。寄言全盛红颜子,应怜半死白头翁。此翁白头真可怜,伊昔红颜美少年。公子王孙芳树下,清歌妙舞落花前。光禄池台开锦绣,将军楼阁画神仙。一朝卧病无相识,三春行乐在谁边。宛转蛾眉能几时,须臾鹤发乱如丝。但看古来歌舞地,惟有黄昏鸟雀悲。希夷善琵琶,尝为白头咏云:今年花落颜色改,明年花开复谁在。即而悔曰:我此诗似谶,与石崇白首同所归何异。乃更作云:年年岁岁花相似,岁岁年年人不同。即而叹曰:复似向谶矣。诗成未周岁,为奸人所杀。或云:宋之问害希夷,而以白头翁之篇为己作。至今有载此篇在之问集中者。

代秦女赠行人 第三句缺一字

鸾镜晓含春,蛾眉向影嚬。开□衣裳破,那堪粉黛新。春还洛阳道,为忆春阶草。杨叶未能攀,梅花待君扫。今朝喜鹊傍人飞,应是狂夫走马归。遥想行歌共游乐,迎前含笑著春衣。

洛中晴月送殷四入关

清洛浮桥南渡头,天晶一作明万里散华洲。晴看石濑光无数,晓入寒潭浸不流。微云一点曙烟起,南陌憧憧遍行子。欲将此意与君论,复道秦关尚千里。

入塞

将军陷房围,边务息戎机。霜雪交河尽,旌旗入塞飞。晓光随马度,春色伴人归。课绩朝明主,临轩拜武威。

览镜

青楼挂明镜,临照不胜悲。白发今如此,人生能几时。秋风下山路,明月上春期。叹息君恩尽,容颜不可思。

晚春

佳人眠洞房,回首见垂杨。寒尽鸳鸯被,春生玳瑁床。庭阴幕青霭,帘影散红芳。寄语同心伴,迎春且薄妆。

送友人之新丰

日暮秋风起,关山断别情。泪随黄叶下,愁向绿樽生。野路归骖转,河洲宿鸟惊。宾游宽旅宴,王事促严程。

饯李秀才赴举

鸿鹄振羽翮,翻飞入帝乡。朝鸣集银树,暝宿下金塘。日月天门近,风烟夜一作客路长。自怜穷浦雁,岁岁不随阳。

夜集谭张所居

江南成久客,门馆日萧条。惟有图书在,多伤鬓发凋。诸生陪讲诵,稚子给渔樵。隐室寒灯净,空阶落叶飘。沧洲自有趣,谁道隐须招。

故园置酒

酒熟人须饮,春还鬓已秋。愿逢千日醉,得缓百年忧。旧里多青草,新知尽白头。风前灯易灭,川上月难留。卒卒周姬旦,栖栖鲁孔丘。平生能几日,不及且遨游。

晚憩南阳旅馆

旅馆何年废,征夫此日过。途穷人自哭,春至鸟还歌。行路新知少,荒田古径多。池篁覆丹谷,坟树绕清波。日照蓬阴转,风微野气和。伤心不可去,回首怨如何。

全唐诗卷八十三

陈子昂

陈子昂,字伯玉,梓州射洪人。少以富家子,尚气决,好弋博。后游乡校,乃感悔修饬。初举进士入京,不为人知。有卖胡琴者,价百万。子昂顾左右,辇千缗市之。众惊问,子昂曰:"余善此。"曰:"可得闻乎?"曰:"明日可入宣阳里。"如期偕往,则酒肴毕具。奉琴语曰:"蜀人陈子昂,有文百轴,不为人知。此贱工之伎,岂宜留心?"举而碎之,以其文百轴遍赠会者。一日之内,名满都下。擢进士第,武后朝,为灵台正字。数上书言事,迁右拾遗。武攸宜北讨,表为管记,军中文翰,皆委之子昂。父为县令段简所辱,子昂闻之,遽还乡里,简乃因事收系狱中,忧愤而卒。唐兴,文章承徐庾余风,骈丽秾缛,子昂横制颓波,始归雅正。李杜以下,咸推宗之。集十卷,今编诗二卷。

庆云章

昆仑元气,实生庆云。大人作矣,五色氤一作氲氲。昔在帝妫,南风既薰。丛芳烂熳,郁郁纷纷。旷矣千祀,庆云来止。玉叶金柯,祚我天子。非我天子,庆云谁昌。非我圣母,庆云谁光。庆云光矣,周道昌矣。九万八千,天授皇年。

感遇诗三十八首

微月生一作出西海,幽阳始代一作化升。圆光正一作恰东满,阴魄已朝凝。太极生天地,三元更废兴。至精谅斯在,三五谁能征。

兰若生春夏,芊蔚何青青。幽独空林色,朱蕤冒紫茎。迟迟白日晚,袅袅秋风生。岁华尽摇落,芳意竟何成。

苍苍丁零塞,今古缅荒途。亭堠何摧兀,暴骨无全躯。黄沙幕南起,白日隐西隅。汉甲三十万,曾以事匈奴。但见沙场死,谁怜塞上一作下孤。

　　乐羊为魏将，食子殉军功。骨肉且一作尚相薄，他人安得忠。吾闻中山相，乃属放麑翁。孤兽犹一作且不忍，况一作翅以奉君终。

　　市人矜巧智，于道若童蒙。倾夺相夸侈，不知身所终。曷见玄真子，观世玉壶中。窅然遗天地，乘化入无穷。

　　吾观龙变化，乃知至阳精。石林何冥密，幽洞无留行。古之得仙道，信与元化并。玄感非象一作蒙识，谁能测沉一作沦冥。世人拘目见，酣酒笑丹经。昆仑有瑶树，安得采其英。

　　白日每不归，青阳时暮矣。茫茫吾何思，林卧观无始。众芳委时晦，鹥鹍鸣悲耳。鸿荒古已颓，谁识巢居子。

　　吾观昆仑化，日月沦洞冥。精魄相交会，天壤以罗生。仲尼推太极，老聃贵窈冥。西方金仙子，崇义乃无明。空色皆寂灭，缘业定一作赤何成。名教信纷藉，死生俱未停。

　　圣人秘元命，惧世乱其真。如何嵩公辈，诙一作谈谲误时人。先天诚为美，阶乱祸谁因。长城备胡寇，嬴祸发其亲。赤精既迷汉，子年何救秦。去去桃李花，多言死如麻。

　　深居观元化一作群动，悱然争朵颐。谗说相啖食，利害纷嚶嚶。便便夸毗子，荣耀更相持。务光让天下，商贾竞刀锥。已矣行采芝，万世同一时。

　　吾爱鬼谷子，青溪无垢氛。囊括经世道，遗身在白云。七雄方龙斗，天下久一作乱无君。浮荣不足贵，遵养晦时文。舒可一作之弥宇宙，卷之不盈分。岂徒山木寿，空与麋鹿群。

　　呦呦南山鹿，罹罟以媒和。招摇青桂树，幽蠹亦成科。世情甘近习，荣耀纷如何。怨憎未相复，亲爱生祸罗。瑶台倾巧笑，玉杯殒双蛾。谁见枯一作孤城蘖一作树，青青成斧柯。

　　林居病时久，水木澹孤清。闲卧观物化，悠悠念无生。青春始萌达，朱火已满盈。徂落方自此，感叹何时平。

　　临岐泣世道，天命良悠悠。昔日殷王子，玉马遂朝周。宝鼎沦伊谷，瑶台成古一作故丘。西山伤遗老，东陵有故侯。

　　贵人难得意，赏爱在须臾。莫以心如玉，探他明月珠。昔称夭桃子，今为春市徒。鸱鹗悲东国，麋鹿泣姑苏。谁见鸱夷子，扁舟去五湖。

　　圣人去已久，公道缅良难。蚩蚩夸毗子，尧禹以为谩。骄荣贵工巧，势利迭一作递相干。燕王尊乐毅，分国愿同欢。鲁一作仲连让齐爵，遗组去邯郸。伊人信往矣，感激为谁叹。

　　幽居观天运，悠悠念群生。终古代兴没，豪圣莫能争。三季沦周报，七雄灭秦嬴。复闻赤精子，提剑入咸京。炎光既无象，晋雱复纵横。尧禹道已昧，昏虐势方行。岂无当世雄，天道与胡兵。咄咄安可言，时醉而未醒。仲尼溺东鲁，伯阳遁西溟。大运自古来，旅人胡叹哉。

　　逶迤势已久，骨鲠道斯穷。岂无感激者，时俗颓此风。灌园何其鄙，皎皎于陵中。世道不相容，嗟嗟张长公。

　　圣人不利己，忧济在元元。黄屋非尧意，瑶台安可论。吾闻西方化，清净道弥敦。奈何穷金玉，雕刻以为尊。云构山林尽，瑶图珠翠烦。鬼工尚未可，人力安能存。夸愚适增累，矜智道逾昏。

　　玄天幽且默，群议曷嗤嗤。圣人教犹在，世运久陵夷。一绳将何系，忧醉不能持。去去行采芝，勿为尘所欺。

　　蜻蛉游天地，与世本无患。飞飞未能止一作去，黄雀来相干。穰侯富秦宠，金石比交欢。出入咸阳里，诸侯莫敢言。宁知山东客，激怒秦王肝。布衣取丞一作卿相，千载为辛酸。

　　微霜知岁晏，斧柯始青青。况乃金天夕，浩露沾群英。登山望宇宙，白日已西暝。云海

方荡潏,孤鳞安得宁。

翡翠巢南海,雄雌珠树林。何知美人意,骄爱比黄金。杀身炎州里,委羽玉堂阴。旖旎光首饰,葳蕤烂锦衾。岂不在遐远,虞罗忽见寻。多材信为累,叹息此珍禽。

挈瓶者谁子,姣—作妖服当青春。三五明月满,盈盈不自珍。高堂委金玉,微缕悬千钧。如何负公鼎,被夺笑时人。

玄蝉号白露,兹岁已蹉跎。群物从大化,孤英将奈何。瑶台有青鸟,远食玉山禾。昆仑见玄凤,岂复虞云罗。

荒哉穆天子,好与白云期。宫女多怨旷,层城闭蛾眉。日耽瑶池乐,岂伤桃李时。青苔空萎绝,白发生罗帷。

朝发宜都渚,浩然思故乡。故乡不可见,路隔巫山阳。巫山彩云没,高丘正微茫。伫立望已久,涕落—作泪沾衣裳。岂兹越乡感,忆昔楚襄王。朝云无处所,荆国亦沦亡。

昔日章华宴,荆王乐荒淫。霓旌翠羽盖,射兕云梦林。朅来高唐观,怅望云阳岑。雄图今何在,黄雀空哀吟。

丁亥岁云暮,西山事甲兵。赢粮匝邛道,荷戟争羌城。严冬阴风劲,穷岫泄—作油云生。昏曀—作欺无昼夜,羽檄复相惊。拳跼竞万仞,崩危走—作远九冥。籍籍—作寂寂峰壑里,哀哀冰雪行。圣人御宇宙,闻道泰阶平。肉食谋何失,藜藿缅纵横。

可怜—作惜瑶台树,灼灼佳人姿。碧华映朱实,攀折青春时。岂不盛光宠,荣君白玉墀。但恨红芳歇,雕伤感所思。

朅来豪游子,势利祸之门。如何兰膏叹,感激自生冤。众趋明所避,时弃道犹存。云渊既已失,罗网与谁论。箕山有高节,湘水有清源。唯应白鸥鸟,可为—作与洗心言。

索居犹—作独几日,火夏忽然衰。阳彩皆阴翳,亲友尽睽违。登山望不见,涕泣久涟洏。宿梦—作昔感颜色,若与白云期。马上—作世中骄豪子,驱逐正蚩蚩。蜀山与楚水,携手在何时。

金鼎合神—作还丹,世人将见欺。飞飞骑羊子,胡乃在峨眉。变化固幽—作非类,芳菲能几时。疲疴苦沦世,忧痗—作悔日侵淄。眷然顾幽褐,白云空涕洟。

朔风吹海树,萧条边已秋。亭上谁家子,哀哀明月楼。自言幽燕客,结发事远游。赤丸杀公吏,白刃—作日报私仇。避仇至海上,被役此边州。故乡三千里,辽水复悠悠。每愤胡兵入,常为汉国羞。何知七十战,白首未封侯。

本为贵公子,平生实爱才。感时思报国,拔剑起蒿莱。西驰丁零塞,北上单于台。登山见千里,怀古心悠哉。谁言未忘祸,磨灭成尘埃。

浩然坐何慕,吾蜀有峨眉。念与楚狂子,悠悠白云期。时哉悲不会,涕泣久涟洏。梦登绥山穴,南采巫山芝。探元观群化,遗世从云螭。婉娈时永矣,感悟不见之。

朝入云中郡,北望单于台。胡秦何密迩,沙朔气雄哉。藉藉天骄子,猖狂已复来。塞垣无名将,亭堠空崔嵬。咄嗟吾何叹,边人涂草莱。

仲尼探元化,幽鸿顺阳和。大运自盈缩,春秋递—作迭来过。盲飙忽号怒,万物相纷劘。溟海皆震荡,孤凤其如何。

观荆玉篇并序

丙戌岁,余从左补阙乔公北征。夏四月,军幕次—作舍于张掖河。河州草木,无他异者。惟有仙人杖,往往丛生。幽朔地寒,与中国稍异。予家世好服食,昔常饵之。及此役也,而意兹味。戍人有荐嘉蔬者,此物存焉。余俟—作粲尔而笑曰:"始者与此君别,不图至是而见之,岂非神明嘉惠,将欲扶吾寿也。"因为乔公昌言其能。时东莱王仲烈亦同旅舍,闻而大喜,甘心食之。已旬有五日矣。适有行人,自谓能知药者,谓乔公曰:"此白棘也,公何谬哉?"仲烈愕然而疑,亦曰:"吾怪其味甘宋本作甜,今果如此。"乔公信是言,乃讥予,作《采玉篇》。谓宋人不识玉而宝珉石也。予心知必是,犹以独见之故,被夺于众人,乃喟然而叹曰:"嗟乎!人之大明者目也,心之至信者口也。夫目照五色,口分五味,玄黄甘苦,亦可一作何断而不惑矣。而路傍一议,二子增疑,况君臣之际,朋友之间乎?自是而观,则万物之情可见也。"感采玉咏,而作《观玉篇》以答之。并示仲烈,讥其失真也。

　　鸥夷双白玉,此玉有缁磷。悬之千金价,举世莫知真。丹青非异色,轻重有殊伦。勿信玉工言一作勿信工言子,徒悲荆国人。

鸳鸯篇

　　飞飞鸳鸯鸟,举翼相蔽亏。俱来绿潭里,共向白云涯。音容相眷恋,羽翮两逶迤。蘋萍戏春渚,霜霰绕寒池。浦沙连岸净,汀树拂潭垂。年年此游玩,岁岁来追随。凤皇起丹穴,独向一作栖独梧桐枝。鸿雁来紫塞,空忆稻粱肥。鸟啼倦依托,鹤鸣伤别离。岂若此双禽,飞翻不异林。刷尾青一作清江浦,交颈紫山岑。文章负奇色,和鸣多好音。闻有鸳鸯绮,复有鸳鸯衾。持为美人赠,勖此故交心。

与东方左史虬修竹篇并书

　　东方公足下:文章道弊,五百年矣。汉魏风骨,晋宋莫传。然而文献有可征者。仆尝暇时观齐梁间诗,彩丽竞繁,而兴寄都绝。每以永叹,思古人,常恐逦逶一作逶迤颓靡,风雅不作,以耿耿也。一昨于解三处,见明公咏孤桐篇。骨气端翔,音情顿挫,光英一作映朗练,有金石声。遂用洗心饰视,发挥幽郁。不图正始之音,复睹于兹。可使建安作者,相视而笑,解君云、张茂先、何敬祖、东方生与其比肩,仆亦以为知言也。故感叹雅制,作修竹诗一首,当有知音以传示之。

　　龙种一作钟龙生南岳,孤翠郁亭亭。峰岭上崇崒,烟雨下微冥。夜闻鼯鼠叫,昼聒泉壑声。春风正淡荡,白露已清泠。哀响激金奏,密色滋玉英。岁寒霜雪苦,含彩独青青。岂不厌凝洌,羞比春木荣。春木有荣歇,此节无凋零。始愿与金石,终古保坚贞。不意伶伦子,吹之学凤鸣。遂偶云和瑟,张乐奏天庭。妙曲方千变,箫韶亦九成。信蒙雕斫美,常愿事仙灵。

驱驰翠虬驾,伊郁紫鸾笙。结交嬴台女,吟弄升天行。携手登白日,远游戏赤城。低昂玄鹤舞,断续彩云生。永随众仙逝,三山游玉京。

蓟丘览古赠卢居士藏用七首并序

　　丁酉岁,吾北征。出自蓟门,历观燕之旧都,其城池霸业,迹已芜没矣。乃慨然仰叹,忆昔乐生、邹子,群贤之游盛矣。因登蓟丘,作七诗以志之。寄终南卢居士,亦有轩辕之遗迹也。

轩辕台

　　北登蓟丘望,求古轩辕台。应龙已不见,牧马空黄埃。尚想广成子,遗迹白云隈。

燕昭王

　　南登碣石坂一作馆,遥望黄金台。丘陵尽乔木,昭王安在哉。霸图怅已矣,驱马复归来。

乐生

　　王道已沦昧,战国竞贪兵。乐生何感激,仗义下齐城。雄图竟中夭,遗叹寄阿衡。

燕太子

　　秦王日无道,太子怨亦深。一闻田光义,匕首赠千金。其事虽不立,千载为伤心。

田光先生

　　自古皆有死,徇一作循义良独稀。奈何燕太一作丹子,尚使田生疑。伏剑诚已矣,感我涕沾衣。

邹衍

　　大运沦三代,天人罕有窥。邹子何寥廓,漫说九瀛垂。兴亡已千载,今也则无推一作为。

郭隗未缺

　　逢时独为贵,历代非无才。隗君亦何幸,遂起黄金台。

西还至散关答乔补阙知之

　　葳蕤苍梧凤,嘹唳白露蝉。羽翰本非匹,结交何独全。昔君事胡马,余得奉戎旃。携手

向沙塞,关河缅幽燕。芳岁几阳止,白日屡徂迁。功业云台薄,平生玉佩捐。叹此南归日,犹闻北戍边。代水不可涉,巴江亦潺湲。揽衣度函谷,衔涕望秦川。蜀门自兹始,云山方浩然。

度峡口山赠乔补阙知之王二无竞

峡口大漠南,横绝界中国。丛石何一作相纷纠,赤一作小山复翕赩。远望多众容,逼一作迫之无异色。崔崒乍孤断,逶迤屡回直。信关胡马冲,亦距汉边塞。岂依河山险,将顺休明德。物壮诚有衰,势雄一作高良易极。逦迤忽而尽,泱漭平不息。之子黄金躯,如何此荒域。云台盛多士,待君丹墀侧。

题居延古城赠乔十二知之

闻君东山意,宿昔紫芝荣。沧洲今何在,华发旅边城。还汉功既薄,逐胡策未行。徒嗟白日暮,坐对黄云生。桂枝芳欲晚,薏苡谤谁明。无为空自老,含叹负生平。

赠赵六贞固二首

回中烽火入,塞上追兵起。此时边朔寒,登陇思君子。东顾望汉京,南山云雾里。

赤螭媚其彩一作形,婉娈苍梧泉。昔者琅玡子,躬耕亦慨然。美人岂迢旷,之子乃前贤。良辰在何许,白日屡颓迁。道心固微密,神用无留连。舒可弥宇宙,揽之不盈拳。蓬莱一作茅,又作蒿久芜没,金石徒精坚。良宝委短褐,闲琴独婵娟。

答韩使同在边

汉家失中策,胡马屡南驱。闻诏安边使,曾是故人谟。废书怅怀古,负剑许良图。出关岁方晏,乘障日多虞。虏入白登道,烽交紫塞途。连兵屯北地,清野备东胡。边城方晏闭,斥堠始昭苏。复闻韩长孺,辛苦事匈奴。雨雪颜容改,纵横才位孤。空怀老臣策,未获赵军租。但蒙魏侯重,不受谤书诬。当取金人祭,还歌凯入都。

征东至淇门答宋十一参军之问

南星中大火,将子涉清淇。西林改微月,征旆空自持。碧潭去已远,瑶华一作草折遗谁。若一作君问辽阳戍,悠悠一作摇摇天际旗。

答洛阳主人

平生白云志,早爱赤松游。事亲恨未立,从宦此中州。主人亦何一作何发问,旅客非悠悠。方谒明天子,清宴奉良筹。再取连城璧,三陟平津侯。不然拂衣去,归从海上鸥。宁随当代子,倾侧且沉浮。

酬晖上人秋夜山亭有赠

皎皎白林秋,微微翠山静。禅居感物变,独坐开轩屏。风泉夜声杂一作绝,月露宵光冷。多谢忘机人,尘忧未能整。

酬李参军崇嗣旅馆见赠

昨夜银河畔,星文犯遥一作天汉。今朝紫气新,物色果逢真。言从天上落,乃是地仙人。白璧疑冤楚,乌裘似入秦。摧藏多古意,历览备艰辛。乐广云虽睹,夷吾风未春。凤歌空有问,龙性讵能驯。宝剑终应出,骊珠会见珍。未及冯公老,何惊孺子贫。青云傥可致一作效,北海忆孙宾。

酬晖上人夏日林泉

闻道白云居,窈窕青莲宇。岩泉万丈流一作流杂树,树石一作石室千年古。林卧对轩窗,山阴满庭户。方释尘事劳,从君袭兰杜。

同宋参军之问梦赵六赠卢陈二子之作

晓霁望嵩丘一作岳,白云半岩足。氤氲涵翠微,宛如嬴一作瀛台曲。故人昔所尚,幽琴歌断续。变化竟无常,人琴遂两亡。白云失处所,梦想暧容光。畴昔疑缘业,儒道两相妨。前期许幽报,迨此尚茫茫。晤言既已失,感叹一作恨情何一。始忆携手期,云台与峨眉。达兼济天下,穷独善其时。诸君推管乐,之子慕巢夷。奈何苍生望,卒为黄绶欺。铭鼎功未立,山林事亦微。抚孤一流恸,怀旧日一作且睽违。卢子尚高节,终南卧松雪。宋侯逢圣君,骖驭一作御游青云。而我独蹭蹬,语默道犹屯。征戍在辽阳,蹉跎草再黄。丹丘恨不及,白露已苍苍。远闻山阳赋,感涕下沾裳。

送别出塞

平生闻高义,书剑百夫雄。言登青云去,非此白头翁。胡兵屯塞下,汉骑属一作入云中。君为白马将,腰佩驿角弓。单于不敢射,天子仁深功。蜀山余方隐,良会何时同。

登蓟丘楼送贾兵曹入都

东山宿昔意,北征非我心。孤负平生愿,感涕下沾襟。暮登蓟楼上,永望燕山岑。辽海方漫漫,胡沙飞且深。峨眉杳如梦,仙子曷由寻。击剑起叹息,白日忽西沉。闻君洛阳使,因子寄南音。

夏日晖上人房别李参军崇嗣并序 序内缺二字

考察天人,旁罗变动。东西南北,贤圣不能定其居;寒暑晦明,阴阳不能革其数。莫不云离雨散,奔驰于宇宙之间;寒远燕遥,泣别于关山之际。自古来矣,李参军白云英胄,紫气仙人。爱江海而高寻,顿风尘而未息。来从许下,月旦出于龙泉;入至蜀中,星文见于牛斗。野亭相遇,逆旅承欢。谢鲲之山水暂开,乐广之云天自乐。思道林而不见,怅若有亡;诣祇树而从游,□然旧款。高僧展袂,大士临筵。披□路之天书,坐琉璃之宝地。帘帷后辟,拂鹦鹉之香林;栏槛前开,照芙蓉之绿水。讨论儒墨,探览真玄。觉周孔之犹述一作迷,知老庄之未晤一作悟。遂欲高攀宝座,伏奏金仙。开不二之法门,观大千之世界。欢娱恍晚,离别行催。红霞生而白日归,青气凝而碧山暮。骊歌断引,抗手将辞。江汉浩浩而长流,天地居然而不动。嗟乎! 色为何色,悲乐忽而因生;谁去谁来,离会纷而妄作。俗之迷也,不亦烦乎! 各述所怀,不拘章韵。

四十九变化,一十三死生。翕忽玄黄里,驱驰风雨情。是非纷妄作,宠辱坐相惊。至人独幽鉴一作览,窈窈随昏明。咫尺山河道,轩窗日月庭。别离焉足问,悲乐固能并。我辈何为尔,栖皇犹未平。金台可攀陟,宝界绝将迎。

户牖观天地,阶基上杳冥。自超三界乐,安知万里征。中国要荒内,人寰宇宙荣。弦望如朝夕,宁嗟蜀道行。

秋园卧病呈晖上人

幽寂旷日遥,林园转清密。疲疴澹无豫,独坐泛瑶瑟。怀挟万古情,忧虞百年疾。绵绵多滞念,忽忽每如失。缅想赤松游,高寻白云一作紫庭逸。荣吝始都丧,幽人遂贞吉。图书纷满床,山水蔼盈室。宿昔心所尚,平生自兹毕。愿言谁见知,梵筵有同术。八月高秋晚,凉风正萧瑟。

登泽州城北楼宴

平生倦游者,观化久无穷。复来登此国,临望与君同。坐见秦兵垒,遥闻赵将雄。武安君何在,长平事已空。且歌玄云曲,御一作衔酒舞薰风。勿使青衿子,嗟尔白头翁。

山水粉图

山图一作仙图非之白云兮,若巫山之高丘。纷群翠之鸿溶,又似蓬瀛海水之周流。信夫人之好道,爱云山以幽求。

彩树歌

嘉锦筵之珍树兮,错众彩之氛氲。状瑶台之微月,点巫山之朝云。青春兮不可逢,况蕙色之增芬。结芳意而谁赏,怨绝世之无闻。红荣碧艳坐看歇,素华流年不待君。故吾思昆仑之琪树,压桃李之缤纷。

春台引 寒食集毕录事宅作

感阳春兮生碧草之油油。怀宇宙以伤远,登高台而写忧。迟美人兮不见,恐青岁之遂一作还遒。从毕公以酣饮,寄林塘而一留。采芳荪于北渚,忆桂树于南州。何云木之美丽,而池馆之崇幽。星台秀士,月旦诸子。嘉青鸟之辰,迎火龙之始。挟宝书与瑶瑟,芳蕙华而兰靡。乃掩白蘋,藉绿芷。酒既醉,乐未已。击青钟,歌渌水。怨青春之萎绝,赠瑶台一作华之旖旎。愿一见而道意,结众芳之绸缪。曷余情之荡漾,瞩青云以增愁。怅三山之飞鹤,忆海上之白鸥。重曰:群仙去兮青春颓,岁华歇兮黄鸟哀。富贵荣乐几时兮,朱宫碧堂生青苔,白云兮归来。

登幽州台歌

前不见古人,后不见来者。念天地之悠悠,独怆然而涕下。

喜马参军相遇醉歌并序

吾无用久矣,进不能以义补国,退不能以道隐身。天子哀矜,居于侍省。且欲以芝桂为伍,麋鹿同曹。轩裳钟鼎,如梦中也。南荣曝背,北林设置。有客扣门,云吾道存。孺子孺子,黄中通理。时玄冬遇夜,微月在天。白云半山,志逸海上。酒既醉,琴方清。陶然玄畅,浩尔太素。则欲狎青鸟,寄丹丘矣。日月云迈,蟋蟀谓何。夫诗可以比兴也,不言曷著。时醉书散洒,乃昏见清庙台令,知此有蜀云气也。毕大拾遗、陆六侍御、崔议司、崔兵曹、鲜于晋、崔洒子、怀一道人当知吾此评是实录也。若东莱王仲烈见之,必以为真醉。歌曰:

独幽默以三月兮,深林潜居。时岁忽兮,孤愤遐吟。谁知我心?孺子孺子,其可与理分。

全唐诗卷八十四

陈子昂

度荆门望楚
遥遥去巫峡,望望下章台。巴国山川尽,荆门烟雾开。城分苍野外,树断白云隈。今日狂歌客,谁知入楚来。

晚次乐乡县
故乡杳无际,日暮且孤征。川原迷旧国,道路入边城。野戍荒烟断,深山古木平。如何此时恨,噭噭夜猿鸣。

同王员外雨后登开元寺南楼,因酬晖上人独坐山亭有赠
钟梵经行罢,香林坐入禅。岩庭交杂树,石濑泻鸣泉。水月心方寂,云霞思独玄。宁知人世里,疲病得—作苦攀缘。

东征答朝臣—作达相送
平生白云意,疲苶愧为雄。君王谬殊宠,旌节此从戎。投绳当系虏,单马岂邀功。孤剑将何托,长谣塞上风。

咏主人壁上画鹤,寄乔主簿崔著作
古壁仙人画,丹青尚有文。独舞纷如雪,孤飞暖似云。自矜彩色重,宁忆故池群。江海联翩翼,长鸣谁复闻。

居延海树闻莺同作
边地无芳树,莺声忽听新。间关如有意,愁绝若怀人。明妃失汉宠,蔡女没胡尘。坐闻应落泪,况忆故园春。

题李三书斋崇嗣
灼灼青春仲,悠悠白日升。声容何足恃,荣吝坐相矜。愿与金庭会,将待玉书征。还丹应有术,烟驾共君乘。

送魏大从军

匈奴犹未灭,魏绛复从戎。怅别三河道,言追六郡雄。雁山横代北,狐塞接云中。勿使燕然上,惟留汉将功—作独有汉臣功。

送殷大入蜀

禺—作蜀山金碧路,此地饶英灵。送君一为别,栖断故乡情。片—作夏云生极浦,斜日隐离亭。坐看征骑没,惟见远山青。

落第西还别刘祭酒高明府

别馆分周国,归骖入汉京。地连函谷塞,川接广阳城。望迥楼台出,途遥烟雾生。莫言长落羽,贫贱一交情。

落第西还别魏四懔

转蓬方不定,落羽自惊弦。山水一为别,欢娱复几年。离亭暗风雨,征路入云烟。还因北山径—作返,归守东陂田。

送客

故人洞庭去,杨柳春风生。相送河洲晚,苍茫别思盈。白蘋已堪把,绿芷复含荣。江南多桂树,归客赠生平。

春夜别友人二首

银烛吐青烟,金樽对绮筵。离堂思琴瑟,别路绕山川。明月隐高树,长河没晓天。悠悠洛阳道—作去,此会在何年。

紫塞白云断,青春明月初。对此芳樽夜,离忧怅有余。清冷花露满,滴沥檐宇虚。怀君欲何赠,愿上大臣书。

遂州南江别乡曲故人

楚江复为客,征棹方悠悠。故人悯追送,置酒此南洲。平生亦何恨,夙昔在林丘。违此乡山别,长谣去国愁。

送东莱王学士无竞

宝剑千金买,平生未许人。怀君万里别,持赠结交亲。孤松宜晚岁,众木爱芳春。已矣将何道,无令白首—作发新。

送梁李二明府

负书犹在汉,怀策未闻秦。复此穷秋日,芳樽别故人。黄金装屡尽,白首契逾新。空羡双凫舄,俱飞向玉轮。

送魏兵曹使隽州得登字

阳山淫雾雨,之子慎攀登。羌笮多珍宝,人言有爱憎。欲酬明主惠,当尽使臣能。勿以王阳道—作叹,迢递—作邛道畏岖嶒。

送著作佐郎崔融等从梁王东征并序

古者凉风至,白露下,天子命将帅,训甲兵,将以外威荒戎,内辑中夏,时义远矣。自我大君受命,百蛮蚁伏。匈奴舍蒲萄之宫,越裳重翡翠之贡。虎符不发,象译攸同。实欲高议灵台,偃兵—作伯天下。而林胡遗孽,渎乱边甿。驱蚊蚋之师,忽雷霆之伐。乃窃海裔,弄燕陲。皇帝哀北鄙之人,罢其辛螫。以东征之义,降彼偏神。犹恐威令未孚,亭塞仍梗。乃谋元帅,命佐军,得朱邸之天人,乃黄阁之元老。庙堂授钺,凿门申命。建梁国之旌旗,吟汉庭之箫鼓。东向而拜,北道长驱。蜺旄羽骑之殷,戈翻落日;突鬓蒙轮之勇,剑决浮云。方且猎九都,穷踏顿。存肃慎,吊姑余。彷徨赤山,巡御日域。以昭我王师,恭天讨也。岁七月,军出国门,天霁无云,朔风清海。时比部郎中唐奉一、考功员外郎李迥秀、著作佐郎崔融并参帷幕之宾,掌书记之任,燕南怅别,洛北思欢。顿旌节而少留,倾朝廷而出饯。永昌丞房思玄,衣冠之秀,乃张蕙圃,席兰堂,环曲榭,罗羽觞。写中京之望,纵候亭之赏。尔乃投壶习射,博弈观兵。鏄金铙,戛瑶琴,歌易水之慷慨,奏关山以徘徊。颓阳半林,微阴出座。思长风以破浪,恐白日之蹉跎。酒中乐酣,拔剑起舞。则已气横辽碣,志扫獯戎,抗手何言,赋诗以赠。

金天方肃杀,白露始专征。王师非乐战,之子慎佳兵。海气侵南部,边风扫北平。莫卖卢龙塞,归邀麟阁名。

春晦饯陶七于江南同用风字并序 序内缺七字

蜀江分袂,巴山望别。南津坐恨,叹仙帆之方遥;北渚长怀,见离亭之欲晚。白云去矣,□□□□□□□;黄鹤何之,杨柳青而三春暮。我之怀矣,能无赠乎! 同赋一言,俱题四韵。

　　黄鹤烟云一作霞去,青江琴酒同。离帆方楚越,沟水复西东。芙蓉生夏浦,杨柳送春风。明日相思处,应对菊花丛。

喜遇冀侍御珪崔司议泰之二使并序

　　余独坐一隅,孤愤五蠹。虽身在江海,而心驰魏阙。岁时仲春,幽卧未起。忽闻二星入井,四牡临亭。邀使者之车,乃故人之驾。隐几一笑,把臂入林。既闻朝廷之乐,复此琴樽之事。山林幽寂,钟鼎旧游。语默谭咏,今复一得。况北堂夜永,西轩月微。巴山有望别之嗟,洛阳无寄载之客。江关离会,三千余里。名位宠辱,一百年中。欢娱如何,日月其迈。不为目前之赏,以增别后之思。蟋蟀笑人,夫子何叹。

　　谢病南山下,幽卧不知春。使星入东井,云是故交亲。惠风吹宝瑟,微月忆清真。凭轩一留醉,江海寄情人。

登蓟城西北楼送崔著作融入都并序

　　仆尝倦游,伤别久矣。况登楼远国,衔酒故人。愤胡孽之侵边,从王师之出塞。元戎按甲,方刘鲜卑之垒;天子赐书,且有君相之召。而崔侯佩剑,即调承明。群公负戈,方绝大漠。燕山北望,辽海东浮。云台与碣馆天殊,亭障共衣冠地隔。抚剑何道,长谣增叹。以身许国,我则当仁。论道匡君,子思报主。仲冬寒苦,幽朔初平。苍茫天兵之气,冥灭戎云之色。白羽一指,可扫九都。赤壁九重,伫观献凯。心期我愿斯遂,君恩一作遂君之恩共有。策勋饮至,方同廊庙之欢。偃武櫜弓,借尔文儒之首。蓟丘故事,可以赠言。同赋登蓟楼送崔子云尔。

　　蓟楼望燕国,负剑喜兹登。清规子方奏,单载我无能。仲冬边风急,云汉复霜棱。慷慨竟何道,西南恨失朋。

月夜有怀

　　美人挟赵瑟,微月在西轩。寂寞夜何久,殷勤玉指繁。清光委衾枕,遥思属湘沅。空帘隔星汉,犹梦感精魂。

夏日游晖上人房

　　山水开精舍,琴歌列梵筵。人疑白楼赏,地似竹林禅。对户池光乱,交轩岩翠连。色空今已寂,乘月弄澄泉。

春日登金一作九华观

　　白玉仙台古一作上,丹丘别望遥。山川乱云日,楼树入烟霄。鹤舞千年树,虹飞百尺桥。还疑一作逢赤松子,天路坐相邀一作招。

群公集毕氏林亭

　　金门有遗世一作士,鼎实恣和邦。默语谁能一作相识,琴樽寄北窗。子牟恋魏阙,渔父爱沧江。良时信同此,岁晚迹难双。

宴胡楚真禁所

　　人生固有命,天道信无言。青蝇一相点,白璧遂成冤。请室闲逾邃,幽庭春未暄。寄谢一作语韩安国,何惊狱吏尊。

魏氏园林人赋一物得秋亭萱草

　　昔时幽径里,荣耀杂春丛。今来玉墀上,销歇畏秋风。细叶犹含绿,鲜花未吐红。忘忧谁见赏,空此北堂中。

晦日宴高氏林亭并序 序内缺一字

　　夫天下良辰美景,园林一作亭池观,古来游宴欢娱众矣。然而地或幽偏,未睹皇居之盛;时终交丧,多阻升平之道。岂如光华启旦,朝野资欢。有渤海之宗英,是平阳之贵戚。发挥形胜,出凤台而啸侣;幽赞芳辰,指鸡川而留宴。列珍羞于绮席,珠翠琅玕;奏丝管于芳园,秦筝赵瑟。冠缨济济,多延咸里之宾;鸾凤锵锵,自有文雄之客。总都畿而写望,通汉苑之楼台。控伊洛而斜□,临神仙之浦溆。则有都人士女,侠客游童。出金市而连镳,入铜街而结驷。香车绣毂,罗绮生风。宝盖雕鞍,珠玑耀日。于时律穷太簇,气淑中京。山河春而霁景华,城阙丽而年光满。淹留自乐,玩花鸟以忘归;欢赏不疲,对林泉而独得。伟矣!信皇州之盛观也。岂可使晋京才子,孤擅洛下之游;魏室群公,独擅邺中之会。盍各言志,以记芳游。同探一字,以华为韵。

　　寻春游上路,追宴入山家。主第簪缨满,皇州景望华。玉池初吐溜,珠树始开花。欢娱方未极,林阁散余霞。

晦日重宴高氏林亭

公子好追随,爱客不知疲。象筵开玉馔,翠羽饰金卮。此时高宴所,讵减习家池。循涯倦短翮,何处—作以俪长离。

上元夜效小庾体 以上三首,俱见《岁时杂咏》。

三五月华新,遨游逐上春。相邀洛城曲,追宴小平津。楼上看珠妓,车中见玉人。芳宵殊未极,随意守灯轮。一本截首末二联作绝句,题云灯。

洛城观酺应制

圣人信恭已,天命允昭回。苍极神功被,青云秘箓开。垂衣受金册,张乐宴瑶台。云凤休征满,鱼龙杂戏来。崇恩逾五日,惠泽畅三才。玉帛群臣醉,徽章缛礼该。方睹升中禅,言观拜洛回。微臣固多幸,敢上万年杯。

奉和皇帝上—作丘礼抚事述怀应制

大君忘自—作物我,应—作膺运居紫宸。揖让期明辟,讴歌且顺人。轩宫帝图盛,皇极礼容申。南面朝万国,东堂会百神。云陛旆常满,天庭玉帛陈。钟石和睿思,雷雨被深仁。承平信娱乐,王业本艰辛。愿罢瑶池宴,来观农扈春。卑宫昭夏德,尊老睦尧亲。微臣敢拜手,歌舞颂维新。

酬田逸人游岩见寻不遇题隐居里壁

游人献书去,薄暮返灵台。传道寻仙友,青囊卖卜来。闻莺忽相访,题凤久裴回。石髓空盈握,金经秘不开。还疑缝掖子,复似洛阳才。

白帝城怀古

日落沧江晚,停桡问土风。城临巴子国,台没汉王宫。荒服仍周甸,深山尚禹功。岩悬青壁断,地险碧流通。古木—作树生云际,孤帆出雾中。川途去无限,客思坐何穷。

岘山怀古

秣马临荒甸,登高览旧都。犹悲堕泪碣,尚想卧龙图。城邑遥分楚,山川半入吴。丘陵徒自出,贤圣几凋枯。野树苍烟断,津楼晚气孤。谁知万里客,怀古正踌躇。

宿空舲峡青树村浦

的的明月水,啾啾寒夜猿。客思—作愁浩方乱,洲浦寂无喧。忆作千金子,宁知九逝魂。虚闻事朱阙,结绶驾华轩。委别高堂爱—作梦,窥觎明主恩。今成转蓬去,叹息复何言。

宿襄河驿浦

沿流辞北渚,结缆宿南洲。合岸昏初夕,回塘暗不流。卧闻塞鸿断,坐听峡猿愁。沙浦明如月,汀葭晦若秋。不及能鸣雁,徒思海上鸥。天河殊未晓,沧海信悠悠。

赠严仓曹乞推命录

少学纵横术,游楚复游燕。栖遑长委命,富贵未知天。闻道沉冥客,青囊有秘篇—作编。九宫探万象,三算极重玄。愿奉唐生诀,将知跃马年。非同—作因墨翟问,空滞杀—作至龙川。

和陆明府赠将军重出塞

忽闻天上将,关塞重横行。始返楼兰国,还向朔方城。黄金装战马,白羽集神兵。星月开天阵,山川列地营。晚风吹画角,春色耀飞旌。宁知班定远,犹—作独是一书生。

江上暂别萧四刘三旋欣接遇

昨夜沧江别,言乖—作乘天汉游。宁期此相遇,尚接武陵洲。结绶还逢育,衔杯且对刘。波潭一弥弥,临望几悠悠。山水丹青杂,烟云紫翠浮。终愧神仙友,来接野人舟。

秋日遇荆州府崔兵曹使宴并序

若夫尊卑位隔,荣贱途分。使卿士大夫,倚轩裳而傲物;山栖木食,负林壑而骄人。未有能屈富贵于沉冥,杂薜萝于簪笏。天人坐契,相从云雾之游;风雨不疲,高纵琴樽之赏。崔兵曹紫庭公胄,青云贵人。以钟鼎不足以致奇才,烟霞可以交名士。皇华昭国,怀凤纬而高寻;白桂追游,邀兔置而下顾。大矣哉!生平未识,一见而交道遽存;此日披怀,千载之风期坐合。支道林之雅论,妙理沉微;崔子玉之雄才,斯文未丧。属

乎金龙掌气,石雁惊秋。天沈寥而烟日无光,野寂寞而山川变色。芸其黄矣,悲白露于苍葭;木叶落兮,惨红霜于绿野。尔其高兴洽,芳酒阑,顿羲和而不留,顾华堂而欲晚。长歌何托,思传稽古之文。爰命小人,率记当时之事。人探一字,六韵成篇。

抃轩凤皇使,林薮鹖鸡冠。江湖一相许,云雾坐交欢。兴尽崔亭伯,言忘释道安。林一作秋光稍欲暮,岁物已将阑。古树苍烟断,虚亭白露寒。瑶琴一作琴中山水曲,今日为君弹。

卧病家园

世上无名子,人间岁月赊。纵横策已弃,寂寞道为家。卧病谁能问,闲居空物华。犹忆灵台友,栖真隐太霞。还丹奔日御,却老饵云芽。宁知白社客,不厌青门瓜。

于长史山池三日曲水宴

摘兰藉芳月一作日,被宴坐回汀。泛滟清流满,葳蕤白芷生。金弦挥赵瑟,玉指弄秦筝。岩榭风光媚,郊园春树平。烟花飞御道,罗绮照昆明。日落红尘合,车马乱纵横。

合州津口别舍弟至东阳峡,步趁不及,眷然有忆,作以示之

江潭共为客,洲浦独迷津。思积芳庭树,心断白眉人。同衾成楚越,别岛类胡秦。林岸随天转,云峰逐望新。遥遥终不见,默默坐含嚬。念别疑三月,经游未一旬。孤舟多逸兴,谁共尔为邻。

万州晓发放舟乘涨,还寄蜀中亲朋

空濛岩一作微雨霁,烂熳晓云归。啸旅乘明发,奔桡骛断矶。苍茫林岫转,络绎涨涛飞。远岸孤烟出,遥峰曙日微。前瞻未能晌,坐望已相依。曲直一作折多一作还今古,经过失是非。还期方浩浩,征思日骓骓。寄谢千金子,江海事多违。

入峭峡安居溪伐木,溪源幽邃,林岭相映,有奇致焉

肃徒歌伐木,鹙一作惊楫漾轻舟。靡迤随回一作波水,潺湲溯浅流。烟沙分两岸,露一作霞,又作雾岛夹双洲。古树连云密,交一作文峰入浪浮。岩潭相映媚,溪谷屡环周。路迥光逾逼一作出,山深与转幽。麕麚寒思晚,猿鸟暮声秋。誓息兰台策,将从桂树游。因书谢亲爱,千岁觅蓬丘。

入东阳峡与李明府舟前后不相及

东岩初解缆,南浦遂离群。出没同洲岛,沿洄异渚一作汀溃一作栖泊异江溃。风烟犹可望,歌笑浩难闻。路转青山合,峰回白日曛。奔涛上漫漫,积水下一作浪沄沄。倏忽犹疑及,差池复两分。离离间一作开远树,蔼蔼没遥氛。地上巴陵道,星连牛斗文。孤狖啼寒月,哀鸿叫断云。仙舟不可见,摇一作遥思坐氤氲。

同旻上人伤寿安傅少府

生涯良浩浩,天命固谆谆。闻道神仙尉,怀德遂为邻。畴昔逢尧日,衣冠仕汉辰。交游纷若凤,词翰宛如一作成麟。太息劳黄绶,长思谒紫宸。金兰徒有契,玉树已埋尘。把臂虽无托,平生固亦亲。援琴一流涕,旧馆几沾巾。杳杳泉中夜,悠悠世上春。幽明长隔此,歌哭一作笑为何人。

南山家园林木交映,盛夏五月幽然清凉,独坐思远率成十韵

寂寥守寒巷,幽独卧一作坐空林。松竹生虚白,阶庭横古今。郁蒸炎夏晚,栋宇闶清阴。轩窗交紫霭,檐户对苍岑。凤蕴仙人箓,鸾歌素女琴。忘机委人代,闭牖察天心。蛱蝶怜红药,蜻蜓爱碧浔。坐观万象化,方见百年侵。扰扰将何息,青青长苦吟。愿随白云驾,龙鹤相招寻。

还至张掖古城,闻东军告捷,赠韦五虚己

孟秋首归路,仲月旅一作旋边亭。闻道兰山战,相邀在井陉。屡斗关月满,三捷虏云平。汉军追北地,胡骑走南庭。君为幕中士,畴昔好言兵。白虎锋应出,青龙阵几成。披一作据

图见丞相，按节入咸京。宁知玉门道，翻—作空作陇西行。北海朱旄落，东归白露生。纵横未得意，寂寞寡相迎。负剑空叹息，苍茫登古城。

题祀山烽树赠乔十二侍御

汉庭荣巧宦，云阁薄边功。可怜骢马使，白首为谁雄。

初入峡苦风寄故乡亲友

故乡今日友，欢会坐应同。宁知巴峡路，辛苦石尤风。

题田洗马游岩桔槔

望苑—作远长为客，商山遂不归。谁怜北陵井—作客，未息汉阴机。

古意题徐令壁—作题著作令壁

白云苍梧来，氛氲万里色。闻君太平世，栖泊灵台侧。

赠别冀侍御崔司议并序

朝廷欢娱，山林幽晦。思魏阙魂已九飞，饮岷江情复三乐。进不忘匡救于国，退不惭无闷在林。冀侍御、崔司议至公至平，许我以语默于是矣。夫达则以公济天下，穷则以大道理身。嗟乎！子昂岂敢负古人哉。蜀国酒醨，无以娱客。至于挟清瑟，登高山，白云在天，清江涵月。可以散孤愤，可以游太清。一世之逸人，寄千里之道友。吾欲不谢于崔冀二公矣。所恨酒未醒，琴方清。王事靡盬，驿骑遄速。不尽平原十日之饮，又谢叔度累日之欢。云山悠悠，叹不及也。载想房陆毕子为轩冕之人，不知蜀山有云，巴水可兴。睽阔良会，我心悠然。请以此酬，寄谢诸子，为巴山别引也。

有道君匡国，无闷—作机余在林。白云峨眉—作岷峨上，岁晚来相寻。

三月三日宴王明府山亭 见《岁时杂咏》，末句缺一字。

暮春嘉月，上巳芳辰。群公禊饮，于洛之滨。奕奕车骑，粲粲都人。连帷竞野，袚服缛津。青郊树密，翠渚萍新。今我不乐，含意□申。

全唐诗卷八十五

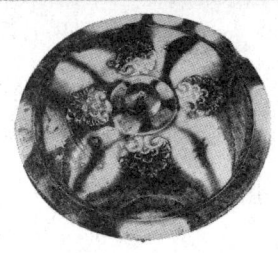

张说

张说,字道济,一字说之,洛阳人。武后策贤良方正,说所对第一。授左补阙,擢凤阁舍人。忤旨,配流钦州。中宗召还,累迁工部、兵部侍郎,修文馆学士。睿宗拜为中书侍郎,知政事。开元初,进中书令,封燕国公。寻出刺相州,左转岳州,召拜兵部尚书,知政事,敕令巡边。后为集贤院学士,尚书左丞相。卒,谥文贞。说为人敦气义,重然诺,喜延纳后进,朝廷大述作,多出其手。与苏颋号燕许大手笔。谪岳州后,诗益凄惋,人谓得江山之助。集三十卷,内诗九卷,今编诗五卷。

唐封泰山乐章

《唐书·乐志》曰:开元十三年明皇封泰山祀天乐。降神用豫和,六变,迎送皇帝用太和,登歌、奠玉帛用肃和,迎俎用雍和,酌献、饮福并用寿和,送文舞出、迎武舞入用舒和,终献、亚献用凯安,送神用豫和。

豫和六首

挹泰坛,紫一作柴泰清。受天命,报天成。竦皇心,荐乐声。忘上达,歌下迎。

忆上帝,临下庭。骑日月,陪列星。嘉视信,大糦馨。澹神心,醉皇灵。

相百辟,贡八荒。九歌叙,万舞翔。肃振振,铿皇皇。帝欣欣,福穰穰。

高在上,道光明。物资始,德难名。承眷命,牧苍生。寰宇谧,泰阶平。

天道无亲,至诚与邻。山川遍礼,宫徵惟新。玉帛非盛,聪明会真。正斯一德,通乎百神。

享帝享亲,维孝维圣。缉熙懿德,敷扬成命。华夷志同,笙镛礼盛。明灵降止,感此诚敬。

太和

孝敬中发,和容外彰。腾华照宇,如升太阳。贞璧就奠,玄灵垂光。礼乐具举,济济洋洋。

肃和

奠祖配天,承天享帝。百灵咸秩,四海来祭。植我苍璧,布我玄制。华日裴回,神烟容裔。

雍和

俎豆有馥,粢盛洁丰。亦有和羹,既戒既平。鼓钟管磬,肃唱和鸣。皇皇我祖,来我思成。

寿和

烝烝我后,享献惟寅。躬酌郁鬯,跪奠明神。孝莫孝乎,配上帝亲。敬莫敬乎,教天下臣。

寿和

皇祖严配,配享皇天。皇皇降嘏,天子万年。

舒和

六钟翕协六变成,八佾徜徉八风生。乐九歌兮人神感,美七德兮天地清。

凯和

烈祖顺三灵,文宗威四海。黄钺诛群盗,朱旗扫多罪。戢兵天下安,约法人心改。大哉干羽意,常见风云在。

豫和

礼乐终,禋燎上。怀灵惠,结皇想。归风疾,回风爽。百神来,众神往。

唐享太庙乐章

《唐书·乐志》曰:明皇开元七年享太庙乐,迎神用永和,皇帝行用太和,登歌、酌瓒用肃和,迎俎用雍和,皇帝酌醴齐用文舞,献宣皇帝用光大舞,光皇帝用长发舞,景皇帝用大政舞,元皇帝用大成舞,高祖用大明舞,太宗用崇德舞,高宗用钧天舞,中宗用大和舞,睿宗用景云舞,皇帝饮福、受胙用福和,送文舞出、迎武舞入用舒和,亚献、终献、行事、武舞用凯安,撤豆用登歌,送神用永和,按景皇帝旧用大基,至是改用大政云。

永和三首

肃九室,谐八音。歌皇慕,动神心。礼宿设,乐妙寻。声明备,祼奠临。

律迓气,音入玄。依玉几,御黼筵。聆忾息,俨周旋。九韶遍,百福传。

信工祝,永颂声。来祖考,听和平。相百辟,贡九瀛。神休委,帝孝成。

太和

时文圣后,清庙肃邕。致诚勤荐,在貌思恭。玉节肆夏,金锵五钟。绳绳云步,穆穆天容。

肃和

天子享孝,工歌溥将。射祼郁鬯,乃焚膏芗。臭以达旨,声以求阳。奉时烝尝,永代不忘。

雍和二首

在涤嘉豢,丽碑敬牲。角握之牡,色纯之骍。火传阳燧,水溉阴精。太公胖俎,传说和羹。

俎豆有馥,齐盛洁丰。亦有和羹,既戒既平。鼓钟管磬,肃唱和鸣。皇皇后祖,来我思成。 此首与封泰山乐章雍和同。

文舞

圣谟九德,真言五千。庆集昌胄,符开帝先。高文杖钺,克配彼天。三宗握镜,六合涣然。帝其承祀,率礼罔愆。图书雾出,日月清悬。舞形德类,咏谂功传。黄龙蜿蟺,彩云蹁跹。五行气顺,八佾风宣。介此百禄,于皇万年。

光大舞
　　肃肃艺祖，滔滔浚源。有雄玉剑，作镇金门。玄王贻绪，后稷谋孙。肇禋九庙，四海来尊。

长发舞
　　具礼崇德，备乐承风。魏推幢主，周赠司空。不行而至，无成有终。神兴王业，天归帝功。

大政舞
　　於赫元命，权舆帝文。天齐八柱，地半三分。宗庙观德，笙镛乐勋。封唐之兆，成天下君。

大成舞
　　帝舞季历，龙圣生昌。后歌有娀胎炎孕黄。天地合德，日月齐光。肃雍孝享，祚我万方。

大明舞
　　赤精乱德，四海困穷。黄旗举义，三灵会同。早望春雨，云披大风。溥天来祭，高祖之功。

崇德舞
　　皇合一德，朝宗百神。削平天地，大拯生人。上帝配食，单于入臣。戎歌陈武，晔晔震震。

钧天舞
　　高皇迈道，端拱无为。化怀獯鬻，兵赋句骊。礼尊封禅，乐盛来仪。合位娲后，同称伏羲。

大和舞
　　退居江水，郁起丹陵。礼物还旧，朝章中兴。龙图友及，骏命恭膺。鸣球香瓒，大糦

是承。

景云舞
　　景云霏烂，告我帝符。噫帝冲德，与天为徒。笙镛遥远，俎豆虚无。春秋孝献，回复此都。

福和
　　备礼用乐，崇亲致尊。诚通慈降，敬彻爱存。献怀称寿，啐感承恩。皇帝孝德，子孙千亿。大包天域，长亘不极。

舒和
　　六钟翕协六变成，八佾徜徉八风生。乐九韶兮人神感，美七德兮天地清。此首与封泰山乐章舒和同。

凯安三首
　　瑟彼瑶爵，亚维上公。室如屏气，门不容躬。礼殿其本，乐执其中。圣皇永慕，天地幽通。
　　礼匜三献，乐遍九成。降循轩陛，仰歆皇情。福与仁合，德因孝明。百年神畏，四海风行。
　　总总干戚，填填鼓钟。奋扬增气，坐作为容。离若鸳鸟，合如战龙。万方观德，肃肃邕邕。

登歌
　　止笙磬，撤豆笾。廊无响，宵入玄。主在室，神在天。情余慕，礼罔愆。喜黍稷，屡丰年。

永和
　　眇嘉乐，授灵爽。感若来，思如往。休气散，回风上。返寂寞，还惚恍。怀灵驾，结空想。

全唐诗卷八十六

张说

奉和圣制赐诸州刺史应制以题坐右

文明遍禹迹,鳏寡达尧心。正在亲人守,能令王泽深。朝廷多秀士,熔炼比精金。犀节同分命,熊轩各外临。圣主赋新诗,穆若听薰琴。先言教为本,次言则是钦。三时农不夺,午夜犬无侵。愿使天宇内,品物遂浮沉。寄情群飞鹤,千里一扬音。共蹑华胥梦,龚黄安足寻。

奉和圣制送宇文融安辑户口应制

至德临天下,劳情遍九围。念兹人去本,蓬转将何依。外避征戍数,内伤亲党稀。嗟不逢明盛,胡能照隐微。柏台简行李,兰殿锡朝衣。别曲动秋风,恩令生春辉。使出四海安,诏下万心归。怍非夔龙佐,徒歌鸿雁飞。

奉和圣制过晋阳宫应制

太原俗尚武,高皇初奋庸。星轩三晋躔,土乐二—作—尧封。北风遂举鹏,西河亦上龙。至德起王业,继明赖人雍。六合启昌期,再兴广圣踪。传呼大驾来,文物如云从。连营火百里,纵观人千重。翠华渡汾水,白日临崞—作𡾋峰。枌榆恩赏洽,桑梓旧情恭。往运感不追,清时惜难逢。诗发尊祖心,颂刊盛德容。愿君及春事,回舆绥万邦。

奉和圣制行次成皋太宗擒窦建德处**应制**

夏氏阶隋乱,自言河朔雄。王师进谷水,兵气临山东。前扫成皋阵,却下洛阳宫。义合帝图起,威加天宇同。轩台百年外,虞典一巡中。战龙思王业,倚马赋神功。

奉和圣制温汤对雪应制

瑞雪带寒风,寒风入阴琯。阴琯方凝闭,寒风复凄断。宫似瑶林匝,庭如月华满。正赓一作叹挟纩词，非近温汤一作温泉暖。

奉和圣制义成校猎喜雪应制

文教资武功，郊畋阅邦政。不知仁育久，徒看禽兽盛。夜散氛埃灭，朝日山川净。绰仗飞走繁，抨弦筋角劲。帝射参神道，龙驰合人性。五豝连一发，百中皆先命。勇爵均万夫，雄图罗七圣。星为吉符老，雪作丰年庆。喜听行猎诗，威神入军令。

清明日诏宴宁王山池赋得飞字

今日清明宴，佳境惜芳菲。摇扬花杂下，娇啭莺乱飞。绿渚传歌榜，红桥度舞旂。和风偏应律，细雨不沾衣。承恩如改火，春去春来归。

四月十三日诏宴宁王亭子赋得好字

何许承恩宴，山亭风日好。绿嫩鸣鹤洲，阴秾斗鸡道。果思夏来茂，花嫌春去早。行乐无限时，皇情及芳草。

药园宴武辂沙将军赋得洛字

东第乘余兴，南园宴清洛。文学引邹枚，歌钟陈卫霍。风高大夫树，露下将军药。待闻出塞还，丹青上麟阁。

修书院学士奉敕宴梁王宅赋得树字

虎殿成鸿业，猿岩题凤赋。既荷大君恩，还蒙小山遇。秋吹迎弦管，凉云生竹树。共惜朱邸欢，无辞洛城暮。

夕宴房主薄舍并序

旅听清馆，崇扃严钥。岩云暗山，微月白夜。悄群动之俱息，感孤鸿之远音。有美房公，霞海其量。友我以丝竹，好我以樽俎。纡蕴结之雅怀，豁幽旷之陈意。满堂既醉，因赋是诗。

岁晏关雍空，风急河渭冰。薄游羁物役，微尚惬远凭。旅馆月宿永，闭扃云思兴。伊人美修夜，朋酒惠来称。交谈既清雅，琴吹亦凄凝。不逢君蹇涸，幽意长郁蒸。

行从方秀川与刘评事文同宿

方秀美盘游，频年降天罕。水共伊川接，山将阙门断。捧日照恩华，攀云引疲散。野宿霜入帐，孤衾寒不暖。静闻宫漏疏，卧视庭月满。开炉命温酎，中夜发清管。风送关山长，气遒星岁短。寓言情思惬，适兴真意坦。寰中病羁挂，方外嫌纵诞。愿君乐盛时，无嗟带缧绠。

送郭大夫元振再使吐蕃

犬戎废东献，汉使驰西极。长策问酋渠，猜一作携阻自夷殛。容发徂边岁，旌裘敝海色。五年一见家，妻子不相识。武库兵犹动，金方事未息。远图待才智，苦节输筋力。脱刀赠分手，书带加餐食。知君万里侯，立功在异域。

送李侍郎迥秀薛长史季昶同赋得水字

汉郡接胡庭，幽并对烽垒。旌旗按部曲，文武惟卿士。薛公善筹画，李相威边鄙。中冀分两河，长城各万里。藉马黄花塞，蒐兵白狼水。胜敌在安人，为君汗青史。

别平一师

王子不事俗，高驾眇难追。茅土非屑盼，倾城无乐资。宴坐深林中，三世同一时。皎皎独往心，不为尘网欺。曷来已复去，今去何来思。回首谢同行，勤会安请期。

送王光庭

同居洛阳陌，经日懒相求。及尔江湖去，言别怅悠悠。楚云眇羁翼，海月倦行舟。爱而不可见，徒嗟芳岁流。

新都南亭送郭元振卢崇道

一作卢崇道诗。题云，新都南亭送郭大元振。

竹径女萝蹊，莲洲文石堤。静深人俗断，寻玩往还迷。碧潭秀初月，素林惊夕栖。寨幌纳蟾影，理琴听猿啼。佳辰改宿昔，胜寄坐睽携。长怀赏心爱，如玉复如珪。

赠崔公

我闻西汉日,四老南山幽。长歌紫芝秀,高卧白云浮。朝野—作市光尘绝,榛芜年貌秋。一朝驱驷马,边箨入龙楼。昔遁高皇去,今从太子游。行藏惟圣节,福祸在人谋。卒能匡惠帝,岂不赖留侯。事随年代远,名与图籍留。平生钦淳德,慷慨景前修。蚌蛤伺—作想阴兔,蛟龙望斗牛。无嗟异飞伏,同气幸相求。

赠赵公

湘东股肱守,心与帝乡期。舟楫中途蹇,风波复来思。嘉我常联翼,金貂侍玉墀。迹参前马圣,黄帝遇牧马童子,称天师而退。名缀鹙熊师。寒暑一何速,山川远间之。宁知洞庭上,独得平生时。精意微绝简,从权讨妙棋。林塈为予请,纷霭发华滋。流赏忽已散,惊帆杳难追。送君在南浦,佗傺投此词。

赠赵侍御

禄放迹异端,偏荒事同蹇。苟忘风波累,俱会云壑践。险式压西湖,侨庐对南岘。夜楼江月入,朝幌山云卷。山势远涛连,江途斜汉转。坐啸予多暇,行吟子独善。并辔踟郊郭,方舟玩游演。虚声万籁分,水色千里辨。不知岸阴谢,再见春露泫。绿壤发欣颜,华年助虫篆。上世时难接,古人情可选。泊渚烦为媒,多才怨成褊。长沙鹏作赋,任道可知浅。请从三已心,荣辱两都遣。

答李伯鱼桐竹

结庐桐竹下,室迩人相深。接垣分竹径,隔户共桐阴。落花朝满岸,明月夜披林。竹有龙鸣管,桐留凤舞琴。奇声与高节,非吾谁赏心。

寄姚司马

共君春种瓜,本期清夏暑。瓜成人已去,失望将谁语。裹露摘香园,感味怀心许。偶逢西风便,因之寄鄂渚。

代书答姜七崔九

婀娜金闺树,离披野田草。虽殊两地荣,幸共三春好。花殊鸟飞处,叶镂虫行道。真心独感人,惆怅令人老。

代书寄吉十一

一雁雪上飞,值我衡阳道。口衔离别字,远寄当归草。目想春来迟,心惊寒去早。忆乡乘羽翮,慕侣盈怀抱。零落答故人,将随江树老。

代书寄薛四

孤雁东飞来,寄我纹与素。纹足经三象,素当综群务。远见故人心,一言重千金。答之彩毛翰,继以瑶华音。岁寒众木改,松柏心常在。

过蜀道山

我行春三月,山中百花开。披林入峭蒨,攀磴陟崔嵬。白云半峰起,清江出峡来。谁知高深意,缅邈心幽哉。

蜀路二首

云埃夜澄廓,山日晓晴鲜。叶落苍江岸,鸿飞白露天。磷磷含水石,幂幂覆林烟。客心久无绪,秋风殊未然。

徭蜀时未改,别家乡念盈。忆昨出门日,春风发鲜荣。及兹旋辕地,秋风满路生。昏晓思魏阙,梦寐还秦京。秦京开朱第,魏阙垂紫缨。幽独玄虚阁,不闻人马声。艺业为君重,名位为君轻。玉琴知调苦—作古,宝镜对胆清。鹰饥常啄腥,凤饥亦待琼。于君自有属,物外岂能轻。

再使蜀道

眇眇葭萌道,苍苍褒斜谷。烟壑争晦深,云山共重复。古来风尘子,同眩望乡目。芸阁有儒生,轺车倦驰逐。青春客岷岭,白露摇江服。岁月镇羁孤,山川俄反覆。鱼游恋深水,鸟迁恋乔木。如何别亲爱,坐去文章国。蟋蟀鸣户庭,蟏蛸网琴筑。

江路忆郡

雾敛江早明,星翻汉将没。卧闻峡猿响,起视榜人发。倚棹攀岸条,凭船弄波月。水宿压洲渚,晨光屡挥忽。林泽来不穷,烟波去无歇。结思笙竽里,摇情游侠窟。年貌不暂留,欢愉及玄发。云涓恋山海,禽马怀燕越。自非行役人,安知慕城阙。

过汉南城叹古坟

旧国多陵墓,荒凉无岁年。汹涌蔽平冈,沺若波涛连。上世千金字,潜卧九重泉。松柏剪无余,碑记灭罔传。葬于不毛地,咸谓楚先贤。事尽情可识,使人心怅然。

至尉氏

夕次阮公台,啸歌临爽垲。高名安足赖,故物今皆改。吾兄昔兹邑,遗爱称贤宰。桑中雉未飞,屋上乌犹在。途逢旧甿吏,城有同僚宷。望尘远见迎一作远见咸相迎,拂馆来欣待。慈惠留千室,友于存四海。始知鲁卫间,优劣相悬倍。

襄州景空寺题融上人兰若

高名出汉阴,禅阁跨香岑。众山既围绕,长川复回临。云峰晓灵变,风木夜虚吟。碧湫龙池满,苍松虎径深。旧知青岩意,偏入杳冥一作冥窅心。何由侣飞锡,从此脱朝簪。

巡边在河北作

抚剑空余勇,弯弧遂无力。老去事如何,据鞍长叹息。故交索将尽,后进稀相识。独怜半死心,尚有寒松直。

入海二首

乘桴入南海,海旷不可临。茫茫失方面,混混如凝阴。云山相出没,天地互浮沉。万里无涯际,云何测广深。潮波自盈缩,安得会虚心。

海上三神山,逍遥集众仙。灵心岂不同,变化无常全。龙伯如人类,一钓两鳌连一作悬。金台此沦没,玉真时播迁。问子劳何事,江上泣经年。隰中生红草,所美非美然。

相州山池作

尝怀谢公咏,山水陶嘉月。及此年事衰,徒看众花发。观鱼乐何在,听鸟情都歇。星汉流不停,蓬莱去难越。邺中秋麦秀,淇上春云没。日见尘物空,如何静心阙。

岳州作

夜梦云阙间,从容簪履列。朝游洞庭上,缅望京华绝。潦收江未清,火退山更热。重欹视欲醉,懑满气如噎。器留鱼鳖腥,衣点蚊虻血。发白思益壮,心玄用弥拙。冠剑日苔藓。琴书坐废撤。唯有报恩字,刻意长不灭。

岳州行郡竹篱

山郡不沟郭,荒居无翳蓊。爱人忠主利,善守闭为勇。苟非小勤瘁,安得期逸宠。版筑恐土疏,襄城嫌役重。藩栅聊可固,均篁近易奉。差池截浦沙,缭绕缘隈垅。矗似长云亘,森如高戟耸。预绝豺狼忧,知免牛羊恐。闾里宽矫步,榛丛恣踏踵。始果游处心,终日成闲拱。

游洞庭湖湘

缅邈洞庭岫,葱蒙水雾色。宛在太湖中,可望不可即。剖竹守穷渚,开门对奇域。城池自挚笼,缨绥为徽纆。靡日不思往,经时始愿克。飞棹越溟波,维舟恣攀陟。窈窕入云步,崎岖倚松息。岩坛有鹤过,壁字无人识。滴石香乳溜,垂崖灵草植。玩幽轻雾阻,讨异忘嚘嚗。寒沙际水平,霜树笼烟直。空宫闻莫睹,地道窥难测。此处学金丹,何人生羽翼。谁传九光要,几拜三仙职。紫气徒想像,清潭长眇默。霓裳若有来,觐我云峰侧。

澧湖山寺

楚老游山寺,提携观画壁。扬袂指辟支,眴昒相斗阋。险哉透撞儿,千金赌一掷。成败身自受,傍人那叹息。

出湖寄赵冬曦

西泛平湖尽,参差入乱山。东瞻岳阳郡,汗漫太虚间。窘步同行乐,邅文互屡看。山戍上云桂,江亭临水关。川途倏忽间,风景依如昨。湘浦未赐环,荆门犹主诺。何时与美人一作得余美,载酒游宛洛。

岳阳早霁南楼

山水佳新霁,南楼玩初旭。夜来枝半红,雨后洲全绿。四运相终始,万形纷代续。适临青草湖,再变一作鼓黄莺曲。地穴穿东武,江流下西蜀。歌闻枉渚遭,舞见长沙促。心阻意徒驰一作心远居无陋。神和生自足。白发悲上春,知常谢先一作无欲。

岳阳石门墨山二山相连,有禅堂一作道观天下绝境

囷轮江上山,近在华容县。常涉巴丘首,天晴遥可见。佳游屡前诺,芳月怨幽眷。及此符守移,欢言临道便。既携赏心客,复有送行掾。竹径入阴窈,松萝上空蒨。草共林一色,云与峰万变。探窥石门断,缘越沙涧转。两山势争雄,峰嶙相顾眄。药妙灵仙宝,境华岩壑选。清都西渊绝,金地东敞宴。池果接园畦,风烟迩台殿。高寻去石顶,旷览天宇遍。千山纷满目,百川豁对面。骑来云气迎,人去鸟声恋。长揖桃源士,举世同企羡。

和尹懋秋夜游滙湖

坐啸人事闲,佳游野情发。山门送落照,湖口升微月。林寻猿狖居,水戏鼋鼍穴。朔风吹飞雁,芳草亦云歇。

五君咏五首并序

达志、美类、刺异、感义、哀事,颜氏之心也。拟焉。

魏齐公元忠

齐公生人表,迥天闻鹤唳。清论早揣摩,玄心晚超诣。入相廊庙静,出军沙漠霁。见深吕禄忧,举后陈平计。甘心除君恶,足以报先帝。

苏许公环

许公信国桢,克美具瞻情。百事资朝问,三章广世程。处高心不有,临节自为名。朱户传新戟,青松拱旧茔。凄凉丞相府,余庆在玄成。

李赵公峤

李公实神敏,才华乃天授。睦亲何用心,处贵不忘旧。故事遵台阁,新诗冠宇宙。在人忠所奉,恶我诚将宥。南浦去莫归,嗟嗟蒉孙秀。

郭代公元振

代公举鹏翼,悬飞摩海雾。志康天地屯,适与云雷遇。兴丧一言决,安危万心注。大勋书王府,舛一作窜命沦江路。势倾北夏门,哀靡东平树。

赵耿公彦昭

耿公山岳秀一作灵,才杰心一作思远神亦妙。鸷鸟峻标立,哀一作良玉扣一作振清调。协赞休明启,恩华日月照。何意瑶台云,风吹落江徼。湘流下浔阳,洒泪一投吊。

游龙山静胜寺

每上襄阳楼,遥望龙山树。郁莽吐冈岭,微蒙在烟雾。下车岁已成,饰马闲一作问余步。苦霜裛野草,爱日扬江煦。云对石上塔,风吹一作入松下路。禅室宴三空,神祠同一作图六趣。儿童共戏谑,猿鸟相惊顾。南识桓公一作恒山台,北望先贤墓。世上人何在,时闻心不住。但传无尽灯,可使有情悟。

一柱观

旧说江陵观,初疑神化来。空山结云阁,绮靡随风回。奈何任一柱,斯焉容众材。奇功非长世,今余草露台。

登九里台是樊姬墓

楚国所以霸,樊姬有力焉。不怀沈尹禄,谁谙一作进叔敖贤。万化茫无在,孤坟独岿然。北分阳台陌,南识郢城阡。漠漠渚宫树,苍苍云梦田。登高形胜出,访古令名传。自我来符守,因君树蕙荃。诗书将变俗,绨纩忽弥年。志阑一作闲三折后,愁值二毛前。伫立帝京路,遥心寄此篇。

过怀王墓

咿嚘一作喔咿不可信,以一作似此败怀王。客死峣关路,返葬岐江阳。啼狖抱山月,饥狐猎野霜。一闻怀沙事,千载尽悲凉。

闻雨

多雨绝尘事,寥寥入太玄。城阴疏复合,檐滴断还连。念我劳造化,从来五十年。误将心徇物,近得还自然。闲居草木侍,虚室鬼神怜。有时进美酒,有时泛清弦。声真不世识,心醉岂言诠。

夜坐

怀哉四壁时,未有五都价。百金谁见许,斗酒难为贳。落花生芳春,孤月皎清夜。复逢利交客,题户遥相谢。

山夜闻钟

夜卧闻夜钟,夜静山更响。霜风吹寒月,窈窱虚中上。前声既春容,后声复晃荡。听之如可见,寻之定无像。信知本际空,徒挂生灭想。

冬日见牧牛人担青草归

塞上绵应折,江南草可结。欲持梅岭花,远竞榆关雪。日月无他照,山川何顿别。苟齐两地心,天问将安说。

咏镜

宝镜如明月,出自秦宫样。隐起双蟠龙,衔珠俨相向。常恐君不察,匣中委清量。积翳掩菱花,虚心蔽尘状。倘蒙罗袖拂,光生玉台上。

咏瓢

美酒酌悬瓢,真淳好相映。蜗房卷堕首,鹤颈抽长柄。雅色素而黄,虚心轻且劲。岂无雕刻者,贵此成天性。

杂诗四首

抱薰心常焦,举箑心常摇。天长地自久,欢乐能几朝。君看西陵树,歌舞为谁娇。

山闲苦积雨,木落悲时遽。赏心凡几人,良辰在何处。触石满堂侈,洒我终夕虑。客鸟怀主人,衔花未能去。剖珠贵分明,琢玉思坚贞。要君意如此,终始莫相轻。

问子青霞意,何事留朱轩。自言心远俗,未始迹辞喧。过蒙良时幸,侧息吏途烦。簪缨非宿好,文史弃前言。夕卧北窗下,梦归南山园。白云惭幽谷,清风愧泉源。十年兹赏废,佳期今复存。挂冠谢朝侣,星驾别君门。

默念群疑起,玄通百虑清。初心灭阳艳,复见湛虚明。悟灭心非尽,求虚见后生。应将无住法,修到不成名。

和张监游终南

宿怀终南意,及此语云峰。夜闻竹涧静,晓望林岭重。春烟生古石,时鸟戏幽松。岂无山中赏,但畏心莫从。

古泉驿 于陵仲子宅也

昔闻陈仲子,守义辞三公。身赁妻织履,乐亦在其中。岂无穷贱苦,羞与倾巧同。长白临河上,于陵入济东。我行吊遗迹,感叹古泉空。

河上公

尊师厌尘去,精魄知何明。形气不复生一作往,弟子空伤情。济北神如在,淮南药未成。共期终莫遂,寥落两无成一作名。

奉和圣制初入秦川路寒食应制

上阳柳色唤春归,临渭桃花拂水飞。总为朝廷巡幸去,顿教京洛少光辉。昨从分陕<small>一作汾陕</small>山南口,驰道依依渐花柳。入关正投寒食前,还京遂落清明后。路上天心重豫游,御前恩赐特风流。便幕那能镂鸡子,行宫善巧帖毛球。渭桥南渡花如扑,麦陇青青<small>一作草草</small>断人目。汉家行树直新丰,秦地骊山抱温谷。香池春溜水初平,预欢浴日照京城。今岁随宜过寒食,明年陪宴作清明。

时乐鸟篇并序

伏见天恩以灵异鹦鹉及能延京所述篇,出示朝列。臣按南海异物志,有时乐鸟,鸣云太平,天下有道则见。验其图,丹首红臆,朱冠绿翼,莺领文背,糅以五色。今此鸟本南海贡来,与鹦鹉状同,而毛尾全异。其心聪性辨,护主报恩,固非凡禽,实瑞经所谓时乐鸟。延京虽叙其事,未正其名。望编国史,以彰圣瑞。臣窃同延京献诗一首。

旧传南海出灵禽,时乐名闻不可寻。形貌乍同鹦鹉类,精神别禀凤皇心。千年待圣方轻举,万里呈才无伴侣。红茸糅绣好毛衣,清泠讴哑好言语。内人试取御衣牵,啄手螓声不许前。心愿阳乌恒保日,志嫌阴鹤欲凌天。天情玩讶良无已,察图果见祥经里。本持符瑞验明王,还用文章比君子。自怜弱羽讵堪珍,喜共华篇来示人。人见嘤嘤报恩鸟,多惭碌碌具官臣。

安乐郡主花烛行

青宫朱邸翊皇闱,玉叶琼蕤发紫微。姬姜本来舅甥国,卜筮俱道凤皇飞。星昂殿冬献吉日,夭桃秾李遥相匹。鸾车凤传王子来,龙楼月殿天孙出。平台火树连上阳,紫炬红轮十二行。丹炉飞铁驰炎焰,炎霞烁电吐明光。绿軿<small>一作屏</small>绀幰纷如雾,节鼓清笳前启路。城隅靡靡稍东还,桥上鳞鳞转南渡。五方观者聚中京,四合尘烟涨洛城。商女香车珠结网,天人宝马玉繁缨。百壶渌酒千斤肉,大道连延障锦轴。先祝圣人寿万年,复祷宜家承百禄。珊瑚刻盘青玉尊,因之假道入梁园。梁园山竹凝云汉,仰望高楼在天半。翠幕兰堂苏合薰,珠帘挂户水波纹。别起芙蓉织成帐,金缕鸳鸯两相向。罽茵饰地承雕履,花烛分阶移锦帐。织女西垂隐烛台,双童连镂合欢杯。蔼蔼绮庭嫔从列,娥娥红粉扇中开。黄金两印双花绶,富贵婚姻古无有。清歌棠棣美王姬,流化邦人正夫妇。

离会曲

何处送客洛桥头,洛水泛泛中行舟。可怜河树叶萎蕤,关关河鸟声相思。街鼓喧喧日将<small>一作云</small>夕,去棹归轩两相迫。何人送客故人情,故人今夜何处客。

邺都引

君不见魏武草创争天禄,群雄睚眦相驰逐。昼携壮士破坚阵,夜接词人赋华屋。都邑缭绕西山阳,桑榆汗漫漳河曲。城郭为虚人代改,但有西园明月在。邺傍高冢多贵臣,娥眉曼<small>一作曼</small>睩共灰尘。试上铜台歌舞处,唯有秋风愁杀人。

城南亭作

珂马朝归连万石,稍门洞启亲迎客。北堂珍重琥珀酒,庭前列肆茱萸席。长袖迟回意绪多,清商缓转日腾波。旧传比翼侯家舞,新出将雏主第歌。汉家绛灌余兵气,晋代浮虚安足贵。正逢天下金镜清,偏加日饮醇醲意。谁复邀游不复归,闲庭莫畏不芳菲。会待城南春色至,竟将花柳拂罗衣。

同赵侍御乾湖作

江南湖水咽山川,春江溢入共湖连。气色纷沦横罩海,波涛鼓怒上漫天。鳞宗壳族嬉为府,弋叟罛师利焉聚。欹帆侧柂弄风口,赴险临深绕湾浦。一湾一浦涨怅邅回,千曲千嵯悦迷哉。乍见灵妃含笑往,复闻游女怨歌来。暑来寒往运洄洑,潭生水落移陵谷。云间坠翮散泥沙,波上浮查栖树木。昨暮飞霜下北津,今朝行雁度南滨。处处沟泽清源竭,年年旧苇白头新。天地盈虚尚难保,人间倚伏何须道。秋月皛皛泛澄澜,冬景青青步纤草。念君宿昔观物变,安得踌躇不衰老。

巡边在河北作

去年六月西河西,今年六月北河北。沙场碛路何为尔,重气轻生知许国。人生在世能几时,壮年征战发如丝。会待安边报明主,作颂封山也未迟。

赠崔二安平公乐世词

十五红妆侍绮楼,朝承握槊夜藏钩。君臣一意金门宠,兄弟双飞玉殿游。宁知宿昔恩华乐,变作潇湘离别愁。地湿莓苔生舞袖,江声怨叹入篌筝。自怜京兆双眉妩,会待南来五马留。

送尹补阙元凯琴歌_{公善琴}

凤哉凤哉,啄琅玕,饮瑶池,栖昆仑之山哉。中国有圣人,感和气,飞来飞来。自歌自舞,先王册府,麒麟之台,羁雌众雏故山曲。其鸣喈喈,其鸣喈喈,欲往衔之欷去来,去别鸾凤心徘徊。明年阿阁梧桐花叶开,群飞凤归来,群飞凤归来。

送考功武员外学士使嵩山署舍利塔

怀玉泉,恋仁者,寂灭真心不可见,空留影塔嵩岩下。宝王四海转千轮,金昙百粒送分身。山中二月娑罗会,虚呗遥遥愁思人。我念过去微尘劫,与子禅门同正法。虽在神仙兰省间,常持清净莲花叶。来亦好,去亦好,了观车行马不移,当见菩提离烦恼。

遥同蔡起居偃松篇

清都众木总荣芬,传道孤松最出群。名接天庭长景色,气连宫阙借氛氲。悬池的的停华露,偃盖重重拂瑞云。不借流膏助仙鼎,愿将桢干捧明君。莫比冥灵楚南树,朽老江边代不闻。

全唐诗卷八十七

张说

奉和圣制登骊山瞩眺应制

寒山上半空,临眺尽寰中。是日巡游处,晴光远近同。川明分渭水,树暗辨新丰。岩壑清音暮,天歌起大风。

奉和圣制幸白鹿观应制

洞府寒山曲,天游日旰回。披云看石镜,拂雪上金台。竹径龙骖下,松庭鹤辔来。双童还献药,五色耀仙材。

奉和圣制送金城公主适西蕃应制

青海和亲日,潢星出降时。戎王子婿宠—作礼,汉国舅家慈。春野开离宴,云天起别词。空弹马上曲,讵减凤楼思—作悲。

奉和同皇太子过慈恩寺应制二首

翼翼宸恩永,煌煌福地开。离光升宝殿,震气绕香台。上界幡花合,中天伎乐—作日月来。愿君无量寿,仙乐屡徘徊。

朗朗神居峻,轩轩瑞象威。圣君成愿果,太子拂天衣。至乐三灵会,深仁四皓归。还闻涡水曲,更绕白云飞。

侍宴武三思山第应制赋得风字

梁王池馆好,晓日凤楼通。竹町罗千卫,兰筵降两宫。清歌芳树下,妙舞落花中。臣觉筵中听,还如大国风。

奉和圣制过宁王宅应制

进酒忘忧观,萧韶喜降临。帝尧敦族—作睦礼,王季友兄心。竹院龙鸣笛,梧宫凤绕林。大风将小雅,一字尽千金。

奉和圣制同玉真公主过大哥山池题石壁应制

绿竹初成苑,丹砂欲化金。乘龙与驾凤,歌吹满山林。爽气凝情—作波迥,寒光映浦深。

忘忧题此观,为乐赏同心。

奉和圣制赐王公千秋镜应制
宝镜颁神节,凝规写圣情。千秋题作字,长寿带为名。以长绶为带,取长寿之义。月向天边下,花从日里生。不承悬象意,谁辨照心明。

奉和圣制经邹鲁祭孔子应制
孔圣家邹鲁,儒风蔼典坟。龙骖回旧宅,凤德咏余芬。入室神一作人如在,升堂乐似闻。悬知一王法,今日待明君。

侍宴襄荷亭应制
回銮青岳观,帐殿紫烟峰。仙路迎三鸟,云衢驻两龙。园林看化一作故塔,坛埠识余封。山外闻箫管,还如天上逢。三鸟见刘向《九辨·惜贤篇》,两龙出《山海经》。

侍宴沪水赋得浓字
千行发御柳,一叶下仙筇。青浦宸游至,朱城佳气浓。云霞交暮色,草树喜春容。蔼蔼天旗转,清笳入九重。

奉和圣制同刘晃喜雨应制
青气含春雨,知从岱岳来。行云避师出,洒雨待车回。厌浥尘清道,空濛柳映台。最宜三五夜,晴月九重开。

奉和圣制观拔河俗戏应制
今岁好拖钩,横街敞御楼。长绳系日住,贯索挽河流。斗力频催鼓,争都更上筹。春来百种戏,天意在宜秋。

奉和圣制途次陕州应制
周召尝分陕,诗书空复传。何如万乘眷,追赏二南篇。郡带洪河侧,宫临大道边。洛城将日近,佳气满山川。

奉和圣制野次喜雪应制
寒更玉漏催,晓色御一作幄前开。泱漭云阴积,氤氲风雪回。山知银作瓮,宫见璧成台。欲验丰年象,飘摇仙藻来。

奉和圣制温泉言志应制
温谷媚新丰,骊山横半空。汤池薰水殿,翠木暖烟宫。起疾逾仙药,无私合圣功。始知尧舜德,心与万人同。

皇帝降诞日集贤殿赐宴
仲秋金帝起,五日土行昭一作标。瑞表壬寅露,光传甲子宵。阴风吹大泽,梦日照昌朝。不独华封老,千年喜祝尧。

晦日诏宴永穆公主亭子赋得流字
堂邑山林美,朝恩晦日游。园亭含淑气,竹树绕春流。舞席千花妓,歌船五彩楼。群欢与王泽,岁岁满皇州。

恩制赐食于丽正殿书院宴赋得林字
东壁图书府,西园一作垣翰墨林。诵诗闻国政,讲易见天心。位窃和羹重,恩叨醉酒深。缓一作载歌春兴曲,情竭为知音。

羽林恩召观御书王太尉碑
陇首名公石,来承圣札归。鱼龙生意态,钩剑动铓辉。字得神明保,词惭少女徽。谁家羽林将,又逐凤书飞。

东都酺宴四首并序
先天元祀孟冬十月,东都留守韦公,寅奉圣朝,述宣嘉旨。乃合洛京之五省,招河伊之二县,将吏咸集,佩章有序。锵锵济济,侃侃訚訚。供张于兴教之门,式酺宴也。原夫乐生于心,非因结风之奏;和达于气,无待阳春之节。盖泽之所及也深,则情之所感者远。国家天地一统,君臣百年。朝荣旧德之序,野赖先畴之业。玄化渐渍,洪恩既久。太上功德不宰,夏后命子之初。皇帝孝理无为,汉祖事亲之日。生尧舜于天属,见文武于同时。前古未逢,斯人何幸。是日六乐振作,万舞苒弱。鸟兽徘徊,士女踊跃,则知众庶观德之所乐也。旨酒络绎,大庖燔炙。芳溢风烟,醉流阡陌,又知衣冠所适也。由近而视远,万国之庆皆然;自明而察幽,三灵之欣可接。若夫吟咏德泽,播越人声,斯固雅颂之余波,政教之遗美。凡我词客,安敢阙如。赋诗展事,垂列于后。

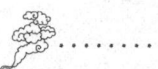

　　重华升宝历,轩帝眇闲居。政成天子孝,俗返上皇初。忘味因观乐,欢心寄合酺。自怜疲马意,恋恋主恩余。

　　朱城尘噎灭,翠幕景情开。震震灵鼍起,翔翔舞凤来。雕盘装草树,绮乘结楼台。共喜光华日,酣歌捧玉杯。

　　晓月调金阙—作鼓,朝暾对玉盘。争驰群鸟散,斗伎百花团。遇圣人知幸,承恩物自欢。洛桥将举烛,醉舞拂归鞍。

　　恺宴惟今席,余欢殊未穷。人云歌袅袅,向日伎丛丛。驶管催酣兴,留关待曲终。长安若为乐,应与万方同。

道家四首奉敕撰

　　金坛启曙闱,真气肃微微。落月衔仙窦,初霞拂羽衣。香随龙节下,云逐凤箫飞。暂住蓬莱戏,千年始一归。

　　窈窕流精观,深沉紫翠庭。金奁调上药,宝案读仙经。作赋看神雨,乘槎辨客星,祇应谢人俗,轻举托云軿。

　　金炉承道诀,玉牒启玄机。云逐笙歌度,星流宫殿飞。乘风嬉浩荡,窥月弄光辉。唯有三山鹤,应同千载归。

　　道记开中箓,真官表上清。焚香三鸟至,炼药九仙成,天上灵书下,空中妙伎迎。迎来出烟雾,渺渺戏蓬瀛。

凤楼寻胜地

　　西掖持醇酒,东山就白云。开轩绿池映,命席紫兰芬。舞度花为伴,莺来管作群。太平多乐事,春物共氤氲。

幽州夜饮

　　凉风吹夜雨,萧瑟动寒林。正有高堂宴,能忘迟暮心。军中宜剑舞,塞上重笳音。不作边城将,谁知恩遇深。

崔礼部园亭得深字

　　窈窕留清馆,虚徐步晚阴。水连伊阙近,树接夏阳深。柳蔓怜垂拂,藤梢—作苗爱上寻。讶君轩盖侣,非复俗人心。

送郑大夫惟忠从公主入蕃

　　凤吹遥将断,龙旗送欲还。倾都邀节使,传酌缓离颜。春碛沙连海,秋城月对关。和戎因赏魏,定远莫辞班。

送崔二长史日知赴潞州

　　东山怀卧理,南省怅悲翁。共见前途促,何知后会同。莫轻一筵宴,明日半成空。况尔新离阙,思归迷梦中。

同贺八送兖公赴荆州

　　畴昔同声友,骞飞出凤池。风云一荡薄,日月屡参差。此别黄叶下,前期安可知。谁怜楚南树,不为岁寒移。

饯唐州高使君

　　常时好闲独,朋旧少相过。及尔宣风去,方嗟别日多。淮流春晼晚,江海路蹉跎。百岁屡分散,欢言复几何。

送王晙自羽林赴永昌令

　　将星移北洛,神雨避东京。为负刚肠誉,还追强项名。白云向伊阙,黄叶散昆明。多谢弦歌宰,稀闻桴鼓声。

同王仆射山亭饯岑广武义得言字

　　闻道长岑令,奋翼宰旅门。长安东陌上,送客满朱轩。琴爵留佳境,山池借好园。兹游恨不见,别后缀离言。

送任御史江南发粮以赈河北百姓

　　河朔人无岁,荆南义廪开。将兴泛舟役,必仗济川才。夜月临江浦,春云历楚台。调饥坐相望,绣服几时回。

送王尚一严巙二侍御赴司马都督军

　　汉掖通沙塞,边兵护草腓。将行司马令,助以铁冠威。白露鹰初下,黄尘骑欲飞。明年春酒熟,留酌二星归。

送李问政河北简兵

斗酒贻朋爱,踌躇出御沟。依然四牡别,更想八龙游。密亲仕燕冀,连年迩寇雠。因君阅河朔,垂泪语幽州。

送薛植入京

青组言从史,鸿都忽见求。款言人向老,饮别岁方秋。仿佛长安陌,平生是旧游。何时复相遇,宛在水中流。

相州前池别许郑二判官景先神力

数步圆塘水,双鸿戢羽仪。一飞乔木上,一返故林垂。澹泊含秋景,虚明抱夜规。无因留绝翰,云海意差池。

岳州宴别潭州王熊二首

丝管清且哀,一曲倾一杯。气将然诺重,心向友朋开。古木无生意,寒云若死灰。赠君芳杜草,为植建章台。

缙云连省阁,沟水遽西东。然诺心犹在,荣华岁不同。孤城临楚塞,远树入秦宫。谁念三千里,江潭一老翁。

广州萧都督入朝过岳州宴饯得冬字

孤城抱大江,节使往朝宗。果是台中旧,依然水上逢。京华遥比日,疲老飒如冬。窃羡能言鸟,衔恩向九重。

岳州别姚司马绍之制许归侍

和玉悲无已,长沙宦不成。天从扇枕愿,人遂倚门情。方外怀司马,江东忆步兵。问君栖泊处,空岭夜猿惊。

送岳州李十从军桂州

送客之江上,其人美且才。风波万里阔,故旧十年来。剑拔蛟随断,弓张鸟自摧。阳桥书落落,驿马定先回。

岳州别赵国公王十一琚入朝

昔滥貂蝉长,同承雨露霏。今参鱼鳖守,望美洞庭归。浦树悬秋影,江云烧落辉。离魂似征帆一作旆,又作雁,恒往帝乡飞。

岳州别子均

离筵非燕喜,别酒正销魂。念汝犹童孺,嗟予隔远藩。津亭拔心草,江路断肠猿。他日将何见,愁来独倚门。

端州别高六戬

异壤同羁窜,途中喜共过。愁多时举酒,劳罢或长歌。南海风潮壮,西江瘴疠多。於焉复分手,此别伤如何。

南中别蒋五岑向青州

老亲依北海,贱子弃南荒。有泪皆成血,无声不断肠。此中逢故友,彼地送还乡。愿作枫林一作江枫叶,随君度洛阳。

南中别陈七李十

二年共游处,一旦各西东。请君聊驻马,看我转征蓬。画鹢愁南海,离驹思北风。何时似春雁,双入上林中。

南中别王陵成崇

握手与君别,歧路赠一言。曹卿礼公子,楚媪馈王孙。倏尔生六翮,翻飞戾九门。常怀客鸟意,会答主人恩。

岭南送使

秋雁逢春返,流人何日归。将余去国泪,洒子入乡衣。饥狖啼相聚,愁猿喘更飞。南中不可问,书此示京畿。

幽州别阴长河行先

惠好交情重一作惠爱交千里,辛勤世事多。荆南久为别,蓟北远来过。寄目云中鸟,留欢酒上歌。影移春复间,迟暮两如何。

和朱使欣道峡似巫山之作

江如晓天净,石似暮霞一作云张。征帆一流览,宛如巫山阳。楚客思归路,秦人谪异乡。猿鸣孤月夜,再使泪沾裳。

和朱使欣二首

南土多为寇,西江尽畏途。山行阻篁竹,水宿碍萑蒲。使越才应有,征蛮力岂无。空传人赠剑,不见虎衔珠。

江势连山远,天涯此夜愁。霜空极天静,寒月带江流。思起南征棹,文高北望楼。自怜如坠叶,泛泛侣仙舟。

过庾信宅

兰成追宋玉,旧宅偶词人。笔涌江山气,文骄云雨神。包胥非救楚,随会反留秦。独有东阳守,来嗟古树春。

卢巴驿闻张御史张判官欲到不得待留赠之

旅窜南方远,传闻北使来。旧庭知玉树,合浦识珠胎。白发因愁改一作变,丹心一作诚托梦回。皇恩若再造,为忆不然灰。

南中赠高六戬

北极辞明代,南溟宅放臣。丹诚由义尽,白发带愁新。鸟坠炎洲气,花飞洛水春。平生歌舞席,谁忆不归人。

岳州山城

山城丰日暇,闭户见天心。东旷迎朝色,西楼引夕阴。书观千载近,学静二毛深。忽有南风至,吹君堂上琴。

和尹懋秋夜游灉湖

灉湖佳可游,既近复能幽。林里栖精舍,山间转去舟,雁飞江月冷,猿啸野风秋。不是迷乡客,寻奇处处留。

与赵冬曦尹懋子均登南楼

危楼泻洞湖,积水照城一作南隅。命驾邀渔火一作父,通家引凤雏。山晴红蕊匝,洲晓绿苗铺。举目思乡县,春光定不殊。

游灉湖上寺

湖上奇峰积,山中芳树春。何知绝世境,来遇赏心人。清旧岩前乐,呦嘤鸟兽驯。静言观听里,万法自成轮。

晦日

晦日嫌春浅,江浦看湔衣。道傍花欲合,枝上鸟犹稀。共忆浮桥晚,无人不醉归。寄书题此日,雁过洛阳飞。

湘州九日城北亭子

西楚茱萸节,南淮戏马台。宁知沅一作湘水上,复有菊花杯。亭帐凭高出,亲朋自远来。短歌将急景,同使兴情催。

翻著葛巾呈赵尹

昔日接䍦倒,今我葛巾翻。宿酒何时醒,形骸不复存。忽闻有嘉客,骊步出闲门。桃花春径满,误识武陵源。

戏题草树

忽惊石榴树,远出渡江来。戏问芭蕉叶,何愁心不开。微霜拂宫桂,凄吹扫庭槐。荣盛更如此,惭君独见哀。

岳州赠广平公宋大夫

亚相本时英,归来复国桢。朝推长孺直,野慕隐之清。传节还闽嶂,皇华一作恩入汉京。宁思江上老,岁晏独一作寒无成。

和魏仆射还乡

富贵还乡国,光华满旧林。秋风树不静,君子叹何深。故老空悬剑,邻交日一作自散金。众芳摇落尽,独有岁寒心。

和张监观赦

日御临双阙,天街俨百神。雷兹一作舒作解气,岁复建寅春。喜候开星驿,欢声发市人。金环能作赋,来入管弦声。

寄天台司马道士

世上求真客,天台去不还。传闻有仙要,梦寐在兹山。朱阙青霞断,瑶堂紫月闲。何时柱飞鹤,笙吹接人间。

下江南向夔州
　　天明江雾歇,洲浦棹歌来。绿水逶迤去,青山相向开。城临蜀帝祀,云接楚王台。旧知巫山上,游子共徘徊。

还至端州驿前与高六别处
　　旧馆分江日—作口,凄然望落晖。相逢传旅食,临别换征衣。昔记山川是,今伤人代非。往来皆此路,生死不同归。

四月一日过江赴荆州
　　春色沅湘尽,三年客始回。夏云随北帆,同日过江来。水漫荆门出,山平郢路开。比肩羊叔子,千载岂无才。

湘州北亭
　　人务南亭少,风烟北院多。山花迷径路,池水拂藤萝。萍散鱼时跃,林幽鸟任—作作歌。悠然白云意,乘兴抱琴过。

荆州亭入朝
　　巫山云雨峡,湘水同庭波。九辨人犹摈,三秋雁始过。旄裘吴地尽,髻荐楚言多。不果朝宗愿,其如江汉何。

岳州守岁
　　除夜清樽满,寒庭燎火多。舞衣连臂拂,醉坐合声歌。至乐都忘我,冥心自委和。今年只如此,来岁知如何。

咏尘
　　仙浦生罗袜,神京染素衣。裨山期益峻,照日幸增辉。夕伴龙媒合,朝游凤辇归。独怜范甑下,思绕画梁飞。

阙题
　　婚礼知无贺,承家叹有辉。亲迎骥子跃,吉兆凤雏飞。温席开华扇,梁门换裴衣。遥思桃李日,应赋采蘋归。

深渡驿
　　旅泊青山夜,荒庭白露秋。洞房悬月影,高枕听江流。猿响寒岩树,萤飞古驿楼。他乡对摇落,并觉起离忧。

惠文太子挽歌二首
　　碣馆英灵在,瑶山美谥尊。剪桐悲曩戏,攻玉怆新恩。宫仗传驰道,朝衣送国门。千秋谷门外,明月照西园。

　　梁国深文雅,淮王爱道仙。帝欢同宴日,神夺上宾年。旒旐飞行树,帷宫宿野烟。指言君爱弟,挥泪满山川。

节义太子杨妃挽歌二首
　　西华三公族,东闱五可才。玉环初受庆,金玦反逢灾。桂殿花空落,桐园月自开。朝云将暮雨,长绕望思台。

　　昔日三朝路,逶迤四望车。绣腰长命绮,隐髻连枝花。今春戾园树,索然无岁华。共伤千载后,惟号一王家。

韦谯公挽歌二首
　　五瑞分王国,双珠映后家。文飞书上凤,武结笥中蛇。出豫荣前马,回鸾丧后车。衮衣将锡命,泉路有光华。

　　国骋双骐骥,庭仪两凤皇。将星连相位,玉树伴金乡。歌舞侯家艳,轩裘戚里光。安知杜陵下,碑版已相望。

右丞相苏公挽歌二首
　　王宰丹青化,春卿礼乐才。缁衣传旧职,华衮赠新哀。路泣群官送,山嘶驷马回。佳辰无白日,宾阁有青苔。

　　门—作闻歌出野田,冠带寝穷泉。万事皆身外,平生尚目前。西垣紫泥绋,东岳白云篇。自惜同声处,从今遂绝弦。

崔尚书挽词
　　相宅隆—作当坤宝,承家占海封。庭中男执雁,门外女乘龙。鸣玉游三省,拟金侍九重。一朝宾客散,留剑在青松。

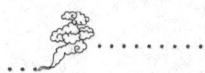

右侍郎—作常侍集贤院学士徐公挽词二首

才美临淄北,名高淮海东。羽仪三省遍,渔猎五车通。玉殿孤新榜,珠英落旧丛。徒悬一宝剑,何处访徐公。

叹息书林友,才华天下选。并赋三阳宫,集诗集贤殿。具物衣如在,呫嗟长不见。既哀薤露词,岂忘平生眷。

崔司业挽歌二首

海岱英灵气,胶庠礼乐资。风流满天下,人物擅京师。疾起扬雄赋,魂游谢客诗。从今好文主,遗恨不同时。

象设存华馆,威仪下墓田。凤池伤旧草,麟史泣遗编。帷盖墟烟没,干旌陇日悬。古来埋玉树,流恨满山川。

李工部挽歌三首

锦帐为郎日,金门待诏时。杨宫先上赋,柏殿几连诗。瞬息琴歌断,凄凉箫挽悲。那堪霸陵岸,回首望京师。

宅兆西陵上,平生雅志从。城临丹阙近,山望白云重。会葬知元伯,看碑识蔡邕。无由接神理,挥涕向青松。

常时好宾客,永日对弦歌,是日归泉下,伤心无奈何,墓庭人已散,祭处鸟来过。碑石生苔藓,荣名岂复多。

赠工部尚书冯公挽歌三首

忠鲠难为事,平生尽畏途。如弦心自直,秀木势恒孤。诏葬南陵道,神游北斗枢。贵门传万石,余庆在双珠。

爵位题龙旐,威仪出凤城。路傍人泣送,门外马嘶迎。万事非吾有,千悲是世情。昔焉称夏日,今也谥冬卿。

窅然长夜台,举世可哀哉。泉户一朝闭,松风四面来。石碑填骹藓,珠服聚尘埃。谁言—作遥望辽东鹤,千年往复回。

徐高御挽歌

蒲密遥千载,鸣琴始一追。公卿传世范,仁义续灵基。不待南游禄,何先北帝期。玉棺从此闭,金鼎代相欺。

奉和圣制春日幸望春宫应制

别馆芳菲上苑东,飞花澹荡御—作舞筵红。城临渭水天河静—作近,阙对南山雨露—作云雾通。绕殿流莺凡几树,当蹊乱蝶许多丛。春园既醉心和乐,共识皇恩造化同。

侍宴隆庆池应制

灵池月满直城隈,黻帐天临御路开。东沼初阳疑吐出,南山晓翠若浮来。鱼龙百戏纷容与,凫鹢双舟较泝洄。愿似金堤青草馥—作色,长承瑶水白云杯。

奉和圣制春日出苑应制—作瞩目应令,一作明皇诗

禁林艳裔发青阳,春望逍遥出画堂。雨洗亭皋千亩绿,风吹梅李一园香。鹤飞不去随青管,鱼跃翻来入彩航。睿赏欢承天保定,遹文更睹日重光。

扈从温泉宫献诗

温泉启蛰气氤氲,渭浦归鸿日数群。骑仗联联环北极,鸣笳步步引南薰。松间彩殿笼佳气,山上朱旗绕瑞云。不知远梦华胥国,何如亲奉帝尧君。

三月三日诏宴定昆池宫—作官庄赋得筵字

凤皇楼下对—作带天泉,鹦鹉洲中匝—作杂管弦。旧识平阳佳丽地,今逢上巳盛明年。舟将水动千寻日,幕共林构两岸烟。不降玉人观禊饮,谁令醉舞拂宾筵。

先天应令

三阳丽景早芳辰,四序嘉园物候新。梅花百般障行路,垂柳千条暗回津。鸟惊直为飞风叶,鱼跃都由怯岸人。唯愿圣主南山寿,何愁不赏万年春。

舞马千秋万岁乐府词三首

按《唐礼乐志》，明皇尝以马百匹，盛饰，分左右，施三重榻，舞倾杯数十曲。壮士举榻，马不动，乐工少年姿秀者十数人，衣黄衫文玉带，立左右，每千秋节，舞于勤政楼下。千秋节者，明皇以八月五日生，因以其日名节云。

金天诞圣千秋节，玉醴还分万寿觞。试听紫骝歌乐府，何如骏骥舞华冈—作觞。连骞势出鱼龙变，蹙踥骄生鸟兽行。岁岁相传指树日，翩翩来伴庆云翔。

圣皇至德与天齐，天马来仪自海西。腕足徐行拜两膝，繁骄不进踏千蹄。鬕鬟奋鬣时蹲踏，鼓怒骧身忽上跻。更有衔杯终宴曲，垂头掉尾醉如泥。

远听明君爱逸才，玉鞭金翅引龙媒。不因兹白人间有，定是飞黄天上来。影弄日华相照耀，喷含云色且裴徊。莫言阙下桃花舞，别有河中兰叶开。

同赵侍御巴陵早春作

江上春来早可观，巧将春物—作色妒余寒。水苔共绕留鸟石，花鸟争开斗鸭栏。佩胜芳辰日渐暖，然灯美夜月初圆。意随北雁云飞去，直待南州蕙草残。

澧湖山寺

空山寂历道心生，虚谷迢遥野鸟声。禅室从来尘外赏，香台岂是世中情。云间东岭千寻—作重出，树里南湖一片明。若使巢由知此意，不将萝薜易簪缨。

幽州新岁作

去岁荆南梅似雪，今年蓟北雪如梅。共知人事何常定，且喜年华去复来。边镇戍歌连夜动，京城燎火彻明开。遥遥西向长安日，愿上南山寿一杯。

全唐诗卷八十八

张说

扈从幸韦嗣立山庄应制并序

岚气入野,榛烟出谷。鱼潭竹岸,松斋药畹。虹泉电射,云木虚吟。恍惚疑梦,间关忘术。兹所谓丘壑夔龙,衣冠巢许也。

寒灰飞玉琯,汤井驻金舆。既得方明相,还寻大隗居。悬泉珠贯下,列帐锦屏舒。骑远林逾密,笳繁谷自虚。门旗垔复磴,殿幕裹—作里通渠。舞凤迎公主,雕龙赋—作起婕妤。地幽天赏洽,酒乐御筵初。菲才叨侍从,连藻愧应徐。先一日,太平公主、上官昭容题诗数首。故诗有舞凤雕龙之句。

奉和圣制喜雪应制

圣德与天同,封峦欲报功。诏书期日下,灵感应时通。触石云呈瑞,含花雪告丰。积如沙照月,散似面从风。舞集仙台上,歌流帝乐中。遥知百神喜,洒路待行宫。

奉和圣制寒食作应制

寒食春过半,花秾鸟复娇。从来禁火日,会接清明朝。斗敌鸡殊胜,争毬马绝调。晴空数云点,香树百风摇。改木迎新燧,封田表旧烧。皇情爱嘉节,传曲—作宴与箫韶。

奉和圣制赐崔日知往潞州应制

圣情留—作垂囊镇,佳气翊兴王。增载雄都府,高车转太常。川横八练阔,山带五龙长。连帅初恩命,天人旧纪纲。饯涂飞御藻,阃境自生光。明主征循吏,何年下凤皇。

春晚侍宴丽正殿探得开字

圣政惟稽古,宾门引上才。坊因购书立,殿为集贤开。髦彦星辰下,仙章日月回。字如龙负出,韵是凤衔来。庭柳余春驻,宫莺早夏催。喜承芸阁宴,幸奉柏梁杯。

奉和圣制花萼楼下宴应制

万心翘乐宴,三舍缓昌时。山接夏云险,台留春日迟。节移芳未歇,兴隔赏仍追。醉后传嘉惠,楼前舞圣慈,皇恩与时合,天意若人期。故发前旬雨,新垂湛露诗。

奉和圣制度蒲关应制

蒲坂横临晋,华芝晓望秦。关城雄地险,桥路扼天津。楼映行宫日,堤含宫树春。黄云随宝鼎,紫气逐真人。东咏唐虞迹,西观周汉尘。山河非国宝,明主爱忠臣。

奉和圣制途经华岳应制

西岳镇皇京,中峰入太清。玉銮重岭应,缇骑薄云迎。霁日悬高掌,寒空类削成。轩游会神处,汉幸望仙情。旧庙青林古,新碑绿字生。群臣愿封岱,还驾勒鸿名。

奉和圣制过王濬墓应制

牛斗三分国,龙骧一统年。智高宁受制,风急肯回船。有策擒吴嚭,无言让范宣。援孤因势屈,功重为谗偏。旧迹灰尘散,枯坟故老传。百代逢明主,何辞死道边。

奉和圣制经河上公庙应制

河上无名老,知非汉代人。先探道德要,留待圣明辰。玄妙为天下,清虚用谷神。化将和气一,风与太初邻。灵庙观遗像,仙歌入至真。皇心齐万物,何处不同尘。

奉和圣制幸凤汤泉应制

周狩闻岐礼,秦都辨雍名。献禽天子孝,存老圣皇情。温润宜冬幸,游畋乐岁成。汤云出水殿,暖气入山营。坎意无私洁,乾心称物平。帝歌流乐府,溪谷也增荣。

恩赐乐游园宴

汉苑佳游地,轩庭近侍臣。共持荣幸日,来赏艳阳春。馔玉颁王筐,拟金下帝钧。池台草色遍,宫观柳条新。花绶光连榻,朱颜畅饮醇。圣朝多乐事,天意每随人。

三月二十日一作三月三日**诏**一作承恩**宴乐游园赋得风字**

乐游形胜地一作绝,表里望郊宫。北阙连天一作云顶,南山对掌中。皇恩一作情贷芳月,旬宴美成功。鱼戏芙蓉水,莺啼杨柳风。春光看欲暮,天泽恋无穷。长袖招斜日,留光待曲终。

赴集贤院学士上赐宴应制得辉字

侍帝金华讲,千龄道固稀。位一作任将贤士设,书共学徒归。首命深燕隗,通经浅汉韦。列筵荣赐食,送客愧儒衣。贺燕窥檐下,迁莺入殿飞。欲知朝野庆,文教日光辉。

端午三殿侍宴应制探得鱼字

小暑夏弦应,徽音一作徽阴商管初。愿赍一作赍长命缕,来续大恩余。三殿褰珠箔,群官上玉除。助阳尝麦甗,顺节进龟鱼。甘露垂天酒,芝花一作盘捧御书。合丹同蝘蜓,灰骨共蟾蜍。今日伤蛇意,衔珠遂阙如。

奉和圣制春中兴庆宫醵宴应制

千龄逢启圣,万域共来威。庆接郊禋后,醵承农事稀。御楼横广路,天乐下重闱。鸾凤调歌曲,虹霓动舞衣。合声云上聚,连步月中归。物睹恩无外,神和道入微。镐京陪乐饮,柏殿奉文飞。徒竭秋云影,何资春日晖。

奉和圣制千秋节宴应制

五德生王者,千龄启圣人。赤光来照夜,黄云上覆晨。海县衔恩久,朝章献舞一作寿新。高居帝座出,夹道众官陈。槊杖洗清景,磬管凝秋旻。珠囊含瑞露,金镜抱仙轮。何岁无乡饮,何田不报神。薰歌与名节,传代幸群臣。

奉和圣制太行山中言志应制

六龙鸣玉銮,九折步云端。河络南浮近,山经北上难。羽仪映松雪,戈甲带春寒。百谷晨箭动,千岩晓仗攒。皇心感韶节,敷藻念人安。既立省方馆,复建礼神坛。扈跸参天老,承荣忝夏官。长勤百年意,思见一胜残。

奉和御制与宋璟源乾曜同日上官命宴东堂赐诗应制

大块熔群品,经生偶圣诗。猥承三事命,虚忝百僚师。右揆谋华硕一作实,前星傅重资。连骞求旧礼,滥典一作沾乐贤诗。赐釜同荣拜,扴金宴宰司。菊花吹御酒,兰叶捧天词。宝历休明盛,颓年暑漏衰。少留青史笔,未敢赤松期。

奉和圣制暇日与兄弟同游兴庆宫作应制

汉武横汾日,周王宴镐年。何如造区夏,复此睦亲贤。巢凤新成阁,飞龙旧跃泉。棣华歌尚在,桐叶戏仍传。禁籞氛埃隔,平台景物连。圣慈良有裕,王道固无偏。问俗兆人阜,观风五教宣。献图开益地,张乐奏钧天。侍酒一作酌衢樽满,询刍谏鼓悬。永言形友爱,万国共周旋。

奉和圣制送王晙巡边应制

六月歌周雅,三边遣一作谂夏卿。欲施攻战法,先作简稽行。礼乐知谋帅,春秋识用兵。一劳堪定国,万里即长城。策有和戎利,威传破虏名。军前雨洒道,楼上月临营。别藻瑶华降,同衣锦襮荣。关山由义近,戎马一作甲为恩轻。丝竹路傍散,风云马上生。朝廷谓吉甫,邦国望君平。

将赴朔方军应制

礼乐逢明主,韬钤用老臣。恭凭神武策,远御一作静鬼方人。供帐荣恩饯,山川喜诏巡。天文日月丽,朝赋管弦新。幼志传三略,衰材谢六钧。胆由忠作伴一作屏,心固一作故道为邻。汉保河南地,胡清塞北尘。连年大军后,不日小康辰。剑舞轻离别,歌酣忘苦辛。从来思博望,许国不谋身。

奉和圣制爱因巡省途次旧居应制

葱郁兴王郡,殷忧启圣图。周成会西土,汉武幸南都。岁卜銮舆迈,农祠雁政敷。武威

棱外域,文教靡中区。警跸干戈捧,朝宗万玉趋。旧藩人事革,新化国容殊。壁有真龙画,庭余鸣凤梧。丛觞祝尧寿,合鼎献汤厨。阳乐寒初变,春恩蛰更苏。三耆颁命服,五稔复田输。君赋大风起,人歌湛露濡。从臣观玉叶,方愿纪灵符。

宿直温泉宫羽林献诗

冬狩美秦正,新丰乐汉行。星陈玄武阁,月对羽林营。寒木罗霜仗,空山响夜更。恩深一作承灵液暖,节劲一作效古松贞。文武皆王事,轮心不为名。

玄武门侍射并序

开元之初,季冬其望,天子始御北阙,朝羽林军礼修事。厥后二日,乃命紫微、黄门、九卿、六事,与熊黑之将、爪牙之臣合宴焉。俯以纯锦,颁以珍器。尔其射埔新成,布侯既设,槊仗林立,帷轩雾布。众官半醉,皇情载悦。卷珠箔,临玉除,唐弓在手,夏箭斯发,应弦命一作屡中,属羽连飞,弧矢以来,未之有也。若夫天地合道,性辰献仪,端视和容,内正外直,自近而制远,耀威而观德,无不通神,无不极用。是射也,其惟圣人乎!于是繁云覆城,大雪飞苑,天人同泽,上下交欢,退食怀思,赋诗颂义。凡若干篇。

射观通玄阙,兵栏辟御筵。雕弧月半上,画的晕重圆。羿后神幽赞,灵王法暗传。贯心精四返,饮羽妙三联。雪鹤来衔箭,星麟下集弦。一逢军宴洽,万庆武功宣。

扈从南出雀鼠谷

豫动三灵赞,时巡四海威。陕一作硖关凌曙出,平路半春归。霍镇迎云罕,汾河送羽旂。山南柳半密,谷北草全稀。迟日宜华盖,和风入袷一作彩衣。上林千里近,应见百花飞。

洛桥北亭诏饯诸刺史

离亭拂御沟,别曲舞船楼。诏饯朝廷牧,符分海县忧。股肱还入郡,父母更临州。扇逐仁风转,车随霖一作灵雨流。恩光水上溢,荣色柳间浮。预待群方最,三公不远求。

东都酺宴

尧舜传天下，同心致太平。吾君内举圣，远合至公情。锡命承丕业，崇亲享大名。二天资广运，两曜益齐明。道畅昆虫乐，恩深朽蠹荣。皇舆久西幸，留镇在东京。合宴千官入，分曹百戏呈。乐来嫌景遽，酒著讶寒轻。喜气连云阁，欢呼动洛城。人间知几代，今日见河清。

奉酬韦祭酒嗣立，偶游龙门北溪，忽怀骊山别业呈诸留守之作 一作无上七字

石涧泉虚落，松崖路曲回。闻君北溪下，想像南山隈。近念鼎湖别，遥思云嶂陪。不同奇觐往，空睹斯文来。岁后寒初变，春前芳未开。黄蕤袅岸柳，紫萼一作萼折村梅。尽室兹游玩，盈门几乐哉。嗟留洛阳陌，梦诣建章台。野失巢由性，朝非元凯才。布怀钦远迹，幽意日尘埃。

奉酬韦祭酒自汤还都经龙门北溪庄见贻之作

闻君汤井至，潇洒憩郊林。拂曙携清赏，披云觐一作亲绿岑。欢言游览意，款曲望归心。是日期佳客，同山忽异寻。桃花迁一作缘路转，杨柳间门深。泛舟伊水涨，系马香树阴。繁弦弄水族，娇吹狎沙禽。春满汀色媚，景斜岚气侵。怀仁殊未远，重德匪专临。来藻敷幽思，连词报所钦。

酬崔光禄冬日述怀赠答 并序

太极殿众君子，分司洛城。自春涉秋，日有游讨。既而韦公出守，兹乐便废。顷因公宴，方接咏言。崔光禄述志论文，首贻雅唱。诸公嘉德叙事，咸有报章。若夫盛时、荣位、华景、胜会，此四者古难一遇，而我辈比实兼之。至于精言探道，妙识义文，戏谑而逢规戒，指讽而见师表。益过三友，岂易得乎？谓膏泽傍润，芝兰久袭，韦公近之矣。以文会友，以友辅仁，崔公近之矣。其余寻声响答，望形影赴。故亦浚碧池之涟漪，增瑶林之沃若。是用缀集，勒成一卷，永存几阁之玩，无忘欢好之时焉。

徐陈尝并作，枚马亦同时。各负当朝誉，俱承明主私。夫君迈前侣，观国骋奇姿。山似鸣威凤，泉如出宝龟。才雄子云笔，学广仲舒帷。紫绶拂三寺，朱门临九逵。昔我含香日，联尔缙云司。朝携兰省步，夕退竹林期。中路一分手，数载来何迟。求友还相得，群英复在兹。留台少人务，方驾递寻追。涉玩怀同赏，沾芳忆共持。迎宾南涧饮，载妓东城嬉。春郊绿亩秀，秋涧白云滋。名画披人物，良书讨滞疑。兴来光不惜，欢往迹如遗。岁晏罢行乐，层城间所思。夜魂灯处厌，朝发镜前衰。忽枉崔骃什，兼流韦孟词。曲高弥寡和，主善代为师。齐戒观华玉，留连叹色丝。终惭起予者，何足与言诗。

同刘给事城南宴集

水竹幽闲地，簪缨近侍臣。雍容乘暇日，潇洒出嚣尘。树对思朋鸟，池深入养鳞。管弦高逐一作入吹，歌舞妙含春。老子叼专席，欢邀隔缙绅。此中情不浅，遥寄赏心人。

温泉冯刘二监客舍观妓

温谷寒林薄一作幕，群游乐事多。佳人蹀骏马，乘月夜相过。秀色然红黛，娇香发绮罗。镜前鸾对舞，琴里凤传歌。妒宠倾新意，衔恩奈老何。为君留上客，欢笑敛双蛾。

寄许八

万类春皆乐，徂颜独不怡。年来人更老，花发意先衰。乳鹊穿坛画，巢蜂触网丝。平生美容色，宿昔影中疑。远道何由梦，同心在者谁。西风欲谁语，悯默遂无词。

送苏合宫颋

都邑群方首，商泉旧俗讹。变风须恺悌，成化仗弦歌。畴昔珪璋友，雍容文雅多。振缨游省闼，铿玉宰京河。别曲鸾初下，行轩雉尚过。百壶非饯意，流咏在人和。

送乔安邑备

书阁移年岁，文明难复辞。欢言冬雪满，

恨别夏云滋。外尹方为政,高明自不欺。老人骖驭往,童子狎雏嬉。日茂西河俗,寂寥东观期。遥怀秀才令,京洛见新诗。

送赵二尚书彦昭北伐

虏地河冰合,边城备此时。兵连紫塞路,将举白云司。提剑荣中贵—作赏,衔珠盛出师。日华光—作鲜组练,风色焰—作艳旌旗。投笔尊前起,横戈马上辞。梅花吹别引,杨柳赋归诗。

石门别杨六钦望

燕人同窜越,万里自相哀。影响无期会,江山此地来。暮年伤泛梗,累日慰寒灰。潮水东南落,浮云西北回。俱看石门远,倚棹两悲—作悠哉。

南中送北使二首

传闻合浦叶,曾向洛阳飞。何日南风至,还随北使归。红颜渡岭歇,白首对秋衰。高歌何由见,层堂—作台不可违。谁怜炎海曲,泪尽血沾衣。

待罪居重译,穷愁暮雨秋。山临鬼门路,城绕瘴江流。人事今如此,生涯尚可求。逢君入乡县,传我念京周。别恨归—作经途远,离言暮景遒。夷歌翻下泪,芦酒未消愁。闻有胡兵急,深怀汉国羞。和亲先是诈,款塞果为雠。释系应分爵,蠲徒几复侯。廉颇诚未老,孙叔且无谋。若道冯唐事,皇恩尚可收。

送赵顺直—作颐真郎中赴安西副大都督—作护

绝镇功难立,悬军命匪轻。复承迁—作还相后,弥重任贤情。将起神仙地,才称礼乐英。长心堪系虏,短语足论兵。日授休门法,星教置阵名。龙泉恩已著—作著,燕颔相终成。月窟穷天远,河源入塞清。老夫操别翰,承旨颂升平。

送宋休远之蜀任

求友殊损益,行道异穷申。缀我平生气,吐赠薄游人。结恩事明主,忍爱远辞亲。色丽成都俗,膏腴蜀水滨。如何从宦子,坚白共缁磷。日月千龄旦,河山万族春。怀铅书瑞府,横草事边尘。不及安人吏,能令王化淳。

岳州别梁六入朝

远莅长沙渚,欣逢贾谊才。江山疲应接,风日复晴开。江树云间断,湘山水上来。近洲朝鹭集,古戍夜猿哀。岸杵含苍拱,河蒲秀紫台。月余偏地赏,心尽故人杯。自我违京洛,嗟君此溯洄。容华因别老,交旧与年颓。梦见长安陌,朝宗实盛哉。

相州冬日早衙

城外宵钟敛,闺中曙火残。朝光曜庭雪,宿冻聚池寒。正色临厅事,疑词定笔端。除苛图圄息,伐枳吏人宽。河内功犹浅,淮阳疾未安。镜中星发变,顿使世情阑。

岳州西城

水国何辽旷,风波遂极天。西江三纪—作纪合,南浦二湖连。危堞临清境,烦忧暂豁然,九围观掌内,万象阅眸前。日去长沙渚—作浦,山横云梦田。汀葭变秋色,津树入寒烟。潜穴探灵诡,浮生揖圣仙。至今人不见,迹灭事空传。

岳州观竞渡

画作飞凫艇,双双竞拂流。低—作俄装山色变,急棹水华浮。土尚三闾俗,江传二女游。齐歌迎孟姥,独舞送阳侯。鼓发南湖溠—作汉,标争西驿楼。并驱常诧速,非畏日光遒。

对酒行巴陵作

留侯封万户,园令寿千金。本为成王业,初由赋上林。繁荣安足恃,霜露递相寻。鸟哭楚山外,猿啼湘水阴。梦中城阙近,天畔海云深。空对忘忧酌,离忧不去心。

岳州宴姚绍之并序

姚司马住在柏台,每钦骨鲠。及兹荒服,偶得官联。复有令弟美胤,芬芳袭予。山寺外庐,幽深形胜。

童冠是集，欢言赋诗。

杞梓滞江滨，光华向日新。难兄金作友，媚子玉为人。山水含秋兴，池亭借善邻。檐松风送静，院竹鸟来驯。翠斝吹黄菊，雕盘鲙紫鳞。缓歌将醉舞，为拂绣衣尘。

岳州九日宴道观西阁

摇落长年叹，蹉跎远宦心。北风嘶代马，南浦宿阳禽。佳此黄花酌，酬余白首吟。凉云霾楚望，蒙雨蔽荆岑。登眺思清景，谁将眷浊阴。钓歌出江雾，樵唱入山林。鱼以嘉名采，木为美材侵。大道由中悟，逍遥匪外寻。参佐多君子，词华妙赏音。留题一作淹留洞庭观，望古意何深。

岳州作

水国生秋草，离居再及瓜。山川临洞穴，风日望长沙。物土南州异，关河北信赊。日昏闻怪鸟，地热见修蛇。远人梦归路，瘦马嘶去家。正有江潭月，徘徊恋九华。

游洞庭湖

平湖晓望分，仙峤气氤氲。鼓枻乘清渚，寻峰弄白云。江寒天一色，日静水重纹。树坐参猿啸，沙行入鹭群。缘源斑篆密，冒径绿萝纷。洞穴传虚应，枫一作遥林觉自熏。双童有灵药，愿取献明君。

巴丘春作

日出洞庭水，春山挂断霞。江浔相映发，卉木共纷华。湘戍南浮阔，荆关北望赊。湖阴窥魍魉，丘势辨巴蛇。岛户巢为馆，渔人艇作家。自怜心问景，三岁客长沙。

岳州夜坐

炎洲苦三伏，永日卧孤城。赖此闲庭夜，萧条夜月明。独歌还太息，幽感见余声。江近鹤时叫，山深猿屡鸣。息心观有欲，弃知返无名。五十知天命，吾其达此生。

别滠湖

念别滠湖去，浮舟更一临。千峰出浪险，万木抱烟深。南郡延恩渥，东山恋宿心。露花香欲醉，时鸟啭余音。涉趣皆留赏，无奇不遍寻。莫言山水间，幽意在鸣琴。

伯奴边见归田赋因投赵侍御

尔家叹穷鸟，穷鸟用赵台赋，故曰尔家。吾族赋归田。用张衡。莫道荣枯异，同嗟世网牵。黄陵浮泪渚，青草会湘川。去国逾三岁，兹山老二年。寒鹍鸣舍下，昏虎卧篱前。客泪堪斑竹，离亭欲赠荃。放言久无次，触兴感成篇。

清远江峡山寺

流落经荒外，逍遥此梵宫。云峰吐月白一作日月，石壁淡烟红一作虹。宝塔灵仙涌，悬龛造化功一作工。天香涵竹气，虚呗引松风。檐牖飞花入，廊房激水通。猿鸣知谷静，鱼戏辨一作见江空。静默将何贵，惟应心境同。

春雨早雷

东北春风至，飘飘带雨来。拂黄先变柳，点素早惊梅。树蔼悬书阁，烟含作赋台。河鱼未上冻，江蛰已闻雷。美人宵梦著，金屏曙不开。无缘一启齿，空酌万年杯。

闻雨

穷冬万花匝，永夜百忧攒。危戍临江火，空斋入雨寒。断猿知屡别，嘶雁觉虚弹。心对炉灰死，颜随庭树残。旧恩怀未报，倾胆镜中看。

赦归在道中作

陈焦心息尽，死意不期生。何幸光华旦，流人归上京。愁将网共解，服与代俱明。复是三阶正，还逢四海平。谁能定礼乐，为国著功成。

喜度岭

东汉兴唐历，南河复禹谋。宁知瘴疠地，生入帝皇州。雷雨苏虫蛰，春阳放莺鸠。洄沿炎海畔，登降闽山陬。岭路分中夏，川源得上流。见花便独笑，看草即忘忧。自始居重译，

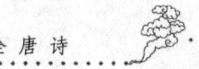

天星—作心已再周。乡关绝归望,亲戚不相求。弃杖枯还植,穷鳞涸更浮。道消黄鹤去,运启白驹留。江妾晨炊黍,津童夜棹舟。盛明良可遇,莫后洛城游。

全唐诗卷八十九

张说

奉和圣制潼关口号应制
天德平无外,关门东复西。不将千里隔,何用一丸泥。

奉萧令嵩酒并诗 已下三首,俱赐宴东堂作。
乐奏天恩满,杯来秋兴高。更蒙萧相国,对席饮醇醪。

奉宇文黄门融酒
圣德垂甘露,天章下大风。又乘黄阁赏,愿作黑头公。

奉裴中书光庭酒
西掖恩华降,南宫命席阑。讵知鸡树后,更接凤池欢。

清夜酌
秋阴士多感,雨息夜无尘。清樽宜明月,复有平生人。

醉中作
醉后乐无极 一作无穷乐,又作方知乐,弥一作全胜未醉时。动容皆是舞,出语总成诗。

送梁知微渡海东
今日此相送,明年此相待。天上客星回,知君渡东海。

寄刘道士舄
真人降紫气,邀我丹田宫。远寄双飞舄,飞飞不碍空。

书 一作答香能和尚塔
大师捐世去,空余法力在。远寄无碍香,心随到南海。

被使在蜀

即今三伏尽,尚自在临邛。归途千里外,秋月定相逢。

正朝摘梅

蜀地寒犹暖,正朝发早梅。偏惊万里客,已复一作半年来。

蜀道后期

客心争日月,来往预期程。秋风不相待,先至洛阳城。

广州江中作

去国年一作岁方晏,愁心转一作独不堪。离人与一作共江水,终日向西南。

江中诵经

实相归悬解,虚心暗在通。澄江明月内,应是色成空。

江中遇黄领子刘隆

危石江中起,孤云岭上还。相逢皆得意,何处是乡关。

钦州守岁

故岁今宵尽,新年明旦来。愁心随斗柄,东北望春回。

岳州守岁二首

夜风吹醉舞,庭户对酣歌。愁逐前年少,欢迎今岁多。

桃枝堪辟恶,爆竹好惊眠。歌舞留今夕,犹言惜旧年。

元朝一本题作幽州元日

今岁元日一作元日今岁乐,不谢往一作去年春。知向来心道,谁为昨夜人。

耗磨日饮二首

耗磨传兹日,纵横道未宜。但令不忌醉,翻是乐无为。

上月今朝减,流传耗磨辰。还将不事事,同醉俗中人。

又一本此首同前第一首为二首

春来半月度,俗忌一时闲。不酌他乡酒,惟堪对楚山。

九日进茱萸山诗五首

家居洛阳下,举目见嵩山。刻作茱萸节,情生造化间。

黄花宜泛酒,青岳好登高。稽首明廷内,心为天下劳。

菊酒携山客,萸囊系牧童。路疑随大隗,心似问鸿蒙。

九日重阳数,三秋万实成。时来谒轩后,一作石,罢去坐蓬瀛。

晚节欢重九,高山上五千。醉中知遇圣,梦里见寻仙。

岳州看黄叶

白首看黄叶,徂颜复几何。空惭棠树下,不见一作未有政成歌。

岭南送使二首

狱中生白发,岭外罢红颜。古来相送处,凡得几人还。

万里投荒裔,来时不见亲。一朝成白首,看取报家人。

伤妓人董氏四首

董氏娇娆性,多为窈窕名。人随秋月落,韵入捣衣声。

粉蕊粘妆篚,金花竭翠条。夜台无戏伴,魂影向谁娇。

旧亭红粉阁,宿处白云关。春日双飞去,秋风独不还。

舞席沾残粉,歌梁委旧尘。独伤窗里月,不见帐中人。

三月闺怨

　　三月时将尽,空房妾独居。蛾眉愁自结,鬓发没情梳。

破陈乐词二首 乐苑曰:商调曲也,唐太宗所造。明皇又作小破陈乐,亦舞曲也。

　　汉兵出顿金微,照日光明铁衣。百里火幡焰焰,千行云骑霏霏。蹙踏辽河自竭,鼓噪燕山可飞。正属四方朝贺,端知万舞皇威。

　　少年胆气凌云,共许骁雄出群。匹马城西挑战,单刀蓟北从军。一鼓鲜卑送款,五饵单于解纷。誓欲成名报国,羞将开阁论勋。

舞马词六首

　　万玉朝宗凤扆,千金率领龙媒。眄鼓凝骄蹴蹀,听歌弄影徘徊。圣代升平乐。

　　天鹿遥征卫叔,日龙上借羲和。将共两骖争舞,来随八骏齐歌。圣代升平乐。

　　彩旄八佾成行,时龙五色因方。屈膝衔杯赴节,倾心献寿无疆。四海和平乐。

　　帝阜龙驹沛艾,星兰骥子权奇。腾倚骧洋应节,繁骄接迹不移。四海和平乐。

　　二圣先天合德,群灵率土可封。击石骖骝紫燕,拟金顾步苍龙。四海和平乐。

　　圣君出震应箓,神马浮河献图。足踏天庭鼓舞,心将帝乐踌躇。四海和平乐。

奉和三日祓禊渭滨应制

　　青郊上巳艳阳年,紫禁皇游祓渭川。幸得欢娱承湛露,心同草树乐春天。

桃花园马上应制

　　林间艳色骄天马,苑里秾华—作妆伴丽人。愿逐南风飞帝席,年年含笑舞青春。

奉和圣制幸韦嗣立山庄应制

　　西京上相出扶阳,东郊别业好池塘。自非仁智符天赏,安能日月共回光。

奉和圣制同玉真公主游大哥山池题石壁

　　池如明镜月华开,山学香炉云气来。神藻飞为鹡鸰赋,仙声飏出凤皇台。

十五日夜御前口号踏歌词二首

　　花萼楼前雨露新,长安城里太平人。龙衔火树千重—作灯焰,鸡踏—作上莲花万岁—作树春。

　　帝宫三五戏春台,行雨流风莫妒来。西域灯轮千影合,东华金阙万重开。

苏摩遮五首

　　摩遮本出海西胡,琉璃宝服紫髯胡。闻道皇恩遍—作环宇宙,来将歌舞助欢娱。亿岁乐。

　　绣装帕—作拍额宝花冠,夷歌骑—作妓舞借人看。自能激水成阴气,不虑今年寒不寒。亿岁乐。

　　腊月凝阴积帝台,豪—作齐歌急鼓送寒来。油囊取得天河水,将添上寿万年杯。亿岁乐。

　　寒气宜人最可怜,故将寒水散庭前。惟愿圣君无限寿,长取新年续旧年。亿岁乐。

　　昭成皇后帝—作之家亲,荣乐诸人不比伦。往日霜前花委地,今年雪后树逢春。亿岁乐。

三月三日定昆池奉和萧令得潭字韵

　　暮春三月日重三,春水桃花满禊潭。广乐逶迤天上下,仙舟摇衍镜中酣。

和尹从事懋泛洞庭

　　平湖一望上—作水望连天,林景千寻下洞泉。忽惊水上光华满,疑是乘舟到日边。

送梁六自洞庭山作

　　巴陵一望洞庭秋,日见孤峰水上浮。闻道神仙不可接,心随湖水共悠悠。

同赵侍御望归舟

　　山庭迥迥面长川,江树重重极远烟。形影相追—作随高翥鸟,心肠并断北风—作飞船。

襄阳路逢寒食

去年寒食洞庭波,今年寒食襄阳路。不辞著处寻山水,只畏还家落春暮。

附咏方圆动静示李泌详见泌集

方如棋局,圆如棋子。动如棋生,静如棋死。

全唐诗卷九十

张均

张均,说长子。开元中,历官大理卿。受禄山伪命为中书令。肃宗立,免死,长流合浦。集二十卷,今存诗七首。

和尹懋登南楼

客来已两春,更瞻韶光早。花鸟既环合,江山复骈抱。楼形写北潭,堞势凌青岛。白云谢归雁,驰怀洛阳道。

江上逢春

离忧耿未和,春虑忽蹉跎。择木猿知去,寻泥燕独过。惊花翻霁日,垂柳拂烟波。激意屡怡赏,无知乡念何。

九日巴丘登高—作父说诗,误。

客心惊暮序,宾雁下沧州。共赏重阳节,言寻戏马游。湖风扶戍柳,江雨暗山楼。且酌东篱酒,聊祛南国忧。

和尹懋秋夜游灉湖二首

远水沉西日,寒沙聚夜鸥。平湖乘月满,飞棹接星流。黄叶鸣凄吹,苍葭扫暗洲。愿移沧浦赏,归待颍川游。

湾潭幽意深,杳霭涌寒岑。石痕秋水落,岚气夕阳沉。澄彻天为底,渊玄月作心。青溪非大隐,归弄白云浔。

岳阳晚景—作父说诗

晚景寒鸦集,秋风旅雁归。水光浮日出,霞彩映江飞。洲白芦花吐,园红柿叶稀。长沙卑湿地,九月未成衣。

流合浦岭外作

瘴江西去火为山,炎徼南穷鬼作关。从此更投人境外,生涯应在有无间。

张垍

张垍,说次子,尚宁亲公主,拜驸马都尉,许于禁中置内宅,侍为文章。坐事,出为卢溪司马,入为太常卿。禄山乱,受伪相命,死贼中。诗一首。

奉和岳州山城—作张均诗

郡馆临清赏,开—作闲扃坐白云。讼虚棠户曙,观静竹檐曛。悬榻迎宾下,趋庭学礼闻。风传琴上意,遥向日华纷。

全唐诗卷九十一

韦嗣立

韦嗣立,字延构,郑州人。第进士。则天时,拜凤阁侍郎,同凤阁鸾台平章事。神龙中,为修文馆大学士,与兄承庆代相。尝于骊山构别业。中宗临幸,令从官赋诗,自为制序,因封为逍遥公。睿宗时,拜中书令。开元中,谪岳州别驾,迁辰州刺史卒。诗八首。

偶游龙门北溪,忽怀骊山别业,因以言志示弟淑奉呈诸大僚

幽谷杜陵边,风烟别几年。偶来伊水曲,溪嶂觉—作各依然。傍浦怜芳树—作木,寻崖爱绿泉。岭云随马足,山鸟向人前。地合心俱静,言因理自玄。短才叨重寄,尸禄愧妨贤。每抱挂冠侣,思从初服旋。稻粱仍欲报,岁月坐空捐。助岳无纤块,输溟谢末涓。还悟北辕失,方求南涧田。

奉和九日幸临渭亭登高应制得深字

层观远沈沈,鸾旗九日临。帷—作行宫压水岸,步辇入烟岑。枝上萸新采,樽中菊始斟。愿陪欢乐事,长与岁时深。

奉和张岳州王潭州别诗二首并序

予昔忝省阁,与岳州张使君说、潭州王都督熊同官联事。后承朝谴,各自东西。张公与王都督别诗二首,情颇殷切。余览以叹,因遥申和云。

茂先王佐才,作牧楚江隈。登楼正欲赋,复遇仲宣来。黄鹄飞将远,雕龙文为开。宁知昔联事,听曲有余哀。

昔时陪二贤,缨冕会神仙。一去驰江海,相逢共播迁。无因千里驾,忽睹四愁篇。览讽欢何已,欢终徒怆然。

奉和初春幸太平公主南庄应制

主第岩扃架鹊桥,天门阊阖降鸾镳。历乱旌旗转云树,参差台榭入烟霄。林间花杂平阳

舞,谷里莺和弄玉箫。已陪沁水追欢日,行奉茅山访道朝。

自汤还都经龙门北溪,赠张左丞崔礼部崔光禄并序

仆自汤还都,经龙门北溪庄宿,张左丞、崔礼部、崔光禄并枉垂光顾。数公宿敦道义,雅尚林壑。谓急于幽寻,故此命驾,遂不知别有胜赏。偶然相过,寒暄未周,神意已往。云霞之致,茂而不存,逸辔放驱,清尘徒企,耿叹不已。而赠是诗。

栖闲有愚谷,好事枉朝轩。树接前驱拥,岩传后骑喧。褰帘出野院,植杖候柴门。既拂林下席,仍携池上樽。深期契幽赏,实谓展欢言。末眷诚未易,佳游时更敦。俄看啸俦侣,各已共飞骞。延睇尽朝日,长怀通夜魂。空闻岸竹动,徒见浦花繁。多愧春莺曲,相求意独存。

酬崔光禄冬日述怀赠答并序

光禄崔卿公怀通识济时,良具材器。耽图籍,爱林泉,不遗琴咏。门多长者,善与人交。仆忝台阁,早经联事。虽幸挹风采,而不接殷勤。崔公以雅道自居,未尝至握之室。及仆积抱羸疾,屡期放退。朝廷恩假,职以优闲。多取急归林,服饵为事。门堪罗雀,庭见狎鸥。崔公则多存访。不避风雨。方知向时,迹也;今晨,情也。兰菊春秋自芳,竹柏岁寒无变。仆敬之重之,故不能忘也,尝谈及词翰,顾申捃摭。忽枉赠章,因以投报云尔。

亭伯负高名,羽仪称上京。魏珠能烛乘,秦璧许连城。六月飞将远,三冬学已精。洛阳推贾谊,江夏贵黄琼。推演中都术,旋参河尹声。累迁登御府,移拜践名卿。庭聚歌钟丽,门罗棨戟荣。鹦杯飞广席,兽火列前楹。散诞林园意,殷勤敬爱情。无容抱衰疾,良宴每招迎。契得心逾重,言忘道益真。相勖忠义节,共谈词赋英。雕虫曾靡弃,白凤已先鸣。光接神愈骇,音来味不成。短歌甘自思,鸿藻弥难清。东里方希润,西河敢窃明。厚诬空见迫,丧德岂无诚。端守宫闱地,寒烟朝暮平。顾才无术浅,怀器识忧盈。月下对云阙,风前闻夜更。昌年虽共偶,欢会此难并。为怜漳浦曲,

沉痼有刘桢。

上巳日祓禊渭滨应制

乘春祓禊逐风光,扈跸陪銮渭渚傍。还笑当时水滨老,衰年八十待文王。

魏奉古

魏奉古,制举擢第,授雍丘尉。强记,一览便讽,人称为聪明尉。终兵部侍郎。诗一首。

奉酬韦祭酒偶游龙门北溪,忽怀骊山别业,因以言志示弟淑奉呈诸大僚之作

有美朝为贵,幽寻地自偏。践临伊水汭,想望灞池边。是遇皆新赏,兹游若旧年。藤萝隐路接,杨柳御沟联。道惬神情王,机忘俗理捐。遂初诚已重,兼济实为贤。迹是东山恋,心惟一作仍北阙悬。顾惭经拾紫,多谢赋思玄。未蹰一作蹋中林步,空承丽一作上藻传。阳春和已寡,扣寂竟徒然。《纪事》云:龙门北溪,韦嗣立山居在焉。诸公赋诗,奉古时预酬唱之末。张说序崔韦赠答诗云。二公述志论文,首贻雅唱。其余寻声响答,望形影赴。故亦峻碧池之涟漪,增瑶林之沃若。盖奉古之徒是也。

崔日知

崔日知,字子骏,日用从父兄也。有吏干。景云中,为洺州司马。以讨谯王重福功,累迁京兆尹。为御史李如璧所劾,左迁歙县丞,后为太常卿。自以历任年久,每朝士参集,常与尚书同列,时人号为尚书里行。诗二首。

奉酬韦祭酒偶游龙门北溪,忽怀骊山别山,因以言志,示弟淑并呈诸大僚之作

夙龄秉微尚,中年忽有邻。以兹山水癖,遂得狎一作学通人。追我咸一作南京道,闻君别一作北业新。岩前窥石镜,河畔踏芳茵。既怜伊浦绿,复忆灞池春。连词谢家子,同欢冀野宾。趣闲鱼共乐,情洽鸟来驯。讵一作谁念昔游者,只命独留秦。萧条颍阳恋,冲漠汉阴真。无由陪胜躅。空此玩书筠。

冬日述怀奉呈韦祭酒张左丞兰台名贤

弱龄好经籍，披卷即怡然。覃精四十载，驰骋数千言。孔壁采遗篆—作帙，周韦考绝编。袁公论剑术，孙子叙兵篇。鲁史君臣道，姬书日月悬。从师改炎燠，负笈遍山川。上异西河夏，中非北海玄。光荣拾青紫，名价接通贤。既重万钟乐，宁思二顷田。长戟同分虎，高冠亚—作互附蝉。晚怀重虚旷，养志息雕镌。登高惭思拙，匠物谢情妍。不慕张平子，宁希—作思王仲宣。谁谓登龙日，翻成刻鹄年。循循劳善诱，轧轧思微牵。琢磨才既竭，钻仰德弥坚。朽木诚为谕，扪心徒自怜。终期吞鸟梦，振翼上云烟。赋成先掷地，词高直谈天。更执抠衣礼，仍开函丈筵。雾披槐市蔼，水静璧池圆。愿逐从风叶，飞舞翰林前。

崔泰之

崔泰之，鄢陵人。以职方郎中预诛二张。开元中，官工部尚书。诗三首。

奉酬韦嗣立祭酒偶游龙门北溪，忽怀骊山别业，因以言志示弟淑奉呈诸大僚之作

关塞临伊水，骊山枕灞川。俱临隐路侧，同在帝城边。谢公兼出处，携妓玩林泉。鸣驺喷梅雪，飞盖曳松烟。闻琴幽谷里，看弈古岩前。落日低帏帐，归云绕管弦。叨荣惭北阙，微尚爱东田。寂寞灰心尽，萧条尘事捐。朝思登岭绝，夜梦弄潺湲，宿怀南涧意，况睹北溪—作岩篇。

同光禄弟冬日述怀并序

韦祭酒张左丞二公，并廊庙伟才，朝廷旧相，咸光首和，殊为佳作。辄继阳春，深增愧悚。韦祭酒嗣立、张左丞说、光禄、日知也。

吾族白眉良，才华动洛阳。观光初入仕，应宿始为郎。飞萤玩书籍，白凤吐文章。海卿逾往雅，河尹冠前张。择才绥鄢鄀，殊化被江湘。高楼临广陌，甲第敞通庄。列馆邙山下，疏亭洛水傍。昌年赏丰陌，暇日悦林塘。衣冠皆秀彦—作茂，罗绮尽名倡。隔岸闻歌度，临池见舞行。门庭寒变色，荣戟日—作自生光。穷阴方暖靄，杀气正苍茫。感时兴盛作，晚岁共多伤。积德韦丞相，通神张子房。吟草遍簪绂，逸韵合宫商。功名守留省，滥迹在文昌。家园遥可见，台寺近相望。无庸乘侍谒，有暇共翱翔。棣华依雁序，竹叶拂鸾觞。水坐怜秋月，山行弄晚芳。恩华惭服冕，友爱勖垂堂。无由报天德，相顾咏时康。《纪事》云：泰之时以礼部居洛，故与嗣立、说、日知数有酬唱。

奉和圣制送张尚书巡边

南庭胡运尽，北斗将星飞。旗鼓临沙漠，旗旌—作旗，一作旂出洛畿。关山绕玉塞，烽火映金微。屡献帷谋策，频承庙胜威。蹀躞临河骑，逶迤度陇旂。地脉平千古，天声振九围。车马生边气，戈铤驻落晖。夏近蓬犹转，秋深草木—作未腓。饯送纡天什，恩荣赐御衣。伫勒燕然颂，鸣驺计日归。

魏知古

魏知古，深州人，性方直，有才名，弱冠举进士。长安中，历凤阁舍人。神龙初，擢吏部侍郎。睿宗即位，以藩邸故吏，召拜黄门侍郎，迁散骑常侍。同平章事。开元初，改紫微令，终工部尚书。所荐洹水令吕太一、蒲州司功参军齐浣、内率骑曹参军柳泽、密尉宋遥、左补阙袁晖、右补阙封希颜、伊阙尉陈希烈，皆为闻人。宋璟尝称曰："叔向古之遗直，子产古之遗爱，能兼之者，其在魏公。"集七卷，今存诗五首。

春夜寓直凤阁怀群公—本题上有和中书侍郎杨再思八字

拜门传漏晚，寓直索居时。昔重安仁赋，今称伯玉诗。鸳池满不溢，鸡树久逾滋。夙夜怀山甫，清风咏所思。伯玉，齐卞伯玉也。有赴中书郎诗云：大方信包含，优渥遥不已。濯鳞龙凤池，挥翰紫宸里。

奉和春日途中喜雨应诏

　　皇舆一作游向洛城，时雨应天行。丽日登岩送，阴云出野迎。濯枝林杏发，润叶渚蒲生。丝入纶言喜，花依锦字明。微臣忝东观，载笔伫西成。

从猎渭川献诗

　　《旧唐书·本传》云：先天元年冬，上畋于渭川，知古献诗以讽。手诏褒之曰：予顷向温泉，观省风俗，时因暇景，掩渭而畋。方开一面之罗，式展三驱之礼。躬亲校猎，卿以前禽，岂意卿有箴规，辅余不逮。今赐物五十段，用申劝奖。

　　尝闻夏太康，五弟训禽荒。我后来冬狩，三驱盛礼张。顺时鹰隼击，讲事武功扬。奔走未及去，翩飞岂暇翔。非熊从渭水，瑞翟想陈仓。此欲诚难纵，兹游不可常。子云陈羽猎，僖伯谏渔棠。得失鉴齐楚，仁思念禹汤。雍熙亮在宥，亭毒匪多伤。辛甲今为史，虞箴遂孔彰。

玄元观寻李先生不遇

　　羽客今何在，空寻伊洛间。忽闻归苦县，复想入函关。未作千年别，犹应七日还。神仙不可见，寂寞返蓬山。

全唐诗卷九十二

李乂

李乂,字尚真,赵州房子人。年十二,工属文。第进士,茂才异等,调万年尉。长安中,擢监察御史,迁中书舍人,修文馆学士。睿宗朝,进吏部侍郎,改黄门侍郎,中山郡公。开元初,转紫微侍郎,未几,除刑部尚书。卒,年六十八。居官沉正方雅,识治体,时称有宰相器。与兄尚一、尚贞,俱以文章见称。有《李氏花萼集》。乂与苏颋对掌纶诰。明皇比之味道与峤。并称苏李。今编诗一卷。

招谕有怀赠同行人—作李乂府诗

远游冒艰阻,深入劳存谕。春去辞国门,秋还在边戍。轩车行未返,节序催难驻。陌上悲转蓬,园中想芳树。蜀山自纷纠,岷水恒奔注。临泛多苦怀,登攀寡欢趣。永夕飞淫雨,崇朝蒸毒雾。不求绥岭桃,宁美邛乡蒟。白浪行欲静,骢马何尝驱。唐韵区遇切。愿接轺斾尘,联翩东北骛。

春日侍宴芙蓉园应制

水殿临丹籞,山楼绕翠微。昔游人托乘,今幸帝垂衣。涧箓缘峰合,岩花逗浦飞。朝来江曲地—作朝回曲江地,无处不光辉。

奉和登骊山高顶寓目应制

崖巘万寻悬,居高敞御筵。行戈疑驻日,步辇若登天。城阙雾中近,关河云外连。谬陪登岱驾,欣奉济汾篇。

奉和七夕两仪殿会宴应制

桂宫明月夜,兰殿起秋风。云汉弥年阻,星筵此夕同。倏来疑有处,旋去已成空。睿作钧天响,魂飞在梦中。

奉和春日游苑喜雨应诏

仙跸九成台,香筵万寿杯。一旬初降雨,二月早闻雷。叶向朝霁—作骈密,花含宿润开。幸承天泽豫—作遍,无使日光催。

奉和人日清晖阁宴群臣遇雪应制

上日登楼赏,中天御辇飞。后庭联舞唱,前席仰恩辉。睿作风云起,农祥雨雪霏。幸陪人胜节,长愿奉垂衣。

陪幸临渭亭遇雪应制

青阳御紫微,白雪下彤闱。浃壤流天霈,绵区洒帝辉。水如银度烛,云似玉披衣。为得因风起,还来就日飞。

奉和九日侍宴应制得浓字

望幸纡千乘,登高自九重。台疑临戏马,殿似接疏龙。捧箧萸香遍,称觞菊气浓。更看仙鹤舞,来此庆时雍。

送沙门弘景道俊玄奘还荆州应制

初日承归旨,秋风起赠言。汉珠留道味,江璧返真源。地出南关远,天回北斗尊。宁知一柱观,却启四禅门。

奉和九月九日登慈恩寺浮图应制

涌塔临玄地,高层瞰紫微。鸣銮陪帝出,攀橑翊天飞。庆洽重阳寿,文含列象辉。小臣叨载笔,欣此一作无以颂巍巍。

闰九月九日幸总持寺登浮图应制

清跸幸禅楼,前驱历御沟。还疑九日豫,更想六年游。圣藻辉缨络,仙花缀冕旒。所欣延亿载,寄祇庆重秋。

侍宴长宁公主东庄应制

紫禁乘宵一作雷动,青门访水嬉。贵游鹓序集一作上台鹓序庆,仙女凤楼期。合宴簪绅满,承恩雨露滋。北辰还捧日,东馆幸逢时。

幸白鹿观应制

制跸乘骊阜,回舆指凤京。南山四皓谒,西岳两童迎。云幄临悬圃,霞杯荐赤城。神明近兹一作福地,何必往蓬瀛。

次苏州

洛渚问吴潮,吴门想洛桥。夕烟杨柳岸,春水木兰桡。城邑南楼近,星辰北斗遥。无因生羽翼,轻举托还飙。

寄胡皓时在南中

徭役苦流滞,风波限溯洄。江流通地脉,山道绕天台。有鸟图南去,无人见北来。闭门沧海曲,云雾待君开。

饯许州宋司马赴任

展骥旌时杰,谈鸡美代贤。暂离仙掖务,追送近郊筵。地惨金商节,人康璧假田。从来昆友事,咸以佩刀传。

饯唐州高使君赴任

淮源之水清,可以濯君缨。彼美称才杰,亲人伫政声。岁寒畴曩意,春晚别离情。终叹临岐远,行看拥传荣。

哭仆射鄂公杨再思

端揆一作揆席凝邦绩,台阶阐国猷。方崇大厦栋,忽逝巨川舟。白日铭安在,清风颂独留。死生恩命毕,零落掩山丘。

故赵王属赠黄门侍郎上官公挽词

暮归泉壤隔,朝发城池恋。汉时结愁阴,秦陵下悲霰。骎骎百驷驰,悯悯群龙饯。石马徒自施,玉人终不见。

淮阳公主挽歌

玉颜生汉渚,汤沐荣天女。金缕化邙尘,一本作第二句。哀荣感路人。凤皇曾作伴,蝼蚁忽为亲。畴日成蹊处,秾华不复春。

故西台侍郎上官公挽歌

宇内文儒重,朝端礼命优。立言多启沃,论道盛谋猷。顾日琴安在,术星剑不留。徒怀东武燧,更掩北原丘。

高安公主挽歌二首

汤沐三千赋,楼台十二重。银炉称贵幸一作子,玉辇盛过逢。嫔则留中馈,娥辉没下舂。平阳百岁后,歌舞为谁容。

宾卫俨相依,横门启曙扉一作辉。灵阴蟾
兔缺,仙影凤皇飞。一水秋难渡,三泉夜不归。
况临青女节,瑶草更前哀一作衰。

奉和初春幸太平公主南庄应制

平阳馆外有仙家,沁水园中好物华。地出
东郊回日御,城临南斗度云车。风泉韵绕幽林
竹,雨霰光摇杂树花。已庆时来千亿寿,还言
日暮九重赊。

兴庆池侍宴应制

神池泛滥水盈科,仙跸纡徐步辇过。纵棹
泂沿萍溜合,开轩眺赏麦风和。潭鱼在藻供游
咏一作欣游泳,谷鸟含樱入赋歌。寄语乘槎溟海
客,回头来此问天河。

侍宴安乐公主山庄应制

金舆玉辇背三条,水阁山楼望九霄。野外
初迷七圣道,河边忽睹二灵桥。悬冰滴滴依虬
箭,清吹泠泠杂凤箫。回一作向晚平阳歌舞合,
前溪更转木兰桡。

奉和春日幸望春宫应制

东城结宇敞一作瞰千寻,北阙回舆具四临。
丽日祥烟承罕毕,轻荑弱草籍衣簪。秦商重沓
云岩近,河渭萦纡雾壑深。谬接鹓鸿陪赏乐,
还欣鱼鸟遂飞沉。

人日重宴大明宫恩赐彩缕人胜应制

诘旦行春上苑中,凭高却下大明宫。千年
执象寰瀛泰,七日为人庆赏隆。铁凤曾骞摇瑞
雪,铜乌细转入祥风。此时朝野欢无算,此岁
云天乐未穷。

享龙池乐第八章

星分邑里四人居,水浒源流万顷余。魏国
君王称象处,晋家蕃邸化龙初。青蒲暂似一作
似骋游梁马,绿藻还疑一作疑游宴镐鱼。自有神
灵滋液地,年年云物史官书。

奉和幸礼部尚书窦希玠宅应制一作陪幸五王宅

家住千门侧,亭临二水傍。贵游开北地一

作第,宸眷幸西乡。曳履迎中谷,鸣丝出后堂。
浦疑观万象一作物,峰似驻三光。草向琼筵乐,
花承绣扆香。圣情思旧重一作里,留饮赋雕章。

奉和晦日幸昆明池应制

玉辂寻春赏,金堤重晦游。川通黑水浸,
地派紫泉流。晃朗扶桑出,绵联杞树周。乌疑
填海处,人似隔河秋。劫尽灰犹识,年移石故
留。汀洲归棹晚,箫鼓杂汾讴。

奉和幸长安故城未央宫应制

凤辇乘春陌,龙山访故台。北宫才尽处,
南斗独昭回。肆览飞宸札,称觞引御杯。已观
蓬海变,谁厌柏梁灾。代挹孙通礼,朝称贾谊
才。忝侪文雅地,先后各时来。

陪幸韦嗣立山庄应制一作宋之问诗

抠衣调梅暇,林园种槿初。入朝荣剑履,
退食偶琴书。地隐东岩室,天回北斗车。旌门
临峣崄,辇道属扶疏。云罕明丹谷,霜笳彻紫
虚。水疑投石处,溪似钓璜余。帝泽颁卮酒,
人欢颂里闾。一承黄竹咏,长奉白茆居。

奉和幸望春宫送朔方军大总管张仁亶

边郊草具腓,河塞有兵机。上宰调梅寄,
元戎细柳威。武贲东道出,鹰隼北庭飞。玉匣
谋中野,金舆下太微。投醪衔饯酌,缉衮事征
衣。勿谓公孙老,行闻奏凯归。

奉和幸三会寺应制

睿德总无边,神皋择胜缘。二仪齐法驾,
三会礼香筵。汉阙中黄近,秦山太白连。台疑
观一作书鸟日,池似刻鲸年。满月临真境,秋风
入御弦。小臣叨下列,持管谬窥天。

奉和幸大荐福寺 寺即中宗旧宅

象设隆新宇,龙潜想旧居。碧楼披玉额,
丹仗导金舆。代日兴光近,周星掩曜初。空歌
清沛筑,梵乐奏胡书。帝造环三界,天文贲六
虚。康哉孝理日,崇德在真如。

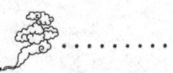

夏日都门送司马员外逸客孙员外佺北征_{时相王为元帅,魏大夫元忠为副。}

日逐滋南寇,天威抚北垂。析珪行仗节,持印且分麾。羽檄双凫去,兵车驷马驰。虎旗悬气色,龙剑抱雄雌。候月斯戡翦,经时念别离。坐闻关陇外,无复引弓儿。

元日恩赐柏叶应制_{景龙四年}

劲节凌冬劲,芳心待岁芳。能令人益寿,非止麝含香。

侍宴桃花园咏桃花应制

绮萼成蹊遍篡芳,红英扑地满筵—作庭香。莫将秋宴传王母,来比春华奉—作寿圣皇。

奉和三日祓禊渭滨

上林花鸟暮春时,上巳陪游乐在兹。此日欣逢临渭赏,昔年空道济汾词。

奉和幸韦嗣立山庄侍宴应制

曲榭回廊绕涧幽,飞泉喷下溢池流。祗应感发明王梦,遂得邀迎圣帝游。

侍宴安乐公主新宅应制

牵牛南渡象昭回,学凤楼成帝女来。平旦鹓鸾歌舞席,方宵鹦鹉献酬杯。

饯唐永昌

田郎才貌出咸京,潘子文华向洛城。愿以深心留善政,当令强项谢—作识高名。

全唐诗卷九十三

卢藏用

卢藏用,字子潜,幽州范阳人。举进士,不调,隐居终南。长安中,召授左拾遗。中宗朝,历中书舍人、黄门侍郎、修文馆学士。以附太平公主,流驩州。诗八首。

九日幸临渭亭登高应制得开字

上月重阳满,中天万乘来。萸依佩里发,菊向酒边开。圣泽烟云动,宸文象纬回。小臣无以答,愿奉亿千杯。

奉和九月九日登慈恩寺浮图应制

化塔龙山起,中天凤辇迁。彩旒牵画刹,杂珮冒香筵。宝叶擎千座,金英渍百盂。秋云飘圣藻,霄一作睿极捧连珠。

宋主簿鸣皋梦赵六予未及报而陈子云亡,今一无今字追为此诗答宋兼贻平昔游旧

暮川罕停波,朝云无留色。故人琴与诗,可存不可识。识心尚可亲,琴诗非故人。鸣皋初梦赵,蜀国已悲陈。感化伤沦灭,魂交惜未申。冥期失幽报,兹理复今晨。前嗟成后泣,已矣将何及。旧感与新悲,虚怀酬昔时。赵侯鸿宝气,独负青云姿。群有含妙识,众象悬清机。雄谈尽物变,精义解人颐。在阴既独善,幽跃自为疑。跛彼千里足,伤哉一尉欺。陈生富清理,卓荦兼文史。思绵巫山云,调逸岷江水。铿锵哀忠义,感激怀知己。负剑登蓟门,孤游入燕市。浩歌去京国,归守西山趾。幽居探元化,立言见千祀。埋没经济情,良图竟云已。坐忆平生游,十载怀嵩丘。题书满古壁,采药遍岩幽。子微化金鼎,仙笙不可求。荣哉宋与陆,名宦美中州。存亡一暌阻,岐路方悠悠。自予事山海,及兹人世改。传闻当世荣,皆入古人名。无复平原赋,空余邻笛声。泣对西州使,悲访北邙茔。新坟蔓宿草,旧阙毁残铭。为君成此曲,因言寄友生。默语无穷事,

雕伤共此情。

饯唐州高使君赴任
饯酒临丰树，褰帷出鲁阳。蕙兰春已晚，桐柏路犹长。祖逖方城镇，安期外氏乡。从来二千石，天子命唯良。

饯许州宋司马赴任
国为休征选，舆因仲举题。山川襄野隔，朋酒灞亭暌。零雨征轩骛，秋风别骥嘶。骊歌一曲罢，愁望正凄凄。

奉和立春游苑迎春应制
天游龙辇驻城闉，上苑迟光晚更新。瑶台半入黄山路，玉槛傍临玄霸津。梅香欲待歌前落，兰气先过酒上春。幸预柏台称献寿，愿陪千亩及农晨。

奉和幸安乐公主山庄应制
皇女琼台天汉浔，星桥月宇构—作刱山林。飞萝半拂银题影，瀑布环流玉砌阴。菊浦—作酒香随鹦鹉泛，箫楼韵逐凤凰吟。瑶池驻跸恩方久，璧月无文—作云兴转深。

夜宴安乐公主宅
侯家主第一时新，上席华年不惜春。珠缸缀日—作月那知夜，玉斝流霞畏底—作极晨。

岑羲

岑羲，字伯华，文本之孙，第进士。则天时，为天官员外郎。中宗朝，同中书门下三品。景云初，进侍中，封南阳郡公。坐豫太平公主谋，伏诛。诗六首。

九月九日幸临渭亭登高应制得浃字
重九开科历，千龄逢圣纪。爰豫瞩秦坰，升高临灞涘。玉醴浮仙菊，琼筵荐芳芷。一闻帝舜歌，欢娱良未已。

奉和九月九日登慈恩寺浮屠应制
宝台岧天外，玉辇步云端。日丽重阳景，风摇季月寒。梵堂遥集雁，帝乐近翔鸾。愿献延龄酒，长承湛露欢。

饯唐州高使君
苍茫南塞地，明媚上春时。目极伤千里，怀君不自持。征车别岐路，斜日下崦嵫。一叹韶轩阻，悠悠即所思。

奉和春日幸望春宫应制
和风助律应韶年，清跸乘高入望仙。花笑莺歌迎帝辇，云披日霁俯皇川。南山近压—作献仙楼—作杯上，北斗平临御扆—作魏阙前。一奉恩荣同镐宴—作欢在镐，空知率舞听薰弦。

奉和幸安乐公主山庄应制
银榜重楼出雾开，金舆步辇向天来。泉声迥入吹箫曲，山势遥临献寿杯。帝女含笑流飞电，乾文动色象昭回。诚愿北极拱尧日，微臣抃舞咏康哉。

夜宴安乐公主新宅
金榜重楼开夜扉，琼筵爱客未言归。衔欢不觉银河曙—作晓，尽醉那知玉漏—作露稀。

薛稷

薛稷，字嗣通，汾阴人，道衡曾孙，魏徵外甥也。擢进士第。景龙中，昭文馆学士。睿宗立，拜中书侍郎，参知机务，历太子少保，以翊赞功封晋国公。工书画。诗十四首。

仪坤庙乐章二首
阳灵配德，阴魄昭升。尧坛凤下，汉室龙兴。倪天作对，前疏是凝。化行南国，道盛西陵。造舟集灌，无德而称。我粢既洁，我醴既澄。阴阴灵庙，光灵若凭。德馨惟飨，孝思烝烝。

乾道既亨，坤元以贞。肃雍攸在，辅佐斯成。外睦九族，内光一庭。克生睿哲，祚我休明。钦若徽范，悠哉淑灵。建兹清宫，于彼上京。缩茅以献，絜秬惟馨。实受其福，斯乎亿龄。

九日幸临渭亭登高应制得历字

暮节乘原野，宣游俯崖壁。秋登华实满，气严鹰隼击。仙菊含霜泛，圣藻临云锡。愿陪九九辰，长奉千千历。

慈恩寺九日应制

宝宫星宿劫，香塔鬼神功。王游盛尘外，睿览出区中。日宇开初景，天词掩大风。微臣谢时菊，薄采入芳丛。

早春鱼亭山

春气一作色动百草，纷荣时断续。白云自高妙，裴回空山曲。阳林花已红，寒涧苔未绿。伊余息人事，萧寂无营欲。客行虽一作须云远，玩之聊自足。

秋日还京陕西十里作

驱车一作马越陕郊，北顾临大河。隔河望乡邑，秋风水增波。西登咸阳途，日暮忧思多。傅岩既纡郁，首山亦嵯峨。操筑无昔老，采薇有遗歌。客游节回换，人生知一作能几何。杜甫云：少保有古风，得之陕郊篇，谓此作也。

奉和送金城公主适西蕃应制

天道宁殊俗，慈仁一作深恩乃戢兵。怀荒寄赤子，忍爱鞠苍生。月下琼娥去，星分宝婺行。关山马上曲，相送不胜情。

春日登楼野望

凭轩聊一望，春色几芬菲。野外烟初合，楼前花正飞。娇莺弄新响，斜日散余晖。谁忍孤游客，言念独依依。

饯许州宋司马赴任

令弟与名兄，高才振两京。别序闻鸿雁，离章动鹡鸰。远朋驰翰墨，胜地写丹青。风月相思夜，劳望颍川星。

奉和圣制春日幸望春宫应制

九春风景足林泉，四面云霞敞御筵。花楼黄山绣作苑，草图玄灞锦为川。飞觞竞一作趋醉心回日，走马争先眼著鞭。喜奉仙游归路远，直言一作论行乐不言旋。

奉和幸安乐公主山庄应制

主家园囿一作宇，一作圃极新规，帝郊游豫奉天仪。欢宴瑶台镐京集，赏赐铜山蜀道移。曲阁交映金精板，飞花乱下珊瑚枝。借问今朝八龙驾，何如昔日望仙池。

秋朝览镜

客心惊落木，夜坐听秋风。朝日看容鬓，生涯在镜中。

夜宴安乐公主新宅

秦楼宴喜月裴回，妓筵银烛满庭开。坐中香气排花出，扇后歌声逐酒来。

饯唐永昌

河洛风烟壮市朝，送君飞鸟去渐遥。更思明年桃李月，花红柳绿宴浮桥。

马怀素

马怀素，字惟白，润州丹徒人。擢进士第。长安中，为监察御史，守正不阿。开元初，拜户部侍郎，昭文馆学士。卒，谥曰文。诗十二首。

九日幸临渭亭登高应制得酒字

睿赏叶通三，宸游契重九。兰将叶布席，菊用香浮酒。落日下桑榆，秋风歇杨柳。幸齐东户庆，希荐南山寿。

奉和九月九日登慈恩寺浮图应制

季月启重阳，金舆陟宝坊。御旗横日道，仙塔俨云庄。帝跸千官从，乾词七曜光。顾惭文墨职，无以颂时康。

奉和送金城公主适西蕃应制

帝子今何去一作在，重姻适异方。离情怆宸掖，别路绕关梁。望绝园中柳，悲缠陌上桑。空余愿黄鹤，东顾忆回翔。黄鹤见《汉书·西域传》，

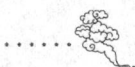

公主歌云，愿为黄鹄兮归故乡。

饯许州宋司马赴任

颍川开郡邑，角宿分躔野。君非仲举才，谁是—作应题舆者。恻恻琴上鹤，萧萧路傍马。严程若可留，别袂希再把。

饯唐州高使君赴任

外牧资贤守，斯人奉帝俞。淮南膺建隼，渭北暂分符。坐叹烟波隔，行嗟物候殊。何年升美课—作政，回首—作看北城隅。

奉和立春游苑迎春应制

玄籥飞灰出洞房，青郊迎气肇初阳。仙舆暂—作早下宜春苑，御醴行开荐寿觞。映水轻苔犹隐绿，缘堤弱柳未舒黄。唯有裁花饰簪鬓，恒—作相随圣藻狎年光。

奉和圣制春日幸望春宫应制

彩仗雕舆俯碧浔，行春御气发皇心。摇风细柳萦驰道，映日轻花出禁林。遍—作通野园亭开帟幕，连堤草树狎衣簪。谬参西掖沾尧酒，愿沐南薰解舜琴。

奉和人日宴大明宫恩赐彩缕人胜应制—作正月七日宴大明殿

日—作万宇千门平旦开，天容万—作辰象列昭回。三阳候节金为胜，百福迎祥玉作杯。就暖风光偏著柳，辞寒雪影半藏梅。何幸得参词赋职，自怜终乏马卿才。

奉和幸安乐公主山庄应制

主家台沼—作馆胜平阳，帝幸欢娱乐未央。掩映雕窗交极浦，参差绣户绕回塘。泉声百处传歌—作歌传曲，树影千重对舞—作舞对行。圣酒一沾何以报，唯欣颂德奉时康。

兴庆池侍宴应制

积水逶迤绕直—作贝城，含虚皎镜有余清。图云曲榭—作树连缇幕，映日中塘间彩旌。赏洽犹闻箫管沸，欢留更睹木兰轻。无劳海上寻仙客，即此—作有蓬莱在帝京。

夜宴安乐公主宅

凤楼宛窦凌三袭，翠幌玲珑瞰九衢。复道中宵留宴衎，弥令上客想踟蹰。

饯唐永昌

闻君出宰洛阳隅，宾友称觞饯路衢。别后相思在何处，祗应关—作阙下望仙凫。

全唐诗卷九十四

富嘉谟

富嘉谟,雍州武功人。举进士。长安中,累官晋阳尉,预修三教珠英。中兴初,历左台御史,与吴少微友善。属词并以经典为本,文体一变,号为富吴体。张说称其文如孤峰绝岸,壁立万仞,浓云郁兴,震雷俱发,诚可畏也。若施于廊庙,则骇矣。集十卷,今存诗一首。

明冰篇

北陆苍茫河海凝,南山阑干昼夜冰,素彩峨峨明月升。深山穷谷不自见,安知采斫备嘉荐,阴房涸沍掩寒扇。阳春二月朝始暾,春光潭沱度千门,明冰时出御至尊。彤庭赫赫九仪备,腰玉煌煌千官事,明冰毕赋周在位。忆昨沙漠—作朔寒风涨,昆仑长河冰始壮,漫汗崚嶒积亭障。嘈嘈鸣雁江上来,禁苑池台冰复开,摇青涵绿映楼台。幽歌七月王风始,凿冰藏用昭物轨,四时不忒千万祀—作禩。

吴少微

吴少微,新安人。举进士,累至晋阳尉,与富嘉谟同官。中兴初,以韦嗣立荐,拜右台御史。尝为并州长史张仁亶撰进九鼎铭表。集十卷,今存诗六首。

长门怨

月出映层城,孤圆上太清。君王眷爱歇,枕席凉风生。怨咽不能寝,踟蹰步前楹。空阶白露色,百草寒虫鸣。念昔金房里,犹嫌玉座轻。如何娇所误,长夜泣恩情。

和崔侍御日用游开化寺阁

左宪多才雄,故人尤鸑鷟。护赠单于使,休轺太原郭。馆次厌烦歊,清怀寻寂寞。西缘十里余,北上开化阁。初入云树间,冥蒙未昭廓。渐出栏楯外,万里秋景焯—作灼。岁晏风落山,天寒水归壑。览物颂幽景,三乘动玄钥。但敷利—作相解言,永用忘昏著。

哭富嘉谟并序

维三月癸丑,河南富嘉谟卒。予时寝疾于洛阳北里,闻之,投枕而起,泪沾乎袵席。匍匐于寝门之外,病不能哭。仰天而呼曰:天乎天乎!俾予曷所朋,曷有律,曷可得而见?抑斯文也以存乎哀。太常少卿徐公、郿州刺史尹公、中书徐元二舍人,兵部张郎中,未尝值我不叹于朝。夫情悼之赋诗,以宠亡也。其词曰:

吾友适不死,于戏社稷臣。直禄非造利,长怀大庇人。乃通承明籍,遘一作遇此敦牂春。药历其可畏,皇穹故匪仁。畴昔与夫子,孰云异天伦。同病一相失,茫茫不重陈。子之文章在,其殆尼父新。鼓兴翰河岳,贞词毒鬼神。可悲不可朽,车辖没荒榛。圣主贤为宝,吁兹大国贫。《纪事》云:少微与嘉谟齐名,并为御史。卧疾,闻其亡,号哭赋诗。其词莫不叹美。既而病亟,叹曰:生死人之大分,何恨焉。然官职十分,未作其一,乃至是耶,慷慨而终。

过汉故城

大汉昔未定,强秦犹擅场。中原逐鹿罢,高祖郁龙骧。经始谋帝座,兹焉壮未央。规模窥栋宇,表里浚城隍。群后崇长乐,中朝增建章。句陈被兰锜,乐府奏芝房。翡翠明珠帐,鸳鸯白玉堂。清晨宝鼎食,闲夜郁金香。天马来东道,佳人倾北方。何其赫隆盛,自谓宝灵长。历数有时尽,哀平嗟不昌。冰坚成巨猾,火德遂颓纲。奥位匪虚校,贪天竟速亡。魂神吁社稷,豹虎斗岩廊。金秋移灞岸,铜盘向洛阳。君王无处所,年代几荒凉。宫阙谁家域,蓁芜冒我裳。井田唯有草,海水变为桑。昔于高门内,于今岐路傍。余基不可识,古墓列成行。狐兔惊魍魉,鸱鸟吓猕狂。空城寒日晚,平野暮云黄。烈烈樊青棘,萧萧吹白杨。千秋并万岁,空使咏歌伤。

古意

洛阳芳树向春开,洛阳女儿平旦来。流车走马纷相催,折芳瑶华向曲台。曲台自有千万行,重花累叶间一作映垂杨。北林朝日镜一作锦明光,南国微风苏合香。可怜窈窕女,不作邯郸娼。妙舞轻回拂长袖,高歌浩唱发清商。歌终舞罢欢无极,乐往悲来长欢息。阳春白日不少留,红荣一作花碧树无颜色。碧树风花先春度,珠帘粉泽无人顾。如何年少忽迟暮,坐见明月与白露。明月白露夜已寒,香衣锦带空珊珊。今日阳春一妙曲,凤皇楼上与君弹。

怨歌行

城南有怨妇,含情傍芳丛。自谓二八时,歌舞入汉宫。皇恩数流昐,承幸玉堂中。绿柏黄花催夜酒,锦衣罗袂逐春风。建章西宫焕若神,燕赵美女三千人。君王厌德不忘新,况群艳冶纷来陈。是时别君不再见,三十三春长信殿。长信重门昼掩关,清房晓帐幽且闲。绮窗虫网氛尘色,文轩莺对一作树桃李颜。天王贵宫不贮老,浩然含泪一作泪陨今来还。自怜春色转晚暮,试逐佳游芳草路。小腰丽女夺人奇,金鞍少年曾不顾。有逸句。归来谁为夫,请谢西家妇,莫辞先醉解罗襦。

员半千

员半千,晋州临汾人,本名余庆。其师王义方器之曰:"五百岁一贤者生,子宜当之。"因改名半千。应八科师举,授武陟尉。岁旱,发粟赈饥,为薛元超所称。垂拱中,补左卫胄曹,充吐蕃宣慰使。则天曰:"久闻卿名,谓是古人,不意乃在朝列。"即使入阁供奉。证圣中。为弘文馆学士,仍分日待制,五迁正谏大夫,预修三教珠英。中宗时,为濠州刺史。睿宗征拜太子右谕德,兼崇文馆学士。性乐山水,开元中,卜居尧山,年九十四卒。集十卷,今存诗三首。

陇头水

路出金河道,山连玉塞门。旌旗云里度,杨柳曲中喧。喋血多壮胆,裹草无怯魂。严霜敛曙色,大明辞朝暾。尘销营卒垒,沙静都尉垣。雾卷白山出,风吹黄叶翻。交军献凯入,万里绝河源。

陇右途中遭非语

赵有两毛遂,鲁闻二曾参。慈母犹且惑,况在行路心。冠冕无丑士,贿赂成知己。名利我所无,清浊谁见理。敝服空逢春,缓带不著身。出游非怀璧,何忧乎忌人。正须自保爱,振衣出世尘。

仪坤庙乐章

孝享云毕,维彻有章。云感玄羽,风凄素商。瞻望神座,祗恋匪遑。礼终乐阕,肃雍锵锵。

王适

王适,幽州人。则天时,敕吏部糊名考选人判,以求才俊。适与刘宪、司马锽、梁载言相次入第二等,官至雍州司功参军。诗五首。

铜雀妓

日暮铜雀迥,秋深玉座清。萧森松柏望,委郁绮罗情。君恩不再得,妾舞为谁轻。

蜀中言怀

独坐年将暮,常怀志不通。有时须问影,无事却书空。弃置如天外,平生似梦中。蓬心犹为客,华发欲成翁。迹滞魂逾窘,情乖路转穷。别离同夜月,愁思隔秋风。老少悲颜驷一作叟,盈虚悟翟公。时来不可问,何用求童蒙。

古别离

昔岁惊杨柳,高楼悲独守。今年芳树枝,孤栖怨别离。珠帘昼不卷,罗幔晓长垂。苦调琴先觉,愁容镜独知。频年雁度无消息,罢却一作去鸳文何用织。夜还罗帐空有情,春著裙腰自无力。青轩桃李落纷纷,紫庭兰蕙日一作香氛氲。已能憔悴今如此,更复含情一待君。

江上有怀

湛湛江水见底清,荷花莲子傍江生。采莲将欲寄同心,秋风落花空复情。棹歌数曲如有待,正见明月度东海。海上云尽月苍苍,万里分辉满洛阳。洛阳闺阁夜何央,蛾眉蝉娟断人肠。寂寥金屏空自掩,青荧银烛不生光。应怜水宿洞庭子,今夕迢遥天一方。

江滨梅

忽见寒梅树,开花汉水滨。不知春色早,疑是弄珠人。

闾丘均

闾丘均,益州成都人,以文章著称。景龙中,为安乐公主所荐,拜太常博士。主败,坐贬循州司仓。集十卷,今存诗一首。

临水亭

高馆基曾山,微幕生花草。傍对野村树,下临车马道。清朗悟心术,幽遐备瞻讨。回合峰隐云,联绵渚紫岛。气似沧洲胜,风为青春好。相及盛年时,无令叹衰老。

齐浣

齐浣,字洗心,定州义丰人。圣历中,制科登第,调蒲州司法参军,历监察御史。开元中,迁中书舍人,论驳书诏,皆准古义。宋璟、苏颋并重之。与修四库群书。杜暹表宋璟为吏部尚书,浣及苏晋为侍郎。时称高选,后为江南采访使,以瓜步多风涛,乃移漕路于京口。又立伊娄堰,迄今利济。终平阳太守。诗二首。

长门怨

茕茕孤思逼,寂寂长门夜。妾妒亦知非,君恩那不借。携琴就玉阶,调悲声未谐。将心托一作寄明月,流影入君怀。

长门怨一作刘阜诗

宫殿沉沉月欲分,昭阳更漏不堪闻。珊瑚枕上千行泪,不是思君是恨君。一作半是思君半恨君。

祝钦明

祝钦明,字文思,京兆始平人。举明经。

长安元年,累迁太子率更令,兼崇文馆学士。中宗在春宫,钦明充侍读。及即位,擢拜国子祭酒,同中书门下三品,历刑部、礼部二尚书。尝与群臣侍宴,钦明自言能八风舞,据地摇头,睆目顾盼。吏部侍郎卢藏用叹曰:"祝公是举,五经扫地矣。"景云初,为侍御史倪若水所劾,贬饶州刺史。诗一首。

仪坤庙乐章

闷宫实实,清庙微微。降格无象,馨香有依。式昭纂庆,方融嗣徽。明禋是享,神保聿归。

刘知几

刘知几,后名子玄,以词学知名。弱冠举进士,授获嘉主簿。证圣中,诏九品已上各言时政,知几上陈四事,词甚切直。累迁左史,擢凤阁舍人。景龙初,转太子中允,仍修国史。时监修者多,知几奏记萧至忠言五不可,以为汗青无日,头白可期。又著《史通》二十卷,备论史策之体。徐坚重其书,谓居史职者宜置座右。景云中,迁太子左庶子,兼崇文馆学士。开元初,为左散骑常侍。在史职二十年,尝对郑惟忠曰:"史才须有三长,才也、学也、识也。"时人以为知言。诗一首。

仪坤庙乐章

妙算申帷幄,神谋出庙廷。两阶文物备,七德武功成。校猎长杨苑,屯军细柳营。将军献凯入,歌舞溢重城。

胡雄

胡雄,开元时人。诗一首。

仪坤庙乐章

送文迎武递参差,一始一终光圣仪。四海生人歌有庆,千龄孝享肃无亏。

张齐贤

张齐贤,圣历初为太常奉礼郎,累迁谏议大夫。诗一首。

仪坤庙乐章

祼圭既濯,郁鬯既陈。画幂云举,黄流玉醇。仪充献酌,礼盛众禋。地察惟孝,愉焉飨亲。

郑善玉

郑善玉,开元时人。诗一首。

仪坤庙乐章

酌郁既灌,取萧方爇。笾豆静器,簠簋芬苾。鱼腊荐美,牲牷表洁。是戨是将,载迎载列。

丘悦

丘悦,开元时人。诗一首。

仪坤庙乐章

孝哉我后,冲乎乃圣。道映重华,德辉文命。慕深视箧,情殷抚镜。万国移命,兆人承庆。

全唐诗卷九十五

沈佺期

沈佺期,字云卿,相州内黄人。善属文,尤长七言之作。擢进士第。长安中,累迁通事舍人,预修三教珠英,转考功郎给事中。坐交张易之,流驩州。稍迁台州录事参军。神龙中,召见,拜起居郎,修文馆直学士,历中书舍人,太子少詹事。开元初卒。建安后,讫江左。诗律屡变,至沈约、庾信,以音韵相婉附,属对精密,及佺期与宋之问,尤加靡丽。回忌声病,约句准篇,如锦绣成文,学者宗之,号为沈宋。语曰:苏李居前,沈宋比肩。集十卷,今编诗三卷。

芳树—作宋之问

何地早芳菲,宛在长门殿。夭桃色若绶,秾李光如练。啼鸟弄花疏,游蜂饮香遍。叹息春风起,飘零君不见。

长安道—作宋之问诗

秦地平如掌,层城入—作出云汉。楼阁九衢春,车马千门旦。绿槐开复合,红尘聚还—作回散。日晚斗鸡还,经过狭斜看。

有所思—作宋之问诗

君子事行役,再空芳岁期。美人旷延伫,万里浮云思。园槿绽红艳,郊桑柔绿滋。坐看长夏晚,秋月照—作生罗帏。

临高台

高台临广陌,车马纷相续。回首思旧乡,云山乱心曲。远望河流缓,周看原野绿。向夕林鸟远,忧来飞景促。

凤笙曲

忆昔王子晋,凤笙游云空。挥手弄白日,安能恋青宫。岂无婵娟子,结念罗帏中。怜寿不贵色,身世两无穷。

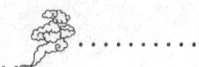

拟古别离

白水东悠悠,中有西行舟。舟行有返棹,水去无还流。奈何生别者,戚戚怀远游。远游谁当惜,所悲会难收。自君风阕—作闻芳蹰—作扆,青阳四五遒。皓月掩兰室,光风虚蕙楼。相思无明晦,长叹累冬—作春秋。离居久迟暮,高驾何淹留。

辛丑岁十月上幸长安时扈从出西岳作

西镇何穹崇,壮哉信灵造。诸岭皆峻秀,中峰特美好。傍见巨掌存,势如石东倒。颇闻首阳去,开坼此河道。磅礴压洪源,巍峨壮—作戴清昊。云泉纷乱瀑,天磴屹横抱。子先呼其巅,宫女世不老。下有府君庙,历载传洒扫。皇—作星明应天游,十月戒丰镐。微末忝闲从,兼得事蘋藻。宿心爱兹山,意欲拾灵草。阴壑已永闷,云窦绝探讨。芳月期来过,回策思方浩。

和杜麟台元志春情

嘉树满中园,氤氲罗秀色。不见仙山云,倚琴—作瑟空太息。沉思若在梦,缄怨似无忆。青春坐南移,白日忽西匿。蛾眉返清镜,闺中不相识。

别侍御严凝

七泽云梦林,三湘洞庭水。自古传瓢俗,有时遘恶子。令君出使车,行迈方靡靡。静言芟枳棘,慎勿伤兰芷。

送乔随州侃

结交三十载,同游一万里。情为契阔生,心由别离死。拜恩前后人,从宦差池起。今尔归汉东,明珠报知己。

送友人任括州

青春浩无际,白日乃迟迟。胡为赏心客,欢迈—作遇此芳时。瓯粤迫兹守,京阙从此辞。茫茫理云帆,草草念行期。纷吾结远佩,怅饯出河湄。太息东流水,盈觞难再持。

饯远

任子徇遐禄,结友开旧襟。撰酌辍行叹,指途勤远心。秋皛澄回壑,霁色肃明林。暧然青轩暮,浩思非所任。

同工部李侍郎适访司马—本此下有先生二字子微

紫微降天仙,丹地投—作授云藻。上言华顶事,中间长生道。华顶居最高,大壑朝阳早。长生术何妙,童颜后天老。清晨朝凤京,静夜思鸿宝。凭崖饮蕙气,过涧摘灵草。人非冢已荒,海变田应燥。昔尝游此郡,三霜弄溟岛。绪言霞上开,机事尘外扫。顷来迫世务,清旷未云保。崎岖待漏恩,怵惕司言造。轩皇重斋拜,汉武爱祈祷。顺风怀崆峒,承露在丰镐。泠然委轻驭,复得散—作快幽抱。柱下留伯阳,储闱登四皓。闻有参同契,何时一探讨。

自昌乐郡溯流至白石岭下行入郴州

兹山界夷夏,天险横寥廓。太史漏登探,文命限开凿。北流自南泻,群峰回众壑。驰波如电腾,激石似雷落。崖留盘古树,涧蓄神农药。乳窦何淋漓,苔—作菩藓更彩错。娟娟潭里虹,渺渺滩边鹤。岁杪应流火,天高云物—作雾薄。金风吹绿梢,玉露洗红箨。溯舟始兴廨,登践桂阳郭。匍匐缘修坂,穿窿曳长𬘓—作索。碍林阻往来,遇堰每前却。救艰不遑饭,毕昏无暇泊。潏溪宁足惧,磴道谁云恶。我行山水间,湍险皆不若—作我行湍险多,山水皆不若。安能独见闻,书此贻京洛。

过蜀龙门

龙门非禹凿,诡怪乃天功。西南出巴峡,不与众山同。长窦—作短亘五里,宛转复嵌空。伏湍煦潜石,瀑水生轮风。流水无昼夜,喷薄龙门中。潭河势不测,藻苺垂彩虹。我行当季月,烟景共春融。江关勤亦甚,嶻嶪意难穷。势将息机事,炼药此山东。

入卫作

淇上风日好,纷纷沿岸多。绿芳幸未歇,

泛滥此明波。采蘩忆幽—作幽吹,理棹想荆歌。郁然怀君子,浩旷将如何。

夜泊越州逢北使

天地降雷雨,放逐还国都。重以风潮事,年月戒回舻。容颜荒外老,心想域中愚。憩泊在兹夜,炎云逐斗枢。飔飓萦海若,霹雳耿天吴。鳌抃群岛失,鲸吞众流输。偶逢金华使,握手泪相濡。饥共噬齐枣,眠共席秦蒲。既北思攸济,将南睿所图。往来固无咎,何忽悼前桴。

绍隆寺 并序

绍隆寺江岭最奇,去驩州城二十五里,将北客毕日游憩,随例施香,回于舟中作。

吾从释迦久,无上师涅槃。探道三十载,得道天南端。非胜适殊方,起谊归理难。放弃乃良缘,世虑不曾干。香界萦北渚,花龛隐南峦。危昂阶下石,演漾窗中澜。云盖看木务,天空见藤盘。处俗勒—作动宴坐,居贫业行坛。试将有漏躯,聊作无生观。了然究诸品,弥觉静者安。

神龙初废逐南荒途出郴口北望苏躭山

少曾读仙史,知有苏躭君。流望来南国,依然会—作曾昔闻。泊舟问耆老,遥指孤山云。孤山郴郡北,不与众山群。重崖下紫映,嵚崟上纠纷。碧峰泉附落,红壁树傍分。选地今方尔,升天因—作固可云。不才才窜迹,羽化子遗芬。将览成麟凤,旋惊御鬼文。此中迷出处,含思独氛氲。

初达驩州

流子一十八,命予偏不偶。配远天遂穷,到迟日最后。水行儋耳国,陆行雕题薮。魂魄游鬼门,骸骨遗鲸口。夜则忍饥卧,朝则抱病走。搔首向南荒,拭泪看北斗。何年赦书来,重饮洛阳酒。

被弹

知人昔不易,举非贵易失。尔何按国章,无罪见呵叱。平生守直道,遂为众所嫉。少以文作吏,手不曾开律。一旦法相持,荒忙意如漆。幼子双囹圄,老夫一念—作请室。昆弟两三人,相次俱囚桎。万铄当众怒,千谤无片实。庶以白黑谗,显此泾渭质。劲吏何咆哮,晨夜闻扑抶。事间拾虚证,理外存枉笔。怀痛不见伸,抱冤竟难悉。穷囚多垢腻,愁坐饶虮虱。三日唯一饭,两旬不再栉。是时盛夏中,瞋赫多瘵疾。瞪目眠欲闭,喑呜气不出。有风自扶摇,鼓荡无伦匹。安得吹浮云,令我见白日。

枉系二首

吾怜曾家子,昔有投杼疑。吾怜姬公旦,非无鸱鸮诗。臣子竭忠孝,君亲感谗欺。萋斐离骨肉,含愁—作惋兴此辞。

昔日公冶长,非罪遇缧绁。圣人降其子,古来叹独绝。我无毫发瑕,苦心怀冰雪。今代—作世多秀士—作才,谁能继明辙。

黄鹤

黄鹤佐丹凤,不能群白鹇。拂云游四海,弄影到三山。遥忆君轩上,来下天池—作地间。明珠世不重,知有报恩环。

伤王学士 并序

王君赦者,少小游洛阳。吾与君,陇西李子至为友。家贫倦道,岁常晏如。属文豪翰,吟讽所得,时会绝境,长安初,以器行制在藩邸,侍诸人游。四年,余遭浮议下狱。他日,余至来,知君物化。呜呼颖叔,享年不遐。昔同为人,今先鬼录。恨吾非所,阒尔丧葬。退而赋诗以哀命。

闭囚断外事,昧坐半余期。有言颖叔子,亡来已一时。初闻宛不信,中话涕涟洏。痛哉玄夜重,何遽青春姿。忆汝曾旅食,屡空瀍涧湄。吾徒禄未厚,箪斗愧相贻。原宪贫无愁,颜回乐自持。诏书择才善,君为王子师。宠儒名可尚,论秩官犹欺。化往不复见,情来安可思。目绝毫翰洒,耳无歌讽欺。灵柩寄何处,精魂今何之。恨予在丹棘,不得看素旗。孺妻知己叹,幼子路人悲。感游值商日,绝弦留

此词。

古镜

莓苔翳清池,虾蟆蚀明月。埋落今如此,照心未尝歇。愿垂拂拭恩,为君鉴玄发。

凤箫曲—作古意

八月凉风动高阁,千金丽人卷绡幕。已怜池上歇芳菲,不念君恩坐摇落。世上荣华如转蓬,朝随阡陌暮云中。飞燕侍寝昭阳殿,班姬饮恨长信宫。长信宫,昭阳殿,春来歌舞妾自知,秋至帘栊—作荣华君不见。昔时嬴女厌世纷,学吹凤箫乘彩云。含情转睐向箫史,千载红颜持赠君。

古歌

落叶流风向玉台,夜寒秋—作寒釭愁思洞房开。水晶帘外金波下,云母窗前银汉回。玉阶阴阴苔藓色,君王履綦难再得。璇闱窈窕秋夜长,绣户徘徊明月光。燕姬彩帐芙蓉色,秦女—作子金炉兰麝香。北斗七星横夜半,清歌一曲断君肠。

七夕曝衣篇 按王子阳园苑疏,太液池边,有武帝阁。帝至七月七日夜,宫女出后衣曝之。

君不见昔日宜春太液边,披香画阁与天连。灯火—作华灼烁九微—作衢映,香气氛氲百和然。此夜星繁河正白,人传织女牵牛客。宫中扰扰曝衣楼,天上娥娥红粉席。曝衣何许曛—作时夜半黄,宫中彩女提玉箱。珠履奔腾上兰砌,金梯—作闱宛转出梅梁。绛河里,碧烟上,双花伏兔画屏风,四子盘龙擎斗帐。舒罗散縠云雾开,缀玉垂珠星汉回。朝霞散彩羞衣架,晚月分光劣镜台。上有仙人长命绺—作锦,中看—作有玉女迎欢绣。玳瑁帘—作筵中别作春,珊瑚窗里翻成昼。椒房金屋宠新流,意气骄奢不自由。汉文宜惜露台费,晋武须焚前殿裘。

入少—作小密溪

云峰苔壁绕溪斜,江路香风夹岸花。树密不言通鸟道,鸡鸣始觉有人家。人家更在深岩口,涧水周流宅前后。游鱼瞥瞥双钓童,伐木丁丁一樵叟。自言避喧非避秦,薜衣耕凿帝尧人。相留且待鸡黍熟,夕卧深山萝月春。

霹雳引

岁七月,火伏而金生。客有鼓琴于门者,奏霹雳之商声。始戛羽以骖鹭,终扣宫而砰驾。电耀耀兮龙跃,雷阗阗兮雨冥。气鸣唅以会雅,态欸禽以横生。有如驱千旗,制五兵;截荒虺,斫长鲸。孰与广陵比,意别鹤俦精而已。俾我雄子魄动,颜夫发立。怀恩不浅,武义双辑。视胡若芥,剪羯如拾。岂徒慷慨中筵,备群娱之禽习哉。—本有故此知也四字。

全唐诗卷九十六

沈佺期

立春日内出彩花应制

合殿春应早,开箱彩预知。花迎宸翰发,叶待御筵披。梅讶香全少,桃惊色顿移。轻生承剪拂,长伴万年枝。

晦日浐水应制

素浐接宸居,青门盛祓除。摘兰喧凤野,浮藻溢龙渠。苑蝶飞殊懒,宫莺啭不疏。星移天上入,歌舞向储胥。

奉和洛阳玩雪应制

周王甲子旦,汉后德阳宫。洒瑞天庭里,惊春御苑中。氛氲生浩气,飒沓舞回风。宸藻光盈尺,赓歌乐岁丰。

三日梨园侍宴一作梨园亭侍宴

九重驰道出,三一作上巳禊堂开。画鹢中流动,青龙上苑来。野花飘御座,河柳拂天杯。日晚迎祥处,笙镛下帝台。

幸梨园亭观打球应制

今春芳苑游,接武上琼楼。宛转紫香骑,飘飖拂画球。俯身迎未落,回辔逐傍流。只为看花鸟,时时误失筹。

九日临渭亭侍宴应制得长字

御气幸金方,凭高荐羽觞。魏文颁菊蕊,汉武赐萸房一作囊。秋变铜池色,晴添银树光一作去鹤留笙吹,归鸿识舞行。年年重九庆,日月奉天长。

岁夜安乐公主满月侍宴

除夜子星回,天孙满月杯。咏歌麟趾合,箫管凤雏来。岁炬常然桂,春盘预折梅。圣皇千万寿,垂晓御楼开一作明台。

安乐公主移入新宅

初闻衡汉来,移住斗城隈。锦帐迎风转,

琼筵拂雾开。马香遗旧埒,凤吹绕新台。为问沈冥子,仙槎何处回。

仙萼亭初成侍宴应制

山中气色和,宸赏第中过。辇路披仙掌,帷宫拂帝萝。泉临香涧落,峰入翠云多。无异登玄圃,东南望白河。

送金城公主适西蕃应制

金榜扶丹掖,银河属紫闱。那堪将凤女,还以嫁乌孙。玉就歌中怨,珠辞掌上恩。西戎非我匹,明主至公存。

幸白鹿观应制

紫凤真人府,斑龙太上家。天流芝盖下,山转桂旗斜。圣藻垂寒露,仙杯落晚霞。唯应问王母,桃作岁时花。

洛阳道

九门开洛邑,双阙对河桥。白日青春道,轩裳半下一作夏朝。乘羊稚子看,拾翠美人娇。行乐归恒晚,香尘扑地遥。

骢马

西北五花骢,来时道向东。四蹄碧玉片,双眼黄金瞳。鞍上留明月,嘶间动朔风。借君驰沛艾,一战取云中。

铜雀台一作宋之问诗

昔年分鼎地,今日望陵台。一旦雄图尽,千秋遗令开。绮罗君不见,歌舞妾空来。恩共漳河水,东流无重回。

长门怨

月皎风泠泠,长门次掖庭。玉阶闻坠叶,罗幌见飞萤。清露凝珠缀,流尘下翠屏。妾心君未察,愁叹剧繁星。

巫山高二首一作宋之问诗

巫山峰十二,合沓隐一作环合象昭回。俯眺一作听琵琶峡,平看雨云台。古槎天外倚一作落,瀑水日边来。何忍猿啼夜,荆王枕席开。

神女向高唐,巫山下夕阳。裴回作行雨,婉娈逐荆王。电影江前落,雷声峡外长。霁云无处所,台馆晓苍苍。

巫山高

巫山高不极,合沓状奇新。暗谷疑风雨,阴崖若鬼神。月明三峡曙,潮满九江春。为问阳台客,应知入梦人。此诗范摅云佺期作,顾陶云张循作。

七夕

秋近雁行稀,天高鹊夜飞。妆成应懒织,今夕渡河归。月皎宜穿线,风轻得曝衣。来时不可觉,神验有光辉。

春闺 一本连后杂诗三首作杂诗四首

铁马三军去,金闺二月还。边愁离上国,春梦失阳关。池水琉璃净,园花玳瑁斑。岁华空自掷,忧思不胜颜。

奉和圣制同皇太子游慈恩寺应制

肃肃莲花界,荧荧贝叶宫。金人来梦里,白马出城中。涌塔初从地,焚香欲遍空。天歌应春一作秋籁,非是为春风。

和洛州康士曹庭芝望月有怀 一作康庭芝诗,一作宋之问诗

天使下西楼,光含万象一作里秋。台前疑挂镜,帘一作檐外似悬钩。张尹将眉学,班姬取扇俦。佳期应借问,为报在刀头。

寿阳王花烛 一作宋之问诗

仙媛乘龙夕一作日,天孙捧雁来。可怜桃李树,更绕凤皇台。烛送香车入,花临宝扇开。莫令银箭一作漏晓,为尽合欢杯。

陇头水

陇山飞落叶,陇雁度寒天。愁见三秋水,分为两地泉。西流入羌郡一作部,东下向秦川。征客重回首,肝肠空自怜。

关山月

汉月生辽海,朦胧出半晖。合昏玄菟郡,

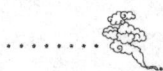

中夜白登围。晕落关山迥,光含霜霰微。将军听晓角,战马欲南归。

折杨柳—作宋之问诗

玉窗朝日映,罗帐春风吹。拭泪攀杨柳,长条踠—作宛,又一作𦨖地垂。白花飞历乱,黄鸟思—作度参差。妾自肝肠断,傍人那得知。

梅花落—作宋之问诗

铁骑几时回,金闺怨早梅。雪寒—作中花已落,风暖叶应开。夕逐新春管,香迎小岁杯。盛—作感时何足贵,书里报轮台。

紫骝马

青玉紫骝鞍,骄多影屡盘。荷君能剪拂,躞蹀喷桑乾。踠足追奔易,长鸣遇赏难。扠金一万里,霜露不辞寒。

上之回

制书下关右,天子问回中。坛墠经过远,威仪侍从雄。黄麾摇昼日,青幰曳松风。回望甘泉道,龙山隐汉宫。

王昭君—作宋之问诗

非君惜鸾殿,非妾妒蛾眉。薄命由骄虏,无情是画师。嫁来胡地日,不并汉宫时。心苦无聊赖,何堪马上辞。

被试出塞

十年通大漠,万里出长平。寒日生戈剑,阴云拂旆旌。饥乌啼旧垒,疲马恋空城。辛苦皋兰北,胡霜损汉兵。

牛女—作宋之问诗

粉席秋期缓,针楼别怨多。奔龙争度日,飞鹊乱填河。失喜先临镜,含羞未解罗。谁能留夜色,来夕倍还梭。

杂诗三首—本连前春闺作杂诗四首

落叶惊秋妇,高砧促蟋机。蜘蛛寻月度,萤火傍人飞。清镜红埃入,孤灯绿焰微。怨啼能至晓,独自懒缝衣。

妾家临渭北,春梦著辽西。何苦朝鲜郡,年年事鼓鼙。燕来红壁语,莺向绿窗啼。为许长相忆,兰干玉箸齐。

闻道黄龙戍—作花塞,频年不解兵。可怜闺里月,长在汉家营。少妇今春意,良人昨夜情。谁能将旗鼓,一为取龙城。

剪彩

宫女怜芳树,裁花竞早荣。寒依刀尺尽,春向绮罗生。弱蒂盘丝发,香蕤结素成。纤枝幸不弃,长就玉阶倾。

和中书侍郎杨再思春夜宿直

西禁青春满,南端皓月微。千庐宵驾合,五夜晓钟稀。星斗横纶阁,天河度琐闱。烟光章奏里,纷向夕郎飞。

和常州崔使君寒食夜

闻道清明近,春闺向夕阑。行游昼不厌,风物夜宜看。斗柄更初转,梅香暗里残。无劳秉华烛,晴月在南端。

和崔正谏登秋日早朝

鸡鸣朝谒满,露白禁门秋。爽气临旌戟,朝光映冕旒。河宗来献宝,天子命焚裘。独负池—作津阳议,言从建礼游。

答窦处州书—作答窦处州报赦

书报天中赦,人从海上闻。九泉开白日,六翮起—作奋青云。质幸—作命偶恩先贷,情孤枉未分。自怜泾渭别,谁与奏明君。

李舍人山园送庞邵

符传有光辉,喧喧出帝畿。东邻借山水,南陌驻骖𬴊。握手凉风至,当歌秋日微。高蟾去勿缓,人吏待霜威。

送陆侍御余庆北使

古人贵将命,之子出抟轩。受委当不辱,随时敢赠言。朔途际辽海,春思绕辕辕。安得回白日,留欢尽绿樽。

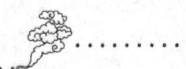

洛州萧司兵谒兄还赴洛成礼

棠棣日光辉,高襟应序归。来成鸿雁聚,去作凤皇飞。细草承轻传,惊花惨别衣。灞亭春有酒,岐路惜芬菲。

饯高唐州诇

弱冠相知早,中年不见多。生涯在王事,客一作客鬓各蹉跎。良守初分岳,嘉声即润河。还从汉阙下,倾耳听中和。

饯唐郎中洛阳令

一台推往妙,三史伫来修。应宰凫还集,辞郎雉少留。郊筵乘落景,亭传理残秋。愿以弦歌暇,芝兰想旧游。

乐城白鹤寺

碧海开龙藏,青云起雁堂。潮声迎一作应法鼓,雨气湿天香。树接前山暗,溪承瀑水凉。无言谪居远,清净得空王。

游少林寺

长歌游宝地,徙倚对珠林。雁塔风霜一作丹青古,龙池岁月深。绀园澄夕霁,碧殿下秋阴。归路烟霞晚,山蝉处处吟。

岳馆

洞壑仙人馆,孤峰玉女台。空濛朝气合,窈窕夕阳开。流涧含轻雨,虚岩应薄雷。正逢鸾与鹤,歌舞出天来。

早发平昌一作昌平岛

解缆春风后,鸣榔晓涨前。阳乌出海树,云雁下江烟。积气冲长岛,浮光溢大川。不能怀魏阙,心赏独冷然。

夜宿七盘岭

独游千里外,高卧七盘西。晓一作山月临窗一作床近,天河入户低。芳春平仲绿,清夜子规啼。浮客空留听,褒城闻曙鸡。

十三四一本作十四时尝从巫峡过,他日偶然有思

小度巫山峡,荆南春欲分。使君滩上草,神女馆前云。树悉江中见,猿多天外闻。别来如梦里,一想一氛氲。

初达驩州

自昔闻铜柱,行来向一年。不知林邑地,犹隔道明天。雨露何时及,京华若个边。思君无限泪,堪作日南泉。

岭表逢寒食驩州风土不作寒食

岭外无一本作逢,误寒食,春来不见饧。洛阳一作中新甲子,何日是清明。花柳争朝发,轩车满路迎。帝乡遥可念,肠断报亲情。

驩州南亭夜望

昨夜南亭望,分明梦洛中。室家谁道别,儿女案尝同。忽觉犹言是,沉思始悟空。肝肠余几寸,拭泪坐春风。

少游荆湘因有是题

岘北焚蛟浦,巴东射雉田。岁时宜楚俗,耆旧在襄川。忆昨经过处,离今二十年。因君访生死,相识几人全。

咸阳览古

咸阳秦帝居,千载坐盈虚。版筑林光尽,坛场雷听疏。野桥疑望日,山火类焚书。唯有骊峰在,空闻厚葬余。

览镜

霏霏日摇蕙,骚骚风洒莲。时芳固相夺,俗态岂恒坚。恍忽夜川里,蹉跎朝镜前。红颜与壮志,太息此流年。

题椰子树

日南椰子树,香袅出风尘。丛生调一作雕木首,圆实槟一作白椰身。玉房九霄露,碧叶四时春。不及涂林果,移根随汉臣。

同狱者叹狱中无燕

何许乘春燕，多知辨夏台。三时欲并尽，双影未尝来。食蕊嫌丛棘，衔泥怯死灰。不如黄雀语，能雪冶长猜。

则天门赦改年

圣人宥天下，幽钥动圜狴。六甲迎黄气，三元降紫泥。笼僮上西鼓，振迅广阳鸡。歌舞将金帛，汪洋被远黎。

喜赦

去岁投荒客，今春肆眚归。律通幽谷暖，盆举太阳辉。喜气迎冤气，青衣报白衣。还将合浦叶，俱向洛城飞。

秦州薛都督挽词

十里绛山幽，千年汾水流。碑传门客建，剑是故人留。陇树烟含夕，山门月对秋。古来钟鼎盛，共尽一蒿丘。

天官崔侍郎夫人卢氏挽歌

偕老言何谬，香魂事永违。潘鱼从此隔，陈凤宛然飞。埋镜泉中暗，藏镫地下微。犹凭少君术，仿佛睹容辉。

章怀太子靖妃挽词

彤史佳声载，青宫懿范留，形将鸾镜隐，魂伴凤笙游。送马嘶残日，新萤落晚秋。不知蒿里曙，空见陇云愁。

奉和立春游苑迎春

东郊暂转迎春仗，上苑初飞行庆杯。风射蛟《初学记》作狐冰千片断，气冲鱼钥九关开。林中觅草才生蕙，殿里争花并是梅。歌吹衔恩归路晚，栖乌半下凤城来。

人日重宴大明宫赐彩缕人胜应制

拂旦鸡鸣仙卫陈，凭高龙首帝城一作庭春。千官黼帐杯前寿，百福香奁胜里人。山鸟初来犹怯啭，林花未发已偷新。天文正应韶光转，设报悬知用此辰。

奉和春初幸太平公主南庄应制

主家山第早春归，御辇春游绕翠微。买地铺金曾作埒，寻河取石旧支机。云间树色千花满，竹里泉声百道飞。自有神仙鸣凤曲，并将歌舞报恩晖。

奉和春日幸望春宫应制

芳郊绿野散春晴，复道离宫烟雾生。杨柳千条花欲绽，蒲萄百丈蔓初萦。林香酒气元相入，鸟啭歌声各自成。定是风光牵宿醉，来晨复得幸昆明。

侍宴安乐公主新宅应制

皇家贵主好一作学神仙，别业初开云汉边。山出尽如鸣凤岭，池成不让饮龙川。妆楼翠幌教春住，舞阁金铺借日悬。敬从乘舆来此地，称觞献寿乐钧天。

龙池篇唐享龙池乐章第三章

龙池跃龙龙已飞，龙德先一作光天天不违。池开天汉分黄一作皇道，龙向天门入紫微。邸第楼台多气色，君王凫雁有光辉。为报寰中百川水，来朝此一作北，又一作上地莫东归。

兴庆池侍宴应制

碧水澄潭映远空，紫云香驾御微风。汉家城阙疑天上，秦地山川似镜中。向浦回舟萍已绿，分林蔽殿槿初红。古来徒羡横汾赏，今日宸游圣藻雄。

从幸香山寺应制

南山奕奕通丹禁，北阙峨峨连翠云。岭上楼台千地起，城中钟鼓四天闻。旃檀晓阁金舆度，鹦鹉晴林采眊分。愿以醍醐参圣酒，还将祇苑当秋汾。

红楼院应制一作僧广宣诗

红楼疑见白毫光，寺逼宸居福盛唐。支遁爱山情谩切，昙摩泛海路空长。经声夜息闻天语，炉气晨飘接御香。谁谓此中难可到，自怜深院得徊翔。

再入道场纪事应制—作僧广宣诗

南方归去再生天,内殿今年异昔年。见辟乾坤新定位,看题日月更高悬。行随香辇登仙路,坐近炉烟讲法筵。自喜恩深陪侍从,两朝长在圣人前。

嵩山石淙侍宴应制

金舆旦下绿云衢,彩殿晴临碧涧隅。溪水泠泠杂行漏,山烟片片绕香炉。仙人六膳调神鼎,玉女三浆捧帝壶。自惜汾阳纡道驾,无如太室览真图。

古意呈补阙乔知之—作古意,又作独不见

卢家少妇郁金堂—作香,海燕双栖玳瑁梁。九月寒砧催木叶,十年征戍忆辽阳。白狼河北音—作军书断,丹凤城南秋夜长。谁谓含愁独不见,更教明月照流黄—作使妾明月对流黄。

遥同杜员外审言过岭

天长地阔岭头分,去国离家见白云。洛浦风光何所似—作肝肠无用说,崇山瘴疠不堪闻。南浮涨海人—作鸢何处,北望衡阳雁几群。两地江山—作春光万余里,何时重谒圣明君。

和上巳连寒食有怀京洛

天津御柳碧遥遥,轩骑相从半下朝。行乐光辉寒食借,太平歌舞晚春饶。红妆楼下东回辇,青草洲边南渡桥。坐见司空扫西第,看君侍从落花朝。

陪幸太平公主南庄诗—作苏颋诗

主第山门起灞川,宸游风景入初年。凤皇楼下交天仗,乌鹊桥头敞御筵。往往花间逢彩石,时时竹里见红泉。今朝扈跸平阳馆,不羡乘槎云汉边。

守岁应制

南渡轻冰解渭桥,东方树色起招摇。天子迎春取今夜,王公献寿用明朝。殿上灯人争烈火,宫中侲子乱驱妖。宜将岁酒调神药,圣祚千春万国朝。

全唐诗卷九十七

沈佺期

陪幸韦嗣立山庄

台阶好赤松,别业对青峰。茆室承三顾,花源接九重。虹—作龙旗萦秀木,凤辇拂疏筇。径直—作狭千官拥,溪长万骑容。水堂开禹膳,山阁献尧钟。皇鉴清居远,天文睿奖浓。岩泉他夕—作日梦,渔钓往年逢。共荣丞相府,偏降逸人封。封嗣立为逍遥公,故有末句。

扈从出长安应制

汉宅规模壮,周都景命隆。西宾让东主,法驾幸天中。太史占星应,春官奏日同。旌门—作旗起长乐,帐殿出新丰。禽习黄山下,纡徐清渭东。金麾张画月,珠幰戴松—本作相风。是—作暑节严阴始,寒郊散野蓬。薄霜沾上路,残雪绕离宫。赐帛矜耆老,褰帷问小童。复除恩载洽,望秩礼新崇。臣忝承明召,多惭献赋雄。

初冬从幸汉故青门应制

汉王建都邑,渭水对青门。朝市俱东逝,坟陵共北原。荒凉萧相阙,芜没邵平园。全盛今何在,英雄难重论。故基仍岳立,遗堞尚云屯。当极土功壮,安知人力烦。天游戒东首,怀昔驻龙轩。何必金汤固,无如道德藩。微臣谅多幸,参乘偶殊恩。预此陈古事,敢奏兴亡言。

昆明池侍宴应制

武帝伐昆明,穿池习五兵。水同河汉在,馆有豫章名。我后光天德,垂衣文教成。黩兵非帝念,劳物岂皇情。春仗过鲸沼,云旗出凤城。灵鱼衔宝跃,仙女废机迎。柳拂旌门暗,兰依帐殿生。还如流水曲,日晚棹歌清—作声。

白莲花亭侍宴应制

九日陪天仗,三秋幸禁林。霜威变绿树—

作屿,云气落青岑。水殿黄花合,山亭绛叶深。朱旗夹小径,宝马驻清浔。苑吏收寒果,饔人膳野禽。承欢不觉瞑,遥响素秋砧。

仙萼池亭侍宴应制

步辇寻丹嶂,行宫在翠微。川长看鸟灭,谷转听猿稀。天磴扶阶迥,云泉透户飞。闲花开石竹,幽叶吐蔷薇。径狭难留骑,亭寒欲进衣。白龟来献寿,仙吹返彤闱。

奉和晦日驾幸昆明池应制

法驾乘春转,神池象汉回。双星移旧石,孤月隐残灰。战鹢逢时去,恩鱼望幸来。山花缇骑绕,堤柳幔城开。思逸横汾唱,欢留宴镐杯。微臣雕朽质,羞睹豫章材。

奉和圣制幸礼部尚书窦希玠宅

北阙垂旒暇,南宫听履回。天临翔凤转,恩向跃龙开。兰气薰仙帐,榴花引御杯。水一作日从金穴吐,云是玉衣来。池影摇歌席,林香散舞台,不知行漏晚,清跸尚裴徊。

钓竿篇

朝日敛红烟,垂竿向绿川。人疑天上坐,鱼似镜中悬。避楫时惊透,猜钩每误牵。湍危不理辖,潭静欲留船。钓玉君徒尚,征金我未贤。为看芳饵下,贪得会无筌。

和户部岑尚书参迹枢揆

大君制六合,良佐参万机。大业永开泰,臣道日光辉。盐梅和鼎食,家声众所归。汉章题楚剑,郑武袭缁衣。理识当朝远,文华振古希。风云神契合,舟楫道心微。庙堂喜容与,时物递芳菲。御柳垂仙掖,公槐覆礼闱。昔陪鹓鹭后,今望鹍鹏飞。徒御清风颂,巴歌聊自挥。

同李舍人冬日集安乐公主山池

尝闻天女贵,家即帝宫连。亭插宜春果,山冲太液泉。桥低乌鹊夜,台起凤皇年。故事犹如此,新图更可怜。紫岩妆阁透,青嶂妓楼悬。峰夺香炉巧,池偷明镜圆。梅花寒待雪,桂叶晚留烟。兴尽方投辖,金声还复传。

酬苏员外味道夏晚寓直省中见赠

并命登仙阁,分曹一作宵直礼闱。大官供宿膳,侍史护朝衣。卷幔天河入,开窗一作当阶,又作披庭月露微。小池残暑退,高树早一作晚凉归。冠剑无时释,轩车待漏飞。明朝题汉柱,三署有光辉。

和韦舍人早朝

闾阖连云起,岩廊拂雾开。玉珂龙影度,珠履雁行来。长乐宵钟尽一作彻,明光晓奏催。一经推一作传旧德,五字擢英才。俨若神仙去,纷从霄汉回。千春奉休历,分禁喜趋陪。

自考功员外授给事中

南省推丹地,东曹拜一作贵琐闱。惠移双管笔,恩降五时衣。出入宜真选,遭逢每滥飞。器惭公理拙,才谢子云微。案牍遗常礼,朋僚隔等威。上台行揖让,中禁动光辉。旭日千门起,初春八舍归。赠兰闻宿昔,谈树隐芳菲。何幸盐梅处,唯忧对问机。省躬知任重,宁止冒荣非。

和元舍人万顷临池玩月戏为新体

春风摇碧树,秋雾卷丹台。复有相宜夕,池清月正开。玉流含吹一作水动,金魄度云来。熠爚光如沸,翩翾景若摧。半环投积草,碎璧聚流杯。夜久平无焕,天晴一作清皎未隤。镜将池作匣,珠以岸为胎。有美司言暇。高兴独悠哉。挥翰初难拟。飞名岂易陪。夜光殊在握,了了见沉灰。

酬杨给事兼一作廉见赠台一作省中

子云推辨博,公理擅词雄。始自尚书省,旋闻给事中。言从温室秘,籍向琐闱通。顾我叨郎署,惭无草奏功一作工。分曹八舍断,解袂五时空。宿昔陪余论,平生赖击蒙。神仙应东掖,云雾限南宫。忽枉琼瑶赠,长歌兰渚风。

九真山净居寺谒无碍上人

大士生天竺,分身化日南。人中出烦恼,山下即伽蓝。小涧香为刹,危峰石作龛。候禅青鸽乳,窥讲白猿参。藤爱云间壁,花怜石下潭。泉行幽供好,林挂浴衣堪。弟子哀无识,医王惜未谈。机疑闻不二,蒙昧即朝三。欲究因缘理,聊宽放弃惭。超然虎溪夕,双树下虚岚。

夜游

今夕重门启,游春得夜芳。月华连昼色,灯影杂星光。南陌青丝骑,东邻红粉妆。管弦遥辨曲,罗绮暗闻香。人拥行歌路,车攒斗舞场。经过犹未已,钟鼓出长杨。

登瀛州南城楼寄远

层城起丽谯,凭览出重霄。兹地多形胜,中天宛寂寥。四荣摩鹳鹤,百拱厉风飙。北际一作尽燕王馆,东连秦帝桥。晴光七郡满,春色两河遥。傲睨非吾土,踌躇适远嚣。离居欲有赠,春草寄长谣。

塞北二首

虏障天骄起,秦城地脉分。柏坛飞五将,梅吹动三军。锋刃奔涛色,旌旗焰火文。朔风吹汗漫,飘砾洒辕辒。海气如秋雨,边烽似夏云。二庭无岁月,百战有功勋。形影随鱼贯,音书在雁群。归来拜天子,凯乐助南薰。

胡骑犯边埃,风从丑上来。五原烽火急,六郡羽书催。冰壮飞狐冷,霜浓候雁哀。将军朝授钺,战士夜衔枚。紫塞金河里,葱山铁勒隈。莲花秋剑发,桂叶晓旗开。秘略三军动,妖氛百战摧。何言投笔去,终作勒铭回。

李员外秦援宅观妓

盈盈粉署郎,五日宴春光。选客虚前馆,徵声遍后堂。玉钗翠羽饰,罗袖郁金香。拂黛随时广,挑鬟出意长。啭歌遥合态,度舞暗成行。巧落梅庭里,斜光映晓妆。

送韦商州弼

会府应文昌,商山镇国阳。闻君监郡史,暂罢尚书郎。王事嗟相失,人情贵不忘。累年同画省,四海接文场。点翰芳春色,传杯明月光。故交从此去,遥忆紫芝香。

夏日梁王席送张岐州

秦鸡常下雍,周凤昔鸣岐。此地推雄抚,惟良寄在斯。家传七豹贵,人擅八龙奇。高传生光彩,长林叹别离。天人开祖席,朝采候征麾。翠帟当郊敞,彤幨向野披。芃芃秋麦盛,苒苒夏条垂。奏计何时入,台阶望羽仪。

夏日都门送司马员外逸客孙员外佺北征 时相王为元帅,魏大夫元忠为副

二庭追虏骑,六月动周师。庙略天人授,军麾相国持。复言征二妙,才命一作令重当时。画省连征橐,横门共别词。云迎出塞马,风卷度河旗。计日方夷寇,旋闻枚杜诗。

送卢管记仙客北伐

羽檄西北飞,交城日夜围。庙堂盛征选,戎幕生光辉。雁行度函谷,马首向金微。湛湛山川暮,萧萧凉气稀。钱途予悯默,赴敌子英威。今日杨朱泪,无将洒铁衣。

移禁司刑

畴昔参乡赋,中年忝吏途。丹唇会学史,白首不成儒。天子开昌箓,群生偶大炉。散材仍葺厦,弱羽遽抟扶。宠迈乘轩鹤,荣过食稻凫。何功游画省,何德理黄枢。吊影惭非据,倾心事远图。盗泉宁止渴,恶木匪投躯。任直翻多毁,安身遂少徒。一朝逢纠谬,三省竟无虞。白简初心屈,黄纱一作沙始望孤。患平终不怒,持劲每相驱。埋剑谁当辨,偷金以自诬。诱言虽委答,流议亦真符。首夏方忧圄,高秋独向隅。严城看熠耀,圊户对蜘蛛。累饷唯妻子,披冤是友于。物情牵倚伏,人事限荣枯。门客心谁在,邻交迹倘无。抚襟双涕落,危坐日忧趋。圣旨垂明德,冤囚岂滥诛,会希恩免

理,终望罪矜愚。司寇宜哀狱,台庭幸恤辜。汉皇虚诏上,容有报恩珠。

入鬼门关

昔传瘴江路,今到鬼门关。土地无人老,流移几客还。自从别京洛,颓鬓与衰颜。夕宿含沙里,晨行冈路间。马危千仞谷,舟险万重湾。问我投何地,西南尽百蛮。

三日独坐驩州思忆旧游

两京多节物,三日最遨游。丽日风徐卷,香尘雨暂收。红桃初下地,绿柳半垂沟。童子成春服,宫人罢射鞲。禊堂通汉苑,解席绕秦楼。束晳言谈妙,张华史汉道。无亭不驻马,何浦不横舟。舞龠千门度,帷屏百道流。金丸向鸟落,芳饵接鱼投。濯秽怜清浅,迎祥乐献酬。灵乌陈欲弃,神药曝应休。谁念招魂节,翻为御魅囚。朋从天外尽,心赏日南求。铜柱威丹徼,朱崖镇火陬。炎蒸连晓夕,瘴疠满冬秋。西水何时贷,南方讵可留。无人对垆酒,宁缓去乡忧。

从驩州廨宅移住山间水亭赠苏使君

遇坎即乘流,西南到火洲。鬼门应苦夜,瘴浦不宜秋。岁贷胸穿老,朝—作宵飞鼻饮—作欹头。死生离骨肉,荣辱间朋游。弃置一身在,平生万事休。鹰鹯遭误逐,豺虎怯真投。忆昨京华子,伤今边地囚。愿陪鹦鹉乐,希并鹪鹩留。日月渝乡思,烟花换客愁,幸逢苏伯玉,回借水亭幽。山柏张青盖,江蕉卷绿油。乘闲无火宅,因放有渔—作虚舟。适越心当是,居夷迹可求。古来尧禅舜,何必罪骓兜。

赦到不得归题江上石

家住东京里,身投南海西。风烟万里隔,朝夕几行啼。圣主讴歌洽,贤臣法令齐。忽闻铜柱使,走马报金鸡。弃市沾皇渥,投荒漏紫泥,魂疲山鹤路,心醉跕鸢溪。天鉴诛元恶,宸慈恤远黎。五方思奇刃,万姓喜然脐。自幼输丹恳,何尝玷白圭。承言窜谴魅,雪枉间深狴。

坟垅无由谒,京华岂重跻。炎方谁谓广,地尽觉天低。百卉杂殊怪,昆虫理赖暌。闭藏元不蛰,摇落反生荑。疟瘴因兹苦,穷愁益复迷。火云蒸毒雾,阳雨灌阴霓。周乘安交趾,王恭辑画题。少宽穷涸鲋。犹愁触蕃羝,配宅邻州廨,斑苗接野畦。山空闻斗象,江静见游犀。翰墨思诸季,裁缝忆老妻。小儿应离褓,幼女未攀笄。梦蝶翻无定,著龟讵有倪。谁能竟此曲,曲尽气酸嘶。

答魑魅代书寄家人

魑魅来相问,君何失帝乡。龙钟辞北阙,蹭蹬守南荒。览镜怜双鬓,沾衣惜万行。抱愁那去国,将老更垂裳。影答余他岁,恩私宦洛阳。三春给事省,五载尚书郎。黄阁游鸾署,青缣御史香。扈巡行太液,陪宴坐明光。渭北升高苑,河南被禊场。烟花恒献赋。泉石每称觞。暇日从休浣,高车映道傍。迎宾就丞相,选士谒昭王。侍宠言犹得,承欢谓不忘。一朝贻厚谴,五宅竟同防。凶竖曾驱策,权豪岂易当。款颜因侍从,接武在文章。且惧威非赘。宁知心是狼。身犹纳履误,情为覆盆伤。可叹缘成业,非关行昧藏。喜逢今改旦,正朔复归唐。河谶随龙马,天书逐凤皇。朝容欣旧则,宸化美初纲。告善雕旌建,收冤锦旆张。宰臣更献纳,郡守各明扬。礼乐移三统,舟车会八方。云沙降白遂,秦陇献烧当。三赦重天造,千推极国详。大招思复楚,于役限维桑。涨海缘真腊,崇山压古棠。雕题飞栋宇,儋耳间衣裳。伏枕神余劣,加餐力未强。空庭游翡翠,穷巷倚桃椰。缘体分殊昔,回眸宛异常。吉凶恒委郑,年寿会询唐。家本传清白,官移重挂床。上京无薄产,故里绝穷庄。碧玉先时费,苍头此自将。兴言叹家口,何处待赢粮。计吏从都出,传闻大小康。降除沾二弟,离拆已三房。剑外悬销骨,荆南预断肠。音尘黄耳间,梦想白眉良。复此单栖鹤,衔雏愿远翔。何堪万里外,云海已溟茫。戚属甘胡越,声名任秕糠。由来休愤命。命也信苍苍。独坐寻周易,清明咏老庄。此中因悟道,无问人猖狂。

度安海入龙编

我来交趾郡,南与贯胸连。四气分寒少,三光置日偏,尉佗曾驭国,翁仲久游泉。邑屋遗甿在,鱼盐旧产传。越人遥捧翟,汉将下看鸢。北斗崇山挂,南风涨海牵。别离频破月,容鬓骤催年。昆弟推由命,妻孥割付缘。梦来魂尚扰,愁委疾空缠。虚道崩城泪,明心不应天。

从崇山向越常 并序 常一作当

按九真图,崇山至越常四十里,杉谷起古崇山,竹溪从道明国来,于崇山北二十五里合。水歆缺,藤竹明昧,有三十峰,夹水直上千余仞,诸仙窟宅在焉。

朝发崇山下,暮坐越常阴。西从杉谷度,北上竹溪深。竹溪道明水,杉谷古崇岑。差池将一作疑不合,缭绕复相寻。桂叶藏金屿,藤花闭石林。天窗虚的的,去窦下沉沉。造化功偏厚,真仙迹每临。岂徒探怪异,聊欲缓归心。

哭苏眉州崔司业二公 并序

同时郎裴怀古者,作牧潭府。神龙三年秋八月,佺期承恩北归,途中觐止。访及故旧,知眉州苏使君味道,国子崔司业融,驰旋间相次而逝。苏往任凤阁侍郎,佺期忝通事舍人,崔重为凤阁舍人。佺期又迁给事,并衔畴昔之眷,俱荷提奖之恩。前年负谴南荒,二公先移官守。迨此凶问,情复何堪。所恨迁窜有期,行迈在远。哀不展旧,礼不申悲。流恸斯文,冀通幽路。

涣汗天中发,伶俜海外旋。长沙遇太守,问旧几人全。国宝亡双杰,天才丧两贤。大名齐弱岁,高德并中年。礼乐羊叔子,文章王仲宣。一作风鉴王夷甫,文章谢惠连。相看尚玄鬓,相次入黄泉。流放蛮陬阔,乡关帝里偏。亲朋云雾拥,生死岁时传。崔昔挥宸翰,苏尝济巨川。绛衣陪下列,黄阁谬差肩。及此俱冥昧,云谁叙播迁。隼舆一作舻,又作旟怀旧辙,鳣馆想虚筵。家爱方休杵,皇慈更撤县。铭旌西蜀路,骑吹北邙田。陇树应秋矣,江帆故一作固杳然。罢琴明月夜,留剑白云天。涕泗湘潭水,凄凉

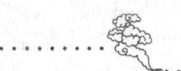

衡峤烟。古来修短分,神理竟难筌。

哭道士刘无得

闻有玄都客,成仙不易祈。蓬莱向清浅,桃杏欲芳菲。缩地黄泉出,升天白日飞。少微星夜落,高掌露朝晞。吐甲龙应出,衔符鸟自归。国人思负局,天子惜被一作披衣。花月留丹洞,琴笙合一作下翠微。嗟来子桑扈,尔独返于几。

寒食

普天皆灭焰,匝地尽藏烟。不知何处火,来就客心然。

回波词

回波尔时佺期,流向岭外生归,身名已蒙齿录,袍笏不复牙绯。

上巳日祓禊渭滨应制

宝马香车清渭滨,红桃碧柳禊堂春。皇情尚忆垂竿佐,天祚一作瑞先呈捧剑人。

奉和幸韦嗣立山庄应制

东山朝日翠屏开,北阙晴空彩仗来。喜遇天文七曜动,少微今夜近一作入三台。

夜宴安乐公主宅

濯龙门外主家亲,鸣凤楼中天上人。自有金杯迎甲夜,还将绮席代一代发阳春。

苑中遇雪应制

北阙彤云掩曙霞,东风吹雪舞仙一作山家。琼章定少千人和,银树长芳六出花。

饯唐永昌一作钱唐郎中洛阳令

洛阳旧有一作出神明宰,辇毂由来天地中,余邑政成何足贵,因君取则四方同。

狱中闻驾幸长安二首

传闻圣旨向秦京,谁念羁囚滞洛城。扈从由来是方朔,为申冤气在长平。

无事今朝来下狱,谁期十月是一作见横一作

黄河。君看鹰隼俱堪—作罢，又作能击，为报蜘蛛收网罗。

邙山

北邙山上列坟茔，万古千秋对洛城。城中日夕歌钟起，山上唯闻松柏声。

句

周原五稼起，云海百川归。愿此零陵燕，长随征斾飞。《春雨》。《诗式》。

全唐诗卷九十八

赵冬曦

赵冬曦,定州人,进士擢第,历左拾遗。开元初,迁监察御史,坐事流岳州。时与刺史张说数赋诗相倡和,后召还复官,累迁中书舍人。内供奉,终国子祭酒。冬曦兄冬日、弟和璧等六人,韦述弟亦六人,并词学登科。张说称之曰:"韦赵昆季,人之杞梓。"诗十九首。

陪张燕公登南楼

抑郁—作宽慰何以欢,阴氛—作气亦登望。孤岛轻雾里,行舟白波上。目劳西北云,心醉东南嶂。昔日青溪子,胡然此无状。

酬燕公出湖见寄

纶绂有成命,旌麾不可攀。湘川朝目—作日断,荆阙夕波还。果杖东瞻唱,兴言夕放闲。携琴仙洞中,置酒澶湖上。芳景恣行乐,谪居忽如忘。聚散本相因,离情自悲怅。鸾翩非常戢,鹏天会昭旷。永怀宛洛游,曾是弹冠望。

奉和张燕公早霁南楼

方曙跻南楼,凭轩肆遐瞩。物华荡暄气,春景媚晴旭,川霁湘山孤,林芳楚郊缛。列岩重叠翠,远岸透迤绿。风帆摩天垠,鱼艇散弯曲。鸿归鹤舞送—作远,猿叫莺声续。群动皆熙熙,嗟予独羁束。常钦才子意—作义,忌鹏伤跼蹐。雅尚骚人文,怀沙何迫促。未知二贤意,去矣从所欲。

澶湖作并序

巴丘南澶湖者,盖沅湘澧汨之余波焉。兹水也,沦汇洞庭,澹澹千里。夏潦奔注,则汇为此湖;冬霜既零,则涸为平野。按《尔雅》云:水反入为澶,斯名之作有由焉尔。而此乡炎暑,子月草生。弥望青青,相与游藉。岂盈虚之可叹,亦风景之多伤。感物增怀,因书其事。

三湖返入两山间,畜作澶湖弯复弯。暑雨奔流潭—作湘正满,微霜及潦水初还。水还波卷溪潭涧,绿草芊芊岩崒峄。适来一作方飞棹共回旋,已复扬鞭恣行乐。道旁耆老步跋跋,楚言兹事不知年。试就湖边披草径,莫疑东海变桑田。君讶今时尽陵陆,我看明岁更沦涟。来今自昔无终始,人事回环常若是。应一作悬思阙下声华日,谁谓江潭旅游子。初贞正喜固当然,往謇来誉宜可俟。盈虚用舍轮舆旋,勿学灵均远问天。

和燕公岳州山城

为吏恩犹旧,投沙惠此蒙。江边悠尔处,泗上宛然同,访道精言合,论经大义通。鸣琴有真一作奇气,况已沐清风。

和尹懋秋夜游灉湖二首

政理常多暇,方舟此溯洄。吹笙虚洞答,举楫便风催。山暗云犹辨,潭幽月稍来。清溪无数曲,未尽莫先回。

烟霭夕微濛,幽湾赏未穷。舣舟待初月,褰幌招远风。鹤声聒前浦,渔火明暗丛。东山云壑意,不谓尔来同。

陪燕公游灉湖上寺

江外多山水,招要步马来。琴将天籁合,酒共鸟声一作歌催。岩坐攀红药,溪行爱绿苔。所怀非此地,游望亦裴回。

答张燕公翻著葛巾见呈之作

美酒值芳春,醒余气益真。降欢时倒履,乘兴偶翻巾。徐榻思方建,左车理自均。傲然歌一曲,一醉濯缨人。

奉答燕公

语别意凄凄,零陵湘水西。佳人金谷返,爱一作游子洞庭迷。旧馆逢花发,他山值鸟啼。江天千里望,谁见录蘋齐。

奉和圣制同二相已下群官乐游园宴

爽垲三秦地,芳华二月初。酺承奠璧罢,宴是合钱余。柳翠垂堪结,桃红卷欲舒。从容会鹓鹭,延曼戏龙鱼。喜气流云物,欢声浃里间。圣恩将报厚一作厚意,请述记言书。

奉和圣制答张说扈从南出雀鼠谷

轩辕应顺动,力牧正趋陪。道合殷为砺,时行楚有材。省方西礼设,振旅北京回。地理分中壤,天文照上台。寒依汾谷去,春入晋郊来。窃比康衢者,长歌仰大哉。

奉和圣制送张说上集贤学士赐宴赋得莲字

浅术方观海,深恩忽见天。学开丹殿籍,名与石渠贤。良辅膺休命,微生谬采甄。春余仍唳鸟,夏近未舒莲。笺札来宸禁,衣冠集诏筵。史臣知醉德,欲记升中一作平年。

奉答燕公

谁道零陵守,东过此地游。友僚同省阁,昆弟接荆州。我遂江潭雁,君随海上鸥。屡伤神气阻,久别鬓毛秋。疑岭春应遍,阳台雨欲收。主人情未尽,高驾少淹留。

陪张燕公行郡竹篱

良臣乃国宝,麾守去承明。外户人无闭,浮江兽已行。随来晋盗逸,民化蜀风清。郛郭从彝典,州闾荷德声。小人投一作被天涯一作涯,流落巴丘城。所赖中和作,优游凿与耕。

和燕公别灉湖

南湖美泉石,君子玩幽奇。湾澳陪临泛,岩嵚共践窥。秋风颓桂棹,春景绿杨垂。郢路委分竹,湘滨拥去麾。柱帆怀胜赏,留景惜差池。水木且不弃,情由良可知。

奉酬燕公见归田赋垂赠之作

穷鸟婴笼缀,孤飞任播迁。鹔鹴王佐用,复此挫冲天。楚云何掩郁,湘水亦回邅。怀哉愧木雁,忽尔枉兰荃。愈疾同枚叔,销忧比仲宣。归途书可畏,弱操石犹坚。覆载虽云广,浔阳直块然。

和张燕公耗磨日饮

上月今朝减,流传耗磨辰。还将不事事,

同醉俗中人。

　　春来半月度，俗忌一朝闲。不酌他乡酒，无堪对楚山。此二首一作张说诗。

尹懋

　　尹懋，河间人。为张说岳州从事，官补阙。诗四首。

奉陪张燕公登南楼

　　君子每垂眷，江山共流眄。水远林外明，岩近雾中见。终日西北望，何处是京县。屡登高春台，徒使泪如霰。

秋夜陪张丞相赵侍御游澧湖二首并序

　　燕公以司马初到，赵侍御客焉。聿理方舟，嬉游澧壑。览山川之异，探泉石之奇。骋望崇朝，留尊待月。一时之乐，岂不盛欤。赋诗者列之于左。

　　熊轼巴陵地，鹢舟湘水浔。江山与势远，泉石自幽深。杳霭入天壑，冥茫见道心。超然无俗事，清宴有空一作深林。

　　江上饶奇山，巑岏云水间。风和一作秋树色杂，苔古石文斑。巴俗将千溠，澧湖凡几湾。嬉游竟不尽，乘月泛舟还。

同燕公泛洞庭

　　风光浙浙草中飘，日彩荧荧水上摇。幸奏潇湘云壑意，山旁容与动仙桡。

王琚

　　王琚，怀州河内人，神龙初，为驸马王同皎所器，预谋刺武三思。后太平公主谋逆，琚劝明皇先事诛之。荐张说、刘幽求、郭元振等与决议。事平，进户部尚书。眷委特异，参豫大政，时号内宰相。后以谗见疏，历典外郡，卒为李林甫所构，贬死。诗四首。

奉答燕公

　　郡远途且艰，宜悲良自得。胡为心独尔，惠好在南国。亦既清颜披，罔然良愿克。与君兰时会，群物如藻饰。烟景惜欢赏，云山起翰墨。接艺奇思微，偶谈玄言直。永日不知倦，逾旬犹谓亟。如何酌离尊，移棹巴城侧。浦口劳长望，舟中独太息。疾风吹飞帆，倏忽南与北。目尽不复见，怀哉无终极。唯当衡峰上，遥辨湖水色。

美女篇

　　东邻美女实名倡，绝代容华无比方。浓纤得中非短长，红素天生谁饰妆。桂楼椒阁木兰堂，绣户雕轩文杏梁。屈曲屏风绕象床，萎蕤翠帐缀香囊。玉台龙镜洞彻光，金炉沉烟酷烈芳。遥闻行佩音锵锵，含娇欲笑出洞房。二八三五闺心切，褰帘卷幔迎春节。清歌始发词怨咽，鸣琴一弄心断绝。借问哀怨何所为，盛年情多心自悲。须臾破颜倏敛态，一悲一喜并相宜。何能见此不注心，惜无媒氏为传音。可怜盈盈直千金，谁家君子为藁砧。

自荆湖入朝至岳阳奉别张燕公

　　五载朝天子，三湘逢旧僚。扁舟方辍棹，清论遂终朝。远树烟间没，长江地际摇。帝城驰梦想，归帆满风飙。

游澧湖上寺

　　春山临远壑，水木自幽清。凤昔怀微尚，兹焉一放情。云间听弄鸟，烟上摘初英。地僻方无闷，逾知道思精一作生。

阴行先

　　阴行先，开元间，为张说湘州从事。诗一首。

和张燕公湘中九日登高

　　重阳初启节，无射正飞灰。寂寞风蝉至，连翩霜雁来。山棠红叶下，岸菊紫花开。今日桓公座，多愧孟嘉才。

王熊

　　王熊，潭州都督，诗二首。

奉别张岳州说二首—作答张燕公岳州宴别

长沙辞旧国,洞庭逢故人。薰兰敦久要,披雾转相亲。岁月空嗟老,江山不惜春。忽闻黄鹤曲,更作白头新。

平生共风月,倏忽间山川。不期交淡水,暂得款忘年。兴逸方罢钓,帆开欲解船。离心若危旆,朝夕为君悬。

梁知微

梁知微,嗣圣初,登进士第。尝守潭州,与张说相赠答。诗一首。

入朝别张燕公

华容佳山水,之子厌承明。符竹纡小郡,江湖被德声。三年计吏入,路指巴丘城。凫舟才结缆,驷驾已相迎。别离他乡酒,委曲故人情。孤屿早烟薄,长波晚气清。辛勤方远骛,胜赏屡难并。回瞻洞庭浦,日暮愁云生。

李伯鱼

李伯鱼,临淄人,善为文。登开元六年进士第,擢校书郎,出为青州司功。诗一首。

桐竹赠张燕公

北竹青桐北,南桐—作家绿竹南。竹林君早爱,桐树我初贪。凤栖桐不愧,凤食竹何惭。栖食更如此,余非凤所堪。

杨重玄

杨重玄,开元进士。诗一首。

正朝上左相张燕公

岁去愁终在,春还命不来。长吁问丞相,东阁几时开。

朱使欣

朱使欣,张说同时人。诗一首。

道峡似巫山

江如晓天静,石似暮云张。征帆一流览,宛若巫山阳。楚客思归路,秦人谪异乡。猿鸣孤月夜,再使泪沾裳。

全唐诗卷九十九

张循之

张循之,洛阳人,与弟仲之并以学业著名。则天时,上书忤旨,被诛。诗六首。

巫山高—作沈佺期诗

巫山高不极,合沓状奇新。暗谷疑风雨,阴崖若鬼神。月明三峡晓—作曙,潮满九—作二江春。为问阳台客,应知入梦人。

送泉州李使君之任

傍海皆荒服,分符重汉臣。云山百越路,市井十洲人。执玉来朝远,还珠入贡频。连年不见雪,到处即行春。

长门怨—作张修之诗

长门落景尽,洞房秋月明。玉阶草露积,金屋网尘生。妾妒今应改,君恩惜未平。寄语临邛客,何时作赋成。

巫山

流景一何速,年华不可追。解佩安所赠,怨咽空自悲。

送王汶宰江阴

郡北乘流去,花间竟日行。海鱼朝满市,江鸟夜喧城。让酒非关病,援琴不在声。应缘五斗米,数日滞渊明。

婺州留别邓使君

西掖驰名久,东阳出守时。江山婺女分,风月隐侯诗。别恨双溪急,留欢五马迟。回舟映沙屿,未远剩相思。

王晙

王晙,沧州景城人。擢明经第,调清苑尉,历殿中侍御史,出为渭南尉。景龙末,授桂州都督,累迁太仆少卿、陇右群牧使。开元二年,袭吐蕃于临洮,以功加银青光禄大夫,进并州

都督长史。又以破突厥功,拜兵部尚书,朔方军大总管。后代张说为兵部尚书,同中书门下三品,充朔方军节度大使,终户部尚书;朔方节度。诗一首。

祭汾阴乐章太和

於穆圣皇,六叶重光。太原刻颂,后土疏场。宝鼎呈符,歊云孕祥。礼乐备矣,降福穰穰。

张柬之

张柬之,字孟将,襄阳人。涉猎经史,尤好三礼。举进士,贤良对策第一,授监察御史。圣历中,为凤阁舍人,弘文馆学士。长安中,令举宰相材,以姚崇荐,迁凤阁侍郎,知政事。及诛二张兄弟,柬之首谋也。中宗即位,以功擢天官尚书,封汉阳王,迁中书令。为武三思所构,贬死。集十卷。今存诗五首。

大堤曲

南国多佳人,莫若大堤女。玉床翠羽帐,宝袜莲花距。魂处自目成,色授开心许,迢迢不可见,日暮空愁予。

东飞伯劳歌

青田白鹤丹山凤,婺女姮娥两相送。谁家绝世绮帐前,艳粉红脂映宝钿。窈窕玉堂褰翠幙,参差绣户悬珠箔。绝世三五爱红妆,冶袖长裙兰麝香。春去花枝俄易改,可叹年光不相待。

出塞

侠客重恩光,骢马饰金装。瞥闻传羽檄,驰突救边荒。欻野山川动,嚣天旌旆扬。吴钩明似月,楚剑利如霜。电断冲胡塞,风飞出洛阳。转战磨笄俗,横行戴斗乡。手擒郅支长,面缚谷蠡王。将军占太白,小妇怨流黄。骠裹青丝骑,娉婷红粉妆。三春莺度曲,八月雁成行。谁堪坐愁思,罗袖拂空床。

与国贤良夜歌二首

柳台临新堰,楼堞相重复。窈窕凤皇姝,倾城复倾国。

杏间花照灼,楼上月裴回。带娇移玉柱,含笑捧金杯。

袁恕己

袁恕己,沧州东光人。长安中,历司刑少卿,预诛二张,又从相王统南衙兵,备非常,以功为中书侍郎,进中书令,封南阳郡王。后贬死环州。诗一首。

咏屏风

绮阁云霞满,芳林草树新。鸟惊疑欲曙,花笑不关春。山对弹琴客,溪留垂钓人。请看车马客,行处有风尘。

刘幽求

刘幽求,冀州武强人。圣历中,举制科,中第。临淄王入诛韦庶人,幽求预参大策,是夜所下制敕百余道,皆出其手。以功授中书舍人。睿宗即位,行尚书右丞,迁吏部尚书,拜侍中。开元初,改尚书左右仆射为左右丞相,乃以幽求为左丞相。后坐怨望,贬卒。诗一首。

书怀 《避暑录话》云:此诗三馆昭库烂册中捡得,幽求非肯安田园者,殆出守时愤怒而作。

心为明时尽,君门尚不容。田园迷径路,归去欲何从。

章玄同

章玄同,武后时人。久视中,张锡为相,请还庐陵王,坐流循州。玄同有流所赠诗,盖亦当时贬谪者。诗一首。

流所赠张锡

黄叶因风下,甘从洛浦隈。白云何所为,还出帝乡来。

王易从

王易从,中宗朝为鄠县尉,张仁愿奏分判军事。诗一首。

临高台

汉主事祁连,良人在高阙。空台寂已暮,愁坐变容发。泛艳春幌风,裴回秋户月。可怜军书断,空使流芳歇。

卢僎

卢僎,吏部尚书从愿之从父也。自闻喜尉入为学士,终吏部员外郎。诗十四首。

初出京邑有怀旧林

赋生期独得,素业守微班。外忝文学知,鸿渐鹓鹭间。内倾水木趣,筑室依近山。晨趋天日晏,夕卧江海闲。松风生坐隅,仙禽舞亭湾。曙云林下客,霁月池上颜。虽曰坐郊园,静默非人寰。时步苍龙阙,宁异白云关。语济岂时顾,默善忘世攀。世网余何触,天涯谪南蛮。回首思洛阳,喟然悲贞艰。旧林日夜远,孤云何时还。

稍秋晓坐阁,遇舟东下扬州,即事寄上族父江阳令

虎啸山城晚,猿鸣江树秋。红林架落照,青峡送归流。归流赴淮海,征帆下扬州。族父江阳令,盛业继前修。文掩崔亭伯,德齐陈太丘。时哉惜未与,千载且为俦。忆昔山阳会,长怀东上游。称觞阮林下,赋雪谢庭幽。道浓礼自略,气舒文转遒。高情薄云汉,酣态坐芳洲。接席复连轸,出入陪华辀。独善与兼济,语默奉良筹。岁月欢无已,风雨暗飕飕。掌宪时持节,为邦邈海头。子人惠虽树,苍生望且留。微躬趋直道,神甸忝清猷。仙台适西步,蛮徼忽南浮。宇内皆安乐,天涯独远投。忠信徒坚仗,神明岂默酬。观生海漫漫,稽命天悠悠。云昏巴子峡,月远吴王楼。怀昔明不寐,悲令岁属周。喟无排云翮,暂得抒离忧。空洒沾红泪,万里逐行舟。

让帝挽歌词二首

开元二十九年冬十一月,太尉宁王宪薨。帝失声号恸曰:"天下,兄之天下也,固让于我。"乃追谥曰让皇帝。

秦伯玄风远,延州德让行。阖棺追大节,树羽册鸿名。地户迎天仗,皇阶失帝兄。还闻汉明主,遗一作解剑泣东平。

朝天驰马绝,册帝□宫祖。恍惚陵庙新,萧条池馆古。万化一朝空,哀乐此路同。西园有明月,修竹韵悲风。第二句缺一字。

十月梅花书赠

君不见巴乡气候与华别,年年十月梅花发。上苑今应雪作花,宁知此地花为雪。自从迁播落黔巴,三见江上开新花。故园风花虚洛汭,穷峡凝云度岁华。花情纵似河阳好,客心倍伤边候早。春候飒惊楼上梅,霜威未落江潭草。江水侵一作寻天去不还,楼花覆帘空坐攀。一向花前看白发,几回梦里忆红颜。红颜白发云泥改,何异桑田移碧海。却想华年故国时,唯余一片空心在。空心吊影向谁陈,云台仙阁旧游人。傥知巴树连冬发,应怜南国气长春。

岁晚还京台望城阙成口号先赠交亲

紫陌开行树,朱城出晚霞。犹怜惯去国,疑是梦还家。风弱知催柳,林青觉待花。交亲望归骑,几处拥年华。

送苏八给事出牧徐州用芳韵相国请出

金鼎属元方,琐闱连季常。畏盈聊出守,分命乃维良。晓骑辞朝远,春帆向楚常。贤哉谦自牧,天下咏余芳。

上幸皇太子新院应制

佳气晓葱葱,乾行入震宫。前星迎北极,少海被南风。视膳铜楼下,吹笙玉座中。训深家以正,义举俗为公。父子成钊合,君臣禹启同。仰天歌圣道,犹愧乏雕虫。

奉和李令扈从温泉宫赐游骊山韦侍郎别业

风后轩皇佐,云峰谢客居。承恩来翠岭,缔赏出丹除。飞盖松—作双溪寂,清笳玉洞虚。窥岩详雾豹,过水略泉鱼。乡人无何有,时还上古初。伊皋羞过狭,魏丙服粗疏。白雪缘情降,青霞落卷舒。多惭郎署在,辄继国风余。

季冬送户部郎中使黔府选补

握镜均荒服,分衡得大同。征贤一台上,补吏五溪中。雨露将天泽,文章播国风。汉庭眹直谅,楚峡望清通。马逐霜鸿渐,帆沿晓月空。还期凤池拜,照耀列星宫。

途中口号—作郭向诗

所玉三朝楚,怀书十上秦。年年洛阳陌,花鸟弄归人。

南望楼

去国三巴远,登楼万里春。伤心江上客,不是故乡人。

临川送别

秋郊日半隐,野树烟初映。风水正萧条,那甚动离咏。

题殿前桂叶

桂树生南海,芳香隔楚—作远山。今朝天上见,疑是月中攀。

牛凤及

牛凤及,长寿中撰《唐书》。刘轲与马植论史官书,尝称之。诗一首。

奉和受图温洛应制

八神扶—作承玉辇,六羽惊瑶溪。戒道伊川北,通津—作誰涧水西。御图开洛匦,刻石与天齐。瑞日波中上,仙禽雾里低。微臣矫羽翩,抃舞接鸾鹥。

全唐诗卷一百

司马逸客

司马逸客,则天朝,尝从相王北征。李乂有诗送之,称为员外。诗一首。

雅琴篇

亭亭峄阳树,落落千万寻。独抱出云节,孤生不作林。影摇绿波水,彩绚丹霞岑。直干思有托,雅志期所任。匠者果留盼,雕斫为雅琴。文以楚山玉,错以昆吾金。虬凤吐奇状,商徵含清音。清音雅调感君子,一抚一弄怀知己。不知钟期百年余。还忆朝朝几千里。马卿台上应芜没,阮籍帷前空已矣。山情水意君不知,拂匣调弦为谁理。调弦拂匣倍含情,况复空山秋月明。陇水悲风已呜咽,离鹍别鹤更凄清。将军塞外多奇操,中散林间有正声。正声谐风雅,欲竟此曲谁知者。自言幽隐乏先容,不道人物知音寡。谁能一奏和天地,谁能再抚欢朝野。朝野欢娱乐未央,车马骈阗盛彩章。岁岁汾川事箫鼓,朝朝伊水听笙簧。窈窕楼台临上路,妖娆歌舞出平阳。弹弦本自称仁祖,吹管由来许季长。犹怜雅歌淡无味,渌水白云谁相贵。还将逸词赏幽心,不觉繁声论远意。传闻帝乐奏钧天,傥冀微躬—作身备五弦。愿持东武宫商韵,长奉南熏亿万年。

王绍宗

王绍宗,字承烈,扬州江都人。嗜学,尤工草隶。家贫,常佣力写佛经以自给。徐敬业逼之,不起。则天时,拜太子文学,累转秘书少监。诗一首。

三妇艳

大妇能调瑟,中妇咏新诗。小妇独无事,花庭曳履綦。上客且安坐,春日正迟迟。

郑遂初

郑遂初,万岁通天中登第。诗一首。

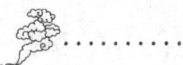

别离怨
荡子戍辽东,连年信不通。尘生锦步障,花送—作绕玉屏风。只怨—作怨红颜改,宁辞玉簟空,系书春雁足,早晚到云中。

李崇嗣
李崇嗣,则天时奉宸府主簿。圣历中,曾奉敕预东观修书,见沈佺期《黄口赞序》。诗三首。

寒食—作沈佺期诗
普天皆灭焰,匝地尽藏烟。不知何处火,来就—作向,—作促客心然。

览镜—作李嗣宗诗
岁去红颜尽,愁来白发新。今朝开镜匣,疑是别逢—作逢故人。

独愁
闻道成都酒,无钱亦可求。不知将几斗—作午,销得此来愁。

东方虬
东方虬,则天时为左史。尝云百年后可与西门豹作对。陈子昂《寄东方左史修竹篇书》,称其《孤桐篇》骨气端翔,音韵顿挫,不图正始之音,复睹于兹。今失传。存诗四首。

昭君怨三首
汉道方—作今,—作初全盛,朝廷足武臣。何须—作烦薄命妾,辛苦事和亲。

掩泪—作涕辞丹凤,衔悲向白龙。单于浪惊喜,无复旧时容。

胡地无花—作青草,春来不似春。自然衣带缓,非是为—作觅腰身。

春雪
春雪满空来,触处似花开。不知园里树,若个是真梅。

张楚金
张楚金,年十七,与兄越石同以茂才擢第,历秋官尚书。诗一首。

逸人歌赠李山人
上有尧兮下有由,眠松阳兮漱颖流。其貌古,其心幽,浩歌一曲兮林壑秋。道险可惊兮人莫用,乐天知命兮守岩洞。时击磬兮嗟鸣凤,吾欲知往古之不可追,自悠悠于凡梦。

房融
房融,河南人,则天时为相。神龙元年,贬死高州。好浮屠法,尝于岭外笔受《楞严经》。诗一首。

谪南海过始兴广胜寺果上人房—作过韶州广界寺
零落嗟残命,萧条托胜因。方烧三界火,遽洗六情尘。隔岭天花发,凌空月殿新。谁令乡国—作故乡梦—作思,终—作从此学分身。

吕太一
吕太一,景云中为洹水令,魏知古表奏之,又尝与中书舍人苗延嗣、考功员嘉靖、侍御史崔训,皆为张嘉贞所荐。时语曰:令君四后,吕员训。诗一首。

咏院中丛竹太—拜监察御史里行,自负才华而不即真,因咏院中丛竹以寄意焉
擢擢当轩竹,青青重岁寒。心贞徒见赏,箨小未成竿。

张绂—作法
张绂,久视中登第,与吕太一同官监察御史。后自左拾遗贬许州司户。诗三首。

和吕御史咏院中丛竹
闻君庭竹咏,幽意岁寒多。叹息为冠小,良工将奈何。

闺怨《搜玉集》作张炫诗

　　去年离别雁初归,今夜裁缝萤已飞。征客近<small>一作未</small>,<small>一作去</small>来音信断,不知何处寄寒<small>一作</small>边衣。

行路难

　　君不见温家玉镜台,提携抱握九重来。君不见相如绿绮琴,一抚一拍凤凰音。人生意气须及早,莫负当年行乐心。荆王奏曲楚妃叹,曲尽欢终夜将半。朱楼银阁正平生,碧草青苔坐芜漫。当春对酒不须疑,视日相看能几时。春风吹尽燕初至,此时自为称君意。愁露萎草鸿始归,此时衰暮与君违。人生翻覆何常定,谁保容颜无是非。

郑蜀宾

　　郑蜀宾,荥阳人,善五言诗。长寿中,终县尉。诗一首。

别亲朋《唐新语》云:蜀宾老为江左一尉,亲朋饯于上东门。赋诗,酒酣自咏,声高哀戚。竟卒于官。

　　畏途方万里,生涯近百年。不知将白首,何处入黄泉。

全唐诗卷一百一

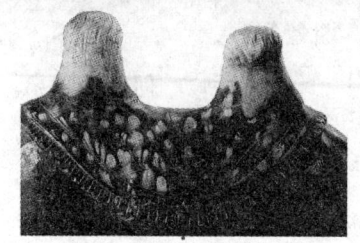

宋务光—作宋先

宋务光,字子昂,一名烈,汾州西河人。举进士及第,调洛阳尉,迁右卫骑曹参军。神龙初,上封事直谏,不省。俄以监察御史巡察河南道,考最,进殿中右台御史。诗一首。

海上作

旷哉潮汐池,大矣乾坤力。浩浩去无际,泛泛深不测。崩腾翕众流,泱瀜环中国。鳞介错殊品,氛霞饶诡色。天波混莫分,岛树遥难识。汉主探灵怪,秦王恣游陟。搜奇大壑东,竦望成山北。方术徒相误,蓬莱安可得。吾君略仙道,至化乎淳默。惊浪晏—作按穷溟,飞航通绝域。马韩底厥贡,龙伯修其职。粤我遭休明,匪躬期正直。敢输鹰隼执,以间—作问豺狼忒。海路行已殚,抔轩未皇息。劳歌玄月暮,旅睇沧浪极。魏阙渺云端,驰心附归翼。

李景伯

李景伯,怀远子。景龙中,为给事中,迁谏议大夫。中宗尝宴侍臣及朝集使,酒酣,令各为回波辞,众皆为谄佞,景伯独不然。萧至忠称之曰:"此真谏官也。"终散骑常侍。诗一首。

回波辞

回波尔时酒卮,微臣职在箴规。侍宴既过三爵,喧哗窃恐非仪。

李行言

李行言,陇西人,兼文学干事。中宗时,为给事中。能唱步虚歌,七月七日两仪殿会宴,帝命为之。行言于御前长跪,作三洞道士音词,歌数曲,时论鄙之。诗一首。

秋晚度废关

秦郊平旧险,周德眷遗黎。始闻清夜柝,俄见落封泥。物色来无限,津途去不迷。空亭谁问马,闲戍但鸣鸡。山月寒弥净,河风晓更凄。赠言杨伯起,非复是关西。

郭利贞

郭利贞,神龙中为吏部员外。赋上元诗,与苏味道、崔液并为绝唱。诗一首。

上元

九陌连灯影,千门度一作遍月华。倾城出宝骑,匝路转香车。烂漫惟愁晓,周游不问家。更逢清管发,处处落梅花。

元希声

元希声,河南人。七岁善属文,举进士。累官司礼博士,预修三教珠英。景龙初,进吏部侍郎。集三十卷,今存诗八首。

赠皇甫侍御赴都八首

东南之美,生于会稽,牛斗之气,畜于昆溪。有瑶者玉,连城是齐。有威者凤,非梧不栖。

猗嗟众珍,以况君子。公侯之胄,必复其始。利器长材,温仪峻峙。

道心惟微,厥用允塞。德辉不泯,而映邦国。静以有神,动而作则。九皋千里,其声不忒。

粤在古昔,分官厥初。刺邪矫枉,非贤勿居。棱棱直指,烈烈方书。苍玉鸣珮,绣衣登车。

绰绰夫君,是膺柱下。准绳有望,名器无假。宠盖伯山,气雄公雅。立朝正色,俟我能者。

载怀朋情,尝接闲宴。好洽昆弟,官联州县。如彼松竹,春荣冬蒨。柯叶蔼然,下渝霜霰。

会合非我,关山坐违。离鸿晓引,别叶秋飞。骓骖徐动,尊饯相依。远情超忽,岐路光辉。

金石其心,芝兰其室。言语方间,音徽自溢。肃子风威,严子霜质。赠言岁暮,以保贞吉。

李澄之

李澄之,尉氏人,以五言诗名。神龙中,蹉跌不遇。年六十余,为宋州参军卒。诗一首。

秋庭夜月有怀

游客三江外,单栖百虑违。山川忆处近,形影梦中归。夜月明虚帐,秋风入捣衣。从来不惯别,况属雁南飞。

李如璧

李如璧,睿宗朝为御史。诗一首。

明月

三五月华流炯光,可怜怀归一作君郢路长。逾江越汉津无梁,遥遥永夜思茫茫。昭君失宠辞上宫,蛾眉婵娟卧毡穹。胡人琵琶弹北风,汉家音信绝南鸿。昭君此时怨画工,可怜明月光朣胧。节既秋兮天向寒,沅有漪兮湘有澜,沅湘纠合淼漫漫。洛阳才子忆长安,可怜明月复团团。逐臣恋主心愈恪,弃妻思君情不薄。已悲芳岁徒沦落,复恐红颜坐销铄。可怜明月方照灼,向影倾身比葵藿。

洪子舆

洪子舆,睿宗时官侍御史。姜晦时为中丞,讽劾韦安石,子舆不从。诗一首。

严陵祠

汉主召子陵,归宿洛阳殿。客星今安在,隐迹犹可见。水石空潺湲,松篁尚葱蒨。岸深翠阴合,川回白云遍。幽径滋芜没,荒祠幂霜霰。垂钓想遗芳,掇蕨羞野荐。高风激终古,语理忘荣贱。方验道可尊,山林情不变。

寇泚

寇泚,中宗朝为安尉。张仁愿在朔方,奏

用分判军事。开元十三年,帝自择刺史,泚由兵部侍郎出守宋州,赋诗祖饯。诗一首。

度涂山

小年弄文墨,不识戎旅难。一朝事鞞鼓,策马度涂山。涂山横地轴,万里留荒服。悠悠征旆远,骎骎一何速。流月挥金戈,惊风折寒木。行闻汉飞将,还向皋兰宿。

吴兢

吴兢,汴州浚仪人。博通经史,魏元忠、朱敬则深器之。荐其有史才,因令直史馆。神龙中,迁右补阙,与韦承庆、崔融等撰《则天实录》。开元中,历修文馆学士,居史职殆三十年。序事简要,人皆称之。出为荆州司马,以史稿自随。萧嵩监修国史,奏取兢所撰,得六十五卷。累迁台、洪、饶、蕲四州刺史。天宝初,为邺郡太守,入为恒王傅。尝以梁、陈、齐、周、隋五代史繁杂,乃别撰各史,又伤疏略。卒年八十余。卒后,其子进兢所撰《唐史》八十余卷,事多纰缪,不逮壮年。兢家多藏书,尝录其卷第,号《吴氏西斋书目》。诗二首。

永泰公主挽歌二首

秾华从妇道,釐降适诸侯。河汉天孙合,潇湘帝子游。关雎方作训,鸣凤自相求。可叹凌波迹,东川遂不流。

舜华徂北渚,宸思结南阳。鳌绶哀荣备,游轩宠悼彰。三川谋远日,八水宅连冈。无复秦楼上,吹箫下凤皇。

全唐诗卷一百二

武平一

武平一,名甄,以字行,后族,颍川郡王载德子。博学,通《春秋》。后在时,畏祸不与事,隐嵩山,修浮屠法,屡诏不应。中宗复位,平一居母丧,迫召为起居舍人,丐终制,不许。景龙二年,兼修文馆直学士,迁考功员外郎。虽预宴游,尝因诗规戒。明皇初,贬苏州参军。徙金坛令。既谪,名亦不衰。开元末卒。诗一卷。

妾薄命

有女妖且丽,裴回湘水湄。水湄兰杜芳,采之将寄谁。瓠犀发皓齿,双蛾颦翠眉。红脸如开莲,素肤若凝脂。绰约多逸态,轻盈不自持。尝矜绝代色,复恃倾城姿。子夫前入侍,飞燕复当时。正悦掌中舞,宁哀团扇诗。洛川昔云遇,高唐今尚违。幽阁禽雀噪,闲阶草露滋。流景一何速,年华不可追。解佩安所赠,怨咽空自悲。

奉和登骊山高顶寓目应制

銮舆上碧天,翠帟拖晴烟。绝巘纤仙径,层岩敞御筵。云披丹凤阙,日下黑龙川。更睹南熏奏,流声入管弦。

幸梨园观打球应制

令节重遨游,分镳应彩球。骖骥回上苑,蹀躞绕通沟。影就红尘没,光随赭汗流。赏阑清景暮,歌舞乐时休。

奉和幸白鹿观应制

玉府凌三曜,金坛驻六龙。彩斾悬倒景,羽盖偃乔松。玄圃灵芝秀,华池瑞液浓。谬因沾舜渥一作圣泽,长愿奉尧封。

侍宴安乐公主新宅应制

紫汉秦楼敞,黄山鲁馆开。簪裾分上席,歌舞列平台。马既如龙至,人疑学凤来。幸兹一作忻联棣萼,何以接邹枚。

送金城公主适西蕃

广化三边静,通烟四海安。还将膝下爱,特副城中欢。圣念飞玄藻,仙仪下白兰。日斜征盖没,归骑动鸣鸾。

奉和幸新丰温泉宫应制

秦王登碣石,周后袭昆仑。何必在遐远,方称万宇尊。我皇顺时豫,星驾动轩辕。雄戟交驰道,清笳度国门。回舆长乐观,校猎上林园。行漏移三象,连营总八屯。旌摇鹦鹉谷,骑转凤皇原。绝壁苍苔古,灵泉碧溜温。参差开水殿,窈窕敞岩轩—作垣。丰邑模犹在,骊宫迹尚存。烟松衔翠幄,雪径绕花源。侍从推玄草,文章召虎贲。深仁浃夷夏,洪造溢乾坤。谬忝王枚列,多惭雨露恩。

奉和幸韦嗣立山庄侍宴应制

三光回斗极,万骑肃钩陈。地若游汾水,畋疑历渭滨。圆塘冰写镜,遥树露成春。弦奏鱼听曲,机忘鸟狎人。筑岩思感梦,磻石想垂纶。落景摇红壁,层阴结翠筠。素风纷可尚,玄泽蔼无垠。薄暮清笳动,天文焕紫宸—作北辰。

兴庆池侍宴应制

銮舆羽驾直城隈,帐殿旌门此地开。皎洁灵潭图日月,参差画舸结楼台。波摇岸影随桡转,风送荷香逐酒来。愿奉圣情欢—作常不极—作皇欢常不极,长游云汉几昭回。

奉和立春内出彩花树应制

銮辂青旂下帝台,东郊上苑望春来。黄莺未解林间啭,红蕊先从殿里开。画阁条风初变柳,银塘曲水半含苔。欣逢睿藻光韶律,更促霞觞畏景催。

奉和正旦赐宰臣柏叶应制

绿叶迎春绿,寒枝历岁寒,愿持柏叶寿,长奉万年欢。

游泾川琴溪

环潭澄晓色,叠嶂照秋影。幽致欣所逢,纷虑自兹屏。

夜宴安乐公主宅

王孙帝女下仙台,金榜珠帘入夜开。遽惜琼筵欢正洽,唯愁银箭晓相催。

奉和圣制幸韦嗣立山庄应制

鸣銮赫奕下重楼,羽盖逍遥向一丘。汉日唯闻白衣宠,唐年更睹赤松游。

钱唐永昌

闻君墨绶出丹墀,双舄飞来佇有期。寄谢铜街攀柳日,无忘粉署握兰时。

全唐诗卷一百三

赵彦昭

赵彦昭,字奂然,甘州张掖人。少豪迈,风骨秀爽。及进士第,调南部尉,历左台监察御史。中宗景龙中,累迁中书侍郎,同中书门下平章事。睿宗立,出为宋州刺史,入为吏部侍郎,迁刑部尚书,封耿国公,寻贬江州别驾卒。编诗一卷。

奉和圣制立春日侍宴内殿出剪彩花应制

剪彩迎初候,攀条故写真。花随红意发,叶就绿情新。嫩色惊衔燕,轻香误采人。应为熏风拂,能令芳树春。

奉和人日清晖阁宴群臣遇雪应制

出震乘东陆,凭高御北辰。祥云应早岁,瑞雪候初旬。庭—作宫树千花发,阶蓂七叶新。幸承今日宴,长寿万年春。

奉和七夕两仪殿会宴应制

青女三秋节,黄姑七日期。星桥度玉珮,云阁掩罗帷。河气通仙掖。天文入睿词。今宵望灵汉,应得见蛾眉。

奉和九日幸临渭亭登高应制

秋豫凝仙览,宸游转翠华。呼鹰下鸟路,戏马出龙沙。紫菊宜新寿,丹萸辟旧邪。须陪长久宴,岁岁奉吹花。

奉和九月九日登慈恩寺浮屠应制

出豫乘秋—作佳节,登—作凭高陟梵宫。皇心满尘界,佛迹现虚空。日月宜长寿,人天得大通。喜闻题宝偈,受记莫由同。

安乐公主移入新宅侍宴应制同用开字

云物中京晓,天人外馆开。飞桥象河汉,悬榜学蓬莱。北阙临仙槛,南山送寿杯。一窥轮奂毕,惭恋—作更思栋梁材。

奉和送金城公主适西蕃应制 一作崔日用诗

圣后经纶远,谋臣计画多。受降追汉策,筑馆许戎和。俗化乌孙垒,春生积石河。六龙今出饯,双鹤愿为歌。

奉和圣制登骊山高顶寓目应制

皇情遍九垓,御辇驻昭回。路若随天转,人疑近日来。河看大禹凿,山见巨灵开。愿扈登封驾,常持荐寿杯。

奉和幸白鹿观应制

云骖驱半景,星跸坐中天。国诞玄 一作元 宗圣,家寻碧落仙。玉杯鸾荐寿,宝算鹤知年。一睹光华旦,欣承道德篇。

哭仆射鄂公杨再思

两揆光天秩,在朝奉帝熙。何言集大鸟,忽此丧元龟。坐叹公槐落,行闻宰树悲 一作萎。壑舟今已去,宁有济川期。

人日侍宴大明宫应制

宝契无为属圣人,雕舆出幸玩芳辰。平楼半入南山雾,飞阁旁临东墅 一作野 春。夹路秾花千树发,垂轩弱柳万条新。处处风光今日好,年年愿奉属车尘。

奉和初春幸太平公主南庄应制

主第岩扃驾鹊桥,天门闾阖降鸾镳。历乱旌旗转云树,参差台榭入烟霄。林间花杂平阳舞,谷里莺和弄玉箫。已陪沁水追欢日,行奉茅山访道朝。

奉和幸安乐公主山庄应制

六龙齐轸御朝曦,双鹢维舟下绿池。飞观仰看云外耸,浮桥直见海中移。灵泉巧凿天孙渚,孝笋能抽帝女枝。幸愿一生同草树,年年岁岁乐于斯。

奉和幸大荐福寺 寺乃中宗旧宅

宝 一作瑶,一作初 地龙飞后,金 一作今 身佛现时。千花开国界,万善累皇 一作重基。北阙承行幸,西园属住持。天衣拂旧石,王舍起新祠。刹凤迎雕辇,幡虹驻彩旗。同沾小雨润,窃仰 一作仰咏大风诗。

奉和幸长安故城未央宫应制

凤驾移天跸,凭轩览汉都。寒烟收紫禁,春色绕黄图。旧史遗陈迹,前王失霸符。山河寸土尽,宫观尺椽无。崇高惟在德,壮丽岂为谟。茨室留皇鉴,薰歌盛有虞。

奉和幸韦嗣立山庄侍燕应制

贤族唯题里,儒门但署乡。何如表岩洞,宸翰发辉光。地在兹山曲,家临郬水阳。六龙驻旌罕,四牡耀旂常。北斗临台座,东山入庙堂。天高羽翼近,主圣股肱良。野竹池亭气,村花涧谷香。纵然怀豹隐,空愧蹑鹓行。

奉和元日赐群臣柏叶应制

器乏雕梁器,材非构厦材。但将千岁叶,常奉万年杯。

苑中人日遇雪应制

始见青云干律吕,俄逢瑞雪应阳春。今日回看上林树,梅花柳絮一时新。

奉和圣制幸韦嗣立山庄应制

廊庙心存岩壑中,銮舆瞩在灞城东。逍遥自在蒙庄子,汉主徒言河上公。

秋朝木芙蓉

水面芙蓉秋已衰,繁条偏是著花迟。平明露滴垂红脸,似有朝愁暮落时。

侍宴桃花园咏桃花应制

红萼竟燃 一作妍 春苑曙,粉蕤新吐 一作向 御筵开。长年愿奉西王母 一作宴,近侍惭无东朔才。

全唐诗卷一百四

萧至忠

萧至忠,德言曾孙。少为巂尉,以清谨称。神龙初,自吏部员外擢御史中丞,迁吏部侍郎,掌选事,请谒杜绝。寻迁中书侍郎,兼中书令。睿宗立,出为晋州刺史。先天二年,复为中书令。与窦怀贞、魏知古、崔湜、陆象先、徐坚等撰《姓族系录》二百卷,书成,加爵。后坐附太平公主伏诛。诗九首。

奉和九日幸临渭亭登高应制得余字

望幸三秋暮,登高九日初。朱旗巡汉苑,翠幂俯秦墟。宠极萸房—作香遍,恩深菊酹余。承欢何以答,万亿奉—作俯宸居。

奉和九月九日登慈恩寺浮图应制

天跸三乘启,星舆六辔行。登高凌宝塔,极目遍王城。神卫空中绕,仙歌云外清。重阳千万寿,率舞颂升平。

奉和幸安乐公主山庄应制

西郊窈窕凤皇台,北渚平明法驾来。匝地金声初度曲,周堂玉溜好—作且,又作始传杯。湾路分游画舟转,岸—作岩门相向碧亭开。微臣此时承宴乐,仿佛疑从—作寻星汉回。

送张说赴朔方应制 以下六首,一作刘宪诗

命将择耆年,图功胜必全。光辉万乘饯,威武二庭宣。中衢横鼓角,旷野蔽旌旃。推食天厨至,投醪御酒传。凉风过雁苑,杀气下鸡田。分阃恩何极,临岐动睿篇。

陪幸长宁公主林亭

公主林亭地,清晨降玉舆。画桥飞渡水,仙阁迥临虚。新晴看蛱蝶,早夏摘芙蕖。文酒娱游盛,忻叨侍从余。

陪幸五王宅

北斗枢机任,西京肺腑亲。畴昔王门下,今兹制幸晨。恩来山水被,圣作管弦新。绕座

薰红药,当轩暗绿筠。摘荷才早夏,听鸟尚余春。行漏金徒晓,风烟是观津。

三会寺应制

岧峣仓史台,敞朗绀园开。戒旦壶人警,翻霜羽骑来。下辇登三袭,褰旒望九垓。林披馆陶榜,水浸昆明灰。网户飞花缀,幡竿度鸟回。豫游仙唱动,潇洒出尘埃。

荐福寺应制

地灵传景福,天驾俨钩陈。佳哉蕃邸旧,赫矣梵宫新。香塔鱼山下,禅堂雁水滨。珠幡映白日,镜殿写青春。甚欢延故吏,大觉拯生人。幸承歌颂末,长奉属车尘。

陪游上苑遇雪

龙骖晓入望春宫,正逢春雪舞春风。花光并在天文上,寒气行销御酒中。

李迥秀

李迥秀,字茂之,泾阳人。初为相州参军,后累官凤阁舍人。长安中,同平章事。中宗朝,终兵部尚书。卒,赠侍中。诗四首。

奉和九日幸临渭亭登高应制得风字

重九临商书,登高出汉宫。正逢萸实满,还对菊花丛。雾云开就日—作晓色,仙藻丽秋风。微臣预在镐。窃抃遂无穷。

奉和九月九日登慈恩寺浮图应制

沙界人王塔,金绳梵帝游。言从祇树赏,行玩菊丛秋。御酒调甘露,天花拂—作乱彩斿。尧年将—作持佛日,同此庆时休。

奉和幸安乐公主山庄应制

诘旦重门闻—作开警跸,传言太主奏—作奉山林。是日回舆罗万—作百骑,此时欢喜赐千金。鹭羽凤箫参乐曲,荻园竹径接帷阴。手舞足蹈方无已,万年千岁奉—作奏薰琴。

夜宴安乐公主宅

金榜岧峣云里开,玉箫参差天际回。莫惊侧弁还归路,只为平阳歌舞催。

杨廉—作庶

杨廉,自省郎为给事中。诗二首。

奉和九日幸临渭亭登高应制得亭字

远目眺秦坰,重阳坐灞亭。既开黄菊酒,还降紫微星。箫鼓谐—作迎仙曲,山河入画屏。幸兹陪宴喜,无以效丹青。

奉和九月九日登慈恩寺浮图应制

万乘临真境,重阳眺远空。慈云浮雁塔,定水映龙宫。宝铎含飙响,仙轮带日红。天文将瑞色,辉焕满寰中。

韦安石

韦安石,京兆万年人。举明经,久视中,以鸾台侍郎同凤阁鸾台平章事,数折辱二张、三思,复相中宗,不附太平公主、睿宗时,为姜皎所构,贬卒。诗三首。

奉和九日幸临渭亭登高应制得枝字

重九开秋节,得一动宸仪。金风飘菊蕊,玉露泫萸枝。睿览八纮外,天文七曜披。临深应在即,居高岂忘危。《纪事》云:中宗九日登高,应制二十四人。韦安石、苏瓌诗先成,于经野、卢怀慎诗后成。时景龙三年也。

侍宴旋师喜捷应制

蜂蚁屯夷落,熊罴逐汉飞。忘躯百战后,屈指一年归。厚眷纡天藻,深慈解御衣。兴酣歌舞出,朝野叹光辉。

梁王宅侍宴应制同用风字

梁园开胜景—作境,轩驾动宸衷。早荷承湛露,脩竹引薰风。九酝倾钟石,百兽协丝桐。小臣陪宴镐,献寿奉维嵩。

窦希瑊

窦希瑊,扶风人,中宗时为礼部尚书。开元初,太子少傅、开府仪同三司,世为外戚,贵盛莫比。诗一首。

奉和九日幸临渭亭登高应制得明一作英字
銮舆巡上苑,凤驾瞰层城。御座丹乌丽,宸居白鹤惊。玉旗萦桂叶,金杯泛菊英。九晨陪圣膳,万岁奉承明。

陆景初
陆景初,苏州吴人,宰相元方子。景云中,与崔湜同知政事,睿宗以其能绍光业,赐名象先。诗一首。

奉和九日幸临渭亭登高应制得臣字
九秋光顺豫,重节霁良辰。登高识汉苑,问道侍轩臣。菊花浮䣪盎,萸房插缙绅。圣化边陲谧,长洲鸿雁宾。

郑南金
郑南金,中宗时人。诗一首。

奉和九日幸临渭亭登高应制得日字
重阳玉律应,万乘金舆出。风起韵虞弦,云开吐尧日。菊花浮圣酒,茱香挂衰质。欲知恩煦多,顺动观秋实。

李咸
李咸,中宗时学士。诗一首。

奉和九日幸临渭亭登高应制得直字
重阳乘令序,四野开晴色。日月数初并,乾坤圣登极。菊黄迎酒泛,松翠凌霜直。游海难为深,负山徒倦力。

赵彦伯
赵彦伯,中宗时弘文馆学士,诗三首。

奉和九日幸临渭亭登高应制得花字
九日报仙家,三秋转岁华。呼鹰下鸟路,戏马出龙沙。簪挂丹萸蕊,杯浮紫菊花。所愿同微物,年年共辟邪。诗内第三四句与赵彦昭同。

从宴桃花园咏桃花应制本赵彦昭诗
红萼竟燃春苑曙,芊茸新吐御筵开。长年愿奉西王宴,近侍惭无东朔才。

苑中遇雪应制
千钟圣酒御筵披,六出祥英乱绕枝。即此神仙对琼圃,何烦辙迹向瑶池。

于经野
于经野,中宗时为户部尚书。诗一首。

奉和九日幸临渭亭登高应制得樽字
御气三秋节,登高九曲门。桂筵罗玉俎,菊醴溢芳樽。遵渚归鸿度,承云舞鹤骞。微臣滥陪赏,空荷圣明恩。

卢怀慎
卢怀慎,滑州人。第进士,历监察御史,迁右御史台中丞。黄门侍郎。开元初,进同紫微黄门平章事。卒,谥文成。诗二首。

奉和九日幸临渭亭登高应制得还字
时和素秋节,宸豫紫机关。鹤似闻琴至,人疑宴镐还。旷望临一作迷平野,潆洄俯暝湾。无因酬大德,空此愧崇班。

奉和圣制龙池篇
代邸东南龙跃泉一作或跃,清漪碧浪远浮天。楼台影就波中出,日月光疑镜里悬。雁沼迥流成舜海,龟书荐社应尧年。大川既济惭为楫,报德空思奉细涓。

全唐诗卷一百五

辛替否

辛替否,字协时,京兆万年人。景龙中为左拾遗,以直谏名。睿宗朝迁右台殿中侍御史。开元中,终颖王府长史。诗一首。

奉和九月九日登慈恩寺浮图应制

洪慈均动植,至德俯深玄。出豫从初地。登高适梵天。白云飞御藻,慧日暖—作暖皇编。别有秋原藿,长倾雨露缘。

王景

王景,太原人。为司门员外郎,莱州刺史。诗一首。

奉和九月九日登慈恩寺浮图应制

玉辇移中禁,珠梯览四禅。重阶清汉接,飞窦紫霄悬。缀叶披天藻,吹花散御筵。无因銮跸暇,俱舞鹤林前。

毕乾泰

毕乾泰,景龙时人。诗一首。

奉和九月九日登慈恩寺浮图应制

鹦林花塔启,凤辇顺时游。重九昭皇庆,大千扬帝休。耆阇妙法阐,王舍睿文流。至德覃无极,小臣歌讵酬。

麹瞻

麹瞻,景龙时人。诗一首。

奉和九月九日登慈恩寺浮图应制

扈跸游玄地,陪仙瞰紫微。似迈铁衣劫,将同羽化飞。雕戈秋日丽,宝剑晓霜霏。献觞乘菊序,长愿奉天晖。

樊忱

樊忱,神龙初为地官侍郎。诗一首。

奉和九月九日登慈恩寺浮图应制

净境重阳节,仙游万乘来。插萸登鹫岭,把菊坐峰台。十地祥云一作烟合,三天瑞景开。秋风词更远,窃抃乐康哉。

孙佺

孙佺,字麟德,汝州人,宰相处约子。中宗时为幽州都督。诗一首。

奉和九月九日登慈恩寺浮图应制

应节萸房一作香满,初寒菊圃新。龙旗焕辰极,凤驾俨香闉。莲井偏宜夏,梅梁一作渠更若春。一忻陪雁塔。还似得天身。

李从远

李从远,景龙时人。诗一首。

奉和九月九日登慈恩寺浮图应制

九月从时豫,三乘为法开。中霄日天子,半座宝如来。摘果珠盘献,攀萸玉辇回。愿将尘露点,遥奉光明台。

周利用

周利用,中宗时,与御史大夫郑惟忠同送金城公主和蕃。诗一首。

奉和九月九日登慈恩寺浮图应制

山豫乘金节,飞文焕日宫。萸房开圣酒,杏一作菊,一作秦苑被玄功。塔向三天迥,禅一作池收一作将八解空。叨恩奉兰藉,终愧洽薰风。

张景源

张景源,中宗时官补阙。诗一首。

奉和九月九日登慈恩寺浮图应制

飞塔凌霄起,宸游一届焉。金壶新泛菊,宝座即披莲。就日摇香辇,凭云出梵天。祥氛与佳色,相伴杂炉烟。

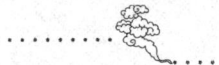

李恒

李恒,进士第,官安阳令。诗一首。

奉和九月九日登慈恩寺浮图应制

宝地邻一作临丹掖,香台瞰碧云。河一作关山天一作江外出,城阙树中分。睿藻兰英秀,仙杯菊蕊薰。愿将今日乐,长奉圣明君。

张锡

张锡,武城人,文琮子。则天时为凤阁侍郎同平章事。请还庐陵王,坐流循州。韦后临朝。复相,旬日,出刺绛州。诗二首。

奉和九月九日登慈恩寺浮图应制

九秋霜景净,千门晓望通。仙游光御路,瑞塔迥凌空。菊彩扬尧日,萸香绕一作入舜风。天文丽辰象,窃抃仰层穹。

晦日宴高文学林亭同用华字

雪尽铜驼路,花照石崇家。年光开柳色,池影泛云华。赏洽情方远,春归景未赊。欲知多暇日,尊酒渍澄霞。

解琬

解琬,魏州元城人。中幽素科,调新政尉,除监察御史。习边事。景龙中,迁御史大夫,兼朔方行军大总管。守边积二十年。开元中,终同州刺史。诗二首。

奉和九月九日登慈恩寺浮图应制

瑞塔临初地,金舆幸上方。空边有清净,觉处无馨香。雨霁微尘敛,风秋定水凉。兹辰采仙菊,荐寿庆重阳。

晦日宴高氏林亭同用华字

主第簪裾出,王畿春照华。山亭一以眺,城阙带烟霞。横堤列锦帐,傍浦驻香车。欢娱属晦节,酩酊未还家。

全唐诗卷一百六

郑愔

郑愔,字文靖,沧州人。年十七,进士擢第。天后时,张易之兄弟荐为殿中侍御史。易之败,贬宣州司户,既而附武三思,累迁吏部侍郎。后预谯王重福谋,被诛。诗一卷。

侍宴长宁公主东庄应制

公门袭汉环—作佩,主第称秦玉。池架祥鳣序—作字,山吹鸣凤曲。拂席萝薜垂,回舟芰荷触。平阳妙舞处,日暮清歌续。

采莲曲

锦袵—作桦沙棠舸,罗带石榴裙。绿潭采荷芰,清江日稍曛。鱼鸟争唼喋,花叶相芬氲。不觉芳—作湘洲暮,菱—作桦歌处处闻。

夜游曲

汉室欢娱盛,魏国文雅遒。许史多暮宿,应陈从夜游。西园宴公子,北里召王侯。讵似将军猎,空嗟亭尉留。

少年行

颍川豪横客,咸阳轻薄儿。田窦方贵幸,赵李新相知。轩盖终朝集,笙竽此夜吹。黄金盈箧笥,白日忽西驰。

中宗降诞日长宁公主满月侍宴应制

春殿猗兰美,仙阶柏树荣。地逢芳节应,时睹圣人生。月满增祥荚,天长发瑞灵。南山遥可献,常愿奉皇明。

奉和幸上官昭容院献诗四首

地轴楼居远,天台阙路赊。何如游帝宅,即此对仙家。座拂金壶电,池摇玉酒霞。无云—作劳秦汉隔,别访武陵花。

尧茨—作祠姑射近,汉苑建章连。十五赏知月,三千桃纪年。鸾—作莺歌随凤吹,鹤舞向鹍弦。更觅琼妃伴,来过玉女泉。

宫掖贤才重,山林高尚难。不言辞辇地,更有结庐欢。池栋清温燠,岩窗起冱寒。幽亭有仙桂,圣主万年看。

槎流天上转,茅宇禁中开。河鹊填桥至,山熊避槛来。庭花采菉蓐,岩石步莓苔。愿奉舆图泰,长开锦翰裁。

送金城公主适西蕃应制

下嫁戎庭远,和亲汉礼优。笳声出房塞,箫曲背秦楼。贵主悲黄鹤,征人怨紫骝。皇情眷忆兆,割念俯怀柔。

奉和幸望春宫送朔方大总管张仁亶

御跸下都门,军麾出塞垣。长杨跨武骑,细柳接戎轩。睿曲风云动,边威鼓吹喧。坐唯将阃外,俱是报明恩。

奉和九月九日登慈恩寺浮图应制

涌霄开宝塔,倒影驻仙舆。雁子乘堂处,龙王起藏初。秋风圣主曲,佳气史官书。愿献重阳寿,承欢万岁余。

铜雀妓

日斜漳浦望,风起邺台寒。玉座平生晚,金尊妓吹阑。舞余依帐泣,歌罢向陵看。萧索松风暮,愁烟入井阑。

胡笳曲

汉将留边朔,遥遥岁序深。谁堪牧马思,正是胡笳吟。曲断关山月,声悲雨雪阴。传书问一作向苏武,陵也独何心。

折杨柳

青柳映红颜,黄云蔽紫关。忽闻边使出,枝叶为君攀。舞腰愁欲断,春心望不还。风花滚成雪,罗绮乱斑斑。

秋闺

征客向轮台,幽闺寂不开。音书秋雁断,机杼夜蛩催。虚幌风吹叶,闲阶露湿苔。自怜愁思影,常共月裴回。

人日重宴大明宫恩赐彩缕人胜应制

琼殿含光映早轮,玉銮严跸望初晨。池开冻水仙宫丽,树发寒花禁苑新。佳气裴回笼细网,残霙渐沥染轻尘。良时荷泽皆迎胜,穷谷晞阳犹未春。

奉和春日幸望春宫

晨跸凌高转翠旌,春楼望远背朱城。忽排花上游天苑,却坐云边看帝京。百草香心初胃蝶,千林嫩叶始藏莺。幸同葵一作薇藿倾阳早,愿比盘根应候荣。

奉和幸三会寺应制寺传苍颉造书台

鸟籀遗新阁,龙旂访古台。造书臣颉往,观迹一作籍帝羲来。睿览一作法界山川匝,宸心宇宙该。梵音随驻跸,天步接乘杯。旧苑经寒露,残池问劫灰。散花将捧日,俱喜圣慈一作词开。

奉和幸大荐福寺寺即中宗旧宅

旧邸三乘辟,佳辰万骑留。兰图奉叶偈,芝盖拂花楼。国会人王法,宫还天帝游。紫云成宝界,白水作禅流。雁塔昌基远,鹦林睿藻一作蕙草抽。欣奉大风曲,窃预小童讴。

同韦舍人早朝

瑞阙龙居峻,宸庭凤掖深。才良寄天绰,趋拜侣朝簪。飞马看来影,喧车识驻音。重轩轻雾入,洞户落花侵。闻有题新翰,依然想旧林。同声惭下玉,谬此托韦金。

塞外三首

塞外萧条望,征人此路赊。边声乱朔马,秋色引一作动胡笳。遥嶂侵归日,长城带晚霞。断蓬飞古戍,连雁聚寒沙。海暗云无叶。山春雪作花。丈夫期报主,万里独辞家。

荒垒三秋夕,穷郊万里平。海阴凝独树,日一作月气下连营。戎旆霜旋一作疑重,边裘夜更轻。将军犹转战,都尉不成名,折柳悲春曲,吹笳断夜声。明年汉使返,须筑受降城。

阳鸟南飞夜，阴山北地寒。汉家征戍客，年岁在楼兰。玉塞—作关朔风起，金河秋月团。边声入鼓吹，霜气下旌竿。海外归书断，天涯旅鬓残。子卿犹奉使，常向节旄看。

春怨

春朝物候妍，愁妇镜台前。风吹数蝶乱，露洗百花鲜。试出褰罗幌，还来著锦筵。曲中愁夜夜，楼上别年年，不及随萧史，高飞向紫烟。

贬降至汝州广城驿

近郊凭汝海，遐服指江干。尚忆趋朝贵，方知失路难。曙宫平乐远，秋泽广城寒。岸苇新花白，山梨晚叶丹。乡关千里暮，岁序四时阑。函塞云间别，旋门雾里看。冯年追骕骦，暮节仰鹓鸾。疲驽劳垂耳，骞腾—作飞讵矫翰。将调梅铉实，不正李园冠。荆玉终无玷，随珠忽已弹。晓装违巩洛，夕梦在长安。北上频伤阮，西征未学潘。倾车无共辙，同派有殊澜。去去怀知己，何由报一餐。

哭郎著作

诗礼康成学，文章贾谊才。巳年人得梦，庚日鸟为灾。书草藏天阁，琴声入夜台。荒阶罗驳藓，虚座网—作满浮埃。白马宾徒散，青乌陇隧开。空怜门下客—作悲凉门馆下，怀旧几迟回。

咏黄莺儿

欲转声犹涩，将飞羽未调。高风不借便，何处得迁乔。

百舌

百舌鸣高树，弄音无常则。借问声何烦，末俗不尚默。

全唐诗卷一百七

源乾曜

源乾曜,相州临漳人,举进士。景云中,累迁谏议大夫。开元初,以太常卿姜皎荐,拜少府少监,兼邠王府长史,寻迁户部侍郎,转尚书左丞。擢黄门侍郎,同平章事。进位侍中,后拜尚书左丞相,与张嘉贞、张说相次知政事。终太子少傅。诗四首。

奉和圣制送张说上集贤学士赐宴赋得迎字

盛业光书府,征人尽国英。丝一作司纶贤得相,群俊学为名。宠命垂天锡,崇恩发睿情。熏风清禁籥,文殿述皇明,日霁庭阴出,池曛一作新水气生。欢娱此无限,诗酒自相迎。

奉和御制乾曜与张说宋璟同日上官命宴都堂赐诗

睿作超千古,湛恩育万人。递迁俱一作齐荷泽,同拜忽为邻。道合一作洽徽音一作音徽畅,芳辰一作驰景命新。鼓钟崇享礼,鹓鹭集朝伦。窃位思官谤,凋容谢木春。惭多无以叙,拙备实一作实固难陈。进绥一作级怀三少,承光尽百身。自当归第日,何幸列宫臣。

奉和圣制送张尚书巡边

匈奴迩河朔,汉地须一作复戎旅。天子择英才,朝端出监抚。流星下阊阖,宝钺专公辅。礼物生光辉,宸章一作意备恩诩,有征视一作是矛戟,制胜唯樽俎。彼美何壮哉,桓桓擅斯举。声华振台阁,功德标文武。奉国知命轻,忘家以身许。安人在勤恤,保大殚襟腑。此外无异言,同情报明主。

禅社首乐章

灵具醉,杳熙熙。灵将往,眇禗禗。愿明德,吐正词。烂遗光,流祯祺。

徐坚

徐坚,字元固,湖州人。举进士。圣历中

为东都留守判官，专主表奏，王方庆称为掌纶诰之选。杨再思亦曰：此凤阁舍人样。与徐彦伯、刘知几、张说同修三教珠英。构意撰录，具为条流。书成，迁司封员外郎。中宗时，为给事中。睿宗期，自刑部侍郎拜散骑常侍。开元中，改丽正书院为集贤院，以坚为学士，副张说知院事。坚多识典故，前后修撰格式、氏族及国史等，凡七入书府。又讨集前代文词故实，为《初学记》。坚与父齐聃俱以词学著闻。长姑为太宗充容，次姑为高宗婕妤，并有文藻。议者方之汉世班氏。集三十卷，今存诗九首。

奉和圣制送张说赴集贤院学士赐宴赋得虚字

崇文德化洽，新殿集贤初。庸菲参高—作嘉选，首滥承明庐。殊私光辅弼，荣送列簪裾。座引中厨馔，杯锡上尊余。翠叶浓丹苑，晴空卷碧虚。忝同文史地，愿草登封书。

奉和圣制送张说巡边

至德抚遐荒，神兵赴朔方。帝思元帅重，爰择股肱良。累相承安世—作开地，深筹协子房。寄崇专斧钺，礼备设坛场。鼙鼓喧雷电，戈剑凛风霜。四钉—作黄将戒道，十乘启先行。圣锡—作赐加恒数，天文耀宠光。出郊开帐饮，寅饯盛离章。雨濯梅林润，风清—作秋麦野凉。燕山应勒颂，麟阁伫名扬。

奉和送金城公主适西蕃应制

星汉下天孙，车服降殊蕃。匣中词易切，马上曲虚繁。关塞移朱帐，风尘暗锦轩。箫声去日远，万里望河源。

饯许州宋司马赴任

旧许星车转，神京祖帐开。断烟伤别望，零雨送离杯。辞燕依空绕，宾鸿入听哀。分襟与秋气，日夕共悲哉。

饯唐永昌

郎官出宰赴伊瀍，征传骎骎灞水前。此时怅望新丰道，握手相看共黯然。

送考功武员外学士使嵩山置舍利塔歌

伊川别骑，灞岸分筵。对三春之花月，览千里之风烟。望青山兮分地，见白云兮在天。寄愁心于樽酒，怆离续于清弦。共握手而相顾，各衔—作中凄而黯然。

棹歌行

棹女饰银钩，新妆下翠楼。霜丝青桂楫，兰枻紫霞舟。水落金陵曙，风起洞庭秋。扣舷过曲浦，飞帆越回流。影入桃花浪，香飘杜若洲。洲长殊未返，箫散云霞晚。日下大江平，烟生归岸远。岸远闻潮波，争途游戏多。因声赵津女，来听采菱歌。

送武进郑明府

弦歌试宰日，城阙赏心违。北谢苍龙去，南随黄鹄飞。夏云海中出，吴山江上微。眙谣岂云远，从此庆缁衣。

仪坤庙乐章

於穆清庙，肃雍严祀。合福受釐。介以繁祉。

源光裕

源光裕，乾曜从孙。累官中书舍人。删定开元新格。进尚书左丞，终郑州刺史。诗一首。

祭汾阴乐章

方丘既膳，嘉飨载谧。斋敬毕诚，陶匏贵质。秀毕丰荐，芳—作芬俎盈实。永永福流，其升如日。

全唐诗卷一百八

李元纮

李元纮,字大纲,京兆万年人。本姓丙氏,曾祖粲率众归高祖,因赐姓。元纮初为雍州司户,太平公主占民碾硙,元纮断还民。雍州长史窦怀贞惧势,促令改断,元纮大署判后曰:"南州可移,此断不可摇。"开元初,擢京兆尹。帝欲用为尚书,执政以其资浅,乃拜户部侍郎。寻进中书侍郎,同中书门下平章事。元纮当国峻崖,检抑奔竞,家无储积,宋璟尝称之。诗三首。

奉和圣制送张说上集贤学士赐宴赋得秘字

硕儒延凤沼,金马被鸿私。馔玉趋一作回,一作还丹禁,笺花降紫墀。衔恩倾旨酒,鼓舞咏康时。暂靓一作构群书绪,逾昭盛业丕。接筵欣有命,搦管愧无词。自惊一何幸,太阳还及葵。

绿墀怨

征马噪金珂,嫖姚向北河。绿苔行迹少,红粉泪痕多。宝屋粘花絮,银筝覆网罗。别君如昨日,青海雁频过。

相思怨

望月思氛氲,朱衾懒更熏。春生翡翠帐,花点石榴裙。燕语时惊妾,莺啼转忆君。交河一万里,仍隔数重云。

裴漼

裴漼,绛州闻喜人。应大礼举,累官监察御史,三迁中书舍人。开元中,拜吏部侍郎。典选数年,多所甄拔。再转黄门侍郎。漼早与张说善,说为相,数荐之。漼长于敷奏,上亦自嘉重,由是擢为吏部尚书,太子宾客。诗四首。

奉和圣制送张说上集贤学士赐宴赋得升字

问道图书盛,尊儒礼教兴。石渠因学广,

金殿为贤升。日月恩光照,风云宠命膺。谋谟言可范,舟楫事斯凭。宴喜明时洽,光辉湛露凝。大哉尧作主,天下颂歌称。

奉和御制旋师喜捷

殊类骄无长,王师示有征,中军才受律,妖寇已亡精。斩虏还遮塞,绥降更筑城。从来攻必克,天策振奇兵。

奉和御制平胡

玄漠圣恩通,由来书轨同。忽闻窥月满,相聚寇云中。庙略占黄气,神兵出绛宫。将军行逐虏,使者亦和戎。一举犇辒灭—作灭,再麾沙漠空。直将威禁暴,非用武为雄。饮至明军礼,酬勋锡武功。干戈还载戢,文德在唐风。

奉和圣制龙池篇第十章

乾坤启圣吐龙泉,泉水年年胜一年。始看鱼跃方成海,即睹飞龙利在天。洲渚遥将银汉接,楼台直与紫微连。休气荣光恒不散,悬知此地是神仙。

刘升

刘升,德威之后,能文章,善草隶,官中书舍人。诗一首。

奉和圣制送张说上集贤学士赐宴赋得宾字

图书应明主,策府宴嘉宾。台曜临东壁,乾光自北辰。网罗穷象系,述作究天人。圣酒千钟洽,仙厨百味—作品陈。成山徒可仰,涉海讵知津。幸逢文教—作雅盛,还睹颂声新。

萧嵩

萧嵩,梁宣帝裔孙。初与陆象先为僚婿。象先,相门子。嵩尚未入仕,相者曰:"陆郎十年内,位极人臣,然不及萧郎,一门尽贵,官高多寿。"景云元年,嵩为醴泉尉,时象先已为中书侍郎,引为监察御史,骤迁殿中。开元初,拜中书舍人,与王丘、齐澣同列,未之异,独姚崇许其致远。三迁尚书左丞,寻以兵部尚书节度河西,以破吐蕃功,入为中书令,遥领河西节度,终太子太师。年八十余。子衡,尚新昌公主。以三品就养,时论荣之。诗二首。

奉和圣制送张说上集贤学士赐宴赋得登字

帝曰—作日简才能,旌贤在股肱。文章礼一变,礼乐道逾弘。芸阁英华入,宾门鹓鹭登。恩筵—作延过所望,圣泽实超恒。夏叶开红药—作蕊,余华发紫藤。微臣亦何幸,叨此预文朋。

奉和御制左丞相说右丞相璟太子少傅乾曜同日上官命宴都堂赐诗

审官思共理,多士属惟唐—作谁当。历选台庭旧,来熙帝业昌。入朝师百辟,论道协三光。垂拱咨元老,亲贤辅少阳。登庸崇—作崇荣礼送,宠德耀宸章。御酒飞觞洽,仙闱雅乐张。荷恩思有报,陈力愧无良。愿罄公忠节,同心奉我皇。

韦抗

韦抗,安石从父兄子。弱冠举明经,累官吏部郎中。以清谨著称,迁御史中丞。开元中,自左庶子出为益州长史,入拜黄门侍郎。终刑部尚书,所荐梁升卿、王倕、王焘皆为显人。诗一首。

奉和圣制送张说上集贤学士赐宴赋得西字

广庭临璧沼,多士侍金闱。英宰文儒叶,明君日月齐。集贤光首拜,改殿—作赐发新题。早夏初移律,余花尚拂溪。壶觞接云上,经术引关西。圣德鸿名远,将陪玉检泥。

李暠

李暠,清河王孝节孙。开元初汝州刺史,入为太常少卿,三迁黄门侍郎,兼太原尹。仍充诸军节度使,俄拜工部尚书,东都留守。持节使吐蕃,既还,金城公主请定汉蕃界,树碑赤岭,以奉使称职。转兵部尚书。终太子少傅。诗一首。

奉和圣制送张说上集贤学士赐宴赋得催字

偃武尧风接，崇文汉道—作帝恢。集贤更内殿，清选自中台。佐命留侯业，词华博物才。天厨—作昊天千品降，御酒—作夏旨百壶催。鵷鹭方成列，神仙喜暂陪。复欣同拜首，叨此颂良哉。

韦述

韦述，京兆人。家有书二千卷，儿时记览皆遍。缀文，操牍便就。举进士时甚少，仪形眇小。考功郎宋之问曰："韦学士童年有何事业？"对曰："性好著书。"之问曰："本求异才，果得迁固。"开元中，诏马怀素编次图书。乃奏用元行冲、齐浣、王珣、吴兢并述等二十六人，同于秘阁详录四部书，五年而成。述好谱学，又于柳冲姓族系录外，撰《开元谱》二十卷。张说引为集贤院直学士，累迁尚书工部侍郎。在书府四十年，居史职二十年，勒成国史，事简记详。萧颖士以为谯周、陈寿之流。后陷贼，流渝州卒。诗四首。

奉和圣制送张说上集贤学士赐宴赋得华字

修文中禁启，改字—作物令名加。台座征人杰，书坊应国华。赋诗开广宴，赐酒酌流霞。云散明金阙，池开照玉沙。掖垣留宿鸟，温树落余华。谬此天光及，衔恩醉日斜。

晚渡伊水

悠悠涉伊水，伊水清见石。是时春向深，两岸草如积。迢递望洲屿，逶迤亘津陌。新树落疏红，遥原上深碧。回瞻洛阳苑，遽有长山隔。烟雾犹辨家，风尘已为客。登陟多异趣，往来见行役。云起早已昏，鸟飞日将夕。光阴逝不借，超然慕畴昔。远游亦何为，归来存竹帛。

春日山庄

初岁开韶月，田家喜载阳。晚晴摇水态，迟景荡山光。浦净渔舟远，花飞樵路香。自然成野趣，都使俗情忘。

广陵送别宋员外佐越郑舍人还京—本题止还京二字。一作张谔诗

朱绂临秦望，皇华赴洛桥。文章南渡越，书奏北归朝。树入江云尽，城衔海月遥。秋风将客思，川上晚萧萧。

陆坚

陆坚，河南洛阳人。善书，初为汝州参军，再迁通事舍人，以给事中兼学士。初名友悌，明皇嘉其刚正，更赐名。为中书舍人，集贤学士供儗太厚，议白罢之。张说曰："丽正乃天子礼乐之司，所费细而所益者大。陆生之言，盖未达耶。"帝知，遂薄坚。诗一首。

奉和圣制送张说上集贤学士赐宴赋得今字

圣主崇文教，层霄降德音。尊贤泽既厚，式宴宠逾深。复有夔龙相，良哉简帝心。得人惟迈昔，多士谅推今。书殿荣光满，儒门喜气临。顾惟诚—作成滥吹，徒此接衣簪。

句

千秋节应制。风移覆土宇，云上浃群臣。

《海录碎事》

程行谌

程行谌，与鄠县尉裴子余同舍。行谌以文法称，而子余以儒显。长史陈崇业曰："兰菊异芬，无可废者。"诗一首。

奉和圣制送张说上集贤学士赐宴赋得回字

圣主崇文化，锵锵得盛才。相因归梦立，殿以集贤开。象系微言阐，诗书至道该。尧尊承帝泽，禹膳自天来。礼洽欢逾长，风恬署更回。国朝将舜颂，同是一康哉。

褚琇

褚琇，开元时人。诗一首。

奉和圣制送张说上集贤学士赐宴赋得风字

讲习延东观，趋陪盛北宫。惟师恢帝则，

敷教叶天工。宣室恩尝异,金华礼更崇,洞门清永日,华绶接微一作微风。蕙降尧厨翠,榴开舜酒红。文思光万宇,高议待升中。

裴光庭

裴光庭,字连城,绛州闻喜人,行俭之子,母库狄氏。则天时召入宫,甚见亲待。光庭由是累迁太常丞。以武三思婿坐贬郢州司马。开元中,擢兵部郎中,从东封还,拜中书侍郎。同平章事。从谒诸陵,拜侍中,兼吏部尚书,加弘文馆学士。撰《瑶山往则》、《维城前规》二篇献之,手制褒美。其为吏部,因行俭长名榜。为循资格,并促选限。任门下省主事阎麟之专主选官,每麟之裁定,光庭随而下笔。时人语曰:麟之手,光庭口。博士孙琬以其用循资格非奖劝之道。谥为克。诗一首。

奉和御制左丞相说右丞相璟太子少傅乾曜同日上官命宴都堂赐诗 时为兵部侍郎

乐贤闻往浩,褒德偶兹辰。端揆升元老,师谋择累仁。紫庭崇让毕,粉署礼容陈。既荷恩荣旧,俱承宠命新。天文悬瑞色,圣酒泛华茵。杂遝喧一作陈萧鼓,欢娱洽搢绅。掖垣招近侍,虚薄侧清尘。共保坚贞节,常期雨露均。

宇文融

宇文融,京兆万年人,明辨,有吏干。开元初,拜监察御史,充使搜括户口,奏置劝农判官十人,分行天下,颇扰人不便。进御史中丞,出为魏州刺史。请复九河旧道,开稻田以利人,回易陆运。入为鸿胪卿,兼户部侍郎,转黄门侍郎,同中书门下平章事。荐宋璟为右丞相,裴耀卿、许景先为侍郎,甚允朝廷之望。未几罢相,坐事贬严州卒。诗一首。

奉和圣制左丞相说右丞相璟太子少傅乾曜同日上官命宴都堂赐诗

申甫生周日,宣慈举舜年。何如偶昌运,比德迈前贤。宠获一作护元良密,荣瞻端揆迁。职优三事老,位在一作极百僚先。北极回宸渥,南宫饰御筵。飞文瑶札降,赐酒玉杯传。谬列台衡重,俱承雨露偏。誓将同竭力,相与效尘涓。《纪事》云:融为张说所恶,欲先事中伤说。张九龄谓说:"融辨给多诈,不可忽。"说曰:"狗鼠何能?"其后乃与崔隐甫廷劾说受赇事,帝诏说致仕而出融,诗有"暂将同竭力,相与效尘涓"之语。欣附说之辞也。

崔沔

崔沔,字善冲,京兆长安人。事亲至孝。应制举,高第。俄被黜落者所援。则天令所司重试,沔对策又工于前,为天下第一。岑羲器之曰:"今之郤诜也。"特荐为左补阙。开元中,拜中书侍郎,出为魏州刺史。征还,分掌十铨。以清直历秘书监,太子宾客。沔深明礼经,详定宗庙笾豆之数及六亲服纪,多所建议。诗一首。

奉和圣制同二相已下群官乐游园宴

五日酺才毕,千年乐未央。复承天所赐一作锡,终宴国一作国之阳。地胜春逾好,恩深乐更张。落花飞广座,垂柳拂行一作摇觞。庶尹陪三史一作吏,诸侯具万方。酒酣同抃跃,歌舞咏时康。

崔尚

崔尚,登久视六年进士第,官祠部郎中。诗一首。

奉和圣制同二相已下群臣乐游园宴

春日照长安,皇恩宠庶官。合钱承罢宴,赐帛复追欢。供帐凭高列,城池入迥宽。花催相国醉一作饮,鸟和乐人弹。北阙云中见,南山树杪看。乐游宜缔赏,舞咏惜将阑。

胡皓

胡皓,开元中人。张孝嵩出塞,皓与张九龄、韩休、崔沔、王翰、贺知章撰送行诗,号《朝英集》。诗六首。

奉和圣制同二相以下群官乐游园宴

　　五酺终宴集,三锡又欢娱。仙阜崇高昇,神州眺览殊。南山临皓雪,北阙对明珠。广座鹓鸿满,昌庭驷马趋。绮罗含草树—作木,丝竹吐郊衢。衔杯不能罢,歌舞乐唐虞。

奉和圣制送张尚书巡边

　　燕公为汉将,武德奉文思。利用经戎莽,英图叶圣诒。塞沙制长策,穷石卷摇旗。万里要相贺,三边又在兹。棱威方逐逐,谈笑坐怡怡。宠饯纷郊道,充厨竭御司。尝醪企行迈,听乐罢涟洏。衮旒垂翰墨,缨蕤迭赋诗。金山无积阻,玉树有华滋。请追炎风暮,归旌候此时。

和宋之问寒食题临江驿

　　闻道山阴会,仍为火忌辰。途中甘弃日,江上苦伤春。流水翻催泪,寒灰更伴人。丹心终不改,白发为谁新。

出峡

　　巴东三峡尽,旷望九江开。楚塞云中出,荆门水上来。鱼龙潜啸雨,凫雁动成雷。南国秋风晚,客思几悠哉。

同蔡孚起居咏鹦鹉—作裴漼诗

　　鹦鹉殊姿致,鸾皇得比肩。常寻金殿里,每话玉阶前。贾谊才方达,扬雄老未迁。能言既有地,何惜为闻天。

大漠行

　　单于犯蓟壖,虏骑略萧边。南山木叶飞下地,北海蓬根乱上天。科斗连营太原道,鱼丽合阵武威川。三军遥倚伏,万里相驰逐。旌旆悠悠静潮源,鼙鼓喧喧动卢谷。穷徼出幽陵,吁嗟倦寝兴。马蹄冻溜石,胡毳暖生冰。云沙泱漭天光闭。河塞阴沉海色凝。崆峒北—作异国谁能托,萧索边心常不乐。近见行人畏白龙,遥闻公主愁黄鹤。阳春半,岐路间;瑶台苑,玉门关。百花芳树红将歇,二月兰皋绿未还。阵云不散鱼龙水,雨雪犹飞鸿鹄—作雁山。山嶂绵连那—作不可极,路远辛勤梦颜色。北堂萱草不寄来,东园桃李长相忆。汉将纷纭攻战盈,胡寇萧条幽朔清。韩昌拜节偏知送,郑吉驱旌坐见迎。火绝烟沉左—作右西极,谷静山空右—作左北平。但得将军能百胜,不须天子筑长城。

全唐诗卷一百九

李适之

李适之,一名昌,恒山王承乾之孙。开元中,累官通州刺史,擢秦州都督,转陕州刺史。入为河南尹,拜御史大夫,历刑部尚书。天宝元年,代牛仙客为左相。李林甫构之,罢知政事,守太子少保,寻贬宜春太守。诗二首。

朝退

朱门长不闭,亲友恣相过。年今将半百,不乐复一作待如何。

罢相作

《本事》云:适之疏直坦夷,为相,时誉甚美。为李林甫所构,及罢免,朝客虽知无罪,谒问甚稀。适之意愤,日饮醇酎恣,且为此诗,林甫愈怒,终遂不免。

避贤初罢相,乐圣且衔杯。为一作借问门前客,今朝几个来。

房琯

房琯,字次律,河南人。则天时平章事融之子,以门荫补弘文生。开元中,明皇将封岱岳,琯撰封禅书以献。张说奇其才,授秘书省校书郎。又应堪任县令举,为卢氏令。寻拜监察御史。天宝初,迁主客员外,累宪部侍郎。明皇幸蜀,琯独驰赴行在,上大悦,即日拜文部尚书,同平章事,与左相韦见素等奉册灵武。因陈时事,言词慷慨,肃宗为之改容,诏持节充招讨节度等使。后为贺兰进明所构,罢相,寻贬邠州刺史。诗一首。

题汉州西湖

高流缠峻隅,城下缅丘墟。决渠信浩荡,潭岛成江湖。结宇依回渚,水中信可居。三伏气不蒸,四达暑自徂。同人千里驾,邻国五马车。月出共登舟,风生随所如。举麾指极浦,欲极更盘纡。缭绕各殊致,夜尽情有余。遭乱意不开,即理还暂祛。安得长晤语,使我忧更除。

李泌

李泌,字长源,京兆人。七岁知为文,明皇召令供奉东宫。肃宗即位,参预军国大议,拜银青光禄大夫,仍请还山。代宗朝,召为翰林学士,寻为杭州刺史。德宗幸奉天,征授散骑常侍。贞元中,拜中书侍郎平章事,封邺县侯。集二十卷,今存诗四首。

咏方圆动静

明皇召见,方与张说观棋,命说试之诗,即令咏方圆动静。泌曰:"愿闻其状。"说曰:"方如棋局,圆如棋子;动如棋生,静如棋死。"泌即咏此,说贺曰:"圣代嘉瑞也。"明皇大悦,赐果饵衣物及彩数十。

方如行义,圆如用智。动如逞才,静如遂意。

长歌行

天覆吾,地载吾,天地生吾有意无。不然绝粒升开衢,不然鸣珂游帝都。焉能不贵复不去,空作昂藏一丈夫。一丈夫兮一丈夫,千生气志是良图。请君看取百年事,业就扁舟泛五湖。

奉和圣制中和节曲江宴百僚

风俗时有变,中和节惟新。轩车双阙下,宴会曲江滨。金石何铿锵,簪缨亦纷纶。皇恩降自天,品物感知春。慈恩匝寰瀛,歌咏同君臣。缺一韵。

奉和圣制重阳赐会聊示所怀

大唐造昌运,品物荷时成。乘秋逢令节,锡宴欢群情。俯临秦山川,高会汉公卿。缺一韵。未追赤松子,且泛黄菊英。赓歌圣人作,海内同休明。

句

青青东门柳,岁晏复憔悴。见《邺侯家传》。
良弓摧折久,谁识是龙韬。见《吟窗杂录》。
旋沫翻成碧玉池,添酥散出琉璃眼。《赋茶》。

郭子仪

郭子仪,华州郑人。以武举起家,后平安禄山、史思明之乱。累官至中书令,封汾阳王,赐号尚父。年八十五卒,赠太师,谥忠武。诗二首。

享太庙乐章

《唐书·乐志》曰:代宗宝应已后,续造享太庙乐章。献明皇用广运之舞,肃宗用维新之舞,代宗用保大之舞,德宗用文明之舞,顺宗用大顺之舞,宪宗用象德之舞,穆宗用和宁之舞,武宗用大定之舞,昭宗用咸宁之舞。宣宗、懿宗有舞词而名不传。

广运舞

於赫皇祖,昭明有融。惟文之德,惟武之功。河海静谧,车书混同。虔恭孝飨,穆穆玄风。

保大舞

於穆文考,圣神昭彰。箫勺群慝,含光远方。万物茂遂,九夷宾王。愔愔云韶,德音不忘。

全唐诗卷一百十

张谔

张谔,景龙中登进士第,仕为陈王掾。岐王范雅好儒士,谔与阎朝隐、刘庭琦、郑繇等皆从之游,赋诗饮酒。后坐贬山茌丞。诗十二首。

百子池—有怀古二字

旧闻百子汉家池,汉家渌水今逶迤。宫女厌镜笑窥池,身前影后不相见,无数容华空自知。

东封山下宴群臣

万里扈封峦,群公遇此欢。幔城连夜静,霜—作云仗满空寒。辇路宵烟合,旌门晓月残。明朝陪圣主,山下礼圆坛。

三日岐王宅

玉女贵妃生,婴娩始发声。金盆浴未了,绷子绣初成。翡翠雕芳褥,真珠帖小缨。何时学健步,斗取落花轻。

满月

社金流茂祉,庭玉表奇才。竹似因谈植,兰疑入梦栽。乌将八子去,凤逐九雏来。今夜明珠色,当随满月开。

岐王山亭

王家傍绿池,春色正相宜。岂有楼台好,兼看草树奇。石榴天上叶,椰子日南枝。出入千门里,年年乐未移。

岐王席上咏美人

半额画双蛾,盈盈烛下歌。玉杯寒意少,金屋夜—作冶情多。香艳王分帖,裙娇敕赐罗。平阳莫相—作漫妒,唤出不如他。

还京—作广陵送别宋员外佐越郑舍人还京。一作韦述诗。

朱绂临秦望,皇华赴洛桥。文章南渡越,书奏北归朝。树入江云尽,城衔海月遥。秋风将客思,川上晚萧萧。

赠吏部孙员外济
　　天子爱贤才,星郎入拜来。明光朝半下,建礼直初回。名带含香发,文随绮幕开。披云自有镜,从此照仙台。

送李著作倅杭州
　　辍史空三署,题舆佐一方。祖筵开霁景,征陌直朝光。水陆风烟隔,秦吴道路长。伫闻敷善政,邦国咏惟康。

九日
　　秋来—作天林下不知春,一处佳游事也均。绛叶从朝飞著—作尽夜,黄花开日未成旬。将曛—作冲—作横陌树频惊鸟—作马,半醉归途数问人。城远—作外登高并九日,茱萸凡作几年新。

延平门高斋亭子应岐王教
　　花源药屿凤城西,翠幕纱窗莺乱啼。昨夜蒲萄初上架,今朝杨柳半垂堤。片片仙云来渡水,双双燕子共衔泥。请语东风催后骑,并将歌舞向前溪。

九日宴
　　秋叶风吹黄飒飒,晴云日照白鳞鳞。归来得问茱萸女,今日登高醉几人。

刘庭琦
　　刘庭琦,开元时人。终雅州司户。诗四首。

从军
　　朔风吹寒塞,胡沙千万里。阵云出岱山,孤月生海水。决胜方求敌,衔恩本轻死。萧萧牧马鸣,中夜拔剑起。

奉和圣制瑞雪篇
　　紫宸飞雪晓裴回,层阁重门雪照开。九衢皛耀浮埃尽,千品差池赟帛来。何处田中非种玉,谁家院里不生梅。埋云翳景无穷已。因风落地吹还起。先过翡翠宝房中,转入鸳鸯金殿里。美人含笑在联翩,艳逸相轻斗容止。罗衣点著浑是花,玉手抹来半成水。奕奕纷纷何所如,顿忆杨园二月初。羞同班女高秋扇,欲照明王乙夜书。姑射山中符圣寿,芙蓉阙下降神车。愿随睿泽流无限,长报丰年贵有余。

咏木槿树题武进文明府厅
　　物情良可见,人事不胜悲。莫恃朝荣好,君看暮落时。

铜雀台
　　铜台宫观委灰尘,魏主园林漳水滨。即今西望犹堪思,况复当时歌舞人。

郑繇
　　郑繇,郑州人,嗣圣元年登进士第,开元初为岐王长史。诗二首。

失白鹰
　　白锦—作画文章乱,丹霄羽翮齐。云中呼暂下,雪里放还迷。梁苑惊池鹜,陈仓拂野鸡。不知寥廓外,何处独依栖—作别依栖。

经慈涧题
　　岸与恩同广,波将慈共深。涓涓劳日夜,长似下流心。

全唐诗卷一百十一

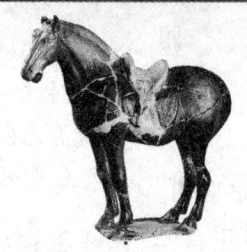

韩休

韩休,京兆长安人。举贤良,累官礼部侍郎。开元二十一年,拜黄门侍郎,与萧嵩同秉政。休敷陈治道,多鲠直,帝重之。终太子少师,谥文忠。诗三首。

奉和御制平胡

南牧正纷纷,长河起塞氛。玉符一作兵征选士,金钺拜将军。叠鼓摇边吹,连旌暗朔云。袄星乘夜落,害一作吉气入朝分。始见幽烽警,俄看烈火焚。功成奏凯乐,战罢策归勋。盛德陈清庙,神谟属大君。叨荣逢偃羽,率舞咏时文。

奉和圣制送张说巡边

一德光一作先台象,三军掌一作赏夏卿。来威申庙略,出总叶师贞。受钺辞金殿,凭轩去一作出鼎城。曙光摇组甲,疏吹绕云旌。左律方先凯,中鼙即训兵。定功彰一作张武事,陈颂纪天声。祖宴初留赏,宸章更宠行。车从零一作灵雨送,林野夕阴生。路极河流远,川长朔气平。东辕迟返旆,归奏谒承明。

祭汾阴乐章

於穆浚哲,维清缉熙。肃事昭配,永言孝思。涤濯静嘉,馨香在兹。神之听之,用受福釐。

许景先

许景先,义兴人。举进士,授夏阳尉。神龙初,拜左拾遗,擢中书舍人。与齐浣、王丘、韩休、张九龄更知制诰,俱以文翰见称。开元中,帝自择刺史,景先首中其选,自吏部侍郎出为虢州刺史。卒侍中。诗五首。

徵君宅祇今洹寺是

徵君昔嘉遁,抗迹遗俗尘。了心悟有物,乘化游一作入无垠。道丧历千载,复存颍阳真。

上虞佳山水,晚岁耽隐沦。内史既解绶,支公亦相亲。儒道匪远理,意胜聊自欣。泂沿南溪夕,流浪东山春。石壁践丹景,金潭冒绿蘋。探炼备海峤,赏心寓情人。奈何灵仙骨,锹—作敏翻瑶池津。寥寥虚白宇,夙创招提因。家风缅多尚,玄德谢无邻。谬陪金门彦,矫迹侍紫宸。皇恩竟已矣,遗烈庶不泯。

折柳篇

春色东来度渭—作灞桥,青门垂柳百千条。长杨西连建章路,汉家林—作禁苑纷无数。紫花始遍合欢枝—作宫,游丝半罥相思树。春楼初日照南隅,柔条垂绿扫金铺。宝钗新梳倭堕髻,锦带交垂连理襦。自怜柳塞淹戎幕,银烛长啼愁梦著。芳树朝催玉管新,春风夜染罗衣薄。城头杨柳已如丝,今年花落去年时。折芳远寄相思曲,为惜容华难再持。

奉和御制春台望

睿德在青阳,高居视中县。秦城连凤阙,汉寝疏龙殿。文物照光辉,郊畿郁葱倩。千门望成锦,八水明如练。复道晓光披,宸游出禁移。瑞气朝浮五云阁,祥光夜吐万年枝。兰叶负龟初荐祉,桐花集凤更来仪。秦汉生人凋力役,阿房甘泉构云碧。汾祠雍畤望通天,玉堂宣室坐长年。鼓钟西接咸阳观,苑囿南通鄠杜田。明主卑宫诫前失,辅德钦贤政惟一。昆虫不夭在春蒐,稼穑常艰重农术。邦家已荷圣谟新,犹闻俭陋惜中人。豫奉北辰齐七政,长歌东武抃千春。

阳春怨

红树晓莺啼,春风暖翠闺。雕笼熏绣被,珠履踏金提。芍药花初—作如吐,菖蒲叶正齐。藁砧当此日,行役向辽西。

奉和圣制送张尚书巡边

文武承邦式,风云感国祯。王师亲赋政,庙略久论兵。汉主知三杰,周官统—作总六卿。四方分阃受,千里坐谋成。介胄辞前殿,壶觞宿左营。赏延颁赐重。宸赠出车荣。龙武三军气,鱼铃五校名。郊云驻旌羽,边吹引金钲。训—作振旅方称德,安人更克贞。伫看—作观铭石罢,同听凯歌声。

王丘

王丘,字仲山,相州安阳人。举制科中第,自偃师主簿擢监察御史。开元初,迁紫微舍人,吏部侍郎。其奖用如孙逖、张晋明、王泠然,皆一时茂秀。萧嵩引与当国,丘固辞,盛推韩休。休秉政,荐为御史大夫,终礼部尚书。诗三首。

咏史

高洁非养正,盛名亦险艰。伟哉谢安石,携妓入东山。云岩响金奏,空水滟朱颜。兰露滋香泽,松风鸣珮环。歌声入空尽,舞影到池闲。杳眇同天上,繁华非代间。卷舒混名迹,纵诞无忧患。何必苏门子,冥然闭清关。

奉和圣制答张说扈从南出雀鼠谷之作

襟带三秦接,旂常方乘过。阳原淑气早,阴谷冱寒多。花缛前茅仗,霜严后殿戈。代—作戍云开晋岭,江雁入汾河。北土分尧俗,南风动舜歌。一闻天乐唱,恭逐万人和。

奉和圣制送张尚书巡边

德业蕴时宗,幽符梦象通。台司计祈父,师律总元戎。出入敷能政,谋犹体至公。赠行光睿什,宴别感宸衷。文炳高天曜,恩垂湛露融。建牙之塞表,鸣鼓接云中。策密鬼神秘,威成剑骑雄。朔门正炎月,兵气已秋风。肃杀从此始,方知胡运穷。诸篇十韵,此止九韵。

苏晋

苏晋,数岁能属文,作《八卦论》。吏部侍郎房颖叔、秘书少监王绍宗,见而叹曰:"后来之王粲也。"应进士,又举大礼科,皆上第。先天中,累迁中书舍人,崇文馆学士。明皇监国,每有制命,皆晋及贾曾稿定。数进谠言,以父

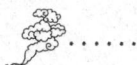

珣年老,乞解职归侍。开元十四年,为吏部侍郎。知选事,多赏拔。终太子左庶子。诗二首。

过贾六

主人病且闲,客来情弥适。一酌复一笑,不知日将夕。昨来属欢游,于今尽成昔。努力持所趣,空名定何益。

奉和圣制送张说巡边

方汉比周年,兴王合—作今在宣。亟闻降虏拜,复睹出师—作军篇。祈父万邦式,英猷三略传。算车申夏政,苃舍启戎田。严问盟—作盈胡苑,军容济洛川。皇情怅关斾,诏饯列郊筵。路接禁园草,池分御并莲。离声轸去角,居念断归蝉。三捷岂云尔,七擒良信然。具僚诚寄望。奏凯秋风前。

崔禹锡

崔禹锡,字洪范,融之子。登显庆三年进士第。开元中,为中书舍人。卒赠定州刺史。诗一首。

奉和圣制送张说巡边

供帐何煌煌,公其抚朔方。群僚咸—作御饯酌,明主降离章。关塞重门下,郊岐禁苑傍。练—作陈兵宜雨洗—作濯,卧鼓候风凉。炎景宁云惮,神谋肃所将。旌摇天月迥,骑入塞云长。赫赫皇威振,油油圣泽滂。非惟按车甲,兼以正封疆。叱咤阴山道,澄清瀚海阳。房垣行决胜,台座伫为光。

张嘉贞

张嘉贞,蒲州猗氏人。以五经举,补平乡尉。则天召见,与语大悦,擢监察御史,累迁中书舍人。开元中,拜中书令,后出为定州刺史,知北平军事。将行,上自赋诗,诏百僚出饯于上东门外。嘉贞至州,于恒岳庙中立颂,自为文书石。累封河东侯。诗三首。

恩敕尚书省僚宴昆明池应制同用尧字

灵沼初开汉,神池旧浴尧,昔人徒习武,明代此闻韶。地脉山川胜,天恩雨露饶。时光牵利舸,春淑覆柔条。芳酝醒千日,华筵落九霄。幸承欢赉重,不觉醉归遥。

奉和早登太行山中言志应制

明发岖山巅,飞龙高在天。山南平对巩,山北远通燕。瞻彼冈峦峻,凭兹士马妍。九坼—作拼,误行若砥。万谷辗如川。罗网开三面,闾阎问百年。泽将春雪比,文共晓星连。溪后逢今圣,登台谢曩贤。唯余事君节,不让古人先。

奉和圣制送张说巡边

天锡我宗盟,元戎付夏卿。多才兼将相,必勇独横行。经纬称人杰,文章作代英。山川看是阵,草木想为兵。不待河冰合,犹防塞—作汉月明。有谋当系丑,无战且绥氓。阃外传—作专三略,云中冀一平。感恩同义激—作共心尽,怅别屡—作旅魂惊。直视前旌掣,遥闻后骑鸣。还期方定日,复此出郊迎。

句

河鱼未上冻,江蛰已闻雷。见《纬略》。

卢从愿

卢从愿,字子龚,相州临漳人。弱冠举明经,又应制举。拜右拾遗,历殿中侍御史,累迁中书舍人。睿宗践阼,拜吏部侍郎。精心典选,有美誉。开元末,以吏部尚书致仕。诗二首。

奉和圣制送张说巡边

上将发文昌,中军静朔方。占星引旌节,择日拜坛场。礼乐临轩送,威声出塞扬。安边俟帷幄,制胜在岩廊。作鼓将军气,投醪壮士觞。戎途遵六月,离赠动三光。槐路清梅暑,蘅皋起—作赴麦凉。时文仰雄伯,耀武震遐荒。袵席知无战,兵戈示不忘。伫闻歌杕杜,凯入系名王。

祭汾阴乐章

坤元载物,阳乐发生。播植资始,品汇咸亨。列俎棋布,方坛砥平。神歆禋祀,后德惟明。

袁晖

袁晖,以魏知古荐,为左补阙。开元中,马怀素请校正群籍,晖自邢州司户参军预焉。诗八首。

长门怨

早知君爱歇,本自无紫妒。谁使恩情深,今来反相误。愁眠罗帐晓,泣坐一作望金闺暮。独有梦中魂,犹言意如故。

铜雀妓

君爱本相饶,从来似舞腰。那堪攀玉座,肠断望陵朝。怨著情无主,哀凝曲不调。况临松日暮,悲吹坐萧萧。

正月闺情

正月金闺里,微风绣户间。晓魂一作妆怜别梦,春思逼啼颜。绕砌梅堪折,当轩树未攀。岁华庭北上一作方若此,何日度阳关。

二月闺情

二月韶光好,春风香气多。园中花巧笑,林里鸟能歌。有恨离琴瑟,无情著绮罗。更听春燕语,妾亦不如他。

三月闺情后四句缺

三月春将尽,空房妾独居。蛾眉愁自结,鬓发没情梳。□□□□,□□□□。□□□□,□□□□。

七月闺情

七月坐凉宵,金波满丽谯。容华芳意改,枕席怨情饶。锦字沾愁泪,罗裙缓细腰。不如银汉女,岁岁鹊成桥。

奉和圣制答张说扈从南出雀鼠谷之作

魏国山河险,周王警跸回。九旗云际出,万骑谷中来。石路一作岸行将尽,烟郊望忽开。赏矜垂柳报,春畏落花催。兴逸横汾什一作体,恩褒作颂才。小臣瞻日月,延首咏康哉。

奉和圣制送张尚书巡边

出师宣九命,分阃用三台。始应幕中画,言从天上来。丹青不独任,韬略遂双该。坐见威棱一作灵洽,弥彰事业恢。旌旗晓云一作霜送,鞞鼓朔风催。房气消残月,边声韵落梅。羽书雄北地,龙漠一作汉寝南垓一作埃。宠战黄金尽,轮诚一作戈白日回。离章宸翰发,祖宴国门开。欲识恩华盛,平生文武材。

王光庭

王光庭,与张说善。说赠诗云:"同居洛阳陌,盖亦洛阳人"也。诗二首。

奉和圣制答张说扈从南出雀鼠谷之作

省俗恩将遍,巡方路稍回。寒随汾谷尽,春逐晋郊来。云骑传行漏,烟旄引从台。惠风初应律,和气正调梅。雅颂通宸咏一作禁,天文接曙台一作陪。灞陵一作城桃李色,应待日华开。

奉和圣制送张说巡边

贤相德一作得符充,朝推文武雄。海波先一作光若镜,关草豫从风。钺助将军勇,威成天子功。琼章九霄发,锡宴五衢通。玉辇龙盘带,金装凤勒一作颈骢。虎貔纷儳儳,河洛振一作震熊熊。戈剑千霜白,旌旗一作旂万火红。示刑夷夏一作狄变,流惠鬼方一作神同。寇息军容偃,尘销朔野空。用师敷礼乐,非是为獯戎。

徐知仁

徐知仁,开元时人。诗一首。

奉和圣制送张说巡边

圣德膺三统,皇恩被一作备八埏。大明均照物,小丑未宁边。国相台衡重,元戎庙略宣。

紫泥方受命,黄石乃推贤。问罪阴山下,安人属国前。度关行照月,乘障坐消烟。北阙纡宸藻,南桥列祖筵。耀威当夏日,杀气指秋天。鞞鼓鼌鼍振,旌旗鸟兽悬。由来词翰手—作首,今见勒燕然。

席豫

席豫,字建侯,襄阳人。徙家河南,进士及第。开元中,累官考功员外郎,典举得士,三迁中书舍人,与韩休、许景先、徐安贞、孙逖相次掌制诰,皆有能名。天宝初,改尚书左丞,检校礼部尚书。明皇登朝元阁赋诗,群臣属和,帝以豫诗最工。诏曰:"诗人之首出,作者之冠冕也。"诗五首。

奉和敕赐公主镜

令节颁龙镜,仙辉下凤台。含灵万象入,写照百花开。色与皇明散,光随圣泽来。妍媸冰鑑里,从此愧非才。

江行纪事二首

飘飘任舟楫,回合傍江津。后浦情犹在,前山赏更新。树深烟幂幂—作漠漠,滩浅石磷磷。川路南行远,淹留惜此辰。

江汛春风势,山楼曙月辉。猿攀紫岩饮,鸟拂清潭飞。古树崩沙岸,新苔覆古矶。津途赏无限,征客暂忘归。

奉和圣制答张说南出雀鼠谷

鸣銮初幸代,旋—作鸑盖欲横汾。山尽千旗出—作直,郊平五校分。前林已暄景,后壑尚寒氛。风送箫韶曲,花铺—作迎黼黻文。盐梅推上宰,礼乐统中军。献赋纡天札,飘飘飞白云。

奉和圣制送张说巡边

圣主—作帝重兵权,分符—作麾属大贤。中军仍执政—作节,丞相复巡边。禽习戎装动,张皇庙略宣。朝荣承睿札,野饯转行旃。亭障东缘海,沙场北际天。春冬见岩—作严雪,朝夕候烽烟。已勒封—作燕山记—作颂,犹闻遣戍篇。五营将月合,八阵与云连。经略—作络图方远,怀柔道更全。归来画麟阁,蔼蔼武功传。

韩思复

韩思复,字绍出,京兆长安人。举秀才高第。调梁府仓曹参军,累迁中书舍人。开元初,擢谏议大夫,出为德州刺史,拜黄门侍郎,迁御史大夫。复出刺襄州,还拜太子宾客。卒谥文。明皇亲题其碑曰:"有唐忠孝韩长山之墓。"诗一首。

祭汾阴乐章

大乐和畅,殷荐明神。一降通感,八变必臻。有求斯应,无德不亲。降灵醉止,休征万人。

刘晃

刘晃,开元中人。诗一首。

祭汾阴乐章

大君出震,有事郊禋。斋戒既肃,馨香毕陈。乐和礼备,候暖风春。恭惟降福,实赖明神。

全唐诗卷一百十二

贺知章

贺知章,字季真,会稽永兴人。少以文词知名。擢进士,累迁太常博士。开元中,张说为丽正殿修书使,奏请知章入书院,同撰六典及文纂。后转太常少卿,迁礼部侍郎,加集贤院学士,改授工部侍郎。俄迁秘书监。知章性放旷,晚尤纵诞,自号四明狂客,醉后属词,动成卷轴。又善草隶,人共传宝。天宝初,请为道士还乡里,诏赐镜湖剡川一曲,御制诗以赠行,皇太子已下咸就执别。年八十六卒。肃宗赠礼部尚书。诗一卷。

唐禅社首乐章

《唐书·乐志》曰:玄宗开元十三年禅社首山祭地祇乐。迎神用顺和,皇帝行用太和,登歌、奠玉帛用肃和,迎俎入用雍和,初献用寿和,饮福用福和,还宫用太和,送神用灵具醉以代顺和。

顺和

至哉含柔德,万物资以生。常顺称厚载,流谦通变盈。圣心事能察,增广陈厥诚。黄祇僾如在,泰折俟咸亨。

太和

肃我成命,于昭黄祇。裘冕而祀,陟降在斯。五音克备,八变聿施。缉熙肆靖,厥心匪离。

肃和

黄祇是祇,我其夙夜。贪畏诚絜,匪遑宁舍。礼以琼玉,荐厥茅藉。念兹降康,胡宁克暇。

雍和

夙夜宥密,不敢宁宴。五齐既陈,八音在县。粢盛以絜,房俎斯荐。惟德惟馨,尚兹克遍。

寿和

惟以明发,有怀载殷。乐盈而反,礼顺其裡。立清以献,荐欲是亲。於穆不已,哀对斯臻。

福和

穆穆天子,告成岱宗。大裘如濡,执瑄有颙。乐以平志,礼以和容。上帝临我。云胡肃邕。

太和

昭昭有唐,天俾万国。列祖应命,四宗顺则。申锡无疆,宗我同德。曾孙继绪,享神配极。

晓发

江皋闻曙钟,轻栧理还舯。海潮夜约约,川露晨溶溶。始见沙上鸟,犹埋云外峰。故乡杳无际,明发怀朋从。《唐文粹》、《唐诗纪事》载此诗。并作绝句云:"故乡杳无际,江皋闻曙钟。始见沙上鸟,犹埋云外峰。"

奉和御制春台望

青阳布王道,玄览陶真性。欣若天下春,高逾域中圣。神皋类观赏,帝里如悬镜。缭绕八川浮,岧峣双阙映。晓色遍昭阳,晴云卷建章。华滋的皪丹青树,颢气氤氲金玉堂。尚有灵蛇下鄜畤,还征瑞宝人陈仓。自昔秦奢汉穷武,后庭万余宫百数。旗回五丈殿千门,连绵南陧出西垣。广画嫘娥夸—作华窈窕,罗生玳瑁象昆仑。乃眷天晴兴隐恤,古来土木良非一。荆临章观赵丛台,何如尧阶将禹室。层栏宛冣下龙舆,清管逶迤半绮疏。一听南风引鸾舞,长谣北极仰鹑居。

望人家桃李花

山源夜雨度仙家,朝发东园桃李花。桃花红兮李花白,照灼城隅复南陌。南陌青楼十二重,春风桃李为谁容。弃置千金轻不顾,踟蹰五马谢相逢。徒言南国容华晚,遂叹西家飘落远。的皪长奉—作春明光殿,氤氲半入披香苑。苑中珍木元自奇,黄金作叶白银枝。千年万岁不凋落,还将桃李更相宜。桃李从来露井傍,成蹊结影矜艳阳。莫道春花不可树,会持仙实荐君王。

送人之军

常经绝脉塞,复见断肠流。送子成今别,令人起昔愁。陇云晴半雨,边草夏先秋。万里长城寄,无贻汉国优。

奉和圣制送张说上集贤学士赐宴赋得谟字

西学垂玄览,东堂发圣谟。天光烛武殿,时宰集鸿都。枯朽沾皇泽,翾飞舞帝梧。迹同游汗漫,荣是出—作拔泥涂。三叹承汤鼎,千欢接舜壶。微躯不可答,空欲咏依蒲。

奉和圣制送张说巡边

荒憬—作境尽怀忠,梯航已自通。九攻虽不战,五月尚持戎。遣戍征周牒,恢—作临边重汉功。选车命元宰,授律取文雄。青出天弧上,谋成帝幄中。诏旟分夏物,专土—作讨锡唐弓。帐宿伊川右,钲传—作吹晋苑东。饔人藉蕡实,乐正理丝桐。岐陌涵余雨,离川照晚虹。恭闻咏方叔,千载舞皇风。

题袁氏别业—作偶游主人园

主人不相识,偶坐为林泉。莫谩愁沽酒,囊中自有钱。

咏柳—作柳枝词

碧玉妆成一树高,万条垂下绿丝绦。不知细叶谁裁出,二月春风似剪刀。

采莲曲

稽山罢—作云雾郁嵯峨,镜水无风也自波。莫言春度芳菲尽,别有中流采芰荷。

回乡偶书二首

少小离家老大回,乡音难改鬓—作面毛衰。儿童相见不相识,笑—作借,一作却问客从何处来。

　　离别家乡岁月多,近来人事半销磨,唯有门前镜湖水,春风不改旧时波。

答朝士

　　钑镂银盘盛蛤蜊,镜湖莼菜乱如丝。乡曲近来佳此味,遮渠不道是吴儿。

句

　　落花真好些,一醉一回颠。见《诗式》。

全唐诗卷一百十三

裴耀卿

裴耀卿,字焕之,守真子。应童子举,为睿宗藩邸典签。开元中,累官济州刺史。再历宣冀二州,入拜户部侍郎。请广漕运,以实关辅,沿河置仓纳粟。又开山陆运以避三门之险。擢黄门侍郎,同平章事,充转运使。迁侍中,终尚书左仆射。诗二首。

敬酬张九龄当涂界留赠之作

茂先实王佐,仲举信时英。气睹冲天发,人将下榻迎。珪符肃有命,江国远徂征。九派期方越,千均或所<small>一作可</small>轻。高帆出风迥,孤屿入云平。遭迈嗟于役,离忧空自情。饰簪陪早岁,接壤厕专城。旷别心弥轸,宏规义转倾。徒然恨饥渴,况乃讽瑶琼。

酬张九龄使风见示<small>时为宣州刺史</small>

兹地五湖邻,艰哉万里人。惊飙翻是托,危浪亦相因。宣室才华子,金闱讽议臣。承明有三人,去去速归轮。

宋鼎

宋鼎,明皇时为襄州刺史。诗二首。

赠张丞相并序

张丞相与予有孝廉校理之旧,又代余为荆州。余改汉阳,仍兼按使。巡至荆州,故有此赠。

汉上登飞幰,荆南历旧居。已尝临砌橘,更睹跃池鱼。盛德继微渺,深衷能卷舒。义申蓬阁际,情切庙堂初。郡挹文章美,人怀燮理余。皇恩倪照亮,岂厌承明庐。

酬故人还山

举棹乘春水,归山抚岁华。碧潭宵见月,红树晚<small>一作晓</small>开花。肃穆轻风度,依微隐径斜。危亭暗松石,幽涧落云霞。思鸟吟<small>一作鸣</small>高树,游鱼戏浅沙。安知余兴尽,相望紫烟赊。

崔颂

崔颂,开元中,为荆州郡司马。诗一首。

和张荆州九龄晨出郡舍林下

优闲表政清,林薄赏秋成。江上悬晓月,往来亏复盈。天云抗真—作直意,郡阁晦高名。坐啸应无欲,宁辜济物情。

孙翊

孙翊,尝以监察御史使洪州。张九龄在洪州时,翊与往还。诗一首。

奉酬张洪州九龄江上见赠

受命诚—作议封疆,逢君牧豫章。於焉审虞芮,复尔共舟航。怅别秋阴尽,怀归客思长。江皋枉离赠,持此慰他乡。

徐仁友

徐仁友,开元时人。诗一首。

古意赠孙翊

南望猴氏岭—作山,山居共涧阴。东西十数里,缅邈方寸心。云日落广厦—作庭,莺花对—作坐孤琴。琴中多苦调,凄切谁复寻。

苏绾

苏绾,尝为书记,与杜审言同时。诗一首。

奉和姚令公驾幸温汤喜雪应制

汉主新丰邑,周王尚父师。云符沛童唱,雪应海神期。林变惊春早,山明讶夕迟。况逢温液霈,恩重御裘诗。

康庭芝

康庭芝,为河阴令,与杜审言同时。诗一首。

咏月

一作沈佺期诗,又作宋之问诗。误,杜审言有《和庭芝咏月》,即此也。

天使下西楼,光含万里秋。台前疑挂镜,帘外似悬钩。张尹将眉学,班姬取扇俦。佳期应借问,为报在刀头。

张宣明

张宣明,有胆气,富辞翰。为郭元振判官。诗二首。

山行见孤松成咏

《唐新语》云:宣明尝山行,见孤松,赏玩久之,赋此诗。凤阁舍人梁载言尝之曰:"文之气质,不减于长松也。"

孤松郁山椒,肃爽凌清霄。既挺千丈干,亦生百尺条。青青恒一色,落落非一朝。大厦今已构,惜哉无人招。寒霜十二月,枝叶独不凋。

使至三姓咽面

宣明为元振判官时,使至三姓咽面,因赋此诗。时人称为绝唱。

昔闻班家子,笔砚忽然投。一朝抚长剑,万里入荒陬。岂不服艰险,只思清国雠。山川去何岁,霜露几逢秋。玉塞已遐廓,铁关方阻修。东都日窅窅,西海此悠悠。卒使功名建,长封万里侯。

卢崇道

卢崇道,睿宗朝为太常卿。坐弈崔湜,流岭南。后私还都下,事败,敕杖至殒。诗一首。

新都南亭别郭大元振

竹径女萝蹊,莲洲文石堤。静深人俗断,寻玩往还迷。碧潭秀初月,素林惊夕栖。褰幌纳鸟侣,罢琴听猿啼。佳辰改宿昔,胜寄在睽携。长怀赏心爱,如玉复如珪。

全唐诗卷一百十四

包融

包融，润州人一云湖州人。开元初，与贺知章、张旭、张若虚皆有名，号吴中四士。张九龄引为怀州司马，迁集贤直学士、大理司直。子何、佶，世称二包，各有集。融诗今存八首。按唐《艺文志》：融与储光羲皆延陵人，曲阿有余杭尉丁先芝、缑氏主簿蔡隐丘、监察御史蔡希周、渭南尉蔡希寂、处士张彦雄、张潮、校书郎张翚、吏部常选周瑀、长洲尉谈戭、句容有王府参军殷遥、硖石主簿樊晃、横阳主簿沈如筠、江宁有右拾遗孙处玄、处士徐延寿，丹徒有江都主簿马俛、武进尉申堂构十八人。皆有诗名。殷璠汇为《丹阳集》。今存者包融以下十五人，储光羲别见，张彦雄、马俛无考，申堂构止存句。

登翅头山题俨公石壁

晨登翅头山，山曛黄雾起。却瞻迷向背，直下失城市。暾日衔东郊，朝光生邑里。扫除诸烟氛，照出众楼雉。青为洞庭山，白是太湖水。苍茫远郊树，倏忽不相似。万象以区别，森然共盈几。坐令开心胸，渐觉落尘滓。北岩千余仞，结庐谁家子。愿陪中峰游，朝暮白云里。

阮公啸台

荒台森荆杞，蒙笼无上路。传是古人迹，阮公长啸处。至今清风来，时时动林树。逝者共已远，升攀想遗趣。静然荒榛门，久之若有悟。灵光未歇灭，千载知仰慕。

酬忠公林亭

江外有真隐，寂居岁已侵。结庐近西术，种树久成阴。人迹乍及户，车声遥隔林。自言解尘事，咫尺能辎尘。为道岂庐霍，会静由吾心。方秋院木落，仰望日萧森。持我兴来趣，采菊行相寻。尘念到门尽，远情对君深。一谈入理窟，再索破幽襟。安得山中信，致书移尚禽。

送国子张主簿

湖岸缆初解，莺啼别离处。遥见舟中人，时时一回顾。坐悲芳岁晚，花落青轩树。春梦随我心，悠扬逐君去。

和陈校书省中玩雪

芸阁朝来雪，飘飖正满空。寒开明月下，校理落花中。色向怀铅白，光因翰简融。能令草玄者，回思入流风。

和崔会稽咏王兵曹厅前涌泉势城中字

茂德来征应，流泉入咏歌。含灵符上善，作字表中和。有草恒垂露，无风欲偃波。为看人共水，清白定谁多。

赋得岸花临水发

笑笑傍溪花，丛丛逐岸斜。朝开川上日，夜发浦中霞。照灼如临镜，莘莘胜浣纱。春来武陵道，几树落仙家。

武陵桃源送人

武陵川径入幽遐，中有鸡犬秦人家，先时见者为谁耶，源水今流桃复花。

丁仙芝仙一作先

丁仙芝，曲阿人。登开元进士第，为余杭尉。诗十四首。

和荐福寺英公新构禅堂

上人久弃世，中道自忘筌。寂照出群有，了心清众缘。所以于此地，筑馆开青莲。果药罗砌下，烟虹垂户前。咒中洒甘露，指处流香泉。禅远目无事，体清宵不眠。枳闻庐山法，松入汉阳禅。一枕西山外，虚舟常浩然。

赠朱中书

十年种田滨五湖，十年遭涝尽为芜。频年井税常不足，今年缗钱谁为输。东邻转谷五之利，西邻贩缯日已贵。而我守道不迁业，谁能肯敢效此事。紫微侍郎白虎殿，出入通籍回天眷。晨趋彩笔柏梁篇，昼出雕盘大官膳。会应怜尔居素约，可即长年守贫贱。

戏赠姚侍御

繁霜晓幕鸣柏乌，待子兽炭然金炉。重门启锁紫髯胡。新披骢马陇西驹，头戴獬豸急晨趋。明光殿前见天子，今日应弹佞幸夫。

余杭醉歌赠吴山人

晓幕红襟燕，春城白项乌。只来梁上语，不向府中趋。城头坎坎鼓声曙，满庭新种樱桃树。桃花昨夜撩乱开，当轩发色映楼台。十千兑得余杭酒，二月春城长命杯。酒后留君待明月，还将明月送君回。

京中守岁

守岁多然烛，通宵莫掩扉。客愁当暗满，春色向明归。玉斗巡初匝，银河落渐微。开正献岁酒，千里间庭闱。

渡扬子江

桂楫中流望，空波两畔明。林开杨子驿，山出润州城。海尽边阴静，江寒朔吹生。更闻风叶下，淅沥度秋声。

长宁公主旧山池

平阳旧池馆，寂寞使人愁。座卷流黄簟，帘垂白玉钩。庭闲花自落，门闭水空流。追想吹箫处，应随仙鹤一作骑游。

剡溪馆闻笛

夜久闻羌笛，寥寥虚客堂。山空响不散，溪静曲宜长。草木生边气，城池泛一作逗夕凉。虚然异风出，仿佛宿平阳。

越裳贡白雉一作孙昌胤诗

圣哲承一作符休运，伊耆列上台。覃恩丹徼远，入贡素翚来。北阙欣初见，南枝顾未回。敛容残雪净，矫翼片云开。驯扰将无惧，翻飞幸不猜一作莫猜。甘从上林一作苑里，饮啄自

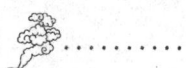

俳徊。

江南曲五首

长干斜路北,近浦是儿家。有意来相访,明朝出浣沙。

发向横塘口,船开值急流。知郎旧时意,且请拢船头。

昨暝逗南陵,风声波浪阻。入浦不逢人,归家谁信汝。

未晓已成妆,乘潮去茫茫。因从京口渡,使报邵陵王。

始下芙蓉楼,言发琅琊岸。急为打船开,恶许傍人见。

句

穷花常闭户,秋城闻捣衣。树回早秋色,川长迟落晖。见《吟窗杂录》。

蔡隐丘

蔡隐丘,曲阿人,缑氏主簿,善书。诗一首。

石桥琪树 文苑作蔡隐石,万首绝句作僧隐丘诗。

山上天将近,人间路渐遥。谁当云里见,知欲渡仙桥。

句

整巾千嶂耸,曳履百泉鸣。

蔡希周

蔡希周,曲阿人。监察御史。诗一首。

奉和扈从温泉宫承恩赐浴

天行云从指骊宫,浴日余波锡诏同。彩殿氤氲拥香溜,纱窗宛转闭和风。来将兰气冲皇泽,去引星文捧碧空。自怜遇坎便能止,愿托仙槎路未通。

蔡希寂

蔡希寂,曲阿人,希周弟。为渭南尉。(一云济南人,官至金部郎中。)诗五首。

同家兄题渭南王公别业

好闲知在家,退迹何必深。不出人境外,萧条江海心。轩车自来往,空名—作石对清阴。川溇将钓玉,乡亭期散金。素晖射流濑,翠色绵森林。曾为诗书癖,宁惟耕稼任。吾兄许微尚,枉道来相寻。朝庆老莱服,夕闲安道琴。文章遥颂美,瘖痱增所钦。既郁苍生望,明时岂陆沉。

登福先寺上方然公禅室

名都标佛刹,梵构临河干。举目上方峻,森森青翠攒。步登诸劫尽,忽造浮云端。当暑敞扃闳,却嫌绨绤寒。禅房最高顶,静者殊闲安。疏雨向空城,数峰帘外盘。午钟振衣坐,招我同一餐。真味杂饴露,众香唯芷兰。晚来恣偃俯,茶果仍留欢。

陕中作

西别秦关近,东行陕服长。川原余让畔,歌吹忆遗棠。河水流城下,山云起路傍。更怜栖泊处,池馆绕林篁。

洛阳客舍逢祖咏留宴

绵绵钟漏洛阳城,客舍贫居绝送迎。逢君贳酒因成醉,醉后焉知世上情。

赠张敬微 敬一作镜

大河东北望桃林,杂树冥冥结翠阴。不知君作神仙尉,特讶行来云雾深。

张潮 一作朝

张潮,曲阿人。大历中处士。诗五首。

江风行 一作长干行

婿贫如珠玉,婿富如埃尘。贫时不忘旧,富日—作贵多宠新。妾本富家女,与君为偶匹。惠—作念好—作汝一何深,中门不曾出。妾有绣衣裳,葳蕤金缕光。念君贫且—作与贱,易此从远方。远方三千里,思君心未已。一作三千路役思,发竟悔不已。日暮情更来,空望去时水。孟夏麦始秀,江上多南风。商贾归欲尽,君今尚一作向巴东。巴东有巫山,窈窕神女颜。常恐游此方一作山,果然不知还。

襄阳行

玉盘转明珠,君心无定准。昨见襄阳客,剩说襄阳好无尽。襄汉水,岘山垂,汉水东流风北吹。只言一世长娇宠,那悟今朝一作夕见别离。君渡清羌渚,知人独不语。妾见鸟一作木栖林,忆君相思深。莫作云间鸿,离声顾俦侣。尚如匣中剑,分形会同处。是君妇,识君情,怨君恨君为此行。下床一宿不可保,况乃万里襄阳城。襄阳传近大堤北,君到襄阳莫回一作迷惑。大堤诸女儿,怜钱不怜德。

采莲词

朝出沙头日正红,晚来云起半江中。赖逢邻女曾相识,并著莲舟不畏风。

江南行

茨一作茈菰叶烂别西湾,莲子花开一作新犹未还。妾梦不离江水上一作上水,人传郎在凤凰山。

长干行一作李白诗,一作李益诗

忆昔深闺里,烟尘不曾识。嫁与长干人,沙头候风色。五月南风兴,思君下巴一作江陵。八月西风起,想君发扬子。去来一作时悲如何,见少离别多。湘潭几日到,妾梦越一作常风波。昨夜狂风度,吹折江头树。淼淼暗无边,行人在何处。北客真一作至三公,朱衣满江中。薄一作日暮来投宿,数朝不肯东。今本无以上四句。好乘浮云骢,佳期兰渚东。鸳鸯绿浦上,翡翠锦屏中。自怜十五余,颜色桃花红。那作商人妇,愁水复愁风。

句

寒林苞晚橘,风絮露垂杨。《纪事》。又见周瑀诗中。

张翚一作羣

张翚,曲阿人。开元二十三年进士,为萧颖士同年生,官校书郎。诗二首。

游一作题栖霞寺

跻险入幽林,翠微含竹殿。泉声无休歇,山色时隐见。潮来杂风雨,梅落成霜霰。一从方外游,顾觉尘心变。

绝句

茫茫烟水上,日暮阴云飞。孤坐正愁绪,湖南谁捣衣。

周瑀

周瑀,曲阿人,吏部常选。诗三首。

潘司马别业

门对青山近,汀牵绿草长。寒深包一作抱晚橘,风紧落垂杨。湖畔闻渔唱,天边数雁行。萧然有高士,清思满书堂。

送潘三入京

故人嗟此别,相送出烟垧。柳色分官路,荷香入水亭。离歌未尽曲,酌酒共忘形。把手河桥上,孤山日暮青。

临川山行

朝见青山雪,暮见青山云。云山无断绝,秋思日纷纷。

谈戬

谈戬,曲阿人,长洲尉。诗一首。

清溪馆作

指途清溪里,左右唯深林。云蔽望乡处,雨愁为客心。遇人多物役,听鸟时幽音。何必沧浪水,庶兹浣尘襟。

句

清清江潭树,日夕增所思。

殷遥

殷遥,句容人。天宝间,忠王府曹参军。诗五首。

塞上

万里隤城在,三边虏气衰。沙填孤嶂角,烧断故关碑。马色经寒惨,雕声带晚悲。将军正闲暇,留客换歌辞。

送友人下第归省一作刘得仁诗

君此卜行日,高堂应梦归。莫将和氏泪,滴著老莱衣。岳雨连河细,田禽出麦飞。到家调膳后,吟好送斜晖。

送杜士瞻楚州觐省

风流与才思,俱似晋时人。淮月归心促,江花入兴新。云深沧海暮,柳暗白门春。共道官犹小,怜君孝养亲。

友人山亭

故人虽一作从薄宦,往往涉清溪。凿牖对山月,褰裳拂涧霓。游鱼逆水上,宿鸟向风栖。一见桃花发,能令秦汉迷。

春晚山行一无春晚二字

寂历青山晚,山行趣不稀。野花成一作垂子落,江燕引雏飞。暗草薰苔径一作渚,晴杨扫一作拂石矶。俗人犹语此,余亦转忘归。

沈如筠

沈如筠,句容人。横阳主簿。诗四首。

寄张徵古

寂历远山意,微冥半空碧。绿萝无冬春,彩云竟朝夕。张子海内奇,久一作耐为岩中客。圣君当一作劳梦想,安得老松石。

闺怨二首

雁尽书难寄,愁多梦不成。愿随孤月影,流照伏波营。

陇底嗟长别,流襟一动君。何言幽咽所,更作死生分。

寄天台司马道士

河洲花艳爊,庭树光彩倩。白云天台山,可思不可见。

句

思酸寒雁断,淅沥秋树空。

渔阳燕旧都,美女花不如。见《吟窗杂录》。

孙处玄一作立

孙处玄,江宁人。则天长安中,官左拾遗。神龙初,论时事不合,归里。开元初,荐不起。诗二首。

咏黄莺一作郑愔诗,又作郑缙

欲啭声犹涩,将飞羽未调。高风不借便,何处得迁乔。

失题

汉家轻壮士,无状杀彭王。一遇风尘起,令谁守四方。

句

残花与露落,坠叶随风翻。

日侧南涧幽,风凝北林暮。

徐延寿徐一作余

徐延寿,江宁人。开元间处士。诗三首。

折杨柳

大道连国门,东西种杨柳。葳蕤君不见,袅娜垂来久。缘枝栖暝禽,雄去雌独吟。余花怨春尽,微月起秋阴。坐望窗中蝶,起攀枝上叶。好风吹长条,婀娜何如妾。妾见柳园新,高楼四五春。莫吹胡塞一作笳曲,愁杀陇头人。

南州行

摇艇至南国,国门连大江。中洲西一作两边岸,数步一垂杨。金钏越溪女,罗衣胡粉香。

织缣春卷幔,采蕨暝提筐。弄瑟娇垂幌,迎人笑下堂。河头浣衣处,无数紫鸳鸯。

人日剪彩

闺妇持刀坐,自怜裁剪新。叶催情缀色,花寄手成春。帖燕留妆户,粘鸡待饷人。擎来问夫婿,何处不如真。

樊晃 一作光

樊晃,句容人,硖石主簿。诗一首。

南中感怀

南路蹉跎客未回,常嗟物候暗相催。四时不变江头草,十月先开岭上梅。

句

巧裁蝉鬓畏风吹,尽作蛾眉恐人妒。

全唐诗卷一百十五

李憕

李憕太原文水人。举明经。开元初,为咸阳尉。张说为并州长史太平军大使时,引憕常在幕下。后为宇文融判官,括田课最。迁监察御史,历给事中,河南少尹。天宝初,出为清河太守,改尚书右丞、京兆尹。转光禄卿、东都留守,迁礼部尚书。安禄山陷长安,遇害。赠司徒,谥忠烈。诗三首。

和户部杨员外伯成寓直

落日弥纶地,公才画省郎。词惊起草笔,坐引护衣香。双阙天河近,千门夕漏长。遥知台上宿,不独有文强。

同望幸新亭赐钱公宴

感梦通玄化,覃恩降紫宸。赐钱开汉府,分帛醉尧人。地隔朝宗庆,亭临卜洛新。行看广云雨,二月次东巡。

奉和圣制从蓬莱向兴庆阁道中留春雨中春望之作应制

别馆春还淑气催,三宫路转凤凰台。云飞北阙轻阴散,雨歇南山积翠来。御柳遥随天仗发,林花不待晓风开。已知圣泽深无限,更喜年芳入睿才。

李邕

李邕,字泰和,广陵江都人,兰台郎善之子。长安中,李峤、张廷珪荐其词高行直,拜左拾遗。宋璟劾奏二张,邕于天后前抗言助之。开元初,历殿中侍御史,执政忌其才,频被贬斥。后为北海太守,李林甫傅以罪,杖杀之。邕早擅才名,尤长碑颂,虽贬职在外,中朝衣冠及天下寺观,多赍金帛往求其文,馈遗至巨万。自古鬻文获财,未有其比。尝撰《六公咏》,杜甫《八哀诗》所谓"朗咏六公篇,忧来发蒙蔽"是也。今不传,存诗四首。

铜雀妓

西陵望何及,弦管徒在兹。谁言死者乐,但令生者悲。丈夫有余志,儿女焉足私。扰扰多俗情,投迹互相师。直节岂感激,荒淫乃凄其。颍水有许由,西山有伯夷。颂声何寥寥,唯闻铜雀诗。君举良未易,永为后代嗤。

咏云

彩云惊岁晚,缭绕孤山头。散作五般色,凝为一段愁。影虽沉涧底,形在天际游。风动必飞去,不应长此留。

登历下古城员外孙新亭亭对鹊河,时李之芳自尚书郎出为齐州,制此亭。

吾宗固神秀,体物写谋长。形制开古迹,曾冰延乐方。太山雄地理,巨壑眇云庄。高兴汩烦促,永怀清典常。含弘知四大,出入见三光。负郭喜一作皆粳稻,安时歌吉祥。

奉和初春幸太平公主南庄应制

传闻银汉支机石,复见金舆出紫微。织女桥边乌鹊起,仙人楼上凤凰飞。流风入座飘歌扇,瀑水侵阶溅舞衣。今日还同犯牛斗,乘槎共逐一作泛海潮归。

王湾

王湾,洛阳人。登先天进士第。开元初,为荥阳主簿。马怀素请校正群籍,召学涉之士,分部撰次,湾在选。中秘书罢撰,又与陆绍伯等同校丽正院书,终洛阳尉。湾词翰早著,其"海日生残夜,江春入旧年"之句,当时称最,张说手题于政事堂。每示能文,令为楷式。诗十首。

奉使登终南山

常爱南山游,因而尽原隰。数朝至林岭,百仞登崀岌。石壮一作状马径一作经穷。苔色步缘入。物奇春状一作貌改,气远天香集。虚洞策杖鸣,低云拂衣湿。倚岩见庐舍,入户欣拜揖。问性矜勤劳,示心教澄习。玉英时共饭,芝草为余拾。境绝人不行,潭深鸟空立。一乘从此授,九转兼是给。辞处若轻飞,憩来唯吐吸。闲一作开襟超已胜,回路倏而及。烟色松上深,水流山下急。渐平逢车骑,向晚睇城邑。峰在野趣繁,尘飘宦情涩一作绎。辛苦久为吏,劳生一作荣进何妄执。日暮怀此山,悠然赋斯一作新什。

晚夏马嵬一作升卿叔池亭即事寄京都一二知己

忝职畿甸淹,滥陪时俊一作英后。才轻策疲劣。势薄常驱走。牵役劳风尘,秉心在岩薮。宗贤开别业,形胜代希偶。竹绕清渭滨一作湄,泉流白渠口。逡巡期赏会,挥忽变星斗。逮此乘务闲一作余,因而访幽叟。入来殊景物,行复洗纷垢。林静秋色多,潭深月光厚。盛香莲近拆,新味瓜初剖。滞拙怀隐沦,书之寄良友。

丽正殿赐宴同勒天前烟年四韵应制

金殿忝陪贤,琼羞忽降天。鼎罗仙掖里,篪拜琐闱前。院逼青霄路,厨和紫禁烟。酒酣空忭舞,何以答昌年。

奉和贺监林月清酌

华月当秋满,朝英一作轩假兴同。净林新霁入,规一作窥院小一作早凉通,碎影行筵里,摇花落酒中。清宵凝爽意,并此助文雄。

次北固山下

客路青山外,行舟绿水前。潮平两岸阔,风正一帆悬。海日生残夜,江春入旧年。乡书何处达,归雁洛阳边。《河岳英灵集》题作《江南意》。诗云:"南国多新意,东行伺早天。潮平两岸失,风正数帆悬。海日生残夜,江春入旧年。从来观气象,惟向此中偏。"

观挡筝一作祖咏诗

虚室有秦筝,筝新月复清。弦多弄委曲,柱促语分明。晓怨凝繁手,春娇入曼一作慢声。近来唯此乐,传得美人情。

晚春诣苏州敬赠武员外

苏台忆季常,飞棹历江乡。持此功曹椽,

初离一作幼称华省郎。贵门生礼乐,明代秉文章。嘉郡一作壁位先进,鸿儒名重扬。爰从姻娅一作威贬,岂失忠信防。万里行骥一作汗马足,十年睽凤翔。回迁朔元圣,入拜伫惟良。别业对南浦,群书满北堂。意深投辖盛,才重接筵光。陋学叨铅简,弱龄许翰场。神驰劳旧国,颜展别殊方。际晓杂氛散,残春众物芳。烟和疏树满,雨续小溪长。旅拙感成慰,通贤顾不忘。从来琴曲罢,开匣为君张。

秋夜寓直即事怀赠萧令公裴侍郎兼通简南省诸友人

圣主万年兴,贤臣数载升。古灵传岳秀,宏量禀川澄。畿甸举长策,风霜秉直绳。出车遥俗震,登阁满朝称。赋简流亡辑,农安政理凭。还家新长幼,巡垅旧沟塍。忠梗大勋立,寰瀛一作衰羸堕业惩。焚香兼御史,悬镜委中丞。旄隼当朝立,台骢发郡乘。司徒汉家重,国典颍川征。云路俄平入,台阶忽上凌。秉均调造化,宣绰慰黎烝。金省方秋作,瑶轩直夜凭。中书赠陈准,右相简王陵。三杰贤更穆,百僚欢且竞。摇怀及宾友,计曲辨淄渑。闉阇暝阴散,钩陈爽气凝。月深宫树转,河近禁楼冰。卑吏凤驱策,微涓效斗升。望麾宵继火,书板一作檄曙怀蒸。彼此虽流盼,规模转服膺。惠将霄汉隔,劳或岁时矜。位重恩宁滥,才轻慑不胜。林峦甘独往,疵贱苦相仍。敢忘衔花雀,思同附骥蝇。平生逐鸟雀,何日嗣一作似苍鹰。

哭补阙亡友綦毋学士

明代资多士,儒林得异才。书从金殿出,人向玉墀来。词学张平子,风仪褚彦回。崇仪希上德,近侍接元台。曩契心期早,今游宴赏陪。屡迁君擢桂,分尉我从梅。忽遇乘轺客,云倾构厦材。泣为洹水化,叹作泰山颓。冀善初将慰,寻言半始猜。位联情易感,交密痛难裁。远日寒旌暗,长风古挽哀。寰中无旧业,行处有新苔。反哭魂犹寄,终丧子尚孩。葬田门吏给,坟木路人栽。邃泄悲成往,俄传宠令回。玄经贻石室,朱绂耀泉台。地古春长闭,天明夜不开。登山一临哭,挥泪满蒿莱。

闰月七日织女

耿耿曙河微,神仙此夜一作会稀。今年七月闰,应得两回归。

句

月华照杵空随妾,风响传砧不到君。《捣衣篇》。见《河岳英灵集》。

史青

史青,零陵人。聪敏强记。开元初,上书自荐能诗,云子建七步,臣五步之内可塞明诏。明皇试以除夕上元竹火笼等诗,应口而出。上称赏,授左监门卫将军。今存诗一首。

应诏赋得除夜一作王谨诗

今岁今宵尽,明年明日催。寒随一夜去,春逐五更来。气色空中改,容颜暗里回。风光人不觉,已著一作入后园梅。

王泠然

王泠然,开元五年登第。王丘典吏部选时,尝被奖拔。官校书郎,急于仕进,有上张说书,称公之用人,盖已多矣。仆之思用,其来久矣,仆虽不佞,亦相公一株桃李也。诗四首。

汴堤柳一本作题河边枯柳

隋家天子忆扬州,厌坐深宫傍海游。穿地凿山开御路。鸣笳叠鼓泛清流。流从巩北分河一作河汾口,直到淮南种官柳。功成力尽人旋亡,代一作运谢年移树空有。当时彩女侍君王,绣帐一作帐旌门对柳行。青叶交垂连幔色,白花飞度染衣香。今日摧残何用道,数里曾无一枝好。驿骑征帆损更多,山精野魅藏应老。凉内一作秋八一作九月露为霜,日夜孤舟入帝乡。河畔时时闻木落一作落叶,客中无不泪沾裳一作无个不沾裳。

夜光篇

游人夜到汝阳间,夜色冥濛不解颜。谁家暗起寒山烧,因此明中得见山。山头山下须臾满,历险缘深无暂断。焦声散著群树鸣,炎气傍林一川暖。是时西北多海风,吹上连天光更雄。浊烟熏月黑,高艳爇云红。初谓炼丹仙灶里,还疑铸剑神溪中。划为飞电来照物,乍作流星并上空。西山无草光已灭,东顶荧荧犹未绝。沸汤空谷数道水,融盖一作尽阴崖几年雪。两京贫病若为居,四壁皆成凿照余。未得贵游同秉烛,唯将半影借披书。

古木卧平沙

古木卧平沙,摧残岁月赊。有根横水石,无叶拂烟霞。春至苔为叶,冬来雪作花。不逢星汉使,谁辨是灵槎。

淮南寄舍弟

昔予从不调,经岁旅淮源。念尔长相失,何时返故园。寄书迷处所,分袂隔凉温。远道俱为客,他乡共在原。归情春伴雁,愁泣夜随猿。愧见高堂上,朝朝独倚门。

句

林狖欺童子,山精试老僧。《山寺》。陈兵剑阁山将动,饮马珠江水不流。《咏八阵图送人》。以上并见《诗式》。

官微思倚玉,文浅怯投珠。《赠张公子协律》。见《上张说书》。

全唐诗卷一百十六

张子容

张子容,先天二年擢进士第,为乐城尉,与孟浩然友善。诗一卷。

春江花月夜二首

林花发岸口,气色动江新。此夜江中月,流光花上春。分明石潭里,宜照浣纱人。

交甫怜瑶珮,仙妃难重期。沉沉绿江晚,惆怅碧云姿。初逢花上月,言是弄珠时。

云阳驿陪崔使君邵道士夜宴

一尉东南远,谁知此夜欢。诸侯倾皂盖,仙客整黄冠。染翰灯花满,飞觞云气寒。欣承国士遇,更借美人看。

除夜乐城逢孟浩然

远客襄阳郡,来过海岸家。樽开—作前柏叶酒,灯发九枝花。妙曲逢卢女,高才得孟嘉。东山行乐意,非是竞繁—作奢华。

送苏倩游天台

灵异寻沧海,笙歌访翠微。江鸥迎共—作狎,云鹤待将飞。琪树尝—作攀仙果,琼楼—作枝试羽衣,遥知神女问,独怪阮郎归。

泛永嘉江日暮回舟

无云天欲暮,轻—作转鹢大江清。归路烟中远,回舟月上行。傍潭窥竹暗,出屿见沙明,更值微风起,乘流丝管声。

永嘉即事寄赣县袁少府瓘

山绕楼台出,溪通里闬斜。曾为谢客郡,多有逐臣家。海气朝成雨,江天晚作霞。题书报贾谊,此湿似长沙。

乐城岁日赠孟浩然—作王维诗

土地穷瓯越,风光肇建寅。插桃销瘴疠,移竹近阶墀。半是吴风俗,仍为楚岁时。更逢习凿齿,言在汉川湄。

永嘉作

　　拙宦从江左,投荒更海边。山将孤屿近,水共恶溪连。地湿梅多雨,潭蒸竹起烟。未应悲晚发,炎瘴苦华年。

送孟八浩然归襄阳二首

　　东越相逢地,西亭送别津。风潮看解缆,云一作雪海一作雨去愁人。乡在桃林岸,山一作江连枫树春。因一作长怀故园意,归与孟家邻。

　　杜门不欲一作复出,久与世情疏。以此为长策,劝君归旧庐。醉歌田舍酒,笑读古人书。好是一生事,无劳献子虚。此篇一作王维诗。

贬乐城尉日作

　　窜谪边穷海,川原近恶溪。有时闻虎啸,无夜不猿啼。地暖花长发,岩高日易低。故乡可忆处,遥指斗牛西。

自乐城赴永嘉枉路泛白湖寄松阳李少府

　　西行碍浅石,北转入溪桥。树色烟轻重,湖光风动摇。百花乱飞雪,万岭叠青霄。猿挂临潭篆,鸥迎出浦桡。惟应赏心客,兹路不言遥。

九日陪润州邵使君登北固山

　　五马向西一作山椒,重阳坐丽谯。徐州带绿水,楚国在青霄。张幕连江树,开筵接海潮。凌云词客语,回雪舞人娇一作腰。梅福惭仙吏,羊公赏下僚。新丰酒旧美,况是菊花朝。

璧池望秋月

　　凉夜窥清沼,池空水月秋。满轮沉玉镜,半魄落银钩。蟾影摇轻浪,菱花渡浅流。漏移光渐洁,云敛色偏浮。似璧悲三献,疑珠怯再投。能持千里意,来照楚乡愁。

长安早春一作孟浩然诗

　　开国维一作移东井,城池起一作对北辰。咸歌太平日,共乐建寅春。雪一作云尽黄一作青山树,冰开黑水津一作滨。草迎金埒马,花伴一作醉玉楼人。鸿渐看无数,莺歌一作声听欲频。何当桂枝擢,还及柳条新。

赠司勋萧郎中

　　作相开黄阁,为郎奏赤墀。君臣道合体,父子贵同时。国以推贤答,家无内举疑。凤池真水镜,兰省得华滋。未睹风流日,先闻新一作所赋诗。江山清谢朓,花木媚丘迟。吏部来何暮,王言念在兹。丹青无不可,霖雨亦相期。昔我投荒处,孤烟望岛夷。群鸥终日狎,落叶数年悲。渔父留歌咏,江妃入兴词。今将献知己,相感勿吾欺。

巫山

　　巫岭岧峣天际重,佳期宿昔愿相从。朝云暮雨连天暗,神女知来第几峰。

除日

　　腊月今知晦,流年此夕除。拾樵供岁火,帖牖作春书。柳觉东风至,花疑小雪余。忽逢双鲤赠,言是上冰鱼。

全唐诗卷一百十七

张旭

张旭,苏州吴人。嗜酒,善草书,每醉后号呼狂走,乃下笔。或以头濡墨而书,既醒,自视以为神,世呼为张颠。初仕为常熟尉,自言始见公主担夫争道,又闻鼓吹而得笔法意。观公孙大娘舞剑器,乃尽其神。时以李白歌诗,旭草书,及裴旻剑舞为三绝。诗六首。

清溪泛舟

旅人倚征棹,薄暮起劳歌。笑揽清溪月,清辉不厌多。

桃花溪

隐隐飞桥隔野烟,石矶西畔问渔船,桃花尽日随流水,洞在清溪何处边。

山行留客

山光物态弄春辉,莫为轻阴便拟归。纵使晴明无雨色,入云深处亦沾衣。

春游值雨

欲寻轩槛列清尊,江上烟云向晚昏。须倩东风吹散雨,明朝却待入华园。

春草

春草青青万里余,边城落日见离居。情知海上三年别,不寄云间一纸书。

柳

濯濯烟条拂地垂,城边楼畔结春思。请君细看风流意,未减灵和殿里时。

贺朝

贺朝,越州人,官止山阴尉。诗八首。

南山 一作贺朝清诗

湖北雨初晴,湖南山尽见。岩岩石帆影,如得海风便。仙穴茅山峰,彩云时一见。邀君共探此,异篆残几卷。

孤兴

晴日暖珠箔,夭桃色正新。红粉青镜中,娟娟可怜啭。君子在遐险,蕙心谁见珍。罗幕空掩昼,玉颜静移春。江瑟语幽独,再三情未申。黄鹄千里翅,芳音迟所因。

从军行

朔胡乘月寇边城,军书插羽刺—作赐中京。天子金坛拜飞将,单于玉塞振佳兵。骑射先鸣推任侠,龙韬决胜伫时英。闻有河湟客,愔愔理帷帟。常山启霸图,氾水先天策。衔珠浴铁向桑乾,衅旗膏剑指乌丸。鸣鸡已报关山晓,来雁遥传沙塞寒。直为甘心从苦节,陇头流水呜呜咽。边树萧萧不觉春,天山漠漠长飞雪。鱼丽阵接塞云平,雁翼营通海月明。始看晋幕飞鹅人,旋闻齐垒啼乌声。自从一戍燕支山,春光几度晋阳关。金河未转青丝骑,玉箸应啼红粉颜。鸿归燕相续,池边芳草绿。已见氛清细柳营,莫更春歌落梅曲。烽沉灶减静边亭,海晏山空肃已宁。行望风京旋凯捷,重来麟阁画丹青。

赋得游人久不归—作刘孝孙诗,又作贺朝清。

乡关眇天末,引领怅怀归。羁旅久淹滞,物色屡芳菲。稍觉出意尽,行看蓬鬓稀。如何千里外,伫立沾裳衣。

宿香山阁—作贾彦璋诗

暝上—作望春山阁,梯云宿半空。轩窗闭潮海,枕席拂烟虹。朱网防栖鸽,纱灯护夕虫。一闻鸣唱晓,已见日曈曈。

赠酒店胡姬

胡姬春酒店,弦管夜锵锵。红毾铺新月,貂裘坐薄霜。玉盘初鲙鲤,金鼎正烹羊。上客无劳散,听歌乐世娘。

赋得春莺送友人二首—作刘孝孙诗,题作一首,后四句在前。

翅掩飞莺舞,啼恼婕妤悲。料取金闺意,因君问所思。

流莺拂绣羽,二月上林期。待雪销金禁,衔花向玉墀。

万齐融

万齐融,越州人。官昆山令。诗四首。按《旧唐书·文苑传》云:神龙中,贺知章与贺朝、万齐融、张若虚、邢巨、包融,俱以吴越之士,文辞俊秀,名扬于上京,人间往往传其文。朝万止山阴尉,齐融昆山令。盖以万字属上文,作贺朝万。及考唐人所选《国秀》、《搜玉》二集,俱作万齐融、贺朝。今仍之。

三日—作上巳绿潭篇

春潭滉漾接隋宫,宫阙连延潭水东。蘋苔—作芷嫩色涵波绿,桃李新花照底—作水红。垂菱布藻如妆镜,丽日晴天相照映。素影沉沉—作颢颢对蝶飞,金沙砾砾窥鱼泳。佳人祓禊赏韶年,倾国倾城并可怜。拾翠总来芳树下,路青争绕绿潭边。公子王孙恣游玩,沙阳—作场水曲情无厌。禽浮似挹羽觞杯,鳞跃疑投水心剑。金鞍玉勒骋轻肥,落絮红尘拥路飞。绿水残霞催席散,画楼初月待人归。

仗剑行

昨夜星官动紫微,今年天子用武威。登车一呼风雷动,遥震阴山撼巍巍。胡骄子,当见笼头蚀应死。愿骑单马仗天威,捋取长绳缚虏归。仗剑遥叱路傍子,匈奴头血溅君衣。

赠别江头

东南飞鸟处,言是故乡天。江上风花晚,君行定几千。计程频破月,数别屡开年。明岁浔阳水。相思寄采莲。

送陈七还广陵

风流谁代—作氏子,虽有旧无双。欢酒言相送,愁弦意不降。落花馥河道,垂杨拂水窗。海潮与春梦,朝夕广陵江。

邢巨

邢巨,扬州人。开元七年,中文辞雅丽科,官监察御史。诗二首。

游春

海岳三峰古,春皇二月寒。绿潭渔子钓,红树美人攀。弱蔓环沙屿,飞花点石关。溪山游未厌,琴酌弄晴湾。

游宣州琴溪同武平一作

灵溪非人迹,仙意素所秉。鳞岭森翠微,澄潭照秋景。

张若虚

张若虚,扬州人,兖州兵曹。与贺知章、张旭、包融,号吴中四士。诗二首。

春江花月夜

春江潮水连海平,海上明月共潮生。滟滟随波千万里—作顷,何处春江无月明。江流宛转绕芳甸,月照花林皆似霰。空里流霜不觉飞,汀上白沙看不见。江天一色无纤尘,皎皎空中孤月轮。江畔何人初见月,江月何年初照人。人生代代无穷已,江月年年只相似。不知江月待何人,但见长江送流水。白云一片去悠悠,青枫浦上不胜愁。谁家今夜扁舟子,何处相思明月楼。可怜楼上月裴回,应照离人妆—作玉镜台。玉—作遮户帘中卷不去,捣衣砧上拂还来。此时相望不相闻,愿逐月华流照君。鸿雁长飞光不度,鱼龙潜跃水成文。昨夜闲潭梦落花,可怜春半不还家。江水流春去欲尽,江潭落月复西斜。斜月沉沉藏海雾,碣石潇湘无限路。不知乘月几人归,落月摇情满江树。

代答闺梦还

关塞年华早,楼台别望违。试衫著暖气,开镜觅春晖。燕入窥罗幕,蜂来上画衣。情催桃李艳,心寄管弦飞。妆洗朝相待,风花暝不归。梦魂何处入,寂寂掩重扉。

薛业

薛业,天宝间处士。西游庐山,赵补阙骅、王侍御定、张评事有略,各以文为赠。独孤及尝称其敦于诗,困于学,敏于行。口弗言禄,禄亦不及。识其真者,以为永叹。诗二首。

洪州客舍寄柳博士芳

去年燕巢主人屋,今年花发路傍枝。年年为客不到舍—作归去,旧国存亡那得知。胡尘一起乱天下—作天下乱,何处春风无别离。

晚秋赠张折冲此公事制举

都尉今无事,时清但闭关。夜霜戎马瘦,秋草射堂—作雕闲。位以穿杨得,名因折桂还。冯唐真不遇,叹息鬓毛斑。